I0656277

Die Ewigen

ROMAN

TINA SABALAT

1. Buch

– 1 –

Shara

Diese Reise war keine gute Idee gewesen - na ja, die Reise an sich vielleicht schon, aber eben nicht in dieser Begleitung. Ich hätte doch besser allein fahren sollen, auch wenn das ein deutliches Eingeständnis der Tatsache gewesen wäre, dass es in meinem Leben niemanden gab, den ich wirklich gern bei mir gehabt hätte - sei es nun auf einem kurzen Städtetrip am verlängerten Wochenende oder aber auf einer ausgedehnteren Tour rund um die halbe Welt.

Zum Glück handelte es sich bei diesem Ausflug nach Rom lediglich um den kurzen Städtetrip: Ich musste nur noch einen Tag durchhalten, dann wäre ich endlich wieder von meinen beiden Begleiterinnen erlöst. Hätte ich die beiden noch länger ertragen müssen, hätte ich sie wahrscheinlich im Tiber ertränkt, nur um ihrem ebenso ununterbrochenen wie hohlen Gerede zu entgehen, nur um ihre säuerlichen Gesichter, ihre überheblichen Blicke, ihre großspurigen Gesten nicht mehr sehen zu müssen.

Ja, die Idee an sich hatte eigentlich gut geklungen: Ich wollte schon immer einmal nach Rom, und als ich in einer Kaffeepause davon gesprochen hatte, hatte sich eine Kollegin gleich für einen kleinen, spontanen Trip erwärmt. Ja, Rom ... Kolosseum, Forum

Romanum, der Vatikan und die Engelsburg - das wäre doch was! Aus dem Geplänkel war ungewöhnlich schnell Ernst geworden und aus zwei Reisenden drei: Die Kollegin hatte eine Freundin, die auch sehr für einen netten Abstecher nach Italien zu haben war. Ich kannte die Freundin nicht - und wie sich schnell herausstellte, wollte ich sie auch gar nicht kennen lernen. Aus Kolosseum und Forum Romanum wurde in stillschweigender Übereinkunft der beiden Geistesschwestern Prada und Gucci, aus Vatikan und Engelsburg Dior und Armani.

Nicht, dass ich was gegen ein bisschen Einkaufen gehabt hätte, aber leider waren meine beiden Begleiterinnen Schaufenster-Junkies der übelsten Art: Sie mussten jedes Teil genauestens begutachten, ohne sich in die Läden hineinzutrauen, und fanden Sachen dann stets überteuert - in München kostet die Tasche doch locker nur die Hälfte, was für eine bodenlose Unverschämtheit!

Dass sie sich die Objekte ihrer peinlichen Begierde auch beim großzügigsten Rabatt nicht hätten leisten können, hatte mir schon am ersten Tag auf der Zunge gelegen, doch ich hielt mich zurück, hielt Frieden, hielt den Mund, nickte nur zustimmend und lächelte, während ich zunehmend das Gefühl hatte, von zwei verarmten Damen des Hochadels begleitet zu werden, die über alles und jeden die Nase rümpften: Unser Hotel war ihnen zu einfach, die besseren zu teuer, die Stadt war ihnen zu voll, trotzdem 'traf man kaum interessante Leute', die Schlangen vor den Sehenswürdigkeiten schreckten sie ab - und in Wirklichkeit wollten sie keine davon sehen.

Am ersten Tag hatte ich mich der Vorherrschaft der beiden Freundinnen gebeugt und war ihnen brav durch die Innenstadt gefolgt: Wir hatten die Spanische Treppe, den Trevi-Brunnen, die Piazza del Poppolo, allerlei schöne und alte Gebäude sowie noch mehr schöne und teure Geschäfte passiert - für eine erste Orientierung und zur Akklimatisierung wunderbar.

Als wir am zweiten Tag die gleichen Straßen in umgekehrter Richtung abgegangen waren und die Preise bei Prada (überraschenderweise!) immer noch jenseits von Gut und Böse lagen, hatte ich leicht an der Wahl meiner Begleitung gezweifelt und mich kurz entschlossen verabschiedet, um die paar Kilometer zum Petersplatz und zur Engelsburg hinüberzulaufen: Ich glaube nicht, dass die beiden mich vermisst hatten - dass ich mich ohne sie wohler fühlte, war nach wenigen Minuten allein so sonnenklar gewesen, wie der römische Himmel es den Klischees nach sein sollte.

Am zweiten Tag hatten wir uns gleich nach dem frugalen Frühstück im Hotel getrennt: Ich war durch das Kolosseum geschlendert, hatte ausführlichst das Forum Romanum besichtigt und war schließlich am Tiber entlang zum Hotel zurück spaziert, während die beiden mit wiederum leeren Händen aus der Fußgängerzone heimgekehrt waren. Abends war es den Damen dann zu kalt zum draußen Sitzen gewesen, also hatten wir ewig lang nach einem Lokal mit dem 'richtigen römischen Ambiente' gesucht - natürlich ohne eines zu finden, das zugleich auch ihren Preisvorstellungen entsprochen hätte.

Am heutigen Tag hatte ich das Frühstück ausfallen lassen und mir geschworen, die beiden erst dann wiederzusehen, wenn wir über die Frage Taxi (so teuer!) oder Zug (so umständlich!) diskutieren mussten: Also etwa drei Stunden vor dem Rückflug am nächsten Morgen, mit der hoffentlich entspannend wirkenden Aussicht vor Augen, bald erlöst und allein wieder zuhause in meinen eigenen vier Wänden zu sein.

Heute wollte ich mir erst den Circus Maximus ansehen, dann hatte ich die Wahl zwischen dem 'Bocca della Verita' und dem 'Schwert im Stein', dem römischen Excalibur. Beides würde wohl nur den Vormittag in Anspruch nehmen, Warteschlangen mit eingerechnet. Am Nachmittag wollte ich eventuell zu den Katakomben raus fahren, aber da musste ich erst noch schauen, wie man da am besten hinkam - selbst auf meinem kleinformatigen Stadtplan lagen sie ein gutes Stück vor der Stadt.

Der Circus Maximus entpuppte sich als lang und leer, trotzdem betrat ich mit leichter Ehrfurcht den abgesackten, von Unkraut und Steinresten durchsetzten Rasen. Es fiel mir jedoch bei aller wohlwollenden Anstrengung schwer, mir hier eine riesige Arena voller Menschen vorzustellen - da war das Kolosseum mit seinen dicken Mauern und dunklen Gängen doch weitaus greifbarer gewesen. Ich sah ein paar Jungen beim Fußball spielen zu, kickte ihnen halbwegs zielgenau den Ball zurück, als er in meine Richtung rollte, verstand von ihren frechen Sprüchen immerhin so viel, dass ich das längste Mädchen sei, das sie jemals gesehen hatten, und lachte.

Es begann leicht zu nieseln, daher gab ich meine Besichtigung der nicht vorhandenen Überreste des Circus Maximus rasch auf und ging den kurzen Weg zu den zwei

Kirchen hinunter, die die beiden weltbekannten Herausforderungen boten: Die Hand im 'Mund der Wahrheit' verlieren oder das 'Schwert im Stein' befreien die Welt beherrschen? Ich entschied mich für die Weltherrschaft - aber auch nur, weil die Warteschlange dort nicht draußen im Regen stehen musste.

Die Schwertkirche war innen ziemlich düster, weil nur von Kerzen erleuchtet. Die dicken Mauern des alten Gotteshauses hielten den Verkehrslärm draußen, die Dunkelheit drinnen rückte die Welt noch ein wenig weiter weg, zwang die Besucher dazu, sich bedächtig zu bewegen, leise zu sein, ehrfurchtsvoll zu verharren.

Ich konnte entweder zuerst in die schattigen Winkel der Kirche kriechen und nach den verborgenen Kreuzritter-Symbolen suchen, die mein Reiseführer mir versprach, oder aber ich schloss mich gleich der Schlange an, die in die Krypta hinunter führte und zurzeit nicht wirklich lang war: Die Hand-Schlange nebenan hatte nach einer nassen halben Stunde ausgesehen, die Welt-Schlange hier eher nur nach einer dunklen Viertelstunde. Ich stellte mich an und versuchte, im Flackern der Kerzen in meinem Reiseführer den kurzen Absatz über das Schwert nochmals zu entziffern.

Vor mir stand ein dickes Mädchen, das ununterbrochen auf ihrem Handy herumdrückte, hinter mir ein Mann mit fettigen Haaren und den üblen Ausdünstungen eines Menschen, der in ein und demselben Raum schläft und kocht, aber nie wäscht - weder sich noch seine Kleidung. Ich schloss etwas zu dem Mädchen auf, um mein empfindliches Näschen zu schonen, der Typ hinter mir nuschelte irgendwas - ich tat, als hätte ich ihn nicht gehört und rückte weiter auf die Tür zur Schwertkammer zu.

Die Schlange hatte aus der Kirche durch ein simples, mit einer Falltür versehenes Loch im Boden eine Treppe hinunter geführt, welche in einem vielleicht vier mal vier Meter großen Raum endete. Dessen Decke wölbte sich leicht, die Wände waren gemauert, in jeder Ecke saß eine glatt verputzte Säule, vor diesen stand jeweils ein großer Kandelaber: Einen anderen Schmuck gab es in diesem matt kerzenbeleuchteten Raum nicht.

Wir befanden uns hier in etwa unter dem Punkt, an dem sich in normalen Kirchen der Altar befand, den die Schwertkirche allerdings nicht besaß - und laut meines schlauen Buches sollte der Monolith mit dem Schwert (natürlich!) genau am Kreuzungspunkt von Längs- und Querschiff der Kirche stehen. Die Tür zur Schwertkammer war indes ein echtes Highlight, das mein Reiseführer jedoch mit keinem Wort erwähnte: Sie war nicht besonders hoch, zweiflügelig, aus dunklem Holz und mit golden schimmerndem Metall beschlagen. Die schweren Bügel waren zu einem Gebilde angeordnet, das mich entfernt an ein Malteserkreuz erinnerte: zwei gleich lange Linien, eine senkrecht und eine waagrecht, die sich genau in der Mitte kreuzten und sich an jedem der vier Enden in zwei wieder zur Mitte zurückstrebende Bögen spalteten. Die Bügel, die dieses Schwingenkreuz formten, sahen beweglich aus, scheinbar konnte man damit die ganze Tür verriegeln - tatsächlich bewegte sich aber im Moment stets nur der linke Flügel: Er sprang auf, sobald ein Besucher die Ausgangstür auf der anderen Seite der Kammer von außen geschlossen hatte und das Schwert damit für den nächsten potentiellen Weltherrscher bereit war. Okay - den 'Weltherrscher' hatte ich dazu gedichtet, das kam mir bei diesen Excalibur-Geschichten immer in den Sinn. Mein Reiseführer palaverte nur etwas von der 'Herrschaft des Guten und Reinen', was ich aber ein wenig abstrakt fand - vor allem, wenn man dazu ein Schwert benötigte.

Ich war der Tür mittlerweile näher gekommen, gerade ging das dicke Mädchen rein: Wahrscheinlich hatte sie den ultimativen Plan, das Schwert mittels des Vibrationsalarms ihres Handys frei zu rütteln. Sie blieb eine halbe Ewigkeit drin, ich verstaute den Reiseführer in der Tasche, aß ein Pfefferminz, überprüfte den Akku meines Fotoapparates - dann sprang die Tür vor mir wieder auf und ich war an der Reihe.

Hinter der Tür wartete ein kleiner Raum aus altem, im Lauf der Jahrhunderte nachgedunkeltem Mauerwerk - ebenso breit und lang wie die Kammer davor, kühl und mit leichtem Geruch nach Keller, Moder und dem Ruß längst erloschener Fackeln. Geradeaus eine weitere Tür, durch die man den Raum zu verlassen hatte, selbstverständlich kein Fenster. Links hinter der Eingangstür nichts als rabenschwarze Dunkelheit und rechts das Schwert in seinem Stein.

Der Stein war größer, als ich ihn mir vorgestellt hatte: ein Koloss von etwa eineinhalb Meter Höhe und ebensolcher Breite. Gesteinsarten waren nicht unbedingt mein Fachgebiet, aber dieser erinnerte an natürlich abgebrochenen, grau-weißen

Marmor und glänzte leicht, als sei er feucht. Der Boden der Kammer war mit schwarzen Kieseln ausgelegt und mir fiel auf, dass der Monolith aus dem Boden emporzuwachsen schien - die Bodensteine waren ringförmig um ihn angeordnet und strebten dann in die dunklen Ecken der Kammer davon, was einen erstaunlich ... ja, bewegten Effekt ergab: Alles führte auf den Stein zu oder eben von ihm weg, er war das Zentrum des Raumes und unzweifelhaftes Ziel desjenigen, der diesen betreten hatte.

Jemand klopfte ungeduldig an die Tür, durch die ich gerade erst herein gekommen war - wahrscheinlich dieser ungewaschene Typ hinter mir, der schien die Weltherrschaft dringend nötig zu haben. Ich trat trotzig näher an den Stein heran und nahm das Schwert in aller Ruhe in Augenschein: Ich hatte eine Viertelstunde gewartet, das konnte dieser Idiot auch. Über Schwert und Stein war ein einzelnes Spotlight installiert, nicht besonders hell und die einzige Lampe im Raum - es tauchte das Schwert in ein sehr schönes, warmes Licht und ließ die in den Knauf eingesetzten Edelsteine satt funkeln. Ich musste nah heran treten, um die feinen Ornamente bewundern zu können, die den Griff bedeckten und dann auf dem sichtbaren Stück der Klinge weiter liefen, bis sie mit ihr im Stein verschwanden: Ich erkannte das Schwingenkreuz wieder, welches schon die Eingangstür geschmückt hatte, aber auch verschnörkelte, orientalisch anmutende Formen. Der Griff war aus Gold, die Klinge aus einem blaugrau schimmernden Stahl, das Schwert steckte absolut senkrecht im Stein, sichtbar waren unter dem Griff noch etwa zwanzig Zentimeter der Klinge.

Gar nicht martialisch und wirklich wunderschön, dachte ich abschließend und bereute den Ausflug nach Rom trotz aller Widrigkeiten schon viel weniger. Ich wandte mich zum Ausgang und streckte gerade die Hand nach der Klinke aus, als eine leise, aber klare Stimme aus der Dunkelheit erklang, die die andere Seite der Kammer füllte - mein Herz setzte einen Schlag aus.

"Wenn Sie schon einmal hier sind, sollten Sie Ihr Glück auch versuchen."

"Gott, haben Sie mich erschreckt!"

Ich lachte auf, peinlich berührt von meiner eigenen Furchtsamkeit, und blinzelte in die Schwärze. Doch erst, als er einen Schritt nach vorn machte, konnte ich halbwegs den Mann ausmachen, zu dem die Stimme gehörte - na ja, eigentlich war es nur ein Schemen, den ich aufgrund der Stimmlage und der Größe einfach mal als männlich einordnete.

"Ich bitte um Entschuldigung. Aber wie gesagt: Versuchen Sie Ihr Glück, dafür sind Sie doch gekommen."

Definitiv ein Mann, ein höflicher noch dazu. Ich schüttelte den Kopf. "Nein, ich wollte es mir nur ansehen."

"Und Sie denken sicher auch, dass sich das Schwert ohnehin nicht lösen wird?"

Ein wenig Spott lag jetzt in seiner Stimme - nicht beißend, eher wohlwollend, ein wenig provokant vielleicht.

"Davon bin ich sogar überzeugt. Was machen Sie hier? Passen Sie auf, dass niemand das gute Stück klaut?"

"Nein."

Ich konnte nicht sehen, ob er lächelte, aber es klang danach: Ich nahm diesen Tonfall als Herausforderung, eine Antwort auf meine eigene Frage zu finden.

"Weil man das Schwert erst aus dem Stein lösen müsste, um es stehlen zu können? Weil derjenige, der das Schwert lösen kann, auch der neue Eigentümer wäre, ein Diebstahl damit nur vom Besitzer selbst durchgeführt werden könnte - und es dann ja gar kein Diebstahl mehr wäre?"

Ich hörte ihn kurz auflachen, und als hätte ich ihn ermutigt, trat er noch einen Schritt vor.

"Sehr gut. Die Frage haben schon einige gestellt, aber die Antwort sind sich doch alle schuldig geblieben."

Sein Gesicht blieb im milden Halbschatten, aber er war ein Stück größer als ich und ungefähr in meinem Alter. Dunkle Locken bis etwa zum Kinn, äußerst gutaussehend und schlank - wobei Letzteres nicht wirklich gut zu erkennen war, trug er doch eine Art weite Kutte in Schwarz, mit dem in dieser Kirche scheinbar allgegenwärtigen Schwingenkreuz in Rot darauf: herrlich mittelalterlich, ein schöner Kreuzritter.

"Es sind die Edelsteine, um die wir uns Sorgen machen müssen: Mit etwas Sachverstand kann man sie recht schnell herauslösen", erklärte er mir bereitwillig seine Anwesenheit in der Kammer.

Vom Eingang ertönte wieder das Klopfen, diesmal ausdauernder.

"Da wartet schon ein viel willigerer Kandidat, vielleicht hat der ja Glück", sagte ich und spürte die Hand des Kreuzritters federleicht an meinem Arm, bevor ich auch nur einen weiteren

Schritt zum Ausgang machen konnte.

Ich zuckte zusammen, überrascht von dieser durchaus besitzergreifenden Geste.

"Bitte, das Schwert. Es ist wichtig."

Er war noch ein wenig näher gekommen, ich konnte sein Gesicht nun besser erkennen - und versank für eine gar nicht so unangenehme Sekunde in der Betrachtung seiner Augen: Groß und außergewöhnlich grün schimmerten sie ebenso satt wie die Smaragde am Schwertgriff im milden Licht der Kammer. Ihr Ausdruck war freundlich und bittend, ihre Wirkung indes eindringlich und intensiv - ich verspürte keine Angst vor diesem Wache haltenden Kreuzritter, aber angenehm war mir die ganze Situation auch nicht: In welchem Museum wird man schon so nachdrücklich aufgefordert, die ausgestellten Exponate anzufassen, nein: sogar an ihnen herumzuzerren?

Ich löste mich ein wenig widerwillig von diesem überaus attraktiven Gesicht mit seinen fesselnden Augen und war eigentlich mehr als bereit, zu tun, worum der Kreuzritter bat - einfach nur, weil er höflich war, interessant, schön und allein in einer dunklen Kammer.

"Wenn es Ihnen so wichtig ist ..."

Ich trat erneut vor den Stein und legte die rechte Hand auf den Griff des Schwertes, zog leicht, fühlte Widerstand und nahm die linke Hand zu Hilfe. Ich war nur eine winzige Sekunde lang wirklich überrascht, dann musste ich lachen: Ich konnte das Schwert ohne große Probleme bewegen - auf den ersten Zentimetern widersetzte es sich zwar ein wenig, als wäre es festgerostet, doch dann glitt es mit einem schrill-schabenden Geräusch von Stahl auf Stein aus dem Monolithen heraus.

Die Klinge war gräulich verkrustet und bestimmt einen Meter lang - ich musste die Arme über den Kopf recken, bis sie komplett frei lag, bis auch die Spitze heraus war. Und schwer war das Schwert: Ich musste es mit beiden Händen und einiger Kraft festhalten, als ich mich damit zu dem grünäugigen Kreuzritter umdrehte.

"Sehr witzig", sagte ich. "Dann darf ich das wohl als Andenken behalten und Sie stecken ein neues Schwert da rein, für den Nächsten in der Schlange?"

Mein Spott verklang recht schnell in der leeren, dunklen Kammer, denn der Ausdruck auf dem Gesicht des jungen Mannes war echtes Erstaunen - nein, mehr: pures Entsetzen.

Während mir das Lachen im Halse stecken blieb, schlug er auf einen Schalter an der Wand, und mein altes Leben war von einer Sekunde zur anderen vorbei.

Magnus

Gott, war das langweilig. Ich kratzte mich am Kinn und kniff meine Augen zusammen, die vom ständigen Starren auf die Monitore brannten, ließ mir dann aus der Maschine noch einen Kaffee raus. Ohne Milch, ohne Zucker, pures Koffein mit ein bisschen Wasser - vielleicht half das ja gegen diese elende Müdigkeit, geboren aus unsäglicher Langeweile.

Die Schlange in der Krypta war heute nicht besonders lang, das Nieselwetter hielt die Touristen in den Hotels oder den großen Kaufhäusern: Mir wäre ein wenig Gedränge und Geschubste fast lieber gewesen, dann wäre wenigstens was los, hätte mich Gewusel wach gehalten. Zudem waren heute ein paar besonders unerfreuliche Gestalten unter den Besuchern und ich beneidete Jack nicht darum, dass er Dienst in der Kammer hatte: Ich konnte wenigstens sitzen, musste nicht diese alberne Kutte tragen - und wenn ich gähnen wollte, konnte ich das hemmungslos tun, ohne damit einen armen Touristen aus der Dunkelheit heraus zu Tode zu erschrecken.

Ich griff nach meinem Kaffee und fuhr pflichtschuldig mit dem Joystick näher an die nächsten vier oder fünf Leute in der Schlange heran: vorne zwei Asiaten, die wahrscheinlich heute schon am Petersdom angestanden hatten und mit geduldiger Leidensmiene auf die Tür zur Schwertkammer starrten. Dahinter ein schrecklich fettes Mädchen in viel zu engen Jeans und dann eine junge Frau, die deutlichen Abstand zu einem Mann fortgeschrittenen Alters hielt, dessen spärliche Haare im milden Licht der Kerzen mit dem speckigen Kragen seiner Jacke um die Wette glänzten, pfui Teufel. Er sagte irgendwas zu der jungen Frau vor ihm, die reagierte nicht und rückte beiläufig noch ein bisschen zu dem dicken Mädchen auf. Sie überragte den Fettigen um einen Kopf und die Fette um einiges mehr - Grund genug, mal ein wenig näher heranzuzoomen: blond, sagte die Kamera, die langen Haare hinten zu einem lockeren, etwas verwuschelten Pferdeschwanz zusammengebunden. Beine bis ins Nirgendwo, auch wenn sie Touristenbekleidung Standardvariante A (Jeans und Turnschuhe) trug. Oben eine Regenjacke und ein weißer, ellenlanger Schal, darunter ein eng sitzendes Top - sehr ansehnlich. Ihr Gesicht konnte ich nicht erkennen, und jetzt trat sie auch noch aus dem Blickfeld von Kamera drei heraus.

Ich wechselte auf Kamera eins: Der erste der Asiaten war in der Kammer - Eintritt nur einzeln, die goldene Regel Nummer Eins, gilt auch für Reisegruppen, frisch Verliebte, frisch Verheiratete, frisch Zerstrittene.

Zurück zur Blonden, diesmal mit Kamera zwei, die direkt über der Tür zur Schwertkammer angebracht war: Die Augenfarbe der Blonden konnte ich nicht ausmachen, dafür war das Licht zu schwach und der Winkel ungünstig - aber eher Blau oder Grau als Braun oder Schwarz, vielleicht ausnahmsweise mal eine echte Blondine? Ovales Gesicht, schmale Nase, toller Mund, hohe Wangenknochen - viel zu dünn für meinen Geschmack, aber eindeutig der Hingucker des Monats, wenn nicht gar des Jahres.

Jetzt war der zweite Asiate drin, die Blonde rückte weiter vor und blätterte in ihrem Reiseführer. Ich warf einen Blick auf die Kammer-Kamera: Der zweite Asiate ging schon wieder raus, natürlich erfolglos.

Ich konnte Jack in seiner dunklen Ecke im tiefen Schatten hinter der Tür von hier aus ebenso wenig sehen wie die Leute unten, aber immerhin konnte ich ihn über das Headset in seinem Ohr vorwarnen, wenn besonders Erfreuliches oder Unerfreuliches auf ihn zu kam. Antworten würde er allerdings nicht: Das sorgte bei den Touristen in der Kammer schon mal für Herzstillstände und Panikattacken.

"He, Jack! Gleich kommt eine Blonde, die dir gefallen wird, hat einen Reiseführer auf Deutsch. Vorsicht bei dem Typen dahinter - den kann ich fast schon von hier riechen."

Die Blonde war an der Tür angekommen, drinnen rüttelte das fette Mädchen mit beiden Händen am Schwert, sah sich dann verstohlen um und machte ein Foto mit dem Handy, wenn ich das von hier richtig erkennen konnte. Kurz darauf leuchtete die Kontrolle: Jack hatte das Foto bestätigt. Ich checkte, ob Jo auf seinem Posten war, oben am Ausgang der Krypta - er gab mir einen gestreckten Daumen in Kamera sechs und würde die Kleine abfangen. 'Keine Fotos' bedeutete nun mal auch keine Fotos, die goldene Regel Nummer Zwei, gilt auch für ... na, ihr wisst schon.

Jo nahm das Mädchen dezent beiseite, als es die Kammer verlassen und mit wackelnden Wabbel-Hüften die Treppe zurück in die Kirche erklommen hatte - und ich schwankte zwischen Kamera sechs und der Kammer, in der die Blonde nach einem prüfenden Rundumblick gerade zielstrebig auf das Schwert zuging. Ich blieb kurz bei ihr: Sie ging mit dem Näschen nah an das Schwert heran, bewunderte den Griff. Das sah niedlich aus, schien aber länger zu dauern, die Blonde war wohl eher gegenständlich denn herrschaftlich interessiert.

Jo sprach wohl die Hälfte aller Sprachen dieser großen weiten Welt, und scheinbar probierte er gerade eine nach der anderen aus, während das fette Mädchen nur mit dem Kopf schüttelte und sich dumm stellte.

Die Blonde hatte sich mittlerweile von der Kamera weggedreht und sprach mit Jack, scheinbar gehörte sie zu den Verweigerern. Noch einer der Nachteile, wenn man in der Kammer Dienst hatte: Es war einfach entwürdigend, auf die Leute einreden zu müssen, damit sie mal kurz an dem Schwert zogen - ich empfand das zumindest so, vor allem bei Menschen, die einem schon vom bloßen Anblick her so zuwider waren, dass man sie am liebsten aus der Kirche gejagt hätte. Laut ausgesprochen hätte mir dies eine böse Rüge von Andreas eingebracht, aber Denken durfte ich ja wohl immer noch, was ich wollte - die goldene Regel Nummer Drei, gilt nur für mich.

Ich schüttelte den Kopf, um mich wieder zu konzentrieren, und sah erneut nach der Blonden: Es gab natürlich auch echte Highlights, und ehrlich gesagt waren die genau so selten oder häufig wie die ganz fiesen Fälle - die meisten Leute waren einfach zu normal und zu langweilig, um auch nur mehr als einen Blick auf sie zu verschwenden.

Die Blonde trat gerade wieder an den Stein, Jacks Charme hatte wohl gewirkt. Ich schaltete den Ton aus der Kammer auf meinen Kopfhörer, nur, weil mich ihre Stimme interessierte - und bekam augenblicklich eine Gänsehaut. Das Mikro war direkt über dem Stein angebracht, und so drang mir das Quietschen von Stahl auf Stein messerscharf und schmerzhaft schneidend in den Kopf. Ich beobachtete fassungslos, wie die Blonde das Schwert aus dem Stein zog: Nicht mühelos, es kostete sie sichtlich Kraft, die schwere Waffe anzuheben, aber trotzdem kam diese unzweifelhaft ebenso willig wie geschmeidig aus ihrem Jahrhunderte alten Grab. Das kratzende Geräusch wurde von einem glockenhellen Lachen abgelöst - die Blonde, belustigt, aber auch ein bisschen verärgert, als wäre sie böse mit sich selber, weil sie sich so billig von uns hatte reinlegen lassen.

Und ich? Ich starrte wie blöd in die Kammer, sah Jacks Überraschung und den Ärger der Blonden - meine Hände kraftlos auf dem Tisch, den Mund offen, das Gehirn im Leerlauf. Ich presste mir die Handballen auf die brennenden Augen und bekam in meiner Schockstarre nicht mit, was die Blonde zu Jack sagte, auch wenn ihre Worte klar und deutlich waren - nicht gut, rügte ich mich selber, gar nicht gut: Du hast Jahrhunderte lang auf diesen Moment gewartet, du bist Jahrhunderte lang auf diesen Moment vorbereitet worden, du musst in genau diesem Moment funktionieren!

Ich öffnete die Augen wieder, blinzelte, fokussierte - und es war tatsächlich wahr, es war immer noch wahr: Der Stein war leer, das Schwert war frei und die Blonde streckte es Jack herausfordernd entgegen.

Sekunden später gellte der Alarm durch die Kirche, und mein Dienst in der Zentrale war nach zweihundert ereignislosen Jahren von einer Sekunde auf die andere beendet - vermutlich für immer.

Shara

Drei Dinge geschahen gleichzeitig, als der Kreuzritter den Schalter aktivierte: In der Kammer ging das Licht an, die schweren Riegel an der Eingangstür schoben sich knarrend vor und eine Sirene gellte los - sie klang wie ein Feueralarm, schrill und aufpeitschend.

Die plötzliche Helligkeit blendete mich, die Sirene ließ mich zusammenzucken, wirklich bedenklich fand ich allerdings das Geräusch der sich verriegelnden Tür, da mich das einschloss - in einer Kammer im Keller einer Kirche, mit einem Typen im Kreuzritterkostüm. Vom Ausgang war jedoch nicht dergleichen zu hören gewesen, daher blieb Panik erst einmal aus.

"Ich werde jetzt gehen. Nehmen Sie das hier", sagte ich mit halbwegs kräftiger Stimme, um den Alarm zu übertönen, und streckte dem Kreuzritter das Schwert entgegen.

Aus der etwas unheimlichen Gestalt im Halbschatten war im Licht tatsächlich ein außergewöhnlich schöner junger Mann geworden, der mich noch immer anstarrte, er hatte einen schwarzen Stecker im Ohr, dessen Kabel unter dem Kragen der bodenlangen Kutte verschwand. Sein Entsetzen war jetzt abgemildert, der erste Schreck scheinbar vorbei - eine tiefe, ehrliche Überraschung lag nun auf seinen klaren Zügen, hatte seine erstaunlichen Augen erstaunt geweitet.

Er blickte von mir auf das Schwert, dann schüttelte er langsam den Kopf, begreifend und sich sammelnd.

"Es steht mir nicht zu, das Schwert jetzt zu berühren. Aber bitte, gehen wir hinaus."

'Hinaus' klang gut - viel besser als 'bei Feueralarm in Krypta eingeschlossen'. Hinter der Eingangstür jaulte weiterhin die Sirene, ich hörte sich entfernende Stimmen und Schritte: Der Alarm trieb die Touristen hinaus in den Regen. Mein Mitleid hielt sich in Grenzen, ganz besonders für den stinkenden Kerl aus der Schlange - der konnte die Dusche, die ihn draußen erwartete, nun wirklich dringend gebrauchen.

Der Kreuzritter hielt mir höflich die Ausgangstür auf, und ich war kurz versucht, das Schwert einfach an die Wand zu lehnen, aber vermutlich kam ich schneller aus der Kammer, wenn ich es wirklich mitnahm. Es wurde in meinen nervösen Händen allerdings zunehmend schwerer, und halten konnte ich es auch nur am Griff, da die alte Klinge noch verdammt scharf aussah: Als kleines Andenken an Rom wie auch fürs Handgepäck auf dem Rückflug absolut nicht geeignet.

Die Tür führte uns in einen Raum ähnlich dem, in dem auch die Besucherschlange vor der Kammer warten musste, allerdings waren die Wände hier nicht gemauert, sondern von steinernen Platten bedeckt - Grabplatten, wie ich angesichts von Form und Größe schlussfolgerte. Die meisten trugen dieselbe Inschrift ('Memento Mori', ich schauderte leicht), drei oder vier waren jedoch individueller gestaltet und damit wahrscheinlich wirklich ... belegt.

Im Vorbeigehen sah ich aus dem Augenwinkel betende Hände auf einer Platte, eine Komposition aus Amboss, Hammer und anderen Gerätschaften auf einer anderen, dann noch einen Männerkopf im Profil sowie ein zart verschleiertes Mädchengesicht - und vor drei dieser Platten war jeweils ein Schwert angebracht, festgeschlagen mit einem eisernen Reifen. Der Griff auf der Platte liegend, die Klinge nach unten zeigend - ich fühlte mich diesen drei Toten unvermittelt ein bisschen verbunden, schleppte doch auch ich gerade eine ganz ähnliche Waffe in ganz ähnlicher Haltung herum. Oder waren das etwa ... nein, Shara, befahl ich mir sofort, diesen Gedanken lässt du einfach fallen, den denkst du nicht zu Ende: Diese Toten haben nicht ebenfalls ein Schwert aus dem Stein gezogen, diese Toten haben nichts mit dir zu tun. Tote wurden früher nun einmal in Kirchen begraben, dies ist außerdem eine Kreuzritter-Kirche, und Ritter hatten nun einmal Schwerter - Punkt.

Ich beschleunigte meinen Schritt trotzdem, wollte diesen Raum rasch durchqueren, denn er war nicht nur schauerlich: Aus ihm führte auch ein schmaler Gang hinaus, an dessen Ende ich eine Treppe sah, und die verhieß Luft und Licht.

Ich folgte dem jungen Mann, so schnell ich mit dem Schwert konnte - doch er führte mich nicht bis zur Treppe, sondern öffnete in besagtem Gang auf halbem Weg eine Tür.

Seine einladende Geste in den Raum hinein machte mich plötzlich wütend, auch kitzelte mich nun ganz leicht die Angst im Magen: Der gellende Alarm zerrte an meinen Nerven, das Schwert an meinen Armen - die ganze Situation war einfach nur absurd.

Ich blieb vor dem Kreuzritter stehen, gönnte der mir geöffneten Tür keinen Blick.

"Hören Sie, ich gehe jetzt dort die Treppe hinauf und verlasse diese Kirche."

"Bitte, es dauert nicht lang. Wir möchten nur kurz mit Ihnen sprechen, denn das Schwert ..."

"Ist wertvoll, ich weiß", unterbrach ich ihn. "Aber es ist ja heil geblieben, oder? Und ich erhebe auch garantiert keinen Anspruch darauf, machen Sie sich keine Sorgen. Stecken Sie es wieder in den Stein, benutzen Sie diesmal einen besseren Superkleber und schicken Sie mir die Rechnung."

Ich machte einen Schritt auf den Kreuzritter zu, er wich sofort zurück. Interessant - und ganz und gar nicht bedrohlich, wenn man es genau nahm. Zum Glück verstummte in diesem Moment endlich diese grauenhafte Sirene, die Stille war ebenso abrupt wie wohltuend.

Ich stütze das Schwert erschöpft auf dem Boden ab, atmete tief ein: Vielleicht war der direkte Weg hier der beste?

"Was wollt ihr von mir?"

"Och, nichts Besonderes", antwortete mir eine tiefe, weiche Stimme mit leichtem Spott aus dem Raum rechts, in den mich der Kreuzritter hatte lotsen wollen.

"Du hast nur eine Jahrhunderte alte Prophezeiung wahr gemacht, daher würden wir uns dir gern zu Füßen werfen. Unser Ordensmeister steckt allerdings im römischen Verkehr fest, deswegen müssten wir noch 'ne Viertelstunde warten, bis die Huldigung beginnen kann. Was darf's so lange sein - Espresso, Cappuccino, Café Latte?"

Magnus

"He, Magnus! Melde dich, verdammt! Ist das eine Übung?"

In meinem Raum war der Feueralarm nicht so laut wie draußen, und so erklang Jos Stimme klar in meinem Headset: Ich klappte meinen Mund zu, schob meine Kaffeetasse beiseite, fand die richtigen Knöpfe, sah Jo. Er stand wieder vor Kamera sechs und starrte mich an, aus dem Blickfeld der Kamera trampelte das fette Mädchen gerade erstaunlich schnell in Richtung Ausgang. Ich suchte nach der Sprechtaste, warf dann aber zur Sicherheit noch einen weiteren, vor allem aber wachen Blick auf die Kamera über dem Stein: Sicher war sicher - eine falsche Antwort, ein fälschlich ausgelöster Alarm, und ich säße mal wieder richtig in der Scheiße.

"Kein Übung, Jo - ich wiederhole, keine Übung. Es ist frei." Die lange trainierten und doch nie ernsthaft benutzen Worte brachten mich endgültig wieder zu mir, und ich erinnerte mich an das, was zu tun war. "Mach die Kirche dicht, ich verständige Andreas und Ciaran."

Jo zögerte, gab mir dann erneut einen hochgereckten Daumen in die Kamera und verschwand.

"Denk an die Feuerwehr!", erinnerte er mich noch, dann hörte ich seine Schritte in der Kirche, sich schnell mit den Stimmen und dem Getrappel der zum Ausgang strömenden Touristen vermischend.

Jo würde sicherstellen, dass auch wirklich alle Besucher die Kirche verließen und dann die Eingangstür verriegeln, denn bei dem, was nun kam, brauchten wir keine Zeugen - schon gar keine mit Fotoapparaten. Und er hatte Recht: Die Feuerwehr war wichtig.

Wir hatten zwei verschiedene Alarme - einen echten Feueralarm und eine zweite Sirene, die ähnlich klang, aber für den Fall der Lösung des Schwertes gedacht war. Wir alle wussten das und konnten die verschiedenen Sirenen voneinander unterscheiden, auch ging bei dem gerade durch das alte Gemäuer gellenden Alarm kein automatischer Notruf an die Feuerwehr raus. Aber es war immer möglich, dass einer der Besucher brav seine Bürgerpflicht tat und die Feuerwehr benachrichtigte - und für den Fall musste ich dort Entwarnung geben.

Der Anruf dauerte keine Minute: Auf der Feuerwache checkte man nur kurz meinen Code, dann notierten sie die Fehlalarmmeldung. Die Benachrichtigung von Andreas und Ciaran erfolgte automatisiert mit einem simplen Knopfdruck - und so war ich nach nicht mal drei Minuten mit meinem Part fertig, auch wenn ich die ersten zwei mit blödem Starren auf den Monitor mit dem leeren Stein vergeudet hatte.

Um auf Nummer Sicher zu gehen, fummelte ich den arg vergilbten Zettel aus der Schublade, auf dem ich Geistesgröße mir vor bestimmt fünfzig Jahren den Notfallplan notiert hatte: Das Schwert war gelöst, der Schwertlöser noch anwesend, der Ordensmeister auf dem Weg, die Feuerwehr informiert, die nun überflüssigen Touristen auf die Straße verbannt - alles war getan, alles war gut.

Ich hatte gar nicht registriert, wie Jack und die Blonde die Kammer verlassen hatten, fiel mir jetzt auf: Jack öffnete gerade die Tür zu meiner Zentrale, der Alarm hörte von einer Sekunde auf die andere auf, und ich hörte zum ersten Mal ungefiltert die melodische Stimme der Blonden.

Ihre Bemerkung über den Superkleber und die Rechnung war witzig, ihr Schwenk vom 'Sie' zum 'Du' gegenüber Jack geschickt, weil das so herrlich überlegen klang: Ciaran hatte uns auf so was geschult, um mit eventuellen Störenfrieden in der Kirche fertig zu werden, und ich wusste den geschickten Einsatz von Worten immer zu schätzen, auch wenn ich selber es darin nicht gerade weit gebracht hatte. Die Stimme der Blonden klang etwas angespannt, aber klar und fest - ich glaubte nicht, dass sie wirklich Angst hatte, aber wohl war ihr auch nicht, kein Wunder.

Damit war es Zeit für eine Vorstellung meinerseits, also erhob ich mich und ging zur Tür, um unsere neue Herrin angemessen zu begrüßen.

Shara

Die Stimme gehörte einem Riesen - er füllte die schmale Tür mehr als aus und musste sich hinunter beugen, um mir unter dem Rahmen hindurch ins Gesicht sehen zu können. Ich schätzte ihn spontan auf nicht viel unter zwei Meter, mit kräftigen Armen, langen Beinen und breiter Brust. Seine Miene war jedoch freundlich, Spott blitzte aus seinen himmelblauen Augen: Auch nicht gefährlich, signalisierte mir mein Magen, unvermittelt befördert zum Gradmesser meiner Befindlichkeit, genauer: meiner jeweiligen Ängstlichkeit.

"Cappuccino bitte - aber nur, wenn mich jemand von dem Ding hier befreit", sagte ich nach kurzem Nachdenken und hob das Schwert an.

Der schöne Kreuzritter nickte und ich folgte dem blonden Riesen langsam in den Raum, mit einem sich etwas wehmütig anfühlenden Blick zur Treppe und darüber hinaus zur Kirche, zur Straße, ans Licht.

Auch in dem Raum des Riesen bedeckten Grabplatten die Wände (sämtlich in der neutralen 'Memento Mori'-Variante, also hoffentlich leer), aber ansonsten sah das Zimmer ganz nach einem provisorischen Aufenthaltsraum aus: ein alter Holztisch mit zusammengewürfelten Stühlen aus diversen Epochen, ein kleiner Schrank mit topmoderner Kaffeemaschine und den aus jedem Büro bekannten, bunt bedruckten, nicht zueinander passenden Tassen, ein Kühlschrank - und an der gegenüberliegenden Wand ein Schreibtisch mit sechs Bildschirmen. Ich erkannte auf den Monitoren verschiedene Bildausschnitte wieder, wenn auch die Perspektiven ungewohnt waren: der Stein von oben, mit einem schmalen, leeren Schlitz, die Gewölbe vor und hinter der Kammer, die Kirche innen und außen.

Während ich mich in dem seltsamen Raum umgesehen hatte, musste der Kreuzritter seine Kutte ausgezogen haben: Er breitet sie jetzt auf dem Tisch aus, wies dann auf meine stählerne Bürde.

"Leg das Schwert darauf ab", schlug er vor, was ich dankbar, wenn auch nicht ganz ohne Mühe tat.

Die beiden Männer beugten sich interessiert darüber und musterten Klinge und Griff, dann tauschten sie einen uninterpretierbaren Blick und der Riese schlug den schwarzen Stoff rasch über dem schimmernden Metall zusammen, als wäre ihm der Anblick der alten Waffe unangenehm oder aber verboten.

"Ich bin Magnus, das ist Jack", stellte er sich und seinen Freund vor, als er mir nach kurzem Hantieren an der Maschine den gewünschten Kaffee brachte und ich mich zögernd auf einem hochlehnigen Stuhl niederließ.

"Jackson", korrigierte der Kreuzritter, dann beugte er altmodisch, aber höchst anmutig Kopf wie Oberkörper und reichte mir seine warme, trockene Hand.

Ich schüttelte sie und betrachtete ihn genauer, während er sich mir gegenüber an den Tisch setzte, löffelweise Zucker in seine Tasse schaufelte und meinen Blick mied. Groß und schlank, mit leuchtend grünen Augen, aber das wusste ich ja schon. Sehr helle Haut, eine schmale Nase, hohe Wangenknochen und ein absolut entzückender Mund, ergänzte ich nun mein Porträt. Seine Eckzähne waren äußerst spitz, was sein Lächeln frech und ein bisschen gefährlich machte, seine Haare dunkel, irgendwo zwischen Braun und Schwarz - locker und groß gelockt, vom achtlosen Ausziehen der Kutte nun ein wenig verstrubbelt: unter anderen Umständen ein Typ, nach dem ich mich auch zweimal umgedreht hätte.

"Ich heiße ja auch nicht Magnus", versetzte der Riese, während er sich auf dem Stuhl neben dem Kreuzritter niederließ. "Aber wer will schon Albert heißen?"

Er sah mich mit einem herausfordernden Lächeln an, während er meine Hand vorsichtig in seine Pranke nahm und mir grüßend zunickte - auch nicht hässlich, fuhr es mir durch den Kopf: An ihm war zwar alles eine Nummer zu groß, aber mit seinen hellen Haaren, dem leicht gebräunten, offenen Gesicht und seinen freundlichen Augen war er mehr als nur ansehnlich.

"Albertus Magnus?", versuchte ich mich in einer Antwort auf seine Bemerkung, wofür ich ein herzliches, anerkennendes Lachen erntete.

"Absolut richtig!"

Er strahlte wie ein stolzer Lehrer, ich trank einen Schluck von meinem brühend heißen Kaffee mit üppig aufgeschäumter Milch.

"Auf wen soll ich eigentlich warten?"

"Auf Andreas und Ciaran." Wieder der Magnus, der Riese - Jackson, der Kreuzritter, rührte weiterhin konzentriert in seiner

Tasse.

"Und das sind ...?"

"Die Großmeister unseres Ordens. Also - eigentlich wechseln sie sich ab, Andreas ist im Moment an der Reihe, aber Ciaran ist als Nummer Zwei auch ziemlich wichtig."

"Was für ein Orden ist das genau?"

"Der Orden des Heiligen Schwertes."

Okay, das war naheliegend gewesen: Diese Frage hätte ich mir sparen oder gleich selbst beantworten können. "Und der Feueralarm?"

"Der räumt nur die Kirche, weil das Schwert gelöst wurde. Keine Sorge, es brennt nicht wirklich."

Das klang plausibel - die Monitore an der Wand zeigten keine um sich schlagenden Flammen, nur völlig leere und dunkle Räume. Oder doch nicht?

"Und wer ist das?", fragte ich und zeigte auf den obersten Monitor ganz rechts, auf dem eine von Kopf bis Fuß schwarze Gestalt das Blickfeld der Kamera durchquerte.

"Das ist Joseph, er gehört zu uns. Er kontrolliert, ob auch wirklich alle draußen sind - manche Menschen sind etwas schwierig und wollen ihr Besichtigungsprogramm auch in einer Feuersbrunst fortsetzen." Jackson hatte es also nicht komplett die Sprache verschlagen.

"Und wie heißt du?"

Das war wieder der Riese, und für seine Frage erntete er einen warnenden Blick des schönen Kreuzritters.

Ich dachte kurz nach. "Sag ich nicht - bevor ich nicht weiß, was hier wirklich los ist."

Das schien Magnus zu erstaunen, er zog die Augenbrauen hoch.

"Aber das hab ich dir doch eben schon gesagt!"

Jackson hob die Hand, warf seinem Kollegen einen weiteren Blick zu - eine Art grünen Blitz, scharf und kalt. "Magnus, es ist gut. Wir dürften gar nicht mit ihr sprechen, also halte dich wenigstens ein bisschen zurück."

Ich wollte etwas einwerfen, doch Magnus nestelte an seinem Ohrhörer und stand dann abrupt auf.

"Sie sind da", sagte er.

Ich nahm aus dem Augenwinkel eine neue Bewegung auf den Monitoren wahr: Drei Gestalten, raschen Schrittes auf dem Weg in die Krypta, kurz darauf hörte ich sie auch schon den steinernen Gang herunter kommen. Die Angst kitzelte mich erneut im Magen, und mein vom warmen Kaffee benebelter Fluchtinstinkt wurde wieder wach - hoffentlich nicht zu spät.

Magnus

Die Schritte von Andreas, Ciaran und Jo hallten überlaut in dem Korridor und ich konnte verstehen, dass Blondie sich ein bisschen aufrechter hinsetzte: Ihre Anspannung war deutlich zu spüren - verständlich, kamen da doch schnelle Schritte von Menschen auf sie zu, die sie nicht kannte und die wer weiß was von ihr wollten.

Jack und ich waren aufgestanden, als wir Jos Stimme über die Headsets gehört hatten, was mir aber sofort leidtat, als ich die vorwurfsvollen Augen von Blondie sah - es hatte was von im Stich lassen, als wir unsere Tassen rasch vom Tisch nahmen und uns an der Wand aufstellten: Als wollten wir möglichst viel Abstand zwischen sie und uns bringen. Sorry, hätte ich ihr gern gesagt, aber das sieht nicht nur so aus, das soll, muss sogar so sein - nimm es als Würdigung, als Zeichen deiner neuen Wichtigkeit.

Die Schritte kamen nicht aus der Kirche, sondern aus Richtung der Kammer - natürlich hatten sich Andreas und Ciaran zuerst mit eigenen Augen versichert, dass der Stein tatsächlich leer war, dass sich nicht einer von uns einen blöden Scherz erlaubt hatte.

Andreas ging voran, Ciaran und Jo folgten ihm. Jo warf Blondie einen kurzen Blick zu und verzog den Mund, während er zu mir und Jack herüber kam - was sie garantiert gesehen hatte, denn ihre Augen glitten schnell und prüfend über die Eintretenden. Du Idiot, dachte ich böse, das war nun wirklich unpassend. Andreas und Ciaran hatten sich besser im Griff: Andreas' Miene war beherrscht und neutral, aus Ciarans Augen strahlte die gewohnte Neugierde.

Die beiden blieben ein paar Schritte vor dem Tisch stehen, hinter dem Blondie immer noch saß. Sie hatte ihre Tasse abgestellt, die Arme vor der Brust verschränkt, sah Andreas und Ciaran kühl aus ihren großen, stahlgrauen Augen an - das gegenseitige Mustern dauerte sicher nur eine halbe Minute, gefühlt jedoch ein halbes Jahr.

Schließlich trat Andreas an den Tisch und schlug den schwarzen Stoff vom Schwert zurück. Wie eben schon Jack und ich beugten sich jetzt er und Ciaran über die Waffe und betrachteten ausführlich die Klinge, die auch sie noch nie zuvor außerhalb des Steins gesehen hatten, dann richteten sie ihre Aufmerksamkeit wieder auf Blondie. Es war Andreas, der als Erster sprach, begleitet von einer artigen und tiefen Verbeugung, Baujahr 12. Jahrhundert.

"Ich bin höchst erfreut, Ihre Bekanntschaft machen zu dürfen. Mein Name ist Andreas, dies ist Ciaran. Ich bin Ihnen sehr dankbar, dass Sie uns die Gelegenheit geben, mit Ihnen zu sprechen - und wenn es Ihnen Recht ist, würde ich Ihnen gern ein paar Fragen stellen."

Blondie sah von Andreas zu Ciaran, dann rüber zu Jack und mir. Sie nickte schließlich verhalten, ihre schmalen Schultern zuckten dabei hoch und runter - was wahrscheinlich so viel hieß wie 'Frag ruhig, ich muss ja nicht antworten'.

Andreas und Ciaran setzten sich auf die Stühle, die Jack und ich eben geräumt hatten, wir anderen blieben an der Wand stehen: Ja, bei uns gibt's eine klare Hierarchie, und ich werde auf ewig zu denen gehören, die vor anderen strammstehen müssen.

"Würden Sie mir bitte sagen, wie Sie heißen?"

Schlechter Einstieg, Andreas, dachte ich, und Blondie schüttelte dann auch prompt wortlos den Kopf.

"Sie kommen aus Deutschland?" Das hatte er wahrscheinlich von Jo, der meine Durchsage an Jack mitgehört hatte.

"Ja, das ist richtig."

"Wann wurden Sie geboren?"

Blondie überlegte kurz. "Ich bin Mitte zwanzig."

Und damit hatten wir bislang keine Daten, um mehr über unseren Neuzugang herauszufinden - abgesehen davon, dass wir wussten, dass sie nicht auf den Kopf gefallen war: Sie schützte sich mit ihrem Schweigen, und zwar gar nicht mal schlecht.

"Sie haben dieses Schwert heute zum ersten Mal gesehen?"

"In echt: ja. Allerdings ist in meinem Reiseführer eine kleine Abbildung, und im Fernsehen kam auch schon einmal was darüber."

"Und Sie haben dieses Schwert eben aus dem Stein gezogen?"

"Ja."

"Haben Sie irgendwelche Hilfsmittel benutzt? Zum Beispiel

mechanischer oder chemischer Art?"

Blondie zog die Augenbrauen hoch, schüttelte dann den Kopf.

"Nein. Aber beide Hände, es ging auch nur sehr schwer heraus."

Gilt trotzdem, hätte ich gern gesagt, vielleicht hätte sie das ein wenig zum Schmunzeln gebracht.

"Ich würde gern einen Blick in Ihre Tasche werfen."

Jetzt waren ihre Augenbrauen noch höher, sie dachte über Andreas' Bitte nach. "Nein. Aber ich packe sie vor Ihren Augen aus und Sie können sehen, was darin ist."

Andreas nickte, Blondie stand auf und stellte ihre schwarze Umhängetasche auf den Tisch. Den dicken Rom-Reiseführer voller Post-its, eine Kamera, einen leicht zerknitterten Stadtplan, eine noch regenfeuchte Baseballkappe, eine Sonnenbrille, eine kleine Flasche Mineralwasser, eine Schachtel Zigaretten, eine Rolle Pfefferminz, Papiertaschentücher und eine kleine Kosmetiktasche legte sie Andreas und Ciaran hin, eine Brieftasche, ein Handy und einen einsamen Schlüssel mit Anhänger behielt sie auf ihrer Seite. Sie drehte die Tasche um und schüttelte sie demonstrativ, aber außer einem halben Pfefferminz und ein paar undefinierbaren Krümeln war nicht weiter drin.

"Bitte sehr."

Sie setzte sich wieder und Andreas dankte ihr mit einem Kopfnicken. Er öffnete die Kosmetiktasche, legte sie aber nach einem Blick hinein zurück. Sah nach Mädchen-Krimskrams aus: Kopfschmerztabletten, Lippenpflege, Parfüm, Pflaster, Haargummis - nichts, womit man einen Stein erweichen und ein mystisches Schwert aus seinem Jahrhunderte währenden Schlaf erwecken konnte. Der Reiseführer wurde kurz durchgeblättert, die Kamera enthüllte ihre letzte Aufnahme (Forum Romanum im Nieselregen), Andreas schnupperte an der Wasserflasche und warf dann einen begehrlichen Blick auf Handy und Brieftasche. Blondie verstand und schüttelte den Kopf. Sie klappte das Handy auf, öffnete den Reißverschluss der Brieftasche und gestattete Andreas aus der Entfernung einen knappen Blick auf beides: Das Handy leuchtete, in der Brieftasche steckten Bankkarten und Geld - kein Name lesbar, soweit ich das von hier erkennen konnte.

"Vielen Dank." Andreas drehte sich zu uns um. "Ich würde

nun gern die Aufnahme sehen."

Ich nickte, hockte mich an den Schreibtisch, holte die Szene aus der Kammer auf die Bildschirme, legte den Ton auf die Lautsprecher und kurz darauf erklangen die Stimmen von Jack und Blondie überlaut in dem hallenden Raum. Andreas verlangte zwei Wiederholungen, dann setzte er sich wieder an den Tisch. Er fuhr mit der Hand über sein Gesicht und fixierte Blondie - okay, jetzt es wurde ernst.

"Sie wissen, welche Legende sich um dieses Schwert und seinen Stein rankt?"

"Nicht genau - nur das, was man gemeinhin so darüber weiß. Und ich habe gelesen, was da drin steht", fügte Blondie hinzu und zeigte auf den Reiseführer, der noch immer vor Andreas auf dem Tisch lag. "Ein römisches Excalibur."

"Ich würde Ihnen gern mehr darüber erzählen, Ihr Interesse vorausgesetzt. Sie sind hier im Urlaub?"

Sie nickte.

"Und wie lange bleiben Sie noch in Rom?"

"Ich fliege morgen Vormittag zurück."

"Sind Sie in Begleitung hier?"

"Ja."

Sie lächelte ein wenig wehmütig, als sie das sagte - entweder war das gelogen oder sie war nicht ganz glücklich mit ihrer Reisegesellschaft.

"Könnten Sie Ihren Aufenthalt in Rom eventuell verlängern?"

"Nein. Aber wenn Sie mir etwas erzählen wollen, können Sie das ja gern jetzt tun."

Andreas und Ciaran tauschten einen Blick, Ciaran übernahm und lehnte sich leicht vor, die Hände mit den Handflächen nach oben offenbarend auf dem Tisch liegend.

"Wenn ich Ihre Worte und Ihre Körperhaltung richtig interpretiere, sind Sie skeptisch und verunsichert. Sie wollten das Schwert nicht anrühren, waren erst überrascht und dann eher amüsiert als befriedigt, als es sich löste - vielleicht bereuen Sie sogar inzwischen, nicht lieber nebenan die 'Bocca della Verita' ausprobiert zu haben. Sie wollten das Schwert nur anschauen, hatten weder die Ambition noch die Hoffnung, es lösen zu können. Richtig?"

Hätte Andreas das mit seiner strengen Ordensmeister-Stimme gesagt, wäre Blondie wahrscheinlich beleidigt aufgestanden und gegangen, doch bei Ciaran klang das einfach nach einer freundlichen und wohlwollenden Einschätzung der Situation. Blondie musterte unseren Doc denn auch aufmerksam, als wisse sie seine Diagnose ihres Innenlebens zu würdigen, ein leichtes Lächeln umspielte ihren Mund.

"Das trifft es in etwa. Ich habe gedacht, es handele sich um einen ... Scherz, um einen gut gemachten Touristen-Gag, als ich es plötzlich in der Hand hatte. Und was den 'Bocca della Verita' angeht: Bei meinem heutigen Glück würde mir nun wahrscheinlich eine Hand fehlen."

Ciaran lachte leise, dann fuhr er eindringlicher fort.

"Und eben weil Sie eine Skeptikerin sind, wird es nicht genügen, wenn wir Ihnen mal eben eine kleine Geschichte erzählen - das würde Ihnen nicht alle Fragen beantworten und damit auch uns nichts nützen. Sie ahnen es sicher schon: Wir erhoffen uns von Ihnen mehr Engagement als nur offene Ohren für eine alte Legende. Wir brauchen Zeit, um uns zu erklären, um Ihnen das Schwert und seine Bedeutung zu erklären, und wir bitten Sie von ganzem Herzen darum, uns diese Zeit zu gewähren. Wir sind selbstverständlich mehr als bereit, Sie für diese Ungelegenheit zu entschädigen, auch helfen wir gern, eventuelle Hindernisse aus dem Weg zu schaffen, die Sie daran hindern, noch in Rom zu bleiben - und wenn es nur um die Verlegung Ihres Fluges oder die Verlängerung Ihres Hotelzimmers geht."

Blondie verschränkte die Arme wieder vor der Brust, blickte von Ciaran zu Andreas, dann rüber zu uns. Ich hätte mich am liebsten vergewissert, dass Jack und vor allem Jo angemessen feierlich dreinschauten, dass ihre Gesichter freundlich und einladend wirkten, traute mich aber selber nicht, auch nur zu blinzeln.

Blondie ließ sich Zeit mit der Antwort, was ich notorischer Optimist erst mal als gutes Zeichen auffasste, doch dann stand sie auf und räumte ihre Sachen zurück in die Tasche - was mich an meiner eigenen Interpretation sofort wieder zweifeln ließ, weil es so schrecklich nach Abschied auf Nimmerwiedersehen aussah.

"Wie wäre es damit", sagte sie zu Andreas und Ciaran, während Geldbörse, Reiseführer, Kamera und der restliche Krempel verschwanden. "Es ist jetzt etwa zwölf. Ich gebe Ihnen bis heute Abend sechs Uhr Zeit, um schon einmal mit Ihrer Geschichte anzufangen - von alten Gemäuern habe ich für heute eh genug. Ob ich meinen Rückflug verschiebe, werde ich entweder heute Abend oder aber auch erst morgen früh entscheiden, abhängig von dem, was Sie mir erzählen und was genau Sie von mir wollen: Hierzubleiben ist leider nicht so einfach, da ich am Montag arbeiten muss. Ich weiß ja nicht, wie das in Ihrem ... Business ist, aber bei uns sollte man wieder da sein, wenn der Urlaub vorbei ist."

Sie schloss schwungvoll den Reißverschluss der Tasche, setzte sich aber nicht noch mal hin, sondern bedachte unsere Ordensmeister mit einem äußerst selbstbewussten, auffordernden Blick, der mich zu einem anerkennenden Lächeln verleitete: Wir mochten Blondie mit Schwert, Krypta und uns altertümlichen Gestalten verunsichert haben, eingeschüchtert hatten wir sie jedoch keinesfalls.

Jetzt erhoben sich auch Andreas und Ciaran, beide nickten: Andreas zögerlich und nicht ganz zufrieden, Ciaran mit einem dankbaren, sogar erfreuten Lächeln.

Shara

Wir verließen die Kirche durch einen Seiteneingang: Andreas führte mich durch den Korridor hinauf in die verlassene, hallende und nun wirklich stockdunkle Kirche, dann durch eine Art Sakristei in einen kleinen Hinterhof, die anderen folgten uns.

Im Hof parkten zwei Autos: eine große, neue BMW-Limousine und ein kleiner, ramponiert aussehender Fiat. Ciaran hielt mir die hintere Tür der Limousine auf, nach kurzem Zögern stieg ich ein.

Das Schwert war noch immer in die schwarze Kutte eingeschlagen, Andreas legte es in den Kofferraum, dann setzte er sich neben mich. Den Beifahrersitz übernahm Ciaran, Jackson das Steuer. Durch das Rückfenster sah ich, wie der Riese sich auf den Fahrersitz des Fiats zwängte, während Joseph die schmale Tür der Kirche abschloss und sich dann neben Magnus auf den Beifahrersitz schwang.

Ich hatte den schwarzen Kreuzritter eben in der Kammer nicht genau gemustert, hatte nur seinen missbilligenden Gesichtsausdruck registriert und mich dann auf scheinbar wichtigere Personen konzentriert, nämlich Andreas und Ciaran. So fielen mir erst jetzt die Geschmeidigkeit und die Schnelligkeit auf, mit der Joseph sich bewegte: Er war groß und sehr schlank, mit langen Gliedern und unzähligen schmalen Zöpfen, seine Nase kühn geschwungen, die Zähne strahlten blendend weiß aus der wirklich sehr dunklen Haut - ein bemerkenswerter Mann, der einen mit einer schwarzen Kutte in einer düsteren Kirche aber ganz sicher auch zu Tode erschrecken konnte.

"Wohin fahren wir?", fragte ich Andreas, er wandte sich leicht zu mir um und antwortete erneut auf diese in meinen Ohren sehr förmlich klingende, bei ihm indes aber ganz natürlich wirkende Art.

"Wir haben in Rom ein Haus - an der Via della Conciliazione, zwischen Petersplatz und Engelsburg. Wir würden uns überaus geehrt fühlen, Sie dort als unseren Gast begrüßen zu dürfen."

Eigentlich wäre mir ein öffentlicher Ort lieber gewesen, andererseits war wohl alles besser als dieser unheimliche, von Grabplatten umgebene Raum in der düsteren Kirche, also nickte ich nur und schwieg.

Jackson fuhr auf ein Zeichen von Andreas los und fädelte sich geschickt in den munter fließenden Verkehr ein. Es regnete jetzt stärker, dicke Tropfen klatschten wie Trommelschläge auf das Auto. Die Straßen hatten sich ein wenig geleert, aber noch immer waren viele Menschen und noch mehr Autos unterwegs: Regenschirme in fröhlichen Sommerfarben leuchteten im gräulich dampfenden Dunst, lachende Touristen drängten sich unter den Markisen der Geschäfte und brachten Fotoapparate und Stadtpläne vor dem Regen in Sicherheit.

Ich fühlte mich plötzlich sehr einsam, sehr abgeschnitten von der normalen Welt, den normalen Menschen - und mein Magen fragte mich nun ganz ernsthaft und mit dem leichten Pieken der Angst, warum ich nicht einfach an der nächsten Ampel aus dem Wagen sprang und auf Nimmerwiedersehen zwischen den vielen Leuten verschwand. Weil du auch verdammt neugierig bist, was am Ende dieser Fahrt auf dich wartet, antwortete mein Kopf, was den murrenden Magen allerdings nicht wirklich zufrieden stellte.

Um mich von meiner aufkeimenden Angst abzulenken, musterte ich meine Begleiter noch einmal genauer: Kreuzritter Jackson konzentrierte sich auf den Verkehr, doch ich erwischte ihn in kürzester Zeit zweimal dabei, wie er mich über den Rückspiegel ansah. Seine Augen waren prüfend, ein wenig fragend auch - und sehr, sehr, sehr grün. In der Kammer war es ein sattes Dunkelgrün gewesen, ähnlich dem der Smaragde auf dem Schwert, in dem besser beleuchteten Aufenthaltsraum dann etwas heller - ein mildes Tannengrün vielleicht. Jetzt, im Tageslicht, funkelten die Augen in einem strahlenden Grasgrün, das mir ein wenig den Atem raubte, als es mich das erste Mal unvermittelt traf: Ich musste geschockt wegsehen, war mir selber dafür böse und konzentrierte mich stattdessen auf ungefährlichere Körperteile.

Jacksons Haare waren hier draußen immer noch irgendwo zwischen Dunkelbraun und Schwarz, dicht und lockig - sie sahen aus, als könnte man ihnen weder mit Kamm noch Bürste beikommen und weckten in mir den ganz und gar unangebrachten Wunsch, meine Hände in dieser weichen Pracht zu vergraben. Seine Haut war hell und so rein, dass manches Mädchen (mich eingeschlossen!) ihn darum beneidet hätte, die schlanken Hände lagen ruhig auf dem Lenkrad. Er mochte ein paar Jahre älter sein als ich, aber viele waren es nicht. Beunruhigend schön, fuhr es mir durch den Kopf, als mein Herz (das leicht zu beeindruckende, dumme Ding!) unter einem dritten grünen Blick schneller zu Klopfen begann: Bei dem musste ich vorsichtig sein, hatten doch seine zwei, drei bittenden Worte unten in der Kammer schon dazu geführt, dass ich mich hatte überreden lassen, dieses verdammte Schwert anzufassen.

Ich ließ von Jackson ab: Andreas neben mir hatte die Hände bedächtig in den Schoß gelegt und schenkte mir ein verhaltenes Lächeln, als er meinen Blick auffing. Er war ein paar Zentimeter kleiner als ich, aber kräftig gebaut, allerdings ohne ein Gramm Fett - breiter Brustkorb, kräftige Gliedmaßen, große Hände. Zu ihm passte das Schwert viel besser als zu mir: Er sah aus, als wisse er damit umzugehen, auch wenn ich nicht hätte sagen können, wie ich zu diesem Urteil kam. Sein Gesicht war ebenso robust wie sein Körper – markant, ein wenig überlegen und sehr selbstbewusst mit den tiefliegenden, schwarzen Augen und dem leicht emporgereckten Kinn. Die Haare waren von einem verwaschenen, ausgebleichten Braun, sein Alter hätte ich nur schwer angeben können: Ende dreißig? Er schien es gewohnt zu sein, dass die anderen seinen Anweisungen gehorchten, auch wenn diese nur aus kleinen Hinweisen und kurzen Blicken bestanden. Mir gegenüber war der sogenannte 'Ordensmeister' von einer demonstrativen Höflichkeit gewesen, seine Worte gewählt, seine Mimik beherrscht, seine Gesten immer beruhigend – vielleicht zu bemüht beruhigend, denn von allen empfand ich ihn bislang am ... undurchschaubarsten, an Adjektive wie 'bedrohlich' wollte ich in eigenem Interesse lieber gar nicht denken, auch wenn sie sich aufdrängten.

Ciaran auf dem Sitz vorn war anders: natürlicher und offener, scheinbar auch etwas jünger - Anfang oder Mitte dreißig? Ich konnte von hinten nur seine ordentlich geschnittenen Haare sehen – Braun, aber mit einem deutlichen Stich ins Rote. Sehr weiße Haut, intelligente, wache, dunkelblaue (nein, eher schon veilchenfarbene!) Augen und ein paar recht große Sommersprossen auf Nase, Stirn und Händen: Interessant und ausgesprochen hübsch, einschüchternd höchstens in der Klugheit, die er ausstrahlte. Er war etwa so groß wie ich, eher schmal und so feingliedrig, wie Andreas kräftig war - und wichtiger: Er lächelte viel und oft, was aber nicht aufgesetzt wirkte und mir daher gerade umso willkommener war.

Nach etwa zwanzig Minuten im dichten Verkehr bogen wir auf die Via della Conciliazione ein: eine breite, prächtige Straße, die ich gestern schon bewundert hatte, als ich vom Petersplatz zum Tiber hinunter gegangen war. Ich hatte auch das Haus kurz gemustert, vor dem wir jetzt langsamer wurden, denn es passte eigentlich so gar nicht in diese Prachtstraße. Das lag jedoch nicht daran, dass es heruntergekommen oder klein gewesen wäre – es unterschied sich einfach in seiner Architektur grundsätzlich von den es umgebenden, herausgeputzten Palazzi: vielleicht sechs Stockwerke hoch und aus grauem Stein, die großen Quader in den Mauern sichtbar, kein schützender Putz oder schmückender Stuck an der Fassade. Die Fenster waren allesamt quadratisch und lagen mit ihren schwarzen Fensterläden wie Schießscharten tief in den dicken Mauern, das flache Dach krönten breite Zinnen im gezackt-gotischen Stil: Umgeben von einer mehr als zwei Meter hohen Mauer mit einem großen Tor stand es wie eine mittelalterliche Trutzburg, wie ein Überbleibsel aus einer anderen Zeit zwischen den verspielt bis kitschig verzierten Imponierbauten rechts und links.

Der kleine Fiat hatte sich die ganze Fahrt über tapfer hinter uns gehalten, gemeinsam rollten wir nun durch das sich rasch öffnende Tor. Dahinter lag ein kleiner Hof: Gepflastert, aber leer - wahrscheinlich schlicht ein Parkplatz, was angesichts der überquellenden Straßen und zugeparkten Gehwege in Rom ein echter Luxus war.

Ciaran öffnete mir wieder galant die Tür, ich stieg aus. Das Haus ragte groß, grau und schmucklos vor mir auf und machte im trüben Regenwetter nun wirklich keinen sehr einladenden Eindruck. Einen besonderen Blick war (wie schon vor der Schwertkammer) die Eingangstür wert: Von der Straße durch die Mauer verborgen, war sie ebenso quadratisch wie die Fenster - ich schätzte sie auf eine Höhe und Breite von weit über zwei Metern. Sie schien aus einem schwarzen Metall zu sein, vorn verziert mit einer XL-Ausgabe des Schwingenkreuzes, dem ich auch schon in der Schwertkirche so regelmäßig begegnet war.

Ich blickte zurück zum Tor: Es fuhr gerade mit einem scharfen Klicken zu, und dieses Geräusch brannte unangenehm in meinen Ohren, klang es doch wieder nach 'eingeschlossen', wenn auch glücklicherweise nicht in einer unterirdischen Kammer. Ich schüttelte diesen unangenehmen Gedanken ab und folgte Andreas mit vorgeblich entspanntem Gesicht durch die Schwingenkreuztür: Bislang waren alle hier höflich gewesen, ich alte Skeptikerin (ja, da hatte Ciaran mich ganz richtig eingeschätzt!) sollte vielleicht einfach ein bisschen Vertrauen beweisen, nicht in allem Anzeichen und Vorzeichen sehen.

Die Eingangshalle des grauen Hauses war beeindruckend bis einschüchternd: Sie erstreckte sich über zwei Stockwerke und schien komplett mit Marmor ausgekleidet zu sein. Auf dem Boden verwoben sich weiße und schwarze Schwingenkreuze in unendlichem Reigen ineinander, an den Wänden erstreckte sich weißer Stein über einem hohen grauen Sockel bis zur schmucklosen Decke. Eine gewaltige, marmorne Treppe teilte sich nach wenigen Metern und strebte dann nach links und rechts ins nächste Stockwerk hinauf, in der Halle unten gingen mehrere mattschwarze Türen in unbekannte Räume ab. Das Licht kam durch die Fenster in der Hauswand hinter mir, doch die Regenwolken mit ihrer dämmrigen Stimmung ließen dieses Haus von innen nicht freundlicher wirken als von außen. Keine Möbel, keine Bilder, keine Teppiche, keine Pflanzen - der Raum war absolut leer und hallte laut unter unseren Schritten.

Andreas bat mich die Treppe hinauf, und ich sah aus dem Augenwinkel, dass der Kreuzritter und der Riese mit Joseph in einer der Türen unten verschwanden. Ich fühlte mich seltsam allein gelassen, folgte den beiden Männern aber die Treppe hinauf. Sie hielten sich rechts, im ersten Stock gingen wir dann einen Korridor entlang, der schon eher meinen Vorstellungen vom Inneren eines Prachtbaus in Rom entsprach und ob seiner Opulenz meine Stimmung ein wenig hob: Dicker, weinroter Teppich bedeckte den Steinboden, die Wände waren über einem Absatz aus dunklem Holz mit seidenen Tapeten in hellem Beige bespannt.

Zahlreiche Gemälde schmückten die hohen Wände, die meisten ziemlich alt. Ich wäre fast stehen geblieben, um mich zu vergewissern, ob die Darstellung eines blonden jungen Mannes mit aufwändig bestickter Weste, einem Buch in der Linken und (natürlich!) einem Schwert in der Rechten tatsächlich ein Vermeer war, aber ich beherrschte mich in letzter Sekunde. Ciaran hatte meinen zögernd verlangsamten Schritt wie auch meinen prüfenden Blick bemerkt und schien mein Interesse zu schätzen: Er lächelte mir zu, nickte zu dem goldgerahmten Gemälde hinüber.

"Ein schönes Bild, nicht wahr? Es zeigt Lukas, ein ehemaliges Mitglied unseres Ordens, und entstand im 17. Jahrhundert."

Ich nickte.

Der Korridor wurde von Wandlampen erhellt, rechts und links befanden sich in regelmäßigen Abständen hohe Flügeltüren. Wir gingen bis zu einer reich mit Schnitzereien verzierten Tür am Ende des Flurs, Andreas öffnete sie mir und ich betrat eine große Bibliothek.

Bücherregale über Bücherregale zogen sich über zwei Stockwerke vom Boden bis zur Decke, eine hölzerne und verschnörkelte Wendeltreppe links neben der Tür führte auf den Wandelgang, der die zweite Etage zugänglich machte. Die Fenster waren von den Regalen ausgespart worden und ließen ein angenehmes, natürliches Licht in den Raum - hier wirkte der regnerische Tag viel weniger trübe als in der steinkalten Eingangshalle. Ich ließ meinen Blick beeindruckt über die Bücher gleiten: Es waren vor allem alt bis uralt aussehende, ledergebundene Bände in jedwedem Format, aber ich entdeckte auch einige jüngere Bücher in bunteren Einbänden. Ein großer Tisch mit Leselampen und bestimmt zwölf Stühlen nahm fast die ganze linke Seite des Raumes ein, an ein paar Plätzen lagen Bücher, Blöcke und Stifte, an einem stand ein Laptop, auf dem ein Bildschirmschoner mit Fotos paradiesischer Strände seine Runden drehte - ja, dieser obskure Ritterorden war im 21.

Jahrhundert angekommen, kein Zweifel.

Rechts vor einem großen, offenen Kamin waren dicke Ledersessel um einen niedrigen Tisch gruppiert, dorthin bat mich Andreas. Ich nahm das angebotene Wasser an, dann ließ ich mich in einen der Sessel sinken, die beiden Männer nahmen links und rechts von mir Platz, nachdem Andreas das Schwert auf dem Tisch abgelegt und die schwarze Stoffhülle weggeschlagen hatte. Das milde, helle Licht des Raumes schmeichelte der alten Klinge, Stahl, Gold und Edelsteine glänzten satt.

Ich sah auf die Uhr und wartete auf die Eröffnung - es war etwa Viertel vor eins, die Zeit der Kreuzritter lief.

Magnus

"Spinnst du? Bleib hier", zischte ich ihm zu, dann zog ich ihn mit in die Küche.

Jo folgte uns und setzte sich zu mir an den Tisch, während Jack begann, vor uns auf und ab zu laufen - noch ein Zeichen dafür, dass er total von der Rolle war, war er doch sonst die Ruhe in Person.

"Mensch, hock dich hin. Das kann dauern", sagte Jo, während ich mir eine Zigarette anzündete.

Ich rauchte nicht wirklich viel, weil sich das nicht mit meinem Laufpensum vertrug, aber heute war kein Tag, an dem die üblichen Regeln galten - nein, ganz gewiss nicht: Der heutige Tag würde in die Geschichte eingehen, zumindest in die Geschichte meiner kleinen Welt. Blondie hatte eine Packung dieser Super-Extra-Mega-Leicht-Zigaretten in der Tasche gehabt, erinnerte ich mich, als der Tabak in meinem Hals brannte: Da konnte man auch Basilikum rauchen - gleiche Wirkung, nämlich keine.

Jack tigerte weiter, blieb dann vor dem schmalen Küchenfenster stehen, das einen wenig attraktiven Ausblick in den nassen Hinterhof mit Mülltonnen bot, und wuschelte sich durch die Haare: klares Zeichen dafür, dass er angestrengt nachdachte.

"Ich habe sie schon einmal gesehen, ich weiß nur nicht wo", sagte er, ich lachte und angelte mir eine Untertasse als Aschenbecher vom Regal über mir: Ciaran hasste es, wenn ich in seiner heiligen Küche rauchte, aber der war ja erst mal anderweitig beschäftigt.

"Groß, blond, schlank - passt genau in dein Beuteschema, oder?"

Jack warf mir für diese Bemerkung einen bösen Blick zu, dann wurde sein Gesicht ganz leer.

"Genau das hast du damals auch gesagt."

Ich runzelte die Stirn und drückte die Zigarette aus - jetzt sprach er wahrhaftig in Rätseln. "Wann? Ich hab sie noch nie gesehen, da bin ich mir sicher."

Jack drehte sich wieder zum Fenster. "Sie ist Deutsche ... wann waren wir zuletzt in Deutschland?"

Das war nicht schwer, da wir die letzten drei Monate Dienst in der Kirche gehabt hatten und allerlei exotische Reisen in ferne Länder somit nicht zu meinen jüngsten Erinnerungen gehörten – leider.

"Im Januar, in Berlin. Wir waren bei Josie - in der Wohnung, die sie für Maggie fertiggemacht hat."

Jack dachte einen Augenblick nach, fischte dann sein Handy aus der Tasche. "Ich muss Josie anrufen."

Sie meldete sich scheinbar nach einem Sekundenbruchteil - und natürlich kam Jack erst mal nicht zu Wort.

Mit dem Alarmruf, den ich in der Kirche ausgelöst hatte, wurden zwar in erster Linie Andreas und Ciaran informiert, doch anschließend ging eine Meldung an alle anderen aktiven Mitglieder des Ordens raus. Und damit die Telefonverbindungen frei blieben, hieß die Devise: Ruf bloß nicht an - wir melden uns bei dir, wenn wir dich brauchen. Rund um den Globus saßen nun also meine Brüder und Schwestern mit Tausenden von Fragen im Kopf neben dem Telefon - es war nur zu verständlich, dass Josie jetzt die Hälfte davon raus ließ, selbstverständlich innerhalb von einer knappen Minute.

"Hallo, Josie ... Ja, es stimmt, kein Fehlalarm ... Ja, wir sind mit ihr hier im Haus ... Eine junge Frau ... Nein, sie war eher überrascht ... Das weiß ich noch nicht, Andreas und Ciaran reden gerade mit ihr ... Hübsch? Ja, schon, aber das ist ja wohl jetzt ... Sie ist blond ... Josie, bitte ..."

Jack rollte genervt mit den Augen, dann wurde er lauter.

"Verdammt noch mal, hör mir bitte eine Sekunde zu! Ich erzähle dir nachher alles soft du willst, aber jetzt brauche ich deine Hilfe!"

Jack fluchte nie, wahrscheinlich hatte das Josie überrascht

und zum Schweigen gebracht - oder sie musste einfach nur mal Luft holen.

"Ich schalte dich auf Lautsprecher, Magnus und Joseph sind auch hier."

Jack legte das Telefon auf den Tisch, setzte sich dann davor.

"Josie, pass auf. Diese junge Frau, sie kommt mir irgendwie bekannt vor. Und weil sie Deutsch spricht, ist es wahrscheinlich, dass ich sie gesehen habe, als Magnus und ich bei dir in Berlin waren, im Januar. Du hast Maggies Wohnung eingerichtet, erinnerst du dich?"

"Ja."

Josies Stimme aus dem Handy klang leise und entfernt, ich rutschte ein bisschen näher, um nichts zu verpassen.

"Was haben wir damals alles gemacht, wir drei zusammen? Wo waren wir, wo könnte sie uns begegnet sein?"

Eine kurze Pause, Josie dachte nach. "Ihr seid ziemlich spät abends angekommen, das weiß ich noch. Da haben wir nur was gegessen und sind dann schlafen gegangen."

Sie schwieg, schien auf eine Reaktion zu warten.

"Sprich bitte einfach weiter, ich unterbreche dich dann", bat Jack. "Alles, was dir einfällt."

"Es hat die ganze Zeit geschneit und war echt saukalt. Die Möbel für das Esszimmer kamen nicht wie versprochen, deswegen sind wir beide an eurem ersten Tag noch mal in den Laden gefahren, wo ich sie bestellt hatte. Nachmittags waren wir dann auf der Museumsinsel, weil du das Neue Museum sehen wolltest."

"Warst du da mit?", fragte mich Jack, ich schüttelte den Kopf: Altes Zeug lag schon in meinem Zimmer genug rum, da brauchte ich mir nicht noch anzusehen, was andere so alles angesammelt hatten, vielen Dank.

"Gut, weiter."

"Abends waren wir Essen, mit Magnus. Japanisch."

Jack wuschelte seine Haare, schüttelte dann den Kopf. "Nein, dort war es nicht."

"Am zweiten Tag waren wir in der Innenstadt, weil ich noch ein paar Deko-Sachen haben wollte. Wir waren in einigen kleinen Läden, aber auch im KaDeWe und im Galerie Lafayette. Und dann noch in der großen Buchhandlung in der Friedrichstraße."

Jack schloss die Augen, ich konnte es hinter seiner Stirn fast arbeiten sehen.

"Der Buchladen, mach da weiter."

"Ach Gott, da seid ihr mir echt auf die Nerven gegangen. Na ja, eigentlich nur Magnus. Ich wollte einfach ein paar Bücher kaufen, damit die Regale im Wohnzimmer nicht so leer aussehen, und Magnus hat in einer Tour blöde Witze gerissen."

Ich schnaubte, aber im Wesentlichen hatte Josie Recht: Wenn ich genervt war, war ich selten lustig, dafür aber laut - und an jenem Nachmittag hatte ich schon vor mehreren Stunden die Schnauze voll von Läden, Leuten und Lärm gehabt.

"Beachte Magnus nicht. Erzähl bitte vom Buchladen."

"Wir waren erst unten bei den Romanen, dann bei den Bildbänden und am Ende bei den Ratgebern und Reiseführern."

"Und was hat Magnus für Witze gemacht?"

Du meine Güte - ging es hier um meine Jugendsünden oder was?

"Das ging erst so richtig bei den Ratgebern los, vorher war er halbwegs zahm. Er hat von einem Tisch zwei oder drei von diesen typischen Frauen-Büchern genommen und mir in die Hand gedrückt - ich solle die für Maggie kaufen, damit sie was Sinnvolles zu lesen hätte. Eine Stil-Beratung - und Schlankheitstipps, glaube ich."

Jack starrte auf das Handy, nickte. "Richtig. Ich habe dir die Bücher abgenommen und darin geblättert, während du Magnus angefaucht hast."

Ich zuckte mit den Schultern: Maggie konnte dringend eine Stil-Beratung gebrauchen und durchaus ein paar Kilo abnehmen - und wenn ich das schon erkannte, hieß das was. Jack schloss die Augen und lehnte sich in seinem Stuhl zurück.

"Was haben die Bücher mit ihr zu tun?", fragte ich mit einer Geste in Richtung Decke, gemeint war Blondie in der Bibliothek.

"War sie in einem Buch abgebildet? Sie könnte ein Model sein, so wie sie aussieht", lies sich Jo vernehmen, was ihm ein nachdenklich-langsames Nicken von Jackson einbrachte.

"Was genau sucht ihr eigentlich?", fragte Josies Stimme aus dem Handy, wir ignorierten sie und sahen Jack beim Nachdenken und Haare raufen zu - er brauchte zwei Minuten, dann kippte er wieder nach vorn.

"Sie war nicht innen zu sehen, sondern außen." Er sah mich an. "Sie hat die Bücher geschrieben, sie war als Autorin hinten mit einem Foto abgebildet. Ich habe mir ihr Bild angesehen, du hast mir das Buch aus der Hand gerissen und dann diesen

Spruch über mein 'Beuteschema' gemacht, genau wie eben. Josie war sauer auf dich wegen dem, was du über Maggie gesagt, ich war sauer auf dich wegen dieser Bemerkung - wir sind in die Wohnung zurückgefahren und haben uns den Rest des Abends angeschwiegen."

Wir schwiegen auch jetzt und starrten uns an: Ich konnte mich an dieses Foto partout nicht erinnern und wagte daher nicht, Jacks Theorie zu widersprechen - und dass er sauer auf mich war, kam auch des Öfteren vor, brachte mein Gehirn also nicht gerade auf Trab.

"Kannst du dich genauer an die Bücher erinnern, Josie?", fragte Jack in Richtung Handy.

Ich fand es bemerkenswert, dass er das kleine Foto der Autorin noch im Kopf hatte, nicht aber die Bücher selber.

Josie schnaubte als Antwort laut in das Mikro. "Puh, du bist lustig. Ratgeber für Frauen, wie gesagt - unter dem Namen einer großen deutschen Frauenzeitschrift. Freundin? Brigitte? Maxi? Keine Ahnung ... Irgendwas mit Stil und mit Figur oder Abnehmen, das weiß ich noch, weil ich das gerade deshalb so fies von Magnus fand."

"Keine gebundenen Bücher, oder? Große Hardcover, quadratisch und sehr bunt."

Hatte Jack also doch nicht nur auf die Autorin gestarrt, denn Josie bestätigte diese Angaben - schade, das nahm mir was von der Munition, mit der ich ihn würde ärgern können.

"Sarah? Sarah ... Das bekommen wir heraus." Jack beugte sich über das Handy. "Josie, du hast uns sehr geholfen, ich danke dir. Wir machen jetzt hier weiter und ich rufe dich nachher wieder an."

Er beendete den Anruf, doch Josie schaffte es tatsächlich noch, mit 'Scheiße, Jack, du mieser ...' ihre Empörung darüber kundzutun, dass sie ohne die versprochene Gegenleistung aus der Leitung geschmissen wurde.

"Internet", sagte Jack und stand auf, kurz darauf saßen wir in meinem Zimmer vor zwei Laptops, Jo stand mit verschränkten Armen hinter uns.

Ich versuchte es zunächst über die Webseiten der von Josie genannten Frauenzeitschriften, Jack schaute bei einem großen Buchversender nach. Er war schneller.

"Treffer", sagte er leise und wir blickten - nein, nicht auf unser Blondie, sondern auf das Cover eines der beiden Bücher, deren Lektüre ich Maggie hatte ans Herz legen wollen.

Der Onlineversand bot seinen Kunden die Möglichkeit, ein paar Seiten der Bücher durchzublättern, die Rückseite war allerdings nicht dabei. Jack hatte mit dem Vornamen im Übrigen richtig getippt: Die Autorin war mit 'Sarah von Ihlbek' angegeben. Ich suchte als Nächstes nach Treffern zu diesem Namen, Jack probierte es über die Webseite des Verlages. Beide waren wir gleich erfolgreich: Es waren insgesamt drei Bände von Blondie erschienen, neben Stil-Beratung und Abnehmtipps noch ein Band über Naturkosmetik.

"Kein Foto?", fragte Jack mich, ich schüttelte den Kopf: Scheinbar brachte das Verfassen dieser Bücher eher ganz profan Geld als Ruhm und Ehre - hier gründete niemand einen Fanclub, hier protzte der Verlag nicht mit großen Fotos und dick gedruckten Namen.

"Wir brauchen eines der Bücher", sagte Jack nach einer Schweigeminute unsererseits, ich schaute ihn skeptisch an.

"Wir sind in Rom, Jack - der nächste deutsche Buchladen ist Hunderte von Kilometern entfernt."

"Hier gibt es aber auch Abteilungen mit fremdsprachigen Büchern in den großen Buchläden", wandte Jo ein, doch Jack schüttelte den Kopf.

"Halte ich für unwahrscheinlich - da bekommst du Goethe im Original und Reiseführer für Touristen, aber nicht so was."

Wir schwiegen und starrten auf das Cover des Abnehmbandes, von dem eine Frau doppelt zurück schaute - einmal unglücklich-dicklich und einmal mittels digitaler Bildbearbeitung glücklich-verschlankt. Das erinnerte mich an etwas ...

"Maggie", stieß ich hervor.

Jack sah mich nur an, Jo patschte sich mit der flachen Hand auf die Stirn: Maggie war noch immer in Berlin, sie konnte uns einen Band besorgen. Ich war sehr stolz auf mich, Jack hämmerte wieder auf der Tastatur seines Handys herum. Es dauerte diesmal deutlich länger, bis sich jemand meldete - unverzeihlich lang, dachte ich, denn der Alarm vor einer Stunde hatte absolute Rufbereitschaft für alle bedeutet.

Jack redete eindringlich auf Maggie ein, runzelte die Stirn, redete weiter: Scheinbar war sie unterwegs und sah keine Möglichkeit, schnell in einen größeren Buchladen zu kommen.

"Maggie, es ist wichtig, unglaublich wichtig. Wir brauchen

dieses Foto sofort. Frag bitte gleich im Laden, ob du ihr Fax benutzen kannst und gib mir die Rückseite durch - und wenn innen noch mehr zur Autorin steht, brauche ich das auch. Bitte."

Er schwieg, ich hörte Maggies schleppende Stimme dumpf aus dem Handy, ohne die Worte verstehen zu können. Wahrscheinlich moserte sie mal wieder rum, denn Jacks Stimme wechselte von freundlich zu schneidend, als er den nächsten Vorstoß machte.

"Wenn es ein Problem für dich ist, dass ich dich darum bitte, kann ich dir Andreas ans Telefon holen."

Die Stimme aus dem Handy wurde schneller, das hatte wohl gesessen.

"Nein, nicht in die Burg. Ins Haus, und zwar so schnell wie möglich!"

Jack legte auf und drückte dabei so fest auf den Aus-Knopf, dass das Gerät ein deutliches Plastik-Knirschen von sich gab.

"Unglaublich", sagte er, was für seine Verhältnisse schon eine grobe Beleidigung war.

"Was nun?", fragte Jo, Jack sah erst ihn an, dann mich und zuckte mit den Schultern.

"Wir müssen warten. Maggie wird es nicht wagen, sich meiner Bitte zu widersetzen, aber beeilen wird sie sich auch nicht."

Ich warf einen Blick auf meine Uhr: Es war halb zwei, Blondie hatte uns bis sechs Zeit gegeben. Selbst Maggie würde es schaffen, in dieser Zeit ein Fax zu schicken, also konnten wir uns endlich mal entspannen. Ich stand auf.

"Ich mache Kaffee - und dann kannst du uns in aller Ruhe erzählen, warum du dich noch drei Monate später an ein winziges Foto erinnern kannst, das du für gerade eine halbe Minute auf der Rückseite eines Buches gesehen hast, Jack. Ich wiederhole mich ja nur ungern, aber ich würde nun doch noch mal behaupten wollen, dass unser Neuzugang absolut dein Typ ist."

Shara

Andreas räusperte sich kurz, dann begann er zu sprechen. Er sah mich direkt an, seine Stimme war sehr ruhig und bedacht, aber ich spürte in seinen verschränkten Händen wie auch in seinen schwarzen Augen eine merkliche Anspannung: Das hier war wichtig für ihn, weswegen ich mir vornahm, wenigstens angemessen höflich zu reagieren, wenn ich ihm auch wahrscheinlich kein Wort glauben würde.

"Sie wissen in etwa über die Kreuzzüge Bescheid?"

Ich zuckte unbeeindruckt mit den Schultern: Die historische Eröffnung war zu erwarten gewesen - in Rom führten selbst die Pizzabäcker ihre unverschämten Preise auf den Wiederaufbau der Stadt nach Nero zurück.

"Ein bisschen, aber nichts wirklich Genaues. Eine Reaktion auf die zunehme Islamisierung, aber nicht nur religiös, sondern auch wirtschaftlich motiviert. Ein 'Heiliger Krieg' in und um Jerusalem, Ägypten und Konstantinopel, langwierig und am Ende nicht wirklich erfolgreich. Ging so um 1100 nach Christus los, nachdem die Grabeskirche in Jerusalem kurz nach der Jahrtausendwende zerstört worden war."

Andreas nickte. "Absolut korrekt und schon ungewöhnlich detailliert, wenn ich mir dieses Lob erlauben darf. Die Geschichte unseres Ordens beginnt zur Zeit des Dritten Kreuzzuges, im Jahre des Herrn 1189. Unter Philipp dem Zweiten von Frankreich, Richard dem Ersten von England und Kaiser Friedrich dem Ersten wurden Ritter aus ganz Europa durch das Mittelmeer bis nach Jerusalem gebracht, über Messina, Kreta, Rhodos und Zypern. Wie Sie ja schon mit Ihrem Hinweis auf wirtschaftliche Motive angedeutet haben, waren die Kreuzzüge für die nicht erbberechtigten Nachkommen des Adels eine gute Gelegenheit, zu Ruhm und Land zu kommen, außerdem versprach die Teilnahme an diesem sogenannten 'Heiligen Krieg' Himmelslohn, war vom Papst gar als 'Gerechter Krieg' angepriesen worden - an freiwilligen und bisweilen auch fanatischen Rittern gab es also keinen Mangel. Die Truppen des Dritten Kreuzzuges wurden in Genua gesammelt und eingeschifft: Ein riesiges Heer mit Pferden, Standarten, Gefolge und Knechten, eine bunte Kriegsgesellschaft, die sich auf zahllose Schiffe verteilte. Die Jahreszeit war jedoch zum Übersetzen nicht wirklich günstig, ein paar Schiffe wurden denn auch auf dem Weg von Genua nach Messina auf Sizilien vom Sturm überrascht. Sie landeten in Rom an, um besseres Wetter abzuwarten, die Ritter und ihre Gefolgschaft nahmen sich ein Quartier. Das Wetter blieb über mehrere Tage hinderlich, also suchte man Zerstreuung in der Stadt. Drei der Ritter betraten eines Abends auch die Kirche, die Sie heute besichtigt haben, und welche damals einen ganz ähnlichen Anblick bot: Düster und trübe, ohne Altar, ohne Heiligenfiguren, ohne Bänke - also ohne all das, was man heute wie damals in einem christlichen Gotteshaus erwartete. Zwei der Ritter wollten die leere, unheimlich wirkende Kirche enttäuscht wieder verlassen, doch der dritte wurde von Neugier gepackt und beschloss, ihrem Geheimnis auf den Grund zu gehen. In der Krypta stießen die Ritter auf einen alten Mönch, der in einer kalten und feuchten Kammer neben einem Stein ausharrte - eben jenem Stein, aus dem Sie heute das Schwert gezogen haben. Das Schwert steckte auch damals schon im Stein, seit Jahrhunderten unbewegt, und der Mönch lud die Ritter mit brüchiger Stimme ein, ihr Glück zu versuchen und das Schwert zu befreien. Natürlich bewegte es sich bei keinem von ihnen um einen Millimeter, auch gemeinsam konnten sie es dem harten Stein nicht entreißen. Nachdem sich die erlesene Waffe ihrer Beharrlichkeit widersetzt hatte, hielten sie sich an den Mönch - begierig, ihm die Geschichte des Steins und des Schwertes zu entlocken. Die Männer waren die ersten Kreuzritter, die der alte Mann leibhaftig zu Gesicht bekam, ihre schönen Worte vom guten, vom göttlichen Krieg und der Rückgewinnung des Heiligen Landes schienen ihm ein guter Grund zu sein, ihnen sein Geheimnis anzuvertrauen. Auch war er ohne Nachfolger - so wurde aus seiner Erzählung bald ein Werben um die Ritter: Sie sollten seinen Platz einnehmen und auf den wahren Herrn, den Erlöser des Schwertes warten, der mit seiner Kraft der Welt ein neues Zeitalter des Friedens, eine Herrschaft der Milde und Güte schenken sollte. Der Glaube des Mönches an das Schwert war stark, doch seine Beweise waren schwach: Das Schwert war im Stein, solange er und die vor ihm denken konnten - und wenn er nicht komplett dem Wahnsinn anheimgefallen war, bewachte er es schon seit fast dreihundert Jahren. Er versprach den Rittern eine ebenso lange, sogar eine ewige Lebenszeit im Dienst des Schwertes, und er brachte ihnen allerlei alte Handschriften mit Anweisungen, die zwar auch keinen konkreten Beweis für die Wahrheit seiner Worte enthielten, dafür aber eindeutig zeigten, dass der Mönch nicht der Erste war, der neben dem Schwert ausharrte, der an das Schwert glaubte. Die Ritter hörten den Alten an, zwei, drei Tage lang. Sie diskutierten in der Nacht über das, was sie am Tag gehört hatten, und als das Wetter besser wurde und die Schiffe erneut gen Orient in See stachen, ließen sie sie fahren. Im Heiligen Land mochten Ruhm und Land warten, vielleicht aber auch der Tod: Hier dagegen lockte ein ewiges, zumindest aber sehr, sehr langes Leben - so gründeten sie den 'Orden des Heiligen Schwertes' und übernahmen von diesem Tag an die Bewachung der Waffe, die ihnen wie das Schwert des Erzengels Michael als leuchtendes Zeichen einer besseren Welt erschien." Andreas machte eine Pause, sein schwarzer Blick stach direkt in meine Augen. "Wir sind Mitglieder des Ordens des Heiligen Schwertes. Unser Orden hat seit mehr als achthundert Jahren auf diesen Tag gehofft, wir haben seit mehr als achthundert Jahren auf Sie gewartet. Das Schwert hat sich Ihnen heute ergeben, eine neue Zeit wird beginnen."

Er schwieg, sein Gesicht war erwartungsvoll - und ich schockiert, als einzelne seiner Aussagen noch einmal in meinem Kopf aufleuchteten wie Lichter in der Nacht. Das Schwert hatte sich mir 'ergeben'? Sie hatten achthundert Jahre gewartet - auf mich? Sie lebten zweihundert Jahre - oder sogar 'ewig'?

Ich trank einen Schluck Wasser, um Zeit zu gewinnen, denn natürlich erhoffte Andreas sich irgendeine Reaktion von mir - ich schwankte zwischen lauthals Lachen und verächtlichem Prusten. Beides würde indes meinem Vorsatz widersprechen, hier höflich und zurückhaltend zu bleiben, egal wie absurd die Geschichte auch werden mochte, also schluckte ich beides herunter.

Okay, wenn ich nicht spontan herausplatzen durfte, was durfte ich dann? Fragen stellen, das war doch sicher angemessen, keinesfalls zu frech.

"Das Schwert hat sich vor dem heutigen Tage noch nie aus diesem Stein heraus bewegt?"

"Nein, niemals."

"Woher wollen Sie das wissen, wenn niemand das aufgeschrieben oder sich gemeldet hat? Tausend Jahre sind eine lange Zeit, in der das Schwert ja auch nicht ununterbrochen bewacht wurde."

Ciaran antwortete mir, ein leises Lächeln umspielte seine Lippen. "Wer würde sich nicht melden, wo doch Weltherrschaft und Reichtum als Lohn auf ihn warteten?"

"Ich", sagte ich spontan, er lachte auf.

"Vielleicht sind Sie gerade deshalb dazu bestimmt, Herrin dieses Schwertes zu werden."

Ganz sicher nicht, dachte ich, ganz sicher nicht. Fiel mir noch eine sinnvolle Frage ein - möglichst eine, die das peinliche Thema 'Erlöser' umging?

"Der alte Mönch ist dann gestorben?"

Andreas übernahm wieder. "Ja, ist er - etwa zwanzig Jahre später, in einem Kloster in der Toskana, seine Gebeine liegen in der Schwertkirche begraben. Er hat den Rittern allerdings mit den erwähnten Handschriften genaue Anweisungen hinterlassen, mit denen auch sie ihr Leben verlängern und so eine durchgehende Bewachung des Schwertes sicherstellen konnten."

"Und das hat funktioniert?"

"Kann man so sagen, ja."

Für süffisante Antworten mit einem Lächeln in der Stimme war wohl Ciaran zuständig, also wandte ich mich mit meiner nächsten Frage gleich an ihn, da sie definitiv provokant war, wenn auch ebenso kurz wie simpel.

"Wie alt sind Sie?"

Er lachte. "Sie kommen gleich zum Kern der Sache, oder? Nun, ich bin weitaus älter, als ich aussehe - vielleicht belassen wir es erstmal dabei. Wollen Sie nicht wissen, ob nun tatsächlich Weltherrschaft und Reichtum auf Sie warten?"

"Wenn Sie mir verraten, wie man ein Menschenleben um Jahrhunderte verlängern kann, hätte ich Weltherrschaft und Reichtum", gab ich zurück, was mir ein anerkennendes Nicken einbrachte.

"Völlig richtig, aber dann wäre das Schwert ja überflüssig, nicht wahr? Nein, das verlängerte Leben ist hier nur Mittel zum Zweck, nicht die Lösung selbst."

Ich dachte darüber nach, denn irgendwie brachte ich das alles noch nicht zusammen. "Aber das Schwert muss mit dem verlängerten Leben nicht zwangsläufig etwas zu tun haben, oder habe ich da was übersehen? Es gibt angeblich eine Methode, das Leben zu verlängern - und es gibt ein Schwert im Stein. Wo ist die Verbindung?"

"Die Verbindung liegt darin", sagte Andreas, "dass das Leben dadurch verlängert werden kann, dass der ausgewählte Körper mit einem bestimmten Dolch in Berührung kommt. Und dieser Dolch ist von gleicher Machart wie das Schwert: Die beiden sind ein Paar, aus den Händen eines Schmieds. Der Orden hat den Dolch zusammen mit den alten Anleitungen von besagtem Mönch bekommen." Er erhob sich. "Ich werde Ihnen den Dolch zeigen."

Ich winkte ab. "Ich glaube Ihnen, dass es einen Dolch gibt, der zu dem Schwert passt. Aber gibt es einen Beweis für seine Wirkung? Können Sie mir beweisen, dass Sie ein Leben mit seiner Hilfe verlängert haben?"

Andreas setzte sich langsam wieder, dann schüttelte er den Kopf.

"Nein, wahrscheinlich nicht - wenn Ihnen Worte nicht genügen. Was würden Sie denn als Beweis akzeptieren?"

Das war eine gute Frage, als Antwort musste ich schließlich ratlos mit den Schultern zucken.

"Ich weiß es nicht. Fotos, Dokumente - man kann ja alles Mögliche manipulieren, und ich würde ganz sicher nicht erkennen können, was wirklich echt ist und was nicht. Für eine Demonstration werde ich mich nicht selbst zur Verfügung stellen, so viel Zeit habe ich leider nicht - und wahrscheinlich möchte ich auch lieber nicht wissen, was Sie damit meinen, wenn Sie einen Körper mit dem Dolch 'in Berührung bringen'."

Die beiden Männer schwiegen, warteten auf weitere Fragen. Ich beschloss, bei der direkten Methode zu bleiben, brachte sie doch bislang gute Resultate.

"Was genau wollen Sie von mir? Was erwarten Sie, wo das Schwert nun ... frei ist?"

Andreas lehnte sich vor. "Wir würden uns erst einmal nur wünschen, dass Sie uns genug Zeit geben, Ihnen den Orden und sein Ziel ausführlicher zu präsentieren. Wir möchten letztendlich erreichen, dass Sie sich dazu entscheiden, bei uns bleiben und dass Sie als Mitglied in unserem Orden eine besondere, eine führende Position einnehmen."

"Bei Ihnen bleiben? Hier in Rom?"

Ciaran schüttelte den Kopf. "Wo immer Sie möchten. Rom ist nur wegen des Schwertes einer unserer größeren Stützpunkte."

"Und was soll ich tun, wenn ich Mitglied in Ihrem Orden geworden bin?"

"Da käme dann die Weltherrschaft ins Spiel", sagte Ciaran leichthin und mit einem schelmischen Blitzen seiner veilchenfarbenen Augen, ich warf ihm einen strafenden Blick zu.

"Sie würden kein weiteres Ordensmitglied unter anderen werden, sondern wären uns allen übergeordnet. Sie würden zu unserer Ersten Ordensmeisterin, mehr noch: zu unserer

Leitfigur. Und wir erwarten von Ihnen, dass Sie uns nicht nur anleiten, sondern auch, dass Sie ... besondere Kräfte entwickeln, die diese Welt zu einem besseren Ort machen", sagte Andreas jetzt, was mich zu ihm herumfahren ließ, die Augen ganz sicher ungläubig geweitet.

"Sie erwarten WAS?"

"Bitte - das klingt befremdlich, das ist mir klar." Seine Stimme wurde eindringlich. "Wir wissen nicht, welche Kräfte den Herren oder die Herrin des Schwertes auszeichnen, denn dazu schweigt die Überlieferung. Es mögen Güte, Mut oder Aufrichtigkeit sein, vielleicht ist es aber auch etwas anderes, etwas ... Faktisches, eine konkrete Kunst, die nur Ihnen innewohnt und Sie aus der Masse der Menschen heraushebt."

Ich lachte auf, allerdings ohne echte Fröhlichkeit. "Sorry, aber ich kann nicht fliegen und über Wasser wandele ich nur am Wochenende. Das klingt nicht nur 'befremdlich', wie Sie so schön sagten, das ist verrückt."

Beide sagten dazu nichts und ich trank ein wenig Wasser, um mich wieder zu fangen.

"Wie viele Mitglieder hat Ihr Orden eigentlich?" Eine einfache Frage zur Entspannung, aber durchaus nicht uninteressant.

"Zurzeit genau zwanzig. Uns beide nicht eingeschlossen sind im Moment zwölf aktiv, einer befindet sich in Verbannung – die anderen können wir jederzeit reaktivieren."

"Verbannung?" Das klang aber nun wirklich altertümlich.

"Eine Strafe. Wer etwas angestellt hat, wird für eine angemessene Zeitspanne ausgeschlossen."

"Und die Ordensmitglieder sind alle älter als gewöhnliche Menschen?"

"Fast. Unser jüngstes Mitglied ist etwa fünfzig Jahre alt, optisch aber in etwa so alt wie Sie."

"Wie alt sind zum Beispiel die beiden, die da unten in der Kirche mit mir gewartet haben? Magnus und Jackson?"

"Albert ist etwas über zweihundertzwanzig Jahre alt, er kennt sein genaues Geburtsdatum nicht. Jackson wird in diesem Jahr einhundertdreißig", versicherte mir Andreas nach kurzem Nachdenken.

Ich nahm das nur zur Kenntnis, regungslos und (ehrlich gesagt!) auch fassungslos - vielleicht sollte ich besser bei den harmlosen Fragen bleiben, denn das schonte meine Nerven.

"Haben Sie etwas mit der Kirche oder dem Vatikan zu tun?"

"Eine gute Frage, schließlich sind wir in Rom und nennen uns 'Orden'."

Deswegen hatte ich die Frage ja gestellt. "Also?", fragte ich schärfer als gewollt, da dieses lobende Würdigen meiner Leistung mich nervte.

Andreas beeilte sich mit seiner Antwort. "Nein, haben wir nicht. Wir sind ein Ritterorden, gewiss mit christlicher Prägung, aber kein religiöser Orden. Es gibt Ordensregeln, die weitestgehend christlich-abendländisch geprägt sind, aber keine Verpflichtung zur Armut, zur Keuschheit oder Ähnliches, was Sie von Mönchsorden kennen dürften. Die meisten unserer Mitglieder waren seit Jahren nur dann in einer Kirche, wenn sie Dienst beim Schwert hatten, einer unserer Brüder ist vor ein paar Jahren zum Buddhismus konvertiert, einer ist von Geburt an jüdischen Glaubens. Die religiöse Ausrichtung spielt keine Rolle, solange unsere Mitglieder die Ordensregeln akzeptieren."

"Es gibt natürlich Beziehungen zum Vatikan" ergänzte Ciaran. "Wir sind seit Jahrhunderten hier in Rom, der Petersdom ist nur ein paar hundert Meter entfernt, die Wege des Ordens und der Kirche haben sich schon des Öfteren gekreuzt, wenn Sie mir dieses kleine Wortspiel erlauben - allerdings eher auf geschäftlicher Basis denn auf geistlicher: Es gab Immobiliengeschäfte, Kopien einiger für den Orden sehr wichtiger Dokumente lagern seit Jahrhunderten in einem nur uns zugänglichen Tresor in den vatikanischen Archiven, weil dies einer der sichersten Orte der Welt ist. Wir haben schon diverse Kunstgegenstände, Antiquitäten, Bücher und anderes an den Vatikan verkauft oder vom Vatikan für uns angekauft. Schwert und Stein sind mehrfach von Abgesandten der Kirche untersucht worden, in allen Jahrhunderten und mit Methoden, die von Hokuspokus bis ernsthaft wissenschaftlich reichen. Und: Bislang hat noch jeder Bischof sein Glück am Schwert versucht - und damit auch jeder Papst, zumindest die, die nach dem 12. Jahrhundert amtiert haben. Dass alle Versuche erfolglos geblieben sind, muss ich Ihnen nicht sagen." Er lächelte - ein bisschen frech, als freue ihn dieses Versagen. "Ausgewählte Personen im Vatikan wissen von unserer Existenz und dem, was wir sind und was wir tun - wir heißen dort die 'Ewigen', geprägt hat diesen Namen Papst Innozenz III. Wir sind also gewissermaßen bekannt und geduldet, können im Vatikan ein und aus gehen, wenn wir uns als Ordensmitglieder ausweisen. Ob es gefährlich ist, wenn Außenstehende von uns wissen, werden Sie sicherlich fragen wollen ...? Nun, wer ewig lebt, erinnert sich auch ewig - der Vatikan ist ebenso auf unsere Diskretion angewiesen, wie wir auf die seine."

Ich nickte. "Okay. Allerdings klangen Ihre Worte über die Kräfte, die Sie sich von mir erwarten, irgendwie ... nach Jesus, daher meine Frage."

Ciaran lachte leise. "Das mag sein - aber wie gesagt: Wir haben keine näheren Hinweise, um welche Kräfte es sich handelt."

"Sie haben auch keine Beweise für alles andere, das Sie da erzählen", sagte ich scharf, da mich seine Unbekümmertheit ein wenig nervte: Die beiden wollten nichts Geringeres von mir, als dass ich mich ihrem Orden verschrieb, dass ich mein bisheriges Leben wegwarf, für eine ungewisse Zukunft inmitten von mir unbekannten Menschen - da konnte ich ja wohl ein wenig Ernsthaftigkeit erwarten.

Die beiden Ordensmeister tauschten einen längeren Blick, der mir ein wenig tieferen Einblick in die beiden Charaktere gab, die mir da gegenübersaßen. Ciaran schien seinen Spaß an Wortgefechten zu haben - meine Erwiderungen ließen seine Augen blitzen, auch mein Einwand gerade hatte seine Miene kaum getrübt. Andreas ist es dagegen wohl eher nicht gewohnt, dass man ihm Kontra gibt, dachte ich angesichts seiner nun äußerst starren Augen und zusammengepressten Lippen - aber vielleicht war ja heute auch für andere (und auch für 'Ewige'!) ein guter Tag, um neue Erfahrungen zu machen?

"Wie lange soll ich denn nach Ihren Vorstellungen für weitere Erklärungen zu Schwert und Orden hier bleiben? Bis zum Abendessen? Bis zum nächsten Heiligen Krieg? Bis in alle Ewigkeit?"

Andreas antwortete mir, nachdem er angesichts dieser erneuten Stichelei meinerseits kurz zusammengezuckt war.

"Für den Anfang wären ein paar Tage schön", sagte er, "wenn Sie die erübrigen können. Haben Sie anderweitige, dringende Verpflichtungen?"

Ich antwortete nicht, denn dazu war ich alles andere als bereit oder in der Lage: Es ging doch eigentlich gar nicht darum, ob ich theoretisch Zeit hatte, sondern darum, ob ich wollte oder nicht - Ersteres war vergleichsweise einfach zu beantworten,

Letzteres dagegen ganz und gar nicht.

"Wie hält man es aus, eine so lange Zeit auf etwas so ... Unwahrscheinliches wie die Lösung des Schwertes zu warten?", fragte ich, ohne auf Andreas Frage einzugehen. "Jeder Mensch, der seine Hand erfolglos auf diese Waffe gelegt hat, muss für Sie doch eine Enttäuschung gewesen sein."

Ciaran lächelte mich an. "'Enttäuschung' wäre zu hart formuliert, aber gab es wiederholt Zeiten, in denen auch wir uns die Sinnfrage gestellt haben."

"Vielleicht könnten Sie mir Ihre Antwort auf diese Sinnfrage wiedergeben - wenn die Sie mehrfach überzeugt hat, könnte es bei mir ja auch funktionieren."

Ich trank einen Schluck von meinem Wasser, Ciaran und Andreas tauschten erneut einen längeren Blick, wobei ich diesmal aus Ciarans Miene eine Art von Begeisterung herauslas. Galt die mir und meinen Fragen, meiner 'nervtötenden Haarspalterei', wie meine Eltern das immer genannt hatten, oder machten ihm solche Wortgefechte, solche Spielchen generell Spaß? 'Wenn jemand Spielchen mit dir spielt, hast du auch das Recht zu gewinnen' - wo hatte ich das noch gelesen?

"Wir glauben an das Schwert, an seine Symbolik und an die in ihm ruhende Kraft", antwortete Andreas ein wenig gestelzt, als würde er von mir ein lautes Lachen als Antwort erwarten und sich jetzt schon gegen die Verletzung dadurch wappnen. "Es genügte, wenn wir uns auf unsere Berufung, unsere Verpflichtung konzentrierten und alles andere als Prüfung auf dem Weg zum Ziel akzeptierten."

Ich nickte: Das klang für seine Welt plausibel, half mir jedoch kein Stück weiter. "Wenn Sie sich von demjenigen, der das Schwert aus dem Stein zieht, eine besondere Kraft zur Veränderung der Welt versprechen - wo liegt dann Ihr Lohn bei der ganzen Geschichte? Haben Sie Anteil an der neuen ... Herrschaft, geht es um Macht?"

"Das würde ich nicht ganz von der Hand weisen", antworte Ciaran mir, Andreas warf ihm dafür einen scharfen Blick zu, den Ciaran jedoch mit einem Schulterzucken abtat. "Hoffnung ist immer mit im Spiel, wenn man etwas tut, wenn man auf etwas wartet - und natürlich geht es uns auch darum, Anteil an einer neuen Welt zu nehmen. Wir alle wollen diese neue Zeit erleben und mitgestalten - besser und gerechter", fügte er noch hinzu.

"So wie auch die Kreuzzüge ein 'Gerechter Krieg' waren?"

Diesmal war es Andreas, der mir auf meine kleine Provokation antwortete. "In diesem Fall ist 'besser' und 'gerechter' für uns das, was für Sie besser und gerechter ist: Wir folgen dem Erlöser des Schwertes und seinen Vorstellungen von einer besseren Welt."

Das ist aber auch nicht ganz ungefährlich, dachte ich, sprach das aber nicht laut aus.

"Und wo ist der dritte Kreuzritter abgeblieben?", fragte ich betont neutral als Nächstes, und für Andreas' ungläubigen Gesichtsausdruck notierte ich mir zwei Punkte im Spielstand auf einmal: Ja, ich hatte es kapiert. Ich hatte begriffen, dass ich hier mit zwei Männern am Tisch saß, die von sich selber behaupteten, über achthundert Jahre alt zu sein - und diese Erkenntnis hatte ich gemacht, ohne schreiend auf die Straße zu flüchten: tapfere Shara.

"Er heißt Drake, und er hat den Orden im Streit verlassen", antwortete mir Ciaran.

"Und er konnte das Schwert nicht mitnehmen", ergänzte ich, was Ciaran sehr amüsierte, so dass seine dunkelblauen Augen erneut funkelten. "Hatte er ... den Glauben an das Schwert verloren?"

Andreas schüttelte auf meine Frage den Kopf, nachdrücklich.

"Nein, es ging konkret um die Frage, wie viele Mitglieder der Orden haben sollte. Drake glaubt nach wie vor an das Schwert", fügte er leise hinzu, als müsste er sich selbst daran erinnern.

Scheinbar kein angenehmes Thema, dachte ich, aber es war ja klar, dass es in der achthundertjährigen Geschichte des Ordens ein paar Kapitel gab, die man mir lieber nicht gleich heute vorlesen wollte.

"Wir sind durchaus wohlhabend", betonte Ciaran nun, "und wir sind gewiss bereit, Sie für Ihre Mühen zu entschädigen, wenn Sie noch ein paar Tage bleiben. Wir wollen Sie nicht bezahlen oder kaufen", fügte er hinzu und schnitt mir damit zum ersten Mal das Wort ab, hatte ich meinen Mund doch schon zum Protest geöffnet, "wir wollen nur, dass Ihnen keine Nachteile entstehen."

Nachteile? Dieses Mal konnte ich das laute Herauslachen noch viel schwieriger unterdrücken: Ich erachtete die Weltherrschaft angesichts der damit einhergehenden Weltverantwortung immer noch als enormen Nachteil der ganzen Geschichte, aber das zu sagen, verkniff ich mir ebenfalls.

Magnus

Maggies Fax kam gegen halb vier - Wahnsinn, nur zwei Stunden: Da hatte sie sich ja mal so richtig beeilt. Es bestand aus der Rückseite des Stilberatungsbuches mit dem erwähnten Foto von Blondie sowie dem Klappentext, in Letzterem wurde in knappen Worten das Leben der Autorin umrissen.

Gemeinsam beugten Jo, Jack und ich uns über Bild und Text: Sarah von Ihlbeck, war dort zu lesen, habe Journalismus studiert und lebe nun mit ihrem Mann, ihrer Tochter und ihrem treuen Golden Retriever in der Nähe von Hamburg. Dort widme sie sich nicht nur ihrer Berufung, dem Schreiben von äußerst feinfühligen Frauenratgebern, sondern auch ihrer Leidenschaft, dem Gärtnern.

Ein Alter war nicht angegeben, aber das Foto zeigte eindeutig unser Blondie. Die Haare waren länger als jetzt, hingen ihr glatt auf den Rücken hinunter, sie saß an einem Schreibtisch, hinter sich ein modernes Gemälde aus Klecksen, neben sich einen Strauß Blumen, in der Hand einen Füllfederhalter. Sie lächelte milde und sah um einiges älter aus als in echt.

"Wo ist denn der Ehemann?", fragte ich, auch Jack runzelte bei fortschreitender Lektüre die Stirn. "Bewacht Tochter, Hund und Garten daheim im schönen Hamburg?"

Unwahrscheinlich, beantwortete ich mir meine Frage selber, während Jack und Jo mit Kopfschütteln sagten, dass auch sie das nicht für naheliegend hielten: Meist traten glückliche junge Familien auch im Urlaub demonstrativ als solche auf. Vielleicht hatten sie sich ja verkracht und Herr Von und Zu saß schmollend im Hotel? Auch unwahrscheinlich, die wenigsten Frauen ließen Kind und Hund in solchen Situationen beim Gatten.

"Hat sie einen Ehering?", fragte Jo, Jack schüttelte bestimmt den Kopf.

"Kein Ring. Keine Fotos von Kind, Hund oder Ehemann in ihrer Brieftasche. Das passt alles nicht zusammen."

Wir schwiegen, ich betrachtete Blondies Foto: Es war natürlich Schwarz-Weiß, ein wenig unscharf - aber trotzdem, wirklich eine enorme Ähnlichkeit.

"Schwestern? Zwillinge?"

"Nicht sehr wahrscheinlich, aber möglich. Ich rufe Shane an - das hätte ich schon längst machen sollen."

Gute Idee, dachte ich, pass nur auf, dass nicht Josie an sein Handy geht, dann bist du dran.

Jack hatte Glück, erwischte Shane direkt und gab ihm den Namen durch, dann lauschten wir fünf Minuten lang dem von immer größeren Pausen durchsetzten Geklapper einer Tastatur.

"Es gibt keine Sarah von Ihlbek - weder in oder um Hamburg, auch nicht im restlichen Deutschland, Österreich oder der Schweiz. Die Suche für ganz Europa läuft noch, ich dehne auch gern noch weiter aus - aber wenn sie unter diesem Namen schreibt, tippe ich auf ein nicht als Künstlername eingetragenes Pseudonym."

Na super, dachte ich: Damit haben wir nach zwei Stunden genau so viel in der Hand wie zuvor – nichts.

Shara

Gegen vier Uhr bat ich um eine Pause. Ciaran zeigte mir ein kleines Bad in der Nähe der Bibliothek, ich war dankbar für das frische Wasser aus dem Hahn und ein paar Minuten allein.

Andreas' Geschichte war ebenso spannend wie absurd gewesen, aber während ich Fragen stellte und den Antworten lauschte, hatte ich kaum die Chance, einen klaren Gedanken zu fassen über die Dinge, die ich da hörte. Aber war es nicht genau das, dachte ich, während ich mir das langsam kälter werdende Wasser über die Handgelenke laufen ließ: Eine Geschichte, eine Legende? Ich hatte in Andreas' und Ciarans Worten genug Gefühl gefunden, um mir sicher zu sein, dass sie fest an diese Legende glaubten - aber ich konnte doch wohl kaum den Glauben eines anderen als Beweis für die Wahrheit derselben nehmen? Irgendeinen Beleg, irgendetwas Greifbares brauchte ich einfach, denn wie Ciaran schon gesagt hatte: Sie erhofften sich mehr von mir, als nur offene Ohren für eine alte Geschichte. Sie wollten unzweifelhaft, dass ich länger oder gar für immer bei ihnen blieb, dass ich nicht nur weiter zuhörte, sondern natürlich auch, dass ich etwas tat, dass ich leitete, herrschte - und das Ganze zudem mit diesem 'Aufbruch in eine bessere Welt'-Anspruch.

Nun, einerseits war eine solche wertschätzende Aufmerksamkeit schmeichelhaft, andererseits wusste ich noch gar nicht, was genau mich erwartete, und (wichtiger!) was genau man von mir erwartete. Die Frage, ob ich diesen ihren Ansprüchen jemals würde genügen können, verbannte ich lieber mal ganz weit nach hinten, hegte ich daran doch enorme und vor allem begründete Zweifel. Nein, für eine Entscheidung war es jetzt noch viel zu früh, dafür hatte ich einfach zu wenig harte Fakten - was sie wussten, denn naiv sahen weder Andreas noch Ciaran aus.

Ich drehte den Wasserhahn zu und musterte das Bad, während ich mir die Hände abtrocknete: goldglänzende Armaturen, neu, aber in einem klassisch bis altmodisch zu nennenden Stil, makelloses Porzellan, seidenbespannte Wände, zwei kleine Gemälde, wiederum aus der Richtung alte holländische Meister - ein Stillleben mit schneeweißen Lilien und eines mit medizinischen Gerätschaften und Totenschädel, welch eine gelungene Kombination.

Als ich in die Bibliothek zurückkehrte, stand vor meinem Platz eine Tasse Cappuccino und hinter Andreas und Ciaran der schöne, dunkelgelockte Kreuzritter aus der Schwertkammer: Er hielt zwei Blätter Papier in der Hand und musterte mich aufmerksam mit seinen verstörenden Smaragdaugen. Ich nahm mit hoffentlich unbewegter Miene Platz, dankte für den Kaffee und wappnete mich innerlich für die nächste Runde, für die sich die gegnerische Seite wohl Verstärkung geholt hatte.

"Nachdem Sie nun schon einiges über uns wissen, würden wir auch gern mehr über Sie erfahren", eröffnete Ciaran die zweite Halbzeit.

Doch genau damit hatte ich ein Problem: Ich wollte ihnen meinen Namen nicht nennen, da die Anonymität mir immer noch einen gewissen Schutz bot.

Zwar war in den letzten Stunden mehr als einmal von meiner Entscheidung und ihrer Bitte an mich die Rede gewesen, aber mit gleicher Selbstverständlichkeit schienen die Herren hier zu glauben, einen gewissen Anspruch auf mich zu haben, erwachsen aus der Tatsache, dass ich das Schwert aus diesem Stein gezogen hatte - einmal dahingestellt, ob tatsächlich als erster Mensch überhaupt. Meine Anonymität bewahrte mir indes das Gefühl, jederzeit aufstehen und gehen zu können, ohne dass sie mich aufspüren könnten - dieses Gefühl war mir wertvoll, obwohl ich genau wusste, wie trügerisch es war. Ging ich einfach, würde ich nicht ins Hotel zurückkehren können - ein größerer Euroschein würde dem schmierigen Portier in Sekundenschnelle meinen

Namen, Geburtsdatum und Wohnort entlocken. Aber was waren die Alternativen? Ein anderes Hotel wäre ebenso dumm, eine Parkbank zu gefährlich - und die Nacht durchmachen wollte ich ehrlich gesagt auch nicht. Und wenn doch: Ich musste meine Sachen irgendwann aus dem Hotel holen und am nächsten Morgen mit meinem guten Namen für den Rückflug einchecken - es sei denn, ich ließ das Ticket verfallen, schrieb mein Gepäck ab und nahm heute noch den Zug. Aber auch dort wäre ich leicht zu verfolgen - und dass ich schlussendlich in meine Wohnung musste, war dann auch das Aus für meine Fluchtgedanken.

Auf eine einladende Geste von Andreas hin trat Jackson vor und legte die beiden Blätter vor mir auf den Tisch, die er in der Hand gehalten hatte.

"Wir wissen nicht, wer Sie sind - aber wir wissen zumindest, wer Sie nicht sind", orakelte er.

Ich sah (natürlich!) erst ihn an, ein wenig verwundert über das förmliche 'Sie', das Jackson jetzt vor den beiden Ordensmeistern wieder benutzte, dann erst blickte ich auf die Blätter. Ich erkannte sofort, was das war und musste spontan lachen: Gott, die waren wirklich gut - aber es hatte ihnen rein gar nichts gebracht!

"Sind Sie das auf dem Foto?"

Ich nickte, woraufhin Jackson einen anerkennenden Blick von Ciaran erntete - den er nicht mitbekam, da seine Augen weiterhin konzentriert und hypnotisierend auf mir lagen: Zwei, drei Minuten unter diesen Röntgenstrahlen und ich wäre ein willenloses Häuflein, einfach entwürdigend.

"Aber Sarah von Ihlbek ist nicht Ihr richtiger Name."

Eine Feststellung, keine Frage. "Auch richtig."

Damit war des Kreuzritters Text scheinbar erschöpft. Ich beschloss, ihm als Belohnung für seine Mühen ein wenig auf die Sprünge zu helfen, kramte einen Kugelschreiber aus meiner Tasche und zog die beiden Kopien näher zu mir.

"Diese Klappentexte und die Rückseite sind Teil des Gesamtkunstwerkes - bei Ratgebern stimmen die Angaben dort fast nie. Also: das Foto." Ich deutete auf das Gemälde im Hintergrund, dann auf mich, den Blumenstrauß und den Füller. "Modernes Umfeld, altmodisches Schreibgerät. Das Gemälde ist zeitgemäß, abstrakt und dennoch gefällig - es steht für neue Erfahrungen, unkonventionelles Denken und so weiter. Frisur und Bluse sind schlicht, aber gepflegt bis teuer, sollen weder besonders auffallen noch abschrecken - Sarah von Ihlbeck achtet auf ihr Äußeres, ist aber kein aufgetakeltes Modepüppchen. Sie haben mich älter geschminkt, zu junge Frauen werden als Berater nicht ohne weiteres akzeptiert, man sollte schon ein bisschen Erfahrung ausstrahlen. Der Füller ist als Kontrapunkt zum Gemälde gedacht: ein klassisches Schreibgerät, mit dem man heute nur noch Besonderes festhält, auch ein Zeichen für Wohlstand und Tradition. Die Blumen ergänzen den Lebenslauf: Ein handgepflückter Strauß, aber geschmackvoll abgestimmt. Das Foto entstand in einem Studio, die Visagistin hat zwei Stunden an mir herumgeschminkt, das Bild ist aus einer Galerie geliehen, die Blumen hat eine sehr gute Floristin gebunden, die Bluse stammt aus dem Mode-Fundus der Zeitschrift - der Füller allerdings ist mein eigener. Mehr?"

Die Herren nickten, ich nahm nun den Klappentext zur Hand und strich mit meinem Stift alles durch, was ausgedacht war.

"Sarah von Ihlbek - ein Name, an den man sich erinnern kann, aber leider ein falscher. Wichtig ist vor allem der Adelstitel: Unbekannt und angeheiratet, wohlgemerkt. Damit wird unsere Sarah zu einer Angehörigen der oberen Schichten, ohne dem glamourös-skanalösen Promi-Adel anzugehören - der ist weniger wohl gelitten. Unbekannter Adel bedeutet altes Geld, klassische Bildung, überlieferte Tradition. Dass der Adelstitel angeheiratet wurde, ist ein Zeichen an die Leserinnen, dass auch sie es in diese Sphäre schaffen können, außerdem macht es Sarah zu einer begehrenswerten Frau, die immerhin einen Adeligen abgekriegt hat. Die Tochter und der Hund sind statistisch bedingt: Die meisten Frauen wünschen sich eher eine Tochter als einen Sohn und die Leserinnen von Ratgebern sind eher Hundefreunde, als das sie Katzen mögen. Sie suchen Anerkennung, Treue und Bestätigung - ein Golden Retriever ist da perfekt. Das 'bei Hamburg' spricht für ein eigenes Haus in hübscher Vorort-Wohnlage, erklärtes Ziel der meisten deutschen Frauen. Hamburg ist als Medienstadt weithin bekannt und von daher ein plausibler Wohnort für eine Autorin, denken Sie als Kontrast einfach an ein Dorf in Bayern oder eine Plattenbausiedlung vor Erfurt. Der Garten ist eine Zugabe für ältere Leserinnen, stützt die Andeutung des Eigenheims im Grünen und vermittelt ein wenig Bodenständigkeit, Naturverbundenheit."

Damit war fast der ganze Text geschwärzt. Ich drehte das Blatt zu den drei Männern um und tippte mit dem Stift auf eine Information, die ich nicht gestrichen hatte.

"Hier: Das stimmt, ich habe tatsächlich Journalismus studiert, außerdem Germanistik und Publizistik."

Ich lehnte mich wieder zurück. Ciaran wirkte beeindruckt, als wüsste er das 'Sarah von Ihlbek'-Konstrukt zu schätzen, Jackson schlug die Augen nieder, als ich erneut seinem Blick (diesmal herausfordernd) begegnete, Andreas sah ernst und erwartungsvoll aus - als erhoffe er sich, dass ich die aufgezeigten Lücken nun mit echten Informationen füllen würde. Genau das wollte ich aber nicht - oder besser: noch nicht. Aber was wollte ich dann? Irgendetwas musste ich ihnen sagen, bald schon - und wenn es nur ein höfliches 'Nein, Danke' war.

Ich schob meinen Kaffee zurück: Ich hatte mein eigenes Versteckspiel satt, brauchte dringend frische Luft und mehr Zeit zum Nachdenken.

"Ich würde gern raus gehen, eine Zigarette rauchen", sagte ich und stand auf, Andreas und Ciaran erhoben sich sofort.

"Natürlich", sagte Andreas. "Jackson bringt Sie runter."

Ich nahm Jacke und Tasche, dann folgte ich dem Kreuzritter die Treppe hinunter. Jackson führte mich nicht zurück zum Haupteingang, sondern durch eine Art Wohnzimmer (Sofas, Fernseher, Musikanlage, Stapel von Zeitschriften und Büchern) und einen Flur zu einer schmalen Hintertür, die auf eine kleine Gasse mündete.

Zum Glück hatte es aufgehört zu regnen, die Wolken brachen gerade auf.

Jackson deutete nach rechts die Gasse hinunter. "Dort ist die Via della Conciliazione, wenn du etwas spazieren gehen möchtest."

Ich nickte, kramte in meiner Tasche nach den Zigaretten.

"Willst du auch eine?"

Er blickte auf die Schachtel, dann auf die Tür hinter sich, die er noch nicht geschlossen hatte.

"Nein, aber ich begleite dich gern", sagte er, zog die Tür zu und folgte mir die dunstige Gasse hinab zur Hauptstraße.

Die ersten paar Minuten gingen wir schweigend nebeneinander her, in Richtung Fluss. Die Leute falteten ihre Regenschirme zusammen, die ersten Sonnenstrahlen ließen die Pfützen blinken und die Straße dampfen: Das helle Licht und die frische, noch regenkühle Luft taten mir gut, hoben meine Stimmung.

Ich warf Jackson einen Seitenblick zu - ich ahnte, dass er von sich aus kein Gespräch eröffnen würde, wollte aber auch nicht stumm neben ihm her marschieren, dafür war er zu ... interessant, vorsichtig ausgedrückt.

"Du weißt, was die beiden mir eben erzählt haben?"

Er nickte.

"Kannst du dir vorstellen, wie phantastisch das für mich klingt?"

Jetzt lächelte er und ließ dabei kurz seine spitzen, wirklich überaus entzückenden Eckzähne aufblitzen.

"Ja, das kann ich mir sehr gut vorstellen."

"Und ich habe nichts in der Hand, mit dem ich die Geschichte auf Wahrheit überprüfen könnte."

Jackson überlegte, dann schüttelte er den Kopf, was seine Locken in leichte Bewegung versetzte.

"Für uns ist der heutige Tag der Beweis dafür, dass wir an etwas Wahres glauben, dass das Schwert nicht nur eine Legende ist. Aber für dich gilt dieser Beweis nicht, das ist richtig."

Er ging mit leichtem Abstand neben mir her, wie schon in der Kammer und der Krypta sehr darauf bedacht, mir nicht zu nahe zu kommen. Die Leute wichen uns aus, eine Gruppe Teenager-Mädchen blieb kichernd stehen und blickte Jackson hinterher, ein junges Ehepaar mit zwei Kleinkindern zischte sich an, eine Reisegruppe Rentner folgte dem emporgereckten, leuchtend gelben Regenschirm einer müde aussehenden jungen Frau.

"Es hätte jeder sein können, oder?"

Jacksons Blick folgte meiner Geste, die die Leute um uns herum einschließen sollte.

"Wie meinst du das?"

"Wenn ich heute in der Schlange zur Kammer einen Platz vor dem Mädchen mit dem Handy erwischt hätte, würde sie nun hier stehen und müsste sich überlegen, wie sie aus der ganzen Geschichte rauskommt."

Ich kam erneut in den Genuss von Jacksons eindrucksvollen Augen, denn jetzt sah er mich sehr erstaunt an.

"Nein, das verstehst du falsch. Dann hätte sich das Schwert eben früher gelöst - oder später, wenn du erst noch einen Kaffee getrunken hättest. Und wenn du die Kirche nie besucht hättest, würde es bis zum Jüngsten Tag in seinem Stein ruhen. Du hast das Schwert nicht zufällig in dem Moment berührt, in dem es sich gelöst hat, sondern das Schwert hat auf dich und deine Hand gewartet."

Ich schnaubte. "Das glaubst du doch selber nicht."

"Doch, genau das glaube ich. Das glauben wir alle."

Während ich auf diesem Gedanken herumkaute, kamen wir dem Tiber langsam näher. Die Engelsburg ragte trutzig in den Himmel, leider hatte ich sie bislang nur von außen gesehen: Es wäre natürlich schön, noch ein wenig in Rom zu bleiben, noch mehr zu sehen ... und möglich war es auch, wenn ich ehrlich war und ein bisschen umdisponierte.

"Hast du Angst vor uns?", fragte Jackson unvermittelt, was mich prompt aus dem Konzept brachte.

"Ich weiß nicht", antwortete ich wahrheitsgemäß. "In der Kirche war mir schon ein wenig komisch zumute. Dein Erschrecken, der Feueralarm, die Grabplatten ... Jetzt geht es besser - jetzt bin ich eher ... verwirrt. Ihr erklärt mich von einer Sekunde zur anderen zum Retter der Welt, tut so, als wäre ich wahnsinnig wichtig ... das ist sehr, sehr irritierend."

Er sagte dazu nichts, aber wenn er direkt sein durfte, dann ich ja wohl auch.

"Muss ich denn Angst haben?"

Er dachte tatsächlich kurz nach, was mich nicht eben beruhigte.

"Nein", sagte er schließlich schlicht, "musst du nicht. Wir wollen dir nichts Böses, ganz im Gegenteil. Aber ich kann verstehen, dass du dich unwohl fühlst."

Wir warteten an einer Fußgängerampel und quetschten uns dann zwischen Reisebussen und Motorrollern hindurch auf die andere Straßenseite. Der Sonnenschein schien Touristen und Einheimische gleichermaßen wieder auf die Straße gelockt zu haben: Regenschirme waren gegen Eistüten getauscht worden, Regenjacken gegen Sonnenbrillen.

"Wie funktioniert das mit diesen Ratgebern, die du schreibst? Arbeitest du fest für den Verlag oder für diese Zeitschrift? Im Büro oder einer Redaktion?"

Ich schüttelte den Kopf. "Nein, ich arbeite zuhause. Ich habe einen Vertrag mit dem Verlag auf drei Bände pro Jahr, mit festen Abgabeterminen. Aber ansonsten kann ich mir meine Zeit frei einteilen."

Ich dachte kurz nach, aber ein paar mehr Details konnte ich wohl gefahrlos preisgeben.

"Ich hab letzte Woche einen Band abgeliefert und muss am Montag ein neues Thema ausmachen. Ich werde wohl die Wahl haben zwischen 'Die Glücksformel - Zufriedenheit ist keine Zauberei' und 'Erfolg im Beruf: Wie Sie Ihren Weg gehen, ohne sich zu verbiegen'. Schauderhaft."

Jackson lachte, als ich mich angewidert schüttelte.

"Verdienst du gut damit?", fragte er, ich zuckte mit den Schultern.

"Ist ganz okay - auf jeden Fall mehr, als ich als Redakteurin bekommen würde. Stressfreier ist es auch, wenn man sich an Termine halten kann. Den großen Schnitt macht der Verlag, ich bekomme eine fixe Summe pro Band."

Mittlerweile waren wir vor der Engelsburg angekommen. Ich wollte noch eine Zigarette und setzte mich auf die breite Mauer, die die Straße vom Fluss und dem daneben verlaufenden Treidelpfad trennte, zog die Beine an, legte die Ellbogen um die Knie und blickte über die Touristenmassen auf das uralte, imposante Bauwerk.

Jackson lehnte sich gegen die Mauer, sah mich mit seinen strahlenden, klaren Augen an - entgegen aller Logik ähnelte ihre Farbe hier draußen auf einmal der des Flusses, ein sattes Dunkelgrün. Ich holte meine Sonnenbrille aus der Tasche: Die wieder vom wolkenlosen Himmel strahlende Sonne war dafür eine gute Ausrede, in Wirklichkeit war mir sein Blick einfach zu intensiv.

"Was würdest du an meiner Stelle tun?"

Jackson verschränkte die Arme vor der Brust und zuckte mit den Schultern.

"Ich weiß es ehrlich gesagt nicht. Aber", er rückte ein Stück näher, als neben ihm eine Gruppe Jugendlicher schubsend und kichernd für ein Gruppenfoto posierte, "ich kann dir erzählen, dass ich mich damals auch sehr schnell und ohne viel zu wissen für oder gegen den Orden entscheiden musste."

Ich zog die Augenbrauen hoch, was er trotz Sonnenbrille zu bemerken schien.

"Wir sind weder in den Orden hinein geboren worden, noch haben wir uns nach der Schule hier beworben. Wir alle sind da mehr oder weniger ... unfreiwillig reingerutscht."

"Und wie war das bei dir?"

Er sah an mir vorbei auf das andere Ufer. "Die ganze Geschichte dauert zu lange - aber im Grunde hab ich versucht, das zu stehlen, was du heute Mittag auf keinen Fall haben wolltest."

"Das Schwert? Du wolltest es lösen und unbemerkt mitnehmen?"

Er nickte, merklich peinlich berührt. "Ich konnte es natürlich keinen Millimeter bewegen, also nahm ich die Scheide - sie ist ebenfalls aus Gold und hing damals noch über dem Schwert an der Wand. Und die Edelsteine aus dem Griff."

Ich lachte: Daher wusste er also, dass man die Steine mit etwas Geschick aus den Fassungen brechen konnte.

"Haben sie dich mit den ganzen Kameras da drinnen erwischt?"

"Nein", antwortete er mit einem leisen Lächeln, "damals gab es noch keine Kameras. Das ist schon ziemlich lange her."

Ich dachte an das Alter, das Andreas mir für Jackson genannt hatte - fast hundertdreißig Jahre. Wenn das Ganze eine einzige große Lüge war, hatten sie sich zumindest gut abgesprochen.

"Und dann?"

"Ciaran hat mir die Wahl gelassen: Entweder, ich passe in Zukunft mit ihnen auf das Schwert auf, oder sie informieren die Behörden und meine Familie."

Es klang, als wäre Letzteres das schlimmere von beiden gewesen - aber ich wollte ihn nicht auch noch über seine Familie befragen, das ging mich nun wirklich nichts an. Es gab ohnehin Wichtigeres ...

"Hast du deine Entscheidung jemals bereut?"

Er dachte nach, schüttelte dann entschieden den Kopf.

"Nein. Es war manchmal anstrengend, oft langweilig - aber ich würde wieder Ja sagen. Ganz besonders nach dem heutigen Tag", setzte er sanft hinzu, und selbst durch die Sonnenbrille gefiltert ließen seine Augen mein Herz kurz zusammenzucken - du meine Güte, wie konnte ein Mensch bloß so ... gucken?

Ich nickte nur, als hätte er eine lapidare Bemerkung über das schöne Wetter gemacht, und wandte mich dann wieder der Engelsburg zu: Die Schlange der Besucher reichte bis hinaus auf die Straße, unter einer Stunde Warten war da nichts zu machen.

"Ein Engel mit Schwert", sagte Jackson, der mit seinen Augen meinem Blick gefolgt war.

"Wo?"

"Dort, auf der Engelsburg."

Er deutete auf die Statue, die sich über dem Vorbau der Burg erhob. Ich betrachtete sie genauer: eine männliche Gestalt mit wehenden, langen Haaren. Freier Oberkörper, gespreizte Flügel, ein römisch anmutender Schurz um die Hüften und ein Schwert, das er gerade aus der Scheide zog. Er sah aus, als würde er gleich abheben und sich in einen sagenumwobenen Kampf gegen Dämonen und Teufel stürzen - Erzengel Michael vielleicht? Warum fällt dir der plötzlich ein, dachte ich, christliche Mythologie ist nun nicht gerade deine Stärke - ah, Andreas hatte ihn erwähnt, als er den Schwertlöser beschrieben hatte.

"Die Burg gehörte für eine kurze Zeit mal dem Orden, die Statue wurde währenddessen aufgestellt", sagte Jackson. "Dort stand auch vorher schon ein Engel, allerdings aus Stein - denn kann man heute noch in der Burg sehen. Die Leute sagen, der Engel würde sein Schwert zurück stecken, weil sein Kampf gewonnen und eine Zeit des Friedens angebrochen sei, aber wir sehen ihn eher so, dass er gerade erst abhebt und sein Schwert zieht, weil die Zeiten noch nicht friedlich genug sind. Das Schwert ist übrigens eine genaue Nachbildung dessen, was du heute aus dem Stein befreit hast. Du hast zwar keine Flügel und die Gestalt ist ein Mann - aber trotzdem bist du für uns dieser Engel, der über uns wacht und mit uns in den Kampf zieht."

Er hatte langsam und mit viel Leidenschaft gesprochen, doch seine Worte sickerten in ihrer gesamten Bedeutung, in ihrer ganzen Tiefgründigkeit nur allmählich in mein Bewusstsein.

Was er da gesagt hatte, war einfach absurd, erkannte ich, darauf konnte ich nichts Würdiges erwidern: Es war zu viel gewesen - zu viel Pathos im Tonfall, zu viel Verantwortung in der Aussage, viel zu viel für mich kleines, dummes Mädchen. Was das Schwert anging, hatte er allerdings Recht: Es sah von hier unten genauso aus wie das, was jetzt in der Bibliothek auf dem Tisch lag, in den Händen der kräftigen Engelsgestalt wirkte das schwere Ding allerdings um einiges filigraner und leichter, als ich es in Erinnerung hatte.

"Wie hast du den Engel gesehen: Zieht er das Schwert oder steckt er es zurück?", fragte Jackson, was das peinlich berührte Schweigen beendete, welches seine bedeutungsschweren Worte zumindest auf meiner Seite erzeugt hatten.

"Er zieht es", antwortete ich, was Jackson lächeln ließ, als wäre das psychologisch ganz besonders aussagekräftig.

Ich ließ mich allerdings nur ungern ungefragt von Laien analysieren, mochten sie noch so grünäugig sein, und schiffte das Gespräch sicherheitshalber in ungefährlichere Gewässer, bevor sich mein Widerwille in unüberlegten Worten Luft verschaffen konnte, die mein äußerst höfliches Gegenüber ganz sicher befremdet hätten.

"Euch gehörte wirklich mal die Engelsburg?"

Jackson nickte.

"Der Petersdom aber nicht, oder?"

Jetzt lachte er und sein Gesicht wirkte wieder gelöster. "Nein - aber der Orden hat Beziehungen zum Vatikan, vielleicht kannst du die Sixtinische Kapelle mieten."

Ich lachte mit ihm und sprang von der Mauer. Wir gingen langsam den Weg zu diesem grauen Haus zurück - schweigend, aber angenehm schweigend, was mir ein bisschen Zeit zum Nachdenken verschaffte, und das war ja das eigentliche Ziel dieses Spazierganges gewesen.

Was war denn nun die Frage aller Fragen? Die Frage, auf die ich sofort eine Antwort finden musste, weil es ohne diese nicht weiter gehen konnte? Ob ich die Wahrheit gehört hatte, ob ich an die Legende, an Schwert, Orden und Erlöser glaubte? Nein, denn dazu fehlte es mir vorn und hinten an Belegen. Nun, nicht ganz, denn eine Sache stand unwiderruflich fest: Ich war kein Erlöser und hatte keine besonderen Kräfte, das stand mal unwiderruflich fest. Ich reduzierte mein Denken daher jetzt einfach auf eine Kleinigkeit, für die ich keinerlei Beweise und harte Fakten brauchte, die sogar ohne Beweise und harte Fakten viel ursprünglicher, viel echter war: Hatte ich Lust auf ein Abenteuer? Ein Abenteuer mit Kreuzrittern, alten Mönchen, düsteren Kirchengewölben, goldglänzenden Schwertern und ewigem Leben? Hatte ich überhaupt noch eine Wahl, oder steckte ich vielleicht schon mittendrin?

Als Jackson mir bald darauf die kleine Seitentür des Kreuzritterhauses öffnete, hatte ich meinen Entschluss gefasst - dass er richtig war, war dagegen alles andere als sicher. Was ich jedoch mit Gewissheit sagen konnte, war, dass ein paar kühne und unglaublich grüne Augen sowie ein freches Lächeln mit spitzen Eckzähnen bei meiner Entscheidung durchaus eine Rolle gespielt hatten - nicht gerade eine Basis, auf der die kluge, moderne Frau von heute ihre Zukunft bauen sollte.

Magnus

Ciaran rief uns hoch in die Bibliothek, und als ich mit Jo eintrat, war Blondie verschwunden, Jack ebenfalls.

Sie schnappe frische Luft, sagte Andreas, dann berichtete er knapp von dem bisherigen Gespräch: Sie habe freundlich, aber skeptisch reagiert, natürlich sei noch keine Entscheidung gefallen, dies wäre angesichts der kurzen Zeit aber auch nicht zu erwarten gewesen.

Andreas ließ mich noch mal bei Shane anrufen, um die neuen, wenn auch mageren Infos über ihr Studium durchzugeben, von Shane kam als Antwort allerdings nur ein gefrustetes Stöhnen.

"Magnus, das sind Tausende - mindestens! Hast du wenigstens ihr Geburtsjahr für mich? Einen Vornamen, meinetwegen auch einen Spitznamen? Wann sie ihren Abschluss gemacht hat? Hat sie überhaupt in Deutschland studiert - staatliche Uni oder eine private?"

Ich musste seine Fragen unbeantwortet lassen und legte auf: Er würde nichts finden, wir hatten einfach zu wenig.

Jack und Blondie waren etwa eine halbe Stunde weg, dann hörten wir Schritte auf der Treppe. Sie trat ein, ging jedoch nicht zum Tisch hinüber, wo sie sicherlich mit Andreas und Ciaran gesessen hatte. Ihre Miene war unergründlich - keine guten Vorzeichen, dachte ich, sie wird gehen und wir können den Laden dichtmachen: Nach tausend Jahren waren wir an dem Tag am Ende, an dem alles doch eigentlich erst beginnen sollte. Doch Blondie verblüffte mich: Sie hatte ein eiskaltes Pokerface, soviel stand fest.

"Ich werde eine weitere Woche in Rom bleiben. In dieser Zeit können Sie mir erzählen oder zeigen, was Sie möchten."

Andreas und Ciaran waren aufgestanden, als Blondie den Raum betreten hatte, jetzt legte sich sichtbare Erleichterung auf Andreas' Züge, reine Freude auf die von Ciaran. Mich selber ertappte ich bei einem breiten Grinsen, Jo lächelte endlich auch mal - und Jack sah aus, als habe er im Lotto gewonnen und versuche nun krampfhaft, sich nichts anmerken zu lassen.

"Ich muss allerdings am Montag einen recht wichtigen Termin verschieben. Wenn ich dadurch einen Auftrag verliere, erwarte ich, dass Sie Ihr Versprechen einlösen und mich dafür entschädigen: Es könnte sein, dass mein nächster Band an jemand anderen vergeben wird, wenn ich nicht da bin, und dann reden wir von dreißigtausend Euro."

Ciaran nickte, Andreas wollte was sagen, doch Blondie hob die Hand.

"Eine weitere Bitte hätte ich: Ich brauche ein neues Hotelzimmer, in dieser Absteige bleibe ich nicht noch eine ganze Woche. Ich zahle selbst dafür, wenn Sie mir nur eins organisieren. Ich muss allerdings noch mal hin und meine Sachen holen, außerdem muss ich meine Begleiterinnen informieren. Buchen Sie mir bitte außerdem einen neuen Rückflug - für nächsten Sonntag, nach München. Ich heiße übrigens Shara - geschrieben mit 'sh', ausgesprochen wie 'sch'."

Sie kramte ihre Brieftasche heraus, reichte Andreas ihren Personalausweis. "Bitte - hier finden Sie alles, was Sie sonst noch interessieren dürfte. Die Anschrift ist aktuell. Machen Sie sich eine Kopie, ich brauche ihn gleich im Hotel."

Shara

Keine fünf Minuten später saß ich auf dem Beifahrersitz eines schwarzen, auf Hochglanz polierten Maserati mit Jackson am Steuer, er chauffierte mich zügig zu meinem Hotel. Andreas hatte ihn mit ein paar leisen Worten instruiert, dann hatte der Kreuzritter mich mit seiner verhaltenen Höflichkeit erneut hinuntergeführt und dieses Sportwagen-Monster aus der Garage rangiert.

Mir gefiel das Auto ebenso gut wie sein Fahrer - ob es zu einem Orden ganz gleich welcher Ausrichtung passte, war dagegen eine andere Frage. Wir sprachen kaum während der Fahrt - ich dachte mit leichtem Zweifel über meinen Entschluss nach, während Jackson mit erschöpften Touristen und dem quirligen Abendverkehr gut zu tun hatte.

Ich schämte mich ein wenig, als wir vor dem Hotel stoppten: Das Auto wirkte in diesem heruntergekommenen Viertel hinter dem Bahnhof mehr als nur leicht deplatziert und ließ das Hotel gleich noch ein wenig schäbiger aussehen.

Ich hoffte, dass Jackson im Wagen warten würde, doch er hatte wie selbstverständlich eine Hofzufahrt neben dem Hotel belegt und stieg mit aus. Zwei kleine Jungen kamen angelaufen und blieben in respektvollem Abstand zu dem Auto stehen, ihre

Augen blitzten mit dem Lack um die Wette.

"Passt ihr kurz auf?", fragte Jackson, die beiden nickten sehr ernst und postierten sich mit wichtigen Mienen und vor der Brust verschränkten Armen an der Stoßstange.

Jackson hielt mir die Tür zur Rezeption auf, dort klingelte ich den Portier von einer lärmigen Gameshow weg und bat ihn um die Rechnung. Ich müsse natürlich diese Nacht noch bezahlen, da dieses besonders schöne Zimmer so spät am Tag nicht mehr vergeben werden könne, verkündete der mir. Bevor ich gegen diese unverschämte Forderung sowie gegen die völlig unzutreffende Beschreibung des Zimmers protestieren konnte, beugte Jackson sich vor und schoss ein paar schnelle Sätze auf Italienisch ab, dann zauberte er eine Visitenkarte aus der Hosentasche und schob sie über den Tresen. Der Portier nickte verdutzt und verschwand ohne ein weiteres Wort in seinem Hinterzimmer.

"Es dauert nicht lang", sagte ich und deute auf zwei ausgebliechene Sessel, die unter die Treppe gequetscht worden waren und das auf der tatsächlich existierenden Homepage des Hotels vollmundig beschriebene 'gemütliche Foyer' bildeten, doch Jackson schüttelte den Kopf.

"Ich trage dein Gepäck."

Bitte - mein Zimmer war halbwegs ordentlich, ich hatte viel zu wenig Zeug dabei, um es zumüllen zu können.

Der schmale, dunkle Flur zu meinen 'besonders schönen' Räumlichkeiten führte an denjenigen vorbei, in denen meine beiden Reisebegleiterinnen logierten, ich konnte leise Musik und Stimmen daraus hören und blieb stehen - Mist, mit den beiden hatte ich um diese frühe Stunde noch nicht gerechnet.

"Was ist?"

"Psst, leise!"

Ich drehte mich zu Jackson um, legte den Finger auf die Lippen und deutete auf die Tür.

"Da wohnen die beiden ... Bekannten, mit denen ich hier bin. Ich hätte nicht gedacht, dass die um diese Zeit da sind, ich wollte ihnen einfach einen Zettel hinlegen, aber jetzt werden sie uns garantiert hören: Die Zimmer haben eine Verbindungstür und die Wände sind aus Papier."

Jackson blickte auf die Tür, dann zu mir. "Du magst sie nicht?"

Da hatte der Hobby-Psychologe meinen leicht genervten

Tonfall richtig analysiert, ich verzog das Gesicht.

"Nicht eben meine besten Freundinnen. Wir haben andere Interessen, wie sich leider etwas zu spät herausstellte."

Und ganz sicher konnte ich den beiden nicht die wahren Gründe über meinen plötzlichen Abschied verraten. 'Hi Mädels, ich war eben in dieser weltberühmten Kirche und hab das sagenumwobene Schwert aus dem Stein gezogen, jetzt gehe ich die Welt beherrschen - toll, oder? Das hier ist übrigens Jackson, er ist hundertdreißig Jahre alt und wohnt in einem Haus, in dem selbst auf der Toilette Gemälde hängen, die mehr wert sind, als ihr zusammen in den nächsten zehn Jahren verdienen werdet. Ein schönes Leben noch, Ciao.' Obwohl ... die Gesichter hätte ich gerne gesehen, wahrscheinlich wüsste ich dann, wie blöd ich eben in der Bibliothek geschaut hatte, als Andreas mir die Geschichte vom Orden, seinem biblischen Lebensalter und vom Schwerterlöser erzählt hatte.

Ich schüttelte den Kopf, Jackson legte den seinen schräg, seine Augen blickten mich ob meiner selbstvergessenen Mimik fragend an, aber ich hatte noch keinen Plan parat. Okay, wenn nicht mit der Wahrheit, wie dann? Ich musterte den Kreuzritter neben mir, registrierte seine teuren Klamotten, die edle Uhr, die handgenähten Schuhe, dieses unglaubliche Gesicht - man konnte mit schlechterer Beute von einem kleinen Stadtbummel zurückkehren.

"Wie wäre es damit: Ich gebe dich einfach als einen reichen Typen aus, den ich hier aufgegabelt habe und mit dem ich noch eine romantische Woche verbringen möchte. Mit dem Cabrio die Amalfi-Küste entlang, so auf dem Niveau."

Jackson überlegte kurz, dann grinste er unerwartet - und ich musste mich schon sehr konzentrieren, um nicht nur seine faszinierenden Eckzähne, sondern auch seine Worte wahrzunehmen.

"Das spiele ich sehr gern, aber mit einem Cabrio kann ich dir hier leider nicht dienen", flüsterte er nicht weit von meinem Ohr entfernt, was mir eine Gänsehaut über den Rücken jagte und mich ungewollt mädchenhaft kichern ließ - doch das Auto wäre auch im geschlossenen Zustand eine sehr gute Idee: Ein Blick darauf, und die beiden Damen würden sich in den nächsten Tagen den Mund über mich zerreißen, aber kaum über meinen Verbleib rätseln. Oder wäre das eine Dummheit - sollte ich den beiden vielleicht zu meiner eigenen Sicherheit sagen, wo ich war und sie darüber hinaus bitten, in zwei oder drei Tagen die Polizei zu rufen, wenn ich mich nicht gemeldet hatte, weil ich dann unweigerlich von den Kreuzrittern gekidnappt worden war? Nein: So ungern ich mich würde kidnappen lassen, so ungern würde ich mich von diesen beiden retten lassen.

Ich nickte also Jackson zu, er strich sich die Haare glatt (hoffnungslos!), dann klopfte ich an die Tür und hoffte, meine bescheidenen schauspielerischen Fähigkeiten würden für die nächsten zehn Minuten ausreichen.

Kurz und gut: Es ging alles glatt. Die beiden Damen schauten recht verdutzt drein, als ich Jackson ins Zimmer schob und ihnen verkündete, dass ich nicht am nächsten Morgen mit ihnen zurückfliegen würde. Jackson sagte nicht viel, begrüßte die beiden aber mit einer formvollendeten Verbeugung, ließ die Eckzähne blitzen und die grünen Augen blinken - kurz darauf flatterten die beiden wie aufgescheuchte Zofen in meinem Zimmer umher und halfen mir, meine Sachen im Koffer zu verstauen. Viel zu wenig für eine weitere Woche, dachte ich, als ich den Kulturbeutel zu den Kleidungsstücken legte - ich reiste meist mit leichtem Gepäck und hatte nur das Nötigste dabei.

Jackson hatte meinen abschätzenden Blick auf die wenigen und meist schon getragenen T-Shirts und Jeans natürlich bemerkt.

"Wir können gleich noch einkaufen gehen, wenn dir etwas fehlt", sagte er, was die beiden Damen vollends eroberte, mich jedoch den Kopf schütteln ließ: Nach Shoppen war mir mal gar nicht, eine Waschmaschine oder die Dienste einer Reinigung würden es auch tun.

Die Damen halfen uns tragen, was total überflüssig war, da ich außer einem kleinen Rollkoffer nur meine Handtasche und zwei schmale Tüten mit Einkäufen hatte - aber ich ließ sie, schließlich sollten sie ja das Auto noch gebührend bewundern. Das taten sie: Was teuer war, erkannten sie auf den ersten Blick.

Das Gepäck war schnell im Kofferraum verstaut und Jackson hielt mir galant die Beifahrertür auf, während die Damen und die beiden kleinen Jungs auf dem Bürgersteig Spalier standen, als wollten sie uns mit schneeweißen Taschentüchern Lebewohl winken.

"Die Rechnung", sagte ich und wollte noch einmal ins Hotel zurück, doch Jackson schüttelte den Kopf.

"Ist bereits erledigt - und ich habe mir erlaubt, auch für deine

Freundinnen zu bezahlen."

Meine 'Freundinnen' waren baff, ich amüsiert über ihre Gesichter, aber auch ein wenig verärgert über Jacksons Anmaßung: Ich zahlte selbst für mich, diese Regel wollte ich auch unter Kreuzrittern nicht brechen. Das konnten wir jedoch später klären, jetzt musste ich erst einmal ein Abschiedslächeln für meine beiden Ex-Freundinnen auf meinen Mund zaubern und mich damit ebenso anmutig wie glücklich in das weiche Leder des Sitzes sinken lassen.

Kurz darauf salutierte Jackson den beiden Jungen seinen Dank und wir schossen die schmale Straße hinunter - ob meine Zofen tatsächlich winkten, konnte ich nicht sagen, aber ich sah im Seitenspiegel die beiden Jungs begeistert hinter uns her hüpfen, bis Jackson mit dezent quietschenden Reifen um die Kurve bog.

"Das mit dem Einkaufen war durchaus ernst gemeint. Du hast ja nur für ein paar Tage gepackt - wenn du etwas brauchst, sag es bitte", bekräftigte er sein Angebot von eben, als wir kurz darauf an einer Ampel warteten.

"Quatsch. Das Hotel kann mir meine Sachen einmal waschen, das geht schon. Ihr müsst eben mit Jeans und T-Shirt vorlieb nehmen."

Jackson lachte, als hätte ich einen Witz gemacht.

"Und wenn wir dir ein paar Sachen ins Hotel schicken? Josie macht das sicher gern."

Er zog sein Handy aus der Tasche.

"Wer ist Josie? Gibt es auch Mädchen in eurem ... Verein?"

Jackson nickte und wählte, die Verbindung kam schnell zustande.

"Hallo, Josie! Ja, ich bin es ... Das heute Nachmittag tut mir leid, aber es war dringend ... Ja, sie sitzt sogar gerade neben mir, wir fahren zu ihrem Hotel."

Er hörte kurz zu und warf mir dann einen belustigten Blick zu.

"Selbstverständlich, was denkst du denn? Pass auf, du kannst uns noch einmal helfen. Oder hat Andreas dir ...? Gut. Also: Shara hat nur Kleidung für ein paar Tage dabei, nun bleibt sie aber noch eine Woche. Kannst du ...?"

Offenbar konnte diese Josie, denn Jackson dankte ihr, dann runzelte er die Stirn.

"Einsachtzig oder so ...?" Er drehte den Kopf zu mir.

"Entschuldige, aber wie groß bist du?"

"Einsvierundachtzig."

Er gab das weiter. "Konfektionsgröße und Hosengröße?"

"Konfektion so vierunddreißig bis sechsunddreißig, Hosen sechsundzwanziger Weite und sechsunddreißiger Länge - bei ganz, ganz flachen Schuhen geht zur Not auch vierunddreißig."

Die nächsten beiden Fragen konnte er scheinbar ohne meine Hilfe beantworten: "Blond und Grau."

Er kannte meine Augenfarbe - interessant. Bei den nächsten Daten streckte er dann allerdings die Waffen: "Josie, das kann ich sie nicht fragen."

Aus dem Handy kamen schnelle Zwitscherlaute, Jackson reichte mir das Gerät wortlos rüber.

"Hallo?", fragte ich zögerlich ins Mikrofon, eine überraschend dunkle, angenehme und freundliche Stimme meldete sich.

"Hi, ich bin Josie. Geht es dir gut?"

Das klang aufrichtig interessiert und eher nach einer echten Frage denn nach einer Floskel: Sie verdiente eine ehrliche Antwort, beschloss ich.

"Geht so - ich stehe ein bisschen neben mir."

Sie lachte, was ihre Stimme ein paar Oktaven höher schraubte.

"Ist Jack gerade Rot geworden?"

Ich warf meinem Chauffeur einen Blick zu.

"Ja."

Wieder ein Lachen, noch etwas heller.

"Ich brauche deine BH-Größe und die Schuhgröße. Rat mal, nach welcher von beiden er dich nicht fragen wollte."

Ich lachte mir ihr und Jackson versteinerte auf seinem Sitz, während ich flüsternd die gewünschten Daten durchgab.

"Jack wird mir sagen, wo ich das Ganze hinschicken soll. Kann aber sein, dass ich heute nicht mehr alles bekomme, es ist schon recht spät. Der Rest kommt dann morgen nach."

Der 'Rest'? "Hör mal, ich brauche nicht wirklich viel, vielleicht ein oder zwei T-Shirts oder so - ich werde eh die meiste Zeit in dieser Bibliothek sitzen ..."

"... und alte Geschichten anhören?", ergänzte sie meinen Satz, als habe auch sie davon schon einige mehr gehört, als sie brauchen konnte.

"Richtig."

"Ist doch egal, mir macht so was Spaß. Außerdem hab ich dann was zu tun, ich bin ohnehin so nervös, dass ich nicht still sitzen kann, schrecklich. Wir sehen uns bestimmt diese Woche noch, ich freu mich schon, du klingst nett!"

Das hatte noch niemand am Telefon zu mir gesagt (vor allem nicht in dieser Geschwindigkeit!), etwas verdutzt gab ich Jackson das Handy zurück. Er nannte Josie den Namen eines Hotels, bedankte sich noch einmal und legte auf.

"Wie viele Frauen gibt es denn bei euch?"

"Fünf. Josie, dann noch Ffion, Maggie, Lucia und Azmera."

Das beruhigte mich etwas: Angesichts der Kreuzritter, die mir bislang begegnet waren, war ich von einem reinen Männerklüngel ausgegangen. Zwar freundete ich mich mit Frauen nicht leichter an als mit Männern, beäugten die meisten weiblichen Wesen mich doch schon aufgrund meiner Körpergröße meist mit zusammengekniffenen Augen, aber trotzdem war die Information, dass es auch Ordensschwestern gab, ein wenig erleichternd - und Josie hatte ebenso freundlich wie interessant geklungen. Ich wandte mich der Straße zu, von der wir kurz darauf in die Einfahrt eines großen Hotels einbogen. Wo wir genau waren, konnte ich nicht sagen: In der Nähe des Vatikans und damit nahe des Kreuzritter-Hauses, vermutete ich angesichts der nicht sehr fern aussehenden Kuppel des Petersdoms, aber sicher war ich mir nicht.

Das Hotel war ein alter Bau, aber frisch renoviert - er protze mit sechs Sternen und viel vergoldetem Stuck. Nicht, dass ich gute Hotels nicht zu schätzen gewusst hätte, aber ich hatte die in Rom für diese Kategorie verlangten Preise sehr gut studiert: Zuerst hatte ich wegen meines eigenen Kontostandes Abstriche gemacht, dann hatten mich die indignierten Mienen meiner Begleiterinnen dazu bewegt, von annehmbaren vier Sternen noch einmal runter zu gehen, auf definitiv nicht annehmbare zwei. Ich überlegte angesichts meiner neuen Bleibe nun kurz, ob ich protestieren sollte, entschied mich aber dagegen: Ich hatte genug Geld und wollte jetzt endlich mal für ein paar Stunden allein sein, mit unendlich viel heißem Wasser und einem sauberen Bett.

Innen hielt das Hotel, was es außen versprach - opulente Eleganz, auch in meiner Suite. Wohnzimmer mit Essbereich, Schlafzimmer, Ankleidezimmer und ein Bad von olympischen Ausmaßen: Zu klassisch-kitschig eingerichtet für meinen Geschmack, italienische Eleganz für Touristen aus aller Welt -

aber natürlich hundertmal besser als die Absteige im Bahnhofsviertel.

Jackson wartete höflich mit hinter dem Rücken verschränkten Armen neben der Tür, während ich meine neuen Räumlichkeiten besichtigte und ein uniformierter Page mein mageres Gepäck abstellte, ein paar Blumen zurecht zupfte, den Obstkorb drei Zentimeter verrückte, aus Kreuzritter-Hand das erwartete Trinkgeld bekam und nach einer ebenso zackigen wie tiefen Verbeugung verschwand.

"Ist das Zimmer in Ordnung?", fragte Jackson, als ich aus den Tiefen des Ankleidezimmers wieder auftauchte.

"Ein bisschen zu groß und ein bisschen zu plüschig, aber mehr als in Ordnung. Vielen Dank."

"Du bekommst das Frühstück um neun auf das Zimmer, wenn du es früher oder später wünschst, sagst du einfach an der Rezeption Bescheid. Wenn Josie die Sachen schickt, wird sie dir ein Hausdiener hochbringen."

Ich nickte und legte meine Jacke ab, Jackson zog ein Handy aus der Tasche - nicht seins, dieses war Rot.

"Bitte - das ist für dich. Die Nummern von Andreas, Ciaran, Magnus, Joseph und mir sind eingespeichert, damit kannst du uns jederzeit erreichen. Bitte melde dich, wenn du etwas brauchst oder Fragen hast."

Ich nahm das Gerät: ein bisschen größer als normale Handys, vielleicht ein Satellitentelefon.

"Danke."

"Morgen würde ich dich um zehn Uhr abholen, wenn dir das Recht ist. Andreas und Ciaran möchten einiges mit dir sprechen, aber am Abend können wir uns dann noch etwas in Rom ansehen. Wenn du möchtest."

Ich wollte. "Die Engelsburg, wenn das geht."

Jackson lächelte wissend, nach einer kleinen Verbeugung und einem sehr grünen Blick war er verschwunden. Ich ließ mich in das riesige Sofa fallen und warf das neue Handy auf den Tisch - was für ein Tag!

Magnus

Ich geb's zu: Ich war saumäßig eifersüchtig auf Jack. Okay - er hatte Blondie auf dem Buchdeckel identifiziert, was vielleicht dazu geführt hatte, dass sie endlich mit ihrem Namen rausgerückt war, aber war das ein Grund dafür, ihn mit ihr entspannt in der Stadt herumgondeln zu lassen und mich hier im Haus festzuhalten - das Handy in der Hand, die immer gleichen Fragen im Ohr? Ungerecht war das, einfach ungerecht.

Andreas hatte mir und Jo eine ganze Liste an Aufgaben runter gerattert, bevor er sich wieder mit Ciaran in die Bibliothek verzogen hatte: Sie planten die kommende Woche, und ich hatte hier die Arschkarte gezogen. Das Hotel und das Flugticket waren die leichteste Übung, wobei ich hoffte, dass Shara den First Class-Flug und eine Suite im besten Haus der Stadt zu schätzen wissen würde. Danach rief ich Shane an und nannte ihm ihren Namen und ihr Geburtsdatum, damit er endlich was hatte, mit dem er arbeiten konnte: Er würde uns heute durchgeben, was er online fand, dann musste er auf Wunsch von Andreas die unangenehme Aufgabe übernehmen, ihre Wohnung zu filzen.

So was machten wir beleibe nicht oft, nur bei potentiellen neuen Mitgliedern mit ein bisschen fragwürdiger Herkunft war das mal nötig gewesen - aber bei Shara wollte Andreas wohl auf Nummer Sicher gehen. Shane bekam diesen undankbaren Job deshalb, weil er am nächsten an München war, und natürlich reagierte er nicht unbedingt begeistert, als ich ihm diese Anweisungen ausrichtete. Shane sollte die Fotos und Videoaufzeichnungen aus Sharas Wohnung so schnell wie möglich an Josie schicken, damit die daraus ein rundes Profil bauen konnte: Sie würde nicht mit nach München fahren, musste sie sich doch auch noch um die Räume kümmern, die für Shara, also den Schwertlöser, in der Burg reserviert waren - die standen seit Jahrhunderten komplett leer, und sollte Blondie wie erhofft länger als die eine Woche bleiben, würden wir umziehen. Die Burg war freundlicher und heimeliger als unser Haus in Rom und würde Shara sicher mehr für uns einnehmen als der graue Kasten hier - als ich Letzteren das erste Mal hatte betreten sollen, hatte Andreas mich am Kragen durch die Tür schleifen müssen, als so gruselig hatte ich ihn empfunden.

Josie weigerte sich indes hartnäckig, auch nur ein Möbelstück zu ordern, ohne Shara persönlich getroffen oder deren Wohnung gesehen zu haben - Herrgott, dachte ich, stell einfach ein Bett rein und gut, aber natürlich sagte ich das nicht laut: Lebensmüde war ich nur alle paar Jahrzehnte mal, und wenn, dann nicht in Gegenwart von Josies Mundwerk. Wenn Shane die Nacht am

Computer verbrachte, konnte er morgen früh nach München fahren, mit etwas Glück käme er gleich in Sharas Wohnung. Er würde Josie die Infos rüber schicken, dann zur Burg zurückfahren und mit Josie und dem fertigen Profil am Montagmorgen ab Innsbruck nach Rom fliegen - knapp, aber zu schaffen.

Andreas hatte verlangt, dass alle Aktiven des Ordens innerhalb von zwei Tagen hier sein sollten, damit sie Shara vorgestellt werden konnten, aber wie bei so ziemlich allen Sachen, die Andreas mich 'mal eben' erledigen ließ, war das leichter gesagt als getan.

Ich notierte 'Montagmittag' als Ankunftszeit bei Shane und Josie, während Jo 'Mittwoch' bei Maggie eintrug. Ich runzelte die Stirn, Jo zuckte mit den Schultern, Maggies träge Stimme im Ohr. Ffion würde schon morgen Abend ankommen und fragte gleich, ob sie bis dahin was tun könne - ich übertrug ihr dankbar die Regelung der finanziellen Seite. Auch da hatte Andreas klare Anweisungen gegeben, was von welchem Konto wohin zu transferieren sei - Shara mochte jetzt nicht arm sein, aber ab morgen wäre sie eine sehr reiche Frau. Ffion versprach, sich gleich an die Arbeit zu machen und legte auf: Sie konnte mit den ganzen Zahlen und Daten, die Andreas mir runter gerattert hatte, ohnehin zehnmal mehr anfangen als ich - ich hätte wahrscheinlich schon bei der ersten Überweisung gepatzt und dem nächsten besten Verein zur Rettung der Kanalratte einen Millionenbetrag übereignet.

Jo notierte 'Montagabend' für Pablo und Gerard, Lucia war in Südamerika und musste uns auf Dienstagmorgen vertrösten - sie saß allerdings schon im Taxi zum Flughafen, als ich sie erreichte, hatte nach dem Alarm gleich gebucht und gepackt, das kluge Mädchen. Blieben noch Sven und Peter: Beide würden Montag am Morgen oder am Mittag eintreffen - Sven nach einem Umweg über Sharas Geburtsort, den ihm Shane noch durchgeben musste, wir vermuteten ihn aber erst mal in Deutschland.

Als ich endlich auflegte, hatte ich die Geschichte aus der Kirche so oft heruntergebetet, dass man mich zu einer Wiederholung im Schlaf hätte wecken können - und wie ich geahnt hatte, sah Andreas gar nicht glücklich aus, als Jo und ich ihm die Liste mit den Ankunftsdaten vorlegten.

"Lucia - gut, das geht nicht schneller. Welche Aufgabe hat

Maggie bekommen?"

"Keine", antwortete Jo. "Sie sagte, sie habe am Dienstagabend ein wichtiges Seminar und könne erst am Mittwoch fliegen."

Andreas würde in unserer Gegenwart nichts über das Fehlverhalten einer unserer Brüder oder Schwestern sagen, aber seine Missbilligung war offenkundig.

"Wir werden Shara am Dienstag Vormittag allen vorstellen. Und Maggie wird dann hier sein. "

"Soll ich ihr das so ausrichten?", fragte Jo mit unbewegter Miene, doch Andreas schüttelte den Kopf.

"Nein, sie bekommt die Nachricht über den Termin ebenso wie alle anderen, was deutlich genug sein dürfte."

Damit war ich erst mal entlassen. Auf Jo wartete die leidige Aufgabe, im Hotel das Zimmer gegenüber von Shara zu beziehen und darauf aufzupassen, dass niemand Unbefugtes das Zimmer unserer neuen Lichtgestalt betrat, dass sich ihr niemand unbemerkt näherte: Okay, das war wirklich eine Arschkarte, weil tödlich langweilig, ähnlich wie der Dienst in der Kirche.

Andererseits: Hatte vorher unser ganzes Leben um dieses störrische Schwert im Stein gekreist, wurde nun Shara zu unserer neuen Sonne - und ich hatte das Gefühl, dass sie ein wenig kapriziöser sein würde als die stumme, starre und geduldige Klinge.

– 2 –

Magnus

Ich sollte mit meiner Vermutung über unser Blondie Recht behalten: Als ich mit Jack am nächsten Morgen zu ihrem neuen Hotel fuhr, teilte uns Jo per Telefon mit, Shara habe ihr Zimmer vor gut zwei Stunden verlassen und sei den ganzen Weg zur Tiberinsel gelaufen (sicher drei Kilometer), habe sich dort die Basilika angeschaut, eine Cola getrunken (Light natürlich, Nährstoffe im Essen waren ihr wahrscheinlich ein Gräuel) und sei jetzt wieder auf dem Rückweg - sie werde pünktlich da sein, wenn sie ihren Sturmschritt durchhalte, fügte er ein bisschen atemlos hinzu.

Shara stieg zur verabredeten Zeit in den Wagen, ihren Reiseführer unter dem Arm und die Kamera in der Hand, mit nur leicht geröteten Wangen. Wir sagten nichts, aber Andreas würde wissen müssen, dass Blondie zu einsamen Wanderungen in der Stadt neigte, denn das würde unsere neue Aufgabe, sie vor den gesamten Unwägbarkeiten des Lebens zu beschützen, nicht unbedingt einfacher machen.

"Ist das Hotel okay?", fragte ich, "die hatte nur noch eine kleine Suite frei, irgendein Popstar hat die größere belegt."

Sie lachte hell und melodisch - man konnte einen

schlechteren Lohn ernten, wenn man seinen Job nicht perfekt gemacht hatte.

"Ja, alles super. Das Frühstück ist allerdings etwas zu üppig, mir reichen Kaffee und Saft."

Ich lehnte mich zwischen den Sitzen nach vorn, warf einen demonstrativen Blick auf ihre ein bisschen zu schlanken Beine.

"Aber Essen tust du schon ab und zu mal, oder?"

Jack schüttelte warnend den Kopf: Ich war wohl wieder auf dünnem Eis unterwegs und sollte besser die Klappe halten. Shara antwortete mir trotzdem, begleitet von einem gleichgültigen Schulterzucken.

"Manchmal. Meist bin ich zu beschäftigt."

Jack übernahm, schnell - wahrscheinlich hatte er Angst, ich würde unsere neue Herrin gleich als magersüchtige Zicke beschimpfen.

"Heute Abend wird Ciaran mit dir die Engelsburg besichtigen. Ihr könnt hinein, wenn für die normalen Besucher geschlossen ist."

Shara bedankte sich artig, aber wahrscheinlich wäre sie lieber im Strom der anderen Touristen mitgeschwommen, das sah man ihrer ein bisschen skeptischen Miene an.

"Was möchtest du sonst noch sehen?"

Sie dachte nach. "Die Katakomben, das Pantheon und die Sixtinische Kapelle wären schön."

"Das Kolosseum bei Nacht ist auch sehr beeindruckend", warb Jack.

Blondie runzelte die Stirn, war aber offenbar interessiert - an einem alten Bau im Stockdunklen oder an einem Mondscheinspaziergang mit Jack? Gute Frage, aber die Antwort darauf wollte ich eigentlich gar nicht wissen.

"Man darf da in der Nacht rein?"

"Eigentlich nicht, aber es gibt in Rom fast immer Mittel und Wege."

"Okay, dann bitte auch das Kolosseum bei Nacht."

Ich beugte mich wieder vor. "Da komme ich mit, das hab ich auch noch nie gesehen." Wenn Jack dachte, er könne sich Shara unter den Nagel reißen, hatte er sich getäuscht.

Blondie lachte. "In über zweihundert Jahren bist du noch nicht dazu gekommen? Mein Gott - und ich dachte, ich könnte in nur einem Leben die Welt sehen!"

Die Fahrt vom Hotel zu unserem Haus dauerte nicht lang,

wir lieferten Shara brav und pünktlich bei Andreas ab, der schon in der Eingangshalle wartete.

Sie sah nicht allzu glücklich aus, als sie mit ihm die große Treppe nach oben ging, in Erwartung von stundenlangen Diskussionen wäre mein Gesichtsausdruck ganz sicher noch weniger begeistert gewesen. Ich war trotzdem ein bisschen traurig, dass wir ihr nicht folgen durften, unsere Stellung im Orden verbat das. Ich war indes schon recht glücklich damit, dass Andreas Jack und mich zu Sharas Bodyguards ernannt, vielleicht sogar befördert hatte - so würden wir immer noch am meisten Zeit von allen mit ihr verbringen können, was mir sehr Recht war. Dieser Gedanke überraschte mich selber ein bisschen, und erstaunt stellte ich fest, dass ich das zu dünne Blondie mochte - dass für Jack mindestens dasselbe galt, sagte mir sein leicht glasiger Blick auf ihren die Treppe nach oben entschwebenden Rücken mehr als deutlich.

Shara

Wir saßen auch heute in der Bibliothek, aber ich entschied mich für einen anderen Sessel als gestern, mit dem Rücken zum Raum. Warum, vermochte ich gar nicht genau zu sagen: Aus einer Laune heraus, vielleicht, um meine beiden Gastgeber ein wenig zu verwirren.

"Möchten Sie uns heute ein wenig mehr von sich erzählen?", fragte Ciaran, nachdem er mir definitiv unverwirrt die kühle Hand gegeben hatte: Er ist sich nicht sicher gewesen, ob ich heute tatsächlich kommen würde, dachte ich angesichts seines erfreuten Lächelns, und das gab mir etwas Selbstsicherheit.

"Später. Sie haben mir gestern zwar einiges über die Vergangenheit Ihres ... Ordens erzählt, aber darüber, was Sie jetzt machen und wer ihre Mitglieder sind, weiß ich gar nichts."

Andreas nickte. "Haben Sie eine konkrete Frage?"

Ja, hatte ich, und nicht nur eine: Die halbe Nacht war mangels Schlaf dafür drauf gegangen und auch der ganze Morgen, denn während ich durch die Straßen gelaufen war, hatte ich über nichts anderes nachgedacht als über neue Fragen. Nur wo beginnen?

"Jackson sagte, die meisten Leute hier seien mehr oder weniger zufällig über den Orden gestolpert. Ist das richtig?"

"Ja, absolut. Wir werben keine Mitglieder, sondern nehmen diejenigen auf, die uns entdecken und die unseren sicherlich nicht geringen Ansprüchen genügen. Dadurch wissen wir unser Geheimnis bewahrt. Wir üben keinen Zwang aus, aber bislang hat sich noch niemand unserer Einladung widersetzt."

"Wie genau wird man dann Mitglied?"

Ciaran antwortete mir, ich drehte mich in meinem Sessel leicht zu ihm herum.

"Ganz einfach: Der oder die Neue wird von uns genauestens befragt, in mehreren Sitzungen, außerdem versuchen wir, aus anderen Quellen so viel wie möglich über ihn oder sie in Erfahrung zu bringen. Dann wird er allen aktiven Mitgliedern vorgestellt, die dürfen offen ihre Meinung zu dem Kandidaten sagen. Auch wenn uns das Schwert bislang niemand stehlen konnte: Wir müssen auch unser sonstiges Eigentum schützen - es wäre durchaus lohnenswert für einen Betrüger, sich uns anzuschließen und uns dann um unsere nicht unerheblichen Wertgegenstände zu erleichtern. Wenn niemand Einwände gegen das neue Mitglied hat und wir keine unlauteren Motive finden, wird ihm oder ihr in einer Zeremonie ein feierlicher Schwur abgenommen, in dem er oder sie dem Schwert und seinem Erlöser die Treue schwört. Dabei wird ein Teil eines Zeichens mit dem gestern schon erwähnten Dolch in die Haut geritzt - davon bleibt eine Narbe als Erkennungsmerkmal zurück. Darauf folgt eine Bewährungszeit, in der steht der oder die Neue unter ständiger Aufsicht. In dieser Zeit ist der Alterungsprozess stark verlangsamt, aber noch nicht ganz aufgehoben. Ist die Bewährungszeit vorbei, wird das Zeichen wiederum mit Hilfe des Dolchs vollendet, damit hört das Altern ganz auf und wir haben ein neues Mitglied."

Das Altern 'wird verlangsamt', das Altern 'hört auf' - wie selbstverständlich Ciaran diese Ungeheuerlichkeiten aussprach! Ich war auch heute noch sehr skeptisch, zweifelte an der Wahrheit von Unsterblichkeit, Erlöser und Schwertlegende, also hielt ich mich an meine pragmatisch-praktischen Fragen, denn die nach dem Wie und Warum waren unendlich komplizierter.

"Und wenn der Neue in der Bewährungszeit durchfällt?"

"Das ist bislang erst ein einziges Mal passiert", sagte Andreas. "Derjenige musste uns verlassen, hat aber immerhin durch die erste Narbe ein sehr, sehr langes Leben zu erwarten. Die Bewährungszeit ist selbstverständlich für alle erst einmal gleich lang, aber in einigen Fällen haben wir von vornherein längere Zeiten angesetzt oder die Frist nachträglich verlängert: Ein paar waren sehr jung, beinahe noch Kinder, als sie über uns gestolpert sind, und da wir den Alterungsprozess mit der ersten Narbe ja verlangsamen, mussten wir manchmal recht lange abwarten, bis wir das Altern mit der zweiten Narbe gänzlich stoppen konnten. Damit Sie sich das mit dem verzögerten Altern besser vorstellen können: Man altert körperlich etwa ein Jahr in sechs echten Zeitjahren."

"Also ... vergehen sechs Jahre, körperlich sind die für den Neuen aber nur wie ein Jahr?"

"Korrekt."

Füllt das in Dosen ab und verkauft es, dachte ich: Milliarden von Menschen würden Milliarden dafür bezahlen. Ich auch? Falsche Frage, Shara, mach weiter mit denen, die dir seit gestern Nacht auf der Zunge brennen oder denen, die du heute Morgen noch dazu gestopft hast - genug Munition für weitere, lange Stunden in der Bibliothek.

"Und welche Aufgaben haben die Mitglieder des Ordens so?"

"Die Wichtigste war bislang natürlich immer das Bewachen des Schwertes", antwortete mir Andreas. "Wenn Sie es ganz genau wissen wollen: Wir hatten aktuell vier Dreierteams, die sich alle drei Monate in der Kirche abgewechselt haben, gebildet aus den zwölf aktiven Brüdern und Schwestern. Gestern bei Ihnen war Jackson in der Kammer, Albert in der Zentrale und Joseph in der Kirche. Den Rest des Jahres haben die meisten dann mehr oder weniger frei, allerdings hat jeder noch ein paar zusätzliche Aufgaben, die ihn fast das ganze Jahr hier oder auf der Burg halten."

"Der Burg?"

Ciaran nickte. "Ja. Wir haben mit diesem Haus und einer Burg in Südtirol zwei große Anwesen, die alle Mitglieder des Ordens aufnehmen können. Die Burg sollten Sie sich unbedingt ansehen - absolut uneinnehmbar und sehr beeindruckend, wenn ich das so sagen darf. Außerdem haben wir noch ein paar kleinere Wohnungen in anderen Städten, hauptsächlich in Europa: Diese können unsere Mitglieder nutzen, wenn sie keinen Dienst haben."

"Sie sprachen gestern noch von anderen, nicht aktiven Mitgliedern. Was ist mit denen?" Gab es ein Heim für emeritierte Kreuzritter an der Cote D'Azur?

"Nun, wer fünfzig Jahre in dem Dienstturnus für das Schwert verbracht hat, kann sich für einige Zeit ... freistellen lassen."

Ich schmunzelte mit Andreas über den modernen Begriff, den Ciarans gewählt hatte und der mich prompt an ein paar besonders unerfreuliche Diskussionen mit der Personalabteilung eines ehemaligen Arbeitgebers denken ließ, als ich (vergeblich!) meine Idee für zwei Monate unbezahlten Urlaub vorgebracht hatte.

"Wir lassen diese Mitglieder in Ruhe. Sie leben auf eigene Kosten, melden sich aber in regelmäßigen Abständen bei uns, so dass wir immer wissen, wer sich wo aufhält. Im Notfall können wir sie jederzeit reaktivieren", fügte Ciaran hinzu.

Ich sah in Gedanken schwarzgewandete Männer mit Schwertern am Flughafen eintreffen, was irgendwie nach 'Highlander' klang. Das war natürlich absurd, und meine abschweifenden Gedanken über den Sinn des Gesagten brachten mich nicht wirklich weiter: Erst zuhören, sagte ich mir, Ordnen und Hinterfragen kannst du später, wenn du allein bist, wenn du Zeit hast.

"Eines sollten Sie noch wissen, wo wir doch eben beim Thema 'Altern' waren: Es gibt die Möglichkeit, die Unsterblichkeit zurückzunehmen, indem die Narbe auf der Haut mit demselben Dolch zerstört wird, mit dem sie auch geschaffen wurde. Aber das ist noch nie gemacht worden", sagte Ciaran. "Damit halten wir unsere Mitglieder bei der Stange: Wer den Orden endgültig verlassen möchte, kann das unter der Bedingung tun, Stillschweigen über uns zu bewahren, allerdings werden wir in diesem Fall seine Narbe gemäß den alten Anleitungen zerstören, wodurch derjenige dann in normaler Geschwindigkeit weiter altern wird - zumindest behaupten das die alten Schriften."

"Altern - und schließlich sterben?", fragte ich, Andreas nickte.

"Ja, und sterben."

Ich kehrte noch einmal zu meiner blödsinnigen 'Highlander'-Vision zurück. "Ist das mit dem gelösten Schwert nun so ein Notfall, bei dem alle Mitglieder aktiviert werden?"

Ciaran schüttelte den Kopf. "Nein, dies ist kein Notfall in dem Sinne. Wir haben aber alle Brüder und Schwestern benachrichtigt, und ein paar der Inaktiven werden sicher bald vorbeikommen, um Sie ebenfalls kennenzulernen und um sich zu reaktivieren. Die aktiven Mitglieder sind natürlich alle schon auf dem Weg, und wir würden sie Ihnen am Dienstag gern vorstellen."

Also doch Kreuzritter am Flughafen von Rom? Lass den Blödsinn jetzt, ermahnte ich mich und konzentrierte mich auf meine Fragen.

"Was wäre denn dann ein Notfall?"

Ciaran und Andreas tauschten einen Blick, ich tappte ungeduldig mit dem Fuß auf den Boden.

"Wenn man Sie bedrohen würde", antwortete Andreas schließlich. "Wenn wir Sie mit mehr Macht beschützen müssten, als wir es mit den aktiven Mitgliedern können."

Jetzt musste ich doch kurz auflachen und sah an seinen schmalen Augen, dass Andreas mir das übel nahm.

"Entschuldigung, aber wer sollte mir was wollen? Glauben Sie etwa, dass einer der Touristen da draußen das mit dem Schwert im Stein ernst genommen hat und mir meine geliebte Weltherrschaft nun mit Waffengewalt entreißen will?"

Ciaran schüttelte den Kopf. "Nein, aber wir können auch nicht ausschließen, dass Sie in Gefahr geraten könnten. Sie sind nun einmalig auf dieser großen, weiten Welt, Shara", sagte er - sehr sanft, als wolle er mich nicht beunruhigen. "Sie fragten eben nach unserer Aufgabe, danach, was wir jetzt tun, und die Antwort darauf ist ganz einfach: Wir werden Sie mit all unserer Kraft und mit unserem Leben beschützen, bis in alle Ewigkeit."

"Ewigkeit?"

Andreas nahm sich meiner wieder an, und ich fühlte mich ein wenig wie ein Tennisball, der zwischen zwei routinierten Trainingspartnern hin und her geht.

"Ja, auch auf Sie wartet die Ewigkeit. Nicht metaphysisch, nicht im Jenseits für eine abstrakte Seele, sondern ganz real, als Mensch auf dieser Erde und in unseren Reihen. Wie schon gestern gesagt: Wenn Sie bei uns bleiben, werden Sie ein führendes Mitglied des Ordens, unsere neue Leitfigur. Sie würden mit einer Variante unserer üblichen Narbe ein besonderes Symbol der Ordenszugehörigkeit erhalten, das Ihre Stellung über uns allen deutlich macht, und damit wären Sie wie wir - alterslos und ewig."

Ich musste an den Vergleich mit dem Engel denken, den Jackson gestern gebracht hatte, und war wieder einmal ... sehr, sehr peinlich berührt. Über diesen Teil der Geschichte hatte ich in der Nacht absichtlich nicht mehr bewusst nachgedacht, und dennoch hatte gerade dieser mir den Schlaf geraubt: Ich war kein Engel, war keine Leitfigur, und ganz sicher hatte unter meinen ernsthaften Lebenszielen nie die Verbesserung der Welt gestanden - abgesehen von einer kurzen 'Rettet die Erde'-Phase mit etwa sechzehn, in der ich mit der Greenpeace-Mitgliedschaft geliebäugelt hatte, aber wegen zu wenig Taschengeld für den Monatsbeitrag darauf hatte verzichten müssen.

Und das andere Thema? Das ewige Leben, das sie mir anboten - oder besser: androhten? Ja, angedroht, denn ehrlich gesagt war ich nicht gerade sehr erpicht darauf, in ein paar hundert Jahren noch zu existieren. Mit den gleichen Sorgen und Nöten, vor allem aber immer noch ... mit mir? Mir, die niemand besonders mochte, die noch nicht mal ich selber besonders mochte? Die die Welt jetzt schon nicht verstand? Vielen Dank, sehr nett, aber ich möchte lieber nicht. Sollte ich das jetzt sagen? Nein, das wäre zu unfreundlich, immerhin sahen sie das als eine Art Geschenk. Aber ein bisschen sticheln wollte ich trotzdem, musste ich trotzdem - vielleicht würde ihnen das ja durch die Blume sagen, dass ich nicht interessiert war.

"Und wenn ich dann in Ihrem Orden bin, warten wir alle zusammen eine Ewigkeit darauf, dass ich irgendwelche Kräfte entwickelte, mit denen wir die Welt retten können?", bemerkte ich spöttisch, um die getragene Stimmung zu beenden, was einen leichten Schatten auf Ciarans zarte Gesichtszüge legte und seine veilchenfarbenen Augen etwas trüber machte, ihn jedoch dann nur noch nachdrücklicher nicken ließ.

"Ja. Das mag für Sie absurd klingen, aber versetzen Sie sich in unsere Lage, versuchen Sie, unsere Hoffnung zu verstehen: Nach mindestens tausend Jahren hat sich das Schwert gestern gelöst - was sind da weitere Jahre des Wartens, wenn dieser alles entscheidende Schritt doch unumstößlich von der Richtigkeit unserer Annahmen spricht?"

Annahmen, dachte ich, da spricht er mal ein wahres Wort: Annahmen gab es reichlich, Behauptungen und Glauben auch - nur Beweise, die waren verdammt dünn gesät, dabei hatte ich es doch auf diese ganz besonders abgesehen. Nein, auch heute lagen keine Fakten auf dem Tisch, an denen ich mich festhalten konnte, die beiden Herren boten nach wie vor nur abstrakte Gedankenkonstrukte, die an diversen Stellen ein paar sehr große, logische Löcher aufwiesen.

"Für mich ist das aber der entscheidende Punkt", sagte ich. "Ich erwarte mir von meinen nächsten Lebensjahren keine Zeit des Wartens. Ich will mich nicht jeden Tag selber fragen und von anderen fragen lassen müssen, ob ich ... Kranke heilen, Gedanken lesen, Dinge schweben lassen oder den Weltfrieden garantieren kann. Ich will mein ganz normales Leben haben, und auf dieses Recht habe ich nicht verzichtet, als ich mich gestern von Jackson habe überreden lassen, dieses verflixte Schwert anzufassen."

Nun schwiegen beide: Ich hatte mich scheinbar halbwegs verständlich ausgedrückt und dabei auch noch tapfer der Versuchung widerstanden, meine Arme trotzig vor der Brust zu verschränken - für meine Verhältnisse eine reife Leistung.

"Gewiss nicht", versicherte mir Ciaran nach einem kurzen, stummen Austausch mit Andreas und mit erneut besänftigendem Lächeln. "Es gibt hier keinen Zwang, wir haben kein Recht, von Ihnen irgendetwas zu fordern. Ganz im Gegenteil: Ihre freiwillige Zustimmung, Ihr freier Wille ist ganz zentral."

"Wie viel Zeit könnten Sie denn für uns erübrigen?", fragte mich Andreas, was mich frustriert den Kopf schütteln ließ: Es war unglaublich, aber die ließen einfach nicht locker!

"Ich habe Ihnen eine Woche gegeben", sagte ich, doch damit biss ich auf Granit, grauen wahrscheinlich.

"Shara, dass das nicht ausreichend ist, wissen Sie selbst. Sie haben uns eine Woche gegeben, damit wir Ihnen unsere Geschichte erzählen, unser Anliegen vortragen und Ihnen all Ihre Fragen beantworten können."

"Und Sie haben gesagt, dass Sie dem neuen Besitzer des Schwertes folgen und seine Vorstellungen zu Ihrem neuen Leitbild werden. Wenn ich Ihnen nun sage, dass meine Vorstellung von meiner Zukunft darin besteht, dass ich mich in den nächsten Flieger setze und zu meinen langweiligen Ratgebern für gelangweilte Hausfrauen zurückkehre - was wollen Sie dann dagegen tun, wo Sie mir doch vor Hunderten von Jahren schon Treue und Gehorsam geschworen haben?"

"Nichts", sagte Andreas mit einem kleinen Lächeln, das mich insgeheim frösteln ließ. "Wir würden nichts tun, denn wir dürfen und werden Sie zu nichts zwingen, dies würde unseren elementarsten Regeln widersprechen. Das Schicksal hat Sie zum Schwert geführt, es wird auch Ihren weiteren Weg bestimmen. Wer weiß: Unsere Aufzeichnungen sagen zwar, dass Sie ein vollwertiges Mitglied des Ordens sein müssen, um Ihre Fähigkeiten entwickeln zu können, aber es kann genauso gut sein, dass schon die bloße Lösung oder Berührung des Schwertes ausreichend ist, um aus Ihnen den Erlöser zu machen, auf den wir gewartet haben."

Das war zu viel. Ich stand abrupt auf und ging ein paar Schritte in den Raum hinein, starrte auf die ledernen Buchrücken, bis sich mein Kopf halbwegs geklärt hatte, dann drehte ich mich wieder zu den beiden um.

"Das Beibringen einer Narbe mit Hilfe eines Dolches kann ein Leben nicht verlängern und schon gar nicht unendlich machen: Das ist absoluter Blödsinn. Und die simple Berührung eines Schwertes mit meiner Hand kann nichts, aber auch gar nichts an mir oder in mir verändern: Das ist unmöglich, definitiv unmöglich. Sie reden kompletten Unsinn, und wenn Sie selbst daran glauben, sind Sie ... absolut ..." - ich hob die Arme in einer ratlosen Geste - "... bekloppt."

Magnus

Am Nachmittag kam Andreas mit einem ziemlich grimmigen Gesichtsausdruck aus der Bibliothek herunter. Jack und ich hockten in der Küche und starrten in unseren kalten Kaffee, er mit glänzenden Augen und einem entrückten Lächeln, ich mit zunehmend steifen Knochen und schwächer werdenden Nerven. Gut, das Warten war nicht Neues, der ganze Orden wartete seit Jahrhunderten, wartete tagaus, tagein - selbst ich unruhiges Gemüt hatte mich daran gewöhnt, hatte gelernt, damit zu leben.

Hatte ich in meinen ersten Diensttagen in der Kirche gespannt auf jede Hand gestarrt, die sich um den Griff des Schwertes gelegt hatte, absolut überzeugt, dass es HEUTE passieren würde, dass es JETZT passieren würde, hatte ich am Ende eigentlich schon gar nicht mehr daran geglaubt. Die schiere Masse der Menschen hatte mich erschöpft - oh ja, es waren wirklich Massen gewesen. Wie lange brauchte ein Besucher in der Kammer? Großzügig gerechnet vielleicht fünf Minuten. Das machte zwölf Leute pro Stunde, bei zehn Stunden geöffneter Kirche hundertzwanzig Leute an einem Tag, dreitausendsechshundert in einem Monat, über vierzigtausend pro Jahr - und in meiner Lebenszeit unglaubliche neuneinhalb

Millionen Menschen. Verständlich, dass man da Interesse und Hoffnung verlor, oder? Ich wollte die Rechnung für Andreas und Ciaran weiter führen, ließ das dann aber lieber - das Ergebnis hätte unweigerlich bedeutet, dass die beiden nicht ganz dicht sein mussten, wenn sie so lange ausgehalten hatten, und das gehörte dann wieder zu den Dingen, die man besser nicht laut aussprach ... oder hier niederschrieb, wo die beiden es lesen konnten, verflixt! Trotzdem - dieses Warten jetzt in der Küche war anders als das in der Kirche: Es glich eher meinen ersten Tagen im Dienst für das Schwert denn den letzten, war angespannt und flirrend.

"Wie läuft's denn so?", fragte ich Andreas betont locker, als er eine Tasse unter die Cappuccino-Maschine knallte, er drehte sich zu mir um, als bemerke er uns jetzt erst.

"Es läuft ... schlecht. Sie glaubt uns kein Wort, fordert Beweise, die wir nicht haben - und sie hält uns für irre. Nein, ich korrigiere: für 'bekloppt'." Er fuhr sich mit der Hand über die Stirn, eine müde, angestrengte Geste. "Sie ist sehr hartnäckig, stellt Fragen über Fragen, denkt doppelt so schnell wie ich - Gott, ich werde langsam wirklich alt. Wenn wir noch bei ein paar Einwänden so in die Knie gehen und nichts Handfestes bieten können, dann ist sie weg."

Jack grinste - völlig unpassend, gefiel ihm etwa die Dickköpfigkeit der Blonden? - und trank seinen kalten Kaffee, ich dachte nach.

"Versuch es mit dem Geld", schlug ich schließlich vor, doch Andreas schüttelte nachdrücklich den Kopf.

Die Maschine hatte Milchschaum in die Tasse gehustet, und als jetzt das Mahlwerk loslegte, konnte ich seine weiteren Worte kaum verstehen.

"... einen Versuch wert."

Er schnappte sich die Tasse und war aus der Tür, bevor ich mein 'Was?' raus gebracht hatte.

Ich sah Jack an. "Was will er versuchen?"

"Er will sie bitten."

"Hä?" Ich verstand immer noch kein Wort, Jack stöhnte genervt und stand auf.

"Ach, Magnus. Er kommt mit seinen ganzen schönen, alten Geschichten nicht weiter, also will er sie einfach bitten, zu bleiben und ihm eine Chance zu geben. Es steht fünfzig zu fünfzig, ob sie Ja sagt, was wohl um einiges besser sein dürfte als bei den Versuchen zuvor. Ich hole schon einmal das Auto aus der Garage, wir können sicher bald los."

Shara

Zusammen mit dem dringend benötigten Kaffee servierte mir Andreas eine nicht minder willkommene Einsicht.

"Shara, Sie wissen es besser als ich: Sie werden unseren Worten keinen Glauben schenken. Wir haben nichts, mit dem wir Sie überzeugen können, und wir haben scheinbar auch nichts anzubieten, dass Sie verlockt - wie denn auch, unsere Angebote wie auch unsere Behauptungen sind ohne fundierte Beweise."

Ich rührte in meiner Tasse, er setzte sich mir wieder gegenüber.

"Haben Sie Pascal gelesen?"

"Ein bisschen was", sagte ich, schon ahnend, worauf Andreas hinaus wollte.

"Nehmen Sie doch einfach mal an, wir hätten Recht: Auf Sie wartet bei uns tatsächlich ein sehr viel längeres Leben und - gestatten Sie mir diese Worte - auch ein sehr viel lohnenderes Leben, denn wir bieten Ihnen den Rahmen, um sich ganz frei zu entfalten, um zu tun, was sie schon immer tun wollten. Wäre das allein nicht ein guter Grund, uns eine Chance zu geben?"

Ich dachte nach, fand aber natürlich noch ein Haar in der Suppe. Nicht, dass mich das besonders stören würde: Wenn ich einen schmerzfreien Tag hatte, fischte ich es einfach raus und machte weiter. Hatte ich dagegen einen normalen Tag, fischte ich das Haar raus, betrachtete es ausführlich von allen Seiten, spaltete es mehrfach der Länge nach und suchte dann den Schuldigen für diese Störung der geregelten Abläufe.

"Sie vergessen, dass diese Chance für Sie mit einem sehr hohen Einsatz für mich verbunden wäre. Ich verzichte auf ein normales Leben, breche alle Brücken hinter mir ab und setzte in diesem Spiel alles auf eine Karte, um vielleicht etwas zu gewinnen, um vielleicht etwas Besseres zu bekommen, als ich schon habe. Was daran macht mir die Entscheidung für Ihren Orden leichter? Pascal argumentiert mit einem verschwindend geringen Einsatz im Austausch für einen großen Gewinn, aber ich finde meinen Einsatz beträchtlich."

"Ein ewiges Leben ist ein unendlich großer Gewinn, gegen

einen solchen wird jeder Einsatz verschwindend klein", sagte Andreas, der seinen Pascal scheinbar sehr viel besser kannte als ich den meinen - leider nicht ganz falsch, und ich gestand ihm mit einem Nicken einen Punkt in diesem Spiel zu.

"Außerdem minimieren wir Ihren Einsatz, indem wir Sie für Ihre Zeit entschädigen", ergänzte Ciaran, Andreas warnender Blick traf mit meinem scharfen gleichzeitig bei ihm ein, was Ciaran jedoch nicht stoppte. "Natürlich können Sie das Spiel jederzeit beenden, wenn Sie es für verloren ansehen, gehen dann aber trotzdem nicht mit leeren Händen nach Hause."

Ich zog fragend die Augenbrauen hoch, Ciaran wurde konkret.

"Es liegen seit gestern Abend fünf Millionen Euro nach Abzug aller Steuern für Sie auf einem Konto bei einer Münchner Privatbank, hier sind die nötigen Unterlagen."

Er schob eine flache Ledermappe über den Tisch, als erhöhe er beim Pokern den Einsatz - eine Geste, die mit Andreas nicht abgesprochen war, wie mir dessen erstarrte Miene sagte. Scheinbar preschte Ciaran gerade unabgesprochen auf ein Terrain vor, dass Andreas für sich als zu gefährlich eingestuft hatte: Zu Recht, denn wenn ich mich schon nicht überreden ließ, wie wahrscheinlich war es da, dass sie mich schlicht kaufen konnten?

Mein Kaffee schwappte auf die Untertasse, Ciarans Worte hatten wohl nicht nur meine Gedanken, sondern auch die noch immer in der Tasse rührende Hand beschleunigt. Jetzt waren zwei bis drei tiefe Atemzüge nötig, um mich wieder auf Kurs zu bringen: Fünf Millionen waren nichts, was man jeden Tag so nonchalant überreicht bekam, das war eine immense Summe Geld, die ... ja, die einen durchaus verlocken konnte, die ein arbeitsfreies Leben verhieß, mit einer guten Portion Luxus als Sahnehäubchen oben drauf. Nein, Shara, sagte ich mir, du bist nicht bestechlich: Du verdienst sehr gut und brauchst dieses Geld nicht. Es soll eh nur darüber hinweg täuschen, dass es außer ein paar Geldbündeln nichts Reales, nichts Greifbares gibt, auf das du dich verlassen kannst, also ist das Geld (wenn es denn überhaupt existierte!) nichts als Nebel, nichts als der Versuch, dich zu verwirren.

Intention entlarvt, damit zurück zum eigentlichen Thema: Bleiben oder nicht bleiben? Diese Spielsymbolik frei nach Pascal war ein interessanter Gedanke, aber auch nicht wirklich etwas,

was mich umwarf - hatte sie schon damals nicht, als ich die entsprechenden Passagen gelesen hatte. Irgendwie stimmte es mich plötzlich traurig, dass Andreas und Ciaran zu dieser Idee und zum Geld Zuflucht nehmen mussten: Sie wollten so viel und hatten nichts zu bieten, was ich wollte ... außer einem Hauch Abenteuer und einem schönen Kreuzritter mit smaragdenen Augen und frechen Eckzähnen, dachte ich mit einem ungewollten Lächeln, das Andreas aufrechter sitzen und Ciaran fragend die Augenbrauen hochziehen ließ.

"Da wir Sie nicht überzeugen können, müssen wir Sie wohl bitten, auf uns zu setzen", sagte Andreas in mein Jackson-versonnenes Schweigen, ich nickte langsam.

Das war das Schlimmste, weil es das Eingeständnis ihrer Hilflosigkeit war - und das Beste, weil es mich dazu verleitete, auf mein Gefühl zu hören und nicht auf meine Vernunft, appellierte eine Bitte doch eher an das Herz als an den Kopf. Ich schloss für einen Moment die Augen und traf eine Entscheidung.

"Okay, machen wir es so: Ich bleibe die versprochene Woche und stelle weiterhin meine Fragen. Ich mache meine Entscheidung, noch länger zu bleiben, von dem abhängig, was ich von Ihnen erfahre - aber ich werde Ihnen nicht mehr länger Ihre mangelhaften Beweise anlasten. Ich akzeptiere, dass wir uns hier ... auf einer Ebene bewegen, in der es um Glauben geht, nicht um Fakten. Ich sage damit nicht, dass ich mich diesem Glauben an das Schwert und seine Bedeutung jemals anschließen werde - das ist höchst unwahrscheinlich. Aber ich akzeptiere den Ihren und stelle ihn nicht in Frage."

Die beiden Männer nickten und ich stand auf, die Mappe mit den Bankunterlagen blieb auf dem Tisch liegen - ich würde das Ding nicht anrühren, das Geld nicht annehmen, das stand mal fest.

Der Tag war wie im Flug vergangen und ich war steif vom langen Sitzen, als Andreas sich jetzt für meine Geduld bedankte und mich die Treppen hinunter geleitete: Es war nach Vier, um acht Uhr wollte Ciaran mir die Engelsburg zeigen - Zeit genug, um im Hotel zu essen und mich auszuruhen. Nachzudenken gab es auch einiges, aber ehrlich gesagt hatte ich für heute genug abstruse Gedanken durch meinen Kopf gejagt: Mir war eher nach Ablenkung, nach Gesprächen und Gedanken, in denen es ausnahmslos um banale Dinge ging, in denen Worte wie 'Orden', 'Entscheidung', 'Schwert', 'Ewigkeit' und so weiter möglichst nicht vorkamen.

Jackson und Magnus warteten schon in der Eingangshalle, wie ein Staffel-Stab wurde ich von Andreas an die beiden übergeben.

"Ist das aus Josies Auswahl?", fragte Jackson und deutete auf Sandalen und Rock, als ich mich kurz darauf neben ihm anschnallte.

Ich nickte. "Ja, sie hat wirklich ganze Arbeit geleistet."

Das war nicht gelogen, denn es waren unzählige Kartons gewesen, die der pubertierende Page gestern Abend zu später Stunde auf dem großen Tisch im Wohnzimmer gestapelt hatte: Logos bekannter Designer wetteiferten mit mir unbekannten Schriftzügen, ich hatte Hosen und Röcke, T-Shirts, Blusen, Kleider, Tops, Pullover, Strickjacken, Schuhe, Wäsche gefunden - selbst ein Trenchcoat aus himmlisch weichem Leder war dabei gewesen. Dann noch Schals und ein bisschen Modeschmuck, außerdem ein witziger kleiner Hut und ein Abendkleid - alles wunderschön, alles in der richtigen Größe und einfach viel zu viel.

Mich hatte die schiere Menge der Sachen erst einmal verblüfft, dann aber auch ein wenig verärgert: Entweder, diese Josie wollte einfach nur nett sein und hatte deshalb aus dem Vollen geschöpft - oder sie ging davon aus, dass ich ein armer Schlucker war und diese Grundausstattung dringend benötigte. Vielleicht glaubt sie auch, dass ich viel länger bleibe als nur eine weitere Woche, hatte ich gedacht, denn das, was sie mir da geschickt hatte, reichte locker für einen Monat ohne Waschmaschine und hatte mehr gekostet, als viele Menschen in einem ganzen (normal langen!) Erdenleben für Klamotten ausgaben.

Ein wenig genervt von so viel fragwürdiger Fürsorglichkeit hatte ich die Kartons nach dem Durchsehen erst einmal mit Missachtung gestraft, die ich indes nur bis nach dem Duschen am Morgen durchgehalten hatte, schwach geworden angesichts der Wahl zwischen einer getragenen, aber noch halbwegs erträglichen und einer getragenen und definitiv nicht mehr erträglichen Jeans aus meinem eigenen Fundus: Der cremefarbene Rock war wirklich entzückend gewesen, die hellen Sandalen auch - wenn ich dazu eins meiner eigenen Tops und meine Jacke anzog, konnte ich mich immer noch als moralischer Sieger fühlen. Ehrlich gesagt hatte ich vor allem von

Turnschuhen die Nase voll gehabt: Ich trug die immer nur im Urlaub und hatte langsam das Gefühl, dass der seit gestern ohnehin vorbei war.

Ich war also heute Morgen mit den neuen Sandalen an den bloßen Füßen über das antike Kopfsteinpflaster in Richtung Tiberinsel gestakst, absolut überzeugt, dass ich mir unzählige Blasen holen würde und die teuren Teile dann mit überlegener Missachtung in die Ecke kicken könnte, doch da hatte ich mich verrechnet: Sie saßen immer noch wie angegossen, hatten meine Füße umschmeichelt, nicht gebissen - und es tat mir durchaus leid, als ich jetzt bemerkte, dass mein Gewaltmarsch ihnen am Absatz einen unschönen Kratzer zugefügt hatte, den ich nun wenig damenhaft mit angefeuchtetem Zeigefinger wegzurubbeln versuchte.

"Hat sie arg übertrieben?", fragte Jackson, seine Augen blitzten amüsiert mit seinen Eckzähnen um die Wette - das wirkte auch nach einem Tag Gewöhnung immer noch hypnotisierend, und ich antwortete dann auch leicht verzögert.

"Absolut. Die Hälfte davon muss zurück, wenn nicht noch mehr. Ich will gar nicht wissen, was dieser Ledermantel gekostet hat - sieht nach dem Gegenwert eines Kleinwagens aus."

Magnus lachte auf seiner Rückbank. Er hatte mir den Beifahrersitz anstandslos abgetreten, als ich gesagt hatte, dass ich lieber vorn säße, allerdings passte er hinten mehr schlecht als recht rein: Er musste den Kopf einziehen und die Beine schräg stellen, was nicht besonders bequem aussah.

"Du musst das Zeug doch nicht bezahlen, wofür hältst du uns?", fragte er, in einem ziemlich beleidigten Tonfall.

"Und wofür hältst du mich, wenn ich fragen darf?", zischte ich zurück, plötzlich böse, war mir doch die Mappe auf dem Tisch in der Bibliothek noch zu frisch im Gedächtnis: Heute wedelten hier wohl alle mit Geldbündeln, das widerte mich ein bisschen an.

Magnus musterte mich, überrascht von meinem scharfen Tonfall.

"Wir wollten doch nur nett sein", sagte er schließlich - sehr defensiv, und ich seufzte.

"Dann seid doch in Zukunft bitte etwas ... normaler nett. Diese Suite ist auch völlig überdimensioniert: Ich brauche weder einen Esstisch für zehn Personen noch ein Ankleidezimmer."

Jackson hupte ein herumirrendes Wohnmobil an, dann

mischte er sich in unser frostig gewordenes Gespräch ein.

"Shara, du bekommst von uns alles, was du brauchst. Was ist daran falsch?"

Ich schüttelte frustriert den Kopf und hätte beinahe beleidigt die Arme vor der Brust verschränkt, doch diese Pose hatte mir Magnus schon geklaut, wahrscheinlich, weil ich seine Hotelauswahl nachträglich doch noch kritisiert hatte: Dieses Schmollen sah bei so einem Riesen einfach lächerlich aus, aber ich war jetzt auch sauer und verkniff mir das mich schon in den Mundwinkeln kitzelnde Grinsen.

"Ich möchte das nicht. Ich bin lieber unabhängig, ich lasse mich nicht kaufen oder bestechen."

"Das hat doch mit Bestechen nichts zu tun", grummelte Magnus von hinten.

"Was ist das denn dann?"

Jackson nahm sich meiner wieder an. "Es ist ab jetzt unsere Aufgabe, uns um dich zu kümmern. Dein Wohl ist unser Wohl, daher wirst du eher zuviel bekommen als zu wenig. Das mag eine Schwäche sein, und wenn du sie uns nicht verzeihen kannst, dann werden wir daran arbeiten."

Gott, wo lernte man nur, so zu reden? Ich war fast versöhnt - so viel 'Mea Culpa' war kaum zu ertragen, vor allem, wenn es aus diesem Mund kam.

"Die meisten Sachen sind wirklich toll", hörte ich das leicht zu beeindruckende Mädchen sagen, das auf einmal auf meinem Platz saß, "und ich habe mich auch sehr darüber gefreut."

Hör auf, ihm schön zu tun, ermahnte ich mich selbst, riss meine Augen von Jacksons jetzt erfreutem Lächeln los.

"Aber ich kann das nicht alles behalten, aus Prinzip nicht."

Jackson nickte. "Sortier einfach aus, was du nicht haben möchtest."

Magnus schien mein lockerer Tonfall aus seiner beleidigten Starre gelöst zu haben, denn er beugte sich zu uns vor.

"Aber sag Josie, dass dir die Sachen nicht gefallen. 'Zu viel' versteht sie nicht und 'passt nicht' akzeptiert sie nicht - sie kommt dann mit anderen Größen oder gleich einem Schneider wieder."

Er rollte mit den Augen, aber seine warme Stimme sagte mir, dass er dieser Josie ihre Beharrlichkeit gern verzieh - wenn er auch ihr gegenüber sicherlich nicht mit Sticheleien geizte, wenn ich ihn da richtig einschätzte. Ich lachte, doch dann wurde ich ein wenig ernster.

"Jackson, was hast du damit gemeint, dass ihr euch 'ab jetzt um mich kümmert'? Heißt das, dass ich euch ... nie wieder los werde?"

Er benutzte die enge Einfahrt zum Hotel, um ein paar Sekunden schweigen zu können, dann hielt er an und drehte sich zu mir. Ich spürte, wie mein Herz unter seinem direkten Blick hüpfte und meine Wangen sich plötzlich unnatürlich heiß anfühlten - hoffentlich hielt er das für Wut über seine nun folgenden Worte, alles andere wäre einfach zu peinlich.

"Ja, das heißt es. Aber eine kleine Wahl hast du trotzdem: Entweder, du erträgst uns dein normales Leben lang hinter dir als Schatten, oder für die Ewigkeit neben dir, im Licht. Aber allein wirst du nie mehr sein."

Der letzte Zusatz raubte mir den Atem. Seinen Worten nach meinte er den Orden, doch in seiner Stimme hörte ich etwas ganz anderes: Ein Angebot von Freundschaft, vielleicht sogar ... ein bisschen mehr. Seine Worte ließen mich kurz schaudern, seine Stimme kribbelte warm in meiner Brust - beides zusammen sorgte für ein gar nicht so unangenehmes Gefühlschaos und neues Futter zum Nachdenken.

"Ihr holt mich dann um kurz vor acht ab, oder?", fragte ich nach ein paar Sekunden, in denen Jacksons Augen leuchtend grün und bewundernswert ruhig auf mir gelegen hatten, während ich sprachlos und mit wild klopfendem Herzen zurück gestarrt hatte.

"Komm einfach runter, wenn du los willst", sagte Magnus - ungerührt, scheinbar war mein Jackson-Gedenkmoment unbemerkt geblieben. "Wir warten hier."

Ich warf einen Blick auf meine Uhr: Es war gerade mal halb Fünf.

"Warum? Das sind ja noch über drei Stunden."

Der Riese zuckte mit den Schultern. "Unser neuer Job, schon vergessen?"

Ich schwieg einen Moment, dachte an unerwünschte Grübelei und erwünschte Ablenkung, deutete dann zum Hotel hinüber. "Dann kommt einfach mit hoch - ich sortiere die Klamotten und ihr könnt den Ausschuss gleich einladen."

Magnus

Es sah aus wie Weihnachten - Weihnachten in einem Haushalt mit vielen Kindern oder sehr viel Geld.

In Sharas Suite stand im Wohnzimmer ein tatsächlich ziemlich überdimensionierter Esstisch mit zehn oder mehr Stühlen, doch von seiner polierten Platte war rein gar nichts mehr zu sehen: Es bedeckten ihn vor allem flache Kartons aus glänzend lackiertem Papier, aber auch ein paar runde Schachteln und große Papiertüten standen darauf. Jetzt verstand ich Sharas Protest ein bisschen besser - das war wirklich zu viel, das schrie nach Verschwendungssucht und Maßlosigkeit, das war eine ganze Flut an Gaben, wo Blondie sich wahrscheinlich über zwei oder drei ausgewählte Teile viel mehr gefreut hätte. Du kennst Josie nicht, sagte ich zu Shara, für sie ist das hier eine kleine Auswahl von absoluten Notwendigkeiten. Shara lachte, bot uns was zu trinken an, ich plünderte die antialkoholische Bar und pfiff 'Jingle Bells' vor mich hin, Jack trat ans Fenster und sah schweigend hinaus. Shara begann, die Kartons und Tüten von links nach rechts zu sortieren - ich schaute beiläufig in eine Schachtel rein, erwischte natürlich prompt blütenweiße Unterwäsche und hielt von da an sicheren Abstand.

"Wie war es heute mit Andreas und Ciaran?", fragte Jack, der Shara nun in aller Seelenruhe und mit sichtbarem Wohlgefallen beim Sortieren zusah.

Sie hob einen schwarzen Rock hoch und legte ihn mit einem kleinen Seufzer auf den 'Nein Danke'-Stapel, bevor sie antwortete.

"Genauso befremdlich wie gestern. Aber ich hab nun endlich akzeptiert, dass ich euch mit Vernunft nicht beikommen kann, im Gegenzug versuchen Andreas und Ciaran nicht mehr, mich zu irgendwas zu überreden. Ich bleibe einfach eine Woche hier und wir schauen, was passiert."

Das klang gut für mich, ich ging in meinem musikalischen Vortrag über zu 'Freude schöner Götterfunken', aus gegebenem Anlass. Shara sortierte weiter: Zwei Blusen und ein schwarzer Pullover durften bleiben, ein glitzerndes Abendkleid musste weichen.

"Morgen früh kannst du in die Sixtinische Kapelle, wenn du möchtest. Du müsstest um sieben Uhr da sein, dann führt dich jemand hin. Für eine Viertelstunde nur, aber immerhin ganz allein."

Shara nickte Jack zu. "Okay, super."

Ich zischte, als sie ein Sommerkleidchen auf den falschen Haufen warf, sie gönnte mir ein Paar hochgezogener Augenbrauen und deponierte das hübsche Stück dann mit einem Grinsen auf den guten Stapel.

"Hast Recht, es ist hübsch, wenn auch total überflüssig. Und danach?", fügte sie hinzu, während sie den Karton gefährlicher Unterwäsche komplett aussortierte.

Ich lächelte sie als Antwort auf ihre Frage bedauernd an, was sie aber in ihrer Konzentration auf eine lange, graue Strickjacke gar nicht mitbekam.

"Nichts. Jack und ich müssen morgen im Haus bleiben, wir haben eine Besprechung. Du hast also den Tag frei."

"Abends holen wir dich dann ab und schauen uns das Kolosseum bei Nacht an", versprach Jack, wofür er natürlich ein Lächeln erntete.

Ich schnaubte neidisch, öffnete mir noch eine Mini-Flasche Orangensaft, die wahrscheinlich mit günstigen zehn Euro in der Preisliste geführt wurde, und schlenderte zurück zum Gabentisch.

Shara hielt jetzt den schon angesprochenen Ledermantel hoch: Helles Beige, schmal geschnitten und mit auffälligem Kragen. Sie drehte den Mantel einmal nach rechts, einmal nach links, er gefiel ihr sichtlich gut und sie gönnte ihm weit mehr Aufmerksamkeit als den Stücken davor. Okay, dachte ich, das Ding entscheidet es: Wenn sie ihn behält, bleibt sie bei uns - wenn sie ihn weggibt, geht sie.

"Ein Drama", seufzte sie, "aber was sein muss, muss sein."

Er landete auf dem falschen Stapel.

– 3 –

Shara

Zwei Sehenswürdigkeiten in Rom ohne einen anderen Touristen in Blickweite - dafür hat sich das ganze Theater mit Schwert und Kreuzrittern ja fast schon gelohnt, dachte ich am Montag Mittag, als ich meinen 'freien Tag' genoss und inmitten von entspannten und normalsterblichen Menschen allein durch Travestere schlenderte.

Der Rundgang mit Ciaran durch die Engelsburg am Abend zuvor war sehr nett gewesen: Er hatte der streng aussehenden Dame am Eingang mit einer charmanten Verbeugung die Hand geschüttelt und mit ihr geschwatzt, als seien sie alte Bekannte, hatte mich durch uralte, ausgetretene Gänge zu den Mausoleen geführt, mich auf besonders schöne Deckengemälde aufmerksam gemacht, aus kleinen Fenstern über den Fluss auf die Stadt schauen lassen und dabei äußerst interessant über seine Jahrhunderte lange Tätigkeit als Arzt geplaudert, die mit essiggetränkten Schwämmen während der großen Pestepidemien begonnen hatte. Er hatte mich mit Geschichten aus der Zeit unterhalten, als der Vatikan dem Orden die Engelsburg als Unterpfand für ein Darlehen überlassen hatte und mich mit der sehr anschaulichen Beschreibung des vergeblichen Versuchs amüsiert, dieses Grabmal bewohnbar zu machen. Man habe dann die Burg gegen das Grundstück getauscht, auf dem jetzt das graue Haus stand, hatte er erzählt, aber mit dem Engel auf dem Dach doch noch einen kleinen Stempel hinterlassen.

"Ich dachte, da hätte vorher schon einer gestanden? Aus Stein? Jackson hat da was erwähnt ... ", hatte ich gefragt, Ciaran hatte mich daraufhin zu einem kleinen Innenhof geführt, in dem eine arg ramponiert aussehende Marmorstatue stand.

"Das hier ist der ursprüngliche Engel, etwa um das Jahr 600 auf der Burg aufgestellt - zu dem Zeitpunkt bekam die Burg auch ihren Namen. Wir haben ihn hier her geschafft und den neuen Engel aus Bronze anfertigen lassen. Der alte Engel war damals schon etwas kaputt, aber es ging uns vor allem um das Schwert - es sollte unser Schwert sein, nicht irgendeins."

Er hatte verschmitzt gelacht, während er mir erzählte, wie die Kirchenoberen sich über die ach so befriedende Schwertgeste der neuen Statue gefreut hätten, und ich war vor allem erstaunt drüber gewesen, wie Ciaran sich über diese enorme Lebenszeit ein solch jungenhaftes Wesen bewahrt hatte: Nichts an ihm erweckte den Eindruck, als sei er über achthundert Jahre alt. Er war weder altklug noch allwissend, blickte mit unstillbarer Neugierde in die Welt und (das größte Wunder von allen!) fand scheinbar nichts von dem, was ich sagte, langweilig oder banal. Er war ein angenehmer Begleiter gewesen, und ich hatte mich bei dem Gedanken ertappt, dass ich meinen vertrockneten Hausarzt gern gegen ihn getauscht hätte: Mit seinen klugen Veilchenaugen, seinem sauberen Duft nach Lavendel und den kühlen Händen wirkte Ciaran einfach vertrauenswürdig, souverän und einfühlsam. Wir gingen beiläufig vom 'Sie' zum 'Du' über, und damit fühlte ich mich endlich auch unter den Ordensmeistern ein wenig wohler.

Ciaran hatte Jackson und Magnus nach Hause geschickt, als er mich am Tor der Engelsburg in Empfang genommen hatte, nach unserem entspannten Rundgang hatte er mich zu meinem Hotel zurückbegleitet und mir freundlich eine gute Nacht gewünscht. Ich hatte ihm aufrichtig für den interessanten Abend gedankt und war früh schlafen gegangen, da ich vor sieben von Jackson in den Vatikan gefahren werden sollte: Der schöne Kreuzritter hatte mich gebeten, meinen Personalausweis mitzunehmen und mich dann am sehr profanen Eingang der Heiligen Stadt abgeliefert, wo mich ein wortkarger älterer

Priester nach einer kurzen Inspektion meines Passes und meiner Tasche durch einen Schweizer Gardisten mit schnellen Schritten durch endlose, verlassene und überaus eindrucksvolle Gänge geführt hatte. Ich war an riesigen Globen vorbei gekommen, hatte mit einem Auge alte Landkarten von enormer Größe bewundert, antike Vasen unbeachtet lassen müssen und auch für farbenfrohe Mosaike und die prachtvolle Architektur hatte ich keine Sekunde übrig gehabt. Der Priester hatte mir nach gefühlten drei bis vier Kilometern eine kleine Pforte geöffnet, mich über die Schwelle der Sixtinischen Kapelle geschoben und sich dann in der Tür postiert, als wolle er mir den Fluchtweg abschneiden. Ich hatte mir einen steifen Hals geholt bei dem Versuch, nicht nur die in jeder zweiten Wohnung als Kunstdruck hängende Schöpfungsszene, sondern auch alle anderen größeren und kleineren Wandgemälde zu würdigen, dann war ich auch schon im gleichen Eiltempo auf einem nur unwesentlich kürzeren Weg zurück zum Tor geführt worden und ziemlich erschöpft wieder zu Jackson ins Auto gestiegen.

"Und? Wie war es?", fragte der jetzt, während er langsam durch den um diese Zeit lediglich tröpfelnden Strom der Touristen vom Vatikan wegsteuerte.

Ich lockerte die Schnürbänder meiner Turnschuhe und seufzte erleichtert, als der Druck auf meine geschundenen Zehen nachließ. Ich hätte doch wieder Josies Sandalen anziehen sollen, dachte ich, diese flachen Treter waren einfach nicht mein Ding.

"Vor allem weit", scherzte ich etwas lahm (fußlahm vor allem!), dann versuchte ich es noch einmal mit einer ehrlichen Meinung. "Ich dachte immer, die Sixtinische Kapelle wäre tatsächlich auch vom Gebäude her eine Kapelle - also klein, dunkel und niedrig. Das ist eine ausgemalte Turnhalle, nicht wirklich andächtig. Aber trotzdem ... wunderschön, sehr beeindruckend."

"Ciaran war dabei, als Leonardo dort gearbeitet hat - frag ihn mal danach."

Ich war kurz baff und bat Jackson dann, mich in Travestere abzusetzen - ich wollte noch ein bisschen durch die Stadt bummeln, schließlich hatte ich heute offiziell frei: Jackson würde mich erst am Abend für das Kolosseum wieder abholen - das dritte Highlight ohne andere Touristen, was war ich doch für ein Glückskind. Jackson sah nicht begeistert aus, als ich meinen Wunsch nach dem Spaziergang kundtat, fügte sich nach einem sehr dunkelgrünen Blick in meine Richtung aber widerspruchslos und steuerte das Auto in die verwinkelten Gassen des alten Viertels. Apropos Widerspruch: Das brachte mich auf was ...

"Die Sachen habt ihr zurückgegeben, oder?"

Jackson nickte, ich fühlte mich ein wenig besser. Er und Magnus hatten meinen Klamotten-Ausschuss gestern Abend ohne Protest im Kofferraum verstaut, bevor sie mich zur Engelsburg gefahren hatten - mit Ausnahme des Ledermantels. Der Wagen sei voll, hatte Magnus überraschend wortreich argumentiert, das teure Stück würde nur verknittern und dann könnten sie es nicht mehr zurückgeben. Er hatte den Mantel behutsam in den hintersten Schrank des riesigen Ankleidezimmers der Suite gehängt - das hatte etwas sehr Symbolisches gehabt, und ich hatte den Riesen mit schmalen Augen gemustert, aber nichts gesagt.

Magnus

Bei Shanes und Josies Bericht über Shara am Montag Nachmittag durften nur Jack, Jo und ich anwesend sein, auch wenn mittlerweile schon mehr meiner Brüder und Schwestern im grauen Haus angekommen waren - erpicht darauf, Shara zu sehen oder auch nur aus zweiter Hand ein bisschen über sie zu erfahren.

Andreas wollte jedoch den Kreis derer, vor denen er Sharas Privatleben bis ins Detail ausbreiten ließ, so klein wie möglich halten, versprach sich aber von uns Dreien wertvolle Ergänzungen, da wir bislang die meiste Zeit mit ihr verbracht hatten. Jo passte freiwillig: Er war keine Stunde mit Shara in einem Zimmer gewesen und übernahm stattdessen lieber eine weitere Schicht als ihr Schatten. Jack hatte Blondie in der Stadt abgesetzt und war ihr dann gefolgt, bis er Jo durch die engen Gassen zu ihr gelotst hatte: So konnte sie in Ruhe wie auch in Sicherheit Tourist spielen, und wir uns auf unsere heutige, unangenehme Aufgabe konzentrieren.

Wir würden also zu sechst sein, als wir uns in Andreas' Arbeitszimmer im zweiten Stock versammelten. Shane und Josie hatten Videos und Fotos zusammengestellt, die wir uns über einen großen Bildschirm anschauen konnten, die beiden saßen vor einem Laptop und hatten außerdem einen kleinen Stapel

Papiere dabei. Auch Svens Beute war eingeflossen - er schlief noch, war er doch heute Nacht die Strecke von Sharas Geburtsort bis nach Rom mit dem Auto in einem Rutsch durchgefahren und dann gleich ins Bett getaumelt. Wenn ich eine Wahl gehabt hätte, wäre ich auch lieber nicht dabei gewesen, denn was uns jetzt erwartete, war ein Seelenstriptease der gnadenlosen Art: Von gefärbten Haaren bis zu Zoff in der Familie, von unbezahlten Rechnungen bis zu abgelegten Liebhabern - wenn Blondie eine Leiche im Keller hatte, würde die hier und heute aus ihrem stinkenden Grab kriechen. Auch Jack schien sich unwohl zu fühlen, er saß mir mit verschränkten Armen gegenüber und wünschte sich sicherlich an einen ganz anderen Ort. Josie dagegen vibrierte vor Energie und klimperte auf der Tastatur rum, Ciaran und Shane unterhielten sich leise. Als Andreas eintrat und am Kopfende des Tisches Platz nahm, konnte die Show beginnen.

Shane machte den Anfang: Er sprach deutlich und langsam, wiederholt werden würde hier nichts. Parallel zu seinem Vortrag ließ er Fotos über den Bildschirm laufen - als Erstes kamen die Aufnahmen an die Reihe, die Sven in Sharas Heimatstadt in der Nähe von Bremen gemacht hatte. Eine verschlafene Kleinstadt von etwa dreißigtausend Einwohnern mit einer hübschen Altstadt, Neubaugebiete und Gewerbeflächen strebten den umliegenden Dörfern zu, würden sich diese bald einverleibt haben. Ihr Elternhaus war ein älterer Einfamilienbungalow mit schlichter Architektur, sah aber gepflegt aus. Knopfäugige Terrakotta-Igel im schmalen Garten, kein wirklicher Kitsch in der Wohnung, aber alles viel zu voll: Blumen, Deckchen, Kerzen, Bilder - kaum eine Fläche war frei.

Die Möbel waren neutral, weder altmodisch noch modern - eher für lange Haltbarkeit ausgewählt denn mit besonderem Blick auf das Aussehen. Die Lieblingsfarbe ihrer Eltern schien Braun zu sein, auch eine Vorliebe für abstrakte Stoffmuster und Kiefernholz war nicht zu verleugnen. Ein relativ neuer japanischer Mittelklassewagen stand vor der Tür, in neutralem Silber - wahrscheinlich hatte es den nicht in Braun gegeben, leider. Die Eltern hatte Sven getrennt geknipst: den Vater, als er morgens zur Arbeit gefahren war, die Mutter später beim Gießen der Blumen im Beet vor der Haustür. Die Mutter war klein und rundlich, hatte einen schmalen, verkniffenen Mund - sie wirkte nicht sonderlich mütterlich, auch konnte ich außer der Haarfarbe keinerlei optische Verwandtschaft zu unserem gertenschlanken Blondie bei ihr entdecken. Vom Vater hatte Shara immerhin ihre nicht unbeträchtliche Größe geerbt, überragte der seine Frau doch locker um zwei Köpfe - aber auch er schleppte ein paar Pfund zu viel mit sich herum, wirkte mit den schütteren Haaren und dem schwabbeligen Bauch schlaff und antriebslos. Kleinbürgerliche, langweilige Spießer, dachte ich spontan: Diese Eltern passten ja mal gar nicht zu unserem Blondie, das wahrscheinlich gerade wieder einen kilometerlangen Marsch durch die Stadt absolvierte und dabei mit ihren großen Augen alles ansah, alles interessant fand, zu allem dreihundert Fragen hatte.

"Ich fange mit ihren Eltern an, dann gehen wir chronologisch weiter", eröffnete Shane. "Bitte stellt eure Fragen sofort, dann müssen wir nicht so viel hin und her springen. Ich sage am besten gleich jetzt, dass es zahlreiche Lücken gibt - aber die liegen nicht unbedingt an der knappen Zeit, die wir hatten. Shara führt nicht gerade ein sehr öffentliches Leben, so dass wir heute meiner Meinung nach dem Kern der ganzen Sache - nämlich der Frage, wer und wie sie wirklich ist - nicht auf die Spur kommen werden."

Andreas nickte Shane aufmunternd zu, der legte los.

"Die Eltern haben 1975 geheiratet, die Mutter war damals schwanger: nicht mit Shara, sondern mit ihrem älteren Bruder Matthias. Beide Eltern sind Einzelkinder, beide Großelternpaare sind tot, also keine besonders große Familie. Die Eltern haben beide einen Realschulabschluss. Der Vater ist Lagerist und seit der Lehre im gleichen Betrieb angestellt, die Mutter ist Bürokraft. Sie hat nach der Geburt des Sohnes aufgehört zu arbeiten, drei Jahre nach Sharas Geburt aber wieder angefangen - ein Halbtagsjob in einem Notariatsbüro in der Stadt. Vor drei Jahren hat sich der Notar in den Ruhestand verabschiedet und sie hat sich nichts Neues mehr gesucht. Ein ruhiges Leben, würde ich mal sagen, mit jährlich zwei Wochen Urlaub in Österreich - immer der gleiche Ort, immer das gleiche Hotel. Ansonsten scheinen die Eltern ihre Freizeit im Sommer im Garten und im Winter vor dem Fernseher zu verbringen: Sie haben zwar jede Menge anspruchsvolle Literatur im Regal, aber gelesen hat die Bücher wohl nur Shara."

Shane machte eine kleine Pause und die erwartete Frage kam von Ciaran. "Wie kommst du darauf?"

"Eine witzige Sache, wäre mir fast entgangen. Shara scheint früher die Bücher, die sie gelesen hat, mit kleinen Bleistiftstrichen markiert zu haben - so wie man etwas abzählt, mit dem fünften Strich diagonal durch die vier anderen. Ich habe diese Markierung in ein paar vergilbten Taschenbüchern gefunden, die in ihrer Wohnung waren und noch aus der Jugend stammten. Sven hat das für mich in ihrem Elternhaus überprüft und ist in sehr vielen Bänden fündig geworden. Das Besondere daran: Bücher mit Markierung sehen gelesen aus - die meisten anderen knirschen noch, wenn man sie öffnet. Sagt weniger über Shara, aber einiges über die Eltern. Bei manchen Strichen waren übrigens auch Jahreszahlen dabei, und sie hat so mit elf, zwölf angefangen, sich da durch die Regale zu arbeiten."

Er schob Andreas und Ciaran zwei der Blätter herüber, die neben seinem Laptop lagen.

"Fotos vom Bücherregal der Eltern und dem in ihrer Wohnung in München, die Titel kann man lesen. Für eine Liste hatten wir keine Zeit. Viele Romane - die Klassiker der Weltliteratur, Historisches, moderne Krimis, Thriller. Dann Bücher aus der Studienzeit, ein paar Biographien von Künstlern, ein paar Bildbände und viele Reiseführer. DVDs und CDs stehen im gleichen Regal: An Filmen normale Hollywood-Kost, eher Action als typisches Frauen-Zeug, die Musik ist von Hiphop bis Klassik ziemlich weit gefächert. Okay, weiter mit der Familie."

Shane tauschte seinen Seitenblick mit Josie, bevor er fortfuhr und mit einer schnellen Handbewegung ein neues Foto auf den Bildschirm zog.

"Wir finden das beide etwas komisch, aber wir erzählen einfach mal, wie es ist", sagte er. "Der Sohn" - er nickte zum Bildschirm - "scheint das ein und alles der Eltern zu sein. Von ihm und seiner Familie gibt es jede Menge Fotos im Wohnzimmer, auch sein Zimmer ist unverändert noch vorhanden. Er ist heute verheiratet, wohnt ein paar Straßen vom Elternhaus entfernt, hat einen Sohn und vor kurzem den Job verloren - er hat einen ziemlich miesen Hauptschulabschluss gemacht und auf dem Bau gearbeitet. Er hat vor ein paar Monaten einen Bankkredit für eine Eigentumswohnung angefragt, der ist abgelehnt worden. Hat ein paar unbezahlte Rechnungen in der Schublade und die Raten fürs Auto seit drei Monaten nicht bezahlt."

Klein war er, Sharas Bruder - Svens Foto zeigte ihn mit der

Mutter beim Einkaufen in einem Gartencenter, wahrscheinlich gönnte man sich ein paar Plastik-Frösche, damit die Terrakotta-Igel nicht so einsam waren. Beim Bruder hatte ich keine Probleme, eine Verwandtschaftsbeziehung festzustellen: Die gleiche Haarfarbe, der gleiche mürrische Gesichtsausdruck, die gleiche Größe wie die Frau Mama - und in ein paar Jahren zweifelsohne auch den gleichen Körperumfang, beulte sich sein kariertes Hemd doch jetzt schon deutlich über der Jeans.

"Hat Shara Kontakt zu ihrem Bruder?", fragte Ciaran, Shane schüttelte den Kopf.

"Nein, zur ganzen Familie so gut wie gar nicht. Vielleicht noch ganz kurz eine Kleinigkeit: Ihr Kinderzimmer im Elternhaus ist jetzt ein Gästezimmer, wir haben es nur an einem alten Namensschild identifizieren können, das noch an der Tür klebt. Von ihr steht lediglich ein einziges Foto im Wohnzimmer, das Einschulungsfoto aus der Grundschule, das zeige ich gleich noch. Die Eltern haben keines ihrer Bücher - oder Sven hat sie nicht gefunden. Shara ruft etwa einmal im Monat zuhause an, die Gespräche dauern selten länger als fünf Minuten. Zwischen Bruder und Schwester konnten wir gar keinen Kontakt ausmachen, es sei denn, er schreibt ihr Briefe und sie schmeißt sie weg: keine Anrufe, keine Mails, keine SMS. Ein Flug von München nach Bremen letztes Jahr könnte zum sechzigsten Geburtstag des Vaters passen, aber sie ist nur eine Nacht geblieben und hat im Hotel geschlafen, laut Bankauszügen." Er warf wieder einen Blick zu Josie, die nickte ihm aufmunternd zu: Raus damit, hieß das vermutlich. "Wir haben den Eindruck, dass es da eine Kluft zwischen ihr und den Eltern gibt, zum Bruder auch. Sie ist in diesem Haus, in dieser ganzen Familie überhaupt nicht präsent", sagte Shane, ein Zögern in der Stimme.

"Ist da etwas passiert, was zu diesem ... Bruch geführt haben könnte?"

Auf diese Frage von Andreas hin hob Ciaran alarmiert den Kopf, und Josie schaltete sich mit besänftigender Stimme ein.

"Es gab keine Hinweise auf ein Vorkommnis, auf einen Streit oder gar Schlimmeres - aber wie gesagt, wir hatten nicht viel Zeit. Ich würde mal Folgendes vermuten: Als Shara geboren wurde, hatten die Eltern sich mit ihrem Sohn seit zehn Jahren schön gemütlich eingerichtet, die perfekte kleine Familie. Und dann kam das Mädchen nach, ungeplant vielleicht: Aufgeweckt und geistig sehr frühreif - sie hat die Bücher der Eltern in einem

Alter gelesen, in dem andere Kinder fast noch mit Puppen spielen. Dass die Mutter wieder arbeiten gehen musste, mag auch ein Hinweis darauf sein, dass Shara nicht wirklich eingeplant war: zwei Kinder kosten nun mal doppelt, und das Mädchen kann auch leider nicht die abgelegten Sachen des großen Bruders auftragen. Es könnte auch gut sein, dass sie die Eltern einfach überfordert hat - sie ist die Erste in beiden Familien, die das Gymnasium besucht und studiert hat. Ich halte die Mutter für eine gehemmte Spießerin, die wahrscheinlich eifersüchtig auf ihre Tochter ist, der Vater ist ein sich selbst überschätzender Angeber, der gerne mehr geworden wäre, dafür aber zu faul oder schlicht zu dumm war. Shara dürfte diese spießbürgerliche Fassade recht schnell durchschaut und sich abgekapselt haben. Aber wie gesagt - das ist nur meine Meinung."

Andreas dankte Josie mit einem Nicken, Ciaran sah nicht ganz beruhigt aus und Shane fuhr fort.

"Ich habe nur wenige Fotos aus ihrer Kindheit - vom Bruder könnte ich euch jeden ausgefallenen Milchzahn zeigen, wenn Interesse besteht."

Das bestand nicht. Wir wandten uns wieder zum Monitor und sahen wie versprochen Shara an ihrem ersten Schultag, dann bei einer Theateraufführung in einem ziemlich lächerlichen Vogelkostüm und schließlich bei einem Klassenfoto in der letzten Reihe zwischen den Jungen.

"Drei Fotos für vier Jahre ihres Lebens - mehr war auf die Schnelle nicht zu holen."

Josie sprach weiter, während wir alle auf das Klassenfoto starrten. "Ich könnte mir vorstellen, dass sie in der Schule ein bisschen gehänselt wurde. Sie ist mit Abstand das größte Mädchen, von den Jungs scheint nur der Dicke da rechts noch ein bisschen größer zu sein als sie. Aber gefunden habe ich nichts, die Zeugnisse enthalten keine Hinweise auf Integrationsprobleme, also wieder nur ein vages 'könnte sein'. Sie war übrigens die Drittbeste in ihrer Stufe - über die Schulzeit und die Noten wissen wir ganz gut Bescheid, weil sie alle ihre Zeugnisse in einem Ordner gesammelt hat. In ihrem Letzten aus der Grundschule wird ausdrücklich auf die Eignung für das Gymnasium hingewiesen - mit handschriftlicher, sehr eindringlicher Ergänzung der Lehrerin, als habe sie mit Zweifeln oder dem Protest der Eltern gerechnet."

Shane ließ den nächsten Stapel Bilder durchlaufen, wir

gingen über zu Pubertät und Jugend. Shara sah nun dem Blondie ähnlicher, das ich kennen gelernt hatte: Als Kind war sie nicht besonders hübsch gewesen - viel zu groß und viel zu dünn, die Haare heller und die Augen runder, alles passte nicht recht zusammen. Doch mit dreizehn, vierzehn und fünfzehn sortierte sich ihr Körper einmal durch, ich schaute auf zunehmend hübscher werdende Züge und einen Körper, der jetzt wohl nicht mehr böse Bemerkungen, sondern eher bewundernde Blicke von Mitschülern erntete: Solche Beine hatte eine unter Tausend, optimistisch gerechnet.

"Nach der Grundschule wie schon gesagt der Wechsel auf das Gymnasium, ein Humanistisches in der Stadt. Eine gute Schülerin mit einem kleinen Durchhänger in der neunten Klasse, da bekam sie einen Blauen Brief wegen einer Fünf in Mathe. Oder war es Biologie? Nein, Mathe - der Brief lag zwischen den Zeugnissen, Moment."

"Trotzphase?", fragte Ciaran, Josie zuckte mit den Schultern, während Shane in seinen Zetteln wühlte. "Würde vom Alter her passen, in der achten oder neunten Klasse erwischt die Pubertät die meisten am wildesten", sagte sie. "Allerdings geben die Fotos da nichts her, was als 'ihr könnt mich mal' durchginge - keine Punkfrisur, kein Ring in der Nase, kein Tattoo. Das Fach selbst dürfte es aber auch nicht gewesen sein: Sie hatte Mathe als Prüfungsfach im Abitur und hat eine Eins Minus geschafft."

Shane gab die Suche nach dem Blauen Brief auf. "Wir haben nach Sportvereinen und solchen Sachen geschaut, aber nicht wirklich was gefunden, in ihrer Jugend wurde dergleichen noch nicht in elektronischen Datenbanken erfasst. Sie hat eine alte Medaille von einer Schwimmveranstaltung in der Schublade, aber die kann auch aus der Schule gewesen sein. Dritter Platz im Brustschwimmen, Distanz hab ich nicht notiert."

Es gibt Schlimmeres, Shane, dachte ich - aber immerhin wissen wir jetzt, dass sie uns nicht gleich absäuft, wenn sie in den Tiber fällt.

"Ach so - sie ist evangelisch getauft worden und auch zur Konfirmation gegangen."

Er rief ein einzelnes Bild auf, das Shara in einem sehr steifen Hosenanzug und mit einer Kerze in der Hand vor einem hässlichen, modernen Kirchenportal zeigte. Ihr Gesichtsausdruck brachte mich beinahe zum Lachen: Sie sah aus, als würde sie dem Fotografen am liebsten die Kerze in die Linse stopfen - nämlich ziemlich gereizt bis schwer genervt.

"Sie ist allerdings aus der Kirche ausgetreten, als sie Achtzehn war. Die Familie tritt in der Gemeinde nicht in Erscheinung - wahrscheinlich musste sie zur Konfirmation, weil alle hingehen und die Nachbarn sonst reden. Okay, wo machen wir weiter? Ah ja: Ich habe noch zwei oder drei Sachen zu ihrer Schulzeit. Sie war ein paar Mal mit einer Jugendgruppe in den Sommerferien weg - in Deutschland, Holland und Frankreich. Das erste Mal mit dreizehn, gleich für drei Wochen. Es gibt ein paar Fotos von diesen Reisen, aber die meisten hat sie selbst gemacht und ist nicht drauf abgebildet. Hier sind Bilder aus Frankreich und von der Ostsee, da war sie fünfzehn beziehungsweise sechzehn."

Shara im Regen mit Windjacke in einer Dünenlandschaft auf das Meer schauend und Shara bei Sonne mit Shorts im Strandkorb, ebenfalls auf das Meer schauend. Die Fotos waren aus einiger Entfernung aufgenommen worden, was wohl auch Josie aufgefallen war.

"Es gibt aus der späteren Zeit aus der Schule ähnliche Fotos", sagte sie und schob diese über den Bildschirm. "Sie zeigen Shara alleine und aus der Entfernung fotografiert - hier auf einem Schulausflug oder hier bei einer Feier. Ich vermute, dass sie diese Fotos von anderen bekommen hat, ihre eigenen haben ein anderes Papier und sind immer glänzend entwickelt, diese hingegen sind alle matt."

Kein Wunder, dachte ich, die hätte ich auch fotografiert: Gegen Ende ihrer Schulzeit war unser Blondie eine absolut auffällige Erscheinung, die mit ihren hellen Haaren und ihrer Aufsehen erregenden Körpergröße aus den durchweg kleineren und sehr oft auch unscheinbareren Mitschülerinnen herausragte - wahrscheinlich hatten ein paar Jungs sie heimlich geknipst und ihr die Fotos dann mit feuchten Fingern überreicht, als devote Gaben an die Größte aller Blonden.

"Die Feier eben war übrigens die Abschlussparty zum Abitur. Sie hatte Deutsch und Mathe als Hauptfächer, Englisch und Biologie als Nebenfächer, eine anspruchsvolle Kombi. Sie hat eine Eins Komma Sieben gemacht, war damit die Fünftbeste ihres Jahrgangs auf dieser Schule. Also sehr klug, aber keine Lernmaschine." Josie blätterte ihre Papiere durch. "Das war's soweit zur Schule und Jugend. Fragen?"

"Freunde ... im Sinne von ... Liebhabern?"

Ach du meine Güte, Andreas musste es aber ganz genau wissen. Ich schaute zu Jack, der zu mir - ich erahnte den stummen Vorwurf in seinem Blick und zuckte mit den Schultern: Was sollte ich machen? Andreas sagen, das ginge ihn einen Dreck an?

"Keine Hinweise aus dieser Zeit, aber das heißt ja nichts - sie ist auch eher nicht der Typ, der altes Zeugs aufbewahrt, es gibt also keine Kästen mit rosaroten Liebesbriefen, alte Poesiealben und so was. An Angeboten dürfte es ihr nicht gemangelt haben, sie ist ja alles andere als ... na ja, hässlich. Die Arztunterlagen habe ich nur in Auszügen, von der Krankenkasse auch nur ein paar Abrechnungen über normale Untersuchungen und Behandlungen. Unregelmäßige gynäkologische Termine, seit ihrem neunzehnten Lebensjahr nimmt sie die Pille. Keine abgebrochene Schwangerschaft, es sei denn, was total Illegales. Also ich würde mal sagen: Es gab sicher ein paar Jungs, aber wir wissen nicht, wer - Fotos aus dieser Zeit, die sie mit einem einzigen Jungen in eindeutiger Pose zeigen, habe ich keine gefunden." Shane stockte, dachte kurz nach und schnippte dann mit den Fingern, als wäre ihm eingefallen, was er noch hatte sagen wollen. "Genau, eins ist in diesem Zusammenhang vielleicht ganz witzig: Sie hatte ein Exemplar ihrer Abi-Zeitschrift zuhause, ihr wisst schon, wo man über die Mitschüler lästert und die Lehrer verarscht. Sven hat uns die Seite mit den Fotos aller Schüler kopiert, und da war für jeden ein Spitzname eingetragen - sie war 'die Eisprinzessin'."

Ich musste grinsen, denn das passte: 'Prinzessin' war ein würdigerer Spitzname für Shara als 'Blondie', transportierte er doch ein bisschen mehr von ihrer ... Hochherrschaftlichkeit. Streich 'Blondie', notierte ich mir geistig, der Spitzname ist gestorben - Shara wird hiermit zur Prinzessin befördert.

"Krankheiten und so was war übrigens alles im normalen Bereich, deshalb erwähnen wir das nicht extra. Mumps, Masern, Röteln, ein paar Erkältungen - vor ein paar Jahren ein Schleudertrauma von einem Autounfall, aber dazu komme ich noch."

"Hat sie noch Kontakt zu Schulkameraden?", fragte Ciaran, Josie bewegte die Hand in einer 'so lala'-Geste.

"Es gab ein Treffen nach fünf Jahren Abitur, aber sie ist nicht hingegangen. Sie hat mit dem Organisator ein paar Mails ausgetauscht, in denen er viel fragt und sie wenig Konkretes antwortet. Das kann sie übrigens gut: Sie schreibt eine entzückende Mail von zwei Seiten, die sich wunderbar liest - und es steht nichts drin. Solche Mails gibt es auch als Antworten auf Mails von ehemaligen Mitstudenten. Ich halte das für Absicht: Sie erzeugt Nebelschwaden und versteckt sich dahinter, denn das kommt höflicher als 'lass mich in Ruhe'."

Weitere Fragen gab es nicht, also ging Shane zum nächsten Lebensabschnitt über.

"Die Studienfächer hat Shara uns richtig genannt. Sie hat mit Germanistik und Publizistik angefangen, nach zwei Semestern dann noch Journalismus dazu genommen. Sie hat in Hamburg studiert, ist etwa zwei Monate nach dem Abitur zuhause ausgezogen. Sie hat erst im Studentenwohnheim gewohnt, dann in einem privaten Zimmer. Sie hat nebenbei gearbeitet - in einer Kneipe als Bedienung, dann als studentische Hilfskraft an der Uni. Mit der Kneipe gibt es noch was: Der Wirt hat sie wegen Körperverletzung angezeigt, weil sie ihm eine Bierflasche über den Schädel gezogen hat, Gehirnerschütterung und Platzwunde. Sie hat auf Notwehr plädiert und gesagt, er habe sie begrapscht, zwei Gäste haben das bestätigt. Also war er dran und nicht sie."

"Braves Mädchen", murmelte ich, was mir einen Blick von Andreas einbrachte, der mir sagte, dass sinnvolle Ergänzungen willkommen waren, solche Bemerkungen dagegen nicht - ich hielt meine Äußerung durchaus für sinnvoll, schlug aber aus alter Gewohnheit trotzdem die Augen nieder.

"Ihren Abschluss hat sie in Germanistik beziehungsweise Mediävistik geschrieben: 'Das Motiv der Rache im Nibelungenlied'. Ich hab die Arbeit in der Datenbank der Uni gefunden, wo sie anderen Studenten als leuchtendes Beispiel dienen soll. Liest sich gut - keine Nebelschwaden, alles harte Fakten und flüssig durchformuliert, geht jedwedem Intellektuellen runter wie Öl."

"Und wie ist sie von Mediävistik zu Frauenratgebern gekommen?", fragte Ciaran, der beim Wort 'Nibelungenlied' aufgemerkt und überrascht gelächelt hatte, was ich aber nicht verstand und was auch nicht näher erläutert wurde.

"Gleich, nur noch ganz kurz was aus ihrer Studienzeit. Sie hatte mit Einundzwanzig einen Autounfall, der ein bisschen seltsam ist: Sie ist in den frühen Morgenstunden von der Fahrbahn abgekommen - das Auto war ein Totalschaden, sie hat Glück gehabt und nur ein paar blaue Flecken sowie das erwähnte

Schleudertrauma davon getragen. Einziges nennenswertes Opfer war ein Verkehrsschild mit dem Hinweis, dass auf dieser Straße sechzig Stundenkilometer erlaubt sind. Die Straße war nass, es gab also keine Bremsspur und Shara war laut Alkoholtest stocknüchtern, Drogen waren auch keine im Spiel, und sie war allein im Auto. Die Polizei hat 'Sekundenschlaf' als Unfallursache notiert, aber die Versicherung hat die Geschwindigkeit wegen des hohen Schadens auf über einhundertfünfzig geschätzt, und das auf einer scheinbar sehr schmalen Landstraße. Sie mussten was zahlen, aber da sind ein paar Fragezeichen geblieben."

"Und", ergänzte Josie und schob ein neues Bild auf den Monitor, "wir haben in der Studienzeit erstmals einen Hinweis auf einen Freund. Sie war mit zweiundzwanzig mit diesem jungen Mann in Spanien und Portugal, im Jahr darauf aber mit einer Studienkollegin in Italien, also war da wohl schon wieder Schluss. Er studierte damals auch in Hamburg, ist jetzt Bauingenieur und arbeitet in der Firma seines Vaters. Außer diesem einen Foto aus dem Urlaub keine weiteren Andenken an den Herrn - sie scheinen nicht sehr lange zusammen gewesen zu sein, und einen bleibenden Eindruck hat er wohl nicht hinterlassen."

Ich betrachtete das Foto von unserer Prinzessin mit ihrem abgelegten Prinzen, und auch wenn ich mich zur Neutralität zwang, mochte ich ihn nicht leiden. Er machte eine gute Figur neben ihr, war schlank und gebräunt und gut angezogen, aber sein Mund hatte doppelt so viele Zähne wie üblich, die er wohl auch gern herzeigte. Sein Arm lag besitzergreifend um Sharas Schultern, ihr Gesichtsausdruck war schon wieder ein wenig genervt - wohlwollend interpretiert, wahrscheinlich stammte das Bild eher aus der Endphase der Beziehung. Die Fotos von Shara mit einer hübschen, kleinen Dunkelhaarigen am Lago Maggiore gefielen mir da schon besser: Die beiden prosteten mit Rotwein in die Kamera und lachten glücklich.

"Das Mädchen heißt Lilly und war mit Shara in ein paar Seminaren, sie sind auch zusammen nach London geflogen. Mit ihr schreibt sie sich heute noch Mails - nicht häufig, dafür aber ehrliche und deutliche. Die einzigen ehrlichen und deutlichen, Shara scheint das Mädchen zu mögen. Aus diesem Briefverkehr haben wir vor allem die folgenden Infos über ihre Jobs."

Josie nickte Shane zu, der kramte die Kopie eines Zeugnisses raus und übernahm. "Abschluss an der Uni mit Note Eins

Komma Zwei - danach ein Praktikum bei einer Frauenzeitschrift, die haben sie dann auch mit einem Vertrag für ein Jahr als Jungredakteurin übernommen. Sie ist noch einmal in Hamburg umgezogen, als sie den Job bekommen hat. Nach dem Jahr wurde nicht verlängert - der Verlag hat Leute abgebaut und die mit Zeitverträgen waren als Erste dran. Sie hat das aber wohl kommen gesehen und hatte noch vor ihrem letzten Arbeitstag einen neuen Vertrag in München in der Tasche, wieder bei einer Frauenzeitung und als vollwertige Redakteurin im Ressort 'Life' - also alles, was ausnahmsweise nicht Mode und Kosmetik ist."

Josie schoss einen strafenden Blick auf Shane ab, als vermute sie eine abfällige Bemerkung über ihre geliebten Zeitschriften in seinen Worten, suchte dann ein paar neue Blätter aus dem Stapel raus und reichte sie Andreas rüber.

"Sie hat eine eigene Kolumne gehabt, ist in dem Alter nicht üblich. Sie schreibt ziemlich bissig und frech, das scheint bei den Leserinnen gut angekommen zu sein. Sie war kein ganzes Jahr da, dann kam auch dort die nächste Runde Sparmaßnahmen - keine sehr sichere Branche, nebenbei bemerkt. Diesmal ging es nach Sozialplan, und als Single ohne Kind hatte Shara denkbar schlechte Karten. Die Chefredakteurin hat sie jedoch mit dem Verlag in Verbindung gebracht, der diese Ratgeber unter dem Markennamen der Zeitschrift raus bringt, und das war's dann: Sie hat einen Vertrag über drei Bücher pro Jahr, auf die nächsten vier Jahre garantiert. Dreißigtausend Euro brutto pro Band - ein recht ordentliches Einkommen für jemanden, der erst vierundzwanzig Jahre alt ist, würde ich sagen. Sie ist dann noch mal umgezogen, weil sie ein Zimmer mehr als Arbeitszimmer gebraucht hat, außerdem hat sie sich ein neues Auto gekauft."

"Die Finanzen sind ansonsten in Ordnung?"

Shane nickte. "Absolut. Alles wird pünktlich bezahlt, außer dem Auto keine Kredite. Sie legt das, was sie übrig hat, auf ein Sparkonto, aber da geht nur selten was runter - wenn, dann vor allem für Urlaube oder neue Möbel."

"Die Miete und das Auto sind die höchsten laufenden Kosten, ansonsten natürlich noch Klamotten und Kosmetik, Schmuck dagegen eher nicht. Sie kauft lieber Qualität als Quantität", urteilte Josie, "und sie kann sich das auch leisten. Sie zahlt viel mit Karte, da können wir noch genauere Listen machen, wenn gewünscht."

Andreas winkte ab - verständlich, denn ob Shara lieber H&M

oder Dior mochte, war für unsere Belange eher zweitrangig.

"Okay, dann zu ihrer Wohnung in München. Da habe ich Fotos und ein paar Videos gemacht, ich lasse das einfach mal durchlaufen, wenn keine Fragen mehr sind."

Jack hob die Hand. "Eine Frage zum Auto: Was hat sie für eins?"

"Einen Audi ... Moment, ich hab ein Foto." Josie klickte sich durch ein paar Ordner (Shara/München/Fotos/Sonstiges, Jack verzog angesichts dieser Herabwürdigung des fahrbaren Untersatzes den Mund). "Hier. Steht in der Tiefgarage der Wohnanlage, den Platz hat sie gemietet. Den Wagen hat sie neu gekauft, sie hat eine größere Summe angezahlt und stottert den Rest auf drei Jahre ab. Keine Ahnung, warum, ihr Geld hätte für Barzahlung ausgereicht - wahrscheinlich hat sie gern ein kleines Sicherheitspolster auf dem Konto."

Als sich das Foto auf dem Bildschirm scharf stellte, pfiff Jack leise durch die Zähne, Josie sah ihn irritiert an.

"Diese Modelle werden oft von Frauen gekauft, ich hab die Statistik gecheckt. Ist daran was Besonderes?"

Jack nickte. "Stimmt, Audi TTs fahren viele Frauen - die Cabrio-Version, aber das hier ist ein Coupé. Wie lange hat sie den schon?"

"Ungefähr ein Jahr."

"Dann war das damals der dickste Motor, den es gab: So um die zweihundertsiebzig PS."

So sah das Teil auch aus - es war nachtschwarz, schaute bitterböse drein und wirkte zwischen einem glupschäugigen, himbeerroten Kleinwagen links und einem buckeligen, sattblauen Van rechts ein bisschen fehl am Platze, ein Wolf unter Schafen.

"Was schließt du daraus?", fragte Andreas, Jack zuckte die Schultern.

"Erst mal nichts - außer, dass sie sich für Autos interessiert. Das ist kein herkömmliches Fortbewegungsmittel, das hat sie ganz gezielt gekauft. Schnell und sportlich, aber nicht so auffällig wie etwa ein Porsche. Ist eben 'nur' ein Audi, wenn die Eltern oder andere Leute fragen, aber das Ding ist gefährlich."

Und damit wird Shara dir noch ein bisschen gefährlicher, dachte ich, aber Jack ignorierte meine hochgezogenen Augenbrauen und sah weiter auf den Bildschirm, als sei nichts gewesen. Ich spürte den spitzen Zahn des Neides wieder an meinen Eingeweiden knabbern: Irgendwie war alles an Shara so gebaut, dass es zu Jack passte wie die Faust aufs Auge, und das war einfach ungerecht.

Shane hatte sich Jacks Anmerkungen notiert. "Sorry, aber das mit dem Auto haben wir übersehen. Ich hab's nur geknipst und mir nichts weiter dabei gedacht."

Andreas lächelte ihm nachsichtig zu. "Shane, das Material ist großartig. Ihr hattet wirklich wenig Zeit. Dann lass uns mal ihre Wohnung sehen."

Es gab kurze Clips aus allen Räumen, ohne Ton und bei Tageslicht. Flur, Küche, Bad, Schlafzimmer, Wohnzimmer und Arbeitszimmer. Helle Räume, relativ groß und relativ leer - ein deutlicher Kontrast zum Haus ihrer Eltern. Die Gardinen waren durchweg Weiß oder Hellbeige, der Boden Holz oder Fliesen, so gut wie keine Teppiche. Wenige Möbel und noch weniger Schnickschnack - alles modern und sichtbar neu. Als Bilder gab es ein paar große Fotografien, offenbar auf Leinwand gedruckt und auf Holzrahmen gezogen, Städte und Landschaften, aber auch ein paar Nahaufnahmen von Muscheln oder Pflanzen. Im Schlafzimmer ein Mittelding zwischen Einzel- und Doppelbett, allerdings mit nur einer Decke und einem Kissen. Das Bett war nicht gemacht, ein dünnes Nachthemd lag darauf. Shane hatte Schränke und Schubladen geöffnet, zeigte uns einen leer geräumten Kühlschrank, Müsli und Schokolade, Bodylotions und Kopfschmerztabletten, Strümpfe und Sommersandalen. In der Küche glänzte eine riesige Cappuccino-Maschine vor sich hin, im Wäschekorb lagen ein paar T-Shirts und ein schwarzer BH. Die Wohnung war aufgeräumt und sauber, ohne steril zu wirken: Bücher stapelten sich auf Tischen, neben dem Bett lag eine Zeitschrift auf dem Boden, im Badezimmer hing ein großes Handtuch schief auf der Heizung - wahrscheinlich hatte Shara vor dem Abflug geduscht.

"Ich habe den Kühlschrank übrigens leer gemacht - da waren noch ein paar Tomaten und so was drin, die hätten bis Sonntag nicht überlebt. Das Haus ist ziemlich neu, anonym und groß, liegt recht günstig in einem ruhigen Wohngebiet in der Stadt, Miete etwa tausendzweihundert Euro pro Monat. Was ist uns noch aufgefallen?"

Josie wühlte in ihren Notizen und übernahm. "Die Fotos an den Wänden hat sie auf Reisen selbst gemacht, sie hat eine Foto-Ausrüstung - so für gute Amateuraufnahmen. Die Bücherliste hatten wir euch schon gegeben. Sie hat enorme Mengen an

Büchern, bestellt die gezielt online, ein Buchladenfreund scheint sie nicht zu sein. Die Möbel sind alle weder ganz billig noch teuer, sie hat das meiste in einem großen Möbelladen gekauft. Der Balkon scheint als Nächstes dran zu sein, es lagen ein paar Kataloge mit Liegen und Sofas herum. Kein Haustier, keine Hinweise auf Mitbewohner oder häufigere Gäste - wenn sie einen Freund hat, hat der in der Wohnung nichts hinterlassen. Ach ja: Sie hat einen kleinen Laptop, den sie in der ganzen Wohnung rumzutragen scheint, stand jetzt im Schlafzimmer auf dem Nachttisch. Arbeiten tut sie an einem Desktop mit großem Bildschirm. Sie surft auf beiden auch privat, aber da ist nichts Auffälliges: Reiseziele und Hotels, ein bisschen E-Mail, ein bisschen Online-Shopping - eher brav. Sie ist bei keiner Kontaktbörse angemeldet, besucht keine Porno-Seiten und Online-Poker scheint sie auch nicht zu interessieren. Es gab ein paar Briefe an Ämter und Versicherungen auf dem Laptop, aber nichts Spannendes - abgesehen davon, dass sie ziemlich arrogant bis fies werden kann, wenn Leute anfangen, sie für blöd zu verkaufen. Da war was mit ihrer Krankenkasse und einer Zahnbehandlung - einer der Briefe war hammerhart, wirklich ... böse. Aber es hat funktioniert, der nächste Brief war dann die knappe Zusage, dass die Kosten in fast voller Höhe übernommen werden."

Josie schwieg, dann zuckte sie mit den Schultern und blickte zu Shane.

"Das war's eigentlich im Großen und Ganzen", sagte der, "mehr war einfach nicht machbar. Wenn Fragen sind, kann ich an der einen oder anderen Stelle noch tiefer graben."

"Die Reisen, die du erwähnt hast - wohin fährt sie und mit wem?",

"Bunt gemischt, und sie ist wirklich oft unterwegs, vor allem, seitdem sie selbstständig arbeitet", antwortete Shane auf Ciarans Frage. "Sie macht mal eine Woche Wellness auf einer Mittelmeer-Insel, dann ein paar Tage Wandern in den Dolomiten. Sie war zwei Wochen in Marokko, ist eine Woche auf einem Kamel durch die tunesische Sahara geritten und war drei Wochen in Ägypten, da hat sie so ziemlich jede Hieroglyphe fotografiert, die jemals in Stein gemeißelt wurde. Außerdem diverse Städtereisen: New York, San Francisco, London, Barcelona, Wien, Florenz. Eine kleine Tour durch die Schweiz, ein paar Wochenenden am Gardasee, wie schon erwähnt Spanien und Portugal, dazu fast alle deutschen Nordseeinseln - das Meer scheint es ihr besonders angetan zu haben, sie hat eine Sammlung mit Muscheln und Strandkieseln, die sich sehen lassen kann. Momentan hab ich Kataloge für Asien bei ihr gefunden, mit Markierungen bei Rundreisen durch Japan, Thailand und China, aber gebucht war da laut Konto noch nichts. Fahren tut sie meist allein, manchmal mit Arbeitskollegen oder Bekannten wie dem Mädchen von der Uni - aber meist bleibt es bei einem Mal. Die Tour durch Ägypten, die Sahara und Marokko war mit einer Reisegruppe, da hatte sie jeweils ein Doppelzimmer oder ein Kamel für sich allein."

"Dromedar", warf Josie ein, "Kamele gibt's in nur in Asien."

Shane rollte mit den Augen, aber wo Josie Recht hatte, hatte Josie Recht: Mit Getier kannte sie sich aus, keine Ahnung, warum und wieso.

"Wie schaut es mit Alkohol oder Drogen aus? Auffällige Medikamente - Schlaftabletten, Aufputschmittel?"

Shane lehnte sich in seinem Stuhl zurück und schloss konzentriert die Augen.

"Alkohol ... im Kühlschrank war eine halbleere Flasche Weißwein, in einem Regal gab es noch eine Flasche Rotwein - das war's, nichts Härteres. An Medikamenten ist mir nichts aufgefallen - nur Kopfschmerztabletten, ein paar Creme-Tuben gegen Sonnenbrand und Mückenstiche. Reichlich Kaugummis gegen Reisekrankheit, auf Turbulenzen oder schwankende Schiffe scheint sie nicht so zu stehen. Drogen ... keine Hinweise, aber sie raucht, auf dem Balkon stand ein benutzter Aschenbecher."

"Gab es was bei der Polizei?", ließ sich Andreas vernehmen, Josie schüttelte den Kopf.

"Der erwähnte Autounfall und ein paar Punkte in der Verkehrssünder-Kartei, da hat sie wohl ihr Auto mal ausgefahren und durfte dann ein bisschen Busfahren, zur Buße. Die Sache mit dem Kneipenwirt natürlich - und einmal war sie als Zeugin bei einem harmlosen Auffahrunfall genannt. Das war's."

"Wenn es schon keine engen Familienbande gibt: Hat sie Freunde, die sie vermissen würden?"

Shane antwortete Andreas, wenn auch zögernd. "Ich würde sagen: Nein, aber ohne Gewähr. Sie hat die Daten von ihrem Handy auf dem Computer gesichert und da gibt es schon jede Menge Adress-Einträge - von denen aber ziemlich viele beruflich aussehen. In ihrem Terminkalender waren auch nur berufliche Sachen eingetragen ... Auf ihrem Anrufbeantworter war allerdings die Nachricht von einer Frau, sie solle sich doch wegen Essen gehen melden - also ... Bekannte ja, aber wohl keine sehr engen Freunde."

Apropos Essen: Ich warf einen Blick auf meine Uhr. Es war fünf, in einer Stunde sollten Jack und ich Shara abholen.

Andreas hatte meinen Blick bemerkt. "Lasst uns jetzt zusammenfassen oder einschätzen, wen wir da vor uns haben. Shane und Josie fangen an, alle anderen ergänzen bitte."

"Soll ich?", fragte Josie Shane, der nickte - er nickte eigentlich zu allem, was Josie sagte, aber was blieb ihm auch anderes übrig: Ihre Fragen waren eh meist rhetorisch.

"Okay. Also: Sie hat keinen familiären Anhang, der sie davon abhalten könnte, bei uns zu bleiben - das ist natürlich schon mal gut. Sehr wahrscheinlich gibt es keinen aktuellen Liebhaber, der sie vermissen würde, keine Busenfreundin, die morgen sofort Alarm macht, wenn Shara nicht zum Kaffeeklatsch erscheint. Sie ist frei und ungebunden, scheinbar auf eigenen Wunsch, wenn ich sie da richtig einschätze. Ansonsten: Sie ist sehr intelligent, belesen und gebildet. Sie ist unabhängig und selbstbewusst, ohne zu sehr von sich selbst eingenommen zu sein - es sei denn, man reizt sie, dann wird sie arrogant und lässt ihrer scharfen Zunge freien Lauf. Sie legt Wert auf ihre persönliche Freiheit und schützt ihre Privatsphäre ziemlich stark - sie sollte besser nie erfahren, was wir hier und heute gemacht haben, das würde sie ziemlich wütend machen. Sie handelt planvoll und überlegt, hat keine Probleme damit, einen Schnitt zu machen und etwas Neues zu beginnen, wenn sie denn absolut überzeugt ist, dass das richtig ist. Ich halte sie für offen und unkonventionell, aber nicht für ausgeflippt und experimentierfreudig. Einen gehörigen Dickkopf dürfte sie auch haben, und sie ist es nicht gewohnt, dass man ihr Vorschriften macht. Ich glaube nicht, dass sie schnell Vertrauen zu anderen Leuten fasst - sie ist bislang immer gut allein klargekommen, hat nie Hilfe oder Unterstützung gebraucht und ist von Zuhause wohl auch keine übertriebene Fürsorge gewohnt." Josie machte eine kurze Pause und dachte nach. "Was ich bislang von ihr sehe, gefällt mir sehr gut. Ich denke, wir haben einen Hauptgewinn gezogen - es sei denn, ihr hättet lieber einen Mann gehabt."

Im letzten Satz schwang eindeutig Häme mit, und die billigte ich ihr einfach mal zu: Ja, wir hatten immer von 'ihm' gesprochen, wenn es um 'den Erlöser' des Schwertes gegangen war, aber gab es davon überhaupt eine weibliche Form? Nein - und genau das ist das Grundproblem, würde Josie wahrscheinlich sagen, touché.

Die blickte gerade auffordernd zu Shane rüber, der sprach weiter.

"Ich stimme Josie in allen Punkten zu. Was ein bisschen komisch ist, ist Sharas ... Zurückgezogenheit. Sie scheint jemand zu sein, der gern alleine lebt, und ich weiß nicht, ob sie sich hier bei uns wohl fühlen kann, ob sie mit so vielen Leuten ... leben könnte. Sie hat nie in einer WG oder so gewohnt, ist eher eine Einzelgängerin. Deswegen denke ich, dass wir bei Shara ein paar ziemlich klare Regeln beachten müssen, wenn wir sie nicht in die Flucht schlagen wollen: Einmal wird sie ihre Unabhängigkeit nicht aufgeben wollen - wir sollten sie also nicht einschränken, kontrollieren oder bevormunden. Außerdem sollten wir ehrlich sein, denn sie ist eine gute Analytikerin und durchschaut andere Leute ziemlich schnell, deswegen verkaufen sich ihre Bücher auch so gut."

Ich nickte zustimmend und Ciaran bedeutete mir, zu sprechen.

"Zum Thema Unabhängigkeit: Sie wollte Josies Klamotten nicht wirklich annehmen, auch die Suite war ihr zu groß. Sie sagte, sie wolle weder ausgehalten noch bestochen werden."

Andreas sah zu Jack, der meine Worte nickend bestätigte, aber nichts hinzufügte.

"Ich persönlich halte sie für einen Glücksgriff - sowohl, was sie selbst als Mensch angeht, als auch, was ihre Lebensumstände angeht. Über ihre Ansichten wissen wir natürlich recht wenig, aber was sie bis jetzt gesagt hat, war alles vernünftig", ließ sich Ciaran vernehmen, mit einem gewissen Zögern in der Stimme. "Trotzdem: Ich vermisse in diesem Profil noch etwas - und das liegt nicht unbedingt daran, dass wir so wenig Zeit hatten. Wie du schon sagtest, Shane: Sie hält sich sehr bedeckt ... Ich glaube nicht, dass da noch wirklich Wichtiges verborgen ist, dass unsere Sicht ändern würde, sie macht auch einen sehr ausgeglichenen Eindruck - aber wir sollten einfach immer im Hinterkopf behalten, dass wir sie noch längst nicht wirklich kennen, auch wenn wir gerade einen Blick in ihre Schmutzwäsche und ihren Kühlschrank geworfen haben."

Ich blickte wieder auf die Uhr. Mein Hintern tat langsam vom Sitzen echt weh, ich musste dringend hier raus - Zeit, diese bierernste Versammlung zu beenden.

"Wir holen sie nachher ab und gehen mit ihr was essen. Vielleicht lockern ihr ja zwei oder drei Gläser Wein die Zunge, oder, Jack?"

Das war wohl nicht gerade nach Jacks Geschmack gewesen: Kaum hatte ich das letzte Wort ausgesprochen, stand er abrupt auf und verließ ohne ein weiteres Wort den Raum.

Andreas schaute ihm gedankenverloren hinterher, während Josie und Shane einen fragenden Blick tauschten und Ciaran mit einem kleinen Lächeln den Kopf schüttelte.

"Er mag sie, oder?"

Diese Frage war an mich gerichtet, aber Andreas musste sie noch mal wiederholen, bevor sie mein Gehirn erreichte, denn mich bewegte anderes: Was hatte ich denn bitte Schlimmes gesagt, dass Jack so an die Decke ging?

Ich wandte mich zu Andreas und machte ein unschuldiges Gesicht. "Gesagt hat er nichts - aber mögen wir sie nicht alle?"

Josie kicherte. "Absolut, schon nach ein paar Minuten am Telefon und einem Blick in ihren Kleiderschrank. Ich trete ihrem Fanclub bei, wenn Jack noch Mitglieder aufnimmt."

Ich hob die Hand, um anzuzeigen, dass ich auch dabei wäre, Shane und Ciaran schlossen sich mir lachend an. Andreas ließ den Blick um den Tisch schweifen wie ein zufriedener Vater im Kreise seiner Lieben, wenn sein Blick auch ein paar Sekunden auf Jacks leeren, nach hinten verschobenen Stuhl verharrte. Dann dankte er allen, ich war erlöst und beschloss, noch schnell eine Runde laufen zu gehen - bis wir Shara abholen mussten, würde Jack sich dann ja hoffentlich abgeregt haben.

Shara

Magnus hielt mir die Tür auf und quetschte sich dann auf die Rückbank, er stieß sich wie immer den Kopf an der Decke und polterte mit den Beinen gegen meinen Sitz. Kaum war Jackson losgefahren, ließ er sich zur Seite fallen und legte sich mit dem Rücken auf die Bank, die langen Beine angezogen.

"Gemütlich?", fragte ich lachend, er strahlte mich an.

"Super."

"Was machen wir jetzt? Gehen wir wirklich ins Kolosseum?"
Jackson nickte. "Ja, später - dort ist noch für die normalen
Besucher geöffnet, wir können erst nach neun allein hinein. Wir
dachten, du würdest vielleicht gern essen gehen. Oder hast du
schon ...?"
Jackson nahm Kurs auf den Westen der Stadt, ich nickte.
"Mein Gott, dann schlägst du eben heute mal total über die
Strenge und isst einen zweiten Apfel", ließ sich Magnus mit
etwas genervter Stimme von der Rückbank vernehmen.
Ich drehte mich für einen bösen Blick um, er verschränkte
die Arme unter dem Kopf und lächelte unschuldig. Mir wurde
nach kurzer Zeit vom nach hinten schauen übel, und ich
konzentrierte mich doch lieber auf den Blick durch die
Windschutzscheibe, was mir ein bisschen wie Zurückstecken
vorkam: blödes Gefühl.
"Was hast du heute alles gemacht?", fragte Jackson.
"Ich war nur spazieren, vormittags in Trastevere, nachmittags
in Richtung Bahnhof und in dem Viertel dahinter. Da ist die Uni,
glaube ich, aber ansonsten nicht viel. Langweilig." Ich stellte
meine Tasche in den Fußraum, zupfte einen Faden von der
brandneuen Josie-Jeans. "Und was hattet ihr so Dringendes zu
besprechen, dass ihr mich ausnahmsweise für ein paar Stunden
allein gelassen habt?"
Ich erntete ein langes Schweigen - für Jackson nicht
ungewöhnlich, bei Magnus jedoch ein deutliches Alarmzeichen,
hatte er doch zu allem eine flapsige Bemerkung auf Lager. Ich
verspürte plötzlich ein unwohles Gefühl im Magen und ahnte die
Antwort, zögerte - sprach meine Vermutung dann aber doch aus,
damit die beiden sie empört zurückweisen konnten.
"Ihr habt über mich gesprochen."
Ich sah, wie Jackson über den Rückspiegel Blickkontakt zu
Magnus suchte, und obwohl ich keine Frage gestellt hatte, war
mir das Antwort genug. Also hatten sie eine Kreuzritter-
Versammlung abgehalten, um zu bequatschen, was sie sich da an
Land gezogen hatten? Eine Konferenz mit nur einem einzigen
Tagesordnungspunkt - Shara?
"Wenn du mich dann da vorn raus lassen könntest ..." Ich
deutete auf eine Einfahrt, erntete aber nur ein leises Lachen von
der Rückbank, während Jackson in aller Seelenruhe an genannter
Stelle vorbei fuhr.
"Ein Dickkopf", brummt Magnus, "Josie hatte absolut

Recht."

Kaum hatte er das gesagt, trat Jackson voll auf die Bremse. Mein Gurt fing mich hart auf und schleuderte mich zurück in den Sitz, Magnus dagegen landete mit einem überraschten Schrei halb im Fußraum, begleitet vom schrillen Hupen der Autos hinter uns.

"Halt den Mund, Albert", sagte Jackson kalt, Magnus krabbelte unter wütendem Protest wieder auf die Bank.

Ich rieb mir den Hinterkopf, Jackson sah mich entschuldigend an - ein Ausdruck, der seine Augen in ein mildes Hellgrün tauchte.

"Tut mir leid. Hast du dir wehgetan?"

Ich schüttelte den Kopf, eher überrascht als ernsthaft blessiert. "Ihr habt also wirklich über mich gesprochen?"

Er nickte zögernd. "Ja, haben wir."

"Und das hat mehrere Stunden gedauert? Da hattet ihr aber viel ... Habt ihr euch über mich erkundigt, oder wie?"

Jackson nickte wieder, noch zögerlicher: Das Thema war ihm unangenehm, machte seine jetzt Augen traurig-dunkel und seine Haut noch ein wenig blasser - worauf ich aber leider keine Rücksicht nehmen konnte, sorry.

"Wo habt ihr euch erkundigt?"

Jackson schwieg, daher drehte ich mich erneut zu Magnus herum, Übelkeit hin oder her. Er saß jetzt auf der Bank, dank des für ihn zu niedrigen Daches mit leicht schief gelegtem Kopf, hatte wie schon gestern die Hände vor der Brust verschränkt und im Gesicht den Ausdruck eines beleidigten Kleinkindes: Und dieser Mensch nannte mich Dickkopf!

"Ich kann mich nicht erinnern. Ich muss erst was essen", sagte er und drehte den Kopf zum Fenster, mit schmollend vorgeschobener Unterlippe.

Nun reichte es mir aber wirklich: War ich hier im Kindergarten gelandet?

"Wenn ihr nicht sofort den Mund aufmacht, packe ich in fünf Minuten meine Tasche und bin in zehn Minuten auf dem Weg zum Flughafen. Andreas und Ciaran schicke ich eine Ansichtskarte, mit besten Grüßen an euch beide."

Jackson zuckte unter meinem scharfen Tonfall zusammen, Magnus grunzte beleidigt.

"Wir dürfen nicht darüber reden", sagte er trotzig, aber Jackson lenkte ein.

"Du fragst, wir antworten. Dagegen ist nichts einzuwenden, anlügen dürfen wir dich nämlich auch nicht."

Na super, schon wieder Spielchen spielen, dachte ich - aber wenn ich bekam, was ich wollte, war mir die Methode meist schnuppe. Ich dachte kurz nach. "Okay. Habt ihr mit Leuten gesprochen, die ich kenne?"

"Nein, ich glaube nicht", antwortete Jackson. "Aber wir haben die ... Recherche nicht gemacht", fügte er rasch hinzu, bevor ich mich über diese Einschränkung seiner Auskunft aufregen konnte.

"Wer dann?"

"Josie, Shane und Sven."

"Wo?"

"Von der Burg aus, in deiner Heimatstadt und in München."

Sie waren in München und bei meinen Eltern gewesen, hatten aber mit niemandem gesprochen? Was hatten sie dann da gemacht? 'Von der Burg aus' hieß wahrscheinlich per Internet, wenn es derlei modernes Teufelszeug in dem wahrscheinlich finster-kalten Kreuzritter-Gemäuer überhaupt gab. Ich kramte eine Zigarette aus der Tasche, Jackson ließ mein Fenster demonstrativ ein paar Zentimeter runter und klappte mir den porentief sauberen Aschenbecher auf.

"Ihr wart in meiner Wohnung - zu der ihr aber keinen Schlüssel habt. Ihr seid ... in meine Wohnung eingebrochen."

Das Nikotin schien beim Denken zu helfen, denn nach einem kurzen Blickwechsel mit der Rückbank nickte Jackson: Ich hatte also richtig vermutet.

"Und ins Haus meiner Eltern."

Wieder ein Nicken - und das reichte mir dann auch schon als Auskunft, vielen Dank für das Gespräch. Das Haus meiner Eltern war mir scheißegal - aber meine Wohnung, das bedeutete ... alles: von der Unterwäsche bis zum Kühlschrank, vom Kontoauszug bis zu E-Mails, von Fotoalben bis zum Medikamentenvorrat.

Ich warf die Kippe aus dem Fenster.

"Und was war das ... Ergebnis der 'Recherche' und eures heutigen Gesprächs über mich?", fragte ich, wobei meine Stimme für mich selbst unangenehm beißend und gereizt klang.

"Wir finden dich toll und wollen dich behalten."

Magnus grinste zufrieden zu diesen seinen Worten, Jackson zuckte zusammen, ich war einfach nur sprachlos. 'Behalten'? Sie wollen mich ... 'behalten'?!? Wie eine zugelaufene Katze, wie einen streunenden Hund? Den man niedlich findet, weil er dankbar für ein paar Almosen und ein paar milde Gaben ist, gespendet aus großzügigen Händen?

"Fahr mich zurück zum Hotel. Sofort."

Diesmal hatte ich wohl den richtigen Ton getroffen, denn Jackson wendete vorschriftswidrig an der nächsten Ampel - ohne eine Miene zu verziehen und unter lautstarker Anteilnahme des uns umgebenden Verkehrs.

"Ach komm ...", setzte Magnus an, doch Jackson hob eine Hand.

"Sag nichts mehr", unterbrach er Magnus, "mach es nicht noch schlimmer."

Noch schlimmer, dachte ich, während ich meine Stirn an die Fensterscheibe lehnte, um meinen zornig-erhitzten Kopf abzukühlen - was konnte denn noch schlimmer sein? Ich war so sauer wie selten zuvor in meinem Leben - was die beiden wahrscheinlich wussten, wenn sie nur tief genug in Selbigem herumgestochert hatten. Ich fühlte mich ausspioniert und missbraucht, verraten und verkauft.

Sie konnten mir doch Fragen stellen - warum reichten meine Antworten denn nicht? Okay, ich war bislang alles andere als auskunftsfreudig gewesen, aber ich hatte es hier schließlich mit völlig Fremden zu tun, die mich total vereinnahmen wollten, die mich 'behalten' wollten? Vielleicht sogar mit einer ganzen Horde Freaks, die sich eine große Wahnvorstellung von Schwertern, Rittern und Ewigkeit teilten? Trotzdem: Warum mussten sie einbrechen, schnüffeln und wühlen? Was hatte meine Wäschetonne mit der ganzen Sache hier zu tun, was konnten ihnen meine Bücher, meine Fotos, meine Klamotten und mein Nagellackvorrat über mich verraten, was ich ihnen nicht hätte erzählen können? Psychoscheiße der billigsten Sorte, dachte ich böse, aber vielleicht haben meine Vorhänge ihnen ja die Abgründe meiner Seele offenbart, und ich bin endlich raus aus dieser absurden Kreuzritter-Nummer.

Magnus

Shara stieg aus und verschwand ohne einen weiteren Blick zum Auto im Hotel. Der Motor lief, Jack hatte die Hände auf dem

Steuer und starrte ihr hinterher, als würde sein Blick genügen, um die Prinzessin zur reuigen Umkehr zu bewegen. Wird er nicht, dachte ich mir: Sie mag besagten Blick inklusive zugehöriger Äuglein hübsch finden, aber so leicht zu beeindrucken ist sie auch wieder nicht.

"Geh ihr nach", sagte ich, Jack schüttelte den Kopf.

"Nein, das wäre falsch. Sie will nicht mit uns sprechen, sonst wäre sie ja geblieben." Seine Stimme klang traurig, aber er war auch wütend - wahrscheinlich auf mich, das war so üblich.

"Dann geh ich", sagte ich und stieg aus.

Ich war schon durch die Drehtür, als mir was einfiel: Ich kehrte um, fand Jack in unveränderte Pose am Steuer und klopfte an die Scheibe der Beifahrerseite, er zuckte zusammen und ließ das Fenster runter.

"Hattest du nicht noch ein kleines Geschenk für sie dabei? Einen Verlobungsring oder so was?"

Ich streckte die Hand fordernd durchs Fenster, Jack sah mich an, dann fuhr er das Fenster wieder hoch. Ich brachte meinen Arm gerade noch raus, bevor ihn das Fenster einklemmen konnte, lachte und folgte dem Dickkopf mit leeren Händen hinauf zu ihrer Suite. Die Tür war schon zu, als ich ankam, und ich hatte keine Ahnung, ob Shara wusste, dass ich ihr gefolgt war. Das kann dauern, dachte ich mir und ließ mich gegenüber ihrer Tür auf dem Boden nieder - nicht bequem, aber besser als stehen. Jack würde unten warten, da war ich mir sicher: Es wäre glatter Selbstmord, ohne Shara und mit dieser Geschichte im Haus aufzutauchen. Mein Magen knurrte laut und ließ mich wehmütig an die Pizza denken, die mir gerade durch die Lappen gegangen war - ich wäre gern mit der Prinzessin Essen gegangen und stellte es mir nett vor, ihr Gesicht im Kerzenlicht zu sehen, ihr alte Geschichten zu erzählen, mit ihr zu lachen. Mein Magen knurrte noch mal: Romantik hin oder her, ich hatte Hunger und schweifte von Shara zur Pizza ab. Ich hatte genug Zeit, um die verschiedenen Beläge gegeneinander abzuwägen, alle möglichen Vorspeisen und Nachtische durchzuspielen und noch über die passenden Weine nachzugrübeln, bis die Tür aufging.

"Was genau machst du da?"

Shara hatte eine Kulturtasche in der Hand, scheinbar packte sie wirklich - hätte ich nicht gedacht, meiner Vermutung, oder eher Hoffnung nach saß sie auf dem Sofa, rauchte ihre

Basilikum-Zigaretten und grummelte beleidigt vor sich hin, suchte vielleicht sogar schon nach einer Methode, um Frieden mit uns schließen zu können. Ja klar, träum weiter, Magnus: So ist das vielleicht im Märchen, du hast aber nun mal eine echte Prinzessin erwischt, die sind komplizierter.

"Ich sitze meine Strafe ab", antwortete ich auf Sharas Frage.

"Geht das auch leiser? Deinen Magen kann ich da drinnen hören, das ist ekelhaft."

"Das kommt vom Fasten, gehört mit zu meiner Buße. Du kannst mich ja begnadigen, dann tun wir was gegen den Lärm. Na, wie wär's? Pizza? Pasta? Ich lad dich ein."

Sie lächelte auf mich hinunter, allerdings nicht besonders erfreut.

"Wenn du Hunger hast, solltest du vielleicht mit deinem Kollegen da drin tauschen, der hat um fünf Uhr ein halbes Buffet bekommen."

Sie deutete auf die Tür neben mir, hinter der Jo wahrscheinlich jedes Wort mithörte und nicht wusste, was los war. Ich versuchte es mit einem entschuldigenden Lächeln, aber das zog nicht.

"Habt ihr mein Zimmer verwanzt? Oder sind da Kameras drin und Joseph schaut mir beim Duschen zu?"

Ich entschied mich für eine ehrliche Antwort. "Nein. Er soll dich beschützen, nicht abhören oder überwachen."

Sie nickte, aber ihre Stimme klang sarkastisch. "Genau. Deswegen rennt er mir auch hinterher, sobald ich das Hotel verlasse. Kauft ihm doch bitte einen Motorroller oder ein Fahrrad, ich muss schon immer langsamer gehen, damit er hinterher kommt."

Sie musterte mich ein paar Sekunden schweigend, dann wirbelte sie elegant auf ihrem gefährlich spitzen Absatz herum und verschwand im Zimmer, kurz darauf war sie zurück und was Rundes flog auf mich zu.

"Weißt du was? Ihr habt schon so viel für mich getan, heute lade ich dich mal zum Essen ein - lass es dir schmecken."

Damit war die Tür wieder zu, und ich um einen giftgrünen Apfel reicher.

Eine halbe Stunde später saß Jack neben mir auf dem Boden. Ich hatte mehr als zehn SMS gebraucht, bis ich ihn hoch gelockt hatte: Wahrscheinlich hatte ihn das dauernde Gepiepse seines Handys mehr genervt, als meine Argumente überzeugend gewesen waren, und zum Ausgleich überließ ich ihm den Prinzessinnen-Apfel. Er aß ihn nicht, drehte ihn nur in den Händen und starrte auf Sharas geschlossene Tür, als verberge sie den Gral: Hoffnungsvoll, heilsuchend, sehnsüchtig.

"Sie packt - aber du hast ja wenigstens ein Andenken", witzelte ich, doch das war wohl mal wieder zu viel gewesen, war wohl mal wieder das Falsche gewesen, denn Jack sprang auf und starrte wütend auf mich hinunter.

"Kannst du vielleicht einmal deine große Klappe halten? Es ist schon schlimm genug für sie, du musst nicht auch noch so tun, als wäre das witzig. Willst du, dass sie Dinge aus deinem alten Leben erfährt - ohne dass du selbst dabei bist, ohne dass du dazu etwas sagen kannst? Du würdest ihr nachher auch nicht in die Augen schauen können, du würdest dich ebenso schämen."

'Mein Gott, ist der empfindlich', dachte ich, doch dann ging die Tür von Sharas Zimmer erneut auf, der goldene Lichtschimmer daraus erschien mir nach einer halben Stunde in dem dämmerigen Flur wie eine Verheißung von Wärme und Behaglichkeit. Ich korrigierte mein Urteil über Jack sogleich zu 'Mein Gott, ist der gut', denn scheinbar hatte er Sharas Nerv getroffen.

"Das trifft es ziemlich genau", sagte sie.

"Es tut mir Leid", antwortete Jack schlicht, ich rappelte mich hoch und nickte.

"Mir auch."

Doch damit war es scheinbar noch nicht getan: Sie bat uns nicht hinein, und ihre stahlgrauen Augen funkelten immer noch anklagend.

"Ich will das Material sehen, dass ihr euch heute angeschaut habt. Und ich will ein Gedächtnisprotokoll des Gesprächs."

"Shara, das willst du nicht."

Sie sah Jackson kalt an - Gott, konnte die Frau böse schauen, dagegen war Andreas ein blutiger Anfänger.

"Bitte nicht. Das würde dich nur noch mehr verletzen. Aber", fuhr er schnell fort, als sie zum Sprechen ansetzte, "ich kann dir etwas anderes als Ausgleich anbieten."

Er zog aus der Innentasche seiner Jacke einen Stapel Papiere hervor. Ich sah nur für den Bruchteil einer Sekunde eine mir seit langen Jahrhunderten bekannte Handschrift, und als mein Magen fassungslos in Richtung Knie absackte, wusste ich, was das war, musste er das Papier nicht erst auseinander falten: Das waren

Kopien aus der Chronik.

"Scheiße, Jack", sagte ich tonlos, er beachtete mich nicht und streckte Shara die Blätter entgegen.

Er hatte sie die ganze Zeit in der Tasche gehabt - hatte er geahnt, dass der Abend so enden würde? Dass Shara uns auf die Schliche kommen würde, dass sie den Aufstand proben würde? Und wenn schon: Er konnte trotzdem nicht wollen, dass Shara das las, wenn über ihn auch nur annähernd die Wahrheit da drin stand. Nein, unmöglich - einfach unmöglich!

Die Prinzessin sah von Jack zu mir, dann auf die Papiere.

"Was ist das?"

"Jeder Bruder und jede Schwester des Ordens wurde einer ganz ähnlichen Prüfung unterzogen wie du heute. Im 13. Jahrhundert wurde nach den drei Gründern das erste neue Mitglied aufgenommen, damals hat Andreas begonnen, die Geschichte über sein oder ihr Leben vor dem Orden aufzuschreiben - und natürlich steht da auch, wie wir jeweils in den Orden gekommen sind und was dann im Orden mit uns passiert ist: wie wir uns verhalten haben, wie wir uns verändert haben. Dies hier sind die Einträge von denen, die heute bei deiner Prüfung anwesend waren. Als Ausgleich sozusagen."

Shara blickte zu mir. "Und du willst nicht, dass ich das lese?"

Ich schüttelte den Kopf.

"Warum nicht?"

Ich räusperte mich, mein Hals war plötzlich ziemlich rau. "Es ist ... schlimm. Ich war ... wir sind alle mehr oder weniger ..." Weiter kam ich nicht, mir versagte die Stimme.

Shara zuckte mit den Schultern und streckte die Hand aus, Jack legte die Blätter hinein: Damit hielt sie mein Leben in den Händen - mein altes, mein vergessenes Leben.

"Jackson?" Ein auffordernder Blick in seine Richtung: Sprich, sagte ihr Blick, während mein Kopf ihre befehlenden Augen zu übertönen versuchte: Halt die Schnauze, Jack - aber er hörte natürlich auf Shara, nicht auf mich.

"Ich möchte, dass du das liest. Quid pro quo, es ist nur gerecht."

Jack ist durchgeknallt, dachte ich in meiner stummen Fassungslosigkeit, als ich seine Worte hörte, einfach durchgeknallt. Sie hat ihn um den Verstand gebracht, er verrät mich an sie! Und wann hat er bloß diese Kopien gemacht? Die Chronik war ein mordsmäßig dicker, alter Foliant und lag im

Safe in Andreas' Arbeitszimmer, nur Ciaran kannte noch die Kombination. Eine Sekunde später hätte ich mir am liebsten vor den Kopf gepatscht, so einfach war die Antwort: Er hatte die Kopien gemacht, als er heute Nachmittag aus der Bibliothek gestürmt war, eine andere Möglichkeit gab es nicht. Andreas und Ciaran waren oben gewesen, er hatte freie Bahn gehabt - und wer weiß, wie lange er die Kombination zum Safe schon kannte! Und ich? Ich hatte ihm natürlich mit meinem blöden Spruch über Shara unter Einfluss von ein paar Drinks eine Steilvorlage geliefert, um mit beleidigtem Gesicht aus dem Raum zu rennen. Respekt, Jack, dachte ich, du warst schnell, aber du spielst da gerade ein gefährliches Spiel: Dafür würde Andreas dich eiskalt für ein paar Jahrzehnte verbannen, wenn nicht gar Schlimmeres.

Shara

Magnus Gesicht war das pure Entsetzen. Er sah aus, als würde er entweder gleich davonlaufen oder aber sich schreiend auf mich stürzen, um mir die Blätter zu entreißen - und bei seiner Statur konnte ich mir Letzteres lebhaft vorstellen, Ersteres dagegen nur schwerlich.

Jacksons Gesichtsausdruck konnte ich weniger eindeutig lesen: reichlich Trotz (nur gegen wen?), ein wenig Reue und eine große Portion Entschlossenheit waren am deutlichsten. Ich schaute auf die Kopien hinunter: Eine altmodische Schrift schmückte das oberste Blatt, und sie erinnerte mich schwer an die mittelalterlichen Handschriften, über denen ich während meines Studiums gebrütet hatte.

"Das ist Latein."

Jackson nickte zu meiner überraschten Feststellung. "Ja, ich übersetzte dir das. Du kannst sicher genug, um mich zu kontrollieren."

Das machte das Ganze nicht eben einfacher. Ich seufzte und zog die Tür weiter auf. "Kommt rein."

Sie folgten mir, blieben jedoch mitten im Raum stehen, wie sich unwohl fühlende Gäste in einem fremden Wohnzimmer. Waren wir also wieder in die förmliche, zurückhaltende Phase unserer Bekanntschaft zurückgefallen? Das tat mir ein bisschen weh, aber diese Distanz war in den nächsten Minuten wahrscheinlich eher nützlich. Ich ging zu dem großen Esstisch hinüber und setze mich, fächerte die Blätter vor mir auf. Es waren unterschiedlich lange Berichte - der von Magnus gehörte zu den längeren, der von Jackson war dagegen eher mittel, Josies ziemlich kurz. Die Jahreszahlen neben den Namen zeigten wir, dass ich mit meinem Tipp in Richtung Mittelalter nicht ganz falsch gelegen hatte: Die ersten Einträge waren die von Andreas und Ciaran vom Ende des 13. Jahrhunderts. Die Schrift wurde runder und flüssiger, als sie mit dem 17. Jahrhundert bei 'Josephine' anlangte, und war vor lauter Schwüngen und harten Zacken kaum zu lesen, als 'Albert' und Jackson Ende des 18. beziehungsweise 19. Jahrhundert an der Reihe gewesen waren - Shanes Name schließlich war im 20. Jahrhundert in einer recht modern aussehenden Druckschrift geschrieben. Eines war jedoch ganz klar, auch wenn ich es nicht wirklich wahrhaben wollte: Diese Texte waren ohne Ausnahme von ein und derselben Person, von ein und derselben Hand geschrieben worden, denn wenn auch die Type variierte, war die Schrift doch unverwechselbar immer die gleiche. Die Punkte auf den i's, die Schwünge bei den g's und f's - ja, kein Zweifel: Es war die Handschrift von Andreas - und sie zog sich durch die Jahrhunderte. Mir wurde kurz schwindlig, dann rief ich mich zur Ordnung und sortierte die Kopien von Jackson und Magnus aus, die anderen legte ich zur Seite.

"Darf ich etwas sagen?" Jacksons Stimme klang angespannt, aber ruhig.

"Bitte."

"Ich kann in deinem Leben nichts sehen, wessen du dich schämen müsstest. Trotzdem bist du beschämt, weil wir scheinbar alles über dich wissen und du nichts dergleichen über uns. Wenn du das da liest, wirst du sehen, dass wir alle nicht würdig sind, uns ein Urteil über dich zu erlauben. Dass wir es trotzdem getan haben, kannst du strafen, wie du willst."

Magnus gab einen Klagelaut von sich, der mir in der Seele wehtat. Ich hatte Mitleid mit ihm - aber sah er denn nicht, dass sein leidender Gesichtsausdruck und sein wehleidiger Protest auch meine Neugier anfachten, dass sein Gejammer mir nur zu deutlich sagte, dass diese Texte verdammt interessant sein mussten? Sie standen beide noch immer mitten im Zimmer, wie Schüler, die zum Direktor gerufen worden waren: Jackson steif und sehr gerade, Magnus mit hängenden Schultern und gesenktem Kopf.

"Wisst ihr denn, was über euch in dieser ... Chronik geschrieben steht?"

"Nein, normalerweise nicht."

Ich wartete, doch Jackson sagte nichts weiter - bis Magnus plötzlich erwachte, ihn grob am Oberarm fasste und schüttelte.

"Herrgott, Jack, sag es endlich! Wie bist du da ran gekommen? Und warum?"

Jackson blickte herausfordernd auf Magnus Hand und sprach erst, als dieser seine Pranke wieder hatte sinken lassen.

"Michael schuldete mir einen Gefallen, ich habe die Kombination zum Safe von ihm - wo er sie herhat, weiß ich nicht. Ich wollte meinen Eintrag lesen, außerdem den von Drake."

"Der dritte Kreuzritter?", fragte ich, doch Magnus war noch nicht fertig und Jackson konnte nur kurz nicken.

"Und? Wie ... schlimm ist es?"

Jackson zögerte und hatte sich damit auch schon verraten. "Sehr schlimm."

Magnus nickte, abwesend und verhalten, wie ein Patient bei der letalen Diagnose.

"So wie das, was ihr heute über mich besprochen habt?"

Jackson schüttelte auf meine Frage hin den Kopf. "Nein. Bei dir ging es heute nur die harten Fakten: wo du wohnst, was du studiert hast und solche Dinge. In der Chronik gibt es über uns keinen so ... kühlen Bericht, in dem es nur um unser Leben vor dem Orden geht - in der Chronik stehen die persönlichen Einschätzungen von Andreas. Mit nachträglichen Anmerkungen, wenn sich irgendetwas ereignet hat, das mit uns zu tun hatte. Diese Einträge sind sehr persönlich: Andreas' Sicht auf uns - in Momenten, wo wir schwach waren."

Ich ließ den Blick über die Berichte mit Jacksons und Magnus Namen darüber gleiten, dann nahm ich den des blonden Riesen und schob ihn in seine Richtung über den Tisch.

"Magnus." Er sah hoch, dann zu mir hinüber, ich deutete auf die Kopien. "Nimm sie."

Seine Augen wurden größer, staunten. Er brauchte nur zwei Schritte seiner langen Beine, um in Reichweite zu kommen und sich die Blätter zu greifen, stockte dann aber.

"Was ist? Nimm sie, ich lese sie nicht, wenn du das nicht willst. Ich hätte gern die Wahl gehabt, ob ihr da heute über mich zu Gericht sitzt, dir kann ich diese Wahl nun lassen."

Magnus starrte mich an, dann senkte er den Blick auf Andreas' gestochene, ordentliche Schrift und legte die Papiere zurück auf den Tisch.

"Ich will sie nicht haben."

Jetzt war ich verwirrt. "Und ich werde sie nicht lesen. Also zerreiß sie, verbrenn sie - was auch immer du willst."

Zögernd streckte er die Hand wieder aus, ließ sie dann sinken. Als wären diese Kopien giftig, dachte ich, als könnte schon der bloße Kontakt damit ihm schaden.

Jetzt mischte Jackson sich ein. "Wie wäre es damit: Wir erzählen Shara unsere Geschichten, sie behält die Kopien als Unterpfand dafür, dass wir die Wahrheit sagen. Und wenn du", wandte er sich an mich, "die der anderen auch lesen möchtest, dann kannst du das tun, wann immer du magst."

Magnus sah nicht wirklich begeistert aus, aber sein Gesicht bekam wenigstens wieder ein wenig Farbe. Er signalisierte seine Zustimmung mit einem kleinen Nicken, dann sahen beide zu mir. Ich überlegte kurz, zog aber auf jeden Fall eine erzählte Geschichte dem mühseligen Übersetzen eines in einer toten Sprache geschriebenen, uralten Textes vor.

Ich raffte entschlossen die Blätter zusammen und deutete auf die freien Stühle am Tisch.

"Setzt euch, wir essen hier."

Der Zimmerservice kam schnell und deckte den Tisch mit Leinen, Silberbesteck und Kerzen, als würde gleich ein Bankett serviert. Aber seltsamerweise war das sogar halbwegs passend: Der altmodische Salon mit seinen schweren Vorhängen und dem Schein der Kerzen war die perfekte Umrahmung für Jacksons Geschichte, während unser späterer Weg durch die schmalen und dunklen Gassen der Stadt hinüber zum Kolosseum den würdigen Rahmen für Magnus Teil abgeben sollte.

Magnus

Ich bringe ihn um, ich bringe ihn einfach um. Wie kann er mir das antun? Wie kann er mich so bloßstellen? Wie kann er auch für sich selber riskieren, dass Shara ihn verachtet, dass sie uns beide nie wieder sehen will? Und natürlich würde sie uns verachten, nichts anderes würde das Ergebnis dieses Abends sein - wenn denn annähernd stimmte, was man im Orden so über

Andreas' Einträge in der Chronik munkelte: Anklagend und scharf sollten sie sein, oder - was noch schlimmer war - voller milder Güte und väterlicher Duldsamkeit. Nein, Shara würde uns nicht mehr um sich haben wollen, würde abreisen oder Andreas mit unseren Geschichten konfrontieren, damit er ihr andere Beschützer zuteilte, und dann wären wir dran, geliefert, am Ende, so gut wie tot: Andreas würde uns mindestens verbannen, vielleicht sogar ausschließen und sterblich machen - dafür, dass wir den Schwertlöser vertrieben hatten. Wir hätten Shara doch gut zureden können, als sie uns auf die Schliche gekommen war: Wir hätten ihr sagen können, sie solle sich bei Andreas beschweren, ihm ihre Empörung entgegen schleudern - warum mussten wir hier für was büßen, woran wir uns nur auf Anweisung hin beteiligt hatten? Was ganz und gar nicht unsere Idee gewesen war, was wir auch nicht gutgeheißen hatten?

Jack sah mittlerweile wieder ganz entspannt aus, wofür ich ihn noch ein wenig mehr hasste. Er goss Shara Wasser ein und ließ in aller Ruhe den Kellner auftragen, was ich beim Zimmerservice bestellt hatte. Keine Ahnung, was das war: Mein Appetit war mir gehörig vergangen, ich wollte nur noch weg. Aber vorher hätte ich Jack noch gern die Zähne eingeschlagen - auch über den Tisch käme ich da problemlos ran. Einfach aufstehen und ausholen: Er würde sich wehren und war schnell mit den Fäusten, aber den ersten, den entscheidenden, den herrlich erleichternden Schlag würde ich landen können, da war ich mir sicher. Und gut würde er sich anfühlen: Befreiend, gerecht, ausgleichend. Ich schätze die Entfernung ab, ballte die Finger schon zur Faust, doch plötzlich beugte Shara sich in mein Blickfeld und nahm die Weinflasche aus dem Kühler. Ich sah, dass ihre helle Haut noch blasser war als sonst, die Augen leicht gerötet und die Lippen fest zusammengepresst. Sie war angespannt, sah verletzt und verletzlich aus - und sie tat mir plötzlich noch ein bisschen mehr Leid als ich mir selber. Sie war eben sehr nett zu mir gewesen, mir die Kopien einfach rüber zu schieben, das hatte Klasse: Sie hatte versucht zu reparieren, was Jack da angezettelt hatte, nur war ihr das leider nicht gelungen. Nun ja, das stimmte wohl nur für mich, denn sie bekam ja gleich, was ihr zustand. Sie lehnte sich zurück und trank einen Schluck, Jack sagte was, ich hörte nicht zu. Komm ruhig näher, dachte ich, als er sich leicht vorbeugte und meine Faust wieder fester wurde - je näher, desto schöner der Schlag. Shara drehte sich zu mir, erneut hatte ich ihr Gesicht im Blick.

"Magnus? Willst du Wein?", fragten mich ihre hübschen, jetzt allerdings ein wenig blutleeren Lippen - Lippen, denen ich doch eigentlich gar nichts abschlagen konnte, nichts abschlagen durfte. Dennoch: Wein? Nein. Ich wollte Blut sehen, und nicht mit diesem Verräter am Tisch sitzen und trinken.

"Ich schütte dir einfach was ein", sagte sie, und eine hellgelbe Flüssigkeit rann in mein Glas.

Sie lächelte mir zu, ich Schwachkopf lächelte zurück: Ich konnte nicht anders, wenn sie mich so ansah - und mochte auch keine wirkliche Freude hinter meiner Miene stecken, brachte das Lächeln doch ein bisschen Frieden in die Mördergrube meines Herzens. Der Kellner schloss die Tür hinter sich, Shara schob ihren Teller mit Salat weg und trank weiter von ihrem Wasser.

"Magnus, du isst, Jackson, du erzählst", sagte sie befehlsgewohnt, was mich meine Rache dann doch auf später verschieben ließ: Sollte Jack sich doch reinreiten, sich vor der Prinzessin so richtig unmöglich machen - ich würde ihm bestimmt nicht helfen.

Shara

Der Salat auf meinem Teller sah eigentlich gut aus, aber ich konnte ihn nicht essen. Aus den abgedeckten Schüsseln drang mir der Duft von Pasta und Fisch in die Nase, doch mein Magen gab mir deutlich zu verstehen, dass er davon ebenfalls nichts sehen wollte.

Meinen beiden Tischgenossen schien es nicht anders zu gehen: Jackson hatte sich erst gar nichts geben lassen und Magnus sah nicht so aus, als würde heute noch etwas anderes als wüste Schimpfwörter über seine Lippen kommen. Ich angelte mir meine Zigaretten aus der Hosentasche - nicht die feinste Art, am Tisch zu Rauchen, aber was Anstand und Etikette anging, waren meine neuen Kreuzritterfreunde heute schon vor mir ganz kräftig ins Fettnäpfchen getreten, also fühlte ich mich nicht wirklich schlecht dabei. Ich trank einen Schluck Wein, er schmeckte sauer und zu kalt - außerdem brauchte ich einen klaren Kopf und blieb schon deshalb lieber beim Wasser.

Nach ein paar Minuten Stille begann Jackson zu sprechen: Er würde es kurz machen, sagte er, aber ich könne ihn natürlich fragen, was ich wolle. Ich nickte.

"Ich wurde 1879 in England geboren, als drittes von vier Kindern. Meine Eltern waren reich, mein Vater hatte sich seinen Adelstitel mehr oder weniger gekauft, und spielte den Landjunker, hielt aber auch enge Beziehungen zu hochgestellten Personen in der Regierung wie auch am Hof. Ich hatte zwei ältere Brüder und eine jüngere Schwester, und damit war ich in meiner Familie ein Nichts. Meine Schwester war der Liebling meiner Mutter, sie vergötterte sie und kümmerte sich seit dem Tag ihrer schweren Geburt ausschließlich um ihr Wohl. Mein Vater richtete sein Augenmerk vor allem auf seinen Erben, aber ein wenig der Aufmerksamkeit fiel auch noch für seinen Zweitgeborenen ab, da dieser bei den häufig noch tödlich verlaufenden Kinderkrankheiten eine reelle Chance auf das Erbe hatte. Ich war unwichtig, aus der Erbfolge raus, und das wusste ich nur zu gut. Nachdem mein Privatunterricht beendet war, ließ mir mein Vater die Wahl, entweder als Kandidat im Priesterseminar mein Glück zu suchen und anschließend selbstverständlich den Namen der Familie in Rom bekannt zu machen, oder aber als Verwalter dem einen oder anderen Bruder zur Seite zu stehen. Ich entschied mich ohne Zögern für das Seminar, bot es mir doch die Chance, sofort aus dem elterlichen Haus zu entkommen und die Freiheiten Londons zu genießen. Ich bezog dort eine recht komfortable Kammer, der Unterricht war für mich keine große Sache: Wo die anderen Kandidaten ohne meine feine Vorbildung nachts büffelten, bis die Kerzen ihnen schon in jungen Jahren die Augen verdarben, begriff ich den anspruchslosen Stoff schnell und hatte so viel zu viel Zeit. Aus meinen gelegentlichen Besuchen in London am Tage wurden längere Besuche in der Nacht, und bald wanderte ich nicht mehr durch die eleganten Salons der feinen Etablissements, sondern durchstrich die finsteren Gassen der Cheapside und Southside. Ich machte dort schnell die Bekanntschaft anderer junger Gentleman, die ähnliche ... Neigungen hatten wie ich - allerdings waren diese von Ihren Vätern mit großzügigen Pensionen versehen worden, die ihnen die Türen zu Bordellen und Kneipen öffneten. Ich hatte nur ein bescheidenes Taschengeld, daher suchte ich bald nach einer Methode, mir mehr Geld zu beschaffen. Zum einen begann ich, meiner Familie wieder häufiger Besuche abzustatten - und bei jedem nahm ich mit, was niemand vermissen würde, und verkaufte es für einen schlechten Preis an Hehler. Bei vielen meiner Besuche war das Zimmermädchen ein anderes, auch beklagte meine Mutter immer häufiger das diebische Personal, doch mir kam niemand auf die Schliche, so dreist ich auch war. Da der Weg von London hinaus zum Landsitz meines Vaters bei gutem Wetter eine Tagesreise bedeutete, im Winter jedoch zu einer mehrtätigen Tortur wurde, musste ich mir bald eine neue Quelle für meine Einnahmen suchen. Ich kannte den Ehrgeiz meines Vaters nur zu gut, daher bat ich ihn, mich mit Briefen den besseren Familien der Stadt zu empfehlen, damit ich ihnen meine Aufwartung machen könne. Ich würde mich gern standesgemäß verheiraten, schrieb ich ihm - und er sandte prompt höchst peinliche Schreiben an namhafte Männer und Frauen, sie mögen mir doch die Türen zu ihren Salons öffnen. Nach kurzer Zeit ging ich bei vielen ebenso vermögenden wie einflussreichen Familien ein und aus - und natürlich ging ich stets reicher, als ich gekommen war. Ich wunderte mich zuweilen selbst, welche Reichtümer dort unbeachtet herum lagen: Garnituren silberner Spiegel und Bürsten, Porzellan-Miniaturen, Schnupftabaksdosen, sogar Schmuck - in jeder Schublade gab es genug. Leider hatte ich bei meinen nächtlichen Ausflügen in die dunklen Seiten der Stadt neben den Frauen und dem Alkohol sehr bald eine neue Droge gekostet, diesmal allerdings eine Wirkliche: Ich wurde in kürzester Zeit opiumsüchtig. Mein Geld reichte nicht, um das zu finanzieren - und wo ich meine nächtlichen Trinkgelage im Seminar noch halbwegs hatte verbergen können, ließ mich das Opium nun tagelang vor mich hindämmern, ich versäumte Stunde um Stunde. Es erging ein Brief an meinen Vater, der mir seine Empörung postwendend übersandte. Mir gelang es, ihn zu beschwichtigen - ich würde um eine junge Dame aus bestem Hause werben und mein Augenmerk mehr auf diese günstige Verbindung denn auf meine Studien richten, schrieb ich ihm. Er war beruhigt, sogar erfreut angesichts des Namens, den ich ihm nannte, ich zog mit seiner Erlaubnis aus dem Seminar aus und nahm mir ein Zimmer in der Stadt. Ich bestellte Möbel und Kleidung, die ich nie bezahlte, und wenn ich denn einmal in meinem Bett schlief, dann am helllichten Tag. Die Nacht gehörte nun neben dem Opium auch meinen Raubzügen durch die Häuser, die mir am Tage ihre Türen so bereitwillig geöffnet hatten - Gemälde und großes Silber kann man tagsüber nicht raus schaffen, also kam ich nachts wieder. Einen Monat lang hatte ich Glück, dann wurde ich erwischt. Ich hatte zwei Helfer angeworben, damit sie mir Tragen halfen - und als der alte Diener mit seiner Kerze plötzlich vor uns stand, zog einer meiner Begleiter sein Messer, während ich floh. Der Mörder wurde später gehenkt - und der Diener lebte trotz einer schweren Bauchwunde noch lange genug, um meinen Namen nennen zu können. Ich floh nicht nur aus dem Haus, sondern erst aus der Stadt und dann aus dem Land: Ich nahm ein Schiff nach Calais, von dort aus zog es mich über Paris, Bordeaux, Nizza, Mailand und Venedig schließlich nach Rom. Mein Vater hatte gutes Geld bezahlt, um seinen Namen aus der Affäre heraus zu halten, also wurde ich nicht gesucht, niemand hielt mich auf. Ich suchte in jeder Stadt den Kontakt zu den oberen Familien, und da ich mir Aussehen, Kleidung und Manieren bewahrt hatte, machte ich dort weiterhin genügend Beute. Das Geld floss mittlerweile ganz in meine Sucht: Wenn das Opium jemanden gepackt hat, wird alles andere nebensächlich. In Rom lief mein Geschäft nicht besonders gut - ich kam im Sommer an, fast alle waren vor der Hitze aufs Land geflohen, die Häuser der Reichen waren fest verschlossen. Also besichtigte ich Museum und Kirchen, stahl hier eine Kostbarkeit vom Altar, dort eine Münze aus einer Vitrine. Irgendwann landete ich auch in der Schwertkirche und sie schien mir ein lohnendes Ziel zu sein: Ich konnte das Schwert selbst natürlich nicht bewegen, aber die Edelsteine würde ich schon lösen können, so dachte ich, auch die Scheide glänzte in purem Gold. Ich drang in einer der nächsten Nächte durch die Sakristei in die Kirche ein, öffnete unter Mühen die schwere Tür zur Schwertkammer und brach die Edelsteine aus dem Griff. Die Scheide war ein leichteres Spiel, und das verleitete mich dazu, nach weiterer Beute Ausschau zu halten. Gold war auf einem Altar oder in einer Sakristei nichts Ungewöhnliches, also schlich ich nach ein oder zwei Stunden in der Krypta zurück nach oben. Es brannten Kerzen in der Kirche, doch es herrschte Totenstille - ich hätte jederzeit beschwört, dass ich überzeugt war, die Kirche sei leer. Doch ich hatte mich getäuscht: Mitten im Kirchenschiff stand ein gutes Dutzend Männer und drei oder vier Frauen, sie bildeten einen Kreis um eine Gestalt, die am Boden lag. Es waren Ciaran und seine Brüder und Schwestern, bei einem Initiationsritus."

Jacksons klare, schöne Stimme verklang, und er trank einen Schluck Wasser, als wolle er damit den bitteren Geschmack der

Scham herunter spülen. Ich schwieg und wartete, Magnus hatte die ganze Zeit auf seinen Teller gestarrt. Jetzt hob er den Kopf.

"Du hast uns vielleicht erschreckt, Jack - ich habe Andreas nie wieder so blöd schauen gesehen."

Seine Stimme klang gepresst, sein sonst so entwaffnendes Grinsen wirkte angestrengt. Als habe er diese Worte gar nicht aussprechen wollen, dachte ich, und das konnte ich mir gut vorstellen: Er war eben so sauer gewesen, so weggetreten, seine großen Hände hatten gezuckt, als würde er sich gleich auf Jackson stürzen wollen. Dieser Satz dagegen - nun, er war vom Tonfall her nicht eben freundlich, aber irgendwie doch freundschaftlich gewesen, als erinnere Magnus sich nur mühsam an eine Zeit, in der Jackson und er erkannt hatten, dass irgendetwas sie verbannt, dass sie Freunde sein könnten. Ich war froh, dass Magnus das gesagt hatte, dass er sich wieder unter Kontrolle hatte, denn ich wollte tunlichst nicht in der Nähe sein, wenn der Riese durchdrehte.

"Du warst dabei? In der Kirche?", fragte ich ihn, er nickte.

"Oh ja. Es war meine Initiierung: Ich war der, der da auf dem Boden lag. Und in dieser schönen, feierlichen Stimmung kommt Junker Jack die Treppe hoch, mit der goldenen Schwertscheide unter dem Arm und den Edelsteinen in der Tasche seiner feinen Hose."

Jackson räusperte sich, dann sprach er weiter.

"Ciaran ließ mich in die Kammer der Krypta sperren, in der du Samstag gewartet hast. Damals gab es darin keinen Tisch und keinen Stuhl, keine Fackel und keine Kerze. Es stank erbärmlich, es war kalt und feucht, aber nach ein paar Stunden war mir das egal, denn ich bekam den Entzug in seiner ganzen Kraft zu spüren. Es war schlimm." Er verzog angewidert den Mund und trank noch ein wenig Wasser. "Es war schlimm, und es wurde immer noch schlimmer - so etwas habe ich vorher und auch nachher nicht noch einmal erlebt. Ciaran kam zu mir herunter, als ich schrie und tobte, er erkannte in einer Minute, was mit mir los war: Opiumsucht war damals keine Seltenheit, jeder kannte die Symptome. In dem Zustand, in dem ich mittlerweile war, konnten sie mich unmöglich gehen lassen, also blieb ich in der Kammer eingesperrt. Magnus brachte mir Wasser und Decken: Das Wasser schüttete ich ihm ins Gesicht, die Decken habe ich zerfetzt. Ich habe mir die Fingernägel ausgerissen bei dem Versuch, die Tür zu öffnen, und als ich mit dem Kopf dagegen schlug, haben sie mich gefesselt und mir ein Schlafmittel eingeflößt. Als ich nach Tagen wieder ansprechbar war, stellte Ciaran mich vor die Wahl: Die Familie und die Behörden über den versuchten Diebstahl unterrichten, oder ich werde Mitglied im Orden und verschwinde offiziell vom Angesicht dieser Erde."

Jackson griff erneut nach seinem Glas, sah, dass es leer war, und ließ die Hand sinken, als fehle ihm die Kraft, Magnus nahm die Flasche und schenkte ihm ein. Ich sah ihn an und erkannte im Gesicht des Riesen etwas, das ich selten zuvor in dieser Intensität gesehen hatte und das mich sehr berührte: Es war eine tiefe, aufrichtige Freundschaft, die jetzt jede Wut verdrängte, die dem anderen nur Gutes wollte - scheiß auf den Streit, der hier schwelte, scheiß auf die Vorwürfe, die durch die Luft geflogen waren. Die beiden kennen sich seit über hundert Jahren, sagte ich mir - wahrscheinlich muss schon mehr passieren, um ein solches Band zu zerreißen. Diese Verbundenheit machte mich unvermittelt neidisch, machte mich einsam und traurig - nein, solche Freunde hatte ich nicht, hatte ich noch nie gehabt.

"Es tut mir Leid", flüsterte Jackson, wobei ich nicht wusste, ob er mich oder Magnus meinte.

Er sah indes mich an, als er nun den Blick hob, seine schönen Augen waren dunkel umschattet, hatten all ihren kühnen Glanz verloren. Es tat mir entsetzlich weh, ihn so zu sehen, aber ich wusste nicht, was ich ihm Tröstendes hätte sagen können - ich konnte ihn von dieser Scham nicht erlösen, nicht durch Worte. Ich streckte ihm schließlich meine Hand entgegen, er zögerte kurz, schlang dann seine Finger um meine. Ich genoss das aufregend in meinem Magen prickelnde Gefühl, seine warme Haut auf meiner zu spüren, und als er schließlich weiter sprach, war seine Stimme leiser und zögernder als zuvor.

"Ciaran hat mir damals das Leben gerettet, aber ich habe Wochen gebraucht, bis ich ihm dafür danken konnte. Ich war schon so gut wie tot gewesen, wusste es aber nicht - ich hätte kein Jahr mehr durchgehalten. Ich musste ein ganzes Leben warten, bis sie mich aufgenommen und mit dem Kreuz gezeichnet haben - ein 'Leben'", ergänzte er, als ich ihn fragend ansah, "entspricht fünfzig Jahren. Meine Bewährungszeit, wenn du so willst, verdoppelt als Strafe für mein Verbrechen am Schwert. Normal wäre ein halbes Leben, also fünfundzwanzig Jahre."

"Wann wurdest du aufgenommen? In welchem Jahr?"

"1899. In diesem Jahr habe ich meine erste Narbe bekommen, 1949 dann die Zweite."

"Und was heißt 'mit dem Kreuz gezeichnet'?", wollte ich wissen, was Jackson zu Magnus blicken ließ, fragend.

"Hat Andreas dir das noch nicht erzählt?"

"Erwähnt hat er nur ein Zeichen, eine Narbe aus zwei Teilen, aber ich hab nicht weiter nachgefragt. Also ist dieses Zeichen ein Kreuz?"

Die beiden tauschten einen Blick: Magnus schüttelte natürlich den Kopf, aber Jackson nickte schließlich.

"Ich zeige es dir, aber offiziell weißt du bitte von nichts."

Er drückte mir kurz die Hand, löste seine Finger vorsichtig aus meinen und stand auf, zog in einer flüssigen Bewegung seinen Pullover über den Kopf, knöpfte dann das Hemd auf, das er darunter trug. Er hatte einen mehr als ansehnlichen Oberkörper mit klar modellierten Muskeln an Armen, Brust und Bauch - aber das fiel mir erst auf den zweiten Blick auf, denn das Kreuz war wahrlich nicht zu übersehen: Es war tatsächlich eine Narbe, bestehend aus zwei gleich langen, sich ziemlich genau in der Mitte kreuzenden Linien. Sie lag in etwa über dem Herzen und war so groß wie die Handfläche eines Mannes. Die Narbe schimmerte Weiß auf Jacksons glatter Haut und ich fand sie eher schön als abstoßend: Sie verunstaltete diesen perfekten Körper nicht, machte ihn eher ... interessanter, fast schon natürlicher.

Jackson ließ sich anstandslos inspizieren, blickte aber starr an mir vorbei auf die Wand.

"Danke", sagte ich schließlich, lehnte mich wieder zurück und wandte mich an Magnus. "Du hast auch so eine?"

Der nickte und zog den Stoff seines T-Shirts hoch: die gleiche Stelle, die gleiche Narbe - nur besser sichtbar, weil seine Haut ein bisschen dunkler war als die von Jackson. Und auch bei ihm deutliche Muskeln - was hatten diese Jungs nur für Hobbys, Sit-ups und Liegestütze?

"Alle fest initiierten Mitglieder des Ordens haben so eine Narbe", sagte Magnus. "Andreas oder Ciaran ziehen sie mit einem Dolch, das haben sie dir ja vielleicht schon erzählt. Den waagrechten Strich, wenn wir unsere Prüfungszeit beginnen, den senkrechten dann bei der Initiierung. Momentan hat nur Maggie erst einen Strich, aber sie ist in diesem Sommer mit dem Zweiten dran."

"Und beim ersten Strich hört ihr auf zu altern?"

"Fast. Beim ersten Strich verlangsamt es sich, ganz hört es dann mit dem zweiten Strich auf." Jackson hatte sich angezogen und setzte sich wieder an den Tisch.

Ich nickte, erinnerte mich: Das hatten Andreas und Ciaran genau so erzählt. Magnus schien Jackson diese Auskunft indes übel zu nehmen, denn er lachte bitter auf.

"Danke, Jack - dann kann ich Shara ja gleich verraten, dass ich mit zwei vollen Leben doppelt so lange warten musste wie du, nämlich ganze hundert Jahre. Ich war so ungefähr Elf, als Andreas mich geschnappt hat, jetzt bin ich so auf Siebenundzwanzig oder Achtundzwanzig stehen geblieben." Er lehnte sich zurück, verschränkte die Arme in der mir mittlerweile gut bekannten Schmoll-Geste vor der Brust und wandte sich an mich. "Aber du kannst Jack gern noch ein bisschen bemitleiden, wenn du möchtest: Er tut nämlich bis zum heutigen Tage fleißig Buße für seine Sünden. Er trinkt nicht, er raucht nicht, wenn er Hasch auch nur riecht, kriegt er Schaum vor dem Mund und ist weg wie der Blitz. Und was Frauen angeht ..."

"Danke, das reicht dann", unterbrach ich ihn, als Jackson sich versteifte, und warf einen Blick auf die Uhr.

"Es ist gleich halb neun, wir können los. Ich hol nur eben meine Jacke aus dem Koffer."

"Du bleibst noch? Du fährst nicht zum Flughafen?", fragte Magnus hoffnungsvoll, ich nickte.

"Natürlich bleibe ich. Ich möchte doch deine Story noch hören."

Das ließ ihn erneut in sich zusammenfallen, er tat mir wieder ein wenig Leid - aber auf seine Geschichte verzichten mochte ich dann doch nicht. Als ich aufstehen wollte, legte Jackson mir federleicht die Hand auf den bloßen Arm und hielt mich zurück, wie schon in der Schwertkammer. Eine Gänsehaut schoss mir ob der unerwarteten Berührung des schönen Kreuzritters den Arm hoch, Jackson riss die Hand zurück, als habe er sich verbrannt, und Magnus Blick hüpfte interessiert zwischen uns hin und her, während ich mich mit einer hoffentlich halbwegs gelungenen 'War was?'-Miene zurück an den Tisch setzte.

"Bitte, zwei Sachen noch", sagte Jackson. "Einmal wegen der Narbe - es ist nicht nur das Altern: Mit dem ersten Schnitt ... verändern wir uns auch körperlich ein wenig. Wir bekommen eine ziemlich gute Wundheilung, werden so gut wie nie krank, haben optimale Sehkraft, hören sehr gut, werden schlanker und fitter."

Das passte durchaus zum guten bis sehr guten Aussehen der Kreuzritter, die ich bislang kennen gelernt hatte, auch wenn Andreas es noch nicht erwähnt hatte. Ich war körperlich alles andere als optimiert, sammelte blaue Flecke wie andere Briefmarken, und würde in ein paar Jahren wahrscheinlich eine Brille brauchen - also könnte zumindest das mir sehr zupasskommen, falls ich hier tatsächlich ... beitreten würde.

"Und das Zweite?"

Jackson nestelte eine kleine, schwarz glänzende Schmuckschachtel aus seiner Hosentasche.

"Ah - ich liebe Heiratsanträge", ließ sich Magnus vernehmen, doch Jackson beachtete ihn nicht weiter.

Er öffnete die Schachtel und reichte sie mir dann betont beiläufig herüber: Darin lag ein goldener Ring - breit und mit einer Wölbung vorn, auf der das Schwingenkreuz des Ordens inklusive des Buchstabens 'S' darunter in Rot auf einer weißen Plakette leuchtete, innen fand ich als Gravur schlicht mein Vorname und das Jahr.

"Andreas bittet dich, den Ring zu tragen. Er ist natürlich ein Geschenk und er fungiert als eine Art Ausweis - jeder Schweizer Gardist oder Priester in Rom kennt ihn und wird dir damit Zuflucht gewähren oder dir sonst wie helfen, du erhältst damit auch Zutritt zum Vatikan. Du brauchst ihn nur so lange, bis du das Kreuz auch hier hast", fügte er mit einer Geste auf seine Brust hinzu, "aber die meisten von uns tragen ihn weiterhin - weil es einfach angenehmer ist, ihn vorzuweisen, als sich halb auszuziehen. Wenn du das Wappen nach innen drehst, ist er weniger auffällig."

"Bis zum Papst kommst du damit allerdings nicht, hab ich schon versucht", bemerkte Magnus in seinem fast schon wieder ganz normalen, flapsigen Tonfall, und hielt seine beringte Hand hoch, während ich meine sehr viel kleinere Ausgabe des Schmuckstücks aus der Schachtel löste und probierte.

Am Ringfinger rechts saß er am besten, aber da ich nie Schmuck trug, fühlte er sich fremd an: kalt, sperrig und schwer.

"Herzlichen Glückwunsch, Sie dürfen küssen, wen immer Sie wollen", kommentiert Magnus meine Anprobe.

"Zeig deinen noch einmal her", bat ich ihn, er streckte seine riesige Hand aus und ich hielt meine magere Ausgabe daneben: Sein Ring war meinem zwar sehr ähnlich, doch identisch waren sie nicht: Bei mir war das Scnhwingenkreuz etwas erhaben, bei ihm plan, ganz eben, auch fehlte hier der Buchstabe.

"Dein Ring fungiert als Siegelring", sagte Jackson, "ebenso wie die von Andreas und Ciaran. Du kannst damit Nachrichten versiegeln oder auch Verträge und Urkunden für den Orden beglaubigen."

Vertrauensselig, kam mir angesichts dieser Erklärung als erstes Wort in den Sinn, Andreas und Ciaran sind aber verdammt vertrauensselig: Sie kennen mich gerade einmal zwei Tage und geben mir etwas, mit dem ich theoretisch Einfluss auf ihr Hab und Gut nehmen kann? Na ja, wahrscheinlich wirklich nur theoretisch. Aber mich interessierte ohnehin was anders sehr viel mehr ...

"Und warum sollte ich es nötig haben, irgendwo ... Zuflucht zu suchen?"

Jackson zuckte mit den Schultern. "Ein Überbleibsel aus einer anderen Zeit."

Ich gab mich damit zufrieden, ahnte jedoch schon, dass ich den schweren Ring ganz bestimmt heute Abend zurück in seine Schachtel stecken würde: Kirchenasyl brauchte ich nicht schon wieder, das hatte ich in der Krypta der Schwertkirche schon zu Genüge genossen.

Magnus

Shara war nach ein bisschen Bewegung, also holte Jack die Taschenlampen aus dem Auto und wir machten uns zu Fuß auf den Weg zum Kolosseum. Der Abend war mild und die Strecke nicht wirklich weit - zwei, maximal drei Kilometer.

Ich ging neben der Prinzessin, die ein gemächliches Tempo vorlegte, Jack hielt sich ein paar Schritte hinter uns: klares Zeichen, dass ich mit meiner Geschichte anfangen sollte. Ich schluckte meine Wut auf ihn noch mal hinunter, sie schmeckte weiterhin bitter - ich würde das hier nachher mit ihm klären, schwor ich mir, und diesmal käme er mir nicht mit einem reizenden Lächeln davon. Shara drängelte nicht und ich dachte ein paar Minuten darüber nach, wie ich am besten beginnen sollte - ich war kein großer Geschichtenerzähler, aber die reinen Fakten würden es wohl auch tun. Mussten es einfach tun.

"Ich weiß gar nicht so viel von meinem ... früheren Leben.

Aber ich hatte auch Geschwister, drei Brüder und zwei Schwestern, alle älter als ich, aber nur ein paar Jahre. An meinen Vater kann ich mich nicht mehr erinnern, er ist bald nach meiner Geburt gestorben. Geboren wurde ich so ungefähr 1787 oder 1788 - in Paris, das weiß ich ziemlich genau. Meine Mutter starb, als ich ungefähr acht Jahre alt war, sie wurde von einer Kutsche erfasst. Ich war dabei, meine jüngste Schwester auch: Unsere Mutter hatte einfach nicht aufgepasst, rutschte auf dem gefrorenen Boden aus und kam unter die Räder. Da war so viel Blut ... ich dachte damals, es müsse alles Blut dieser Erde sein, das da in den Sand ran."

Gott Magnus, nur die Fakten, wies ich mich selbst zurecht, halt dich an die Fakten! Shara zündete sich eine Zigarette an, dankbar nahm ich auch eine.

"Wir waren fünf Kinder ohne Eltern, am nächsten Tag warf man uns aus dem Haus. Wir wurden getrennt: Ich landete mit einem meiner Brüder in einem Waisenhaus, meine Schwestern und unser ältester Bruder in einem anderen. Das Waisenhaus war ... die Hölle auf Erden. Wir haben gehungert, gefroren, wurden geschlagen und fast alle auch missbraucht, das alles unter dem Deckmäntelchen der Nächstenliebe und Barmherzigkeit. Ich habe es etwa zwei Monate ausgehalten, dann bin ich abgehauen. Mein Bruder wollte nicht mit, sagte, dort draußen würden wir sterben. Ich habe ihn angefleht, habe versucht, ihn mit mir zu ziehen, aber er wollte nicht, also bin ich allein gegangen. Es gab damals ziemlich viele Kinder ohne Eltern, die auf der Straße lebten. Geschlafen haben wir unter Brücken oder in verlassenen Häusern, in Kellern oder einfach auf der Straße. Wir haben geklaut und gebettelt, um zu überleben, auch haben die Läden uns ab und zu als Botenjungen rumgeschickt. Ich weiß nicht genau, wie lange ich so gelebt habe, aber es waren sicher zwei, eher drei Jahre. Eines Tages schickte mich ein Wirt mit einem Krug Wein zu einem Pfarrhaus, der Priester dort gab mir zu essen - und ging mir dann an die Wäsche. Ich hab mich gewehrt, er hat mich geschlagen, ich bin abgehauen. Ich habe mich in der Kirche neben dem Pfarrhaus versteckt, hinter dem Altar. Über dem hing ein Gemälde - ich weiß nicht mehr, welchen Heiligen es zeigte, aber er war umgeben von einer Gruppe Menschen und einigen Kindern und Tieren. Ich wusste, dass der Priester vor diesem Gemälde predigen würde, weil ich schon mal mit meiner Mutter in einem Gottesdienst gewesen war. Ich hatte mein

Messer in der Tasche, bin auf den Altar geklettert und hab das Bild zerschnitten - wie von Sinnen, bis plötzlich jemand meine Hand festhielt und mich fragte, was zum Teufel ich da täte. Das war Andreas."

Ich warf meine Zigarette weg und bereute, sie genommen zu haben: Mein Hals fühlte sich erneut entsetzlich trocken an. Shara ging schweigend neben mir, Jack immer noch ein paar Schritte hinter uns. Eine Gruppe Schüler lärmte an uns vorbei, aus den Restaurants hörte man Gläsergeklimper, Stimmen und Lachen, es roch nach Essen und mir wurde übel - mehr vor Scham denn vom Geruch der Pizza.

"Andreas hat mich mit nach Rom genommen, aufgepäppelt und mir Unterricht gegeben", fuhr ich fort, als ich meine Stimme wieder im Griff hatte. "Ich konnte nicht lesen und schreiben, ich wusste nichts - außer, wo man essbare Abfälle fand und welcher Nachtwächter den härtesten Knüppel schwang. Ich bin drei Mal abgehauen. Beim ersten Mal kam ich gar nicht aus der Stadt, beim zweiten Mal schaffte ich es bis nach Mailand. Beim dritten Mal haben sie mich in Salerno aufgesammelt, das liegt noch hinter Neapel - da bin ich wohl irgendwo falsch abgebogen. Danach habe ich Andreas dann auch erzählt, dass ich meine Geschwister suchen wolle. Er hat drei für mich gefunden: Meine Schwestern waren beide im Waisenhaus gestorben, wahrscheinlich an der Schwindsucht, mein ältester Bruder hatte sich zur Armee gemeldet und war in einem unwichtigen Scharmützel eines unwichtigen Krieges getötet worden. Von dem anderen habe ich nie mehr was gehört, keine Ahnung, was aus ihm geworden ist. Und eine Kirche habe ich erst hundert Jahre später wieder betreten - bei dem Ritus an dem Tag, als Jack die glorreiche Idee zu hatte, meinen Kreuzritterorden zu beklauen, und mir damit meine schöne Zeremonie versaut hat."

Es war jetzt fast ganz dunkel, wir konnten die obersten Mauern des voll illuminierten Kolosseums schon über den Häusern aufragen sehen. Shara stolperte über einen hohen Bordstein und griff nach meinem Arm, um nicht zu fallen, ich bot ihn ihr an und sie hakte sich bei mir ein. Ihre Goldhaare rochen nach Honig, der süße Duft war ein bisschen tröstend - wie ein Lolli, den Kinder bekamen, wenn sie beim Arzt brav gewesen waren.

"Und warum hast du so lange warten müssen, bis sie dir die zweite Narbe gegeben haben? Weil du noch so jung warst?", fragte sie nach ein paar Minuten, in denen sie scheinbar über meine Geschichte nachgedacht hatte.

Ich nickte. "Ja, auch - aber ich war außerdem ... ziemlich aufsässig, meine kleinen Ausflüge waren nicht das Einzige, womit ich Andreas und Ciaran ... na ja, nicht gerade Freude gemacht habe. Ich wollte mir nichts sagen lassen, erkannte nicht wirklich, dass der Orden mir nur Gutes wollte. Es hat lange gedauert, bis ich mich ... normal verhalten habe."

Ich hörte Jack hinter uns leise lachen, drehte mich aber nicht um - sollte er doch, das bekäme er nachher dann auch noch zurück. Shara schwieg erneut eine Weile.

"Wenn du heute wählen könntest: Ein normales Leben zu deiner Zeit oder ... den Weg, den du gegangen bist - was würdest du nehmen?"

Du meine Güte, die Mutter aller Fragen - bestimmt hatte die Prinzessin sich diese in den letzten Tagen selbst hunderte Male gestellt. Ich dachte einen Moment nach, wollte was vernünftiges Antworten.

"Das kann ich nicht so einfach sagen, es hängt immer sehr davon ab, wie ich mich gerade fühle. Heute bin ich froh, dass ich noch lebe und dich kennen lernen durfte - aber es gab auch immer wieder Zeiten, wo ich lieber seit langem tot gewesen wäre. Ich bin im Orden nicht immer gut klargekommen, manchmal hab ich schon bereut, dass ich ... dass alles nicht anders gekommen ist."

Sie küsste mich im Gehen leicht auf die Wange, ich hörte ein paar Engelchen singen und spürte, wie mir das Blut ins Gesicht schoss - Lolli Nummer Zwei, zehnmal süßer als der Erste. Ich senkte den Kopf, damit Jack nichts sah, drückte der Prinzessin aber dankbar den Arm.

"Und wie ist das bei dir?", fragte Shara über die Schulter, Jack schloss zu uns auf.

"Der Orden hat mir schlicht das Leben gerettet, und dafür bin ich unendlich dankbar. Ich habe mir noch nie gewünscht, es wäre anders gekommen und ganz bestimmt auch nicht, zu sterben ... Meistens sind wir alle einfach zu beschäftigt oder zu abgelenkt, um großartig über das Leben und den Tod nachzudenken. Das Problem mit der Zeit kommt erst später, glaube ich, wenn man wirklich Jahrhunderte alt und völlig ... gesättigt und gelangweilt ist. Für die meisten von uns ist der Tod einfach etwas, über das wir Gott sei Dank nicht nachgrübeln müssen, weil es so fern ist. Schau dir Andreas und Ciaran an: Sie sind über achthundert Jahre alt, und alles andere als lebensmüde."

"Ist denn schon einmal jemand von euch gestorben?"

Jack antwortete ihr, wenn auch erst nach einigem Zögern.

"Natürlich. Wir sind nicht wirklich unsterblich, für Unfälle und Unglücke sind wir ebenso anfällig wie jeder Mensch. Ich weiß von drei Toten: Penelope - sie ist in den Dreißiger Jahren des 19. Jahrhunderts beim Absturz eines Zeppelins gestorben. Lukas - er ist im 17. Jahrhundert vom Pferd gestürzt und hat sich das Genick gebrochen. Und Hendrick - er ist bei einem großen Brand ums Leben gekommen, das war im 16. Jahrhundert."

Wir überquerten jetzt die belebte Straße vor dem Kolosseum: Von mächtigen Scheinwerfern angestrahlt, erhoben sich die Mauern strahlend Gelb vor der tiefblauen Nacht, kleine Gruppen von Touristen bummelten darum herum und fotografierten sich vor den imposanten Rundbögen. Ich hatte gehofft, dass der monumentale Anblick unsere innerliche Selbstzerfleischung stoppen würde, aber Shara blieb hartnäckig.

"Und ... es hat noch nie jemand abgelehnt, Mitglied bei euch zu werden? Unsterblich zu werden? Das hat Andreas zumindest gesagt."

Ich nickte, Jack wiegte den Kopf.

"Das ist nicht ganz richtig", sagte er vage.

"Ach ja? Wer denn?", fragte ich ihn, denn da war mein Wissensstand ein ganz anderer.

"Peter."

Ich lachte, lachte Magnus aus. "Der Peter, der so sechzehnhundertnochwas geboren wurde und der mich heute Nachmittag gefragt hat, ob es mich stört, wenn er das Zimmer neben meinem als Atelier benutzt? Der Peter, der also nicht tot ist?"

Jack lächelte. "Genau der." Er wandte sich an Shara. "Peter kam auch sehr ... überraschend zum Orden, aber er war damals Priester und fand, dass wir mit dem Dolch Gott ins Handwerk pfuschen. Das Leben des Menschen ist nur die Prüfung auf dem Weg zu Gott, sagte er - wenn er unsterblich werde, würde er diesen ihm vorbestimmten Weg verlassen und ganz sicher nicht Eingang in das Himmelreich finden, so hat er es zumindest ausgedrückt."

"Was hat ihn umgestimmt?", fragte Shara.

Das interessierte auch mich brennend, hörte ich diese Story doch zum allerersten Mal. Wo Jack sie herhatte, brauchte ich gar nicht zu fragen: aus der Chronik natürlich, höchst illegal. Was hatte er eben im Hotel gesagt - er habe nur seinen Eintrag und den von Drake lesen wollen? Blödsinn!

"Ciaran hat tagelang mit ihm diskutiert - Peter wusste wohl sehr viel und sie wollten ihn nicht gehen lassen. Den genauen Wortlaut der Gespräche habe ich nicht mehr im Kopf, aber es lief darauf hinaus, dass Ciaran sagte, Peters Gott wisse um Schwert und Dolch, habe beidem Obdach in einer Kirche gewährt - also existiere beides mit dem Wissen und der Billigung Gottes. Und wenn Peter das Leben nur als Prüfung ansähe, wenn das Leben nach dem Tode das Bessere sei und das Jenseits die Belohnung für das Diesseits, dann würde sein Gott sicherlich diese freiwillige Verlängerung der Prüfung als Beweis für die besondere Stärke von Peters Glaubens ansehen."

Shara nickte, ein bisschen anerkennend - als wüsste sie dieses Drehen und Wenden zu schätzen. Wenn sie derlei mochte, dann wäre sie bei uns aber so was von gut aufgehoben: Ciaran diskutierte morgens wahrscheinlich schon mit seinem Wecker über Raum und Zeit, nur um richtig wach zu werden.

Wir umrundeten schweigend das Kolosseum, bis Jack vor einer unscheinbaren, kleinen Gittertür stehen blieb und auf eine versteckte Klingel drückte. Ein Wachmann kam angeschlendert, leuchtete uns der Reihe nach ins Gesicht, nickte, als er Jack erkannte, und schloss auf.

"Ciao, Jack, lange nicht gesehen. Ihr habt Zeit, soviel ihr wollt, heute ist keiner außer mir hier. Passt im Untergeschoss auf, da haben sie letzte Woche im äußeren Gang links ein paar Stützpfeiler eingezogen. Wenn ihr gehen wollt, drückt noch mal hier auf die Klingel, ich lasse euch dann raus."

Jack dankte ihm und verteilte die mitgebrachten Taschenlampen: Hier drinnen waren alle Lichter gelöscht, die Scheinwerfer von draußen drangen in diesen Teil des Gebäudes nicht hinein. Der Wachmann schlenderte davon, Jack machte eine einladende Geste in Richtung der Pfeilerallee vor uns, doch Shara blieb stehen und spielte gedankenverloren mit ihrer Lampe herum. Herrgott, was war denn nun noch?

"Wegen der Informationen, die ihr über mich gesammelt habt: Was macht ihr jetzt damit?"

"Nichts", antwortete Jack schlicht. "Sie wollten ... wir wollten nur genauer wissen, wer du bist."

Shara dachte kurz nach, immer noch skeptisch. "Wollt ihr mich mit irgendwas erpressen? Damit ich bleibe und mache, was ihr wollt?"

Ich lachte auf, sie funkelte mich böse an.

"Mit was denn bitte?", fragte ich. "Hast du eine belastende Müsli-Sorte im Schrank? Und selbst wenn: Was sollte uns das bringen?"

Jack nahm der Prinzessin die Lampe aus der Hand, schaltete sie ein und reichte sie ihr zurück - als sie danach griff, hielt er sie fest, bis sie ihn ansah. Das sah ein bisschen wie Händchenhalten aus und gefiel mir gar nicht, allerdings hatte ich auch keine spontane Idee, wie ich diese Taschenlampen-Verbindung schnell kappen konnte, ohne mich lächerlich zu machen.

"Erinnerst du dich an den Engel, den ich dir am Samstag gezeigt habe?", fragte Jack.

"Ja", antwortete Shara.

"Er hat Flügel, keine Kette am Bein."

Sie nickte langsam, und damit war fürs erste endlich Ruhe.

Shara

Das Kolosseum war in der Dunkelheit gespenstisch: Alle Lampen waren gelöscht, nur die großen Scheinwerfer, die seine Mauern von außen anstrahlten, sorgten für etwas Licht - oder besser: für scharf getrennte Abschnitte von taggleicher Helligkeit und tiefschwarzer Nacht. Wo tagsüber Hunderte von Besuchern für Leben sorgten, herrschte Grabesstille, und das durch die dicken Mauern gefilterte, entfernte Rauschen des Verkehrs verstärkte mein Gefühl der Abgeschlossenheit nur noch.

Wir gingen zunächst die große Runde ab, auf der ich auch am Samstag als normaler Besucher durch den Komplex geschleust worden war, der unebene Boden machte die starken Taschenlampen notwendig. Wir stiegen die schmalstufigen Treppen hinauf und traten auf die großen Tribünen, die sich rund um die Arena zogen, folgten ihnen einmal ganz herum: Jetzt, in der Nacht, sahen die Mauern noch massiver und trutziger aus als am Tag, und die Zwischenmauern, die einst die eigentlichen Sitzreihen getragen hatten, ragten wie meterdicke Fischgräten in unseren Weg. Nach der Runde oben führte

Jackson uns wieder hinunter und öffnete eine kleine Holztür, hinter der eine recht breite, aber sehr bröckelige und ausgetretene Treppe in die Katakomben der antiken Arena hinunter führte. Tiefschwarze, hallende Gänge, kahl und stickig - wie in einem Labyrinth gingen sie ineinander über und gabelten sich scheinbar willkürlich: Ich hätte mich hier in kürzester Zeit verlaufen, Taschenlampe hin oder her. Jackson bewegte sich jedoch so selbstverständlich durch das alte Gemäuer, als habe er hier schon Tage (oder besser: Nächte!) verbracht, was ich mir durchaus vorstellen konnte - es passte sogar perfekt zu ihm, wenn ich es genau bedachte, zu seinen grünen Katzenaugen, seiner stets dunklen Kleidung, seiner blassen Alabasterhaut. Erneut kitzelte mich die Gänsehaut, diesmal am Rücken und nicht wirklich unwohl: Der schöne Kreuzritter wurde Stunde um Stunde interessanter. Uns begegneten ein paar fette Ratten: Die Erste jagte mir einen Heidenschreck ein, als sie plötzlich mit ihren glänzenden Knopfaugen durch den Lichtkegel meiner Taschenlampe huschte, und ließ mich erneut Halt suchen - diesmal an Jacksons Arm und mit verschämtem Auflachen. Weder Jackson noch Magnus spielten den Fremdenführer, sie begleiteten mich einfach bei diesem sonderbaren Spaziergang durch die nächtliche Ruine. Schließlich öffnete Jackson eine weitere Tür, hinter deren verzogenem Holz ich einen schwachen Lichtschimmer ausmachte, und wir traten aus den erdrückenden Gängen der Katakomben hinaus in die frische Nachtluft: Jetzt waren wir im inneren Teil des Kolosseums - in dem Gewirr von Gängen aus Wänden ohne Decken, das sich einst unter dem Sandplatz der Arena befunden hatte. Die eng stehenden Mauern waren weit mehr als zwei Meter hoch und verstellten so jeglichen Blick auf die Tribünen, doch genau die hätte ich gern einmal von hier unten gesehen: Die Perspektive der Zuschauer konnte man auch heute noch genießen, nicht aber die der armen Seelen und die der Tiere, welche aus dem Sand der Arena zu den Tribünen hinauf gestarrt hatten. Ich strebte in der Hoffnung auf größere Räume, auf weiter auseinander stehende Mauern der Mitte des Runds zu - doch auch hier wurde die Sicht nicht besser, da konnte ich mich auf die Zehenspitzen stellen, wie ich wollte.

"Was suchst du?", fragte Magnus, als ich mit meiner Taschenlampe die Wände abfuhr.

"Man kann hier nirgends hoch, oder? Ich würde die Tribünen gern von hier unten sehen, aber dafür sind wir zu tief."

"Wir sind ein Stockwerk unter dem Platz", bestätigte Jackson.

"Und ich würde halt gern einmal auf dem Platz stehen", sagte ich. "Schade."

"Das geht schon", hörte ich Magnus hinter mir, ich drehte mich mit fragendem Gesicht um, er nahm mir die Taschenlampe aus der Hand und gab sie Jackson.

"Wenn ich dich mal kurz hochheben darf?"

Bevor ich antworten konnte, war er schon hinter mich getreten, hatte mich unter die Arme gefasst und trug mich scheinbar ohne große Anstrengung zur nächsten Wand, dort stemmte er mich hoch.

"Halt dich fest - du ziehst, ich drücke."

Ich fasste über den Rand der Mauer, krallte meine Finger in porösen Stein und Jahrhunderte alten Staub, und als ich halbwegs sicher hing, packte Magnus mit einem kurzen 'Entschuldigung' meine Hüften und drückte mich hoch. Ich schwang ein Bein über die Mauer, bedauerte kurz, dass ich der brandneuen Josie-Hose solch einen Schmutz zumutete, und setzte mich dann vorsichtig auf - die Mauer war zwar mehr als einen halben Meter dick, aber Balancieren vertrug sich nicht mit gut einsachtzig Länge. Als ich halbwegs sicher stand, hob ich den Blick - und der war wahrlich atemberaubend: Die Nacht war jetzt Schwarz, die Sonne längst untergegangen, die starken, gelben Scheinwerfer vor dem Kolosseum schnitten durch die offenen Mauerbögen harte Streifen in die Schwärze und blendeten meine Augen. Aber da waren sie, meine Tribünen - sie erhoben sich von hier scheinbar bis in den Himmel, so steil und abweisend hatten sie bei weitem nicht gewirkt, als ich eben darauf gestanden hatte. Wie ein Kraterrand umgaben sie die Arena, wie ein steinerner, massiver Kessel, aus dem es kein Entrinnen gab. Ich drehte mich langsam um, bewunderte die Mauern, die das gnädige Nachtlicht an den schattigen Stellen von den Wunden der Zeit heilte, während die scharfen Scheinwerfer die Risse und Löcher an anderer Stelle schmerzhaft in den Blick rückten. Das Licht reichte nicht bis zum Boden hinunter, und so ebnete die Nacht den Platz ein, ich konnte seine Fläche indes eher erahnen als tatsächlich sehen. Ein leichter Wind strich durch das Innere des Kolosseums und ließ meine Jacke flattern - ich musste plötzlich an den Engel auf der Burg denken, an den Jackson mich eben erinnert hatte. Seine wenigen Worte eben hatten mich beruhigt, hatten meine immer noch schmerzende

Scham erstaunlich effektiv gelindert: Jackson war so kühl und sachlich gewesen, so überzeugend und ... ja, hoffentlich auch so ehrlich, dass ich mich jetzt, hier oben auf der Mauer, hier oben im Wind, endlich wieder frei und leicht fühlte - auch wenn ich von dunklen Mauern umgeben war und dort unten zwei sehr wachsame Augenpaare jede meiner Bewegungen und Regungen registrierten. Ich atmete tief durch, schluckte den Rest Wut, den Rest Entrüstung hinunter, drehte mich mit dem Wind im Kreis - vorsichtig und behutsam, mir sehr wohl der Einmaligkeit dieses Augenblickes bewusst.

Als sich unter meinen tastenden Füßen ein kleines Stück Stein löste, räusperte sich Magnus vernehmlich und ich ließ mir schweren Herzens von meinem Ausguck herunter helfen: Denn auch wenn mich Jacksons Engelsvergleich heute ungewollt ein bisschen fasziniert hatte - fliegen konnte ich deswegen noch lange nicht.

Ich hatte diesen Ausflug als exklusiver empfunden als die ausführliche Besichtigung der Engelsburg gestern mit Ciaran, daher bedankte ich mich sehr herzlich bei Jackson und Magnus. Bis zum Hotel redeten wir nur belangloses Zeug - sehr bemüht, zum alten, lockeren und freundlichen Tonfall zurückzukehren. Ich machte mir keine Sorgen, dass die Verstimmung des heutigen Tages lange anhalten würde: Meine beiden neuen Freunde würden die bei Magnus noch deutlich zu spürende Missstimmung untereinander klären, zweifellos hatte es in einer seit einhundert Jahren bestehenden Freundschaft schon schlimmere Prüfungen gegeben als diese hier. Und ich? Nun, die Schuld an der Ausspionierung meines Lebens konnte ich Jackson und Magnus ohnehin nicht in die Schuhe schieben, würde mir also andere Ziele für meine Wut suchen müssen. Und noch etwas fiel mir auf: Komischerweise zweifelte ich keine Sekunde am Wahrheitsgehalt der beiden Lebensgeschichten, die ich an diesem Abend gehört hatte - so viel Scham, Wut, Schmerz und Verlegenheit konnte man nicht spielen, unmöglich.

"He, Jackson", sagte ich im Hotel, die Tür zu meiner Suite schon in der Hand. "Tust du mir einen Gefallen?"

Er nickte und seine dunklen Locken wippten leicht: Majestätisch und beherrscht wie bei einem Löwen, aber mit unterschwelliger Kraft, dachte ich in durchaus angenehmer Erinnerung an seinen wohlgeformten Oberkörper.

"Wenn Andreas meinen Eintrag in eurem großen Buch der

Jugendsünden macht, hätte ich davon gern eine Kopie."

Jackson lächelte, schüttelte aber den Kopf - fast ein wenig bedauernd. "Andreas darf in der Chronik nur dann über dich schreiben, wenn du nicht bei uns bleibst. Bleibst du, würdest du die Chronik von ihm bekommen, weil du als neue Herrin des Ordens die weiteren Einträge machen müsstest. Und dann könntest du selbst beschreiben, wie sich das alles zugetragen hat."

"Okay. Dann für den Fall, dass ich nicht bleibe: Schick mir die Kopien nach, meine Adresse hast du ja."

Er dachte einen Moment nach. "Versprochen - unter einer Bedingung."

Jetzt war ich ein wenig erstaunt. "Du hast eine Bedingung für mich?"

"Ja."

Magnus zog nun auch eine Augenbraue hoch und sah Jackson mit vor der breiten Brust verschränkten Armen interessiert an.

"Sag mir, was du machst, wenn du Dampf ablassen musst", bat Jackson. "Was Josie und Shane uns berichtet haben, passt zwar zu dir, aber du bist nicht so ... brav und harmlos, wie du beschrieben wurdest. Außer dem Auto war das alles viel zu glatt."

Ich sah ihn an, aber da war nichts außer aufrichtigem Interesse in seinen grünen Augen, also zuckte ich mit den Schultern - auch wenn er schon wieder ungefragt an mir herum psychologisierte.

"Mit dem Auto liegst du gar nicht einmal so falsch: Ich rase."

"Du machst was?"

Ich lachte. "Ich rase", wiederholte ich, "so würde es zumindest meine Mutter nennen. Ich setze mich nachts in genau dieses Auto und gebe Gas. Meist auf der Autobahn, aber ich mag auch Passstraßen ganz gern, da ist in den frühen Morgenstunden nie was los und von München aus ist man in einer Stunde in den Alpen. Warum sollte ich mir sonst so ein Auto kaufen, wo ich streng genommen gar keins bräuchte, wo ich doch zuhause arbeite und die U-Bahn vor der Tür habe?"

Die Jungs schwiegen, dann lachte Jackson auf, seine Eckzähne blitzten im Licht der Kristalllampen - er lachte mich jedoch nicht aus, erkannte ich nach einer Schrecksekunde mit ängstlich zuckendem Herz, er klang ehrlich amüsiert, fast schon erfreut. Magnus dagegen schüttelte als Antwort auf mein Geständnis tadelnd den Kopf wie ein äußerst empörter Vater, dann drehte er sich zu Jackson um und hielt ihm abrupt einen erhobenen Zeigefinger vor das Gesicht.

"Denk nicht mal dran", zischte er.

"Was?", fragte ich, überrascht von Magnus Reaktion, der deutete auf den noch immer lachenden Jackson.

"Er überlegt, was er dir für ein Auto besorgen soll. Und ich sage dazu nur: Denk nicht mal dran, Jack!"

Ich musste grinsen, und bevor ich die Tür schloss, war ich mir fast sicher, ein Zwinkern von Jackson aufgefangen zu haben - aber auch nur fast.

– 4 –

Shara

Am nächsten Morgen war ich hundemüde. Ich hatte lange nicht einschlafen können, nachdem Jackson und Magnus mich zum Hotel zurückgebracht hatten, also war ich nach einer unruhigen Stunde wieder aufgestanden, hatte im Wohnzimmer eine Zigarette geraucht und in den Kopien der Lebensläufe herumgeblättert, die noch auf dem Tisch gelegen hatten. Ich hatte mir nicht wirklich die Mühe gemacht, die Texte zu übersetzen: Mein Latein war mehr als eingerostet, dagegen war mein Mittelhochdeutsch fast schon flüssig zu nennen - ich würde ein Wörterbuch brauchen, um das alles zu verstehen. Jackson, Albert, Shane, Josephine, Sven, Andreas und Ciaran hatte ich gefunden, außerdem den dritten Kreuzritter, diesen Drake.

Ich hatte die Blätter schließlich in den Safe gelegt, der in einem der Schränke im Ankleidezimmer angebracht war, da ich keinen anderen passenden Platz dafür wusste, dann noch etwas Wasser getrunken und mich wieder ins Bett gelegt, aber die Geschichten von Magnus und Jackson hatten mir nicht aus dem Kopf gewollt. Ich hatte Magnus Angst vor der Chronik immerhin besser verstehen können, jetzt, wo ich ein wenig mehr über seine Vergangenheit wusste: Er war heute groß, selbstbewusst, stark und wurde bestimmt nur ungern an eine ferne Zeit erinnert, in der er so schwach und verletzlich gewesen war - und noch schlimmer, wirklich sehr verletzt worden war. Er hatte nicht darüber sprechen wollen, hatte sich geschämt, das war vollkommen nachvollziehbar.

Jackson dagegen hatte sich komplett anders verhalten, was ich nicht recht in meinen Kopf bekam: Er hatte mit dem ganzen Dreck unbedingt rausrücken wollen, zumindest war das mein Eindruck gewesen. Aber was hatte er damit erreicht? Okay, ich war mir danach wirklich ziemlich sicher gewesen, dass mein Lebenslauf vergleichsweise harmlos war, aber das Ganze war trotzdem kein 'Quid pro Quo' gewesen: Jackson hatte sich und Magnus vergleichsweise schwer verletzt, um meine kleine Wunde zu heilen, er hatte viel mehr Preis gegeben. Irgendwie war ich das Gefühl nicht losgeworden, dass er genau das hatte tun wollen, nur das Warum war mir auch nach stundenlangem nächtlichem Grübeln hartnäckig verborgen geblieben.

Das Frühstück stand schon im Wohnzimmer, als ich nach einer langen und heißen Dusche am Morgen aus dem Bad kam: Der Zimmerservice rollte den Servierwagen jeden Morgen um Punkt neun hinein. Wie immer war in den Schalen und Schüsseln mehr als genug Essen für eine ausgehungerte Großfamilie angehäuft, wie immer nahm ich mir nur ein Croissant und goss mir Kaffee und Saft ein. Doch anders als sonst steckte heute keine rote Rose in der obligatorischen, goldverschnörkelten Vase, sondern eine weiße, ich strich bewundernd über ihre samtigen, taufeuchten Blütenblätter.

Und noch etwas Ungewohntes entdeckte ich: eine Schmuckschatulle, ein wenig größer als die, in der gestern Abend dieser schwere Goldring mit dem Schwingenkreuz gesteckt hatte (mit dem ich nach wie vor fremdelte und den ich trotzdem nach wie vor trug, einfach aus Höflichkeit und angesichts der heutigen Kreuzritter-Vollversammlung). Ich stellte meine Tasse zurück und öffnete die Schachtel - ein kleiner Briefumschlag mit meinem Namen in altmodischer, geschwungener Schrift darauf, darunter eine dicke Schicht Samt. Ich war neugierig, was unter dem Stoff zum Vorschein kommen würde, zwang mich jedoch, zuerst den Brief zu lesen. Er war denkbar kurz: 'Nur geliehen, nur für Notfälle', las ich, unterschrieben mit 'Jackson'. Ich runzelte die Stirn - was bitte wollte er mir für welche Notfälle leihen? Ich hob den Samt an und musste lachen: Es war natürlich ein Autoschlüssel, zum Verwechseln ähnlich dem, der zuhause an meinem Schlüsselbund hing. Jackson hatte mir ein Auto besorgt!

Ich zog Schuhe an und schnappte mir die Zimmerkarte, ließ Kaffee und Saft stehen - der Wagen stand bestimmt in der Tiefgarage, und ich wollte ihn mir auf jeden Fall kurz anschauen, bevor ich mich dann für das heute anstehende Kennenlernen der restlichen Kreuzritter anziehen musste.

"Bin gleich wieder da!", rief ich meinem unsichtbaren Bewacher im Zimmer gegenüber durch die geschlossene Tür zu, dann fuhr ich mit dem Fahrstuhl in die Tiefgarage des Hotels.

Sie bestand aus zwei gut gefüllten Räumen, von denen jeder etwa dreißig Autos fasste. Ich zielte mit dem Audi-Schlüssel auf einen ziemlich dreckigen A3, einen knallroten A2 mit Kruzifix am Spiegel und in leiser Hoffnung auf einen dunkelgrauen A5, doch keines der Autos reagierte, also ging ich in den nächsten Raum. Hier waren die Boxen breiter und durch Mauern voneinander getrennt - ich musste ihre Reihen ablaufen, weil der Beton das Funksignal wegfilterte.

Ich bewunderte einen Ferrari, lächelte über eine hässliche, quietschgelbe Corvette, versuchte mein Glück bei einem weiteren A3 - und blieb wie vom Blitz getroffen stehen, als neben mir endlich ein dezentes Fiepsen den Empfang meines Schlüsselsignals bestätigte. Es war kein TT, wie ich angesichts des Schlüssels vermutet hatte - es war sein großer, böser Bruder, ein R8. Flach und mit herrlich grimmigem Grinsen hockte er geduckt in seiner Box, als lauere er auf unbedachte Beute, sein weißer Lack schimmerte im kalten Licht der Neonröhren wie Eis. Ich drückte noch einmal auf den Schlüssel, es fiepste erneut: Kein Zweifel, dieser Wagen gehörte zu diesem Schlüssel.

Ich öffnete vorsichtig die Fahrertür, fast erwartete ich, die Alarmanlage würde doch losheulen. Als alles still blieb, zwängte ich mich auf den engen Sitz - der Wagen duftete innen ganz neu, vor allem nach wunderbar weichem Leder. Aber auch ein wenig Blütenduft erschnupperte ich - er kam von der einzelnen weißen Rose, die vor mir auf dem Armaturenbrett lag, unter ihr ein weiterer kleiner Brief im Umschlag. 'Sei mir nicht böse, Dickkopf', las ich in einer kräftigen Druckbuchstabenschrift, 'aber nimm lieber ein paar Fahrstunden, bevor du damit Italien unsicher machst!' Gezeichnet war dieser Satz mit 'M' - Magnus natürlich. Darunter, wiederum in Jacksons geschwungener

Schrift: 'Biete Fahrstunden zu jeder Zeit'. Ich schnupperte an der Rose und fuhr mit den Händen vorsichtig über Leder und Chrom an Lenkrad und Armaturenbrett. Jackson, du verdammter, grünäugiger Mistkerl - und ob ich Fahrstunden wollte!

Ich steckte schließlich einmal kurz den Zündschlüssel ins Schloss und ließ den Wagen an: Er dröhnte in der engen Box, dass einem Angst und Bange wurde, und während ich den Motor mit versonnenem Blick auf den leicht zuckenden Drehzahlmesser toben ließ und den in Italien massig vorhandenen, kurvigen Bergstraßen eine Gedenkminute widmete, sprang mir die Uhrzeit ins Auge: Es war halb zehn, in einer halben Stunde würde ich abgeholt werden. Nichts wie zurück nach oben - ich hatte noch klatschnasse Haare und die älteste Jeans am Leib, die ich mitgenommen hatte!

Gott, war ich nervös. Warum eigentlich? Blöde Frage, die Antwort war ziemlich einfach: Ich hatte normalerweise keine Probleme damit, irgendwelche Leute kennenzulernen und mit ihnen ein bisschen harmlosen Smalltalk zu betreiben, aber was mich heute erwartete, waren keine neuen Arbeitskollegen oder Bekannte von anderen Bekannten. Es handelte sich um die sogenannten 'aktiven' Mitglieder dieses obskuren Kreuzritter-Ordens, als dessen neue Leitfigur mich Andreas ausgerufen hatte - und so war mit äußerst prüfenden Blicken zu rechnen, so würde jedes meiner Worte auf der Goldwaage liegen. Vielleicht würde sich ja auch mein insgeheim gehegter Verdacht (oder besser: Meine heimliche Hoffnung!) bewahrheiten, und die versammelte Gruppe würde bei meinem Eintritt fröhlich 'April, April' rufen und die versteckte Kamera enthüllen? Ob so oder so: Mir stand ein schwieriger Tag bevor, und ich fühlte mich alles andere als bereit.

Ich trödelte viel zu lange im Bad und vor dem Kleiderschrank herum, um eine Mischung aus Josies Auswahl und meinen Klamotten zu finden, wie irgendwo zwischen lässig und gut angezogen lag, und Andreas hatte sicher schon gewartet, als ich um zehn Minuten nach zehn mit einem entschuldigenden Lächeln zu ihm ins Auto stieg.

"Wo sind denn Jackson und Magnus?", fragte ich ihn mit Blick auf die leere Rückbank.

Ich hatte Andreas bislang noch nie am Steuer gesehen und wäre ehrlich gesagt lieber von den beiden Jungs gefahren worden: Jacksons grüne Blicke wie auch Magnus freche Sprüche hätten mich zuverlässig von meinem zuckenden Magen abgelenkt, während Andreas Anwesenheit den Ernst der Situation nur noch betonte.

"Jackson ist zum Flughafen gefahren und Albert zum Bahnhof, wir hatten noch zwei Nachzügler. Aber damit sind jetzt auch alle da."

Ich nickte, aber eigentlich hätte ich lieber gehört, dass die Hälfte der Leute fehlen würde.

"Nervös?", fragte Andreas mich, ich lachte - war mir das so deutlich anzumerken?

"Das wäre untertrieben."

"Keine Sorge. Sie freuen sich sehr auf dich, und wir alle sind dir wohl gesonnen."

Das mochte sein, aber gegen meine Nervosität half das nicht wirklich. Die Fahrt war für meinen Geschmack viel zu schnell vorbei, nach kurzer Zeit stand ich also wieder einmal in der leeren Eingangshalle des grauen Hauses. Zwei Gepäckstücke warteten rechts in der Ecke, ein großformatiger, altmodischer Schrankkoffer voller Aufkleber mit einem achtlos darüber geworfenen Trenchcoat und eine kleinere Reisetasche: Scheinbar war den Nachzüglern nicht mehr genug Zeit geblieben, um ihr Zeug wegzuräumen.

"Wir sind oben", sagte Andreas und bot mir galant seinen Arm.

Ich ließ mich von ihm die Treppe hinauf und den mir mittlerweile schon wohlbekannten Weg zur Bibliothek führen, dort öffnete der Ordensmeister ohne große Worte die Tür und geleitete mich hinein.

Rund ein Dutzend Menschen hatte sich im Raum verteilt - und das bedeutete, dass ich mir die Namen niemals alle würde merken können. Meist vergaß ich sie in dem Moment, wo die Leute sie mir nannten - eine unangenehme und peinliche Schwäche, die man mir oft als absolute Egozentrik auslegte, die ich selber aber für einen grundsätzlichen Defekt meiner grauen Zellen hielt. Konzentrier dich, Shara, sagte ich mir - so schwer kann das doch nicht sein!

Die im Raum Versammelten hatten kleine Grüppchen gebildet, bei unserem Eintritt wandten sich jedoch alle zur Tür. Ich fühlte die Augen der Kreuzritter auf mir, spürte, wie die Blicke über mein Gesicht, meine Haare, meinen Körper, meine

Kleidung glitten. Vielleicht hätte ich doch flache Schuhe anziehen sollen, mit diesen Josie-Teilen erreichte ich fast die Einsneunzig? Sah ich mit diesem schmalen Rock nicht magersüchtig aus, hätte ich die Haare nicht doch offen lassen sollen? Egal, sagte mir Andreas besänftigender Druck auf meinem Arm, oder besser: Zu spät, jetzt ist es so, wie es ist.

Ich straffte mich etwas und ließ selber einen Blick durch den Raum schweifen, vor allem auf der Suche nach bekannten Gesichtern: Magnus und Jackson standen mit einem jungen Mann und einer jungen Frau der Tür am nächsten, Ciaran lehnte am Fenster, im Gespräch mit einer weiteren Frau. Joseph entdeckte ich links in einer Ecke, alle anderen waren mir unbekannt - das machte fünf Bekannte und neun Unbekannte, neun neue Namen und neun neue Gesichter: Viel Spaß, Shara, dann blamier dich mal schön. Andreas hielt meinen Arm immer noch fest an seinen kräftigen Körper gepresst: Gar nicht so dumm, denn ich war tatsächlich kurz versucht, die Treppe herunter und aus dem Haus zu rennen, weg von dieser schrecklichen Situation - da das allerdings noch peinlicher gewesen wäre, als einfach stehen zu bleiben, schluckte ich meinen scheinbar gut ausgeprägten Fluchtinstinkt hinunter und blieb, wo ich war.

"Das ist Shara", sagte Andreas schlicht, als das gegenseitige, stumme Mustern nach ein oder zwei Minuten unangenehm wurde, ich nickte und brachte ein halbwegs verständliches 'Hallo' heraus.

Ein paar Mienen waren skeptisch, die meisten lächelten jedoch freundlich und neugierig, erwiderten meinen simplen Gruß. Keiner sah bedrohlich aus, niemand trug eine schwarze Kutte oder hatte ein Schwert dabei: Das war ja auch schon mal was wert.

"Ich werde dir alle unsere Brüder und Schwestern vorstellen. Fangen wir doch gleich hier an", sagte Andreas und führte mich zu der ersten Gruppe, bei der auch Jackson und Magnus standen.

Es gelang mir hoffentlich, ihm einigermaßen würdevoll zu folgen, und als ich Magnus Augenzwinkern und Jacksons mittlerweile so wohlbekanntes Lächeln sah, fühlte ich mich gleich ein wenig wohler.

"Darf ich vorstellen: Josephine", sagte Andreas, als mir die junge Frau aus der Gruppe ihre Hand entgegen streckte.

Leuchtend kupferrote Haare, lang und leicht gelockt, dazu

eine wunderschöne milchweiße Haut mit Sommersprossen - kleiner als bei Ciaran, dafür aber unendlich viele und auf allen sichtbaren Körperteilen. Sie war sicher nur wenig über einssechzig groß, zart gebaut, mit leuchtend türkisfarbenen Augen und einer süßen Stupsnase über einem erdbeerroten Mund mit vollen Lippen.

"Josie", korrigierte sie Andreas, während sie meine Hand energisch und mit erstaunlicher Kraft schüttelte. "Schön, dich endlich in echt zu sehen, ich hab mich schon sehr darauf gefreut."

Ich lächelte und bedankte mich für ihre freundlichen Worte. Sie ließ ihre großen Augen einmal ganz an mir herauf und herunter wandern, dann lachte sie mit ihrer überraschend dunklen Stimme laut auf.

"Meine Güte, du hast genau die Beine, die ich immer wollte!", verkündete sie, und die Umstehenden begannen zu lachen.

Mir war die absolute Stille im Raum gar nicht aufgefallen, doch nach Josies Ausbruch klang er plötzlich vor Stimmen und Gelächter wider - ich schaute sie verblüfft an, dann lachte ich mit ihr und entspannte mich ein wenig.

"Das ist Shane", sagte Andreas und deutete auf den jungen Mann, der sehr dicht neben Josie stand - die beiden sind ein Paar, schlussfolgerte ich.

Shane überragte seine Freundin locker um zwei Köpfe und war sehr schlank. Seine schwarzen und ein wenig zu langen Haare fielen ihm tief in die Stirn, und mit seinen schokobraunen, langbewimperten Augen, den hohen Wangenknochen sowie der gebräunten Haut war er äußerst hübsch. Neben der Funken sprühenden Josie wirkte er ruhig und besonnen, sein Lächeln war jedoch jungenhaft und offen, seine Zähne von einem überirdischen Weiß, wie man es sonst nur aus Hollywoodfilmen kennt. Ich erinnerte mich an seinen Namen, als er mir seine kühle Hand reichte: Er war gestern bei meiner 'Prüfung' dabei gewesen, ebenso wie Josie. Das machte die beiden in meinen Augen gleich weniger sympathisch - aber ich musste mir ja nur ein Latein-Wörterbuch besorgen, um sie ein bisschen besser kennenzulernen, oder? Das stimmte mich versöhnlich, und ich erwiderte Shanes freundliches Zahnpasta-Lächeln halbwegs echt.

"Wohnst du noch im Hotel?", fragte Josie, ich nickte. "Und die Klamotten haben dir gepasst? Ich war ja bei deinen Maßen ein bisschen skeptisch - wer hat schon Jeanslänge sechsunddreißig?"

Ich beschloss, ehrlich zu sein. "Ich hab ein paar Teile Magnus und Jackson wieder mitgegeben, weil es einfach viel zu viel war. Aber die Sachen waren alle wirklich schön - ich hab ewig gebraucht, um mich entscheiden zu können, was ich behalte und was nicht. Ich danke dir für deine Hilfe: Ich hätte sonst die Wahl zwischen Jeans und T-Shirt oder T-Shirt und Jeans gehabt."

Josie strahlte und zupfte ein unsichtbares Stäubchen von meiner Bluse, Andreas berührte mich leicht am Ellenbogen: Scheinbar wollte er weiter.

"Bis später", sagte Josie, "ich will beim Essen neben dir sitzen, damit ich auch ja nichts verpasse."

Ich warf ihr einen leicht erstaunten Blick zu, während Andreas mich zu den nächsten Kreuzrittern führte: Diese Frau sagte Sachen, wie ich sie noch nie zuvor gehört hatte - und letztere Äußerung war durchaus dazu angetan, mich noch mehr zu verunsichern, weil sie verdammt nach großen Erwartungen klang. Die nächste Gruppe war die größte: drei Männer und zwei Frauen, mir alle unbekannt. Sie hatten einen Kreis gebildet, der sich nun bereitwillig öffnete, als Andreas mich zu ihnen geleitete und seine Vorstellung bei den beiden Frauen begann: Lucia und Ffion.

"Mit zwei F", betonte Letztere, "aber frag mich nicht, wieso."

Ich schüttelte den Kopf. "Keine Sorge, ich weiß auch nicht, warum ich Shara und nicht Sarah heiße."

Ffion hatte dicke, dunkelblonde Haare, die ihr bis weit auf den Rücken reichten, und ein äußerst attraktives, wenn auch etwas kantiges Gesicht - sie war groß, wirkte sportlich und war sichtlich nicht geschminkt, was sie bei dieser reinen Haut aber auch nicht nötig hatte. Ihre Augen waren von einem schimmernden Grüngold und standen ziemlich schräg, so dass mich ihr Blick ein wenig an eine hellwache und schlaue Katze erinnerte.

Lucia ergriff meine Hand zögerlicher als die sehr natürlich und locker wirkende Ffion: Klein und äußerst üppig gebaut, mit einem wunderschönen, runden Gesicht, schwarzen Korkenzieherlocken, einem olivfarbenen Teint und schwarzen Augen über einer sehr flach anliegenden Nase, registrierte ich. Lucia maß mich von oben bis unten, wie Josie das eben getan hatte, und informierte mich mit einer bestimmt klingenden Stimme darüber, dass sie sich geehrt fühle, meine Bekanntschaft zu machen. Allerdings blieb ihr Gesichtsausdruck dabei sehr neutral - freundlich interpretiert. Sie kann mich nicht ausstehen, war mein erster Eindruck, und ich fühlte mich in ihrer Gegenwart auch nicht sonderlich wohl, eingeschüchtert durch ihre Schönheit: Ffion nahm sich neben der kurvigen Lucia wie ein Spargel aus, ich wahrscheinlich wie eine Bohnenstange - für ein paar ihrer Rundungen hätte ich glatt zehn Zentimeter Bein abgegeben.

Die drei Männer in der Gruppe waren Sven, Pablo und Peter, ich lächelte und schüttelte weitere Hände. Sven war wohl tatsächlich ein Skandinavier, wie sein Name nahe legte - zumindest sah er angesichts seiner Größe (nur unwesentlich kleiner als Magnus), seiner hellen Haut und den fast weißblonden Haaren über eisblauen Augen aus wie ein Wikinger-Model. Noch so ein Situp- und Liegestützen-Jünger, dachte ich in nicht unangenehmer Erinnerung an den Anblick von Jacksons ziemlich perfekter Brust am gestrigen Abend, während Sven mich durchaus wohlwollend musterte und meine Rechte schüttelte, dass mir die Knöchel krachten.

Pablo war um einiges kleiner als ich, dunkelhaarig und schwarzäugig - er schaute bislang am abschätzigsten, als ich ihm die Hand gab, wenn auch seine Worte angemessen höflich und gewählt waren. Peter war dagegen jovial und freundlich, etwas über Einsachtzig, mit kastanienbraunen Augen in einem kräftigen, offenen Gesicht. Er hatte seine dunklen, glänzenden Haare hinten zu einem Pferdeschwanz gebunden, ich fand seine Wangenknochen beeindruckend und seine Stimme angenehm und warm. Peter hatte in irgendwelchen vergangenen Jahrzehnten oder gar Jahrhunderten in München gelebt, und bedachte mich mit ein paar Sätzen in einem bayrischen Dialekt, den ich indes kaum verstand (was für Gelächter sorgte, zum Glück wohlwollendes), Ffion stellte mir ein paar Fragen über meinen Eindruck von Rom und Lucia fragte mich, ob ich mir die Haare glätten würde oder ob die immer so schön gerade seien. Die pure Vielfalt ihrer Themen lockerte mich ein bisschen auf und wir verplauderten durchaus angenehme fünf Minuten.

Im nächsten Grüppchen entdeckte ich Joseph: Er nickte mir lächelnd zu, so dass seine mit roten Perlen verzierten Dreadlocks leise klimperten, und trug einen schwarzen, sehr schmal geschnittenen Anzug, der ihm ausgezeichnet stand. Ich grüßte zurück, froh darüber, dass er nicht mehr so abschätzig schaute wie am Samstag in der Schwertkirche. Was genau ihm da an mir nicht gefallen hatte, würde mich allerdings durchaus interessieren. Dass ich eine Frau war? Dass ich blond war? Zu dünn? Zu groß? Zu blass? Zu ... ich? Ich würde ihn fragen, nahm ich mir vor, denn vielleicht dachten noch andere, was er damals gedacht hatte: Wer ist das denn? Was sollen wir denn mit der anfangen? Ob das seine Gedanken gewesen waren, wusste ich nicht, aber ich würde es in Erfahrung bringen, denn Joseph war der Einzige gewesen, der irgendwie ... echt reagiert hatte. Andreas war beherrscht gewesen, Ciaran neugierig, Magnus interessiert - und Jackson höflich, wie er eigentlich immer höflich war.

Ich sah mich suchend nach meinem Lieblingskreuzritter um: Er goss sich gerade Wasser ein und hielt das Glas mit einer fragenden Geste hoch, als er meinen Blick bemerkte. 'Gleich', bedeutete ich ihm, knipste dann erneut mein Lächeln für die nächsten neuen Gesichter und unmerkbaren Namen an: Die beiden neben Joseph waren Gerard und Maggie, kurz für Margarethe. Gerard war ein wenig größer als ich, hatte ein ziemlich eckiges Gesicht, sehr kurz geschnittene Haare und tief gebräunte Haut, er konnte mit einem französischen Akzent punkten und platzierte einen Kuss auf meinem Handrücken, während seine ein wenig zu eng stehenden, schiefergrauen Augen prüfend auf mir lagen.

Ich fühlte mich unter diesem Blick alles andere als wohl, und registrierte mit Verspätung, dass alle Kreuzritter Augenfarben hatten, wie ich sie nie zuvor gesehen hatte - im Film vielleicht mal, unter Zuhilfenahme von gefärbten Kontaktlinsen oder digitaler Bildbearbeitung. Jacksons wunderbar wandelbares Grün, Magnus strahlendes Himmelblau, Josies strahlendes Türkis, Ciarans kluges Veilchenblau, Ffions freches Goldgrün, Svens frisches Poolblau, Shanes warmes Schokobraun, Peters ungewöhnliches Kastanienbraun und jetzt dieses unglaublich kalte Grau bei Gerard - selbst die schwarzäugigen Kreuzritter hatten ein so sattes Schwarz, dass die Iris mit der Pupille aussah wie eine auf Hochglanz lackierte Billardkugel. Ich hatte graue Augen, aber nicht interessant Grau, sondern langweilig Grau - und wieder ein Minuspunkt auf der Shara-Seite.

Gerard küsste mir also die Hand, Maggie dagegen machte

keine Anstalten, mehr als nur die grundlegenden Regeln der Höflichkeit zu beachten. Ich fand das mutig, aber nicht besonders angenehm - und bösartig, wie ich nun mal war, dachte ich mir bei ihrem Anblick als Erstes, wie unattraktiv sie im Vergleich zu den anderen wirkte. Jackson und Magnus hatten eine gewisse körperliche Verbesserung erwähnt, und da Maggie doch kurz vor ihrer festen Aufnahme in den Orden stand und daher die Narbe schon seit Jahren, wenn nicht Jahrzehnten trug, musste diese bei ihr doch eigentlich auch schon etwas bewirkt haben, oder etwa nicht? Sie erinnerte mich spontan an eine Kugelstoßerin - mittelgroß und kräftig, ohne sichtbare Taille, mit dickem Hals und stämmigen Gliedern. Ihr Gesicht wirkte säuerlich, der volle Mund ließ die Winkel nach unten hängen, die meergrünen Augen hätten ohne die Fleischmassen darum herum sicherlich hübsch gewirkt, waren so aber nur kleine, starre Schlitze. Ihre Hand fühlte sich unangenehm weich und schlaff an, ihre mausbraunen Haare waren einfallslos lang und alles andere als glänzend, hingen schlapp auf den rundlichen Rücken. Okay, die anderen hier waren auch nicht alle für den Laufsteg geboren und mir beileibe nicht alle sympathisch: Pablo war weder optisch noch von seinem Gehabe her mein Fall, Peter war sehr nett, wirkte aber eher herb als gut aussehend, Gerard war mit seinem kantigen Kopf eher interessant als schön anzusehen und mit seinem etwas zu feuchten Handkuss auch nicht gerade jemand, den ich täglich treffen musste. Von den Frauen war die üppige Lucia die Schönste, dicht gefolgt von der funkensprühenden Josie - bei den Männern würde ich Ciaran, Magnus und Shane hinter Jackson einreihen, aber Joseph und Sven waren nicht viel weniger attraktiv.

Ich schalt mich selber total oberflächlich und sah genauer hin: Maggie hatte ihre Jacke noch an und eine Tasche unter dem Arm, wahrscheinlich war sie eine derjenigen, die eben erst angekommen waren: Sie muss wegen dir hier erscheinen, dachte ich mir, vielleicht ist sie einfach deswegen sauer. Andreas sagte, auch Maggie wäre in Deutschland geboren worden, und ich bemühte mich um ein paar freundliche Sätze - sie antworte knapp und mit einer hohen Stimme.

"Möchtest du vielleicht etwas trinken?", fragte mich Andreas, als Maggies Wortkargheit ein wenig unangenehm wurde, und ich machte mich erleichtert auf den Weg zu den Getränken - und zu Jackson.

Der schenkte mir Wasser ein, ich stürzte das Glas in einem Zug hinunter: Mein Mund war trocken und ich hatte das Gefühl, dass das dauernde Lächeln der letzten halben Stunde tiefe Falten in meine Wangen gegraben hatte.

Hinter mir hörte ich Magnus Stimme, gefolgt von Gelächter.

"Alles in Ordnung?", fragte Jackson leise.

Ich nickte, wenn auch zögernd. Hinter uns wurde wieder gelacht, lauter diesmal: Magnus drehte wohl auf.

"Lass mich raten: Er erzählt denen, die gestern nicht die ganze Story hören konnten, ein paar hübsche Anekdoten aus meinem Leben."

Jacksons Lächeln gefror augenblicklich zu Eis. Als ich den traurigen Schimmer in seinem Gesicht und seine zu einem dunklen Moosgrün verglühenden Augen sah, biss ich mir auf die Zunge: Gott, Shara, was sollte das denn? Da belästigst du nun wirklich den Falschen mit deiner Wut, denjenigen, der sich schon entschuldigt hat, der viel dafür riskiert hat, um dir deine Scham zu nehmen. Du hättest diesem Menschen, diesem schönen, interessanten Wesen, so viel zu sagen, und da kommst du ausgerechnet damit um die Ecke? Wo du gestern Abend doch schon begriffen hast, wer hier schuldig ist und wer nicht? Dummes Mädchen, schalt ich mich wieder einmal, dummes, dummes Mädchen!

"Es tut mir leid, das hätte ich nicht sagen dürfen", flüsterte ich und hielt Jackson rasch am Arm fest, als er sich abwenden wollte. "Ich bin nicht sauer auf dich, ich weiß ja, dass es nicht deine Idee war. Ich brauche nur ... einen Blitzableiter, weil ich immer noch wütend bin. Und mich schäme."

Jackson nickte, das Lächeln kehrte in seine Augen zurück, machte die Smaragde um ein paar Nuancen heller.

"Und es tut mir auch Leid, weil du ... ja eigentlich schon dafür gesorgt hast, dass ich was habe, mit dem ich mich abreagieren kann ...", fuhr ich andeutungsweise fort, womit das Lächeln dann auch wieder seinen Mund erreichte.

"Du hast den Schlüssel gefunden? Magnus meinte, ich sollte ihn in deine Zigarettenschachtel stecken, neben dem Essen würdest du ihn nicht bemerken."

Ich schnaubte empört, dabei war das gar nicht so verkehrt.

"Wo hast du denn nur über Nacht dieses Geschoss aufgetrieben?"

Jackson grinste ein wenig verlegen, als habe er mit diesem

Lob nicht gerechnet. "Über einen Händler, bei dem wir fast alle unsere Autos bestellen. Er ist wirklich nur geliehen, für eine Woche - kaufen konnte ich so schnell keinen. Daher auch die Farbe, ich hatte nicht viel Auswahl. Gefällt er dir trotzdem?"

Ich lachte, so leise wie möglich: Und ob er mir gefiel - allerdings nicht ganz so sehr wie das Wissen, mit diesem besonderen Kreuzritter ein kleines Geheimnis zu teilen.

"Oh ja, er ist der Wahnsinn. Und ich möchte so bald wie möglich Fahrstunden nehmen."

Jacksons Eckzähne blitzten, er schien sich aufrichtig zu freuen.

"Heute Nacht sind hier so viele Leute im Haus, da kann ich ganz gut für ein paar Stunden unbemerkt verschwinden. Aber ich muss Magnus bitten, den Dienst im Hotel zu übernehmen, eigentlich ist Pablo dran - und der würde Andreas wahrscheinlich melden, dass ich dich entführt habe."

Vom grünäugigen Jackson in einem Sportwagen entführt ... nicht gerade die schlimmste Vorstellung. Aber Pablo den Griesgram würde ich auch ohne Verschwörung nicht vor meiner Tür wissen wollen, vielen Dank.

"Wann möchtest du los?", fragte Jackson, ich überlegte kurz.

Heute stand noch ein Mittagessen mit den ganzen Leuten hier auf dem Programm, für den Nachmittag war nichts geplant. Ich hatte ein wenig spazieren gehen wollen, mir vielleicht noch ein Museum ansehen - aber wahrscheinlich war es vernünftiger, wenn ich mich einfach für ein paar Stunden schlafen legte, auch wenn mich ein Nickerchen am Tag immer ganz blöd im Kopf machte: Mir steckte die letzte, gedankenschwere Nacht doch noch in den Knochen. Acht Stunden Schlaf brauchte ich, um einigermaßen funktionieren zu können, zehn, um halbwegs gut gelaunt aus den Federn zu steigen, zwölf für einen wirklich perfekten Tag - Letztere waren dementsprechend selten, leider.

"Um Elf?", schlug ich vor, Jackson nickte.

"Wohin möchtest du fahren?"

Ich musste nicht groß überlegen, ich wollte raus aus der Stadt.

"Ans Meer bitte. Oder ist das zu weit?"

"Nein, überhaupt nicht. Dann sehen wir uns um elf Uhr in der Tiefgarage."

Ich lächelte ihn an und wollte dann mit meinem Glas zurück zu Andreas, doch Jackson hielt mich zurück: Seine Hand lag plötzlich ganz leicht auf meiner, und obwohl es schon die dritte Berührung dieser Art war, bekam ich die unvermeidliche Gänsehaut und zuckte zusammen. Doch diesmal zog Jackson seine Hand nicht zurück, sondern beobachtete erstaunt den Effekt, den seine Haut auf meiner auslöste.

"Shara ... ich wollte gestern einfach nur ehrlich sein", sagte er in die gänsehautige Stille zwischen uns, in der ich mich schrecklich dafür schämte, dass mein Körper so unkontrollierbar herausschrie, wie sehr ich den schönen Kreuzritter mochte. "Damit du später nicht enttäuscht bist."

Ich nickte langsam, als würde ich den Sinn dieser Worte verstehen, aber dem war ganz und gar nicht so. Was meinte er mit 'später'? Ich hatte zwar eine dumpfe Vermutung, die zusammen mit der Kohlensäure des Wassers meinen Magen in einen nicht unangenehmen Aufruhr versetzte, aber sie war nicht sehr realistisch: Jackson hatte Schönheiten wie Lucia, Josie und Ffion um sich, da brauchte er nun wirklich nicht auf mich zu warten.

Magnus

Warum bekam Jack eigentlich immer, was er wollte? Erst hatte er mich gezwungen, mein Leben vor Shara auszubreiten, dann ließ er mich nachts quer durch die Stadt fahren, damit ich ihn nach Hause kutschieren konnte, nachdem er dieses weiße Ungetüm von einem Auto in der Hotelgarage versteckt hatte - gab es keine Taxis mehr in Rom? Wenn das so weiter ging, würde ich mir ein T-Shirt mit 'Jacks Sklave' drucken lassen. Okay, ich hatte wenigstens meine Warnung im Wagen zurücklassen können, die die Prinzessin davor bewahren sollte, sich mit diesem Auto mal eben totzufahren - was schlecht für den Orden und die Zukunft der Welt an sich gewesen wäre -, aber klar schien Jack die Aussicht, Shara Fahrstunden in dieser Rennflunder zu geben, noch mehr zu erfreuen als die ganze nächtliche Aktion an sich. Hoffentlich passt sie wenigstens gut auf den Schlüssel auf, dachte ich - der wäre ein schöner letzter Nagel für Jacks Sarg, und Andreas würde ihn mit Freuden eigenhändig einschlagen. Jetzt bat Jack mich tatsächlich auch noch darum, heute Abend freiwillig den Wachdienst im Hotel zu übernehmen, damit er ungestört mit der Prinzessin ans Meer fahren konnte: Was zu viel war, war zu viel.

Ich hielt nur mit Mühe meine Stimme flach, als ich ihm antwortete - Andreas stand nur drei, vier Schritte entfernt, und mir war bei diesem Thema gar nicht wohl.

"Romeo, du drehst langsam durch. Das ist nicht nur falsch, das ist auch noch gefährlich."

"Bitte, Magnus", flüsterte Jackson eindringlich, während er mich in eine leere Ecke der Bibliothek zog.

Ich hörte Shara hinter mir melodisch lachen und sah mich um: Gerard ließ offenbar seinen Charme spielen und unterhielt die Prinzessin mit alten Geschichten, die Ciaran das Blut in die Wangen trieben. Ich wollte zu ihnen gehen, ein paar gute Geschichten aus alten Zeiten waren mir weitaus lieber als das nächste Komplott, doch dann rieb sich Jack unbewusst die Rippen: Eine Bewegung, die mich innehalten ließ und mich milde stimmte, erinnerte sie mich doch daran, dass ich ihn gestern Abend schon hatte büßen lassen, dass wir eigentlich quitt waren.

Jack und ich waren nach dem Besuch im Kolosseum schweigend von Sharas Hotel zum Haus gefahren. Er hatte mir das Steuer überlassen und die ganze Fahrt über auf seinem Handy herum gedrückt - da hatte er Shara dieses verflixte Auto organisiert, wie ich jetzt wusste. Meine herausgezwungene Geschichte hatte mir noch auf der Zunge gebrannt, ebenso wie Sharas Kuss auf meiner Wange, aber das eine hatte das andere nicht neutralisieren können: Ich war besänftigt gewesen durch ihre Güte, aber die Wut auf Jack hatte noch immer in mir geschwelt.

"Wie wäre es mit ein bisschen Bewegung?", hatte ich ihn gefragt, als wir die Haustür hinter uns schlossen. "Du hast dein Training in den letzten Tagen ziemlich schleifen lassen, und das ist gar nicht gut."

Es war sehr still im Haus gewesen - im Laufe des Tages waren fast alle Mitglieder des Ordens eingetroffen, aber die meisten hatten eine anstrengende Reise hinter sich gehabt, wollten für den kommenden Tag fit sein und lagen sicher schon im Bett.

Jack hatte gelächelt, als habe er mit meiner Frage gerechnet.

"An was hast du gedacht?"

"Schwerter", hatte ich geantwortet, "aus gegebenem Anlass."

Ich hatte Shara und den Stein gemeint, und ohne ein weiteres

Wort waren wir in den Trainingsraum im Keller gegangen. Ich hatte das Licht angeschaltet und den Schrank mit den Übungswaffen aufgeschlossen - ich war nicht wütend genug gewesen, um mit einer scharfen Klinge auf Jack loszugehen, aber diese stumpfen Dinger waren auch nicht zu verachten, wenn man jemandem richtig einheizen wollte. Jack hatte seine Jacke abgelegt, die Pistole aus dem Knöchelholster gezogen, Armbanduhr und Ordensring abgenommen. Ich hatte es ihm gleichgetan und ihm eines der Schwerter gereicht, er hatte es ein paar Mal um die Hand gewirbelt und mit den Fingern die Klinge geprüft.

"Kann losgehen."

Er hatte sich auf der einen Seite der Matte aufgestellt - sechs mal sechs Meter maß die Kampffläche: Da war ich ein paar Stunden früher im Hotel näher dran gewesen, schade.

"Geht es um etwas Bestimmtes, oder möchtest du mich nur einfach so zusammenschlagen?"

Das hatte für mich geklungen, als wäre ich ihm haushoch überlegen, was aber nicht stimmte, wie wir beide wussten: Ich war stärker, hatte wegen meiner Größe mehr Reichweite und war ihm um hundert Jahre Training voraus, dafür war er schneller und wendiger. Auch wenn das Schwert nicht die Waffe seiner Wahl gewesen wäre - Jack war ein ernst zu nehmender Gegner und eines von nur vier Mitgliedern des Ordens, die Andreas schon einmal geschlagen hatten.

Ich hatte mir die stumpfe Klinge über die Schulter gelegt und meinen Platz ihm gegenüber eingenommen.

"Wenn du verlierst, verrätst du mir, warum du Shara unbedingt von deinem Leben vor dem Orden erzählen wolltest - und sag bitte nicht, dass das nicht von vornherein deine Absicht war."

Jackson hatte kurz überlegt, den Einsatz dann mit einem Nicken akzeptiert. Für den Fall seines Sieges hatte er keine Leistung von mir gefordert, er stellte sich nur in Position und wartete auf meinen Angriff: Er würde nicht beginnen, das stand mir als Herausforderer zu. Ich hatte einen Ausfall nach links angedeutet, doch er hatte nicht reagiert, also war ich einfach durch die Mitte auf ihn losgegangen. Ich hatte mir mit Jack schon lange und auch harte Kämpfe geliefert - und so manch einer war Unentschieden ausgegangen, weil wir einfach irgendwann beide nicht mehr gekonnt hatten. Gestern war er nicht in dieser Form gewesen, oder er hatte verlieren wollen: Ihm waren ein paar wirklich prächtige Paraden gelungen, er hatte mir einmal den zweiten Arm vom Griff geschlagen und meine großen Schwünge mit wohl dosierter Kraft pariert - aber er hatte sich auch von mir in die Ecke drängen lassen, war auf einfache Finten reingefallen und hatte ganz gewiss nicht mit aller Kraft zugeschlagen, wenn ich ihm die Fläche dafür angeboten hatte. Nach zehn Minuten war ich ziemlich verschwitzt gewesen, er hatte indes noch ganz kühl und konzentriert ausgesehen.

"Streng dich mal mehr an, Jack", hatte ich gezischt, als er zum xten Mal unter mir weggetaucht war, "du bist hier nicht im Ballett!"

Er hatte gelacht und die Waffe sinken lassen, ich hatte ihn aus einer mächtigen Drehung heraus voll an der Brust erwischt, leider und unabsichtlich mit der schmalen, der gefährlicheren Seite der Klinge: Jack war nach hinten auf die Matte gedonnert, hatte dabei sein Schwert verloren. Ich hatte ihm meine Hand hingestreckt, er hatte sie ohne zu zögern ergriffen und sich von mir hochziehen lassen: Sein Schwert hatte er liegen gelassen, der Kampf war damit zu Ende gewesen, und er hatte verloren.

Jack hatte sein Hemd hochgeschoben und seine Rippen abgetastet: Wo ich ihn getroffen hatte, war die Haut schon Rot verfärbt gewesen.

"Gebrochen?", hatte ich durchaus mitleidig gefragt, als er bei der untersten Rippe das Gesicht verzogen hatte.

"Ich glaube nicht."

"Zeig mal."

Ich hatte schon einige Knochen zerdeppert und selbst mehr als einen Knackser eingesteckt, also wusste ich nur zu gut, wie sich so was anfühlte. Ich war mit einigem Druck über Jacks Rippen gefahren, er hatte scharf eingeatmet.

"Angeknackst, die Erste und die Zweite. Ciaran?"

Jack hatte den Kopf geschüttelt und das Hemd wieder runter gezogen. Dank unserer narbenbedingten Turbogesundung wäre Schmerz in ein, maximal zwei Tagen wahrscheinlich schon fast weg: Keine Notwendigkeit, darüber ein weiteres Wort zu verlieren, und Ciaran hätte außer einem Stützverband und einer Schmerztablette auch nichts für Jack tun können.

Ich hatte mein Schwert zurück in den Schrank gebracht, Jack hatte seines dazugestellt.

"Hier?", hatte er gefragt, ich hatte genickt und mir mit

meinem Pullover den Schweiß aus dem Gesicht gewischt: Wenn uns eben keiner gehört hatte, würden wir auch die nächste Viertelstunde Ruhe haben.

"Gut, aber ich habe noch etwas vor. Also bitte keine langen Vorträge deinerseits."

Ich hatte geschnaubt - es war zwölf gewesen und Shara bestimmt schon im Bett, was sollte er da noch vorhaben: Zur Laute süße Serenaden unter ihrem Fenster singen?

"Schieß einfach los, lenk nicht ab."

Jack hatte sich auf den Tisch neben dem Waffenschrank gehockt und seine Pistole wieder im Knöchelhalter festgeschnallt. Wenn wir Shara begleiteten, trug er das Ding auf Anweisung von Andreas immer bei sich - was Shara nicht wusste und was sie sicherlich auch befremden würde. Aber unsere Prinzessin war kostbar und wir nicht nur deswegen zu zweit, damit sie mehr Leute zum Quatschen hatte.

"Hast du eine Vermutung?", hatte Jack mich gefragt, ich als Antwort genickt.

"Ja, aber du sollst jetzt auspacken, nicht ich."

"Ich liebe sie, mehr ist da nicht. Ich will einfach, dass sie weiß, wer ich war und was ich getan habe, damit es keine bösen Überraschungen gibt."

Ich hatte betont wissend genickt - ich hatte so was geahnt, aber mit solch offenen Worten dann doch nicht gerechnet: Nicht von Jack, der trug sein Herz nun wirklich nicht auf der Zunge.

"Du liebst sie?", hatte ich gefragt und den Zweifel in meiner Stimme selber hören können: Ich mochte die Prinzessin auch schrecklich gern, war vielleicht sogar ein bisschen verknallt, aber Jack hatte für meinen Geschmack doch ein bisschen zu dick aufgetragen. "Jack, du kennst sie gerade mal drei Tage."

Er hatte gelächelt, von meinem Zweifel kein bisschen verunsichert.

"Ich wusste es schon in der Schwertkammer, schon, als ich von ihr nicht mehr gesehen habe als ihren Rücken. Ich weiß selbst nicht, was genau es war - wie sie sich bewegt hat, wie sie geduftet hat, wie ..." Er hatte gestockt, mit den Schultern gezuckt. "Du hattest absolut Recht mit deinem Spruch über mein Beuteschema, in Berlin wie auch in der Schwertkirche: Ich habe sie gesehen und ... es war um mich geschehen, schlicht und einfach."

"Und was hättest du gemacht, wenn sie das Schwert nicht aus

dem Stein gezogen hätte?"

Jack lachte. "Genau das habe ich mich auch gefragt, während sie sich das Schwert angeschaut hat - ich hab sie angestarrt und in meinem Kopf war ein einziges Durcheinander. Ich habe nie damit gerechnet, dass ausgerechnet sie diejenige welche sein würde ... Ich habe erst einmal nur darum gebetet, dass sie das Schwert nicht anfasst, damit ich sie ansprechen kann - damit ich sie ansprechen muss. Ich stand da in meinem Schatten und hatte solche Angst, dass sie wieder verschwinden würde, dass sie gehen könnte, ohne auch nur bemerkt zu haben, dass es mich gibt. Als sie das Schwert plötzlich in der Hand hatte, war ich völlig überrascht - und dann unglaublich erleichtert, weil ich erkannt habe, dass das bedeutet, dass sie bleibt - vielleicht nur noch für ein paar Minuten, aber vielleicht auch für immer."

"Und du denkst, dass du nah genug an Shara herankommst, dass das jemals eine Rolle spielt, was du früher getan hast? Du weißt doch ganz genau, dass sie für dich tabu ist."

Er hatte mit den Schultern gezuckt. "Das ist mir egal."

Mir war die Luft weggeblieben. "Das ist dir egal? Jack, Andreas stellt dich kalt, wenn du dich an sie ran machst - zusammen mit den Kopien aus der Chronik wäre das mehr als genug für einen Rauswurf, samt neuer Narben-Optik."

Ich hatte die Veränderung der Narbe durch den Dolch gemeint, durch die wir wieder sterblich wurden: Ein kleiner Schnitt, hieß es, mehr war gar nicht nötig, um uns plötzlich auch mit dem zu konfrontieren, was zum Leben ja angeblich dazugehörte: Alter, Krankheit, Tod.

Jack hatte mich ein wenig traurig angesehen. "Magnus, wann legst du endlich diese Angst vor Andreas ab? Und ich werde Shara schon nicht zu nahe treten, was denkst du denn von mir? Ich habe gesagt, dass ich sie liebe - und das bedeutet ja wohl auch, dass ich nichts tue, was ihr schadet, was sie nicht möchte."

Ich hatte das einen Moment bedacht, aber mir war sein ganzes Spiel immer noch viel zu gefährlich gewesen. Wer waren wir schon, wenn man uns ausschließen würde? Heimatlose Sterbliche, ohne jede Zukunft und ohne eine Vergangenheit, von der wir erzählen konnten.

"Wann hast du eigentlich beschlossen, die Kopien zu machen?"

"Gestern, als wir uns die Videos aus ihrer Wohnung ansehen mussten. Ein Handtuch im Bad, ein Nachthemd auf dem Bett, ihre Wäsche, der Mülleimer - mich hat dieses Herumwühlen in ihrem Leben einfach angewidert. Ich wollte etwas haben, was ich ihr als Ausgleich anbieten kann, damit sie sich nicht als Einzige so ... dreckig fühlt. Wenn sie uns nicht gleich drauf gekommen wäre, hätte ich sie ihr später gegeben, denn irgendwann hätte sie es erfahren und mit ihrem Weggang gedroht." Er hatte mich ernst angesehen. "Tut mir leid, dass ich dich da hineingezogen habe, aber es ging nicht anders."

Ich hatte das mit einem Nicken akzeptiert, aber damit war er noch nicht erlöst gewesen.

"Was ist, wenn sie damit zu Andreas geht? Was machen wir dann?"

Jack hatte die Arme vor der Brust verschränkt. "Dann bin ich dran, keine Frage. Du bist nicht in Gefahr, du müsstest nur sagen, dass ich dich getäuscht hätte, wie alle anderen auch - ich werde nicht widersprechen, keine Sorge. Aber Shara würde erst einmal mit uns reden - so gut müsstest du sie doch mittlerweile kennen, oder?"

Ich hatte über diese Bemerkung grinsen müssen - die Vorstellung von Shara, die einem Kneipenwirt eine Flasche über den Schädel zog, war mir aus Shanes und Josies Vortrag sehr lebhaft im Gedächtnis geblieben und kam mir komischerweise jetzt wieder in den Sinn. Nein, Shara regelte ihre Sachen selbst und direkt, sie würde nicht zu Andreas rennen und petzen, dafür war meine Prinzessin zu mutig und zu stolz.

"Okay, da könntest du Recht haben", hatte ich eingelenkt. "Aber was deine Gefühle für sie angeht: Vergiss es - ebenso wie die Idee mit dem Auto, die bestimmt noch in deinem Lockenköpfchen rumgeistert."

Jack hatte ein unschuldiges Gesicht gemacht. "Wie kommst du denn darauf? Ich werde ihr kein Auto besorgen."

Er hatte seine Uhr vom Tisch genommen und einen Blick auf das Ziffernblatt geworfen, bevor er sie umgelegt hatte.

"Ich hab es schon besorgt, es müsste vor der Tür stehen. Fährst du mir hinterher, wenn ich es zum Hotel bringe? Ich muss aber noch eben Josie um eine Schmuckdose bitten und Briefpapier holen."

Er war zu Tür gegangen, kurz darauf hatte ich ihn die Treppen hinauf rennen gehört. Ich hatte den Kopf geschüttelt, um klar zu werden, aber ich war eindeutig zu langsam gewesen: Über zweihundert Jahre auf dieser schönen Erde, hatte ich gedacht, und zum ersten Mal fühlst du dich einfach alt.

"Magnus? Tust du mir den Gefallen und übernimmst Pablos Schicht?"

Ich stand immer noch in der Bibliothek, Jack hielt meinen Arm fest, hinter mir lachten Shara und Josie, die eine hell und melodisch, die andere dunkel und kräftig.

Ich seufzte. "Okay, aber dann hab ich was bei dir gut. Und bei ihr auch."

Das ließ ihn kurz innehalten. "Sehr witzig."

Ich grinste, wurde dann aber wieder ernst. "Du kannst sie dir nicht reservieren, Jack - warum sollten deine Ansprüche begründeter sein als meine? Gerard scheint sie auch zu mögen ..."

Ich nickte zu der größeren Gruppe hinüber, die sich um Shara gebildet hatte und sich scheinbar königlich amüsierte - Jack folgte meinem Blick, und seine Stirn legte sich in Falten, als wir beide zusahen, wie Gerard betont nebenbei eine Hand auf Sharas schmalen Rücken legte.

"Sei auf der Hut, Jack - die Prinzessin wird noch mehr Herzen brechen, da bin ich mir sicher."

Eine prophetische Äußerung meinerseits, wenn ich das jetzt mal hier anmerken darf - was aber zu diesem Zeitpunkt noch nicht einmal ich selber ahnte.

Shara

Es war nicht so schlimm gewesen, wie ich befürchtet hatte, aber trotzdem fühlte ich mich in der großen Runde in der Bibliothek und später beim Essen nie wirklich ganz wohl. So nett ich ein paar der Leute fand, so unsympathisch waren mir andere, so leicht ich mit einigen ins Gespräch kam, so erntete ich bei anderen nur kühles Schweigen. Eindeutig nett waren von den Neuen Josie, Shane, Ffion, Sven und Peter, am liebsten verzichtet hätte ich auf Maggie und Pablo, dann aber auch auf Lucia, da die außer meinen Haaren und meiner Figur kein anderes Gesprächsthema zu kennen schien - und auf Gerard, der mir immer ein paar Zentimeter zu nahe rückte.

Beim Essen hatte ich Andreas zu meiner Rechten und Josie zu meiner Linken - sie zwinkerte mir triumphierend zu, als sie sich neben mich setzte, und unterhielt mich dann eine halbe

Stunde lang mit Anekdoten über die modischen Ausrutscher aus Jacksons und Magnus 'Jugend', wann auch immer die gewesen sein mochte. Als ich erfolglos versuchte, in Gedanken Magnus kurze Haare durch eine gepuderte Perücke mit Zopf zu ersetzen und mir dann noch Kniebundhosen und Gehrock mit gerüschten Manschetten dazu vorstellen wollte, gab ich auf, ihre Erzählung auf Realismus zu überprüfen, und ab da wurde es amüsant.

Auf meine Fragen bekam ich bereitwillige Antworten, die meisten speicherte ich ohne weitere Gedanken an Wahrheitsgehalt und Plausibilität einfach ab. So behauptete Josie in einem unbedeutenden Nebensatz, sie sei dreihundertzweifünfzig Jahre alt, während Shane mit gut siebzig Jahren (nach der mürrischen Maggie) der Zweitjüngste der Runde war, allerdings schon voll initiiert.

Peter legte mir nahe, unbedingt die Ordensburg in Südtirol anzuschauen, in der Josie gerade ein paar Zimmer für mich einrichtete - und diese harmlose Bemerkung löste einen neuen Monolog der kleinen Kupferhaarigen aus, in dem Bodenbeläge und Vorhänge eine zentrale Rolle spielten, und der alle anderen zum gut synchronisierten Augenrollen und Aufstöhnen verleitete.

Ich hätte nachher nicht sagen können, was es zum Essen gegeben hatte, aber da Magnus mich mit hämischen Bemerkungen über meinen Appetit verschonte, schien ich in ausreichendem Maß gegessen zu haben - was auch immer. Es gab viele verschiedene Gänge, was uns gut zwei Stunden beschäftigte. Scheinbar ging der Tischdienst einmal reihum, denn ich bekam die Suppe von Maggie hingeknallt, einen Zwischengang mit großer Grandezza von Gerard serviert und von dem schönen Kreuzritter abschließend ein paar zuckersüße Petit Fours, unpassenderweise in Blau und Rosa, dafür aber inklusive eines sehr grünen Blickes.

Abschließend gab es Kaffee in der Bibliothek, gegen vier Uhr war ich erlöst. Ich schüttelte wieder jede Menge Hände, brachte alle Namen richtig auf die Reihe (und war richtiggehend stolz darauf), wurde von Pablo mit einem sehr viel freundlicheren Lächeln bedacht als noch zu Anfang und war daher halbwegs zufrieden mit mir, als Ciaran mich zum Hotel zurückbrachte.

Magnus

Unsere Prinzessin hält Hof, dachte ich, als Andreas Shara zum
Mittagessen an den Tisch führte, und das nicht einmal schlecht.
Sie saß genau in der Mitte der langen Tafel, ich leider an einem
entfernten Ende, daher musste ich schon ziemlich die Ohren
spitzen, um was von ihren Gesprächen mitzubekommen. Jack
zwei Plätze weiter sagte auch nicht viel, da seine gespannte
Konzentration aber sicher nicht Ciarans ausgezeichneter Suppe
galt, konnte ich mir denken, wen er da im Blick behielt. Wenn
mich jemand fragt: Ich würde Shara eine sehr gute Haltungsnote
geben. Sie war beherrscht, aber nicht steif, antwortete intelligent,
ohne auftrumpfen zu wollen, lächelte viel, ohne blöd dabei
auszusehen - wie auch, sie sah eigentlich immer aus wie ein
großer, zu dünner Engel. Sie schaffte es, zwei Leuten gleichzeitig
zuzuhören - und wenn einer davon Josie war, war das schon ein
paar Extrapunkte wert. Sie zuckte angesichts der unendlichen
Tellerfolge nicht mit der Wimper und ich gab ihr daher auch eine
gute B-Note: Keine Zickigkeiten, keine 'Aber', keine
Seelenbeschau - heute war sie einfach nur ... entzückend.
  Bestnoten gab es aber auch für die andere Partei: Meine
Brüder und Schwestern hatten sich von ihrer besten Seite gezeigt
- auch Maggie, immerhin hatte sie der Prinzessin die Hand
geschüttelt, ohne dabei würgende Geräusche von sich zu geben.
Maggie hatte ihre Jacke zwar die ganze Zeit nicht ausgezogen
und seilte sich unmittelbar nach dem Kaffee ab, um mit Sven
nach Berlin zurückzufahren - aber auch wenn Shara ihre
Reserviertheit bemerkt hatte, war es der jüngsten meiner
Schwestern doch nicht gelungen, die Prinzessin in echte
Verlegenheit zu bringen. Gerard dagegen war mehr als
beeindruckt und geizte nicht mit Superlativen, während wir nach
Sharas Abgang noch in der Bibliothek standen, um unsere
Eindrücke von unserer Herrin in spe durchzuhecheln: Gerards
ausgedehnte Lobeshymne war mir ob ihrer Schwülstigkeit fast
ein bisschen peinlich, auch Jack hörte seiner Schwärmerei mit
äußerst unbewegter Miene zu und war wahrscheinlich ebenso
erleichtert wie ich, als Gerard endlich Ruhe gab und den Raum
verließ - wahrscheinlich, um der Prinzessin ein paar Dutzend
rote Rosen ins Hotel zu schicken. Die anderen Stimmen waren
ebenfalls freundlich, entsprachen aber eher dem Üblichen: Josie
war hin und weg von Shara, bei ihr eine ganz normale Reaktion

auf ein weibliches Wesen, das den schönen Dingen des Lebens nicht abgeneigt war, Shane wirkte ein bisschen erleichtert, als hätte er wer weiß was erwartet, Peter und Sven waren voll des Lobes, Lucia fand sie ein wenig spröde und kühl, während Pablo uns schließlich unerwartet offen gestand, er halte sie für ebenso schön wie klug und das sei mehr, als wir armseliger Haufen erwarten durften. Andreas nahm das als Wort zum Sonntag und dankte uns knapp für unser Kommen.

Shara

Um kurz nach elf schnappte ich mir einen Pullover und meine Tasche, dann klopfte ich beim Wachzimmer gegenüber meiner Suite. Magnus öffnete mir, ein uralt aussehendes Buch in der einen Hand, ein Federmesser in der anderen: Gott, hatten diese Kreuzritter tatsächlich noch Bücher, die man aufschneiden musste - und die tatsächlich auch noch nicht aufgeschnitten waren?

"Ich bin dann weg, okay?"

Magnus sah nicht glücklich aus. "Shara, ich wünschte, du würdest das nicht machen. Bleib doch hier, das ist viel sicherer."

Er klang ehrlich besorgt, aber ich hatte mich schon den ganzen Tag auf den Ausflug gefreut - nicht nur wegen des Autos, sondern natürlich vor allem wegen meines schönen Beifahrers, oder besser: Fahrlehrers.

"Hey, wir fahren doch nur ans Meer, nichts Schlimmes. Ich will einfach mal ein paar Stunden raus aus der Stadt."

Magnus Gesichtsausdruck blieb zweifelnd. Weil ich mit Jackson unterwegs sein würde? Oder wegen des Autos - vertraute er meinen Fahrkünsten nicht?

"Jackson kann ja fahren", bot ich an, doch das war wohl auch nicht hilfreich, denn der Riese stieß ein bitteres Lachen aus.

"Na klar, der fährt ja immer ganz besonders vernünftig", sagte er mit ätzendem Sarkasmus in der Stimme. "Frag ihn doch, ob er seinen Rekord Rom-Burg heute Nacht nicht noch mal verbessern möchte, der lag letztes Jahr bei knapp vier Stunden." Er seufzte, dann wurde sein Gesicht streng. "Wenn du um drei Uhr nicht unversehrt wieder hier bist, gebe ich Alarm."

Ich nickte. "Wie du willst. Aber für mich ist das nicht wirklich eine Drohung, oder? Was soll Andreas machen - mir

Hausarrest geben oder mein Taschengeld kürzen?"

Magnus schüttelte traurig den Kopf und schloss die Tür, ich ließ mich vom Fahrstuhl in die Tiefgarage tragen. Natürlich hatte ich jetzt ein schlechtes Gewissen - doch das hielt nur so lange an, bis ich mich auf den Beifahrersitz fallen ließ und in Jacksons blitzende Augen schaute.

Er hatte das Auto schon aus der Parkbox bugsiert und sah heute Abend in Jeans, T-Shirt und Pullover ungeahnt locker aus: Ein Kreuzritter privat, kein schlechter Anblick. Ich hatte Jackson bislang erst einmal im T-Shirt gesehen, fiel mir auf - am ersten Tag, in der Krypta der Schwertkirche. Wahrscheinlich hatte er sich dort nur so leger gekleidet, weil er diese Kutte darüber tragen musste, denn schon am Nachmittag, als wir zur Engelsburg spaziert waren, hatte er Hemd und Anzug getragen, wie an allen anderen Tagen danach auch. Schwarze oder ganz dunkelgraue, dazu dunkle Hemden. Die Anzüge standen ihm, keine Frage, aber irgendwie fühlte mich trotzdem besser, weil er so locker aussah.

"Magnus hat uns bis drei Uhr Ausgang gegeben", informierte ich Jackson, während ich meine Tasche hinter den Sitz quetschte.

Jackson lachte, deutete dann auf das Lenkrad. "Möchtest du nicht fahren?"

"Doch, aber es wäre mir lieber, wenn du uns erst mal hier raus bringen könntest. Der ist doch um einiges größer als meiner."

Das stimmte - und gerade die Tatsache, dass der Innenraum von Jacksons Leihgabe dem von meinem Auto zum Verwechseln ähnlich sah, war gefährlich: Ich würde mich viel zu schnell heimisch fühlen, mich mit den Abmessungen verschätzen und das gute Stück am nächsten Pfeiler entlang schrammen. Ich war mit neuen Autos auf der breiten Autobahn besser aufgehoben als in den engen Straßen dieser Stadt - und bei einem Gegenwert von über hunderttausend Euro konnte ich meinen Stolz ganz gut im Zaum halten. Jackson schien mein Vorschlag Recht zu sein, er fuhr uns langsam aus der engen Garage und durch die nächtlichen Straßen von Rom. Hier war noch recht viel Verkehr, doch auf der Autobahn war kaum was los - die Mautstelle hatte nur noch einen Schalter geöffnet, dann lag die fast leere Straße vor uns. Jackson fuhr rechts ran und wir tauschten die Plätze. Hebel, Schaltung, Knöpfe - alles ganz ähnlich wie in meinem Auto, also konnte Jackson sich eine größere Einführung sparen.

Ich fuhr mir den Sitz noch ein kleines Stück nach hinten, machte die Lehne gerader: Es war gar nicht so einfach, mich hinter ein Lenkrad zu falten - waren die Beine bequem untergebracht, kam ich gerade mal mit den Fingerspitzen ans Lenkrad, konnten dagegen die Hände gut greifen, hatte ich die Knie so hoch stehen, dass ich damit den Blinkerhebel bedienen konnte. Und da beneideten mich andere um diese Beine!

"Lass ihn erst mal auf Automatik", schlug Jackson vor, "und bleib unter zweihundert Stundenkilometer, du hast ja noch deinen echten Führerschein. Hier gilt hundertdreißig, aber richtig brenzlig wird es erst bei über zweihundert - wenn du ein Blitzgerät mit Anhalteposten erwischst, darfst du dann schon mal zu Fuß weiter."

"Meinen 'echten' Führerschein?"

Er lachte erneut, seine spitzen Eckzähne sahen im rötlichen Rücklicht des gerade an uns vorüberfahrenden Lastwagens ein wenig teuflisch aus.

"Ja, wir haben alle mehrere, mit passenden Ausweisen. Wir müssen nur Fotos von dir machen, dann kann Peter dir auch ein paar Sätze basteln. Er ist so etwas wie unser Künstler, macht aber außer Ausweisen auch sehr gute Sachen in Öl auf Leinwand."

Ich schüttelte in gespieltem Entsetzen den Kopf, Jackson zog ebenso schlecht schauspielernd die Mundwinkel in Reue nach unten.

"Hast du für die Rekordfahrt zu eurer Burg einen Satz Ausweise opfern müssen?"

Er zog fragend eine Braue hoch.

"Magnus", erklärte ich mein Wissen, "er wollte mich wohl abschrecken."

"Nein, die Fahrt war so weit ohne Zwischenfälle. Und er hat sich das auch nur so gut gemerkt, weil er damit eine Wette verloren hat, zu der er mich drei Tage lang überredet hat."

Ich zog mir den Sicherheitsgurt zurecht, bei meiner Größe neigten die Dinger immer dazu, von der Schulter zu rutschen.

"Ihr seit gut befreundet, oder?"

Jackson nickte. "Ja, schon. Wir sind seit langem ein ... Team im Dienst, da hockt man zwangsläufig eng aufeinander."

"Und der Dritte bei euch ist Joseph?", fragte ich, nachdem auch der Rückspiegel passend eingestellt war, schließlich war der schwarze Kreuzritter am Samstag in der Kirche dabei gewesen.

"Nein, eigentlich Maggie. Sie hat mit Joseph getauscht, weil sie jetzt studiert und ihren Dienst auf die Semesterferien legen muss. Joseph war das Recht, er wollte schon länger aus ihrem Team raus."

"Ich mag Maggie auch nicht so sehr", bekannte ich, "aber ich kenne sie ja auch kaum."

Jacksons Miene blieb zunächst ganz neutral, dann lächelte er schwach.

"Keiner mag sie, vielleicht ist genau das ihr Problem."

Psychologie, Grundstudium, dachte ich und ließ den Motor an, um das Gespräch an dieser Stelle zu beenden. Und das tat der Motor sehr zuverlässig - schon auf dem Weg aus der Stadt hatte sich unsere Konversation auf zwei bis drei Hinweise auf die weniger werdenden Sehenswürdigkeiten seinerseits und lobende Kommentare über das Auto meinerseits beschränkt: Es jaulte wie eine durchgedrehte Nähmaschine, und obwohl ich das dumpfe Blubbern amerikanischer Sportwagen fast lieber mochte, peitschte mir das Geräusch doch den Herzschlag auf. Jede kleine Bewegung des Gasfußes quittierte der Motor mit einem enthusiastischen Sirren, das die Ohren dröhnen und den ganzen Wagen vibrieren ließ.

Ich steuerte sehr vorsichtig vom Randstreifen auf die Fahrbahn, dankbar für die weitgehend leere und angenehm breite Straße, Jackson beschränkte sich ab sofort auf Richtungsangaben. Die ersten Kilometer waren ein vor und zurück im Sitz, weil ich mit dem Gaspedal übte und die Bremse testete: Nach ein paar Minuten hatte ich den Bogen raus, nach zehn Minuten fühlte ich mich wohl in dem brüllenden Monstrum, und nach einer halben Stunde hätte ich ein paar Jahre meines Leben dafür gegeben, dieses Baby behalten zu können. Das war dann auch in etwa der Moment, an dem Jackson sich zu mir herüber beugte und einen Blick auf den Tacho warf. Ein leichter, himmlisch süßer Duft nach Zimt kitzelte mich in Nase und Magen, als seine Schulter die meine streifte und seine Locken meine Wange - mein Gott, er roch auch noch gut!

"Zweihundertsechzig - und damit ist der Führerschein weg."

Ich riss erschrocken den Fuß vom Gas und wir ruckten in unseren Sitzen nach vorn, als der Wagen plötzlich an Schub verlor.

"Scheiße, haben die uns geblitzt? Ich hab nichts gesehen!"

Jackson lachte. "Nein, keine Sorge. Aber fahr bitte etwas

langsamer, sonst sind wir gleich in Neapel."

Ich ging vom Gas, bis wir mit etwa hundertfünfzig dahin schlichen, denn bei diesem Auto war das gefühlt Schrittgeschwindigkeit.

"Wo sind wir?"

"Gleich bei Ceprano, da fahren wir ab. Wir müssen dann noch etwa fünfzig Kilometer über eine Art Bundesstraße, wenn du wirklich ans Meer willst."

"Will ich."

Jackson gab mir den Mautschein, kurz darauf reichte ich diesen einem pickeligen Jüngling hinauf, der aus seinem Häuschen fasziniert auf mein weißes Geschoss herunter sah. Ich wäre nur zu gern schwungvoll rein und raus gefahren, um ihn auch noch mit meinen unzweifelhaft herausragenden Fahrkünsten zu beeindrucken, doch die engen Betonbegrenzungen der Mautstelle zeugten mit ihren Lackkratzern in allen Regenbogenfarben schon vom Lehrgeld, das andere vor mir für diesen äußerst flüchtigen Triumph bezahlt hatten, also verzichtete ich. Danach folgte ich Jacksons Anweisungen, bis wir auf einer gut ausgebauten Straße dahin glitten, die zunächst ganz brav durch mehrere schlafende Ortschaften führte, dann aber spürbar anstieg und kurviger wurde.

"Die Monti Aurunci", erklärte Jackson die dunkel vor uns aufragenden, kahlen und nachtschwarzen Felswände. "Um die zweitausendfünfhundert Meter hoch."

Ich fuhr erst mal wieder sehr vorsichtig - die Straße wurde schmaler und ich kannte die Strecke nicht. Wir brauchten für diese Fahrt durch das Gebirge viel länger als für die doppelt so lange Strecke aus Rom hinaus, aber das schien Jackson nicht zu stören: Er saß entspannt auf seinem Sitz, sah mal aus dem Fenster und mal zu mir, wuschelte sich durch die Haare oder suchte in aller Ruhe nach einem Radiosender, der weder italienische Schnulzen noch italienische Monologe im Angebot hatte. Mir machten die schwungvollen Kehren durch die Berge zunehmend Spaß, da das Auto jedem kleinen Lenkradeinschlag gehorchte und um die Serpentinen surrte, als würde es an einer Leine gezogen - am Ende war ich fast ein wenig enttäuscht, als die Straße breiter wurde und schnurrgrade hinunter an die Küste führte.

"Der Ort heißt Gaeta", sagte Jackson, als wir erst durch

langweilige Wohngebiete und dann durch eine enge und verwinkelte Altstadt führen. "Ganz hübsch, mit Burg, Kloster und Hafen."

"Dann nehme ich den Hafen", sagte ich, er lotste mich mir ein paar kurzen und klaren Anweisungen zu einem verlassenen Parklatz mit Blick auf schaukelnde Segelboote.

Wir stiegen aus, und die Stille war nach knapp zwei Stunden Motorgedröhn eine Wohltat für meine Ohren. Jackson holte zwei Dosen Cola aus dem Kofferraum, dann schlenderten wir den Kai hinunter. Es waren nur wenige andere Menschen unterwegs - es war mitten in der Woche, wer ging da schon nachts spazieren? Die meisten Boote lagen verlassen da, ihre Leinen klimperten gegen die Masten. Von einer größeren, beleuchteten Jacht an einer entfernten Boje klang leise Musik und entferntes Lachen zu uns herüber, ansonsten war es herrlich ruhig.

"Wie war es heute für dich, die anderen kennenzulernen?"

Ich zuckte mit den Schultern und trank einen Schluck von meiner gut durchgeschüttelten Cola.

"Ganz okay, die meisten sind nett", eröffnete ich mit einer harmlosen Floskel und überlegte dabei kurz, ob ich ehrlich sein sollte. Ja, beschloss ich: Jackson würde nicht weiter erzählen, was ich ihm anvertraute.

"Bis auf Maggie, sie war so ablehnend - und Pablo, der war mir ein bisschen ... unheimlich."

Ich ließ kurz die ganzen neuen Gesichter noch mal Revue passieren.

"Josie ist ein Erlebnis", fügte ich hinzu, um nicht als Zicke dazustehen, die an allem nur was auszusetzen hat, "Sven ist echt witzig und Lucia wirklich sehr schön. Ich wünschte, ich hätte ihre Figur und vor allem ihre Haare!"

Jackson warf mir einen fragenden Seitenblick zu. "Was ist an deiner Figur und deinen Haaren auszusetzen?"

Ich lachte. "Ich habe keine Figur, ich bin einfach nur lang und dünn - und ich wollte immer schon so dicke Locken haben."

Ich sah ihm an, dass er mich nicht wirklich verstand - wer so aussah, hatte wahrscheinlich noch nie zweifelnd (oder: verzweifelt!) vor dem Spiegel gestanden. Ich hockte mich auf die Kaimauer, und wie schon bei unserem Spaziergang zur Engelsburg am Samstag lehnte Jackson sich neben mich - ein kleines bisschen näher diesmal, aber auch wirklich nur ein kleines bisschen.

"Magnus war gestern ziemlich sauer auf dich, oder?", erkundigte ich mich, während der Wind ein paar süße Zimtteilchen in meine Nase fächelte.

"Kann man so sagen."

"Habt ihr das ... geklärt?"

Jackson nickte und rieb sich nachdenklich die Brust, bemerkte natürlich meinen fragenden Blick.

"Nur eine angeknackste Rippe."

Ich riss die Augen auf. "Hat er dich geschlagen?"

"So was Ähnliches. Magnus hat eine Trainingseinheit angesetzt."

"Was für ein Training?"

"Schwert."

Ich verschluckte mich an der Cola, hustete. "Ihr geht mit Schwertern aufeinander los?"

"Stumpfe Übungsschwerter - aber ja, tun wir. Wir haben zwei Schwertkampfmeister, Magnus ist einer davon. Deshalb hat er das Recht, mein Können jederzeit zu überprüfen."

"Auch nachts?"

Jackson lachte leise. "Was hätte ich tun sollen? Mich bei Andreas darüber beschweren?"

'Nachdem ich dir illegal diese Kopien aus der Chronik gemacht habe', wollte er wohl sagen, und ich verstand: Hätte er sich beschwert, hätte Magnus nur den Grund für seine Wut enthüllen müssen, und Jackson wäre verraten gewesen.

Aber trotzdem: Schwertkampf? Also doch Kreuzritter mit Schwertern? Ich speicherte das in der mittlerweile überquellenden Schublade mit der Aufschrift 'nur wundern, später darüber nachdenken' und schüttelte als Antwort überfordert den Kopf. Mir war klar, dass diese Schublade irgendwann überquellen und mir ihren Inhalt unsortiert vor die Füße spucken würde, aber wie es immer so war mit dem Aufräumen: Gerade war keine Zeit, später dann.

Ein leichter Wind kam auf, die Boote vor uns neigten sich in der stärker werdenden Dünung. Ein milder Geruch nach Meer, Tang und Fisch lag in der Luft, ich fand ihn erfrischend nach der stickigen Stadtluft der letzten Tage.

"Wie geht es nun eigentlich weiter?", fragte ich Jackson, nachdem wir ein paar Minuten geschwiegen hatten, und er verstand natürlich gleich, was ich meinte.

"Andreas wird dich bald bitten, bei uns zu bleiben. Und du wirst dich entscheiden müssen."

Damit hatte ich gerechnet - die Woche, die ich den Kreuzrittern gegeben hatte, wäre am Sonntag rum. Beweise für die Schwertlegende, die Unsterblichkeit der Kreuzritter und all die anderen großen und kleinen Phantastereien waren weiterhin nicht in Sicht - mit Ausnahme der Jahrhunderte alten Handschriftenprobe von Andreas aus der Chronik, aber das war kein Beweis, sondern lediglich mein unprofessioneller Eindruck gewesen. Es gab also weiterhin nur Andreas und Ciarans Bitte an mich, beim Orden zu bleiben - und da war ich noch zu keiner Entscheidung gekommen, hatte mich aber auch ehrlich gesagt nicht weiter um eine solche bemüht.

"Und wenn ich bleibe? Dann wartet ihr alle bis zur Ewigkeit darauf, dass ich ... besondere Kräfte zeige, die ich definitiv nicht habe und auch nie haben werde?"

"Ja."

"Absurd."

Jackson drehte sich zu mir um.

"Vielleicht. Aber es wäre trotzdem kein schlechtes Leben für dich. Wir sorgen gut für dich, es wird dir nie mehr an irgendetwas mangeln."

Ich lachte bitter. "Die Erwartungen nicht erfüllen zu können, die andere an einen stellen - das würde ich nicht als gutes Leben bezeichnen."

Er erwiderte nichts darauf, aber sein klares Gesicht sagte mir deutlich, dass er die Situation nicht so skeptisch beurteilte, dass er nach wie vor an diese Legende glaubte - und davon musste ich ihn heilen, ebenso wie er mich wohl gestern von dem Gedanken hatte heilen müssen, er wäre immer ein braver Junge gewesen.

"Jackson, ich habe keine besonderen Kräfte. Ich kann nichts, was nicht jeder andere auch kann, vieles davon noch nicht einmal besonders gut. Ich würde euch nur enttäuschen, und das tue ich mir nicht an."

"Du hast ja auch dein Kreuz noch nicht erhalten. Vorher wird da nichts geschehen."

Mir war klar, was er damit meinte: Die Narbe auf der Brust, gezogen mit einem Dolch in meinem Fleisch - aber das kam nun wirklich nicht in Frage!

"Ich lasse mich doch nicht so ..." - 'verunstalten', hatte ich eigentlich sagen wollen, doch ich stoppte mich noch früh genug:

Das wäre nicht sehr freundlich gewesen, außerdem verunstaltete das Kreuz weder Jackson noch Magnus. "... 'markieren'", fuhr ich schließlich fort, ein besserer und neutralerer Begriff fiel mir so schnell nicht ein.

"Andreas würde sich bei dir mehr Mühe geben", scherzte Jackson, was mir eine unheilvolle Vision von dem Ordensmeister bescherte, der in der düsteren Schwertkirche mit einem großen Messer auf mich losging: Nein Danke, das war nun wirklich keine sonderlich angenehme Vorstellung.

"Ich meine das ernst", sagte Jackson, als ich schauderte und den Mund verzog. "In der Chronik steht, dass du ein vergoldetes Ordensmeister-Kreuz bekommen musst."

"Was ist ein Ordensmeister-Kreuz?"

Ich war bislang immer davon ausgegangen, dass Andreas und Ciaran die gleichen Narben hatten wie die anderen, aber da hatte ich mich scheinbar geirrt.

"Es sieht aus wie das Ordens-Kreuz, mit den gespaltenen Enden. Du bekämest eines auf der Brust und eines auf dem Rücken, in die frische Wunde würde Goldpuder gestreut."

Ich sah Jackson fassungslos an - da hatten Andreas und Ciaran mir aber eine ganz entscheidende Information vorenthalten!

"Zwei Schwingenkreuze wollt ihr mir machen? Und Goldpuder in die Wunde ... ? Nur über meine Leiche!"

Jackson schwieg, wahrscheinlich hatte ich ihn mit diesem Ausbruch in seiner Kreuzritter-Ehre beleidigt.

"Andreas meinte, ich könnte vielleicht schon durch die reine Berührung mit dem Schwert ... irgendwelche Kräfte entwickeln", sagte ich, als könne ich Jackson damit trösten, er sah mich jedoch ein wenig erstaunt an, als höre er diese Theorie zum ersten Mal.

"Tatsächlich? Das muss in dem Teil der Chronik stehen, den ich noch nicht gelesen habe, aber ich habe bislang auch nur die Lebensläufe studiert. Für mich war die Reihenfolge immer: Schwert lösen, mit Goldkreuzen initiiert werden, Wunder vollbringen."

Ich lachte, war mir aber ziemlich sicher, dass Jacksons Abfolge realistischer war als die von Andreas: Wahrscheinlich hatte der Ordensmeister die Variante ohne goldene Kreuznarben nur erfunden, um meinen Anschluss an den Orden unausweichlich zu machen: So nach dem Motto 'Jetzt ist es eh schon passiert, da kommst du nicht mehr raus'.

Jackson sah auf die Uhr, ich tat es ihm nach: Es war kurz nach Eins, in zwei Stunden lief Aschenputtels Frist aus. Apropos ...

"Warum ist Magnus eigentlich so wichtig, was Andreas sagt oder weiß, und dir ist das total schnuppe?"

Jackson drehte sich erneut zum Meer. Seine Augen schimmerten hier draußen nächtlich dunkel und eher Blaugrün - als würde das Meer sie einfärben, dachte ich, wie schon der Tiber sie am Samstag dunkler gemacht hatte.

"Andreas ist so etwas wie der Vater, den Magnus nie hatte", sagte er nach einer kleinen Pause, "und Andreas hat sich wirklich sehr um ihn bemüht. Magnus war früher ... ziemlich wild, unberechenbar. Ich hab immer mehr mit Ciaran zu tun gehabt, er war zu meiner Zeit Ordensmeister. Vielleicht akzeptiere ich heute deswegen noch eher das, was Ciaran sagt denn das, was Andreas befiehlt."

Das klang plausibel: Jackson machte mir nicht den Eindruck, dass er sich gern herumkommandieren ließ - wahrscheinlich war Andreas' Befehlston dazu angelegt, ihn zu reizen, während Ciarans milde Hinweise eher seinem Geschmack entsprachen.

"Hast du dir schon mal überlegt, einfach zu gehen? Ich weiß, dass sie dich suchen würden, dass sie versuchen würden, deine Narbe zu zerstören - aber immerhin hättest du dann ... dein eigenes Leben. Ohne Befehle."

Jackson sah zu Boden, dann strich er sich die widerspenstigen und doch so wunderbar weich aussehenden Locken aus der Stirn. Es juckte mich in den Fingerspitzen, es ihm nachzutun - wie sie sich wohl anfühlten? Samtig und glatt zugleich, vermutete ich, und beim Gedanken daran, ich könne meine Stirn in diese seidige Pracht drücken, kribbelte mein Magen erfreut auf.

"Es gab nichts außerhalb des Ordens, wofür ich dieses Leben hätte aufgeben wollen", antwortete Jackson jetzt, und ich konzentrierte mich wieder auf das Gespräch. "Ich habe hier meine Freunde, meine Familie ist schon lange tot. Aber jetzt - jetzt weiß ich, dass es auch außerhalb des Ordens Dinge gibt, die ... erstrebenswert sind. Ja, jetzt könnte ich mir das durchaus vorstellen."

Er wandte mir seinen Kopf zu, und ich sah am Blick seiner nachtdunklen Augen, dass er sich etwas von mir erwartete. Ich war verwirrt: Meine Frage hatte nichts mit mir zu tun gehabt. 'Geh und leb wenigstens ein einziges eigenes, ein einziges echtes Leben', hatte ich ihm sagen wollen, doch das ging nach diesem Blick nicht mehr - der verlangte eine ganz andere Antwort, wenn ich ihn denn richtig interpretierte, kein lapidares Lächeln, kein nichtig Nicken.

"Wir sollten los", sagte Jackson schließlich, als ich überfordert schwieg, und stieß sich von der Mauer ab, ich nahm meine leere Dose und folgte ihm zurück zum Auto, fühlte mich ziemlich unwohl dabei.

Jackson hatte irgendetwas von mir erwartet, und ich hatte ihn enttäuscht - das hinterließ einen bitteren Geschmack in meinem Mund. Die einzige Interpretation seiner Worte, die mir in den Sinn kam, war absurd und entsprang mal wieder nur meiner verliebten Schwärmerei für den schönen, grünäugigen Kreuzritter mit spitzen Eckzähnen: Denn nie im Leben könnte ich der Grund dafür sein, dass er sich von seinem Orden und seinen Jahrhunderte alten Freunden lossagte, um in absehbarer Zeit zu sterben.

Magnus

Ich dämmerte auf dem breiten und viel zu weichen Hotelbett vor mich hin, bis um kurz vor halb vier die unverkennbaren, schnellen und langen Schritte der Prinzessin erklangen und die Tür gegenüber mit einem leisen Piepsen die Schlüsselkarte akzeptierte.

Kurz darauf klopfte es leise an meiner Tür, ich sprang aus dem Bett und öffnete: Shara drehte sich einmal im Flur langsam und mit ausgebreiteten Armen um die eigene Achse. Ich schaute fragend: Was sollte das sein, eine Aufforderung zum Tanz?

"Alles heil geblieben", erklärte sie ihre durchaus graziöse Pirouette, ich lachte.

"Hat Jack sich benommen?"

"Wie ein Gentleman."

Ich nickte. "Dann gute Nacht."

"Dir auch." Sie ging die paar Schritte zu ihrer Tür.

"Shara?" Sie drehte sich um. "Ich hätte nichts gesagt, wenn ihr später gekommen wärt. Ich ... Jack bringt mich in letzter Zeit einfach dauernd zur Weißglut."

Sie lächelte. "Das hab ich bemerkt. Aber du ihn vielleicht auch? Immer, wenn du ihm sagst, dass er etwas nicht darf, legt er noch einen drauf."

Da hatte sie Recht, das war mir so noch gar nicht aufgefallen.

Ich nickte ihr zu und wartete, bis sich die Tür hinter ihr schloss.

"Verriegeln!", rief ich zur Prinzessin hinüber, ich hörte sie durch die Tür lachen, dann ratschte der Bügel ein.

"Soll ich einen Stuhl unter die Klinke schieben?", gab sie zurück, ich kicherte.

"Das hält Jack nicht auf", sagte ich - leise, denn das war nicht für ihre Ohren bestimmt.

− 5 −

Magnus

Der Weg vom Hotel zum Pantheon war nicht weit, und da das Parken dort so gut wie unmöglich war, gingen Jack und ich mit der Prinzessin zu Fuß hinüber. Sie hatte den heutigen Nachmittag wieder mit Andreas und Ciaran in der Bibliothek verbracht, nachdem sie sich für den Morgen mit Kopfschmerzen entschuldigt hatte - sie ist todmüde, weil sie sich die Nacht mit Jack um die Ohren geschlagen hat, hatte ich diese Unpässlichkeit übersetzt.

Ich war selber erst gegen fünf Uhr weggedämmert, und die zwei Stunden nachgeholter Schlaf am Mittag hatten mich auch nicht unbedingt frischer gemacht: Ich musste langsam raus aus dieser Stadt, an die frische Luft der Burg und der Berge. Shara berichtete uns bereitwillig, dass Andreas und Ciaran ihr heute noch einmal ziemlich viel über die Geschichte des Ordens erzählt hätten, und dass sie ansonsten nur über die gestrige Begegnung mit meinen Brüdern und Schwestern gesprochen hätten.

Es war relativ spät, als wir zum Pantheon gingen, doch das war Absicht: In der Kirche fanden oft abends noch Gottesdienste statt, Jack hatte uns mal wieder einen exklusiven

Zutritt nach der regulären Öffnungszeit organisiert, und so war es schon kurz nach elf, als wir vor dem riesigen Bau ankamen. Der Platz war trotz des fortgeschrittenen Abends belebt bis überfüllt - Touristen wie Einheimische waren mit dem Abendessen fertig und schlenderten entspannt durch die Gassen, Eisbecher und Kameras in der Hand. Die riesigen Portale der Kirche waren geschlossen, mein Klopfen an der dort eingelassenen Tür blieb erfolglos. Jack hatte uns angemeldet, also ging er jetzt ein paar Schritte zur Seite, um in sicherer Entfernung zu einer lärmenden Gruppe Jugendlicher zu telefonieren.

Shara schien die Verzögerung nicht zu stören: Sie schlenderte durch die riesige Säulenhalle vor den Türen und renkte sich fast ihren Schwanenhals aus beim Versuch, die Deckenkassetten zu betrachten. Jack telefonierte noch, als sich die kleine Tür in dem großen Portal öffnete und ein junger Mann in Soutane heraussah.

Ich schlängelte mich schnell durch die Leute.

"Ciao, suchen Sie uns? Wir sind angemeldet", sagte ich auf Italienisch, er nickte kurz und hielt mir die Tür auf.

Ich winkte Shara herbei. "Geh schon mal, ich sag Jack Bescheid."

Der Priester ließ die Prinzessin an sich vorbei in die dunkle Kirche, ein paar Touristen wurden auf uns aufmerksam.

"Ich muss zu machen, sonst wollen noch andere rein", sagte der junge Mann. "Klopfen Sie einfach kurz."

Ich nickte, die Tür ging wieder zu. "Jack! He, Jack!"

Er drehte sich zu mir um, das Handy am Ohr. Ich drängelte mich zu ihm hinüber, wich ein paar Kindern aus.

"Da hat uns doch einer aufgemacht, Shara ist schon drin."

Jack ließ das Handy sinken. "Wer hat dir aufgemacht?"

Ich zuckte mit den Schultern. "Irgendein Priester."

Er runzelte die Stirn. "Der Mann vom Vatikan sagte gerade, wir hätten den Termin heute Morgen abgesagt, deswegen wäre niemand da." Seine Augen irrten von der Kirche zu mir. "Da stimmt was nicht."

Ich sah die Angst in seinem Gesicht, verstand das aber nicht ganz: War doch egal, wer uns da rein ließ, Hauptsache, die Prinzessin bekam ihre Führung!

Jack schien das anders zu sehen, er eilte durch die Leute zur Tür zurück und klopfte lange, doch niemand öffnete. Wir tauschten einen Blick, dann hämmerte ich mit der Faust gegen das alte Holz, das uns so erschreckend wirksam von Shara trennte.

"Hallo? Machen Sie auf!"

Nichts als Stille aus der Kirche, nichts als Panik in Jacks Augen.

Shara

"Gehen Sie ruhig schon mal weiter rein, ich öffne Ihren Freunden dann", sagte der Priester auf Englisch, nachdem er die Tür hinter mir verriegelt hatte.

Ich dankte ihm für seine Mühe, erntete ein seltsames, verträumtes Lächeln und ging dann langsam zu der großen Rotunde vor, die von kleinen, versteckt angebrachten Strahlern beleuchtet vor mir aufragte. Ich legte den Kopf in den Nacken, starrte in die trübe Helligkeit hinauf und die enorme Höhe ließ mich schwindeln: Dreiundvierzig Meter, hatte mein Reiseführer kühl aufgeführt, aber was sagte diese schlichte Zahl schon über die Wirkung dieser gewaltigen Kuppel aus? Ich hörte leise Schritte hinter mir - sie gehörten weder Jackson noch Magnus, vielleicht war es dieser Priester.

"Soll ich Ihnen etwas über das Pantheon erzählen?"

Eine dunkle, kalte Stimme. Ich drehte mich um - doch nicht der junge Priester vom Eingang, dieser Mann war ein bisschen älter. Er trug ebenfalls eine schwarze Soutane, war fast einen Kopf größer als ich und sah mit brennenden, pechschwarzen Augen auf mich herunter. Er hielt die Arme auf dem Rücken, wirkte gespannt wie eine Feder.

"Vielen Dank, aber das ist nicht nötig."

Der Mann lächelte, aber freundlich sah das nicht aus: Wo Jacksons spitze Eckzähne sexy waren, wirkten diese scharfen Beißer einfach nur bedrohlich, wenn er sie so entblößte - ich fühlte mich an ein Haifischmaul erinnert und erschauerte unfreiwillig.

"Es wäre mir aber eine große Ehre", sagte er und trat einen Schritt vor.

Ich widerstand der Versuchung, vor ihm zurückzuweichen, aber nur mit Mühe.

"Das ist sehr freundlich, aber ich möchte wirklich nicht."

Ich drehte mich um und wollte zum Eingang zurückgehen. Der Priester lachte leise, und ich wandte mich ihm wieder zu: Das Lachen hatte geringschätzig geklungen, das provozierte mich immer schnell und legte mir frechen Widerspruch auf die Zunge. Den schluckte ich jedoch runter und bemühte mich um eine halbwegs höfliche Antwort, schließlich war ich Gast in seinem Reich.

"Was wollen Sie von mir? Ich kann gern gehen, wenn ich störe."

Vom Eingang her hörte ich ein entferntes Klopfen: Es klang hektisch und nachdrücklich, scheinbar nicht der erste Versuch, Aufmerksamkeit zu erregen.

"Ah, Ihre Freunde wollen rein", sagte der Priester, "aber da werden sich die beiden Herren noch einen Moment gedulden müssen."

Jetzt machte ich doch lieber einen Schritt nach hinten, das klang nun wirklich komisch: Woher wusste dieser Typ, dass ich in Begleitung von zwei Männern war? Weil Jackson uns hier zu dritt angemeldet hatte? Aber dann dürfte der Priester doch nichts dagegen haben, dass Jackson und Magnus hereinkämen, oder?

Als Antwort auf mein Zurückweichen schüttelte der Priester langsam seinen schmalen Kopf, die Augen blieben auf mich fixiert.

"Nein, Sie bleiben noch. Sie haben eine Verabredung mit der Ewigkeit, das wissen Sie doch? Und ich war so frei, Ihren Termin auf heute vorzuverlegen."

Sein Arm schoss vor, ich schnellte überrascht zurück - nicht schnell genug, denn er wischte mich am Ärmel meiner Jacke und riss sie herunter, als ich mich wegdrehte, dann war mein Arm in einem stahlharten Griff gefangen. Von der Tür hinter mir ertönte jetzt ein lautes Pochen und ich glaubte, Magnus Stimme zu hören - dumpf und fern, viel zu fern. Ich wand mich unter dem Griff des Priesters - vor Schmerz, aber auch in dem aussichtslosen Versuch, mich zu befreien.

"Na na, wer wird denn so unwillig sein? Ob ich das heute erledige oder Andreas in ein paar Wochen - so ersparen Sie sich wenigstens diesen albernen Ritus mit Kerzen, Kutten und frommen Sprüchen. Ich mache das ganz kurz und schmerzlos, versprochen. Und hinsichtlich seines Alters ist dieser Ort doch vielleicht noch angemessener als die Schwertkirche, um Sie mit der Ewigkeit vertraut zu machen, finden Sie nicht?"

Er sprach absolut ruhig und leise, ich musste mich konzentrieren, um seine Worte über meinem eigenen, vor Panik keuchenden Atem verstehen zu können. Ich stemmte die Füße in den Boden, wollte mich von ihm weg drücken, riss an meinem Arm in seiner Hand - doch meine Ledersohlen fanden keinen Halt auf dem glatten Marmorboden, und mein schmaler Arm entwickelte bei weitem nicht genug Kraft, um die starren Finger dieses Irren aufsprengen zu können.

"Sehen Sie her. Sehen Sie sich das an!"

Er riss mich zu sich heran, seine Stimme war jetzt lauter, fordernder. Ich machte trotzig die Augen zu, doch er lachte nur und ließ meinen Arm los, um nur Sekundenbruchteile später mit der gleichen kalten Kraft meinen Hals zuzudrücken. Ich riss die Augen auf und schnappte nach Luft - instinktiv, und er hielt mir schon vor die Augen, was ich sehen sollte: Es war ein Dolch. Er sah aus wie die Miniaturausgabe des Schwertes, das ich am Samstag aus dem Stein gezogen hatte - eine stahlgraue Klinge, ein goldener Griff, Schwingenkreuz-Ornamente und Edelsteine. Der Priester verstärkte den Druck auf meinen Hals, meine Knie knickten ein, ich wollte schreien, um Hilfe rufen, Jackson und Magnus alarmieren, aber mehr als ein ersticktes Röcheln kam nicht über meine Lippen, was den Priester zu einem zustimmenden Nicken verleitete.

"Ganz recht, Shara, nicht schreien. Das wäre diesem einzigartigen, feierlichen Moment doch nicht angemessen."

Das Pochen an der Tür war nicht mehr zu hören, dafür drangen nun ein Krachen und das Splittern von Holz aus dem hinteren Teil der Kirche.

"Ah, die beiden Herren sind schneller, als ich gedacht habe", sagte der Priester und drückte mich ein wenig weiter von sich weg. "Wir wollen aber doch trotz der Eile für eine schöne Narbe sorgen, oder nicht?"

Er steckte den Dolch unter mein T-Shirt und schlitzte den dünnen Stoff auf. Ich riss die Arme hoch, schlug nach ihm, um ihn abzuwehren, doch er verstärkte einfach den Druck auf meinen Hals, so dass ich von ihm abließ, meine Finger verzweifelt in seine Hand krallte und mit meiner viel zu geringen Kraft versuchte, sie zu lösen. Sie fühlten sich hart und eiskalt an, zerquetschten Haut und Fleisch, rieben in meiner Kehle Knochen und Knöchel zusammen und schickten eine bislang nie gefühlte, grauenhafte Mischung aus Würgereiz, Schmerz und

Atemlosigkeit durch meinen Körper.

"Genau, konzentrier du dich nur darauf, zu überleben", kommentierte der Priester meine lächerlichen Abwehrbewegungen und setzte die Klinge etwas unterhalb meines Herzens an, ich spürte einen kurzen Stich, als die Spitze meine Haut leicht anritzte.

"Pass gut auf, Shara, jetzt kommt das Licht", zischte der Priester, dann rammte er mir die Klinge mit einem einzigen, gnadenlosen Stoß geradewegs in die Brust.

Magnus

Jack rannte um die Kirche herum, bis wir an einer kleinen Holztür auf der vergleichsweise verlassenen Rückseite angelangt waren. Sie war natürlich verschlossen, sah aber weitaus weniger stabil aus als die, die vorn in das große Eingangsportal eingelassen war. Ich riss an der Klinke, warf mich mit der Schulter dagegen: Sie wackelte leicht, hielt aber stand.

"Geh aus dem Weg", sagte Jack und ich sah, dass er die Waffe aus seinem Knöchelholster in der Hand hielt.

Er schoss zwei- oder dreimal aus nächster Nähe auf das altmodische Schloss, die Kugeln zerfetzten Metall und Holz, Splitter flogen uns um die Ohren. Hinter uns schrie eine Frau auf und rannte davon, ich achtete nicht weiter darauf. Ein oder zwei scharfe Tritte, dann hing die Tür in ihren Angeln und wir stolperten über eine hohe Schwelle in die hallende Dunkelheit des nächtlichen Pantheons. Es war drinnen dunkler als draußen, und ich brauchte ein paar Sekunden, bis sich meine Augen an das fehlende Licht gewöhnt hatten. Jack lief vor mir weiter, ich folgte seinen schnellen Schritten bis unter die Rotunde: Eine zusammengesunkene, helle Gestalt auf dem Boden, darüber eine schwarze Silhouette.

"Shara!", brüllte Jack, und die dunkle Silhouette wirbelte herum.

Ich sah einen Mann, der mir dumpf bekannt vorkam: schwarze Augen, glänzende Zähne und ein schmales, hageres Gesicht. Es war Drake - ich kannte seine Züge von einem alten, nachgedunkelten Gemälde, das in einem der Gänge des grauen Hauses hing und vor dem Andreas immer wieder mal mit traurigem Blick verweilte.

Drake sah uns kurz an, nickte spöttisch einen Gruß, dann drehte er auf dem Absatz herum und wirbelte in den Schatten davon.

"Die andere Hälfte ist für euch!", hörte ich ihn rufen, dann war ich bei Shara angelangt.

Jack kniete neben ihr, sie starrte ihn aus weit aufgerissenen Augen fassungslos an. Ihr Mund war leicht geöffnet, als wolle sie eine Frage stellen, ihre eine Hand hatte sich um den Griff des Dolchs geschlossen, der aus ihrer Brust ragte, mit dem anderen Arm stütze sie sich auf dem Boden ab und ich sah, wie er zitterte. Blut rann neben der Klinge aus der Wunde, färbte ihre Haut und den Stoff des zerfetzten T-Shirts in diesem grausigsten aller Rots. Jack griff ihr unter die Arme und zog sie an sich, sie wandte den fragenden Blick nicht von seinem Gesicht und ich sah große, klare Tränen in ihren entsetzten Augen funkeln.

"Ruf Andreas an", flüsterte Jack, "wir brauchen Ciaran."

Ich nickte. Beim ersten Versuch behinderten mich meine zitternden, viel zu dicken Finger, beim Zweiten merkte ich, dass ich inmitten dieser massiven Mauern keinen Empfang hatte. Ich rannte zurück zu der Tür, durch die wir rein gekommen waren, erreichte Andreas zum Glück sofort und gab ihm in halbwegs klaren Worten durch, was passiert war. Am anderen Ende vernahm ich nur ein erschrockenes Keuchen, dann ein knappes 'Verstanden, wir kommen'.

Ich wollte schon zurück in die Kirche, als mich jemand am Arm packte. Ich drehte mich um: Ein Schweizer Gardist, in der schlichten, blauen Exerzier-Uniform.

"Was ist hier los? Es soll geschossen worden sein?"

Hinter ihm stand mit sensationslüstern aufgerissenen Augen eine Frau - wahrscheinlich die, die eben geschrien hatte. Ich nickte als Antwort auf seine Frage, dann hielt ich ihm meine Handfläche mit dem nach innen gedrehten Ordensring vor das Gesicht.

"Ja, es wurde geschossen - aber nur auf die Tür. Bleiben Sie hier stehen und lassen Sie nur Personen durch, die auch so einen Ring vorweisen. Egal, ob rein oder raus. Verstanden?"

Er zögerte, sah an mir vorbei auf die zerstörte Tür und auf die zitternde Frau, dann wanderten seine Augen zurück zu dem Ring auf meiner Hand. Was für eine Macht hatte dieser Ring, fragte ich mich plötzlich, was erzählte man eigentlich den Kadetten der Schweizer Garde und den Priesteranwärtern

191

darüber? Ich hatte den Ring schon unzählige Male benutzt - wenn ich Ciaran oder Andreas in den Vatikan gefahren oder dort Botendienste erledigt hatte, für Nichtigkeiten also. Jetzt stand hier eine ängstliche Frau, jetzt ging es um Schüsse, vor einem der Wahrzeichen von Rom, umlagert von zahllosen Touristen.

"Haben Sie mich verstanden?", fragte ich den noch immer zögernden Gardisten, um ihn nicht zu viel Zeit zum Nachdenken zu geben, er nickte schließlich.

Ich stieß erleichtert die Luft aus, die ich unbemerkt angehalten hatte und rannte zurück in die Kirche, verlangsamte aber unter der Rotunde mein Tempo, um Shara mit meinem Sturmschritt nicht zu erschrecken.

Das Bild, das sich mir dort bot, erinnerte mich an eine Pieta - und wie stets wäre auch diese wunderschön gewesen, wenn es diese entsetzliche Trauer nicht gegeben hätte: Jack kniete auf dem Boden und hielt Shara im Arm, ihr Kopf lag an seiner Schulter, sie starrte noch immer mit großen Augen zu ihm auf. Er hielt ihre Hände fest, die immer wieder zu dem Dolch zuckten, und redete leise auf sie ein, strich ihr das Haar zurück, streichelte ihr über die totenbleichen Wangen. Ich verstand nicht, was er sagte, bis ich die beiden erreicht hatte und das Echo meiner Schritte in der hallenden Kirche verklungen war, aber ich hoffte, dass er die richtigen Worte finden würde - die richtigen Worte, um unsere Prinzessin zu beruhigen und am Leben zu erhalten.

Shara

Es kam kein Licht, es kam nur Dunkelheit. Die Klinge war eiskalt, der Schmerz brennend heiß - ich starrte ungläubig auf den goldenen Griff, der aus meiner Brust heraus ragte und meine Augen wollten nicht registrieren, was mein Körper schon wusste. Der Priester ließ meinen Hals los, meine Lunge schnappte gierig nach Luft, meine Beine versagten ihren Dienst und ich ging in die Knie, konnte mich gerade noch mit einem Arm abstützen, damit ich nicht auf den Boden knallte. Der schöne Griff der alten Waffe schimmerte unschuldig und sanft im matten Licht, ich legte meine Hand darum herum: Er gehörte da nicht hin, er musste da raus. Ich hatte das Schwert aus dem Stein ziehen können, warum dann nicht auch diesen Dolch aus meiner Brust?

Weg, nur weg mit diesem Stahl in meinem schreienden Fleisch! Ich verstärkte den Griff um den Dolch und versteifte mich schon in Erwartung der Schmerzen, die ich mir selbst würde zufügen müssen, doch dann hörte ich irgendwas: Schritte und Stimmen, jemand rannte, der drohende Schatten über mir verschwand.

"Shara!"

Ich hob mit Mühe den Kopf und sah Jackson auf mich zu kommen, Magnus hinter ihm - zu spät, dachte ich, ihr kommt zu spät, aber ich konnte nicht nach euch rufen, so sehr ich auch wollte. Jackson griff unter meine Arme und zog mich hoch, stütze mich an seiner Schulter ab. Ich spürte die ungewöhnliche Wärme, die von seinem Körper ausging: Er drückte mich an sich und ich konnte meinen Blick nicht von seinem Gesicht abwenden - auch wenn es von einer mir unverständlichen Angst gezeichnet war, war es immer noch das schönste Gesicht, das ich jemals gesehen hatte. Wovor hast du Angst, wollte ich ihn fragen, weil ich ihn so nicht sehen wollte, weil ich hoffte, ihm seine Angst irgendwie nehmen zu können, aber ich brachte keinen Ton aus meiner zerquetschten Kehle heraus: Jeder noch so schwache Atemzug schien mir die stahlharte Klinge noch tiefer in die Brust zu treiben, jede noch so kleine Bewegung schickte pulsierende, heiße Wellen des Schmerzes durch meinen Körper.

"Bleib ganz ruhig", flüsterte Jackson mir zu, "beweg dich nicht, dann tut es weniger weh. Andreas und Ciaran sind gleich da, sie werden dir helfen. Ciaran ist Arzt, das weißt du doch, oder?"

Ich wollte für ihn nicken, doch die Klinge erstickte auch diese Zustimmung mit schneidendem Schmerz und ließ meine Lider erschöpft und kraftlos zufallen, als er wieder zu dem anhaltenden, aber vergleichsweise erträglichen Beißen abklang.

"Shara, mach die Augen auf. Sieh mich an."

Jacksons Stimme war leise, aber drängend, und ich tat ihm den Gefallen gern, auch wenn es mich erstaunlich viel Mühe und einiges an Konzentration kostete: Seine Augen waren mir noch nie so nah gewesen, und ihr Anblick war tausendmal schöner als die zuckenden Blitze des Schmerzes, die meine geschlossenen Lider boten.

"Du hast es gleich geschafft", flüsterte er weiter, "jetzt bist du in Sicherheit."

Ich wollte ihm gern glauben, wollte auf das hören, was diese angenehme Stimme da sagte, aber ich wusste auch, dass das Jetzt eigentlich egal war: was vor ein paar Minuten geschehen war, hätte verhindert werden müssen. Obwohl: Nein, ganz egal war das Jetzt nicht, denn das Jetzt war bei Jackson, war in Jacksons Armen - ja, er hatte Recht, jetzt war ich tatsächlich in Sicherheit, jetzt war ich tatsächlich da, wo ich immer hingewollt hatte, wenn auch viel zu spät.

Ein schwarzer Schatten fiel auf mich, ich zuckte erschrocken zusammen und stöhnte gequält, als sich die Klinge erneut in frisches, noch unberührtes Fleisch schob.

"Das ist Magnus", besänftigte mich Jackson, "das ist nur Magnus, sonst ist niemand mehr hier."

Er hielt inne, dann zischte er ein paar leise Worte zu dem hoch aufragenden, schwarzen Schatten herüber. Ich wollte nicht, dass Jackson wegsah, ich wollte mich an seinen Augen festhalten - Panik stieg in mir hoch, durchzuckte meinen Körper noch schlimmer als der Schmerz es tat. Als hätte Jack meine Not gespürt, drehte sich sein Kopf wieder zu mir herum. Er strich mir die Haare aus der Stirn, seine Finger glitten mir liebevoll und warm über die Wangen, ließen mich vor Freude erschauern und sofort darauf vor Schmerzen aufstöhnen, war doch auch schon das zu viel Bewegung gewesen.

"Shara, du musst wach bleiben, das ist jetzt ganz wichtig. Hörst du? Bleib bei mir, mach die Augen nicht zu, sieh mich immer nur an", flüsterte er, und als er mich näher an sich zog, spürte ich nun endlich seine Locken auf meiner Haut: weicher und glatter, als ich sie mir in meinen verliebten Kleinmädchenträumen vorgestellt hatte, so wunderbar, dass mein Magen vor Freude erschauerte. "Soll ich dir vielleicht eine Geschichte erzählen, damit du wach bleibst?"

Ich schloss zustimmend die Augen, Nicken war zu schmerzhaft: Ja, sprich weiter, ja, bleib bei mir, wollte ich Jackson bedeuten, und irgendwie verstand er mich.

"Gut - ich hoffe, dass sie dir gefällt. Sie ist auch wahr."

Er verstärkte den Druck seines Armes um meine Schultern und der herrliche Zimtduft seiner nahen Haut verlockte mich zu einem unvernünftig tiefen Atemzug, der meine Brust in zwei Teile aus purem Schmerz schnitt - und der es trotzdem wert gewesen war.

"Du weißt doch noch, dass du gesagt hast, dass du keine

Geschenke von uns haben möchtest? Nun, in unserer Burg gibt es einen großen, unterirdischen Raum voller Geschenke, alle für dich." Erneut strich seine Hand über meine Wange. "Der Raum ist wie eine Schatzkammer: Er wurde vor Hunderten von Jahren mit bloßen Händen aus dem Fels gehauen und ist sehr dunkel, er hat eine niedrige, dicke Tür aus Holz, mit Eisen beschlagen. Herein kommt man nur, wenn man drei Schlüssel benutzt, und das auch noch in der richtigen Reihenfolge. In dem Raum stehen viele Kisten aus Holz, das sieht erst einmal ziemlich langweilig aus - aber das Besondere ist natürlich in den Kisten: Geschenke über Geschenke. Jeder von uns hat eine Kiste in diesen Raum gestellt, jeder, der jemals Mitglied in unserem Orden war. Kannst du dir vorstellen, was da alles drin ist? Die erste Kiste hat Andreas im 14. Jahrhundert gefüllt, die letzte ist die von Maggie - etwa vom Anfang der achtziger Jahre des 20. Jahrhunderts. Ich weiß nicht, was die anderen in ihre Kisten getan haben, das verraten wir einander nicht - und wenn du das alles auspackst, darfst du auch niemandem sagen, was du von wem bekommen hast. Ciaran und Andreas haben aber in der Chronik niederschrieben, was sie ausgewählt haben, und wenn du es nicht weitersagst, dann verrate ich dir, dass du dich über eins von Ciarans Geschenken ganz besonders freuen wirst: Es ist eine Abschrift des Nibelungenliedes, wirklich komplett und schön illustriert. Wenn du also doch noch eine wissenschaftliche Karriere anstreben solltest, hättest du da etwas, dass die Literaturwissenschaft aufrütteln dürfte."

Er lächelte auf mich herunter.

"Mit ein paar Sachen wirst du sicherlich gar nichts anfangen können - ich weiß etwa von einem Paar vergoldeter Duellpistolen und von einer Bruyère-Pfeife."

Er lachte leise, ein sanfter Widerhall dieser herrlichen Bewegung in seiner Brust brachte die Klinge in der meinen zum Schwingen und meine schmerzenden Nerven zum Glühen.

"Ich war mir schon immer sicher, dass der Löser des Schwertes eine Frau sein würde, also hab ich in meine Kiste alles Mögliche hineingetan, was man vor hundert Jahren einem schönen Mädchen so schenken konnte."

Ich versuchte, mich auf Jacksons leise Worte zu konzentrieren, doch das Atmen fiel mir zunehmend schwerer und erzeugte rasselnde Geräusche in meiner Brust: Es überlagerte diese herrliche Stimme und ich hasste mich selber dafür, dass es nicht leiser ging. Ich versuchte, mich zu räuspern, schmeckte Blut im Mund, metallisch und bitter. Jackson wischte mir mit dem Ärmel seines Hemdes über Kinn und Lippen und sprach dann weiter, als wäre nichts geschehen, doch ich sah das dunkle Blut auf dem hellen Stoff und wusste nur zu gut, was das bedeutete - was das für meinen Zustand und meine ... Überlebensaussichten bedeutete.

"Du hast wahrscheinlich keine Verwendung für einen hübschen Sonnenschirm mit Spitze und Straußenfedern oder einen Fächer aus Elfenbein? Das war damals absolut modern, deswegen hab ich da nicht lange gezögert. Aber vielleicht gefällt dir ja das Medaillon besser, dass ich in Paris gekauft habe: Innen ist ein Mädchenkopf eingraviert, den ich wunderschön fand - und er sieht dir sogar ähnlich, weißt du das?" Jacksons Locken streichelten meine Wange, als er erneut leise lachte und dabei den Kopf schüttelte. "Aber mal ehrlich: Warum solltest du ein Medaillon tragen, in dem du selber abgebildet bist? Dass das ziemlicher Blödsinn ist, ist mir allerdings erst vorgestern aufgefallen, als wir uns zum ersten Mal begegnet sind und ich gesehen habe, wie groß die Ähnlichkeit ist. Wir können es ja so machen, dass das Medaillon ein Gutschein für ein Schmuckstück ist, das dir wirklich gefällt."

Eine zähe Flüssigkeit stieg mir im Hals hoch, ich versuchte zu schlucken, doch meine geschundene Kehle weigerte sich. Ich musste husten, und diesmal schaffte es mein gequälter Schmerzensschrei tatsächlich aus der verklebten, zerschnittenen Lunge und der zerquetschten Kehle heraus: Nicht wirklich laut, mehr als ein schwaches Maunzen brachte ich nicht zustande, selbst in meinen eigenen Ohren klang es schwach und kläglich. Jackson schien meine Not zu verstehen und zog mich höher, der metallische Geruch des Blutes in meiner Nase wich wieder diesem wunderbar warmen Duft nach Zimt. Ich atmete so tief ein, wie ich konnte, um so viel von ihm in mich aufzunehmen wie irgend möglich - was neue Schmerzen durch meine Brust schickte, aber auch ein unverhofftes Glücksgefühl: So nah war der schöne Kreuzritter mir noch nie gewesen, und wenn er in meinen letzten Minuten bei mir war, bedeutete mir das unglaublich viel.

"Ganz ruhig, Shara, ganz ruhig."

Seine Stimme war spröde vor Angst, aber ich wusste, dass er sich bei seinen nächsten Worten wieder im Griff haben würde.

Darauf baute ich, denn ich wollte ihn nicht ängstlich in Erinnerung behalten: Er musste nur noch ein paar Minuten durchhalten, mir noch ein paar Minuten zeigen, dass er das aushalten konnte, dass ich ihn stark und gefasst hier zurücklassen konnte - denn dass ich in dieser Kirche sterben würde, war mir schon in dem Moment klar gewesen, als ich den grausigen Dolch aus meiner Brust hatte ragen sehen.

Magnus

"Magnus, ist er noch in der Kirche?", fragte Jack, als ich nach dem Anruf bei Andreas wieder bei ihm ankam.

Mein Gott, er hatte Recht - wo war Drake hin? Das Pantheon war nicht so groß, vor allem bot es wenig Möglichkeiten, sich zu verstecken. Er war zum Vordereingang gelaufen, durch den der Priester Shara eingelassen hatte, das meinte ich gesehen zu haben: Sicher war er durch die kleine Tür ins Freie geschlüpft. Ich nahm die Pistole, die Jack achtlos hatte fallen lassen, und rannte hinüber, wollte die Tür schon aufstoßen, als ich aus dem Augenwinkel eine Bewegung wahrnahm - mit ein paar schnellen Schritten tauchte ich in den Schatten ein und bekam eine schmale Gestalt zu fassen, die sich neben eine der großen Statuen am Rand der Rotunde geduckt hatte. Ich zerrte sie ins dämmrige Licht: Es war der Priester von der Eingangstür. Er sah verängstigt aus und zitterte, für einen Moment war ich unentschlossen: Gehörte er zu Drake, oder war er zufällig in diese Sache reingerutscht?

"Bitte, Bruder ...", wimmerte er, ich drückte die Pistole an seine Stirn - gesichert, auch wenn er diesen feinen Unterschied wahrscheinlich nicht bemerkte.

"Ich bin nicht dein Bruder", zischte ich zurück. "Wo ist er hin?"

"Doch, wir sind Brüder", sagte der Priester und riss sich mit einer hektischen Bewegung die geknöpfte Vorderseite seiner Soutane auf.

Die Brust darunter war nackt, ich sah ein narbiges Kreuz auf seiner Haut schimmern und schüttelte den Kopf - was war das denn?

"Er wollte sie retten", flüsterte er jetzt, "er wollte sie doch retten!"

Der Priester gehört zu Drake, schlussfolgerte ich aus seinen wirren Worten, ich muss ihn hier behalten. Nur wie? Ich wollte so schnell wie möglich raus, um zu sehen, ob ich Drake noch erwischte, aber ich hatte nichts, um diesen Typ zu fesseln, einschließen konnte ich ihn auch nirgends - da blieb nur eine zuverlässige Methode: Ich holte mit der Faust aus und knallte sie ihm an die Schläfe, er klappte brav und ohne einen weiteren Laut zusammen. Ich packte ihn am Kragen und zog ihn zum Hintereingang, damit er nicht auch durch die unbewachte Vordertür abhaute, der Schweizer Gardist sah misstrauisch zu mir hinein, als ich meine menschliche Fracht unsanft in einer Ecke nahe der Tür deponierte.

"Der darf nicht raus", sagte ich und zeigte auf den bewusstlosen Priester, der junge Gardist nickte.

Das Ganze hatte natürlich viel zu lange gedauert, und als ich endlich vorne auf den Platz hinaus rannte, wäre es schon ungeheuer großes Glück gewesen, wenn ich auch nur noch ein Stück von Drake irgendwo entdeckt hätte. Draußen ging das abendliche Leben seinen gewohnten Gang, und es waren viel zu viele Leute unterwegs, um eine sich entfernende Gestalt ausmachen zu können. Ich rannte einmal um den ganzen Platz, blickte in alle Querstraßen - nichts Ungewöhnliches zu entdecken, nur entspannte und satte Menschen, die mir befremdliche Blicke zuwarfen und erschrocken zu Seite sprangen, wenn sie die Waffe in meiner Hand bemerkten. In der letzten Seitenstraße rechts schließlich sah ich ein Häufchen Stoff auf dem Boden liegen: Es war die schwarze Soutane, die Drake getragen hatte, von ihm selbst war weit und breit nichts mehr zu sehen.

Shara

Mein Atem ging merklich schneller, ich japste nach der Luft, die meine Lunge nicht mehr aufnehmen konnte. Ich wollte den Dolch raus haben, ich wollte das Blut aus meinen ertrinkenden Lungen fließen lassen, sehnte mich nach dem zu erwartenden Gefühl der Leichtigkeit, doch Jackson hielt meine Hände noch immer fest, und sprechen, ihn darum bitten, mich das tun zu lassen, was getan werden musste, konnte ich nicht mehr.

Er zog mich noch weiter hoch, was ein bisschen half - doch

ich ahnte, dass das Blut in der Lunge mit jedem Atemzug ansteigen würde wie ein Flusspegel bei Hochwasser. Ich spürte die Panik in leichten Wellen näher kommen, zusammen mit der ebenso unaufhaltsamen Flut aus Blut - ich hatte zum ersten Mal in meinem Leben reine, echte Todesangst, sah mich mit einer Leere und Schwärze konfrontiert, die mich lähmte und die ich fürchtete, wie ich noch nie zuvor etwas gefürchtet hatte: Das war Angst um mein pures Leben, um die reine Existenz, um meine zuckenden Gedanken, um mein noch warmes Fleisch. Ich spürte, dass mir Tränen die Wangen herunter liefen und schämte mich selbst für meine Feigheit: Sollte man nicht in Würde sterben? Sollte man nicht aufrecht dem Unausweichlichen in die Augen schauen? Ich schloss meine Augen - aufrecht ging ohnehin nicht mehr, da waren die geöffneten Augen auch nicht mehr weiter wichtig. Jackson strich mir über das Gesicht und redete auf mich ein, aber ich war nun einfach zu müde, um zu reagieren oder auch nur den Sinn seiner Worte zu verstehen. Ich hatte nicht einmal mehr die Kraft, ihm zu sagen, wie dankbar ich ihm war, dass er bei mir blieb, dass er vor meinem jämmerlichen Zustand nicht zurückschreckte, dass er so zart, fast schon zärtlich war und dass er sich alle Mühe gab, mich abzulenken von dem, was unausweichlich war und was jetzt alles andere aus meinen Gedanken verdrängte: Meinem Sterben. Ich konzentrierte mich auf meinen Atem, um damit den Tod noch ein wenig auf Abstand zu halten, um ihm noch ein paar zimtige Minuten oder wenigstens Sekunden abzutrotzen, doch jeder zuckende Atemzug, den ich meiner ertrinkenden Lunge mit Gewalt abtrotze, versetzte die Klinge in Bewegung: Ich würde entweder an meinem eigenen Blut ersticken oder mich selbst zerschneiden - die Frage lautete also nicht mehr ob, sondern lediglich wie ich sterben würde. Samstag eine Kirche und ein Schwert, Mittwoch eine Kirche und ein Dolch: Der Kreis schloss sich, ich überließ mich der Dunkelheit.

Magnus

Aus der Pieta in der Kirche war nun eine Gruppe geworden: Andreas und Ciaran waren angekommen und beugten sich über Shara und Jack. Wieder gingen ihre Worte in meinen schnellen, hallenden Schritten unter, bis ich direkt neben ihnen stand.

"Ich nehme sie jetzt, Jack", sagte Ciaran gerade und schob einen Arm unter Sharas Schultern.

Sie hatte die Augen geschlossen, war womöglich noch bleicher geworden - das dunkle Blut leuchtete schrecklich grell auf ihrer marmorweißen Haut, und erst nach ein paar eiskalten Schrecksekunden nahm ich ein schwaches Zucken in ihrem so unglaublich regungslosen und leeren Gesicht wahr. Sie lebte - noch. Jack saß da wie eine Statue, umklammerte sie und bewegte sich keinen Millimeter, atmete nicht, blinzelte nicht. Er starrte auf Shara hinab und ich fragte mich, ob er überhaupt mitbekommen hatte, dass endlich Hilfe gekommen war, dass endlich ein Arzt da war.

Ciaran legte ihm die Hand auf den Arm, schüttelte ihn leicht.

"Jack, bitte. Ich muss mir die Wunde ansehen, und das geht so nicht. Ich tue ihr nicht weh, versprochen."

Seine Worte verhallten, Jack rührte sich nicht.

"Magnus."

Ich sah zu Andreas, der wies mit dem Kopf auf Jack. "Bring ihn weg. Sofort."

Ich nickte und griff meinem alten Freund unter den Arm. "Komm weg da, sonst kann Ciaran ihr nicht helfen."

Er stieß meine Hand weg, achtlos, aber durchaus fest, den Blick immer noch auf Sharas lebloses Gesicht gerichtet.

"Jack, verdammt!"

Ich stellte mich hinter ihn und riss ihn mit einer einzigen Bewegung und all meiner Kraft hoch: Er war schwer, aber ich war stärker. Ciaran fing Shara auf und legte sie sanft auf den Boden, ein schauriges Kratzen der aus ihrem Rücken herausragenden Klinge auf dem Steinboden jagte mir eine Gänsehaut über den Körper. Jack wollte sich losreißen, also drehte ich ihm im Polizeigriff den Arm auf den Rücken und drückte ihm mit der anderen Hand den Kopf nach vorn, zog ihn ein paar Schritte zurück.

"Jack, hör auf! Willst du, dass sie stirbt?"

Er erstarrte, als ich das böse Wort ausgesprochen hatte, atmete schwer ein und hielt dann still.

"Nein, natürlich nicht", sagte er tonlos, ich ließ seinen Kopf los und fasste den Arm lockerer, aber loslassen würde ich ihn noch nicht.

Gemeinsam starrten wir auf Ciaran, der den Dolch untersuchte und die Wunde abtastete, dann auf Andreas, der flüsternd Fragen stellte, wieder zu Ciaran und seinen ebenso unverständlichen Antworten.

Sharas weißes Shirt war vom Blut durchtränkt, es war über ihren Bauch auf den Boden getropft und bildete dort eine klebrig aussehende, kleine Lache. Wie viel Blut war das? Viel? Oder nicht viel? Konnte man das überleben? Ein kleiner Tropfen glitzerte schwärzlich in ihrem Mundwinkel - mir wurde nicht leicht schlecht beim Anblick von Blut, aber dieses Bild fraß sich durch meine Eingeweide, ängstigte mich, weckte Mitleid und eine viel zu frühe Trauer. Jack sah nicht besser aus als Shara: Sein Hals und sein Pullover waren rot verschmiert, sein Handgelenk fühlte sich feucht an, und ich wusste, dass ich da Sharas Blut unter meinen Fingern zerquetschte. Ich fühlte mich plötzlich so ohnmächtig, wie noch nie zuvor und eine kalte Wut stieg in mir hoch - Jack schnappte nach Luft, als ich in meinem Grimm seinen Arm unvermittelt fester packte. Ich gab ein nach, flüsterte eine ungehörte Entschuldigung und sah erneut zu Andreas und Ciaran - ich ahnte, was jetzt anstand, und auch Jack versteifte sich, als Bewegung in die kleine Gruppe auf dem Boden kam. Ciaran kniete sich hinter Shara und zog sie hoch, sie war immer noch bewusstlos, hing wie tot in seinen Armen. Andreas trat von vorn an sie heran, legte ihr eine Hand auf die Schulter, die andere umfasste den Griff des Dolchs. Ich packte wieder in Jacks Haare, als Andreas die Waffe mit ganzer Kraft aus ihrem sich ruckartig aufbäumenden Körper zog - Shara schrie, Jack schrie, ihrer beider Stimmen vereinigten sich in der hohen Kuppel zu einem einzigen Klagelaut und hallten dort als schier endloses Echo wieder. Den Dolch rauszuziehen und umzudrehen war eine einzige, gleitende Bewegung, als hätte Andreas sie zuvor geübt. Shara war jetzt bei Bewusstsein, erweckt von dem Schmerz, den die brutale Entfernung der Klinge bedeutet haben musste, mit weit aufgerissenen Augen starrte sie hoch zu dem über ihr schwebenden Dolch in Andreas' Hand. Ihr Kopf folgte der Bewegung, als die Waffe nur Sekunden später herabsauste und ein zweites Mal zustieß - Fassungslosigkeit in ihren großen Augen, ein bisschen Empörung auch. Diesmal schrie Shara nicht - ihr Kopf klappte einfach nach hinten weg, und ich war mir sicher, dass sie tot war, dass Andreas sie erstochen, sie umgebracht hatte. Jack sank kraftlos in die Knie und ich ließ ihn los: Jetzt brauchte er einen höheren Beistand als mich, wenn er die Hoffnung nicht verlieren wollte.

– 6 –

Shara

Ich wurde nicht schlagartig wach, vielmehr sickerten immer mehr vereinzelte Wahrnehmungen in meinen Kopf, bis ich schließlich widerstrebend die Augen aufschlug, um sie alle miteinander in Einklang zu bringen.

An Geräuschen gab es als Deutlichstes ein leises, regelmäßiges Piepsen, außerdem atmete jemand gedämpft, ab und zu knisterte Papier, raschelte Stoff. Die Luft war angenehm warm und roch ein bisschen nach Desinfektionsmittel, aber auch einen leicht unangenehmen, metallisch-organischen Duft machte ich aus. Ich lag auf einer weichen Unterlage, auf meiner Haut fühlte ich kühlen Stoff - steif und fest, wie stark gestärkt. Ich hatte einen entsetzlich trockenen Hals, Kopfschmerzen, ein Pieken in der linken Hand und ein Pochen in der Brust, das überraschende, aber nicht unerträgliche Wellen des Schmerzes durch meinen Körper schickte. Meine Augen wehrten sich gegen das Öffnen, sie fühlten sich geschwollen und verklebt an, doch schließlich erblinzelte ich mildes Licht in einem kahlen Raum, einem Krankenzimmer: weiße Wände, geschlossene Jalousien vor den Fenstern, eine offen stehende Tür zu einem Bad, ein paar Schränke in der einen, ein Sofa in der anderen Ecke. Das

Piepsen kam von einem Gerät links neben mir, das Atmen und Papierrascheln von Josie, die auf einem Stuhl neben meinem Bett saß und las. Als ich den Kopf in ihre Richtung drehte, sprang sie auf und beugte sich über mich, die türkisfarbenen Augen freudig aufgerissen.

"Hi!"

Ich krächzte eine Art Antwort.

"Willst du was trinken?"

Ich nickte, das ging trotz der Kopfschmerzen ganz gut. Josie goss Wasser in einen Plastikbecher und hielt ihn mir an die Lippen, ich schüttelte den Kopf und griff träge danach.

"Vorsichtig", sagte sie, "und ganz langsam, damit du dich nicht verschluckst. Setz dich lieber erst mal hin."

Sie stellte den Becher weg und griff mir unter den Arm, ich richtete mich mit schmerzender Mühe und viel Hilfe ein wenig auf. Mit einer Fernbedienung ließ Josie den Kopfteil des Bettes nach oben fahren, ich lehnte mich zurück und das Wasser erschien erneut in meinem Blickfeld.

"Hier - aber kleine Schlucke."

Ich führte mit leicht zitternder Hand den sich erstaunlich schwer anfühlenden Becher an die Lippen und nippte brav daran, bis er leer war. Josie nahm ihn mir wieder ab, hielt dann inne.

"Ach ja: Wann ist dein Geburtstag?"

Ich sah sie erstaunt an, Josie lachte.

"Na gut, das reicht mir. Ciaran legt auf so was Wert, hat Angst, dass du einen kleinen Hirnschaden hast." Sie sah sich um, als suche sie etwas, und ließ mich nach dieser lapidaren Bemerkung ziemlich verunsichert zurück: Gehirnschaden? "Wo ist das Telefon? Ich muss ihm sagen, dass du wach bist."

"Warte", sagte ich mit rauer, ungeübter Stimme, als Josie auf dem Sofa fündig wurde, "noch nicht."

Ich wollte nicht, dass jemand an mir herumdrückte, mir Fragen stellte und nach einem Hirnschaden suchte, ich wollte mich erst mal sammeln, klar im Kopf und wirklich wach werden - vor allem aber musste ich auf die Toilette. Josie nickte als Antwort auf meine Bitte, hockte sich auf die Bettkante und strich mir eine störrische und seltsam starre Haarsträhne aus dem Gesicht.

"Wie fühlst du dich?"

Die Frage aller Fragen. Nachdem ich überzeugt gewesen war,

im Pantheon zu sterben, war ich mit meinem Zustand so weit eigentlich ganz zufrieden, nein: überraschend zufrieden - ich konnte sehen, sprechen, denken, alle Körperteile bewegen, also ging es mir halbwegs gut. Schmerzen hier und da, aber das war angesichts der Vorgeschichte mehr als akzeptabel.

"Ganz okay", antwortete ich, Josie schien damit ebenso glücklich zu sein wie ich. "Wie lange war ich ... weg?"

"Nicht lange, etwa" - sie blickte auf die Uhr - "elf, zwölf Stunden. Heute ist Donnerstag, ziemlich genau Mittag."

Ich fühlte mich eher so steif wie nach einer Woche bewegungslosem Herumliegen, aber wenn ich lediglich ein wenig länger geschlafen hatte, konnte die Verletzung ja doch nicht so schlimm gewesen sein, wie sie sich angefühlt hatte. Gott, was war ich nur für ein Feigling gewesen - ich hatte geweint, gezittert und wahrhaftig gedacht, dass ich sterbe!

Ich räusperte mich. "Kann ich bitte noch Wasser haben? Und wo bin ich eigentlich?"

"Noch in Rom, in unserem Haus. Das ist das Krankenzimmer."

Josie gab mir einen halben Becher Wasser, und diesmal ließ ich mich nicht zu kleinen Schlucken überreden, sondern stürzte ihn in einem Zug hinunter.

"Ich muss auf die Toilette", sagte ich dann mit etwas festerer Stimme und hielt Josie den leeren Becher hin, sie sah mich erschrocken an, als ich die Decke zurückschlug.

"He, du darfst nicht aufstehen!"

Ich sah das anders, stemmte mich ein Stück hoch, schwang die Beine mit viel Mühe und noch mehr Willenskraft über die Bettkante. Mein Kopf bedankte sich mit einem wütenden Brummen und mir wurde schwindelig, Josie sauste wie ein kupferroter Blitz um das Bett herum, während ich benommen auf dem Rand der Matratze pausierte.

"Mensch Shara, warte doch! Du hast noch den Tropf in der Hand und den Pulsmesser am Finger!"

Ich blickte auf meine Hände. Tatsächlich: In der linken steckte eine mit Pflastern festgeklebte Kanüle, die zu einem mit klarer Flüssigkeit gefüllten Behälter führte - Kochsalzlösung gegen den Blutverlust, vermutete ich. An der rechten Hand hatte ich einen Plastik-Aufsatz am Mittelfinger, der mit dem fiepsenden Gerät verbunden war. Ich wollte die Kappe einfach abziehen, doch Josie hielt meine Hand fest

"Moment, warte! Wenn du das abmachst, geht ein Alarm bei Ciaran los, und er ist in nicht mal einer Minute da. Den Tropf kann ich einfach abklemmen, aber das Ding braucht einen Puls."

"Wie lang ist das Kabel?", fragte ich.

"Bis ins Bad kommst du damit sicher nicht."

Ich hielt Josie die Hand hin, sie sah mich fragend an.

"Setz du ihn auf, ich muss jetzt echt da rein", drängelte ich und zeigte auf das Badezimmer.

Josie schüttelte den Kopf, ich nickte auffordernd, sie schüttelte noch mal den Kopf, transferierte aber dann doch mit einem kleinen Seufzen und einer schnellen Bewegung die Kappe auf ihren Finger.

"Jetzt kann ich dir aber nur bis zu Tür helfen."

Gott sei Dank, dachte ich, da drin brauche ich nun wirklich kein Kindermädchen. Ich hielt Josie meine andere Hand hin, sie entfernte geschickt den Schlauch aus der Kanüle und schloss ein Ventil am Beutel, damit war ich frei. Ich stellte die Füße auf den Boden, Josie griff mir stützend unter den Arm, was leider absolut nötig war: Meine Beine fühlten sich wacklig an und mein Kopf reagierte auf die erneute Lageänderung mit einem fiesen Dröhnen, das mich unangenehm benommen machte. Meine Brust tat jetzt stärker weh, wodurch ich den Schmerz relativ klar auf einen Punkt unterhalb des Herzens eingrenzen konnte - ich tastete mit der Hand nach dieser Stelle, doch Josie hielt mich zurück.

"Vorsicht, das ist noch nicht ganz verheilt."

Ein Verband, locker angeklebt mit Pflastern, so viel hatte ich spüren können. Ich setzte ein müdes Bein vor das andere, und mit Josies Hilfe erreichte ich nach einer Ewigkeit den Türrahmen - die letzten paar Schritte hatte ich allein tun müssen, und diese waren dann noch recht zögerlich und wackelig gewesen. Ich lehnte mich kurz an die Tür, ein leichter Schwindelanfall trieb mir Schweißperlen auf die Stirn. Josie stand an ihrer Leine mitten im Zimmer und sah mir misstrauisch bei meinen Gehversuchen zu, ich lächelte für sie und tapste ins Bad.

"Wenn ich was Komisches höre, komme ich rein!", rief sie mir zu, als ich die Tür hinter mir schloss.

Ich hielt mich an der Klinke fest, bis der Schweißausbruch vorbei war, dann machte ich zwei schlurfende Schritte zum Waschbecken, das ebenfalls guten Halt bot. Die Toilette war (natürlich!) in der hintersten Ecke des Badezimmers untergebracht, und ich musste einen weiteren Zwischenstopp an der Duschkabine einlegen, bis ich das ersehnte Ziel erreichte. Während die Spülung noch rauschte, wankte ich zum Waschbecken zurück und wagte einen Blick in den Spiegel - keine gute Idee, kein schöner Anblick. Ich war mir in den ersten Sekunden nicht ganz sicher, wer mich da ansah, aber sie sah auf jeden Fall ziemlich scheiße aus: bleich wie der Tod, mit kleinen Tupfen um geschwollene und rote Augen, Würgemale an Hals und Oberarm. Die Haare waren verfilzt und vorne mit braunem, getrocknetem Zeug verklebt - Blut, folgerte ich, ich hatte mein eigenes, geronnenes Blut in den Haaren: Jemand hatte mir wohl das Gesicht und den Körper gewaschen, aber die Haare konnten nur mit viel Shampoo und Unmengen Wasser wieder sauber werden. Ich trug eines dieser OP-Hemden in giftigem Grün, zeigte ein Blick an mir herunter, allerdings falsch herum: Der klaffende Schlitz war normalerweise hinten, bei mir jedoch vorn. Ich sah, dass sie mir wenigstens meinen Slip gelassen hatten, davon abgesehen war ich bis auf den weißen, frisch aussehenden Verband auf meiner Brust nackt. Wie peinlich - in diesem Outfit war ich neben Josie durch das Zimmer gestolpert!

"Alles Okay?", fragte diese dumpf aus dem Zimmer, ich tapste langsam zurück zur Tür und öffnete sie einen Spalt.

"Ich brauch bitte Shampoo und Seife, geht das?"

Sie sah mich entgeistert an, stand immer noch mit dem Pulsmesser am Finger im Raum.

"Du kannst noch nicht duschen, die Wunde darf nicht nass werden."

Ich stank nach Blut und Desinfektionsmittel, hatte Kopfschmerzen und fühlte mich steif - da schien eine heiße Dusche nicht die schlechteste Idee zu sein.

"Ich klebe Frischhaltefolie drüber, dann bleibt alles trocken. Und ich brauche was anderes zum Anziehen, bitte. Muss nicht von Dior sein, aber diese Klinik-Couture ist nicht mein Stil."

Josie lachte wie erhofft ein paar Oktaven hoch, ihr Gesichtsausdruck wurde milder.

"Ich sehe zu, was sich machen lässt", versprach sie. "Gib mir eine Minute, ich muss erst das Ding hier entschärfen."

Sie hielt den Finger mit der Plastik-Kappe hoch, ich nickte dankbar, schloss die Tür und tapste zum Waschbecken zurück. Der OP-Kittel war mit dem Lösen der Schleife am Hals schnell geöffnet und landete auf dem Boden. Den Slip bekam ich mit

Abstützen viel langsamer und nur Stück für Stück runter, dann trat ich wieder vor den Spiegel und musterte den Verband, unentschlossen. Sei kein Feigling, trieb ich mich an, als mir mein Zaudern selbst peinlich wurde, sieh einfach nach! Ich zögerte dennoch, betastete erst einmal prüfend die Hämatome am Oberarm und am Hals, wo der Priester mich festgehalten hatte: Sie schmerzten nur noch leicht und sahen aus, als würden sie schon zurückgehen, waren gelblich, nicht mehr Blau oder Violett - das war erfreulich, erstaunlich sogar, dauerte es bei mir doch sonst immer viel länger, bis diese Dinger verschwanden. Aber wie sah eine Stichwunde nach einem halben Tag wohl aus? Fies wahrscheinlich: Geschwollen, blutrot, grob vernäht, vermutete ich, und wappnete mich innerlich für diesen Anblick. Rund um den Verband war die Haut sauber, bis auf eine kleine Menge Goldstaub, den ich mit gerunzelter Stirn wegwischte. Vier Pflaster hielten ein großes Stück Zellstoff fest, ich zog die beiden oberen von der Haut ab, dann klappte ich den Stoff herunter - und griff geschockt mit beiden Händen zum Waschbecken, um nicht umzufallen. Das Keuchen aus meiner eigenen Brust tönte in dem hallenden Bad überraschend laut, es klang erschrocken und erschreckte mich dadurch selbst.

"Shara?" Josie, von weit entfernt.

"Alles Okay", sagte ich automatisch, mit starrem Blick in den Spiegel, "alles oOkay."

Aber das stimmte nicht: Nichts war okay. Mit was hatte ich gerechnet? Mit einer hässlichen Schnittwunde, mit Naht und Blut und Ekel - aber nicht mit ... dem hier. Es gab keine Wunde mehr, und es gab auch keine Naht. Es gab nur ein Kreuz in meiner Haut - ähnlich dem von Jackson und Magnus, allerdings etwas kleiner und mit zwei leicht geschwungenen Bögen an jedem der vier Enden. Eine dicke Schorfschicht folgte den Schnitten - doch das war es nicht, was mich zuerst am allermeisten erschreckt hatte: Das Kreuz war über und über mit Goldstaub bedeckt, das Gold war ... im Schorf, im Schnitt, in meiner Haut, in mir.

Mein Finger zitterte leicht, als ich damit über den Glitter strich - ein wenig blieb daran haften, doch das meiste schien tatsächlich in der Haut zu stecken. Es war unfassbar, trotzdem es war wahr: Sie hatten mir ein Schwingenkreuz in den Körper geschnitten, und es dann mit Goldstaub eingepudert. Meine Beine zitterten wieder, versagten mir den Dienst, ich ging schwankend zur Toilette und ließ mich schockiert auf den

Deckel sinken. Ich vergrub den Kopf in den Händen, um das Pochen hinter meinen Augen in den Griff zu bekommen, und rang mit meinem geschockten, gelähmten Gehirn um einen klaren Gedanken, vor allem aber um eine Erinnerung daran, wann das mit dem Kreuz passiert war, wie das mit dem Kreuz passiert war.

"Shara?" Ein leises Klopfen an der Tür.

"Geh weg", flüsterte ich, "geh weg."

Die Tür ging auf, ich hörte das leise Quietschen über meinem panisch pochenden Herzen.

"Shara?" Diesmal lauter, klarer, näher.

Ich hob den Kopf. Josie spähte um den Türrahmen, trat dann schnell ein und schloss die Tür hinter sich.

"Hey, du weinst ja!"

Ich wischte mit der Hand über meine Wange - tatsächlich, sie war nass. Ich hatte es nicht bemerkt, und es war mir egal: Ich saß nackt auf einem Toilettendeckel, meine Haare strotzten vor Blut und meine Brust zierte ein goldenes Narben-Tattoo - da konnte ich mir durchaus ein paar Tränen erlauben, denn noch schlimmer konnte es kaum kommen.

Josie legte ein paar Kleidungsstücke und meine Kulturtasche auf den Rand des Waschbeckens, dann kniete sie sich vor mich.

"Jack hat dir deine Sachen geholt", sagte sie und nahm meine Hände in ihre.

Jack - Jackson. Wunderschöne Augen, voller Angst und Mitleid, mit spitzen Eckzähnen und einem traurigen, tapferen Lächeln, warm in der kalten Dunkelheit des Pantheons.

"Sag ihm Danke, auch für die Geschichte", bat ich Josie leise, doch sie ging nicht.

"Gleich. Was hast du? Warum weinst du?"

Ich richtete mich auf, versucht, ihr meine Empörung laut und ungefiltert entgegenzuschleudern - konnte sie sich das nicht denken? Meine Haare fielen über die Schulter zurück, als ich den Kopf hob, der gelöste Verband wurde sichtbar und Josie erstarrte.

"Mist, Shara! Du hättest das nicht so ... sehen sollen."

Ich lachte bitter auf, riss meine Hände los.

"Ach nein? Wolltet ihr mir erst mit ein paar schönen Worten erklären, warum ihr mich verstümmelt habt? Damit ich nicht so ... schockiert bin?"

Josie stand auf und trat zurück, als sie die Schärfe in meiner

Stimme hörte. Sie rieb sich die Hände, als hätte ich ihr durch meine heftige Bewegung wehgetan - wenn dem so war, tat es mir ganz und gar nicht leid: Sie war lieb und fürsorglich und freundlich, aber sie gehörte zu IHNEN, zu denen, die mir das angetan hatten.

"Ja, wollten wir."

"Na dann: Vielen Dank für eure enorme Rücksicht und Fürsorge", ätzte ich, sie verschränkte die sommersprossigen Arme vor der Brust, sah verletzt und schmal aus.

Ich stand auf: Nackt oder nicht, ich war jetzt wütend, und das gab mir neue Energie.

"Vergiss die Folie. Wenn das Wasser was von diesem ... Zeug runter spült, soll es mir Recht sein."

Ich öffnete meine Kulturtasche, nahm Shampoo und Seife raus.

"Ich kann dir helfen", bot Josie an. "Ich hab lange als Krankenschwester gearbeitet, ich kann das."

Ich schüttelte den Kopf und öffnete die Tür zur Dusche.

"Dann lass ich dich allein."

Dazu nickte ich nur, stellte die Dusche an und regulierte die Temperatur dann noch mal, als ich darunter stand: Heiß sollte es sein, am besten sehr, sehr heiß - je mehr sich unter dem kochenden Wasser von diesem ekelhaften Goldschorf ablöste, desto besser. Ich schäumte mir dreimal die Haare ein, bis ich keine verhärteten Stellen mehr spürte, dann rubbelte ich mir mit der Seife grob den ganzen Körper ab: Ich fühlte mich so schmutzig wie noch nie in meinem Leben, und die Seife war fast alle, als ich aufgab. Der Schorf war allerdings hartnäckiger als erwartet, außerdem tat es ziemlich weh, wenn ich mit den Fingernägeln daran herum kratzte - und weil die Wunde an einer Stelle wieder heftig zu bluten begann, hörte ich schließlich auf. Als ich mich mit dem Rücken in den dampfenden Wasserstrahl drehte, bemerkte ich ein leichtes Zupfen unterhalb des Schulterblattes und tastete auf meinem Rücken herum: Noch ein Verband, ebenso festgeklebt wie der vorne. War die Klinge etwa einmal durch mich durch gegangen? Ja, war sie, antwortete ich mir selbst, erinnerungsschaudernd: Ich hatte das leise Kratzen des Metalls auf dem Steinboden wahrgenommen, als Ciaran mich abgelegt hatte, als dumpf-quälende Vibration in meinem ganzen Körper, als schrappenden Schmerz in meiner brennenden Brust. Ich riss den Verband hinten mit einer raschen Bewegung ab und warf ihn angeekelt auf den Boden. Ein paar Blutspuren - und jede Menge Gold. Ich stöhnte, betastete meinen Rücken erneut und kratzte ein wenig von dem Schorf ab, was Schmerzen wie von Nadelstichen in meine Haut bohrte: Das Gleiche wie vorn, erkannte ich, ein an den Kanten verschnörkeltes und vergoldetes Kreuz in der Haut, allerdings etwas kleiner.

Mir grauste ob dieser Entdeckung, meine Beine zitterten wieder, ich suchte mit der Hand Halt an der Wand und ließ den Kopf zur Brust sinken - vorne und hinten, es waren zwei goldene Kreuze. Ich blinzelte durch den Vorhang aus Wasser, der auf mich hinab fiel: Der Verband verstopfte den Abfluss der Dusche und ich beugte mich hinunter, um ihn zur Seite zu legen. Mein Kopf reagierte mit heftigem Schwindel auf diese Bewegung, also ließ ich mich erschöpft auf den Boden der Duschkabine gleiten: Das Wasser floss mir über Kopf und Körper, vermischte sich mit dem Blut aus der Brustwunde und mit neuen Tränen - ich wünschte indes, es würde auch diesen Alptraum mit sich fortwaschen.

Magnus

Es wurde eine schlimme Nacht. Jack litt wie ein Hund, während ich mich zum einen mit meiner eigenen Sorge zum Shara quälte, zum anderen mit dem unerträglichen Anblick seines Leides. Die Konsequenz war natürlich, dass ich ihm die ganzen Ausfälle der letzten Tage verzieh: Das Auto, die Chronik - er liebte sie wirklich, und ich wünschte ihm von Herzen, dass er nicht in dieser düsteren Kirche auf ewig hatte Abschied nehmen müssen.

Natürlich hatte es am Anfang ganz danach ausgesehen: Andreas hatte Shara wie tot auf die Rückbank des Autos geworfen, während Ciaran das zerfetzte T-Shirt auf ihre Wunden gepresst und uns mit unverständlichen, gälischen Flüchen zur Eile angetrieben hatte. Jack hatte nicht fahren können, ich musste ihn auf den Beifahrersitz drücken und dann selbst durch die zum Glück mittlerweile recht leeren Straßen zum Haus zurück rasen. Sie hatten unsere Prinzessin in das Krankenzimmer geschleppt, ich hatte ihnen folgen wollen, doch Josie hatte mir die Tür vor der Nase zugeknallt. Andreas hatte mich Peter und Pablo wecken lassen, ich schickte die beiden nach einer Kurzfassung der Geschehnisse zum Pantheon, damit sie den falschen Priester aufsammelten, her brachten und auf Eis legten, bis wir uns mit ihm beschäftigen konnten. Auch hatten sie den Schweizer Gardisten loswerden müssen - Andreas würde morgen im Vatikan vorstellig werden müssen und dafür sorgen, dass die lästigen Fragen sich in Grenzen hielten. Jack hatte ich mangels besserer Ideen auf der Treppe der Eingangshalle abgesetzt, und als Peter und Pablo mit quietschenden Reifen vom Hof gefahren waren, hatte ich mich schwer und erschöpft neben ihm niedergelassen.

Statt einer roten Hölle mit sengendem Feuer würde ich in Zukunft wohl grauen Marmor im kalten Mondlicht als passende Umgebung für Qual und Leid ansehen: Wir konnten nichts tun, also warteten wir - stundenlang. Shane kam auf der Suche nach Josie die Treppe herunter und ich erzählte ihm in wenigen, spröden Worten, was geschehen war - kurz darauf saßen er, Lucia, Joseph, Ffion und Gerard um uns herum. Jacks blutgetränkte Klamotten trockneten, die roten Streifen an seinem Hals und im Gesicht färbten sich bräunlich. Er sollte duschen, dachte ich mir, aber ich machte keine Anstalten, ihn dazu zu bewegen: Das war jetzt nicht wichtig, nichts war mehr wichtig. Ich betrachtete Sharas geronnenes Blut unter meinen Fingernägeln, niemand sagte was, alle waren beschäftigt mit ihren eigenen Gedanken, dem 'was wäre wenn' - ja ... wenn Shara starb.

Gegen ein Uhr öffnete sich die Tür zum Krankenzimmer, Jack schnellte hoch wie eine Feder. Andreas kam heraus, und als er uns auf der Treppe versammelt hocken sah wie Kinder beim heimlichen Belauschen eines elterlichen Streits, rief er Ciaran leise hinaus. Der wischte sich die Hände an einem Tuch ab, sein weißes Hemd war dunkel von Sharas Blut, seine Augen müde und seine Haut noch blasser als sonst, doch seine Stimme klang beruhigend und mild, als er zu uns sprach.

"Sie lebt und sie wird überleben, so viel steht fest. Die Wunde schließt sich schon, das geht geradezu erstaunlich schnell. Sie war eben kurz bei Bewusstsein, hat auf ihren Namen reagiert und uns beide erkannt - das Gehirn ist also nicht geschädigt, das ist bei solch einem beträchtlichen Blutverlust immer das Wichtigste."

Ich atmete dankbar aus, doch von Jack neben mir kam kein Ton der Erleichterung. Ich folgte seinem starren Blick und landete bei Andreas' Händen: Sie funkelten, als hätte er sie in

Gold gebadet, auch auf Ciarans Hemd entdeckte ich bei näherem Hinsehen einen schwachen, goldenen Schimmer.

"Du hast es getan."

Jacks Stimme klang ungläubig, auch hatte er keine Frage gestellt. Andreas drehte seine Hände im Licht der Lampen und nickte.

"Ja."

"Das durftest du nicht. Shara wollte das nicht."

Andreas schüttelte den Kopf. "Sie wäre sonst gestorben."

Jack machte einen Schritt in Andreas' Richtung, ich fasste meinen Freund hart am Arm, er schüttelte mich unwillig ab.

"Wäre sie nicht. Der zweite Stich hätte völlig genügt, damit sie überlebt. Die paar Schnörkel und das Gold - du glaubst doch nicht wirklich, dass das etwas bringt? Dass das ihr Leben gerettet hat?" Er lachte bitter auf. "Aber dann hast du ja, was du wolltest: Sie trägt das Schwingenkreuz, herzlichen Glückwunsch. Aber sei lieber nicht dabei, wenn sie es bemerkt - erfreut wird sie nicht sein."

Andreas öffnete den Mund, zweifelsohne, um Jack zurechtzuweisen, vielleicht sogar, um Jack des Hauses oder des Ordens zu verweisen, doch Ciaran hielt Andreas zurück.

"Nicht jetzt", sagte er leise und eindringlich, mit bittenden Blicken zu Andreas und Jack, "und vor allem nicht vor dieser Tür. Sie braucht Ruhe."

Andreas nickte kurz, nach einer sich ewig lang dehnenden Sekunde ließ Jack sich wieder auf die Treppenstufe sinken und vergrub den Kopf in den Händen.

"Was machen wir jetzt?", fragte Shane hinter mir, als wir alle ein bisschen unschlüssig auf ein Signal der beiden Oberen warteten.

Die tauschten einen Blick.

"Wer von euch wusste, dass Shara heute Abend im Pantheon sein würde?"

Ich hob die Hand auf Andreas' Frage, alle anderen taten es mir nach, wenn auch zögernd. Das war kein Geheimnis gewesen: Beim Essen gestern war ausführlich über Sharas weitere Besichtigungspläne in Rom gesprochen worden, wir alle hatten uns mit sinnvollen bis sinnfreien Vorschlägen beteiligt.

"Wer fehlt?", fragte Andreas nach einem schnellen Blick in die Runde.

"Maggie und Sven", sagte Ffion. "Maggie ist gestern am

Nachmittag zurück nach Berlin gefahren, Sven begleitet sie und wollte dann weiter - nach Kopenhagen, glaube ich."

"Peter und Pablo", ergänzte ich, "die kümmern sich um den Priester."

Andreas nickte. "Es war Drake, und er hatte unseren Dolch. DEN Dolch", sagte er schließlich langsam, und seine Augen schossen auf der Suche nach verdächtigen Reaktionen von einem zum anderen.

Das war sinnlos, denn ich hatte den anderen erzählt, was ich wusste, und den Dolch hatte ich natürlich erkannt - wirklich überraschen konnte Andreas damit also keinen mehr. Ich hörte trotzdem, wie Ffion neben mir scharf die Luft einsog, von Gerard kam eine ungläubige Geste.

"Es muss ihm also jemand geholfen haben. Jemand von uns, der den Dolch gestohlen und ihn Drake gegeben hat. Ich werde herausfinden, wer das war, und dann wird dieser jemand sterben, so viel verspreche ich schon jetzt. Derjenige hat nicht nur Shara verraten, er hat uns alle verraten."

Niemand antworte ihm, wir schwiegen betroffen. Wahrscheinlich dachten die anderen Ähnliches wie ich: Eine andere Erklärung gibt es nicht - und trotzdem ist das unmöglich! Warum sollte einer von uns Shara an Drake verkaufen? Was hätte das für einen Sinn, was hätte dieser jemand davon?

Andreas musterte uns erneut der Reihe nach, dann fasste er einen Entschluss.

"Shara braucht noch einen Tag Ruhe, bis sie reisefähig ist, und das bedeutet, dass ich sie am Freitag auf die Burg bringen werde. Ciaran, Josephine, Shane, Jackson und Albert begleiten mich, es sei denn, Shara lehnt einen der Genannten ab. Jackson: Noch eine Bemerkung wie eben, und du wirst sie nie wieder sehen, das schwöre ich dir. Alle nicht Genannten verlassen bitte das Haus - nur solange, wie Shara hier ist. Es tut mir leid, das tun zu müssen, aber ich gehe lieber auf Nummer sicher. Sharas Hotelsuite hat ein Schlafzimmer und ein Wohnzimmer mit Sofa, es gibt auch noch das Wachzimmer gegenüber - da könnt ihr es für zwei Nächte aushalten. Packt bitte zusammen und geht heute Nacht noch." Er hielt inne. "Jemand muss nach München, Sharas Sachen aus ihrer Wohnung holen. Freiwillige?" Peter hob die Hand, Andreas nickte ihm dankend zu und warf dann mir einen Blick zu. "Albert, du räumst ihr Hotelzimmer, bringst ihre Sachen her." Ich nickte, er wandte sich an Shane. "Check die

Aufzeichnungen der Überwachungskameras auf dem Platz rund um das Pantheon, vielleicht kannst du Drakes Weg verfolgen. Ruf Margarethe an, wenn du nicht weiter kommst. Drake wird nun erst recht hinter Shara her sein, und wir sollten zu ihrem Schutz wissen, wo er sich aufhält."

Ich wusste, was Andreas meinte: Mit den goldenen Kreuzen auf ihrem Körper war Shara genauso, wie es die alte Legende für den Erlöser des Schwertes vorsah - und damit war sie auch genauso, wie Drake, aber auch wie Andreas und Ciaran sie hatten haben wollen. Und wer Shara hatte, hatte gewonnen, war sie doch nach unserer Sicht der Dinge so was wie ... die wirksamste Waffe, die die Welt zu bieten hatte. Ja, Andreas hatte Recht: Drake hatte Shara zwar im Pantheon zurückgelassen, aber damit war sein Auftritt in diesem Spiel sicher noch nicht beendet.

Ich war froh, endlich was tun zu können und beschloss, Jack mit ins Hotel zu nehmen. Er ließ sich von mir zu seinem Zimmer zerren und ins Bad schieben, dort drehte ich die Dusche auf und zog wahllos irgendwelche sauberen Klamotten aus seinem Schrank, warf sie ihm ins Badezimmer hinterher. Als er sich sein Hemd achtlos über den Kopf zog, wurde mir ein bisschen schlecht, als ich Sharas getrocknetes Blut auf seiner Haut sah, aber ich sagte nichts.

Jack braucht nicht lange, keine halbe Stunde später öffnete ich die Tür zu Sharas verlassener Suite. Wir warfen die Sachen wahllos in Koffer und Tüten, dann schleppten wir das Zeug ins Auto. Ich sah absichtlich nicht wirklich hin, als ich die Kleidung aus dem Schrank nahm und die Kosmetika im Bad einsammelte, wobei mir Jack keine wirkliche Hilfe war: Er stand nach ein paar halbwegs sinnvollen Handgriffen orientierungslos im Schlafzimmer und starrte wie hypnotisiert auf den weichen, weißen Schal, den Shara an unserem ersten Tag in der Schwertkirche getragen hatte, und der jetzt auf einem Sessel lag, achtlos hingeworfen. Er verströmte einen milden Honigduft, als ich ihn hochnahm, und mir fiel schließlich nichts anderes ein, als den Schal Jack in die Hände zu drücken und ihn damit im Wohnzimmer auf dem Sofa zu parken, bis ich Sharas restliche Sachen eingesammelt hatte.

Den Ledermantel hätte ich allerdings beinahe vergessen, was ein ganz böses Omen gewesen wäre - ich hatte Jack schon auf dem Flur und die Klinke in der Hand, als mir das gute Stück wieder einfiel. Er war noch genau da, wo ich ihn hingehängt hatte, ungetragen: Ich faltete ihn sorgfältiger zusammen als den Rest der Sachen, fand ihn immer noch wichtig und war ein bisschen guten Mutes, dass Shara ihn trotz dieser schrecklichen Nacht doch noch einmal würde tragen können.

Im grauen Haus stellten wir das Gepäck in einem leeren Gästezimmer ab, dann nahm Jack seinen Platz auf der Treppe wieder ein. Ich war zu Tode erschöpft, würde aber garantiert nicht schlafen können, also leistete ich ihm Gesellschaft, dämmerte ab und zu leicht weg und schrak hoch, sobald jemand an uns vorbei die Treppen hinauf oder hinunter lief, Taschen in Autos verstaut wurden und die aus dem Haus Verbannten sich ins Hotel verzogen.

Ich war froh, bleiben zu dürfen, hatte aber auch ein schlechtes Gewissen, weil ich Drake aus den Augen verloren hatte. Wenn wir ihn hätten, würde das viele Fragen beantworten, unter anderen auch die, die mich gerade am meisten quälte, ausgelöst durch die Tatsache, dass er Shara halbtot zurückgelassen hatte: Was genau hatte Drake eigentlich gewollt? Hatte er sie töten wollen? Das machte keinen Sinn, denn was hätte er davon? Shara war kostbar, solange sie lebte, tot nützte sie niemandem. Ein Entführungsversuch war das aber auch nicht gewesen - er hatte sofort zugestochen und keinen Versuch gemacht, sie mit sich zu nehmen.

Ich sah Drakes Schatten über Shara, sah sein bösartiges Gesicht - es blieb bei mir, als ich einduselte, und erschreckte mich, wenn ich wieder erwachte. In meinen kurzen Schlummerphasen gellte immer öfter Sharas gequälter Schrei durch meinen Kopf, ich träumte von ihren aufgerissenen Augen und dem Entsetzen, was darin zu lesen gewesen war: die ersten Alpträume, die ich seit gut hundert Jahren gehabt hatte, was sie womöglich noch ein wenig schauerlicher machte.

"Wir fahren mit Shara zur Burg, das ist doch was, oder?", fragte ich Jack leise, als die erste Dämmerung mich weckte und Ciaran mit einem müden Lächeln an uns vorbei zu seinem Zimmer hinauf ging, um ein bisschen zu schlafen.

Jack schüttelte den Kopf, fuhr sich mit den Händen durch die Haare.

"Magnus, sei doch nicht so naiv. Sie wird dort drinnen irgendwann wach werden, die Kreuze sehen - und dann kannst du ihr die Koffer zum Taxi tragen. Andreas hat sie heute Nacht betrogen, und das wird sie nicht akzeptieren."

"Du glaubst nicht, dass sie an der Wunde gestorben wäre?"

"Doch", sagte er, und ich war verwirrt.

"Erklär's mir."

"Der zweite Stich wäre genug gewesen, um sie zu retten. Zwei Stiche formen die Kreuznarbe, und die allein ist wichtig, wenn man der Chronik glauben darf, die allein gibt ihrem Körper diese Kraft, um sich selbst auch von solch einer Verletzung zu heilen. Das Gold und diese Schnörkel sind nur ein Symbol für die besondere Stellung des Schwertlösers in der Hierarchie des Ordens, noch über Andreas und Ciaran. Sie mit dem zweiten Stich zu retten, das war absolut richtig - aber sie mit dem Gold und der Ausformung der Narbe zum Ordensmitglied zu machen, das war falsch. Sie hat nie gesagt, dass sie Mitglied in diesem Orden werden will, ganz im Gegenteil. Und die goldene Kreuznarbe fand sie abschreckend, sie war richtiggehend entsetzt, als ich ihr davon erzählt habe. Jetzt hat Andreas ihre Entscheidung für den Orden, ihre Zustimmung zu dieser ganzen Sache überflüssig gemacht." Jack blickte hoch und ich sah an seinen geröteten, trüben Augen, dass er ebenso müde war wie ich. "Was aber das Schlimmste ist: Nach diesem Angriff wird sie ängstlich und schockiert sein, und das kann Andreas ausnutzen, um ihr Schutz anzubieten und sie so zum Bleiben zu bewegen."

"Und was wirst du tun?"

Er sah mich nicht an, sondern starrte zu den Fenstern hinüber, die die Morgenröte jetzt in mildem Orange leuchten ließ.

"Ich weiß es nicht, das ist ja das Schlimme. Wenn Drake sie jagt, sollte Shara bei uns bleiben, denn wir können sie schützen. Aber wahrscheinlich gibt es auch hier einen Verräter, denn jemand von uns muss Drake den Dolch gegeben haben. Ich denke, ich werde einfach in ihrer Nähe bleiben - und ich werde auf alles und jeden ein Auge haben, ob Kreuzritter oder nicht."

Ich dachte über seine Worte nach. "Ich glaube, du unterschätzt Shara", sagte ich schließlich. "Natürlich hat sie jetzt Angst, aber sie ist auch verdammt dickköpfig und mutig - sie weiß, was sie will, und sie lässt sich nicht so leicht unterkriegen. Aber wir werden sie beschützen, gegen wen auch immer" sagte ich, und bot Jack meine Hand zum Pakt.

Shara

Wie lange ich in der Dusche gesessen hatte, konnte ich nicht sagen, aber niemand störte mich - meine Finger waren runzlig und das heiße Wasser wurde langsam kälter, als ich mich schließlich aufrappelte.

In dem weißen Handtuch hinterließ ich beim Abtrocknen Blut und Gold, ich warf es achtlos auf den Boden. Aus dem Zimmer waren leise Stimmen zu hören, aber ich nahm mir bewusst Zeit: Langsame Bewegungen waren immer noch besser, machten mich weniger schwindelig, und wahrscheinlich war das Wasser doch zu warm gewesen, denn ich spürte schon wieder einen leichten Schweißfilm auf der Stirn. Ich putzte mir die Zähne und benutze mein Deo, cremte mir das Gesicht ein. Ein Föhn war nirgends zu sehen, also stieg ich mit nassen Haaren und immer noch steifen Gliedern in die Hose und das Top, das Josie mir hingelegt hatte. Ich kannte den Schlafanzug nicht, das Top hatte dünne Spaghettiträger und verbarg so gut wie nichts von dem grausigen Kreuz. Wo ich unter der Dusche am Schorf gerissen hatte, blutete die Wunde vorn noch immer: Ein wenig Blut hatte den Stoff schon durchtränkt, der rote Fleck erblühte darauf wie eine Rose. Herzlichen Glückwunsch, gratulierte ich mir selbst, du bist jetzt Ehrenmitglied in einem Kreuzritterorden. Denn dass diese abscheuliche Tätowierung nichts anderes war als meine Initiierung, war mir klar - ebenso klar wie die Tatsache, dass niemand meine Zustimmung eingeholt hatte oder mich auch nur so ganz nebenbei nach meiner Meinung gefragt hatte. Meine Verzweiflung wich langsam einer kalten Wut, mit der ich mich für das Kommende, für die im Krankenzimmer Versammelten schon besser gewappnet fühlte: Sie machte mich kälter und die Dinge um mich herum schärfer.

Josie schloss gerade die Tür zur Einganghalle hinter sich, Ciaran drehte sich um, als er mich aus dem Bad kommen hörte: Er stand am Bett, hielt einen weiteren Beutel der klaren Flüssigkeit für den Tröpfler in der Hand und lächelte mich nachsichtig an.

"Shara, du hättest noch nicht aufstehen sollen."

Ich antwortete nicht, blieb einfach an der Tür zum Bad stehen. Er registrierte den langsam größer werdenden Blutfleck auf meinem Oberteil und deutete auf das Bett.

"Ich mache dir schnell einen neuen Verband, setz dich bitte."

Ich schüttelte den Kopf. "Nein, das bleibt so."

Ciaran tauschte einen Blick mit Josie, die kam zu mir herüber.

"Shara, komm, das blutet doch."

Sie streckte den Arm aus, ich drehte mich weg, bevor sie mich berühren konnte.

"Fass mich nicht an", sagte ich.

Es klang selbst für mich wie ein bösartiges Fauchen und zog einen erneuten Austausch von Blicken zwischen meinem Pflegepersonal nach sich.

"Shara, bitte", übernahm Ciaran mit bester Arztstimme, voller wohlmeinender Anteilnahme und einer schon leicht überstrapazierten Geduld, wie man sie gern gegenüber quengelnden Kleinkindern an den Tag legt. "Du hast noch erhöhte Temperatur und recht viel Blut verloren, leg dich doch hin. Ich muss deine Lunge abhören, du brauchst auch noch eine Infusion."

Ich hob meine verklebte Hand hoch, zog langsam und demonstrativ erst das Pflaster ab, dann die Kanüle aus der Ader heraus - das tat höllisch weh und mir stiegen Tränen in die Augen, aber scheiß drauf. Ich warf das nadelige Ding auf den Boden, wo es feine Bluttröpfchen auf dem weißen Linoleum versprühte, meine blutende Hand wischte ich achtlos an der Hose ab.

"Keine Untersuchung, keine Infusion. Du fasst mich nicht an. Niemand fasst mich an."

"Shara, ich soll dir was von Jack ausrichten", mischte Josie sich in Ciarans und meinen Wettbewerb im Anstarren ein und lenkte mich ab, bevor ich verlieren konnte. "Er lässt dir sagen, wenn du dich erst erholt hättest, könntest du noch viel lauter schreien. Willst du ihn sehen? Er ist draußen, Magnus auch. Seit gestern Abend schon, sie sitzen auf der Treppe, und machen sich solche Sorgen."

Josie war gut, das musste ich neidlos anerkennen: Jacksons Name lenkte mich tatsächlich kurz von meiner bodenlosen Wut ab, ließ mich an die Nähe des schönen Kreuzritters im Pantheon denken, an seine Güte, seine Sorge, seine Zärtlichkeit.

"Sag ihm, er soll schlafen gehen. Es geht mir gut."

Nach meiner etwas milderen Antwort startete Ciaran einen erneuten Versuch. "Shara, ich weiß, dass das Kreuz ein Schock für dich ist, aber du verdankst ihm dein Leben. Dass es dir jetzt schon so gut geht, ist nicht normal - an so einer Verletzung stirbt man normalerweise."

Seine Worte brachten meinen Zorn wieder zum Kochen, und ich fuhr zu ihm herum. "Glaubst du den Scheiß eigentlich selber, den du da erzählst?", fragte ich verächtlich und er sah verletzt aus, als er meine böse, kalte Stimme vernahm. "Ihr habt mir eine freie Entscheidung versprochen, das war gelogen. Ihr habt gesagt, dass ihr nur Gutes für mich wollt, das war gelogen. Ihr habt gesagt, dass ihr mich beschützt, das war die größte Lüge von allen - ihr habt gestern jedes einzelne Versprechen gebrochen, das ihr mir in den letzten Tagen gegeben habt. Ich lasse mich nicht von euch verarschen, und wenn ihr glaubt, dass ihr durch dieses ... Ding auf meiner Brust Macht über mich habt, einen Anspruch auf mich habt, dann kennt ihr mich wirklich sehr, sehr schlecht. Und ein Rat vielleicht noch, für die Zukunft eures glorreichen Ordens: Es ist äußerst dumm, jemanden zu zwingen, bei euch Mitglied zu werden, es ist aber geradezu selbstmörderisch, jemanden gegen seinen Willen zu eurem neuen Chef zu machen - denn wenn ich euer Geschwafel in den letzten Tagen richtig verstanden habe, bedeutet diese Monstrosität auf meiner Brust nichts anderes, als das ihr ab sofort nach meiner Pfeife zu tanzen habt."

Ciaran schwieg konsterniert, als meine Worte in dem stillen Raum verhallten, Josie starrte mich mit weit aufgerissenen Augen an. Es klopfte an der Tür, sie zuckte zusammen, huschte hinüber und öffnete. Andreas trat ein - und war ich vorher schon zornig gewesen, sah ich jetzt einfach nur Rot. Sein Gesicht brachte mir die Erinnerung ins Bewusstsein, nach der ich eben so vergeblich gesucht und die doch ganz dumpf in mir gelauert hatte, unter meiner Angst und unter meiner Wut: Der Dolch, der herausgezogen wurde und der wieder zustieß, später dann frische Schmerzen und frisches Blut - ich wusste plötzlich, dass es Andreas gewesen war, der zum zweiten Mal zugestochen hatte, dass es Andreas gewesen war, der später aus den Stichwunden dieses Monstrum von einem Schwingenkreuz gemacht hatte. Ja, ich erinnerte mich - nicht, dass ich wirklich wach gewesen wäre, aber ein Teil von mir hatte das registriert, hatte mitverfolgt, was da geschehen war: Hände, die meinen Körper drehten, heiße Schnitte in der Haut, leise Stimmen, raschelndes Papier, kühl prickelnder Metallstaub. Mein Körper fühlte sich plötzlich eiskalt an, wie aus Stein, nur das Blut klopfte hart und heiß in meiner neuen Narbe.

Andreas wollte etwas sagen, doch ich hob die Hand. Er sah mich an, und in seinen Augen las ich, dass er wusste, dass ich mich erinnerte, dass er meinen Zorn erkannte. Er senkte erst den Kopf zur Brust, dann ein Knie auf den Boden.

"Geh mir aus den Augen", sagte ich, er erhob sich und ging, ohne mich noch einmal anzusehen.

Ich wankte zum Bett und setzte mich hin, denn Jackson hatte Recht: Ich brauchte jede Menge Kraft, denn es gab viel zu schreien.

Magnus

Josie kam gegen ein Uhr mittags aus dem Krankenzimmer, sie war blass und sah völlig fertig aus - schlimmer als vor einer Stunde, als sie Jack gebeten hatte, ein paar Sachen aus Sharas Gepäck zu holen. Andreas war vor etwa einer Viertelstunde wortlos an uns vorbei gelaufen, beides zusammen kein gutes Zeichen. Jack sprang denn auch alarmiert auf, als er Josies Gesichtsausdruck sah, doch sie machte eine besänftigende Geste.

"Ihr geht's ... gut. Sie schläft. Habt ihr eine Zigarette?"

Ich hob fragend eine Augenbraue, Josie rauchte nie. Sie streckte fordernd eine Hand aus, ich nestelte die Packung aus meiner Hosentasche.

"Gehen wir raus", sagte ich, und zu dritt traten wir vor die Tür auf den Vorplatz.

Das Auto von gestern Nacht stand noch schief vor der Garage, und ich bemerkte ein paar kleine, dunkle Tropfen auf dem Pflaster - Blut. Ich sah weg und gab Josie Feuer, sie inhalierte tief und hustete, ließ sich dann schwer auf die Eingangsstufe fallen.

"Ist etwas passiert? Als ich ihre Sachen geholt habe, war doch alles in Ordnung, war sie doch aufgestanden?", fragte Jack, aber Josie schüttelte nur müde den Kopf.

"Hat sie das Kreuz schon gesehen?", versuchte ich mein Glück, bekam aber auch keine Antwort.

"Josie, bitte - rede mit uns!" Jack fasste sie am Arm und schüttelte den schmächtigen Körper, sie sah auf und verzog den Mund.

"Ja, sie hat das Kreuz gesehen. Sie hat den Verband selber

abgemacht, bevor wir es ihr gesagt haben, und sie ist stocksauer. Das ist passiert."

Ich sah Jack an: Er lächelte, als würde ihn das freuen, und ich verstand ihn - er hatte eben von Schock und Angst gesprochen, da war Wut eindeutig gesünder. Aber warum war Josie so durch den Wind?

"Und das macht dich so fertig? Das war doch zu erwarten", sagte ich, sie sah mich an.

"Eben, als Andreas rein gekommen ist ... wenn sie eine Waffe gehabt hätte, hätte sie ihn einfach umgebracht, glaube ich. Ihr Blick war ... schrecklich. Sie hat ihm gesagt, er solle ihr aus den Augen gehen ... er hat vor ihr gekniet. Vorher hat sie Ciaran und mich schon ... zurechtgewiesen. Ich hatte echt Angst. Ich hatte Angst vor ihr." Sie stockte wieder, schauderte. "Nicht nur, was sie gesagt hat, vor allem, wie sie es gesagt hat."

Jack setzte sich neben Josie und legte ihr den Arm um die Schultern. Sie warf die Zigarette weg und sah ihn an, dann hoch zu mir. Sie musste zwinkern, als die Sonne in ihre Augen stach, und sah entsetzlich müde aus.

"Ihr sollt schlafen gehen, hat sie gesagt. Und deine Botschaft hab ich ihr ausgerichtet", fügte sie für Jack hinzu, der strich ihr dankbar und tröstend über den Rücken.

"Was hat sie gesagt, als sie das Kreuz gesehen hat?", wollte ich wissen, Josie schloss kurz die Augen, dann schüttelte sie wieder den Kopf.

"Das sage ich nicht. Frag sie selbst - aber warte erst, bis sie sich beruhigt hat. So ist sie ... " - Josie lachte leise - "so ist sie echt unheimlich."

"Ciaran lässt uns eh nicht zu ihr", sagte ich, als ich das begehrliche Glitzern in Jacks Augen bemerkte, doch Josie machte mir einen Strich durch die Rechnung und prustete verächtlich.

"Ciaran wird sich hüten, ihr Vorschriften zu machen. Sie hat ihm verboten, sie anzurühren - also versucht er wahrscheinlich gerade, ihre Körpertemperatur zu erraten und den Puls zu schätzen."

Jack lachte, ich musste grinsen - ein komisches und sehr erleichterndes Gefühl nach so langer Zeit der Angst.

"Na los, gehen wir schlafen", sagte ich schließlich. "Wenn unsere neue Königin das befiehlt, sollten wir auch gehorchen."

Königin - auch ein guter Spitzname, dachte ich in dem

Moment, als ich ihn aussprach: Unser Prinzesschen ist erwachsen geworden. Und ob goldene Krone oder goldenes Kreuz - Herrschaft sollte man anerkennen, wenn sie so souverän ausgeübt wurde, dass selbst Andreas kapitulierte.

Shara

Als ich das nächste Mal erwachte und die Augen aufschlug, saß Ciaran auf dem Sofa und blätterte in einer Zeitschrift: Es war dämmerig, eine kleine Lampe neben meinem Bett beleuchtete den mit Kondenswasser beschlagenen Wasserkrug mit Becher, eine andere krönte Ciarans Haare mit einem warmen Schein.

Der Wecker zeigte kurz nach achtzehn Uhr - Donnerstag Abend, vermutete ich. Ich setzte mich vorsichtig auf: Mein Kopf fühlte sich besser an, meine Brust auch, viel besser sogar.

Ich zog das Top ein Stück herunter und besichtigte meine Narbe, besser: mein Goldkreuz-Tattoo. Große Stücke von dem jetzt spröden, trockenen Schorf hatten sich gelöst, und als ich daran herumkratzte, kam darunter eine nur noch schwach gerötete, sehr goldene Linie zum Vorschein. Drei oder vier Millimeter breit und äußerst exakt gezogen, so weit ich das von hier oben beurteilen konnte - Pfusch konnte ich den beiden Ordensmeistern zumindest nicht vorwerfen.

Ciaran stand auf und trat ans Bett, die Hände demonstrativ in den Taschen.

"Wie geht es dir?"

"Besser, denke ich."

Ich sah wieder auf die schimmernde Narbe herunter, drückte erst vorsichtig, dann fester auf das gestern noch in Fetzen geschnittene Gewebe: Es tat weh, aber eher wie ein dicker blauer Fleck als wie eine noch so junge Stichwunde.

"Das ist nicht ganz normal verlaufen, oder? Ich meine die ... Heilung?"

Ciaran zog sich einen Stuhl heran und setzte sich, wahrte aber einen deutlichen Abstand.

"Nein, das ist ganz und gar nicht normal verlaufen. Der Dolch, den er benutzt hat, war der Dolch, mit dem wir die Kreuze bei unseren neuen Mitgliedern machen. Du hast also sozusagen die maximale Dosis unserer üblichen Selbstheilungskräfte abgekriegt."

"Es ist deswegen so schnell verheilt, weil er durch mich durchgestochen hat?" Ich konnte den Unglauben in meiner Stimme selber hören.

Ciaran nickte. "Ja, aber erst der zweite Stich hat diese Steigerung deiner Selbstheilungskräfte bewirkt. An einem einfachen Stich wärst du gestorben."

Genau so hatte es sich auch angefühlt - als würde ich sterben. Aber diese Theorie war trotzdem absurd: Als wäre eine zweite Dosis Gift die Heilung für die Erste. Dass es funktioniert hatte, konnte ich allerdings nicht bestreiten - die einzig andere Möglichkeit war, dass sie mich einen Monat im Koma gehalten hatten und nun nur behaupteten, es sei kaum ein Tag vergangen.

Aber so fühlte ich mich ganz und gar nicht, ich fühlte mich tatsächlich viel besser, fast gut.

"Wer ist er?" Ich musste nicht sagen, wen ich meinte.

Ciaran rückte ein Stück näher und stützte die Ellenbogen auf die Knie. Sein milder Lavendelduft war tröstlich, und mir taten meine bösen, zurückweisenden Worte vom Mittag nun ein wenig Leid: Was er getan hatte, hatte er in dem Glauben und dem Wunsch getan, mich zu retten, und dafür war ich dann doch irgendwie dankbar - aber ich würde den Teufel tun, und das jetzt laut aussprechen.

"Er heißt Drake und er war der dritte der drei Kreuzritter, von denen Andreas und ich dir erzählt haben."

Ich nickte - erst einmal nur zur Kenntnis nehmen und später durchdenken, das hatte in den letzten Tagen immer ganz gut funktioniert und schonte zudem meinen noch immer summenden Kopf.

"Und wie ist er an den Dolch gekommen? Ich dachte, den habt ihr? Andreas wollte ihn mir doch am ... Samstag zeigen."

Ciaran rieb sich mit der Hand über die sommersprossige Stirn. "Das ist die Frage der Fragen, Shara", antwortete er leise. "Wir wissen es nicht. Entweder hat er ihn aus dem Haus gestohlen, oder jemand hat ihn ihm gegeben. Er lag in einem Tresor, aber die Kombination kennen mittlerweile sicherlich ein paar unserer Brüder oder Schwestern."

Das gab mir dann doch sofort zu denken. Ich griff nach dem Wasserkrug auf dem Nachttisch, Ciaran war schneller und reichte mir kurz darauf den gefüllten Becher. Ich trank das kühle Wasser langsam, im Rhythmus meiner Gedanken. Gestohlen? Das hieß natürlich, dass Drake hier im Haus gewesen war oder, dass er jemand anderen geschickt hatte. Jemand aus dem Orden? Das war gefährlicher, das war beängstigend - und es leider war die einzig logische Erklärung.

"Er hat jemanden im Haus, sonst hätte er nicht gewusst, wann wir im Pantheon sein würden. Er war vor uns da, er hat mich erwartet."

Ciaran sagte nichts dagegen, wahrscheinlich hatte seine eigene Analyse ähnlich ausgesehen. Vielleicht war er es ja selber, dachte ich - doch das war absurd. Nein, nicht Ciaran, auch nicht Jackson oder Magnus, ganz sicher nicht Josie und auch ein klares Nein für Joseph, einfach aus einem unbegründbaren Bauchgefühl heraus. Was war mit Shane, Peter, Ffion und Sven? Nein, sagte mein Magen, auch sie nicht.

Die anderen waren schwerer einzuschätzen - aber durfte ich Maggie, Lucia oder Pablo verdächtigen, nur weil ich sie nicht mochte - oder Gerard, weil der einfach etwas zu freundlich war? Und was war mit Andreas? Nun, er hatte der ganzen Geschichte durch diesen verdammten Goldstaub die Krone aufgesetzt, ihm kam das Ganze unzweifelhaft sehr zupass. Keine großen Worte mehr, keine geforderten Beweise, keine langwierige Entscheidung meinerseits: Ich war jetzt dabei, ob ich wollte oder nicht - rein körperlich nur, aber das war ja schon einmal die halbe Miete.

Ja, Andreas hatte ein Motiv, dachte ich, und fühlte mich sogleich an den schlechten Krimi erinnert, den ich auf dem Flug nach Rom angefangen hatte. Aber dieses Motiv galt streng genommen nicht nur für Andreas, auch andere Mitglieder des Ordens konnten durchaus wollen, dass ich ohne große Umstände mein ... Amt antrat. Oder genau das Gegenteil war der Fall: Dieser Drake hatte mich nicht Zwangsinitiieren, sondern schlicht und einfach töten wollen, denn damit wäre der Orden hinfällig, wenn sie ihre eigene Theorie vom 'einen Erlöser' des Schwertes tatsächlich glaubten.

Oder würde das Schwert etwa erneut im Stein stecken bleiben, wenn ich tot war und damit jemandem eine neue Gelegenheit bieten, sich am Schwert zu versuchen - jemandem, der vielleicht schon in den Startlöchern stand und glaubte, ich hätte ihm seine Chance genommen, als ich dem Stein die alte Waffe entrissen hatte?

Wenn Drake mich jedoch nur hatte umbringen wollen - wozu sich dann unter Gefahren eben diesen besonderen Dolch besorgen, da hätten es jede andere Waffe oder seine bloßen Hände an meinem Hals doch auch getan?

Ich schloss die Augen und lehnte mich zurück.

"Schmerzen?", fragte Ciaran besorgt und beugte sich über mich, ich schüttelte den Kopf.

"Gedanken", antwortete ich, er setzte sich wieder: Mein 'rühr mich nicht an' schien noch zu gelten, was mich selbst über meine neue und ungewohnte Befehlsgewalt staunen ließ.

"Wir werden es herausfinden", versicherte mir Ciaran. "Und wir werden den Kreis derer, die sich in deiner Nähe aufhalten dürfen, ab jetzt sehr klein halten. Wem von uns vertraust du?"

Ich lachte hämisch, und ein spitzes Stechen zuckte als prompte Strafe für diese Boshaftigkeit durch meine Brust.

"Damit würde ich euch ganz schön was an Verantwortung abnehmen, oder? Aber keine Sorge - ich bin eh nicht mehr lange hier, und so lange passe ich selbst auf mich auf. Ich weiß ja nun, was mir droht, und dass ich bei euch alles andere als in Sicherheit bin."

"So war meine Frage nicht gemeint. Ich wollte dir nicht aufbürden, was unsere Pflicht und Schuldigkeit ist."

Ciaran Augen waren traurig, das Veilchenblau etwas verblasst. Ich seufzte, was nicht mit Schmerz bestraft wurde - ich würde freundlicher zu denen sein müssen, die mich bislang gut behandelt hatten, lernte ich aus Schmerz und Nichtschmerz, sonst würde ich bald wieder einen Dolch zwischen den Rippen haben, dann aber wohlverdient.

"Es tut mir leid. Ich vertraue dir, Jackson, Magnus ... Joseph, Josie und Shane auch, glaube ich."

Ich dachte kurz nach - vor allem darüber, warum ich gerade diese Namen genannt hatte. Jackson und Magnus - klar, die kannte ich am besten. Aber Shane und Josie? Warum diese beiden und nicht ... Ffion und Peter? Sven und Joseph? Egal - wahrscheinlich war eine spontane Entscheidung aus dem Bauch heraus gerade eher mein Ding als anstrengendes Nachgrübeln über Sympathien. Dass ich einen Namen, einen besonders wichtigen Namen, nicht genannt hatte, wusste ich allerdings, und das war kein Zufall gewesen: Andreas würde sich mein Vertrauen erst neu verdienen müssen, das schwor ich mir.

"Danke." Ciaran lächelte - ein hübscher Anblick in einem überaus hübschen Gesicht, der meine Stimmung ein wenig hob. "Erinnerst du dich an den Priester, der dich in die Kirche gelassen hat?"

Ich nickte und trank den Becher leer, Ciaran nahm ihn mir ab und goss nach.

"Magnus hat ihn geschnappt, er ist hier. Wir müssen schnell mit ihm reden, jetzt, wo es dir besser geht. Wenn du dabei sein möchtest, sage ich Andreas Bescheid, dann können wir anfangen."

Ich erinnerte mich kaum an den jungen Priester - ein alltägliches Gesicht mit einem seltsamen Lächeln, schwarzer Soutane und schwarzen Haaren: einer von Tausenden in Rom, doch jetzt als Einziger wichtig.

"Er ist nicht nur ein Priester?"

Ciaran schüttelte den Kopf. "Oh nein, er ist was ganz anderes."

Eine einfache Entscheidung diesmal, denn ich wollte alles wissen, was es zu wissen gab: Nur so konnte ich zu einer vernünftigen Entscheidung kommen - und zu einem Urteil darüber, was da warum mit mir passiert war, und wer die Schuld daran trug.

"Okay. Ich wäre gern dabei."

Ich blickte auf meine schorfige, golden glänzende Narbe und das Blut, das nach dem Kratzen am Mittag heruntergelaufen, nun verschmiert und bräunlich angetrocknet war.

"Aber ich muss noch mal Duschen und brauche was zum Anziehen. Ich muss noch sehr, sehr oft duschen", fügte ich hinzu, und erneut traf mich ein trauriger Blick aus Ciarans klugen Augen.

Magnus

Gegen sieben klopfte Jack an meiner Tür: Wie ich hatte er ein paar Stunden geschlafen und sich frisch gemacht, so dass wir beide wieder halbwegs vorzeigbar aussahen.

"Zieh dich an", sagte er mit Blick auf meine karierten Boxershorts, "Shara ist wach und kommt hoch. Sie will dabei sein, wenn Andreas diesen Priester befragt."

"Hast du sie schon gesehen?", fragte ich begierig und zog mir einen Pullover über, Jack schüttelte den Kopf.

"Nein, Ciaran hat mir nur kurz Bescheid gesagt. Wir beide sind dabei, außerdem Shane und Josie - scheinbar hat Andreas

Sharas Auswahl der Geduldeten ganz gut vorausgesehen. Und es gilt: Keine Fragen stellen und sie auf keinen Fall berühren."

Ich zog die Augenbrauen hoch, sagte aber nichts: Solange ich nicht auch fortgeschickt wurde, war mir alles andere egal. Wobei - eine Sache gab es da noch.

"Jack - hat sie denn gar nichts darüber gesagt, dass wir ... da gestern voll was verbockt haben?"

Jemand lief den Flur entlang, Jack schloss die Tür hinter sich und lehnte sich dagegen. "Wie meinst du das?"

"Na ja, ich hab sie einfach so mit diesem Priester in die Kirche reingehen lassen, ich hab überhaupt nicht geschnallt, dass da was falsch läuft. Und damit hab ich doch erst ermöglicht, dass Drake sie erwischen konnte."

Jack dachte darüber nach. "Wenn sie dazu etwas gesagt hat, dann hat Ciaran mir das nicht erzählt", antwortete er schließlich. "Aber sie würden uns nicht mehr in ihre Nähe lassen, wenn sie das nicht wollen würde. Ich glaube nicht, dass sie dir oder mir etwas vorwirft - auch wenn sie dafür tatsächlich ein paar gute Gründe hätte."

Ich nickte traurig und schuldig, Jack öffnete die Tür wieder.

"Um halb acht, in der Bibliothek", sagte er im Hinausgehen. "Andreas will Shara erst von Drake erzählen, dann wollen sie diesen Priester dazu holen."

Ich warf einen Blick auf meine Armbanduhr und nickte. 'Befragen', hatte Jack eben gesagt: Das klang sehr neutral. Wenn wir allerdings wirklich was wissen wollten, würden ein paar harmlose Fragen nicht ausreichen, denn der Typ hatte einen ziemlich durchgeknallten Eindruck gemacht. Ich kratzte mich an meiner Narbe und ging eine saubere Hose suchen: Ich hatte meinem angeblichen 'Bruder' schon mal eine verpasst, und ich würde das mit Freuden wiederholen, wenn es nötig sein sollte.

Als ich kurz darauf in die Bibliothek kam, waren Jack, Josie und Shane schon da. Die Ledersessel waren so umgestellt worden, dass sie alle einen Blick in den Raum erlaubten, davor standen zwei einfache Stühle, einer leicht vor dem anderen. Jack saß entspannt in einem der hinteren Sessel, Josie lehnte mit dunklen Schatten unter den Augen stehend an Shane und drehte gedankenverloren eine rote Strähne zwischen den Fingern. Shanes Hände lagen leicht auf ihren Hüften, und ich bemerkte, dass diese zärtliche und vertraute Geste Jack zu einem versonnenen Lächeln verleitete, über das ich lieber nicht weiter nachdenken wollte. Die alte Wanduhr hatte gerade halb acht geschlagen, als die Tür aufging und Ciaran Shara herein geleitete. Jack sprang sofort auf, ich tat es ihm nach: Die Prinzessin verdiente diese Huldigung, mindestens. Shara war blass und sah womöglich noch dünner aus, ihre Haut wirkte durchsichtig, die Augen waren dunkler und irgendwie größer - aber sie glänzten wach und brachten wohl am deutlichsten zum Ausdruck, wie viel besser es ihr ging. Die Haare hingen ihr offen auf die Schultern, sie trug eine schmale, schwarze Hose und einen hochgeschlossenen, ebenfalls schwarzen Pullover mit kurzen Ärmeln: Ich sah große, gelbliche Male an Hals und Oberarm, aber nichts von der neuen Narbe auf ihrer Brust. Sie hielt sich sehr aufrecht, bewegte sich langsam - ich fand sie schöner als je zuvor und hätte sehr viel darum gegeben, sie einfach mal kurz in den Arm nehmen zu dürfen, um mich zu vergewissern, dass sie tatsächlich lebte und um ihr zu sagen, wie glücklich ich war, sie wiederzusehen.

"Wo möchtest du sitzen?", fragte Ciaran Shara, als diese uns kurz zugelächelt hatte - nicht gerade strahlend und fröhlich, aber immerhin. "Den Priester setzen wir da hin" - er wies auf den vorderen Stuhl - "und ich würde Magnus gern bitten, sich hinter ihm zu halten."

Ich nickte: nur zu gern.

"Irgendwo hinten", sagte Shara, ihre Stimme klang kratzig und leise - er hat ihr die Kehle zerquetscht, schlussfolgerte ich aus Ton und Hämatom, und hasste Drake gleich noch um einiges mehr. "Ich werde mich eher nicht einmischen, mein Kopf brummt noch ein wenig."

Ciaran nickte und Shara kam an seiner Seite zu uns herüber. Trotz des Lächelns von eben suchte ich in ihren Augen nach einem Zeichen dafür, dass sie mich hasste, dass sie mir die Schuld an der ganzen Misere gab, aber ich fand nichts. Stattdessen kam ich erneut in den Genuss eines ganz lieben Lächelns, das mein Herz einen jauchzenden Freudensprung machen ließ - Shara drückte Jack außerdem im Vorbeigehen kurz die Hand, was ihn sichtlich ein wenig schwindeln ließ. Alles in Ordnung, dachte ich erleichtert und ließ mich schwer in den nächsten Sessel sinken: Die Prinzessin lebt, ihre Ritter sind nicht in Ungnade gefallen.

Shara

Der Weg die Treppe hinauf in den ersten Stock war verdammt anstrengend gewesen, und ich hatte mir ein paar frische Schweißperlen von der Stirn wischen müssen, als ich nach scheinbar unendlich vielen, konzentrierten Schritten den Treppenabsatz erreichte und mich für eine kurze Rast schwer auf das breite, marmorne Geländer stützte. Mein Herz hämmerte und meine Brust pochte gegen das Kreuz, auch verstärkte sich der Kopfschmerz mit deutlichem Dröhnen.

Ciaran erwies sich jedoch als Ausbund an Zuvorkommenheit und führte mich zunächst zu einem Zimmer im linken Flur, wo er mich bat, für einen Moment auf dem Sofa Platz zunehmen. Ein Gästezimmer, sagte er mit der raumumfassenden Geste eines Hoteliers, der einem Gast sein schönstes Zimmer präsentiert, während ich langsam wieder Luft bekam - ich könne heute Nacht gern hier schlafen, wenn ich das Krankenzimmer leid sei. Ich ließ den Blick durch den hellen, freundlich eingerichteten Raum mit breitem Einzelbett, Fernseher, Sitzecke und stabilem Schloss an der Tür schweifen und nickte: Nichts lieber als das, danke. Ciaran öffnete die Tür zum Kleiderschrank und zeigte mir meine schon ordentlich auf den Bügeln hängenden Sachen, und darüber musste ich dann einfach lachen, auch wenn das noch ziemlich wehtat: Diese Art der Bevormundung war einfach zu nett, um sie jemandem übel zu nehmen.

Andreas kam zur Tür herein, als ich mich halbwegs bequem in einem der tiefen Sessel in der Bibliothek niedergelassen hatte. Er bewegte sich schnell und zielsicher, es gab keine fragenden oder sonst wie auffälligen Blicke seinerseits in meine Richtung. Ich hatte gewusst, dass er kommen würde, und ich hatte nichts dagegen gesagt, trotzdem fühlte ich mich ein wenig unwohl: Mir war klar, dass alle hier im Raum wussten, dass ich ihn heute Mittag ... ja, was war das eigentlich gewesen? Ich hatte ihn weggeschickt, weil ich ihn nicht hatte sehen wollen, weil ich ihn verdächtigt hatte, meine Hilflosigkeit, meine Schwäche für seine eigenen Zwecke missbraucht zu haben. Er hatte mir ohne Widerspruch gehorcht, und ich fühlte mich nach wie vor im Recht - mein Unwohlsein rührte also nicht von einem schlechten Gewissen her (ausnahmsweise!): Der Blick in sein Gesicht weckte in mir vielmehr einen dumpfen, animalisch schmeckenden Instinkt, der zwischen Weglaufen und Angreifen pendelte, und das machte diese Begegnung nicht gerade einfach.

Andreas lehnte den Sessel ab, den Shane ihm anbot, und zog sich einen der beiden Stühle an den Tisch. Er legte einen länglichen, mit schwarzem Samt umwickelten Gegenstand sowie einen dicken, sehr alt aussehenden Folianten auf den Tisch, ein rascher Seitenblick inklusive knappem Nicken von Jackson sagte mir, dass ich mit meiner Vermutung richtig lag: Das war die berühmte Chronik. Ich fragte mich kurz, ob der Tresor in meinem Hotelzimmer auch geleert worden war (und wenn ja, von wem? Jemandem, der mich fragen würde, wo ich die Kopien herhatte?), dann konzentrierte ich mich, um das Folgende trotz der anhaltenden Kopfschmerzen einigermaßen verstehen, vor allem aber begreifen zu können.

"Der Mann, der dich gestern Abend im Pantheon überfallen hat, heißt Drake, er war eines der drei Gründungsmitglieder dieses Ordens. Mehr noch: Er war derjenige, der damals diese Kirche unbedingt hatte erkunden wollen, als Ciaran und ich schon auf dem Weg hinaus waren - man kann durchaus sagen, dass er der Eifrigste, der Interessierteste von uns war. In den ersten Jahrhunderten waren wir Freunde, doch mit den Jahren begann er, sich zu verändern." Andreas machte eine Pause und sah mich an, seine kräftigen Hände lagen ruhig auf dem alten Buch. "Wir haben mit der Zeit angefangen, weitere Mitglieder in den Orden aufzunehmen - und wie du weißt, war das immer nur eine Reaktion darauf, dass wir entdeckt worden waren: Wir nahmen die auf, die uns gefunden hatten, und verpflichteten sie dadurch zum Schweigen. Diese Methode hat sich über die Jahrhunderte bewährt, und ich denke, dass wir heute eine sehr erlesene Auswahl von wirklich außergewöhnlichen Menschen mit großen Fähigkeiten um das Schwert geschart haben." Wieder eine kleine Pause, Magnus bewegte sich in seinem Sessel, als fühle er sich bei diesem unerwarteten Lob etwas unwohl. "Die Anzahl der neuen Mitglieder im Orden blieb dadurch sehr beschränkt, für Drake waren es jedoch auch so viel zu viele, er wollte das Schwert mit möglichst wenigen Menschen teilen. Aus Angst vor Entdeckung seines wertvollen Geheimnisses, dachten wir zunächst, doch es ging ihm in Wirklichkeit nur darum, im Falle der Lösung des Schwertes den Kreis der Mächtigen so klein wie möglich zu halten - und dadurch natürlich den Einfluss des einzelnen Mitglieds dieses Kreises zu vergrößern. Dass das

Schwert nur seinem Erlöser echte, von innen kommende Kraft gibt, wollte er nicht wahrhaben: Er glaubte fest daran, dass mit der Lösung des Schwertes auch dessen treue Jünger zu echter und greifbarer Macht kommen würden. Dieses ... Auseinanderdriften der Ansichten dauerte Jahrzehnte, wenn nicht gar Jahrhunderte, und flackerte immer wieder in Streitgesprächen auf, doch der Bruch wurde offensichtlich, als Ciaran und Drake eines Tages eine junge Frau entdeckten, die in der Kirche Schutz gesucht und dabei unwillentlich einen Streit zwischen den beiden belauscht hatte. Schon in dem Streit war es darum gegangen, dass es keine weiteren Mitglieder geben solle - Peter war kurz zuvor initiiert worden, und weil damit ohne Drake, Ciaran und mir genau ein Dutzend Mitglieder im Orden waren, hielt Drake das Maß für voll. Er zerrte die junge Frau in die Krypta, um sie zu töten, Ciaran verteidigte sie und schlug Drake in die Flucht."

Andreas räusperte, nahm ein Glas vom Tisch und goss sich Wasser ein.

"Das war übrigens ich", sagte Josie leichthin, während ich auf die Fortsetzung der Geschichte wartete, "und seitdem folge ich Ciaran wie ein Hündchen seinem Herrn."

Ich drehte mich ungläubig zu ihr um, sie nickte auf meinen erstaunten Blick so nachdrücklich, dass ihre Locken bekräftigend mitwippten. Ciarans Wangen färbten sich in einem zarten Rot, Josie lachte sich klingend die Tonleiter nach oben.

"Kein Witz: Er hat gekämpft wie ein Löwe, und ich war sehr, sehr lange ganz schrecklich in ihn verliebt."

Sie tätschelte tröstend Shanes Hand, der schüttelte in gespieltem Entsetzen den Kopf. Das Thema schien altbekannt zu sein, denn niemand der anderen ging darauf ein: Magnus kratzte sich am Knie, Jackson betrachtete eingehend seine unzweifelhaft sehr perfekten Fingernägel.

"Josie, bitte", rief Andreas sie zur Ordnung, dann stellte er das Glas weg und richtete seine dunklen Augen erneut auf mich.

"Drake hat die Kirche und die Häuser des Ordens nie wieder betreten - oder wenn, dann heimlich und ohne unser Wissen. Wir haben allerdings nie geglaubt, dass er ganz verschwunden sei: Er musste in der Nähe bleiben, wenn er die Lösung des Schwertes nicht verpassen wollte. Und dass dieses Schwert auch heute noch sein einziger Lebenszweck ist, daran glaube ich nach wie vor - und dafür war sein Auftauchen im Pantheon ja auch ein deutlicher Beweis."

"Du wirst vielleicht fragen wollen, warum Drake noch am Leben ist, wenn er denn nicht mehr Mitglied dieses Ordens ist", sagte Ciaran, dessen beschämte Wangen noch ein wenig nachleuchteten. "Wir haben dir am Sonntag ja erzählt, dass wir die Unsterblichkeit unserer Mitglieder zurücknehmen können und das auch tun, wenn jemand den Orden verlässt. Nun, als ich damals gegen Drake kämpfte, floh er, bevor ich ihn besiegen konnte, und ich war verwundet, so dass ich die Verfolgung nicht lange genug fortsetzen konnte."

Er nickte Andreas zu, der sprach weiter.

"Ihn zu jagen und sterblich zu machen wäre natürlich unsere Pflicht gewesen, als logische Konsequenz seines Verhaltens - aber ich muss gestehen, dass wir uns dem nicht mit der Hartnäckigkeit gewidmet haben, wie das notwendig gewesen wäre. Er ging uns aus den Augen, wurde zu unserem Schatten: Immer in der Nähe, aber doch nie bedrohlich. Und er war ja auch nicht irgendjemand - er war einst unser Freund, war über Jahrhunderte ein treuer Gefährte gewesen, und wir haben immer gehofft, dass er eines Tages zur Besinnung kommen würde." Andreas sah mich an, seine Stimme war jetzt ungewohnt leise. "Du hast für unsere Fehler bezahlt, und das tut mir von ganzem Herzen leid. Ich würde dir gern versprechen, dass dergleichen nie wieder vorkommt, aber wie du selbst es gesagt hast: Es wurden schon genug Versprechen gebrochen. Ich kann dich nur noch inständig um Entschuldigung bitten - um Entschuldigung und um Milde."

Er drehte das Buch zu mir um und schob es über den Tisch. Schwarzer Ledereinband, nachgedunkelte Silberbeschläge mit kleinen, schlicht gefassten Edelsteinen: Ein paar dunkelrote Rubine, blaue Steine, deren Namen ich nicht kannte - und natürlich Smaragde, die mich zu einem erneuten kurzen Blick zu Jackson verleiteten. Der schaute mich an, und ich sah seine Augen hellgrün aufblitzen, als unsere Blicke sich begegneten: Gott, war ich froh, dass diese Minuten im Pantheon nicht die Letzten gewesen waren, die ich bei Jackson (na ja, in seiner Nähe) verbringen durfte! Ich konzentrierte mich schnell wieder auf den nach zehn Kilo aussehenden Folianten: Breite Schnallen an den Kanten, die die massiven, belederten Buchdeckel festhielten, das unausweichliche Schwingenkreuz fand sich nur klein und dezent eingestanzt auf den Beschlägen. Groß war das

Buch - sicher dreißig mal vierzig Zentimeter, eher doch mehr. Die Dicke schätzte ich auf gut zehn, zwölf Zentimeter: Noch etwas, das definitiv nicht fürs Handgepäck geeignet war, etwa als leichte Reiselektüre für meinen baldigen Rückflug nach München.

"Ich übergebe dir das hier als Pfand für meine Worte", sagte Andreas. "In diesem Buch findest du nicht nur die Wahrheit über jedes Mitglied des Ordens, sondern auch die Anweisungen, wie du einen Bruder oder eine Schwester gleich welchen Ranges von der Unsterblichkeit befreien kannst. Und hier ist der Dolch, den du dazu brauchst." Er schlug den Samt zur Seite und entblößte die kalte Klinge, meine Brust reagierte mit einem überraschenden, scharfen Schmerz der Erinnerung. "Du wirst dich entscheiden, und ich werde diese Entscheidung akzeptieren."

"Wir alle werden diese Entscheidung akzeptieren", ergänzte Ciaran Andreas' Worte, die anderen nickten.

Einen Moment herrschte Schweigen, und ich fühlte mich nicht in der Lage, etwas dazu zu sagen, starrte nur stumm hinunter auf den Dolch und die daneben liegende, goldene und natürlich ebenfalls edelstein- und schwingenkreuzverzierte Scheide. Zu was hatte Andreas mich da gerade befördert? Zu was hatte er mich gemacht? Zur Herrin über Leben und Tod, über Sterblichkeit und Unsterblichkeit? Von real existierenden Menschen, Menschen aus Fleisch und Blut? Indiskutabel, definitiv nichts für mich: weder in Sachen Wollen noch in Sachen Können. Ich mochte eine eingebildete Zicke sein, wenn ich denn den gebrüllten Abschiedsworten meines letzten Freundes Glauben schenkte, aber so weit ging mein Selbstvertrauen dann doch nicht. Eine passende Erwiderung auf Andreas' Worte fiel meinem pochenden Kopf nicht ein, also wich ich erneut auf Fragen aus - noch lagen nicht alle Antworten auf dem Tisch, noch barg das Geschehen im Pantheon ein paar Geheimnisse.

"Denkt ihr, dass Drake mich töten wollte?", fragte ich Andreas und Ciaran das, was mich schon im Krankenzimmer beschäftigt hatte, Andreas schüttelte nachdrücklich den Kopf.

"Nein. Er hat dich so schwer verwundet, dass wir dich nur durch den zweiten, den entscheidenden Stoß retten konnten - das passt auch zu dem, was er laut Albert und Jackson gerufen hat, als er geflohen ist: 'Der Rest ist für euch'. Wir sollten vollenden, was er begonnen hatte - nein: wir mussten vollenden, was er begonnen hatte, sonst wärest du gestorben. Damit hat er dich deiner freien Entscheidung beraubt und uns vor die Wahl gestellt, dich entweder sterben zu lassen oder eben gegen deinen Willen zu einem Mitglied unseres Ordens zu machen. Er hat uns gezwungen, dich zu zwingen, das war seine Rache, sein Hohngelächter über unser 'Zaudern', wie er es immer nannte, wenn ihm irgendetwas nicht schnell genug ging, wenn wir eine Angelegenheit nicht mit aller Vehemenz verfolgt haben. Wir haben dir gesagt, du könntest wählen - für ihn gab es diese Wahlmöglichkeit nie, für ihn gehörst du unausweichlich und unwiderruflich dem Schwert."

Ciaran stellte mir ein Glas Wasser hin. Zu viele Gläser Wasser in zu vielen schwierigen Gesprächen, dachte ich, griff trotzdem danach und hielt mir das kühle Glas an die Stirn, um den Kopfschmerz im Zaum zu halten.

"Die Kreuznarben, die ihr habt, sind oberflächlich", sagte ich, als willkommene eisige Wellen meine Gedanken abkühlten. "Warum hat er dann nicht auch bei mir nur die Haut angeritzt? Mich zu erstechen ist doch ein wenig ... extrem, nur um sich an euch zu rächen und mich dazu zu zwingen, hier mitzuspielen. Ich hätte tatsächlich sterben können", fügte ich hinzu und hoffte, dass meine Stimme bei diesen Worten nicht zu jammernd oder weinerlich klang.

Andreas wies als Antwort auf die Chronik. "Es gibt in diesem Buch einen Text, der auf verschiedene Arten gedeutet werden kann. Latein ist eigentlich eine sehr klare Sprache, aber über diese Passage haben wir Jahre lang diskutiert, ohne dass der eine oder andere den entscheidenden Beweis für seine Interpretation hätte erbringen können. Der Text spricht von einem Kreuz auf der Brust und einem weiteren auf dem Rücken des Schwert-Lösers, beigefügt mit einem einzigen Streich des Dolches. Drake war der festen Ansicht, dass dies auf das Durchstechen des Brustkorbes hinweist, Ciaran und ich tendierten immer mehr zu der Auslegung, dass damit nur die Unmittelbarkeit der Anbringung der beiden Kreuzbalken betont werden soll, da auch bei den anderen Prozeduren auf die korrekten Zeitabstände Wert gelegt wird. Außerdem ist es rein technisch unmöglich, mit der ganz normalen Klinge eines Dolches in einem Streich ein vollständiges Kreuz zu stechen, sei es nun nur auf einer Seite des Körpers oder aber auf Brust und Rücken zugleich: Für die vier

Balken braucht man immer mindestens zwei Stiche."

"Und als er mich ... aufgespießt hat, hat er euch quasi dazu gezwungen, seiner Theorie zu folgen? Und er hat auch bewiesen, dass er Recht hat - denn sonst säße ich jetzt nicht hier, oder?"

Ciaran wiegte den Kopf hin und her. "Das ist nicht wirklich geklärt. Drakes Theorie lautete, dass ein Stich genügt, es waren aber tatsächlich zwei nötig, um dich zu retten und um ein Kreuz zu formen – der Erste von ihm, der Zweite von uns. Das Durchstechen - nun, es war ohne Zweifel schockierend, aber es hat andererseits vielleicht auch deine Selbstheilungskräfte extrem maximiert. Ich würde also sagen, dass es nach wie vor unentschieden steht."

"Ihr hättet mich also nicht durchstochen, wenn ich zugestimmt hätte, Mitglied in eurem Orden zu werden?"

Jetzt schüttelte Ciaran den Kopf und antwortete mir mit Empörung in der Stimme. "Nein. Wir hätten natürlich die rein äußerliche Kennzeichnung der Haut gewählt. Optisch wäre das Ergebnis identisch gewesen, aber die Prozedur wäre doch weitaus weniger grausam gewesen."

"Aber ob das Ergebnis das gleiche gewesen wäre, das wisst ihr nicht, oder? Vielleicht hätte eure Methode nicht funktioniert - oder vielleicht bin ich ja doch keine von euch, weil Drakes Methode die falsche war?"

Hatten die anderen die Hoffnung hören können, die da in meiner Stimme lag? Als Antwort auf meine Frage war nun Andreas mal wieder an der Reihe, den Kopf zu schütteln.

"Nein. Das Gold und der Dolch sind der Schlüssel, beide kamen korrekt zum Einsatz. Und eines ist ja schon bewiesen: Du hast gesteigerte Selbstheilungskräfte, sonst würdest du jetzt nicht bei uns sitzen, und du hast dich schneller erholt, als jemals ein anderer von uns. So schrecklich das auch für dich gewesen ist: Drakes Methode war erfolgreich. Ob die andere Vorgehensweise es auch gewesen wäre, werden wir nie erfahren - aber du bist nun eine von uns, und du bist unsterblich."

An beidem hegte ich enorme Zweifel, aber die behielt ich lieber für mich: Zum einen machten mich diese Kreuze vielleicht rein optisch zu einem Mitglied in diesem Orden, aber solange nicht auch Kopf und Herz 'Ja' gesagt hatten, war ich für mich selbst keine ... Ordensschwester. Sahen sie das anders, war das ihr Problem - ich hatte meiner Haltung zu dieser Frage im Krankenzimmer deutlichst Ausdruck verliehen, und sah daher keinen Grund, das hier zu wiederholen. Zum anderen ... Gott, diese Kopfschmerzen waren wirklich lästig! Ach ja, die Sache mit der Unsterblichkeit: Unsterblich zu sein fühlte sich nicht wirklich anders an, als sterblich zu sein - ich fühlte mich nicht weniger verletzlich, nicht weniger zerbrechlich als noch vor ein paar Tagen. Nein, das war nicht ganz richtig: Ich fühlte mich jetzt, so kurz nach der Begegnung mit dem Dolch, ehrlich gesagt so mies wie schon lange nicht mehr - also würde ich wohl warten müssen, bis diese Schwäche vorbei war, um sagen zu können, ob sich da nun wirklich etwas verändert hatte oder nicht. Und wenn nicht: Es würde Jahre dauern, bis meine Blicke in den Spiegel mir beweisen würden, dass ich tatsächlich alterslos war und Jahrzehnte, um zu sehen, ob ich wirklich unsterblich war. Dennoch: Die Kreuzritter hatten mit meinem puren Überleben und unglaublich schnellem Gesunden tatsächlich den Beweis für die Wahrheit ihrer Behauptungen hinsichtlich der körperlichen Veränderungen durch die Narbe geführt, den ich so vehement eingefordert hatte. Das ließ mich nun doch ziemlich sprachlos und gleichzeitig erleichtert zurück - sprachlos angesichts der theoretischen Unmöglichkeit meines Zustandes, erleichtert schlicht und einfach darüber, ganz praktisch noch am Leben zu sein.

Ich sah hoch: Alle Augen lagen auf mir, warteten auf eine Reaktion. Ich senkte den Blick wieder auf Dolch und Buch herab, mein Kopf wehrte sich gegen weitere Fragen und noch schlimmere Antworten - Antworten, die ich gar nicht hören wollte und doch hören musste. Okay, eine Frage noch, denn ohne die ging es nicht weiter.

"Was habt ihr jetzt vor?"

Andreas antwortete mir - allerdings hatte er mich missverstanden, denn eigentlich meinte ich 'Was macht ihr mit Drake?'

"Dein Einverständnis vorausgesetzt, würden wir mit dir auf unsere Burg übersiedeln. Dort ist es weitaus sicherer und ruhiger, du könntest dich richtig erholen. Nur die hier im Raum Versammelten würden uns begleiten."

Aus Rom raus, irgendwo aufs Land - das klang verlockend, wenn auch das Wort 'Burg' bei mir erneut Assoziationen an ein dunkles, feuchtes Gemäuer heraufbeschwor. Andererseits: Was Menschen Jahrhunderte lang als sichere Zuflucht gedient hatte, sollte ich in meiner Lage nicht leichtfertig schlechtreden.

"Also glaubt ihr nicht, dass Drake mich nun in Ruhe lassen wird? Ich meine ... was hätte er denn davon, dass er mich zwangsweise umwandelt und mich dann euch überlässt?"

Andreas nickte. "Da hast du Recht. Und das solltest du auch im Hinterkopf behalten, falls du mit dem Gedanken spielst, nach München zurückzukehren, allein und ohne Schutz."

Ich hörte Jackson hinter mir scharf einatmen, aber erst einmal hatte Andreas Recht: Mit dem schönen Schwert als Andenken im Gepäck und einer aberwitzigen Geschichte von Unsterblichkeit und Kreuzrittern im Kopf hätte ich einfach nach Hause gehen können - doch mit einem goldenen Tattoo auf Brust und Rücken und einem achthundert Jahre alten Verfolger im Nacken sah das Ganze anders aus. Ich brauchte Hilfe und Schutz, mindestens, bis ich wieder ganz gesund war: Um diese Erkenntnis kam ich nicht herum. Natürlich - ging ich jetzt mit ihnen, sah das nach einer Entscheidung für den Orden aus, nach Zugehörigkeit und Folgsamkeit, aber das dem nicht so war, hatte ich ja schon deutlich gemacht, oder etwa nicht? Mein Kopf dröhnte stärker, während ich diesen Gedanken von allen Seiten betrachtete: Meine üblichen Haarspaltereien waren wohl in meinem Zustand nicht sonderlich bekömmlich, weil schlicht zu anstrengend.

"Und was geschieht mit Drake? Er hat mich angegriffen und verletzt - in der normalen Welt da draußen geht man zur Polizei, wenn dergleichen passiert. Was tut der durchschnittliche Kreuzritter in so einem Fall?"

Ich hatte wohl etwas provokant geklungen, denn wie schon bei unseren ersten Gesprächen hier in dieser Bibliothek übernahm Ciaran sofort. Jackson schien mein spöttischer Tonfall indes zuzusagen: Er streckte seine langen Beine von sich, als wolle er mir mittels dieser Entspannung seine Zufriedenheit demonstrieren. Sein Einatmen eben ist eine Warnung gewesen, dachte ich, er mag diese 'Schutz'-Masche von Andreas nicht besonders - kluger Junge, da waren wir schon zu zweit.

"Auch wir sehen Strafen für verschiedene Taten vor", antwortete Ciaran. "In diesem Fall wäre die Mindeststrafe der Ausschluss aus dem Orden."

"Was für Drake ja wahrlich nichts Neues ist."

Ciaran lächelte ein wenig frostig. "Nun, doch - denn der offizielle Ausschluss beinhaltet auch die Zerstörung seiner Narbe. Damit wäre er sterblich."

Daran hatte ich nicht gedacht, also nickte ich. "Verstehe. Wenn das die Mindeststrafe ist - was wäre das höchste Strafmaß?"

"Der Tod", antwortete Ciaran.

Ich dachte über diese Möglichkeit nach - und war etwas erschrocken über mich selbst, als sich in mir keinerlei Widerspruch regte. Gut: Drake war sehr wahrscheinlich überzeugt gewesen, dass ich seinen Angriff überleben würde, hatte in dem Glauben zugestochen, dass ich durch den Dolch ein unendliches Dasein zu erwarten hätte - aber das machte das Ganze für mich nicht wirklich besser, nicht wirklich leichter zu verzeihen, denn das alles hatte ich dort im Pantheon in meiner Todesangst nicht gewusst. Natürlich war das Leid des Opfers neben der Motivation des Täters nur ein Element, das man bei der Suche nach der gerechten Strafe berücksichtigen musste - aber war es nicht auch das gute Recht des Opfers, alles an Strafe zu fordern, was verfügbar war? Wenn ich jetzt an Drake dachte, empfand ich vor allem den Wunsch nach Rache - dass die kein guter Berater war, war mir klar, aber auch herzlich egal. Ja, wenn ich die Wahl hätte, wollte ich ihn tot sehen, stellte ich fest, und zwar so schnell wie möglich. Würden sie ihm die Narbe zerstören, konnte er noch Jahrzehnte leben - was für einen Unsterblichen wahrscheinlich Strafe genug war, für mich und meine gewohnten Zeitdimensionen jedoch keinesfalls. Denn was bedeutete das schon? Er würde altern und sterben, in Freiheit - wenn das eine Strafe war, dann wäre die normale menschliche Existenz selbst schon eine Strafe, denn nichts anderes erwartete jeden einzelnen Menschen ab dem Moment seiner Geburt. Mein Kopf begann heftiger zu Pochen - dieses Gespräch wurde jetzt definitiv zu anstrengend. Ich trank mein Wasser und stellte das Glas auf den Tisch: Ich musste meine wirren Rachegedanken erst einmal für mich selbst ordnen, aber dafür war ich heute Abend einfach noch zu erledigt.

"Wann wollt ihr Rom verlassen?"

"Morgen, wenn du dich dann schon gut genug fühlst", sagte Ciaran. "Deine Räume in der Burg sind fast fertig, aber auch wenn Josie gleich einen Nervenzusammenbruch kriegt: Ich sehe dich auch ohne passende Vorhänge zur Couch lieber in der Burg als hier."

Josie schnaubte verächtlich und verschränkte die Arme vor der Brust. Mir war klar, dass dies lediglich ein Versuch von

Ciaran gewesen war, die Stimmung ein wenig aufzulockern, und als ich ihn vorwurfsvoll ansah, wurden seine lächelnden Augen schnell wieder ernst.

"Was Drake angeht: Haltet ihr eine Art ... Tribunal ab, eine Gerichtsverhandlung?"

Andreas schüttelte den Kopf. "Nein, Drakes Strafe ist allein deine Entscheidung. Denk darüber nach und teile uns deinen Entschluss mit. Aber vergiss eines dabei niemals: Mit dem veränderten Kreuz wird er noch Jahre leben, die Gefahr für dich wäre nicht gebannt. Auch ein paar Jahre der absoluten Macht sind verlockend, und seine Zeit der Macht wäre deine Zeit der Gefangenschaft."

Absolute Macht, dachte ich - glaubte oder hoffte hier immer noch jemand, dass ich Superkräfte entwickeln würde? Ich schüttelte meinen unbrauchbaren Kopf, rieb mir die schmerzende Brust, fühlte mich plötzlich entsetzlich müde und überfordert.

"Ich werde darüber nachdenken, im Moment bin ich noch zu verwirrt. Und: Ja, ich komme mit euch auf diese Burg, ohne dass ich damit eine Zusage für den Orden mache. Ich bin ab dem Zeitpunkt ein Mitglied, in dem ich das deutlich sage, und das hab ich bis jetzt nicht getan. Ich gehe, wenn ich will."

Die um mich versammelten Kreuzritter nickten, Jackson mit einem sehr zufriedenen Lächeln.

Magnus

Andreas ging, um den Priester zu holen, Shane stellte die Stühle wieder auf wie zu Beginn. Ich wollte mit Shara reden, doch ich war nicht schnell genug: Josie hockte sich auf die Lehne des Sessels unserer wiedergeborenen Prinzessin und strahlte wie eine stolze Mutter auf sie hinunter.

"Ich bewundere dich, weißt du das? Ich hab damals keinen Kratzer abgekriegt, als Drake mich in der Schwertkirche gepackt hat, und hab trotzdem eine Woche lang nur geheult. Okay, nicht nur wegen ihm, sondern auch wegen dem ganzen Theater davor ... Aber trotzdem: Du bist viel stärker als ich."

Shara staunte ein bisschen, scheinbar kam sie sich gerade nicht besonders stark vor, Josie küsste sie mütterlich oben auf den Scheitel und ließ sich dann zurück in ihren Sessel fallen.

Jetzt, dachte ich - und wieder war jemand schneller, diesmal Shara selbst: Sie lehnte sich zu Jack hinüber und flüsterte ihm etwas zu, er hockte sich neben ihren Sessel und antwortete ihr ebenso leise. Ich verstand kein Wort von dem Gespräch, betrachtete nur neidisch ihre eng zusammensteckenden Köpfe, und natürlich wich er nicht von ihrer Seite, bis die Tür aufging und Andreas den Priester hereinbrachte. Ich seufzte und stand auf: mein Einsatz. Scheinbar hatten heute alle anderen ein Vorrecht auf Shara, und ich durfte den groben Schlägertypen spielen. Dann fiel mir die wunderschön leuchtende blau-violette Verfärbung im Gesicht des Priesters auf und erinnerte mich an das gute Gefühl, als meine Faust seine Schläfe getroffen hatte - vielleicht doch nicht die schlechteste Rolle für mich, dachte ich mit einigem Wohlgefallen und half Andreas dann, den Kerl auf den richtigen Stuhl zu packen. Die Tür wurde verschlossen, ich setzte mich in Fluchtrichtung schräg hinter den Priester, damit konnte die Show beginnen.

Shara

Ich fand immer noch, dass der Priester auf den ersten Blick völlig harmlos aussah. Es gab an ihm nichts Besonderes, nichts Augenfälliges, er war durch und durch unscheinbar - einmal abgesehen von dem enormen Veilchen, das in seinem Gesicht blühte. Dieses hatte ein Auge zuschwellen lassen und zwang ihn zu einem unangenehm heftigen Blinzeln mit dem anderen - als müsse das Gesunde für zwei arbeiten. Er trug immer noch die schwarze Soutane von gestern, allerdings klaffte sie vorn auseinander: Ein paar Knöpfe fehlten, andere hingen an Fäden herunter - hatte es da eine Schlägerei gegeben? Er blickte sich hektisch im Raum um, schreckte kurz vor Magnus zurück (war das Veilchen von ihm?) und ließ dann sein zuckendes Auge auf mir ruhen. Eine Mischung aus Staunen und Genugtuung lag in seinem Blick, ich bemühte mich um eine leere, starre Miene und blinzelte so wenig wie er viel.

Magnus ließ ihm jedoch keine Zeit für längere Betrachtungen und drückte ihn grob auf den für ihn reservierten Stuhl, Andreas nahm in Magnus Sessel neben mir Platz und führte das nun folgende Verhör mit ruhiger Stimme: Er eröffnete auf Italienisch, aber selbst meine rudimentären Kenntnisse in dieser

Sprache reichten aus, um das wenige Gesprochene zu verstehen.

"Wie ist dein Name?"

Das zuckende Auge lag auf mir, als der Priester mit träger, leicht arroganter Stimme antwortete.

"Giuseppe."

"Sprichst du Deutsch oder Englisch?"

"Beides."

"Dann werden wir Deutsch sprechen. Du warst gestern Abend im Pantheon und hast diese junge Dame hier in die Kirche eingelassen."

Giuseppe nickte, nach einem kurzen Blick zu mir.

"Bist du Priester?"

Jetzt zögerte er kurz.

"Ja."

"Und das Pantheon gehört zu deiner Gemeinde?"

"Nein. Ich bin noch im Seminar, ich habe keine eigene Gemeinde."

"Kennst du den Mann, der diese Frau im Pantheon niedergestochen hat?"

Diesmal kam die Antwort schneller.

"Ja."

"Wie heißt er?"

"Drake."

"Warum hat er diese Frau niedergestochen?"

Sein gesundes Auge flatterte über mich hinweg.

"Um sie zu retten. Weil ihr Zauderer seid. Damit sie ihr Werk beginnen kann."

Das blieb unkommentiert, ließ in meinem Kopf jedoch Fragezeichen aufsteigen wie Luftballons an einem Kindergeburtstag: Vor was musste ich gerettet werden? Welches Werk sollte ich beginnen?

"In welcher Beziehung stehst du zu Drake?"

Jetzt überlegte der Priester wieder, ließ dabei den Blick über die kleine Gruppe um mich herum schweifen.

"Ich bin ein Mitglied des Ordens, dessen Großmeister er ist. Wie ihr alle."

Andreas ließ das kurz wirken, dann lehnte er sich vor, das Tempo seiner Fragen nahm zu.

"Wie heißt der Orden?"

"Vom Heiligen Schwert."

"Kennst du noch andere Mitglieder dieses Ordens, außer

Drake?"

"Nein."

"Weißt du, ob es noch andere Mitglieder wie dich gibt, die wir bislang nicht kennen gelernt haben?"

Der Priester verneinte wieder.

"Wie bist du Mitglied in dem Orden geworden?"

"Drake hat mich ausgewählt und mit dem Kreuz gezeichnet."

"Würdest du uns dein Kreuz zeigen?"

Der Priester nickte und zog seine Soutane vorn auseinander. Wir alle beugten uns vor, als könne eine größere Nähe uns helfen zu verstehen, was wir da sahen: Das war kein Kreuz, was die Brust des Mannes zierte, das war ein X. Ähnlich groß wie die Narben von Magnus und Jackson, weiße Striche auf brauner Haut - nur eben nicht einer senkrecht und einer waagrecht, sondern beide diagonal. Und: Die Striche waren nicht gerade und in einem durchgezogen worden, sie bestanden vielmehr aus kleinen, über- und nebeneinander lagernden, kurzen Linien, als habe jemand mit einer Klinge auf der Brust gestrichelt, wie man es sonst mit einem Bleistift auf Papier tut. Der Priester lächelte stolz und lehnte sich noch ein wenig vor, Magnus packte ihn von hinten an der Schulter und zog ihn zurück.

"Danke", sagte Andreas.

"Gerne, Bruder", antworte der Priester und ich sah, wie sich ein gefährliches Lächeln auf Andreas Züge legte.

"Du bist nicht mein Bruder", sagte er kalt. "Und du bist kein Mitglied unseres Ordens."

Der Priester erstarrte, dann schüttelte er den Kopf und zog seine Soutane rasch wieder zusammen, als gönne er uns den Anblick dieser schiefen Narbe nicht.

"Du lügst. Du hast selbst ein Kreuz auf deiner Brust, sonst wärst du nicht hier, mit ihr." Er zeigte auf mich, Magnus patschte ihm die Hand herunter wie einem ungezogenen Kind. "Ihr alle habt ein Kreuz, das macht uns zu Brüdern." Sein Auge glitzerte, seine Stimme wurde kräftiger. "Doch wir sind euch überlegen: Drake und ich haben den Mut gefunden, das zu tun, was ihr hättet tun müssen, und ihr werdet uns euren Dank erweisen."

Andreas neigte seinen Kopf leicht zur Seite.

"Werden wir das? Nun, das bleibt abzuwarten." Er wies auf das farbenfroh schillernde Veilchen. "Seit wann hast du das?"

"Seit gestern Abend."

"Dauert es immer so lange, bis dergleichen bei dir verheilt?"

Giuseppe zuckte mit den Schultern. "Ja. Erst wenn ich auch Großmeister bin, werde ich die Kräfte haben, die Drake hat."

"Soso, Großmeister wirst du."

"Ja. Das habe ich mir gestern verdient."

"Und die Unsterblichkeit?"

Giuseppe sah Andreas etwas dümmlich an, als habe der gerade angezweifelt, was nun wirklich jedes Kind wusste.

"Die geht mit dem ersten Kreuz einher."

"Du bist also unsterblich?"

"Ja."

Andreas ließ das so stehen.

"Wie viele Großmeister gibt es in deinem Orden?"

Das erstaunte den Priester, er riss das zuckende Auge auf.

"Nur Drake, natürlich."

"Hat er dir sein Kreuz schon einmal gezeigt?"

Der Priester nickte. "Es ist ein Großmeister-Kreuz, gerade und mit Schwingen. Meines wird dann auch durch so eins ersetzt."

"Da du uns dein Kreuz gezeigt hast: Möchtest du vielleicht nun das von einem der Herrschaften hier sehen? Einem deiner angeblichen 'Brüder'? Jackson, bist du so freundlich?"

Jackson stand auf, trat einen Schritt nach vorn, zog Jackett wie Hemd aus und ließ den Priester mit großen Augen auf seine Brust starren, mich mit beherrschten Augen und unbeherrschten Gedanken auf seinen äußerst ansehnlichen Rücken.

"Was ist das?" Giuseppe sah von Jackson zu Andreas. "Das ist ja ganz falsch!"

"Shane?"

Ich drehte mich leicht um: Shane stand gar nicht auf, sondern zog nur mit der Hand seinen Pulli nach oben, bis die Narbe frei lag. Der Priester atmete schwer ein - sein Auge hatte jetzt aufgehört zu zwinkern und starrte fassungslos auf Shane, dann wieder auf Jackson.

"Das ist ja ganz falsch, das ist ..."

"Das ist das echte Kreuz, Giuseppe", sagte Andreas nun fast sanft, "das sind alles echte Kreuze. Und ich zeige dir auch gern meines."

Andreas knöpfte sein Hemd auf und zog den Stoff zur Seite. Der Priester versteinerte, wurde kalkweiß, dann sank er aus dem Stuhl auf die Knie, den Blick starr auf Andreas Brust gerichtet.

"Ein Großmeister-Kreuz, wo es doch nur einen Großmeister geben soll. Gerade Kreuze bei meinen Brüdern und Schwestern, wo deines schief ist. Drake hat dich belogen, benutzt und betrogen. Du bist kein Mitglied dieses Ordens, du bist nicht unsterblich, und du hast einem Mörder geholfen."

Kurz darauf war das Verhör zu Ende, viel früher, als ich gedacht hatte und bei weitem, bevor alle Fragen beantwortet waren - Giuseppe brachte kein Wort mehr heraus, seine Miene schwankte zwischen ungläubigem Entsetzen und selbstherrlicher Gewissheit unseres Irrtums. Reden wollte er nicht mehr: Andreas hatte ihm zwei oder drei Fragen zu Drakes Aufenthaltsort und weitere zu Drakes Plänen gestellt, aber der Priester hatte beharrlich geschwiegen, also schleiften ihn Magnus und Andreas nun zur Tür hinaus.

"Was passiert nun mit ihm?", fragte ich Ciaran, während ich mich steif aus dem tiefen Sessel hochhievte und Jackson aufmerksam neben mir stand, als wolle er mich auffangen, sollte ich ohnmächtig werden.

"Wir müssen noch packen, bis später!" Josie winkte mir kurz zu, dann zog sie Shane aus dem Zimmer.

Ciaran bat Jackson und Magnus, uns ebenfalls allein zu lassen, was die beiden sichtlich nur zögernd taten, dann konzentrierten sich die Veilchenaugen des Arztes wieder auf mich.

"Giuseppe bleibt in einem unserer Gästezimmer, er hat da erst mal alles, was er braucht. Laufen lassen können wir ihn nicht. Unten gibt es gleich Essen", fügte er hinzu, als ich Giuseppes Festsetzung abgenickt hatte, "wir haben alle heute noch nichts Richtiges gehabt, und morgen wird ein langer Tag. Die Küche ist die Tür gleich rechts, wenn du die Treppe runter kommst."

"Vielen Dank", antworte ich, "aber ich möchte erst einmal auf mein Zimmer und mich hinlegen."

"Ich würde dich gern noch mal abhorchen und deine Temperatur messen", bat Ciaran, doch ich schüttelte den Kopf.

"Morgen früh, okay?"

Er akzeptierte nur zögernd und geleitete mich langsam die Treppe hinunter bis zu meiner Tür. Gott, wäre ich froh, wenn ich endlich wieder fit war - diese Fürsorglichkeit war mir einfach nur peinlich. Würde ich in die Küche hinunter gehen, würde ich dort weiter bemuttert werden, und das dann notwendige dankbare Lächeln war mir heute einfach noch zu anstrengend.

"Heute kann ich noch nichts essen", sagte ich zu Ciaran, als er mir die Tür zu meinem neuen Zimmer aufhielt, doch diesmal gab er nicht so schnell klein bei: Ich müsse etwas zu mir nehmen, müsse meinem Körper Energie zuführen, dann ginge es mir schneller besser - so eine Kochsalz-Infusion sei ja sehr gesund, aber nicht besonders reichhaltig, fügte er durchaus witzig hinzu.

Wir einigten uns darauf, dass er mir Essen hochbringen würde, und als ich die Tür hinter ihm schloss, drehte ich den Schlüssel zweimal im Schloss herum. Das ist unhöflich, dachte ich, mir Ciarans Anwesenheit auf dem Flur hinter der Tür nur allzu bewusst, aber scheiß drauf: Ich war hier allein unter Fremden, ich war erst gestern überfallen und verletzt worden - das waren schon zwei Gründe und damit einer mehr, als ich brauchte.

Magnus

Shara kam nicht zum Essen runter. Ciaran füllte Suppe in eine Schale und trug das Tablett mit Brot und ein bisschen Obst zu ihr hinauf - sie sei müde und wolle schlafen, sagte er. Das Essen war dann auch für uns andere eine kurze und schweigende Angelegenheit: Wir waren alle kaputt und hatten alle noch zu packen, ich stand also kurz darauf in meinem Zimmer und riss meine wenigen Habseligkeiten aus Schränken und Schubladen.

Ich freute mich auf die Burg: Nach fast drei Monaten Dienst in Rom mit endlosen Tagen in der düsteren Kirche war das immer wie nach Hause kommen. Um kurz nach zwölf piepste mein Handy mit einer SMS von Shara: 'Hast du Zigaretten? Meine sind ganz blutig.' Ich musste grinsen und tippte zurück: 'Hat der Doc dir das Rauchen denn schon wieder erlaubt?' Als Antwort bekam ich einen Smiley, der mir in einer Tour die Zunge heraus streckte. 'Bin gleich da, Dickkopf', schrieb ich zurück, kramte eine Packung Zigaretten raus und lief hinunter zu ihrem Zimmer. Auf mein Klopfen öffnete sie mir - barfuß, mit einer Jacke unter dem Arm.

"Wo willst du denn hin?"

"Raus. Ich rauche zwar, aber schlafen möchte ich in dem Dunst deswegen noch lange nicht."

Ich schüttelte den Kopf. "Keine gute Idee."

Ein Schatten fiel über ihr Gesicht. "Meinst du, Drake entführt mich aus eurem Vorgarten?"

Ich zuckte unbestimmt mit den Schultern, Shara seufzte.

"Gut, du gewinnst. Soll ich die Bibliothek einräuchern oder lieber die Küche? Die Eingangshalle? Das Krankenzimmer?"

Ich lachte, war kurz versucht, zum letzten Vorschlag zu nicken, nur um zu sehen, ob Ciaran es wagen würde, der Prinzessin Vorhaltungen zu machen, unterließ das dann aber doch um des lieben Friedens willen. "Du kannst mein Zimmer missbrauchen, ich bin eh noch beim Packen."

Shara warf die Jacke zurück in ihr Zimmer und tapste dann neben mir her. Auch barfuß war sie natürlich immer noch groß im Vergleich mit anderen Mädchen, aber mir kam sie so trotzdem viel kleiner und zerbrechlicher vor. Ihre Augen waren noch dunkel und von Schatten gezeichnet, die Haut viel zu Weiß, aber die Würgemale an Hals und Arm waren ganz verschwunden und sie bewegte sich schon wieder natürlicher, wenn auch noch nicht wirklich schneller: Die alte Shara war noch nicht zurück, aber was erwartete ich auch? Ein einziger Tag war vergangen - ich sollte wem auch immer auf Knien danken, dass sie hier neben mir herging und nicht ich hinter ihrem Sarg.

"Schokolade hast du keine, oder?"

Ich bedachte die Prinzessin mit einem fragenden Blick, während wir langsam die zwei Stockwerke zu meinem Zimmer erklommen, sie zuckte mit den Schultern.

"Was ist? Ich hab Hunger."

"Ciarans nahrhafte Suppe war nicht dein Ding?"

Sie verzog den Mund. "Hühnersuppe - das arme Tier! Nein, ich hab nur einen Apfel und ein Stück Brot gegessen."

Ich hielt ihr die Tür zu meinem Zimmer auf - und natürlich bog genau in dieser Sekunde Jack um die Ecke in den Flur, zusammengefaltete Umzugskartons unter dem Arm. Er blieb überrascht stehen und warf mir einen sehr vorwurfsvollen Blick zu, den ich ein bisschen genoss: Ich schleifte gerade sein Mädchen auf mein Zimmer, und er hätte das um ein Haar gar nicht mitbekommen.

"Hast du Schokolade? Für Shara?", fragte ich ihn, er schüttelte den Kopf.

"Nein, aber Maggie hat meistens welche. Oder Ciaran. Ich sehe nach."

Er stellte die Kartons ab und lief die Treppe hinauf, Shara stand schon in meinem Zimmer und musterte mit hochgezogenen Augenbrauen das Chaos, das ich angerichtet hatte: Packen konnte ich nicht besonders gut, und meine bewährte Lieblingsmethode bestand einfach darin, erst mal alles raus zu holen und dann wahllos in Koffer und Kisten zu stopfen.

"Schicke Shorts", bemerkte sie, ich riss meine Unterhosen vom Tisch.

Sie grinste. "Stell dich nicht so an. Meine Sachen hat jemand von euch ausgepackt und in den Schrank gehängt, und davon war die Hälfte getragen."

Auch das Sofa war voller Klamotten, deswegen strich ich ihr die Bettdecke glatt und lehnte die Kissen ans Kopfende.

"Setz dich, da kannst du die Beine lang machen."

Sie dankte mir, blieb aber erst mal mitten im Zimmer stehen und besichtigte mein Reich. Gut, wirklich aufgeräumt war es hier nie, aber wenn ich gewusst hätte, dass die hochwohlgeborene Prinzessin mich besuchen würde, hätte ich wenigstens fertig gepackt und das Bett gemacht. Aber Shara schien sich nur in zweiter Linie für meine Unterwäsche zu interessieren, widmete sie doch jetzt meinem Wandschmuck einen längeren Blick.

"Was ist das?", fragte sie und deutete auf mein Messer, während ich ein paar Kleidungsstücke in den Koffer stopfte.

"Ein Messer. Das Messer, mit dem ich damals auf das Bild losgegangen bin. Du weißt schon."

"Als Andreas dich überrascht hat? In der Kirche in Paris?"

"Genau."

"Und warum hängt es da?"

Ich sah zu den zwei großen Nägeln herüber, die das Messer hielten, und wünschte, ich hätte sie nie eingeschlagen.

"Nur ein blöder Scherz."

Shara zog erneut die Augenbrauen hoch, ich wand mich ein wenig unter ihrem stahlgrauen und stahlharten Blick, bevor ich antwortete.

"In der Burg hängen Schwerter an der Wand, also habe ich hier das Messer hingehängt."

Das stellte sie nicht zufrieden, aber mehr oder gar die Wahrheit konnte ich nicht sagen, nicht zu ihr, nicht in dieser Situation: So was erzählt man keinem, der gerade niedergestochen worden war. Streng genommen hatte ich noch niemandem den wahren Grund erzählt, Jack nicht, Andreas nicht, Ciaran nicht, auch wenn sie und alle anderen Brüder und Schwestern einen fragenden Blick auf meine komische Wanddekoration geworfen hatten. Nein, aussprechen konnte ich das nicht - aber Pergament ist geduldig, stellt keine dummen Fragen und nervt auch nicht mit allerlei wohlmeinenden Psycho-Ratschlägen, deswegen trage ich es hier jetzt nach: Das Messer hängt da, weil es mich daran erinnern soll, wer ich gewesen bin - und vor allem daran, was ich damals beinahe getan hatte, was ich hatte tun wollen, bis Andreas mich aus der Kirche geschleppt hatte. Ich hatte an diesem Gemälde nur geübt, hatte das Messer nur ausprobiert, rasend vor Wut und in absoluter Gewissheit, dass es das Fleisch dieses Priesters ebenso zuverlässig durchschneiden würde wie die Leinwand des Bildes - in absoluter Gewissheit, dass ich in sein Haus zurückkehren und ihn umbringen würde, damit er weder mir noch denen, die nach mir kommen würde, das antun konnte, was ich schon zu oft erlebt hatte.

Als Nächstes begutachtete Shara ein paar Bücher, die auf dem Schreibtisch lagen, und ich nickte ihr zu, als sie fragend die Hand nach einem alten Federkiel ausstreckte. Mein Schreibtisch stand seit ... ja, seit etwa 1830 hier, und er hatte nun mal eine Vertiefung für Federkiel und Tintenfass, also stand beides auch darin: Die Tinte seit langem eingetrocknet, die Feder spröde. Die Prinzessin prüfte die Spitze der Feder und strich über das graue Gefieder, das daraufhin eine kleine Staubwolke absonderte.

"Selbst gemacht", sagte ich, "aber sie ist schon zu alt, sie würde nicht mehr richtig schreiben."

"Was muss man denn da machen?", fragte Shara erstaunt, ich lachte - das gehörte dann wohl in die Abteilung 'ausgestorbene Handwerkskunst'.

"Es reicht leider nicht, wenn du der armen Gans die Feder rausreißt und sie anspritzt. Du musst sie unten anschneiden und das Mark ausdrücken, sie in Wasser einweichen und danach härten - am besten in heißem Sand, bis sie so durchsichtig und fest wird. Dann musst du noch die Haut abpellen, sie anspitzen und das Gefieder so weit anschneiden, dass du sie halten kannst. Und wenn du Pech hast, hast du die Gans an der falschen Flügelseite gerupft und dir als Rechtshänder eine Linkshänderfeder gemacht."

Shara lachte, besah sich die Spitze genauer, stellte die Feder dann vorsichtig zurück und hockte sich auf mein Bett, ich machte das Fenster auf und gab ihr eine Zigarette und Feuer. Natürlich musste sie husten, als sie den Rauch inhalierte, und natürlich musste ich darüber lachen. Ich bekam dafür einen frechen Spruch über meine Socken zurück, die nicht unbedingt nach Farben sortiert zusammengedreht waren, und fühlte mich wiederum besser. Jack tauchte nach ein paar Minuten mit einer riesigen Pralinenschachtel wieder auf, ich streckte die Hand danach aus, doch er beachtete mich nicht weiter, setzte sich auf das Fußende meines Bettes und nestelte an der Zellophanfolie rum. Er würde nicht gehen - und ich würde ihn nicht darum bitten können, Höflichkeit setzt Magnus schachmatt. Ich seufzte, zog mir einen Stuhl heran und leistete Shara bei einer Zigarette Gesellschaft.

Sie hustete noch mal, rieb sich gedankenverloren mit der Hand über die Brust und verzog den Mund.

"Tut es noch sehr weh?", fragte Jack, dann schob er ihr die geöffnete Schokoladenschachtel hin.

Sie schüttelte den Kopf und streckte vorsichtig die Beine aus. "Nein. Es juckt jetzt ganz fies, tief innen drin - da, wo man sich nicht kratzen kann."

Sie warf die Zigarette in das Glas, das ich ihr anstelle eines Aschenbechers hinhielt, und schob sich eine Praline in den Mund.

"He, die sind lecker. Ist das auch Okay, wenn ich die esse?"

Jack zuckte mit den Schultern. "Maggie ist nicht da, ich habe sie also mehr oder weniger gestohlen - aber sie hatte den ganzen Schrank voll. Es wären auch noch Kekse da, Stundenfutter und Chips, wenn du möchtest."

Das erklärt dann auch, warum Maggie trotz erhöhter Trainingseinheiten und Ciarans Diätplan immer noch mehr wiegt als ich, dachte ich boshaft und nahm mir auch eine Praline - igitt. Shara bemerkte meinen angeekelten Gesichtsausdruck, lachte leise und vorsichtig auf, als müsse sie das neu lernen: Es klang toll.

"Was hast du erwischt?"

"Marzipan, pfui Teufel."

"Ich mag Marzipan. Ich kann nur so Gelee-Zeug und Likörfüllungen nicht ausstehen, ansonsten mag ich alles, wo Schokolade dran ist."

Sie aß noch eine Praline und sah sehr glücklich aus. Jack hockte ihr gegenüber, schaute ihr zu und sah auch sehr glücklich aus - ich fühlte mich ein wenig überflüssig, wollte aber nicht weichen, schließlich war das hier mein Zimmer, schließlich saß Shara auf meinem Bett.

Es klopfte an der Tür, nach meinem 'Herein' steckte Josie den Kopf ins Zimmer.

"Magnus, hast du Shara ... da bist du ja!"

Sie kam zu uns rüber, streckte der Prinzessin ein keines Fläschchen mit Pillen entgegen.

"Schmerztabletten, mit besten Grüßen von Ciaran. Hab ich vergessen, dir zu geben. Nur wenn nötig, immer nur eine und viel dazu trinken." Sie wedelte den Rauch weg und blinzelte auf die Pralinen und die Schachtel Zigaretten herunter. "Also, das geht ja nun wirklich nicht."

Shara schob ihr die Pralinen hin. "Die Weißen da sind super."

Josie stemmte die Hände in die Hüften und setzte ihren kritischen Krankenschwesterblick auf, doch den hielt sie nur für Sekunden durch. Dann lachte sie, rief nach Shane, faltete sich in einer fließenden Bewegung auf dem Teppich vor dem Bett im Schneidersitz zusammen und zog die Schokolade zu sich heran. Shane schloss die Tür und setzte sich neben sie - und damit war an Packen erst mal nicht zu denken. Die ausgegebene Losung 'keine Fragen' schien immer noch zu gelten, daher drehten sich die Gesprächsthemen zunächst um alles Mögliche, solange es nur schön harmlos war. Josie erzählte Shara ausführlich von der Burg, lockte sie mit Jacks exquisitem Fuhrpark, den von ihr perfekt eingerichteten Zimmern und den exzellenten Shopping-Möglichkeiten in Bozen, als würden wir morgen in Urlaub fahren und nicht aus dieser Stadt flüchten. Ich holte Getränke aus der Küche - keinen Alkohol!, zischte Josie mir hinterher, aber ich brachte trotzdem eine Flasche Rotwein mit, von dem auch Shara einen winzigen Schluck trank. Ihre Wangen bekamen davon ein bisschen Farbe, sie machte die Pralinen nieder und lachte immer häufiger über meine mittelprächtigen Witze und Josies flapsige Antworten. Ihre bloßen Füße lagen wie zufällig auf Jacks Oberschenkel, er hatte einen Arm locker auf ihren Jeansbeinen abgelegt und sagte fast gar nichts, aber seine treuen Hundeaugen waren beredt genug.

"Wie lange dauert die Fahrt morgen eigentlich?", wollte Shara wissen, als eine Kirchturmuhr in der Nähe Zwei schlug.

"Es sind etwa sechshundertfünfzig Kilometer", sagte Jack, "je nach Verkehr so fünf, sechs Stunden. Wir fahren mit zwei Autos und Shane mit dem Transporter."

"Und wann wollt ihr los?"

"Wenn du ausgeschlafen hast, natürlich", antwortete Josie, "oder wenn Magnus den Schweinestall hier aufgeräumt hat. Ich setze einen Platz vorne darauf, dass du vor ihm im Auto sitzt."

"Sehr witzig", antwortete ich und warf die Silberpapiere nach ihr, die sie von den Pralinen abgezogen und dann achtlos auf meinem Teppich liegen gelassen hatte.

"Ich sollte schlafen gehen."

Shara rutschte vom Bett, richtete sich auf - und schnappte im selben Moment hörbar nach Luft, versteinert zu einer verkrümmten Statue. Josie und Jack sprangen auf, aber Shara hob abwehrend die Hand: Nicht anfassen, es geht schon.

"Scheiße", sagte sie nach ein paar reglosen Sekunden, "das tat weh. Da hat sich wohl irgendwas ... innen drin ... sortiert."

Das klang fies, aber Josie nickte fröhlich. "Deine Lunge zieht sich zusammen. Da war ziemlich viel Blut drin, dadurch dehnt sie sich aus und sackt nach unten, jetzt wird das Blut abgebaut und sie wandert wieder hoch."

Shara ließ sich vorsichtig wieder auf dem Bett nieder und massierte ihre Rippen - dort, wo ihr Kreuz sitzen musste. Diesmal bemerkte sie meinen indiskreten Blick auf ihre Brust, sah dann der Reihe nach die anderen an.

"Ihr wollt die Kreuze sehen, oder?"

Erst sagte keiner was, doch dann nickte Shane. "Ja, sehr gern. Aber du musst sie uns nicht zeigen."

Shara überlegte einen Moment. "Nein, ist schon in Ordnung. Wenn die Herren kurz wegschauen würden ..."

Ich drehte ihr gehorsam den Rücken zu und starrte an die Wand. Stoff raschelte, dann hörte ich ein 'Okay' von Shara und drehte mich wieder um. Es sah ... schön aus, was anderes fiel mir spontan nicht ein. Das hatte nichts mit diesen zwei blassen Kratzern zu tun, die ich auf meiner Brust hatte - das hier war was ganz anderes: Zwei goldglänzende, zarte Linien gleicher Länge mit Treffpunkt genau in der Mitte, die vier Enden spalteten sich zu jeweils zwei kleinen Bögen, die zum Kreuzungspunkt zurück strebten. Das Kreuz lag leicht unterhalb ihres Herzens, der linke Balken folgte der Rundung ihrer Brust und verschwand unter dem Hemdchen, das sie mit der Hand leicht zur Seite zog. Sharas schneeweiße Haut war der würdige Rahmen für dieses

Kunstwerk, und das milde Licht der Lampen im Raum ließ die zahllosen Goldpartikel vielschichtig schimmern. Das Kreuz wirkte erhaben und dennoch wie ein natürlicher Teil ihres Körpers, es war ... perfekt.

"Das ist wunderschön."

Natürlich war es Josie, die das Offensichtliche aussprach, Jack nickte, Shane und ich taten es ihm nach. Shara drehte sich vorsichtig um, und wir bewunderten das etwas kleinere Spiegelbild des Kreuzes auf ihrem Rücken, dann zog sie das Hemdchen herunter und ihren Pullover wieder über.

"Ich finde es grauenhaft", sagte sie und rutschte vom Bett, "und ich geh jetzt schlafen."

"Schläfst du noch mal im Krankenzimmer?", fragte Shane, Shara schüttelte den Kopf und stütze sich am Bettpfosten ab, bis sie halbwegs aufrecht stand.

"Nein, in einem Gästezimmer."

"Fühlst du dich dort sicher?"

Auf diese Frage von Jack straffte sie sich und sah auf ihn hinunter.

"Nein, nicht wirklich."

"Auf der Burg wird's besser", versprach ich ihr und sie dankte mir mit einem kleinen Lächeln, dem man leider sofort ansah, dass es allein zu meiner Beruhigung gedacht war.

"Setz dich noch mal", bat Jack.

Als sie sich bedächtig neben ihn niedergelassen hatte, zog er sein Hosenbein hoch und nahm die Waffe aus dem Holster. Josie atmete scharf ein, auch Shanes Augen wurden größer: Was hatte Jack denn jetzt vor?

"Hast du schon einmal eine Waffe in der Hand gehabt?", fragte Jack Shara, die schüttelte den Kopf.

"Soll ich dir erklären, wie sie funktioniert, oder soll einer von uns damit vor deiner Tür Wache halten?"

"Erklären", sagte sie.

"Gut."

Jack rutschte vor und hielt die Pistole so, dass Shara erkennen konnte, was er tat. Seine Schulter berührte die ihre, und ich sah, wie sie sich leicht gegen ihn lehnte - nur aus Erschöpfung, sagte ich mir, nur weil sie so müde ist.

"Diese Waffe hat ein Magazin, in dem steckt die Munition. Du hast bei diesem Modell sechzehn Schuss pro Magazin. Hier wird es entriegelt - es löst sich und fällt raus, also Hand drunter."

Jack zog den Hebel zurück und das Magazin rutschte aus der Waffe in seine Hand.

"Mit Schwung wieder hinein schieben, und es verriegelt sich von selbst."

Er ließ es einschnappen und reichte Shara die Waffe rüber, sie wiederholte die Prozedur, dann gab sie die Waffe zurück.

"Abzug und Sicherungshebel", erklärte Jack unter weiteren Fingerzeigen. "Der Abzug funktioniert nur, wenn der Sicherungshebel unten und die Waffe damit entsichert ist - jetzt ist er gesichert und oben. Aber bitte nie ausprobieren, ob das Abdrücken trotzdem geht, ja? Und die Waffe niemals, wirklich niemals ungesichert weglegen."

Shara nickte.

"Zieh den Hebel mit dem Daumen zurück und drück ihn damit auch wieder hoch. Er ist sehr fest, damit er sich nicht aus Versehen löst."

Wieder gab er ihr die Waffe rüber, sie entsicherte und sicherte zweimal, den Finger in sicherer Entfernung zum Abzugshahn.

"Wenn du ein Magazin in die Waffe schiebst, ist noch keine Patrone im Lauf. Dazu musst du erst einmal durchladen, das machst du mit diesem Schieber auf der Oberseite. Mit der ganzen Hand fassen, kräftig einmal vor- und zurückziehen. Die erste Kugel wird hochgezogen, das Magazin damit geöffnet. Wenn du schießt, rutschen alle weiteren Kugeln automatisch nach, bis das Magazin leer ist. Nur durchladen, wenn die Waffe gesichert ist."

Shara streckte die Hand aus, Jack schüttelte jedoch den Kopf und nahm erst das Magazin raus, dann ließ er sie ein paar Mal leer durchladen. Er setzte das Magazin wieder ein und gab ihr die Waffe.

"Leg sie nicht unter das Kopfkissen, das funktioniert nur im Film. Du bewegst dich nachts, dann schiebst du sie zur Seite und findest sie nicht schnell genug. Zwischen Matratze und Kopfteil ist besser, oder zwischen Matratze und Wand. Roll ein Handtuch zusammen und stopf es in den Spalt, dann fällt sie nicht herunter."

"Danke", sagte Shara. "Und muss ich beim ... Abdrücken was beachten? Oder werfe ich sie einfach entsichert jedem ins Gesicht, der mit einem Dolch vor der Tür steht?"

Jack lachte. "Entschuldige. Nimm beide Hände und halt die

Waffe sehr gut fest: Sie hat einen kräftigen Rückstoß und ist schwer. Ziel immer auf den Körper", fügte er hinzu und legte die Hand mit gespreizten Fingern auf seine Brust, "da hast du am meisten Fläche. Wenn das aus irgendeinem Grund nicht gehen sollte: Schieß auf die Beine, die Oberschenkel vor allem. Arme und Kopf sind viel schwieriger zu treffen."

Shara nickte.

"Ich besorge dir eine kleinere Pistole", versprach Jack, "die hier ist für dein Gewicht zu schwer. Aber für heute Nacht dürfte sie reichen."

"Danke. Ist ja eh nur für Notfälle, oder?", fragte sie Jack mit einem kleinen Lächeln, er blickte ernst zurück.

"Ja, nur für Notfälle."

Sie sah auf die Waffe hinunter, dann zu Jack, und schließlich wanderten ihre grauen, klugen und müden Augen einmal im Kreis über unsere Gesichter.

"Was Andreas und Ciaran heute in der Bibliothek gesagt haben, dass die Zerstörung der Narbe eure mindeste Strafe für Drake wäre ... das würde mir nichts geben, das würde mir nicht reichen. Das gehört zu eurer Welt, nicht zu meiner. Wenn ich die Möglichkeit hätte und natürlich den Mut ... ich würde ihn am liebsten umbringen."

Jack antwortete langsam und mit Worten, die ich nicht unbedingt gutheißen konnte. "Und das wäre dein gutes Recht."

Wir anderen schwiegen, und ich war mir nicht ganz sicher, ob das ein zustimmendes oder ein eher skeptisches Schweigen war: Ich zumindest wollte mir lieber nicht vorstellen, wie Shara mit dieser Knarre auf Drake losging, denn das könnte auch böse ins Auge gehen.

– 7 –

Shara

Ich hatte ein paar Stunden tief und fest geschlafen, und als ich um kurz nach neun aus meinem Zimmer kam, fühlte ich mich ziemlich gut. Kein Kopfbrummen oder Schwindel mehr, kein Schmerz oder Jucken in der Brust, Waschen und Anziehen ohne Schweißausbrüche und Schwindelanfälle - und der letzte, goldbraune Schorf auf der Kreuznarbe hatte sich unter der morgendlichen Dusche nun auch abgelöst.

Anfreunden konnte ich mich mit meinem neuen Körperschmuck allerdings immer noch nicht und hatte fünf Minuten lang meine Klamotten nach einem hochgeschlossenen Oberteil durchsucht, vergeblich: Außer dem Pullover von gestern war nichts dabei, was wirklich alles verbarg, zackte die Narbe doch recht hoch hinauf und die aktuelle Sommermode recht weit hinunter. Ich nahm schließlich eine normale, weiße Bluse, die ich ganz zuknöpfte, und wickelte mir überflüssigerweise noch einen Schal um den Hals, als könne ich die Narbe durch das Verstecken unter Stoff selbst am ehesten vergessen.

Auf der Treppe hinunter zur Küche begegnete mir Shane: Er zog zwei riesige Koffer hinter sich her und bugsierte sie unter sehr anschaulichem Stöhnen auf einen schon recht großen Stapel Gepäck und Umzugskartons, der neben der Eingangstür wartete.

"Ich hol deine Sachen runter, wenn du fertig bist", bot er an, während er sich seine Ponyfransen aus dem Gesicht pustete und mich mit seinen Zahnpasta-Werbezähnen anstrahlte.

Ich hatte natürlich noch nicht gepackt: Warum hatten die meine Sachen überhaupt aus den Koffern herausgeholt? Ich dankte Shane und versprach, mir nur schnell einen Kaffee zu holen und dann alles zusammenzuräumen. Bevor ich in die Küche ging, klopfte ich wie versprochen am Krankenzimmer, Ciaran rief mich herein. Er horchte an Brust und Rücken, klopfte beides mit den Knöcheln ab, maß Puls sowie Temperatur und erklärte mich fröhlich für absolut genesen. Auch er räumte schon zusammen, also machte ich mich auf zur Küche: Ein Kaffee wäre toll, und nach meiner Schokoladen-Diät von gestern hatte ich jetzt auch Appetit auf irgendwas mit Salz und Gewürz. Die Küche war riesig - und leer bis auf Jackson. Er kippte gerade Wasser in eine Kaffeemaschine, wovon ein Schwall daneben landete, als ich durch die Tür schaute.

"Guten Morgen", sagte er und angelte mit der freien Hand nach einem Lappen, "setz dich doch, ich mache dir einen Kaffee."

Ich wollte mich nicht setzen, sondern ging langsam und zögernd zu ihm hinüber. Ich hatte seit den Geschehnissen in der Kirche keine Sekunde allein mit ihm verbracht und fand, dass ich ihm noch Dank schuldig war - echten Dank, nicht die schnellen Worte und den belanglosen Händedruck, den ich ihm gestern in der Bibliothek hatte geben können, während andere uns umstanden und jede meiner Gesten mit Argusaugen verfolgt hatten. Aber wie sagte man angemessen und mit Würde einem Menschen Dank, der einen im Arm gehalten und getröstet hat, während man an seinem eigenen Blut ertrank?

Jackson warf den nassen Lappen in die Spüle und drehte sich mit einer einladenden Geste auf den Kühlschrank zu mir um.

"Möchtest du etwas essen?"

Ich nickte, schüttelte aber dann den Kopf - Gott, er verwirrte mich. "Ja, gleich. Aber erst mal wollte ich ... möchte ich dir Dank sagen. Aber ich weiß nicht, wie man sich für das, was du für mich getan hast, bedanken kann."

Er senkte den Blick auf den Boden, dann glänzten mich diese unglaublichen Augen wieder an: Heller als sonst - morgendlich hellgrün und ein bisschen verlegen.

"Du musst dich nicht bedanken, Shara. Das war doch selbstverständlich. Niemand von uns hätte dich dort im Stich gelassen."

"Ich will aber, und was du getan hast, war alles andere als selbstverständlich. Ohne dich hätte ich viel früher aufgegeben." Ich versuchte zu lächeln, aber das gelang nicht recht. "Danke, Jackson", sagte ich schließlich leise, denn meine Stimme drohte zu brechen. "Du hast was bei mir gut, ja?"

Er sah mich ernst an, schüttelte seinen schönen Kopf. "Nein. Du kannst niemals in meiner Schuld stehen."

Ich seufzte, das wurde nicht einfacher. "Okay ... darf ich dich dann vielleicht einfach umarmen? Ist das in Ordnung?"

Fragt er sich, ob ich das ernst meine?, dachte ich, ein wenig verdutzt über meinen eigenen Mut, als ich Jacksons überraschten Blick registrierte, doch dann nickte er. Ich machte einen kleinen Schritt auf ihn zu, schlang meine Arme um seinen Hals, eine Sekunde später umfing er mich und zog mich an sich. Ich lehnte meinen Kopf an seine Wange, spürte seine Hand in meinen Haaren, und es fehlte nicht viel, dass ich angefangen hätte zu weinen: Er war so warm, so kräftig, so tröstend - und mein Magen hatte noch niemals zuvor bei der banalen Berührung von Haut auf Haut solche Kapriolen gemacht wie in diesem Moment. Ich hörte Jacksons Herz schneller schlagen und er roch genau so herrlich nach Zimt, wie ich es von unserem nächtlichen Ausflug ans Meer und aus den schrecklichen Minuten im Pantheon in Erinnerung hatte. Seine Locken lagen weich auf meiner Haut, seine Hand strich mir liebevoll über den Rücken und drückte mich an ihn - fester und inniger, als ich gehofft hatte.

"Danke, Jackson", flüsterte ich nach einer wunderbar langen Minute im Paradies, dann ließ ich ihn schweren Herzens los.

Ich strich ihm den Arm hinab und drückte seine Hand, er hob meine an die Lippen und küsste sie. Ich wagte kaum, ihn anzusehen, wagte kaum, mich aus dieser Nähe diesen Augen zu stellen, doch dann kamen laute Schritte durch die steinerne Halle auf die Tür zu, und der zimtige Zauber war gebrochen. Ich machte einen Satz zurück, als die Tür aufflog, Jackson blickte mir ein wenig traurig hinterher. Josie übersah unser peinliches Schweigen nonchalant (oder tatsächlich?) und verkündete ungefragt und lautstark, dass Magnus unmöglich sei, weil er sie heute Morgen um sechs mit einer SMS aus den Federn geholt habe, nur um ihr mitzuteilen, seine Sachen seien gepackt, sein Zimmer wäre aufgeräumt, er säße schon im Auto - und zwar vorne.

Mein Frühstück war schnell erledigt, bald darauf trug Shane mir wie versprochen meine Sachen in die Halle. Zum Frühstück runter, zum Packen hoch, zur Abfahrt wieder hinunter - das Treppensteigen machte mich trotz Ciarans positiver Diagnose noch immer kurzatmig. Als ich auf einem Treppenabsatz pausierte, musste ich an Josies Bemerkung von gestern Abend denken und ekelte mich mit kühlem Schauder vor meinem eigenen Körper: Blut in der Lunge, pfui Teufel.

"Wir können in einer Viertelstunde los", begrüßte mich Andreas, als ich mit meiner Tasche unter dem Arm und einer Hand am haltgebenden, marmornen Geländer in die Halle trat, wo der Berg mit Gepäck schon merklich kleiner geworden war. "Schwert, Dolch und auch die Chronik habe ich für dich eingepackt. Du fährst mit Albert und Jackson, wenn das für dich in Ordnung ist."

Ich nickte und Andreas führte mich durch eine der Türen auf der linken Seite der Halle in eine geräumige Garage. Hinten in der Ecke stand der Maserati, mit dem Jackson mich zum Hotel gefahren hatte - Gott, war das wirklich erst Samstag gewesen? Der Tag im Krankenzimmer hatte mein Zeitempfinden völlig durcheinander gewirbelt, ich hatte ein bisschen das Gefühl, schon Wochen in Rom zu sein. Von meinem weißen Notfall-Rennwagen war in der Garage keine Spur zu sehen, den hatte Jackson hoffentlich seinem stolzen Besitzer zurückgegeben. Der klapprige Fiat stand traurig und verstaubt neben dem glänzenden Sportwagen, ansonsten gab es noch einen großen Transporter und zwei Limousinen. Ich wurde auf den Rücksitz des schwarzen BMW komplimentiert, in dem ich Samstag schon aus der Kirche kutschiert worden war, ich protestierte und wollte vorn sitzen, stieß damit jedoch diesmal auf sehr freundliche, wenn auch stocktaube Ohren. Hinten sei der sicherere Platz, beharrte Andreas, und ich wehrte mich nicht lang: Wenn mir schlecht wurde, hätten sie eben Pech gehabt.

Aus der Viertelstunde wurde eher eine halbe, doch dann schloss Shane die Türen des Transporters hinter der letzten Umzugskiste, schnallte Jackson sich an, rutschte Magnus den Sitz so weit zurück, dass er die Beine halbwegs ausstrecken konnte, und wir rollten hinter Andreas, Ciaran und Josie aus der Garage,

Shane folgte uns mit dem Transporter. Mir tat es nicht wirklich leid, das graue Haus zu verlassen: Es war und blieb ein düsterer Kasten, und ich hatte die längste Zeit dort mit Schmerzen in der Brust und Wut im Bauch im Krankenzimmer verbracht.

Magnus

Ich weinte dem Haus keine Träne nach und freute mich sogar Fahrt. Ich hatte ein paar Dosen Cola (Light) und Schokoriegel (ohne Gelee-Zeug) dabei, beides für unsere wertvolle und wählerische Fracht auf der Rückbank - und mit drei Leuten im Auto würde die Fahrt sicher nicht so langweilig werden, wie wenn man die Kilometer allein absitzen musste.

Shara heute viel besser aus: fast schon wie vorher, nur ein bisschen dünner. Aber wenn wir heute fahren konnten, war sie für Ciaran gesund - und das bedeutete, dass ich mich an die Arbeit machen konnte.

"Was machst du eigentlich so für Sport?", fragte ich die Prinzessin, während Jack sich hinter Andreas durch den dichten Verkehr schlängelte, in Richtung Autobahn.

Sie lehnte sich vor, hielt sich an meiner Kopfstütze fest und ich bekam einen Hauch Honig in die Nase, als ihre Haare nach vorn fielen.

"Sport?"

"Ja, Sport. Du weißt schon: Sich bewegen, vielleicht sogar schwitzen. Laufen, Schwimmen ..."

"Ach so. Sitzen, Atmen, Schlafen."

Ich lachte. "Du hast Rauchen vergessen."

Sie rümpfte die Nase. "Warum fragst du?"

"Na ja - du besitzt jetzt ein Schwert, damit solltest du umgehen können. Aber du brauchst schon ein bisschen Kraft und Kondition, sonst können wir da gar nicht anfangen. Außerdem ..."

"Außerdem?"

"Außerdem bist du viel zu dünn", stieß ich mutig auf gefährliches Terrain vor, "du brauchst mehr Muskeln. Du hast deine Narbe noch ganz frisch, jetzt ist die Gelegenheit echt günstig, um ein bisschen Masse aufzubauen."

Sie schnaubte unwillig und ließ sich zurück in den Sitz fallen, echte Begeisterung sah anders aus. Wahrscheinlich hatte ich mich auch blöd ausgedrückt - welches Mädel wollte schon 'mehr Masse'?

"Schnall dich bitte an", mischte Jack sich ein und unsere Prinzessin sicherte ihren wertvollen Leib mit dem Gurt, ohne Widerworte natürlich.

Ich drehte mich im Sitz zu ihr um. "Was wiegst du?"

Sie lachte auf. "Weiß ich nicht, ich hab keine Waage."

Wozu auch, dachte ich, die würde eh nicht ausschlagen.

"Ich würde sagen, wir fangen morgen gleich an - jeden Morgen joggen, danach ein bisschen Krafttraining."

"Super Idee. Dann sehe ich bald aus wie Xena, die Kriegerprinzessin. Besorg mir noch eine knallenge Lederkluft mit Schnürmieder, das kommt zum Schwert richtig gut."

"Xena hatte Muskeln."

"Und ein paar Pfund Silikon in der Bluse." Shara dachte einen Augenblick nach. "Laufen ist schon okay, aber Joggen hasse ich. Ich war ganz gut im Sprinten, aber auf Langstrecke bin ich nicht zu gebrauchen. Das langweilt mich nach fünf Minuten."

Ich schüttelte den Kopf. "Du brauchst Kondition. Schön langsames Traben, immer ein bisschen länger."

"Nein."

Ich drehte mich wieder nach vorn. "Jack, sag was."

Er gab Gas, um hinter Andreas über eine sehr orangerote Ampel zu kommen. "Warum? Ich bringe ihr das Schießen bei, dafür braucht sie nur eine ruhige Hand."

Zustimmendes Schweigen von der Rückbank, ich verschränkte beleidigt die Arme vor der Brust. "Dickkopf."

"Das sagt der Richtige."

"Ich bin der Schwertmeister."

"Und ich der Schwertlöser."

Wir schwiegen fast fünf Minuten, in denen ich mich mindestens zehnmal mit aller Kraft bremsen musste, um nicht nachzugeben. Schließlich klickte der Sicherheitsgurt auf und Sharas Honighaare berührten meine Schulter.

"Laufen, kein Joggen. Kein Krafttraining, aber ich mache Yoga oder Gymnastik. Okay?"

Ich streckte die Hand nach hinten, sie schlug ein und schnallte sich wieder an. Wir waren nun auf der Autobahn, langsam blieb die Stadt hinter uns zurück: Noch ein paar Industriegebiete und hässliche Hochhäuser, dann wurde es endlich ländlicher. Ich betrachtete mit Wohlwollen Wiesen,

Wälder und Felder - nach Wochen in der Stadt war ich für jedes Stück Grün dankbar, die Burg würde eine wahre Offenbarung sein.

Shara streifte sich die Schuhe ab und ich erhaschte einen Blick auf hübsche Füße und rosa lackierte Nägel, als ich mich umdrehte.

"Leg dich doch hin", schlug ich vor, sie schüttelte den Kopf.

"Nein, dann wird mir schlecht. Ich hasse es, hinten zu sitzen."

Sie zog ihre Tasche auf den Sitz und kramte darin herum, dann schnappte sie plötzlich nach Luft. "Scheiße!"

Jack riss den Fuß vom Gas. "Was ist los?"

Sie wedelte mit der Hand, bedeutete Jack, er solle weiter fahren, kramte dann ihr Handy aus der Tasche.

"Ich muss dringend im Verlag anrufen! Ich sollte noch einen neuen Termin ausmachen, weil ich den einen ja ... gestern war doch Donnerstag, oder? Ich hab das total vergessen!"

Kein Wunder, dachte ich, du warst mit dem blutigen Loch in deiner Brust ja ganz gut anderweitig beschäftigt, besänftigte die Prinzessin dann aber doch lieber mit anderen Worten.

"Schieß den Job in den Wind", riet ich ihr, "du hast genug Geld, um die Bücher für dich schreiben zu lassen." Ich erntete einen bösen Blick. "Was? Stimmt doch!"

"Ich wiederhole mich nur ungern, Magnus, aber ich nehme euer Geld nicht."

Ich zuckte mit den Schultern, Shara tippte auf ihrem Handy herum. Das folgende Gespräch war kurz: Scheinbar war der zuständige Lektor nicht zu sprechen, hatte seiner Assistentin aber hinterlassen, angesichts dieser Terminprobleme sei eine Fortsetzung der Geschäftsbeziehung schwierig. Shara zischte ein paar sehr scharfe Sätze ins Mikro, von denen mir der letzte am besten gefiel. "Sagen Sie ihm, dass es mir sehr leidtut, dass er das Lesen nie gelernt hat - es hätte ihm seinen Beruf nämlich sehr erleichtert und vor allem für seine Autoren die Zusammenarbeit beinahe erträglich gemacht."

Sie klappte das Handy zu und feuerte es in den Fußraum des Wagens. "Arschloch - arrogantes, stinkendes Arschloch!"

"Siehst du?", fragte ich nach hinten, "wir zahlen nicht nur besser, wir riechen auch gut."

Sie lachte, und die folgende halbe Stunde unterhielt ich sie damit, dass ich die guten Eigenschaften meiner Brüder und

Schwestern ins Unermessliche übertrieb - selbst die von denen, die ich gar nicht so mochte.

"Sag mal", unterbrach sie meinen Vortrag über Ciarans gottgleiche Kochkünste, "wo waren eigentlich die anderen gestern und heute? Joseph, Ffion, Lucia, Gerard, Peter und so weiter - ich hab keinen mehr gesehen."

Ich blickte erwartungsvoll zu Jack, der entspannt hinter Andreas herfuhr, das linke Bein angewinkelt, eine Hand locker am Lenkrad, ein Auge im Rückspiegel - oder doch eher ein Auge auf der Prinzessin?

"Unterschiedlich", antwortete er bereitwillig, "aber keiner mehr im Haus. Maggie ist schon nach dem Treffen am Dienstag nach Berlin zurück gefahren, sie studiert dort. Sven ist mitgefahren und wollte von da aus weiter. Gerard, Joseph, Lucia, Pablo und Ffion haben in deinem Hotel übernachtet, Peter war in München."

"Warum haben sie im Hotel geschlafen? Andreas hat sie doch nicht etwa wegen mir weggeschickt, oder?"

Sie rutschte wieder mit gelöstem Gurt nach vorn, Jacks warnender Blick brachte nichts. Er ging vom Gas, was Shara auch nicht beeindruckte: Sie wartete auf eine Antwort, mit drängendem Blick ihrer großen, grauen Augen.

"Doch, natürlich."

Sie sah mich an. "Sie wurden wirklich aus dem Haus geworfen? Gott, sie werden total sauer auf mich sein."

Jack wurde noch langsamer, vor uns leuchteten Andreas Bremslichter auf: Er würde uns gleich anfunken und fragen, was los sei.

"Nein, so denken wir nicht", sagte Jack, während uns vorwurfsvoll trötend der wahrscheinlich letzte psychedelisch bemalte Bulli Europas mit Surfbrettern auf dem Dach überholte. "Es besteht eine sehr große Wahrscheinlichkeit, dass jemand aus dem Orden Drake geholfen hat, und deshalb sollte der Kreis so klein wie möglich sein, der ... nah an dich herankommt."

Er warf ihr einen Blick über den Rückspiegel zu, der mich beinahe zu der Frage verleitete, was er denn bitte unter 'nah' verstand, doch ich verkniff es mir. Shara lehnte sich zurück und legte den Gurt an, Jack beschleunigte, wir holten wieder auf. Die klare Stirn der Prinzessin blieb jedoch gerunzelt, und ich reichte ihr ein paar Schokoriegel nach hinten, damit sie ihren Grübeleien etwas Nervennahrung geben konnte.

Shara

Als wir uns Bozen näherten, kannte ich mich einigermaßen aus: Über diese Strecke fuhr man in entgegengesetzter Richtung von München aus in zwei Stunden zum Wandern nach Südtirol oder noch weiter, zum Surfen oder Segeln an den Gardasee.

Wir verließen vor Bozen die Autobahn, in einem weiten Tal voller Obstplantagen, die sich links und rechts der Straße so weit in Richtung Berge erstreckten, bis die schroffen und steil aufragenden Felsen dieser frühen Alpenausläufer den landwirtschaftlichen Anbau unmöglich machten. Hier waren die Gipfel noch nicht karg und kahl, die Berge noch nicht alpin. Es war Mai, die Blüte der Obstbäume schon vorbei, aber ihre Blätter leuchteten noch ein einem hellen, saftigen Grün, das mich an Jacksons Augen im Sonnenlicht erinnerte.

"Wir sind bald da", tröstete mich Magnus, als ich zum zweiten Mal in zwei Minuten mein Gewicht auf der viel zu weichen Rückbank verlagerte.

"Äpfel?", fragte ich mit Blick auf die schnurgeraden Baumreihen, Jackson nickte.

"Äpfel und Birnen, ein wenig Wein."

Er fuhr von der Bundesstraße ab und folgte Andreas aus der weiten Ebene zwischen den Hängen in ein etwas schmaleres Seitental, flankiert von zwei eckigen Wachtürmen mit schmalen Schießscharten.

"Die markieren den Eingang zu unserem Tal", sagte Magnus und machte mich auf die Wappen mit dem mir mittlerweile nur zu gut bekannten Schwingenkreuz aufmerksam, die die ausgezeichnet erhaltenen und sicherlich drei Stockwerke hohen Türme schmückten.

Auch in diesem Tal gab es unten Obst und oben schroffe Felsen - überall dort mit dichtem Buschwerk bewachsen, wo eine Wurzel genug Fläche und Erde zum Festhalten gefunden hatte. Die Felsen waren grau, sie stürzten unterhalb großer, mit dichtem Buschwerk bewachsener Plateaus senkrecht hinab. Links glitzerte sich ein schmaler Wasserfall aus großer Höhe einen Abgrund herunter und verschwand in einer dunstigen Regenbogengischt zwischen riesigen Felstrümmern, ein kleiner, sehr malerischer und äußerst gepflegter Ort hockte verschlafen in der Mitte des Tales in der warmen, gelben Nachmittagssonne: Ich sah zwei oder drei Läden, Tankstelle, ein Restaurant,

Postamt und Schule. Die Straße führte durch die engen Gassen und über einen hübschen Marktplatz mit Café gleich wieder aus dem Städtchen hinaus, dann lag der Rest des Tales vor uns und ich sah sie - die Burg meiner Kreuzritter.

"Unsere Burg", sagte Magnus mit hörbarem Stolz, als er meine gespannte Aufmerksamkeit bemerkte, und den musste ihm neidlos zugestehen.

Ich schnallte mich erneut los und beugte mich zwischen den Sitzen hindurch, um durch die Windschutzscheibe sehen zu können. Auf den ersten Blick war es vor allem die Lage der Burg, die mir den Atem raubte: Sie hockte auf einem einzelnen, gigantischen Felsen, der trotzig am Ende des Tales aufragte. Der Fels schien keine Verbindung mit den flacheren, langsam ansteigenden Hängen zu seiner Linken und Rechten zu haben, seine Seiten brachten unterhalb der Burgmauer einfach senkrecht ab. Er war aus grauem, glattem Stein, kein Busch, kein Baum hatten hier Fuß fassen können. Ich sah keine Straße, keinen Weg, der auf den Felsen geführt hätte - so definiert man also uneinnehmbar, dachte ich in Erinnerung an Ciarans Worte vom Sonntag.

Die Burgmauer schien direkt aus dem Fels zu wachsen, sie bestand aus dem gleichen grauen Gestein: dicke Quader, die ohne sichtbare Lücken aufeinander lagen. Keine Schießscharten, keine Fenster oder Türme unterbrachen die glatte, von dicken Zinnen bewehrte Mauer, während sie der unregelmäßigen Linie des Felsens folgte. Mindestens vier Meter hoch, schätzte ich, wenn nicht noch mehr. Es gab auch kein Tor auf dieser Seite - wozu auch, es hätte in den Abgrund geführt. Ein Gebäude konnte ich von hier unten nicht ausmachen, nur Fels und Mauer: Letztere war einfach zu enorm, um von unserer demütigen Position tief unten im Tal einen Blick in die Anlage zu erlauben.

"Das ganze bewirtschaftete Land hier gehört zur Burg", erklärte Jackson und wies auf die Anwesen und weitläufigen Plantagen rechts und links an den flachen Hängen des Tals. "Die meisten Höfe sind seit Jahrhunderten in der Hand der gleichen Familien."

Ich nickte und bewunderte die vereinzelten, sehr schmucken Anwesen im ländlich-italienischen Stil: Beige und cremefarbene Mauern, dunkle Fensterläden, flache Dächer in verblasstem Terrakotta, hier und da schlanke Zypressen. Andreas ließ vor uns einen Traktor die Straßenseite wechseln, der Mann bedankte sich mit einem Lüpfen des Hutes und nickte auch Jackson und Magnus zu, die grüßten höflich zurück. Das brachte mich auf was ...

"Sagt mal: Wenn ihr seit Jahrhunderten hier seid, ist denn niemandem mal aufgefallen, dass ihr ... nicht älter werdet? Dass so gut wie nie jemand stirbt?"

Meine beiden Lieblingskreuzritter wechselten einen Blick, und wie immer antwortete mir Jackson, wenn es Magnus zu heikel wurde.

"Wir haben nicht wirklich viel Kontakt zu den Menschen, aber du hast Recht: Das ist natürlich aufgefallen. Wir haben schon vor Jahrhunderten eine Abmachung mit den Bewohnern dieses Tals getroffen: Sie pachten das Land zu einem sehr, sehr günstigen Preis, dafür reden sie nicht über ... diese Dinge. Wir bemühen uns natürlich, ansonsten ganz normal zu sein und zu helfen, wo immer es geht - Ciaran zum Beispiel wird oft als Arzt gerufen, weil hier im Ort keiner ist, wir springen auch mit Darlehen oder Krediten ein, wenn jemand von den Banken nichts bekommt."

"Und das funktioniert?" Irgendwie bezweifelte ich das: Eine Burg voller Unsterblicher, das musste einfach Fragen und Neid aufwerfen, wenn nicht gar Hass - das konnte man unmöglich mit ein bisschen Geld auf ewig abschalten.

"Schon", sagte Magnus, womit ich mich fürs Erste zufriedengab.

Wir kamen dem Fels schnell näher, und ich versuchte, seine Höhe zu schätzen: zweihundert Meter oder mehr? Eine imposante, glatte Felswand, in deren Schatten wir abrupt eintauchten - ein bisschen bedrohlich, weil düster nach dem gleißenden Licht der Sonne. Die Straße wand sich am Fuß der Wand langsam nach oben, und wir umrunden den Felsen auf ihrer schmalen Spur, sie war als Privatweg gekennzeichnet ('Keine Besichtigung!' in diversen Sprachen) und in besserem Zustand, als die öffentlichen Straßen es gewesen waren.

"Kameras", sagte Magnus und deutete auf ein paar für mich harmlos aussehende Streckenbegrenzungspfosten, "Bewegungsmelder gibt es auch."

Aus dem sanften Schlängeln der Straße wurden jetzt scharfe Serpentinen, zwischen Büschen und kleinen Laubbäumen verborgen gewannen wir an Höhe. Jackson fuhr schwungvoll in die Kurven, ich musste mich an den Vordersitzen festhalten, um nicht zu stark hin und her geschleudert zu werden. Er warf mir einen Blick über den Rückspiegel zu, ich sah das Lachen darin. Schmale Waldwege gingen hier und da aus den Kurven ab - prima zum Laufen, wie mir Magnus freudig versicherte, aber ich schnaubte nur: Bei meiner Größe war ein glatter, ebener Untergrund für schnelle Fortbewegung am besten, ansonsten verhedderte ich mich mit entfernten Körperteilen wie den Füßen gern an Ästen und Steinen. Es waren vielleicht fünf oder sechs Kehren, die wir nach oben fuhren, dann brach das dichte Buschwerk auf und die Straße führte durch eine weite Wiese mit hohem, wogendem Gras direkt auf eine breite Zugbrücke und das dahinter liegende, riesige Tor in der Burgmauer zu. Links und rechts flankiert von dicken, eckigen Türmen ähnlich denen am Taleingang, hatte das Tor zwei Flügel, und diese teilten sich (natürlich!) ein enormes Schwingenkreuz aus Eisenbeschlägen.

"Dezent", kommentierte ich trocken, Magnus lachte.

"Jeder braucht ein Namensschild neben seiner Klingel, oder?"

Die Zugbrücke war unten, die Torflügel öffneten sich vor dem ersten Wagen, und wir folgten ihm langsam in das Innere der Anlage. Riesig war mein erster Eindruck - und bei weitem nicht so finster, wie es die einschüchternde Mauer von unten verheißen hatte: Hell, weitläufig und freundlich wäre richtiger gewesen. Der Weg führte in einem langen Bogen über das leicht ansteigende Plateau des Felsen auf das Hauptgebäude, die eigentliche Burg, zu - flankiert von weitläufigen Rasenflächen mit einigen Zypressen und großen, alt aussehenden Laubbäumen. Am Rand des Innenhofs, direkt an der Burgmauer, reihten sich mehrere einzelne, aber durchaus große Gebäude aus dem immer gleichen grauen Stein auf. Das Haupthaus war imposant und natürlich auch Grau, dabei aber durchaus einladend: Ich zählte fünf Stockwerke, rund um das flache Dach mit zahllosen Kaminen gab es auch hier eine zinnenbewehrte Brüstung. Riesige, deckenhohe Fenster in den oberen drei Stockwerken, quadratische und an das Haus in Rom erinnernde Fenster in der ersten und zweiten Etage, rotweiß lackierte Fensterläden davor. Zwei Nebengebäude oder Seitenflügel schlossen sich direkt an das Haupthaus an, beide hatten große Tore und ein paar kleinere Eingänge. Eine zweiflüglige Eingangstür über ein paar steinernen Stufen führte recht schlicht ins Haupthaus, davor lag ein gepflasterter halbrunder Platz, auf dem wir nun anhielten.

Jackson sprang aus dem Wagen und öffnete mir die Tür, ich ergriff dankbar seine helfende Hand und kletterte steif aus dem Auto, den Blick erst auf seine strahlenden, natürlich obstbaumgrünen Augen, dann auf die vor mir hoch aufragende Burg gerichtet.

"Willkommen zuhause", sagte er, und ich erwischte mich bei einem unfreiwilligen, aber durchaus glücklichen Lächeln.

"Sollen wir draußen oder drinnen mit der Führung anfangen?", fragte Andreas, doch bevor ich antworten konnte, meldete Josie sich zu Wort.

"Draußen bitte, ich muss noch in Sharas Zimmer hoch, einiges einräumen und schauen, ob die Möbel alle da sind."

Andreas sah mich fragend an, ich zuckte mit den Schultern, Josie hauchte mir ein 'Danke' auf die Wange und lief ins Haupthaus. Shane durchquerte gerade mit dem Transporter das Tor in der Mauer, es schloss sich recht zügig hinter ihm - diesmal löste das Rumpeln des Tores kein Gefühl der Gefangenschaft in mir aus wie in Rom, ganz im Gegenteil: Es wirkte beschützend, wirkte Drake-draußen-haltend, und erleichterte mich fast ein wenig.

"Okay. Dann fangen wir bei den Nebengebäuden an und arbeiten uns vor. Ein bisschen Bewegung tut ja jetzt ganz gut."

Ich lächelte über diese ebenso zutreffende wie harmlos-nette Plattitüde und folgte Andreas und Ciaran, während die anderen begannen, die Kofferräume und den Transporter auszuladen. Der Innenhof der Anlage folgte in Form und Größe dem natürlichen Plateau auf dem Felsen: Er war in etwa oval, mit dem Haupthaus an der dem Tal entgegen gesetzten Schmalseite. Stand man wie wir jetzt mit dem Rücken vor dem Eingang zum Haupthaus, lag das Tor mit seinen beiden Türmen zur Linken, und der Blick richtete sich über den sanft abfallenden Rasen auf die Mauer und darüber hinaus auf das weitläufige Tal bis zu den beiden Wachtürmen an dessen Eingang: Weder das Dorf noch die Gehöfte waren von hier aus zu sehen, einsam und erhaben thronte die Burg über dem Tal.

Andreas und Ciaran führten mich zunächst zurück zum Tor, und wir folgten dabei dem Weg, den wir eben gefahren waren. Sicher eine Strecke von vierhundert Metern, schätzte ich, aber in so was war ich nicht besonders gut: Wir gingen auf jeden Fall mehrere Minuten in einem meinem noch ein wenig wackligen Zustand angepassten Tempo, bis wir vor dem rechten Turm neben dem Tor stehen blieben. Andreas schloss eine kleine Pforte auf und ich musste den Kopf einziehen, als ich den beiden Ordensmeistern in einen schmalen Gang und dann eine enge, dunkle Wendeltreppe über mehrere Höhenmeter hinauf folgte.

"Es gibt auf der Mauer einen Wehrgang", erläuterte Andreas über seine Schulter, während ich mich auf die schmalen, ausgetretenen Stufen konzentrierte und aufs Atmen, da meine Lunge noch immer nicht ganz so funktionierte, wie ich es gewohnt war. "Man kann aber nicht ganz um die Anlage herum gehen, weil das Haupthaus direkt in der Mauer sitzt."

Ich versuchte zu nicken, ohne mir den Kopf an der niedrigen Decke anzustoßen. Oben gab es zwei Türen, Andreas öffnete wiederum die rechte und wir betraten den Wehrgang, ich ein wenig um Luft ringend: Keinen ganzen Meter breit, mit brusthohen Mauern zu beiden Seiten, die Zinnen waren gar höher als mein Kopf. Der Gang folgte der Mauer, wie Andreas gesagt hatte, doch soweit ich sah, gab es außer den Türen in den Türmen keinen weiteren Auf- oder Abstieg.

"Stimmt", bestätigte Ciaran auf meine Frage hin. "Und runter springen ist nicht zu empfehlen, da bricht man sich leicht den Hals."

Ich lehnte mich über die Brüstung und schwindelte, als mein Blick unerwartete spät auf den Rasen traf. Ciaran hatte Recht: Die Spiralen der Wendeltreppe hatten meine Orientierung verwirrt, aber wir waren bestimmt vier Meter über dem Boden - ich würde hier nicht freiwillig runter springen, soviel stand fest. Ich wandte mich zur anderen Seite, sah an der Talseite hinunter, und schnappte dabei hörbar nach Luft: Oh mein Gott! Da würde ich dann doch zehnmal lieber in den Hof hüpfen. Dort warteten ganz gewiss gebrochene Knochen, aber hier? Ein Matschfleck, mehr würde ein Körper nicht mehr sein, wenn er diese enorme, diese himmelweite Höhe überwunden hatte.

"Du bekommst nachher einen Schlüsselbund, dann kannst du den Gang mal abgehen, wenn du Lust hast. Die Aussicht ist wirklich eindrucksvoll."

Das konnte ich nur bestätigen, und nach einer andächtigen Minute mit Blick auf Berge, Apfelbäume und die malerisch darin eingebetteten Anwesen kletterten wir die Treppe im Turm wieder herunter. Als Nächstes war das Tor selbst dran: Zu öffnen mittels Funkfernbedienung in den Autos oder aber mit

einem Schlüssel - entweder in der Eingangshalle des
Haupthauses oder aber direkt in einem kleinen Kasten innen
neben den Torflügeln, wobei man zum Öffnen des äußeren
Kastens erneut einen anderen Schlüssel brauchte. Für die
Zugbrücke galt das gleiche, also bis zu drei Schlösser und bis zu
drei Schlüssel, damit man den Felsen verlassen konnte. Draußen
gäbe es kein Schloss, erläuterte Andreas: Zu Fuß oder als Gast
müsse man die tatsächlich vorhandene Klingel benutzen, aber
dank der Bewegungsmelder in der Zufahrt sei jedermann
ohnehin schon angekündigt, bevor er auf den Klingelknopf
drücken könne - zumeist Touristen, die sich auch von dem
größten 'Privatbesitz'-Schild nicht abschrecken ließen und auf
eine Führung oder einen Imbiss im doch ganz sicher
vorhandenen Restaurant aus waren. Magnus ginge zu Fuß zum
Laufen raus, sagte Ciaran, die meisten anderen nähmen eh das
Auto.

"Und wer eins eurer Autos hat, kommt in die Burg, weil die
Fernbedienung für Tor und Brücke im Handschuhfach liegt?",
fragte ich skeptisch, denn das klang nicht sehr sicher - war es
nicht zehnmal einfacher, ein Auto mit der Funkfernbedienung
darin zu klauen, als die Mauern hier hochzuklettern?

"Nicht ganz. Es gibt in jedem Wagen vier Tasten, und man
hat genau zwei Versuche, um die aktuelle Kombination
einzugeben, sie wird alle vierundzwanzig Stunden geändert und
besteht aus sechs Stellen. Nach zwei falschen Eingaben wird alles
auf null gesetzt und niemand kommt mehr rein oder raus, bis
nach Eingabe eines Mastercodes ein neuer Tagescode festgelegt
wurde."

"Und die Zugbrücke - ist da ein richtiger Abgrund drunter?"

Ciaran nickte und öffnete mit seinen Schlüsseln das Tor ein
Stück, es rumpelte verhalten, als die eindrucksvollen Holzflügel
sich langsam, aber geschmeidig in Bewegung setzten. Die Brücke
war unten, ich folgte den beiden Ordensmeistern durch das
massive Tor (die Flügel waren fast so dick wie mein Unterarm
lang!) bis an ihren linken Rand. Der ovale Riesenfelsen lag hier
zwar eng an dem Berg, der den Talschluss bildete, aber er war
nicht mit ihm verbunden: Eine Kluft von etwas mehr als fünf
Metern lag zwischen Felsen und Berg, in ihrer Tiefe rauschte
leise und entfernt Wasser. Die Zugbrücke war eine neue und
solide Konstruktion aus Holz und Stahl - allerdings gab es kein
Geländer, daher näherte ich mich ihrem Rand mit einigem

Respekt.

"Hast du Höhenangst?", fragte Ciaran und streckte mir hilfreich eine sommersprossige Hand entgegen, ich schüttelte den Kopf.

"Nein, aber ich bin nicht besonders gut ausbalanciert", antwortete ich und warf einen längeren Blick in den Abgrund - er blickte nicht zurück, ich fühlte mich als moralischer Sieger.

"Muss man wirklich dieses riesige Tor aufmachen, wenn man raus will?"

"Ja, aber das geht schnell. Und tagsüber ist die Zugbrücke immer unten, wir holen sie erst gegen Mitternacht hoch."

Wir gingen wieder hinein, die schweren Torflügel schlossen sich mit einem dumpfen Geräusch hinter mir - nein, auch diesmal keine klaustrophobische Enge in meiner Brust, sehr beruhigend. Als Nächstes schritten wir die Außengebäude entlang der Burgmauer ab: Sie waren alle zwei Stockwerke hoch, hatten flache, zinnenbewehrte Dächer wie die Burg selbst und in jedem Stockwerk mehrere quadratische Fenster mit rot-weißen Fensterläden zum Innenhof hinaus.

"Wann ist diese Anlage eigentlich entstanden?", fragte ich Andreas, als wir zu dem ersten der Häuser links neben dem Tor herübergingen.

"Wir haben den Burgberg und das zugehörige Land Ende des 16. Jahrhunderts übernommen", sagte er, "aus dem Besitz eines alten, aber auch völlig verarmten Adelsgeschlechts. Uns interessierte vor allem dieser Felsen, aber auch der Ankauf der anderen Ländereien hat sich im Nachhinein als äußerst lukrativ erwiesen. Das gesamte Tal gehört dazu, aber auch große Gebiete in den umliegenden Gemeinden. Auf dem Felsen gab es damals nur noch eine Ruine - die Reste einer alten Festung, die etwa im 10. Jahrhundert erbaut worden war und in irgendeiner Fehde niedergebrannt wurde. Wir haben als Erstes die Ruine abgetragen, dann die Mauer und die kleineren Gebäude errichtet, das allein hat fast zwanzig Jahre gedauert. Danach haben wir das Haupthaus neu gebaut, fertig war die Anlage Mitte des 17. Jahrhunderts. Der Felsen ist aber schon länger bewohnt: Unter dem Haupthaus gibt es Keller, die sich zwei Stockwerke tief in den Stein ziehen und die wir unter der Ruine gefunden haben. Sie nutzen natürliche Spalten im Fels, wurden aber von Hand tiefer ausgegraben - diese Höhlen sind die ältesten Baumaßnahmen hier, etwa aus dem 7. Jahrhundert nach

Christus."

Das klang älter als erwartet, und ich war ein wenig erstaunt - die Gebäude wirkten natürlich schon alt, aber sie waren so gut gepflegt, das sie auch einhundert statt fünfhundert Jahre hätten alt sein können - wenn man mal von der definitiv aus einem sehr entfernten Jahrhundert stammenden Architektur absah. Andererseits: Dies war eine Burg, die wirklich über Jahrhunderte von denselben Menschen bewohnt worden war - vielleicht machte das ja den entscheidenden Unterschied zwischen sichtbarem und echtem Alter aus? Wie die Bewohner, so die Burg, dachte ich mit einem inneren Lächeln, als mir das (angebliche!) Alter meiner Begleiter einfiel.

"Die meisten Gebäude hier sind langweilig, aber wir werfen in alle einen kurzen Blick, damit du dich orientieren kannst", sagte Ciaran und schloss die Tür des ersten Hauses auf, ich folgte ihm hinein: angenehm kühl und wegen der vielen Fenster auch schön hell.

"Werkzeug und Gartengeräte", erläuterte Ciaran überflüssigerweise, denn neben ein paar antik aussehenden Sicheln und Sensen gab es einen modernen Rasentraktor, Motorsägen, Schubkarren und alles andere an großen und kleinen Gerätschaften, die das Herz eines Gärtners höher schlagen ließen und mit denen ich so rein gar nichts anfangen konnte.

"Wer kümmert sich um den Rasen und die Bäume?"

"Immer zwei Schüler aus dem Dorf. Sie bessern ihr Taschengeld auf, kommen von März bis November alle zwei Wochen. Es gibt links neben dem Haupthaus noch einen kleinen Garten mit Küchen- und Heilkräutern, um den kümmere ich mich selber, wenn ich hier bin."

"Ihr lasst hier also doch ... Fremde rein?"

Ciaran lachte über meine erstaunt klingende Frage.

"Ja, sicher - warum auch nicht? Drei Frauen aus dem Dorf machen sauber und unsere Wäsche, außerdem bekommen wir Lebensmittel und so was geliefert. Eine Baufirma, Schreiner, Elektriker und Klempner aus dem Dorf sorgen für die notwendigen Reparaturen und Renovierungen. Wir sind hier nicht in Klausur, aber wir passen sehr gut auf, wen wir wann rein lassen und wer was zu sehen bekommt, jetzt natürlich noch mehr. Wir stellen dir die Leute vor, so dass du über niemand Fremdes stolpern wirst."

Ich nickte, das klang einigermaßen entspannt. Außerdem erklärte das noch ein wenig mehr, warum die Dorfbewohner die Burg mit ihren seltsamen Bewohnern akzeptierten: Sie sorgte in dieser einsamen und durchweg ländlichen Gegend auch für ein bisschen Umsatz.

"Wer wohnt denn hier normalerweise alles?"

"Unterschiedlich", sagte Andreas. "Eigentlich immer Ciaran oder ich, der andere ist in Rom. Es war Zufall, dass wir diese Woche beide in der Stadt waren: Ich bin Anfang des Monats nachgekommen, weil ich ein paar Dokumente in den Vatikan bringen musste - wir verhandeln gerade über den Verkauf eines Gemäldes." Er schloss die Tür hinter uns ab. "Jackson, Albert, Shane und Josephine sind meistens hier, wenn sie keinen Dienst haben, deswegen waren die Vier auch meine erste Wahl für deine Begleitung. Ffion kommt von den anderen am häufigsten, Peter und Gerard auch des Öfteren. Die anderen sind lieber in unseren anderen Wohnungen - es ist halt ziemlich abgeschieden", fügte er in einem Tonfall hinzu, der sich eine Reaktion von mir erhoffte.

"Ich find's toll", sagte ich und erntete ein strahlendes Lächeln von Ciaran, ein verhaltenes, allerdings ebenfalls erfreutes Nicken von Andreas.

Das zweite Gebäude war auch nicht viel spannender - es war der ehemalige Pferdestall mit leeren Boxen und angestaubtem Zubehör, außerdem hing noch leicht ein Geruch nach Pferd, Heu und Dung in der Luft.

"Wir können jederzeit Pferde halten, wenn du möchtest", sagte Andreas, wohl in der Annahme, dass ich zu den beim weiblichen Geschlecht weit verbreiteten Pferdenarren zählte, aber ich winkte ab. Meine erste und einzige nähere Bekanntschaft mit einem Pferd hatte in dem Versuch bestanden, einen alten Gaul mit einem Apfel zu füttern: Das Vieh hatte mich in die Hand gebissen. Ich war damals etwa sechs Jahre alt gewesen und Pferde standen seit dem auf meiner Liste der leider nicht vom Aussterben bedrohten Arten.

Das nächste Nebengebäude war zweigeteilt und auch nicht mehr wert als einen kurzen Blick: In der Zeit vor Waschmaschine und Brotbackautomat hatte es sowohl das Waschhaus mit großen Zubern als auch eine kleine Bäckerei mit dicken, gemauerten Öfen beheimatet. Etwas länger verweilten wir dann in der Schmiede nebenan – ich hatte sie vorschnell ebenfalls unter der Kategorie 'früher mal wichtig' abgespeichert, wurde von Ciaran aber eines Besseren belehrt.

"Ja, natürlich wurden hier früher vor allem Beschläge für unsere Pferde und die Räder der Kutschen gemacht, aber eines unserer Mitglieder ist auch immer Waffenschmied und fertigt die Schwerter unserer neuen Mitglieder." Ciaran wies auf ein paar schlichte Waffen, glanzlos und schmucklos, die auf einem Tisch lagen. "Unsere Übungsschwerter machen wir auch selber, dergleichen bekommt man ja leider nicht im nächsten Baumarkt."

Ich lachte pflichtschuldig und musterte den rußigen, nach kalter Asche und kühlem Metall riechenden Raum nun schon interessierter. Auf einem riesigen Amboss lag ein monströser Hammer – mit einer Hand bekam ich gerade mal seinen hölzernen Griff etwas hoch, für das ganze Gerät brauchte ich beide Arme (nur zum Anheben, wohlgemerkt!).

"Okay, das ist wohl nicht mein Ding", sagte ich, woraufhin auch Ciaran mit einem bedauernden Lächeln seine sensiblen Arzt-Finger in einer gezierten 'nichts für mich'-Geste hob. "Wer ist denn euer Schmied?"

"Michael", antwortete mir Andreas, während ich zu der enormen Feuerstelle hinüber schlenderte.

Den kannte ich noch nicht. "Inaktiv - oder ist das der ... Verbannte? "

"Inaktiv", sagte Ciaran, "der Verbannte ist Ethan. Vor Michael war Lukas unser Schmied, du hast sein Porträt in Rom gesehen, am ersten Tag. Erinnerst du dich?"

Ich nickte: Der vermeintliche Vermeer (oder echte? ungeklärt!) mit Buch und Schwert - und einer der drei Toten, von denen Jackson mir erzählt hatte.

"Bekommen alle das gleiche Schwert? Eine Replik des Schwertes aus dem Stein?"

Andreas schüttelte den Kopf. "Nein. Ein Schwert muss den körperlichen Voraussetzungen seines Besitzers angepasst sein, sonst nützt es ihm herzlich wenig. Länge und Gewicht müssen stimmen, der Griff muss der Handgröße entsprechen. Stell dir vor, wir würden Josephine und Albert die gleiche Waffe geben - das wäre wenig sinnvoll. "

Ich nickte, aber nur zur Logik in Andreas' Worten: Heutzutage war ein Schwert in etwa so sinnvoll wie ... keine Ahnung: Ein Morgenstern, eine Streitaxt, ein Katapult – total unhandlich und im Vergleich zu modernen Waffen hoffnungslos antiquiert.

"Bei den Verzierungen an Klinge und Griff werden die Wünsche des Neuen berücksichtigt, ein paar sehen dem Schwert im Stein auch recht ähnlich. Die Schwerter hängen jeweils bei den Mitgliedern im Zimmer an der Wand – schau sie dir bei Gelegenheit mal an, sie sind wirklich ganz unterschiedlich."

"Muss dieser Michael mir auch eines machen, wenn ich bleibe?"

Andreas sah mich an, als hätte ich etwas sehr, sehr Dummes gesagt, auch Ciaran zog eine Augenbraue hoch. Ich verstand erst nicht, schaute begriffsstutzig zurück, dann dämmerte es mir: Sie meinten doch nicht etwa, dass dieses Schwert aus dem Stein die zu mir gehörende, zu mir passende Waffe sei?

"Es ist viel zu schwer für mich", protestierte ich - ich hatte es kaum aus der Schwertkammer in diesen grabplattenverzierten Aufenthaltsraum tragen können, damit herumfuchteln würde ich unmöglich können!

"Nein, durchaus nicht: Seine Länge passt zu deiner Körpergröße, sogar sehr gut", gab Andreas zurück. "Es ist ein Beidhänder, noch nicht einmal ein besonders schwerer - du brauchst nur mehr Kraft, außerdem natürlich Übung und Anleitung."

Ich knurrte nur, dachte erneut an von mir sicherlich nicht adäquat auszufüllende Schnürmieder und stapfte aus der erkalteten Schmiede heraus in den warmen Sonnenschein, als könnte ich damit auch dieser zweiten Schwertkampf-Trainingsandrohung entkommen. Schwerter, also wirklich - und ich hatte mal gedacht, dieser Orden sei im 21. Jahrhundert angekommen! Andreas verschloss die Tür, und ich sah aus dem Augenwinkel, dass er einen Blick mit Ciaran wechselte: War ich mal wieder zickig gewesen? Egal.

Nach der Schmiede blieben noch zwei Nebengebäude, beide nicht minder kreuzritterlich: In einem Haus war ein Schießstand untergebracht. Alle Zwischenwände waren entfernt, die Wände dick gedämmt, die alten Fenster gegen schuss- und schalldichte ausgetauscht worden. Es gab einzelne Boxen mit Pulten und Ohrenschützern, in der Halle Zielscheiben auf Schienen und jede Menge leerer, vergitterter Schränke mit massiven Zahlenschlössern. Die Waffen seien zurzeit im Keller der Burg, erläuterte mir Andreas, während ich dem fremdartigen, scharfen Geruch von Schießpulver nachschnüffelte, der in der Luft lag,

Jackson werde sie morgen herüberbringen, und ich könne dann bei ihm Unterricht nehmen. Ich nickte, konnte mir aber nicht wirklich vorstellen, dass ich mit Ohrenschützern auf eine Pappscheibe feuern würde. Obwohl ... ich hatte die von Jackson geliehene Pistole noch immer in meiner Tasche, und wieder hergeben wollte ich sie eigentlich nicht.

Das nächste Haus war ebenso ausgehöhlt, hier regierten Magnus und der eben schon erwähnte Waffenschmied Michael als die Schwertkampfmeister des Ordens, wie mir Ciaran erzählte: ebenfalls jede Menge leerer Schränke, diesmal für Schwerter, Dolche und alle anderen Stich- und Schlagwerkzeuge, die der moderne Kreuzritter ja scheinbar dringend brauchte. Auf dem Boden dicke, federnde Matten, rund herum Bänke und schmale Tische. Ich könnte hier lernen, mit meinem Schwert umzugehen, sagte Ciaran und ich war versucht, ihn um einen Zettel zu bitten, damit ich mir gleich einen Stundenplan notieren konnte: Laufen, Schießen und Schwertkampf - das würde wohl kein entspannter Urlaub im Schlosshotel werden, bei dem ich als Burgfräulein graziös durch mittelalterliche Gänge wandeln konnte. Ich hielt jedoch den Mund, nickte bereitwillig, ließ mich zum letzten Nebenhaus führen - und das überraschte mich dann wirklich, denn es war ein Hallenbad: ein großes Becken, ein warm schimmernder Holzfußboden, Palmen in Töpfen, gepolsterte Liegen sowie Duschen und Umkleidekabinen, einfach ... toll.

"Cool", sagte ich ehrlich beeindruckt, was Ciarans Veilchenaugen freudig strahlen ließ.

"Du kannst es jederzeit benutzen", sagte Andreas, als er die Tür hinter uns schloss. "Aber eins solltest du wissen: Wir schalten Bewegungsmelder und Kameras an, sobald es dunkel wird. Das soll selbstverständlich nur Eindringlinge aufspüren, aber das System weiß ja nicht, dass du es bist, auf dem Weg zum Schwimmbad. Es wird also ein Alarm ausgelöst und jemand wird kommen, um nach dir zu sehen."

Das klang schon weniger gut, aber erst die Praxis würde zeigen, ob das wirklich ein Problem sein würde - ich würde mich hier nicht total überwachen lassen, so viel stand fest, auch nicht unter dem schönen Vorwand 'Schutz'. Andererseits würde ich wohl kaum nachts schwimmen gehen, oder?

Wir waren nun wieder vor der Burg angekommen, Andreas wies auf die Seitenflügel.

"Links eine Garage mit Werkstatt, rechts eine Kapelle und ein Mehrzweckraum", sagte er und wandte sich nach links, ich blieb indes vor dem Haupthaus stehen, und zwang damit auch meine beiden Begleiter, mit mir einen längeren Blick auf das große Gebäude zu werden - das tatsächlich riesig war, riesig und alt und trutzig, aber auch mal so gar nicht Burg-mäßig.

"Als ihr eine Burg erwähnt habt, hab ich mir etwas ganz anderes vorgestellt", sagte ich, was Ciaran lächeln ließ.

"Lass mich raten: ein schauerliches, feuchtes Gemäuer? Eine halbe Ruine?"

Ich schüttelte den Kopf. "Nein, so schlimm nicht - aber ich war mir nicht sicher, ob es Strom geben würde. Und fließendes Wasser. Aber im Ernst", fügte ich hinzu, "unter einer Burg stelle ich mir irgendwie ein ... wehrhafteres Gebäude vor. Zugbrücke und Mauer sind da, okay - aber irgendwie fehlt mir ein Turm. Oder mehrere Türmchen. Und Schießscharten."

"Ich verstehe, was du meinst", sagte Andreas, "und du kannst gern mal in der Chronik nachlesen, wie wir damals gestritten haben, als es um das Haupthaus ging. Dass die Mauer drum herum kommt, war schnell klar, die Zugbrücke auch - damit ist das ganze Gelände abgeriegelt, da kommt keine Maus rein oder raus. Ich war damals durchaus dafür, anders zu bauen - so, wie es wahrscheinlich deinen Vorstellungen von einer Burg eher entsprochen hätte. In Europa tobte der Dreißigjährige Krieg, während wir an diesem Gelände gearbeitet haben - und glaube mir, ich war mir alles andere als sicher, dass diese Zeit voller Verwerfungen und Grausamkeiten irgendwann vorbei sein würde. Aber Ciaran ..." - Andreas' schwarze Augen wanderten zu seinem alten Gefährten, blitzten auf - "Ciaran sagte, es würde besser. Dieser Krieg wäre bald vorbei, einen noch schlimmeren könne es nicht geben."

Ciaran lachte. "Ja, richtig! Und du hast mich das letzte Mal daran erinnert, als es 1914 wieder losging. 1939 hast du nur bedeutsam geschaut, aber ich wusste schon, was du meintest."

"Nun, Ciaran war für ein Haus, das eher dazu einlädt, darin zu leben als sich darin zu verschanzen."

"Aber Burgen können doch auch ... schön sein. Und prächtig", sagte ich.

Andreas' Miene wurde etwas starrer, und ich sprach schnell weiter, denn das hatte ich nicht erreichen wollen. "Versteh mich nicht falsch - ich finde eure Burg toll. Sie sieht aus wie ein

Gutshaus oder so was."

"Du hättest es also gern prächtig?", fragte Ciaran, "Wie ... Neuschwanstein? Versailles? Wir könnten ein bisschen Zuckerbäcker-Stuck an die Fassade kleben, gern auch in Rosa."

Ich lachte. "Das wäre dann eher ein Schloss als eine Burg, oder? Nein, das meine ich auch nicht. Vergesst es - ich mag die Burg. Sie ist beeindruckend und gleichzeitig ... schlicht. Die Rechnung ist aufgegangen: Von außen kriegt man Angst, wenn man den Felsen sieht, aber wenn man drinnen ist, möchte man gleich nach einem Zimmer fragen."

"Du hast ein Zimmer", sagte Ciaran, mit leiser Stimme, "und du hast es schon seit dem Moment deiner Geburt."

Ich sah in seine klaren Augen, schluckte und nickte, Ciaran zauberte ein mildes Lächeln auf sein hübsches Gesicht und drückte mir kurz den Arm.

"Lass uns alte Männer einfach reden", sagte er, "wir neigen zur Pathetik. Aber nur einmal am Tag, versprochen."

Ich lachte und wandte mich nach Links, um mit der Besichtigung fortzufahren. Die große, ebenerdige Flügeltür der Garage stand auf, Andreas führte mich hindurch in einen riesigen, hohen und hellen Raum. Der Boden war mit weißen Steinplatten ausgelegt, die Fenster an der Front ließen viel Tageslicht hinein, das sich auf unzähligen glänzenden Karosserien spiegelte. Jackson zog gerade eine letzte Stoffhülle von einem der Wagen und faltete sie sorgfältig über dem Arm zusammen, ich ließ meinen Blick über den Fuhrpark wandern und mir fiel unfreiwillig die Kinnlade nach unten. Okay, es gab ein paar ganz normale Autos: einen neueren Golf, einen großen Pickup, den Zwillingsbruder des klapprigen Fiats aus Rom, einen Geländewagen, ein antikes, aber glänzendes Käfer-Cabrio und natürlich die beiden Limousinen, mit denen wir hergekommen waren. Der Rest war mehr als nur beeindruckend: Ich sah einen nagelneuen Porsche (Schwarz), einen gut gepflegten klassischen Jaguar (Dunkelgrün), einen weiteren Maserati (Rot, in der Cabrio-Version), einen Ferrari (Schwarz), einen Mustang (Knallgelb mit schwarzen Streifen), einen mir völlig unbekannten Sportwagen mit langer Schnauze (Schwarz) und einen BMW-Roadster (Silber).

Jackson legte die Stoffhülle auf einen Stapel anderer und schlenderte zu uns herüber, die Hände entspannt in den Taschen seiner Hose versenkt.

"Alles in Ordnung?", fragte er, ich starrte ihn sprachlos an.

"Scheinbar nicht", antwortete er für mich, ich konnte angesichts seines Fuhrparks nur in einer ratlosen und hoffentlich bewundernden Geste die Arme heben.

"Die gehören nicht alle mir", sagte er lachend angesichts meiner Sprachlosigkeit, "ich kümmere mich nur um sie. Die da" - er zeigte auf Fiat, Golf, Pickup, Geländewagen und die beiden Limousinen - "kann jeder benutzen, die Schlüssel sind in dem Kasten dort." Er wies auf einen kleinen Schrank neben dem großen Tor. "Wenn der Tank unter die Hälfte geht, bitte tanken: Die Tankstelle unten im Ort schreibt an, wir zahlen das einmal pro Monat. Und wenn mit einem Wagen etwas nicht stimmt, bitte mir Bescheid sagen."

"Und die anderen Autos?"

"Der Käfer gehört Josie, der Z4 Gerard, der Jaguar Andreas und der Mustang Magnus. Meiner sind nur der Ferrari, der Porsche, der Wiesmann und der Maserati."

"Nur", wiederholte ich tonlos und wurde mit einem sehr hellgrünen Blick belohnt, den ich als durchaus erfreut interpretierte.

"Die Schlüssel von meinen hänge ich ebenfalls da hinein", sagte Jackson mit einer erneuten Geste auf den Kasten. "Solange du hier noch kein eigenes Auto hast, kannst du jederzeit eins nehmen."

Das war nett gemeint, aber ich würde den Teufel tun und ihm eines seiner kostbaren Schätzchen ungefragt entführen - und er sollte den Teufel tun und mir keine solchen automobilunmoralischen Angebote machen!

"Danke", sagte ich, "aber ich kenne mich hier in der Gegend ja gar nicht aus."

Wie erhofft nickte Jackson, mit blitzenden Augen. "Dann melde dich einfach, wenn du irgendwo hin möchtest, und ich begleite dich."

Ich war mir nicht ganz sicher, aber ich meinte, in Ciarans Mundwinkel ein Zucken gesehen zu haben. War das gerade eine zu durchsichtige Scharade gewesen, oder hatte Jackson ihm von dem geliehenen Auto und unserem nächtlichen Ausflug erzählt?

"Da vorn wäre dann die Werkstatt", spielte Andreas ungerührt weiter den Fremdenführer, ich warf pflichtschuldig einen Blick in einen gefliesten Raum mit Hebebühne, Werkbank, Werkzeugen und Schränken voller Kleinteile, deren Bedeutung sich mir auch bei näherer Betrachtung nicht erschlossen hätte. Alles wirkte wie frisch lackiert und neu gekauft, kein Ölfleck verschandelte den Boden. Jackson bedachte mich mit einem markerschütternden Blick, als wir sein Reich verließen und über den sonnig-warmen Vorplatz hinüber in den rechten Seitenflügel gingen - ich schwankte leicht, als mich diese grüne Breitseite traf, konnte aber glücklicherweise meinem wohl doch noch nicht ganz wieder hergestellten Gesundheitszustand die Schuld daran geben. Wie von Andreas schon gesagt, bestand der Anbau rechts aus zwei sehr unterschiedlichen Räumen: Ganz außen gab es eine Kapelle mit kleinem Glockenturm oben und hochlehnigen Bänken innen, ein Altar aus grob behauenem, grauen Stein und ein alter, hölzerner Jesus am Kreuz bildeten neben großen, massiv golden aussehenden Kerzenständern den einzigen Schmuck. Es gab keine Fenster, nur die schmale Tür, die vom Vorplatz hinein führte. Der Raum daneben war im Vergleich blendend hell und riesig, er glich der Garage bis aufs Haar, war aber leer - bis auf den Transporter, den Shane durch das große Tor gefahren hatte: Der Mehrzweckraum, von dem Andreas gesprochen hatte. Eine Tür schien ins Haupthaus zu führen, daneben stand rechts das Gepäck der Kreuzritter aus Rom - und links ein weiterer Stapel Umzugskartons mit der Aufschrift 'Shara/München'.

Ich hob fragend eine Augenbraue.

"Peter hat das heute Morgen hier abgeliefert", sagte Andreas - mit einer Stimme so ruhig, als mache er mich auf die Gästetoilette aufmerksam. "Aus deiner Wohnung: Kleidung, Bücher, Bilder, Unterlagen."

Ich drehte mich zu ihm um, nach einer Sekunde ohnmächtiger, bodenloser Fassungslosigkeit krampfhaft um Beherrschung bemüht.

"Das ist ja wohl die Höhe!", begann ich äußerst undiplomatisch, aber auch sehr erzürnt. "Habt ihr sie noch alle? Ihr hättet mich fragen müssen - ihr könnt doch nicht einfach meine Wohnung ausräumen!"

Andreas sah mich ernst an, dann nickte er. "Entschuldige, wenn du das als Eingriff in deine Privatsphäre ansiehst, aber so hast du alles, was du brauchst. Wir haben auch veranlasst, dass deine Post dir hierher nachgesendet wird. Wenn du uns verlässt, bringen wir natürlich alles zurück."

"Und weil ihr ja viele schöne Fotos aus meiner Wohnung

habt, könnt ihr die Bücher bestimmt sogar in der richtigen Reihenfolge wieder einräumen, oder?"

Seine Augen verrieten ihn, und ich musste mich schon sehr zusammenreißen, um nicht noch lauter, um nicht noch wütender zu werden. Ich brachte mich in sichere Entfernung zu den Ordensmeistern, ging zu den Kartons hinüber und öffnete den obersten: Meine Kamera, mein Laptop und einige CDs, ordentlich gestapelt und sorgfältig mit Luftpolsterfolie gesichert. Achtlos rein geworfen und kaputt wäre mir fast lieber gewesen als guter Grund für den kleinen Schreikrampf, nach dem es mich gelüstete, aber diese Jungs und Mädels machten leider keine halben Sachen. Also begnügte ich mich mit einem weiteren giftigen Blick auf Andreas und Ciaran und stolzierte aus dem Seitenflügel, um draußen beleidigt eine Zigarette zu rauchen.

Magnus

Ein Schatten fiel auf mein Gesicht. Er verschwand, kam wieder, verschwand und kam nochmals wieder. Ich öffnete die Augen, die Sonne stach mir schmerzhaft in die Pupillen, zwang mich zum Blinzeln: Shara stand über mir und winkte mit ausgestreckter Hand vor meinem Gesicht herum.

"Bist du tot?"

Ich lachte. "Nein."

"Was machst du?"

Eine berechtigte Frage, schließlich lag ich mitten auf der Wiese, ausgestreckt auf dem Rücken.

"Ich erde mich."

Sie dachte darüber nach. "Und was bringt das?"

"Entspannung."

Sie blickte zweifelnd zu mir herunter, eine kleine Falte zwischen den Augen - ihre 'ich bin sauer'-Falte, die ich vom 'ihr wollt mich mit Klamotten bestechen'-Vorfall vom Sonntag oder vom 'ihr habt in meinem Leben rumgeschnüffelt'-Vorfall vom Montag kannte.

"Hast du dich aufgeregt?", fragte ich zu ihr hinauf, sie nickte.

"Ihr wart schon wieder in meiner Wohnung."

Ich klopfte mit dem Arm auf den warmen Boden. "Dann probier's auch mal aus, das beruhigt."

Sie bedachte mich mit noch einem zweifelnden Blick, ließ

dann ihre Tasche in Gras fallen und setzte sich neben mich.

"Hinlegen und Augen schließen", empfahl ich, sie kam meinem Rat nach und legte den Kopf auf meinen Oberarm: überraschend schwer und hart, aber durchaus angenehm.

Sie machte die Augen zu, wir schwiegen ein paar Minuten.

"Wie fühlt sich das an?", fragte ich schließlich, sie seufzte, als hätte ich sie geweckt.

"Feucht. Ein Stein piekt mich in den Rücken, und irgendwas mit zu vielen Füßen krabbelt mein rechtes Bein hoch."

"Prinzessin auf der Erbse", neckte ich sie und bekam dafür einen spitzen Ellbogen in die Rippen. "Und was hörst du?"

Ein oder zwei Minuten Stille.

"Ganz entfernt ein Motorrad, ein paar Vögel in dem großen Baum da vorne. Shane mit meinen geklauten Sachen in der Halle da hinten."

"Herrlich, oder?"

Sie hob den Kopf und ich musste die Augen nicht öffnen, um zu wissen, dass sie mich ansah, als wäre ich nicht ganz dicht.

"Was riechst du?"

Sie legte den Kopf wieder ab. "Gras und Erde. Blumen. Schwarze Johannisbeeren."

Ich rümpfte die Nase. "Schwarze Johannisbeeren? Falsche Jahreszeit."

Ihr Kopf hob sich von meinem Arm, ich hörte ein schnupperndes Geräusch neben meinem Ohr und machte die Augen auf. Ihre Nase war nur ein paar Zentimeter entfernt, ich erkannte ein paar winzige Sommersprossen darauf und sie hatte die längsten Wimpern um ihre kühlen, grauen Augen, die ich jemals gesehen hatte. Obwohl ... ich blinzelte, starrte in ihre Augen. Waren die nicht Dunkelgrau gewesen? Stahlgrau, mit einem blauen Kranz um die Pupille? Ja, ganz sicher. Jetzt blinzelte ich gegen das Sonnenlicht in hellere Augen, Augen, die einen silberblitzenden Kranz dort hatten, wo vorher das Blau gewesen war - wie flüssiges Metall sah das aus. Das Silber strebte nach außen, durchzog das dunklere Grau mit glänzendem Lametta, würde es bald ganz eingesponnen haben. Ja, kein Zweifel, das war neu. Und: Ja, kein Wunder - warum sollte bei Shara nicht auch die Körperverwandlung schneller gehen, wo sie doch auch diese Dolchwunde in nur einem Tag weggesteckt hatte? Die Augenfarbe war immer als Erstes dran, das hatte ich schon diverse Male miterleben dürfen.

"Du riechst nach Schwarzen Johannisbeeren", sagte die silberäugige Prinzessin, ich widerstand der Versuchung, an mir selber zu riechen, und sie legte den Kopf wieder ab.

Ich winkelte den Arm an und legte ihn vorn über ihre Schultern, sie rutschte ein bisschen näher.

"Du riechst nach Honig", sagte ich und steckte die Nase in ihre Haare, sie hob tatsächlich den Arm und roch an ihrer Haut.

"Quatsch. Bodylotion mit Olive."

Ich ließ es dabei bewenden und wir schwiegen. Die Sonne war warm, eine dicke Hummel dröhnte über uns hinweg, süßer Honigduft benebelte mich.

"Wo ist Jack?", fragte ich die Prinzessin nach ein paar Minuten, in denen ihr eben noch so gepresster Atem allmählich flacher geworden war.

"In der der Garage da vorn."

"Hat er mitbekommen, dass du dich aufgeregt hast?"

"Nein, ich glaube nicht. Wieso?"

Ich kratze mich am Bein, das jetzt auch ein Insekt entdeckt hatte.

"Er hat immer Angst, dass du gehst, wenn wir was falsch machen."

Sie lachte leise, es klang bitter. "Sehr witzig - wo sollte ich bitte hin? Ihr habt mein Leben in Kartons verpackt, es steht in der Halle da vorn."

Dazu konnte ich nicht viel sagen, also versuchte ich es mit einem ungefährlicheren Thema.

"Gefällt dir die Burg?"

"Ich war noch nicht drinnen, aber hier draußen ist es schön. Das Schwimmbad ist toll, ich hatte eher mit Talgkerzen und kaltem Wasser aus der Pumpe gerechnet." Sie schwieg einen Moment. "Können wir Schwimmen gegen Laufen tauschen?"

Ich lachte. "Nein, aber gegen die Gymnastik."

"Okay."

Ich schloss die Augen und ließ die Stille auf mich wirken - eine zweisame Stille, die ich überraschenderweise angenehmer fand als eine einsame Stille. Shara fühlte sich zart und zerbrechlich an, und ich versuchte, meinen Arm so leicht wie möglich zu machen: Mir gefiel es, die Prinzessin so nah bei mir zu haben, und es wäre einfach zu schade gewesen, wenn Shara meinen Arm wegen akuter Luftknappheit dahin packen würde, wo er hingehörte - einen Meter von ihrem goldgesalbten Leib entfernt, mindestens. Trotz - oder gerade wegen - aller Glückseligkeit musste ich irgendwann eingeschlafen sein, denn als ich in der einsetzenden Dämmerung die Augen öffnete, war Shara weg, und ich fühlte mich überraschenderweise ein wenig verlassen.

Shara

"Du hast zwei Bereiche für dich: ein Arbeitszimmer unten und eine kleine Wohnung oben. Das Arbeitszimmer ist noch nicht fertig, also zeig ich dir erst die Wohnung!"

Josie wirbelte die große Freitreppe hinauf, und weg war sie. Ich holte sie erst im dritten Stock ein, wobei ich mich auf den letzten Metern am Geländer eher nach oben ziehen denn festhalten musste, weil ich mittelschweres Seitenstechen hatte. Josie stand in dem nach rechts abzweigenden Korridor vor einer hohen Tür an dessen Ende und tappte schon ungeduldig mit dem Fuß, bat mich dann aber mit einem reuigen Lächeln um Verzeihung, als ich vor ihr stand, mit leicht rasselnder Lunge nach Luft rang und mir eine Hand in die schmerzende Taille presste.

"Der rechte Flur gehört dir fast ganz allein. Da vorn" - sie deutete auf die einzige andere Tür - "ist ein leeres Zimmer, kannst du auch noch haben, wenn dir die Wohnung zu klein sein sollte. In dem Flur links sind auf diesem Stockwerk nur noch die Wohnungen von Andreas und Ciaran. Bereit?"

Ich nickte, Josie stieß mit anmutigem Schwung und einem erwartungsvollen Lächeln die hohe Doppeltür auf. Zunächst sah ich gar nichts - im Vergleich zum kühlen und dämmerigen Flur war das Zimmer, in das wir traten, blendend hell. Das lag vor allem an den riesigen Flügelfenstern, von denen sich jeweils drei an der Wand geradeaus sowie an der rechten und linken Seite befanden: Sie reichten vom Boden bis fast zur Decke, ließen das Sonnenlicht ungehindert in das Zimmer fluten und gewährten einen atemberaubenden Rundblick über den Innenhof der Burg und darüber hinaus auf das sich vor uns ausbreitende Tal. Die Größe des Raumes hätte ich nicht angeben können - riesig, mit Sicherheit größer als meine ganze Wohnung in München. Der Boden bestand aus dunklem Holz: Sehr alt, aber gewachst und gebohnert, bis es einen ganz warmen, matten Glanz entwickelt hatte. Vor den Fenstern schwangen dünne, weiße Gardinen leicht in der milden Luft, dazwischen hingen zartbraune, blickdichte Vorhänge, die man wahrscheinlich zuziehen konnte. Es gab eine riesengroße Sofa-Gruppe mit flauschigem Teppich und schlichtem, offenen Kamin rechts vorn vor den Fenstern, und eine blitzende Mini-Küche mit meiner eigenen Cappuccino-Maschine auf der Theke gleich rechts neben der Eingangstür. Vier Barhocker standen vor der Theke, links vorn befand sich ein großer Esstisch mit sechs Stühlen. Zudem gab es einen Fernseher, eine Stereoanlage mit im Raum verteilten Boxen, ein riesiges Bücherregal (in dem natürlich meine Bücher standen), ein paar Bodenvasen und Stehlampen - trotzdem wirkte der Raum immer noch weitläufig und luftig. Neben dem Esstisch stand ein Sideboard, über dem auf zwei schlichten Gestellen das Schwert aus dem Stein und dieser schreckliche, dazugehörige Dolch platziert waren (zum Glück beide in ihren edelsteinbesetzten Scheiden, was das Ganze etwas erträglicher machte), auf dem Board stand ein riesiger Strauß roter Rosen: Schwert und Dolch machten das Zimmer nicht eben gemütlicher, aber vielleicht setzte Josie ja auf Schocktherapie. Und ich entdeckte dann das Schwert sogar noch ein zweites Mal - auf den sechs großformatigen und leuchtend bunten Bildern, die über dem Sofa hingen: Siebdrucke im Warhol-Stil, als Vorlage hatte eine Nahaufnahme des Griffs und der sichtbaren Klinge des Schwertes gedient.

"Magst du Warhol?", fragte Josie, als sie meinen prüfenden Blick bemerkte, ich nickte: Ich liebte Warhol, ich hatte nur so meine Probleme mit dem Schwert.

"Die sind aber nicht echt, oder?"

Josie sah mich erstaunt an. "Klar sind die echt, die habe ich Ende der sechziger Jahre in Auftrag gegeben. Wir haben viele Bilder und Skulpturen, sind oft eine gute Geldanlage."

Sie zeigte auf drei kleinere Bleistiftzeichnungen in der Küche - ich erblinzelte Fragil-Architektonisches, assoziierte nichts Blutiges und war damit schon eher zufrieden.

"Du kannst dir jederzeit andere aussuchen. Auch im Schlafzimmer hab ich einfach was aufgehängt, was ganz gut passt."

Ich nickte, und ließ die Farben und Formen des Raumes auf mich wirken. Weiße Wände, weiße Möbel, das Braun des Bodens und der Vorhänge, dazu das durch die Fenster leuchtende Grün des Tales und das Blau des Himmels, die als Farbkleckse platzierten Bilder - Josie verstand was von ihrem Job, soviel war klar.

Mein Schweigen interpretierte sie dann allerdings anders, als es gemeint war.

"Wenn es dir nicht gefällt, dann kann ich ..."

"Josie, spinnst du? Das ist ... absolut toll! Das gefällt mir nicht nur, das ist der absolute Wahnsinn!"

Ich versuchte mit den Armen eine den Raum umfassende Geste, meine Innenarchitektin strahlte erleichtert.

"Ja, wirklich? Super! Ich war mit wegen der Farben nicht so sicher, deswegen hab ich mich erst mal zurückgehalten, und ich hab mich natürlich an deiner Wohnung orientiert." Sie deutete auf die Fenster, die zum Hof hinausgingen. "Ich hab die gleiche Aussicht von meinem Zimmer, Shane hat eins mit Blick auf den Hang erwischt, ist ihm aber egal. Ach ja: Du hast als Einzige einen Balkon, komm mit!"

Sie fasste mich bei der Hand und zog mich zur rechten Wand, dort riss sie den mittleren der drei Fensterflügel auf und stürzte hinaus. Zum Glück war ich halbwegs schwindelfrei, sonst hätte ich den Schritt über die Schwelle sicher nicht gewagt: Der Balkon war tatsächlich der Einzige an der gesamten Wand, und diese maß unter uns nicht etwa nur die drei Stockwerke, die wir heraufgestiegen waren - die Mauer lief hier, an der Rückseite des Gebäudes, unten in der steilen Felswand aus, die sich in den Tiefen der schmalen Kluft mit entfernt rauschendem Bach verlor - mehr als hundert Meter, tiefe Schwärze mit nebliger Gischt. Leicht benommen trat ich von der nicht allzu hohen Brüstung zurück, und widmete mich dann doch lieber der Besichtigung des Möbelstücks, das die halbe Fläche des Balkons einnahm.

"Ich hab an deinen Katalogen gesehen, dass du dir so was angeschaut hast, da musste ich einfach eins kaufen. Gab es auch noch in Grün, aber das wäre von außen zu auffällig gewesen, oder?"

Josie sprach von einem riesigen Sofa der Extraklasse: Unten ein dunkelbraunes Rattangeflecht, darauf dicke, cremefarbene Polster mit unzähligen Kissen in Weinrot, darüber eine Art Betthimmel mit Sonnensegel und langen, bunten Zierbändern, die der Wind verspielt umherwirbelte - mehr Burgfräulein ging nicht. Und Josie hatte Recht: Ich hatte mir so ein Teil kaufen wollen, ganz sicher um einiges billiger als diese nach edlem Stoff und Handarbeit aussehende Luxus-Ausgabe, und ebenso sicher hätte es auf meinem Mietwohnungsbalkon einfach nur lächerlich ausgesehen, wohingegen es hier perfekt passte.

"Das Ding ist der Hammer. Darf ich?" Josie nickte und strahlte.

"Ist doch deins! Darf ich auch?"

Wir ließen uns andächtig auf dem guten Stück nieder, und noch nie hatte mir simples Sitzen so den Atem geraubt: Von den weichen Polstern sicher umfangen, lag man in dem Ding mehr, als man saß - und fühlte sich angesichts des dramatischen Ausblicks auf schroffe Berghänge, Wald und Himmel wie ein Adler in seinem Horst. Ein leichter Wind strich um den Balkon, das Wasser rauschte von unten, ansonsten herrschte eine unglaubliche Stille. Jetzt war ich wirklich begeistert: Dieser Platz allein war es schon wert, hierher gekommen zu sein!

Josie war jedoch noch nicht fertig mit ihrer Führung, daher scheuchte sie mich nach ein paar entspannt-verzückten Minuten wieder hoch. Unsere nächsten Stationen waren das Schlafzimmer, das Bad sowie das dazwischen liegende Ankleidezimmer (natürlich, ein simpler Schrank war für Josie indiskutabel!): Im Schlafzimmer gab es ein großes Doppelbett mit jeder Menge weißer und lindgrüner Kissen, eine passende Chaiselongue mit Leselampe, auf einem Sideboard eine alte, aber exzellent erhaltene Steinplatte mit der mittelalterlich-eckig wirkenden Darstellung eines Engels - zum Glück ohne Schwert. Von Jackson aus dem Kunstfundus des Ordens ausgesucht, wie mir Josie mit neugierigem Seitenblick versicherte, was ich aber unkommentiert ließ, ebenso wie das optimistisch aussehende Doppelbett mit zwei Sätzen Kissen und Decken. Im Bad eine riesige Wanne und eine Dusche, ein Doppelwaschbecken - und selbstverständlich meine Cremes und Parfüms auf einem Glasbord, mein Nagellack und mein Vorrat an Kopfschmerztabletten in einer Kommode. Auch hier war alles in hellen Farben gehalten, auch hier schimmerte der dunkle Holzboden satt, wetteiferten die Handtücher mit dem Teppich in Sachen Flauschigkeit um die Wette. Das Ankleidezimmer war sichtlich Josies ganzer Stolz, auch wenn sich meine Klamotten recht verloren in den großen Schränken und Kommoden ausnahmen. Es gab dort auch einen hinter einer Verblendung versteckten Tresor, der bereits die Chronik sowie diese von mir noch nicht einmal aufgeschlagene Mappe mit den

Bankunterlagen über das Konto in München enthielt, und von der Größe her auch Schwert und Dolch aufnehmen konnte. Ich entnahm die Kombination einem von Andreas' versiegelten Umschlag (schwarzer, satt glänzender Lack mit dem vom Schwingenkreuz umschmeichelten A darin) und lernte sie auswendig: Aufessen musste ich das Papier samt Siegellack zum Glück nicht, ich zerriss es zu Konfetti und Josie spülte es die Toilette hinunter.

Da es mittlerweile schon auf sieben Uhr zuging und Ciaran für acht das Essen angekündigt hatte, trabte Josie in halsbrecherischer Geschwindigkeit mit mir durch den Rest des Haupthauses, wobei ich zwischen Gängen, Türen und Stockwerken mehrmals die Orientierung verlor und meine noch immer leicht angeschlagene Konstitution verfluchte. Über mir im vierten und fünften Stock waren die Zimmer der anderen Ordensmitglieder, und Josie zeigte mir im Vorbeigehen die Türen zu den Zimmern von Shane, Jackson, Magnus und ihrem eigenen, aber ich bezweifelte, dass ich unter den immer gleichen Flügeltüren die richtigen wieder finden würde, wenn es darauf ankäme. Im zweiten Stock gab es im rechten Gang eine ganze Anzahl von Gästezimmern, die laut Josie aber so gut wie nie benutzt wurden, die ganze andere Seite dieses Stockwerks nahm ein Ballsaal ein: Wunderschön, mit ewig langem Esstisch unter bemalter Stuckdecke und verspiegelten Wänden. Im ersten Stock gab es eine Bibliothek - zwar nur einstöckig, aber trotzdem locker doppelt so groß wie die in Rom, mit langem Arbeitstisch und klassischer Ledersitzgruppe vor einem enormen Kamin ganz ähnlich eingerichtet. Ich schritt die deckenhohen Holzregale ehrfürchtig ab und nahm mir vor, meine Zeit hier auf jeden Fall dafür zu nutzen, um mir ein paar dieser Bände anzuschauen: Hier standen mittelalterliche Prachthandschriften neben Erstausgaben von Klassikern der Weltliteratur, und ich schätzte, dass allein der Inhalt dieses Raumes ein dreifaches oder vierfaches (mindestens!) von dem wert war, was der Orden mir an Bargeld übereignet hatte. Bibliothek und Ballsaal waren noch am ehesten Burg-mäßig, fiel mir auf, während Josie meinen Streifzug durch die Bibliothek mit schräg gelegtem Kopf und erneutem ungeduldigem Fußtapsen erduldete, alles andere glänzte neu und modern - und diese Mischung hatte was, keine Frage. Vor allem die Eingangshalle war ein angenehmer Kontrast zu der hallenden Leere in Rom gewesen: Auch hier war der graue

Stein verbaut und schlangen sich die Schwingenkreuze im Bodenmosaik auf ewig ineinander, aber eine Sitzgruppe, Teppiche, ein paar große Pflanzen und Bilder an den Wänden machten alles hell und freundlich. Die Korridore waren sämtlich mit Teppich ausgelegt, statt der düsteren, nachgedunkelten Gemälde wie in Rom buhlten hier moderne, frische Werke um meine wertschätzende Gunst - diesmal erregte ein Chagall im Gang zur Bibliothek meine Aufmerksamkeit und ließ mich kurz innehalten: Wahrscheinlich zeigte das Gemälde ein mittlerweile verstorbenes Pferd des Ordens, dachte ich ein wenig pietätlos, bevor ich wieder zu Josie aufschloss, die mir kurz darauf mit deutlich weniger Enthusiasmus mein Arbeitszimmer präsentierte. Es lag wie die Bibliothek im ersten Stock, neben den Büros von Andreas und Ciaran, war angeschlossen an einen Raum, der nach Jahrhunderte altem Papier roch und dieses auch beinhaltete: Akten über Akten, die Geschichte des Ordens in Zahlen, Geldbeträgen und Bestandlisten (*gähn*). Das Arbeitszimmer sah nicht so aus, als würde ich es jemals benutzen: Mit schweren Möbeln und leeren Bücherschränken aus dunklem Holz wirkte es düster und deprimierend - als sei hier vor kurzem ein verstaubter Professor emeritiert (oder Schlimmeres!). Josie tätschelte mir tröstend den Arm und versprach Besserung für die nächste Woche, als ich den Raum wenig begeistert musterte. Ich wollte sie zurückhalten (was sollte ich als vorübergehender Gast mit einem Arbeitszimmer?), doch ihre blitzenden Augen verrieten mir, wie viel Spaß es ihr machen würde, die alten Sachen rauszuschmeißen, also ließ ich sie bereitwillig über angemessen seriöse Farben und die Notwenigkeit von eigenem Briefpapier phantasieren. Ebenso wenig erfreute mich kurz darauf das im Erdgeschoss gelegene Krankenzimmer mit angeschlossener Praxis - es erinnerte mich frappierend an das in Rom, und ich verließ es nach einem höflichen Blick schnell wieder. Auf der anderen Seite der Halle gab es eine Art Aufenthaltsraum mit Leinwand und Beamer, Fernseher, Spielekonsolen, Sofas, Sesseln, ein paar Laptops, Zeitschriften und Büchern - Geldmangel konnte ich hier nirgends erkennen, alles war ebenso gepflegt wie teuer. Eine Nobel-Kreuzritter-WG, dachte ich: Dabei hatte ich in der Uni alles versucht, um mir diese Erfahrung des 'wer hat Spüldienst' und 'wer hat meinen Jogurt geklaut' zu ersparen. Im Erdgeschoss gab dann natürlich noch die Küche - riesig, und mit einem gelungenen Kontrast zwischen blitzenden, nagelneuen Geräten und uraltem Refektoriumstisch inmitten von unverputzten Steinwänden. Ciaran nahm sich mit Schürze etwas befremdlich darin aus, winkte mir aber freundlich zu, dahinter gab es große Vorratsräume sowie eine Waschküche mit Waschmaschinen, Trocknern, Wäscheständern und Bügelbrett. Ein gemauerter Durchgang führte eine steile, finstere Treppe hinunter: der Keller mit den handgehauenen Höhlen. Als Josie eine Taschenlampe von dem Harken nahm, der neben der eisenverstärkten Tür hing, legte ich Veto ein und verwies auf meine Verwendung: Genug war genug, die Unterwelt konnte auf mich ja nun angeblich Unsterbliche warten. Josie nickte nur, und keine zwei Minuten später stand ich bei Ciaran in der Küche und schnippelte für ihn Gemüse klein.

Magnus

Als mich um Viertel vor acht mein knurrender Magen in die Küche trieb, zerteilte Shara gerade einen Kopfsalat, um den Körper eine Schürze mit der Aufschrift 'Hier kocht der Chef' - nicht besonders gut lesbar, da sie das Ding fast zweimal um sich rum wickeln musste.

Ich deckte den Tisch, Ciaran erklärte der Prinzessin derweil unser System mit dem Essen, als ob sie das interessieren würde: Morgens und mittags versorgte sich jeder selbst aus der Küche, abends gab es um Punkt Acht eine warme Mahlzeit für alle. Was wir so brauchten wurde bestellt: Frisches Gemüse, Obst und Fleisch brachte eine unserer hilfreichen Damen aus dem Dorf morgens mit, für alles andere sorgte ein Lieferservice. Shara hatte ja ihre eigene Küche oben, deswegen musste Ciaran ihr keinen Kühlschrank zuteilen, in dem sie ihre garantiert fettfreien Produkte verstauen konnte.

Sie kritzelte in einer unmöglich zu entziffernden Schrift 'Cola Light', 'Orangensaft ohne Fruchtfleisch', 'Schokolade mit Nüssen', 'fettarme Milch', 'Pfefferminzbonbons ohne Zucker' und 'Müsli ohne Rosinen oder Trockenfrüchte' auf den Einkaufszettel, auf dem wir unsere Sonderwünsche vermerkten, und ich hatte schon den Mund offen, um über diese Feinschmecker-Auswahl ohne Nährwert zu witzeln, als ich sah, wie sie mit Ciarans größtem Messer dem Gemüse zu Leibe rückte: Sie hackte eine Tomate mit Chefkoch-Geschwindigkeit in Scheiben, höhlte bei einer Gurke nicht weniger zimperlich mit blanker Klinge die Kerne aus, bevor sie das unschuldige Gemüse in Sekunden mit ebenso gezielten wie sparsamen Hieben zu regelmäßigen und hauchdünnen Scheiben verarbeitete. Wenn sie mit dem Schwert auch so furchtlos zu Werke geht, werden wir richtig gute Freunde werden, dachte ich, und hob mir meine Bemerkung über ihre Ernährung für eine Zeit auf, in der sie nicht bewaffnet war.

Ciaran ließ sie die italienischen Namen der Gemüsesorten lernen, die sie zerteilte, und mit einer wirklich grauenhaften Aussprache machte sie aus den italienischen Wörtern ebenso schnell Kleinholz wie aus dem zweiten Salatkopf. Sie lachte über sich selbst, verwechselte die Wörter für Staudensellerie und Knollensellerie, zeigte Ciaran eine schnellere Methode zum Zwiebeln hacken, verlangte für weitere Hilfe ein japanisches Messer mit wirklich scharfer Klinge, und hatte damit nun auch unseren Doc ohne weitere Gegenwehr restlos erobert: Ab morgen würde sie jeden Abend um sieben in der Küche stehen - Hilfsdienste im Gemüseschneiden gegen Italienischunterricht.

Als Ciaran dann noch bei der Prinzessin nach einer helfenden Hand für seine gelegentlichen ärztlichen Einsätze suchte, mischte ich mich dann aber doch ein: Ich hatte mit dem Schwerttraining eindeutig ein Vorrecht auf Sharas Zeit, denn Blutabnehmen war nichts, was sie in näherer Zukunft dringend zum Überleben benötigte oder was die Ordensregeln einem neuen Mitglied als Pflicht auferlegten.

"Wann stehst du denn morgens so auf?", fragte ich sie, während ich zwei Flaschen Rotwein entkorkte.

"Warum?"

"Laufen."

Sie stöhnte und schrappte die Tomaten in einer schwungvollen Bewegung in die Salatschüssel.

"Um zehn?"

Ich lachte nur und holte Gläser aus dem Schrank.

"Sechs, spätestens."

"Neun, und fang nicht wieder an zu schmollen."

"Dann machen wir Acht, aber ich gebe dir einen Kilometer Vorsprung."

"Okay - aber wir können morgen eh nicht anfangen, ich hab nämlich keine Laufschuhe."

Jack, Josie und Shane kamen gerade in die Küche, Josie bekam den letzten Satz noch mit und klappte erschrocken die Hand vor den Mund.

"Mist - daran hab ich ja gar nicht gedacht! Entschuldige, Shara, dass tut mir echt leid, ich hätte dir welche besorgen müssen!"

Unsere Prinzessin lachte, es klang nicht sehr enttäuscht. Sie verabredete sich statt mit mir zum Laufen mit Josie zum Einkaufen und mit Ciaran zu einer Einweisung in seine heißgeliebte Praxis, ich war also mal wieder der Verlierer der Stunde. Unerwartet rette mich Jack, der Shara einen Stuhl zurück schob, und sich dann wie selbstverständlich neben ihr niederließ: Er wollte sich wahrscheinlich nur selbst ein lauschiges Schäferstündchen mit ihr verschaffen, als er um tägliche Zeit für Schießübungen und ein bisschen Selbstverteidigung bat, Shara aber auch an ihre Verantwortung gegenüber dem Schwert erinnerte. Wir einigten uns auf erst Schießen, dann Selbstverteidigung und Schwert, weil Ersteres den ausgeruhteren Arm brauchte.

Shara beschwerte sich hochdramatisch über unsere Versuche, ihren Urlaub im Schlosshotel in Arbeit ausarten zu lassen - wurde dann aber wirklich sauer, als Andreas hereinkam und ihr neben einem Schlüsselbund auch einen kleinen Notfallsender überreichte. Ich hatte auch einen in der Tasche, Shane hatte die Dinger schon in Rom für alle präpariert: Ein roter Knopf unter einer Schutzabdeckung sendete den Alarm samt Position des Absenders, aber natürlich war so auch der Standort des Besitzers jederzeit abrufbar.

Shara rümpfte das Näschen, als röche das ganz übel nach Überwachung - und Andreas' Bitte, die Burg nicht allein zu verlassen, ertränkte sie in zwei frustrierten Schlucken Rotwein.

"Nein", antwortete sie schließlich so ruhig, dass sie innerlich garantiert kochte, "das verspreche ich dir nicht. Ich habe in Rom gesagt, dass ich gehe, wohin ich will und wann ich will, daran wird sich hier nichts ändern. Aber ich danke dir für seine Sorge."

Andreas akzeptierte die Absage ungerührt und mit einem Nicken, Ciaran stellte die Schüsseln auf den Tisch, ich sicherte mir den Platz gegenüber von Shara und häufte ihr mehr Nudeln auf den Teller, als ich selber jemals essen würde: Wir waren alle ziemlich ausgehungert, und das Essen beendete die Diskussion fürs Erste. Es steht Unentschieden im Spiel Orden gegen

Prinzessin, dachte ich mit vollem Mund: Shara ist hier, beharrt aber auf ihrer Freiheit - macht jeweils einen Punkt für beide.

Obwohl Shane ab Zehn regelmäßig gähnte und Josie auf der Bank hing wie eine runtergerutschte Porzellanpuppe, blieben wir bis fast Mitternacht in der Küche sitzen. Ciaran hatte Käse und Obst auf den Tisch gestellt und irgendwo eine Tafel Schokolade für Shara aufgetrieben, wenn auch ohne Nüsse.

Ich holte noch Wein und viel mehr Wasser, und als ich aus dem dunklen, kalten Keller zurück in die warme, helle Küche kam, war ich mit meinem Leben so zufrieden wie schon lange nicht mehr. Shara hatte ihre Schuhe ausgezogen, ein Bein auf dem Stuhl angewinkelt und hörte mit schmeichelhafter Konzentration Jack zu, der ihr irgendeine Geschichte aus der grauen Vergangenheit dieser Burg erzählte, in der eiskalte Winter und stockdunkle Nächte voller Sturm und Wolfsgeheul die Hauptrolle spielten. Die Lichter der Lampen tanzten auf Sharas goldenen Haaren, sie lachte melodisch über einen bissigen Kommentar von Josie und warf mir dann über die Schulter einen silbernen Blick und ein Lächeln zu, das mich ein bisschen aufrechter gehen ließ - Gott, sie war wirklich ... schön.

Der Gegensatz zu dem steifen und förmlichen Essen mit allen Aktiven in Rom voller beherrschter Höflichkeit und gegenseitigem Prüfen hätte nicht deutlicher sein können - und ich wusste, dass das nicht zuletzt an Sharas Beinahetod in der Kirche lag, so bitter das auch klang.

Es hatte im Orden immer wieder Ereignisse gegeben, die uns aufgerüttelt und auch zusammengeschweißt hatten, aber so was wie diese schreckliche Nacht hatte es nie gegeben. Shara gehörte jetzt unabänderlich dazu, war unzweifelhaft eine von uns, zumindest gab es für mich daran keinen Zweifel mehr. Ob sich diese Zugehörigkeit von ihrer Seite her auf das schöne Mal über ihrem Herzen beschränkte oder bis in dieses empfindsame Organ hinein gelangt war, würde die Zeit zeigen - wenn die Prinzessin denn lange genug bei ihren Rittern blieb, um die Zeit ihre Arbeit tun zu lassen.

2. Buch

– 1 –

Shara

Als ich wach wurde, hatte ich die Orientierung verloren und
musterte das fremde Schlafzimmer ratlos im verwirrenden
Halbdunkel der geschlossenen Vorhänge. Die Burg der
Kreuzritter in Südtirol, dämmerte es mir nach ein paar langen,
leeren Sekunden, und damit das vierte Schlafzimmer seit einer
Woche. Oder doch schon das Fünfte? Das erste Hotel, das
zweite Hotel, das Krankenzimmer und schließlich das
Gästezimmer im grauen Haus in Rom: Damit war das hier
tatsächlich bereits das Fünfte, wenn ich mein eigenes in
München mal großzügig übersah - und obwohl dieses Zimmer
erklärtermaßen meins war, war es mir absolut fremd.

Einziges Anzeichen meiner Anwesenheit waren meine
Klamotten von gestern, die ich müde wie achtlos auf die
Chaiselongue geworfen hatte, um dann in Unterwäsche ins Bett
zu krabbeln - die Suche nach einem Schlafanzug hatte ich
angesichts dutzender Schubladen und unzähliger Schranktüren
im Ankleidezimmer rasch und frustriert aufgegeben. Jetzt tappte
ich ins Bad, wo ich zum Thema Zahnbürste und Zahncreme
zum Glück schneller fündig wurde, die nagelneuen Handtücher
hinterließen feine Flusen auf meiner Haut, als ich mir das

Gesicht abgetrocknete. Den Badeanzug zu finden war jedoch wieder eine langwierigere Sache, da Josies Sortierung in den Schränken keiner für mich logischen Ordnung folgte, dann machte ich mich auf den Weg zum Schwimmbad. Es war noch recht früh, draußen ging ein frischer Wind, und ein paar dicke Regentropfen klatschten mir ins Gesicht, als ich über den Rasen lief.

Drinnen war es warm, aber nicht verlassen, wie ich insgeheim gehofft hatte: Jackson zog seine Bahnen, winkte mir aber nur einen kurzen Gruß zu und kraulte dann in einem Tempo weiter, das mich etwas entmutigte. Dafür legte ich einen halbwegs gekonnten Kopfsprung ins Becken hin und hielt dann tapfer zwanzig Bahnen durch, bis meine Oberarme schmerzten, meine Lunge um Erbarmen winselte und sich ein Krampf im rechten Fuß andeutete. Jackson war schon vor mir aus dem Becken geklettert und warf mir ein Handtuch zu, ich wickelte es mir um und ließ mich mit leicht zitternden Gliedern neben ihn auf eine Liege sinken.

"Hast du gut geschlafen?", fragte er mich sehr höflich, ich nickte und erschnupperte ein wenig scharfes Chlor über seinem Zimtgeruch, was ihn irgendwie blankgeputzt erscheinen ließ.

"Ja, super", antwortete ich wahrheitsgemäß, denn in der himmlischen Stille dieses einsamen Tals hatte ich tatsächlich so tief und fest geschlafen wie schon lange nicht mehr.

Und nicht nur das: Ich fühlte mich heute Morgen endlich wieder richtig gut, gar nicht mehr schlapp oder kränklich - als hätte es das Pantheon und den Dolch in meiner Brust nie gegeben, oder wenn, dann vor sehr, sehr langer Zeit.

"Deine Ohrlöcher sind übrigens weg", sagte Jackson, was mich überrascht meine Ohrläppchen betasten ließ.

Er hatte Recht: Ich hatte mir die Löcher mit dreizehn oder vierzehn stechen lassen, weil alle anderen auch welche bekamen, und hatte dann für ungefähr zwei Wochen mit pochenden Ohren scheußliche Plastikkreationen getragen. Die Stecker hatten mich nachts jedoch gepiekt, ich hatte sie also vor dem zu Bett gehen herausgenommen - und irgendwann dann vergessen, sie morgens wieder rein zu tun. Die Löcher waren im Lauf der Jahre zugewachsen, aber sichtbar blieben - jetzt war die Haut unversehrt, der vorher noch spürbare, verhärtete Kanal war weg.

"Die bist du auch bald los", sagte Jackson und deutete auf mein nasses Knie.

Er meinte die Narbe, die ich mir bei einem Sturz mit dem Fahrrad zugezogen hatte: Ich war einen Berg runter gerast, in der Kurve unten auf Splitt ausgerutscht und hatte mir das halbe Bein aufgeschürft - ein großflächiges, weißlich-runzeliges Andenken an meinen ersten Geschwindigkeitsrausch.

Ich winkelte das Bein an, besah mir die Narbe aus der Nähe.

"Die ist viel kleiner geworden", stellte ich erstaunt fest und betastete die zarte, unversehrte Haut rund um das noch immer vernarbte Gewebe. "Verschwinden alle Narben?"

Jackson nickte und rubbelte sich mit einem Handtuch die Haare trocken, was seine Locken äußerst hübsch aufplusterte wie eine schwarzglänzende Löwenmähne.

"Alle, bis auf eine." Er meint natürlich das Kreuz auf der Brust der Kreuzritter, erkannte ich nach kurzem Stirnrunzeln: Das war lebenslänglich, also ewig. "Wenn du Tätowierungen hast: Die werden auch abgebaut, das wäre ab jetzt also keine sehr sinnvolle Investition", ergänzte Jackson. "Und Piercings solltest du lieber herausnehmen, sie wachsen fest: Ciaran musste Maggie eines operativ entfernen, sehr unschön. Muttermale und Sommersprossen bleiben allerdings - siehe Josie und Ciaran."

Ich lachte und suchte auf meinen Armen nach ein paar alten Kratzen und narbigen Punkten, die von längst vergessenen Verletzungen übrig geblieben waren, fand aber nichts mehr. Ich hatte kein Piercing und schon gar kein Tattoo, um das ich mir Sorgen machen musste, hatte beides schon immer hässlich gefunden - das erklärte vielleicht auch meine nach wie vor heftige Aversion gegen dieses goldene Ding auf meiner Brust, das jetzt Gott sei Dank dieser sehr hoch geschlossene Sport-Badeanzug verbarg.

"Was verändert sich noch?"

Ich hatte das schon mal erklärt bekommen, aber damals, in der Bibliothek mit Andreas und Ciaran oder im Hotel mit Jackson und Magnus war das nur graue Theorie gewesen, hatte das nichts mit mir zu tun gehabt. Jetzt ... ja, jetzt war es absolut real, ob ich wollte oder nicht, und ich musste nun genau wissen, was mir drohte.

Jackson streckte die Beine aus und lehnte sich entspannt zurück, ich sah geflissentlich an seinem absolut betrachtenswerten Oberkörper vorbei. Mit dem Handtuch um die schmalen Hüften hätte er in dieser hingegossenen Pose vor dieser Kulisse für Heimswimmingpools Werbung machen können - ich hätte einen gekauft, gar keine Frage.

"Du siehst besser, hörst besser - so etwas", antwortete er. "Nicht übernatürlich gut, aber eben optimal. Überflüssiges Körperfett wird abgebaut, du bekommst schneller Muskeln, bist ausdauernder und wirst nur sehr, sehr selten krank."

"Bei euch hat das mit dem ersten Strich des Kreuzes begonnen?"

"Ja."

"Wie lange dauert diese ... Optimierung so ungefähr?"

Jackson wiegte den Kopf. "Ein bis zwei Jahre. Das erste Anzeichen sind immer die Augen - sie bekommen eine ganz klare Farbe."

Ich nickte, denn das war nur zu wahr: Jacksons Grün, Josies Türkis, Magnus Himmelblau, Ciarans Veilchenblau - schon in Rom hatten mich diese klaren Augen beeindruckt, hatten diese Augen mein Selbstbewusstsein um noch ein paar Stufen nach unten befördert.

"Bei dir scheint das allerdings ein wenig schneller zu gehen", fügte Jackson hinzu, ich sah ihn erstaunt an: Sein Gesicht war unbewegt, einen Scherz machte er wohl gerade eher nicht.

"Wie meinst du das?"

"Deine Augen sind heller geworden, sogar recht stark. Als hättest du Silberfäden darin - als hätten Andreas und Ciaran dir ... Goldpuder in die Wunde gestreut und Silberpuder in die Augen."

Ich sah Jackson mit meinen angeblichen Silberaugen ein bisschen skeptisch an. "Jetzt sag bloß noch, ich hätte einen Silberblick", sagte ich, er lachte.

"Shane hat von seiner Verwandlung übrigens Fotos gemacht. Er zeigt sie dir sicher gern - und du wirst sehen, dass dir nichts Schlimmes droht. Du wirst einfach ein bisschen ... perfekter."

"Und wie sah Maggie vorher aus?"

Gott, war das gemein - aber es interessierte mich dennoch: Vielleicht gab es Menschen, bei denen die Optimierung nicht funktionierte - oder sich gar ins Gegenteil verkehrte? Vielleicht. Und wie würde das Ergebnis dann wohl aussehen? Ich - mit meiner Größe und ähnlichen Pfunden wie Maggie? Eine Schreckensvision, die mich mit großen Augen auf die Antwort von Jackson warten ließ. Der verzog den Mund, entweder über meine Indiskretion oder aber über Maggies stämmige Figur, antwortete mir dann aber doch.

"Sie hat ein kleines Essproblem, das verträgt sich nicht so ganz mit dieser ... Umwandlung. Michael und Magnus haben sie schon mehr trainieren lassen als jeden anderen zuvor, Ciaran hat ihr Diätpläne erstellt, aber sie schaufelt heimlich Schokolade und Chips in sich hinein, was dann direkt in Muskelmasse umgewandelt wird. Deswegen sieht sie auch aus wie ..."

"... eine gedopte Kugelstoßerin?", schlug ich vor, er lachte - leise und verhalten, als wäre ihm diese Lästerei ein wenig unangenehm.

Ich drückte einen Rest Wasser aus meinen Haaren. Apropos ...

"Kann ich mir Hoffnung auf Locken machen? Auf weißere Zähne, eine kleinere Nase?"

Jetzt lachte Jackson amüsiert auf, schüttelte aber den Kopf.

"Nein, da muss ich dich enttäuschten - was Haare und Nase angeht. Aber die Zähne werden extrem haltbar: Wenn du dir keinen ausschlägst, halten sie ewig. Sie wachsen aber leider nicht nach."

Das erinnerte mich an Drakes Haifischgrinsen, ich bekam unvermittelt und trotz der tropischen Temperaturen im Schwimmbad eine Gänsehaut. Mir fiel die Chronik ein, die in meinem Safe lag: Ich würde heute lesen, was dort über ihn stand, beschloss ich, auch musste ich Andreas fragen, wo Drake jetzt steckte. So schön es auch war, mit Jackson in Badehose über Gott und die Welt zu plaudern: Ich war hier nicht im Urlaub im Schlosshotel, sondern hatte Zuflucht gesucht vor einem Mann, der mich beinahe umgebracht hätte, das sollte ich besser nicht ganz vergessen.

"Hast du ein Wörterbuch Latein-Deutsch, das du mir leihen kannst?", erkundigte ich mich bei Jackson, und natürlich fragte der erst gar nicht, was ich damit wolle.

Magnus

Shara und Josie waren nach gut zwei Stunden vom Einkaufen zurückgekommen, bepackt mit Tüten. An ihrer Auswahl hatte ich nichts auszusetzen: zwei Paar guter Laufschuhe, lange und kurze Hosen, ein paar Tops und Jacken. Scheinbar hatte es jedoch über die Frage der Bezahlung Streit gegeben, denn die beiden gingen nach ihrer Rückkehr sehr viel steifer miteinander um, als bei ihrem fröhlichen Aufbruch am Morgen: Shara habe mit ihrer eigenen Kreditkarte bezahlt, berichtete mir Josie verschnupft, und damit nicht nur die Gastfreundschaft des Ordens brüskiert, sondern auch eine schöne Spur für Drake hinterlassen. Scheinbar hatte Josie versucht, Shara im Laden davon zu überzeugen, dass sie nicht selber bezahlen sollte, und sich eine schneidende Abfuhr geholt: Drake werde es wohl kaum schaffen, Kreditkartenabrechnungen zu hacken, habe Shara gesagt - und ihre Anwesenheit in der Burg sei ebenso naheliegend wie ihre Ankunft für jedermann weithin sichtbar gewesen, also bestände keine Notwendigkeit, sich zu verkriechen.

Nicht mit der Prinzessin streiten, gab ich Josie als weisen Rat mit auf ihren weiteren Lebensweg - wer selbst Andreas als nach Worten ringendes Bündel zurückließ, gegen den sollten wir Laien erst gar nicht antreten.

Shara

In Sachen Verteidigung gegen Drake hatte ich heute ein paar Schritte nach vorn gemacht, begonnen damit, dass ich meine Waffen-Leihgabe von Jackson los und nun stolzer Besitzer einer eigenen, kleineren Pistole war.

Der schöne Kreuzritter hatte mir verschiedene Modelle vorgelegt, als ich zur verabredeten Zeit in dem Schießstand-Haus aufgetaucht war, dann hatten wir drei Stunden damit verbracht, die Dinger auseinanderzunehmen, zusammenzusetzen, zu laden und so weiter. Jackson saß mir an einem Tisch gegenüber und griff mir ab und zu in meine zögernd (nein: ängstlich!) vorgehenden Hände, und natürlich bekam ich diverse Male Gänsehaut, als seine Finger die meinen streiften. Ob er das bemerkte, weiß ich nicht - gesagt hat er jedenfalls nichts, abgesehen von knappen Erklärungen und vernünftigen Hinweisen: Allerdings erwischte ich ihn mehr als einmal dabei, wie er mich sehr grün und sehr gedankenverloren anstarrte, und damit herrschte für mich Gleichstand. Ich entschied mich schließlich für die Waffe, die ich am leichtesten bedienen konnte und die angenehm in der Hand lag - eine war einfach zu klein für meine langen Finger, eine andere hatte einen Lademechanismus, dem ich nicht recht vertraute oder den ich einfach nicht wirklich begriff. Jackson war mit meiner Wahl einverstanden und versprach mir für den nächsten Tag ein paar erste Übungen zum Zielen und Halten. Trotzdem packe er mir ohne große Worte zwei Magazine scharfe Munition auf den Tisch, außerdem ein Knöchel- und ein Schulterholster. Beide gefielen mir gar nicht: Meine Hosen waren fast alle unten so schmal, dass man dort nichts verstecken konnte, was dicker als ein Bleistift war, und mit dem Schulterholster über meiner Bluse sah ich aus wie die wagemutige Heldin einer amerikanischen Polizeiserie - gestatten Detectiv Shara, LAPD.

Meine Idee, mir das Ding sehr lässig hinten in den Hosenbund zu schieben, brachte Jackson zum Lachen und mich ein weiteres Mal in den Genuss seiner frechen Eckzähne, dann bekam ich jedoch ganz klar erklärt, dass ich 'das Ding' so alle fünf Minuten verlieren würde, was ja nicht Sinn der Sache sei. Im Endeffekt trug ich Waffe und Munition so vorsichtig wie rohe Eier in mein Zimmer, durchwühlte erfolglos die Schränke nach einer weit geschnittenen Hose und versöhnte mich dann mit Josie, als ich sie bat, doch meine Garderobe meiner neuen Bewaffnung anzupassen.

Anschließend zog ich mit Jackson vom Schießstand um in die Trainingshalle, in der Magnus schon wartete und über meine grünäugige Begleitung sichtlich nicht besonders glücklich war. Das Folgende erinnerte mich dann ein wenig an einen Kurs zur Selbstverteidigung, den ich vor Jahren mal mit der Tochter der Nachbarn besucht hatte, weil deren Eltern sich über unseren doch sehr dunklen morgendlichen Schulweg Sorgen machten (was meinen indes nicht einmal aufgefallen war).

Okay, das Niveau von Jackson und Magnus lag um einiges über dem 'wie Sie aus Ihrem Regenschirm eine wirkungsvolle Waffe machen', das mich damals nach wenigen Stunden in die Flucht geschlagen hatte, aber ich blieb auch hier skeptisch: Magnus wollte mir für den Anfang zeigen, wie ich mich durch schnelle Drehungen aus einem Griff wie dem Drakes um meinen Arm herauswinden konnte, doch das gelang mir schlicht und einfach gar nicht. Die notwendigen Bewegungen waren mir klar: Ich bog meinen Arm in Richtung der Schwachstelle Daumen und wirbelte so schnell wie möglich unter Jacksons oder Magnus Armen hindurch - lösen konnte ich mich allerdings nur dann, wenn die beiden mehr oder weniger freiwillig losließen. Ich hatte schlicht zu wenig Kraft, um es auf diese Nähe mit einem halbwegs trainierten Mann aufnehmen zu können, war am Ende ziemlich deprimiert und rieb mir den lädierten Arm, während ich im Haupthaus nach Ciaran suchte. Der versorgte mich mit hauchzarten Tomate-Mozzarella-Sandwiches und schlug für die nächste Trainingsrunde vor, ich solle Magnus einfach ins Knie schießen, die meisten Leute würden dann recht zuverlässig loslassen. So viel Sarkasmus war ich von dem Arzt-Koch nicht gewohnt, ich lachte und war damit schnell aus meiner 'ich tauge zu rein gar nichts'-Stimmung erlöst.

Es folgte eine Schnelleinweisung in Ciarans Praxis inklusive genauer Erklärung des Inhalts seiner Notfalltasche - auf Deutsch zum Glück, das Italienisch sparte er sich für die Küche auf, in der ich ab sieben Uhr unter seiner Anweisung dicke Steaks zuschnitt und die erste Zabaione meines Lebens zubereitete: Schaumig-flockig (wie von Ciaran gewünscht) bekam ich sie zwar nicht gerade hin, aber immerhin essbar.

Unpassenderweise fing Andreas beim Abendessen vom Stand der Dinge bezüglich der Suche nach Drake an, und ich überließ meinen Nachtisch dann gern Magnus, da mich bei diesem Namen akut der Appetit verließ. In Rom waren die verbliebenen Kreuzritter auf Drake angesetzt, Shane sammelte die Infos auf der Burg und hielt Andreas auf dem Laufenden. Es gab trotzdem im Grunde nur zu berichten, dass es nichts Greifbares gab: Über das lückenhafte Kamera-Netz von Rom hatte man Drake nach Travestere zurückverfolgt und dort nach einigen Mühen schließlich ein Haus ausfindig gemacht, das seit mehreren hundert Jahren auf den gleichen Namen eingetragen war. Dieser Name lautete nicht Drake, aber ein nächtlicher Besuch von Sven und Pablo zeigte deutlich, dass sich der ehemalige Ordensmeister dort seit längerem häuslich eingerichtet hatte - jetzt schien er indes ausgeflogen zu sein, womit die Verfolgung seiner Spur bei dem Haus abbrach. Wohin er gegangen war, brauchten wir nicht zu diskutieren: Weit war er sicher nicht.

Das Haus war nur insofern ergiebig gewesen, als dass man dort noch ein paar Fotos von mir gefunden hatte: Scheinbar war Drake noch nicht zur digitalen Fotografie fortgeschritten, denn Andreas schob mir großformatige Abzüge von den gefundenen Negativen über den Tisch. Sie zeigten mich mit Jackson vor dem neuen Hotel, mich allein in der Stadt, mich mit Magnus und Jackson vor dem Eingang zum Kolosseum und mich neben

Jackson auf der Mauer vor der Engelsburg - Letzteres just in dem Moment aufgenommen, wo der schöne Kreuzritter seine pathetische Ansprache über mich als Engel gehalten und ich peinlich berührt darüber nachgegrübelt hatte. Ich meinte, Jacksons erwartungsvoller Blick und meine dümmlich-pikierte Miene müssten jedem am Tisch auffallen, aber die Fotos gingen ohne eine hochgezogene Augenbraue, ohne einen fragenden Blick von Hand zu Hand. Wahnsinn, dachte ich, als ich die Aufnahmen sah: Als ich mit Jackson vor der Engelsburg gestanden hatte, waren seit der Lösung des Schwertes doch gerade einmal ein paar magere Stunden vergangen! Wer auch immer Drakes Spion im Orden war: Er oder sie hatte Drake angerufen, als er selbst benachrichtigt worden war, nur Minuten, nachdem Magnus Alarm gegeben hatte. Und damit hatte der illegale Besuch in Drakes Haus etwas sehr Wichtiges bewiesen: Der alte Kreuzritter hatte jemanden im Orden, seit wer weiß wie lange schon - der Beweis dafür lag mit diesem unschuldigen Schnappschuss vor uns auf dem Tisch.

"Drake kennt die Burg wie seine Westentasche, oder?", fragte ich Andreas. "Du hast gesagt, ihr hättet sie irgendwann im 16. Jahrhundert erbaut, und er hat sich ja erst ... im 17. Jahrhundert von euch trennt, oder bringe ich da was durcheinander?"

"Nur ein wenig. Das Gelände haben wir im 16. Jahrhundert erworben, und mit dem Bau begonnen auch. Fertig war alles dann ungefähr 1750. Aber ja: Die Burg war fertig, während Drake noch beim Orden war. Aber wenn ich mich recht entsinne, war er nach Fertigstellung des Haupthauses nur einmal hier. Ich hatte dir ja erzählt, dass er sich gegen einen zweiten großen Stützpunkt ausgesprochen hat." Andreas sah mich eindringlich an. "Es gibt keinen Weg hinein, den wir nicht kennen, außerdem haben wir ein wirklich gutes Überwachungssystem."

Ich spielte mit meiner Gabel - laut Punze im stark abgenutzten silbernen Griff ein englisches Stück aus dem Jahre 1906.

"Er kommt schon rein, wenn er will", sagte ich, ein wenig gedankenverloren. "Hier sind im Laufe der letzten Jahre so viele Menschen durchgelaufen ... Du hast selber gesagt, dass Leute aus dem Dorf Sachen reparieren und so, eure Hausdamen habe ich ja heute Morgen schon kennen gelernt. Ein paar Scheine in die richtigen Hände, und Drake weiß ganz genau, wo welche

Kameras sind, wann die Bewegungsmelder eingeschaltet werden und was weiß ich. Aber all das braucht er wahrscheinlich noch nicht einmal - sein Mann oder seine Frau im Orden kann ihm das Tor einfach öffnen, wenn er es wünscht."

Andreas schien meine Ansicht nicht zu teilen, blieb seine Miene doch skeptisch, aber er ließ sich auf keine Diskussion ein.

"Angenommen, das wäre so? Worauf willst du hinaus?"

Ich piekte mit der Gabel auf dem Tisch herum, als könnte ich damit meine Gedanken auf den Punkt bringen.

"Ich weiß nicht - weil ich immer noch nicht mit Sicherheit weiß, was Drake wirklich will. Ja, das Thema hatten wir schon, aber ich denke immer wieder darüber nach: In Rom war ich noch zu ... verunsichert, ich habe dort keine Antwort gefunden, die mich überzeugt hat. Ich habe im Pantheon nur gedacht, dass da ein Irrer versucht, mich umzubringen - ohne Blick auf den Orden, auf eine ... Initiierung. Er hat zwar was von 'Ewigkeit' gefaselt und von dem 'Ritual', das er mir ersparen wird - aber mein Gott, wenn jemand dich mit einem Dolch bedroht und dich würgt, dann interessiert es dich herzlich wenig, was er dabei sagt. Aber eines sehe ich nun auch: Wenn Drake mich hätte umbringen wollen, hätte er das in der Kirche schon haben können. Er hätte nur eine andere Waffe nehmen und ein bisschen besser zielen müssen, durch das Herz - dann wäre ich tot gewesen, einfach und schnell. Okay ... jetzt bin ich initiiert, habe diese Kreuze - aber ich bin immer noch bei euch, wo ich ihm herzlich wenig nütze. Ein selbstloser Gutmensch, der seinen Teil tut und dann aus der Ferne zusieht, wie wir gemeinsam die Welt retten, wird er ja wohl nicht sein. Also ist es wahrscheinlich, dass er mich haben will. Und wenn er mich haben will, muss er dort draußen auf mich warten - oder mich holen."

Magnus riss mir entnervt die Gabel aus der Hand und legte sie neben meinen Teller. Ich sah hoch, suchte die dunklen Augen von Andreas und sah die Zustimmung darin. Ja, Drake wartete auf mich, und je länger er wartete, desto besser würden seine Chancen: Über kurz oder lang würde es eine Lücke im ach so guten Überwachungssystem meiner Kreuzritter geben, über kurz oder lang würde ich einen Fehler machen - und Drake musste nicht viel mehr tun, als genau darauf zu hoffen.

"Er wird in meiner Nähe bleiben und warten", sagte ich zu Andreas. "Darauf, dass eure Aufmerksamkeit nachlässt, dass ich mich zu sicher fühle, oder dass ich gegen eure Bewachung aufbegehre - und dann ist er plötzlich da. Das möchte ich um alles in der Welt vermeiden, denn davor habe ich Angst: Ich will mich nicht schon wieder von ihm überraschen lassen, das eine Mal war mir genug."

Andreas nickte. "Das kann ich verstehen."

So weit so gut. Aber eines kam noch dazu, machte das Ganze so schrecklich aussichtslos: Drake war unsterblich, ich angeblich auch - dieses Versteckspiel zwischen mir und ihm konnte also ewig dauern. Unakzeptabel: Ich wollte mich nicht für mein restliches Leben (gleich: bis in alle Ewigkeit!) vor Drake verstecken und ängstigen müssen. Wenn ich das nicht wollte, was wollte ich dann? Wenn ich das nicht wollte, was konnte ich tun, um genau das zu verhindern?

"Wenn ich mich also nicht von Drake jagen oder belauern lassen möchte, muss ich doch wohl den Spieß umdrehen: Ich muss ihn jagen, ich muss ihm eine Falle stellen. Und wenn ich ihn habe ..." - ja, was dann? - "muss ich dafür sorgen, dass er mich nicht mehr bedrohen kann."

Ciaran, Shane und Magnus schüttelten sofort den Kopf, Josie atmete scharf ein, Jackson versteinerte zu einer grünäugigen Statue. Andreas schwieg und sah mich sehr aufmerksam an, ein leises Nicken seines Kopfes machte mir schließlich ein wenig Mut darauf, hier doch noch Zustimmung zu ernten.

"Ich halte das für zu gefährlich", wandte Ciaran jedoch ein, bevor Andreas etwas sagen konnte, Magnus heftiges Nicken begleitete diese Warnung. "Deine Sicherheit hat für uns oberste Priorität, und die würden wir damit aufs Spiel setzten."

Frust stieg in mir hoch: Hatte er nicht gehört, was ich eben gesagt hatte? Dass ich nicht sicher war, solange Drake da draußen rumstreunte - auf ewig?

"Nein, das sehe ich anders. Wenn ich darauf warte, dass Drake den ersten Schritt macht, dann gehe ich ein viel größeres Risiko ein, da ich auf seine Eröffnung warten müsste und dann nur reagieren könnte."

"Aber wenn er dich will, müssen wir dich auch ins Spiel bringen, oder?"

"Nein, müssen wir nicht. Deswegen rede ich ja von einer 'Falle'. Ich bin nicht lebensmüde - und wenn, würde ich das Ganze einfach zu Ende bringen, indem ich einen Hechtsprung von dem Balkon da oben in den Abgrund mache. Dann habe ich ganz schnell eine ewige Ruhe, und die ziehe ich einer Ewigkeit der Angst auf jeden Fall vor."

Das war verdammt dick aufgetragen gewesen, aber es erreichte, was ich gewollt hatte: Erst Schweigen und dann eine erregte Diskussion am Tisch, in der es überraschenderweise tatsächlich mehr um das 'Wie' als um das 'Warum' ging. Ciaran war sichtlich nicht damit einverstanden, auch Magnus hielt sich raus und schüttelte nur noch einmal demonstrativ den Kopf, als ich zu ihm hinüber sah. Nur Josie schien durchaus daran interessiert zu sein, Drake zu schnappen, Shane warf seiner Freundin dafür warnende Blicke zu, die sie jedoch weitgehend ignorierte. Jacksons schöne Augen signalisierten mir seine Unterstützung in allem, was auch immer ich vorhaben sollte, Andreas stand eindeutig auf meiner Seite. Ich war trotz der gemischten Reaktionen zufrieden: Ich hatte meinen Kreuzrittern klar gemacht, dass ich einen Schwebezustand mit Drake als unsichtbarer Bedrohung vor den Mauern ihrer Burg nicht akzeptieren würde, und als erster Schritt war das Okay. Hier galten andere Zeitmaßstäbe: Wenn ich meine neuen Freunde Schritt für Schritt mobilisieren musste, bitte - auch ich konnte geduldig sein. Und ... ja: Als letzte Möglichkeit hatte ich immer noch das goldene Kreuz auf meiner Brust, dass jede Diskussion beenden und die Mitglieder des Ordens zum schuldigen Gehorsam mahnen würde.

Magnus

So, heute bin ich mal mutig und schreibe einfach, was ich denke, auch wenn Shara, Ciaran und Andreas das nicht gern lesen werden. Ich soll hier zwar nur festhalten, was passiert ist - aber da Shara auch zu jedem Thema ruminterpretiert und sagt, was sie denkt und dazu auch noch, was andere denken, denken könnten, denken sollten oder vielleicht mal denken werden, wird mir eine einzige wahre Meinungsäußerung ja wohl erlaubt sein, oder? Also: Ich halte die Idee mit der Falle für gefährlich - für zu gefährlich für unsere kostbare, unsere einzigartige Prinzessin. Das ist eine absolute Schnapsidee, gehirnverbrannt, blödsinnig, schwachsinnig, Punkt, danke für eure Aufmerksamkeit. Streicht den Absatz, wenn er euch nicht passt - oder lasst ihn drin, damit ich wenigstens einmal der einsame Rufer in der Wüste bin.

Shara

Mein erster Tag in der Kreuzritter-WG war ebenso lang wie anstrengend gewesen, und als ich am Abend nach einem von schrillem Fiepsen begleiteten Fehlversuch die richtige Kombination in den Safe getippt und den dicken Folianten auf den Tisch ins Wohnzimmer geschleppt hatte, war ich eigentlich schon zu müde, um mich noch an die mühselige Übersetzung von Drakes Eintrag in der Chronik zu machen.

Mein Latein war sicher mehr als nur eingerostet, wie ich in Rom gedacht hatte: Ich hatte die Latinum-Klausur hauptsächlich deswegen mit 'Sehr Gut' bestanden, weil ich den gesamten 'Bello Gallico' auf Deutsch gelesen und anhand der ersten zwei (mühselig übersetzten!) Sätze den Rest der Passage halbwegs aus dem Gedächtnis hatte herunter tippen können - verziert mit ein paar steifen, uneleganten Ausdrücken, damit niemand meine kleine Trickserei (oder wie ich es damals gesehen hatte: meine exzellente Gedächtnisleistung) bemerkte.

Ich platzierte also die Chronik und Jacksons vergilbtes Latein-Englisch-Wörterbuch aus dem Jahre 1952 auf dem Esstisch, schlug den schweren Folianten mit beiden Händen vorsichtig auf und blätterte behutsam durch die dicken und ungewohnt steifen Pergament-Seiten. Das Buch bestand aus zwei Teilen: Ganz vorn fanden sich sehr, sehr alt aussehende, stark nachgedunkelte und an den Rändern zum Teil richtig ausgefranste Bögen, die weitaus kleiner waren als der Rest der Seiten - dieser Rest war deutlich großformatiger, umfangreicher und in gutem Zustand, wenn auch ebenfalls schon ein wenig vergilbt. Die älteren Bögen vorne enthielten kurze Texte, geschrieben von einer fremden Hand, ergänzt durch verschiedene Zeichnungen des Schwingenkreuzes auf meiner Brust und der einfacheren Version, wie die Brüder und Schwestern sie trugen, außerdem Anweisungen, wie die jeweilige Narbe anzubringen und zu zerstören sei, damit der Träger sterblich wurde - zumindest interpretierte ich den lateinischen Text nach der Übersetzung einzelner Wörter so. Das mussten die Dokumente sein, die Andreas, Ciaran und Drake von dem alten Mönch in der Schwertkirche bekommen hatten: Durchaus interessant, aber heute ging es mir um etwas anderes, daher ich blätterte weiter.

Der erste wirkliche Eintrag in der 'Chronik' des Ordens war

eine Art Einleitung auf dem ersten der neueren, größeren Blätter, ich konnte sie unter Zuhilfenahme von Jacksons Wörterbuch halbwegs gut verstehen: Dort war zu lesen, dass diese Eintragung rund einhundert Jahre nach der Gründung des Ordens gemacht worden war, nämlich im Jahre 1290 - von Andreas und in Kenntnis von Ciaran und Drake. Die Chronik solle dazu benutzt werden, die Neuzugänge im Orden nach den drei Gründern zu erfassen, schrieb Andreas, und angesichts ihrer Führungsposition hatten die drei Kreuzritter zuerst ihre eigenen Lebenswege niedergeschrieben, bevor dann mit James das erste neue Mitglied erwähnt wurde.

Ich blätterte die Einträge von Andreas, Ciaran und Drake durch, und mir fiel auf, dass diese nach und nach ergänzt worden waren - und auch hinter den Einträgen der aufgenommenen Mitglieder war jeweils noch Platz gelassen worden, so dass man hier aktuelle Geschehnisse nachtragen konnte: angesichts der langen Lebenszeit der Brüder und Schwestern eine sinnvolle Sache. Es gab indes nicht bei allen Nachträge, wie ich nach willkürlichem Hin- und Herblättern feststellte - bei den drei verstorbenen Kreuzrittern Penelope, Lukas und Hendrick fand ich welche, bei Ethan, dem Verbannten, bei einem bislang Unbekannten namens Emilian, bei Magnus gleich mehrere, Jackson hatte zwei, Maggie dagegen keinen. Ich nahm mir vor, sämtliche Einträge so schnell wie möglich zu lesen, und konzentrierte mich dann auf Drakes Geschichte - nicht ablenken lassen, Shara, sonst sitzt du morgen früh noch hier.

Drakes Eintrag begann mit dessen Geburtsjahr: 1173 in Canterbury - er war also etwa fünfundzwanzig gewesen, als er mit den beiden anderen in Rom gelandet war. Erst Fünfundzwanzig? Rechnete man noch ein wenig Wartezeit zwischen den beiden Narben-Zeichnungen ein, war er rein körperlich wohl nur wenig älter als ich, was mich erstaunte. Ich blätterte zu Andreas' und Ciarans Einträgen, suchte nach ihren Geburtsdaten: Andreas war mit 1170 und Köln angegeben, Ciaran mit 1175 und Galway. Alle drei sahen älter aus, vor allem aber Andreas und Drake. Ciaran hatte sich dagegen etwas Jungenhaftes und Jugendliches bewahrt, bei unserer ersten Begegnung hatte ich ihn auf Anfang Dreißig geschätzt, also gar nicht so weit von seinem tatsächlichen körperlichen Alter entfernt. Andreas war noch nicht Dreißig gewesen, als er auf das Schwert gestoßen war, aber in Rom hatte ich ihn bei Ende

Dreißig eingeordnet: Alterten die Kreuzritter also doch, forderte die Zeit ihren Tribut, hinterließen die Jahrhunderte auch bei den 'Ewigen' ihre Spuren? Wenn ich mir die Gesichter von Andreas und Ciaran vor mein inneres Auge rief, waren es indes nicht Falten oder Erschlaffungen, die sie älter machten - es war eher diese ... Abgeklärtheit und Ruhe, wie sie jüngere Menschen einfach nicht hatten. Sie hatten die Würde und das Wissen des Alters, erkannte ich, nicht aber die sonst damit einhergehenden Zeichen der Zeit, und das machte sie derart außergewöhnlich. Vielleicht musste man so werden, wenn man so unglaublich alt wurde - würde ich auch in ein paar Jahrhunderten wie eine gütige Großmutter auf Leute schauen, die rein optisch doppelt so alt waren wie ich, und heute noch nicht einmal geboren? Dann fiel mir Josie ein, und ich musste lächeln: Sie hüpfte wie ein Floh herum und ihr Mund stand niemals still - von großmütterlicher Würde war sie auch mit ihren dreihundertfünfzig Jahren noch weit entfernt.

Der Gedanke an Josie brachte mich wieder auf den Punkt: Drake, ich wollte Drakes Geschichte lesen. Ich blätterte zurück zu seinem Eintrag und fuhr fort, den lateinischen Text zu enträtseln. Er war ein vierter Sohn, also ein klassischer Fall des nach eigenem Land ausgeschickten, adeligen Kreuzritters. Den folgenden Satz verstand ich nur schwer und musste das Wörterbuch bei jedem zweiten Wort bemühen, beim übernächsten ebenso - und beim überübernächsten streckten verschachtelte Satzkonstruktionen mich und meine definitiv abgestorbenen Lateinkenntnisse völlig nieder. Irgendwas mit einem 'Gedanken an' und dem 'Wunsch nach' etwas - nur nach was, erschloss sich mir nicht.

Ich kapitulierte, überdachte meine Möglichkeiten, beschloss, das Angenehme mit dem Nützlichen zu verbinden und schleppte den dicken Band meinen Gang hinab und dann zwei Treppen hoch, zu Jacksons Tür, wo ich erst zögerte, weil ich mir nicht sicher war, ob ich vor der richtigen stand, dann aber doch leise klopfte. Jackson öffnete sofort, sah erst mich und dann das Buch an, bevor er die Tür weiter aufzog und mich wortlos einließ.

Ich legte den Band vorsichtig auf einem ziemlich vollen Schreibtisch ab und musterte interessiert sein Reich, während Jackson im lockeren Pullover neben mir stand und die Hände auf dem Rücken zusammen nahm, als wäre er ein Künstler, der einem Interessenten einen Blick auf sein Werk gestattete. Sein

Zimmer war kleiner als meins, aber nicht viel: Es fehlte die Küche, auch gab es wohl kein getrenntes Schlafzimmer, denn das ordentlich gemachte, schmale Einzelbett stand in einer Ecke. Ein großes Bücherregal, Sofa, Tisch und Sessel, der Schreibtisch, ein paar Teppiche, mehrere alte und nachgedunkelte Gemälde von Landschaften – und an einer Wand Jacksons Schwert, auf einer ähnlichen Halterung lagernd wie meines. Seines war indes ein wenig größer, was Andreas' (für mich immer noch absurd klingende) Theorie stützte, das Schwert aus dem Stein sei meiner Größe durchaus angemessen: Jacksons Klinge schien mir locker zehn Zentimeter länger und auch zwei oder drei Zentimeter breiter zu sein als die von 'meinem' Schwert, allerdings hatte er auch einen um mehr als nur zehn Zentimeter kräftigeren Oberkörper vorzuweisen. An Verzierungen gab es auf diesem Schwert nur das Schwingenkreuz, eingeprägt direkt unterhalb des Griffes, von diesem zog sich eine sanft geschlängelte Linie in der Mitte der Klinge bis zu deren Spitze – sie erinnerte mich ein wenig an Jacksons Locken und erschien mir wahrscheinlich deswegen als äußerst passend. Der Griff der Waffe war aus einem dunklen Metall, schwarze Lederschnüre umgaben den Bereich, den man mit den Händen fasste. Auf den beiden Graten zwischen Griff und Klinge sowie auf dem Endstück des Griffs glänzten silberne Ornamente - nicht so geschwungen wie die auf dem Schwert aus dem Stein, eckiger, keltisch vielleicht. Eine in ihrer Einfachheit durchaus schöne Waffe, die tatsächlich Gebrauchsspuren aufwies, wie ich erstaunt feststellte: Das Leder war abgegriffen, auf der Klinge gab es ein paar Kratzer, doch die Schneide funkelte messerscharf, wie frisch poliert.

"Schön, aber sehr schlicht", sagte ich mit Kopfnicken zu dem Schwert, Jackson lächelte.

"Durchaus, aber ein Schwert sollte ja ein Gebrauchsgegenstand sein", antwortete er. "Nur die Damen haben aufwändigere Griffe mit Edelsteinen bekommen, bei Männern ist das nicht angebracht."

"Und ... du benutzt es?"

Er wiegte den Kopf. "Nicht wirklich, es mangelt an Gelegenheiten. Bei Initiierungen wird damit gekämpft, allerdings nicht auf Leben und Tod - bei der zweiten Narbe, wenn jemand zum vollwertigen Mitglied wird. Der letzte Einsatz des Schwertes war bei Shanes Ritual, das dürfte Mitte der Achtziger Jahre gewesen sein. Aber wir trainieren ab und an damit."

Ich unterdrückte ein Grinsen, ausgelöst dadurch, dass ich mir beim Stichwort 'Achtziger Jahre' Jackson mit grauenhaft ausgewaschenen Bundfaltenjeans vorstellte (nein, unmöglich!) und wandte mich von der Waffe ab, ließ den Blick durch den restlichen Raum schweifen. War es unverschämt, so neugierig in seinem Reich umherzublicken? Egal - das Zimmer interessierte mich, weil es ihm gehörte, weil alles hier so war, wie es ihm gefiel, weil hier alles so war, wie er das wollte. Auch wenn er mir seine Lebensgeschichte gebeichtet hatte, wusste ich dennoch kaum etwas über den schönen Kreuzritter: Was er früher gewesen war, mochte bedingen, wie er heute war, aber mehr auch nicht. Mein nach Jackson-typischen Sachen suchender Blick glitt über das gut gefüllte Bücherregal und fiel dort auf einen Kasten, in etwa so groß wie ein Karton für Herrenschuhe. Aus Holz und mit verschnörkelten Intarsien, erkannte ich, ähnlich denen, welche den Griff meines Schwertes schmückten, in der Mitte des Deckels saß natürlich das Schwingenkreuz. Schlichte Füße an den vier Ecken des Bodens, vorn ein kleines Schloss mit steckendem Schlüssel.

"Er gehörte Ciaran", sagte Jackson, als ich einen Schritt näher an das Bücherregal trat, in dem der Kasten mit einem eigenen, ansonsten leeren Fach eine Art Ehrenplatz hatte. "Er hat ihn mir geschenkt, weil ich ihn sehr bewundert habe und weil er für seine Bedürfnisse mittlerweile zu klein geworden war. Er nannte ihn ein 'Memoriam' und hat mir quasi verboten, ihn für etwas anderem zu benutzen."

Memoriam? Benutzte man diesen Begriff nicht, um das Gedenken an Tote zu bezeichnen?

"Sieh ruhig hinein", sagte Jackson, und als ich ihn leicht skeptisch ansah, lächelte er. "Keine Sorge, da ist nur Krimskrams drin. Andenken an ..."

"... die gute, alte Zeit?", half ich ihm weiter, als er stockte, doch er schüttelte entschieden den Kopf.

"Nein. Gut war die 'alte Zeit' auch schon nicht, als sie die jeweilige Gegenwart war. Andenken an ... andere Zeiten, an vergangene Zeiten", führte er seinen Satz dann selbst zu Ende, und ich verstand den Unterschied nur zu gut, hatte auch ich dieses der Vergangenheit Hinterhertrauern immer schon befremdlich gefunden. Bei Jackson und den anderen Kreuzrittern mochte es angesichts ihrer Lebensspanne noch angehen, wenn sie eine Epoche anders empfanden als eine andere, wenn die Renaissance nach dem düsteren Mittelalter irgendwie angenehmer gewesen war - doch schon meine Altersgenossen schrieben in Einladungen zu Klassentreffen von 'damals' und 'früher', von Zeiten, in denen alles lustiger, leichter, schöner gewesen sei - keine Ahnung, in welchem Himmelreich sie gelebt hatten, meines hatte definitiv anders ausgesehen.

"Nein, das sollte ich nicht", lehnte ich trotz brennender Neugierde Jacksons freundliche Einladung ab, in den Kasten zu sehen, was ihn mit seiner schlanken und dennoch kräftigen Hand eine auffordernde Geste machen ließ.

Okay - dann also doch: Ich hatte einmal abgelehnt und eine zweite deutliche Einladung gebraucht, damit konnte er mir ja nachher wohl kaum Vorwürfe machen. Ich trat einen Schritt näher, bewunderte noch einmal die feinen Holzarbeiten.

"Kirschbaum?", fragte ich angesichts des leicht rötlichen Schimmers, doch Jackson schüttelte den Kopf.

"Olivenholz, aus dem 17. Jahrhundert - gebaut hat ihn ein Handwerker hier aus der Gegend. Ich muss das Holz zweimal im Jahr mit Öl pflegen, Ciaran kontrolliert das", fügte er hinzu, ich lachte und hob mit spitzen Fingern den erstaunlich schweren Deckel an, legte ihn vorsichtig nach hinten herüber.

Ja, Krimskrams traf es ganz gut: Der Kasten war angefüllt mit allerlei Dingen, und davon sah auf den ersten Blick nichts nach Tod aus, dachte ich erleichtert in Erinnerung an das 'Memoriam'. Rechts lagen ein paar Fotos, ordentlich zusammengehalten von einem blauen Samtband, sie zogen meinen Blick als Erstes an. Ich erkannte auf dem obersten Jacksons Gesicht, mit den gleichen ungebändigten Locken wie heute, die Person neben ihm war weiblich, trug zumindest einen Rock (vom Schnitt her schloss ich auf die Fünfziger Jahre, aber ohne Gewähr) - ihr Gesicht konnte ich indes nicht erkennen, dank des verdammten Samtbandes. Das Band ist nicht Rot oder Rosa, dachte ich, als mich die Eifersucht auf die Unbekannte in die Brust piekte, und es ist auch nicht Schwarz - weder ist sie tot, noch ist oder war sie seine Geliebte. Die beiden standen vor einem mir unbekannten See, der mit den fernen Bergen auf dem anderen Ufer, schlanken Zypressen und üppig blühenden Büschen nicht nur sehr italienisch, sondern leider auch schrecklich romantisch aussah: Ich mochte die Unbekannte nicht, so viel stand fest, einfach nur so.

Jackson war neben mich getreten, während ich mit meiner

hochnotpeinlichen Eifersucht kämpfte, also ließ ich meine Augen weiter wandern. Unter einer vergilbten Eintrittskarte mit verwaschenem Aufdruck ('Exibition U ...') sah ich ein Stück eines ... ja, was war das? Ein Geldschein?

"Darf ich?", fragte ich, Jackson nickte und ich zupfte das Papier vorsichtig hervor.

Ja, ein Geldschein - und nicht gerade eine kleine Note, sowohl was die Größe des Papiers aus auch den ausgewiesenen Wert anging. 'Fünf Billionen', las ich, und damit mein Gehirn das auch wirklich fasste, nannte die Note außerdem diesen Wert weiter unten noch in einer anderen Schreibweise: 'Fünftausend Milliarden'.

"Wow", sagte ich, "da möchte ich gar nicht wissen, was du noch so alles unter der Matratze versteckt hast."

Jackson lachte. "Du weißt, was das ist, oder?"

Ich nickte - ich hatte dergleichen schon als Abbildungen in Geschichtsbüchern gesehen.

"Papiermark", antwortete ich, die brave Schülerin. "Inflationsgeld aus der Wirtschaftskrise, der hier ist aus Deutschland. Der Name besagt schon, dass das Geld nicht mehr Wert hatte als das Papier, auf dem es gedruckt wurde."

"Weißt du, wie viel Dollar man damals dafür bekommen hätte?", fragte Jackson, aber da musste ich passen, was meinen Notendurchschnitt wahrscheinlich radikal verschlechterte. "Etwas mehr als einen. Ein Dollar war damals allerdings nicht wenig."

Ich nickte. "Ja, ich habe meinen Steinbeck auch gelesen", gab ich etwas zu scharf zurück, was Jackson aber nur nicken ließ.

Er griff an mir vorbei, schickte ein paar Zimt-Moleküle in meine Nase, kramte eine Münze aus den Tiefen seines Kastens hervor und legte sie mir in die offene Hand. Sie schimmerte golden, mit einem leichten Kupferstich, hatte auf der einen Seite einen sehr herb wirkenden Kopf, den ich aber angesichts der Aufschrift 'Liberty' auf dem Stirnband als weiblich deutete, auf der anderen einen Adler mit Wappen, unter seinen drei Pfeile umklammernden Klauen die Inschrift '2 1/2 D'.

"Zwei ... einhalb Dollar?"

"Ja. Ich habe auch noch eine drei Cent Münze und einen Half Cent."

Ich sah von der Münze in meiner einen Hand zur Banknote in der anderen.

"Was fasziniert dich daran?", fragte ich Jackson, immer noch auf der Suche nach mehr Informationen zu 'wie Jackson ist', das Objekt meiner Untersuchung zuckte jedoch nur mit den Achseln.

"Es ist ... interessant", sagte er schließlich. "Die Zahlen liegen unglaublich weit auseinander, aber trotzdem war die Münze in deiner Hand damals doppelt so viel wert wie der Schein. Die Zahl sagt also nichts aus - viel ist hier weniger."

Ich hielt die Münze hoch. "Ich komme dann zu dir, wenn ich mir mal was leihen muss, ja?"

Jackson lachte, ich legte Münze wie auch Banknote behutsam in dem Deckel des Kastens ab und ließ meine neugierigen Finger weiter kramen. Was gab es sonst noch? Ein paar Steine - Kiesel vor allem, einer glitzerte wie Katzengold, ein anderer glänzte Schwarz wie Kohle. Eine kleine Buddha-Statue aus Jade, eine angelaufene Miniatur des Eiffelturms und eine ähnliche von der Freiheitsstatue. Eine silberne Taschenuhr in einer abgestoßenen, samtbezogenen Schachtel - stehen geblieben und ohne irgendeine Inschrift, allerdings mit einem eingeprägten Schwingenkreuz, wie ich feststellte, als ich sie nach einem knappen Fingerzeig von Jackson auf den verborgenen Knopf unbeholfen aufspringen ließ.

"Eine Savonette", erklärte Jackson. "Wenn man sie aufzieht, geht sie noch - sie war ein Geschenk von Andreas. Im Jahre 1900 haben alle Ordensmitglieder eine bekommen. Die der Damen sind kleiner und aus Gold."

"Und was gab es im Jahr 2000?", fragte ich, Jackson lachte.

"Auch eine Uhr".

Er hob den linken Arm, zog den Ärmel seines Pullovers ein Stück hoch und zeigte mir das teure Teil, dass schon in Rom meine beiden Reisebegleiterinnen davon überzeugt hatte, dass ich mit Jackson eine nicht nur optisch äußerst attraktive Partie gemacht hatte. Ein schlichtes und eher altmodisches Stück, wahrscheinlich gerade deshalb nicht unter ein paar zehntausend zu haben: dunkelbraunes Lederarmband, weißes Ziffernblatt, Mondphasen und zwei weitere kleine Ziffernblätter und eine Stoppuhr.

"Lass mich raten: Die Damen haben eine kleinere in Gold bekommen?"

Jackson lächelte. "Nein, bei dieser Runde hat jeder eine andere Uhr bekommen. Bei der heutigen Vielfalt ... Maggie und

Josie würden sich wohl kaum über das gleiche Model freuen, deswegen hat Andreas sich die Mühe gemacht und für jeden eine eigene ausgewählt. Er hat einen kleinen Uhren-Tick", fügte Jackson hinzu - ein wenig widerstrebend, als spräche er nur ungern über solcherlei Dinge. Zu höflich und zurückhalten für Klatsch und Tratsch, schlussfolgerte ich, was seine Sympathiewerte bei mir indes nicht sinken ließ. "Andreas hat dem Dorf unten im Tal eine Kirchturmuhr gestiftet, bald, nachdem diese aufkamen, und er hat angeblich sogar überlegt, ob er nicht eine am Haupthaus der Burg anbringen lassen soll - der Legende nach war Ciaran dagegen und sagte, dass er sich von einer toten Maschine nicht seinen Tagesablauf diktieren lassen wolle. Und seitdem es Uhren als Miniaturen gibt, bekommen die Mitglieder des Ordens alle einhundert Jahre eine - als regelmäßige Erinnerung daran, dass auch uns die Zeit davonläuft, dass auch uns die Stunde schlagen wird. Als Erstes gab es im Jahr 1600 diese ... ja, 'Dosenuhren' nennt man sie heute, weil sie in etwa so groß sind wie eine Konserve. Diese alten Exemplare sind im Keller eingelagert - wenn dich das interessiert, wird Andreas sie dir nur zu gern zeigen. Und er hat auch die Tradition eingeführt, dass alle Neuen im Orden zur Feier ihrer ersten Narbe von ihrem Mentor eine Uhr geschenkt bekommen." Er griff wieder an mir vorbei und holte eine zweite Taschenuhr aus einem Samtbeutel, legte mir auch dieses alte Stück in die Hand.

"Was ist ein Mentor?", fragte ich, während ich diese Uhr musterte: etwas kleiner als die Erste, aber auch aus Silber, selbstverständlich mit Schwingenkreuz und der Jahreszahl 1899.

"Ein bereits voll initiiertes Ordensmitglied, das dem Neuen in der Bewährungszeit zur Seite steht. Bei mir war es Ethan", beantwortete Jackson vorab bereitwillig die mir schon auf der Zunge liegende Frage.

"Der Verbannte?" Jackson zog eine sehr perfekte Augenbraue hoch. "Hat mir Andreas erzählt", erklärte ich bereitwillig, Jackson nickte.

"Ja, der Verbannte."

Er verstaute beide Taschenuhren in ihren Behältnissen, und das blitzende Edelmetall legte mir eine Frage in den Mund, die durchaus schon länger durch meinen Kopf geistert war.

"Jackson ... ich sollte das wohl eher Andreas fragen, aber ... woher habt ihr eigentlich das ganze Geld? Die Burg, das Haus in

Rom, die Autos, diese Uhren, die Klamotten ..." Ich machte eine unbestimmte Armbewegung, die die ganze goldglänzende Kreuzritterwelt umfassen sollte, auch die fünf Millionen Euro in meinem Tresor.

"Hauptsächlich Landbesitz", antwortete Jackson bereitwillig, und nahm die Hände wieder auf dem Rücken zusammen, als erstatte er mir Rapport. "Dem Orden gehören große Ländereien, wie zum Beispiel die gesamten Plantagen hier im Tal und darum herum. Streng genommen sind wir einer der größten Landbesitzer in Südtirol, und die Pachteinnahmen dürften nicht unerheblich sein. Dann noch Immobilien, Aktien und Wertpapiere - um Letzteres kümmert sich Ffion, hauptberuflich. Die Verwaltung der Besitztümer ist ansonsten die Aufgabe des jeweiligen Ordensmeisters, und sie nimmt auch das meiste von dessen Zeit in Anspruch. Dann haben wir natürlich noch Wertgegenstände: Kunst, Bücher, Gold. Allein Andreas' Uhrensammlung dürfte heutzutage wertvoll genug sein, um uns alle ein paar Jahre zu ernähren."

Ich dankte Jackson mit einem Nicken und sah unvermittelt Andreas vor mir, der wie ein Gutsherr die Pacht oder den Zehnten der armen, ausgezehrten, zerlumpten Bauern mit einem gnädigen Nicken akzeptierte. Blödsinn, korrigierte ich mich selber angesichts des herausgeputzten Ortes unten im Tal und der großen Höfe an den Hängen - aber trotzdem: Ein Wams, ein Federhut und ein dicker, lederner Geldbeutel würden dem Ordensmeister sehr zu gut Gesicht stehen, war er doch von allen Kreuzrittern derjenige, der am ehesten aus einer anderen Zeit, aus einer vergangenen Epoche zu stammen schien.

Jackson beugte sich erneut über den Kasten, ich atmete tief ein und füllte meine Lunge mit Zimt - besser als ein großes Stück Torte, luftige Glückseligkeit.

"Schau", sagte er und auf seiner Hand lag ein weltbekanntes Fläschchen: 'Chanel No 5', etwa 100 ml. Hatte Jackson meine Sucht nach Süßem erkannt? Ich spürte die milde Röte meiner Wangen, legte mir Zimt-Enthaltsamkeit auf und musterte den Flakon: Er sah ganz ähnlich aus wie die, die auch heute noch in jeder Parfümerie standen - vielleicht war der Verschluss etwas fragiler, das Etikett vorn etwas breiter. Eine alte Flasche, erkannte ich: Das Glas war ein wenig trübe und angestoßen, das Etikett leicht vergilbt, aber der Flakon noch so gut wie voll.

"Josie hat mich angebettelt, es ihr zu schenken, aber sie

würde es einfach verbrauchen", sagte Jackson, ich nahm das Fläschchen von seiner glatten Handfläche und schnupperte am Verschluss - es duftete dort nur schwach, aber unverkennbar.

"Die einzige echte Erinnerung an eine Tote in dieser Kiste", bemerkte der schöne Kreuzritter leichthin, ich hielt erschrocken inne. "Es gehörte Penelope, ich habe es ihr 1936 zu Weihnachten geschenkt."

Oh. Penelope - die bei einem Absturz gestorben war? Genau: Ein Zeppelinabsturz. Und Jackson hatte ihr Parfüm geschenkt? Vielleicht, nachdem er mit ihr ein paar schöne Tage an einem romantischen italienischen See verbracht hat?, dachte ich in Erinnerung an das Foto von Jackson und der Unbekannten. Äh ... nein, korrigierte ich mich: Wenn Penelope in den dreißiger Jahren gestorben ist, kann sie in den Fünfzigern nicht mit Jackson für ein Foto posiert haben.

"Ciaran hat mir die Flasche zurückgegeben, als er ihre Sachen aufgeräumt hat." Jackson sah mich an. "Möchtest du es vielleicht?"

Ich sah auf das Fläschchen - und sah darin auf einmal mehr als nur eine Flasche Parfüm, Standardgeschenk aller Männer an ... ihre Frauen? Quatsch - weder war bei Jackson irgendetwas Standard, noch war ich ihm so verbunden, dass er mir ein Parfüm schenken sollte, und schon gar nicht dieses.

"Ich denke, du solltest es behalten. Ich würde mich sehr darüber freuen, weil es etwas ganz Besonderes ist, aber ich denke, dass es dir mehr bedeutet ..." Halt, stoppte ich mich selber, das ist nicht wahr: Als Geschenk von Jackson würde es mir verdammt viel bedeuten - aber trotzdem, das Gedenken an Tote war wichtiger. "Für dich ist es wertvoller."

Er nickte langsam. "Vielleicht. Aber ... ich habe es damals nur gekauft, um es zu verschenken, um einer Schwester eine Freude zu machen. Wenn ich es dir gebe, ist das nur die logische Folge. Es ist ein Parfüm, es sollte einer Frau gehören. In dieser Kiste wird es irgendwann verderben."

Ich schluckte, registrierte erleichtert die 'Schwester', und schloss meine gierigen Finger um das Fläschchen. "Ich danke dir. Ich werde es nur zu ganz besonderen Gelegenheiten benutzen - und wenn es irgendwann leer sein sollte, gebe ich dir den Flakon wieder."

Jackson lächelte und nickte, ich stellte das Fläschchen neben den Kasten. Eigentlich hatte ich schon mehr gesehen, als ich sollte, tiefer gewühlt, als ich durfte - einmal noch schauen, weil in diesem Kasten so viel Jackson drin steckt, dachte ich, dann musst du dich endlich um die Chronik und um Drake kümmern. Ich ließ den Blick erneut über den versammelten Krimskrams im Kasten schweifen, und griff als Nächstes nach einer großen, leicht zerknitterten Fahrkarte: 'Normandie', Le Havre - New York, Einschiffung 28. April 1937, erste Klasse.

"Keine beschauliche Kreuzfahrt, oder?", fragte ich angesichts des Datums kurz vor dem Ausbruch des Zweiten Weltkrieges, Jackson bestätigte mit einem traurigen Lächeln.

"Nein, ganz gewiss nicht. Der gesamte Orden ist damals in die USA übergesiedelt, weil Andreas und Ciaran das für sicherer gehalten haben. Es waren jeweils nur vier von uns in Europa - zwei in der Burg und zwei in Rom. Ich war von 1941 bis 1943 in der Burg, mit Ethan. 1948 sind wir alle zurückgekommen."

"Wurde hier ... gekämpft?"

Jackson schüttelte den Kopf. "Nein, wir haben erstaunliches Glück gehabt: Auf das ganze Tal ist nicht eine Bombe gefallen, im ganzen Tal wurde nicht ein Schuss abgegeben, da war der Erste Weltkrieg weitaus verheerender. Angenehm war die Zeit trotzdem nicht: Südtirol war damals von Deutschland besetzt, und unsere Burg gefiel ein paar Nazi-Größen recht gut. Andreas und Ciaran haben unsere Kontakte zum Vatikan genutzt, um einer Enteignung zu entgehen - mit dem Haus in Rom hat das leider nicht geklappt, das wurde requiriert. Wir haben es 1948 aber zurückbekommen, man hatte dort irgendwelche Parteibonzen einquartiert. Danach wurde es einmal komplett renoviert - Josies erster Großauftrag mit der besonderen Herausforderung, ein paar Hakenkreuze aus dem Marmor entfernen zu lassen."

Ich lachte kurz auf, wurde dann aber wieder ernst. "Zu zweit habt ihr hier zwei Jahre aushalten müssen? Du und Ethan? Im Krieg?" Eine schreckliche Vorstellung.

"Ja." Jackson verzog seinen schönen Mund. "In diesen Jahren ging es aber noch - schlimm war es eher für Michael und James: Die beiden waren 1944 und 1945 hier, damals wurden jede Nacht Angriffe geflogen. Wie gesagt, nicht auf dieses Tal direkt, aber das weißt du in der Situation ja nicht. Die beiden haben tagsüber geschlafen und nachts auf dem Dachboden gehockt, zwischen Löscheimern, mit denen sie kaum was hätten ausrichten können." Er sah mich prüfend an, als überlege er, ob er mir dir folgenden Informationen geben konnte. "In den letzten zwei Jahren des Krieges waren auch Flüchtlinge in der Burg - in Südtirol gab es große Völkerwanderungen, weil man Deutsche und Italiener ... sortieren wollte. Einige wollten ihre Heimat nicht verlassen und sind bei uns untergeschlüpft - es gab keinen Bunker im ganzen Umkreis, deswegen haben die Menschen aus dem Tal nächtelang in unseren Kellern geschlafen. Sie haben tagsüber auf den Höfen und Feldern gearbeitet, und sind abends dann mit ihren Familien hierhergekommen. Ein paar Familien haben ihre Söhne zu uns geschickt, damit wir sie verstecken und sie nicht eingezogen werden können - nicht viele, aber es war ein gutes Dutzend."

"Im Keller? In diesen Höhlen?"

"Ja. Sie reichen zwei Stockwerke tief in den Fels."

Ich schauderte angesichts der Vorstellung, unter Metern von grauem Gestein Zuflucht vor Bombern und Bomben suchen zu müssen, Jackson zuckte jedoch nur mit den Schultern.

"Wenn du die Wahl hast zwischen Bombentod und Verschüttung, ziehen viele wohl die Verschüttung vor. Ethan und ich hatten in unserer Zeit hier Lebensmittel in großem Stil gekauft, es gab dort unten auch Kerzen, Pritschen, Bücher, Öfen. Ciaran und Andreas haben in allen Zeiten die Tore der Burg geöffnet, wenn Gefahr drohte."

"Ihr braucht mich also doch nicht, um was Gutes zu tun", sagte ich und wusste nun noch ein bisschen besser, warum man die Leute von der Burg trotz ihrer Andersartigkeit duldete, akzeptierte, vielleicht sogar schätzte.

"Ein paar von uns wollten sich freiwillig zur Armee melden", fuhr Jackson in ruhigem Plauderton fort, "bei den Amerikanern. Ethan vor allem - er stammt aus einer jüdischen Familie, aber auch Peter, Michael und Nikita."

"Und du?"

Er lächelte, seine frechen Eckzähne blitzen. Abenteuerlustig? "Ich natürlich auch. Als ich das Ciaran gesagt habe, hat er kein Wort gesagt, aber seine Hand hat gezuckt, als wolle er mir eine Ohrfeige verpassen."

Ich lachte. "Und das hat gereicht, um dich abzuhalten?"

Jackson nickte sehr ernst. "Oh ja. Als er sich wieder beruhigt hatte, hat er mir nur gesagt, er habe mich nicht einen Monat lang entgiftet, damit ich mich ein paar läppische Jahrzehnte später von diesen verdammten Nazis totschießen lasse."

"Er hat dich aber nicht geschlagen, oder?"

Jackson schüttelte den Kopf. "Nein. Körperliche Züchtigung gehörte noch nie zu den Disziplinarmaßnahmen des Ordens, auch früher nicht. Deswegen war Ciarans zuckende Hand ja so ... bezeichnend. Ich wusste, dass ich ihn noch nie zuvor so wütend gemacht hatte, dass ich noch nie zuvor etwas so Dummes gesagt hatte."

"Und wie war das, als du jung warst?"

"Meinst du, ob Kinder damals geschlagen wurden?"

"Ja."

"Schon, aber nicht ... aus Bösartigkeit. Das waren keine Misshandlungen - daran denkt man ja heute immer sofort. Und bei mir waren es auch nicht die Eltern, sondern der Hauslehrer. Er hatte dafür zu sorgen, dass wir still waren. Nur redeten, wenn wir angesprochen wurden. Dass wir auf eine bestimmte Art und Weise antworteten, ihm und allen anderen Erwachsenen: höflich, deutlich, mit wohlgewählten und wenigen Worten." Jackson lächelte, ein bisschen wehmütig, wie ich fand. "Damals war man nicht Kind, wie man heute Kind ist. Heute ... dreht sich alles um das Kind, wenn eine Familie eins bekommt. Spielzeuge, Bücher, Kleidung - alles speziell für Kinder. Man behandelt sie wie Kinder, freut sich darüber, dass sie Kinder sind. Damals waren Kinder eher unfertige Erwachsene. Man hat gewartet, bis sie so alt waren, dass man mit ihnen sprechen konnte wie mit einem richtigen Menschen." Ich runzelte die Stirn, Jackson fuhr sich mit der Hand durch seine Locken, lächelte schwach. "Das ist schwer zu erklären. Ich hatte Spielzeuge, und ich hatte auch Bücher. Aber trotzdem war es so, als wäre die Zeit der Kindheit für die Eltern eine Zeit der Prüfung und für dich selber eine Zeit, in der ... du so schnell wie möglich lernen musstest, nicht mehr Kind zu sein. Heute heißt es, die Kindheit müsse unbeschwert sein, eine glückliche Zeit - das war damals einfach anders. Selbst die Spielzeuge waren Dinge für Erwachsene in klein. Ich hatte Pferde und Kutsche, kleine Soldaten, einen Degen. Meine Schwester hatte eine kleine Küche, Puppen und ein Puppenhaus. Ein Schaukelpferd gab es, einen Reifen zum Drehen hatten wir, einen Kreisel - aber das war eigentlich auch schon alles. Kinder wollte man nicht hören, sie sollten nicht umherlaufen, schreien, toben schon gar nicht. Und was das Schlagen angeht ... das war einfach eine Strafe, einen von vielen. Es gab Schläge auf die Finger, auf den Hinterkopf oder mit der

Rute auf den ..."

Er stockte, ich nickte schnell, um ihm zu sagen, dass ich schon verstanden hatte.

Jackson lachte leise. "Es hat gewirkt, nicht wahr? Ich möchte solche Worte bis heute nicht in den Mund nehmen. Ich kann es fast gar nicht."

"Po? Hintern? Allerwertester?", half ich ihm aus, Jackson lachte noch mal, ein wenig lauter. "Ich kenne noch ein paar Ausdrücke", bot ich an, aber er hob abwehrend die Hand.

"Danke, das genügt. Wo war ich? Ah ja, andere Strafen. Wir mussten in der Ecke stehen, mit dem Gesicht zur Wand. Mal nur eine Viertelstunde, mal länger. Wir mussten Strafaufgaben schreiben - in meinem Fall hatte es die Bibel dem Lehrer angetan, und ich bin ziemlich weit gekommen."

"Und deine Geschwister?"

"Mein Bruder war braver als ich. Folgsamer. Er ist kaum bis über die ersten paar Seiten hinaus gekommen."

Ich schüttelte ungläubig den Kopf: Braver als Jackson? Dieser ruhige, beherrschte, höfliche, zurückhaltende, reservierte Jackson? Nein, Shara, falsch: Jackson war nicht brav. Ich erinnerte mich an das, was er mir von seiner Zeit in London und von seiner Irrfahrt über den Kontinent erzählt hatte - Lügen, Drogen, Diebstahl, ein Mord.

"Und deine Schwester?"

Jackson lächelte erneut, ein bisschen wehmütig. "Janet Maria hieß sie, kurz Janny. Sie hatte blonde Locken und blaue Augen, wie ihre Puppen. Sie war zwar das verwöhnteste Ding, das ich jemals erlebt habe, aber sie war entzückend. Sie hat alles bekommen, was sie wollte, und hat das genommen wie ein Naturgesetz. Man konnte ihr nichts abschlagen, man tat, was sie wollte."

"Und in der Schule?"

"Sie hat nicht mit uns gelernt, sie war um einiges jünger. Und der Lehrer hätte es niemals gewagt, Hand an sie zu legen, meine Mutter hätte ihn eigenhändig umgebracht." Jacksons Lächeln verklang, was ich ein bisschen schade fand: Wenn er so selbstvergessen ins Nichts schaute, war sein Gesicht so bewegungslos wie das einer Marmorstatue, und ich konnte es ohne Scham mustern, als stände ich in Florenz vor dem Abbild des David. "Und selbstverständlich wäre ein Mädchen nicht so gezüchtigt worden", fügte der Kreuzritter-David hinzu.

Ich lachte daraufhin freudlos auf, Jackson sah mich an. "Dich hat doch nicht etwa jemand geschlagen?", fragte er, mit einem kleinen Zögern vor dem letzten Wort, als habe er auch hier Hemmungen, es auszusprechen.

"Nein, nicht in diesem Sinne", sagte ich, und glättete behutsam eine verknickte Ecke der Schifffahrkarte, die ich immer noch in der Hand hielt.

"In welchem Sinn dann?" Ich sah wieder hoch, Jacksons dunkelgrüne Augen lagen fragend und fordernd auf mir.

Ich seufzte - warum hatte ich davon überhaupt angefangen? "Das ist lange her und ich hab's geregelt", sagte ich, aber das war natürlich nicht ausreichend.

"Shara, bitte."

Ach Gott, musste er 'Bitte' sagen? Dieses Wort aus diesem Mund zwang mich geradezu, zu sprechen. "Ich bin nicht geschlagen worden, sondern gestoßen. Und auch nicht von meinen Eltern, sondern von meinem Bruder. Er hat immer so gemacht" - ich hob die Arme auf Brusthöhe, winkelte sie an und stieß sie dann schnell von mir weg, auf Jackson zu - "von hinten. Hat sich angeschlichen und mich dann mit ganzer Kraft geschubst. Nicht einmal oder zweimal. Oft."

"Wie alt warst du?"

Ich dachte kurz nach. "Acht oder neun. Eher Acht. Ich war noch in der Grundschule."

"Dein Bruder ist ... neun Jahre älter als du?"

Ich stutzte und fragte mich, woher Jackson das wissen konnte. Von der Schnüffelei in meinem Leben, lautete die logische Antwort, natürlich. "Ja", antwortete ich ihm.

"Also war er siebzehn oder achtzehn."

"Ja. Und das war auch sein IQ, freundlich ausgedrückt. Er war damals schon ziemlich ... na ja, nicht dick, aber stabil. Er hatte Kraft, war schon in der Ausbildung, Maurer. Ich bin immer quer durchs Zimmer geflogen. Ich hab irgendwann richtig Angst gehabt, hab immer aufgepasst, dass ich ihm nicht den Rücken zuwende, dass ich weiß, wo er gerade ist. Und er ... er hat immer aufgepasst, dass meine Eltern das nicht sahen, und dass er mich überraschend erwischt. Ich stehe in der Küche und helfe beim Abwasch, meine Mutter geht raus, um noch Geschirr aus dem Esszimmer zu holen - zack, lag ich wieder in der Ecke. Er hat immer gesagt, ich wäre hingefallen."

War Jacksons Gesicht eben bewegungslos gewesen, war es

jetzt geradezu eingefroren: Seine Wangen waren weiß, die grünen Augen brannten dunkel in meinen. Ich hatte das Bedürfnis, ihn zu beruhigen, denn er sah aus, als würde er gleich in tausend Teile zerspringen - platzen von einer Wut, die irgendwo tief in ihm kochte.

"Ich hab mir das so ungefähr ein Jahr gefallen lassen. Ein schlimmes Jahr. Irgendwann hat er mich so erwischt, dass ich mit dem Kopf gegen meinen Schreibtisch geknallt bin - das war vielleicht ein Veilchen! Meine ganze rechte Gesichtshälfte war blau und dick. Natürlich war ich wieder selber Schuld gewesen, war ich mal wieder über meine eigenen Füße gefallen - aber diesmal fanden die Lehrer das nicht plausibel, dafür war die Verletzung zu übel. Meine Klassenlehrerin hat bei meinen Eltern angerufen. Die haben mir danach zwar immer noch nicht wirklich geglaubt, aber sie haben meinem Bruder gesagt, er soll mich in Ruhe lassen." Ich verzog den Mund. "Er fand das nicht lustig und kam in mein Zimmer. Ich saß an diesem Schreibtisch und hab gebastelt - eine Laterne für einen Umzug. Pappe, buntes Papier, Papiermesser, Schere, Teelicht, Draht, Klebstoff. Er hat sich angeschlichen und mich hinten am Nacken gepackt, wie man das mit kleinen Katzen macht. Er hat mich hochgezogen, ich war da noch" - ich zögerte - "dünner als jetzt. Er hat mir ins Ohr gezischt, ich würde ihn nicht los, da bräuchte ich mir keine Sorgen zu machen, er wäre mein Schatten ... so was halt. Klingt heute albern, aber mir hat das Angst gemacht." Jackson presste die Lippen zusammen, seine Augen verengten sich: Scheinbar klang das für ihn nicht albern, und ich fuhr schneller fort. "Ich hatte gerade dieses Papiermesser in der Hand. Du kennst die, oder? Eine dünne Klinge in einem Plastikgriff. Ich hab ... damit ausgeholt und nach dem Arm geschlagen, mit dem er mich gepackt hatte. Ich hab ihn schön erwischt: Ein richtig tiefer Schnitt im Unterarm. Nur oben, im Muskel, aber trotzdem - es hat geblutet wie die Sau und musste genäht werden." Ich erinnerte mich an die Szene, diese ferne Szene, die immer noch so gegenwärtig war, weil sie ein Jahr Angst beendet hatte, und weil sie den Tag markierte, an dem mir klar geworden war, dass dieses Haus kein Zuhause war. "Er hat geschrien wie am Spieß, und er hat mich nie wieder angerührt. Meine Eltern haben mir ein halbes Jahr Hausarrest gegeben und mich zur Schulpsychologin geschickt, weil ich so aggressiv wäre." Ich lachte, dachte an das kleine Zimmer mit Gummibäumen und mehr Büchern als in der Schulbibliothek. "Ich hatte Angst vor dieser Frau, weil sie die größte Brille hatte, die ich jemals gesehen hatte, aber sie war nett. Hat mir Fragen gestellt, hat zugehört, hat mir geglaubt. Sie hat meinen Eltern gesagt, ich hätte nur getan, was sie versäumt hätten - für eine Psychologin mal selten klare Worte." Ich lächelte. "Ich hab ihr die Laterne geschenkt, zum Umzug durfte ich ja wegen des Hausarrestes nicht."

Jacksons Wangen bekamen wieder etwas Farbe, kehrten zurück zu ihrer gesünderen Blässe. "Ihr habt keinen Kontakt mehr, oder? Du und dein Bruder?"

"Nein. Ich hab versucht, so zu leben, als gäbe es ihn nicht. Er hat mich ein oder zwei Mal angerufen, seit dem ich nicht mehr zuhause wohne, aber nicht wegen mir. Wegen Geld. Und ..."

Nein, das wollte ich lieber nicht sagen, das war nun wirklich albern.

"Und?"

Na gut, aber das wäre dann auch das letzte. "Ich versuche zu vergessen, wie er heißt. Dass es ihn gibt."

Jacksons Lippen entspannten sich, verzogen sich zu einem milden Lächeln - einem halben Lächeln, das mir einen seiner Eckzähne zeigte und meine erinnerungsschwere Stimmung ein wenig hob.

"Ich kann dir ein Papiermesser besorgen, wenn dir das lieber ist als die Pistole", bot er an, ich lachte auf, aber er stimmte nicht ein. "Wie kann ein fast erwachsener Mann seine kleine Schwester so quälen?", fragte er, ich zuckte mit den Schultern.

"Er konnte es, weil er es konnte", antwortete ich. "Es hat ihn niemand abgehalten. Er hatte die Eltern auf seiner Seite, seine Story war die bessere. Ich war immer schon ein bisschen ... ungeschickt. Schlaksig, nicht sehr anmutig. Wenn du zweimal über deine eigenen Füße fällst, dann glaubt dir niemand, dass du beim dritten Mal gestoßen wurdest."

Jackson nickte. "Du warst mutig", sagte er, ich dankte ihm mit einem kurzen Nicken und legte dann die alte Schifffahrkarte auf dem Deckel der Holzschatulle ab: Ich wollte das Thema beendet wissen - ich war nicht hier, um aus meinem verkorksten Leben zu erzählen und griff als Nächstes nach einem schwer aussehenden Goldring, der genau unter dem Ticket gelegen hatte.

Der Ring glänzte recht neu, schien nicht oft getragen worden zu sein - ein Herrenring, breit und mit einem eingeprägten Wappen auf der Verbreiterung vorn. Ein Siegelring? Ich studierte das Wappen, fand jedoch ausnahmsweise kein Schwingenkreuz darin: Es bestand aus vier einzelnen Feldern, ich erkannte einen Dachs oder so etwas in dem unten links und einen Raubvogel in dem oben rechts, der Rest waren angesichts der geringen Größe der Prägung nur wirre Linien.

"Ein Dachs, ein Fluss, Kornähren und ein Falke."

Ah, okay. Ich sah auf, darauf wartend, dass Jackson weiter sprechen, mir den Ursprung des Ringes erklären würde. Seine Augen waren plötzlich wieder starr, erkannte ich, als ich in seinem Gesicht nach dem Grund für sein Schweigen forschte, und sehr dunkel - dunkler noch als sein normales Nachtdunkel. Ein Wappen auf einem alten Ring? In einem 'Erinnerungen'-Kasten, der dem aus altem (falsch: gekauftem!) Adel stammende Jackson gehörte?

"Ist das ... dein Familienwappen?"

Jackson schüttelte den Kopf, den Blick immer noch auf den Ring gesenkt. Verdammt, warum hatte ich ausgerechnet dieses Ding aus dem ganzen Krimskrams rausfischen müssen, wie eine Elster auf der Suche nach dem glitzerndsten Stück?

"Jackson ..."

Er hob die Hand in einer bittenden Geste, ich hielt inne. Jackson wollte etwas sagen, doch dann fokussierten seine Augen fast überrascht den Ring, den er trug, und er drehte die Hand um, so dass sie offen vor mir lag und das rote Schwingenkreuz auf seinem Ordensring sanft im milden Licht der Lampen leuchtete.

"DAS ist mein Familienwappen", sagte er leise, dann nickte er zu dem Ring hin, den ich hielt. "Das da ist ... nichts, was mit einer echten Familie zusammenhängt. Das ist ... nichts."

Also doch, das Wappen seines Clans. "Jackson, sag das nicht. Sie waren deine Familie. Sind es immer noch."

Seine Augen weiteten sich, fragend. "Wie meinst du das?"

"Nun - deine Geschwister haben bestimmt Kinder gehabt, die auch wieder Kinder und die ... du hast ganz sicher noch eine Familie. Ur-ur-ur-ur-Neffen und -Nichten, oder wie auch immer das dann heißt. Und wenn deine Familie auf einem Gut gewohnt hat: Vielleicht gibt es das ja noch, vielleicht es ist es noch in der Hand deiner Familie?"

"Und wenn schon", sagte er bitter. "Sie haben damals nichts

auf mich gegeben, warum sollten mich dann ihre Kindeskinder interessieren?"

"Weil sie ... deine Familie sind."

Jackson sah auf, die Nachtsmaragde stachen in meine geblendeten Augen. Nicht mit der ganzen Kraft, die sie entwickeln konnten - wie ein Licht unter einem staubigen Lampenschirm, die Sonne durch eine Sonnenbrille.

"Interessieren sich deine Eltern für dich?", fragte er scharf, "interessiert sich dein Bruder für dich? Kümmern sie sich, sorgen sie sich - lieben sie dich?"

Ich zögerte, überrascht von seinem ungewohnt scharfen Tonfall, schüttelte dann den Kopf. Nein, das taten sie nicht - sie liebten mich nicht, ich liebte sie nicht. Hatten sie nie, hatte ich nie. Ich konnte mich schon aus meiner Kindheit, aus der Zeit vor der Papiermesser-Sache, aus der ach so 'guten alten Zeit', an keine liebevollen, geborgenen Momente in Gegenwart dieser Menschen erinnern.

"Ich habe das nur gesagt, weil du so traurig ausgesehen hast", rechtfertigte ich mit schwacher Stimme meinen Versuch, Jackson seine Familie näher zu bringen.

Er nickte, und als er jetzt sprach, war seine Stimme wieder mild. Mir fiel unvermittelt ein, wie sie geklungen hatte, als sie im Pantheon so nah an meinem Ohr erklungen war: klar und trotzdem sanft, weich und wunderschön. Gänsehautschön.

"Ich weiß, dass das nicht oft vorkommt", sagte Jackson jetzt, "aber es gibt Menschen, die ihre Familie ansehen und sagen 'so bin ich nicht, hier gehöre ich nicht hin'. Meist bleiben diese Menschen ein Leben lang allein, aber manchmal finden sie eine andere, eine neue Familie. Ich bin so ein Mensch, und ich bin mehr als dankbar, dass ich in diesem Orden Menschen gefunden habe, denen ich mich tief verbunden fühle. Ich glaube, du bist ähnlich wie ich: Du warst eine Fremde in deiner eigenen Familie, hast nie enge Freunde gefunden, nie lange Beziehungen gehabt. Aber weil es bislang so war, muss es nicht immer so bleiben. Auch du kannst eine neue Familie finden - hast sie vielleicht schon gefunden, ohne es zu wissen."

Ich schluckte, fühlte unvermittelt Tränen in meinen Augen. Das hatte noch niemand zu mir gesagt, das hatte ich noch nicht einmal selber gedacht - und trotzdem war es nur allzu wahr. Ja, ich war allein gewesen, immer schon - gewollt allein, gezielt allein und gleichzeitig so schrecklich allein. Ich senkte den Blick, um diesen hypnotisierenden Augen zu entgehen, um der im Raum hängenden, nie gehörten Wahrheit zu entgehen - da hatte ich in Jacksons Zimmer nach ihm gesucht, und jetzt psychologisierte er mich, machte er mich verlegen und tieftraurig. Ich schüttelte den Kopf, dachte trotzig das, was ich schon immer schulterzuckend gedacht hatte, wenn mich andere Menschen seltsam angesehen, befremdlich reagiert hatten und schließlich gegangen waren: Und wenn schon? Der eine ist so, der andere so - ich bin eben, wie ich bin, haut ab, wenn euch das nicht passt. Ein paar Haarsträhnen fielen mir in die Stirn, und ich sah erschauernd, wie Jackson eine Hand hob und sie zurückstrich, spürte seine Finger federleicht auf meiner Haut. Ich blickte wieder hoch und sah diese Zärtlichkeit in seinem Blick, die ich schon im Pantheon gesehen hatte: Gott, er war so nah, so warm und duftete so süß! Nimm mich in den Arm, beschwor ich ihn - tröste mich, küss mich, streichle mich, ich bitte dich! Doch er rührte sich nicht, kam nicht näher, sah mich nur an - und nach ein oder zwei Minuten, in denen ich mich nicht traute, zu tun, was ich so gern tun wollte, zu sagen, was ich so gern sagen wollte, löste sich sein so schönes und warmherziges Gesicht in einer Miene kühler Geschäftigkeit auf.

"Verzeih, dass ich dich mit diesen alten Geschichten gelangweilt habe", sagte er, als wäre nicht ich diejenige gewesen, die in seinen Sachen herumgeschnüffelt und ihn mit Fragen bestürmt hatte.

Ich spürte meine Kleinmädchen-Wangen beschämt rot brennen und wandte mich schnell zum Regal, um alles wieder einzuräumen und die Spuren meiner Neugierde zu beseitigen: Fahrkarte, Geldschein, die Münzen und die kleinen Statuen verschwanden wieder im Kasten. Den goldenen Siegelring legte ich oben auf - verdammtes Ding, hätte ich ihn doch nie angefasst! Jackson ließ mich aufräumen, er rückte während dessen einen Sessel zum Schreibtisch und lud mich mit einer höflichen Geste zum Platznehmen ein, als hätte ich den Raum eben erst betreten, als hätte es die vergangenen paar Minuten und die Vertrautheit, die Nähe, die Sehnsucht in ihnen niemals gegeben. Okay, dachte ich, das kannst du auch: Umschalten auf freundlich-zurückhaltend, umschalten auf 'er ist ja nur ein Fremder'.

Ich ließ ich mich in den Sessel fallen, Jackson nickte zur Chronik herüber.

"Drake?"

"Ja."

"Wortwörtlich oder sinngemäß?"

"Sinngemäß", bat ich, ich wollte Jacksons Geduld jetzt nicht mehr überstrapazieren.

Er schlug das Buch auf und blätterte bis zu Drakes Eintrag.

"Hat dir Andreas schon von ihm erzählt?", fragte Jackson, während er den Text überflog, mit dem Finger den gleichförmigen, aber oftmals schwer entzifferbaren Buchstaben folgend.

Dass der schöne Kreuzritter mir diese Frage stellte, zeigte mir, dass auch er nicht ganz unverwirrt aus der Szene eben hervorgegangen war: Die Frage war naheliegend und neutral, aber auch total überflüssig, hatte Jackson doch keine zwei Meter von mir entfernt gesessen, als Andreas mir in Rom von Drake berichtet hatte.

"Ja", sagte ich. "Dass er mit Andreas und Ciaran in Rom gelandet ist, dass er derjenige war, der sich am meisten für die Schwertkirche interessierte - und dass sie sich dann nach und nach hinsichtlich ihrer Ansichten über die Größe des Ordens entzweit haben, was in dem Kampf zwischen Ciaran und Drake gegipfelt ist, als Drake auf Josie losgegangen ist."

"Es steht leider gar nicht so viel mehr drin. Ich war damals auch schon enttäuscht, als ich das heimlich gelesen hatte."

Er ließ seine Eckzähne blitzen, wieder mal ein bisschen frech. Wie machte er das nur - so schnell wieder so locker und ungerührt zu sein? Meine Wangen brannten immer noch vor Scham, und mein Herz pochte doppelt so schnell wie üblich.

"Ich hatte mir etwas ... Dramatisches, Diabolisches vorgestellt, aber was auch immer Drake bewegt, Andreas und Ciaran sind seinem wahren Wollen nie wirklich auf die Spur gekommen", fuhr Jackson fort, ich bemühte mich um eine ebenso lockere Stimme, als ich ihm antwortete.

"Ich glaube ohnehin nicht, dass da viel dahinter steckt", sagte ich. "Er will den Schwertlöser für sich selbst haben, will ihn und seine ... Macht, Kraft oder was auch immer nicht dem Orden überlassen. Ich bin nur bis da gekommen", fügte ich hinzu und wies auf den erschreckend frühen Satz, der mich überfordert hatte.

Jackson überflog den Text. "Da geht es noch um die Geschichte mit dem Mönch. Drake war derjenige, der am meisten auf seine beiden Freunde eingewirkt hat: Er hatte am wenigsten zu verlieren, da er von seiner Familie nur mit einem viel zu alten Knecht und einem viel zu jungen Knappen losgeschickt worden war und sich wenig Hoffnung auf einen für sich persönlich erfolgreichen Kreuzzug machte." Er las die beiden nächsten Sätze still, bewegte ab und zu die Lippen. "Andreas vermutet hier ein wenig versteckt, dass Drake weniger von ... heiligem Kriegswillen denn von Geldgier bewegt auf den Kreuzzug gegangen ist, aber das wird nicht weiter kritisiert. Es gab damals wohl beides: Religiöse Eiferer und handfeste Pragmatiker, und Drake scheint eher einer der Letzteren gewesen zu sein."

"Und wozu gehörten Andreas und Ciaran?"

Jackson zuckte mit den Schultern. "Das wird in ihren Einträgen nicht erwähnt, und ich kann mir beide weder so noch so vorstellen. Sicher hast du Recht: Wenn Andreas das hier extra aufführt, muss es sehr bezeichnend für Drake gewesen sein. Aber Andreas hat das geschrieben, als Drake noch im Orden war, der hat also wohl nichts dagegen einzuwenden gehabt. Wo war ich?" Er heftete seine Augen erneut auf den Text. "Ah, hier. Die Herren bringen sich die in den Abhandlungen des Mönches beschriebenen Narben bei und stellen zu ihrem Entzücken fest, dass sie tatsächlich auch nach fünfzig Jahren noch leben, ohne dass sich die Zeichen oder Gebrechen des Alters bei ihnen zeigen. Gemeinsame Anstrengungen zum Ausbau der Kirche, etwa hundert Jahre Ruhe und Frieden, warten auf den Erlöser des Schwertes. Dann kommt ein junger Mann des Weges, der angesichts des Schwertes eine Art Vision hat und sich ihnen anschließen will." Er sah hoch. "Das war James, den kennst du noch nicht." Ich schüttelte den Kopf, Jackson fuhr fort. "Der erste Streit im Bezug auf neue Mitglieder kommt gleich bei der Aufnahme von James, am Ende des 13. Jahrhunderts. Ciaran ist dafür, den Orden zu vergrößern, Andreas will nicht aktiv werben, aber auch niemanden abweisen, Drake will keinen weiteren in der Nähe des Schwertes haben und auch James wieder loswerden. Sie einigen sich auf die Methode, dass nur die aufgenommen werden, die den Orden entdecken und 'würdig' sind - was auch immer das heißen mag."

Ich deutete auf die noch folgenden Seiten. "Steht das bei jedem der Drei? Das mit der Kirche, den Mitgliedern und wie sie darüber denken?"

Jackson nickte, blätterte dann vor zu dem Eintrag von Ciaran und drehte den dicken Band leicht zu mir herum.

"Ja, hier zum Beispiel. Allerdings mit Betonung auf das Gute, das ein Orden auch ohne einen Schwertträger tun könne, wenn er junge Menschen den rechten Weg weise. Bei Andreas geht es mehr so in der Richtung 'aufnehmen, damit sie uns nicht verraten'."

Ich dachte kurz nach. "Noch eine Frage, wenn dich das nicht stört?"

Jackson lächelte. "Wenn ich sie beantworten kann, müsste die Bedingung eigentlich lauten."

Ich nahm das als Einladung. "Ich verstehe das mit dem 'Entdecken des Schwertes' nicht ganz. Ihr habt doch genau damit die Leute angezogen, dass man die Weltherrschaft auf einem Silbertablett bekommt, wenn man das Schwert aus dem Stein holt - was ist denn daran geheim? Jeder Tourist, der in seinem Reiseführer vom Schwert gelesen und die Kammer betreten hat, ist euch doch quasi auf die Spur gekommen, oder nicht?"

Jackson lehnte sich zurück und wuschelte sich über die Haare - sie sahen aus, als hätte er sie seit dem Schwimmen heute Morgen nicht mehr gekämmt: weich und dicht wie schwarze Wolken.

"Das mit dem 'Entdecken' ist eher so gemeint wie bei Josie, die ein Gespräch zwischen zwei Großmeistern belauscht hat, oder wie bei mir, der ich in einen Ritus reingeplatzt bin. Also mehr ... die Entdeckung des Ordens und seiner Funktion, als die Entdeckung der Bedeutung des Schwertes. Die ist weltweit bekannt, wenn natürlich auch kaum jemand wirklich daran geglaubt hat, wie du ja selber weißt."

Ich ließ das einen Moment durch mein Gehirn kreisen. "Also schützt ihr euch in erster Linie selbst."

Jackson zuckte mit den Schultern. "Im Endeffekt: Ja. Aber da wir nur dem Schwert dienen, schützen wir durch diesen Selbstschutz auch das Schwert beziehungsweise dessen wahren Herren. Der Löser des Schwertes soll nicht in die falschen Hände geraten, sondern eben eine ... freie, gelöste und inspirierende Atmosphäre vorfinden, keinen Wahnsinnigen, der ihn oder sie nur instrumentalisieren will. Wie Drake."

"Aber ist Drakes Wunsch, den Kreis so klein wie möglich zu halten, dann nicht eher in eurem Sinne als Ciarans ... Sendungsbewusstsein?"

"Vielleicht, aber nur bis zu dem Punkt, wo Drake Josie umbringen wollte. Sie war eine zitternde, kleine Person, die sich vor ihrem brutalen Ehemann in die nächste Kirche geflüchtet hatte - und so ein Geschöpf kaltblütig töten zu wollen, geht einfach weit über jedwedes Recht und Moral hinaus."

Da konnte ich nur zustimmen, also fuhr Jackson fort, mir den Text zu übersetzen.

"Der Streit zwischen den drei Ordensmeistern bricht immer wieder aus, aber der Kreis der Mitglieder vergrößert sich, wenn auch langsam. Dann geht es im 16. Jahrhundert um die Burg: Drake will keinen zweiten Stützpunkt, er bleibt in Rom, während Andreas und Ciaran Jahrzehnte lang sehr häufig hier sind, um einen sicheren Rückzugsort für den Orden und den Erlöser des Schwertes zu erbauen. Jedes Mal, wenn sie nach Rom zurückkehren, ist die Kluft größer geworden und Drakes Verhalten seltsamer. Er terrorisiert ein paar Brüder und Schwestern, wohl um sie dazu zu bewegen, den Orden zu verlassen, dann befremdet er Andreas und Ciaran, in dem er einem Priester unter dem Beichtgeheimnis die ganze Geschichte erzählt und diesen dann in die Schwertkirche schleppt. Was er damit beweisen wollte, ist nicht ganz klar, aber Andreas hält das für ein erstes Zeichen von Wahnsinn. Peter wird aufgenommen, er war der Priester. Und dann kaum ein Jahr später die Geschichte mit Josie - so, wie Andreas sie dir erzählt hat. Er findet hier sehr mitleidige Worte für sie, sie war wohl wirklich übel zugerichtet, als sie sie fanden, und hat danach Wochen gebraucht, bis sie ein Wort gesprochen hat." Jackson blätterte die Seite um, es folgte nur noch ein sehr kurzer Absatz. "Andreas schreibt zum Abschluss zu Drake, dass er sehr traurig sei, dass aus dem guten Freund von einst ein Feind geworden ist. Er hofft, dass man sich nie mit gezogenen Waffen gegenüberstehen werde und mehr noch, dass Drake mit der Zeit zur Einsicht kommen und in den Schoß des Ordens zurückkehren möge. Etwas pathetisch, aber sicher ehrlich."

Jackson lehnte sich zurück. Ich dachte über das Gehörte nach und konnte meinem Übersetzer nur recht geben: Viel war das wirklich nicht, Drake war einfach ... durchgeknallt. An meiner halbgaren Theorie über seinen Machthunger hielt ich nach wie vor fest, aber das ganze psychologische Untergerüst seines Wesens blieb mir verborgen. Ich wusste nun zwar ein bisschen genauer, was er getan hatte, aber was sein Ziel sein mochte, konnte ich nur vermuten. Was wollte er, was sollte ich dabei für ihn tun - ich, die ich nichts konnte, nichts wusste?

Jackson beobachtete mich aufmerksam, alles andere als müde und scheinbar auch gar nicht mehr verstimmt, aber ich wollte ihn nun auch nicht weiter beanspruchen. Eine Frage noch, schwor ich mir, dann gehst du als braves Mädchen noch vor Mitternacht in dein eigenes Zimmer zurück.

"Was ganz anderes: Warum ist dieser Mönch eigentlich gestorben, der damals das Schwert bewacht hat?"

"Das habe ich Andreas auch gefragt: Der Mönch hatte nur einen Strich auf der Brust statt des kompletten Kreuzes, nur den Ersten, den waagrechten. Das hat seinen Alterungsprozess so verlangsamt, dass er ungefähr dreihundertzwanzig Jahre alt geworden ist, aber er ist eben irgendwann doch gestorben. Und ja: Er muss das gewusst haben, schließlich befanden sich der Dolch und die Pergamente mit den Riten in seinem Besitz", nahm er die Antwort auf meine nächste Frage vorweg.

Ich dankte ihm für seine Mühe und stand auf, er schlug das Buch zu und tat es mir nach.

"Das Parfüm", sagte Jackson, als ich achtlos an dem Regal vorbei ging, ich nickte und nahm das kleine Fläschchen an mich.

Ich hätte nicht gedacht, dass er mich daran erinnern würde, und hätte er es nicht getan, hätte ich es stehen gelassen: Zu peinlich war mir dieses Gespräch vor dem Erinnerungskasten gewesen, zu peinlich mein erwartungs- und hoffnungsvolles Schweigen, auf das Jackson scheinbar nichts zu erwidern hatte - oder ganz bewusst nichts hatte erwidern wollen.

"Gehst du morgen früh wieder schwimmen?", fragte er, als er mir den schweren Folianten der Chronik bis zu meiner Tür getragen und ich ihm eine gute Nacht gewünscht hatte.

"Ja. Aber ich muss erst Magnus beweisen, dass ich zum Laufen nicht tauge", antwortete ich und verzog den Mund, Jackson lachte.

"Wann geht ihr Laufen?"

"Um acht Uhr."

"Dann bin ich um Neun im Schwimmbad", sagte er - und ich war mir auch eine Stunde später, als ich noch immer mit offenen Augen im Bett lag und über seine Worte zu Familie und Alleinsein nachdachte, nicht ganz sicher, ob das nun eine Verabredung war oder nicht.

Das Parfüm stand auf meinem Nachttisch und schimmerte

leicht in dem bläulichen Licht des vollen Mondes, der in dieser Nacht auch durch die dicken Vorhänge drang. Ich hatte es erst ins Bad getragen und zu meinen anderen Fläschchen gestellt, es dann aber wieder mitgenommen und mir einen winzigen Spritzer auf den Hals gesprüht. Nun lag ich süß benebelt in meinem Bett, fühlte mich durchschaut und entlarvt nach dem Gespräch mit Jackson, nicht aber bloßgestellt - als hätte der schöne Kreuzritter die Essenz meines Selbst aus mir herausdestilliert und sie mir ebenso freundlich unter die Nase gehalten, wie er mir das Parfüm angeboten hatte: beängstigend.

– 2 –

Magnus

Shara beim Joggen - eine Offenbarung auf zwei Beinen! Wenn jemand zu zwei Dritteln aus besagtem Körperteil besteht, fällt es einem schon schwer, sich auf was anderes zu konzentrieren, also lief ich die ersten paar Minuten nur schweigend hinter ihr her und bewunderte fasziniert das Auf und Ab ihrer Beine.

Sie machte extrem lange Schritte, die eher wie Springen aussahen als wie Laufen - mich erinnerte das ein bisschen an den Anlauf, den Weitspringer vor der Sandgrube nahmen. Auf kurzen Strecken war sie so wirklich ziemlich schnell und hätte mich bei einem kleinen Wettlauf beinahe abgehängt, für die Langstrecke war diese Methode allerdings indiskutabel, weil viel zu anstrengend: Sie wäre nach zwei Kilometern total kaputt, und tragen wollte ich sie bei aller ritterlicher Liebe dann doch nicht.

Auf meine Korrekturen an ihren Bewegungen reagierte sie zu meiner Überraschung halbwegs willig, lachte herzlich über meine Imitation ihrer staksigen Schritte und kam auch erst nach etwa drei Kilometern aus der Puste, um sich mit Seitenstechen und keuchendem Atmen am nächsten Apfelbaum festzuhalten. Ich ließ sie ein paar Dehnübungen machen, dann hüpfte sie auf der Suche nach einem angemesseneren Laufstil den Rest der Strecke weitaus langsamer neben mir her.

Fünf Kilometer für die ersten beiden Tage, hatte ich festgelegt, am dritten würden wir zum ersten Mal verdoppeln: Das klang viel und fies, war aber in der körperlichen Umwandlungsphase, in der Shara nach Beibringung der Narben steckte, ohne Probleme zu schaffen. Die Belastung würde den Muskelaufbau lediglich beschleunigen, und Muskeln brauchte dieses magere Mädel dringendst, ich war fast ein wenig erstaunt, dass sie beim Laufen nicht klapperte wie ein Skelett.

Die Frage, ob ich sie zum Laufen mit raus aus der Burg nehmen durfte, hatte gestern für eine einstündige Diskussion mit Andreas und Ciaran gesorgt, zum Glück außer Hörweite der Prinzessin: Wir könnten doch auch einfach ein paar Runden innen an der Burgmauer entlang laufen, hatte Ciaran vorgeschlagen, aber davon hatte ich nichts wissen wollen - und Shara sehr wahrscheinlich auch nicht, wie ich einfach mal in ihrem Interesse in die Runde geworfen hatte. Letzteres hatte dann den Ausschlag gegeben, und so hatten wir eine Route durch die Plantagen festgelegt, an die ich mich zu halten hatte.

Eine weitere Bedingung für die Erlaubnis, mit der Prinzessin die Burg zu verlassen: Ich musste meine Waffe mitnehmen, diesen blöden Notfallsender auch - griffbereit in meiner Tasche sollte er stecken, als bestünde die Gefahr, dass Drake sich in den Apfelbäumen versteckte und mir Shara entführte. Mir! Mich nervten diesen ganzen Vorsichtsmaßnahmen, so sehr mir die Sicherheit der Prinzessin auch am Herzen lag: Ein Querfeldeinlauf, einfach raus aus dem Burgtor und ab in den Wald, das wäre mehr nach meinem Geschmack gewesen. Andererseits: Wenn Shara mit ihrem hübschen Kopf gegen den nächsten Baum rannte, würde ich garantiert die Schellte für ihre Blessuren einstreichen, worauf ich dann aber auch nicht besonders scharf war.

Shara

Am Sonntagmorgen klappte ich zusammen, aber das schien niemanden wirklich zu wundern.

Ich sprang nach dem ersten Lauf mit Magnus mit schmerzenden Gliedern in das Schwimmbecken, und kraulte unter Jacksons aufmerksamen Blick sehr engagiert zehnmal hin und her, um dem garantiert kommenden Muskelkater entgegen zu wirken, dann kletterte ich wieder raus und wollte zu einer Liege hinüber gehen, um mich ein wenig auszuruhen. Auf halben Weg wurde mir erst schwindelig und dann Schwarz vor Augen, meine Beine gaben nach und ich sackte zusammen. Ich bekam gerade noch mit, dass Jackson mich mit warmen Händen auffing - als ich wieder wach wurde, hatte er mich auf einer Liege platziert, meine Beine mit einem Stapel Handtücher hochgelegt und telefonierte gerade nach Ciaran. Der war in zwei Minuten da, hockte sich neben mich, tätschelte mir die Hand, fühlte meinen Puls, sah mir in die Pupillen und betastete mit seinen angenehm kühlen Lavendel-Fingern meine Stirn.

"Kreislaufschwäche", diagnostizierte er, "wie damals bei Shane."

Jackson nickte wissend, als erkläre das alles, und holte weitere Handtücher, mit denen er mich zudeckte.

"Hast du heute schon was gegessen?", fragte mich Ciaran und rieb sich nachdenklich die Fingerspitzen, mit denen er zum Pulsmessen gerade mein Handgelenk umfasst hatte.

"Sie kribbelt wieder, oder?", fragte Jackson ihn, Ciaran nickte.

"Was mache ich?" Mein Kopf war wieder einigermaßen klar, aber verstanden hatte ich diesen Satz trotzdem nicht.

Jackson sah Ciaran an und zuckte dann mit den Schultern. "Du kribbelst manchmal: Wenn man deine bloße Haut berührt, jucken einem die Fingerspitzen. Das habe ich zum ersten Mal in der Bibliothek gemerkt, als du nach ... dem Anschlag im Pantheon hochgekommen bist. Und eben auch, als ich dich aufgefangen habe."

Ich betrachtete meine Haut - sie sah aus wie sonst. Ich rieb eine Hand an der anderen, aber auch da war nichts Besonderes zu spüren.

"Woher kommt das?", fragte ich Ciaran, der zuckte ratlos mit den Schultern: nicht unbedingt eine Geste, die man sich von seinem Arzt als Antwort auf die Frage nach dem eigenen körperlichen Zustand erhofft.

"Ich habe keine Ahnung. Vielleicht hat das was mit der Umstellung in deinem Körper zu tun - dass du zusammengeklappt bist, liegt auf jeden Fall daran: Deine Muskeln wollen wachsen und schreien nach Energie, wenn du jetzt zu wenig isst, brichst zu zusammen. Shane war auch sehr dünn, als wir ihm die erste Narbe gegeben haben, und er hat ein paar Mal in den seltsamsten Situationen einfach schlappgemacht."

Ciaran strich mir beruhigend über die Wange, eine unerwartete und zärtliche Geste, dann stand er wieder auf.

"Bleib eine halbe Stunde liegen und erhol dich, dann gehst du bitte gleich was essen. Iss morgens eine Banane, bevor ihr loslauft, das reicht schon, oder etwas helles Brot. Und danach immer richtig frühstücken. Bleibst du bei ihr?", fragte er Jackson, der nickte.

Kurz darauf fiel die Tür hinter Ciaran ins Schloss, ich schloss die Augen und zog mir das Handtuch bis zum Kinn: Ich fror und hatte Gänsehaut am ganzen Körper, war aber leider wieder wach genug, um mich vor Jackson ganz schrecklich für diese Schwäche zu schämen - einmal um den Block gelaufen, schon lag ich im Krankenbett!

"Von Shanes Zusammenbrüchen mag ich am liebsten den, wo wir ihn ein paar Wochen nach seiner Initiierung einigen nicht aktiven Mitgliedern des Ordens vorgestellt haben", erzählte Jackson, während er sich neben meiner Liege auf den Boden setzte. "Die Tür ging auf, Josie kam rein - Shane machte mit großen Augen und ausgestreckter Hand einen Schritt nach vorn und klatschte dann der Länge nach vor ihr auf den Boden." Jackson lachte leise. "Der Beginn einer wunderbaren Freundschaft: Sie musste ihm zur Begrüßung die gebrochene Nase richten."

Die Vorstellung war lustig, und ich hätte auch gern gelacht, schon um Jackson zu bedeuten, dass ich ihm mal wieder dankbar war für seinen Beistand - doch ich fror mittlerweile wie ein Schneider und brachte meine klappernden Zähne nicht weit genug auseinander.

"Deine Lippen sind ganz weiß", sagte Jackson besorgt und befühlte mein eiskaltes Händchen, sah nachdenklich zur Tür und warf dann einen entschlossenen Blick zu mir. "Rutsch bitte ein Stück."

Ich tat wie gewünscht, er nahm den Stapel Handtücher unter meinen Beinen weg und legte sich neben mich auf die Liege. Er hatte sich wieder angezogen, während Ciaran mich untersucht hatte, was ich fast ein wenig schade fand - aber auch so war es aufregend (nein: geradezu herrlich!), als er mir von hinten die Arme um den Körper schlang und mich an sich drückte.

"Wenn jetzt jemand reinkommt, bin ich erledigt", flüsterte er unglaublich nah an meinem Ohr, und wenn ich gestanden hätte, wäre ich davon sicherlich gleich noch einmal schwach geworden: Sein warmer Körper so nah an meinem, süßer Zimt in meiner Nase und weiche Locken an meiner Wange - wenn das der Lohn für einen Kreislaufzusammenbruch war, würde ich das stilvolle in Ohnmacht fallen heute Abend vor dem Spiegel üben.

Magnus

Ich liebte die Burg nicht nur wegen ihrer frischen Luft, sondern vor allem wegen ihrer angenehm unaufgeregten Tagesabläufe, zu denen vor allem nicht das sinnlose - ups, falsch: total sinnvolle, aber eben doch todlangweilige - Starren auf das Schwert gehörte. Mit Shara wurde zwar alles ein bisschen durcheinandergewirbelt, aber nach zwei Tagen hatten wir uns alle ganz gemütlich eingerichtet - zumindest soweit ich das von meiner bescheidenen Warte aus beurteilen konnte.

Unsere Prinzessin jammerte zwar über ihren gedrängten Stundenplan, aber da sie zwischen Laufen mit mir, Schwimmen mit Jack, Unterricht in Selbstverteidigung und Schießen, Schmökern in der Bibliothek, Italienisch lernen und Kochen noch Zeit fand, um mit Josie über großen Tassen Milchkaffee zu kichern und sich von Ciaran als Krankenschwester ausbilden zu lassen, gab es keinen triftigen Grund, hieran was zu ändern. Von ihrer hirnrissigen Idee, Drake aus der Reserve zu locken, hielt das dauernde Hierhin und Dorthin sie auf jeden Fall erst mal fern: Sie brachte das Thema zwar in schönster Regelmäßigkeit auf den Tisch, aber es gab noch nichts, was man auch nur entfernt als Plan bezeichnen konnte. Das lag vor allem daran, dass wir nach wie vor nicht wussten, wo genau Drake gerade war und dass zwischen den Ordensmitgliedern, aber auch den Ordensmeistern noch immer Uneinigkeit darüber bestand, ob man vorbeugend gegen Drake vorgehen sollte oder nicht.

Eine kleine Sinnkrise gab es am Montag nach unserer Ankunft in der Burg, als dieser stinkende Typ aus dem Verlag anrief und sich ebenso langatmig wie hinterhältig für seine Assistentin und ihren rüden Ton entschuldigte. Shara schickte ihn wortgewaltig ihn zum Teufel, war danach allerdings arbeitslos und ein bisschen geknickt. Jack kutschierte sie zum Ausgleich den ganzen Abend mit einem seiner schwarzen

Geschosse durch die Berge, was ihre Laune auf ein erträgliches Maß anhob und meine in den Keller schickte: Es fühlte sich an, als würde Jack sie mir wegnehmen, als die beiden vom Hof flitzten, kein sehr schönes Gefühl. Ich hatte Shara einsteigen sehen, hatte das Lächeln auf ihrem Gesicht sehen - sie war glücklich, wenn sie mit Jack zusammen war, und mich machte das zumindest für einen Abend entsetzlich traurig.

Die erste Runde Laufen über zehn Kilometer am Dienstag ließ die Prinzessin ohne großes Murren, aber mit knallrotem Kopf und keuchendem Atem über sich ergehen, und als sie anschließend für ihren Badeanzug auf ihr Zimmer wankte, konnte ich ihr gleich versprechen, dass auch die sanfteste Massage von Jacks liebenden Händen nichts daran ändern konnte, dass sie morgen den Muskelkater ihres Lebens haben und nur mit Mühe würde laufen können: Körperliche Optimierung hieß leider auch, dass alles nicht nur schneller verschwand, sondern auch, dass alles schneller kam: Blaue Flecken erblühten bei uns wie Blumen in der Sonne, ein Muskelkater raste heran wie Jacks Ferrari, mit brennendem Schmerz und versteinerten Muskeln. Zum Dank für meine aufklärenden Worte zeigte mir Shara einen hübschen Finger in hässlicher Geste und knallte die Tür zu, dass die Burg in ihren Jahrhunderte alten Grundfesten erbebte.

Shara

Der Anruf kam gegen zehn Uhr abends, ich war schon halb auf
dem Weg ins Bett: Magnus hatte mich am Morgen die doppelte
Strecke laufen lassen, jetzt war ein heftiger Muskelkater im
Anmarsch, dem ich mit einem heißen Bad und viel Schlaf
entgegenwirken wollte.

Mein leidender Gesichtsausdruck nach dem Training hatte
den größten der Kreuzritter amüsiert – er konnte scheinbar
unendlich lang rennen, und bewegte sich auch noch mit einer
Geschmeidigkeit, die man angesichts seiner Größe nicht für
möglich halten würde, wahrscheinlich hatte er seinen letzten
Muskelkater irgendwann vor dem Ersten Weltkrieg gehabt. Als
ich mit schmerzenden Gliedern und knallrotem Kopf hinter ihm
zurück ins Haus gestolpert war und mich am Treppengeländer
nach oben gezogen hatte, um meinen Badeanzug zu holen, hatte
er mir auch noch eine hämische Bemerkung über Jackson um die
Ohren geknallt, die ich lieber ohne Worte kommentiert hatte,
und das nicht nur mangels ausreichender Luft in meinen Lungen:
Zwischen mir und dem schönen Kreuzritter war nichts und
würde auch nie was sein, war er doch während unserer Ausfahrt
gestern Abend von einer distanzierten Höflichkeit gewesen, die

er genauso gut einer älteren Dame angedeihen lassen konnte, der er mit ihren Einkäufen half. Keine Anspielungen auf ein Leben außerhalb des Ordens, keine Gänsehaut auslösenden Berührungen, keine Worte über Gemeinsamkeiten und Einsamkeiten - und damit auch keine Hoffnung für die ein bisschen verliebte Shara.

Ciarans Anruf erwischte mich, während ich mir Wasser in die Wanne ließ: Brühend heiß, damit es meine versteinerten Beinmuskeln weich kochen konnte. Er sei zu einem Patienten gerufen worden, auf einen der Höfe auf dieser Seite des Tales, sagte Ciaran. Es sei wohl nichts Schlimmes, aber der Sohn des Hauses (eine herrlich altmodische Bezeichnung!) habe sich am Bein verletzt, das dann wohl selbst verarztet, und nun habe sich die Wunde bös entzündet. Ob ich vielleicht mitkommen könne – Josie sei in Bozen im Kino und eine hilfreiche Hand sehr willkommen? Eigentlich lockte mich meine dampfende Wanne mehr als eine eiternde Wunde, aber wenn Ciaran schon so lieb war, sich an mein Hilfsangebot zu erinnern (und zudem bereits ein paar Stunden in meine Assistentinnen-Ausbildung investiert hatte), musste ich schon aus purer Höflichkeit mitfahren. Kurz darauf saßen wir in dem Geländewagen aus dem Fuhrpark des Ordens, Jackson chauffierte uns. Während der kurzen Fahrt erzählte Ciaran mir in Stichworten, was er über unseren Patienten wusste – und ich hatte den starken Verdacht, dass er über jeden Bewohner dieses Tals eine ähnliche Kurzbiographie hätte herunterbeten können.

"Der junge Mann heißt Davide, achtzehn Jahre alt. Er macht gerade Abitur und ist ein guter Schüler, die Eltern haben den größten Hof auf dieser Seite des Tals. Er hat noch eine Schwester, sie ist zwei Jahre älter. Der Hof gehört zum Pachtgrund der Burg und ist seit ewig in der Familie des Vaters, die Mutter stammt aus Neapel. Jack, der Junge liegt nicht im Sterben, du kannst ruhig langsamer fahren!" setzte er hinzu, als ihm in einer der scharfen Serpentinenkurven die lederne, sichtlich alte Arzttasche vom Schoß rutschte.

Jackson seufzte, ging aber bereitwillig vom Gas, Ciaran zog demonstrativ den Sicherheitsgurt straffer. Wie hätte sich wohl seine Kurzbiographie für mich angehört? 'Die junge Dame heißt Shara, ist vierundzwanzig Jahre alt und unverheiratet. Sie hat vor kurzem aus mutwilliger Dickköpfigkeit (noch treffender: überzogenem Stolz) ihren gut bezahlten Job hingeschmissen, um sich für unbestimmte Zeit einer obskuren und weitgehend unbekannten Bruderschaft kreuzritterlicher Provenienz anzuschließen, die bislang vergeblich auf das Hervortreten besonderer Fähigkeiten bei besagter Dame wartet. Sie hat einen arbeitslosen Bruder, der Vater ist Lagerist, die Mutter in einem Notariatsbüro beschäftigt.' Klang nicht besonders spannend, mein Leben, also wandte ich mich lieber wieder dem Patienten zu.

"Und die Verletzung ist nicht so schwer, dass er ins Krankenhaus müsste?"

"Kann ich nicht sagen, seine Mutter hat sich am Telefon mehr über seine Dummheit aufgeregt als über seine Wunde. Die hätte wahrscheinlich ordentlich gesäubert und genäht werden müssen, aber der Junge hat einfach Jod darauf getan und ein Pflaster darüber geklebt. So was kann zu einer Blutvergiftung führen."

Die Fahrt dauerte nicht lang: Nach kurzer Zeit bog Jackson von der befestigten Straße auf eine schmale, geschotterte Zufahrt ab, und hielt dann auf einem der weitläufigen Höfe am Rande der Apfelplantagen.

Ich sah mich um, während ich aus dem Auto kletterte, dem in der Luft hängenden, würzigen Räucherduft nachschnupperte und Ciaran zur Tür folgte – sehr viel konnte ich in der Dunkelheit allerdings nicht erkennen. Ich hatte den Hof schon bemerkt, da er quasi der nächste Nachbar der Burg war, aber natürlich nur von weitem, jetzt war ich von seiner Größe durchaus beeindruckt. Klar – in der Anlage der Burg oben wäre das hier ein schlichtes Nebengebäude gewesen, im Vergleich zu einem klassischen Einfamilienhaus mit handtuchgroßem Vorgarten in einem Neubaugebiet handelte es sich jedoch um ein beeindruckendes Anwesen der romantisch-rustikalen Art, mit einem wuchtigen Wohnhaus und zahlreichen Nutzgebäuden. Alles sah gepflegt aus, mit lediglich einem dezenten Hauch Verwitterung, der aber gerade seinen Charme ausmachte und den man wahrscheinlich lieber pflegte als wegrenovierte.

Die zweiflüglige Haustür wurde uns von einer Frau geöffnet, die auf den ersten Blick den gleichen Eindruck machte wie das Haus: Nicht mehr ganz jung, aber gut gepflegt. Ciaran schüttelte ihr die Hand, stellt mich vor und sagte, dass 'unser Fahrer' im Wagen warten würde, während er mich in die kühle, dämmerige Eingangshalle schob. Die Frau sah mit dunklen Augen zu mir auf und maß zweimal mit deutlicher Bewegung des Kopfes meine ganze Länge vom Scheitel bis zu den Füßen ab. Als hätte sie mich damit eingescannt, beachtete sie mich nicht weiter, bedachte Ciaran mit einem Blick, den ich mangels eines besseren Begriffes mal als skeptisch, vielleicht aber auch als ängstlich einordnete, dann marschierte sie die große Treppe am Ende der Halle hinauf, wobei sie ohne einen merklichen Atemzug in einem rasend schnellen Italienisch mit mir unbekanntem Zungenschlag redete.

Für meine kümmerlichen Kenntnisse in dieser schönen Sprache war das zu schnell, daher folgte ich den beiden schweigend und betrachtete dabei die sehr nach erfolgreichem Absolvieren des Volkshochschulkurses 'Kreative Malerei' aussehenden Aquarelle an den Wänden: Osterglocken auf dem ersten, Rosen auf dem zweiten Bild, dann einmal Gladiolen und einmal Weihnachtssterne - wahrscheinlich der Jahreszeiten-Zyklus der Dame oder Tochter des Hauses, mit mehr Engagement denn Können auf das stark wellenschlagende Papier gebannt.

Davides Mutter (so viel glaubte ich dann doch verstanden zu haben) führte uns zwei Stockwerke nach oben und öffnete eine Tür direkt am Treppenabsatz. Wir betraten ein Zimmer, das man nicht auf den ersten, wohl aber auf den zweiten Blick als das eines männlichen Teenagers einordnen konnte: Mochten die fast kahlen, nur verputzen Wände, die dunklen, alten Möbel und das große Bücherregal neben dem überquellenden Schreibtisch mich an Jacksons Zimmer in der Burg denken lassen, so sprachen die auf dem Boden herumliegenden Kleidungsstücke, die neben Dutzenden von CDs stehende Stereoanlage und die unter dem Bett hervorschauenden, verdreckten Turnschuhe doch eine ebenso deutliche Sprache wie der Stapel von Auto- und Kino-Magazinen neben dem Bett, in dem sich gerade der Besitzer dieses Zimmers ein wenig verlegen aufsetzte.

"Ciao, Davide", sagte Ciaran mit einem freundlichen Lächeln und einem kurzen Kopfnicken, während er auf dem Schreibtisch Platz für seine Tasche schaffte.

Die Mutter schoss aus den üppig mit Lippenstift bepinselten Lippen einen Satz Italienisch ab, diesmal auf den Jungen. Der zuckte nur mit den Schultern, und sie begann mit einem mürrischen Gesichtsausdruck, der ihr locker noch mal zehn Jahre addierte, die herumliegenden Klamotten einzusammeln.

"Lass uns Deutsch sprechen", bat Ciaran Davide und schüttelte dem Jungen die Hand, "dann kann Shara uns besser verstehen. Sie lernt bei uns Italienisch, aber bis zu medizinischen Fachbegriffen sind wir noch nicht vorgedrungen."

Davide lächelte mir zu, ein ausgesprochen hübsches Lächeln in einem ausgesprochen hübschen Gesicht: dunkle, halblange Haare bis tief in die Stirn, glatte und gebräunte Haut, hellbraune Augen über einer Stupsnase und ein Kinn mit kleinem Grübchen, dazu ein schlanker Körper mit langen Beinen – die Mädchen lagen ihm wahrscheinlich scharenweise zu Füßen.

"Hi, Davide", sagte ich.

"Mensch, bist du groß", antwortete er mir anstelle einer Begrüßung, das Lächeln noch eine Spur breiter.

Ich musste lachen: Er klang begeistert, und das passierte mir bei diesem Thema und vor allem bei männlichen Wesen nicht allzu oft.

"Wie groß bist du denn?", fragte ich zurück, er machte den Oberkörper etwas gerader.

"Einsfünfundachtzig."

"Dann bist einen Zentimeter größer als ich – aber nur, wenn ich die hier ausziehe", sagte ich und deutete auf meine nicht unerheblich mit Absätzen versehenen Stiefel, Davide lachte und verzog dann das Gesicht.

"Tut's weh?", fragte ich mit Blick auf sein linkes Bein, das ausgestreckt auf dem Bett lag, mit einem sauberen Handtuch zugedeckt.

"Geht schon - nur, wenn ich es bewege."

"Dafür sind Beine da", versetzte Ciaran, der mittlerweile alle Lampen im Raum angeschaltet hatte.

Allgemeinplätze, die Allgemeinärzte wahrscheinlich während ihres Studiums lernten – auch wenn das Medizinstudium zur Jugendzeit Ciarans ein bisschen anders ausgesehen haben dürfte als heute, dachte ich, während der mit ein paar leisen Worten Davides Mutter zur Tür geleitete und diese dann bestimmt hinter ihr schloss.

"Sie macht uns Kaffee."

Das war sehr nett, aber ich wollte keinen (nein: brauchte keinen!) um wach zu werden: Davide hatte gerade das Handtuch von seinem Bein weggeschlagen, und der Anblick der Wunde vertrieb meine Müdigkeit besser, als Koffein es gekonnt hätte. Fast war mir, als könnte ich sie riechen – ein unangenehmer, säuerlich-milchiger Geruch ging von ihr aus, nur leicht gemildert durch einen frischen wie auch erfrischenden Duft nach Minze, der rund um den Jungen in der Luft zu hängen schien. Aussehen tat die Verletzung allerdings noch schlechter als sie roch: Hatte sie ursprünglich wahrscheinlich aus einem etwa zehn Zentimeter langen Riss oder Schnitt vorn neben dem Schienbein bestanden, war sie nun wirklich böse entzündet – mit käsig weißer Haut um eine blassrote, geschwollene und feucht schimmernde Wunde. Ich war plötzlich gar nicht mehr so traurig darüber, dass mir ein ähnlicher Anblick auf meiner eigenen Brust erspart geblieben war: Das goldene Kreuz mochte mich entsetzt haben, aber so was? Das hätte mich auf direktem Weg zurück zur Toilette getrieben, keine Frage.

Ciaran schnalzte missbilligend mit der Zunge, während er das Bein betrachtete, mich selber erwischte ich bei einem angeekelten Gesichtsausdruck, den ich schnell zugunsten einer neutraleren Miene umsortierte.

"Wie ist das passiert?", fragte Ciaran, während ich ihm auf seine Bitte hin Handschuhe, sterile Tücher und seine lederne Besteckmappe auf dem Nachtisch bereitlegte.

"Hat meine Mutter Ihnen das nicht erzählt?"

"Doch, doch – aber das sieht für mich nicht nach einer Verletzung aus, die man sich beim Klettern über Stacheldraht holt."

Der Junge schluckte und blickte beschämt-ertappt von Ciaran zu mir.

"Erzähl es ihm", riet ich, "deine Mutter muss es ja nicht erfahren."

Davide seufzte und verzog den Mund.

"Es war einfach blöd. Ein Freund von mir hat eine Geländemaschine und mit der sind wir ... rum gefahren."

"Durch den Wald?"

Davide sah Ciaran entschuldigend an. "Ja - über die Waldwege. Das kann man bei Ihnen da oben hören, oder? Luca behauptet, kein Mensch wüsste das. Ich bin gegen einen Begrenzungsstein gefahren, runter gefallen und mit dem Bein gegen eine abgesägte Metallstange gerutscht, die aus dem Boden geragt hat. Ein altes Straßenschild oder so was."

"Hat es nur das Bein erwischt?"

Davide schüttelte den Kopf. "Die Schulter auch, davon hab ich meinen Eltern gar nichts erzählt."

Während er sich aus seinem Hemd quälte und ein großflächiges, aber im Vergleich zu seiner Beinwunde relativ unekelig aussehendes Hämatom unterhalb der linken Schulter am Rücken enthüllte, interessierte mich noch was ganz anderes.

"Ist das Motorrad kaputt?"

Davide biss sich auf die Lippen – ob das nun an Ciarans tastenden Fingern auf seiner ramponierten Schulter oder an meiner Frage lag, wurde nicht ganz klar, aber er nickte als Antwort. Kein Wunder, dass der Junge die Wunde achtlos mit einem Pflaster versorgt hat, dachte ich: Für ihn war es wahrscheinlich das viel größere Problem, wie er seinem Kumpel den Schaden am Motorrad ersetzen sollte. Ciaran gab Davide einige Anweisungen, mit denen er die Beweglichkeit des Arms überprüfte, dann ließ er mich als medizinischer Nachwuchskraft ebenfalls die gequetschte Schulter abtasten - ich gehorchte nur zögernd und nach einem entschuldigenden Blick zu dem Jungen. Auch unter Ciarans aufforderndem Nicken traute ich mich kaum, den Daumen wirklich fest auf die blaurot schillernde und nach purem Schmerz aussehende Haut zu drücken, nickte also nur brav, ohne groß etwas zu spüren, während Ciaran mir die Lage der verschiedenen Bänder, Sehnen, Muskeln und Knochen erklärte.

"Erst kümmern wir uns um das Bein, dann um die Schulter. Die ist nur geprellt", entschied er und schickte mich nach einer Spritze und einem örtlichen Betäubungsmittel.

Ich fand das Fläschchen relativ schnell und zog vorsichtig die Spritze auf, nachdem Ciaran mir mit einem Nicken bestätigt hatte, dass ich das richtige Zeug erwischt hatte und nicht irgendetwas Hochgiftiges.

"Gib mir Puls und Temperatur, Puls bitte mit Finger und Uhr."

Ich hockte mich neben Davide aufs Bett, steckte ihm Ciarans antikes Fieberthermometer in den Mund und tastete unsicher am Arm nach dem Puls: Geübt hatte ich das bislang nur drei- oder viermal, immer an Ciarans kühlen, sommersprossigen Handgelenken, in denen das Blut seit Jahrhunderten ruhig vor sich pulste - als routiniert konnte ich damit nun wirklich nicht gelten. Davide strahlte mich zutraulich jedoch an, so gut das mit dem Thermometer im Mund denn ging, und aus der Nähe besehen waren seine Augen gar nicht Braun, sondern von einem satten Karamell. Definitiv ein kleiner Herzensbrecher, dachte ich unter dem sonnigen Einfluss seines thermometerschiefen Lächelns, aber ohne Berechnung: Sein Gesicht war freundlich, offen und ... ja, einfach niedlich.

Ciaran hob gerade das verletzte Bein an und legte eines seiner grünen Tücher darunter, richtete dann die Lampe des Nachttisches so aus, dass sie wie ein Spotlight auf die Wunde leuchtete. Davides Puls war unruhig und ein wenig zu schnell: Ich zählte und starrte auf den Sekundenzeiger meiner Uhr, verlor ihn jedoch bald aus dem Blick – Spritzen waren nicht wirklich mein Ding, und die, die Ciaran verlangt hatte, war auch nicht die kleinste ihrer Art. Als drohe mir selbst der schmerzhafte Piek, begannen meine Fingerspitzen auf Davides Haut nervös zu prickeln - aber auch der Junge schien kein Fan von Spritzen zu sein, denn er verkrampfte sich spürbar und zuckte zusammen, als die Nadel das erste Mal eingestochen wurde. Ciaran setzte insgesamt vier kleine Portionen des Betäubungsmittels rund um die Wunde und legte die Spritze dann in die Metallschale, die ich ihm auf das Bett gestellt hatte.

"Temperatur?"

Ich zog Davide das Thermometer aus dem Mund.

"Achtunddreißig Komma eins."

"Leicht erhöht, aber noch im Rahmen. Puls?"

Natürlich hatte ich aufgehört zu zählen, als die Nadel gekommen war, jetzt musste ich mich bei Ciaran entschuldigen und peinlicherweise von vorn anfangen. Trotz Davides Angst vor der Spritze ging sein Puls nun merklich langsamer, und mit dem Wert, den ich ihm kurz darauf nannte, war Ciaran fast zufrieden.

"Ich werde die Wunde erst säubern, anschließend desinfizieren und dann vernähen. Die Betäubung wirkt sofort, außer einem leichten Ziehen wirst du nichts merken", wandte er sich an Davide. "Wenn doch, dann melde dich und ich gebe dir noch was."

Ciaran zog ein kleines Skalpell aus seiner wunderbar altmodischen Bestecktasche, und Davide erstarrte, als das Metall unter der Lampe kalt aufblitzte. Ich kannte das vom Zahnarzt: Trotz Betäubung wartete ich dort während der ganzen Behandlung auf das erste Aufzucken des Schmerzes, obwohl die halbe Wange taub war und keine Chance bestand, da in der nächsten Stunde auch nur ein müdes Ziehen zu fühlen.

Ich nahm die Hand des Jungen in meine und drückte sie

leicht, Davide warf mir einen dankbaren Blick zu und drückte ebenso vorsichtig zurück. Das Händchenhalten war angenehm - leider nur so lange, bis Ciaran mit der eigentlichen Arbeit an der Wunde begann: Als das Skalpell das erste Mal seine Haut berührte, presste Davide meine Finger wie in einem Schraubstock zusammen, was verdammt wehtat und mich scharf einatmen ließ. Ich schwankte zwischen Protest und tapferem, beistehendem Aushalten, bis meine Finger kurz darauf heftig zu Kribbeln begannen – ein schmerzhaft-betäubendes Gefühl, das langsam meine ganze Hand erfasste und dann den Arm in Richtung Ellenbogen hochkroch.

"Du schürst mir das Blut ab", flüsterte ich Davide zu, der daraufhin den Druck etwas löste und mich mit seinen Karamellaugen um Entschuldigung bat.

Ich zwang mich, Ciaran bei der Arbeit zuzusehen: Dafür war ich ja schließlich hier. Er arbeitete konzentriert und langsam, tupfte Wundflüssigkeit und Eiter weg, holte mit einer Pinzette Schmutz aus der Wunde, entfernte mit dem Skalpell kleine Fetzen entzündetes Gewebe. Als ein Steinchen mit mildem 'Pling' in die Metallschale fiel, meldete sich mein Magen zu Wort und legte mir nahe, mich doch lieber auf meine eingeschlafene Hand zu konzentrieren - scheinbar war der Anblick von Fleisch und Blut nichts für mich, Lernschwester Shara.

Ich atmete tief durch, blickte auf die angenehm unblutige, schön weiß verputzte Wand - trotzdem wurde mir jetzt übel und auch ein wenig schwindelig, wie ich beschämt feststellte. Selbst Davide schien es besser zu gehen als mir: Er hatte einen leicht angewiderten Ausdruck im Gesicht, folgte aber jeder Bewegung von Ciaran mit großem Interesse, der Schweiß auf seiner Stirn war getrocknet, und ich spürte seinen Herzschlag regelmäßig und kräftig in meiner ansonsten tauben Hand pochen.

Alles in allem bastelte Ciaran wohl gute zehn Minuten an der Wunde herum, ich verbrachte mindestens die letzten fünf davon mit betont tiefem Atmen und einem starren Blick auf die Wand. Zwischendrin kam die Mutter mit dem versprochenen Kaffee herein, Ciaran schickte sie jedoch gleich wieder mit der Bitte hinaus, Davides Impfpass zu holen: Der Arzt mochte die Dame des Hauses nicht sonderlich, das war deutlich zu sehen – er war höflich zu ihr, aber ungewohnt kühl und einsilbig.

Ciaran desinfizierte die Wunde ein letztes Mal, griff anschließend zu Nadel und Faden - kurz darauf war es geschafft, er warf das benutzte Werkzeug in die Metallschale und zupfte sich die dünnen Gummihandschuhe von den Fingern.

"Gut, das war's. Die Naht ist recht straff - absichtlich, damit das verdickte Gewebe sich nicht zu weit auseinanderzieht, wenn es abschwillt. Du solltest das Bein zwei Tage gar nicht belasten, danach bitte erst mal so vorsichtig wie möglich. Weil die Ränder so ausgefranst und entzündet waren, wird die Naht nachher nicht ganz gerade sein", informierte er Davide.

Der nickte und betrachtete seine ordentlich vernähte Wunde mit Interesse, während ich erleichtert meine gefühllose Hand aus seiner zog und der Naht nur einen schnellen Kontrollblick gönnte: grüne Fäden auf roter Haut, lecker. Ich schüttelte meine Hand leicht und bewegte die Finger: Sie fühlte sich an, als hätte ein Elefant drauf geschlafen - nur von Davides Festhalten konnte das unmöglich kommen, wahrscheinlich war ich noch erschöpfter, als ich gedacht hatte. Ich schwindelte kurz, als ich aufstand, und suchte unauffällig Halt am massiven Bettpfosten: Gott, Shara - der Junge ist hier der Patient, nicht du! Ich fühlte mich an meinen Ohnmachtsanfall vom Sonntag erinnert, vermisste hier aber Jacksons warme, haltende Hände und versuchte, mich mit weiteren tiefen Atemzügen bei Bewusstsein zu halten: Vor Davide wollte ich nun wirklich nicht umkippen, das wäre einfach zu peinlich. Mit der ungequetschten linken Hand räumte ich das benutzte Besteck weg, dann bat Ciaran mich noch um eine Kompresse sowie Heftpflaster, und deckte die Wunde damit locker ab.

"Ich lasse dir Schmerztabletten da, nimm aber immer nur eine und iss was, bevor du sie schluckst", sagte er mit bestimmter Stimme zu Davide. "Und nur nehmen, wenn du wirklich Schmerzen hast. Shara, bitte vier von denen da und sechs von denen, in getrennte Döschen." Ciaran wies auf ein Fläschchen mit weißen Tabletten und eines mit hellblauen, ich fummelte einhändig die Deckel runter und zählte die gewünschte Anzahl ab. "Die Blauen sind ein Antibiotikum", sagte Ciaran zu Davide, als er die Döschen auf den Nachtisch stellte. "Die musst du nehmen - eine sofort, dann jeweils eine morgens und abends. Verstanden?"

Davide nickte.

"Hast du gerade Schule?"

"Ja."

"Dann schreibe ich dir eine Entschuldigung für zwei Tage –

ob du willst oder nicht", fügte er bestimmt hinzu, als der Junge protestieren wollte. "Was meinst du, wie das wehtut und wie das erst aussieht, wenn die Naht noch mal aufgeht? Wenn die Fäden die Haut zerreißen?"

Das war anscheinend plastisch genug für Davide, denn er fügte sich - mir bescherte dieser Satz ein mildes Würgen im Hals. Ich schluckte und atmete noch tiefer, während Ciaran Davides Impfpass studierte, den die Mutter wortlos zur Tür reingereicht hatte.

"Tetanus ist recht frisch, darauf verzichten wir. Ich creme dir jetzt die Schulter ein, dann sind wir fertig."

Davide setzte sich vorsichtig auf und drehte uns den Rücken zu, ich brachte die gewünschte Salbe, eine gelblich-zähe Eigenmischung. Ciaran runzelte die Stirn und richtete die Lampe auf dem Nachttisch auf Davides Schulter aus, winkte mich dann näher heran.

"Shara, siehst du das?"

Selbstverständlich sah ich es, es war gar nicht zu übersehen: In der blau-violetten Verfärbung auf Davides Schulter leuchteten zahlreiche helle Flecken, in fast normaler Hautfarbe, vielleicht mit einem leichten Stich ins Gelbe. Oval waren sie, etwa zwei Zentimeter lang und einen Zentimeter breit. Es gab einzelne Flecken, meist jedoch überlagerten sie sich und bildeten eine zusammenhängende Fläche. Keine Frage, diese ... Dinger waren eben nicht da gewesen, als Ciaran und danach auch ich die Prellung untersucht hatten. Ciaran drückte mit dem Finger auf eine Ansammlung von Flecken: Die Haut rötete sich an dieser Stelle kurz, nahm dann aber schnell die hellere, gesündere Farbe an.

"Was ist da?", fragte Davide und verrenkte den Kopf, um hinten auf seine Schulter blicken zu können.

"Helle Flecken in deinem Bluterguss. Als würde er aus der Mitte heraus verheilen."

"Ist doch gut, oder?"

Ciaran lächelte. "Sicher, aber normalerweise verheilt so was von außen nach innen. Darf ich davon ein Foto machen?"

Davide nickte, eher stolz als ängstlich oder verunsichert - wahrscheinlich gefiel es ihm, ein medizinisches Wunder zu sein. Ciaran machte ein paar Aufnahmen mit seinem Handy, dann trug er die würzig nach Kräutern duftende Salbe auf, und wir waren endlich fertig. Er schärfte dem Jungen nochmals ein, sein

Bein zu schonen, füllte eine Krankmeldung für die Schule aus und stellte die Dose mit der Salbe zu den Pillendöschen auf den Nachttisch - er hatte es plötzlich eilig, schloss seine Tasche und schob mich fast zur Tür hinaus. Der Kaffee stand unberührt auf dem Schreibtisch, Davide bemerkte meinen Blick auf die trübe, fast kalte Brühe.

"Der hätte auch heiß nicht geschmeckt", lachte er, "ich kippe ihn weg, bevor sie das Tablett abholt."

Wir verabschiedeten uns und gingen allein durch das stille Haus hinunter, von Davides Mutter war nichts zu sehen.

Jackson fuhr uns in die Burg zurück, und diesmal war ich diejenige, die ihn um ein langsameres Tempo bitten musste: Die frische Luft draußen war eine Wohltat für meinen noch immer schwindelnden Kopf und flauen Magen gewesen, doch sobald wir losfuhren, konnte auch die durch das geöffnete Fenster hineinwehende Nachtbrise nicht verhindern, dass mir erneut leicht übel wurde. Meine Hand kribbelte immer noch, der Muskelkater war ein bisschen stärker geworden, Kopfschmerzen kündigten sich mit dezentem Pochen an die Schädeldecke an. Vielleicht kann ich ja gleich doch ein heißes Bad nehmen, dachte ich müde, so spät ist es ja noch nicht. In der Burg angekommen, zog mich Ciaran jedoch zielstrebig in sein Behandlungszimmer: Seine Arzttasche stellte er achtlos in die Ecke, dann setzte er sich vor den Computer und lud die Bilder aus dem Handy auf den Bildschirm. Ich lehnte mich erschöpft an die Liege und gähnte, Jackson blickte Ciaran über die Schulter.

"Sind das Fingerabdrücke?"

"Fingerabdrücke?"

Ciaran drehte sich zu Jackson um, der deutete auf die Flecken.

"Ja, diese hellen Stellen. Warum siehst du dir das an?"

"Das ist ein Foto von Davides Schulter. Geprellt. Als wir ankamen, sah sie normal bläulich aus, als wir gingen", er gestikulierte in Richtung Bildschirm, "so."

"Vielleicht haben wir beim Abtasten das Blut weggedrückt?", versuchte ich mich mit einer vagen Erklärung, aber Ciaran schüttelte den Kopf.

"Das geht nicht. In einem Hämatom ist das Blut geronnen und dick: Das kann man nicht einfach so wegdrücken, es muss vom Körper abgebaut werden. Und das dauert Tage bis Wochen, je nach Größe der Verletzung."

Er fuhr mit der Maus die Flecken der Reihe nach ab - erst folgte er ihrer Spur von links nach rechts, dann von rechts nach links.

"Du hast zum Abtasten den Daumen benutzt, oder?", fragte er mich.

Ich zog mir einen Stuhl an den Schreibtisch und lies mich steif darauf nieder.

"Das hast du mir ja so gezeigt", antwortete ich eine Spur schärfer als ich eigentlich wollte und als Ciarans Frage es verlangt hatte, denn darin war kein Vorwurf gewesen.

Ich seufzte, rückte näher an den Bildschirm, nahm Ciaran die Maus ab und fuhr ebenfalls die Abfolge der hellen Punkte nach: Wenn er eine Antwort brauchte, um mich gehen lassen zu können, half ich ihm doch am besten bei der Suche nach selbiger. Also gut: Dort, wo sie eine zusammenhängende Fläche bildeten, waren die Grenzen der einzelnen Flecken nicht wirklich gut zu erkennen, aber alles in allem ...

"Hier unten hast du mich an einzelnen Stellen drücken lassen, hier oben dann enger nebeneinander, weil da das Schulterblatt ist. Ich sollte den Knochen auf Absplitterungen untersuchen."

Ich nahm die Maus und zoomte etwas raus, bis Davides Schulter in etwa in Originalgröße angezeigt wurde. Dann legte ich meinen Daumen nacheinander auf die einzelnen Flecken - er passte ziemlich gut und die Abfolge stimmte auch, soweit ich das noch in meinem dezent dröhnenden Kopf hatte.

"Passt", bestätigte Ciaran.

"Du hast aber vor mir auf der Haut herumgedrückt", sagte ich, mit einem noch stärkeren flauen Gefühl im Magen, diesmal geboren aus purem Schuldgefühl: Wieso sollte ich das gewesen sein, wieso sollte ich diese Flecken verursacht haben? Ich hatte kaum was gespürt und nur zögernd, nur ganz vorsichtig getastet, Ciaran hatte viel stärker gedrückt.

Der nickte. "Ja - aber ich habe Zeigefinger und Mittelfinger zusammen benutzt, und das hier sind Abdrücke eines einzelnen Fingers. Deines Daumens."

Da hatte er Recht. Beide vertieften wir uns wieder in den Anblick der Flecken und schwiegen, hinter uns räusperte sich Jackson.

"Kann mir bitte jemand erklären, wo hier das Problem ist?"

"Shara hat Davides Schulter abgetastet, und eine

Viertelstunde später ist das Gewebe, das sie direkt berührt hat, so gut wie verheilt."

Jackson sog scharf die Luft ein. Ich realisierte mit meinem Schwindel-Schädel viel langsamer, was Ciaran da gerade gesagt hatte, drehte mich dann aber zu den beiden um, blickte von einem zum anderen. Verheilt? Ciaran glaubte, dass ich Davides Prellung dazu gebracht hatte, schneller zu verheilen? Unmöglich - absurd geradezu!

"Vielleicht hab ich ja doch zu fest gedrückt? Vielleicht ist das ... Gewebe ja noch schlimmer verletzt als vorher?"

Ciaran schüttelte den Kopf, sehr bestimmt. "Shara, es verheilt - und zwar außergewöhnlich schnell. Wenn das Hämatom schlimmer geworden wäre, hätten wir frisches Blut im Gewebe, es wäre gerötet oder blau, nicht leicht gelblich. Gelb ist die letzte Stufe, bevor das Gewebe wieder die normale Hautfarbe annimmt."

Er wischte sich mit beiden Händen durch das Gesicht und sah ratlos aus, müde.

"Ich brauche einen Kaffee. Ihr auch?"

Jackson nickte, ich dagegen stand auf.

"Ich hab Muskelkater, bin müde und will in die Badewanne. Können wir das nicht morgen besprechen?"

"Shara, nur eine Stunde. Bitte. Ich muss wissen, was das ist", bat Ciaran mit einer Kopfbewegung zum Bildschirm hin.

Ich sah zu Jackson - er nickte zu, seine abendlich dunklen Smaragdaugen blitzten aufmunternd, womit der Widerstand der wankelmütigen Shara natürlich gebrochen war.

"Nur eine Stunde", sagte Jackson leise und drückte mich sanft auf den Stuhl zurück. "Ich mache dir einen doppelten Espresso mit viel Milch, ja?"

Kurz darauf tranken wir aus großen Tassen Kaffee, während Ciaran mit gerunzelter Stirn und geschlossenen Augen über das Problem der hellen Flecken nachdachte. Jackson und ich schwiegen und warteten. Der heiße Kaffee tat mir gut, auch wenn Jackson ihn mit reichlich Zucker versetzt hatte, was ich eigentlich gar nicht mochte: Die Übelkeit klang ein wenig ab, mein Kopf wurde klarer, mein Arm kribbelte nur noch leicht. Vielleicht hatte ich einfach Hunger gehabt? Probehalber öffnete und schloss ich meine Hand ein paar Mal - sie wurde tatsächlich besser, auch die Wärme der Tasse war angenehm. Zuckermangel? Könnte sein. Vielleicht hatte sich ja wirklich nur ein weiterer Schwächeanfall angekündigt, also nichts Dramatisches.

Während wir unseren Kaffee schlürften und Ciaran beim Nachdenken zusahen, war ich mir indes einer Sache so gut wie sicher: Mir wäre es lieber, wenn diese Flecken etwas Schlechtes wären. Zu fest gedrückt, Patient schlimmer dran als vorher - das wäre zwar peinlich und ganz gewiss das Ende meiner Einsätze als Ciarans freundlicher Assistentin am Krankenbett, aber immerhin doch wenigstens logisch und ... ja, normal.

Ciaran stellte schließlich seine Tasse ab und drehte sich zu Jackson um.

"Würdest du bitte mal deinen Oberkörper freimachen?"

Mein Lieblingskreuzritter verschluckte sich fast an seinem Kaffee, auch ich sah Ciaran erstaunt an.

"Wieso?"

"Du hast dich doch heute Nachmittag beim Training am Bauch verletzt, hat Magnus zumindest behauptet?"

Jackson stellte seine Tasse ab. "Ja. Warum?"

"Ich würde Shara gern bitten, mal einen Finger auf deinen Kratzer zu legen, wenn der noch da ist."

Jackson zuckte mit den Schultern, zog aber gehorsam erst das Jackett, dann sein Hemd aus und stellte sich vor mich: Ein beeindruckendes Relief von Bauchmuskeln mit einem breiten, aber nicht sehr tiefen Kratzer oberhalb des Bauchnabels, keinen halben Meter von meinen gierigen Augen entfernt. Die Wunde stammte von einem dieser Übungsschwerter, war unregelmäßig und schon dunkel verschorft - sie sah aus, als wäre sie zwei oder drei Tage und nicht ein paar Stunden alt. Ich war dabei gewesen, als Magnus Jackson erwischt hatte: Die beiden hatten mir heute Nachmittag einen kleinen Schaukampf geliefert, weil Magnus mich angesichts meines mangelhaften Enthusiasmus mittlerweile mit allen Mitteln von der Effektivität und Sinnhaftigkeit eines Schwertes zu überzeugen suchte. Magnus hatte weit ausgeholt, und seine Arme ergaben mit der Verlängerung des Schwertes eine enorme Spannbreite - Jackson war ausgewichen, aber ein, zwei Zentimeter zu kurz: Die Klinge hatte den Stoff seines T-Shirts zerrissen und die Haut aufgekratzt. Trotz dieses Treffers hatte Jackson Magnus keine Minute später das Schwert aus der Hand geschlagen, was mich aus unerfindlichen Gründen ein wenig stolz gemacht hatte.

Ich riss jetzt schweren Herzens meine Augen von Jacksons

äußerst perfektem Bauch los und sah Ciaran an.

"Was genau soll ich tun?"

"Leg einfach deinen Daumen für ein paar Minuten auf den Schnitt. Am besten hier, in der Mitte."

Ich zögerte, suchte Jacksons Blick. Seine Augen waren fragend, meine sicherlich nicht minder - er nickte schließlich nur knapp, mit halb amüsiertem, halb duldendem Gesichtsausdruck. Ich senkte meinen Finger auf seine warme, glatte Haut, dankbar dafür, dass nur Ciaran zugegen war: Es sah garantiert ziemlich lächerlich aus, wie ich dasaß und meinen Daumen auf Jacksons Bauch presste. Mir zumindest war das Ganze äußerst peinlich, Jackson verschränkte die Hände vor der nackten Brust und blickte starr an die blanke Wand.

Ciaran behielt seine Armbanduhr im Blick und ließ mich nach zwei Minuten meinen ganz mild prickelnden Finger abheben - und die Haut, die darunter zum Vorschein kam, war glatt und unversehrt, so gut wie neu.

In der nächsten Runde verdeckte ich das linke Stück des Restkratzers mit mehreren Fingern - und gemeinsam beobachteten wir, wie zunächst der von mir direkt berührte Teil verheilte und dann auch der freiliegende Rest des Kratzers verschwand.

Wie genau er verschwand, hätte ich nicht sagen können, obwohl ich am nächsten dran war: Es sah aus wie eine Computeranimation im Kino. Die Haut rötete sich leicht, dann schien sie von innen heraus zu heilen - man konnte einfach bei etwas zuschauen, was sonst Tage dauerte, im Zeitraffer quasi.

Es war befremdlich und trotzdem vertraut, und ganz bestimmt das Seltsamste, was ich jemals gesehen hatte. Die kleinen Schorf-Stückchen auf der Wunde ließen sich anschließend einfach wegwischen, darunter war die Haut unversehrt und glatt.

Als der Kratzer total verschwunden war, nahm ich meine Hand weg und betrachtete meine Fingerspitzen - sie sahen aus wie immer, kribbelten aber wieder ein bisschen. Keiner von uns Dreien sagte etwas: Jackson sah mich von oben an, als wäre ich eine neu entdeckte, hochinteressante Spezies, Ciaran starrte wie hypnotisiert auf Jacksons jetzt wieder makellosen Bauch.

Schließlich räusperte ich mich, mein Hals fühlte sich trocken an.

"Davide und Jackson haben einfach gute Heilkräfte", sagte

ich betont unbekümmert und massierte meine mild-tauben Finger, Ciaran gab ein ungläubiges, schnaubendes Geräusch von sich, was ich ihm nicht verdenken konnte: Auch in meinen Ohren hatte das verdammt dünn geklungen.

"Hast du noch irgendwo was?", fragte er Jackson hoffnungsvoll, der schüttelte den Kopf, streckte ihm dann aber seinen Arm hin und nickte in Richtung der metallisch glänzenden Bestecke, die ordentlich hinter der Glastür des nächsten Schrankes lagen.

Ciaran blickte von Jackson zu mir, ich begriff und sprang auf.

"Nein, das macht ihr nicht!"

Jackson hielt mich an der Hand fest, als ich schon auf dem Weg zur Tür war.

"Shara, warte. Ciaran weiß, wie tief man schneiden muss, er wird mir nicht wehtun. Und wenn du mir das nicht ... zusammenkleben kannst, gehe ich immer noch mit nur einer Schramme hier raus."

Ich schüttelte den Kopf, erlag dann ein zweites Mal an diesem Abend der Nahansicht dieser außergewöhnlichen, bittenden Augen und ließ mich erneut von Jackson zurück auf den Stuhl drücken. Wider besseren Wissens schaute ich nur eine Minute später mit milde protestierendem Magen zu, wie Ciaran konzentriert und fast sanft ein kleines Skalpell über die Haut an Jacksons rechten Unterarm zog: ein feiner Schnitt, aus dem nach kurzer Zeit winzige Blutstropfen heraustraten.

"Nimm seine Hand", bat Ciaran, ich umschloss bereitwillig Jacksons Rechte mit beiden Händen.

Er stand immer noch vor mir, ich saß im Stuhl und hielt seine Hand, Ciaran stand mit veilchenblauen Argusaugen neben uns - die Situation wurde zunehmend absurder: Käme jetzt jemand herein, sähe es wahrscheinlich aus, als würde ich einem halbnackten Jackson unter Anleitung von Ciaran einen Heiratsantrag machen. Händchenhaltend sahen wir zu, wie zuerst die Blutung stoppte und sich der Schnitt dann einfach zuzog, als habe jemand bei einem Video auf Zurückspulen geklickt: Es war gespenstisch.

Der arme Jackson musste sich an diesem Abend noch drei Mal von Ciaran schneiden lassen. Meine Finger hörten nicht mehr auf zu kribbeln, als ich zuerst durch Halten der rechten Hand eine Schnittwunde am linken Arm heilte (was ein wenig länger dauerte), dann wurden beide Experimente noch einmal für Andreas wiederholt, den Ciaran dazu geholt hatte. Als wir schweigend zugesehen hatten, wie der letzte Schnitt verschwand, stand ich auf und massierte meine Hand: Mein Magen meldete erneut leichte Übelkeit, und für einen Abend hatte ich nun wirklich genug Blut und Fleisch gesehen.

"Alles Weitere morgen, mir reicht's."

Jackson schien das ähnlich zu sehen, nahm sein Hemd vom Stuhl, rieb sich den geschundenen Unterarm, hielt mir höflich die Tür auf und wünschte dabei den beiden Ordensmeistern eine gute Nacht, die sie sicherlich nicht haben würden: Andreas und Ciaran blieben allein zurück - sollten sie doch die Nacht durchdiskutieren, ich konnte und wollte einfach nicht mehr.

"Tut mir Leid, dass du das Versuchskaninchen spielen musstest", sagte ich zu Jackson, als wir langsam die langen Treppen zu den Schlafzimmern hinauf stiegen, und er sein Jackett wieder überzog.

"Muss es nicht, das war ja meine eigene Idee - im Nachhinein gesehen allerdings keine sehr gute. Hast du Schmerzen in der Hand?"

Ich bemerkte, dass ich immer noch daran herum massierte, und steckte sie nun tief in die Tasche meiner Jeans.

"Sie kribbelt und juckt, als wäre sie eingeschlafen. Weh tun mir nur meine Beine, Magnus hat mich heute die doppelte Runde laufen lassen."

Jackson lachte, dann sah er mich nachdenklich an.

"Glaubst du ..."

"Was?"

"Nun - wenn du jemand anderen heilen kannst, dann kannst du vielleicht auch umgekehrt von einem Gesunden Kraft für dich abziehen, dich also selber heilen. Letzte Woche in der Bibliothek, als du dich so kribbelig angefühlt hast, warst du auch noch nicht ganz gesund, gestern im Schwimmbad war es ebenfalls da ... und nachdem meine Schnitte eben verheilt waren, habe ich dieses Kribbeln auch wieder gespürt. Vielleicht kribbelt es bei dir, wenn du Kraft abgibst und bei mir, wenn du Kraft abziehst?"

"Ich kann doch niemanden heilen, ich hab nur ein paar Kratzer weggezaubert", wiegelte ich völlig unwitzig ab, doch Jackson blieb hartnäckig.

"Wir können es ja ausprobieren. Wir setzen uns eine halbe Stunde auf deinen Balkon, trinken etwas und du darfst dir von mir so viel Energie abzapfen, bis dein Muskelkater weg ist und du Magnus morgen in Grund und Boden laufen kannst."

Ich musste grinsen: Das war wirklich eine verlockende Vorstellung - und die Aussicht auf Magnus verdattertes Gesicht war fast ebenso verführerisch wie die, noch ein bisschen Zeit mit Jackson zu verbringen. Und so saß ich dann noch länger als eine Stunde sehr glücklich Hand in Hand mit dem dunkelgelockten Kreuzritter in meinem Adlerhorst und spürte, wie zuerst meine Hand ganz warm und schließlich der Schmerz in Oberschenkeln und Waden angenehm dumpf wurde.

Wie lange es dauerte, einen Gleichstand zwischen meinem Muskelkater und Jacksons durchoptimierter Verfassung herzustellen, konnte ich nicht genau sagen, auch wenn das Ciaran sicherlich brennend interessiert hätte: Als wir gegen halb zwei vor dem frischen Nachtwind flüchteten und uns (ganz brav!) nebeneinander auf dem Sofa im Wohnzimmer ausstreckten, waren meine Beine noch müde, aber durchaus benutzbar, Jackson fühlte sich dagegen ein wenig schlapp. Als ich am nächsten Morgen aufwachte, hielt er meine Hand immer noch fest - und ich würde lügen, wenn ich nicht zugeben würde, dass es mir mehr als angenehm war, beim Aufwachen als Erstes Jacksons Gesicht mit taghell funkelnden, grasgrünen Augen zu sehen.

– 4 –

Magnus

An diesem Tag lief einiges an mir vorbei, und wie immer war ich der Einzige, der sich darüber wunderte.

Am Morgen stand ich um Punkt Acht in frisch geputzten Turnschuhen in der Eingangshalle und freute mich schon ein wenig auf den Anblick, wenn Shara mit steifen Beinen die Treppe runterstaksen würde. Natürlich machte es mir diebischen Spaß, unsere Prinzessin mit dem Laufen ein bisschen zu quälen - zugegeben hätte ich das natürlich nie, aber Shara war ja auch nicht dumm. Ihre schnippischen Antworten auf meine frechen bis dreisten Anfeuerungen waren amüsant, und ich freute mich immer mehr auf den allmorgendlichen Lauf - im Übrigen auch die einzige Zeit, die ich allein mit der Prinzessin verbringen durfte, ohne dass sich irgendjemand reindrängelte. Als Shara um zehn nach acht nicht da war, stieg meine Vorfreude noch ein bisschen: Wahrscheinlich konnte sie kaum stehen oder war bei dem Versuch gescheitert, die Turnschuhe anzuziehen. Um zwanzig nach wurde ich dann doch etwas unruhig, um Punkt halb neun klopfte ich an ihre Tür. Diese wurde mir unerwartet schnell geöffnet, jedoch nicht von Shara, sondern von Jack: Die Haare völlig verstrubbelt und die Schuhe in der Hand, wünschte er mir bestlaunig einen guten Morgen, um sich dann in aller Ruhe den Korridor hinab zu spazieren. Mir passiert das nicht oft, aber da war ich erst mal sprachlos und starrte ihm ein paar Sekunden mit offenem Mund hinterher: Hatte er bei Shara übernachtet, oder was?

Jack hatte die Tür aufgelassen, und als ich eintrat, sah ich Shara, die sich mitten im Wohnzimmer aus ihrer Jeans schälte: Das passte nun nicht ganz zu meiner ersten, spontanen Vermutung, hektisches Anziehen wäre da naheliegender gewesen als Ausziehen.

"Setz dich, ich muss mich noch eben waschen", rief Shara mir zu, ich sah sie im Bad verschwinden und warf einen Blick auf meine Uhr - damit hatte ich schätzungsweise eine Viertelstunde Zeit für eine kleine Spurensuche, die mir sagen sollte, was genau hier letzte Nacht abgegangen war.

Leider war es eher der Mangel an eindeutigen Spuren, der aufschlussreich war: Okay, auf dem Tisch auf dem Balkon standen zwei Rotwein- und zwei Wassergläser, die dazu passende Weinflasche entdeckte ich im Kühlschrank, allerdings noch mehr als halb gefüllt - und der Mülleimer barg weder eine weitere leere Flasche noch andere Überreste einer feucht-fröhlichen Orgie. Es gab keine auf dem Boden verstreuten Dessous oder andere Beweise, die ein Hollywood-Film bemüht hätte - der Strauß Rosen auf dem Schrank in der Ecke sah zwar frisch aus, aber da standen eigentlich immer Blumen. Okay, blieb mir nur noch ein Blick ins Schlafzimmer.

"Was genau machst du da?"

Shara - natürlich in dem Moment, wo ich um die Tür auf das seltsamerweise absolut unbenutzt aussehende Bett gelugt hatte. War die holde Weiblichkeit mal wieder nur darin zuverlässig, dass sie unzuverlässig war. Ich sah auf die Uhr: Sie hatte keine fünf Minuten gebraucht und war sogar schon zum Laufen angezogen - dieses Wettrennen hatte die Prinzessin ganz klar gewonnen.

"Darf nur dein Schwimmlehrer gleich die Nacht mit dir verbringen oder gilt das für alle? Dann kann ich ja für heute schon mal meine Zahnbürste holen. Und ich liege lieber oben, damit du schon mal Bescheid weißt."

Meine höhnischen und verletzenden Worte taten mir schon in dem Moment Leid, in dem ich sie aussprach, und so hielt ich dann bereitwillig still, als Shara nach zwei, drei schnellen

Schritten vor mir stand und mir mit der flachen Hand links und rechts eine schmierte. Gute Ohrfeigen, stellte ich anerkennend fest: Solche Klatscher hatte ich das letzte Mal von meiner seligen Mutter bekommen, und Shara beherrschte diese Technik so gut, als hätte auch sie fünf Kinder großgezogen, davon drei Jungs. Fest und laut, mit der flachen Hand mitten auf die Wangen, so dass mir die Ohren dröhnten und die Haut glühte - und gleichzeitig so rücksichtsvoll, dass in ein paar Minuten nichts mehr davon zu sehen wäre. Aber natürlich hatte ich an diesem besonderen Tag nicht das Glück, unbemerkt und mit normaler Gesichtsfarbe aus diesem Schlamassel rauszukommen: Nach einem kurzen Klopfer an der Tür kam Jack wieder herein, scheinbar hatte er nur kurz den Kopf unter den nächsten Wasserhahn gehalten und war dann in die Küche gelaufen, um zu holen, was für Shara neben einer Zigarette noch so zu einem gesunden Frühstück gehörte: fettarme Milch für einen Cappuccino und Orangensaft aus der Tüte. Jacks zuckende Mundwinkel sagten mir, dass er die Ohrfeigen gehört hatte - dass er meinen blöden Spruch auch mitbekommen hatte, glaubte ich indes nicht. Genauer gesagt, hoffte ich es nicht, denn mit bloßen Fäusten konnte er mir durchaus gefährlich werden, und so eine Beleidigung gegenüber der Prinzessin würde Jack mir als ihr selbsternannter erster Ritter sicher nicht ohne weiteres durchgehen lassen.

"Ich bin in einer Viertelstunde unten", sagte Shara knapp und kalt, ich nickte und machte, dass ich mit hochroten und schmerzglühenden Wangen aus ihrem Zimmer kam.

Als wir wenig später aus dem Auto stiegen und auf unsere übliche Laufroute einbogen, hatte Shara das Vorkommnis von eben mit keinem Wort erwähnt - streng genommen hatte sie noch überhaupt nichts gesagt. Ich schwankte: Sollte ich mich einfach direkt entschuldigen - oder war die doppelte Ohrfeige schon ausreichende Genugtuung gewesen und sie wollte nichts mehr davon hören? Aber was mich nach wie vor brennend interessierte: War da jetzt was zwischen den beiden oder nicht? Sollte ich ihr vielleicht einfach sagen, dass ich mich für sie und Jack freuen würde, dass ich sie höchstpersönlich zum Altar führen würde, wenn sie ihn morgen heiraten wollte? Okay, das wäre eine Lüge, aber immerhin eine gut gemeinte: Ich hatte Shara mehr als gern, wünschte ihr alles Glück der Welt - und wenn die Prinzessin dafür Jack brauchte oder wollte, dann musste die Prinzessin Jack auch bekommen, basta.

"Wenn du ihn heiratest, streue ich im rosa Kleid Blütenblätter auf deinem Weg zum Altar", sagte ich zu Sharas Rücken, als sie mir voraus durch ein schmales Tor lief.

Sie dreht sich nicht um, und ich musste mit ein paar schnellen Schritten aufschließen, um ihre Antwort verstehen zu können.

"Wie meinst du das? Willst du gegen eine Hochzeit wetten und das rosa Kleid ist dein Einsatz?"

Du meine Güte, heute hatte ich wohl wirklich keinen guten Tag.

"Nein, das ist keine Wette. Das ist Buße", sagte ich und fügte in Erinnerung an meinen Sitzstreik vor ihrem Hotelzimmer hinzu: "Wieder einmal."

Shara trabte ein paar Meter weiter, lief dann aus, stützte die Hände in die Hüften und beugte sich nach vorn. Ihr Rücken bebte, ich hielt besorgt neben ihr an.

"Alles Okay?"

"Nein", antwortete sie zwischen zwei japsenden Atemzügen. "Ich habe mir nur gerade vorgestellt, wie du im rosa Tutu herumhopst und mit Rosenblättern um dich schmeißt." Sie keuchte erneut. "Jetzt versuche ich zu lachen, bekomme aber nicht genug Luft."

Sie wies auf eine Bank, die mal eine Bushaltestelle gekennzeichnet hatte, nun aber morsch und vergessen hinter einem wuchernden Gestrüpp vor sich hin moderte: Eines der beiden Rückenbretter fehlte, und eine Ansammlung Zigarettenkippen sowie ein paar zerknautschte Dosen von Energy-Drinks zeigten, dass sich an diesem äußerst exklusiven Ort die Dorfjugend traf.

"Ich muss mich mal setzen."

Hinter dem Gebüsch waren die Kühle der Nacht und der morgendliche Tau noch deutlich zu spüren, aber Shara ließ sich mit sichtlicher Erleichterung auf der Bank nieder. Ich gab ihr die Wasserflasche und warf bei der Gelegenheit einen prüfenden Blick auf ihre schmalen Oberschenkel.

"Hast du schlimmen Muskelkater?"

"Nur einen halben", antwortete sie zwischen zwei Schlucken mit einem Grinsen, das ich ebenso wenig verstand wie ihre Äußerung selbst: Shara dürfte vor Schmerzen kaum laufen können, aber danach sah sie tatsächlich ganz und gar nicht aus.

Sie gab mir die Flasche zurück, sah mich immer noch nicht an.

"Dein Spruch eben war echt krass", sagte sie schließlich und ich seufzte - erleichtert, denn lag das Thema einmal auf dem Tisch, konnte ich mich endlich entschuldigen.

"Es tut mir leid. Ich wusste nicht, wie ich ... wie ich damit umgehen sollte, und dann rede ich meist so einen Scheiß. Ich würde mich wirklich freuen, wenn du und Jack ... also, wenn ihr zusammen wärt."

Hörte sie die Lüge in meinen Worten oder meiner Stimme? Bitte nicht, betete ich - wenn sie dich schon nicht so haben will, wie du das gern hättest, dann musst du doch wenigstens ein Freund bleiben können.

Shara zog die Beine an und umschlang sie mit den Armen, was aus meiner großen Prinzessin ein schmales Paket machte.

"Danke, da bin ich ja froh. Reicht deine Zustimmung aus oder muss ich noch eine offizielle Eingabe machen?"

Ich schüttelte den Kopf. "Shara, bitte - du weißt selber, dass du mich jederzeit an die Wand reden kannst, deswegen strecke ich gleich die Waffen. Ich bitte dich untertänigst um Entschuldigung und leiste Abbitte, wie du sie angemessen findest."

Sie schwieg, sah auf den Boden. Am Hang uns gegenüber tuckerte ein kleiner Traktor im Schneckentempo vor sich hin, seine Abgase standen in der stillen Luft wie Atemwolken an einem klirrend kalten Wintertag. Wie es aussah, kam ich auch nicht schneller voran, denn Shara ging mit keinem Wort auf meine Entschuldigung ein und ihre Stimme blieb kalt.

"Ich habe nicht mit Jackson geschlafen, er hat nur bei mir übernachtet - auf dem Sofa. Aber das hast du ja schon selbst raus gefunden, oder war mein Mülleimer nicht aussagekräftig genug?"

Ach du meine Güte - und ich dachte, sie hätte nur meinen Blick ins Schlafzimmer gesehen.

"Aber eines stimmt schon", fuhr sie zögernd fort, "ich hab Jackson wirklich gern. Sehr ... gern."

"Er liebt dich, weißt du", erwiderte ich - froh, dass ihr Tonfall von spöttisch auf sanft geschwenkt war.

"Hat er das gesagt?" Sie klang zweifelnd.

"Ja. Außerdem merkt man das doch."

Scheinbar war ich für Shara als Liebesbote nicht die erste Wahl, denn ihr Gesichtsausdruck blieb skeptisch.

"Du kannst auch Shane oder Josie fragen, die werden dir dasselbe sagen."

Shara schwieg und beobachtete nun auch den Traktor, der asthmatisch keuchend tapfer Meter für Meter Boden gut machte, dann wanderten ihre glänzenden Silber-Augen zu mir. Ich senkte den Blick, suchte erfolglos nach weiteren Beweisen, die der Prinzessin Jacks Verehrung verdeutlichen konnten, und klaubte aus purer Verlegenheit einen verbogenen Kronenkorken vom Boden auf.

"Gibt es außer Josie und Shane eigentlich noch andere Pärchen im Orden?"

Ah, eine ganz normale Frage, und auch noch problemlos zu beantworten. "Nein. Ffion war mal mit Sven zusammen, aber das hat nicht lange gehalten."

"Und alle anderen sind ... solo?"

Ach Gott, dieser Ausdruck war echt übel - genau so schlimm wie 'Single sein'. Ich war jetzt seit ... mehr als sechzig Jahren mehr oder weniger 'Single', aber damit ganz bestimmt nicht Rekordhalter in unserer erlesenen Gemeinschaft: Ewigkeit macht einsam, keine Frage.

"Die Aktiven ja, bis auf Josie und Shane natürlich. Meist verliebt man sich ja doch in jemanden außerhalb des Ordens - die Auswahl drinnen ist nicht so groß. Und die meisten nehmen sich dann eine Auszeit und verbringen ein paar Jahre ganz normal irgendwo, bis ... bis der Partner stirbt oder das Ganze auseinandergeht. Bei Azmera ist das gerade so, sie hat einen Freund in Kapstadt, seit ... gut frei Jahren."

"Hast du das auch schon mal gemacht?"

Seelen-Striptease, nicht meine Stärke. Aber hier war Ehrlichkeit gefragt, also nickte ich.

"Ja - ich war acht Jahre bei ihr. Das war während unserer Zeit in den USA, im letzten großen Krieg."

Shara zog die Ärmel ihres Pullovers über die Hände.

"Ist dir kalt? Wir sollten weiter." Und wenn nicht, dann lass uns bitte über was anderes sprechen als über dein und mein Liebesleben, fügte ich in Gedanken hinzu, doch Shara machte keine Anstalten aufzustehen.

"Weißt du ... gestern ist was Komisches passiert. Wir waren am Abend bei einem Jungen namens Davide, auf dem Hof da hinten." Sie deutete auf die linke Seite des Tales. "Dabei haben wir festgestellt, dass ich ... durch Berührung Verletzungen heilen und von anderen, von Gesunden ... Kraft abziehen und mich dadurch selbst heilen kann."

Ich wartete auf mehr, während ich versuchte, das zu verarbeiten, aber Shara schwieg, konnte das wohl nicht besser erklären. Oder wollte sie nicht? Ich griff auf ihr eigenes, bewährtes Mittel zurück um zu bekommen, was ich wollte: Fragen.

"Du kannst Verletzungen heilen?"

"Ja. Kleine. Kratzer, Schnitte, blaue Flecken."

Mein Blick fiel auf den Kronenkorken in meiner Hand. "Zeigst du es mir?"

Sie nickte, ich schrappte mit dem Metall über meinen Unterarm, bis ich einem halbwegs ordentlichen, tiefen Kratzer zustande gebracht hatte, und Shara griff nach meiner Hand - kühl, aber angenehm kühl. Eine Minute lang passierte gar nichts, doch dann sah ich es: Die gerötete, aufgerissene Haut wurde hell und zog sich zusammen, die winzigen Blutstropfen trockneten zu Schorf und lagen dann locker auf der wieder unversehrten Haut. Nach etwa zwei Minuten war nichts mehr zu sehen, Sharas Berührung verschwand und ich wischte den Schorf weg: Wahnsinn!

Shara beugte sich über den Ex-Kratzer, zog meinen Arm dann näher zu sich heran.

"Glückwunsch, der Korken war schmutzig. Jetzt hast du auch ein Tattoo."

"Meines aus Dreck, deines aus Gold - damit sind die Standesunterschiede ja geklärt", sagte ich und betrachtete die feine Linie dunkler Punkte in meiner Haut, Shara kroch derweil noch tiefer in ihren Pulli.

Wenn ich eine Jacke gehabt hätte, hätte ich sie ihr gegeben, aber um den Gentleman spielen zu können, war ich leider nicht korrekt ausgerüstet - und meinen schon leicht angeschwitzten Pullover wollte sie sicher nicht haben.

"Darf ich den Arm um dich legen, um dich zu wärmen?"

Shara zögerte, nickte dann aber und rutschte näher. Ich zog sie an mich - Gott, sie war wirklich schmal, mein Arm ging einmal ganz um sie herum.

"Hast du schon mal gehört, dass jemand so etwas kann? Das Heilen, meine ich?"

Sag ja, forderte ihre leise Stimme, aber ich musste den Kopf schütteln, wenn die Devise weiterhin Ehrlichkeit heißen sollte.

"Nein. Früher wurde mit Wunderheilung viel Hokuspokus gemacht - aber das war eine Zirkusnummer, totaler Betrug. Das hier ist echt, oder?"

Ich drückte sie ein wenig mehr an mich - wirklich kein schlechtes Gefühl. Ihre Haare rochen immer noch nach Honig und kitzelten mich an der Wange.

"Ja, leider", beantwortete sie nach einer Weile meine Frage, "aber ich hab keine Ahnung, wie weit das geht. Und je mehr ich darüber nachdenke, desto mehr Angst bekomme ich. Vielleicht geht das auch mit größeren Verletzungen oder mit schweren Krankheiten? Und wenn das funktioniert, wenn ich damit wirklich Menschen helfen kann - wie soll ich entscheiden, wem ich helfe und wem nicht?"

He, immer langsam mit den jungen Pferden, hätte ich fast gesagt: Mir ging das ein bisschen zu schnell und auch zu weit. Okay, mein Kronenkorkenkratzer war weg, aber einen Sterbenden hatte ich Shara bislang noch nicht ins Leben zurückholen sehen. Allerdings hatte sie die ganze Nacht Zeit gehabt, um über ihre neue Fähigkeit nachzudenken: Dass einem da ganz schön wirres Zeug durch den Kopf spukte, konnte ich mir lebhaft vorstellen - vor allem, wenn Jack auch noch mit darauf rumdachte.

"Hast du schon mit Andreas und Ciaran gesprochen?"

"Gestern Abend, ja - aber da waren wir alle noch etwas überrumpelt. Sie warten bestimmt schon auf mich."

Das erklärte, warum Shara lieber hier auf der feuchten, kalten Bank hockte, als mit mir zum Auto zurückzulaufen. Diese Erkenntnis gab mir einen leichten Stich - ich Trottel hatte doch tatsächlich kurz geglaubt, sie erhoffe sich was von diesem Gespräch!

Shara drehte den Kopf und sah mich aus ihren ungewohnt nahen Augen an. "Was würdest du tun, wenn du so was könntest - jemand anderen heilen?"

Vielleicht interessierte sie ja doch, was ich dachte - allerdings war das nicht hilfreich, denn zu diesem Thema dachte ich ... nichts.

"Das solltest du lieber mit Andreas und Ciaran besprechen, oder meinetwegen mit Jack. Ich bin in solchen ... moralischen Sachen nicht so gut."

"Moralisch?" Sie krauste die Nase. "Ich will keine Moral. Ich will nur wissen, was du an meiner Stelle tun würdest."

"Okay. Was sind die Alternativen?" Ich spielte ja gern mit, aber ein bisschen Nachhilfe war auch nicht schlecht - Shara hatte immerhin eine ganze Nacht Vorsprung.

"Hier bleiben und mehr darüber heraus finden und dann mit diesem Wissen leben - oder gehen, nicht mehr darüber nachdenken und dann mit diesem Nichtwissen leben."

Ich trank noch einen Schluck Wasser und dachte nach.

"Ich denke, ich würde bleiben und es herausfinden wollen. Du kannst ja auch dann noch gehen - aber nur, wenn du weißt, was du kannst, kannst du entscheiden, was du damit machen willst. Und vergiss Drake nicht - so einfach weg und vergessen ist nicht drin."

Shara lächelte und nahm mir die Wasserflasche aus der Hand.

"Gute Antwort - die von Jackson war übrigens ganz ähnlich. Er meinte, die wichtigere Entscheidung wäre die zwischen der Anwendung und der Nichtanwendung, nicht zwischen Wissen und Nichtwissen."

Ich musste lachen. "Hat er nicht noch ein paar schicke Fremdwörter eingebaut?"

Shara rammte mir einen spitzen Ellbogen in die Seite und kicherte. Ich knuffte zurück, zog sie dann wieder näher und schnupperte noch einmal an ihren Haaren.

"Und was ist deine Antwort?"

Ich spürte mehr als sich sah, wie sie mit den Schultern zuckte.

"Ich denke, dass die Frage danach, was ich kann, hier eigentlich gar nicht die Wichtigste ist, auch wenn ihre Beantwortung oberste Priorität hat."

"Sondern?"

Shara löste sich aus meinem Arm und stand auf - sie gehörte zu den wenigen Frauen, die wenigstens im Stehen so richtig auf mich hinab schauen konnten, und ich fühlte mich zum zweiten Mal heute an meine sehr, sehr ferne Kindheit erinnert.

"Wichtig ist die Frage nach dem 'Warum' - die nach dem tieferen Sinn dieser Fähigkeit. Und da ich dem wohl am besten hier auf die Spur kommen kann, werde ich noch ein bisschen bleiben und mehr darüber herausfinden."

Ich ergriff ihre Hand und pflanzte einen Kuss drauf.

"Siehst du - und deswegen bist du Jacks Mädchen."

Shara entzog mir die Hand und klapste damit einmal auf meine Rechte.

"Nicht schon wieder frech werden."

Trotzdem: Ich musste noch was loswerden, daher war ich jetzt derjenige, mit dringenden Fragen auf der feuchten Bank sitzen blieb.

"Wie willst du denn herausfinden, was genau du kannst? Ich meine ... das ist doch bestimmt nicht einfach, oder?"

Shara sah auf ihre Füße. "Da könntest du Recht haben. Der Junge gestern hatte nur ein wenig Temperatur, eine geprellte Schulter und einen entzündeten Schnitt am Bein, aber danach war meine Hand ganz taub, ich hatte Kopfschmerzen und schlecht war mir auch." Sie zögerte und sah mich an. "Ich hab Angst davor, das noch mal zu machen, Angst um mich selber, mich wieder so schlecht oder noch viel schlechter zu fühlen - und ich finde mich selbst entsetzlich feige wegen dieser Angst. Warum sollte ich sonst mit dem Gedanken spielen, einfach zu gehen?"

Absolut verständlich, fand ich - wenn es einem dreckig ging, weil man anderen geholfen hatte, war das nun wirklich nicht gerade motivierend.

"Shara", setzte ich an, aber dann stand ich auf - manche Sachen konnte man einfach nicht im Sitzen sagen. "Shara, ich bin immer und überall für dich da. Egal was du brauchst, okay?"

Sie lächelte und sofort fühlte sich der trübe Morgen um ein paar Grad wärmer an. Noch wärmer wurde mir, als sie meinen Kopf in ihre Hände nahm, sich auf ihre Zehenspitzen erhob und mich ganz zart auf den Mund küsste - gerade so lang, dass ich einen Hauch von Honig auf der Zunge schmeckte.

"Danke", sagte sie schlicht, dann drehte sie sich um und trabte den Weg weiter, zurück zum Auto.

Ich fuhr mir mit der Zunge über die Lippen: Ja, Honig.

"Darf ich das Jack erzählen?", fragte ich, als ich zu ihr aufgeschlossen hatte, sie lachte.

"Untersteh dich!"

"Hast du Jack überhaupt schon mal geküsst?"

Shara lief langsamer und warf mir einen plötzlich wieder sehr frostigen Seitenblick zu. "Ist das wichtig?"

"Na ja - für euch beide schon, oder?"

Sie wurde schneller, scheinbar hatte ich sie erneut verärgert. Du meine Güte, warum hielt ich nicht einfach meine Klappe? Halt, zu dem Thema fiel mir doch noch was ein ... Ich beschleunigte und überholte sie, lief rückwärts vor ihr her und hoffte auf einen ebenen Weg.

"Was ich dich noch fragen wollte: Wo hast du eigentlich gelernt, solche Ohrfeigen zu verteilen?"

Dafür erntete ich zuerst einen bösen Blick, dann sah ich ein Lächeln auf ihrem Honig-Mund.

"Schafe", sagte sie und lief noch einen Gang schneller.

Ich musste mich wieder rum drehen, da sie mich in meinem Rückwärtsgang sonst spielend abgehängt hätte.

"Schafe?"

"Ja. Diese Tiere mit dem dicken Fell, meist in der Herde unterwegs." Sie grinste, als ich sie immer noch verständnislos anstarrte. "Okay. Meine Eltern haben uns in den Ferien jedes Mal in die gleiche Pension nach Österreich geschleppt, aber in einem Jahr war die wegen Renovierung geschlossen, und sie haben Ferien auf dem Bauernhof gebucht. Jeder hatte eine Aufgabe, ich musste die Gemüsereste zu den Schafen bringen. Der Bock der Herde baute sich immer vor der Tür zum Stall auf und schnaubte, ich hab mich nicht vorbei getraut - ich war so Elf oder Zwölf. Dann hat mir der steinalte Vater des Bauern gezeigt, wie man Schafe vertreibt: mit kräftigen Klatschern auf die Nase, weil das so ziemlich der einzige Körperteil ist, an dem die etwas spüren."

"Schafe." Ich schüttelte den Kopf und lachte dann schallend. "Schafe!"

Shara nickte feierlich - und ich lachte immer noch, als wir bald drauf durch das Tor zurück in die Burg fuhren.

Shara

Natürlich wusste ich, dass Ciaran und Andreas mich so schnell wie möglich sehen wollten - heute würde wieder einmal ein Tag mit viel Gerede und vielen Gläsern Wasser in der Bibliothek oder dem nächstbesten Arbeitszimmer sein. Da ich aber vorher noch etwas anderes zu erledigen hatte (nein: etwas anderes erledigen wollte!), ging ich nach dem Duschen hinüber in die Garage, wo ich Jackson vermutete, nachdem ich vergeblich an seiner Zimmertür geklopft hatte. Ich hatte richtig gedacht: Er war in der Werkstatt, sortierte irgendwelche bunten Kleinteile von einem Karton in den anderen. Als er meine Schritte hörte, drehte er sich um und lächelte mir entgegen.

"Na, jetzt erst zurück?"

"Ja. Was machst du?"

Er warf noch ein Ding aus dem Karton links in den Karton rechts.

"Nichts Wichtiges, ich versuche nur, mich zu beschäftigen. Wieder eine doppelte Runde?"

Ich ging zu ihm herüber und lehnte mich an die Werkbank. Hier bestand keine Gefahr, sich die Klamotten schmutzig zu machen - die Werkstatt sah auch heute aus wie frisch eingerichtet. Wurde hier eigentlich jemals etwas repariert? Wenn ja, lackierten sie wahrscheinlich anschließend sofort den Boden neu.

Als Antwort auf Jacksons Frage schüttelte ich den Kopf.

"Nein, aber Magnus und ich hatten ein kleines Gespräch ... über das Leben und die Liebe, sozusagen."

Jackson zog skeptisch eine Augenbraue hoch - konnte man das eigentlich vor dem Spiegel üben?

"Hat er dir noch einen unsittlichen Antrag gemacht?"

Ich musste lachen, Jackson verzog allerdings keine Miene: Er hatte mich heute Morgen gefragt, was Magnus gesagt habe, um sich die Ohrfeigen zu verdienen, ich hatte ihm die Worte des Riesen zögernd wiedergegeben. Jackson hatte kein Wort gesagt, war nur kalkweiß geworden, wie schon neulich Abend, als ich ihm von meinem schubsenden Bruder erzählt hatte - wo andere laut und wütend wurden, wurde er starr und kalt, lernte ich. Angenehmer war das allerdings nicht, denn wo man Wütende beruhigen konnte, musste man Jackson quasi auftauen: Ich hatte zehn Minuten dafür gebraucht, und war nachher erleichterter gewesen, als hätte ich einen Rasenden beruhigt.

"Nein", antwortete ich Jackson nun auf seine Frage, "Magnus war sehr höflich und einfühlsam."

Jackson schnaubte und trug seine beiden Kartons zu einem Schrank in der Ecke hinüber - ihm war nicht wohl bei diesem Gespräch, das war deutlich zu spüren. Mir auch nicht, aber jetzt war ich nun mal da, und zwar mit einem Ziel.

"Und was hatte Albertus Magnus zum Thema Liebe und Leben so alles zu sagen?"

Jackson kam zurück und lehnte sich mit verschränkten Armen neben mich an die Werkbank, mit einem deutlichen Abstand. Er blickte starr geradeaus an die Wand, und nicht nur seine Körperhaltung, auch sein Gesichtsausdruck ähnelte sehr stark dem von gestern abend, in Ciarans Behandlungszimmer: Duldsam und ein wenig peinlich berührt - legte ich da gerade wieder den Finger auf eine Wunde?

"Ich glaube, Magnus ist für klare Verhältnisse, wenn ich ihn richtig verstanden habe."

Jackson nickte langsam mit seinem schönen Kopf, als müsse er diese meine Aussage ob ihres enormen Gehalts erst langsam verarbeiten.

"Und das bedeutet?"

Ach Gott, in so was war ich wirklich nicht besonders geübt. Außerdem verwirrte mich Jacksons Nähe, sein zimtiger Duft und jeder kleine Blick aus diesen unglaublichen Augen derart, dass ich vergaß, was ich hatte sagen wollen - in dem Moment, wo ich den Mund öffnete. Ich konzentrierte mich auf den penibel sauberen Boden, suchte eine Weile nach den richtigen Worten - leider erfolglos, also musste ich mit denen vorlieb nehmen, die mir als Erstes in den Sinn kamen.

"Okay. Also in Wirklichkeit hat Magnus gesagt, dass du mich lieben würdest, dass ich dein Mädchen sei und dass er gern mein Freund wäre - gerade jetzt. Ich habe ihm von gestern Abend erzählt."

"Und nun möchtest du wissen, ob er Recht hat?"

Jackson blickte immer noch zur Wand, also fasste ich ihn am Arm und zog ihn zu mir herum. Er wich meinem Blick nicht aus, aber seine zusammengepressten Lippen verrieten nur zu deutlich, wie angespannt er war.

"Vergiss Magnus, es geht hier um uns beide. Magnus ist ein Freund - für dich schon seit langer Zeit, für mich erst seit kurzem."

Jacksons Lippen wurden noch eine Spur weißer, scheinbar redete ich mich gerade um Kopf und Kragen. Aber er hatte ja Recht: Was faselte ich da stundenlang von Magnus, wenn alles, was mir in den letzten Tagen durch den Kopf gespukt war, Jackson hieß?

"Mit dem gestrigen Abend hat sich einiges geändert, und ich glaube, dass in den nächsten Tagen auch einiges passieren wird." Ich zuckte mit den Schultern: Hilflos, mal wieder total überfordert. "Ich wüsste einfach gern, wo genau wir beide stehen. Klare Verhältnisse in wenigstens einer Sache - in einer Sache, die mir wichtig ist. Weil ich dich sehr ... gern habe."

Das war etwas (nein: um einiges!) weniger, als ich tatsächlich für Jackson empfand, aber angesichts seiner bislang sehr unterkühlten Reaktion auf meine dezenten Andeutungen und schmachtenden Blicke ging ich lieber auf Nummer sicher: Mit 'gern haben' könnte ich hoffentlich mit erhobenem Kopf gehen, wenn er mich abwies, mit 'lieben' wohl kaum.

Jackson schloss für ein paar Sekunden die Augen, als ich ausgeredet hatte, dann lösten sich seine Lippen zu einem Lächeln - so strahlend und erleichtert, wie ich es an ihm nie zuvor gesehen hatte.

Er atmete tief ein, ergriff meine Hände, zog mich näher an sich heran.

"Bitte verzeih mir. Ich ... ja, ich liebe dich, von ganzem Herzen und mehr als mein Leben."

Das war bei weitem mehr, als ich mir erwartet hatte - mein eben noch so ängstliches und vorsichtig-zaghaftes Herz reagierte mit freudestrahlenden Hüpfern. Ich sah Jacksons Augen, nur Zentimeter vor meinem Gesicht: So nah waren sie mir das letzte Mal im Pantheon gewesen, und das helle Licht der Halle ließ sie jetzt leuchten wie Smaragde in der Sonne. Auch heute empfand ich sie als wunderbar tröstlich und freundlich, sahen sie mich liebevoll an. Ich erinnerte mich an das nächtliche Gespräch in seinem Zimmer: Auch da waren wir uns fast so nahe gewesen wie hier, auch da hatte ich so sehnsüchtig darauf gewartet, dass er etwas tun würde, etwas sagen würde - etwas Eindeutiges, etwas Zärtliches. Aber er hatte nichts getan - und er tat auch jetzt nichts, er sah mich nur an. Ich verstand sein Zögern nicht: Wenn er mich wirklich liebte, warum wollte er mich dann nicht ... berühren?

"Warum küsst du mich nicht?", stellte ich ihm die wohl peinlichste Frage meines Lebens, Jackson senkte den Blick.

"Ich darf nicht", antwortete er leise, "es steht mir nicht zu. Ich durfte es damals am Meer nicht tun, und auch nicht am Samstag, als du abends in meinem Zimmer warst. Es wäre vor dem Hintergrund deiner Bedeutung für den Orden ... anmaßend. Du bist nicht einfach ... eine neue Schwester, du bist du, die Schwertlöserin. Ich weiß, dass du das noch nicht verstanden hast, vielleicht auch gar nicht verstehen willst, aber das macht dich zu etwas Besonderem, mehr noch, etwas Außergewöhnlichem. Magnus hat mal gesagt, du wärest tabu, und das trifft es sehr gut. Bitte verzeih mir."

Ich schluckte hart, wollte zurückweichen, wollte schon mit

bitter in der Brust brennender Scham meinen halb geplanten Rückzug anzutreten, doch da fiel mir noch eine andere Frage ein - eine Frage, auf die Jackson vielleicht anders würde antworten können.

"Steht es mir denn zu, dich zu küssen? Und darfst du mich küssen, wenn ich ... den ersten Schritt gemacht habe?"

Jackson nickte, also beugte ich mich vor und küsste ihn vorsichtig auf den Mund, seinen weichen Zimt-Mund, Ziel all meines Sehnens in den letzten Tagen. Es dauerte einen Moment, einen viel zu langen Moment, bis er meinen Kuss erwiderte, also löste ich mich von ihm.

"Hast du Angst, dass ich dich aussauge?", fragte ich leichthin, während die Angst vor Zurückweisung mich erneut fies in die Brust stach - doch Jackson lächelte und nahm mein Gesicht in die Hände.

"Nein."

Jetzt endlich küsste er mich: Seine Lippen waren sanft und zärtlich, sein Griff fest und warm - ich war mir absolut sicher, wenigstens einmal etwas Richtiges getan zu haben.

Magnus

Nach meinem Lauf mit Shara lungerte ich ziemlich planlos in der Küche herum.

Jack war unauffindbar, Andreas und Ciaran hatten sich mit der Prinzessin in einem Arbeitszimmer verbarrikadiert, also erzählte ich erst Josie und Shane, was ich wusste, und saß dann wie auf glühenden Kohlen tatenlos herum, bis uns Andreas am Nachmittag zu einer Sitzung in der Bibliothek zusammen trommelte. Ciaran fasste den Ablauf des gestrigen Abends für uns alle noch einmal zusammen, und erklärte dann, dass Shara bis auf weiteres um einen kleinen Kreis der Eingeweihten gebeten habe. Unsere Brüder und Schwestern außerhalb der Burg würden daher erst nach Abschluss einer Testphase über Sharas neue Kräfte unterrichtet werden, was die Prinzessin nicht zuletzt auch vor Drake schützen sollte, da es immer noch einen Verräter in unseren Reihen geben konnte: Drake würde ihre neue Fähigkeit sehr interessieren, diese würde Shara für ihn noch begehrenswerter machen.

Shara war angespannt, wie schon in Rom war ihr die ganze

Situation, vor allem die ihr geltende Aufmerksamkeit höchst unangenehm: Sie hockte auf der Kante ihres Sessels, die Augen auf die im Schoß verschränkten Hände gesenkt, manchmal massierte sie mit der linken Hand ihre rechte. Jack warf ihr immer längere, besänftigende Blicke zu, streichelte ihr sogar einmal leicht über die verkrampften Hände und den schmalen Rücken. Das war mehr als die Fürsorge, die wir Kreuzrittern unserer neuen Herrin schuldeten, und das war auch mehr als Freundschaft - vor allem aber war das was, was ich nur zu gern an seiner statt getan hätte. Und dass Jack sich traute, Shara so ... anzufassen, direkt unter den Augen von Andreas und Ciaran, sagte mir eines ganz deutlich: Die Prinzessin hatte Nägel mit Köpfen gemacht und sich genommen, was sie wollte. Hatte ich das etwa angeleiert, ich mit meinen großen Worten über Jacks Liebe? Wahrscheinlich - schön blöd, Magnus, gratulierte ich mir selber, schön blöd: Nur so ein Riesendepp wie du ist in der Lage, dich in jemanden zu verknallen und demjenigen dann bei der ersten besten Gelegenheit den Tipp zu geben, sich an deinen besten Freund ranzumachen.

Josie und Shane hingen an Ciarans und Andreas' Lippen - keine Ahnung, ob sie diese kleinen Zeichen auch bemerkten. Ich zumindest war trotz meiner selbstlosen Worte von heute Morgen mehr als nur ein bisschen eifersüchtig: War ich wirklich bereit, Jack Shara einfach so zu überlassen?

Heute hätten er, Andreas und Shara besprochen, wie man weiter vorgehen wolle, sagte Ciaran gerade, als ich aus meinen trüben Gedanken wieder auftauchte, und man sei zu einem Entschluss gekommen. Hier hob Shara den Blick, und unser Doc lenkte sofort ein: Er und Andreas würden diese Vorgehensweise vorschlagen, Shara habe sich jedoch Bedenkzeit ausgebeten und noch nicht final zugestimmt. Ciarans Plan war schlicht: Er würde in den umliegenden Krankenhäusern Patienten auswählen, an denen Shara ihre neuen Kräfte ausprobieren sollte. Ciaran war in der ganzen Umgebung bekannt, mit seiner Professur für mehrere medizinische Fachgebiete holte man ihn oft für schwierigere Fälle - der Zugang zu den Krankenhäusern würde also kein Problem darstellen. Pro Tag sollte Shara einen Patienten besuchen, insgesamt sollten es zehn sein. Jack oder ich würden Shara bei den Besuchen begleiten: Sharas Bericht über die Linderung ihres Muskelkaters durch Jack hatte Ciarans Interesse geweckt, und er wollte beide Seiten besser kennen lernen: Heilen und geheilt werden. Deswegen nur ein halber Muskelkater, dachte ich, und patschte mir in Gedanken vor den Kopf. Er vermute, dass Shara die Sitzungen mit den Patienten jeweils so weit schwächen würden, dass sie selber Heilung benötigen würde, fuhr Ciaran fort, genau da sollten dann eben Jack und ich einspringen. Die Fälle, mit denen Shara konfrontiert werden sollte, würden langsam schwerer werden, so dass man zum einen eventuelle Grenzen ihrer Kraft ausloten, sie zum anderen aber auch durch eine langsam ansteigende Belastung so weit wie möglich schonen konnte. Auch wollte Ciaran verschiedene Varianten durchspielen, wo Jack und ich wieder ins Spiel kämen: Würde Shara etwa als reiner Leiter fungieren und unsere Energie auf einen Patienten übertragen, wenn sie beide gleichzeitig berührte?

Ich folgte Ciarans Ausführungen mit gelegentlichem Nicken des Kopfes - so wie man es in der Schule eifrig macht, wenn der Blick des Lehrers einen streift. Wirklich echt war diese Zustimmung allerdings nicht: Zum einen tat mir die verstörte Prinzessin leid, zum anderen galt ein Teil meines Mitgefühls aber auch mir selber: Dieses ganze Gerede von 'Energie' und deren 'Übertragung' ließ mich an einen Akku denken, den man bei Bedarf aus der Schublade kramt und dann achtlos wieder reinschmeißt, wenn er bis zum letzten Tropfen ausgesaugt worden war.

Er sei bereits dabei, in den umliegenden Krankenhäusern nach geeigneten Patienten Ausschau zu halten, erklärte Ciaran, wir würden übermorgen wahrscheinlich im Kinderklinikum Bozen beginnen.

Bei dem Wort 'Kinder' blickte Shara erneut auf.

"Davon war heute Morgen aber nicht die Rede. Hältst du das für eine gute Idee, diese ... Experimente ausgerechnet an Kindern durchzuführen?"

Ihre Stimme klang leicht angewidert, doch Ciaran nickte, als habe er diesen Einwand erwartet.

"Ich weiß, dass du noch immer Zweifel daran hast, dass du wirklich etwas bewirken kannst. Diesen Zweifel habe ich nicht. Und", fügte er hinzu, als Shara was erwidern wollte, "und wenn du so viel Zeit in Krankenhäusern verbracht hättest wie ich, dann wüsstest du, dass Kinder nicht nur die liebsten und dankbarsten Patienten sind, sondern auch diejenigen, die es nicht wundern wird, wenn es ihnen merklich besser geht, nachdem jemand eine halbe Stunde ihre Hand gehalten hat. Bei Kindern brauchst du auch niemals zu fragen, ob sie eine Heilung verdient haben, ob sie gute Menschen sind - das ethische Problem bleibt also erstmal außen vor. Und wenn es ihnen plötzlich besser geht, werden die Eltern dem behandelnden Arzt danken und keine Fragen stellen - selbst wenn die Kinder erzählen würden, du hättest sie geheilt, wird ihnen das niemand glauben. Außerdem gibt es für Kinder in den meisten Krankenhäusern ehrenamtliche Betreuungsprojekte, da bekomme ich dich problemlos und kurzfristig rein."

Shara dachte nach, den Blick wieder auf ihre Hände gesenkt, wir anderen schwiegen und warteten.

"Du hast recht - Kinder werden am wenigsten Fragen stellen. Aber was die Frage nach der Ethik angeht, da kann ich dir nicht zustimmen: Die wird auch hier eine Rolle spielen, denn wenn du an meine Kräfte glaubst, wirst du entscheiden müssen, wer weiter leiden muss und wer vielleicht Linderung erfährt." Sie hob die Hand, als Ciaran zum Sprechen ansetzte. "Moment, ich bin noch nicht fertig. Ich akzeptiere deinen Plan, er ist gut. Aber du hast auch recht, wenn du sagst, dass ich nicht an diese Heilkraft glaube, von der du gesprochen hast. Sie wird nicht sein, was du dir oder was ihr euch erhofft. So etwas gibt es nicht."

Wen genau Shara mit 'ihr' meinte, war mir nicht ganz klar. Ciaran und Andreas? Uns alle? Ich fühlte mich auf jeden Fall nicht angesprochen, Jack ganz bestimmt auch nicht. Es war schon komisch - vor gerade mal einer guten Woche hatte ich in Gemeinschaft mit meinen Brüdern und Schwestern einen prüfenden Blick auf dieses große, viel zu dünne Mädchen geworfen und mich im Chor mit ihnen gefragt, ob sie wirklich diejenige sein konnte, auf die wir gewartet hatten. Und jetzt regte sich bei diesem kleinen 'ihr' von Shara sofort Widerspruch in mir: Ich wollte nicht zu diesem 'ihr' gehören, wenn es der Prinzessin gegenüberstand, ich wollte auf ihrer Seite stehen, auf der 'wir'-Seite.

Ciaran beugte sich vor, die Hände offenbarend geöffnet. Andreas hatte sich in seinem Sessel aufgesetzt, er ließ Shara keine Sekunde aus den Augen und registrierte jede noch so kleine Bewegung, die sie machte, jedes Zucken in ihrem Gesicht. Er überließ zwar Ciaran die Show, aber es war absolut klar, dass dies eines der wichtigsten Gespräche war, die er in seinem langen Leben geführt hatte: Shara war das Ziel all seines Strebens, und heute ging es um Bedingung Nummer Drei, beziehungsweise um die Bereitwilligkeit der Prinzessin, diese Bedingung überprüfen zu lassen. Ach, ich habe die Bedingungen hier noch gar nicht aufgelistet? Okay, hier sind sie, Copyright Magnus: Shara hatte das Schwert gelöst (Bedingung eins), sie trug die Goldkreuze auf dem Körper (Bedingung zwei), sie hatte besondere Kräfte offenbart (Bedingung drei) - jetzt fehlte nur noch ihre finale Zusage für den Orden (Bedingung vier). War auch die erfüllt, würden wir Kreuzritter ... was auch immer: Die Welt verbessern, einfach ein bisschen Gutes tun. Aber Bedingung vier war noch Zukunftsmusik, heute ging es erst um Nummer drei - und dass ich schon wusste, wie Shara sich entscheiden würde, machte mich ein bisschen weniger 'ihr', machte mich stolz.

"Du wirst es übermorgen sehen, Shara - wir alle werden es sehen", sagte Ciaran.

Shara schwieg und lehnte sich in ihrem Sessel zurück, verschränkte die Arme vor der Brust.

Ciaran wollte weiter sprechen, aber Andreas gebot ihm mit einer kurzen Geste zu schweigen, während Shara mit geschlossenen Augen nachdachte. Die Stille währte wohl nur ein oder zwei Minuten, reichte aber für weitere Gedankenwirbel in meinem Kopf: Ob es wohl einen Plan B gab, sollte Shara Nein sagen? Ich verdrängte diesen Gedanken schnell: Er würde mich nur unnötig wieder in ein verwirrendes 'Ihr'- und 'Wir'-Denken stoßen - und vielleicht sogar zu der fatalen Frage führen, auf welcher Seite ich im Fall der Fälle stehen würde. Aber es war undenkbar, dass Andreas und Ciaran Shara zu irgendetwas zwingen würden, absolut unmöglich!

"Ich habe ein paar Bedingungen", ließ sich Shara wieder vernehmen, und ich lehnte mich mit allen anderen gespannt vor, war erneut ganz 'ihr', denn von Bedingungen hatte sie heute beim Laufen nichts gesagt.

"Ich werde nachher mitfahren, wenn du Davide noch mal besuchst", sagte sie zu Ciaran. "Ich möchte sehen, ob da irgendwas weiter ... passiert ist."

Ciaran und Andreas nickten, wir warteten auf Bedingung Nummer Zwei, Copyright Shara.

"Ich starte den Versuch am Freitag, wie du geplant hast. Ich akzeptiere ein Kind als ersten Patienten, aber älter als sechs Jahre. Aber wenn nichts geschieht ... wenn es dem Kind nicht innerhalb von einem Tag sichtbar besser geht, wirst du mir nie wieder ein Kind als Versuchskaninchen anbieten. Und als Kind definiere ich alles unter vierzehn Jahren."

Ein Nicken von Andreas, das von Ciaran kam zögerlicher.

"Und schließlich habe ich jederzeit die Möglichkeit, einen Versuch oder aber die ganze Versuchsreihe zu stoppen - das dürft ihr selbstverständlich auch. Einen Grund muss ich nicht nennen. Ihr schon."

Diesmal wechselten Andreas und Ciaran einen deutlichen Blick, bevor sie auch dies abnickten.

"Akzeptiert", sagte Andreas.

"Shara, wir wollen ja nicht ...", setzte Ciaran an, Shara schüttelte jedoch den Kopf und stand einfach auf, was ich mal wieder herrlich majestätisch, wenn nicht gar königlich fand.

"Bitte, für heute ist es genug."

Sie ging zur Tür, fast zeitgleich erhoben wir anderen uns - selbst Josie stemmte sich mit irritiertem Blick aus dem Sessel, als alle anderen standen, hätte sie als Dame doch durchaus sitzen bleiben können, wenn jemand gleichen Geschlechts den Raum verließ. Andererseits: Standesunterschiede waren Standesunterschiede, und mir gefiel diese ihre Würdigung unserer Prinzessin spontan ziemlich gut.

Die Klinke schon in der Hand, wandte Shara sich noch einmal um.

"Eines noch: Wenn ich nicht mehr in der Lage sein sollte, eigene Entscheidungen zu treffen, wird Jackson für mich sprechen. Und wenn auch er das nicht mehr kann, soll Magnus mein Fürsprecher sein."

Sie wartete auf die Bestätigung von Andreas und Ciaran, dann verließ sie den Raum. Ich bekam rote Ohren und tauschte einen Blick mit Jack - vielleicht war ich für Shara ja doch nicht 'ihr', sondern ein klitzekleines bisschen mehr?

Shara

Wir fuhren recht bald nach dem Treffen in der Bibliothek zu Davide, in der gleichen Besetzung wie gestern Abend.

Ich war nervös, wobei ein Großteil dieser Anspannung wahrscheinlich daher kam, dass ich nicht genau wusste, welches Ergebnis der Visite ich mir eigentlich erhoffte: Wollte ich, dass Davides Schulter und Bein ganz normal aussahen - eben so, als wären sie gestern erst behandelt worden, also noch Blau beziehungsweise frisch genäht? Oder wünschte ich mir einen sichtbaren Fortschritt, der über eine normale Wundheilung weit hinausging? Die erste Möglichkeit wäre allerdings noch kein Widerspruch gegen die von Ciaran prognostizierten Heilkräfte, denn vielleicht musste einfach ein stetiger Energiefluss aufrechterhalten werden, um die Heilung zu bewirken: Ich hatte Davide nicht wirklich lange berührt, und vielleicht war das ja gerade genug gewesen, um seine geprellte Schulter an ein paar kleinen Stellen zu lindern.

Ich saß auf dem Beifahrersitz neben Jackson und der hielt meine Hand, wenn er sie nicht zum Schalten brauchte, was Ciaran entweder höflich oder tatsächlich übersah: Ich hatte immer noch Gänsehaut, wenn Jacksons Haut die meine berührte, schämte mich dafür aber nun endlich nicht mehr, sondern genoss dieses mir unverhofft zuteilgewordene Privileg - ein bisschen verwundert über mein Glück, ein bisschen erstaunt darüber, dass dieser außergewöhnliche Mensch sich tatsächlich für mich interessierte.

"Hast du eigentlich schon eine Lösung für dieses Kribbel-Problem?", fragte ich Ciaran, als Jackson von den Serpentinen auf die gerade Straße im Tal einbog, der schüttelte den Kopf.

"Was für ein Kribbel-Problem?", fragte Jackson, und Ciaran steckte seinen Rotschopf zu uns nach vorn.

"Darüber hatten Shara und ich gestern gesprochen, als wir mit Andreas in der Bibliothek waren. Du hast es ja gestern selber gesagt, Jack: Sie kribbelt, wenn sie geschwächt ist - und spürt selber ein Kribbeln, wenn sie geschwächte Menschen berührt. Gestern bei Davide war die Sache klar: Dem Jungen ging es mit seinem Bein und der Schulter schlechter als Shara, also hat er bei ihr gekribbelt und sie hat seine blaue Schulter gelindert. Weil Shara aber Muskelkater hatte und vom Laufen auch ein bisschen müde war, hätte sie eigentlich deine Schnitte gar nicht heilen können, weil es ihr schlechter ging als dir - wenn denn stimmt, was wir annehmen: Shara gibt ihre Kraft an Kranke ab. Oder hast du irgendwas, von dem ich nichts weiß?" Jackson verneinte, Ciaran zuckte mit den Schultern und wandte sich an mich. "Ich kann mir höchstens so etwas denken: Du kannst nicht nur Kraft von dir auf andere übertragen, du bewirkst beim Patienten auch ein bisschen so was wie ... die Konzentration des Körpers auf die Wunde. Das haben wir ja bei Davide gesehen: Da, wo deine

Finger auflagen, war das Hämatom verheilt, du hast also erst einmal lokal begrenzt gewirkt. Das Gleiche bei den Kratzern und Schnitten bei Jackson: Die sind immer zuerst genau dort verheilt, wo deine Haut auf Jacksons lag. Dass du aber den ganzen Körper durchdringen kannst, haben wir ja gesehen, als du Jacksons rechte Hand gehalten hast und der Schnitt an der linken trotzdem verheilt ist."

"Was aber länger gedauert hat", warf Jackson ein.

"Ja. Es kann sogar sein ..." Ciarans Veilchenaugen blickten an mir vorbei, gedankenverloren - nach einer knappen Minute sprach er dann weiter. "Das ist wahrscheinlich Blödsinn, aber ein bisschen Müdigkeit und ein bisschen Muskelkater sind etwas anderes als ein blutender Schnitt oder eine entzündete Wunde. Wunde und Schnitt sind akut, dringend - sie können einen Menschen ernsthaft gefährden. Vielleicht registriert dein Körper so etwas." Er lächelte, ließ sich wieder in den Sitz zurückfallen. "Das funktioniert wahrscheinlich nicht bei großen Unterschieden in der Konstitution - wenn du mit einem offenen Beinbruch jemanden anfasst, der nur einen Mückenstich hat, dann dürfte sich dein Körper erst mal holen, was er braucht, bevor es bei dem anderen aufhört zu jucken."

Ich lachte ein bisschen, was natürlich von Ciaran beabsichtigt war, fand das aber alles noch immer sehr verwirrend: Mein Körper registrierte normalerweise nur widerwillig die Existenz meines Gehirns - was Ciaran da gerade vor sich hin phantasierte, klang nun wirklich mal total absurd. Und noch etwas kam mir in den Sinn, während Jackson seine warme Hand wieder auf meine legte, die vor Nervosität, nein: Angst, eiskalt war: Da hatte ich in Rom so noch flapsig gesagt, ich würde nie Kranke heilen können, weil dass das Erste (und das Absurdeste!) gewesen war, was mir damals in den Sinn gekommen war, und nun hatte ich genau das bekommen.

Wie schon gestern Abend war die Fahrt schnell vorüber, und wir hielten erneut auf dem Hof. Statt der verkniffenen Mutter öffnete uns diesmal eine hübsche, ein wenig rundliche junge Frau, aus deren lächelndem Gesicht Davides Karamellaugen strahlten - dessen ältere Schwester Chiara, wie Ciaran mir erläuterte, als ich ihr die Hand schüttelte. Jackson kam diesmal wie selbstverständlich mit hinein, der leichte Druck seiner Hand auf meinem Rücken war ermutigend. Chiara führte uns die Treppe hinauf, voll des Dankes über Ciarans späten Besuch gestern und voll des Spottes über ihren kleinen Bruder und dessen Leichtsinnigkeit: Scheinbar war sie in den wahren Grund für die Verletzung eingeweiht. Der leichtsinnige kleine Bruder war in seinem Zimmer, lag brav lesend auf dem Bett und strahlte uns erfreut an. Wirklich ein sonniges Gemüt, dachte ich: Eigentlich hätte es ihn schon wundern müssen, wenn drei Leute kamen, um eine simple Schnittwunde zu besichtigen, aber so sollte es mir auch recht sein.

"Ciao, Davide - da sind wir wieder", sagte Ciaran und gab dem Jungen die Hand. "Wie geht es dir heute?"

Er stellte seine Tasche auf den Schreibtisch und trat an das Bett. Chiara bot uns Kaffee an, und diesmal nickte Davide mir enthusiastisch zu, als ich ihm in Erinnerung an die trübe Brühe vom gestrigen Abend einen fragenden Blick zuwarf.

"Mir geht es gut", beantwortete der Junge Ciarans Frage, Chiara huschte aus dem Zimmer. "Vor allem die Schulter ist echt viel besser, meine Schwester hat sie heute Morgen noch mal mit der Salbe eingerieben."

"Sehr schön. Zeig mir erst die Schulter, dann werfen wir einen Blick auf dein Bein."

Davide schälte sich aus seinem Hemd und drehte uns den Rücken zu. Jackson blieb neben der Tür stehen, ich trat jedoch näher heran und blickte mit Ciaran auf den Bluterguss - oder besser auf das, was noch von ihm übrig war. Ich hatte nun wirklich von Medizin keine Ahnung, aber mit blauen Flecken hatte auch ich so meine Erfahrungen gesammelt: Erst Blau, dann Violett, schließlich scheußlich Gelb - und mit viel Glück nach einer Woche verschwunden. Gestern Abend war Davides Schulter eindeutig im Übergang von Blau zu einem satten Violett gewesen - jetzt war sie leicht gelblich, die gestern Abend so auffälligen hellen Flecken waren nun komplett Hautfarben und nur noch schwach sichtbar. Ciaran warf mir einen Blick zu, den ich als 'Hab ich's doch gewusst!' auffasste, und lobte dann Davide für seine ausgezeichnete Konstitution. Er trug ihm auf, die Salbe am Abend und am nächsten Morgen noch einmal zu verwenden, dann wandte er sich dem Bein zu und entfernte vorsichtig den lockeren Verband. Wir beugten uns beide über das, was gestern einfach nur scheußlich gewesen war - und nun konnte ich kaum anders, als Ciaran meine Niederlage einzugestehen: So konnte eine solche Wunde nach einem Tag nicht aussehen, das war unmöglich. Okay, sie war nicht vollständig verschwunden, war nicht so extrem verheilt wie etwa meine Dolchwunde es nach einem Tag gewesen war, sah aber definitiv mehr nach 'fast verheilt' aus als nach 'frisch operiert', das erkannte sogar ich: Gar nicht mehr geschwollen, dick verschorft und trocken, nur noch unmittelbar unter der Naht gerötet.

"Das sieht sehr gut aus", lobte Ciaran, "da sind wir wirklich gerade rechtzeitig gekommen. Spannen die Nähte sehr?"

Er tastete um die Wunde herum, drückte leicht auf die Naht, und Davide verzog das Gesicht.

"Ein bisschen. Heute Nacht hat es gejuckt, aber sonst war es okay."

"Gut. Wir messen noch deine Temperatur, dann mache ich einen frischen Verband auf das Bein. Morgen kannst du aufstehen, aber sei unbedingt vorsichtig und belaste es nicht zu stark."

Obwohl Ciaran sein Thermometer selbst viel schneller finden würde, folgte ich ihm zum Schreibtisch.

"Müssen die Fäden gezogen werden?", flüsterte ich, Ciaran nickte abwesend, sah mich dann fragend an und drückte mir kurz dankend die Hand, als er verstand, was ich eigentlich hatte sagen wollen: Wenn Davide damit in den nächsten Tagen zu seinem Hausarzt ging und der das Wie und Warum erfragte, würde der arg verkürzte Heilprozess garantiert Fragen aufwerfen.

"Du wohnst auch auf der Burg, oder?", fragte Davide Jackson, während er sein Hemd wieder anzog.

Mein Kreuzritter hatte die Buchtitel im Regal studiert und drehte sich jetzt zu dem Jungen um.

"Ja."

"Hast du nicht einen Ferrari? Ich dachte, ich hab euch beide damit neulich gesehen."

Jackson lächelte. "Das kann sein. Du stehst mehr auf Motorräder?", fragte er mit einer unbestimmten Geste auf das Bein, aber Davide schüttelte nachdrücklich den Kopf.

"Das Motorrad gehört einem Freund, ich hab keins."

Ich dachte an Davides zerknirschtes Gesicht, als er uns von dem kaputten Motorrad erzählt hatte, und an Jacksons Werkstatt in der Burg. Aber wollte ich mich darum wirklich kümmern? Der Junge würde das Ganze einfach früher oder später seinen Eltern beichten, seine Strafe kassieren und dann würde die Versicherung für den Schaden aufkommen - und wenn er clever war, beichtete er gleich, solange ihm sein böses Bein noch einen kleinen Mitleidseffekt verschaffte.

Doch ich hatte Davide unterschätzt: Er war scheinbar der direkte Typ.

"Kennst du dich mit Motorrädern aus?", fragte er, Jackson zuckte mit den Schultern.

"Ein bisschen. Warum? Möchtest du dir eins kaufen?"

Davide lachte. "Schön wär's! Nein, ich muss eins reparieren, ohne dass meine Eltern das mitkriegen."

Ciaran klebte die letzten beiden Pflaster auf Davides Bein, ich schob dem Jungen das Fieberthermometer in den Mund.

"Ich würde dir gern morgen schon die Fäden ziehen, sonst wachsen die zu stark ein. Allerdings ist meine Zeit ein bisschen knapp - es wäre mir sehr recht, wenn du kurz in der Burg vorbeikommen würdest. Geht das?" Davide nickte. "Und wenn du zufällig das Motorrad dabei hast, kann Jack sich das ja mal ansehen", fuhr Ciaran fort.

Davide blickte mit großen Augen von ihm zu Jackson und dann zu mir, das Fieberthermometer saß ihm keck wie ein Lolli im Mundwinkel: Ich hätte ihm fast über die Haare gewuschelt, so niedlich sah er aus. Kurz darauf folgte Jacksons Blick dem des Jungen, ebenso fragend - sollte ich das etwa entscheiden? Ich erkannte das Lachen in Jacksons Augen, sah sie freudig-hell blitzen: Davide amüsierte ihn, und scheinbar hatte er durchaus Lust, dem Jungen zu helfen. Ich zuckte mit den Schultern, was den beiden scheinbar als Zustimmung reichte.

"Wo ist die Maschine jetzt?", fragte Jackson, was Davide zu einem strahlenden Lächeln verleitete - Erleichterung las ich darin, aber auch ein wenig ... Bewunderung? Ja, warum nicht: Mit einem Ferrari war Jackson wahrscheinlich um einiges cooler als Davides Freunde aus der Schule.

"In einem alten Geräteschuppen weiter hinten im Tal. Luca, das ist mein Freund, hat seinen Eltern erzählt, dass er mir die Maschine geliehen hat und dass ich sie noch nicht zurückgegeben hätte, weil ich ja krank sei."

Ich musste lachen - das war mal eine Geschichte, wie ich sie mir in dem Alter auch ausgedacht hätte: Klang eigentlich ganz gut, hielt aber keine drei Tage. Jackson versprach Davide, ihn morgen früh mit einem Transporter abzuholen, dann könnten sie das Motorrad aufladen und auf die Burg bringen. Er habe vierhundert Euro gespart, sagte der Junge, aber mein großzügiger

Kreuzritter winkte nur wortlos ab.

"Nett von dir, ihm zu helfen", sagte ich zu Jackson, als wir kurz darauf in die Küche gingen, wo Chiara mit (wirklich gutem!) Kaffee sowie frischem Zitronenkuchen wartete.

Jackson grinste. "Reiner Eigennutz, so haben wir morgen alle was zu tun. Komm einfach auch in die Garage - es gibt nichts Lustigeres, als wenn vier technisch Unbedarfte an einem Motor herumdoktern."

Ich hätte fast gelacht, aber Jackson hatte mich da an was erinnert: Morgen war eigentlich nur der Tag vor übermorgen, der Tag vor der ersten Visite im Krankenhaus - und würde daher wahrscheinlich von quälenden Grübeleien beherrscht sein. Dass dagegen ein ramponiertes Motorrad half, bezweifelte ich, während Chiara mit Ciaran über Äpfel, Birnen und die Welt plauderte und mir das dickste Stück Kuchen auf den Teller schob, das ich jemals gesehen hatte - aber einen Versuch war es allemal wert.

Nach dem Abendessen ging ich mit Josie, Shane, Jackson und Magnus die langen, breiten Treppen zu den Schlafzimmern hoch. Jackson hielt sich dicht neben mir, und ich verlangsamte meinen Schritt, als ich den milden Zug seiner Hand an meiner spürte - unser Abstand zu den anderen vergrößerte sich, was mir ein Augenzwinkern von Josie, ein freundliches 'Gute Nacht!' von Shane und einen Blick von Magnus einbrachte, der mich stark an den erinnerte, mit dem er mich in Rom zu meinem Ausflug mit Jackson ans Meer verabschiedet hatte: traurig und einsam. Magnus tat mir leid und sein Blick mir weh, aber was sollte ich machen, was konnte ich ihm sagen? Er hätte heute Morgen beim Laufen andere Worte finden müssen, wenn er denn etwas anderes als Freundschaft für mich empfand, er hätte über sich und seine Gefühle sprechen müssen, und nicht über Jackson - oder aber ich täuschte mich und es war gar kein Liebeskummer, den ich da in seinen himmelblauen Augen las? Sorge vielleicht, wie schon in Rom?

Ich wollte routiniert im dritten Stock abbiegen, doch Jacksons warme Rechte zog mich weiter.

"Begleitest du mich kurz zu meinem Zimmer? Ich würde gern etwas holen."

Ich nickte und wir erklommen weitere Treppen, bis ich zum zweiten Mal in seinem Zimmer stand und mich natürlich beschämt wieder daran erinnerte, in was für eine blöde Lage ich mich genau hier schon einmal mit meiner neugierigen Schnüffelnase gebracht hatte. Jackson ließ die Tür auf - nein: Er zog sie extra noch ein Stück weiter auf, hatte ich sie doch mit leichtem Schwung in Richtung Rahmen zurückfallen lassen.

"Warum tust du das?", fragte ich ihn, er lächelte spitzzahnig.

"Es ist später Abend, dies ist mein Schlafzimmer - es wäre für dich peinlich und für mich höchst gefährlich, wenn Andreas oder Ciaran dich hier fänden."

Aha. "War die Tür neulich Abend auch auf?"

Jackson nickte, ich bekam rote Bäckchen und fragte mich, ob wohl jemand draußen auf dem Flur mitgehört hatte, was Jackson mir da über mein elendes Leben um die Ohren gehauen hatte.

"Was wolltest du denn holen?"

Mein Kreuzritter fasste mich an der Hand und zog mich näher an sich, drückte seine Lippen auf meine Schläfe und jagte einen kleinen Schauer meinen Rücken hinauf.

"Meine Zahnbürste und meinen Schlafanzug", antwortete er leise, woraufhin meine Beine wacklig wurden und ich meine Stirn halbohnmächtig gegen seine Locken sinken lassen musste. Jackson ... in meinem Bett? Die ganze Nacht? Warm und zimtig und zärtlich? Ich fühlte mich, als hätte ich im Lotto gewonnen, halb ungläubig, halb glückselig. Allerdings ...

"Jackson?"

"Ja?"

Ich schlang meine Arme um seinen Hals. Draußen klappte eine Tür, was ihn innehalten ließ und was genau zu dem passte, was ich ihn hatte fragen wollen.

"Jackson, warum kannst du in der Nacht in meinem Zimmer sein, sogar in meinem Bett, aber nicht ich in deinem?"

Er konzentrierte sich wieder auf mich.

"Weil weder Ciaran noch Andreas es wagen würde, ohne Vorankündigung dein Schlafzimmer zu betreten, meines dagegen ohne große Gewissensbisse. Wir schließen unsere Türen nie ab, auch nachts nicht."

"Ich schon", antwortete ich, was mir einen sehr dunkelgrünen Blick einbrachte, gefolgt von einem traurig-resignierten Nicken.

"Ich verstehe. Aber auch ohne das würden sie es nicht tun."

Ich dachte noch mal an Jackson auf der anderen Seite meines Doppelbettes und seufzte glücklich, drückte mich an ihn.

"Es gibt da aber noch ein kleines Problem", flüsterte ich ihm ins Ohr, er legte seinen schönen Kopf fragend ein wenig schräg. "Ich habe bis heute in diesem verdammten Ankleidezimmer keine Schublade, keinen Schrank gefunden, der meine Nachtwäsche enthält."

"Oh."

"Vielleicht lässt du deinen Schlafanzug dann auch lieber hier?", fragte ich scheinheilig, was Jackson jedoch sofort nachdrücklich mit dem Kopf schütteln ließ.

"Nein. Versteh das bitte nicht falsch - aber wenn sie mich in deinem Bett erwischen, wäre das allein schon Grund genug, mich zu verbannen. Wenn ich dann auch noch ... nackt wäre ..."

Er sprach nicht zu Ende, hatte schon immense Probleme gehabt, mit seinen im 19. Jahrhundert perfekt geformten Lippen das unschuldige Wörtchen 'nackt' zu formen - ich musste also eins und eins selber zusammen zählen: Jackson wollte zwar bei mir schlafen, aber nicht mit mir. Ich löste meine Arme von ihm, trat einen Schritt zurück - gekränkt und überfragt, was ihn zu dieser so raschen Absage verleitet hatte, wo er doch eben noch angedeutet hatte ... na ja, was denn eigentlich? Nichts - er hatte nur gesagt, dass er gern bei mir übernachten wollte, mehr nicht. Trotzdem - ich fühlte mich zurückgewiesen, und das tat weh.

"Jetzt sag bloß nicht, dass es eine mir bislang unbekannte Ordensregel gibt, die Sex vor der Ehe verbietet", sagte ich bissig, was Jacksons zarte Alabasterhaut mit einem sehr rosigen Schimmer überzog und seine Smaragdaugen zum Fußboden blicken ließ.

"Nein."

"Da bin ich ja beruhigt, sonst hätten Shane und Josie mein vollstes Mitgefühl", ätzte ich weiter, was Jacksons Teint noch etwas nachdunkelte - ich seufzte. "Sorry, tut mir leid. Ich dachte nur, du wolltest ... egal."

Jacksons Augen hoben sich, stachen fest und sicher in meine. "Es geht nicht darum, dass ich nicht möchte", sagte er, und ich war mir der sehr weit geöffneten Tür hinter meinem Rücken und des hochnotpeinlichen Themas nur allzu bewusst. "Ich dachte nur, wir sollten es langsam angehen lassen. Nicht nur wegen des Ordens, sondern auch wegen der Zeit, die auf uns wartet - der Zeit, die wir uns nehmen können."

Ich nickte. Ja, das war nicht ganz falsch: Seit keiner ganzen Woche kannte ich den schönen Kreuzritter nun, seit keinem ganzen Tag gehörte er mir - da konnte ich durchaus Geduld beweisen, wenn es darum ging, ihn ganz und gar zu haben, ihn so zu haben. Aber ...

"Wenn Andreas und Ciaran es niemals wagen würden, nachts unangemeldet mein Schlafzimmer zu betreten, dann ist es ja eigentlich ganz egal, ob du dort deinen Anzug trägst oder ... rein gar nichts, oder?"

Ich begleitete meinen haarspaltenden Einwand mit einem kleinen Lächeln, um ihm die Schärfe zu nehmen, bekam jedoch nur einen traurig-dunkelgrünen Blick zurück, der mich nochmals um Geduld bat.

"Du hast Recht", flüsterte ich schließlich und schlang Jackson wieder die Arme um den Hals. "Und für mein Schlafanzugproblem finden wir auch eine Lösung: T-Shirts habe ich schon irgendwo lokalisiert", fügte ich hinzu, was Jackson leise lachen lies.

"Wie wäre es mit einem Kompromiss? Ich nehme meinen Schlafanzug mit und gebe dir mein Oberteil ab."

Ich nickte und ertappte mich bei einem äußerst verzückten Lächeln: Nach nur einer Woche den schönsten aller Kreuzritter mit bloßem Oberkörper in meinem Bett zu wissen - das war absolut genug, um meine Beine wieder so schwach zu machen, dass Jackson mich kurz darauf mit festem Griff um meine Taille und Schlafanzug sowie Zahnbürste in der anderen Hand die Treppe zu meinem schlüsselgesicherten Schlafzimmer hinunter führen musste.

– 5 –

Shara

Ich hatte zu Unrecht an der Ablenkungsfähigkeit von Davides kaputtem Motorrad gezweifelt: Der nächste Tag war mit Abstand der schönste und vor allem unkomplizierteste, den ich bislang bei meinen Kreuzrittern verbracht hatte.

Es schien, als wollten alle aus diesem Tag das Beste machen - niemand hatte Dringendes zu tun, die Sonne schien frühsommerlich warm auf das ruhige Tal. Morgens war ich mit Magnus eine einfache Runde gelaufen, ohne tiefsinnige Gespräche, dafür mit allerlei spöttischen Bemerkungen seinerseits und halbwegs schlagfertigen Antworten meinerseits. Vor allem meine Beziehung zu Jackson hatte es dem Riesen angetan, und ich war sehr stolz auf mich, dass die Röte in meinem Gesicht allein von der sportlichen Anstrengung herrührte - zumindest konnte ich mir das einreden. Wie viel schlimmer wären Magnus Frotzeleien für mich gewesen, wenn Jackson und ich tatsächlich ...? Ich dankte meinem schönen Kreuzritter stumm für seine Umsicht, während ich durch Apfelbäume trabte, deren Farbe mich natürlich an die von Jacksons Augen am heutigen Morgen erinnerte - der erste Morgen, an dem ich in meinem Bett aufgewacht war und nur

Zentimeter von meinen Gesicht das seine vorgefunden hatte: Konnte ein Tag, der einem solchen Morgen folgte, überhaupt schlecht werden?

Nach Laufen und Schwimmen verbummelte ich eine halbe Stunde in der Waschküche, plauderte dort mit einem ungewöhnlicherweise vergnügt vor sich hinpfeifenden Andreas über die Vorteile der Elektrizität und steckte meine Sportsachen in eine Maschine, dann ging ich nach oben und duschte. Da Jackson ja (leider!) mit Davide und dessen Motorrad beschäftigt sein würde, wollte ich mich einfach ein bisschen auf meinen Balkon setzen, und suchte gerade in den unzähligen Schubladen des Ankleidezimmers nach einer Shorts, als es an der Tür klopfte. Es war Josie - über der Schulter eine sichtlich schwere Tasche, in der Hand eine große Einkaufstüte und am Körper ein wunderbares Sommerkleid der farbenfrohen Art.

"Hi! Was machst du?", fragte sie mit Blick auf meine bloßen Beine.

"Ich suche meine Shorts."

Josie folgte mir hinein und ließ ihre Schultertasche mit einem erleichterten Seufzer auf den Boden sinken.

"Shorts? Zweite Schublade von unten in der Kommode links. Was willst du damit?"

"Anziehen."

Sie lachte. "Magnus tut mal was Sinnvolles und trägt uns zwei Liegen raus auf den Rasen. Vergiss die Shorts, schmeiß dich in einen Bikini - dann verschaffen wir uns eine erste Sonnenbräune und lenken die Jungs von der Arbeit ab."

Ablenkung klang gut, die konnte ich heute gebrauchen - allerdings stellte Josies Plan mich erneut vor ein kleines Problem mit meinem bewohnbaren Kleiderschrank. "Bikini? Den müsste ich auch erst suchen."

Josie schüttelte in gespieltem Entsetzen den Kopf.

"Links, bei den Sommersachen. Eine Schublade unter den Shorts."

"Nicht rechts, bei den Badeanzügen?"

Sie zog eine Augenbraue hoch. "Nein, Badeanzüge gehören zu Sportsachen. Aber deine alten Bikinis passen dir eh nicht mehr, du hast locker drei Kilo weniger. Ich hab dir Neue besorgt."

Ich nahm die mir entgegen gestreckte Papiertüte, und während Josie wie selbstverständlich mein Buch vom Nachttisch holte, meine Sonnenbrille aus der Handtasche kramte und nach meinem Mp3-Player suchte, begutachtete ich deren Inhalt: Ich fand drei Bikinis, drei Paar Sandalen und drei bodenlange Sommerkleider - ähnlich kunterbunt wie das, was Josie trug.

"Ich konnte mich nicht entscheiden, also hab ich ein bisschen was zur Auswahl mitgenommen", sagte diese, als ich die Sachen auf dem Sofa ausbreitete und vergeblich versuchte, die durchweg mindestens dreistellige Summen aufweisenden Preisschilder zu ignorieren. "Das da passt super zu deinen Haaren, aber ich wusste nicht, ob du Türkis magst. Das da vorne hat einen extraweiten Rock und das helle sieht aus wie ein Hippie-Hochzeitskleid, findest du nicht?"

Bereitwillig probierte ich die verschiedenen Kombinationen an, doch während ich im Ankleidezimmer an mir heruntersah, wurde mir zum ersten Mal so richtig klar, dass ich mich mit meinem Goldstaub-Kreuz auf der Brust nicht mehr einfach so im Bikini in die Sonne legen konnte, zumindest nicht in der Öffentlichkeit: Auch größere Oberteile hätten das Tattoo nur zum Teil bedeckt, die von Josie ausgesuchten waren indes alle winzig. Ich zupfte an ihnen herum, gab es aber schließlich auf - das Problem mit der Narbe hatten schließlich alle hier, also konnten sie den Anblick wohl aushalten. Josie hockte im Schneidersitz auf dem Sofa und klatschte zu meiner Modenschau, wir einigten uns schließlich auf das türkise Kleid, einen Bikini in Pink und weiße Sandalen.

"Gute Wahl, ich hab den Bikini in Grün", lobte Josie, während sie die restlichen Klamotten nicht etwa wieder in der Tüte, sondern in meinen Schränken verstaute - mein diesbezüglicher Protest verleitete sie nur zu dem erstaunten Hinweis, die Sachen hätten doch durchweg gepasst und mir sehr gut gestanden, warum sie denn dann bitte zurückgeben?

Durch die Fenster hörten wir ein Auto vorfahren und hupen, kurz darauf drückte Josie mir den zweiten Henkel ihrer Tasche in die Hand und zog mich damit die Treppen hinunter. Ich musste den Rock raffen und ihre Tasche zerrte an meinem Arm - obwohl sie meine Sachen auch reingestopft hatte, mussten da schon Backsteine drin sein, um dieses Gewicht zustande zu bringen.

"Kataloge, was denn sonst?", beantwortete Josie meine Frage nach dem gewichtigen Inhalt. "Die Sommersaison ist ja schon fast gelaufen, wenn wir für dich noch was bekommen wollen, müssen wir jetzt bestellen!"

Ich schnaubte - einmal wegen der Anstrengung, zum anderen aber auch wegen Josies Annahme, dass ich im Sommer noch hier sein würde und mehr Klamotten brauchte. Doch auch meinen diesbezüglichen Protest erstickte sie im Keim, diesmal mit lautstarker Empörung, wobei diese jedoch nicht mir galt.

"Magnus! Mensch, Magnus, du bist echt unmöglich!" rief sie, kaum dass wir aus der Haustür getreten waren.

Auf dem Platz vor der Werkstatt lag ein riesiger Sonnenschirm neben seinem Ständer, daneben stand der Pickup mit herunterhängender Ladeklappe - scheinbar hatten die Jungs das Motorrad gerade abgeladen.

"Magnus!", brüllte Josie noch mal und zog mich mitsamt der Tasche in die kühle Werkstatt, dort standen Jackson, Shane, Magnus und Davide um eine arg dreckige und vorn ziemlich zerknautscht aussehende Geländemaschine herum.

Der Junge begrüßte mich mit einem strahlenden Lächeln und winkte verhalten, Jackson warf ihm dafür einen leicht strafenden Blick zu, der mich insgeheim freute - allerdings nicht so sehr wie der liebevolle grüne Blitz, den Jackson mir anschließend schenkte und von dem ich mir sicher war, dass ihn jeder einzelne Kreuzritter im Raum nur zu deutlich zur Kenntnis genommen hatte. Bis auf Josie wahrscheinlich - sie würdigte weder das Motorrad noch Davide eines Blickes, sondern baute sich vor Magnus auf und deutete mit einer großartigen Geste ihres dünnen Arms hinaus auf den Rasen.

"Ich bitte dich um einen winzigen Gefallen - nicht mal für mich, sondern für Shara. Und was tust du? Nichts! Gar nichts! Ein Sonnenschirm, zwei Liegen und ein Tisch - das ist doch nun wirklich eine Kleinigkeit, gar keine Mühe!"

Sie stützte die Arme in die Hüfte, streckte ihre ganzen einssechzig herrisch in die Höhe und funkelte Magnus an. Erstaunlicherweise war der so verdutzt, dass er erst als Zweiter zu lachen begann - den Anfang machte Shane, der dafür einen bitterbösen 'Komm du mir nach Hause!'-Blick von seiner Liebsten erntete, der ihn jedoch herzlich wenig zu jucken schien. Mein zurückhaltend-höflicher Jackson beließ es natürlich bei einem kleinen, amüsiert-wohlwollenden Lächeln, Davide billigte sich als Gast auch nur ein verhaltenes Grinsen zu - Shane und Magnus dagegen wieherten, als habe Josie ihnen gerade den besten Witz der letzten hundert Jahre erzählt.

Als er sich wieder erholt hatte, deutete Magnus eine tiefe Verbeugung an.

"Wenn Eure Hoheit Ihre Liege wünscht, wird Eure Hoheit Ihre Liege bekommen. Geruht Ihr auf Euren entzückenden Füßchen dahin zu wandeln, oder soll ich unwürdiger Diener auch Eure Sänfte bringen lassen?"

Josie zog eine filmreife Schmollschnute, bekam aber trotzdem, was sie wollte: Kurz darauf ließ sie sich mit wohligem Seufzen auf der Liege nieder, rubbelte sich eine doppelte Portion Sonnenschutzmilch auf die sommersprossige Haut und reichte mir den ersten Katalog sowie einen Stapel Post-its samt Stift herüber, was ich mit einem Stirnrunzeln in Empfang nahm. Ich hatte bei dem Schlagwort 'Katalog' an Versandhäuser gedacht, doch das hier waren locker gebundene Sammlungen von Laufsteg-Fotos der Frühling/Sommer-Modenschauen in Mailand, Paris und so weiter, sortiert nach verschiedenen Gelegenheiten. Was ich als Erstes bekam, war das, was Josie als 'Casual' bezeichnete, während sie sich wegen des schönen Wetters noch mal die Bade- und Strandmode vornahm.

"Du hast rosa Zettel, ich hab Gelb, Lucia Weiß, Maggie Blau, Azmera Lila und Ffion Grün."

Mein Katalog strotzte nur so von gelben Zetteln, mit ein bisschen Grün, Lila und Weiß, aber keinem Blau - Maggie machte anscheinend bei Josies Modediktatur nicht mit.

"Wenn dir ein Outfit gefällt, klebst du einen Zettel rein. Wenn du den Schnitt okay findest, aber nicht die Farbe oder den Stoff, dann schreib das dazu, da kann man manchmal noch was machen."

Ich lachte, nahm aber bereitwillig den dicken Block mit Post-its zur Hand, als ich mich auf meiner Liege ausstreckte. Aus der Werkstatt hinter uns hörte ich die Stimmen und das Lachen der Jungs, hin und wieder Geräusche von Maschinen, Hämmern oder einem Motor. Die Sonne war warm, der Schatten des Schirmes angenehm, die Liege bequem - warum also nicht ein bisschen mit den Augen einkaufen? Auf den ersten Seiten war ich sparsam mit meinen Zetteln, aber irgendwann steckte ich sie ebenso großzügig in die Seiten wie Josie. Wir reichten uns die Kataloge hin und her, verglichen unsere Wahl und lachten über ein paar besonders absonderliche Kreationen. Als wir uns gerade gemeinsam über einen schmalen Ordner mit Abendmode beugten und ein bisschen stritten (ich hielt Abendkleider mangels

Gelegenheiten für überflüssig, Josie plädierte für 'allzeit bereit'), riss sie mir plötzlich Stift und Katalog aus der Hand, griff nach ihren Kopfhörern und erklärte, sie müsse jetzt dringend ein Nickerchen machen, man möge sie keinesfalls stören. Während ich noch verdattert auf ihren Rücken starrte, der sich sofort und nur wenig überzeugend im Schlafrhythmus hob und senkte, hörte ich Schritte hinter mir näher kommen: Es war Jackson, mit zwei Dosen Cola - Josies auf optimalen Empfang eingestellte Ohren hatten ihn natürlich vor mir gehört. Ein bis zwei Jahre dauert die Umwandlung des Körpers, hatte Jackson gesagt - aber vielleicht hatte ich ja Glück und bei mir ging das schneller, denn mit Leuten zusammenzuleben, die zehnmal besser hörten, zehnmal besser sahen und mir (leider uneinholbar!) Jahrhunderte an Lebenserfahrung voraus waren, war ziemlich unangenehm.

Jackson reichte mir eine Dose, ich revanchierte mich mit einem Sitzplatz auf meiner Liege und zog die Knie an.

"Schläft sie?", fragte Jackson mit einem Nicken in Josies Richtung.

"Ja, seit etwa fünf Sekunden - blitzartige Müdigkeit, als sie dich kommen hörte." Ich trank einen Schluck und sah ihn an: Er hatte ein klein wenig schwarze Schmiere an der Wange und er gehörte tatsächlich mir. Mir!

"Sie wissen alle Bescheid, oder? Über uns?", fragte ich, Jackson strich mir eine Haarsträhne hinter das Ohr.

"'Wissen' wäre zu viel gesagt, sie werden sich sicher ihren Teil denken. Aber solange wir es nicht offiziell machen, wird keiner etwas sagen."

"Außer Magnus."

Jackson nickte und zeigte bei einem leidenden Lächeln ein wenig sexy Eckzahn.

"Und was heißt 'offiziell machen'?"

Ich hatte keine Panik in meiner Stimme gehört, trotzdem verzog er leicht das Gesicht.

"Keine Hochzeit, keine Verlobung - obwohl Andreas Shane und Josie schon mal an diese Möglichkeit erinnert hat, nachdem sie etwa dreißig Jahre zusammen waren."

"Und was haben die beiden gesagt?"

"Shane ist nicht zu Wort gekommen, Josie hat eine Stunde getobt und dann eine Woche lang kein Wort mit Andreas gesprochen."

Ich lachte, Jackson trank seine Dose leer und rollte sie

zwischen den Händen, er würde weiter sprechen, also wartete ich einfach ab. Ich fühlte mich nicht ganz wohl, wie ich da in meinem Mini-Bikini neben Jackson hockte, war mir meines mageren, unansehnlichen Körpers nur allzu bewusst - noch etwas, was sich hoffentlich bald zum Besseren verändern würde, denn es war ziemlich blöd, schlechter zu hören, noch schlimmer jedoch, immer und überall das hässliche Entlein zu sein.

"Es würde schon genügen, wenn wir Hand in Hand zum Essen kämen oder du mich vor allen anderen küssen würdest. Etwas, das deutlich zeigt, dass wir zusammengehören."

"Und bis das passiert, versuchen alle, durch uns durchzusehen und schleichen auf Zehenspitzen herum?" Ich machte eine Geste zu Josies noch immer brav und überdeutlich atmendem Rücken, Jackson nickte.

"Das könnte lustig werden", sagte ich, erntete dafür einen traurigen Blick von meinem Kreuzritter und schiffte das Gespräch lieber in ungefährlichere Gewässer. "Und wie steht's mit dem Motorrad?"

Josie würzte ihre Vorstellungen der Schlafenden mit einem leisen Schnarchen, Jackson hob sich meine Füße auf den Schoß: Seine Hände waren von der Dose eiskalt, und als er mit dem Finger an meinem Schienbein entlang fuhr, folgte seiner seit erst kurzer Zeit so selbstverständlichen Berührung eine milde Gänsehaut, die ihm ein Lächeln und mir einen wohligen Schauer entlockte. Ich wischte ihm den kleinen Schmierfleck von der Wange, er nahm meine Hand und hauchte einen Kuss darauf, was meinen Magen einen begeisterten Salto machen ließ. Ja, lustig mochte es sein, dabei zuzusehen, wenn scheinbar niemand bemerkte, wie Jackson mich ansah und ich ihn - aber andererseits: Würde ich meine Hände auf Dauer bei mir behalten können? Nein, würde ich nicht, dachte ich, also erwartete uns nur ein Spiel auf Zeit.

"Mit dem Motorrad sieht es gut aus, das meiste können wir hier machen. Nur das Vorderrad ist ein Totalschaden, aber eine Werkstatt in Bozen hat ein passendes da, sie schicken es uns mit einem Taxi." Jackson tippte mit dem Fingernagel auf meinen dunkelroten Fußnagel. "Wir lackieren gleich die Motorverkleidung neu, dann machen wir Pause. Wie wäre es mit Pizza? Wir könnten hier draußen Essen."

"Gute Idee. Wir holen welche, okay?"

Jackson nickte, ich warf einen Kontrollblick zur Werkstatt

wie auch auf Josie, dann küsste ich ihn kurz auf die sehr perfekten, aber ungewohnt Cola-kühlen Lippen.

"Zieh dir zum Essen bitte das Kleid wieder an, man sieht dein Kreuz", flüsterte Jackson mir ins Ohr, während seine Hand auf meinem nackten Rücken lag und ich glücklich eine Extraportion Zimt inhalierte. "Ich finde es wunderschön, aber Davide könnte dieses Dekolletee ein wenig verwirren."

Jackson gab mir noch einen Kuss auf die Stirn, dann verschwand er wieder in der Werkstatt. Ich drückte meine kalte Coladose auf Josies Rücken, sie quietschte schrill und sprang auf.

"Aufstehen, Schlafmütze - wir holen Pizza."

Josie verlangte den Rest von meiner Cola als Wiedergutmachung für meine rüden Weckmethoden, dann telefonierte sie mit der Pizzeria im Dorf, und kurz darauf chauffierte ich sie in dem riesigen Pickup die plötzlich verdammt schmal wirkende Straße in den Ort hinunter.

Der Wirt der örtlichen Pizzeria hatte unsere Bestellung fast fertig, nötigte den 'Bella Ragazzas' in der Wartezeit ein Glas Prosecco auf und ließ uns die brennend heißen, riesigen Pizzaschachteln von seinem pickeligen Sohn ins Auto tragen. Als wir wieder auf der Burg ankamen, hatten die Jungs die Liegen beiseite geräumt und mit großen Decken und unzähligen Kissen eine Art Picknick improvisiert. Wir aßen mit den Fingern, teilten uns eine Flasche Wein, tranken aber noch mehr Wasser, so dass bald alle satt und entspannt in der Sonne dösten. Jackson lag neben mir auf dem Bauch, die Sonne ließ seine dunklen Locken wie lackiert glänzen, und ich spürte den angenehmen Druck seines Beines an meinem.

Das Gespräch drehte sich um alles und nichts, war interessant, ohne anstrengend zu sein: Magnus behandelte Josie immer noch wie eine Königin und geizte nicht mit giftigen Worten, Shane lag auf dem Rücken und blinzelte in die Sonne, ich entspannte mich und hatte meine neuen Freunde noch ein bisschen mehr gern. Sicherlich verhinderte auch die Anwesenheit von Davide, dass jemand das für mich unangenehme Thema des unerbittlich näher rückenden ersten Termins im Krankenhaus ansprach - ansonsten wurde der Junge jedoch selbstverständlich mehr wie ein alter Bekannter denn wie ein neues Gesicht behandelt - warum auch nicht, dachte ich, im Grunde ist er der Nachbarsjunge.

Davide erzählte bereitwillig, aber nicht anbiedernd von sich selbst, und stellte ebenso offen und wissbegierig seine Fragen: Es war klar zu sehen, dass er die Kreuzritter ein bisschen bewunderte, und das konnte ich ihm mit den Augen der ebenfalls Außenstehenden nicht verdenken - an diesem herrlichen Frühsommertag wirkte die Burg mit ihren Bewohnern einfach zu perfekt. Als der Junge Jackson nochmals fragte, ob der Ferrari tatsächlich seiner sei, lenkte Jackson geschickt ab und warf die Frage auf, welches Auto der Junge denn gern hätte: Er schwankte zwischen einem mir nicht bekannten italienischen Sportwagen und einem Porsche Irgendwasturbo, erklärte dann aber, er würde so ziemlich alles nehmen, was vier Räder habe, denn jedes Auto sei besser als gar keins.

"Tröste dich, ich hab hier auch kein Auto", sagte ich leichthin, während ich mir noch Wasser eingoss und Magnus eine Zigarette klaute, womit ich den versammelten Herren ein perfektes Thema geliefert hatte: Kurz darauf lag ein anderer Stapel Prospekte vor mir, diesmal von Autos der gehoben bis unverschämten Preisklasse - was die hier immer mit ihren Katalogen hatten!

Josie warf mir meine Post-its rüber und Magnus stöhnte indigniert auf, als ich nach etwa einer Stunde lebhafter Diskussion einen rosaroten Zettel inklusive Farb-Sonderwunsch in einen der Prospekte klebte. Kurz darauf klingelte Jacksons Handy, weil der Kurierfahrer mit dem bestellten Rad vor dem Tor stand, und die Runde löste sich auf: Die Jungs verschwanden wieder in der Werkstatt, Davide ging mit kaum merklichem Humpeln zum Haupteingang, um sich wegen der Fäden bei Ciaran zu melden, Josie und ich ignorierten die Überreste des Picknicks in bester königlicher Manier und legten uns für den Rest des Nachmittags auf unseren Liegen schlafen, diesmal wirklich.

Als ich wieder wach wurde, war es schon kühler und zeigte der Himmel schon einen leichten Anflug von vorabendlichem Rot. Ich war von der vielen Sonne angenehm benebelt und winkte Davide zu, der gerade auf den Beifahrersitz des Pickup kletterte, auf dessen Ladefläche Magnus und Jackson das wie neu blitzende Motorrad hoben, dann räumten Josie und ich die Überreste unseres Picknicks weg, sie fasste sogar ohne Murren bei den Liegen an. Hier in den Bergen kam die Dämmerung schnell - und so war es schon fast dunkel, als alles aufgeräumt war und ich auf mein Zimmer ging. Jackson kam kurz darauf ebenfalls hoch, und so musste ich nicht allein auf den nächsten Morgen, auf diesen so gefürchteten Tag warten: Eingehüllt in Jacksons Schlafanzughemd und seinen zimtigen Duft schlief ich sogar ein paar Stunden tief und fest.

– 6 –

Shara

Wie vorgestern von Ciaran angekündigt, fanden wir unseren ersten Patienten im Kinderkrankenhaus Bozen.

Ciaran schien sich gut in den sterilen, gleichförmigen Korridoren auszukennen, und lotste mich und Jackson zielsicher an einer burschikosen Oberschwester vorbei in ein kleines, freundliches Einbettzimmer.

Mein erster Fall sollte ein kleiner Junge sein - allerdings bezog sich die Angabe 'klein' wohl nur auf sein Alter. Ich schätze ihn auf sieben oder acht Jahre, aber das war schwer zu erkennen: Der Kleine war so schrecklich dick, dass unter seinen üppig angehäuften Fleisch- und Fettmassen auch ein schmächtiger Zehnjähriger hätte stecken können. Pralle Pausbacken, ein solides Doppelkinn, knubbelige Arme und rundliche Beine, dicke Patschehände - und nichts davon mehr von der putzig-niedlichen Art, wie ich sie bei den Engelchen auf den Deckengemälden der Sixtinischen Kapelle bewundert hatte. Sein linkes Bein war geschient und in einem Gestell fixiert, ansonsten sah er ganz munter aus.

Am Bett des Jungen saß ein Wal von einer Frau: Sie floss über den Stuhl, sprengte mit ihrem enormen Busen sicherlich jedwede handelsübliche Büstenhaltergröße, brachte mit ihrem Bauch die Spannkraft von Stoff und Knöpfen ihrer wild geblümten Bluse an die Belastungsgrenze und übertrumpfte ihren Sohn mit einem Dreifachkinn, einem Damenbart sowie geschwollenen Füßen. Sie stopfte gerade mit beiden Händen Schokolade in den Nachttisch, als wir das Zimmer betraten - wahrscheinlich, damit der kleine Koloss trotz der mageren Kost im Krankenhaus bei Kräften blieb.

Der Junge laboriere an einem offenen Beinbruch herum, hatte Ciaran mir erklärt, der Bruch sei zwar innen wie außen versorgt, die Wunde entzünde sich aber ständig wieder, weil seine Abwehrkräfte zu schlecht seien. Ich hatte bei diesen Worten an ein ausgemergeltes, großäugiges Kind gedacht, das vor Schwäche kaum die Hand heben konnte, und war jetzt sehr erleichtert: Der Junge wirkte fröhlich und sah uns aus seinen Schweinsäuglein interessiert an, als wir zu dritt in sein Zimmer marschierten - er fühlte sich im weichen Bett mit Fernseher und Schokolade in Reichweite sichtlich pudelwohl. Ciaran stellte mich und Jackson mit knappen Worten als Studenten vor, die ehrenamtlich auf der Kinderstation für die Unterhaltung der lieben Kleinen sorgten, und entführte die Mutter samt ihrer voluminösen Schokoladentasche zu Kaffee, Kuchen und einem hoffentlich ernährungswissenschaftlichen Gespräch in die Cafeteria.

Jackson zog sich einen zweiten Stuhl ans Bett, ich ließ mich auf dem nieder, den der Mutterwal schon auf Standfestigkeit überprüft hatte, und bedachte den Jungen mit einem hoffentlich einigermaßen selbstsicheren Lächeln. Ich hatte ein dickes Buch mit spannenden bis gruseligen Kindergeschichten für die Altersgruppe von sechs bis zwölf dabei, das Ciaran irgendwo hergezaubert hatte, und ließ Roberto jetzt anhand der Titel eine auswählen. Er schwankte zwischen 'Drei Geister im Kühlschrank' (wer hätte das gedacht!) und 'Der Kopf ohne Körper', entschied sich dann für Letztere: Wahrscheinlich hatte er Angst, die erste Geschichte könne ihm den Appetit verderben. Ich nickte bedächtig, ließ ihn wissen, dass er zielsicher die mit Abstand finsterste Geschichte aus dem ganzen Buch herausgepickt habe, und bat ihn, doch meine Hand zu halten, damit ich beim Lesen vor lauter Angst nicht ins Stocken käme. Roberto legte ohne zu zögern seine wabbelig-weiche und leicht klebrige Hand in meine Rechte, ich spürte sofort das nun schon bekannte Kribbeln unter der Haut und machte mich an meinen Vortrag.

Die Geschichte war hübsch und ich gab mir Mühe, die Dialoge mit verstellter Stimme und die spannenden Stellen mit ein wenig verzögernder Dramatik vorzutragen. Die Geschichten in Ciarans Buch waren alle etwa gleich lang, und wenn man sie mit ein wenig Huibuh ausschmückte, dauerte es wohl etwa fünfzehn Minuten, sie vorzutragen. Roberto war ein dankbarer Zuhörer, riss an den richtigen Stellen die kleinen Augen auf und hielt dem Atem an. Ich spürte Jacksons Bein leicht an meinem - ein beruhigender Druck, von dem mich aber zunehmend meine rechte Hand ablenkte: Aus dem leichten Kribbeln unter der Haut wurde nach wenigen Minuten ein pochendes Stechen, das sich nach und nach erst auf die Hand, dann auf den ganzen Arm ausdehnte, und schließlich einem unangenehm tauben, toten Gefühl wich. Während wir der kleinen Heldin der Geschichte durch ein verwunschenes Haus folgten, begannen die Buchstaben vor meinen Augen zu tanzen, und ich musste mich mit ganzer Kraft auf die Seite, die Sätze, die korrekte Abfolge der Wörter und schließlich die der Buchstaben konzentrieren, während leichte Nebelschleier irritierend durch meinen Kopf waberten. Ich verrutschte in der Zeile, flocht den vorausgegangenen Satz noch halbwegs verständlich nach dem Folgenden ein, und ließ mich dann von meinem Magen ablenken, der zunehmend flauer wurde - ich fühlte mich jetzt wie seekrank, prickelnde Schweißperlen traten mir auf die Stirn.

"Ich bin dran", sagte Jackson, als ich mir bald darauf mit der Linken über die nasse Stirn wischte und schon wieder einen Satz verbockte, er nahm mir das Buch aus der Hand und rückte ein wenig näher. "Halt ihre Hand weiter fest, Roberto, das ist wohl nichts für Mädchen", sagte er mit einem Zwinkern zu dem Jungen, dann fuhr er mit der Geschichte fort.

Ich dankte Jackson stumm, konnte ich mich doch so auf das Wesentlichste konzentrieren, nämlich nicht ohnmächtig zu werden oder mich gleich hier und jetzt zu übergeben: Die Nebel verdichteten sich zu einem dumpf wummernden Kopfschmerz, mein Magen war eine einzige Revolte. Flach atmen, immer durch die Nase - das reduzierte den unerträglichen Würgereiz ein bisschen und hielt die Nebelschleier auf Abstand. Die Minuten zogen sich unendlich, und ich war bald viel zu benommen, um mitzukriegen, wie weit wir uns dem Ende der Geschichte näherten. Einatmen und ausatmen, an etwas Klares, Kaltes und Frisches denken, den Magen unter Kontrolle halten, möglichst nicht Schlucken. Erschöpft ließ ich den Kopf nach vorn sinken und schloss die Augen, ein bitterer Geschmack breitete sich in meinem Mund aus, meine Speiseröhre begann zu brennen: Großer Gott, noch eine Minute und ich würde unweigerlich kotzen, in diesem Krankenzimmer, vor diesem Kind! Ich atmete hektisch ein, dachte 'Nein! Nein! Nein!', dachte 'Bitte nicht!' - und in genau diesem Moment packte mich Jackson am Arm und zog mich hoch. Waren wir fertig oder befürchtete er nur (zu Recht!), ich würde gleich vom Stuhl fallen? Es war mir egal, er war meine Rettung, so oder so. Jackson fasste mich fest um die Taille und schleppte mich auf meinen wackeligen Beinen zur Tür. Ich wollte mich an ihm festhalten, doch mein rechter Arm versagte mir komplett den Dienst, hing wie tot an mir herunter, und um den linken zu heben, fehlte mir die Kraft in meinem ausgepressten Körper.

"Toilette", stieß ich hervor, Jackson zog mich bestimmt und zügig den Gang hinunter.

Nach ein paar Metern wurde ich auch von der anderen Seite unter der Achsel gepackt und hörte Jacksons Stimme durch den dicken, viel zu warmen Dunst, der mich jetzt würgen ließ.

"Ihr ist schlecht", sagte er völlig richtig, Ciarans kühle Hand zog mich daraufhin nachdrücklich nach links.

Eine Tür, ein Raum, noch eine Tür - unsere Schritte hallten auf gefliestem Boden, und ich öffnete die Augen. Schweiß brannte darin und zwang mich zum Blinzeln, doch ich erkannte ganz deutlich die ersehnte Toilette.

"Raus", stieß ich hervor, doch die stützenden Arme wichen nicht.

"Geht raus, verdammt! Beide!"

Ciaran legte meine halbwegs brauchbare linke Hand auf dem Rand eines Waschbeckens, ich tat ihm den Gefallen und stützte mich ab. Die Tür fiel hinter den beiden ins Schloss, ich auf die Knie, dann übergab ich mich bitter in die scharf nach Chlor riechende Kloschüssel. Schweiß tropfte mir von der Stirn und verklebte meine Haare, mein Kopf pochte wie wild, ich hustete und würgte, bis meine Kehle brannte wie Feuer und die schwarze Galle restlos aus mir heraus war. Diese ekelhafte, aber sehr erleichternde Prozedur war glücklicherweise schnell erledigt, doch ich blieb weiter auf dem Boden sitzen - viel zu matt, um mich aufzurichten, viel zu erschöpft, um Ciaran und Jackson gegenübertreten zu können. Ich atmete so tief ich konnte, um meinen Kopf wieder klar zu bekommen, wischte mir den Schweiß von der Stirn: Er fühlte sich kalt und klebrig an. Ich hätte mir gern den Mund ausgespült, hatte aber nicht genug Kraft, um aufzustehen und die ganzen eineinhalb Meter zum Waschbecken zu gehen - noch nicht, aber nach ein paar ruhigen Minuten vielleicht. Ich atmete und wartete, und als ich mich ein bisschen besser fühlte, tastete ich nach der Spülung, um wenigstens die Beschwerung in der Kloschüssel loszuwerden.

Kurz darauf hörte Ciarans Stimme hinter mir.

"Komm, wasch dir das Gesicht."

Ich schüttelte den Kopf - er sollte gehen, mich alleine lassen: Nur noch etwas Ruhe - hier, neben der wunderbar weißen Kloschüssel, dann könnte ich allein aufstehen, mich frisch machen und wenigstens mit ein wenig Würde aus dieser Toilette herauskommen. Ich hoffte vergebens: Ciaran fasste mich unter den Achseln und zog mich hoch, schleppte mich zum Waschbecken.

"Jackson ...?"

"Er wartet draußen."

Ciaran drehte den Wasserhahn auf und wischte mir mit einem feuchten Papiertuch das Gesicht ab. Das Wasser war so kalt und klar wie in meinen disziplinierenden Gedanken an Robertos Bett, und ich steckte mit Ciarans Hilfe den halben Kopf unter den prickelnden Strahl. Das Wasser lief mir über Gesicht und Haare in den Nacken, es kühlte das Pochen im Kopf ebenso ab, wie es den Nebel aufriss. Ich spülte mir den Mund aus und trank mit der Hand gierig so viel, bis die brennende Bitterkeit in Mund und Hals erträglich wurde.

"Okay?", fragte Ciaran, als ich den Hahn zudrehte.

Ich nickte, aber das war hoffentlich keine Frage nach meinem Gesamtzustand gewesen, denn der war leider alles andere als okay: Meinen rechten Arm spürte ich nicht, mein Kopf war immer noch in Watte gepackt, meine Beine waren schlimmer dran als nach einer doppelten Runde mit Magnus durch das Tal, und mein Magen zog sich jetzt schmerzhaft und leer zusammen. Wenigstens war der Würgereiz weg - ein kleiner Fortschritt nur, aber man soll ja dankbar sein.

"Komm, du kannst dich da draußen hinlegen", sagte Ciaran und führte mich aus der Toilette in einen kleinen

Behandlungsraum mit ein paar Schränken, einer Liege - und Jackson, der in einer Ecke an der Wand lehnte.

Er machte einen Schritt auf mich zu, aber Ciaran streckte abwehrend die Hand aus.

"Warte bitte."

Jackson zögerte, kam dann aber doch näher.

"Jack, fass sie nicht an", warnte Ciaran ihn scharf, während ich mich auf die Liege hockte und einfach nach hinten sinken ließ - in blindem Vertrauen darauf, dass sich schon etwas finden würde, an das ich Rücken und Kopf würde anlehnen können.

Jemand nahm meine Beine und legte sie hoch, jemand packte etwas Weiches unter meinen Kopf, ich schloss die Augen, denn die summenden Neonröhren unter der Decke stachen mir direkt ins Gehirn, schmerzhaft und grell.

"Shara, ich messe dir den Blutdruck, ja?"

Ich versuchte ein Nicken, denn mein Hals kratzte grausam und taugte wohl noch nicht wirklich zum Sprechen. Ich räusperte mich, hustete kraftlos.

"Kann ich bitte ... Cola haben? Light? Kalt?"

"Natürlich. Jack, im Erdgeschoss ist eine Cafeteria."

Eine Tür wurde geöffnet und wieder geschlossen, dann spürte ich Ciarans kühle Finger an meinem Handgelenk.

"Tut dir was weh?"

"Mein rechter Arm ist ... tot", antwortete ich langsam, "und ich hab Kopfschmerzen. Schlecht ... ist mir jetzt nicht mehr. Nur noch müde und schwindelig."

"Ist der Arm sofort weg gewesen oder ging das allmählich?"

Ich spürte ein scharfes Pieken in der rechten Hand und öffnete mühsam ein Auge, für eine Drehung des Kopfes reichte meine Kraft nicht.

"Hast du das gespürt?"

"Ja. Und es war ... langsam. Erst hat's gekribbelt, dann wie eingeschlafen geprickelt, und dann war er ... ganz taub. Ist er immer noch."

Das Pieken folgte meinem Arm hinauf bis zur Schulter.

"Versuch mal, die Finger zu bewegen", bat Ciaran, ich brachte ein müdes Zucken zustande.

"Wann ist dir schlecht geworden?"

"Als der Arm schon taub war. Ich wurde ganz ... blöd im Kopf, hab angefangen zu schwitzen und dann wurde mir richtig übel."

"Dein Blutdruck ist im Keller und du kribbelst heftig, wenn ich dich berühre."

Er strich mir die feuchten Haare aus dem Gesicht und sein reinlicher Lavendelduft weckte in mir das dumpf-dringende Bedürfnis nach einer Dusche - einer kochend heißen Dusche mit schäumender Seife und literweise Shampoo.

"Brauchst du irgendwas? Gegen die Schmerzen im Arm, die Kopfschmerzen oder gegen die Übelkeit?"

"Nur ... was zu trinken."

Jackson erkannte wie immer zuverlässig sein Stichwort und stand keine zwei Minuten später mit einer eiskalten Dose wieder an meiner Liege. Ich zog mich mit Ciarans Hilfe hoch und lehnte mich an die Wand, ließ mir dann von Jackson die geöffnete Dose in die linke Hand drücken. Während ich trank, nahm Ciaran meinen Kreuzritter auf die Seite und gab ihm ein paar Instruktionen, die ich nicht hören konnte, dann verließ er den Raum und Jackson setzte sich zu mir. Er nahm meine schlaffe Rechte zwischen seine warmen Finger und ich spürte fast augenblicklich, wie das Leben in sie zurückkehrte: Es fühlte sich an wie ein eingefrorener Körperteil, der zu schnell wieder auftaut - Tausende von glühenden Nadelstichen in der Haut, aber trotzdem ein klares und daher willkommenes Zeichen von Leben.

"Hey", sagte er und sah überrascht auf seine Hände, "heute hast du aber Hunger."

Ich versuchte ein Lächeln, hielt mir dann die kalte Dose an die Schläfe - das kühlte den Kopf und verbarg die Hälfte meines sicherlich alles andere als betrachtenswerten Gesichts. Jackson entschuldigte sich, ging ins Bad und kam mit ein paar feuchten Papiertüchern wieder, die er mir auf die Stirn legte, dann verschwand meine Hand wieder zwischen seinen belebenden Fingern.

"Ich sehe richtig scheiße aus, oder?"

Er verzog den Mund ('scheiße' sagte eine Dame in seiner Welt wohl nicht, und schon gar nicht in Bezug auf sich selber), dann lächelte er.

"Ja, insofern du überhaupt jemals scheiße aussehen kannst. Ich wusste gar nicht, dass jemand tatsächlich Grün im Gesicht werden kann - bis eben."

Ich schnaubte und schloss die Augen. Die Cola beruhigte meinen Magen, er fühlte sich angenehm desinfiziert und eisgekühlt an, Jackson wendete die nassen Papiertücher auf meiner Stirn und erzeugte so einen ähnlichen Effekt in meinem Kopf.

"Weißt du, was Roberto mich gefragt hat, als du dich an seinem Bett ... abgemeldet hast?"

Nein, das wusste ich nicht - ich hatte rein gar nichts mehr mitbekommen.

"Er hat gefragt, ob du ein Baby bekommen würdest. Seine Tante hätte jetzt eins, und davor hätte sie auch immer so ausgesehen."

Ich lachte, so gut ich konnte. "Na klasse - wenn sich das so anfühlt, verzichte ich lieber auf diese angeblich größte aller Freunden."

Jackson antwortete nicht darauf, ich bewegte zögernd die Finger: Sie ließen sich schon viel weiter anziehen, meine Hand erwachte also wieder zum Leben - und die von Jackson schlief ein, wie ich an seinen ganz ähnlichen Kontrollbewegungen merkte.

"Wird es besser?", fragte er, ich nickte nachdrücklich, was mich erneut leicht schwindeln ließ.

"Der Arm ja, aber mein Kopf ist immer noch ... schlimm, das Denken tut richtiggehend weh. Und bei dir?"

"Mir geht es gut." Jackson rutschte ein Stück nach hinten und schob seinen Arm unter mein T-Shirt. "Mehr Fläche", erklärte er, als er seine warme Hand auf meine bloße Haut drückte, ich lehnte mich dankbar an ihn und dachte glücklich an die vergangenen beiden Nächte, die er bei mir verbracht hatte, und in denen ich kaum gewagt hatte, die Augen zu schließen, um nur ja nichts von seiner wundersamen Anwesenheit zu verpassen.

Ich atmete jetzt wieder so tief wie möglich: Hat Zimt eigentlich medizinische Effekte? Wenn dergleichen bisher nicht bekannt waren, kann ich mir diese Entdeckung auf die Fahnen schreiben, dachte ich, als ich Atemzug um Atemzug meine Lunge mit dieser süßen Arznei füllte, und mich jedes Mal eine Winzigkeit besser fühlte - wie ich roch, was ich Jackson da gerade zumutete, wollte ich mir lieber gar nicht erst vorstellen.

"Das letzte Mal hab ich mit ... Zwanzig gekotzt", erinnerte ich mich nach ein paar sehr erholsamen, stillen Minuten in Jacksons Armen und mit jetzt schneller klar werdendem Kopf. "Ich hatte Muscheln gegessen - das erste und das letzte Mal."

Jackson lachte leise und rieb mir den rechten Unterarm, als wolle er ihn aufwärmen. Er wurde langsam ein bisschen blasser um die Nase, erkannte ich, seine Augen waren dunkler, die Locken ein wenig kraftlos. Mein Magen untermalte diesen Eindruck mit einem schuldbewussten Pieken: Ich wollte nicht dafür verantwortlich sein, dass es ihm schlecht ging, ich wollte dazu da sein, ihn glücklich zu machen.

"Ciaran macht tolle Muscheln. Mit Tomaten und Weißwein", sagte Jackson, ich erschauderte und tastete nach meiner Cola.

"Red nicht vom Essen", bat ich - und schalt mich gleich darauf selber: Du bist ungerecht, schließlich hast du selbst davon angefangen.

"Wir müssen gar nicht reden", antwortete Jackson und drückte mir einen Kuss in die verklebten Haare. "Entspann dich einfach, das wird schon."

Ich schämte mich entsetzlich für meinen Zustand und lehnte trotzdem dankbar meinen müden Kopf wieder an seine Schulter. Als Ciaran nach etwa zehn Minuten zurückkam, riss Jackson die Hand von meinem Rücken, als wäre das nicht erlaubt gewesen, und Ciaran überprüfte erneut meinen Puls.

"Viel besser", lobte er. "Du hast ein bisschen Farbe im Gesicht, schwitzt weniger und prickelst auch nicht mehr so heftig. Jack, wie geht es dir?"

Der zuckte mit den Schultern und rieb die Hände aneinander.

"Meine Arme sind taub und ich habe leichte Kopfschmerzen, aber schlecht ist mir nicht. Ich fühle mich wie ... überanstrengt, erschöpft."

Ciaran war damit scheinbar sehr zufrieden, mir dagegen blutete das frisch verliebte Herz.

"Sobald du gehen kannst, können wir los, Shara."

Ich rutschte sofort zum Rand der Liege, nicht wirklich schnell, aber wohl deutlich aufbruchswillig, Ciaran lachte und hob die Hände.

"Halt, halt, nicht so hastig - das hatten wir doch schon mal. Ich nehme dich um die Hüfte, okay?"

Er schlang seinen Arm um mich, ich legte meinen linken Arm um seine schmale Taille und mit einem leicht schlingernden Jackson im Schlepptau machten wir uns auf dem Weg zum Auto. Die matronenhafte Oberschwester klopfte mir im Vorbeigehen mit der konzentrierten Kraft einer Freistilringerin auf die

Schulter und bedachte mich mit dem kryptischen Satz 'Beim Ersten ist alles am schlimmsten!' - was ich erst in dem Moment verstand, als Jackson einen kräftigen, anerkennenden Knuff in die Seite bekam, der ihn locker einen Meter aus der Bahn warf, garniert mit einem wohlwollenden 'Herzlichen Glückwunsch!' Ich versuchte, angemessen glücklich dreinzuschauen, bis Ciaran mich auf die Rückbank des Autos schieben wollte, das Josie frech direkt vor dem Eingang geparkt hatte.

"Vorne", protestierte ich mit der letzten, mir noch verbliebenen Vehemenz, "hinten geht nicht. Dann kotze ich wieder."

Ich wurde umgesetzt, kurz darauf waren wir auf dem Weg zurück zur Burg. Ich konzentrierte mich in dem schwankenden Fahrzeug aufs Atmen, freute mich über gerade Streckenabschnitte wie auch über die frostige Luft aus der Klimaanlage und musste in den steilen Serpentinen, mit denen wir den Felsen erklommen, den schwirrenden Kopf an die kühle, vibrierende Fensterscheibe lehnen - ein Königreich für eine Dusche, dachte ich, und die Weltherrschaft für ein Bett.

Magnus

Ich bekam Shara nicht zu Gesicht, als sie von ihrem ersten 'Termin' im Krankenhaus zurückkam, Ciaran und Josie brachten sie gleich in ihr Zimmer. Jack kam in die Küche und holte ein paar Bananen und Cola: Er bewegte sich ein bisschen langsam, sah geschafft aus und verschwand sehr wortkarg ebenfalls oben. Ich machte mir einen Kaffee, suchte nach Keksen und setzte mich an den Tisch, kurz darauf leisteten mir Andreas und Shane Gesellschaft - wie ich erpicht auf einen Bericht.

Wir mussten uns nicht lange gedulden, denn Ciaran und Josie kamen nach einer halben Stunde wieder runter: Shara habe geduscht, eine Banane gegessen und sich schlafen gelegt, wobei sie auf ärztlichen Rat mit Jack Händchen halten musste - nicht die bitterste Medizin für die Prinzessin, wie ich neidischer Bursche mir denken konnte. Ciaran fasste uns den Ablauf im Krankenhaus samt Toilettenbesuch zusammen und war so weit ganz zufrieden, wenn ihm auch Sharas Schwäche sichtlich leidtat. Sie solle jetzt einfach schlafen und sich mit Jack auspegeln, sagte er, was Shane die Stirn runzeln und um eine Erklärung bitten ließ.

"Ganz einfach", sagte Ciaran. "Shara hat ihre Kraft an diesen Jungen abgegeben - wie erfolgreich, werde ich morgen früh sehen, wenn ich die Ergebnisse der Visite habe. Das hat sie geschwächt, und diese Energie holt sie sich jetzt bei Jack zurück, zumindest zum Teil. Ihr eigenes Experiment mit dem Muskelkater vom Laufen hat ja schon gezeigt, dass sie jeweils nur so viel Kraft abziehen kann, bis der andere genau so schwach ist wie sie: In dem Moment, wo sie zu viel nimmt, wo der andere also schwächer wird als sie, würde ihr Körper wieder umschalten auf Kraft spenden. Es gibt also in dieser Richtung eine natürliche Grenze."

Andreas runzelte die Stirn. "Das klingt aber nicht besonders gut", wandte er besorgt ein. "Sie kann geben, bis sie umfällt - aber nehmen nur, bis sie das Niveau ausgeglichen hat?"

Er hat Recht, dachte ich alarmiert, das klingt nicht gut: Niemand ist wertvoller als unsere Prinzessin, niemand wäre es wert, dass die Prinzessin sich opfert - sie, die in diesem schmächtigen, zerbrechlichen Körper die Medizin gegen alle Krankheiten der Welt barg.

Ciaran wiegte als Antwort auf Andreas' Bemerkung den Kopf. "Ich denke, es gilt in beide Richtungen das Gleiche: Sie gibt so viel, bis es dem Kranken genau so gut geht wie ihr - sie treffen sich quasi in der Mitte. Aber: In schweren Fällen kann das durchaus bedeuten, dass sie umkippt, dass sie zu schnell zu stark geschwächt wird. Umgekehrt nimmt sie einem Gesunden auch so viel ab, bis der auf ihrem Niveau angekommen ist. Sie kann also niemanden zu hundert Prozent heilen, ebenso, wie auch Jack sie nicht zu hundert Prozent wieder aufladen kann." Ciaran nickte ein bisschen selbstvergessen. "Ja, das ist absolut logisch: Um komplett zu heilen oder geheilt zu werden, braucht es mehrere Runden, weil das eine niemals hundert Prozent haben kann, wenn ein Ausgleich stattfindet. Wie bei einer Braun'schen Röhre - beide Seiten sind immer gleich stark."

"Das gefällt mir nicht. Pass bloß gut auf sie auf", sagte Andreas warnend zu Ciaran, der nickte - ein bisschen genervt, wahrscheinlich fand er diese Bemerkung überflüssig.

"Soll ich vielleicht auch hoch ...", setzte ich an, doch Ciaran winkte sofort ab.

"Danke, aber du bist morgen dran. Spar deine Kraft lieber dafür." Er nahm sich einen Keks von meinem Teller. "Ach so:

Kannst du gut vorlesen?"

"Wieso? Shara soll doch lesen."

Ciaran pulte zwei Rosinen aus dem Keks und legte sie auf den Teller zurück, was eklig aussah, bräunlich und matschig.

"Ja, aber das funktioniert nicht wie gedacht. Jack sagte, nach sieben oder acht Minuten habe er ihr das Buch abgenommen, weil sie nicht mehr richtig reden konnte, und das ist einfach zu auffällig. Deswegen liest jetzt ihr ..." Ciaran suchte nach dem richtigen Wort und zerbröselte den rosinenfreien Keks.

"Akku?", schlug ich vor, er nickte lachend. "Genau, ihr Akku liest den Kindern vor. Sie hält Händchen und konzentriert sich aufs Atmen."

Na super, dachte ich seufzend, was denn noch alles?

Josie klopfte mir auf die Schulter. "Magnus, du packst das. Wir üben heute Abend ein bisschen, bis morgen kannst du dann schon das Alphabet."

Shara

Ich schlief zwei, drei Stunden, und fühlte mich danach wieder einigermaßen gut. Ein bisschen wie beim Jetlag, dachte ich: Ich war desorientiert und müde, gleichzeitig aber angespannt und aufgekratzt.

Jackson und ich gingen gegen acht Uhr nach unten, passend zum Abendessen: Hunger hatte ich eigentlich keinen, aber Ciaran redete mir so lange gut zu, bis ich einen Teller von seiner Tomatensuppe aß.

Alle fragten teilnahmsvoll, wie es mir ginge - kein Wunder, hatte ich vom Würgen doch noch fiese, gelbliche Punkte um die Augen, die glücklicherweise jetzt recht zügig verblassten. Als ich mich eine Stunde später verabschiedete, musste ich kurz darauf die Suppe der Kanalisation anvertrauen - scheinbar war mein Magen für warme Nahrung noch nicht bereit. Lass dir nie wieder einreden, dass etwas gut für dich ist, wenn du es nicht essen willst, schwor ich mir, als ich zum dritten Mal heute aus der Dusche kam.

Shane traf mich kurz darauf in der Küche unten bei der Suche nach weiterer Cola, und brachte mir ein paar Sixpacks nach oben, ich trank gleich zwei Dosen, als wäre das kribbelige Zeug meine neue Medizin. Anschließend konnte ich natürlich nicht schlafen - das viele Koffein und der seltsame Tag machten mich flatterig und nervös. Ich vertrieb mir bis in die frühen Morgenstunden mit Zappen und Lesen die Zeit, Jackson leistete mir ein paar Stunden Gesellschaft: Auf dem Sofa und angetan mit Pullover und Hose, war doch durchaus damit zu rechnen, dass auch zu später Stunde einer der Ordensmeister auf die Idee kommen könnte, eine kleine Stippvisite bei mir zu machen, um meinen für den Orden hochinteressanten Gesundheitszustand zu kontrollieren. Jackson hatte keine Scheu, mir trotz meines erbarmungswürdigen Zustandes nahe zu sein, was ich aber zu verhindern suchte - es tat mir in der Seele weh, wenn ich ihn durch eine Berührung schwächte, die mir kleine Freudenschauer über den Rücken jagte.

Wir einigten uns schließlich auf einen Kompromiss: Er konnte mich so oft und so lange in den Arm nehmen wie er wollte, solange er nur meine bloße Haut nicht berührte. So kam ich in den Genuss seiner beruhigenden Wärme, hinreißender Nahaufnahmen seiner Augen und des scheinbar immer süßer werdenden Zimtduftes seiner Haut, bis Ciaran gegen halb zwei in der Nacht nach einem scharfen, kurzen Klopfen eintrat und Jackson ziemlich barsch in sein Zimmer schickte. Ich maulte Ciaran daraufhin böse an, was mir nachher ein bisschen leidtat - er erinnerte mich an einen besorgten Vater (wohl gemerkt: nicht an meinen Vater!): Er meinte es nur gut, ich aber fühlte mich bevormundet und behandelt wie ein Kleinkind. Ich dämmerte dann ein paar Stunden im viel zu leeren Doppelbett vor mich hin, vermisste Jacksons schönen Schatten auf der anderen Seite, träumte wildes Zeug von hallenden, leeren Korridoren und war fast dankbar, als ich um kurz vor acht in meine Sportsachen schlüpfen und mit Magnus in der frischen Morgenluft laufen konnte - das war zwar nach dem gestrigen Tag doppelt so anstrengend wie sonst, aber immerhin eine halbwegs sinnvolle Beschäftigung beim Warten auf den nächsten Termin am Nachmittag. Ich machte mir keine Illusionen, dass es diesmal leichter werden würde, und packte kurz vor der Abfahrt Zahnbürste und Zahncreme in meine Tasche, außerdem ein frisches T-Shirt, Haarbürste und ein Deo. Ich würde niemandem mehr einen solchen Anblick bieten wie Jackson und Ciaran gestern, schwor ich mir: Das war einfach unwürdig.

Shara

Shane sollte uns fahren, und als Shara um kurz nach zwei aus dem Haus kam, folgte Jack ihr auf dem Fuß. Er hielt ihr die Beifahrertür auf und schwang sich dann zu mir und Ciaran auf den Rücksitz, ohne ein Wort zu verlieren. Shane schoss einen fragenden Blick auf die Rückbank ab, den Zündschlüssel in der Hand - losfahren oder nicht?

"Was genau machst du hier?", fragte Ciaran Jack, der schnallte sich seelenruhig an.

"Ich komme mit. Ich warte auf dem Gang oder im Auto, aber ich komme mit."

Das Gurtschloss schnackte ein, Ciaran beugte sich vor.

"Shara?"

Unsere Prinzessin drehte sich nicht um, sortierte irgendwas in ihrer Tasche.

"Er kommt mit und wartet im Auto."

Niemand widersprach, und bald darauf stand ich mit dem dicken Kinderbuch in der Hand vor dem Bett eines Mädchens von etwa zehn Jahren. Sie war sehr süß mit ihren kurzen, schwarzen Locken und den großen, blauen Augen, nur ihre blasse Haut und die zögernden, langsamen Bewegungen verrieten, dass sie nicht ganz auf der Höhe war. Die Kleine musterte mich ebenso ängstlich wie Shara bewundernd, sie hatte einen entzündeten Blinddarm, der sich erst beruhigen musste, bevor sie operiert werden konnte. Sie hieß Lara und auch noch Maria, aber Maria hieß schon ihre beste Freundin, deswegen dürften wir sie nur Lara nennen, sprudelte sie hervor, während wir uns Stühle an ihr Bett zogen. Lara ohne Maria wollte sehr gern bei Shara Händchen halten, vorher aber einmal an deren goldenen Haaren fühlen, dann verkündete sie uns großspurig, für Gruselgeschichten wäre sie zu alt, aber wir könnten ja mal versuchen, sie zu schocken. Wir lachten und rückten nah an ihr Bett, aus einem Tröpfler ran eine Flüssigkeit in ihren zarten Körper, zahllose Plüschtiere und schief ausgeschnittene Pappherzen auf dem Nachttisch wünschten ihr farbenfroh und mit allerlei Schreibfehlern und vielen Ausrufezeichen 'Gute Beserung!!!'. Ich entschied mich für eine Vampir-Geschichte, Lara hielt ihren skeptischen Gesichtsausdruck ein paar Minuten durch, dann wurden die Augen größer und ihr Gesichtsausdruck sehr süß konzentriert. Die Miene von Shara neben mir verwandelte sich wie ein Zerrspiegel in die andere Richtung: Von fröhlich und wach zu still und angespannt. Ihr Atem wurde langsamer und flacher, sie sackte immer tiefer auf ihrem Stuhl zusammen, verlor jedwede Farbe im Gesicht und wischte sich nach etwa zehn Minuten mit zitternden Fingern den Schweiß von der fahlen Haut. Ich musste mich sehr beherrschen, um meine Augen statt auf der Prinzessin auf dem Buch liegen zulassen, und arbeitete mich pflichtschuldig, wenn auch mit gesteigertem Tempo durch meine Geschichte.

"Hat sie Angst?", flüsterte Lara, als Shara die Augen schloss und scharf einatmete, ich zwinkerte der Kleinen verschwörerisch zu.

"Und wie. Sie ist schon mal einem Vampir begegnet, weißt du - und seit dem ..."

Ich machte eine vage Geste mit der Hand. Unter Laras weit aufgerissenen Augen näherten wir uns dem Höhepunkt der Geschichte, und dann, nach endlosen Minuten, auch deren Ende. Shara atmete wieder tief ein und setzte sich ein bisschen aufrechter hin, als ich das Buch zuklappte und mich von Lara verabschiedete. Das Mädchen sagte artig Danke fürs Vorlesen, wählte aus ihren unzähligen Stofftieren einen kleinen Löwen aus und drückte ihn Shara als Talisman gegen weitere Vampirbegegnungen in die Hand, dann klemmte ich mir unsere Prinzessin unter den Arm und schleppte sie mitsamt Löwe in ein leeres Zimmer schräg gegenüber, das mir Ciaran vorher gezeigt hatte.

"Ins Bad?", fragte ich in Erinnerung an Ciarans Beschreibung des ersten Termins, sie nickte.

Ich lieferte sie vor der Toilette ab und wartete dann mit Ciaran und dem traurig dreinschauenden Plüschlöwen vor der Tür, bis die würgenden Geräusche drinnen verstummten und die Spülung ging. Ciaran klopfte, Shara bat um ein paar Minuten - mit elend schwacher Stimme, aber in deutlichem Befehlston. Wir hockten uns aufs Bett, nebenan rauschte ewig das Wasser. Ciaran dauerte das irgendwann zu lang: Er klopfte nochmals, erntete Schweigen, zögerte kurz, holte Shara dann aber doch kurzerhand aus dem Bad und legte sie auf das mit Folie abgedeckte, auf den nächsten Patienten wartende Bett. Er befragte sie mit sanfter Stimme nach ihrem Zustand - beschissen, wenn ich sie mir so laienhaft anschaute, maß ihren Puls und gab ihr zu trinken, ich hielt mich auf der anderen Seite des Bettes und musterte mit schmerzendem Herz ihr viel zu blasses, wächsern glänzendes Gesicht.

"Magnus, setz dich zu ihr und nimm ihre Hände."

Ich tat wie mir geheißen und spürte augenblicklich das oft erwähnte, für mich jedoch ganz fremde und auch sehr befremdliche Kribbeln unter den Fingern: Es war ein komisches Gefühl, absolut neu und nur schwer zu beschreiben. Ein stetiges Strömen aus mir hinaus, von etwas, das in mir war, wertvoll, aber doch nicht greifbar, wichtig, aber doch nicht aufhaltbar. Lebensenergie wahrscheinlich - aber die fühlte man ja nicht, wenn man sie in ausreichendem Maße hatte. Vor Jahrzehnten war mir mal schwindelig geworden, als ich zwei Tage lang nichts gegessen hatte - dieses Gefühl so kurz vor der Ohnmacht ähnelte dem Schwinden der Kraft jetzt, war aber schwammiger unbewusster gewesen, vor allem aber plötzlicher und kürzer. Jetzt verließ mich in langsamem Fluss, was ich zum Leben brauchte und ich musste nur Sharas Hand loslassen, um behalten zu können, was mir gehörte, was ich doch ebenso benötigte wie sie. Natürlich tat ich das nicht: Ich behielt Shara im Blick und wartete auf eine sichtbare Erholung, als würde ich mein Blut direkt in ihre blassen Wangen pumpen können, doch es dauerte fast eine Viertelstunde, bis sie sich wieder aufrappelte und mich mit einem zögerlichen Lächeln bedachte. Ich musste sie loslassen, damit Ciaran sie noch einmal untersuchen konnte, dann ließ er mich noch zehn Minuten bei ihr sitzen, während er in den hallenden Gängen des alten Krankenhauses verschwand.

"Ich habe gerade bei Lara Fieber gemessen und eine Blutabnahme veranlasst", verkündete er, als er wieder herein kam. "Ihre Temperatur ist jetzt schon normal, und wenn die Laborwerte da sind, werden die garantiert zeigen, dass sie absolut operabel ist - vielleicht sogar, dass der Blinddarm sich so weit beruhigt hat, dass gar keine Operation mehr nötig ist."

"Und was ist mit ... Roberto, von gestern?", fragte Shara, während sie das Wasser trank.

Der sei heute Nachmittag aufgestanden, habe mit ein paar anderen Kindern im Aufenthaltsraum Brettspiele gespielt und würde morgen mit der Krankengymnastik beginnen, berichtete Ciaran stolz, die Entzündung im Bein sei so gut wie abgeklungen.

Shara nahm das ohne Regung zur Kenntnis, dann richtete sie ihre müden Augen auf Ciaran.

"Ist es das, was ihr euch erhofft habt? Seit ihr jetzt ... zufrieden?"

Ich hörte keine Anklage in ihrer Stimme, doch ihr matter Tonfall schnitt mir ebenso ins Herz, als wenn sie uns Vorwürfe machen würde. Ciaran öffnete den Mund, doch sie hob abwehrend die Hand, rutschte vom Bett und verschwand schwankend noch einmal im Bad, kam dann mit halbwegs ordentlichen Haaren und einem frischen T-Shirt wieder raus. Das änderte nichts Wesentliches an ihrem jämmerlichen Gesamtbild, aber ich verstand nur zu gut, worum es ihr gegangen war: Typisch Prinzessin, Haltung ist alles. Ich wollte sie einfach zum Auto tragen, doch Ciaran wies mich an, ihr nur fest dem Arm um die Taille zu legen, und so schlurften wir wie zwei Betrunkene gemeinsam zum Ausgang. Ich fühlte mich auch ein wenig wacklig auf den Beinen, hätte das aber nie und nimmer zugegeben: Wie sollte dieses dünne Hühnchen mir so viel Kraft absaugen können, dass meine Beine sich wie Gummi anfühlten und mein Kopf auf einmal doppelt so lang brauchte, um den Sinn einfachster Sätze zu verstehen? Das war lachhaft, einfach lachhaft - aber Ciarans allwissende Augen sagten mir ganz klar, dass ich der Einzige war, der das so unglaublich witzig fand.

Shara

Am zweiten Tag, nach Lara mit dem Löwen, schlief ich mit Magnus an meiner Seite ein paar Stunden auf dem Sofa. Ich hätte mein Bett im abgedunkelten Schlafzimmer vorgezogen, aber da Magnus bei mir bleiben sollte, entschied ich mich für das neutrale Wohnzimmer.

Jackson deckte mich fürsorglich zu und ließ uns dann allein, Magnus harrte tapfer neben mir aus, und meine wiederbelebte Hand fühlte sich in seiner riesigen Pranke dünn und verloren an. Als ich wieder wach wurde, war er blass und bekam kaum die Augen auf, ich legte ihm meine Decke über die langen Beine und ging allein hinunter in die Küche. Ich aß trockene Brötchen und trank Cola, während Ciaran mir berichtete, Lara solle am kommenden Tag entlassen werden, da ihr Blinddarm absolut in Ordnung sei und eine Operation nicht mehr nötig - das freute mich, nahm mir aber nicht die Angst vor dem nächsten Tag und der davor liegenden, schlaflosen Nacht. Letztere verbrachte ich dann zum größten Teil mit Jackson in meinem Adlerhorst, dick vermummt in alle vorhandenen Decken - Ciaran sah zwar gegen ein Uhr einmal nach mir, machte aber keine Anstalten, Jackson zum Gehen bewegen zu wollen - meine Ansage heute im Auto schien deutlich genug gewesen zu sein. Es war herrlich still, mein schöner Kreuzritter und ich betrachteten den langsamen Zug der Sterne über den schwarzen Himmel und testeten bei ein paar harmlosen Küssen, ob meine Lippen die seinen betäuben konnten, was mir bis gegen sechs Uhr morgens immer zuverlässig gelang. Gegen halb sieben hatten wir einen spannenden Zustand erreicht, in dem es mal bei mir kribbelte und dann wieder bei ihm: Ich hatte mich also so weit erholt, dass meine Berührung ihm die zuvor an mich verlorene Kraft zurückgab, was gleich wieder zu einer Schwäche meinerseits führte, die er dann wieder ausglich. Nach dieser Nacht war ich viel zu erschöpft zum Laufen, musste mich aber nicht peinlich abmelden, da Andreas Magnus ganz deutlich verbot, mich mit hinauszunehmen - er wäre in seinem angeschlagenen Zustand keine Garantie für meine Sicherheit, sagte Andreas, was Magnus noch ein wenig blasser werden ließ. Ich drückte ihm tröstend die kribbelnde Hand, aber der Riese schlich mit gesenktem Kopf in sein Zimmer, als habe er jämmerlich versagt.

Patient Nummer Drei war wieder ein Mädchen, und diesmal erschrak ich wirklich, als ich hinter Jackson das Krankenzimmer betrat. Sie hieß Nicolette, und ein buntes Tuch um ihren Kopf betonte nur zu deutlich, dass ihr von einer Chemotherapie die Haare ausgefallen waren. Sie habe einen kleinen Hirntumor, erklärte mir Ciaran, früh erkannt, aber trotzdem gefährlich - lebensgefährlich. Ich gab mir Mühe, in diesem entsetzlichen Zimmer voller Geräte und steriler Gerüche nicht zu viele Eindrücke zu sammeln und hielt mich dicht bei Jackson. Er ließ seine Hand die ganze Zeit über auf meinem Bein liegen, was mir sehr viel bedeutete, Ciaran nicht störte und von da an zu einem festen Bestandteil wurde. Ich rechnete angesichts von Nicolettes Zustand mit einem ungeahnt starken Sog, sah das Mädchen als den schwersten der bisherigen Fälle, und wurde dann von dem zarten, verhaltenen Ziehen aus ihrer schmalen Hand überrascht: Ich konnte mich nach dem Ende der Geschichte selbst erheben, ihr lächelnd Ciao sagen und den Weg zum nächsten Klo ohne die stützende Hilfe von Jackson zurücklegen - die Begegnung mit der Kloschüssel blieb mir jedoch auch diesmal nicht erspart, und ich beugte mich ergeben über das Porzellan. Nach Nicolette versuchte ich, mich nicht gleich schlafen zu legen, damit ich nachts nicht wie ein Gespenst hellwach durch die Burg geistern musste, doch das klappte nicht so recht. Jackson spazierte (medizinisch verordnet und daher nicht unsere offizielle Verlobung!) Hand in Hand mit mir im Innenhof der Burg herum, dann besuchten wir Josie in ihrem herrlich kunterbunten Zimmer und sahen mit ihr uralte Fotos durch, die die mir bislang bekannten Mitglieder des Ordens und ein paar unbekannte Gesichter in allen möglichen Moden an allen möglichen Orten dieser Welt zeigten - am besten gefiel mir ein verblasstes Schwarzweiß-Bild von Jackson in Gehrock und Zylinder, der neben Ffion in Mieder und Reifrock vor einem Riesenrad posierte. Ich bewunderte Josies Schwert, das zwischen original aussehenden Plakaten alter Hollywood-Filme hing: Um einiges kürzer und schmaler als meins, die Klinge wie bei Jacksons schmucklos bis auf das eingeprägte Schwingenkreuz unterhalb des Griffes. Letzterer war golden, die Grifffläche mit weinrotem Leder umwickelt, an den äußeren Enden der Parierstange (ja, Magnus Unterricht trug zumindest in der Theorie langsam Früchte!) saß jeweils ein großer, erdbeerroter Rubin inmitten eines filigranen Nests aus verwobenen Silberfäden. Ich äußerte mich bewundernd und klatschte dann schwer beeindruckt, als Josie das Schwert mit einer Hand von der Wandhalterung nahm, und es wie ein fernöstlicher Actiondarsteller um den Arm wirbeln ließ, dämmerte dummerweise aber prompt weg, als Josie mir stolz die erste Lieferung der aus den 'Katalogen' für mich bestellten Designerware präsentierte, was mir nachher ganz schrecklich peinlich war. Wieder wach wurde ich in meinem Bett gegen elf Uhr abends, und das machte die Nacht wieder zum Tag: Diesmal leisteten mir Jackson und Magnus Gesellschaft, wir schauten alte Filme und aßen Salzstangen, die fand mein Magen auch ganz okay.

Patient Nummer Vier war laut Ciaran sechs Jahre alt - ein Junge, der von einem dieser dreiräderigen Lieferautos angefahren worden war: Knochenbrüche, eine Gehirnerschütterung, innere Verletzungen. Seine Brüche seien sämtlich versorgt und könnten so optimal zusammen wachsen, versicherte mir Ciaran, als er mich und Magnus in das Zimmer schob, aber er sei nicht bei

Bewusstsein, damit er sich nicht zu viel bewege. Ein armes, kleines Bündel voller Verbände - und wie schon bei Nicolette sah ich lieber nicht zu genau hin. In meinen kurzen, wirren Träumen spielten leere, hallende Gänge und liegende, gesichtslose Gestalten eine zunehmend größere Rolle, daher versuchte ich es mit mentalen Scheuklappen und gesenktem Blick. Das kleine Unfallopfer hieß Felix und ich hoffte, dass sein Name ihm in Zukunft mehr Schutz sein würde als bei seinem böse bestraften Versuch, über die Straße zu seinen Freunden zu laufen. Felix war für mich bislang der Schlimmste, und ich begriff jetzt, dass es schlicht und einfach die Größe der Verletzung im Gewebe oder in den Knochen war, die die Stärke des Sogs bestimmte. Nicolettes Tumor hatte für mich viel schlimmer geklungen als die Verletzungen von Felix: Tumor bedeutete Krebs, und den setzte ich gleich mit einem qualvollen, unausweichlichen Tod. Rein körperlich gesehen war der Krebs aber dann doch nur eine kleine Wucherung, durchgeknallte Zellen auf einem Haufen, und die waren selbst bei einer schon fortgeschrittenen Ausbreitung im Körper viel schneller geheilt als multiple Brüche und gequetschte Organe. Ciaran sah das ein wenig anders: Bei Krebs müsste ich wirklich jede verwirrte Zelle heilen, damit er nicht neu ausbrechen könne, sagte er, aber auch das ging um ein Vielfaches leichter als das Reparieren zerstörter Knochen und Muskeln: Bei Felix wurde ich vor Ablauf der üblichen Viertelstunde ohnmächtig und erst wieder wach, als ich schon auf der Rückbank im Auto lag und Shane hupend ein paar Wohnmobile von der linken Spur der Autobahn vertrieb. Natürlich mussten wir kurz darauf für mich anhalten, damit ich mit der nicht besonders wohlriechenden Damentoilette in einem Einkaufszentrum eine weitere Kloschüssel aus nächster Nähe kennen lernen konnte, während Magnus mit gekreuzten Armen draußen vor der Tür stand und Hausfrauen mit zu viel Kaffee in der Blase äußerst freundlich auf die nächste Toilette auf der anderen Seite des Gebäudes aufmerksam machte. Nach Felix lag ich für ein paar Stunden auf dem Sofa, während Magnus neben mir um Haltung rang, Jackson saß bei uns auf dem Boden und ließ mich nicht aus seinen schönen Augen, während ich dem Riesen seine Lebensenergie abzapfte. Ich hätte am liebsten geweint, als ich Magnus farblose Lippen und müde Augen sah, aber er hielt meine Hand nur noch kräftiger fest, wenn ich sie ihm zu entziehen versuchte.

Die Patienten Nummer Fünf und Sechs konnte ich nachher nicht mehr in die richtige Reihenfolge bringen: Die Tage verschwammen zunehmend in einem nebligen Brei aus Salzstangen, Cola und Bananen, kahlen Gängen in immer anderen Krankenhäusern mit immer gleichem Desinfektionsgeruch, diversen Toiletten von unterschiedlichster Sauberkeit, immer kürzeren Nächten, ständig pochenden Kopfschmerzen und immer blasseren, wortkargeren Freunden. Jackson wich mir so gut wie gar nicht mehr von der Seite - auch wenn Magnus an der Reihe war, kam er mit in die Krankenzimmer und blieb selbst dann bei uns beiden sitzen, wenn wir auf dem Sofa vor uns hin dämmerten. Niemand sprach mich darauf an, und wenn über uns getuschelt wurde, war ich zu müde, um das zu bemerken - Jackson gehörte einfach zu mir wie mein Schatten. Ciaran gab es auf, hier auf mehr Disziplin zu pochen, stattdessen berichtete er uns jeden Morgen sehr glücklich von den messbaren Erfolgen, die sich bei meinen kleinen Patienten einstellten, und ich freute mich nicht weniger darüber als er. Er ist wahrhaftig glücklich, dachte ich mir, als er mir von der wundersamen Rückbildung des Tumors bei Nicolette berichtete: Für ihn hätte es als Kraft des Schwertlösers gar nichts Besseres geben können als diese Heilkraft. Auch Andreas lief mit einem sehr zufriedenen Gesicht umher, war doch nach meiner raschen Genesung von der Dolchwunde jetzt ein zweiter Beweis erbracht, dass ich tatsächlich ... ja, was? Irgendetwas Besonderes war, irgendetwas Besonderes konnte, um das Ganze vorsichtig zu umschreiben. Für mich war das alles andere als klar, aber die Frage nach dem Sinn des Ganzen, dem alles entscheidenden Warum und meinem weiteren Leben verschob ich auf eine Zeit, in der nicht einer bleierne Müdigkeit mein Denken vernebelte: Ich würde diese Testphase hinter mich bringen, schwor ich mir, und dann in Ruhe, objektiv und absolut logisch über alles nachdenken. Jacksons Augen versicherten mir ungefragt seine Treue, wenn ich ihnen begegnete und erstaunt feststellte, dass er tatsächlich bei mir war, dass er tatsächlich zu mir gehörte - zumindest würde ich in dieser Hinsicht nichts verlieren, wenn ich dem Orden vom Heiligen Schwert den Rücken kehren sollte - so hoffte ich zumindest.

Auf der Fahrt zu Patient Nummer Sieben saß ich vorn neben Josie, während Ciaran mir von hinten mit einer Analyse meines

Zustandes nach Nummer Fünf und Sechs Mut zu machen versuchte. Ich nickte zu seinen Ausführungen, denn auch wenn es mir jetzt eigentlich ununterbrochen ziemlich dreckig ging, Kopfschmerzen und Übelkeit zu meinen neuen ständigen Begleitern gehörten, hatte er tendenziell Recht: Obwohl die beiden letzten Kinder ähnlich schlimm verletzt gewesen waren wie Felix, war ich bei beiden nicht in Ohnmacht gefallen, hatte nach Cecilia (Nummer Sechs, Kopfverletzung und beidseitiger Armbruch nach einem Sturz von ihrem Pony) sogar ohne große Hilfe bis zur nächsten Toilette wanken können. Das leidige Übergeben hörte allerdings immer noch nicht auf - ob ich vorher etwas aß oder nicht, ich hing nach jedem Termin unausweichlich mit dem Kopf über der nächsten Kloschüssel. Meine Erholungsphasen wurden jedoch klar kürzer, was meine beiden 'Akkus' (wie Magnus sich und Jackson beharrlich nannte) aber nur noch mehr zu beanspruchen schien - sie sahen beide nicht besser aus als ich, und ich fand es angesichts unserer dunklen Augenringe, den fahrigen Bewegungen und den stumpfen Blicken ganz erstaunlich, dass man uns in den diversen Krankenhäusern anstandslos zu den Patienten ließ, anstatt uns unter dem Verdacht des schweren Drogenmissbrauchs ins nächste Bett zu verfrachten.

Nummer Sieben sollte von Magnus vorgelesen bekommen, während Jackson neben meinem Stuhl an der Wand lehnte, eine wärmende Hand auf meiner (bekleideten!) Schulter. Der kleine Luca weigerte sich jedoch als Erster standhaft, meine Hand zu nehmen, da half kein gutes Zureden, Bitten oder Betteln - und so blieb ich einfach neben ihm sitzen, bis Magnus die Geschichte im Eiltempo hinter sich gebracht hatte. Wir winkten dem kleinen Dickkopf ein Ciao zu, verließen sein Zimmer und machten uns auf die Suche nach Ciaran, als jemand plötzlich von hinten meinen Namen rief.

"Shara? Shara!"

Ich wollte mich umdrehen, aber Jackson hielt mich zurück und zog mich schützend hinter sich, während er sich zu der Stimme wandte. Sein beschützender Griff löste sich jedoch sofort wieder, und ich sah Davides Schwester mit erfreutem Lächeln auf uns zu kommen, als ich mich schließlich umdrehen konnte ... genau, Chiara hieß sie.

"Shara! Wusste ich's doch, die Auswahl an Blondinen mit Gardemaß ist hier nicht besonders groß."

Sie gab mir die Hand, begrüßte dann auch Jackson und Magnus. "Was macht ihr hier?"

Eine gute Frage, dachte ich, doch Jackson hatte eine ebenso passende wie einfache Antwort parat.

"Wir haben den kleinen Luca besucht", sagte er mit einer Geste zu der Tür des wahrscheinlich immer noch schmollenden Jungen, als müsse Chiara ihn ebenso kennen wie wir. "Und was machst du hier? Ist Davides Bein wieder schlimmer geworden?"

Chiara lachte. "Nein, der war drei Tage später schon wieder beim Fußballtraining." Ihr Lächeln wurde matter. "Ich habe meine künftige Schwiegermutter besucht. Sie hatte vorgestern einen leichten Schlaganfall."

"Das tut mir Leid", sagte ich, dann drehten wir alle den Kopf zur Tür nebenan, durch die eine hohe, schrille Stimme Chiaras Namen rief.

"Chiara? Chiara, mit wem redest du da?"

"Entschuldigung", flüsterte sie uns zu und lief zurück in das Zimmer, ihre betont beruhigende Stimme drang zu uns heraus. "Das sind nur Freunde von Davide, Mammina, sie besuchen auch jemanden."

"Mich?" Wieder die schrille Frauenstimme.

"Nein Mammina, einen kleinen Jungen."

"Warum nicht mich?"

Chiara antwortete leise und besänftigend, derweil kam Ciaran den Gang hinunter auf uns zu. Er musterte mich erstaunt, aber ich bedeutete ihm gleich mit einer abwinkenden Geste, dass ich keinen plötzlichen Entwicklungsschub gemacht hatte, und erzählte ihm leise vom Händchenhalte-Verweigerer Luca.

Ciaran lachte, Chiara steckte den Kopf wieder zur Tür hinaus.

"Würdet ihr ... oh, hallo Doktor." Sie gab Ciaran die Hand. "Würdet ihr vielleicht kurz reinkommen? Sie ist durcheinander und denkt, ihr wolltet sie nicht sehen. Tut mir Leid", fügte sie leise hinzu, sichtbar unangenehm berührt.

Ich sah Ciaran an, der nickte, hielt mich aber dann am Arm zurück, als Magnus und Jackson schon Chiara folgten.

"Gib ihr nur ganz kurz die Hand, hörst du? Ich hab keine Ahnung, wie es ihr geht."

"Okay."

Eine Frau von etwa sechzig, schätzte ich, als wir ins Zimmer traten, eher noch jünger. Sie war kräftig gebaut, hatte schlecht gefärbte rote Haare, eine ungesund glänzende Haut und sehr gelbe Zähne, die mich daran erinnerten, dass das Rauchen nicht nur für meine Lungen alles andere als gut war, ewiges Leben hin oder her.

"Mammina, das sind Dottore Ciaran, Jackson und Shara, das hier ist ..."

"... Magnus", stellte sich dieser selbst vor und reichte der Frau die riesige Rechte mit strahlendem Lächeln.

Jackson und Ciaran schlossen sich der Geste an, beide mit einem entzückend altmodischen Beugen des Kopfes, dann war ich dran.

"Sehr erfreut", sagte ich und drückte der Frau für einen unhöflichen Sekundenbruchteil die butterweichen Finger.

Trotzdem fuhr mir sofort ein scharfes, heißes Stechen durch den Arm bis in den Kopf und ließ mich leicht schwanken: Diese Frau war krank, sehr krank sogar. Ich wollte so schnell wie möglich wieder auf Abstand gehen, doch Chiara legte mir den Arm um die Taille und schob mich lächelnd noch näher zum Bett.

"Sie ist fast so groß wie Davide, oder Mammina? Was meinst du?"

Die Frau maß mich von oben bis unten und wollte etwas sagen, dann erstarrte ihr Gesicht urplötzlich in einer Grimasse aus Schmerz, sie schnappte japsend nach Luft und krallte ihre Finger in das erste Beste, was sie greifen konnte - meinen bloßen Arm. Ich sah fassungslos, wie ihre blutrot lackierten Fingernägel sich in meine Haut gruben: Blitze schossen daraus direkt in jede einzelne Zelle meines Körpers, heiß und laut und scharf. Ich keuchte erschrocken, wand mich ein paar endlose Sekunden in einer Hölle aus Schmerzen, Schreien und Hitze, dann wurde es dunkel und ich fiel in einen stillen, schwarzen Abgrund.

Magnus

Jack war als Erster am Bett: Er riss die Hand der alten Frau von Sharas Arm und ich sah die tiefen, geröteten Halbmonde ihrer hässlichen Fingernägel in Sharas weißer Haut. Jack hob die Prinzessin auf seine Arme und war in wenigen Sekunden mit ihr aus der Tür hinaus, kurz darauf stürzte eine Schwester in den Raum, gefolgt von einem Arzt. Chiara war zur Wand zurückgewichen, Ciaran drückte sie mit sanften Worten in einen Stuhl, dann schob er mich zur Tür hinaus, Arzt und Schwester beugten sich schon über die Frau im Bett. Jack stand ein paar Meter den Gang hinunter, er presste Shara an seine Brust, die Arme auf ihrem Rücken unter dem T-Shirt verborgen. Ihre Glieder hingen schlapp herunter - sie war bewusstlos, erkannte ich, nur Jacks Arme hielten sie aufrecht.

"Hier rein", sagte Ciaran und führte uns eilig zu einem leeren Behandlungsraum ein paar Türen weiter.

Dort wischte er mit angewidertem Gesichtsausdruck benutzte Mullbinden von einer Liege und ließ Jack Shara darauf niederlegen. Er gehorchte, gab sie aber nicht frei, sondern hockte sich neben sie und hielt sie in einer Pose fest, die mich an diese schreckliche Szene im Pantheon erinnerte: Shara hing kraftlos in seinen Armen, er drückte seine Wange an ihre und schob seine Arme wieder unter ihr T-Shirt, damit seine Haut ihr die Kraft spenden konnte, die sie hoffentlich aus ihrer Bewusstlosigkeit holen würde.

"Magnus, dich braucht sie auch", sagte Ciaran, ich schob meine Hände unter ihre Jeans und legte sie um die schmalen Knöchel.

Ich konnte ihr Gesicht nicht sehen, da Jacks leicht bebender Kopf es verdeckte, während er sie an sich drückte: War ihr Sog so stark, dass er auch gleich ohnmächtig wurde? An meinen Händen zog sie auf jeden Fall wie wild, und ich lehnte mich gegen die Wand, um den ungeahnt schnell aufkommenden Schwindel zu bekämpfen. Ciaran maß Sharas Puls, dann machte er ein paar Papiertücher feucht und schob Jack bestimmt zur Seite.

"Shara? Shara!"

Er patschte ihr mit der flachen Hand ins Gesicht, zog die Lider hoch, wischte mit den nassen Lappen über ihre Wangen. Weiß wie die Wand, stellte ich fest, und total leblos. Aus Ciarans erfolglosen Patschen wurden kräftigere Ohrfeigen, doch nach der Dritten schoss Jacks Arm vor und wehrte unseren Doc ab.

"Bitte, lass ihr einfach ein paar Minuten. Hol lieber einen Eimer oder so was."

Ciaran sah Jack an, dann mich. Er nickte schließlich, legte die nassen Tücher auf Sharas Stirn ab und holte mit dem sicheren Griff desjenigen, der schon in Hunderten von Krankenhäusern Hunderte von Patienten betreut hat, eine Metallschale aus einem

Schrank und platzierte sie neben Sharas Kopf. Dann nahm er ihre Hand, die neben der Liege baumelte, und drückte sie mit beiden Händen. Jack hinter ihr, ich an ihren Beinen und Ciaran an ihrer Hand - sicherlich ein seltsames Bild, aber unbestreitbar eine erfolgreiche Kombination: Kurz darauf flatterten Sharas Lider, sie atmete keuchend ein, Jack fuhr zurück, und Ciaran kam mit der Schüssel gerade noch rechtzeitig. Ich musste angesichts dieses gut choreografierten Balletts lachen, aber das konnte auch daran liegen, dass mein Hirn sich durch Sharas betäubenden Sog in eine weiche Masse verwandelt hatte, die angenehm waberte, aber mich auch ziemlich blöd im Kopf machte. Die Masse war freundlich und über ihre Anwesenheit in mir selbst ein wenig verblüfft. Während sie sich in meinem Kopf häuslich einrichtete und von innen gegen meinen zu engen Schädel knuffte, signalisierte sie mir, Sitzen wäre besser als Stehen, also ließ ich mich an der gefliesten Wand hinunterrutschen, während Shara ihr nicht unbedingt reichhaltiges Mittagessen wieder von sich gab. Sie ist wieder wach, informierte mich die warme Masse in meinem Kopf zuvorkommend, ich stimmte ihr fröhlich zu.

Shara

Der achte Tag begann eigentlich genau so wie die Tage davor: Ich fiel gegen Mittag aus meinem Bett, in das ich in den frühen Morgenstunden geklettert war, und schleppte mich in die Dusche, von der ich mir eine Schneise in den Nebel aus Erschöpfung und Kopfschmerzen schlagen ließ, den der vorangegangene Tag unweigerlich hervorgerufen hatte. Anschließend ging ich gleich zu Sharas Zimmer, um nach ihr zu sehen, und als ich eintrat, saß Jack am Esstisch und polierte Sharas Schwert. Der Jahrhunderte lange Schlaf im Stein hatte in Form von dunklen Verfärbungen seine Spuren auf der schönen Klinge hinterlassen, denen rückte Jack mit der wohlbekannt kalkig riechenden Paste nach Michaels Spezialrezeptur und einem weichen Tuch zu Leibe.

Seine Augen waren klein und müde, seine Bewegungen kraftlos und fahrig. Aus dem Bad war die Dusche zu hören, ich trotze der Cappuccino-Maschine eine doppelte Tasse Espresso ab, schaufelte Zucker dazu, und leistete dann Jack am Tisch Gesellschaft. Ich musste ihn gar nicht fragen, wie es unserer Prinzessin ging - sein starrer Gesichtsausdruck war beredend genug. Außerdem: Sharas Zustand war nach Ciarans Theorie der

Braun'schen Shara-Röhre ja genau so wie der von Jack und mir, plus ihrer besseren Selbstheilungskräfte, minus der Kotzerei. Also? Also ging es ihr miserabel, keine Frage.

Wir saßen etwa eine halbe Stunde herum, ohne das Shara aufgetaucht wäre und ohne das Jacks Polieren großartige Wirkung zeigte. Die Dusche war irgendwann verstummt, Jack warf immer häufiger einen Blick auf seine Uhr: Um eins, in einer guten Viertelstunde, würde Ciaran vor der Tür stehen, um Shara für den nächsten Patienten abzuholen.

"Ich sehe lieber nach", sagte Jack schließlich, ich stand ebenfalls schwerfällig auf: Einen Kaffee konnte ich noch gebrauchen.

Wie eng die Beziehung der beiden mittlerweile war, wollte ich gar nicht so genau wissen, aber Jack klopfte mehrmals leise an die Tür zum Schlafzimmer, bevor er mir einen alarmierten Blick zuwarf und die Tür öffnete. Ich ließ Kaffee Kaffee sein und folgte ihm beunruhigt. Uns erwartete jedoch nichts Dramatisches, wie ich eine böse Sekunde lang befürchtet hatte: Shara lag einfach auf dem Bett und schien zu schlafen. Sie trug Hemd und Höschen, darüber hing ein dünner Bademantel. Ihre Haare waren klatschnass, ein Handtuch lag auf halbem Weg von der Tür auf dem Boden. Auch hatte die Prinzessin es nur bis zum Fußende des Bettes geschafft: Wie ein Fötus zusammengerollt lag sie auf der zerwühlten Decke. Jack setzte sich neben sie und rüttelte sie sanft an der Schulter, sprach sie an - keine Reaktion. Er rüttelte stärker, doch erst, als er ihr mit der flachen Hand leicht ins Gesicht patschte, regte Shara sich. Sie öffnete die Augen - und ich war mir sicher, dass sie absolut nichts sah, dass sie weder Jack noch mich wahrnahm. Ihre Haut glänzte wächsern, ihre Augen waren gerötet und mit tiefblauen Ringen darunter, die Lippen blutleer. Sie murmelte irgendwas, machte die Augen wieder zu und zog den Kopf noch weiter an die Brust. Jack ließ sie los und bewegte kontrollierend die Finger, sein Gesicht war eine reglose Maske aus Schmerz und Mitleid.

"Was hat sie gesagt?", fragte ich.

Jack drehte den Kopf zu mir, sah dann erneut auf Shara hinab. Er strich ihr eine feuchte Haarsträhne aus der Stirn und küsste sie auf die Schläfe. Nass wirkten ihre Haare dunkler und ließen die helle Haut wie durchsichtig schimmern: Sie sah aus, als wäre sie aus Glas - als würde sie zersplittern, wenn sie sich bewegte.

"Sie will nicht mehr."

Ich nickte langsam, Jack stand auf, mit entschlossenem Gesichtsausdruck.

"Hilfst du mir bitte? Heb sie hoch."

Zusammen packten wir Shara richtig ins Bett, zogen ihr den Bademantel aus, deckten sie zu, wickelten ihr ein Handtuch um die nassen Haare und verdunkelten den Raum. Ich spürte, dass sie immer noch stark Energie abzog, als ich ihre Füße unter die Decke schob - es ging ihr wirklich dreckig, diese Frau gestern war einfach zu viel gewesen. Jack schloss die Tür leise hinter uns, setzte sich dann wieder an den Tisch und nahm die mühselige Arbeit am Schwert wieder auf. Er sagte kein Wort, aber ich sah es hinter seiner Stirn arbeiten - ob er voraussah, was dann kam oder es sogar schon plante, kann ich nicht sagen, will ich hier auch gar nicht sagen müssen.

Kurz nach eins klopfte es an der Tür, Jack stand auf und fuhr sich mit der Hand über das müde Gesicht.

"Bleib lieber hier", sagte er zu mir, als ich mich ebenfalls schwerfällig erhob, ich schüttelte den Kopf und folgte ihm: Wir hatten einen Pakt, geschlossen in der Morgendämmerung auf einer kalten, grauen Treppe in Rom, und ich ahnte dumpf, dass heute das erste Mal sein würde, wo wir Shara wirklich schützen mussten - und zwar vor dem Orden, nicht vor einer Gefahr von außen.

Jack hatte das Schwert noch in der Hand, als er zur Tür ging - ich registrierte das zwar, maß dem aber keine weitere Bedeutung zu. Warum auch? Er hatte es die ganze Zeit schon in der Hand gehabt, hatte es gedreht und gewendet, poliert und begutachtet. Und wäre es Ciaran gewesen, der dort draußen stand, Ciaran mit seinen immer besorgten Augen und seiner warmen Stimme, wäre das Folgende ohnehin anders verlaufen - aber nein, es musste natürlich Andreas sein, dem Jack die Tür öffnete. Er bat unseren Ordensmeister nicht hinein, wir traten hinaus auf den Gang, und Jack schloss die Tür hinter uns.

Andreas blickte von Jack zu mir, dann verweilten seine Augen einen längeren Moment auf der geschlossenen Tür und schließlich auf dem Schwert - sie wurden deutlich schmaler, als er die Waffe bemerkte.

"Wo ist Shara?"

"Sie schläft", antwortete Jack, "und sie wird heute nicht kommen."

Andreas schnaubte ungläubig und trat einen Schritt vor. "Das soll sie mir selber sagen."

Jack gab die Tür nicht frei, und als er sprach, war seine Stimme ruhig, sollte wohl ganz bewusst nicht provozieren. Wenn mit mir einer so redete, hatte ich immer das Gefühl, wie ein Blödmann behandelt zu werden: Sei vorsichtig, Jack, dachte ich, das ist gut gemeint, kann aber auch voll nach hinten losgehen.

"Sie schläft. Sie hat mir gesagt, dass sie nicht mehr weitermachen möchte, und wir sollten sie nicht wecken. Es geht ihr wirklich schlecht."

Andreas machte noch einen Schritt auf Jack zu, eine deutliche Aufforderung, beiseitezutreten. Jack rührte sich keinen Millimeter, sein Gesicht wurde wieder starr - Zeit, dass ich auch mal was sagte.

"Andreas, bitte. Sie ist echt total fertig, ein Tag Pause wird ihr bestimmt helfen. Wir können ja Morgen ..."

Andreas drehte sich zu mir um, die mühsam beherrschte, schwarz flackernde Wut im Blick, die mich schon früher immer zuverlässig auf meinen Platz verwiesen hatte.

"Wir haben einen Plan, Albert, und Shara hat ihm vor Zeugen zugestimmt. Sie hat sich an unsere Absprache zu halten, sie hat ihr Wort gegeben."

Ich öffnete den Mund, doch Jack kam mir zuvor. Seine Stimme klang jetzt gepresst und kalt - gar nicht gut, fand ich, das war noch gefährlicher als diese wohlwollende Milde.

"Nicht Shara bricht hier ihr Wort, sondern du das deine. Die Absprache lautete, dass Shara den Versuch jederzeit abbrechen kann, und genau das hat sie nun getan."

Andreas starrte Jack an, seine Wut war jetzt kaum mehr unbeherrscht zu nennen: Sie loderte offen in seinem Blick. Er machte einen Schritt zurück, als wolle er Jack Platz machen.

"Geh zur Seite. Ich will das aus ihrem eigenen Mund hören."

Jack rührte sich nicht von der Stelle. "Shara schläft, sie kann es dir nicht selbst sagen. Für diesen Fall hast du mich als ihren Fürsprecher akzeptiert. Und ich sage dir noch einmal, dass du jetzt nicht mit ihr sprechen wirst."

Auch wenn Jack das Richtige tat: Diese Worten waren ungeheuerlich, niemals zuvor hatte einer von uns einem Ordensmeister in diesem Ton widersprochen. Andreas musterte den bleich und bleicher werdenden Jack denn auch ein wenig erstaunt, und als er nach einer guten Minute was sagte, klang seine Stimme wieder ruhig, als habe ihn der offene Widerspruch abgekühlt.

"Dass Shara schläft, ist nun wirklich keine Situation, in der sie dich als Sprecher braucht. Das weißt du ganz genau, Jackson - deswegen hast du auch das Schwert dabei, nicht wahr? Du willst mich an meinem Recht hindern, mit ihr zu reden. Weiß sie überhaupt, dass du jetzt hier stehst, mir gegenüber? Oder willst du nur mal testen, wie weit du unter ihrem Schutz gehen kannst?"

Jack hatte unter Andreas' Worten den Blick gesenkt, doch jetzt sah er ihn aus eisigen Augen an. Er hob die Klinge und richtete sie mit gestrecktem Arm auf Andreas' Brust, die Brust unseres Ordensmeisters, des Herrn über unsere Unsterblichkeit. Jacks Knöchel waren weiß, doch sein Arm zitterte nicht - im Gegensatz zu meinen Knien.

"Du denkst falsch, Andreas", stieß Jack hervor. "Ja, ich wusste, dass du mir nicht glauben würdest, aber das Schwert hat damit nichts zu tun, ich habe damit nichts zu tun. Ich bin nur der Bote, ich bin unwichtig. Aber die Sache ist doch ganz einfach: Nicht Shara hat deinen Befehlen zu gehorchen, sondern du den ihren. Also gehorche ihrem Befehl und geh."

Oh Scheiße!, dachte ich - wahrscheinlich laut, denn Andreas schoss einen kurzen Blick in meine Richtung ab.

"Du hast Recht, Jack", sagte er, ohne der Klinge auf seiner Brust auch nur einen Wimpernschlag zu gönnen, "Sharas Befehle sind für mich bindend, nicht aber die deinen. Du sagst, du seiest ihr Bote, aber du kannst hier behaupten, was du willst - wie soll ich da sicher sein, dass du wirklich in ihrem Sinne sprichst?"

"Ich habe es auch gehört", platze ich heraus - natürlich, bevor ich auch nur einen Gedanken daran verschwendet hatte, ob ich in diesen fatalen Dialog noch einmal eingreifen wollte.

Ich sah, wie Jack erleichtert die Augen schloss, kaum dass ich gesprochen hatte, auch senkte er sofort das Schwert und stützte es mit der Spitze vor sich auf den Boden, die Hände ruhig auf dem Griff. Andreas drehte sich zu mir, und als sich seine schwarzen Augen in meine bohrten, verschwand der letzte Rest meiner Selbstsicherheit, stieg eine altbekannte nackte Angst in meiner trockenen Kehle hoch: Ich wusste nur zu gut, wie Andreas war, wenn er wirklich böse wurde, und das wollte ich nicht noch ein weiteres Mal miterleben, vielen Dank.

"Willst du das beschwören, Albert?", fragte Andreas mich,

ich öffnete den Mund, doch jetzt rette mich Jack, leise und beschwörend.

"Andreas, ich bitte dich, ich bitte dich inständig. Um Sharas Willen. Lass Ciaran holen, er muss sie sich ansehen. Dann wirst du verstehen, dass sie tatsächlich in einem Zustand ist, in dem sie nicht mehr weitermachen kann, in dem wir sie schützen müssen."

Andreas' Blick hielt mich noch ein paar Sekunden gefangen, doch diesmal schaffte ich es, zu schweigen.

"Schützen - auch vor sich selbst vielleicht?", fragte er Jack.

Der blieb ganz neutral, während ich diesen Satz ganz und gar nicht verstand. Fast eine Minute starrten die beiden sich an, dann nickte Andreas schließlich.

"Gut, Ciaran soll sie sich ansehen. Ich bin in meinem Zimmer und ich erwarte, dass du mir umgehend meldest, was er gesagt hat."

Mit diesen Worten dreht er sich um, kurz darauf hörten wir seine schweren Schritte auf der Treppe. Ich lehnte mich an die Wand, ein herrliches, erleichterndes Gefühl durchströmte mich und ließ mich schwindeln. Jack rutschte langsam an der Tür nach unten, bis er mit angezogenen Beinen auf dem Boden saß, die tödlich blasse Stirn an die kalte Klinge des Schwertes zwischen seinen Knien gepresst.

"War das nötig?", stieß ich hervor, als ich wieder halbwegs klar denken konnte, Jack lehnte den Kopf an die Tür und schloss die Augen.

"Es bringt sie um, wenn wir so weitermachen. Und deshalb ... ja, deshalb war es nötig."

Er hatte natürlich Recht - aber ich hätte dann doch lieber einen anderen Weg gewählt, um Andreas die Lage zu erklären. Ihn so zu reizen, ihm vor Zeugen den Gehorsam zu verweigern - das war sehr riskant, mit der Tendenz zum glatten Selbstmord. Diese meine Gedanken kamen mir komisch und ungewohnt vor, während mein Gehirn sie langsam verarbeitete - war ich jetzt hier der Diplomat, während Jack die Rolle des Berserkers mit dem Schwert übernahm? Das passte nicht zu ihm: Jack verlor nicht die Fassung, nicht so. Er mochte es faustdick hinter den Ohren haben, mochte Dummheiten machen wie das mit dem Auto oder diese Nummer mit der Chronik - aber niemals direkt unter Andreas' Augen, so blöd war er nicht. Okay: Wenn es nicht Wut gewesen war, die ihm da gerade diese Worte in den Mund gelegt, die Hand gefürt hatte ... dann war es geplant gewesen.

"Warum?"

Jacks Antwort kam ebenso leise wie meine Frage. "Shara ist jetzt hier die Nummer eins, das muss Andreas akzeptieren. Er weiß das natürlich, Shara wird es auch bald verstehen - aber Andreas muss wissen, dass auch wir das wissen. Und ehrlich gesagt" - er lachte leise - "ist mir kein weiteres Argument mehr eingefallen, um ihn von ihr fernzuhalten."

Ich sah auf meinen Freund hinunter. Was wäre er, wenn Shara die Nummer eins wäre? Der Prinz, wo sie die Prinzessin war? Erhoffte er sich eine Position an ihrer Seite - neben ihr, über uns allen? Nein, das war ungerecht und entsprang eher dem an mir nagenden Neid auf seine wie auch immer geartete Beziehung zu Shara als meinen Erfahrungen mit ihm: Ich hatte keinen Grund, was anderes anzunehmen, als dass Jack sie wirklich nur hatte schützen wollen, ich durfte nicht an seiner aufrichtigen Liebe zu ihr und seiner ebenso aufrichtigen Freundschaft zu mir, zu uns allen, zweifeln. Und dennoch ... eine Kleinigkeit gab es da noch.

"Was hat Shara wirklich gesagt, als du sie wachgerüttelt hast?"

Jack öffnete die Augen und lächelte mich schwach an.

"Sie hat gesagt: 'Ich komme gleich'. Aber sah das für dich danach aus?"

Ich hätte Ja sagen können - das würde Jack strafen und seiner Auflehnung gegen Andreas jeden festen Boden entziehen. Er wäre ein toter Mann, zumindest aber ein sterblicher Mann, nach einer solchen Meuterei gäbe es kein zurück. Oder ich sagte einfach Nein - das schütze nicht nur meinen Freund, sondern auch Shara. Ich dachte an ihre durchscheinende Haut, die geröteten Augen mit teilnahmslosem Blick, die noch dünner gewordenen Glieder, den ununterbrochenen Energiehunger ihrer Haut - und ich schüttelte den Kopf.

"Nein, das sah absolut nicht danach aus." Dann streckte ich Jack die Hand entgegen, und zog ihn wieder auf die Beine.

Magnus

"Totale Erschöpfung und ein leichtes Fieber. Ihr Blutdruck gefällt mir auch nicht."

Ciaran akzeptierte den doppelten Espresso, den ich ihm reichte, mit dankbarem Blick und hob erst stoppend die Hand, als ich vier nicht eben kleine Stücke Zucker in der winzigen Tasse versenkt hatte. Auch er sah fertig aus, die Geschichte mit dem Schwert und Sharas Zusammenbruch war ihm merklich an die Nieren gegangen. Er kippte den Kaffee in einem Schluck runter, blickte dann von Jack zu mir. Wir standen in Sharas Küche, flüsterten, um sie nicht zu wecken, und natürlich wusste Ciaran ganz genau, was für Jack und mich von seiner Diagnose abhing. Unser Doc lehnte sich gegen die Theke, ließ uns wahrscheinlich ganz bewusst noch ein bisschen schmoren - oder überlegte er nur, wie er uns das Folgende möglichst schonend beibringen sollte? Ich machte mir aber ausnahmsweise umsonst Sorgen.

"Es war absolut richtig, dass ihr euch für Shara eingesetzt habt, auch wenn ich bei Gott wünschen würde, dass ihr das ein wenig geschickter angestellt hättet. Das Schwert, Jack - was hast du dir nur dabei gedacht?" Er wartete vergeblich auf eine Antwort, Jack musterte den Holzfußboden und mied Ciarans Blick. "Geh runter und sag Andreas, dass ich zwei Tage Pause anordne - auch für euch beide. Bitte ihn um Verzeihung und um Milde, sag ihm, wie viel dir Shara bedeutet, vielleicht kannst du so einer Strafe entgehen." Er sah von Jack zu mir. "Ihr habt in den letzten Tagen genug mitgemacht, es dürfte für Andreas eine akzeptable Erklärung sein, wenn wir eure körperliche wie geistige Erschöpfung als Entschuldigung vorbringen. Auch wenn euer Verhalten jenseits von dem war, was man noch entschuldigen kann. Nimm das Schwert und den Dolch mit, Jack: Sie bleiben bei Andreas, bis es Shara wieder besser geht. Wenn du eins von beidem noch mal anfasst, bekommst du wirklich Ärger, und zwar mit mir." Ciaran atmete tief durch und gab mir seine leere Tasse zurück. "Shara hat schon viel länger durchgehalten, als ich das nach dem ersten Versuch für möglich gehalten habe, in ihrem Zustand hätte der Unfall gestern auch bös enden können. Wir sehen in ein paar Tagen weiter, schalten aber auf jeden Fall einen Gang zurück. Lasst sie schlafen, und legt euch auch aufs Ohr, solange es geht. Vermeidet jeden Körperkontakt zu ihr."

Natürlich war der letzte Satz vor allem an Jack gerichtet, aber ich nickte mit ihm. Ciaran nahm seine Tasche, wandte sich aber vor der Tür noch mal zu uns um.

"Es ist nicht zuletzt auch meine Schuld, dass ihr euch heute so ... vor Shara gestellt habt, oder besser stellen musstet. Ich hätte das gestern verhindern müssen, ich hätte sie nicht in die Nähe von dieser Frau lassen dürfen. Das war fahrlässig."

"Wie geht es der Frau eigentlich?", fragte ich, Ciaran lächelte mich vage an.

"Sie hatte einen zweiten Herzinfarkt, als sie Shara angefasst hat. Sie hat ihn überlebt - laut dem Kollegen im Krankenhaus ein Wunder."

Kurz darauf war ich allein in Sharas Wohnzimmer, denn Jack musste schließlich noch seinen Rapport und seine Abbitte bei Andreas leisten. Ich war heilfroh, dass ich nicht mit ihm runter musste: Ich wusste, wie es sich anfühlte, wenn Andreas einem seine Verbannungsstrafe verkündete, wie es war, wenn man noch am gleichen Tag seine Sachen packen musste - in dem Wissen, in den nächsten zehn oder gar zwanzig Jahren die Burg und auch die Freunde nicht sehen zu dürfen. Ich drückte Jack die Daumen, räumte die Kaffeetassen weg - und da Jack sicher die Chaiselongue in Sharas Schlafzimmer wenn nicht gar die andere Hälfte ihres Bettes belegen würde, falls er uns denn erhalten bliebe, machte ich mich auf dem Sofa im Wohnzimmer breit. Der viele Kaffee und die Aufregung ließen mein Herz noch immer schneller schlagen, und es dauerte lange, bis ich einschlief. Jack war noch nicht wieder da, als ich wegsackte, aber in einem hatte er durchaus Recht, wenn mein schon schlafbenebeltes Hirn mich nicht täuschte: Mit Shara stand eine Machtverschiebung ins Haus - und niemand wusste, was genau dabei geschehen würde, wie der Orden danach aussehen würde.

Shara

Als ich aufwachte, zeigte der Wecker halb Drei, aus der Dunkelheit und der Stille im Haus schloss ich, dass es Nacht sein musste.

Die Decken des Bettes fühlten sich klamm an und ich fror - wahrscheinlich hatte ich geschwitzt und war jetzt wach geworden, weil ich die Decken weggestrampelt hatte und die kühle Nachtluft mich frösteln ließ. Ich setzte mich auf und schaltete die Nachttischlampe an. Jackson lag auf der Chaiselongue, ich hörte ihn leise atmen und war kurz versucht, unter seine Decke zu schlüpfen und mich an ihn zu kuscheln - in

Zimt gehüllt schlief es sich immer noch am besten. Ich hatte jedoch vor allem schrecklichen Durst, daher schlich ich auf Zehenspitzen hinaus ins Wohnzimmer. Dort schnarchte Magnus auf dem Sofa, und ich nahm das Wasser so leise wie möglich aus dem Kühlschrank. Die beiden Jungs waren nicht weniger kaputt als ich: Ich wollte sie nicht wecken, und setzte mich daher in den übergroßen, weichen Sessel, den Josie im Ankleidezimmer platziert hatte. Ich fühlte mich vom langen Liegen steif und insgesamt immer noch schlapp - aber der dauernde Schwindel und diese verdammten Kopfschmerzen waren vorbei, auch war mir endlich nicht mehr übel. Das Wasser prickelte herrlich, ich trank fast die ganze Flasche in einem Zug aus. Ein wenig erstaunt stellte ich fest, dass ich Hunger hatte, also tapste ich zurück in die Küche und angelte mir ein paar Schokoriegel aus einem Schrank. Ciarans allgegenwärtige Bananen ließ ich links liegen - mit den Dingern könnte er mich mittlerweile aus der Burg jagen, wenn das mal nötig sein sollte. Während ich in meinem Sessel saß und meine Schokolade aß, kam es mir ein bisschen seltsam vor, wo Jackson und Magnus schliefen: Warum hatte Jackson nicht wie immer einfach die andere Seite meines Doppelbettes genommen, wenn auch mit mehreren Schichten isolierender Decke zwischen ihm und mir? Und Magnus hatte in seinem Zimmer doch sicher ein eigenes Bett, das sicherlich viel bequemer war als mein Sofa? Ich kaute auf dieser Sache ähnlich lang herum wie auf den Nüssen in meinem zweiten Schokoriegel, fand aber keine logische Erklärung. Auch hatte ich ganz klar einen weiteren 'Termin' im Krankenhaus verschlafen, denn dass ich am (sehr!) späten Vormittag aufgestanden war und geduscht hatte, glaubte ich halbwegs genau zu wissen. Dann war mir erneut schwindlig geworden, ich hatte mich aufs Bett gesetzt - in dem ich mehr als zwölf Stunden später wieder aufgewacht war. Also hatten sie mich schlafen lassen, und dafür war ich ehrlich dankbar. Ich trank den Rest Wasser und suchte aus dem Schrank einen frischen Schlafanzug raus, meine durchgeschwitzte Wäsche warf ich in den Wäschekorb. Ich musste gähnen: Am besten legte ich mich wieder hin, morgen früh würde sich das alles schon klären. Während ich in die frische Hose schlüpfte, fiel mir dann aber doch noch etwas ein, das ich eben zwar bemerkt, aber nicht wirklich in seiner ganzen Bedeutung erkannt hatte. Ich schlich zurück ins Wohnzimmer. Tatsächlich: Das Mondlicht war zwar nicht wirklich hell, aber trotzdem konnte ich klar erkennen, dass der Schwerthalter auf dem Sideboard leer war, auch der Dolch war verschwunden. Plötzlich fror ich wieder: Was war hier passiert, während ich geschlafen hatte?

Magnus

Ich wurde am nächsten Morgen durch das Zischen der Kaffeemaschine wach. Obwohl mir die helle Morgensonne in die Augen stach, wusste ich gleich, wo ich war - und warum ich nicht in meinem eigenen Bett geschlafen hatte. Ich hob den Kopf: Shara stöberte in ihrer Küche im Kühlschrank, Jack schloss gerade die Tür zum Flur hinter sich, in der Hand einen Korb mit großen, goldgelben Croissants. Bei diesem Anblick meldete sich mein Magen mit einem lauten Grummeln, und Shara dreht sich zu mir um.

"Guten Morgen! Willst du Frühstück?"

Ich setzte mich auf und nickte. Shara sah besser aus, so viel konnte ich selbst von hier hinten schon sagen: Immer noch blass und sichtlich abgemagert, wenn das überhaupt möglich war - aber sie lächelte und ihre Augen blitzen, auch bewegte sie sich auch nicht mehr wie ein Zombie.

"Ich geh duschen", sagte ich mit belegter Stimme, sammelte Schuhe wie Pullover ein und ging zur Tür.

Jack tippte auf die Uhr. "Beeil dich, sonst ist nichts mehr übrig. Shara hat heute Nacht schon den halben Kühlschrank leer gemacht."

Sie lachte und boxte ihn auf den Oberarm, er sprang zurück und rieb sich in gespieltem Schmerz den Arm. Die gute Laune der beiden wirkte echt, und so tapste ich in der Hoffnung, gleich eine 'alles ist gut'-Story zu hören, in mein Zimmer. Als ich zurückkam, waren noch fünf Croissants übrig, die ich dick mit Butter und Marmelade bestrich und restlos verputzte. Shara kramte mir noch Cornflakes aus dem Schrank und hielt fragend ein Bündel Bananen hoch - aber da winkte ich dann doch lieber ab, ich konnte Ciarans Geheimwaffe für schnelle Energiezufuhr, mit der er uns in den vergangenen Tagen ständig bedroht hatte, nicht mehr sehen. Anscheinend hatte ich deutlich länger geschlafen als Jack und Shara: Unsere Prinzessin hatte sich schon von Ciaran durchchecken lassen und anschließend innerhalb von zehn Sekunden aus Jack die Geschichte unserer gestrigen

Konfrontation mit Andreas rausgekitzelt.

Sie drückte mir nun die Hand, und ich spürte nur noch einen leisen Widerhall des kräftezehrenden Sogs, den ihre Berührung gestern in mir verursacht hatte - sie sah also nicht nur besser aus, es ging ihr tatsächlich besser.

"Ich danke dir, dass du zu mir gehalten hast. Das war bestimmt nicht einfach für dich."

Ich winkte ab. "Ich hab's versprochen, daran halte ich mich auch." Ich warf einen Blick zu Jack rüber, der sehr entspannt aussah. "Bekommen wir keinen Ärger?"

Shara schüttelte den Kopf. "Ich war eben fast eine Stunde unten bei Andreas, und ich glaube, dass er einen großen Teil der Schuld selber auf sich nehmen muss. Jackson hat ihn völlig zu Recht von mir fern gehalten, Andreas hätte das früher erkennen, hätte früher einlenken müssen." Sie wurde ein bisschen ernster. "Aber Jackson hat auch einen Fehler gemacht, und damit meine ich nicht nur das Schwert. Sicher, wenn ich bleibe, steht mir nach euren eigenen Regeln eine Führungsposition in diesem Orden zu. Aber ich habe mich noch nicht zu einer ... festen Mitgliedschaft" - sie lächelte schief - "entschieden. Und so lange sollte Jackson Andreas nicht so bloßstellen, auch wenn das diesmal für mich ausgesprochen nützlich war." Sie goss sich Orangensaft ein. "Und natürlich habe ich tatsächlich gesagt, dass ich nicht mehr will, falls mich außer Andreas noch jemand danach fragen sollte."

Mir fiel ein Stein vom Herzen: Wir waren scheinbar mit einem blauen Auge da raus gekommen - vorerst zumindest, denn wenn Andreas und Ciaran das hier in der Chronik lesen, dann wissen sie, dass Jack gelogen hat, als er Sharas 'Ich komme gleich' zu einem 'Ich will nicht mehr' umgedeutet hat. Haue ich meinen Freund hier gerade schriftlich und nachträglich in die Pfanne? Scheiße! Aber okay - jetzt habe ich angefangen, also kann ich den Rest auch eben runterkritzeln, schlimmer wird's eh nimmer.

"Andreas hat mich übrigens gefragt, ob er alle aktiven Mitglieder herbeordern darf, damit sie erfahren, was ... mit mir los ist. Ich soll dann zeigen, was ich kann - Freiwillige vor, Ciaran schärft sicher schon sein Skalpell."

Ich runzelte die Stirn und sicherte mir den Rest Orangensaft.

"Warum diesmal nicht wirklich alle?" Shara hatte jetzt ihre erwarteten Fähigkeiten enthüllt, da wäre eine Vollversammlung angebracht, fand ich.

"Weil Shara sich eben noch nicht zum Bleiben entschieden hat, und der Kreis der Wissenden wegen Drake nicht zu groß sein sollte", erinnerte mich Jack an das Selbstverständliche, ich seufzte resigniert.

Es wurde zwar immer wieder gesagt, aber irgendwie wollte die Tatsache, das Shara jederzeit gehen konnte, nicht in mein Hirn - ebenso wie ich die dumpfe Bedrohung durch Drake in den letzten Tagen total verdrängt hatte. Aber jetzt mal ganz logisch gedacht, über diese Sache mit den 'Wissenden': War es nicht total unwahrscheinlich, dass einer der inaktiven Brüder und Schwestern, der oder die gerade in Kuala Lumpur, Timbuktu oder Buxtehude steckte, Drake diese Infos über Shara geben haben sollte? Diese Brüder und Schwestern hatten zwar gewusst, dass das Schwert gelöst worden war, aber sie hätten Drake nicht sagen können, wann Shara im Pantheon sein würde. Nein, von den Inaktiven konnte es keiner gewesen sein - aber egal: Wer sich abmeldete, war abgemeldet, so waren eben die Regeln.

"Bis übermorgen haben wir frei, was die Krankenhäuser angeht", sagte Shara, und ich konzentrierte mich wieder auf das Hier und Jetzt. "Ihr beide sollt allerdings gleich bei Ciaran vorbei, dann müsst ihr euch bei Andreas melden."

"Geht es danach weiter?"

Shara nickte. "Ja, aber langsamer, nur noch alle zwei Tage ein Patient. Das ist für mich okay. Ciaran ist ein bisschen zerknirscht, er gibt sich selbst die Schuld an der ganzen ... Misere."

Die Prinzessin deutete vage auf das Schwert, das jetzt wieder an seinem abgestammten Platz vor sich hin glänzte, auch der Dolch war zurückgekehrt. Und damit war meine kleine Welt erst mal wieder in Ordnung: Andreas würde uns ein paar Tage schinden und Jack in den nächsten Wochen mit Argusaugen beobachten, aber mit Shara in unserem Rücken waren wir so gut wie kugelsicher. In meiner ungeheuren Erleichterung ertrug ich fast schon heroisch, dass Jack Shara vor meinen Augen auf den Mund küsste - aber eben auch nur fast.

3. Buch

– 1 –

Shara

Am nächsten Morgen wurde ich früh wach: Kein Wunder, waren wir am Abend zuvor doch sehr zeitig und zu Tode erschöpft ins Bett gefallen, obwohl wir den ganzen Tag nichts getan hatten, außer ein bisschen zu schwimmen und viel zu essen. Die erste Dämmerung ließ mich die Umrisse der Möbel im Zimmer mehr erahnen als erkennen, auch Jackson auf der anderen Seite des Bettes war ein undeutlicher Schemen - nur seine Augen glänzten zu mir herüber, aber ich konnte das glückliche Lächeln in seiner Stimme hören.

"Hab ich dich geweckt?", fragte er, ich schüttelte den Kopf.

"Bin gleich wieder da."

Ich wollte noch nicht aufstehen, aber ich brauchte dringend kaltes Wasser im Gesicht und musste mir die Zähne putzen. Als ich zurückkam, setzte ich mich auf die Kante seiner Bettseite und legte ihm die flache Hand auf die nackte Brust.

"Nichts", sagte er nach einer kleinen Weile, "oder nur ganz schwach."

Ich schlüpfte zu ihm unter die Decke und legte den Kopf auf seine Schulter.

Heute Nacht hatten wir wieder einen deutlichen Abstand

und viele Schichten Decke zwischen uns gelassen, doch wenn ich jetzt endlich nicht mehr kribbelte, bestand für diese Distanz kein Grund mehr. Jackson strich mir die zerzausten Haare glatt und küsste mich auf die Stirn, ich zog sein Gesicht zu mir - er schmeckte wie erhofft nach Zimt, warm und süß. Ich zog ihn weiter herum, er folgte mir willig und bald spürte ich sein Gewicht auf mir, doch als sein Mund an meinem Hals hinab wanderte, versteifte ich mich, Jackson hob fragend den Kopf.

"Pass auf, ich bin da ziemlich empfindlich", flüsterte ich, er lachte leise.

Als er seine Lippen auf den Übergang von meinem Hals zur Schulter drücken wollte, riss ich die Arme hoch. Er umfasste meine Handgelenke und drückte sie sanft in die Kissen - um nach keiner weiteren Sekunde mit einem erschrockenen Atemzug und in einem blitzartigen Tempo hochzufahren. Ich rappelte mich verwirrt auf: Er hockte auf den Fersen am Fußende des Bettes und sah mich erschrocken an.

"Was ist los?"

"Es tut mir leid, das wollte ich nicht."

Ich krabbelte zu ihm, hockte mich ebenfalls hin, verstand nicht, was los war.

"Was wolltest du nicht?"

Er senkte den Blick. "Dich festhalten."

Ich hob sein Kinn an, damit ich in seine Augen sehen konnte: Traurig-dunkel, so früh am Morgen.

"Was ist denn daran schlimm? Ich wollte dich ja nicht wirklich abwehren, das war rein ... instinktiv. Wenn mich jemand an dieser Stelle küsst, ist das immer wie ein Blitz, der durch mich durchschießt: Ich versteife mich, zucke zusammen oder bäume mich auf - und dann werde ich völlig lethargisch, total benommen, wie betäubt. Aber du solltest doch nicht aufhören."

"Dann muss ich um diese Stelle wohl einen großen Bogen machen."

Jacksons Stimme klang bedauernd, er lächelte schwach und strich mit dem Finger von meinem Ohr über den Hals bis zur Schulter, schickte Gänsehautschauer über meinen ganzen Körper.

"Aber du hast mir doch nicht wehgetan, und ich habe ganz bestimmt nicht um mich geschlagen, weil das unangenehm war. Ganz im Gegenteil: Das war wirklich ... schön."

Er schüttelte den Kopf. "Es geht auch nicht darum, was du

gemacht hast. Es geht darum, was ich darf und was nicht - und es steht mir absolut nicht zu, dich festzuhalten. Das ist deiner Person nicht angemessen."

Er ließ seine Hand sinken, ich griff danach und hielt sie fest.

"Aber Jackson, du hast doch gar nichts Schlimmes gemacht. Du kannst dich bei mir ganz normal verhalten - und du hast dich eben ganz normal verhalten. Ich hab dich doch auch schon geküsst, ohne vorher deine schriftliche Erlaubnis einzuholen", scherzte ich, aber er schüttelte wieder den Kopf.

"Das ist was anderes."

"Nein, ist es nicht. Hier sind wir Jackson und Shara", versuchte ich es noch einmal, "hier sind wir ganz allein und nur wir selbst."

"Nein, sind wir nicht. Versteh das doch", sagte er mit jetzt eindringlicher Stimme, "je ... intimer wir werden, desto gefährlicher ist das für dich."

Ich verstand nicht, er seufzte.

"Du weißt doch noch, wie verletzt du warst, als du erfahren hast, dass wir in deinem Leben herumgeschnüffelt haben?"

Ich nickte.

"Wenn wir beide ... so zusammen sind, dann gibt es keine Geheimnisse mehr, dann kenne ich dich, wie dich niemand anderer hier kennt."

Ich nickte noch mal, allerdings immer noch verständnislos.

"Und wenn du bedenkst, was du für den Orden bedeutest, und wegen der langen Zeit, die du hier sein wirst ..."

Er hatte sich sichtlich verrannt und rief sich selbst mit einem tiefen Atemzug zur Ordnung.

"Shara, es wird einmal eine Zeit geben, in der du mich nicht mehr liebst, und dann kannst du mich nicht mehr in deiner Nähe haben, wenn wir vorher so zusammen waren."

Ich begriff nun endlich, was er meinte, aber akzeptieren konnte ich das nicht.

"Jackson, so funktioniert das nicht. Du kannst dich nicht in jeder Sekunde, die wir zusammen sind, fragen, ob ein Wort, eine Geste oder eine Berührung Auswirkungen auf eine Zeit haben kann, die es vielleicht nie geben wird - die Zeit, in der wir uns nicht mehr lieben, in der wir nicht mehr zusammen sind."

"Aber anders geht es nicht", beharrte er.

"Doch", sagte ich, vorschnell und ohne dann mit einer plausiblen Lösung fortfahren zu können.

"Du kannst mich wegschicken, wenn du mich nicht mehr in deiner Nähe dulden kannst", bot Jackson an, und jetzt war ich diejenige, die den Kopf schüttelte.

"Doch, das kannst du, sogar jederzeit. Du kannst auch Andreas zum Teufel jagen, wenn du willst - nur dass ich die leichtere Übung wäre, vor allem wenn wir vorher ... eine Zeit lang glücklich waren."

Nun wirkte sein Lächeln wieder echter, seine Augen gewannen ihren Glanz zurück und leuchteten etwas heller, etwas grüner.

"Mach doch nicht immer alles so kompliziert", seufzte ich, aber wenn er mit diesem Plan leben konnte, konnte ich das wohl auch: Wenn ich ihn wegschicken konnte, hieß das ja nicht, dass ich das auch tun musste.

"Du musst nicht immer die Ewigkeit im Blick haben. Mir wäre es lieber, wenn du dich mal ganz einfach auf das Hier und Jetzt konzentrieren könntest. Zum Beispiel auf die" - ich warf einen Blick auf den Wecker - "nächsten zwei Stunden, bis Magnus mich zum Laufen abholt. Ich wäre dann gern so erschöpft, dass es ihm viel zu peinlich wäre, mich über die doppelte Strecke zu quälen. Und da die Tür abgeschlossen ist, brauchst du keine Angst zu haben, dass Andreas oder Ciaran uns erwischen könnten - die wissen eh, dass du hier bist."

Jackson lachte leise und ließ sich endlich von mir wieder in die Kissen ziehen.

"Nur Shara und Jack?", flüsterte er, ich nickte und küsste ihn.

"Nur wir beide, nur das Hier und Jetzt. Scheiß auf die Ewigkeit."

Seine Augen blitzen übermütig. "Und wenn das Hier und Jetzt zur Ewigkeit wird?"

"Dann bin ich auf ewig glücklich. Aber jetzt würde es mich doch sehr interessieren, ob du die Stelle wieder findest, an der wir eben aufgehört haben."

Am Mittag nach einem wunderbar anstrengenden Morgen mit Jackson und anschließendem Lauf im Tal klopfte Josie bei mir, unter dem Arm die zahlreichen Tüten und Schachteln mit den Klamotten, über denen ich neulich so schmählich eingeschlafen war. Ich holte die begeisterte Würdigung nun nach und sie sortierte die Sachen eifrig in die anschließend noch immer nicht ganz vollen Schränke meines Ankleidezimmers, dann patschte sie sich mit der Hand vor die Stirn und reichte mir einen kleinen Zettel mit einer mir unbekannten Telefonnummer.

"Davide hat gestern für dich angerufen, heute Morgen dann noch mal. Du weißt schon, dein Erster."

Mein Erster ... der hübsche Herzensbrecher mit den karamellfarbenen Augen, dem entzündeten Schnitt im Bein und dem kaputten Motorrad, Pizza an einem sommerlichen Tag im Hof der Burg - vor wenig mehr als einer Woche und irgendwie doch schon ewig her.

"Was wollte er denn?"

Josie zuckte mit den Schultern und versah ein seidenes Abendkleid in Stahlgrau mit einer Schutzhülle, die passenden Sandalen mit gefährlich aussehenden Absätzen wanderten in den auch jetzt erst zur Hälfte gefüllten Schuhschrank.

"Nur wissen, wie es dir geht, glaube ich. Das kannst du an Jacks Geburtstag anziehen", sagte sie und nickte zu dem schimmernden Kleid hinüber.

"Jackson hat bald Geburtstag?" Davon hatte er kein Wort gesagt.

"Ja, im Juni. Er wird hundertdreißig, und da wir nur runde Geburtstage feiern, ist er jetzt mal wieder fällig." Josie grinste. "Party, Torte, Reden: Er hasst das."

"Und du freust dich deshalb drauf?"

"Absolut. Ich habe schon drei völlig sinnlose Geschenke für ihn, er wird jedes einzelne gebührend verabscheuen. Ich muss mich ja schließlich für sein Geschenk rächen."

"Was war das?"

Josie zog einen Schmollmund. "Ein Kleid, das ich in einem Film gesehen hatte. Die Liebe meines Lebens, aber unerreichbar, weil ein absolutes Einzelstück. Und Jack hat es irgendwie geschafft, es zu organisieren. Ich hab ein Jahr lang mit allen Leuten telefoniert, die ich kenne - keine Chance! Und weißt du, was das Schlimmste daran ist?" Ich schüttelte den Kopf. "Dass er mir bis heute nicht sagen will, wie er das gemacht hat. Er macht so was dauernd, und ich will einfach wissen, wie!"

Ich widmete dem weißen Rennwagen, den Jackson mir in Rom in die Tiefgarage gestellt hatte, eine Gedenksekunde - dann lachte ich, denn Josie hatte ehrlich empört geklungen. "Wann hast du eigentlich Geburtstag?"

"Am 22. Mai."

"In welchem Jahr wurdest du geboren?"

"1657."

"Und wann bist du zum Orden gekommen?"

"Am 22. Mai 1657", sagte Josie ungerührt, während sie behutsam eine Knitterfalte in einem erschreckend kurzen Rock glatt strich.

Ich zog die Augenbrauen hoch, sie sah kurz zu mir herüber und zuckte dann mit den Schultern, legte den Rock ordentlich zusammen und dann in ein Regalfach.

"An diesem Tag bin ich in die Schwertkirche gelaufen. An diesem Tag haben Ciaran und Andreas mir gesagt, dass ich bei ihnen bleiben kann, dass ich bei ihnen in Sicherheit bin, dass mir nie wieder ein Leid geschehen wird. Ich feiere diesen Tag als den Tag, an dem ich wahrhaft geboren wurde. Frei geboren."

Ich nickte und bekam natürlich feuchte Augen, was mich blinzeln ließ und was Josie natürlich sah. Sie drückte mir ein Küsschen auf die Wange, wofür sie sich tatsächlich ein wenig auf die Zehenspitzen stellen musste.

"Ist nur halb so dramatisch, wie es klingt, aber es fühlt sich besser an. Und weißt du, was an Jacksons Geschenk auch noch schlimm ist?"

"Nein."

"Dass er mir das schon zum Dreihundertsten geschenkt hat, im schönen Jahr 1957. Ich hab mich so aufgeregt, dass er mir gesagt hat, das wäre das letzte Geschenk gewesen, das er mitmachen würde. Und ich hab bis heute nichts gefunden, was ihn ähnlich glücklich machen würde, also schenke ich ihm Blödsinn. Den größten Blödsinn, den ich finden kann."

"Zeigst du mir das Kleid mal?", fragte ich, Josie lächelte ein bisschen traurig.

"Klar, aber anziehen werde ich es nicht. Es ist ein Hochzeitskleid."

"Dann heirate Shane doch einfach", sagte ich, Josie zog wieder einen Flunsch.

"Geht nicht. Ich hab das vor allen Leuten als altmodischen Sexisten-Scheiß abgetan, mit dem Männer versuchen, die Frauen zu knechten. Und ich kannte Shane auch noch gar nicht, als ich das Kleid bekommen hab, er ist erst seit 1960 dabei."

"Du hast dich also erst in ein Hochzeitskleid verliebt, dann in einen Typen. Und wo du beides hattest, hat jemand zu dir gesagt, du könntest ja mal ans Heiraten denken - und du tust es genau deswegen nicht?"

"Ja. Mädchen brauchen Prinzipien."

"Klingt für mich eher nach spätpubertärer Trotzphase."

Josie lachte. "Rufst du ihn an?"

"Wen?", fragte ich zurück, während ein paar Hosen auf Bügeln im Schrank ganz links verschwanden. "Ach so, Davide. Ja, sicher. Wahrscheinlich hat seine Schwester ihm erzählt, dass ich im Krankenhaus zusammengeklappt bin."

Ich suchte meine Tasche und fand sie schließlich im Wohnzimmer in einer Ecke, wo sie jemand nach unserer überstürzten Rückkehr aus dem Krankenhaus achtlos hingeworfen hatte. Ich tippte auf meinem Kreuzritter-Handy die Nummer ein, die Josie mir gegeben hatte, kurz darauf hörte ich Davides Stimme.

"Pronto?"

"Ciao, Davide, hier ist Shara."

Ich wanderte mit dem Handy auf den Balkon hinaus, um Josies Tütenrascheln, Schubladengeknalle und Kleiderbügelgeklapper zu entgehen. Die Frühsommersonne war heute noch angenehm mild, aber bald würde es auch hier oben richtig heiß werden: Ein Sommer unter Kreuzrittern, dachte ich, mal was anderes.

"Shara, hi!"

Ich hörte Davide lächeln und freute mich ein wenig darüber, mal mit jemandem zu reden, der kein Kreuzritter auf der Suche nach dem heiligen Schwert-Erlöser war.

"Du hattest angerufen?"

"Ja - Chiara hat mir erzählt, dass du im Krankenhaus ohnmächtig geworden bist, als die Mutter von Julio diesen Anfall hatte. Ich wollte wissen, ob's dir wieder gut geht. Ich hatte nur die Nummer vom Doktor, der hat mir dann deine gegeben und gesagt, ich dürfte dich selber anrufen."

Na super, jetzt war ich also das schwache Püppchen, das beim leisesten Anzeichen von Problemen die Segel strich. Aber egal: immer noch besser, als wenn auch der Junge wüsste, was mit mir los war. Obwohl ... wenn die Bewohner dieses Tals wussten, dass die Leute von der Burg ein bisschen anders waren - wusste Davide das dann nicht auch?

"Und? Geht's dir wieder gut?", fügte der zögernd hinzu, als meine Bedenkminute unhöflich lang wurde.

Ich musste lachen und hockte mich auf mein von der Sonne angenehm angewärmtes Balkon-Sofa. Kurz darauf kam Josie ebenfalls hinaus und ließ sich mit einem erleichterten Seufzer neben mir nieder, als habe sie gerade drei Stunden schwer geschuftet.

"Ja, absolut. Gestern war ich völlig ... hinüber, aber heute ist alles wieder in Ordnung."

Jackson hatte es zu meinem Entzücken alle fünf Minuten überprüft, von Ciaran hatte ich es quasi schriftlich - und mein gesegneter Appetit war für mich selbst Anzeichen genug. Apropos - ich hatte noch Pralinen in der Küche, und auf zwei geflüsterte Worte von mir kam Josie in Windeseile mit der riesigen Schachtel zurück, einem Geschenk von Gerard.

"Das ist toll", sagte Davide. "Hast du ... mal Zeit?", fügte er dann etwas atemlos hinzu, in einem etwas erstaunten Tonfall, als wundere ihn der eigene Mut.

Ich biss in eine Praline und dachte an Magnus: Marzipan. "Sicher - wofür?"

"Egal, was du möchtest. Und ich muss noch danke sagen, weil ihr mir mit dem Motorrad geholfen habt. Wenn ich mal was für euch tun kann ..."

Scheinbar fiel ihm selbst nichts ein, was jemand von der Burg von ihm wollen konnte, und seine Stimme verklang ein wenig traurig.

"Quatsch - gern geschehen, den Jungs hat das einen Heidenspaß gemacht. Wir könnten ja heute einfach spazieren gehen, ich brauche eh ein bisschen Bewegung an der frischen Luft, sagt mein Arzt."

Josie piekte mich mit dem Finger in den Oberschenkel und schüttelte sehr deutlich den Kopf, als ich zu ihr hinüber sah, ihre Korkenzieherlocken tanzten ablehnend auf und ab. Ich streckte ihr die Zunge raus und zog ihr die Schokolade weg.

"Klar. Wir können uns die Waalen ansehen, wenn du willst", bot Davide an.

Davon hatte ich schon gehört - ein altes Bewässerungssystem an den Hängen, wenn ich mich recht erinnerte.

"Gute Idee, aber ich erwarte eine äußerst fachkundige Führung."

Josie zischte warnend und klapste mir ziemlich fest mit der Hand aufs Knie. Ich seufzte und lenkte ein.

"Ich bring vielleicht noch jemanden mit."

"Deinen Freund?"

Ich musste lachen, der Junge war einfach sehr geradeaus und seine Enttäuschung nicht zu überhören.

"Nein. Erinnerst du dich an Josie? Die mit den roten Haaren und den vielen Sommersprossen?"

Josie verschränkte die Hände vor der mageren, üppig besprenkelten Brust und schob beleidigt ihre hübsche Unterlippe vor.

"Die bringe ich mit - an der Sonne kriegt sie bestimmt noch ein paar mehr."

Wir verabredeten uns für den Nachmittag.

"Was hast du?", fragte ich Josie, als ich aufgelegt hatte. "Was ist dagegen einzuwenden, dass ich mit Davide ein paar Meter durch die Apfelbäume laufe? Mit Magnus mache ich das ja auch!"

"Magnus ist fast zwei Meter groß und kann jeden dieser Bäume mit bloßen Händen in Stücke hacken", gab sie zurück. "Dieser Hänfling versteckt sich hinter dir, wenn's brenzlig wird."

Das war nicht ganz von der Hand zu weisen. Josie nahm mir die Pralinen vom Schoß und betrachtete eine mit kleinen Nussstücken sehr kritisch, bevor sie vorsichtig daran knabberte.

"Sag mal ...", setzte ich an, wurde aber von einer angeekelt dreinschauenden Josie unterbrochen.

"Pfui, mit Alkohol. Magst du die?"

Ich schüttelte den Kopf und versuchte den Gedanken wiederzufinden, der mir eben durch den Kopf gezuckt war, Josie warf die verschmähte Praline nonchalant über die Brüstung in den Abgrund.

"Jackson oder Magnus ... einer der beiden hat gesagt, dass die Leute hier im Tal wissen, dass ihr hier auf der Burg nicht ... ganz normal seid."

Meine holprig-unhöfliche Formulierung schien Josie nicht zu stören, sie zuckte nur mit den Schultern.

"Stimmt. Und?"

"Also weiß Davide auch, was mit euch los ist? Dass ihr nicht altert, dass ihr nicht auf ... natürliche Art und Weise sterbt?"

Josie blickte von der Schokolade hoch, streifte ihre Ballerinas ab und zog einen perfekt pedikürten Fuß auf das Sofa.

"Hm ... ich würde sagen, nein: Er ist noch nicht alt genug. Die meisten erfahren das erst, wenn klar ist, dass sie hier bleiben - so mit zwanzig oder fünfundzwanzig Jahren. Dann sind sie auch vernünftig genug, um nicht gleich alles weiter erzählen. Seine Eltern wissen selbstverständlich Bescheid."

"Kennst du sie? Davides Familie?"

Josie knibbelte von einer verpackten Praline die Folie ab, beschnupperte sie und legte sie dann in die Schachtel zurück.

"Klar, schon ewig ... na ja, solange sie leben halt. Der Vater ist okay, so ein bodenständiger Typ, die Schwester schlägt nach ihm, die ist echt nett. Die Mutter ist ein anderes Kaliber. Sie hat Ciaran mal als 'Untoten' beschimpft, als sie mit ihrem Mann hier war wegen eines Kredits, und hat uns alle angesehen, als würden wir ... keine Ahnung, in schaurigen Vollmondnächten die Leute anfallen und aussaugen." Josie schüttelte den Kopf und lachte. "Gott, haben wir uns gekringelt - weißt du, was Ciaran der Frau geantwortet hat?" Ich schüttelte verneinend den Kopf. "'Madame, sie verwechseln uns. Die Vampire wohnen im Nachbartal'", fügte Josie in ziemlich perfekter Imitation von Ciarans altkluger Arztstimme hinzu, und ich war tatsächlich kurz versucht, sie zu fragen, ob das denn stimmte: Nachdem ich gerade erst akzeptiert hatte, dass es Unsterbliche gab, war der Schritt zu Blutsaugern und Werwölfen gar nicht mehr so weit, so gewagt.

"Also bin ich für Davide total normal?", fragte ich, da ich dem Jungen durchaus zutraute, uns ungerührt mit Fragen zu bedrängen, die ich dann nicht würde beantworten können - oder nicht würde beantworten dürfen.

Josie zuckte mit den Schultern. "So total normal, wie man sein kann, wenn man über einsachtzig groß ist, auf einer Burg mit Schwimmbad wohnt, Designerklamotten trägt, keiner regelten Arbeit nachgeht und nachts Ferrari fährt. Ah, Nougat", fügte sie andächtig hinzu, und steckte sich die nächste Praline in den Mund.

Magnus

Unsere Prinzessin wollte ihre schützende Burg verlassen, und das sorgte bei ihren getreuen Rittern für eine sehr angeregte Diskussion - im Keller, wo Andreas seine Uhren abstaubte und wir mehrere Meter Fels von Sharas mittlerweile sicherlich durchoptimierten Ohren entfernt waren.

Jack war schlicht und einfach dagegen, es sei denn, er käme auch mit. Ich stellte die gleiche Bedingung, was aber niemand zur Kenntnis nahm. Andreas hielt sich zurück, um Shara nicht schon wieder zu verärgern, war aber ganz klar dagegen, dass Jack bekam, was er wollte.

Ciaran dagegen fand Sharas Wunsch eigentlich ganz verständlich, wollte aber noch eine dritte Person mitschicken, die sich unauffällig in der Nähe halten sollte. Er brachte Shane ins Spiel, da er ja nicht von Shara als Akku missbraucht worden und daher neben Josie am Frischesten war, was bei Jack und mir ein ähnliches entrüstetes Schnauben hervorrief, wogegen aber Andreas nicht wirklich was sagen konnte.

An Ende wurde es so gemacht, wie Ciaran es vorgeschlagen hatte - weil Shara diese Lösung mit einem genervten Augenrollen akzeptierte. Jack redete leise auf sie ein, während Josie sich mit leidendem Gesichtsausdruck auf die Suche nach einer starken Sonnencreme und Turnschuhen machte: Shara sollte ihre Waffe mitnehmen, außerdem den Notfallsender und das Handy. Seine Hand lag locker auf ihrem Rücken, ihre auf seinem Arm, er küsste sie nach einem schnellen Blick durch den bis auf mich leeren Raum, als sie nickte - und ich war so eifersüchtig, dass ich mich ohne ein weiteres Wort in den Trainingsraum aufmachte, um dort bis zur Rückkehr der Prinzessin völlig überflüssig an meiner Pariertechnik zu feilen.

Shara

Davide wartete an der verabredeten Stelle an einem Hang etwa fünf Kilometer von der Burg entfernt auf uns - für mich eine von einhundert absolut identischen Kreuzungen zweier Feldwege mit Apfelbäumen rechts und Apfelbäumen links, die ich nie im Leben gefunden hätte. Josie steuerte ihr schnurrendes, knallrotes Käfer-Cabrio jedoch zielsicher durch die schmalen Wege, und parkte es in einem zugewucherten Feldweg neben einem Fahrrad.

Der Junge gab mir und Josie sehr höflich die Hand und blickte mir dabei forschend ins Gesicht. Ich wusste, dass ich dünner geworden war und das meine Haut nach der Woche mit Krankenhausbesuchen und durchwachten Nächten ein wenig Sonne dringend gebrauchen konnte, also nahm ich Zuflucht zu einer gar nicht so falschen Erklärung: Ich hätte was am Magen gehabt und mich die letzte Woche fast jeden Tag übergeben, deswegen wäre ich im Krankenhaus auch einfach weggeklappt, sagte ich. Davide schien mir das abzukaufen und sagte sehr artig, dass er sich freue, dass es mir besser ginge. Er machte eine einladende Geste den Hang hinauf, Josie stöhnte, ich nickte, und wir begannen eine gemächliche Wanderung entlang des uralten, ausgeklügelten Bewässerungssystems, das seit Jahrhunderten das Anpflanzen von Obstbäumen an den eigentlich viel zu trockenen oberen Hängen ermöglichte.

Davide lotste uns über schattige Wege Meter um Meter nach oben und war ein guter Erzähler - nachdem ich das System aus steinernen Kanälen und hölzernen Wehren verstanden hatte, bekam ich gleich noch ungefragt eine Runde Nachhilfe im Obstanbau. Das verleitete mich zu der Frage, ob er mal den Hof der Eltern weiterführen werde, und das war dann wohl nicht das richtige Thema für einen harmlosen Plausch am Nachmittag, denn Davide seufzte nur und schüttelte den Kopf.

"Nein, ich will studieren. Ich mache ja gerade Abi, dann will ich an die Uni. Chiara möchte das mit dem Hof machen - aber das will meine Mutter nicht."

Das verstand ich nicht: Die fröhliche und rührige Chiara mit ihrem selbstgebackenen Zitronenkuchen schien mir viel besser für den Hof geeignet zu sein als der zarte Davide mit seinem vollgestopften Bücherregal.

"Wieso will deine Mutter das nicht?"

Davide zupfte ein paar Blätter vom nächsten Baum und zerrieb sie zwischen den Fingern. Am Hang über uns raschelte es: entweder ein Tier - oder aber Shane, der sich durchs Unterholz schlug.

"Meine Mutter kommt aus Neapel. Sie ist hier in den Bergen ... nie so richtig heimisch geworden, glaube ich. Sie will, dass Chiara weggeht und studiert, aber die will viel lieber hier bleiben, ihren Julio heiraten und den Hof auf Bio-Anbau umstellen."

"Was willst du denn studieren?"

Davide zuckte mit den Schultern. "Kommt drauf an, wie gut mein Abitur wird. Medizin wäre toll, aber ich würde auch was mit Chemie oder Physik machen, da sind die Studienplätze viel leichter zu kriegen."

"Was sagt dein Vater zu euren Plänen?"

Er wischte sich die Hände an seiner Jeans ab und lächelte mich traurig an. "Nichts, er hält sich da raus. Er kommt gegen meine Mutter nicht an."

"Dann tu dich mit deiner Schwester zusammen und stellt eure Eltern vor vollendete Tatsachen: Sie kriegt den Hof, du studierst - oder ihr geht beide: du an die Uni, Chiara auf einen eigenen Hof. Deine Mutter kann euch nicht für ihre eigenen falschen Entscheidungen bezahlen lassen - und ihr müsst euch von ihr nicht diktieren lassen, wie euer Leben auszusehen hat."

"Das sagt Chiara auch immer, aber ich traue mich einfach nicht mehr. Das letzte Mal haben wir ... schlimm gestritten, vor allem um Geld. Wenn ich studieren will, kostet das halt - die Studiengebühren vor allem, aber auch ein Zimmer, Essen, Bücher, Fahrkosten."

"Es gibt doch sicher Unterstützung, die du beantragen kannst?"

Das hatte ich auch getan, da meine Eltern ebenfalls keinen müden Cent hatten investieren wollen - viel war es nicht gewesen, was man mir genehmigt hatte, aber mit einem Job und einem sparsamen Leben kam man über die Runden. Ich hatte das Geld natürlich zurückzahlen müssen, aber dennoch: Es gab Mittel und Wege.

"Nein, keine Chance." Davide schüttelte den Kopf, lächelte freudlos. "Meine Eltern verdienen zu gut, ich habe mich schon erkundigt."

Er kickte gefrustet einen Stein vor sich her, doch nach ein paar schweigenden Minuten klärte sich seine gerunzelte Stirn, sah er sich suchend um, und deutete dann auf eine kleine Hütte etwas oberhalb von uns.

"Magst du Apfelsaft? Da oben steht immer ein Fass."

Ich nickte und wir kletterten noch eine Ebene höher, die schon leicht glühende Josie immer noch voraus, Shane unsichtbar neben uns. Die Hütte ähnelte einer Bushaltestelle: Überdacht, vorne offen und mit einer Sitzbank. Auf einem Tisch standen ein stählernes Fass mit Zapfhahn und ein Stapel Becher, dazu ein Schild, dass die Besucher des Tales zu einem kostenlosen Glas Saft einlud - viele Grüße, Ihr Tourismusverband Südtirol. Ich fand das eine nette Idee, während Josie den Reinheitsgrad ihres Plastikbechers so kritisch prüfte, dass es fast schon unhöflich war.

Der Saft war naturtrüb und sehr süß, aber auch schön kalt - wir verdünnten ihn mit dem mitgebrachten Wasser, bevor wir uns auf der schattigen Bank niederließen. Mir war heiß, da ich über meinem Top ein von Jackson geliehenes Hemd trug (leider zimtfrei, da frisch gewaschen), um dieses lästige Schulterholster mit der Waffe zu verbergen, und wischte mir nun sehr unfein mit dem Ärmel den Schweiß von der Stirn.

"Darf ich euch mal was fragen?"

Davides Stimme klang äußerst zögernd, ich warf Josie einen fragenden Blick zu. Was kam jetzt?

"Klar", antwortete sie, zog einen Schuh aus und massierte sich mit schmerzverzerrtem Gesicht und einem vorwurfsvollen Blick in meine Richtung die lila lackierten Zehen. "Fragen kann man immer alles."

Davide blickte von mir zu ihr und wieder zurück. "Ich wüsste gerne, wer ... oder ... was genau ... ihr seid."

Ich bekam ein bisschen süßen Saft in den falschen Hals und hustete, Josie platze vor Lachen laut heraus.

"Ich bin Josie, das ist Shara. Wir sind Menschen, vom Planeten Erde."

Der Junge sah verlegen auf seine Hände, auf seinen gebräunten Wangen erschienen ein paar rote Flecken - mir erging es sicher nicht anders, denn das war genau die Art von Frage, die ich befürchtet hatte.

"Das meine ich nicht", sagte Davide. "Was ... macht ihr eigentlich auf der Burg?"

Ich trank weiter von meinem Saft und überließ Josie das Wort, die zuckte mit den Achseln.

"Ich weiß nicht, was du meinst. Wir wohnen da halt."

Sie warf Davide einen raschen Seitenblick zu und entschied sich für die Mitleidsnummer, als dessen Augen immer noch fragend auf ihr lagen.

"Wir haben fast alle ... schon lange keine eigene Familie mehr, Andreas und Ciaran kümmern sich um uns. Mehr ist da nicht. Shara ist bei uns zu Gast, sie weiß noch nicht genau, ob sie auch bleibt."

Das war noch nicht mal gelogen, stellte ich erstaunt fest: Wer seit Hunderten von Jahren in diesem Orden lebte, allabendlich von Ciaran bekocht und regelmäßig von Andreas diszipliniert wurde, konnte all das mit Fug und Recht von sich behaupten. Davide sprang auch prompt drauf an: Er klang nun sehr geknickt, als sei er uns mit seiner Frage zu nahe getreten.

"Echt? Das tut mir leid."

Josie lächelte tapfer und tätschelte ihm den Arm, zog dann die Hand zurück und betrachtete kritisch ihre Haut.

"Alles neue Sommersprossen", sagte sie anklagend und streckte mir die Hand hin. "Ganz toll, Shara, vielen Dank."

Ich lachte, stand auf und warf meinen Becher in den bereitgestellten Mülleimer. Davide und Josie folgten mir bereitwillig aus der kühlen Hütte zurück in die warme Nachmittagssonne, und wir machten uns langsam auf den Rückweg zum Auto. Josie lief wieder ein paar Meter vor uns her, Davide stellte weitere Fragen, allerdings sämtlich harmlos und große ohne Probleme zu beantworten: Ob ich auch studiert hätte und was, wo ich wohnen würde, wenn ich nicht in der Burg wäre, ob ich das Auto eigentlich wirklich kriegen würde, das wir neulich aus den Katalogen rausgesucht hatten, ob ich Geschwister hätte, welche Musik und welche Filme ich mochte und so weiter.

Die Sonne sank vor uns langsam herunter und ließ mich meine Sonnenbrille vermissen: In einer halben Stunde wäre es in diesem Teil des Tales bereits dämmerig und kühl. Ich hatte schon wieder Hunger, freute mich auf das Abendessen und fragte mich gerade, ob ich Davide wohl einfach zum Essen auf die Burg einladen könnte, als Josie plötzlich wie angewurzelt stehen blieb und mit sich überschlagender Stimme nach Shane schrie. Die Sonne blendete mich noch immer, und so erkannte ich die große Gestalt nicht sofort, die da langsam und mit seitwärts ausgestreckten Armen aus den dichten Reihen der Obstbäume auf den Weg trat - wenn ich die Panik in Josies Stimme jedoch richtig deutete, konnte das nur eines bedeuten: Drake.

Magnus

Der Alarm gellte schrill durch die Burg, und ich rannte gerade zum Haupthaus, als die großen Flügel der Garage aufflogen und mich die Richtung wechseln ließen.

"Jack! Was ist los?"

Er beachtete mich nicht und lief zurück in die Garage, ich hörte einen Motor aufheulen und kurz darauf schwang ich mich hinter ihm auf den Rücksitz des Geländewagens, als er gnädigerweise für etwa eine halbe Sekunde neben mir anhielt.

"Shane hat den Alarm aktiviert", stieß Jack hervor und drückte mir ein Funkgerät in die Hand. "Andreas gibt uns ihren genauen Standort durch, sie sind irgendwo Richtung Taleingang."

Das Tor in der Burgmauer ging gerade auf, und ein Seitenspiegel blieb kreischend auf der Strecke, als Jack durch die schweren Holzflügel raste. Ich klammerte mich am Vordersitz fest, kurz darauf klang Andreas' Stimme klar und beherrscht durch das Funkgerät und lotste uns mit präzisen Richtungsangaben die engen Serpentinen hinunter und dann durch schmale Landwirtschaftswege auf die andere Seite des Tals.

Shara

Es war Drake, kein Zweifel. Was meine Augen im blendenden Sonnenlicht nicht erkannten, was meinem Kopf an Gewissheit fehlte, ergänzten mein sich panisch zusammenkrampfender Magen und der metallische Geschmack der Angst in meinem Mund - alte Bekannte aus dem Pantheon, die ich so schnell nicht hatte wiedertreffen wollen. Meine Brust zog sich hart um die alte Kreuzwunde zusammen, und die warme Fröhlichkeit des Tages versank in einem bodenlosen schwarzen Loch.

Josie riss in Sekunden ihre Bluse auf und die Waffe aus dem Holster, richtete sie auf die von der tiefstehenden Sonne in goldgelbes Licht getauchte Gestalt, ich tat es ihr langsamer nach. Davide war neben mir erstarrt, seine weit aufgerissenen Augen wanderten zwischen dem Revolver und meinem Gesicht hin und her. Am Hang über uns brach Shane durch die Bäume, keine fünf Sekunden später stand er vor mir und riss mich hinter seinen Rücken, ich richtete die Waffe vorsichtshalber auf den Boden.

"Ah, Josephine", sagte Drake sanft. "Wie schön, dass wir uns doch noch einmal wiedersehen. Die beiden Herren kenne ich allerdings noch nicht persönlich."

Josie zischte, und ich hörte das leise Schnacken, als sie ihre Waffe entsicherte. Ich zerrte leicht an Shanes Arm, ich wollte Drake sehen. Shane ließ mich ein wenig hinter seinem Rücken hervortreten, hielt mich aber weiterhin mit hartem Griff am Handgelenk fest. Keine schwarze Soutane heute, bemerkte ich, nur ein weißes T-Shirt und simple Jeans, grobe Schuhe an den Füßen, die Hände leer und betont defensiv neben dem Körper ausgestreckt. Drake nickte mir zu, mit einem leichten Entblößen seiner scheußlichen, spitzen Zähne, ich erwiderte weder Gruß noch Lächeln.

Josie machte zwei Schritte auf ihn zu, die Waffe mit bewundernswert ruhigen Händen auf seine Brust gerichtet.

"Shane, such ihn ab. Davide, stell dich vor Shara."

Davides Kopf ruckte zu Josie, dann verständnislos zu mir. Er zitterte jetzt am ganzen Körper, ich sah die Angst dunkel in seinen sonst so freundlichen Augen flackern, fasste ihn an der Hand und zog ihn näher zu mir heran: Ich hatte nicht vor, mich hinter dem Jungen zu verstecken, wollte ihn nur meines Beistandes versichern. Er hatte kalten Schweiß auf der Haut und bebte unter meiner Hand - seine Angst war greifbar, schien durch die Berührung direkt in meinen Körper zu fließen: rasendes Herz, ziellose Gedanken voller Panik.

"Hab keine Angst, er tut dir nichts", flüsterte ich Davide zu, war mir aber nicht sicher, ob der mich überhaupt hörte.

Shane drückte mir kurz den Arm und ging dann zu Drake hinüber, im Vorbeigehen schob er Josie seine Waffe hinten in den Hosenbund. Er trat an den alten Kreuzritter heran, der breitete die langen Arme aus und ließ sich ungerührt abtasten. Shane nahm sich Zeit und suchte gründlich, dann nickte er Josie zu und kam mit seiner Waffe zu mir zurück, zog mich wieder hinter seinen Rücken.

"Was willst du?", fragte Josie Drake.

"Nur reden", sagte der, seine Stimme klang in dem sonnigen Tal ebenso dunkel und kalt wie in der hallenden Leere des Pantheons.

"Worüber?"

Drake lachte und drohte Josie mit dem Finger wie einem ungezogenen Kind. "Das weißt du doch, Josephine, obwohl es dich gar nichts angeht. Ich möchte mit Shara reden."

Die Arroganz in Drakes Stimme war abstoßend, ich trat ein Stück hinter Shane hervor.

"Ich kann dich hören", erwiderte ich. "Sag, was du zu sagen hast."

Drake machte einen Schritt nach vorn, Shane schob mich sofort ein, zwei Meter zurück und erneut hinter seinen Rücken.

"Nicht näher", sagte er, was Drake den Kopf schütteln ließ, als hätten wir ihn bitter enttäuscht.

"Nein, Shara, nicht so und nicht hier. Als wir uns das letzte Mal getroffen haben, hat es dir die Ewigkeit gebracht - was denkst du, was ich mir Besonderes für unser zweites Treffen ausgedacht habe?" Hinter uns war jetzt ein leises Motorengeräusch zu hören, und ich wusste sofort, dass es Jackson war, der da heran raste - als würde ich seinen Fuß auf dem Gaspedal ebenso erkennen wie seine Schritte auf dem Flur oder seinen ruhigen Atem in der Nacht. "Was ich dir zu sagen habe, ist nicht für die Ohren dieser unbedeutenden Gestalten gedacht", fuhr Drake fort, "das geht nur uns beide etwas an, das ist vertraulich."

Er lachte, und damit reichte es mir: Mir zu drohen war eine Sache, aber meine Freunde zu beleidigen, die sich auch noch zwischen mich und diesen Irren stellten? Das war zu viel. Drakes demonstrative Überlegenheit machte mich wütend, seine Stimme troff vor einer ekelhaften Selbstherrlichkeit, bei der mir übel wurde und die mich zuverlässig provozierte: Ich riss mein Handgelenk aus Shanes Griff, meine Waffe hoch und trat einen großen Schritt von Shane weg.

"Das interessiert mich nicht", antwortete ich so kalt, wie ich konnte, "da ich beschlossen habe, dass ich dich umbringen werde, wenn wir uns jemals wiedersehen sollten. Es gibt nichts, was ich von dir will, und schon gleich gar nichts, was ich von dir brauche. Du bist für mich ohne Bedeutung, denn du bist schon so gut wie tot."

Meine Worte kühlten Drakes Lächeln tatsächlich merklich ab. Er musterte mich, versuchte wahrscheinlich einzuschätzen, wie ernst es mir mit meinen Worten war - sehr ernst, wäre die richtige Antwort gewesen: Dies war die Gelegenheit, auf die ich gewartet hatte, die Falle, die ich Drake nicht offiziell hatte stellen können, die Chance, die ich brauchte, um die von ihm ausgehende Bedrohung ein für alle Mal zu beseitigen.

Ich zog den Sicherungshebel der Waffe nach unten, und das satte metallische Ratschen hatte noch nie so gut geklungen, hatte noch nie so nach Tat geklungen. Das Auto hinter uns kam näher, ich hörte Reifen quietschen und Steine, die klimpernd über den Asphalt spritzten - viel Zeit hatte ich nicht mehr, denn Jackson eilte garantiert nicht herbei, um mir beim korrekten Anlegen auf diesen Irren zu assistieren. Drake war nur wenige Meter vor mir, die Waffe hatte ich im Anschlag - würde es solch eine Gelegenheit noch ein zweites Mal geben?

"Shara, nicht", sagte Shane leise zu mir, während ich die Waffe auf Drakes Körper ausrichtete, und ich spürte den sanften Druck seiner Hand auf meinem Arm. "Nicht hier, nicht so. Er ist trotz allem ein Mensch."

Ich schüttelte seine Hand ab, zielte neu und legte den Finger fester um den Abzug. "Doch. Genau hier und genau so", antwortete ich - laut genug, damit auch Drake es verstand.

Josie starrte jetzt mich an statt Drake. Aus dem Augenwinkel registrierte ich erstaunt ein leises Nicken ihres Kopfes, dann ging sie ein Stück zur Seite und gab mir damit ein freies Schussfeld. Drake machte erst einen, dann einen zweiten Schritt nach hinten, kurz darauf schneller einen Dritten und Vierten. Ich folgte ihm langsamer, behielt ihn im Visier. Der Wagen nahm hinter uns die letzte Kurve, ich hörte den Motor brüllen, beachtete ihn aber nicht weiter. Drake bewegte sich immer noch rückwärts - ich hielt die Waffe auf ihn gerichtet, während in meinem Kopf ein wildes Durcheinander aus 'Tu es!' und 'Tu es nicht!' tobte.

Mein Hass, meine Wut, meine pochende Schwertwunde und Josies beschwörende Augen waren dafür, mein Gewissen, alle gängigen Moralgesetzte und Shane eindeutig dagegen. Noch während der Kampf in mir wütete, während ich kostbare Sekunden an Ja oder Nein, an Tun oder Nichtstun, an Wollen und Nichtwollen verschwendete, wurde mir die Entscheidung aus der Hand genommen: Von hinten jagte das Auto mit unverändert hoher Geschwindigkeit auf uns zu, dann quietschten Bremsen, rutschten Reifen über den Asphalt. Shane riss mich und Davide mit auf die rechte Straßenseite, und als ich Shane abgeschüttelt hatte und meine Waffe neu auf Drake richten wollte, verdeckte der hohe Geländewagen meine gerade noch so schöne Schusslinie. Die Tür des Wagens flog auf, und ich wurde von Magnus wie eine Puppe auf die Rückbank gezogen, während Shane den völlig apathischen Davide auf den Beifahrersitz warf.

"Morgen um Drei, im Café im Dorf", hörte ich Drake rufen, und als ich mich im Sitz halbwegs wieder aufgerichtet hatte, sah ich ihn gerade noch zwischen den Bäumen verschwinden, ein weißer Fleck zwischen all dem Grün.

"Wir bleiben ihm auf den Fersen", sagte Shane, Jackson nickte und rückte ihm ein Funkgerät in die Hand, wendete dann den Wagen und raste durch die schmalen Feldwege zurück zu Burg. Magnus drückte den Sicherungshebel meiner Waffe runter und entwand sie meinen verkrampften Händen: Ob ich tatsächlich geschossen hätte, konnte ich nicht sagen - es stand in mir nach wie vor unentschieden zwischen Wut und Gewissen. Eines stand jedoch fest: Drakes Zurückweichen vor mir war ein kleiner, kostbarer Triumph gewesen, der die elend pochende Angst in meiner Brust ein kleines bisschen erträglicher machte.

Magnus

Was für eine Szene: die schmale Straße zwischen den Apfelbäumen, der im rotgoldenen Sonnenlicht flirrende Asphalt. Josie ganz vorn mit erhobener Waffe, Shane in gleicher Haltung ein paar Meter hinter ihr, der Kleine zitternd wie ein waidwundes Reh neben ihm. Rechts von Shane dann Shara, ebenfalls die Waffe im Anschlag und ohne Zweifel damit auf dem Weg zu Drake, der ein paar zögernde, tastende Schritte zurück machte, als wäre ihm seine eigene Angst eine Überraschung.

Meine Sorge um Shara wich einem unerwarteten Stolz: Ich hatte ein Nervenbündel erwartet und fand ... nun ja, nicht unbedingt Xena, die Kriegerprinzessin, aber immerhin eine Kreuzritter-Prinzessin, die zum Angriff überging. Ich war fast versucht, sie einfach schießen zu lassen - dann wäre das kleine Problem mit Drake erledigt, und Shara hätte ihre wohlverdiente Rache gehabt. Trotzdem war ich froh, als ich sie im Auto hatte, die Waffe gesichert im Holster steckte und ich in ihren Augen nicht die grauenhafte Schuld des Tötens fand, sondern nur die Wut darüber, dass wir ihr die Tour vermasselt hatten: Sie hatte Mut bewiesen und war heil aus der Sache rausgekommen, so war mir das am liebsten. Ich drückte sie an mich, ohne um Erlaubnis zu fragen, und freute mich unbändig, als sie für einen viel zu kurzen Moment erschöpft ihren auch jetzt erstaunlich kühlen Kopf gegen meinen Hals lehnte.

Jack fuhr nicht einen Deut langsamer als bei unserer Hinfahrt, streckte aber den Arm nach hinten zu Shara, als die Straße für hundert Meter geradeaus führte.

"Geht es dir gut?"

Sie nickte und reichte ihm ihre Hand, damit er überprüfen konnte, was ich schon gespürt hatte: Kein Kribbeln, unsere Prinzessin war heil geblieben.

Shara

Mit einem Ruck kam der Wagen vor dem weit geöffneten Tor in

der Burgmauer zum Stehen, ich schleuderte unvorbereitet gegen den Vordersitz.

"Was soll das? Fahr weiter!" Magnus verpasste der Kopfstütze vor ihm einen Schlag mit der Hand, seine Stimme klang drängend.

Jackson blickte starr durch die Windschutzscheibe, seine Knöchel am Lenkrad waren weiß.

"Was machen wir mit ihm?", fragte er mit einem Nicken zu Davide auf dem Beifahrersitz. "Wenn wir ihn jetzt mitnehmen, steckt er auch mit drin, und zwar ganz. So werden Andreas und Ciaran es sehen."

Ich blickte von Jackson zu Davide, aber aus ihren Hinterköpfen war nicht viel herauszulesen. Was sollte das, wo war das Problem? Da war das rettende, das schützende Tor, mehr als dreißig Zentimeter dick und mit Eisennägeln verstärkt – nur noch ein paar Meter, und wir wären in Sicherheit! Magnus gab ein dumpfes Knurren von sich und rutschte tiefer in den Sitz: An der scheinbar anstehenden Diskussion wollte er sich wohl nicht beteiligen. Ich wusste indes noch nicht einmal, worum es darin gehen sollte, und damit lag ich schon mal mindestens einen Punkt hinten.

Jackson drehte sich zu mir um, sein Blick war eindringlich.

"Davide hat mit der ganzen Sache nichts zu tun. Er sollte hier aussteigen, quer durch die Plantagen ist er ohne Probleme in ein paar Minuten zu Hause."

'Er sollte' ... ganz klar nur ein Vorschlag. Musste ich das etwa entscheiden? Von Davide kam keine Reaktion, er blickte nach unten und bewegte sich nicht. Bekam er überhaupt mit, dass wir über ihn redeten? Ich erinnerte mich an seine Angst, die ich fast hatte spüren können, als ich ihn eben dort draußen näher zu mir gezogen hatte, und ich musste nicht lange überlegen, um zu wissen, was ich dachte, was ich wollte.

"Davide ist total geschockt, du kannst ihn nicht einfach zu Fuß nach Hause schicken. Drake hat ihn gesehen, und wahrscheinlich heute nicht zum ersten Mal, wenn er sich schon länger hier herumtreibt. Er wird wissen, wo Davide wohnt, wenn noch nicht jetzt, dann in ein paar Stunden. Und wenn Drake ihn sich holt, wäre das ein perfektes Druckmittel."

Jackson schüttelte den Kopf. "Shara, das kannst du nicht wissen ..."

Ich unterbrach ihn. "Davide steckt schon mit drin – und

wenn du ihn hier aussetzt, bringst du ihn in Gefahr. Fahr weiter."

Ich lehnte mich in meinem Sitz zurück, wartete demonstrativ auf die Weiterfahrt. Meine Stimme hatte alles andere als stark und sicher geklungen, eher nach verängstigten kleinen Mädchen - Magnus schien indes mit meiner Antwort zufrieden zu sein, denn er klopfte erneut mit der Hand auf Jackson Kopfstütze.

"Die magischen Worte ... Na los, weiter geht's, Jack!"

Jacksons Augen stachen immer noch in meine, dann nickte er kaum merklich. Er wandte sich wieder nach vorn und Sekunden später passierten wir das Tor, das sich rasch hinter uns schloss.

"Wer drin ist, ist drin – das weißt du doch selber am besten, Junker Jack", hörte ich Magnus zu Jackson sagen, als wir vor dem Haupthaus aus dem Wagen sprangen.

An der Tür nahm uns Andreas in Empfang. Auch er warf einen leicht irritierten Blick auf Davide, den Magnus mit einem bedeutsamen Blick in meine Richtung über die Schwelle schob, auch er streckte mir die Hand entgegen - ich gestattete ihm leicht genervt die scheinbar obligatorische Überprüfung meines körperlichen Allgemeinzustandes. Auf ein kurzes Nicken von Andreas in Richtung Küche schob Magnus Davide weiter, Jackson blieb derweil dicht hinter mir stehen, die Hände hinter dem Rücken.

"Fahr den Wagen rein und mach die Außengebäude dicht", trug Andreas ihm auf, Jackson nickte und warf mir einen raschen Blick zu, der mich wahrscheinlich beruhigen sollte, aber in tiefem Dunkelgrün vor allem eine Sorge verriet, dann lief er schnell hinaus.

"Dichtmachen? Was heißt das?", fragte ich Andreas.

"Wir riegeln die Burg ab. Alle Außentüren werden verschlossen und verriegelt, die Fenster gesichert, Kameras, Flutlichter und Bewegungssensoren aktiviert. Wir sind gleich fertig: Sven, Peter und Ffion sind vor etwa einer Stunde angekommen und kümmern sich schon um das Haupthaus. Ciaran ist oben an den Überwachungsmonitoren und hält Kontakt zu Josie und Shane."

"Haben die sich schon gemeldet?"

Andreas nickte. "Ja. Drake hatte ein Auto dabei, sie folgen ihm."

Eine Verfolgungsfahrt mit einem knallroten Käfer-Cabrio,

Baujahr 1966? Ich schüttelte insgeheim amüsiert den Kopf, was Andreas fälschlich als Sorge interpretierte.

"Sie sind vorsichtig, keine Angst. Sie sollen nur feststellen, wo er sich verkrochen hat, mehr nicht."

Magnus kam aus der Küche. "Ich hab dem Kleinen was zu trinken gegeben, aber Ciaran sollte mal nach ihm sehen. Er steht ziemlich neben sich."

"Lös Ciaran im Kontrollraum ab und bitte ihn, herunterzukommen."

Magnus flitzte die Treppe hinauf, und ich wollte in die Küche zu dem 'neben sich stehenden Davide', doch Andreas hielt mich zurück.

"Wegen des Jungen ..."

Ich drehte mich um. "Wir mussten ihn mitnehmen, er hatte panische Angst", sagte ich - sehr defensiv, denn scheinbar fanden es alle außer mir problematisch, dass er hier war.

"Shara, ich will deine Entscheidung nicht kritisieren. Du hast absolut richtig gehandelt: Ihr musstet ihn mitnehmen, weil er in Gefahr war. Und jetzt müssen wir ihn aufnehmen."

Ich verstand nicht gleich. "Was meinst du ... ach du meine Güte."

Ich musterte fassungslos Andreas' ernstes Gesicht. 'Aufnehmen' - gleich 'in den Orden aufnehmen'? Aber das machten sie doch nur, wenn ...

"Warum denn das? Er weiß doch gar nichts."

"Was hat Drake genau gesagt? Was hast du gesagt?", wollte Andreas wissen, meine Frage blieb unbeantwortet.

Ich rief mir die wenigen Sätze in Erinnerung, die da draußen gefallen waren. "Dass er mit mir reden will, dass er sich freut, Josie wieder zu sehen, dass er mir bei unserem ersten Treffen die Ewigkeit geschenkt hat, und dass er sich für unsere zweite Begegnung auch etwas Besonderes überlegt habe. Er hat Josie und Shane als unwürdige ... nein: 'unbedeutende Gestalten' bezeichnet." Ich machte eine Pause. "Und dann hab ich gesagt, dass ich vor hätte ihn umzubringen, und hab auf ihn angelegt."

Andreas starrte mich aus seinen schwarzen Augen an, was bedeutsam wirkte und meine 'Davide weiß von nichts'-Position zu schwächen schien.

"Komm, so schlimm ist das doch nicht", versuchte ich zu retten, was zu retten war. "Davide schläft heute hier, wir erklären ihm das mit Drake irgendwie, und bis morgen hat er sich sicher beruhigt. Dass Drake mich schon mal angegriffen hat, können wir ihm doch sagen, das erklärt auch die Waffen. Von dem Schwert und dem ganzen ..." - ich rang mal wieder angesichts der fremden und befremdenden Kreuzritterwelt nach Worten - "... drum herum muss er doch gar nichts wissen. Und dass Drake irre ist, dürfte dieses Gefasel über die Ewigkeit ja ausreichend bewiesen."

Schnelle, leichte Schritte auf der Treppe kündigten Ciaran an, kurze Zeit später spürte ich seine kühle Hand leicht auf meinem Unterarm. Immer einen Schritt weiter, dachte ich: Jetzt fassen sie dich schon an, ohne vorher um Erlaubnis zu fragen.

"Wo ist der Junge?", fragte Ciaran, Andreas deutete mit dem Kopf in Richtung Küche, dann wandte er sich mir wieder zu.

"Geh mit Ciaran und versuch es mit deiner Geschichte. Wenn Davide zu viele Fragen stellt, zu viel mitbekommen hat, ist er drin - das musst du mit Ciaran entscheiden. Ich bin oben bei Albert, Jackson schicke ich dir gleich", fügte er hinzu, als könne ich ohne meinen grünäugigen Kreuzritter nicht länger als fünf Minuten existieren.

Ich folgte Ciaran in die Küche - zögernd und mit schlechtem Gewissen, denn ich ahnte, dass ich heute Nachmittag mit diesem völlig überflüssigen Spaziergang mutwillig Davides junges Leben ruiniert hatte.

Magnus

Shane meldete sich in regelmäßigen, kurzen Abständen, und soweit ich seine Stimme über dem knatternden Motor richtig verstehen konnte, schien Drake keine Anstalten zu machen, seine Verfolger abhängen zu wollen: Er sei recht gemächlich durch das Dorf hinaus aus unserem Tal gefahren, und habe dann vor einem kleinen Hotel angehalten. Er habe ihnen zugewunken und auf seine Armbanduhr gedeutet, bevor er in dem Hotel verschwunden sei, berichtete Shane, und bat um Anweisungen.

Andreas ließ ihn und Josie vor dem Hotel Stellung beziehen, versprach ihnen aber in Kürze die Ablösung durch Sven und Peter: Kaum aus Rom angekommen, hatten die beiden mit Ffion in der Küche Kaffee getrunken und sich von Ciaran die Geschichte von Davides Bein bis zu Chiaras Schwiegermutter in spe angehört, als der Alarm ihre verdiente Ruhe in hektische

Aktivität verwandelt hatte.

Wir mussten nur noch die Zugbrücke hochziehen, dann wäre die Burg hermetisch abgeriegelt - aber so wie es aussah, hatte Drake gar nicht vor, hier einzudringen. Glaubt er wirklich, dass Shara morgen ins Dorf kommt und sich anhört, was er zu sagen hat? dachte ich, während ich zum dritten Mal die Bewegungsmelder checkte und immer noch alles in Ordnung war. Könnte sein, und vielleicht lag er damit gar nicht mal so falsch: Wenn Shara das wollte, konnten wir sie nicht daran hindern - und dass der Dickkopf das wollen würde, daran zweifelte ich nicht eine Sekunde, während ich beobachtete, wie der Golf mit Peter und Sven die Burg verließ.

Das Flutlicht für den Innenhof und die Außenmauer war schon aktiviert und tauchte die rasch zunehmende Dämmerung in ein kaltes, klares Licht - die Burg würde heute Nacht taghell über dem Dorf erstrahlen, doch leider nicht zur romantischen Ergötzung der wenigen Touristen, die es in dieses einsame Tal verschlug, sondern zum Schutz der Prinzessin vor nachtaktiven Unsterblichen.

Shara

Als ich in die Küche kam, saß Ciaran neben Davide am Tisch. Der Arzt zog mir einen Stuhl heraus und ich ließ mich dankbar darauf nieder: Es war ein langer Tag gewesen, der mit Jackson in der Dämmerung begonnen und mit Drake in der Dämmerung geendet hatte. Ich nahm das Wasser vom Tisch und trank gierig direkt aus der Flasche, dann sah ich mir Davide genauer an. Er hockte auf der harten Holzbank an der Wand, die Ellenbogen auf den Tisch gestützt, die Hände um ein leeres Glas geklammert und den Kopf gesenkt - keine Ahnung, ob er mich bemerkt hatte.

Ciaran machte eine vage Geste in Davides Richtung. "Er müsste ins Bett, ein Beruhigungsmittel wäre nicht schlecht."

Ein Beruhigungsmittel wäre das Letzte, was ich dieser reglosen, zusammengesunkenen Gestalt verordnet hatte, aber ich war auch kein Arzt. Ich beugte mich vor und legte vorsichtig eine Hand auf Davides Arm: Immer noch Angst, dachte ich ohne große Überraschung, aber nicht mehr so ... vibrierend. Der Junge hatte sich in sich selbst verkrochen und wir mussten ihn erst wieder hervorlocken.

"Davide?"

Er zuckte leicht zusammen. Ich nahm ihm das Glas ab und drückte seine Hände mit meinen - sie waren kalt, und das nicht nur vom Wasser.

"Davide!"

Der Junge hob den Kopf, und seine flackernden Augen brauchten ein paar lange Sekunden, bis sie von Verwirrung auf Erkennen umschalteten.

"Shara."

"Es ist alles gut, du musst keine Angst haben."

Ich sah fragend zu Ciaran, er bedeutete mir, fortzufahren.

"Weißt du, dieser Mann eben - er ist hinter mir her. Er hat mich schon einmal überfallen, in Rom. Deswegen bin ich hier, Ciaran und die anderen ... passen auf mich auf."

Davide sah von mir zu Ciaran, der nickte bestätigend.

"Er hat Shara böse verletzt", ergänzte er. "Deswegen waren auch Josie und Shane heute Nachmittag mit dabei. Wir haben uns Sorgen gemacht - zu Recht, wie du gesehen hast."

Davide senkte wieder den Kopf.

"Ich habe Angst vor ihm, Davide", sagte ich, was mir nicht gerade leicht fiel, da es ganz schön an meinem Selbstbewusstsein kratzte. "Er hat mich in Rom mit einem Messer verletzt, ich wäre beinahe gestorben."

Er sagte immer noch nichts, doch ich spürte jetzt, wie seine Hände sich bewegten: Er drehte sie, so dass meine Hände in seinen lagen, und ich bemerkte erstaunt einen sanften Druck seiner Finger, als wolle er jetzt mich trösten.

"Ciaran hätte gern, dass du dich ein bisschen hinlegst. Möchtest du hier schlafen? Sie haben Gästezimmer, du kannst auch mit uns essen. Ich würde mich freuen, die anderen auch."

Davide schwieg, dann sah er mich an.

"Warum hat er dich in Rom angegriffen?"

Ich wechselte einen schnellen Blick mit Ciaran, fand darin aber keine Antwort.

"Das wusste ich damals nicht", sagte ich wahrheitsgemäß.

Bitte hör auf zu fragen, beschwor ich Davide in Gedanken - ich muss dich sonst entweder anlügen, oder du kannst dir dein Medizinstudium vom Orden des Heiligen Schwertes finanzieren lassen. Die Tür zur Küche ging auf, Jackson kam herein. Er stellte sich hinter mich und legte mir beide Hände auf die

Schultern - die Wärme seines nahen Körpers war beruhigend, und ich wünschte mir plötzlich, ich könnte aufstehen, meinen schönen Kreuzritter an der Hand nehmen und mit ihm einfach gehen: aus dieser angsterfüllten Küche, aus dieser problemerfüllten Burg, diesem schrecklich komplizierten Leben - hinaus in eine Welt, in der wir uns nur um uns beide kümmern mussten, nicht um verstörte Jungen und deren Begegnung mit der Ewigkeit.

Davides Augen lagen auf Jacksons Händen.

"Und weißt du es jetzt?", fragte der Junge mich, ein wenig Trotz schwang in seiner Stimme mit.

"Ja, aber verstehen kann ich es nicht. Es tut mir leid, dass er dich so erschreckt hat, ich hätte gar nicht raus gehen dürfen."

Das ließ Davide ein wenig aufrechter sitzen. "Er hat mich nicht erschreckt."

Ich runzelte irritiert die Stirn, dann verstand ich plötzlich. Was hatte er denn auch gesehen? Drake, mit harmlos ausgestreckten, leeren Händen, Shane und Josie mit Waffen, mich sogar mit dem Finger am Abzug. Wir waren diejenigen, die bedrohlich gewesen waren, wir hatten ihn entsetzt.

"Das waren wir, mit unseren Waffen, richtig? Wir haben dir Angst gemacht."

Davide nickte. "Ja, ein bisschen. Warum habt ihr die? Niemand hat Waffen. Solche Waffen."

"Wir beschützen Shara. Dafür sind wir hier." Das war Jackson, immer noch hinter mir.

Ciaran sah ihn ein wenig vorwurfsvoll an, und ich konnte spüren, wie Jackson mit den Schultern zuckte. Davide sah ihn an, dann mich und Ciaran. Er öffnete den Mund, wandte sich dann aber mit emporgerecktem Kinn eindeutig an Jackson.

"Ist sie ... in großer Gefahr?"

"Ja. In Lebensgefahr."

"Kann ich dabei helfen, sie zu beschützen?"

Ich sog scharf die Luft ein, Jacksons Hände fassten meine Schultern fester, als wolle er mich am Aufspringen hindern.

Ciaran lachte auf, schüttelte amüsiert den Kopf und drehte sich zu mir um.

"Shara? Deine Entscheidung."

Magnus

Als Josie und Shane eine halbe Stunde später in diesem knallroten, kugelrunden Auto vor dem Tor standen, fuhr ich die Brücke runter und gleich hinter ihnen wieder hoch: Damit hatten wir für heute geschlossen, und ich konnte endlich zu den anderen in die Küche gehen. Andreas hatte mich schon vor fünfzehn Minuten verlassen, als er mit unseren Vorkehrungen zufrieden gewesen war und Sven und Peter gemeldet hatten, dass sie vor dem Hotel standen. Ich kam gleichzeitig mit Josie und Shane in der Eingangshalle an, wo Ffion vor der Küchentür stand, ein Ohr an deren dickes Holz gepresst.

"Was machst du da?", fragte Josie, Ffion winkte uns, wir sollten leise sein, doch dann zuckte sie mit den Schultern und gab ihre Lauscherposition auf.

"Sie reden mit dem Kleinen, den Shara da mitgebracht hat, aber ich kann nicht alles verstehen. Shara sollte sagen, ob sie ihn aufnehmen will, dann haben sie über was anderes gestritten, aber ich hab nicht genau verstanden, worum es ging. Irgendwas mit Kaffee."

"Und warum gehst du nicht rein?", fragte ich, Ffion warf mir einen bösen Blick zu.

"Weil Andreas gesagt hat, wir sollen draußen warten, du Depp."

Das prallte an mir ab, ich klopfte an die Tür. Die gedämpften Stimmen drinnen verstummten, ich steckte den Kopf hinein: Andreas, Ciaran, Shara, Davide - und Jack, klar.

"Wir möchten reinkommen", sagte ich einfach, und da Shara nickte, stieß ich die Tür auf.

Wir verteilten uns rund um den Tisch, ich spielte mal wieder den Kellner und holte wahllos Getränke und jede Menge Gläser aus den Schränken. Währenddessen versuchte ich an den Gesichtern von Davide, Shara und Andreas abzulesen, in welchen Stand der Diskussion wir hier hereingeplatzt waren - denn dass es hoch her gegangen war, war vor allem den beiden roten Tupfern auf Sharas Wangen deutlich anzusehen. Jack und Ciaran wirkten so kühl wie immer, Andreas schien dagegen vor unterdrückter Wut zu brodeln, er und Shara funkelten sich an, als wären gerade ganz schön die Fetzen geflogen. Es wurde schnell deutlich, dass wir hier zwei verschiedene Baustellen hatten: Einmal war die Davide-Frage ungeklärt, dann hatte Shara wohl so ganz nebenbei erwähnt, selbstverständlich würde sie sich morgen mit Drake in dieses Café - Ffions 'Kaffee'! - treffen, und das hatte zu einem hitzigen Nebenkriegsschauplatz geführt. Letzteres wurde als Erstes geregelt, noch während sich alle einen Platz suchten und Ffion sich Davide vorstellte: Shara schoss ein paar schnelle, leise Sätze auf Andreas ab, der besprach sich kurz mit Ciaran, dann war Punkt eins erledigt.

An Jacks skeptischem Blick war das Ergebnis ebenso klar abzulesen wie an Sharas siegreichem Lächeln: Die Prinzessin würde mit Drake sprechen. Davide rutschte weiter in die Bank hinein, um für uns Neuankömmlinge Platz zu machen, schien sich aber in unserer Runde durchaus nicht unwohl zu fühlen. Ich hatte schon ein paar Küken hier ankommen sehen, und im Vergleich hielt sich Davide gar nicht schlecht: Er war ein bisschen blass und sah dauernd zu Jack und Shara hinüber, als erhoffe er sich von ihnen Anweisungen, wie er sich zu verhalten habe, war aber aus seiner schockierten Trance von vorhin wieder aufgewacht.

"Nun gut", sagte Andreas, während ich mich neben Ffion auf die Bank setzte, "vielleicht sollten wir erst mal was Essen. Wir reden dann nachher weiter, Davide."

Sharas Wangen waren wieder kühl, und sie schüttelte den Kopf.

"Nein, wir regeln das sofort, er sitzt hier sonst nur ein paar Stunden rum und weiß nicht, was los ist. Ihr habt mir erzählt, dass ihr über ein neues Mitglied wissen wollt, was es zu wissen gibt, dann befragt ihr die Brüder und Schwestern nach ihrer Meinung über den Kandidaten. Nun, ihr kennt Davide, seit er ein Kind ist - gibt es etwas, was gegen ihn spricht?"

Andreas und Ciaran tauschten einen Blick, dann schüttelte Ciaran den Kopf. "Nein, da gibt es nichts."

"Gut, dann gleich weiter zu den Meinungen. Ich mach gern den Anfang: Es ist meine Schuld, dass Davide hier ist, denn ich war heute Nachmittag unverantwortlich leichtsinnig und habe ihn so in diese ganze Geschichte rein gezogen. Ich glaube, dass er in Gefahr sein könnte, wenn er einfach nach Hause geht - Drake weiß, dass ich ihn kenne, und er kommt leicht an ihn heran." Sie machte eine Pause und sah uns der Reihe nach an. "Ich würde ihm schlussendlich selbst die Wahl lassen, aber wenn er möchte, ist er für mich drin und ich bitte euch: Nehmt euch seiner an, kümmert euch um ihn, sorgt für ihn. Wenn er sich dagegen entscheidet, müssen wir irgendwie garantieren, dass er in Sicherheit ist. Und was seine Person angeht: Ich halte ihn für klug, sensibel, freundlich und tapfer - und wenn er nicht für euch geeignet ist, weiß ich nicht, welche Kriterien ihr sonst zugrunde legt."

Shara drehte sich zu Jack um, damit war er der Nächste. Er musterte Davide, der zupfte verschämt an seinem Hemd herum. Ja, eine blöde Situation für den Kleinen: Leute, die er gar nicht kannte, stimmten darüber ab, ob er bei etwas dabei sein sollte, von dem er gar nicht wusste, was es war und ob er das überhaupt wollte - willkommen im Club, so war es uns allen gegangen.

"Ich bin dafür", sagte Jack. "Er weiß noch nichts über uns und hat eben trotzdem seine Hilfe angeboten, Shara zu beschützen, das finde ich sehr mutig. Aber Shara irrt sich, wenn sie denkt, dass sie bei ihm in der Schuld steht - die Schuld an dem Zwischenfall heute liegt bei uns. Wie schon in Rom haben wir versagt."

Josie und Shane besprachen sich kurz und leise, während Shara Jack spielerisch mit dem Zeigefinger drohte und Davide von Jacks verbaler Tapferkeitsmedaille rote Backen bekam.

"Shane und ich sind dafür", sagte Josie schließlich schlicht. "Er wäre auch ohne die Drake-Geschichte eine gute Wahl."

Ffion sah Davide zögernd an, dann zuckte sie entschuldigend mit den Schultern. "Ich kann dazu nichts sagen, ich kenne ihn ja gar nicht. Aber wenn Jack Recht hat mit dem, was er sagt, bin ich dafür."

Danach war ich an der Reihe, und ich machte es kurz. "Er ist dabei."

Ich mochte den Kleinen - er war zwar noch ein halbes Kind, aber wenn Shara für ihn sprach, würde ich den Teufel tun und etwas entgegen. Wenn man ein schlechtes Gewissen hatte, dann hatte man eben ein schlechtes Gewissen - und ich verstand unsere Prinzessin in dieser Beziehung manchmal viel besser als Jack, dachte ich ein wenig stolz.

"Ich bin dafür", sagte Ciaran nicht weniger knapp, was ihm einen dankbaren Blick von Davide einbrachte, damit blieb nur noch Andreas.

Ich sah, dass er Davide sehr prüfend musterte, der den Kleinen nun eingehend die Maserung des Holztisches studieren ließ, aber er würde zustimmen, da war ich mir sicher: Er würde keinen Streit mit Shara vom Zaun brechen, nur wegen dieses durchaus akzeptablen Neuzugangs. Und wenn Shara, Andreas und Ciaran zugestimmt hatten, dann wäre Davide dabei - scheiß auf die Meinung derer, die nicht da waren!

Andreas nickte schließlich - erst zu Shara, dann zu Davide. "Er ist dabei. Wir sind spätestens morgen Abend komplett, ich werde die anderen dann informieren. Sie werden die besondere Situation verstehen."

"Danke", sagte Shara. "Dann essen wir jetzt was, ihr erzählt dabei Davide vom fröhlichen Kreuzritter-Leben, damit er sich einen Eindruck machen und seine Entscheidung fällen kann."

Shara

Es war etwa Mitternacht, als die Runde sich auflöste. Jackson und ich nahmen Davide mit nach oben und zeigten ihm ein Gästezimmer mit Bad in der Nähe von Jacksons Zimmer, der holte ein T-Shirt und eine Schlafanzugshose für den Jungen, Ffion spendete Zahnbürste und Zahnpasta.

"Wir sind gleich da vorn", sagte ich zu Davide und deutete auf Jacksons Tür. "Wenn was ist, kommst du rüber, okay?"

Der Junge nickte, wünschte uns artig eine Gute Nacht und wirkte endlich wieder ruhig, beruhigt: Ich machte mir keine großen Sorgen um ihn, der Junge schien zäher zu sein, als er aussah. Er hatte seinen Vater angerufen und gesagt, dass wir ihn für die Nacht eingeladen hätten - er würde in den kommenden Tagen und Wochen (nein: in den kommenden Jahren, Jahrzehnten und Jahrhunderten!) ohnehin viel Zeit auf der Burg verbringen, da fingen wir am besten gar nicht mit Lügen an.

Jackson machte große Augen, als ich ihn in sein Zimmer zurückschob.

"Du willst hier schlafen? Mein Bett ist aber eher ... eng."

"Eben", antwortete ich und er lachte - es klang glücklich.

Kurz darauf lag ich angenehm eingezwängt zwischen der kühlen Wand und Jacksons warmer Brust in seinem tatsächlich äußerst schmalen Bett. Ich war mittlerweile richtig müde, auch Jackson wirkte nach dem anstrengenden Tag so träge wie eine betrunkene Katze. Seine Augen glänzten über mir, durch die dichten Vorhänge fiel ein harter Streifen Licht von den Flutlampen im Innenhof quer über das Bett. Ich spielte mit Jacksons Haaren, zog einzelne Strähnen aus diesem unmöglichen

Wuschelkopf hinaus und glättete sie zwischen den Fingern, er ließ das stillschweigend über sich ergehen und küsste mich nur ab und zu zärtlich auf Stirn und Schläfen. Ich wollte nicht an den kommenden Tag denken, was mittlerweile fast zu meinem allabendlichen Ritual gehörte: Irgendetwas Unangenehmes lauerte immer, irgendwas Unschönes stand immer am nächsten Tag an, und ich hatte mittlerweile ganz gut Übung darin, die Augen nicht mehr länger nur zum Schlafen, sondern auch zum Vergessen zu schließen. Wir hatten etwa eine halbe Stunde vor uns hingedämmert, als ich leise Schritte auf dem Flur hörte, kurz darauf ein zögerndes Klopfen an der Tür. Ich setzte mich auf, Jackson angelte einen Pullover vom Stuhl und zog ihn über den nackten Oberkörper, dann schloss er auf.

Es war Davide: Er sah in dem geliehenen, zu weiten Schlafanzug sehr jung aus, und war sichtlich verlegen.

"Entschuldigung."

Ich krabbelte vom Bett, Jackson zog die Tür weiter auf.

"Schon gut, komm rein."

Davide wollte sich nicht hinsetzen, sein Blick wanderte vom Bett über mich auf Jackson. Ich strich das Hemd von Jacksons Schlafanzug glatt, das ich auch heute wieder trug, mein Kreuzritter legte mir einen wärmenden Arm um die Schultern.

"Ich hab doch noch eine Frage", setzte Davide an.

"Nur los."

"Muss ich ... sofort hier weggehen? Ich meine, Andreas hat gesagt, ich soll das Abitur normal machen - aber dann?"

Ich verstand nicht, was er meinte. "Dann willst du studieren, und das ist kein Problem. Also suchst du dir eine Uni aus und ein Fach. Wenn du wirklich Medizin nimmst, ist Ciaran im siebten Himmel."

Das schien nicht das wahre Problem zu sein. Davide lächelte nur leicht, schob die Hände in die Taschen der weiten Hose und zog sie dadurch ein Stück runter, was ihn noch mal ein paar Jahre jünger und ein paar Kilo dünner machte.

"Ich meinte eher ... kann ich meine Eltern und meine Schwester danach noch mal wiedersehen?"

Ich sah Jackson an: Er war hier der altgediente Kreuzritter, ich hatte keine Ahnung, wie das üblicherweise lief.

"Natürlich - warum auch nicht?", antwortete er. "So schnell bemerkt niemand, dass bei dir alles ein wenig anders läuft. Schau: Du bekommst bald den ersten Kreuzbalken, damit bist du drin.

Du entwickelst dich dann körperlich noch weiter, allerdings langsamer - du kannst in etwa rechnen, dass du in fünf bis sechs normalen Jahren um ein Jahr alterst. Du wirst also nicht so schnell alt wie deine Freunde, aber erst wenn deine Generation deutlich über die Dreißig geht, wird das auffällig. Und dann werden sie dich eher darum beneiden, dass du noch so jung aussiehst, während bei ihnen schon die Haare dünner werden." Jacksons Stimme war sanft. "Also hast du sicher noch zehn bis fünfzehn Jahre vor dir, in denen niemand merkt, was mit dir geschehen ist, und in dieser Zeit kannst du selbstverständlich deine Familie sehen, deine Freunde auch."

Davide dachte darüber nach, den Blick auf seine nackten Füße gesenkt.

"Wenn meine Familie hier lebt, und Bekannte - dann erkennen die mich ja auch später noch. Also muss ich ab irgendwann ... in Rom oder so wohnen, bis alle ... tot sind?"

Sein Tonfall war sehr neutral, aber mir tat diese Frage unglaublich weh. Jackson drückte mir die Schulter, als ich zusammenzuckte, und antwortete Davide.

"Nein. Die Erwachsenen im Tal wissen ja in etwa, was mit uns los ist, und du gehörst dann eben mit zu ... den Spinnern von der Burg." Sein Lächeln steckte Davide an, dessen Augen wurden klarer - genau das schien er zu wollen, hatte ich eben in der Küche schon bemerkt, zu den coolen Jungs und Mädels von der Burg gehören. "Deswegen hat Andreas gesagt, dass du deine Eltern am besten vor vollendete Tatsachen stellst, wenn du schon initiiert bist: Sie können dich dann nicht mehr davon abbringen, weil sie Vorurteile oder Angst um dich haben. Du kannst es ihnen gleich nach dem Ritual sagen oder erst in ein paar Jahren, außerdem kannst du selbst entscheiden, ob du sie weiterhin siehst oder ob du einen Strich ziehst und Abschied nimmst. Du kannst deine Eltern wie ein ganz normales Kind bis zu ihrem Tod begleiten, wenn du das willst, daran ändert sich nichts. Du musst nur aufpassen, dass niemand Unbefugter erfährt, was mit dir oder mit uns los ist - aber die Erwachsenen in deiner Familie und deine Freunde hier im Tal können es wissen, solange sie denn zu den Eingeweihten gehören. Du kannst es ihnen auch verschweigen und einfach verschwinden, wenn dir das lieber ist. Viele von uns haben das so gemacht, weil es ... ja, leichter und weniger schmerzhaft ist." Jackson drückte mich noch mal an sich, und ich war mir nicht ganz sicher, ob seine folgenden Worte nur für Davide gedacht waren. "Sieh es einfach so: Du bekommst eine zweite Familie dazu - und zwar eine, die einstimmig beschlossen hat, dass sie dich haben will. Eine Familie, die auf ewig für dich da sein wird."

Davide nickte und sah halbwegs besänftigt aus. Wahrscheinlich hatte er sich eben zum ersten Mal Gedanken über seine Zukunft gemacht, in denen Alter und Tod eine zentrale Rolle spielte - und das konnte einen sehr wohl aus dem Bett treiben, ob man nun achtzehn oder hundertachtzig war. Er dankte uns, dann patschten seine bloßen Füße zurück ins Gästezimmer.

"Wann würdet ihr denn die erste Narbe bei ihm machen?", fragte ich Jackson, als wir uns erneut halbwegs bequem in seinem Bett eingerichtet hatten und ich mein faszinierendes Spiel mit seinen eigenwilligen, aber weichen Locken wieder aufnehmen konnte. Als Antwort auf meine Frage kam ein leises Lachen, das mich aufsehen ließ - Jacksons Smaragdaugen blickten amüsiert, aber mir war nicht klar warum.

"Worüber lachst du?"

Er umfasste mich und zog mich höher, so dass ich ihn von oben bewundern konnte.

"Du machst die Narbe bei Davide, nicht 'wir'."

Ich sah erstaunt auf Jackson hinunter, schüttelte dann den Kopf. "Ganz bestimmt nicht. Wie kommst du denn darauf?"

Ich, mit diesem Dolch über Davide gebeugt? Ihn damit schneiden, bis er blutete? Nie im Leben! Schon beim Gedanken daran wurde mir schlecht, und ich verzog angewidert den Mund.

"Es ist dein Dolch, schon vergessen? Andreas und Ciaran werden damit niemanden mehr initiieren, das ist nun deine Aufgabe."

Jackson strich mir die Haare hinter die Ohren - vergebliche Liebesmühe, denn als ich jetzt entrüstet den Kopf schüttelte, fielen sie mir meine dünnen Flusen wieder ins Gesicht.

"Blödsinn. Ich bin hier nur Gast, so was mache ich nicht."

Er zuckte mit den Achseln. "Dann solltest du Davide am Besten gleich sagen, dass er doch nicht bei uns mitspielen darf. Als Übung vielleicht nicht schlecht, denn anschließend müsstest Maggie du noch davon überzeugen, dass ein leicht verlängertes Leben mit nur einem Kreuzbalken auch nicht schlecht ist: Sie ist in diesem Sommer mit dem Zweiten dran, schon vergessen? Und sie hat die Ehre, den von dir gezogen zu bekommen."

Jetzt war ich wirklich erstaunt und rückte ein Stück von Jackson ab, was angesichts der Wand hinter mir nicht wirklich gut ging.

"Davon hat mir keiner was gesagt!"

Jackson zog mich wieder näher an sich. "Doch. Indirekt schon."

"Indirekt?"

"Du weißt, dass die Markierungen mit dem Dolch gemacht werden. Und wir haben dir mehrmals gesagt, dass der Dolch nun dir gehört, ebenso wie das Schwert. Andreas hat ihn dir gegeben, mitsamt der Chronik - er hängt doch sogar in deinem Zimmer an der Wand!"

Das konnte ich nicht bestreiten - aber Jackson wollte doch wohl nicht sagen, dass ich für neue Narben zuständig war, nur weil Andreas mir die stählerne Klinge in Rom mal eben so über den Tisch geschoben hatte?

"Aber Andreas ist euer ... amtierender Großmeister. Er muss das machen, er kann den Dolch doch ohne weiteres benutzen."

"Nein, kann er nicht. Für Strafen und Ausschlüsse aus dem Orden - da eventuell, das würde er dir vielleicht noch nicht zumuten wollen. Aber neue Mitglieder sind nun deine Aufgabe."

Ich wollte mich aufsetzen, aber Jackson hatte scheinbar seine Scheu von heute Morgen komplett überwunden und hielt mich fest.

"Bleib doch hier, du kannst auch im Liegen denken."

Ich legte den Kopf widerstrebend zurück auf seine Brust. "Wenn es über die Jahrhunderte prima funktioniert hat, wenn Andreas oder Ciaran das gemacht haben, dann wird sich das jetzt nicht ändern. Und solange ich nicht offiziell eurem Club beigetreten bin, mache ich so was schon gar nicht", grummelte ich.

Jackson gab mir einen Kuss auf die Haare. "Manchmal bist du herrlich unlogisch, weißt du das?"

Ich sah hoch. "Warum?"

Er drückte meinen Kopf zurück auf seine Brust.

"Du bist dafür, dass Davide in den Orden eintritt, willst ihn aber nicht selbst initiieren. Und du denkst auch im Traum nicht daran, selber das zu tun, wozu du ihm rätst, nämlich bei uns zu bleiben: Das ist unlogisch."

Ich dachte darüber nach und schüttelte dann den Kopf, so gut es eben in dieser Enge ging.

"Stimmt nicht. Was für Davide gut ist, muss nicht auch für mich gut sein. Er will studieren, hat aber kein Geld, er muss raus aus diesem Tal, aber seine Eltern lassen ihn nicht - dabei könnt ihr ihm helfen. Bei mir ist das anders."

"Stimmt, Geld brauchst du erst mal keines mehr."

Ich knuffte Jackson für diese spöttische Bemerkung in die Seite, was mir aber mehr weh tat als ihm, da ich mir den Ellenbogen an der Wand anschlug.

"Im Ernst, Shara: Du kannst doch nicht jemandem raten, hier mitzumachen, wenn du das für dich selber total ablehnst."

"Aber sicher. Von mir erwartet ihr was ... Großartiges, für Davide ist das die Lösung all seiner Probleme. Ganz was anderes."

Jackson seufzte, mit meiner Antwort scheinbar alles andere als zufrieden. "Du kannst doch etwas Großartiges, schon vergessen?"

Ich stöhnte auf, als ich mich an die letzte Krankenhaus-Toilette erinnerte, er lachte.

"Du kommst um den Dolch nicht herum, das kann ich dir jetzt schon versprechen. Andreas wird das nicht machen, Ciaran auch nicht - also du oder keiner."

"Dann gehen wir eben", schlug ich vor, war mir das doch schon eben in der Küche als schnelle Lösung aller Probleme erschienen. "Lassen wir den Orden Orden sein, den Dolch Dolch, und suchen wir unser Glück irgendwo in der großen, weiten Welt."

"Das ändert nichts. Davide wäre dann immer noch draußen, Maggie auch."

"Aber wir hätten damit rein gar nichts mehr zu tun."

Jackson strich mir sanft über die Wange. "Findest du das nicht gemein?"

"Doch", antwortete ich dumpf an seiner Brust. "Aber ich mach das trotzdem nicht."

Er lachte wieder. "Also ungerecht statt unlogisch?"

Ich schwieg und dachte nach. Davide tat mir leid, das stand mal fest: Ich hatte ihn heute in eine böse Lage gebracht, und ihm dann bereitwillig einen Rettungsring hingeworfen, an der sich der arme Junge sich jetzt klammerte - und nun weigerte ich mich, den Ring mit ihm an Bord zu ziehen.

"Du hast Recht", sagte ich schließlich widerstrebend, "Davide schulde ich das."

"Schulden tust du niemandem etwas. Aber es wäre nur fair."

Ich vergrub meinen Kopf an seiner Schulter und nickte: Ja, es wäre nur fair. Erst das Problem mit Drake lösen, dann die offene Rechnung bei Davide bezahlen und meinetwegen auch bei Maggie, dann ... raus hier, zurück in ein normales oder zumindest normaleres Leben.

"Du hast eben 'wir' gesagt." Jackson strich mir die Haare aus dem Gesicht.

"Ja."

"Wir gehen zusammen?"

Ich stützte mich auf seine Brust, damit ich seine Augen sehen konnte. "Ja."

Er zog mein Gesicht zu sich heran. "Ich liebe dich."

"Eben darum", antwortete ich.

– 2 –

Magnus

Am nächsten Morgen nahmen Shara und ich den Kleinen mit
und setzten ihn zuhause ab, als wir zum Laufen fuhren: Er hatte
gestern Abend klar und ohne Zögern mit 'Ja' votiert und sah
heute Morgen nicht so aus, als würde er diese Entscheidung für
den Orden bereuen. Der Plan war, dass er so weit möglich jeden
Mittag nach der Schule auf die Burg kommen sollte, um dort mit
den wohnenden 'Studenten' fürs Abitur zu lernen. Damit war er
halbwegs unter unserer Aufsicht, wir konnten ihm schon mal ein
paar weitere Kleinigkeiten über den Orden erzählen - und
nebenbei auch dafür sorgen, dass er tatsächlich einen
vernünftigen Abschluss hinlegte, denn bis zu seinen Prüfungen
waren es nur noch wenige Wochen. Ciaran hatte versprochen,
sich so schnell wie möglich um einen Studienplatz mit
'Stipendium' für den Kleinen zu bemühen, so dass den Eltern
kein wirkliches Argument gegen das Studium bleiben sollte -
soweit der Plan, soweit die Theorie.

Davide winkte uns jetzt fröhlich zu, während er durch das
Hoftor lief, und als ich wieder anfuhr, lies Shara sich
kopfschüttelnd in den Sitz zurückfallen.

"Der schafft mich. Wie kann er diese ganze Geschichte mit

Schwert und Dolch und Narben und Ewigkeit und auch noch meiner Heilkraft einfach so schlucken, und ich beiße mir daran die Zähne aus? Er hat gestern nicht einmal mit der Wimper gezuckt - auch nicht, als ihr ihm eure Narben gezeigt und ihm mit dem Dolch gedroht habt!"

Ich lachte und wendete bedächtig auf der schmalen Straße. Als Shara dem Kleinen widerstrebend ihr Kreuz gezeigt hatte, hatte er mit mehr als nur einer Wimper gezuckt, aber das hatte wahrscheinlich eher mit seiner Schwärmerei für unsere Prinzessin zu tun als mit dem goldenen Tattoo an sich. Mir war dieser Blick des Kleinen etwas unangenehm gewesen: Shara hatte schon einen als aus der Ferne schwärmenden Ritter, nämlich mich - wollte ich da wirklich einen rehäugigen Nebenbuhler um Sharas Restgunst haben?

"Du hast halt einen Dickkopf", antwortete ich, "und den schon seit Jahren. Er ist ja noch ein Kind, für ihn ist das ein Abenteuer."

Shara lachte. "Und was bin ich darin? Die Prinzessin, die er vor dem bösen, schwarzen Ritter beschützen muss?"

Ich warf ihr einen erschrockenen Seitenblick zu - 'Prinzessin, du hast es erfasst', dachte ich, hütete mich aber, das laut zu sagen. Shara band ihre Schuhe neu: Laut Sven und Peter war Drake immer noch in seinem Hotel, frühstückte und las Zeitung, wir konnten also in Ruhe laufen. Dass unsere Prinzessin heute mit dem bösen, schwarzen Ritter reden wollte, gefiel mir nicht, aber immerhin würden wir auf Nummer sicher gehen: Jack und ich sollten Drake im Café abholen und auf die Burg bringen, dort wäre er leichter und vor allem unauffälliger zu kontrollieren. Wir können ihn ja schlecht mitten auf dem Dorfplatz auf Waffen abklopfen, hatte Andreas eingewandt, als Shara ob dieser Umständlichkeit die Augenbrauen hochgezogen hatte - wahrscheinlich hätte sie sich einfach auf den Stuhl ihm gegenübergesetzt, einen Cappuccino mit fettarmer Milch bestellt und sich nebenbei gesonnt.

"Was erwartest du dir von heute Nachmittag?", fragte ich sie, als wir in einem strammen Tempo unsere Runde begannen, sie hob in einer ratlosen Geste die Arme.

"Ich weiß es nicht. Er will ja was von mir, also hat er hoffentlich eine schöne Rede vorbereitet."

"Hast du Angst vor ihm?"

Sie schwieg ein paar hundert Meter, aber da sie nicht

frustriert schneller wurde, nahm ich an, dass sie ernsthaft über diese Frage nachdachte und nicht ob meiner Unverschämtheit schmollte.

"Ja", antwortete sie schließlich, "aber mehr so ... instinktiv. Als würde mein Körper sich erinnern, was er ihm angetan hat, und mein Kopf mir dann sagen, dass ich dafür sorgen muss, dass das nicht wieder vorkommt."

"Dann hast du keine Angst mehr", sagte ich bestimmt, jetzt wurde sie langsamer und warf wir aus ihren kühlen Augen einen fragenden Blick zu.

"Wie meinst du das?"

"Wenn dein Kopf sich meldet, ist die Angst besiegt. Sie bleibt noch ein bisschen und sorgt für das nötige Adrenalin, also lass sie ruhig kommen - sie ist nützlich, macht dich schneller und entschlossener." Sie sah nicht überzeugt aus, also gab ich mir mehr Mühe. "Schau", sagte ich eindringlicher, "du bist gestern mit der Waffe auf ihn los, hast den Spieß umgedreht und ihn bedroht, ihn zum Zurückweichen gebracht. Du hattest deine Angst im Griff und das hat er gesehen - wir alle haben es gesehen."

"Er mich mit dem provoziert, was er gesagt hat und wie er es gesagt hat. Ich war wütend, nicht tapfer."

Ich lachte. "Das ist das Gleiche in Grün - entscheidend ist, dass du nicht mehr ängstlich warst."

Sie dachte nach, und wir hatten die erste Hälfte unserer Runde geschafft, als sie weiter sprach.

"Aber Mut aus Zorn führt sicherlich nicht zu besonders klugen Taten: Zorn macht dich blind und wütend, kurzsichtig und egoistisch."

Herrje, das Haar hatte sie aber mal meisterhaft gespalten. Ich sah es schon vor mir, das Ergebnis ihrer Überlegungen, in altertümlichen Lettern auf vergilbtem Papier: 'Wenn Wut Mut gebiert - eine philosophische Abhandlung über die Moral des Zorns'. Fünfhundert Seiten - mit einem Vorwort von Andreas, einem Nachwort von Ciaran und einer dicken Staubschicht von Jahrhunderten Langeweile. Trotzdem: Immerhin dachte sie über das nach, was ich zu sagen hatte. Und ich hatte noch etwas zu sagen, dringend sogar - ich musste ihr eine Warnung zukommen lassen, wegen der ich das ganze Thema Drake eigentlich erst angefangen hatte.

"Shara ... du solltest trotzdem auf der Hut sein. Ratten kann man nicht einfach so verscheuchen, sie kommen wieder. Vielleicht nicht mehr durchs Kellerfenster, dafür dann eben gleich durch die Haustür. Aber sie kommen, und sie wollen immer das Gleiche."

"Also beim nächsten Mal kein Dolch in der Nacht?"

"Nein - der Dolch war eh nur Mittel zum Zweck. Du bist jetzt genau so, wie er dich haben will. Und er will dich haben, das steht mal fest."

Shara nickte und wurde schneller. Sie lachte nicht, sie grinste nicht und hatte auch keinen flotten Spruch parat: Sie nimmt dich ernst, dachte ich erstaunt, sie nimmt dich tatsächlich ernst.

Shara

Laufen mit Magnus, danach Schwimmen mit Jackson - wir waren scheinbar wieder zu unserem geruhsamen Tagesablauf zurückgekehrt, mit dem wir auf der Burg begonnen hatten, oder versuchten das zumindest. Ich hätte den Nachmittag durchaus lieber mit weiteren vergeblichen Versuchen verbracht, mich gegen Magnus oder Jackson in Selbstverteidigung zu üben oder mir von Ciaran noch mal den Unterschied zwischen Aspirin und Paracetamol erklären zu lassen, aber da ich nun mal verlangt hatte, Drake zu sprechen, war daran heute nicht zu denken. Das einzig Gute war, dass ich dadurch noch einen Tag Schonfrist vor dem nächsten Termin im Krankenhaus hatte - wir würden am nächsten Tag erneut losziehen, und mein Magen begann beim Gedanken daran mehr zu revoltieren, als bei dem an das bevorstehende Treffen mit Drake.

Vor dem Haupthaus stand ein mir unbekanntes Auto, als Magnus und ich zurückkamen, in der Eingangshalle wurde ich dann ein wenig zu herzlich von Gerard begrüßt, der mir zwei nicht besonders luftige Küsschen auf meine schweißnassen Wangen drückte. Ich schob ihn lachend weg und ging meinen Badeanzug holen, und als ich ins Schwimmbad kam, hockte Jackson tropfend auf dem Beckenrand und sprach mit Maggie. Sie sah wieder einmal aus, als wäre sie auf der Durchreise: Trotz tropischer Temperaturen hatte sie eine Jacke an und eine riesige Tasche in der Hand. Ich seufzte innerlich (diese verstockte Person hatte mir heute gerade noch gefehlt!) und wäre dann fast über meine eigenen Füße gestolpert, als sie sich zu mir umdrehte und mich mit einem Lächeln begrüßte, das man nur als ebenso freundlich wie strahlend bezeichnen konnte.

"Hi Maggie", sagte ich zögernd, während Jackson sich zurück ins Wasser fallen ließ und begann, mit kraftvollen, gleichmäßigen Zügen seine Bahnen zu ziehen.

Ich musste duschen und mich umziehen, blieb aber mit dem Badeanzug in der Hand stehen, als Maggie ihre Tasche auf den Boden stellte und dann mit ausgestreckter Hand auf mich zukam.

"Hallo Shara", sagte sie, ich schüttelte die mollige Rechte und war erstaunt, wie sehr ein simples Lächeln ihrem Gesicht doch schmeichelte. "Shara ... ich bin gleich wieder weg, aber Ciaran hat mir gesagt, dass du nach dem Laufen immer schwimmen gehst, und ich wollte dich sofort sehen." Sie holte Luft, ihr Lächeln wurde etwas matter. "Ich möchte mich bei dir entschuldigen, weil ich neulich in Rom so unfreundlich war."

Ich zog die Augenbrauen hoch, überrascht. "Du hattest sicher deine Gründe."

Maggie blickte zu Boden, schüttelte dann den Kopf. "Nein, keinen ... vernünftigen." Sie sah wieder hoch. "Ich hab damals gedacht: Gott, was für ein blödes Püppchen. Ich hab einfach beschlossen, dass du alles bist, was ich hasse: Groß, blond, dumm und dünn. Alle Jungs haben vor dir auf dem Boden gelegen und die Mädchen waren auch hin und weg - ich hab gar nicht mehr zugehört, was du gesagt hast, ich hab dich ... einfach nur aus tiefster Seele verabscheut."

Ich stand vor ihr und war baff. Das war verdammt deutlich - kam da noch was nach, oder wollte sie mich nur wissen lassen, wie scheiße sie mich fand? Mein Gesichtsausdruck sprach wohl Bände, denn sie fuhr schnell fort.

"Ich hab genau das gemacht, was alle anderen bei mir machen: Ich hab dich angeschaut und in eine Schublade gesteckt. Eine sehr große Schublade, denn da müssen alle Großen, Dünnen und Blonden rein." Sie lächelte wieder. "Das tut mir leid und dafür entschuldige ich mich. Ich muss ja nicht deine beste Freundin sein, aber ich hab gehofft, wir könnten noch mal neu anfangen."

Ich dachte kurz nach, dann beschloss ich, ebenfalls offen zu sein. "Maggie, ich hab dich auch ... katalogisiert, und gerade gut bist nicht dabei nicht gekommen. Du hast mich angeschaut, als wäre ich etwas, dass man ungern unter dem Schuh kleben hat, und solche Blicke habe ich schon zu oft gesehen. Ich hab dich in die Schublade 'neidische, mürrische Dicke' gesteckt."

Ihre ungezupften Augenbrauen zuckten in Richtung Stirn: Diese Antwort fand sie wohl nicht besonders entgegenkommend.

"Ich bin nicht dick", sagte sie kühl, ich nickte zustimmend - sie war kompakt und fleischig, aber ohne schwabbelndes Fett. Und wenn ich mich nicht ganz täuschte, sah sie heute schlanker aus als noch vor ... ja, etwa drei Wochen, oder? Nicht viel: Die Wangen etwas flacher, der massive Hals etwas graziler - vielleicht sahen ihre Klamotten deswegen so unförmig aus, weil sie ihr schlicht und einfach zu groß waren?

"Ich bin nicht dumm", entgegnete ich - ich ließ auch nicht alles auf mir sitzen, Entschuldigung hin oder her. "Und die 'Mädchen und Jungs' mochten mich beileibe nicht alle - du bist selber das beste Beispiel."

"Aber du bist dünn. Und blond."

"Naturblond, das gilt nicht. Und du bist mürrisch."

Ihre Augen wurden zu zwei schmalen Schlitzen, dann nickte sie.

"Ja, das ist wohl wahr. Und was den Neid angeht: Ich hab in den letzten zwei Wochen genau zwei Kilo abgenommen. Ich hab eine Woche mit mir selbst geschimpft, jetzt halte ich Diät. Deine Kleidergröße werde ich wohl nie erreichen, aber wenn einen der eigene Anblick im Spiegel ankotzt, sollte man wohl mal was tun."

Da hatte sie Recht, keine Frage. "Wir fangen beide noch mal von vorne an, okay?", fragte ich und bot ihr meine Hand, sie nickte mit einem erneuten Lächeln und schlug ein.

Ich hielt ihre Hand fest, noch nicht ganz zufrieden mit dem neuen Frieden.

"Woher dieser Sinneswandel?"

Ihr Lächeln wurde etwas fahler. "Na ja - würdest du dich mit nackter Brust jemandem anvertrauen, der weiß, dass du ihn nicht leiden kannst und auch noch einen Dolch in der Hand hat?"

Ich lachte - das war ungefähr das, was ich gedacht hatte, als Andreas mir in Rom mit dem Anbringen von Goldkreuzen gedroht hatte, minus das 'nicht leiden können'.

"Nein, im Ernst", sagte Maggie. "Ich habe mich Scheiße benommen und du hattest es nicht verdient. Für dich war es schrecklich genug, da allen so vorgeführt zu werden, und ich hab dir das unnötig noch schwerer gemacht."

Kurz darauf war sie aus der Tür und ich ließ mich auf die nächste Liege sinken, Jackson schwamm zu mir hinüber und zog sich auf den Beckenrand.

"Neue Freunde?"

Ich schüttelte den Kopf, immer noch etwas verwirrt ob dieser seltsamen Wandlung. "Ist die immer so ... direkt?"

Glitzernde Wassertropfen fielen aus seinen Haaren, als er lachend den Kopf in den Nacken warf. "Oh ja. Lies es mal in der Chronik nach - Maggies Geschichte ist etwas ganz Besonderes."

Gegen zehn Uhr kamen Sven und Peter von ihrer Wache vor Drakes Hotel zurück, sie hatten nichts Aufregendes zu berichten. Anscheinend hatte Drake das Hotel den ganzen Tag über nicht verlassen: Nach dem Frühstück hatte er stundenlang auf einem Balkon gesessen und Zeitung gelesen, als wolle er uns davon überzeugen, dass er ebenso harmlos wie vertrauenswürdig war. Andreas beorderte Maggie und Gerard für die nächste Schicht zum Hotel, allerdings sollten sie am Abend von Magnus und Jackson abgelöst werden. Jackson knurrte leise, protestierte aber nicht - Andreas hätte bei einem Einwand von ihm nicht eingelenkt, und mir wäre es viel zu peinlich gewesen, wegen einer einzigen einsamen Nacht den Aufstand zu proben.

Ciaran fuhr gegen ein Uhr los, um Davide abzuholen: Er war als Arzt im ganzen Tal mit Abstand der Bekannteste der Burgbewohner, hier war also am ehesten zu erhoffen, dass die Eltern ihm Davide ohne große Probleme anvertrauen würden, wenn er nur genügend wohlwollende Anteilnahme für den Jungen und seine Zukunft auf den Tisch legte. Josie riet ihm, ein Plastikgebiss mit Vampirzähnen einzustecken, um Davides Mutter auf Abstand zu halten, was ihr eine scharfe Rüge des Arztes einbrachte inklusive der knappen Anweisung, die Medikamentenbestände zu erfassen - Josie machte einen saugend-schmatzenden Laut und verschwand in der Praxis. Ciaran hatte Glück, traf auf Vater und Schwester, brachte neben einem sehr erleichterten Davide auch einen riesigen Erdbeerkuchen von Chiara mit - und damit war Davides Halbtagsbetreuung in der Burg erst mal gesichert. Er lernte mit Sven und Peter zwei weitere Ordensmitglieder kennen, und sollte sich dann von den Anwesenden einen Betreuer - den von Jackson schon erwähnten 'Mentor' - aussuchen, der ihm während seiner Bewährungszeit mit Rat und Tat zur Seite stehen sollte.

Davides Karamellaugen irrten von mir über Jackson zu Magnus, kehrten dann zu mir zurück und blieben schließlich auf Jackson liegen. Der nickte und gab seinem neuen Schützling die Hand, während ich mich mit schlechtem Gewissen fragte, welche Auswirkungen diese seine neue Verpflichtung auf meinen insgeheim gehegten Plan haben würde, mich mit meinem schönen Kreuzritter so bald wie möglich abzusetzen - keine guten, dachte ich, schwieg aber. Davide bekam das Gästezimmer von vergangener Nacht als sein neues Reich zugewiesen, von Ciaran eine Blitzführung durch das Haupthaus und eine ausführlichere Einweisung in die Bibliothek, damit er dort für seine Prüfungen lernen konnte. Er zeigte sich von allem beeindruckt bis begeistert, wobei die Garage wohl den stärksten Eindruck hinterließ: Der Junge strich um die Autos herum wie eine hungrige Katze um die Milch, väterlich-wohlwollend beobachtet von Jackson, amüsiert beobachtet von mir. Schneller, als mir lieb war, zeigte die Uhr dann Viertel vor drei, und ich ging in mein Zimmer, um mich umzuziehen. Ich hätte Josie als Ratgeber mitnehmen sollen, dachte ich, als ich einen konservativen schwarzen Hosenanzug gegen ein Kleid beziehungsweise eine Jeans mit T-Shirt abwog: Was zog man an, wenn man seinen Mörder erwartete?

Magnus

Jack war pragmatisch gestimmt und nahm den Geländewagen, um Drake abzuholen: Viel Platz und bequeme Sitze, selbst für meine Verhältnisse. Ich setzte mich auf die Rückbank hinter Jack, unser Passagier würde neben mir sitzen, sicher war sicher. Ich glaubte zwar nicht, dass der ausfällig werden würde, aber zu vertrauensselig und sorglos wollten wir auch nicht wirken.

"Mein Gott, Ffion ist wirklich unglaublich, findet du nicht?", fragte ich, als wir aus dem Tor rollten.

Der Seitenspiegel des Autos war noch nicht repariert, niemand hatte seine Überreste vor dem Tor weggeräumt, und so knirschte es vernehmlich, als wir über die Scherben rollten. Auf meine Frage schnaubte Jack nur ungehalten, und ich musste beim Gedanken an die Szene in der Küche vor einer guten Stunde noch mal Lachen: Der Erdbeerkuchen war alle gewesen, niemand hatte mehr Kaffee gewollt, und Davide war gerade mit

Ciaran zur Burgbesichtigung aufgebrochen.

"Warum darf der Neue Jack auswählen?", hatte Ffion in die Runde gefragt, während wir die Kaffeetassen in der Spülmaschine verstaut und die letzten Kuchenkrümel vom Tisch gewischt hatten.

Ich hatte sie blöd angesehen, auch Jack und Shara waren stehen geblieben, Josie ebenfalls, die Hände voll schmutzigem Geschirr. Andreas war schon halb aus der Tür gewesen, hatte aber gezögert, Sven, Shane und Peter hatten hinten von einer Einkaufsliste hochgeblickt - Sharas zuckerfreie Cola war alle, Maggie wollte fettarme Milch haben, und auch sonst musste der Kühlschrank dringend aufgefüllt werden: Unsere fleißigen Damen aus dem Dorf hatten wegen Drake ein paar Tage Urlaub bekommen, der Lieferservice war abbestellt worden, also würden wir verwöhnten Burgbewohner ausnahmsweise selber einkaufen müssen.

"Wieso?", hatte Shane zurückgefragt. "Ist an Jack was Besonderes?"

Ffion hatte sich zu ihm umgedreht, ein gelindes Erstaunen im Gesicht. "Jeder darf sich nur um einen kümmern. Und Jack hat doch schon Shara übernommen, oder?"

Es hatte gekracht: Eine von unseren kostbaren Kaffeetassen war auf dem Boden zerschmettert, Josie hatte sich die Hand vor den Mund gehalten und geheult vor Lachen. Jack hatte wie vom Blitz getroffen dagestanden, und Shara hatte Ffion angestarrt, als sei sie eine Erscheinung aus einer anderen Dimension.

"Oh Mist. Das wusste ich nicht", hatte Ffion nach etlichen Sekunden gehaucht, die von einem deutlichen Denkprozess auf ihrer gerunzelten Stirn begleitet worden waren. "Ihr seid zusammen?"

Shara hatte Jack angesehen, das Blut war ihr aus den Wangen gelaufen und hatte eine Blässe hinterlassen, die mich stark an ihren Teint nach unserem ersten Termin im Krankenhaus erinnerte: Ziemlich fahl, allerdings fehlte der damals sehr deutliche Grünstich. Jack hatte sich nicht gerührt, aber es war deutlich zu sehen gewesen, wie eine mehr als offensichtliche Frage in seine Augen trat, als diese Sharas Gesicht fanden. Diese hatte geseufzt, Ffion die schmutzigen Teller in die Hand gedrückt, einen Schritt auf Jack zugemacht und ihn vor unser aller Augen innig auf den Mund geküsst. Ich hatte das Gefühl, dass Jack ebenso überrascht gewesen war wie wir anderen, und es hatte mehrere Sekunden gedauert, bis er die Arme gehoben, Shara umschlungen und sie so fest an sich gedrückt hatte, dass die in dieser Geste liegende Erleichterung und Liebe selbst mich alten Neidhammel versonnen hatte lächeln lassen.

"Blitzmerker", hatte Shara zu Ffion gesagt, als Jack sie wieder frei gegeben hatte, dann hatte sie ihn an der Hand aus der Küche gezogen, und uns in verschiedenen Zuständen von Verblüffung bis Neid zurück gelassen.

Da ich derjenige mit dem Neid gewesen war, ritt ich jetzt auf der romantischen Schlussszene nicht weiter herum, sondern konzentrierte mich lieber auf die kurz bevorstehende Begegnung mit Drake. Wir sollten natürlich nur Taxi spielen, aber da mir noch nie ein Taxifahrer auf dieser großen, weiten Welt begegnet war, der die Klappe hielt und seine ungefilterten Gedanken nicht ungefragt auf die ihm auf Gedeih und Verderb ausgelieferten Fahrgäste ergoss, suchte ich nach ein paar ebenso schlagfertigen wie bösartigen Retouren auf Bemerkungen, die ich noch gar nicht kannte, wohl aber erwartete. Jack fuhr betont langsam, und wir brauchten so für die Strecke bis ins Dorf fast zehn Minuten. Die Kirchturmuhr schlug passenderweise drei, als wir aus dem Schatten der engen Gassen auf den Dorfplatz bogen, wo Drake sehr entspannt unter der rot-weiß gestreiften Markise des kleinen Cafés saß. Jack umrundete den Platz und hielt neben Drakes Tisch an, ich öffnete von innen die Tür und stieß sie herausfordernd auf.

Drake stand auf, warf ein paar Münzen neben seine Espressotasse und stieg dann ohne Zögern ein. Er fragte weder, wo wir hinfuhren, noch sprach er sonst ein Wort: Das Ziel war ohnehin nicht schwer zu erraten, nachdem Jack wieder in Richtung Burg fuhr, auch waren wir nicht diejenigen, die ihn heute interessierten - ein verständliches Schweigen also, das mich aber leider dazu verdonnerte, meine ganzen liebevoll vorbereiteten Bösartigkeiten für mich zu behalten. Ich musterte Drake ohne Scheu, und wenn ihn das störte, ließ er sich nichts anmerken: Ich hatte ihn leibhaftig bislang nur zweimal als fliehenden Schatten gesehen, erst im Pantheon, dann unten im Tal, und natürlich interessierte er mich. Sein Bildnis in unserem Haus in Rom war treffend, wenn auch etwas belanglos, stellte ich jetzt fest: Es hatte mir gereicht, um ihn erkennen zu können, erfasste aber nicht diese Aura des Abgründigen, die ihn zu umgeben schien, und die vor allem von seinen kalten, schwarzen

Augen ausging.

Er war kleiner als ich, aber nicht viel - etwas über einsneunzig, schätze ich. Hager, aber nicht abgemagert, er schien eher aus Sehnen zu bestehen denn aus Muskeln, so weit man das sehen konnte. Er trug einen dunklen Anzug teurer Machart mit einem langärmeligen Hemd und grauer Krawatte, das Jackett legte er sich sorgfältig über die Knie - hat sich fein gemacht für die Prinzessin, dachte ich boshaft, als würde ich nicht auch sorgfältigst meine Turnschuhe putzen, bevor ich mit Shara laufen ging. Drakes schwarze Haare waren kurz geschnitten, glänzend und glatt, die Haut frisch gebräunt - als habe er die letzten Tage seit langem mal wieder draußen verbracht. Ist ein bisschen ums Haus geschlichen, dachte ich, während wir die letzte Serpentine vor der Burg nahmen, und beim Gedanken daran, dass dieser Typ unsere Prinzessin belauert hatte, wurde ich ein bisschen wütend. Jack hatte unseren Passagier bislang keines Blickes gewürdigt: Er sah starr geradeaus, und ich war mir sicher, dass er die ganze Fahrt über nicht einmal in den Rückspiegel gesehen hatte - sein Hass auf diesen Mann war greifbar, ließ die Luft im Wagen vibrieren und brauchte keine bösen Blicke oder scharfen Worte, um gehört zu werden.

Shara

Um drei Uhr waren alle in der Bibliothek - bis auf Magnus und Jackson natürlich, die Drake abholten. Auch Davide fehlte, er saß in der Bibliothek und arbeitete sich durch die Mendelschen Regeln für Biologie. Er wäre natürlich gern dabei gewesen: Eine gewisse Anspannung lag in der Luft, ließ die Kreuzritter in Paaren und Gruppen tuscheln - das entfachte die Neugierde des Jungen. Aber Andreas hatte ihn gestoppt, bevor ich protestieren musste: Solange er kein offizielles Mitglied im Orden war (also die erste Narbe hatte), wäre er bei solchen delikaten Sachen außen vor. Davide hatte einmal kurz gemurrt, wahrscheinlich aus Prinzip, sich dann aber gefügt.

Die Sitzordnung für das Treffen mit Drake erinnerte mich an das Gespräch mit dem Priester in Rom, nur dass es diesmal mehr Leute waren, die sich in der Bibliothek versammelten. Lucia, Pablo und Joseph fehlten noch, wurden aber für den Abend erwartet, der Rest meiner Kreuzritter war anwesend: Auch

Maggie und Gerard, die beiden waren kurz vor drei in den Raum geschlüpft, nachdem sie Drake vom Hotel in den Ort gefolgt waren und dort beobachtet hatten, wie er sich ins Café gesetzt hatte. Ich bekam den Sessel genau gegenüber dem schlichten Stuhl, auf dem Drake sitzen würde, mit Andreas links und Ciaran rechts von mir. Sven, Shane, Maggie, Josie und Ffion saßen ebenfalls, Jackson und Magnus würden wie zwei Wachen hinter mir stehen, während Gerard und Peter die Stühle hinter Drake belegen sollten. Josie zupfte nervös und unnötig an dem Gürtel des schlichten Kleids herum, für das ich mich entschieden hatte, und Ffion flüsterte mir eine sehr beschämte Entschuldigung für ihre Blödheit wegen mir und Jackson ins Ohr. 'Sie sagen nichts, bis wir es offiziell machen', hatte mein schöner Kreuzritter gesagt - nun, das Thema war dann wohl erledigt: Offizieller wäre nur ein Aushang am (zum Glück nicht vorhandenen!) Schwarzen Brett dieser seltsamen WG gewesen.

Um Viertel nach Drei ging dann alles ganz schnell: Schritte auf dem Gang, die Tür öffnete sich und Drake betrat vor Andreas den Raum. Schwarzer Anzug, schwarze Schuhe, schwarze Augen - und ein absolut ausdrucksloses Gesicht. Seine Augen lagen auf mir, während er zu dem einzeln stehenden Stuhl ging, von dem er wusste, dass dies sein Platz sein würde, dann nickte er grüßend und setzte sich. Andreas wartete, bis alle anderen ebenfalls ihre Plätze eingenommen hatten, suchte mit den Augen meine Zustimmung, und sprach dann Drake mit beherrschter, betont neutraler Stimme an. Er klang anders als in Rom mit dem Priester, bemerkte ich - angespannter, aufmerksamer: Er schien Drake als Gegner viel mehr ernst zu nehmen als den mageren, veilchenverzierten Giuseppe.

"Dieses Gespräch ist beendet, sobald Shara es wünscht. Du stehst nicht auf, du machst keine schnellen Bewegungen, und du wahrst alle Regeln der Höflichkeit. Wir haben dich nicht eingeladen, und wir versprechen dir keinen freien Abzug, die Entscheidung darüber liegt wiederum bei Shara. Hast du das verstanden?"

Drake nickte.

"Dann sag, was du zu sagen hast."

Drakes Blick wanderte von Andreas zu mir, und der Ausdruck in seinen schwarzen Augen wurde sanft. Ein Ekelschauer kitzelte mich angesichts dieses Blickes kalt im Rücken, ich versteifte mich, atmete tief ein - und bekam unerwartet eine durchaus gelungene Mischung aus Zimt und Schwarzer Johannisbeere in die Nase, die mich des nahen Beistandes zweier guter Freunde versicherte: Ich muss keine Angst vor Drake haben, wenn Jackson und Magnus bei mir sind, sagte ich mir, ich muss überhaupt keine Angst haben.

"Hallo Shara", sagte Drake mit ruhiger, milder Stimme, ich nickte einmal knapp in seine Richtung. "Ich habe mich sehr gefreut, als ich gesehen habe, wie gut es dir geht. Und ich würde natürlich deine neue Narbe gern sehen."

Spinnst der?, dachte ich spontan, kurz davor, dies in meiner Überraschung laut herauszuprusten - er glaubt doch nicht wirklich, dass ich ihm dieses obskure Tattoo zeige? Nein, beantwortete ich mir die Frage selbst: Er weiß, dass du es ihm nicht zeigen wirst, er will dir nur klar machen, dass er der Verursacher dieser schicksalsträchtigen Markierung ist - und dich natürlich auch daran erinnern, dass er dir vor gar nicht allzu langer Zeit einen Dolch in die Brust gerammt hat.

Ich schüttelte den Kopf. "Du wirst die Narbe nicht sehen. Und wir werden hier auch keinen Dialog führen, ich werde dir keine Fragen beantworten oder dir irgendwelche Wünsche erfüllen. Wie Andreas schon sagte: Du kannst sagen, was du zu sagen hast, aber mehr auch nicht."

Drake zuckte mit den Schultern, sein Lächeln wurde ob meiner Ablehnung nur ein klein wenig trüber.

"Gut, wie du willst. Ich bin hierher gekommen, weil ich dich warnen möchte, und zwar vor deinen angeblichen neuen Freunden. Andreas, Ciaran und ihr sogenannter 'Orden' werden dir niemals den Freiraum lassen, den du brauchst, auch wenn sie alles dafür tun, dir das Gegenteil vorzugaukeln. Du wirst kontrolliert und bevormundet - natürlich ganz subtil, aber das ändert nichts an der Absicht, die dahinter steckt: Diese Leute wollen dich benutzen, nichts anderes. Ich weiß, dass du intelligent genug bist, um diese warme Decke aus vorgetäuschter Freundlichkeit und vorgeblicher Aufmerksamkeit als das zu erkennen, was sie ist: Ein Gefängnis, aus dem du nie wieder heraus kommen wirst. Und wie du ja weißt, hast du mehr als nur lebenslänglich bekommen." Er beugte sich vor, ging aber wieder ein Stück zurück, als Peter ihm warnend mit dem Finger auf die Schulter tippte. "Schau dich um", fuhr Drake fort, seine Geste umfasste den ganzen Raum. "Sie haben sich alle hier versammelt, mit ernsten Mienen - warum bekomme ich diese

Aufmerksamkeit? Nur zu deinem Schutz, würde die Begründung wahrscheinlich lauten, aber welche Gefahr geht denn von mir für dich aus? Ich habe dich in Rom verletzt, weil ich dich nur so auf den dir vorherbestimmten Weg führen konnte, und ich werde nie wieder eine Hand gegen dich erheben. Warum sollte ich? Du bist jetzt wohl das Kostbarste, was es auf dieser Welt gibt, denn du bist einzigartig. Ich möchte, dass du lebst, Shara, dass du ewig lebst - und deswegen kann nicht dein Schutz der Grund sein, warum deine vorgeblichen Freunde hier mit diesem Aufgebot anrücken. Ich weiß, warum sie das tun, und ich werde es dir verraten: Sie stehen hier, weil sie wissen, dass sie dich um jeden Preis halten müssen. Sie stehen hier, um sich selbst zu schützen: Ihr ganzes Leben ist darauf begründet, dass du bleibst und tust, was sie von dir verlangen. Frag dich selbst: Wie lange wird es wohl dauern, bis du nicht mehr gebeten wirst, nicht allein raus zu gehen, sondern bis es dir verboten wird? Wie lange wird es dauern, bis du nicht mehr Nein sagen kannst, wenn du jemanden heilen sollst, den du gar nicht berühren möchtest? Nicht lange, Shara, nicht lange." Erneut eine Pause, Drake schüttelte traurig den Kopf. "Es mag ein goldener Käfig sein, den sie geschaffen haben - aber du weißt, dass glänzende Gitterstäbe nur schöner aussehen, nicht aber leichter zu überwinden sind. Und je länger du bei ihnen bleibst, desto stärker wird ihr Anspruch auf dich werden, desto geringer wird deine Gegenwehr. Sie sagen, dass du zu ihnen gehörst - aber sie meinen, dass du ihnen gehörst, und das ist ein sehr, sehr großer Unterschied. Ich bin hier, weil ich das verhindern möchte, weil ich dich warnen möchte: Bleib wachsam, lass dich nicht von ihnen gefangen nehmen. Teure Gaben, schöne Worte - und einen Liebhaber haben sie dir auch schon zugeteilt, wenn ich das richtig sehe. Sie haben ihren Käfig gebaut, du bist bereitwillig reingeflattert, und bald ist die Tür für immer zu."

Drake lehnte sich zurück. War er fertig? Ich ließ ein paar Minuten still verstreichen und dachte über das Gehörte nach, suchte nach Haaren, die ich spalten musste, nach Argumenten, die ich entkräften musste, nach dem, was ich Drake sagen wollte, ihm sagen musste - vor alldem beschäftigte mich aber folgende Frage: Woher wusste er, dass ich kranke Menschen heilen konnte? Nun, ich war in den letzten Tagen in Krankenhäusern ein- und ausgegangen, das war kein Geheimnis. Genügte das schon, damit er sich den Rest zusammenreimen konnte? So dringend die Frage war, Drake würde sie mir nicht wahrheitsgemäß beantworten - und damit konnte ich zur Tagesordnung zurückkehren, denn der Rest war banal.

"Du hast bis morgen früh Zeit, um die Gegend hier zu verlassen", sagte ich zu ihm, "du bist schließlich ein alter Mann, darauf nehme ich Rücksicht. Halte dich von mir fern, halte dich von den Mitgliedern des Ordens fern, und von Menschen, die ihnen nahe stehen. Gleiches gilt für die Häuser und Wohnungen des Ordens. Verschwinde, und verschwinde gut. Wenn ich jemals wieder dein Gesicht oder auch nur einen Zipfel deiner Kleidung sehe, hast du gegen diese Auflagen verstoßen und wirst bestraft werden. Und da mir dieser ganze Hokuspokus mit Dolch und Narben viel zu umständlich ist, werde ich es nicht bei einer läppischen Markierung auf deiner Haut belassen. Ich habe es dir gestern schon gesagt, und ich wiederhole es gern noch einmal vor mehr als genug Zeugen: Ich werde dich umbringen, schlicht und einfach."

Drake starrte mich aus schwarzen Augen an, und ich spürte, wie die alte Angst begann, zögerlich an meiner Narbe zu nagen. Das waren große Worte, die ich da so selbstherrlich geäußert hatte, was steckte schon dahinter? Ich hatte Drake einmal mit vorgehaltener Waffe in die Flucht geschlagen, aber mehr auch nicht. Er dagegen ... er hatte mich überfallen und aufgespießt, hatte mich beinahe umgebracht: ein Punkt für ihn, ein halbes Pünktchen für mich. Sollte ich ihn vielleicht noch fragen, was genau er von mir wollte, wo er doch praktischerweise gerade da vor mir saß? Nein, entschied ich, denn er hatte diese Frage schon beantwortet: Er hatte mich auf den mir vorbestimmten Weg führen wollen, mich meiner Bestimmung zuführen wollen. Und was wollte er heute? Mich vor den besitzergreifenden Kreuzrittern retten, meine Freiheit bewahren - blablabla.

"Ich habe gesagt, was ich zu sagen habe", erwiderte Drake leise, seine Stimme klang jetzt noch kälter als im Pantheon. "Vielleicht haben meine Argumente nicht dich überzeugt, aber einen der anderen hier in diesem Raum. Ich persönlich würde sagen, dass der Tod gegenüber einem Leben in Gefangenschaft durchaus vorzuziehen ist - und vielleicht tut dir ja jemand den Gefallen und erlöst dich."

Ich hörte am dumpfen Quietschen des alten Leders, wie Jacksons Hand sich in die Lehne meines Sessels grub, und lehnte mich zurück, drückte mit meiner Schulter gegen seine in eisiger

Wut verkrampften Finger: Nicht aufregen, wollte ich ihm sagen - Drake bellt nur, er sorgt nur dafür, dass er diesen Raum mit erhobenem Kopf verlassen kann.

"Du wirst jetzt gehen", sagte ich zu Drake, "und denk immer schön an meinen hübschen, kleinen Damenrevolver, wenn du mal wieder in Versuchung geraten solltest, hier aufzukreuzen."

Drake stand auf, und damit war das seltsame Treffen beendet.

Magnus

Als Shara mit ihm fertig war, wurde Drake von Gerard und Maggie ohne große Umstände ins Auto verfrachtet und zu seinem Hotel gebracht, dann bezogen die beiden davor Posten und warteten auf die Ablösung am Abend - auf Jack und mich. Wir anderen blieben in der Bibliothek und warteten auf ein Wort oder eine Geste von Shara, aber vergeblich: Sie saß auch nach fünf Minuten immer noch stumm in ihrem Sessel, den Blick starr auf die abgenutzte Platte des Tisches vor sich gerichtet.

"Shara, bitte sag etwas. Was denkst du?", bat Ciaran, als ich kurz davor war, die reglose Gestalt an den Schultern zu packen und zu schütteln, und diese Frage ließ sie immerhin hochblicken. Ihr Gesicht konnte ich nicht sehen, aber ihre Stimme klang normal und ganz ruhig, als sie antwortete.

"Es war genau das, was ich erwartet habe, ich bin fast ein bisschen enttäuscht. Er als mein Retter, ihr als die Bösen, ein paar Appelle an meine angebliche Intelligenz und meine ach so große Freiheitsliebe, ein verletzender Schlag unter die Gürtellinie mit Jackson, und am Ende eine schöne, satte Drohung. Das war verschwendete Zeit, tut mir leid." Sie stand auf und drehte sich zu uns um. "Mich würde allerdings sehr interessieren, woher er das mit der Heilkraft weiß. Ist in den Krankenhäusern was ... aufgefallen? Stellt da jemand Fragen, von denen Drake gehört haben könnte?"

Ciaran schüttelte sehr nachdrücklich den Kopf.

"Nein. Dafür waren es zu viele verschiedene Krankenhäuser und zu unterschiedliche Fälle."

"Dann plaudert jemand von euch mit ihm", sagte Shara, und ich sog scharf die Luft zwischen den Zähnen ein.

Meinte sie das ernst? Hatte Drake ihr doch einen Floh ins

Ohr gesetzt, hatte er doch ein wenig Misstrauen in der Prinzessin gesät? Andererseits - irgendeine Quelle musste er haben, denn Hellsehen stand nicht auf der Liste der körperlichen Optimierungen, die mit der Narbe auf der Brust einhergingen - auch nicht mit einem Großmeisterkreuz, denn sonst wären Andreas und Ciaran zweifellos den kleineren und größeren Regelverstößen meinerseits viel schneller auf die Spur gekommen.

Ciaran setzte zu einer Antwort an, doch Shara hob die Hand, allerdings eher besänftigend als befehlend.

"Wenn er morgen verschwindet, kehrt ihr zu eurem üblichen Alltag zurück und ich werde keine Einschränkungen in meiner Bewegungsfreiheit mehr akzeptieren. Geht er nicht, müssen wir eine Lösung finden."

Shara

Morgens um halb sechs piepte mein Handy: Jackson und Magnus waren zurück, und Jackson wollte wissen, ob ich schon wach war. Ich zog mir einen Morgenmantel über und lief zu seinem Zimmer. Als ich eintrat, wusch er sich im Bad das Gesicht und sah müde aus: Seine Haare waren verwuschelt, als habe er sie die halbe Nacht gerauft, leichte Schatten lagen unter seinen sonst so strahlenden Augen.

"Drake ist weg", rief Jackson zu mir heraus. "Er ist um fünf abgefahren, Richtung Süden. Lucia und Sven folgen ihm."

Ich zog fröstelnd den Bademantel um mich, als er mit dem Handtuch über der Schulter aus dem Bad kam.

"Gehst du schlafen?", fragte ich ihn, er setzte sich auf das Bett und strich sich mit beiden Händen die Haare zurück.

"Ja, ich muss wohl."

Ich kletterte an ihm vorbei und zog die Decke über mich. "Komm, leg dich hin. Ich erzähle dir von meinem völlig langweiligen Abend, dann schläfst du garantiert schnell ein."

Er lachte, zog die Vorhänge zu, brachte sein Handtuch zurück ins Badezimmer und schlüpfte dann zu mir unter die Decke.

"Okay. Was hast du gemacht, während ich stundenlang Magnus geistreichen Analysen von Drakes weisen Worten lauschen durfte?"

"Ich habe alle italienischen Begriffe für die Gemüsesorten gelernt, die für Ciaran unbedingt in eine Minestrone gehören - und das waren verdammt viele. Während des Essens ist mir beinahe schlecht geworden, weil Andreas unbedingt Joseph, Lucia und Pablo in aller Ausführlichkeit von meinen Abenteuern im Krankenhaus erzählen musste. Dann habe ich zwei Stunden mit deinem Latein-Wörterbuch gebraucht, um diese eine Seite über Maggie zu entziffern - du hattest Recht, sie ist wirklich unglaublich. Dass Andreas ihr keine doppelte und dreifache Bewährungszeit aufgebrummt hat, ist fast ein Wunder."

Ich spürte Jacksons leises Lachen an der Bewegung seiner Brust und legte die Hand auf seine Narbe. Seine Haut kribbelte ein klein wenig unter meinen Fingern - Tribut an die durchwachte Nacht, den ich ihm gern erleichterte: Ich drückte meine Lippen auf seine Haut, und genoss die unvermeidliche, aber durchaus nicht unangenehme Taubheit. Ja, ich hatte auch über Maggie gelacht, als ich ihre Geschichte gelesen hatte, aber andererseits war sie wohl die einzige, die über den Orden gestolpert war, ohne dass der davon etwas mitbekommen hatte: Anfang der Achtziger Jahre war sie beim erfolgreichen Versuch, in das digitale Datennetz einer italienischen Bank einzudringen, über die wohlgefüllten Konten des Ordens gestolpert. Etwas hatte ihr Interesse geweckt - das Geld selbst dürfte es nicht gewesen sein, denn das hatte sie nicht angerührt. Sie hatte weiter gewühlt und war auf Konten gestoßen, die seit Jahrhunderten existierten - und auf Namen, die seit Jahrhunderten existierten. Eines Tages hatte sie dann vor dem Burgtor gestanden, Aufzeichnungen über die uralten Kontenbewegungen in der einen Hand, den Koffer mit ihrer weltlichen Habe in der anderen. Sie war genau sechs Wochen später aufgenommen worden, und seit dem Tag ihres Eintrittes war das Verwischen der digitalen Spuren des Ordens ihre Hauptaufgabe.

"Und dann?", fragte Jackson in Bezug auf meinen Abend, ich konzentrierte mich auf das Hier und Jetzt.

"Dann hat Andreas mir den Keller der Burg gezeigt. Wir sind in diese Höhlen herunter gestiegen, von denen du mir erzählt hast."

Ich erinnerte mich an die unerwartet hohen Räume mit ihren unregelmäßigen, steinernen Wänden: hallend und kühl, leer und weitläufig. Keine Spur mehr von den Pritschen und Öfen, von denen Jackson mir berichtet hatte, keine Spur mehr davon, dass hier Menschen in Zeiten der Angst Zuflucht gefunden haben, hatte ich gedacht - bis mir Andreas eine kleine Skizze an der Wand gezeigt hatte. Eine Zeichnung der Burg auf einem etwas überdimensionierten Felsen, in dessen breitwandigen Bauch Strichmännchen standen, die einander an den Händen hielten. Eine sehr naive Kinderzeichnung, die mir trotzdem die Tränen in die Augen getrieben hatte: Knapper und klarer hatte der unbekannte kleine Künstler wohl kaum sagen könne, was er empfand.

"Ich musste natürlich Andreas' Uhrensammlung bewundern", fuhr ich fort, "dann sind wir in diesen Schatzkeller gegangen, von dem du mir im Pantheon erzählt hast. Andreas hat mir einen der drei Schlüssel gegeben, die man für diese unglaublich dicke Tür braucht - ich wusste gar nicht, dass es Schlüssel gibt, die größer sind als meine Hand! Der Kellerraum sieht genau so aus, wie du ihn beschrieben hast - niedrig und dunkel, man kann an der Wand noch die Spuren der Hauerarbeiten sehen. Andreas und ich haben beschlossen, dass ich alle zehn Jahre eine Kiste aufmache, wenn ich denn beim Orden bleibe, die erste gestern Abend. Ich habe willkürlich eine ausgesucht, Andreas hat sie mir nach oben getragen und geöffnet. Ich habe aber nicht die Kiste von Ciaran oder von dir erwischt, sondern jemanden namens Nikita." Jacksons Hand verschwand in meinen Haaren. Er atmete flach, ich konnte seine Müdigkeit fast spüren. "Andreas hat mir bestimmt dreimal gesagt, dass ich niemandem erzählen soll, was in welcher Kiste ist, aber du verrätst mich doch nicht, oder?" Jackson schüttelte träge den Kopf, ich küsste ihn auf den Kreuzungspunkt seiner beiden Narbenlinien. "Es waren eine sehr seltsam aussehende Flöte, leider ohne Gebrauchsanweisung, ein wunderschönes Schachspiel mit Figuren aus Jade und Elfenbein und ein keltischer Halsreif aus Silber und mit Bernstein. Wer war Nikita?"

Jacksons Brust bebte wieder leise vom Lachen. "Falsch, Shara. Nikita IST - er lebt noch und ist gerade irgendwo in Asien unterwegs. Die Kiste dürfte er im 17. Jahrhundert gepackt haben, damals gab es auch noch keine Gebrauchsanweisungen." Jackson drückte mir seine warmen Lippen auf die Stirn. "Nikita wird dir gefallen - er sieht immer noch aus wie sechzehn und kann Magnus mit zwei Fußtritten außer Gefecht setzen."

"Der Halsreif ist sehr schön", sagte ich und drückte den

Kopf meines schönen, aber müden Kreuzritters zurück ins Kissen. "Nicht bewegen, du sollst einschlafen."

"Ich kann nicht, wenn du mir so nah bist. Und danach?"

Ich seufzte und legte das Kinn auf seine Brust, damit ich ihn anschauen könnte - vergeblich, es war noch zu dunkel: Wie schon in der Schwertkammer damals in Rom war Jackson nicht mehr als ein schöner Schatten.

"Dann kam Josie und hat mich wegen deines Geburtstages gequält. Sie hat neulich gesagt 'im Juni', und ich hab gedacht, das wären noch Wochen - aber er ist am Zweiten, in nicht mal fünf Tagen!"

"Und?"

"Ich hab noch kein Geschenk für dich. Josie hat schon drei und eine angeblich geniale Idee für ein Viertes, wollte sie mir aber nicht verraten."

Jackson schwieg, ich legte den Kopf wieder ab und wartete darauf, dass seine Atemzüge regelmäßiger und ruhiger wurden. Es war wunderbar still: Die Burg schlief noch, die langen Korridore waren angesichts der frühen Stunde verlassen. Von draußen drang ein helles, leises Rauschen herein: der Wind in tausenden von Apfelbäumen.

"Möchtest du mir denn etwas schenken?", fragte Jackson nach ein paar Minuten, und ich schrak aus einem dämmerigen Halbschlaf hoch.

"Was?"

"Ob du mir was schenken möchtest."

"Ja, natürlich."

"Warum?"

Ach Jackson ... weil das so üblich ist?, antwortete ich ihm im Geiste, weil es den Schenkenden freut, wenn der Beschenkte sich freut? "Weil ich dir gern eine Freude machen würde. Ich hab dir noch nie was geschenkt."

"Doch. Du bist hier, und das ist mehr, als ich verdiene."

Jetzt musste ich lachen, denn das war angesichts meines andauernden Erstaunens darüber, dass Jackson sich tatsächlich für mich interessierte, einfach absurd.

"Okay, aber damit habe ich immer noch nichts für deinen Geburtstag. Ich kann mir ja schlecht eine Schleife umbinden - oder soll ich aus einer Torte hüpfen?"

Jackson drehte sich unter mir weg und setzte sich auf, die beginnende Morgendämmerung ließ mich immer noch nicht viel mehr als einen Umriss erkennen - sein Gesicht lag in tiefem Schatten, der Ausdruck darin war nicht erkennbar.

"Was ist los?", fragte ich ihn, auf seine Stimme angewiesen, um zu wissen, was er dachte und fühlte.

"Wenn du dir eine Schleife umbindest, würde ich dich nehmen."

Ich rappelte mich hoch, überfragt und überfordert. "Jackson, bitte. Es ist für mich zu früh und für dich zu spät, um Ratespiele zu spielen."

Er drückte mich wieder auf das Kissen, legte sich neben mich auf die Seite, den Kopf in eine Hand gestützt, die andere legte er mir auf den Bauch, was sich wie eine Wärmflasche anfühlte: Toll.

"Das war kein Ratespiel."

Ich seufzte, er küsste mich.

"Ich mag es, wenn du halb schläfst. Du bist dann irgendwie ... sanfter."

"Jackson, du lenkst ab. Aber okay: Welche Farbe soll die Schleife denn haben?"

"Gold oder Silber, was du lieber magst", antwortete er prompt, und ich sah am spitzen Blitzen über mir, dass er lächelte.

Ich seufzte nocheinmal, mit nicht nur gespielter Ungeduld. "Sag endlich, was du mir damit sagen willst, oder ich schlafe ein."

Er schob die Decke beiseite und rückte mit perfekter Zielgenauigkeit seine Lippen auf den fatalen Übergang von meinem Hals zu meiner Schulter. Als ich mich unter ihm japsend aufbäumte, umarmte er mich und zog mich über sich.

"So mag ich dich noch lieber", flüsterte er, während ich wie ein willenloses Bündel auf ihm lag und versuchte, in seinen Armen Luft zu bekommen. "Dann bist du wie ... betäubt."

Ich hätte gern gelacht, konnte aber nicht - mein Körper versuchte immer noch, die Stromstöße der Begegnung von Jacksons Lippen mit meinem Hals zu verarbeiten. Während ich langsam wieder zu Bewusstsein kam, mein Gehirn und meine Sinne wieder in Betrieb nahm, hörte ich seine Stimme wie durch einen wabernden, weichen Nebel.

"Wenn du mir etwas schenken möchtest, dann erlaube mir, dir an meinem Geburtstag eine einzige Frage zu stellen."

"Wenn ich sie nicht beantworten kann, ist das aber ein blödes Geschenk", entgegnete ich etwas verzögert, er lachte.

"So eine Frage ist das nicht. Es ist eine Ja/Nein-Frage."

Ich hob den Kopf. "Also willst du eigentlich eine Antwort zum Geburtstag."

"Ja."

"Das ändert nichts: Wenn ich falsch antworte, ist dein Geburtstag versaut." Die Nebel lichteten sich ein wenig, das erleichterte das Denken. "Geht es um eine Frage, die eine Handlung nach sich zieht?"

Er überlegte kurz. "Ja."

"Dann frag mich jetzt, ich antworte jetzt - und die Ausführung vertagen wir dann auf den 2. Juni."

Jackson drückte meinen Kopf sanft an sich und schwieg - solange, dass ich fast schon eingeschlafen wäre.

"Du darfst aber in diese Frage nichts hinein interpretieren", sagte er schließlich. "Sie hat nichts mit dem Orden zu tun, nichts mit der Burg, mit Rom, mit einem Schwert oder sonst was. Nur mit uns."

"Jackson und Shara", bestätigte ich, er nickte.

"Genau."

"Gut, ich versuch's", versprach ich ihm und rutschte höher, damit ich in der langsam zunehmenden Helligkeit sein Gesicht sehen konnte.

Auch übernächtigt war er schön, ein wenig herber als sonst vielleicht, ein wenig markanter, ein wenig dunkelgrüner. Er fand wie immer ein paar Haarsträhnen, die er umsortieren musste, und zog dann meinen Kopf zu sich herab, damit er mich auf den Mund küssen konnte.

"Ich möchte dich fragen, ob du mich heiraten würdest."

Ich sah auf ihn hinunter. "Dann frag mich doch", antwortete ich.

Er lachte, schlang wieder beide Arme um mich.

"Shara, ich liebe dich. Ich will den Rest meines Lebens mit dir verbringen - ganz egal, wie lang oder wie kurz das auch immer sein mag. Möchtest du mich heiraten?"

Mein Kopf lag an Jacksons Hals, ich atmete puren, berauschenden Zimt und fühlte mich schon wieder leicht betäubt - dabei war sein Mund zentimeterweit von meinem Hals entfernt. Doch die Nebel in meinem Kopf störten mich diesmal nicht, hier musste ich nicht nachdenken und Argumente dafür oder dagegen abwägen: Ich hatte den schönen, smaragdäugigen Kreuzritter schon in dem Moment gewollt, als er aus dem schwarzen Schatten der Schwertkammer heraus und in mein blasses Leben getreten war.

"Ich liebe dich, Jackson, und ich werde dich heiraten", antwortete ich ihm, womit für den Moment alles gesagt war, was es zu sagen gab.

– 3 –

Shara

In den nächsten Tagen lernte ich vor allem über die Dinge, die
Jackson seinem Schützling Davide zu erklären hatte, sehr viel
über die ungeschriebenen Regeln der seltsamen Kreuzritter-WG,
in der ich auch nach dem wenig bemerkenswerten Gespräch mit
Drake noch immer wohnte.

Mit Jacksons Geburtstag hatte ich eine neue Frist erhalten,
die ich hier auf jeden Fall noch abwarten würde - und dass
Jackson dann mit mir gehen würde, wenn ich denn dem Orden
vom heiligen Schwert den Rücken kehrte, war mir nun gewisser
als jemals zuvor. Ich war davon ausgegangen, dass Jackson und
ich auf das nächstbeste Standesamt gehen würden, doch mein
grünäugiger Kreuzritter hatte mich lachend gefragt, ob er mit
seiner Geburtsurkunde aus dem Jahre 1879 da nicht eventuell ein
paar unangenehme Fragen aufwerfen würde. Eine kirchliche
Trauung kam ebenso wenig in Frage: Zum einen würde man
auch dort Unterlagen sehen wollen, die er nicht bieten konnte
oder die wir aufwändig hätten fälschen müssen, zum anderen lag
weder Jackson noch mir an dieser Art Segen. Ciaran oder
Andreas könnten doch bei seiner Geburtstagsfeier ein paar
Worte sagen, schlug Jackson vor, eine kleine, ganz einfache

Zeremonie - ich war zunächst dagegen, ließ mich dann aber doch von dieser Idee überzeugen. Ich hatte das zunächst nicht gewollt, weil es schrecklich peinlich sein würde, etwas derart persönliches vor Menschen zu erleben, die ich gerade mal einen Monat kannte - allerdings galt für meinen Bräutigam dasselbe, und damit war dieser Einwand hinfällig: Wenn ich ihn nach einem Monat heiraten würde, wie sollte mich dann ernsthaft stören können, dass ich die anwesenden Gäste keine Minute länger kannte? Hätte ich die Wahl zwischen den Bewohnern der Burg und meiner Familie als Gästen gehabt, meine Entscheidung wäre ohnehin schnell gefallen, keine Frage. Damit blieb mir kein Argument gegen diese Idee mehr, dafür aber ein äußerst flaues Gefühl im Magen, das Jackson erstaunlicherweise als leichtes Kribbeln unter der Haut spüren und ich daher nicht verbergen konnte. Er redete gar nicht groß auf mich ein, sondern hielt mich nach seinem Antrag im Morgengrauen fest, bis ich mich mit dem fremdartigen Gedanken angefreundet und mein rasendes Herz sich beruhigt hatte. Trotzdem gab es da noch etwas, dass auch Jackson nicht verhindern oder mir mit ein paar glücklich hell-grünen Blicken verschönern konnte: Wenn wir wirklich an seinem Geburtstag heiraten wollten, mussten wir das vorher Andreas und Ciaran sagen. Auch Josie würde Bescheid wissen müssen, weil sie Jacksons Feier organisierte - und eine Hochzeit war dann nun doch etwas anderes als eine Geburtstagsfeier, schon allein mal von der Verzierung der Torte her. Den Dreien Bescheid zu sagen, hatte für mich jedoch was von Beichten oder von um Erlaubnis fragen - und darauf hatte ich schlichtweg aus Prinzip keine Lust.

Den Tag nach Jacksons nächtlichem Antrag hatten wir in dieser Hinsicht ungenutzt verstreichen lassen. Ich war nach einer langen Runde durch die Obstplantagen und ein paar Bahnen im Schwimmbad am Vormittag mit Maggie nach Bozen gefahren (okay: geflitzt, hatte mich doch nach einer durchaus schwierigen Minute vor dem Schlüsselkasten in der Garage für Jacksons Maserati entschieden) - zum einen, um meine nach dem Gespräch mit Drake proklamierte Freiheit zu demonstrieren, zum anderen, um ganz pragmatisch ein paar Sachen zu erledigen. Shampoo, Sonnencreme, Wimperntusche und Zigaretten hatten auf meinem Einkaufszettel gestanden, auch mussten meine Haare dringend mal wieder geschnitten werden. Maggie war eine angenehme Begleitung, kannte sich in der Stadt sehr gut aus,

lotste mich in die richtigen Läden und holte sogar meinen Rat
ein, bevor sie sich vom Friseur die Haare bis auf Schulterlänge
abschneiden ließ, was ihr ohnehin schon schmaler gewordenes
Gesicht viel zarter machte. Wir bummelten durch ein paar
Geschäfte und tranken in einem Eiscafé große Milchshakes, sie
erzählte mir von ihrem Studium (BWL und VWL), ich ihr von
meinem alten Leben als Verfasserin mittelprächtiger, dafür aber
farbenfroher Beratungsschmonzetten. Als ich Jacksons kostbares
Auto heil wieder in der Garage abgestellt hatte, war ich gleich zu
Ciaran, Andreas und Magnus umgestiegen: Ciaran hatte mich zu
einem erneuten Test meiner Heilkräfte ins Krankenhaus
gefahren - in einem Tempo, bei dem ich locker neben dem Auto
hätte herjoggen können. Der Test war erstaunlich gut verlaufen -
ich hatte damit gerechnet, nach der längeren Pause noch mal von
vorn anfangen zu müssen und mit einem heftigen
Schwächeanfall kalkuliert, doch das Gegenteil war der Fall
gewesen: Ich hatte die von Magnus vorgelesene Geschichte ohne
größere Probleme bis zum Ende mitverfolgen können, danach
war ich aufrecht auf meinen eigenen zwei Beinen zur nächsten
Toilette gegangen. Übergeben müssen hatte ich mich natürlich
trotzdem, doch nach ein paar Minuten Ruhe und Auspegeln mit
Magnus war alles halbwegs gut. Ciaran hatte dazu zwei Theorien:
Erstens - meine Kraft beziehungsweise meine Fähigkeit, den
Kraftverlust zu kompensieren, wuchs kontinuierlich; zweitens -
nichts nahm zu, ich benötigte nur lange Ruhepausen zwischen
zwei Einsätzen, um diese so gut überstehen zu können.
Überprüfung der Theorien durch weitere Versuche in den
nächsten Tagen, was auch sonst. Ich freute mich zwar nicht
gerade darauf, aber da ich nun einmal beschlossen hatte, so viel
wie möglich über meine seltsamen Kräfte zu lernen, bevor ich
ging, signalisierte ich Ciaran meine Zustimmung.

Davides Eintritt in den Orden bedeutete indes nicht nur für
Jackson als seinem Mentor Arbeit: Zahlreiche von Davides
zukünftigen Brüdern und Schwestern wurden eingespannt, um
ihn zu einem guten Abitur zu führen und ihm allerlei Wichtiges
und Nichtiges über sein neues Dasein als Kreuzritter zu lehren.
Auch mich hatte Ciaran um Unterstützung gebeten, und ich half
gern: Nicht nur, weil ich nach wie vor das Gefühl hatte, bei
Davide in der Schuld zu stehen, sondern vor allem auch, weil ich
den Jungen aufrichtig gern hatte. Er lief mit großen Augen durch
die schöne, bunte Kreuzritterwelt, lachte viel, aber nie über

andere, fragte viel, ohne zu nerven, war einfach ... angenehm, der liebe kleine Bruder von jedermann. Meine Unterstützung sollte darin bestehen, dass ich mit Davide für seine Abitur-Klausur in Deutsch lernte, und am Tag nach Jacksons Antrag saß ich zum ersten Mal neben ihm in seinem Zimmer über den Büchern und quälte mich mehr schlecht als recht mit ihm durch eine Ballade von Annette von Droste-Hülshoff, als Jackson anklopfte und sich auf mein 'Herein' zu uns setzte. Genau das gehörte zu den wichtigsten Regeln des Zusammenlebens unter meinen Kreuzrittern, wie ich aus einem Vortrag meines Verlobten (du meine Güte, wie komisch das klang!) für Davide gelernt hatte: Betritt niemals unaufgefordert das Zimmer eines anderen, denn Privatleben ist kostbar in einem Haus, in dem die Türen niemals abgeschlossen werden. Tagsüber wurde geklopft und auf eine deutliche Antwort gewartet, ab der Dämmerung fragte man per SMS an, wenn man jemanden besuchen wollte - keine Ahnung, wie sie das über die Jahrhunderte gehandhabt hatten, in denen die Menschheit ohne Handys auskommen musste - Brieftauben, die von außen ans Fenster pickten? Kam auf die SMS keine Antwort, galt das als 'Nein', Notfälle ausgenommen. Wer die Burg verließ, meldete sich persönlich bei Andreas oder Ciaran ab - was ich geflissentlich unterließ, aber von meinen jeweiligen Begleitern gewissenhaft erledigt wusste.

Jackson trat jetzt hinter mich und strich mir mit dem Finger über meinen verspannten Nacken: Er war den ganzen Tag über unterwegs gewesen, und ich freute mich aufrichtig, ihn wieder zu sehen. Ich widerstand daher nur schwer der Versuchung, aufzustehen und ihn zu umarmen, folgten doch Davides aufmerksame Karamellaugen so schon jeder Bewegung, die Jacksons Hände auf meiner Haut machten.

"Kommt ihr voran?", fragte Jackson, und zupfte ein paar Strähnen meines Haares auf die richtige Seite.

Ich lachte, denn scheinbar waren nicht nur Jacksons Locken mein Gradmesser für seine Stimmung: Ich hatte mir eben mehrfach frustriert meine vom Friseur äußerst engagiert geföhnten Haare gerauft, und strich sie nun mit den Händen halbwegs glatt. Davide sah als Antwort auf Jacksons Frage unglücklich drein und kaute auf seinem Stift herum, mit dem er aussagekräftige Bilder im Text anstreichen sollte: In den Naturwissenschaften mochte er ein Ass sein, doch alles, was offenkundig künstlerisch angehaucht war, stellte ihn vor ein

Rätsel. Mit Romanen kam er halbwegs klar, Satiren,
Kurzgeschichten und andere Prosa-Texte waren auch noch
gerade so okay - aber alles, was auch nur entfernt Versform
hatte, brachte ihn zum Verzweifeln. Ich hatte eine Stunde
gebraucht, um diese innere Schranke zu finden, nun hielt Davide
den Text der Ballade ohne Zeilenumbrüche in der Hand,
abgetippt und ausgedruckt. Damit waren wir schon einen Schritt
weiter, aber immer noch meilenweit vom Ziel entfernt: Balladen
würden auf jeden Fall Thema in seiner Deutsch-Prüfung sein,
und er sah bis jetzt noch nicht mal ein, warum jemand nicht
schrieb, was er sagen wollte, sondern statt dessen Zuflucht zu
Ausdrücken nahm, die erst auf den zweiten oder dritten Blick
ihre tiefere Bedeutung enthüllten. Was Warum ist egal, hatte ich
ihm erklärt: Eine Methode in Frage zu stellen, nur weil man ihre
praktische Ausführung nicht verstand, wäre ebenso blödsinnig,
wie die Gültigkeit eines Theorems nicht anzuerkennen, nur weil
man seine Formel nicht lesen konnte. Die Bedeutung war da,
und es war Davides Aufgabe, sie hier und jetzt zu finden.

"Wir versuchen zu verstehen, warum eine abgerissene
Schürze den Verlust von Verantwortung und Kontrolle bedeuten
kann", antwortete ich, während Jackson sich über meine Schulter
lehnte und einen Blick in mein Buch warf - eine Droste-
Hülshoff-Erstausgabe aus dem Jahre 1844, die ich ehrfurchtsvoll
von Ciaran entgegengenommen hatte und nun nur mit spitzen
Fingern anfasste.

"Wie lange macht ihr noch?", fragte Jackson, Davide sah
hoffnungsvoll von ihm zu mir.

"Eine halbe Stunde, der Rest morgen", beschloss ich mit
einem besänftigenden Hauch Zimt in der Nase und einem
entspannten Abend mit Jackson vor Augen, was Davide sich
deutlich motivierter wieder über seinen Text beugen ließ.

"Gut, dann warte ich solange", sagte Jackson. "Ich möchte
Davide etwas zeigen."

Ich nickte zustimmend, Jackson lehnte sich an das
Fensterbrett und sah meinen langsam verzweifelt werdenden
Versuchen zu, dem Jungen die Dichte und Ausdrucksstärke von
zwei Zeilen nahe zubringen, die bei ihm nichts anderes als ein
hartnäckiges Stirnrunzeln hervorriefen. Jackson hielt die Hände
vor der Brust verschränkt, sah auch nicht neugierig von links
nach rechts, wie ich es damals in seinem Zimmer getan hatte -
und anfassen, was hier so alles herumlag, würde er schon gar

nicht. Auch das war ein ungeschriebenes Gesetz des Ordens, hatte ich (zu spät!) gelernt: In den Gemeinschaftsräumen konnte jeder machen, was er wollte, war man jedoch in den vier Wänden eines anderen, behielt man seine Hände in der Tasche, bildlich gesprochen. Niemand griff nach einem herumliegenden Buch, niemand blätterte in der Zeitschrift eines anderen - okay, Jackson hatte mich geradezu aufgefordert, in seinen Memoriam-Kasten zu schauen, aber ich hätte es trotzdem nicht tun dürfen. Und das nicht nur wegen der Kreuzritter-Etikette, sondern vor allem auch wegen der peinlichen Szene, die sich daraus ergeben hatte. Aber auch die Kreuzritter hielten sich nicht immer an ihre eigenen Gesetze, dachte ich, als mit Magnus neugierige Runde durch meine Wohnung einfiel, nachdem Jackson zum ersten Mal bei mir übernachtet hatte. Aber für Magnus galten ohnehin eigene Regeln, erkannte ich mit einem versonnenen Lächeln, dass Davide zu einem fragenden Blick verleitete: Wer deine Hand hält, während du grüngesichtig zur Toilette wankst, anschließend neben dir aus dem Sofa ausharrt und dich an seiner Kraft teilhaben lässt, der muss nicht förmlich um Erlaubnis fragen, wenn er dich besuchen kommt. Ebenso wenig würde ich ihm eine Nachricht schreiben, wenn ich ihn in seinem immer unordentlichen Zimmer mit allem möglichen und unmöglichen Zeug aus diversen Jahrhunderten besuchen wollte - aber wenn man in gegenseitigem Einvernehmen die Regeln beugte, war das ja wohl Okay.

Davide knabberte noch eine halbe Stunde gleichermaßen an seinem Stift wie am Text herum, dann machte ich für heute Schluss, alles andere als zufrieden mit dem Fortschritt dieser Stunde. Jackson griff nach meiner Hand und gemeinsam gingen wir vor Davide die große Treppe hinunter, durch die Eingangshalle in das Gegenstück zur Garage, in dem Shane bei unserer Ankunft den Lieferwagen entladen hatte. Der Raum war komplett leer, bis auf einen nagelneu blitzenden Gegenstand: ein kleiner Alfa Romeo, pechschwarz, mit zwei frechen, weißen Streifen über Motorhaube und Dach.

"Für dich", sagte Jackson zu Davide und warf ihm einen Schlüssel zu, den der Junge vor lauter Verblüffung beinahe fallen gelassen hätte.

"Erst mal nur geliehen - wenn du dein Abitur mit Gut oder besser bestanden hast, gehört er dir. Damit so was wie heute Vormittag nie wieder vorkommt", fügte Jackson scharf hinzu, was Davides seligen Gesichtsausdruck etwas trübte.

Ach Gott, Jackson, dachte ich, und hätte fast mit den Augen gerollt - so schlimm war das doch nun auch nicht gewesen, aber Magnus hatte es meinem Kreuzritter natürlich erzählt. Also: Davide hatte angeboten, mich zu fahren, als ich zum Einkaufen nach Bozen wollte, und ich hatte einfach 'Ja klar, gerne!' gesagt, ohne mir etwas dabei zu denken. Ich kannte mich in der Stadt nicht aus und hatte nicht viel Zeit gehabt, Jackson war nicht da, ein ortskundiger Begleiter mir also mehr als willkommen gewesen. Als ich mit meiner Tasche und Magnus im Schlepptau die Treppe runter gekommen war, hatte Davide in der Halle gestanden und mir einen Helm hingehalten: Er hatte sich erneut das Motorrad von seinem Freund geliehen, und wollte mich nun scheinbar auf den Sozius packen. Ich hatte gelacht und abgewinkt: Ich wusste von seinen Fahrkünsten mit dem Motorrad nur so viel, dass sie ihm eine böse Beinwunde und eine geprellte Schulter eingebracht hatten, und das war nicht besonders vertrauenserweckend. Ich hatte also gelacht, Magnus dagegen hatte Davide sofort grob am Arm gepackt und mit nach draußen genommen - ich konnte nicht hören, was er in seiner kurzen, aber eindringlich aussehenden Standpauke zu ihm gesagt hatte, aber Davide war danach mit Tränen in den Augen und einer geflüsterten Entschuldigung an mir vorbei in sein Zimmer gelaufen.

"Die Papiere liegen im Handschuhfach", sagte Jackson jetzt zu dem Jungen, "Zulassung und Versicherung laufen erst einmal auf mich."

Davide nickte und öffnete zögernd die Fahrertür, keine Minute später saß er strahlend auf dem Sitz und strich bewundernd über das Lenkrad. Seine Begeisterung erinnerte mich an meine Begegnung mit dem weißen Rennwagen in der Hotelgarage, und ich drückte dankend Jacksons Hand.

"Habt ihr den extra für ihn gekauft?", flüsterte ich, Jackson legte mir den Arm um die Taille, und gemeinsam sahen wir zu, wie Davide die Instrumente studierte.

"Ich hab ihn gekauft", korrigierte Jackson mich. "Wer ein eigenes Auto möchte, zahlt das selber."

Ich hörte zu, wie Davide am Radio herum schraubte und sich für einen Sender mit dröhnendem Hiphop entschied.

"Von welchem Geld denn?"

Jackson drehte sich zu mir um. "Du hast dir die Haare

abgeschnitten", sagte er anklagend statt einer Antwort und sortierte zwei immer noch zerwühlte Strähnen von rechts nach links.

"Nur die Spitzen, nicht mal ein Zentimeter", verteidigte ich mich. "Lenk nicht ab: Von welchem Geld hast du das Auto bezahlt? Hast du einen Nebenjob - bei den Tempelrittern oder so?"

Hinter uns hatte Davide das Schiebedach entdeckt, und fuhr es nun schon zum zweiten Mal vor und zurück.

"Denkst du, ich bin arm? Jeder von uns bekommt eine gewisse Summe, wenn er fest aufgenommen wird. Für persönliche Ausgaben und auch für die Zeiten, in denen wir nicht beim Orden leben."

"Und mit deinem Taschengeld kommst du nun schon seit mehr als hundert Jahren aus? Sehr löblich!"

Jackson küsste mich auf die Stirn und lachte milde. "Ich habe es wie die meisten anderen gemacht: Ich hab mein Geld Ffion anvertraut. Sie legt es für uns an, und sie ist wirklich gut. Sehr gut."

Davide stellte sich zentimetergenau Rückspiegel und Fahrersitz ein, ich dagegen versuchte herauszufinden, welche Frage ich nach Jacksons herausfordernd blitzenden, im blendend weißen Licht der Halle außerordentlich hellgrünen Augen als Nächstes stellen sollte.

"Wie viel Taschengeld bekommt ihr?", versuchte ich mein Glück.

"Entspricht heute etwa fünfzigtausend Euro", antwortete er, seine Augen blitzten weiter - also war ich wohl noch nicht zu dem vorgedrungen, was er mir so unbedingt mitteilen wollte.

"Wow, nicht schlecht. Angelegt über fast hundert Jahre?"

Das Lächeln wurde breiter. "Ja. Ein wenig hab ich natürlich ausgegeben."

"Für Autos?"

"Unter anderem."

Davide hupte einmal zögernd, was in dem leeren Raum schrill widerhallte.

"Also brauchst du dir keinen Job zu suchen, wenn wir hier weggehen?", fragte ich, Jackson schüttelte seinen schönen Kopf.

"Nein, erst mal nicht."

"Gut. Dann schreib ich meine Ratgeber, während du dekorativ auf dem Sofa sitzt und dein Geld zählst."

Er lachte. "Shara, du musst nicht mehr arbeiten, wenn du nicht unbedingt möchtest. Selbst, wenn du das Geld nicht anrühren willst, das Andreas dir gegeben hat: Was mir gehört, gehört auch dir. Was denkst du, was ich heute in Mailand gemacht habe? Ich habe dir eine komplette Vollmacht für meine Konten einrichten lassen. Ich muss für dich sorgen, sonst erlaubt der Orden mir nie, dass ich dich heirate."

Ich fühlte mich mal wieder in meiner Ehre beleidigt (ich sorgte selber für mich - und der Orden hatte mir ganz bestimmt nicht meine Hochzeit zu 'erlauben'!), drehte mich aus Jacksons Umarmung hinaus und wollte zu Davide hinüber: Der steckte jetzt mit dem ganzen Oberkörper im Kofferraum.

Jackson hielt mich an der Hand fest. "Warte. Frag doch einfach."

Ich wusste, was er meinte und schüttelte den Kopf. "Nein."

"Jetzt bist du schon wieder unlogisch, oder? Erst sprichst du das Thema an, und dann willst gar nichts darüber hören."

Ich zuckte mit den Schultern. "Ich will dich, nicht dein Geld - es ist mir also egal, wie viel es ist. Ich wusste gar nicht, dass du welches hast - das hat mich überrascht, deswegen habe ich nachgefragt. Was ist daran unlogisch?"

Jacksons Augen stachen in meine, was mich lange genug lähmte, damit er mir die ungewollte Information doch geben konnte.

"Es sind gut drei Millionen Euro."

Ich sah ihn entgeistert an, er nutzte meine erneute Erstarrung, um mich wieder näher zu ziehen.

"Millionen?", hauchte ich tonlos, unfreiwillig beeindruckt.

"Drei Komma Zwei Millionen, um genau zu sein. Die Papiere mit der uneingeschränkten Vollmacht liegen bei dir oben auf den Tisch, für den Safe."

Er küsste mich leicht auf den Hals, in sicherer Entfernung zu meiner empfindlichen Stelle - ich bekam trotzdem weiche Knie und schlang ihm zur Sicherheit die Arme um den Nacken.

"Also vergiss die Ratgeber - es sei denn, du brauchst unbedingt ein Hobby."

Ich sah das Lachen in seinen Augen, nickte also nur, beharrte nicht schon wieder auf meinem 'ich für mich'-Stolz - doch das gelang mir scheinbar nicht besonders überzeugend, denn Jackson seufzte leicht genervt.

"Ach Shara, es ist doch nichts dabei. Du kannst damit

machen, was du willst: Es ignorieren, es ausgeben - und wenn du das Geld dem nächsten Katzenasyl spenden willst, dann tu das."

Ich lachte (Katzen-Millionäre waren ebenso absurd wie Kreuzritter-Millionäre!) und küsste Jackson ein wenig besänftigt auf den auf einmal nicht nur schönen, sondern auch noch wertvollen Mund, dann spazierten wir zu Davide hinüber, der nun die Motorhaube geöffnet hatte und an irgendwelchen Deckeln rum schraubte. Vielleicht sollte ich mein eigenes, gespartes Geld auch Ffion geben, dachte ich, während Davide mir begeistert zeigte, wo Öl und Wischwasser eingefüllt wurden: Wer zwei Weltkriege und unzählige Wirtschaftskrisen meisterte und nach so vielen, so turbulenten Jahren Millionen aus ein paar zehntausend machte, war um ein Vielfaches besser als mein schmieriger, provisionsgeiler Bankberater.

Magnus

Ich glaube, nach dem Termin im Krankenhaus heute ging es mir schlechter als Shara. Das konnte allerdings nicht sein, wie mir Ciaran versicherte, als ich mich erschöpft auf die Rückbank des Autos warf, mit dem Andreas auf dem Parkplatz auf uns drei gewartet hatte: Shara hatte meine Hand nur so lange gehalten, bis es bei ihr erneut angefangen hatte zu kribbeln, und damit mussten wir beide gleich frisch oder eben gleich k.o. sein.

Ich lehnte mich zurück und betrachtete schlapp triste Vorstadtbauten und dann erholsamere grüne Wiesen, sie wälzte dagegen die ganze Rückfahrt lang hellwach theoretisierende Fragen mit Andreas und Ciaran, denen ich nur mit höchster Konzentration folgen konnte.

"Ich habe heute Morgen erfolglos über etwas nachgedacht, vielleicht könnt ihr mir ja dabei helfen", eröffnete sie, als Andreas recht forsch zwischen wild geparkten Autos vom Parkplatz fuhr. "Also: Ihr habt einen Dolch, mit dem könnt ihr das Leben von Menschen verlängern oder sogar unendlich machen. Das ist ziemlich beeindruckend und könnte euch sehr viel Macht verschaffen, wenn ihr ihn benutzen würdet, um Menschen zu bestimmten Handlungen zu bewegen. Das habt ihr über die Jahrhunderte nie getan, in Erwartung eines ... besonderen Menschen, der das Schwert aus dem Stein löst und dann besondere Kräfte entwickelt, die zur Verbesserung der

Welt beitragen. Richtig?"

Ciaran neben mir beugte sich vor und hielt sich an Sharas Kopfstütze fest. "Ja, kann man so sagen."

"Dann hat Drake mich ... abgestochen und jetzt kann ich Menschen heilen, die krank sind. Ich verschaffe ihnen damit Linderung, vielleicht kann man damit sogar Leben retten, wie bei Chiaras Schwiegermutter - aber das ist trotzdem weniger, als dieser Dolch kann. Sehr viel weniger." Sie machte eine Pause und blickte von Andreas zu Ciaran. "Ich frage mich nun, wozu diese Heilkraft gut sein soll, wenn der Dolch doch so viel mächtiger ist, seine Leistung so viel verlockender für die Menschen."

Andreas sah zu Shara hinüber. "Ich halte den Dolch nicht für mächtiger", sagte er. "Vergiss nicht, dass du die Einzige bist, die ihn benutzen darf, um Menschen unsterblich zu machen oder auch ihr Leben zu verlängern - und damit hast du mit der Heilkraft und dem Dolch zwei Mittel, um Macht auszuüben."

"Und", fügte Ciaran hinzu, "der Dolch kann kein Leben retten, wenn es einmal schwach geworden ist, das kannst nur du, nur du hast diese Heilkraft. Außerdem du bist gerade erst dabei, dich zu entwickeln: Du warst heute um einiges stärker als noch letzte Woche - wer weiß, was sich da noch tut."

Shara schaute skeptisch von einem zum anderen: Scheinbar war das nicht das, was sie hatte hören wollen. Helfen konnte ich ihr allerdings nicht: Ich hatte schon die Frage nicht verstanden, meinem Gummi-Hirn sei Dank.

"Trotzdem: Der Dolch ist hier das zentrale Instrument. Ihr braucht mich nicht, um etwas zu bewirken - ihr hättet vor Jahrhunderten damit schon was tun können: Wenn ihr jemandem ein ewiges oder extrem verlängertes Leben mit nur einem Kreuzbalken versprochen hättet, hättet ihr dadurch großen Einfluss nehmen können."

"Der Dolch mag ein wichtiges Instrument sein, aber er ist eben wirklich nur ein Instrument", sagte Andreas, während er sich sehr knapp vor einem LKW auf die Autobahn einfädelte, was Ciaran hörbar scharf einatmen und für eine Sekunde lang die Augen schließen ließ. "Der Dolch und das Schwert haben auf einen Menschen gewartet, der beides einsetzen soll - es war uns nicht erlaubt, ihn so zu benutzen, wie du das beschrieben hast. Unsere Aufgabe war und ist nur, ihn zu bewachen: Er gehört dir und du entscheidest, wie du ihn verwendest. Du solltest es als

Dreingabe ansehen, dass du mit dem Dolch nicht nur ein Werkzeug hast, um Macht auszuüben, sondern auch selbst eine Kraft bekommen hast, um Gutes zu tun. Und ich glaube auch, dass ein Mensch, der wirklich krank ist, mindestens ebenso dankbar für eine Heilung ist, wie es jemand dafür wäre, ein verlängertes Leben zu bekommen. Wahrscheinlich sogar dankbarer, da aus dem akuten Todesurteil einer Krankheit eine sehr viel größere Angst erwächst, als aus der ganz normalen, latenten Todesangst des Menschen."

Shara holte ihre Sonnenbrille aus der Tasche und überprüfte deren Sitz im Spiegel. Latente Todesangst? Wenn 'latent' das hieß, was ich vermutete, dann lag Andreas aber mal ganz weit daneben: Angst vor dem Tod war nie unterschwellig - wenn sie da war, beherrschte sie alles, wenn sie nicht da war, war sie einfach nicht da.

"Das mag sein", sagte Ciaran. "In schweren Fällen ist die Heilung von Krankheit ja auch das gleiche wie die Verlängerung des Lebens, weil der Patient sonst vorzeitig gestorben wäre. Versteht mich nicht falsch: Ich meine ja nicht, dass ich ... dass meine Heilkräfte nichts sind. Ich sage nur, dass ihr nicht auf mich hättet warten müssen, um etwas tun zu können. Aber das soll kein Vorwurf sein, versteht mich nicht falsch. Ihr habt die Bedeutung des Dolches halt immer heruntergespielt und diese ganze Weltverbesserungssache auf den Schwertlöser abgewälzt. Also auf mich", sagte sie, was Andreas und Ciaran einen Blick wechseln ließ. "Stimmt doch, oder? Der Dolch war nur das Ding, das Leute in den Orden aufgenommen hat. In Wirklichkeit ist er der Dreh- und Angelpunkt der ganzen Geschichte, denn ohne ihn gäbe es euch nicht, gäbe es mich nicht."

"Shara, das siehst du falsch. Du bist ein Mensch, der Dolch ist nur ein seelenloses, totes Ding. Aber wir wissen auch nur, was in diesen alten Schriften steht", sagte Ciaran schließlich. "Du willst viel zu schnell viel zu viel wissen - ich fürchte, du musst etwas mehr Geduld haben. Du steckst noch viel zu sehr in deinen ... normalen Zeitmaßstäben: Lass die Zeit dir zeigen, wozu der Dolch dir nützen kann und auch, wohin deine Kraft dich führen wird."

Shara schüttelte frustriert den Kopf. Die Prinzessin ist unzufrieden mit den Antworten unserer Ordensmeister, dachte ich - sie mag die Haare ja spalten, möchte sie dann aber gewissenhaft wieder zusammengesetzt sehen.

"Ihr habt halt so einen ... Aufstand um mich gemacht, dass ich gedacht habe, ich müsste wer weiß was können. Ich finde das so nicht schlimm, ich bin nicht enttäuscht. Ich hatte das alles nur etwas anders verstanden."

Ciaran beugte sich noch weiter vor. "Shara, du kannst ja auch etwas ganz Außergewöhnliches, etwas, dass kein anderer Mensch kann. Du bist einzigartig."

Sie lachte. "Findest du? Wenn ich den Dolch im Tresor lasse, stets hochgeschlossene Klamotten trage und aufpasse, wem ich die Hand gebe, ist doch alles ganz normal."

Sie klang ein bisschen glücklich und auch erleichtert - Ähnliches konnte man allerdings weder von Ciarans noch von Andreas' Miene behaupten. Wahrscheinlich hat Shara damit gerechnet, dass ihr Schwimmhäute oder Flügel wachsen, dachte ich, nur mangelhaft unterstützt durch mein erneut leicht gummiartiges Gehirn, und jetzt ist sie froh, dass sie auch als Lichtgestalt problemlos in der grauen Masse der Menschen untertauchen kann. Die gummiartige Masse befürchtete, die Prinzessin könne genau das tun, gehen und einfach weg sein, und schauderte ein bisschen angesichts dieser Vorstellung, aber ich war da ein bisschen optimistischer.

Shara

An diesem Abend bekam ich zum ersten Mal eine SMS, in der ich gefragt wurde, ob ich kurz Zeit hätte: Sie kam gegen elf Uhr von Andreas, und als ich mit 'Ja' antwortete, stand er kurz drauf mit Ciaran vor meiner Tür. Natürlich war Jackson bei mir: Wir hatten auf dem Sofa gelegen und in glücklichem Halbschlaf irgendeine Krimi-Serie geschaut, bei der schnelle Schnitte, Hightech-Geräte und düstere Räume über die äußerst schwache Story hinwegtrösten sollten. Nach der durchwachten Nacht und der Fahrt nach Mailand (Jackson) beziehungsweise einem Termin im Krankenhaus und Nachhilfe mit Davide (ich) waren wir beiden ziemlich kaputt. Jackson streichelte mir träge den Rücken, als wäre ich eine der glücklichen Katzen, die ich jetzt mit einer schönen Spende über ihre sinnloses Schoßtier-Leben hinweg trösten konnte, ich hatte den Kopf auf seinem Arm abgelegt und betrachtete im flackernden Licht des Fernsehers seine schlanken, ruhigen Finger – an einem würde bald ein

Ehering glänzen, ein nach wie vor etwas befremdlicher Gedanke.

Andreas und Ciaran nahmen auf dem Sofa Platz, beide schüttelten synchron den Kopf, als Jackson anbot, er könne uns gern allein lassen. Ich holte Gläser und goss ihnen einen Schluck Rotwein ein - auf meine Frage, ob ich wohl aus der Küche eine Flasche nehmen könne, hatte mir Ciaran eine ganze Sammlung nach oben gebracht, inklusive einer genauen Erklärung über die passende Gelegenheit für jede Flasche. Da dieser Vortrag auf Italienisch erfolgt war, hatte ich nur die Hälfte verstanden, und überfordert nach einem längeren Studium der Etiketten am Abend einen aufgemacht, der angeblich für alle Anlässe passend sein sollte (wenn mich denn mein lückenhaftes Italienisch und mein ebenso wenig verlässliches Gedächtnis nicht total getäuscht hatten). Ciaran zuckte zumindest nicht mit der Wimper, als er die Flasche sah, und das war ja schon mal etwas - vielleicht aber auch nur seine übliche Höflichkeit in Paarung mit viel Selbstbeherrschung angesichts der Tatsache, dass ich ihnen da gerade nonchalant einen fünfhundert Euro-Tropfen servierte.

Andreas und Ciaran nippten an ihrem Wein, ich setzte mich und wartete auf ihre Eröffnung.

"Mit Davides Studienplatz sieht es gut aus", sagte Ciaran schließlich.

"Medizin?", fragte ich, er nickte lächelnd.

"Ja, in Rom. Es ist eigentlich schon ein bisschen zu spät, die Einschreibefristen für das Wintersemester sind schon vorbei, aber es gibt da eine Organisation, die eine bestimmte Anzahl von Plätzen an besonders geeignete Abiturienten vergibt, die sonst nicht studieren könnten. Er wird an ein paar Gesprächen und Prüfungen teilnehmen müssen, mit denen die Kandidaten getestet werden, aber das dürfte zu schaffen sein. Er steht jetzt auf deren Liste, und von den zehn Leuten darauf nehmen sie acht."

"Und wer finanziert ihm das Studium - offiziell?", fragte Jackson, Andreas gab die Betrachtung des im Glas kreisenden Rotweins auf und antwortete ihm.

"Eine kirchliche Organisation wird ihm ein Stipendium zahlen. In Wirklichkeit leiten sie unser Geld an ihn weiter, damit die Familie nichts merkt. Er wird natürlich in unserem Haus wohnen, damit ist er rundherum versorgt."

"Weiß er es schon?"

Ciaran schüttelte den Kopf. "Nein, wir wollten erst mit Shara reden. Wir müssen einen Zeitplan für Davides Initiierung machen, und der hängt an ihren Zukunftsplänen."

"Und: Er muss mindestens eine glatte Zwei im Abitur machen, drunter kommt er nicht vor die Prüfungskommission, egal wie viel wir zahlen. Schafft er das?"

"Er hat so seine Probleme in Deutsch und Englisch", antwortete Jackson auf die Frage von Andreas, "aber nicht so schlimm, dass ihm das den Abschluss total verderben könnte. Shara macht mit ihm Deutsch, ich Englisch, Ffion zur Sicherheit Mathe – er ist klug und er lernt schnell."

Andreas nickte. "Gut, hoffen wir das Beste. Was die Planung angeht: Die Abitur-Prüfungen sind in etwa einem Monat, das Ergebnis bekommt er eine Woche später. Mitte Juli muss er dann nach Rom, vor diese Kommission - und es wäre optimal, wenn wir dann auch gleich seine Initiierung machen könnten." Er wandte sich direkt an mich. "Die finden traditionell in der Schwertkirche statt, und auch wenn das Schwert sich nicht mehr dort befindet, sollten wir dabei bleiben. Das heißt, wir bräuchten dich Mitte bis Ende Juli in Rom - und ich möchte dich bitten, uns in diesem Zeitraum zur Verfügung zu stehen."

Bräuchten?, dachte ich, bitten? Das war nicht nur sehr förmlich, sondern auch sehr ... vorsichtig und zurückhaltend ausgedrückt, dachte ich. Als könnte ich den Orden morgen verlassen und dann mal wieder hier vorbei schauen, um ein paar alte Freunde zu besuchen und einen davon mit einem Dolch an der Brust zu markieren. Obwohl - hatte ich nicht genau das vorgehabt, hatte ich nicht genau das gewollt - und mich bislang nur nicht getraut, das auch zu tun? Weil ich dann den schönsten aller Kreuzritter zurücklassen müsste?

"Und was ist mit Maggie?", fragte ich, ohne auf Andreas' Bitte einzugehen. "Ist sie nicht auch diesen Sommer dran?"

Andreas nickte. "Ja, aber erst Ende August."

"Kann man das nicht mit Davide zusammenlegen?"

Andreas schüttelte den Kopf. "Nein, das würde den beiden nicht gerecht, es müssen zwei verschiedene Termine sein. Ich muss dich also auch in Maggies Namen bitten, uns im August für zwei oder drei Tage zu beehren."

Ich nickte langsam, Jackson legte mir eine Hand auf den Rücken. Ich wusste, was er wollte, was ich sagen sollte, aber ich musste erst einen kleinen Schluck von meinem Wein trinken, bevor ich diese Worte herausbrachte.

"Für euren Zeitplan: Jackson und ich wollen heiraten", sagte ich schließlich. "An seinem Geburtstag."

Der Druck von Jacksons Hand verstärkte sich, doch ich studierte erst mal die Gesichter vor mir, bevor ich fortfuhr. Überraschung bei beiden - dann ein erfreutes, fast schon strahlendes Lächeln bei Ciaran und ein ernstes, nachdenkliches Nicken bei Andreas, nach einem äußerst prüfenden Blick zu Jackson.

"Ich hab allerdings nicht bedacht, dass Jackson ... nicht normal heiraten kann", fuhr ich fort, "und er hat nun vorgeschlagen, ob nicht einer von euch an seinem Geburtstag einfach ein paar Worte sagen kann. Eine Feier ist ja ohnehin geplant, so dass wir schon einen angemessenen Rahmen hätten."

"Was du aber nicht wirklich möchtest?"

Ich sah Andreas erstaunt an: War das an meinem Gesichtsausdruck so deutlich abzulesen gewesen?

"Ich finde es ein bisschen ... peinlich. Aber da Jackson gern eine Zeremonie möchte, bin ich damit einverstanden. Es soll nur vorher niemand davon wissen."

"Bis auf Josie", ergänzte Jackson, und Ciaran lachte auf.

"Ja, das würde sonst blutig enden. Aber ich mache das gern, wenn ihr wollt."

Ich nickte, Jackson nach einem erneuten, diesmal erleichterten Druck auf meinen Rücken auch.

"Jack hat allerdings für Davide eine gewisse Verantwortung übernommen", sagte Andreas in die zum Glück nur kurze, aber trotzdem unangenehme Stille hinein, in der ich erleichtert war, dass es heraus war und Jackson sich zufrieden zurücklehnte.

"Was bedeutet das genau?"

Andreas nahm sein leeres Glas vom Tisch und rollte es zwischen seinen kräftigen Händen hin und her.

"Er muss für Davide immer ansprechbar sein. Früher - also vor noch ein paar Wochen - hätten wir die beiden in ein Team gesteckt, so dass sie immer zusammen in der Burg oder in Rom gewesen wären, aber das ist jetzt natürlich anderes. Jackson muss in Davides Nähe bleiben, muss sich um ihn kümmern."

"Wir könnten Davide jemand anderem zuteilen", schlug Ciaran vor, doch ich hob kurz die Hand.

"Moment. Ihr geht also davon aus, dass Jackson den Orden verlassen wird - mit mir? Dass wir beide gehen werden?"

Andreas warf Ciaran einen Blick zu, dann nickte er. "Ja, so

hatten wir dich verstanden. Was du gestern nach dem Gespräch mit Drake gesagt hast, oder auch heute im Auto - bezüglich deiner Bewegungsfreiheit, dass du nicht unser Eigentum bist und so weiter. Wenn du gehst, wäre das für uns natürlich eine Tragödie, aber weder können noch wollen wir dich zu etwas überreden oder gar zwingen. Unser Angebot an dich, unsere Hoffnung, unser Glaube an dich - das bleibt bestehen. Wir sind hier, sind heute, morgen und in den kommenden Jahrhunderten hier, und das weißt du. Wir haben achthundert Jahre gewartet, und selbst wenn du uns nun erst einmal verlässt, sind wir trotzdem schon einen enormen Schritt weiter."

Ich stellte mein Glas auf den Tisch und griff nach der Flasche, um Andreas und mir selbst nachzuschenken - ich wollte nichts mehr trinken, nur etwas Zeit gewinnen für die Gedanken, die in meinem Kopf herumjagten. Hoffnung hin und Glaube her - sie gingen davon aus, dass ich gehen würde: Sie rechneten sogar damit, dass Jackson mit mir kam, und überlegten, wie sie die Lücke füllen könnten. Woher kam dieser Sinneswandel? Was ich nach dem Treffen mit Drake gesagt hatte, war gar nicht so global gemeint gewesen: Ich fahre in die Stadt, wann ich will, ich gehe spazieren, wann ich will und mit wem ich will - das hatte ich gemeint, gar nicht mehr. Und jetzt hatten sie mich plötzlich verstanden - hatten verstanden, was ich hatte sagen wollen, ohne dass ich es tatsächlich hätte aussprechen müssen? Weggehen? Kurz zurückkommen, um meine Schuld bei Davide und Maggie einzulösen, und dann mit Jackson im Sonnenuntergang verschwinden? Ich hätte fast gegrinst, denn so einfach war es in den ganzen vergangenen Wochen nicht gewesen!

"Kann ich bitte kurz allein mit Shara reden?", fragte Jackson in meine Denkpause, Andreas und Ciaran nickten.

Jackson und ich gingen wir auf den Balkon hinaus, er schloss die Tür hinter uns.

"Ich konnte dich innerlich grinsen sehen", sagte er, während ich ein paar Kissen zur Seite schob und mich auf das Sofa setzte.

Es war dunkel hier draußen, sein Gesicht wurde von den schwachen Lampen im Wohnzimmer kaum beleuchtet, doch seine Stimme klang angespannt.

"Und? Das war eben doch eine Einladung, sich zu verabschieden! Sie rechnen damit, dass wir gehen - das ist doch perfekt!"

Jackson nickte langsam und ließ sich neben mich auf das

Sofa fallen.

"Und Davide? Das machst du so nebenbei?"

Ich schüttelte den Kopf. "So kannst du das nicht sagen. Ich bleibe gern, bis Davide mit seinen Prüfungen fertig ist und seinen Studienplatz hat, dann können wir sein Ritual machen, und wir beide verabschieden uns anschließend. Wenn du das noch willst", fügte ich fragend hinzu, denn Jackson sah ehrlich gesagt alles andere als glücklich aus.

Ich war etwas erstaunt: Wir hatten doch besprochen, dass wir zusammen weggehen wollten, dass wir ein gemeinsames (nein: ein zweisames!) Leben wollten, oder hatte ich das alles nur geträumt? Vor nicht mal zwei Tagen, als wir in Jacksons Zimmer geschlafen und Davide uns mit seinen Fragen noch einmal aus unserer kuscheligen Zufriedenheit heraus geklopft hatte?

"Was ist los? Du willst nicht mehr ... mit mir allein leben?"

Jackson schlug die Augen nieder - definitiv ein schlechtes Zeichen. "Doch, ich will. Natürlich will ich, am liebsten gleich. Aber es ist noch nie vorgekommen, dass jemand sich vor der Betreuung eines Neuen gedrückt hat. Und ich möchte nicht der erste sein, der kneift."

Das verstand ich, ich kniff auch nicht gern. "Und wie lange dauert diese Zeit, in der du für Davide da sein müsstest?"

"Seine Bewährungszeit, also ein halbes Leben."

Ich ließ mich nach hinten in die Kissen fallen und lachte hart auf, als ich das aus der Kreuzritter-Sprache übersetzt hatte. "Fünfundzwanzig Jahre? Du bist verrückt - dann bin ich fünfzig."

"Nein, bist du nicht. Du wirst nie älter sein als jetzt. Aber das erste Jahr ist das wichtigste, danach kommt er halbwegs selber klar."

Ich blickte über die Brüstung hinaus in die dunkle, vom entfernten Rauschen des Wassers untermalte Nacht. "Also ein Jahr?"

Jackson nickte. "Ja. Aber auch danach müssten sie einen anderen Mentor bestimmen."

"Und wir müssten in Rom leben? In eurem Haus?"

Jackson nickte wieder, ich erinnerte mich an die kalte und graue Eingangshalle, das einsame Gästezimmer, die Bibliothek und natürlich das Krankenzimmer. "Nein. Ohne mich."

"Wenn Davide im Haus wohnt, wäre es am einfachsten, wenn wir dort auch sind."

Ich zog die Beine an, der Nachtwind war noch etwas frisch. Ich hatte mir bislang nicht genauer ausgemalt, wo ich mit Jackson tatsächlich wohnen würde: Hatte ich mir vorgestellt, dass er mit nach München kommen würde? Seine Sachen in meinen Schrank stopfen und seine Autos neben meinem parken würde? Nein, sagte ich mir, davon war ich nie ausgegangen. Ich wollte sowieso nicht zurück, mir war es eigentlich völlig egal, wo wir lebten, solange wir nur zusammen waren - allein, ohne den ganzen 'Erlöser'-Kram. Ich musterte Jacksons Profil: Seine Lippen waren zusammengepresst, seine Augen immer noch auf den Boden gerichtet, im kalten Mondlicht sah er scharf konturiert und trotzdem entfernt aus.

"Nicht in diesem Bunker", bekräftigte ich, sah ihn langsam nicken.

"Ich verstehe dich. Aber du vergisst Drake."

Ja, natürlich, dachte ich - mit voller Absicht und mit erstaunlich großem Erfolg. Er war mir gestern wie ein zahnloser Tiger erschienen, dessen erwartete Drohungen mich denkbar wenig beeindruckt hatten: Er war verschwunden, wie ich es von ihm verlangt hatte und ich fühle mich als Sieger der Schlacht, sogar des Krieges. Ja, ich war nur allzu bereit, Drake zu vergessen, und ich freute mich geradezu auf den Tag, an dem sein Name nur mühsames Suchen in den tiefsten Tiefen meines Gedächtnisses auslösen würde.

"In der Burg bist du sicher, in unserem Haus in Rom auch", sagte Jackson, rückfällig werdend in die alten 'wir müssen Shara vor Drake beschützen'-Gepflogenheiten. "Wenn wir alleine irgendwo wohnen, sieht das ganz anders aus. Ich muss für deine Sicherheit garantieren, Shara - das ist die Bedingung dafür, dass sie uns gehen lassen, auch wenn sie das nicht so deutlich ausgesprochen haben. Und Drake ist mir um ein paar Jahrhunderte voraus, ich würde nicht gegen ihn bestehen können."

"Andreas und Ciaran haben Bedingungen dafür, dass sie uns gehen lassen? Was können sie mir denn bitte für Bedingungen stellen?"

"Nicht dir stellen sie Bedingungen, sondern mir. Wenn ich ihren Ansprüchen nicht genüge, entferne ich mich ohne Erlaubnis vom Orden, wofür mir die Sterblichkeit droht."

"Okay." Ich presste meine Handballen auf die müden Augen, sortierte das gerade Gehörte. "Nur, damit ich das richtig verstehe: Du hast mir also gerade gesagt, dass Drake dir überlegen ist, dass du daher die Bedingungen nicht erfüllen kannst, die der Orden an dich stellt ... und dass wir daher doch nicht gehen können? Obwohl Ciaran und Andreas gerade gesagt haben, dass sie erwarten, nein: dass sie wissen, dass du mit mir gehen wirst, und in ihren Worten keine Spur eine Drohung gegen dich war? Es gibt jede Menge inaktive Ordensmitglieder - selbst wenn du den Orden nicht dauerhaft verlassen willst, könntest du dich doch problemlos freistellen lassen, beurlauben - wie auch immer ihr das nennt."

Jackson sah zu Boden: auch eine Antwort. War ich im falschen Film gelandet - in der Version, in der er mich im Stich ließ? In der unsere nächtlichen Gespräche über ein eigenes Leben außerhalb des Ordens niemals stattgefunden hatten? Gut, auch ich hatte die Bedingung 'Problem Drake muss gelöst sein' auf der To Do-Liste gehabt, die vor meinem Auszug aus der Burg abgearbeitet werden musste, aber war das nicht erfüllt? Ebenso wie die beiden Punkte namens Davide und Maggie, jeweils eine Narbe auf der Brust, beizubringen in der Schwertkirche?

"Ist Drake wieder in Rom?", fragte ich Jackson, er nickte.

"Dann halte ich es für keine gute Idee, da hinzugehen, wenn euch meine Sicherheit so am Herzen liegt. Und Davide hat durchaus schon gelernt, ein Telefon zu bedienen. Er geht in Rom auf die Uni - wozu sollte er dich denn bitte täglich persönlich brauchen? Willst du ihm seine Bücher tragen?"

Jackson sah mich jetzt endlich an, und in dieser Nacht waren seine Augen dunkelgrün, wie ein tiefer Teich. Er wird nicht nachgeben, er hat die Seiten gewechselt, dachte ich angesichts seines harten Blicks, denn für ihn ist das die perfekte Lösung: Er mauert dich in dieser grauen Festung ein, und dort kannst du bis in alle Ewigkeit darauf warten, dass Drake eines wie auch immer gearteten Todes stirbt. Ich war zum ersten Mal wütend auf Jackson, verstand seinen Gesinnungswechsel nicht und nahm es ihm übel, dass er mir so in den Rücken fiel, wo doch eigentlich alles schon abgemacht war.

"Jackson, das läuft so nicht", sagte ich, und meine Stimme klang für mich selber ziemlich kalt. "Ich lasse mich nicht einschließen, ich will so nicht leben - und ich hatte gedacht, dass das Thema zwischen uns geklärt wäre, dass wir uns da einig sind. Du willst nicht mehr mit mir weggehen, wolltest es vielleicht nie

- das habe ich nun verstanden. Ich kann bis zu einem gewissen Grad verstehen, dass du dir Sorgen um meine Sicherheit machst, das ehrt dich. Ebenso ehrt es dich, dass du deiner Verpflichtung gegenüber Davide nachkommen willst. Ich verstehe auch, dass du nicht sterblich gemacht werden willst - eine schreckliche Aussicht, für die ich aber sicher eine Abmachung mit Andreas und Ciaran treffen könnte. An meinem Plan, hier über kurz oder lang zu verschwinden, ändern deine ganzen Einwände jedoch nichts."

Ich suchte seinen Blick - und fand in den plötzlich so kalt glänzenden Smaragden kein Verständnis, kein Einlenken. Auch keine Liebe? Mein Magen krampfte sich in Schmerz und Angst zusammen, aber was ich an Sturheit in seinem Gesicht las, legte mir die folgenden Worte in den Mund, also sprach ich sie aus.

"Jackson, wir brauchen jetzt nicht zu heiraten, wenn sich unsere Wege in absehbarer Zeit trennen werden. Geh rein, sag Andreas und Ciaran, dass ich bis zu Davides Termin bleibe und für Maggie auf jeden Fall auch zur Verfügung stehe. Alles Weitere werde ich Ihnen beizeiten mitteilen."

Jackson nickte und stand auf. Bitte sag was, dachte ich mit Blick auf sein starres, trauriges Gesicht, bitte sag was Schlaues und geh nicht! Ich liebe dich doch, und ich will nicht, dass du gehst - nicht jetzt, und schon gar nicht für immer! Doch der schöne Kreuzritter wandte sich zur Tür, kurz darauf hörte ich seine Stimme im Wohnzimmer, dann Schritte von drei Personen - schließlich fiel die Tür hörbar ins Schloss und ich war allein.

Magnus

Als ich an diesem Abend gegen zwölf Uhr mit Peter und Shane aus dem Kino kam, aus einem mittelprächtigen Horrorfilm mit viel Kunstblut und wenig überzeugend schlurfenden Zombies, schraubte Jack in der Garage einen neuen Spiegel an den Geländewagen. Sein Gesichtsausdruck lud nicht unbedingt zu einem Schwätzchen ein, daher verschwanden Peter und Shane rasch durch die Tür im Haus, ich schlenderte dagegen zu Jack hinüber und lehnte mich an die Motorhaube.

"Zoff?"

Er musste mir nicht antworten, sein Blick genügte schon: ein bisschen Wut, ein bisschen verletzter Stolz, ein bisschen Angst und irgendwas Unfassbares, Bodenloses.

Ich verschränkte die Arme vor der Brust und wartete, Jack schraubte unbeeindruckt weiter.

"Worum ging es denn?"

Er legte den Schraubenzieher weg, mit dem er die Überreste des zerfetzten Spiegels abein bgebaut hatte, jetzt griff er nach einer kleinen Zange.

"Verschiedenes. Die Zukunft. Drake."

Das war nicht gerade ausführlich, aber immerhin ein erster Hinweis.

"Geht's vielleicht etwas genauer?"

Jack warf mir einen bösen Blick zu und rupfte mit der Zange an den Kabeln herum. Für mich sah das zumindest so aus, aber ich hatte auch vor zwei oder drei Jahrzehnten erst gelernt, eine Glühbirne einzuschrauben. Ja ja, die jungen Leute: in Sachen neuer Technik uns Oldtimern immer einen entscheidenden Schritt voraus.

"Fangen wir mit Drake an. Will Shara ihn besuchen? Heiraten? Zu deinem Geburtstag einladen? Mal wieder erschießen? Adoptieren? Anzeigen?", riet ich, was aber scheinbar nicht so lustig war, wie ich das selber fand: Jack jedenfalls verzog keine Miene, während er den neuen Spiegel aus dem Karton nahm.

"Halte das, dann kann ich die Kabel anschließen."

Immerhin: ein ganzer Satz, wenn auch ohne das bei Jack sonst obligatorische 'Bitte'.

"War sie wieder mal dickköpfig?", fragte ich betont locker, während ich ihm den Spiegel an das Gelenk hielt.

"Nein", antwortete Jack, "sie hat ja Recht. Aus ihrer Perspektive."

"Und du hast eine andere Perspektive?", fragte ich.

Jack zuckte mit den Schultern und verband ein Kabel mit einer Klemme an einem anderen. "Sieht so aus, oder?"

Ich seufzte und nickte in Richtung Spiegel. "Halt das Scheißding selber fest, ich gehe."

Jack zuckte mit den Schultern. "Sie will hier weg, was ich sehr gut verstehen kann. Der Orden stellt Ansprüche, hat Erwartungen - kein normaler Mensch lässt sich so etwas auf die Schultern laden. Aber sie darf nicht glauben, dass das Problem Drake mit gestern erledigt ist, das wäre sehr naiv."

"Dickkopf, sag ich doch."

Jack verband die letzten beiden Kabel, richtete sich dann auf und sah mich entnervt an.

"Magnus, das nützt mir nichts. Du willst mir helfen? Dann sag mir, wie ich ihr klar machen kann, dass sie nicht allein und ungeschützt bleiben kann, wenn sie leben will - ohne dass sie sofort an die Decke geht."

Da musste ich passen: Wer dafür eine Lösung fände, bekäme meinen persönlichen Alternativen Nobelpreis.

"Geh doch mir ihr", riet ich, entgegen meiner tiefsten Überzeugung, den ich wollte weder den Freund noch ... die Freundin verlieren.

"Sehr gern, jederzeit und an jeden Ort der Welt. Aber das genügt nicht - ich genüge nicht. Einer ist zu wenig, um sie wirklich zu beschützen." Er nahm mir den Spiegel aus der Hand und ließ ihn mit einer schnellen Bewegung in das Gelenk schnappen. "Sie möchte nicht länger hier oder im Haus in Rom bleiben, aber das sind leider die sichersten Plätze, die es gibt."

"Dann muss Drake weg", sagte ich, und biss mir im gleichen Atemzug auf meine vorlaute Zunge: Das war einfach die logische Schlussfolgerung des Gesagten gewesen, nicht jedoch das, was ich wirklich empfehlen würde - wie ich hier ja schon einmal niedergelegt habe, klar und deutlich.

"Zu genau diesem Schluss bin ich auch gekommen", sagte plötzlich eine klare und melodische Stimme hinter mir: Shara.

Ich zuckte zusammen, hatte sie nicht kommen hören - aber so, wie sie da an Jacks Ferrari lehnte, schien sie schon eine ganze Weile hier zu sein. Hatte sie gehört, was ich gesagt hatte, was Jack gesagt hatte? Wahrscheinlich. Sie trug eine zu lange Schlafanzughose und darüber ein dünnes Top, war barfuß und hatte die Arme um den schmalen Oberkörper geschlungen, als sei ihr kalt. Sie sah Jack an, der war neben mir zur Salzsäule erstarrt. Herrgott - der erste Krach zwischen Romeo und Julia, und wer stand genau in der Schusslinie?

"Wenn Drake keine Bedrohung mehr ist, gibt es kein vernünftiges Argument dagegen, dass ich mache, was ich will, her oder wo auch immer", sagte Shara, was bei mir sofort alle Alarmglocken losgehen ließ: Das klang gefährlich nach dem Thema 'wir brauchen einen Plan', und da war ich schon einmal gegen gewesen.

"Wie willst du das schaffen?", fragte Jack, und ich hörte eine gewisse Erleichterung in seiner Stimme: Er hat Angst gehabt, dass es vorbei ist, dachte ich, wusste jetzt also, dass das Bodenlose und Unfassbare in seinem Blick eben Angst und Herzschmerz gewesen waren, zwei gute alte Freunde von mir, die ich aber bislang nur von innen gekannt hatte.

"Warum willst du nicht hier bleiben? Bei uns?", schoss ich dazwischen, bevor Shara irgendwelche haarsträubenden Pläne entwickeln konnte.

"Weil ich mein eigenes Leben haben will. Wie ich will, wo ich will. Und auch mit wem ich will." Letzteres richtete sich eindeutig an Jack. "Und das geht weder hier, noch in diesem ... Bunker in Rom. Das mag euer Zuhause sein, meines ist es nicht."

Sie steckte die Hände in die Taschen der Hose und sah mich herausfordernd von unten an. Verflixt kühle Augen heute Abend, zu Eis erstarrtes Silber - ich fand es gar nicht so einfach, ihnen zu widersprechen, versuchte aber mein Bestes.

"Stimmt nicht. Du kannst hier auch machen, was du willst."

Sie lachte, schüttelte den Kopf. "Nein, kann ich nicht. Jeder hat irgendwelche Verpflichtungen, hat irgendwelche Regeln zu beachten - und selbst wenn die für mich nicht gelten oder ich sie einfach nicht akzeptiere, dann bremsen sie mich doch indirekt ziemlich aus."

Das galt wohl Jack, denn der seufzte leise. "Shara, wir können das lösen", sagte er in die Stille der Halle. "Ich muss nicht dauernd bei Davide sein, ich habe das eben nur als Vorwand benutzt und du hast völlig zu Recht gesagt, dass ich übertreibe. Wenn wir ihn im Herbst nach Rom begleiten und ihm ein paar Wochen oder Monate zur Seite stehen, ist das völlig ausreichend. Und die Sterblichkeit - ja, du kannst Andreas mein Leben abtrotzen, ohne Zweifel, oder ich melde mich für eine gewisse Zeit ab, werde inaktiv. Aber das ändert nichts an Drake."

Ich wandte den Kopf zu Shara, als wäre der Ball nun auf ihrer Seite - ein Tennis-Match auf Fliesen, mal was anderes.

"An Drake wird sich nie etwas ändern, wenn ich nichts tue. Ich hab das schon mal gesagt, aber ihr habt alle abgewiegelt: Passt euch das Ganze einfach zu gut? Er streunt da draußen herum, und ich bleibe brav bei euch, weil ich ja sooo große Angst habe?" Ihre Stimme troff vor Ironie, und ich sah, wie weh das Jack tat.

"Niemand will, dass du Angst hast. Auch wir könnten uns viel freier bewegen, wenn wir nicht rund um die Uhr auf dich aufpassen müssen", sagte ich, damit Jack das nicht tun musste.

Shara nickte. "Dann hilf mir, Drake loszuwerden. Ich hab es schon mal gesagt: Ich will lieber ein Ende mit Schrecken als Schrecken ohne Ende."

Jack streckte eine Hand nach der Prinzessin aus, die lächelte schwach und machte einen Schritt in seine Richtung, warf mir dann einen kurzen Blick zu. Oh oh, Zeit für die große Versöhnung - Zeit für mich, mal eben auf eine Zigarette an die frische Luft zu gehen. Ich sah noch aus dem Augenwinkel, wie Jack Shara an sich zog und sie die Stirn an seine Wange legte, dann fiel die Tür im Garagentor hinter mir ins Schloss und erlöste mich von diesem schmerzlichen Anblick.

Als ich nach zwei extrem langsam gerauchten Zigaretten und trübseligem Betrachten der mageren Mondsichel wieder rein kam, saß Shara auf dem Rücksitz des frisch bespiegelten Geländewagens, ließ die Beine aus der offenen Tür baumeln und hatte eine Decke um die Schultern, Jack räumte sein Werkzeug zusammen. Die Zufriedenheit der beiden hing fast greifbar im Raum, süß und ein bisschen flauschig.

"Shara und ich bleiben hier, bis Davide initiiert ist. Wenn er dann studiert, gehen wir mit ihm nach Rom, mindestens bis nach Weihnachten", sagte Jack.

Scheinbar hatten die beiden die Zeit allein nicht nur genutzt, um sich tief in die Augen zu schauen - mir unverständlich, denn wenn die Prinzessin mir gehören würde, wäre das mein einziger und wahrer Daseinszweck.

"Das bedeutet, dass das Drake-Problem bis Anfang nächsten Jahres gelöst sein muss."

"Klingt fair", sagte ich, und zog Shara die Decke vorn zusammen: Sie hatte eine Gänsehaut, was ich in Form des mittlerweile altbekannten, leisen Kribbelns spüren konnte, als ich einen Finger auf ihren Handrücken legte.

"Und danach? Du musst übrigens dringend ins Bett", sagte ich, sie lächelte.

"Ja, Papa. Danach ... mal sehen. Eine Wohnung, ein Haus - nicht am anderen Ende der Welt, aber auch nicht hier unten im Dorf. In der Nähe, aber nicht mitten drin."

Ich nickte, wollte mich umdrehen und gehen: Halb zufrieden, weil wieder Frieden herrschte und Shara erst mal blieb, halb unglücklich, weil sie dann doch irgendwann weg wollte, aber sie hielt mich an der Hand fest. Der Sog ihrer Haut wurde etwas stärker, womit er der Intensität ihres silbernen, eindringlichen Blickes ähnelte: Nicht ihr Herrscher-Blick, erkannte ich, nur der 'wir sind doch Freunde'-Blick, aber der hatte bei mir nicht weniger Durchschlagskraft.

"Magnus - hilfst du mir? Mit Drake?"

Ich sah auf sie hinunter: immer noch zu dünn und zu schmal, immer noch ohne Angst und Zweifel.

"Ja", antwortete ich, was sich gut anfühlte, weil es Shara glücklich machte, und sich gleichzeitig schlecht anfühlte, weil es meiner tiefsten Überzeugung widersprach - und Überzeugungen hab ich nicht viele, weswegen sie mir auch heilig sind.

"Danke", sagte sie, zog mein Gesicht zu sich herunter, und ich bekam meinen dritten Kuss von ihr: Auf die Stirn, damit war nur noch meine linke Wange ungeküsst.

"Willst du Drake sterblich machen?", fragte ich, als die Röte mein Gesicht ebenso angenehm wie sichtbar überzog - hoffnungsvoll, dass Jack es geschafft hatte, während meiner Zigarettenpause auch diese Kleinigkeit mit Drake zu richten, aber Shara wiegte den Kopf skeptisch hin und her.

"Das ist immer noch eher was für euch als für mich. Ich fände das nicht wirklich befriedigend, glaube ich. Was ich will ist ... ich will ihm wehtun, so schlimm das auch klingt. Ich versuche meist, nicht an ihn zu denken - aber wenn ich es tue, dann hasse ich ihn, ganz tief aus meiner Narbe heraus. Ich habe so etwas noch nie empfunden. Wenn ich an ihn denke, wird mein ganzer Körper eiskalt, und mir wird richtig ... übel. Ich könnte kotzen, ich könnte schreien, ich könnte um mich schlagen, ich könnte ... ja, ich könnte ihn umbringen. Weil er ein egoistisches Arschloch ist, weil er irre ist, weil er grausam ist. Und nichts davon würde sich ändern, nur weil ihr ihn ... anders markiert habt. Das wäre mir zu wenig."

Jack schloss seelenruhig die Werkzeugkiste, beteiligte sich nicht an unserem Dialog.

"Shara, ihn umzubringen wäre aber ziemlich heftig", sagte ich, weil ich fand, dass das gesagt werden musste - sie hatte zwar diesmal nichts vom Erschießen gesagt, aber ich nahm einfach mal an, dass sie genau das meinte. "Kannst du das verantworten? Oder ertragen?"

Sie schaute auf ihre bloßen Füße, die Fußnägel schimmerten heute in rosigem Perlmutt. Sie knibbelte an einer Stelle, an der der Lack abgeplatzt war, und als sie wieder hochsah, war ihr

Blick leicht nachdenklich, aber fest.

"Ertragen nein - verantworten ja, ich hoffe es zumindest. Ich weiß nicht, was mir lieber ist: Ein Leben lang schuldig zu sein, oder ein Leben lang ängstlich zu sein."

– 4 –

Magnus

Shara machte Ciaran und Andreas am Morgen nach unserem
nächtlichen Garagengespräch mit ruhigen Worten deutlich, dass
sie mit der dumpfen Bedrohung durch Drake im Hintergrund
nicht so würde leben können, wie sie sich das wünschte. Sie bat
darum, ihn sterblich zu machen, um ihn auf absehbarer Zeit vom
Angesicht dieser schönen Erde zu tilgen - von Umbringen oder
so war erst mal nicht mehr die Rede, aber ich bezweifelte, dass
die Prinzessin sich das schon ganz aus ihrem erstaunlich
rachsüchtigen Köpfchen geschlagen hatte.

Als Gegenleistung für unsere Hilfe im Fall Drake versprach
sie, sich für die Zeit bis zu dessen wie auch immer geartetem
Tod dem Orden zur Verfügung zu stellen und sich in
angemessenem Rahmen schützen zu lassen. Ob Drake die
Sterblichkeit verdient hatte, diese Frage stellte niemand laut -
auch ich unterließ das, fand ich doch Sharas Wunsch nach dem
brutalen Angriff im Pantheon mittweile gerechtfertigt,
vielleicht sogar gerecht: Er hatte ihr ungefragt die Unsterblichkeit
verschafft, jetzt revanchierte sie sich, indem sie ihm ungefragt die
Sterblichkeit gab. Aber, um Missverständnisse zu vermeiden:
Erschießen ist was anderes als sterblich machen, und gegen

Erschießen bin ich nach wie vor ganz klar.

Andreas überließ es Ciaran, die Freude des Ordens über diese Entscheidung kundzutun, er beschäftigte sich wie immer lieber mit der praktischen Seite der ganzen Sache: In Rom würden Lucia und Sven Drake genau im Auge behalten, damit wir über seine Schritte genau auf dem Laufenden seien – die Frage, wie und wo wir ihn schnappen würden und was genau dann mit ihm passierte, wurde aber erst mal verschoben, auf die Zeit nach Jacksons Geburtstag. Warum das so eine Zäsur sein sollte, war mir nicht ganz klar, da aber weder Ciaran noch Shara oder Jack gegen Andreas' Bemerkung protestierten, wollte ich auch nichts sagen und tat, als wäre mir der Grund für diese Verzögerung ebenso bekannt wie ihnen. Nach ein paar leisen Worten von Ciaran machte Andreas der Prinzessin dann noch ein Angebot: Er würde Josie nach Rom schicken, um das graue Haus etwas aufmöbeln und für Shara dort eine Wohnung einzurichten - mit dem Wort 'Bunker' hatte unsere Prinzessin die Stimmung in diesem düsteren Kasten gestern schon ganz richtig beschrieben. Ein wenig Farbe und neue Möbel konnten bestimmt nicht schaden, vielleicht würde ich dann dort auch freiwillig die ein oder andere Woche verbringen - wenn ich denn erwünscht bin, dachte ich, während ich der zumindest näheren Zukunft doch ein wenig optimistischer entgegen sah. Nikita und Michael würden in ein paar Tagen vorbei schauen, sagte Andreas dann noch, als sich unsere kleine Runde auflöste: Sie würden Sven und Lucia in Rom ablösen, damit die beiden bei Jacks Geburtstag dabei sein konnten, vorher wollten sie aber natürlich Shara kennen lernen.

Am Abend dieses Tages gab es in der Küche nach dem Abendessen dann noch eine kleine, spontane Feier: Ciaran eröffnete Davide, dass er mit etwas Glück einen Studienplatz und ein Stipendium für ihn habe, woraufhin unser Neuer sich vor Begeisterung geradezu auflöste. Er versprach hoch und heilig, den erforderlichen Notendurchschnitt zu schaffen und sich bei der Prüfungskommission gut zu präsentieren, die roten Flecken auf seinen Wangen sprachen für seine aufrichtige Freude wie auch für die Tatsache, dass ein Glas Weißwein schon etwas zu viel für ihn war. Die gute Nachricht vom Studienplatz würde Davide seinen Eltern allerdings selbst beibringen müssen: Hübsch aussehende Briefe mit der Einladung zum Prüfungsgespräch (echt) sowie dem angebotenen Stipendium (unecht bzw. hübsch gestaltet von Peter) waren schon auf dem Weg in seinen Briefkasten.

Shara

Nach unserem gestrigen Streit, kurz vor dem Einschlafen, hatten Jackson und ich einen seltsamen Schwur getauscht: Er hatte mir geschworen, nie wieder tatsächlich zu gehen, wenn ich ihn wegschickte, während ich ihm versprochen hatte, ihn nie wieder wegzuschicken, damit er sich mir nicht widersetzen musste. Das war absolut sinnfrei, aber da wir beide gegen zwei Uhr morgens einen Zustand erreicht hatten, in dem wir schon zu müde waren, um einschlafen zu können, waren wir damit eigentlich ganz glücklich gewesen.

Wir könnten vielleicht auch eins der Nebengebäude der Burg für uns umbauen, hatte Jackson in den frühen Morgenstunden in meinen Dämmerzustand geflüstert, eine schlaftrunkene Idee, die aber durchaus etwas für sich hatte: Ein eigenes Haus und trotzdem in der Burg - ein hübscher Kompromiss, der mich nach dem ersten, schmerzhaften Streit vom Abend mit fast ebenso viel Freude erfüllt hatte wie unsere Versöhnung selbst.

Apropos Freude: Das wäre auch das mindestens angemessene Wort, um Josies Zustand zu beschreiben, als ich sie am Mittag von Jacksons und meinen Plänen unterrichtete. Sie quietschte dermaßen schrill und verzückt los, als ich ihr von der Hochzeit erzählte, dass ich mein kleines Geheimnis schon durch pure Lautstärke aufgedeckt und verraten sah. Ich wurde unzählige Male links und rechts auf die Wangen geküsst, von Josies sommersprossigen Armen gedrückt und dann in einem Sessel platziert, während sie sich mit Zettel und Stift neben mir niederließ und aus dem Stegreif unzählige, scheinbar elementar wichtige Fragen auf mich abschoss, von denen ich keine beantworten konnte. Torte? Sitzordnung? Ringe? Musik? Trauzeugen? Speisefolge? Blumen? Kleid? Schleier? Nach dem vierten oder fünften ratlosen Schulterzucken meinerseits verwies ich die leidenschaftliche Hochzeitsplanerin aus purer Verzweiflung an Jackson: Es ist sein Geburtstag, sagte ich, die ganze Hochzeit ist seine Idee, also könne er auch den Rahmen bestimmen. Im Übrigen hätte ich ja schon dieses graue Kleid, das könne ich doch wie besprochen anziehen. Josie war kurzzeitig einer Ohnmacht nahe, zog dann aber bereitwillig mit Zettel und Stift zu Jackson um - an dessen wild gesträubten Locken ich später sah, wie heftig sie ihm zugesetzt hatte. Immerhin durfte ich bei dem grauen Kleid bleiben, ein kleiner Sieg - das Thema Ringe schien komplizierter zu sein, denn Josie schaute deswegen im Laufe des Tages mehrfach bei Jackson vorbei, und als wir nach einem weiteren Termin am Nachmittag aus dem Krankenhaus kamen, fiepste sein Handy sofort mit zahllosen Nachrichten los. Ich war nach meinem heutigen kleinen Patienten (Gehirnerschütterung und Hand gebrochen, mit dem Fahrrad gegen einen Baum) fit genug, um mit Jackson über Josie und ihren übersprudelnden Eifer zu lachen, und weil uns nur Ciaran begleitete, konnten wir das auch in aller Offenheit tun. Dass es mir auf der Rückfahrt von einem Termin nun schon zum zweiten Mal so gut ging, dass ich die gelöste Stimmung genießen konnte, machte mich richtig glücklich: Ich musste mich jetzt nach einer 'Sitzung' nicht mehr übergeben, sog Magnus oder Jackson mit wahnwitziger Geschwindigkeit die Energie ab, konnte mittlerweile sogar die komplette Geschichte selber vorlesen und dabei die Hand des jeweiligen Kindes halten - Ciaran war richtiggehend selig, ich erleichtert und meine Akkus erlöst, denn die Testphase wurde endgültig für beendet erklärt. Ich würde freiwillig weiter machen, solange ich beim Orden lebte, so viel stand fest: Ciaran wollte sich darum kümmern, dass ich Anschluss an einen Kreis ehrenamtlicher Helfer im nächstgelegenen Krankenhaus fand, und so mehrmals in der Woche meinen Einsatz auf der dortigen Kinderstation haben würde.

Die Zeit, die ich vorher in Krankenhäusern und Toiletten oder erschöpft in meinem Zimmer verbracht hatte, widmete ich zumeist Davide: Ich hockte fast täglich mit ihm in der Bibliothek oder in seinem Zimmer, gemeinsam arbeiteten wir uns von Deutsch (immer noch ein weites Feld für den Jungen) zu seinen Biologiebüchern vor – in dem Bereich war er erstaunlich fix im Kopf, was unsere Stunden angenehm produktiv machte.

Ich verbrachte außerdem zunehmend mehr Zeit mit Maggie, da Josie außer der Hochzeit kein anderes Thema mehr zu kennen schien - denn auch, wenn Jackson ihr alleiniger Ansprechpartner sein sollte, wurde mir doch jede Entscheidung umgehend und mit großem Tamtam mitgeteilt: Es gab Buttercreme- statt Sahnetorte, keinen rosa Champagner, sondern ganz normalen, es saßen Andreas und Ciaran Jackson und mir gegenüber, es war das beste Silber poliert, das beste Porzellan vollzählig wieder gefunden worden - im tiefsten Keller der Burg, wo es 1937 vor der Abreise der Ordensmitglieder angesichts des heraufdämmernden Weltkrieges eingelagert und dann vergessen worden war.

Ich hegte zunehmend die Befürchtung, bald Hauptperson eines mittelgroßen Jahrhundert-Events zu sein und zitterte schließlich fast schon panisch, wenn ich auch nur eine von Josies kupferroten Locken auf mich zu hüpfen sah, doch Jackson betäubte meine Angst mit einem innigen Kuss auf meinen Hals, als ich ihm meine Befürchtungen kundtat: Alles wird gut, flüsterte er in meine milde Benommenheit, alles ist so, wie es sein soll.

Laufen und Schwimmen morgens waren eine mir mittlerweile durchaus angenehme Pflicht, meine Selbstverteidigungsstunden mit Magnus und Jackson fanden ebenfalls weiterhin regelmäßig statt, und waren nach wie vor eine reine Farce: Wir waren zwischenzeitlich zu stumpfen Metallschwertern übergegangen, wovon mir abends so sehr die Arme weh taten, dass ich mich in Hörweite von Andreas bitterlich über diese Folter beschwerte und wir fürs Erste zu völlig lächerlichen Holzschwertern wechselten, wie sie kleine Jungs beim Spielen benutzen.

Der Schwertkampf schien aus Prinzip auf dem Stundenplan zu stehen, und ich fügte mich mehr Höflichkeit denn aus wirklicher Begeisterung in dieses Training. Davide sah uns mit großen, glänzenden Augen ein paar Mal zu – er schien aus dem Holzschwert-Alter noch nicht raus zu sein, und war angesichts von Magnus Drohung, er sei dann auch bald dran, eher begeistert als abgeschreckt.

Schießen gelang mir indes besser als das Herumfuchteln mit dem Schwert, wenn auch Jackson mich regelmäßig durch seine bloße Anwesenheit so sehr ablenkte, dass ich seine nicht eben kleinen Zielscheiben meterweit verfehlte. Ich trug die Waffe zwar noch bei mir, wenn ich die Burg verließ, aber Shara, die alte Skeptikerin, hatte endlich Vertrauen gefasst: Zu den dicken Mauern der Burg ebenso wie zu den darin lebenden Kreuzrittern.

Ich hatte langsam das Gefühl, dass mein dauerndes Meckern und Protestieren mich mehr eingeschränkt hatten als dieser seltsame Orden es tatsächlich tat - und als ich Jackson das am

Abend vor der Hochzeit sagte, lachte er leise und zog mit dem Finger das Kreuz auf meinem Rücken nach. Noch immer heftete nach solchen Zärtlichkeiten oft ein wenig Goldstaub an seinem Finger, was uns eine Wette hatte abschließen lassen, bei der es darum ging, wie viele Jahrhunderte er brauchen würde, um das gesamte Gold abzurubbeln.

Ich hatte auf fünfhundert Jahre getippt, Jackson wollte sich anstrengen und schon nach dreihundert fertig sein. Eine Wette in bester 'Ewigen'-Manier - und irgendwie wusste ich, dass Jackson zu beiden Terminen nicht weiter von mir entfernt sein würde als jetzt, wo wir auf dem Balkon lagen und in nervöser Schläfrigkeit auf den nächsten Tag warteten, der auch in einer Ewigkeit einzigartig sein sollte.

Magnus

Der Ballsaal im ersten Stock glänzte im Licht von unzähligen Kerzen, die sich in den hohen, nachgedunkelten Spiegeln an den Wänden unendlich vervielfältigten. Die schweren Vorhänge waren zurückgezogen, die Fenster standen auf und ließen einen leichten, lauen Wind durch den Raum und die dünnen Gardinen streichen, er brachte einen milden Duft nach getrocknetem Heu und einer mir unbekannten Blume mit sich. Der lange Tisch vor den Fenstern war prächtig gedeckt: weiße Decken, üppige Blumengestecke, unser bestes Porzellan und funkelnde Gläser, große Kerzenleuchter und Silberbesteck, die altertümlichen Stühle steckten in weißen Überzügen. Weitere Blumen waren im Raum verteilt, auch sie alle in Weiß - Josie war wohl nach sommerlich-frisch gewesen, dachte ich, als ich mein Geschenk für Jack auf dem Gabentisch in der Ecke des Raumes ablegte. Der Tisch war schon gut gefüllt und mein Paket bei weitem nicht das Größte.

Josie trug ein hellgrünes, bodenlanges Seidenkleid und eine einzelne, weiße Rose im Haar, sie steckte mir eine ähnliche Blüte ins Knopfloch meines Anzugs, drückte mir ein Glas Champagner in die Hand und zeigte mir meinen Platz: Jack und Shara schräg gegenüber, zwischen Davide und Lucia. Auf meinem Teller lag eine Karte mit meinem Namen und dem heutigen Datum, darüber eine schwungvolle liegende Acht für die Unendlichkeit. Ich nahm die Karte in die Hand und wendete sie auf der Suche nach aufklärenden Worten, fand aber keine. Ich wollte Josie danach fragen, wollte ihr anbieten, ihr die richtige Zahl der Jahre zu nennen, die Jack jetzt schon auf dieser schönen Erde abgesessen hatte, aber sie war mit ihrem Champagner-Tablett schon auf dem Weg zu Maggie und Peter, die gerade rein kamen. Maggie sah sehr hübsch aus in ihrem schwarzen Kleid und auch einer Rose im hochgesteckten Haar, Peter hatte sich wie die anderen Männer für einen schwarzen Anzug entschieden - 'festliche Abendgarderobe' hatte Josie angeordnet, also bewunderte ich Ffions weinrote Robe ebenso gebührend wie Lucias hellgelbes Abendkleid.

Davide war natürlich eingeladen und lachte gerade über etwas, das Maggie ihm hinter vorgehaltener Hand erzählte, als ich zu ihm hinüber sah. Nagelneuer Anzug mit eingesteckter Rose, registrierte ich den ungewohnt förmlichen Aufzug des Kleinen, der sonst nur diese Hiphop-Schlabber-Klamotten trug, bei denen die Jeanstaschen etwa auf Höhe der Knie hingen. Blitzblanke Schuhe, Weste, Hemd mit Manschettenknöpfen und Krawatte: Das hatte garantiert mehr gekostet, als er in seinem Sparstrumpf gehabt hatte. Er ist Josie in die Hände gefallen, schlussfolgerte ich etwas mitleidig, fand das Ergebnis aber durchaus akzeptabel, wie meistens. Jack war schon da, er stand ganz in Schwarz gekleidet in einer Ecke des Raumes und sprach mit Ciaran, es fehlten eigentlich nur noch Shara und Andreas.

Ich wollte Jack gratulieren, aber da Ciaran gerade sehr eindringlich auf meinen mit hundertdreißig Jahren noch nicht wirklich alten Freund einredete, verschob ich das auf später: Einer der Vorteile des Kreuzritterlebens war ganz klar, dass man die Nächte Durchfeiern konnte, wenn man denn wollte, und das aus mehreren Gründen. Erstens: Wenn man keinen Dienst in der Schwertkirche hat, hat am quasi frei, kann also pennen, solange man will. Zweitens: Man kann trinken, was man will und wie viel man will, besoffen wird man so gut wie gar nicht - und damit fällt auch ein Kater komplett weg. Ich für meinen Teil hatte übrigens noch nie einen Kater gehabt, war noch nie besoffen gewesen - wann und wie denn auch? Andreas hatte mich auf Kindesbeinen nach Rom geschleift, und während meiner Straßenjahre ins Paris hatte ich ein oder zwei Mal an Weinkrügen genippt, das Zeug aber bitter gefunden und wieder ausgespuckt. Meine erste Narbe hab ich mit so Elf oder Zwölf gekriegt, und in dem Alter säuft man ja eher selten. 'Einmal richtig betrunken sein' stand denn auch auf meiner Liste der Dinge, die ich tun würde, wenn der Orden mich irgendwann rausschmeißen und mit der Zerstörung der Narbe wieder zu einem Normalsterblichen machen würde, zusammen mit ein paar anderen Dingen, für die ich aber lieber hier keine Tinte verschwende.

Da Jack also von Ciaran gerade weise Worte für die nächsten Jahrzehnte bekam, gesellte ich mich zu Joseph, Sven und Pablo, trank in kleinen Schlucken meinen Champagner und freute mich auf das Essen: Es war ungefähr ein oder zwei Jahre her, dass wir in so einem Rahmen gefeiert hatten, und auch wenn Josie hier ein bisschen übertrieben hatte und der Saal für einen simplen Geburtstag viel zu üppig herausgeputzt war - so eine festliche Stimmung war ja auch mal ganz schön. Shanes Siebzigster ... ja genau, dachte ich und gratulierte mir dazu, dass ich mit gut zweihundertzwanzig dieses lästige Alzheimer noch nicht hatte - Shanes Siebzigsten hatten wir gefeiert, letztes Jahr im Mai.

Um kurz nach Acht bat Josie uns, doch schon mal am Tisch Platz zu nehmen und schenkte allen Champagner nach, dann warf sie einen Blick in den Flur, gab Ciaran einen hochgereckten Daumen und flitzte so schnell zu ihrem Platz, wie ihr schmal geschnittenes Kleid das zuließ. Andreas und Shara kamen herein - er ebenfalls in Schwarz, Shara an seinem Arm in einem bodenlangen, stahlgrauen Abendkleid mit kleiner Schleppe und einem tiefem Ausschnitt, der das goldene Kreuz eher betonte als verbarg. Ihre Haut schimmerte so weiß wie die Rosen, die im Haar unserer Prinzessin zu einem Strahlenkranz arrangiert worden waren und der mich alternden, romantischen Ritter natürlich an eine Krone erinnerte, die Augen hielt sie gesenkt, in der Hand trug sie einen kleinen Blumenstrauß mit langen, weißen Bändern. Einen Strauß?, fragte ich mich, als meine Mundwinkel schon auf dem Weg nach oben gewesen waren, für ein nettes Begrüßungslächeln - was machte die Prinzessin denn hier mit einem Blumenstrauß in ihrer zarten Hand? Meine Augen wanderten von Shara hinüber zu Jack und Ciaran, mein halbes Lächeln gefror zu einer starren Grimasse. Die beiden standen immer noch auf der anderen Seite des Raumes, zwischen zwei Blumengestecken. Zwischen zwei sehr großen, sehr feierlichen, sehr portalartigen Gestecken, sah ich nun - und in diesem kurzen, schrecklichen und pestschwarzen Moment wusste ich, was jetzt kam, was das Ganze hier sollte, warum der Raum glänzte wie ein Schmuckkästchen, warum wir Abendkleider trugen, warum Shara Blumen im Haar und in der Hand hatte, warum Jack nicht mit uns am Tisch saß. Meine Hand zitterte, und ich musste das Glas abstellen, während ich langsam und wie betäubt auf meinem Stuhl zusammensackte und die Reste meines halben Lächelns fortgewischt wurden - fortgewischt von dem Wissen, dass ich verloren hatte, dass ich verloren war.

Andreas ließ seine Hand auf Sharas Arm und führte sie zu Jack und Ciaran, drehte sich dann mit ihr zu uns um. Um Ruhe musste Andreas nicht bitten, als er uns nun der Reihe nach ansah: Es war so still, dass ich das leise, schleppende Geräusch der vom Wind bewegten Vorhänge auf dem Boden hörte, nur leicht überlagert von dem benommenen, flirrenden Rauschen in meinem Kopf.

"Ich freue mich, dass ihr heute Abend Jacksons Einladung gefolgt seid, seinen Geburtstag mit ihm zu feiern. Geburtstage haben mit Ausnahme von Shara und Davide wir alle hier schon so viele erlebt, dass diese Tage ein wenig an Bedeutung verloren haben, aber ich hoffe, dass der heutige Abend uns allen auf ewig im Gedächtnis bleiben wird: ganz gleich, wie alt wir sind oder wie alt wir noch werden."

Andreas machte eine kleine Pause, ich hörte mein Herz protestierend pochen: Nein, sag es nicht, bettelte es, sag es nicht! Sprich diese Worte nicht aus, gratulier einfach Jack zum Geburtstag, dann packen wir die Geschenke aus und essen einen Happen. Sag es nicht, denn es ist nicht wahr, es ist nicht so, wie es aussieht! Doch Andreas fuhr ungerührt fort, und meine zerbrechliche Hoffnung platzte wie eine überempfindliche Seifenblase an seiner warmen, ruhigen Stimme.

"Jackson hat Shara gebeten, heute seine Frau zu werden. Es ist das erste Mal, dass zwei Mitglieder unseres Ordens heiraten - auch wenn es hier durchaus ein Paar gäbe, das diesen Schritt nun mittlerweile auch mal wagen könnte."

Ein leises Lachen ging um den Tisch, Josie blitzte Andreas böse an, Shane zuckte in einer 'liegt nicht an mir'-Geste die Schultern. Ich verzog meinen Mund zu etwas, was hoffentlich ebenfalls als belustigt durchging, auch wenn mir absolut nicht nach Lachen zumute war. Ich wollte aufspringen, wollte meinen Stuhl zurückstoßen, dass das Geräusch des zerkratzenden Parketts Andreas zum Verstummen bringen würde, ich wollte zu ihm hinüber rennen, den Arm unserer Prinzessin aus seinem

Griff reißen und sie mit mir ziehen, weg von Jack, von meinen Brüdern und Schwestern - weg mit mir, mir allein! Ich blickte auf meine Hände, sah, dass sie sich in das blütenweiße Tischtuch verkrallt hatten und löste sie - langsam und konzentriert, mit einem betont tiefen Ausatmen, das mich zur Vernunft bringen sollte, zur Vernunft bringen musste!

"Ciaran wird die Zeremonie durchführen, denn wie ihr wisst, ist es aufgrund unserer speziellen Situation nicht möglich, dass diese Ehe von einer Behörde oder auch Kirche anerkannt und beglaubigt wird", fuhr Andreas fort. "Ich möchte daher vier von euch bitten, nach vorn zu kommen und als Trauzeugen Shara und Jackson zur Seite zu stehen. Es sollten zwei Frauen und zwei Männer sein: Jackson hat Davide und Josephine ausgewählt, Shara Albert und Margarete."

Alle mit einer weißen Rose markiert, standen wir auf - Josie mit wissendem Lächeln, Maggie überrascht, aber strahlend. Und ich? Ich erhob mich so schwankend und unsicher, als wäre ich wieder aller Logik doch betrunken, betrunken von einem Glas Champagner. Ich stützte mich schwer am Tisch ab, und als ich stand, sah ich, dass Davide noch saß. Er hatte die Hände im Schoß, den Mund offen, seine Augen blinzelten nicht, starrten auf Andreas, oder doch eher auf Shara? Noch ein kleiner Ritter, der gerade seine Prinzessin mit einem anderen in den Sonnenuntergang davon reiten sieht, dachte ich mit einem leisen, warmen Flämmchen Mitleids in meiner Brust. Ich packte den schockierten Kleinen unter der teuer betuchten Achsel und zog ihn mit mir, wir schafften die paar Meter hinüber zum Brautpaar mit halbwegs würdevollen Schritten. Shara sah immer noch zu Boden, Andreas' Hand umfasste ihren Arm, als habe er Angst, sie würde gleich mit anmutig gerafften Röcken aus dem Saal rennen. Ich sah ihre dunklen Wimpern und die roten Lippen, das schimmernde Gold ihres Haares und der Narbe auf ihrer Brust, als ich mich neben sie stellte - und mich fragte, ob ich wirklich bereit war, diese Verbindung in bestem Wissen und Gewissen zu bezeugen, bedeutete Shara mir doch mehr, als ich je zugegeben hätte - als ich zugeben konnte.

Dass sie mich als Freund akzeptierte und mir vertraute, machte mich stolz, tatsächlich fühlte ich mich mehr als nur geehrt, von ihr als Trauzeuge benannt worden zu sein. Aber trotzdem - konnte und vor allem wollte ich sie hier und heute an einen anderen weggeben? Ich streifte leicht ihren Arm, als ich ein wenig näher rückte, und sie sah zu mir auf. Ihre Silber-Augen waren klar und sicher, ich sah keine Frage, keinen Zweifel in ihrem Blick. Die Silberfäden hatten ihre Augen mittlerweile ganz eingesponnen, erkannte ich, sie wanden sich nicht mehr länger nur um die Pupille, sondern hatten den äußeren Rand der Iris erreicht und auch dort ihre Kreise gezogen: ein Gespinst aus seidenfeinen Quecksilberstraßen, ein fein gesponnenes Nest, mit der nachtschwarzen Pupille darin – wach, hell und klug.

Ich nickte ihr kurz zu, erntete ein leises, kaum die Mundwinkel erreichendes Lächeln, damit war die Sache klar. Ich hatte es schon mal gedacht und blieb mir ausnahmsweise Mal selber treu, auch wenn mein Herz mit einem gläsernen Splittern in tausend nadelspitze Teile zerbrach: Wenn die Prinzessin Jack wollte, wenn die Prinzessin Jack brauchte, um glücklich zu sein, dann sollte die Prinzessin Jack auch bekommen. Maggie stand neben mir, Davide und Josie auf der anderen Seite neben Jack. Dessen Augen hingen an Shara, fragend und zweifelnd, hatte sie ihn doch noch nicht einmal angesehen - doch als Andreas jetzt ihren Arm freigab und ihre Hand in die von Jack legte, sah ich, wie sie seine Finger drückte. Der fragende Ausdruck in seinem Blick wich einer erleichterten Freude, dann drehten die beiden sich Hand in Hand zu Ciaran um - und damit war die Prinzessin endgültig für mich verloren.

Shara

Ich musste mich mit aller Kraft konzentrieren, um verstehen zu können, was Ciaran sagte. Mein Herz hatte schon den ganzen Tag über immer wieder unvermittelt losgepocht, als wollte es mich zu größerer Eile antreiben - und nun, kurz vor dem alles entscheidenden Moment, schien es kurz vor dem Bersten zu stehen. Ich klammerte mich an Jacksons Hand, und mir war, als spürte ich sein Herz dort gegen das meine anklopfen, in einem wahnwitzigen Wettstreit um Tempo und Stärke: Diesen Gleichschritt würden wir wohl noch üben müssen.

"Liebe Shara, lieber Jackson, ich mache es so kurz, wie ihr euch das gewünscht habt. Doch bevor ich euch frage, ob ihr diesen Bund heute schließen wollt, ist es meine Pflicht, die hier Anwesenden zu fragen, ob einer von ihnen einen Einwand gegen diese Ehe hat. Wenn ja, dann soll derjenige oder diejenige jetzt vortreten und sprechen."

Es blieb sekundenlang totenstill, dann raschelte irgendein Stoff, was unser beider Herzen einen Schlag aussetzen ließ. Ich sah aus dem Augenwinkel Jacksons Blick - er hatte den Aussetzer auch bemerkt und lächelte mir zu. Seine Eckzähne blitzen und mein Herz hüpfte, was seines kurze Zeit später einen ähnlichen Satz machen ließ.

"Wenn es keine Einwände gibt, können wir beginnen."

Ciaran wandte sich an Jackson, das schlanke Gesicht war ernst, aber ruhig und liebevoll.

"Jackson, bist du bereit, Shara als deine Frau zu lieben, zu achten und zu ehren, bis dass der Tod euch scheidet? Wirst du sie mit deinem Leben beschützen und ihr ein sicherer Halt sein bei allem, was euch widerfährt? Wirst du für sie sorgen, in guten wie in schlechten Zeiten - und ihr stets den Respekt entgegenbringen, den sie vor allen anderen verdient?"

Jackson drückte mir die Hand, wunderbar warme Haut um meine eiskalten Finger. "Ja."

Seine Stimme war leise, aber klar - und ich wünschte mir, dass auch ich diesen Ausdruck an tiefster Überzeugung und Liebe in meine Antwort würde legen können, als Ciaran sich nun mir zuwandte.

"Shara, bist du bereit, Jackson als deinen Mann zu lieben, zu achten und zu ehren, bis dass der Tod euch scheidet? Wirst du an seiner Seite stehen, für ihn sorgen und ihm ein sicherer Halt sein, an guten wie an schlechten Tagen?"

Ich spürte, wie Jackson kurzzeitig jede Kraft verließ und fühlte seine Angst als zartes Kribbeln unter der Haut meiner Finger, dann drückte ich seine Hand, und sagte mit allem verfügbarem Willen 'Ja'. Ciaran lächelte mich an und streckte eine Hand in Josies Richtung, sie legte eine kleine Schachtel hinein. Ciaran öffnete sie und hielt sie zuerst Jackson hin - der nahm den kleineren der beiden Ringe heraus und schob ihn mir an den Finger, hob meine Hand an seine Lippen und küsste das kühle Metall. Meine Hände zitterten leicht, als ich ihm kurz darauf den größeren Ring aufsteckte - unnötig ungeschickt, passte er doch perfekt auf Jacksons schlanken Finger.

"Hiermit erkläre ich euch zu Mann und Frau", sagte Ciaran, als wir erneut hochschauten. "Werdet unendlich glücklich miteinander, möge eure Liebe wachsen bis in alle Ewigkeit."

Die Wärme in seiner Stimme schnürte mir die Kehle zu und

meine Augen wurden feucht, hinter mir hörte ich ein unterdrücktes Schnüffeln, das nach einer verhalten weinenden Josie klang. Ciaran machte mit den Händen eine Geste, die ich nicht verstand, bis Jackson mich an den Schultern zu sich herum zog und mein Gesicht vorsichtig in beide Hände nahm.

"Ich liebe dich und ich danke dir", flüsterte er, dann küsste er mich auf den Mund - und über den Aussetzer, den mein überraschtes Herz dabei machte, hatte sich unser Pulsschlag endlich vereint.

Magnus

Nach dem Kuss der beiden sprangen alle auf und klatschten, unser erstes Kreuzritter-Ehepaar war im Nu umringt von strahlenden Gratulanten. Ich ließ mich bereitwillig etwas an die Seite drängen: Ich brauchte ein paar Minuten, um mich zusammenzureißen und mit den anderen mitjubeln zu können. Als Gerard Shara aus einer mehr als nur freundschaftlich-herzlichen Umarmung entließ, die ihm auch mehr als nur einen kritisch-warnenden Seitenblick von Jack eingebracht hatte, konnte ich nicht mehr länger warten, wenn ich nicht öffentlich unhöflich sein wollte. Ich trat also auf Shara zu, ergriff ihre Hand und drückte sie an die Lippen - mehr Berührung würde ich nicht aushalten, das wusste ich. Wenn sie meine Geste komisch fand, ließ sie sich das nicht anmerken, allerdings war wahrscheinlicher, dass unsere Prinzessin ganz genau wusste, was mit mir los war und was in mir los war.

"Ich wünsche euch alles Gute und alles Glück der Welt", sagte ich nach mehrfachem Schlucken und mit trotzdem brechender Stimme - nur eine Floskel, aber mehr fiel mir in meiner Hilflosigkeit angesichts der so urplötzlich vollendeten Tatsachen einfach nicht ein.

"Ich danke dir, Magnus", antwortete sie nicht weniger schlicht und lächelte mich an.

Eigentlich eine gute Gelegenheit, um meine noch ungeküsste Wange zu ihrem Recht kommen zu lassen, aber ich war ganz froh, dass Shara die Gefahr witterte und das unterließ: Ich wäre wohl entweder schreiend geflüchtet oder hätte sie ungebührlich an mich gedrückt, was beides höchst peinlich gewesen wäre.

Ich fühlte mich einsam, wie ich da so tatenlos vor ihr stand, entsetzlich einsam - und ich wusste in meinem schwarzen, schmerzenden Herz, dass es für diese meine Einsamkeit keine Erlösung gab, sehr wahrscheinlich niemals geben würde. Wer keinen anderen Kreuzritter fand, den er lieben konnte und der ihn auch zurückliebte, der erkannte früher oder später eines ganz genau: Du wirst nicht nur deswegen nicht mit jemandem alt werden, weil das Altern bei dir wegfällt - du wirst deswegen niemals mit jemandem alt werden, weil du gehen musst, bevor es auffällt. Egal, wie sehr du sie oder ihn auch liebst, wie lange alles gut, alles perfekt ist - du wirst gehen müssen. Okay, du kannst den Orden verlassen, du kannst dich sterblich machen lassen - aber tat man das? Sagte man 'Ja, ich will sterben, ich will das Alter, die Krankheit, den Schmerz'? Das ist in etwa so, wie wenn man ... Millionen wegschenkt, um danach nichts mehr zu haben - nur, dass es eben bei uns um das Leben geht und nicht um Scheißgeld. Ich hatte es einmal in Erwägung gezogen, in einer Nacht vor Jahrzehnten, als ich unendlich glücklich gewesen war und wo ich ein Mädchen im Arm gehalten hatte, von dem ich gedacht hatte, dass es diesen Schritt wert wäre. Dass sie es nicht gewesen war, dass sie sich eher für meinen Kontostand denn für mich interessiert hatte, gab mir im Nachhinein Recht, aber ... aber trotzdem: Als Kreuzritter bist du einsam, es sei denn, der oder die für dich trägt auch ein Kreuz auf seiner oder ihrer Brust. Und wie groß ist die Wahrscheinlichkeit, dass irgendwann ein Mädchen des Weges kommt, dass ... ach Gott.

Ich schluckte, sah, dass ich immer noch mit hängenden Schultern und feuchten Augen vor dem Mädchen stand, das doch alles war, was ich wollte, und das jetzt einen Ring am Finger trug, der besagte, dass sie nun meinem Freund gehörte. Ich blickte auf Sharas Ring hinunter, um nicht weiter in ihr schönes Gesicht schauen zu müssen und zwang mich, ihn genauer zu mustern, um mich abzulenken von dem Eisberg in meiner Brust: Weißgold oder Platin, etwas weniger als einen Zentimeter breit, nach außen leicht gewölbt. Um den Ring herum zogen sich in ewigem Reigen liegende Achten als Symbol der Unendlichkeit, aus einem durchsichtigen Material. Glas? Das konnte ich mir nun nicht ganz vorstellen.

"Dafür musste ein sehr großer Diamant sterben", sagte Josie neben mir, was nicht nur mich, sondern auch Shara von meinem revoltierenden Gefühlsleben ablenkte: Sie entzog mir ihre Hand und betrachtete den Ring genauer.

"Wie meinst du das?"

Ich sah, wie Jack hinter ihr sich zu uns umdrehte. Er nahm ihre Hand in seine und hielt seinen Ring daneben: Das gleiche Muster, nur war sein Ring schmaler.

"Du wolltest keinen protzigen Stein, also haben wir einen zerschneiden lassen", sagte er zu Shara. "Die Achten sind aus Diamant-Scheiben, von ein und demselben Stein."

Josie lachte. "Der arme Goldschmied ist beinahe gestorben, als ich ihm das am Telefon erklärt habe. Er hat bestimmt zehn Mal gesagt, dass er genug Splitter hat, um die Formen zusammenzusetzen - aber nein: Jack wollte sie aus einem Stück. Ich vermute, der Goldschmied hat bitterlich geweint, als er seine Säge angesetzt hat."

Jack zuckte mit den Achseln. "Alles andere macht bei dieser besonderen Form und der erforderlichen Haltbarkeit auch keinen Sinn, oder?"

Shara lachte und küsste ihn auf die Wange - strahlendes Glück, pure Fröhlichkeit, meine persönliche Hölle auf Erden. Josie zog Shara zur Seite, damit sie Maggie und Lucia den Ring zeigen konnte, neben Jack stehend folgte ich ihrer schlanken, in Seide gehüllten Silhouette mit den Augen.

"Es tut mir Leid", sagte Jack leise, "aber es musste sein."

Ich nickte langsam und wusste nur zu genau, was er meinte, warum er sich entschuldigte - welches Wissen über mein Gefühlsleben er mir da andeutete, wenn nicht gar offenbarte.

"Du hast fair gespielt", antwortete ich ihm ebenso traurig wie ehrlich, während wir zusahen, wie auch Joseph den Ring angemessen bewunderte, und Josie die Rosen in Sharas Haar nochmals feststeckte.

"Ich ... wünsche euch alles Gute", fügte ich hinzu, "und ich werde weiterhin sehr, sehr gut auf Shara aufpassen."

Jack nickte. "Das ist nur gerecht."

Gerecht? Ich schüttelte den Kopf. Gerecht war hier gar nichts - aber da ich nie auch nur einen wirklich ernsthaften Schritt auf unsere Prinzessin zugemacht hatte, brauchte ich mich jetzt nicht darüber zu ärgern, dass jemand anderes vor mir ans Ziel gekommen war.

Shara

Lucia versuchte gerade, den Wert des armen, zerschnittenen Diamanten aus Josie heraus zu kitzeln, als ich eine Hand auf meinem Arm spürte: Maggie.

"Shara, kommst du mal kurz? Jack vielleicht auch - wegen Davide. Er sitzt im Flur auf der Treppe und ich glaube, er weint."

Jackson folgte mir, während Josie schon mal alle an den Tisch bat, damit wir gleich Essen könnten. Wir hatten nach der Zeremonie Champagner getrunken, ich war von den Anwesenden jeweils mindestens zweimal gedrückt und unzählige Male geküsst worden - nun hatten sich alle hoffentlich so weit von ihrem Schock erholt, dass wir das Essen auch würdigen konnten.

Ciaran hatte seine unbestrittene Herrschaft über die Küche für heute den drei Damen aus dem Dorf überlassen, die sich um die häuslichen Belange der Burgbewohner kümmerten, und so waren seit dem frühen Nachmittag Düfte durchs Haus gezogen, die mir trotz meiner Nervosität einen gesunden Appetit gemacht hatten.

Apropos gesund: Magnus war zwar immer noch ein bisschen blass um die Nase und stürzte gerade das vierte oder fünfte Glas Champagner hinunter - aber da Alkohol bei meinen 'körperlich optimierten' Kreuzrittern erst nach zwei bis drei Flaschen der hochprozentigen Sorte eine Wirkung zeigte, machte ich mir um ihn zumindest in der Hinsicht keine Sorgen.

Er würde es verstehen und er würde es verkraften, da war ich mir sicher - der größte aller Kreuzritter war zwar ein zartes Gemüt, aber hart im Nehmen. Davide dagegen war unter meinem Radar durchgerutscht: Mir fiel erst auf, dass er nicht unter den Gratulanten gewesen war, als Maggie ihn jetzt erwähnte. Jackson und ich gingen aus dem Saal. Tatsächlich: Davide hockte allein auf der Treppe, die in den nächsten Stock hinauf führte, die langen Beine angezogen, die Arme auf den Knien verschränkt und den Kopf gesenkt.

"Warte bitte kurz", sagte Jackson zu mir, ich nickte und sah, wie er zu dem Jungen ging und sich neben ihn setzte.

Davide sah hoch, Tränen liefen ihm über die Wangen, er wischte sie rasch und verlegen mit dem Ärmel ab, blickte von Jackson zu mir, schlug die Augen nieder. Ich konnte nicht hören, was Jackson zu ihm sagte, aber er redete mehrere Minuten leise und eindringlich auf den Jungen ein. Davide schüttelte ein oder zweimal den Kopf, dann nickte er und sah wieder zu mir. Die beiden schwiegen, dann schien Davide etwas zu fragen, woraufhin Jackson zustimmend den Kopf senkte - scheinbar die richtige Antwort, denn Davides Miene hellte sich etwas auf. Jackson erhob sich, Davide wischte sich mit der Hand noch ein paar Mal über das Gesicht, dann kamen die beiden zu mir herüber.

Der Junge war blass und seine Karamellaugen gerötet, die eben noch so sorgfältig frisierten Haare hingen ihm unordentlich in die Stirn: Er sah aus wie vierzehn oder fünfzehn - schrecklich jung und sehr, sehr verletzlich.

"Tut mir Leid, dass ich eure Feier gestört habe", sagte er leise zu mir. "Ich ... ich hatte nur Angst, dass ihr jetzt ... weggeht."

Ich strich ihm die Haare aus der Stirn und küsste ihn auf die noch tränenklamme Wange.

"Ganz bestimmt nicht. Wir bleiben bei dir, das haben wir versprochen."

Er nickte und lächelte schwach, sein Händedruck löste ein deutliches Kribbeln unter meiner Haut aus - Widerhall seiner Angst und Sorge.

"Ich ... es tut mir Leid", sagte er noch einmal, dann drehte er sich um und verschwand schnell wieder im großen Saal.

Jackson blickte ihm hinter her, dann schüttelte er lächelnd den Kopf und zog mich an den Hüften zu sich heran. Hier draußen war es herrlich still und verlassen, war das Gelächter und Gläserklingen aus dem Saal nur eine leise Hintergrundmelodie.

Ich war kurz versucht, mir meinen frisch angetrauten Ehemann zu schnappen und mit ihm die breiten Treppen nach unten zu flüchten, aus der Burg, weit weg von den noch auf uns wartenden Feierlichkeiten - dann küsste Jackson mich, und ich musste mich angesichts der darauf folgenden Schwäche in meinen Beinen doch zum Bleiben entscheiden.

"Ich hoffe, du wolltest Kinder?", fragte Jackson mit einem frechen Blitzen in den Augen und einem Kopfnicken zu der Tür, in der Davide gerade verschwunden war, ich musste lachen.

"Er ist ja schon aus dem Gröbsten raus", antwortete ich, und da ich in der einen Hand immer noch meinen Strauß hielt, hatte ich nur eine Hand frei, um ihn näher zu mir zu ziehen und auf seinen Mund zu küssen - diesen unglaublichen Mund, auf den ich jetzt ganz offiziell ein Anrecht hatte.

"Dafür hat er aber einen ganz entzückenden Ödipus-Komplex", flüsterte mein frischgebackener Ehemann, als ich seine Lippen frei gab.

Ich sah ihn fragend an, Jackson lachte. "Gott, Shara - er ist bis über beide Ohren in dich verliebt. Ich glaube nicht, dass er sich echte Hoffnungen gemacht hat, aber das war eben natürlich ein Schock für ihn."

Ich legte meine Stirn an Jacksons. "Der Arme."

"Er schafft das schon. Und du kannst ihn in den nächsten Jahren ja ausführlich bemuttern."

Ich kicherte: Also war ich jetzt verheiratet und zudem auch noch glückliche Mutter? Das Leben war manchmal überraschend und schnell - meines hatte ich in den letzten Wochen sogar einmal von innen nach außen gestülpt und dann noch mal um die eigene Achse gedreht.

"Diese Rosen waren keine gute Idee", sagte Jackson in meine Haare. "Du riechst ganz anders."

"Wonach rieche ich denn sonst?"

"Nach Honig. Waldhonig, um genau zu sein. Süß und mild, aber ein bisschen würzig."

"Weißt du auch, wonach du riechst - und schmeckst?", fragte ich zurück, er schüttelte den Kopf.

"Nach Zimt."

"Oh. Ich hoffe, magst du Zimt?"

Ich küsste ihn noch einmal. "Ich bin süchtig nach Zimt."

Magnus

Es war nicht das einzige Foto, was an diesem Abend gemacht wurde, aber es war mit Abstand das schönste. Es tat mir auch später noch irgendwo ganz tief in der Brust weh, wenn ich es ansah, als erinnerte sich mein Herz an einen längst abgeklungenen, aber nicht vergessenen Schmerz - aber angesichts seiner Ruhe und Schönheit gemahnte es mich auch immer wieder daran, wie wichtig mir das Glück meiner besten Freunde war und immer sein würde.

Josie hatte auf der Suche nach unserem Brautpaar aus der Tür geschaut, und dann Shane mit seiner Kamera herbei gewinkt, den Finger auf den Lippen: Sei leise. Shane schoss ein paar Bilder, von denen Shara und Jack nichts mitbekamen, die sie aber mit einer dezenten Röte überzogen, als sie in den Saal zurückkamen und wir gerade die Aufnahmen auf dem Display der Kamera bewunderten: Die Fotos zeigten den langen Korridor, der vom Ballsaal am Treppenhaus vorbei zur Bibliothek hinüber führte. Der helle Teppich auf dem grauen Steinfußboden, die alten Bilder mit ihren schimmernden Goldrahmen und die vielen Kerzenleuchter an den Wänden sorgten für ein gerade ausreichendes Licht mit einer leicht rauchigen Atmosphäre, die das Motiv in eine seltsame Zeitlosigkeit rückte. Die beiden standen nah beieinander, Jack hielt Shara locker an den Hüften fest. Ihr vorderer Arm hing mit dem Brautstrauß herunter, als habe sie nicht die Kraft, um ihn zu heben, den anderen hatte sie um Jackson Hals geschlungen. Ihr langes Kleid schimmerte wie flüssiges Metall und floss nach hinten weg, als habe sie eben einen Schritt auf ihn zu gemacht, ihr Kopf lehnte an Jacks Stirn, er schien ihr etwas ins Ohr zu flüstern. Beide hatten die Augen geschlossen, wie um diesen Moment zusammen, aber doch so konzentriert und intensiv wie möglich erleben zu können: Ein Bild stillen Glücks und einer Zweisamkeit, die sich selbst mehr als genug war – und diese Erkenntnis machte aus meinem Herz einen leise knisternden Eiswürfel.

Shara

'Schreib alles auf, woran du dich erinnerst und was dir wichtig ist', hatte Andreas gesagt, als er mich bat, mein Leben im Orden in der Chronik festzuhalten. Bislang war ich ein braves Mädchen gewesen und hatte aufgeschrieben, was mein nicht besonders zuverlässiges Gedächtnis mir zugeflüstert hatte - wirre Gedanken und wahre Gefühle, Kleinigkeiten und große Ereignisse, die nicht immer ihre Schatten vorausgeworfen hatten. Doch als ich mit meinem tintenschwarzen Füllfederhalter auf dem nachgedunkelten Pergament zu der Nacht und den Tagen nach der Hochzeit kam, wusste ich, dass es Dinge gab, die ich hier niemals hinschreiben würde. Nicht, dass ich mich nicht daran erinnern konnte - im Kopf konnte ich jede Berührung, jeden Kuss, jede Geste und jeden Blick von Jackson auf Wunsch abrufen wie einen Film. Allerdings gingen diese Dinge nur mich und Jackson was an: Meinem Co-Autoren Magnus zuzumuten, Details darüber lesen zu müssen, wäre ganz sicher irgendwo zwischen seelischer Grausamkeit und schwerer Körperverletzung einzuordnen gewesen.

Ich hatte indes gedacht, dass Magnus sich in seinen Einträgen in der Chronik beim Thema Hochzeitsfeier auf das Essen und die Geschenke konzentrieren würde, doch davon las ich nichts. Ein Nachtrag daher: Die Feier war absolut toll, und ich war Josie im Nachhinein unendlich dankbar, dass sie alles so schön und geschmackvoll hergerichtet hatte. Das Essen war himmlisch - Ciaran konnte ja schon gut kochen, aber das war Spitzenklasse. Selbst die Torte zum gemeinsam Anschneiden hatte nicht gefehlt: Vanille-Buttercreme mit Erdbeeren, ein sündiger und absolut kitschiger Traum in drei Stockwerken, von dem kein Krümel übrig geblieben war. Der Abend war bis nach Mitternacht mild gewesen, die Stimmung am Tisch locker, niemand hatte uns unser Versteckspiel übel genommen. Andreas hatte eine kleine, wirklich lustige Rede auf die Freuden des Ehelebens im Gegensatz zu den Mühen des armen Kreuzritter-Daseins gehalten, und mir dann einen großen, goldenen Umschlag überreicht, auf den auch Jackson einen fragenden Blick geworfen hatte. Es war ein Geschenk von allen gewesen (von dem aber natürlich außer Josie, Andreas und Ciaran niemand wusste), ein Gutschein für Flitterwochen und eine alljährliche Reise zum Hochzeitstag - gültig, solange unsere Ehe auch dauern möge. Die erste Reise war schon gebucht: eine Rundreise durch China im November, anschließend zwei Wochen Strandurlaub auf einer Insel bei Thailand.

"Tut mir Leid, aber weiter weg ging nicht", hatte Ciaran unter dem Gelächter der ganzen Runde gesagt, als mein Strahlen mehr als deutlich zeigte, wie sehr ich mich über diese Reise wie auch die dahinter liegende Geste freute.

November - bis dahin wäre Davide an der Uni untergebracht, die perfekte Zeit für Sharas Auszug aus dem goldenen Käfig oder zumindest für eine kleine Reise ans andere Ende der Welt. Als mich Jackson kurz darauf die Treppe hinunter gezogen hatte, um mir sein Geschenk zu zeigen, war ich aufrichtig verwirrt gewesen, weil ich mit Geschenken an mich nun wirklich nicht gerechnet hatte: Dieser Tag war Jacksons Jubeltag, selbst meine Rolle war letztendlich nichts anderes als die eines lebendigen Pakets mit Schleife, hatte ich in Gedenken an die Nacht gedacht, in der er mir seinen Antrag gemacht hatte.

"Du weißt, was es ist, oder?", hatte Jackson mich gefragt, während ich meine überlangen Röcke hatte raffen müssen, um nicht auf der steilen Treppe darüber zu stolpern - in der Halle hatte er sich nach rechts gewandt, für mich ein guter Hinweis angesichts einer dort bereits erfolgten Geschenküberreichung.

"Ein Auto?", hatte ich hoffnungsvoll gefragt, er hatte gelacht.

"Natürlich. Ich bin nicht besonders fantasievoll, oder?"

Ich hatte ihn im Gehen leicht auf die Wange geküsst. "Soll mir Recht sein, ich mag Autos."

"Es ist etwas größer als das von Davide", hatte Jackson fast entschuldigend gesagt, während wir als Erste durch die Tür getreten waren und die anderen sich hinter uns hereingedrängelt hatten, mit Champagnergläsern in der Hand, lachend und flüsternd. Die Halle war bis auf eine geduckte Silhouette unter einem silbrigen Tuch leer gewesen, angestrahlt von einem scharfen, weißen Spotlight unter der Decke – nein: definitiv kein Kleinwagen. Ich hatte die kräftigen Flanken, die sanft geschwungene Front und die lange Schnauze gemustert.

"Das ist doch nicht der, ersteder ...?", fragte ich in Erinnerung an einen Hochglanzkatalog, in den ich vor gut zwei Wochen ein rosarotes Post-it geklebt hatte, Jackson hatte genickt und mich gedrückt.

"Natürlich: Das ist der, den du dir zusammengestellt hast. Davide?"

Der Junge war vorgetreten, hatte auf ein aufforderndes Nicken von Jackson mit Schwung das Tuch weggezogen - und ich war vom ersten Anblick an hin und weg gewesen: Der Wagen hatte außen die gleiche Farbe wie mein Kleid, innen weinrotes Leder, sanft schimmernde Felgen, ein bisschen Chrom hier und da - ein Traum auf vier Rädern, in den ich mich auf den ersten Blick verliebte. Sven hatte bewundert durch die Lippen gepfiffen, Josie und Maggie begeistert geklatscht, ich küsste Jackson dankbar auf alle erreichbaren Körperstellen und verwies mein Gewissen auf seinen Platz, das mich mit den Fragen nervte, was dieses Ding denn bitte gekostet habe und ob ich mit dieser PS-Leistung auch wirklich würde umgehen können.

Jackson hatte über meine Begeisterung gelacht und sich für meine unübersehbare Freude mit einem erneuten schlichten Kuss auf meinen Ehering revanchiert.

"Probefahrt morgen, ja?"

Nein, sofort, hätte ich beinahe gesagt, schon wieder mit Fluchtgedanken im Hinterkopf - doch dann war mir zum Glück noch eingefallen, dass ich in dieser Nacht noch etwas weitaus Interessanteres zu tun haben würde.

4. Buch

– 1 –

Shara

"Jetzt wird es aber langsam gefährlich", sagte Jackson lachend, während ich mit leicht quietschenden Reifen und milde ausbrechendem Heck durch eine Serpentinenkurve zog.

Ich nahm die nächste Kurve nicht weniger schnell, vor der Dritten ging ich dann aber bereitwillig vom Gas: Wir waren auf einer schmalen Straße unterwegs durch die Berge - eine kleine Ausfahrt, bevor am nächsten Tag der Alltag in der Burg mit den Besuchen im Krankenhaus wieder losgehen sollte. Drei Tage 'Flitterwochen' lagen hinter uns, die wir entweder in unserem Zimmer (ja, Jackson wohnte jetzt offiziell bei mir!) oder aber in meinem neuen Auto verbracht hatten und in denen wir nicht länger als ein paar Minuten getrennt gewesen waren: die besten drei Tage meines Lebens.

Ich fuhr an einem Aussichtspunkt rechts ran, und wir kletterten aus dem Wagen. Vor uns erstreckte sich ein beeindruckendes Alpenpanorama mit schroffen Spitzen und karstigen Hängen, die Luft war hier oben kühl und trocken, roch nach würzigem Moos und uralten Steinen, in der Ferne klangen leise die Glocken von gemächlich wandernden Kühen. Ich hockte mich auf die Mauer neben der Straße und ließ die Beine in den Abgrund baumeln, Jackson schlang mir von hinten die warmen Arme um die Schultern und drückte wie so oft seine Nase in meine Haare. Wir genossen schweigend den einschüchternden Ausblick und die Ruhe der Berge, bis ein riesiges Wohnmobil mit deutschem Kennzeichen neben uns hielt und ein älteres Ehepaar sich mit einem höflichen Kopfnicken zu uns gesellte. Sie warfen einen Blick auf das Auto, musterten uns beide dann ebenso offen wie neugierig, was mich innerlich seufzen ließ: Mit einem grünäugigen Kreuzritter und einem stahlgrauen Sportwagen war ich wohl nicht so unauffällig unterwegs, wie ich das gern gehabt hätte. Jackson und ich lächelten unisono zurück, wobei wir scheinbar sehr verklärt gewirkt hatten, denn mit einem verschwörerischen Lächeln fragte mich die ältere Dame in einem Italienisch, das mindestens so holprig war wie mein eigenes, ob wir auf Hochzeitsreise seien. Ich lachte, Jackson nickte - und kurz darauf hatten wir beide jeweils einen dampfenden Becher Kaffee in der einen und ein Stück Nusskuchen in der anderen Hand, während wir einem Monolog über Venedig in den späten sechziger Jahren (dem Ziel ihrer Hochzeitsreise) lauschten, den Jackson mit einem für meinen Geschmack ein wenig zu wissenden Lächeln begleitete.

Während ich meinen Kaffee mit Aussicht schlürfte, klingelte plötzlich Jacksons Handy: ein ungewohnter Ton aus seiner Jackentasche, überraschend nach drei herrlich ungestörten Tagen - und ein beunruhigender Ton in einer Zeit, in der man uns ganz gewiss nur stören würde, wenn etwas wirklich, wirklich Wichtiges passierte.

Jackson zog das Telefon heraus und warf einen Blick auf das Display.

"Andreas", sagte er, wir tauschten einen fragenden Blick, er ging ein paar Schritte zur Seite und nahm das Gespräch an.

Ich dankte derweil unseren freundlichen Gastgebern und wünschte ihnen noch einen schönen Urlaub, dann kletterte ich ins Auto. Jackson saß schon auf dem Fahrersitz, der Motor lief - und damit musste ich gar nicht mehr fragen, ob etwas passiert war, es ging jetzt nur noch um das Was. Aus Jacksons einsilbigen, schnellen Antworten ins Telefon war nicht viel herauszuhören, ich schnallte mich wortlos an und kurz darauf preschten wir den Berg hinunter. Nur Jacksons Stimme lenkte mich von den schwindelerregenden Abgründen ab, die sich in wildem Wechsel links und rechts neben der Straße auftaten - ich zog den Sicherheitsgurt fester.

Als wir die Serpentinen hinter uns hatten und durch ebenes Gelände aus dem Tal heraus schossen, legte Jackson auf.

"Joseph ist tot", sagte er gepresst, "und Shane schwer verletzt. Josie hat die beiden heute Mittag gefunden. Du musst so schnell wie möglich nach Rom - Shane geht es gar nicht gut. Er kommt in ein Krankenhaus und die tun sicher, was sie können, aber nur mit dir hat er eine Chance."

Ich schlug mir erschrocken die Hand vor den Mund. Ich hatte mir in den letzten Minuten einige Schrecknisse ausgemalt, aber das war ... unglaublich, entsetzlich. Joseph tot? Wie konnte das sein - meine Kreuzritter waren doch ewig und unsterblich! Dass Joseph, Josie und Shane nach Rom gefahren waren, hatte ich vorgestern mitbekommen, als ich kurz unten in der Küche gewesen war: Shane und Joseph als neue Wache für Drake, Josie als Innenarchitektin für meine (unsere!) neue Wohnung im grauen Haus, bewaffnet mit Zollstock und Klemmbrett, den ohnehin schon übersprudelnden Kopf voller neuer Ideen. Joseph hatte lachend den Kopf mit seinen hell klimpernden Zöpfen geschüttelt, als Josie von durchzubrechenden Wänden phantasierte, und er hatte mir zum Abschied fröhlich zugewinkt ... Und jetzt war er tot? War einfach nicht mehr da?

"Wie ist das passiert?"

Jackson gab unter einem sonoren Aufröhren des Motors erneut Gas, als wir aus einem kleinen Ort heraus waren.

"Ich weiß es nicht, dazu konnte Andreas noch nichts sagen. Aber er wurde erschossen."

"Und wie schwer ist Shane verletzt?"

"Zwei Schusswunden in der Brust und eine am Hals. Er hat viel Blut verloren."

Oh mein Gott, das klang nicht gut - und erinnerte mich an meine letzte Begegnung mit Blut und Schmerz, mit einem Dolch in meiner Brust, mit lähmender Todesangst. Bitte lass Shane so etwas jetzt gerade nicht fühlen, bat ich irgendwen, der solch eine Macht hatte, bitte, bitte nicht!

"Drake?"

Jackson zuckte hilflos mit den Schultern und überholte mehr als nur eng eine Gruppe Radfahrer auf Rennrädern, ignorierte den hupenden Gegenverkehr.

"Wissen sie noch nicht, aber das ist am Wahrscheinlichsten. Andreas ruft gleich noch einmal an - sie schauen gerade, wie wir am schnellsten nach Rom kommen."

Noch während er sprach, meldete sich mein Handy. Ich schaltete auf Lautsprecher, so dass Jackson mithören konnte, und er ging ein bisschen vom Gas, damit der Motor nicht Andreas ferne Stimme übertönte.

"Shara, ihr müsst mit dem Auto fahren. Kommt nicht mehr zurück, fahrt gleich durch. Flüge gehen erst wieder am späten Nachmittag, Züge sind kaum schneller. Wir hätten in Innsbruck eine Maschine chartern können, aber wir kriegen so schnell keine Landeerlaubnis in Rom - Auto geht einfach am schnellsten."

"Andreas, um diese Tageszeit dauert das bestimmt fünf Stunden, eher länger", sagte Jackson, wovon mir schrecklich schlecht wurde: Wenn Shane jetzt schon gegen den Tod ankämpfte, waren fünf Stunden zu lang, viel zu lang! "Ich fahre so schnell, wie es geht - aber wenn die Polizei uns anhält, sitzen wir eventuell fest."

"Kann uns nicht jemand vorausfahren?", fragte ich, wofür ich Stille aus dem Handy wie auch einen fragenden Blick von Jackson erntete.

"Steck zwei Leute in den Ferrari und zwei in den Maserati und lass sie jeweils ein paar Kilometer vor uns her fahren. Wenn die angehalten oder geblitzt werden, wissen wir, wo die Polizei steht und können an diesen Stellen langsamer fahren. Das bringt zwar nicht viel, aber vielleicht gewinnen wir eine Stunde - oder sogar mehr. Und ich hätte damit auch gleich ein paar ... Akkus für Shane in Rom."

Andreas versprach, sofort zwei Teams in Marsch zu setzen, ich legte auf, und Jackson beschleunigte in Richtung Autobahn. Er griff nach meiner Hand und drückte sie, ich war ihm für diese mitfühlende Geste dankbar, legte seine Finger dann aber bestimmt und fest wieder um das Lenkrad: Jackson war ein exzellenter Autofahrer, aber bei dieser Geschwindigkeit war mir doch ein bisschen wohler, wenn er die Hände am Lenkrad hatte. Ich stemmte die Beine gegen den Wagenboden und hielt mich am Türgriff fest, während wir über die Bundesstraße rasten und gnadenlos alles überholten, was nicht in einer Sekunde auf den Seitenstreifen auswich, die malerische Landschaft reduzierte sich zu einem verwaschenen grünen Streifen jenseits des Fensters. Meine Gedanken wurden trotz des zusätzlichen Halts ebenso durchgeschüttelt wie ich selber. Joseph tot, Shane tödlich verletzt: Wie mochte das passiert sein? Sie wussten noch nicht, wer es gewesen war, hatte Andreas gesagt, aber war denn überhaupt etwas anderes denkbar - etwas anderes als Drake? Nein, sagte ich mir, niemand außer ihm will meinen Freunden Böses. Und an einen Zufall, an einen zufällig des Weges kommenden Mörder konnte ich nicht glauben. Shane und Joseph waren doch nur deswegen in Rom, um Drake zu bewachen, um ihn im Auge zu behalten: damit wir wussten, wo er war, damit wir wussten, wo wir ihn finden konnten, damit er uns nicht wieder so überraschen konnte. Aber selbst wenn es Drake gewesen war - warum sollte der so etwas tun, wollte der nicht mich haben, und zwar eher lebendig als tot? Gute Frage, keine Antwort. Hatten ihn die vor seinem Haus Wache haltenden Kreuzritter so genervt, so unter Druck gesetzt? War es eine simple Kurzschlussreaktion gewesen? Oder vielleicht war der Mord Teil eines Plans, Teil einer Falle, mit der er uns aus der Burg heraus und nach Rom locken wollte? Wenn ja, dann war es eine verdammt gute Falle, denn ich zweifelte nicht eine Sekunde daran, dass es das einzig Richtige war, nach Rom zu fahren, und zwar so schnell wie möglich. Halte durch, Shane, beschwor ich den freundlichen, hübschen Kreuzritter aus der Ferne, halte durch - nicht nur für dich selbst, sondern auch für Josie.

Zehn Minuten später meldete sich Peter bei Jackson: Er säße mit Lucia im Auto und wäre schon auf der Autobahn, Gerard und Ffion ebenfalls. Beide Wagen waren vor uns und warteten auf einem schmalen Nothalteplatz am Rand der Autostrada irgendwo vor Bozen, bis wir zu ihnen stießen.

Jackson hielt neben Peter an, ich ließ das Fenster herunter und bekam ein kleines Funkgerät herüber gereicht.

"Wir fahren im Abstand von etwa zwei bis drei Kilometern", sagte Jackson über mich hinweg, "das reicht uns zum Abbremsen. Wenn ihr raus gezogen werdet, bringt das so schnell wie möglich hinter euch und schließt wieder auf. Der Verkehr ist noch mäßig, Behinderungen sind bislang keine gemeldet, wir sollten ein Durchschnittstempo von hundertachtzig halten können. Dann brauchen wir etwa dreieinhalb bis vier Stunden."

Peter nickte kurz und steif, Lucia neben ihm war unter ihrem Oliventeint blass, ihre großen Augen schimmerten feucht. Jackson ließ die beiden Autos vor uns raus fahren, wir folgten ihnen und stimmten unsere Abstände über die Funkgeräte ab. Unseres hielt Jackson in der Hand, ich umklammerte mit eiskalten Händen mein Telefon und wartete verzweifelt auf neue, auf bessere Nachrichten, doch Ciaran meldete sich erst nach etwa einer halben Stunde wieder bei mir.

"Ich bin jetzt auch auf dem Weg nach Rom", sagte er, "Magnus fährt mich. Wartet nicht auf uns, es ist am Wichtigsten, dass du so schnell wie möglich zu Shane kommst. Tut mir leid, dass ich dich nicht früher angerufen habe, aber ich musste ihn in einem Krankenhaus unterbringen, wo der Arzt nicht gleich die Polizei ruft."

"Warum?", fragte ich, aber die Antwort hätte ich dann auch selber geben können, wenn ich kurz nachgedacht hätte.

"Schusswunden müssen gemeldet werden, aber das wollte ich verhindern. Josie hat gut reagiert, als sie die beiden gefunden hat: Sie hat erst Nikita und Michael angerufen, dann mich. Die beiden waren zum Glück noch in Rom, sie haben Josephs Leiche und das Auto weggebracht, dann hat Josie Shane in ein Krankenhaus gefahren, das ein ehemaliger Student von mir leitet."

Josephs Leiche wegbringen ... Ich wischte mir mit der Hand über das Gesicht, fühlte heiße Tränen in den Augen brennen. Mein Gott, die arme Josie: Sie hatte Shane sterbend aufgefunden, und als Erstes daran denken müssen, den Orden zu schützen. Wie hatte sie das ausgehalten? Hätte ich das gekonnt, wenn Jackson dort in seinem Blut gelegen hätte?

"Sag Jackson, er soll dich ins Hospital der Schweizer Garde im Vatikan fahren, fragt dort nach Dottore Manzini, Guido Manzini. Er lässt dich zu Shane, mit immer einer Begleitperson."

Ich gab die Adresse weiter, Jackson lachte freudlos auf - 'die Polizei draußen halten' hatte ich mir auch anders vorgestellt, aber Ciaran wusste sicher, was er da tat.

"Weißt du schon was Neues? Wie es ihm geht?"

"Nein", antwortete Ciaran, wobei ihm deutlich anzuhören war, dass es ihm sehr zu schaffen machte, nicht selber für seinen Schützling sorgen zu können. "Er wird gerade operiert, der Arzt wird mich anrufen, sobald er aus dem OP raus ist. Ich sage dir eine Sekunde später Bescheid, versprochen. Maggie packt Sachen für euch und kommt dann mit Andreas nach, Sven und Pablo bleiben in der Burg. Davide weiß nicht, was los ist, aber er wird ein paar Tage zuhause bleiben."

"Kommst du auch ins Krankenhaus?"

Ciaran zögerte. "Ja", sagte er schließlich, "aber das könnte ein Problem werden. Dieser Arzt ..." Er machte eine Pause, ich wartete. "Manzini hat mich das letzte Mal vor über dreißig Jahren gesehen", fügte Ciaran hinzu, und ich verstand: Ciaran hatte sich in diesen drei Jahrzehnten nicht verändert, war nicht um einen Tag gealtert - und wenn er den Arzt damit verblüffte (mindestens!), brachte das den ganzen Orden und sein kleines Geheimnis (mich bzw. meine Heilkraft) in Gefahr.

"Dann komm nicht", riet ich ihm, "das ist zu gefährlich. Ich werde tun, was ich kann, das verspreche ich dir."

Ciaran schwieg. "Mal sehen", sagte er dann, zögernd. "Ich glaube, dass ich es riskieren kann, Guido ist mir was schuldig."

Dazu konnte ich nichts sagen, und das nicht nur, weil ich nichts Genaueres über die Beziehung zwischen Ciaran und diesem Manzini wusste: Jackson schnitt gerade quer über mehrere Fahrspuren durch eine Kurve, das Heck eines Lastwagens zog nur ein paar Zentimeter vor meiner Tür vorbei. Ich suchte erneut Halt am Türgriff, schloss die Augen, schickte ein Stoßgebet ins Nirgendwo und fragte Ciaran dann, wie es Josie ginge, ob er noch mal mit ihr gesprochen hätte.

"Nein", antwortete er. "Sie ist im Krankenhaus, aber ich erreiche sie dort nicht. Manzini hat gesagt, sie stände unter Schock, weigere sich aber, ein Beruhigungsmittel zu nehmen. Wir kümmern uns um sie, wenn wir da sind."

"Okay", sagte ich, nur um irgendwas zu sagen.

"Magnus lässt grüßen, Andreas meldet sich gleich noch mal bei euch", sagt Ciaran zum Abschied, und ich legte auf.

Jackson gab ein paar kurze Anweisungen über das Funkgerät raus, da ihm der Abstand zwischen den Autos zu klein wurde, dann sah er zu mir herüber: Das wird schon, signalisierten mir seine traurig-trüben Smaragdaugen mit einem langen Blick - Shane ist zäh, er schafft das. Ich steckte mein Handy in die Tasche und legte die freie Hand auf Jacksons warmen Oberschenkel - nicht so gut wie Hautkontakt, aber besser als gar kein Trost. Wir flogen an einer Stadt vorbei, ohne angesichts unseres Tempos auch nur eines der zahllosen Schilder zur Geschwindigkeitsbeschränkung lesen zu können, und im dichteren Verkehr schloss Jackson näher zu Gerard und Ffion auf, die zwischen uns und Peter fuhren - sie räumten mit ihrem Ferrari alles von der linken Fahrbahn, was uns im Weg sein konnte. Es wurde trotzdem einmal brenzlig, als ein langsameres Auto unvermittelt auf unsere Spur zog, doch Jackson wich ohne mit der Wimper zu zucken über den Randstreifen aus, während ich die Fingernägel in seine Jeans grub und uns schon zerfetzt am Rande der Autobahn liegen sah: Ich hatte erst einen Autounfall erlebt, aber in diesen Schrecksekunden erinnerte ich plötzlich wieder an das grauenhafte Kreischen von sich verformendem Metall, die brutalen Stöße auf den ganzen Körper, das Gefühl absoluter Machtlosigkeit angesichts der Kräfte, die ein tonnenschweres Auto umherwirbelten, als wäre es ein Spielzeug. Doch Jackson schaffte, was ich damals nicht gekonnt hatte: Er verlor keine Sekunde die Kontrolle. Wir streifen mit unserem linken Außenspiegel zwar die rostrote Leitplanke, und das quietschende Geräusch des gequälten Kunststoffes beschleunigte mein ohnehin schon pochendes Herz um ein paar weitere Takte, dann rumpelten wir zurück auf die Fahrbahn, und Jackson schaltete ratschend zwei Gänge gleichzeitig runter, um wieder aufzuschließen.

Kurz darauf erneut mein Telefon - Andreas, wie angekündigt. Auch er schien mittlerweile im Auto zu sitzen, seine Stimme klang entfernt und setzte manchmal aus.

"Shara? Hat Ciaran ... dir gesprochen?"

"Ja. Wir wissen, wo wir hin müssen und kommen gut voran. Wo ist das denn eigentlich passiert?", fragte ich, ein paar Aussetzer später hörte ich Andreas' verstümmelte Antwort aus dem Lautsprecher.

"... Drakes Haus, in einer Einfahrt. Josie hat Shane nicht mehr erreicht, ... sie hin gefahren. Joseph wurde ... Windschutzscheibe erschossen, Shane ... neben dem Auto auf dem Boden."

"Und wo ist Joseph jetzt?"

Ich konnte das Wort 'Leiche' nicht in den Mund nehmen, konnte mir den geschmeidigen, attraktiven, schwarzen Kreuzritter nicht starr und tot vorstellen.

"In unserem Haus, das Auto ... Polizei nicht neugierig wird. Nikita und Michael haben Drakes Haus durchsucht ... leer, er ist weg."

Der lebhafte, schmale Nikita und der große, kräftige Michael - ich hatte beide vor kurzem erst kennen gelernt, als sie für einen lustigen, langen Abend zwei Tage vor der Hochzeit auf der Burg gewesen waren. Nikita hatte ein paar sehr alt klingende Lieder auf dieser seltsamen Flöte aus seiner Geschenkkiste gespielt und mir erzählt, dass er den keltischen Halsreif Anfang des 17. Jahrhunderts bei den Bauarbeiten an den beiden Türmen am

Eingang des Tals gefunden habe. Michael hatte mir Fotos von einer Reise durch Mittelamerika gezeigt, von der er vor einer Woche zurückgekehrt war und mir lachend angedroht, dass er als Erster Schwertkampfmeister des Ordens nur zu bald meinen Lernfortschritt und Magnus Lehrerqualitäten überprüfen würde.

"Also war es Drake, oder?"

Andreas schwieg, dann drang seine Stimme wieder an mein Ohr, jetzt klar und ohne Lücken.

"Sehr wahrscheinlich. Du hattest Recht, Shara: Er ist auf ewig eine Gefahr, für uns alle."

Ich schüttelte den Kopf, mehr für mich als für Andreas.

"Dass es so kommen könnte, hätte ich nie für möglich gehalten. Ich habe immer nur an mich gedacht, wenn ich mich über ihn beschwert habe - daran, wie sehr ihr mir damit auf die Nerven geht, dass ich nicht allein die Burg verlassen soll, dass ich nicht zurück in mein altes Leben kann. Mit so was ... Entsetzlichem hab ich nicht gerechnet. Joseph ist gestorben, weil er wegen mir dort sein musste. Er ist für nichts gestorben."

Jackson warf mir einen für unsere Geschwindigkeit definitiv zu langen Blick zu, ich deutete demonstrativ auf die Windschutzscheibe: Schau nach vorn! Er schenkte mir trotzdem noch einen tiefgrünen Blitz, der besänftigen sollte und trösten, mich aber tatsächlich nur an eine Zeit vor nicht mal einer Stunde erinnerte, in der noch kein Freund tot gewesen war, in der wir unbeschwert, sorglos und glücklich gewesen waren - Gott, was hätte ich gegeben, statt dieser Heilkraft eine Zurückspultaste für das Leben bekommen zu haben!

"Shara, was auch immer geschehen ist - es mag wegen dir passiert sein, aber das ... dich nicht schuldig." Andreas' Stimme kam erneut nur schwach bei mir an, ich hörte den beschwörenden Tonfall fast deutlicher als seine Worte.

"Du hast Recht", antwortete ich ihm zuliebe, auch wenn ich das ganz und gar nicht so meinte: Ein Kreuzritter tot, einer kämpfte um sein Leben - beides wäre ohne meine Anwesenheit beim Orden niemals passiert, wahlweise: ohne mein Beharren auf meiner Freiheit, meinen Hass auf Drake, meine Rachsucht.

Andreas schien trotz meiner zögernden Worte mit dieser Antwort zufrieden zu sein und verabschiedete sich, Jackson legte eine Hand auf meine und sah schon wieder zu lange zu mir rüber.

"Du kribbelst", sagte er besorgt, "du musst dich entspannen."

Ich zog meine Hand unter der seinen hervor: Er hatte Recht, ich musste fit in Rom ankommen - aber ihm Energie abzuziehen, während er mit dieser wahnsinnigen Geschwindigkeit über die gut gefüllte Autobahn raste, war keine gute Idee. Jacksons Dank für meine von einem bedauernden Lächeln begleitete, schonende Geste war, dass ich bei unserem ersten Tankstopp Hand in Hand mit Ffion neben der Raststätte stand, während die anderen die Autos betankten und riesige Becher Milchkaffee und Sandwiches kauften, die dann keiner essen konnte. Ffion war blass und zittrig, sie hatte ein paar uralte Zigaretten im Handschuhfach von Jacksons Ferrari gefunden und roch schon wie ein ganzer Aschenbecher. Urlauber und Lastwagenfahrer warfen uns beiden seltsame Blicke oder anzügliche Bemerkungen zu, die Ffion je nach Absender mit herausgestreckter Zunge oder erhobenem Mittelfinger kommentierte: Wir sahen wahrscheinlich aus wie auf der Autobahn ausgesetzt. Der stetige Wechsel von Kribbeln und Nicht-Kribbeln in meiner Hand zeigte, dass es Ffion genau so miserabel ging wie mir - ich umschloss ihre Finger trotzdem weiterhin mit meinen, weil das trotzdem tröstlich war. Nach dem Tankstopp ging sie mit Gerard auf dem Beifahrersitz nach vorn, und die beiden waren dann auch die Ersten und Einzigen, die durch eine Radarfalle mit Anhalteposten fuhren, zum Glück hatten sie wegen eines langsameren Autos auf der Überholspur eben erst wieder beschleunigt. Seine kurze, schnelle Warnung vor dem Blitzer durch das Funkgerät kommentierte Gerard mit einem lapidaren 'hunderfünfundneunzig, das wird nur teuer', dann schlichen wir auch schon an ihnen vorbei, während zwei Polizisten sich betont lässig dem brav auf dem Randstreifen wartenden Wagen näherten. Etwa zweihundert Kilometer später wurden Lucia und Peter von einer Radarfalle ohne Anhalteposten erwischt - dafür ging Jackson noch nicht mal vom Gas, woraufhin das Ding auch uns einmal voll in die Augen blitzte.

Wir waren gegen zehn Uhr auf dem Pass angerufen worden, und es war nach eins, als wir in den äußersten Randbezirken von Rom angesichts des nun sehr dichten Verkehrs langsamer werden mussten. Ciaran und Magnus waren knapp zwei Stunden hinter uns zurück, Andreas und Maggie würden noch später ankommen. Gerard und Ffion hatte der Stopp durch die Polizei eine gute halbe Stunde und mehrere hundert Euro gekostet, die beiden würden aber so schnell wie möglich im Krankenhaus erscheinen - wichtige Akkus, von denen ich jeden verfügbaren Tropfen Energie brauchen würde.

Wir verloren weitere wertvolle Minuten, während unsere Pässe und die beiden Autos bei der Einfahrt in den Vatikan kontrolliert wurden, unsere Waffen nahm ein Schweizer Gardist mit spitzen Fingern entgegen und stellte uns umständlich Quittungen dafür aus, deren verschnörkelte Vorlage wohl auch noch von Leonardo da Vinci stammte. Ich hätte den Mann am liebsten an seinem weißen, steifen Kragen gepackt und geschüttelt, aber das würde uns ganz sicher nicht schneller zu Shane bringen. Dafür war das Foyer des kleinen Krankenhauses nahe der enormen Außenmauer des Vatikans leer bis auf eine steinalte, aber hellwache Schwester mit aufwändig gefältelter, blütenweißer Haube, und unsere Frage nach Dottore Manzini führte uns in kürzester Zeit in den vierten Stock. Dottore Manzini entpuppte sich als der Chefarzt der Intensivmedizin höchstpersönlich: Ein weise aussehender Herr von etwa sechzig Jahren, mit ergrauten Schläfen und einer Lesebrille um den Hals. Er strotzte vor Energie - wie vor Verwunderung über das seltsame Anliegen seines alten Lehrmeisters Ciaran. Manzini führte uns zur Station und berichtete in schnellem Italienisch von Shanes Zustand, ich musste allerdings Jacksons Simultanübersetzung zuhören, um alles verstehen zu können: Mein Küchenitalienisch war mittlerweile ganz okay, im Restaurant würde ich auch nicht verhungern - medizinische Fachbegriffe verstand ich allerdings keinen einzigen. Drei Schusswunden von einem eher kleinen Kaliber, sagte der Arzt, zwei in die Brust, eine am Hals. Die Verletzung am Hals war nur ein relativ harmloser Streifschuss, von denen in der Brust hatte einer die Lunge perforiert, nachdem er von einer Rippe abgeprallt war, der andere einen Herzmuskel. Shane war operiert worden und erst seit einer Dreiviertelstunde wieder oben, wie mir Ciaran in einem kurzen Anruf wie versprochen schon berichtet hatte: Shanes Zustand sei nicht stabil, er habe viel Blut verloren und sei nicht bei Bewusstsein. Vor dem verschlossenen Eingang zur Intensivstation ('Eintritt verboten! Bitte Klingeln! Bitte Ruhe!') blieben wir jetzt stehen, der Arzt musterte uns vier der Reihe nach. Wir sahen nicht wirklich vorzeigbar aus, realisierte ich, als meine Augen seinem kritischen Blick folgten, waren doch alle in den Klamotten ins Auto gesprungen, in denen sie gerade gewesen waren: Jackson und ich in Jeans, Windjacken, dicken Wollpullovern und groben Wanderschuhen für unseren Ausflug in die Berge, Lucia in weiten Jogginghosen und einem Schlabberpullover, der ihre sonst so aufregenden Kurven ungewohnt plump wirken ließ, Peter schließlich in Cordhosen, farbfleckigem Leinen-Hemd und verknautschter Baskenmütze, mit der er aussah wie ein mittelloser Künstler aus irgendeinem vergangenen, romantischeren Jahrhundert.

"Wer ist von Ihnen ist Shara?", fragte der Arzt mit Blick auf Lucia und mich, ich hob die Hand.

Er musterte mich mit seinen klugen, braunen Augen - ich hatte keine Ahnung, was Ciaran ihm erzählt hatte, wonach Manzini bei mir suchte, während er mich betrachtete, aber er nickte schließlich.

"Nun gut, dann soll es so sein. Ich führe Sie hinein, außerdem einen Ihrer Begleiter. Mehr als zwei zu einer Zeit kann ich nicht erlauben, der Patient braucht Ruhe. Seine Freundin ist jetzt drin - ich bringe sie raus, dann können Sie sich um sie kümmern, was dringend nötig wäre. Wenn einer von Ihnen hinausgeht, kann er einen anderen hineinlassen. Sollte sich der Zustand des Patienten verschlechtern, werden Sie alle den Raum verlassen, sofort und ohne Widerrede. Sie müssen sich umziehen, in Straßenkleidung können Sie nicht auf diese Station."

Er hatte ebenso langsam wie deutlich gesprochen, und ich hatte zwar nicht jedes Wort, wohl aber die Intention seiner Rede verstanden. Ich nickte zu den Bedingungen, Jackson nahm mich an der Hand und wir traten als erstes Team vor, obwohl ich panische Angst hatte: Angst vor dem Anblick von Shane und Angst vor der Begegnung mit Josie - weil das alles doch meine Schuld war, ganz gleich, was Andreas auch sagen mochte.

Peter deutete auf das kleine Wartezimmer vor der Station. "Wir warten hier. Ich löse dich ab, Jack."

Jackson nickte und wir folgten dem Arzt durch die Tür in die Station: Ein breiter Gang, von dem aus große Fenster und gläserne, breite Schiebetüren zu den wenigen Zimmern der Intensivmedizin abgingen. Eine Schwester lief schnell an uns vorbei und verschwand in einem der hinteren Räume, ein antiseptischer Geruch lag in der trockenen, unnatürlich warmen Luft: Meine Brust zog sich in dumpfer Furcht zusammen, ich klammerte mich an Jacksons Hand: Diese Station war so ganz anders als die, die ich bisher kennen gelernt hatte, die Kinderstationen mit Bildern von Teddybären mit Pflastern am plüschigen Ohr und einem Fieberthermometer in der niedlichen Schnauze.

Der Arzt führte uns in eine kleine Garderobe, wo wir so schnell wie möglich unsere Jacken, Pullover, Jeans und Schuhe gegen grüne Schlappen, weite Hosen und formlose Kittel tauschten, dann gingen wir zu einem Raum auf der linken Seite. Ein Bett, zahllose Geräte und Monitore, kein Fenster, weiße Wände über gräulichem Linoleum. Im Bett ein Mensch: Ich musterte die Gestalt und erkannte erst auf den zweiten Blick die vertrauten, zarten Züge von Shane. Er lag bewegungslos unter straff festgesteckten Laken, Schläuche führten in seine Nase und seine Hand, weitere kamen an verschiedenen Stellen unter der Decke hervor und liefen zu diversen Beuteln und Geräten. Er war blass, jemand hatte ihm seine Haare ordentlich aus dem Gesicht gekämmt, wodurch es ungewohnt erwachsen wirkte - als wolle er uns so nochmals vom ernst der Lage überzeugen. Das Schlimmste war jedoch seine Reglosigkeit, die so total war, dass ich in einer schrecklich schwarzen Sekunde purer Angst glaubte, er sei tot und wir kämen zu spät. Doch die Geräte neben dem Bett fiepsten, eine zackende Linie verzeichnete einen braven, einen tapferen, einen hoffentlich ewigen Herzschlag - Shane lebte, und nun musste ich dafür sorgen, dass das auch so blieb, dass er sich erholte und wieder zu Bewusstsein kam.

Ich hatte ein paar Sekunden gebraucht, um den Raum in mich aufzunehmen, Jackson hielt sich knapp hinter mir. Als ich den Schritt über die Schwelle machte, quietschten meine Schlappen auf dem Linoleum, was eine neben der Tür zusammengekauerte Gestalt hochschrecken ließ. Es war Josie - und es war nicht Josie: Es waren ihre türkisfarbenen Augen - gerötet von stundenlangem Weinen. Es waren ihre kupferroten Haare - stumpf und zerwühlt. Es war ihre milchweiße, sommersprossige Haut - fleckig und mit halbmondförmigen Malen der Fingernägel, die sie tief in Wangen und Stirn gegraben hatte. Es war ihre Stimme - doch um ein Vielfaches höher als sonst, hysterisch und panisch statt fröhlich und dunkel.

"Josie ... ", sagte ich, ansetzend zu einer Rede, die meine Schuld, meine Bitte um Gnade und mein Hilfsangebot ausdrücken sollte, doch meine Worte gingen in ihrem schrillen Schrei unter.

Ich schreckte zurück, als Josie hochschnellte und auf mich losging - mit ausgestreckten Armen und hassverzerrtem Gesicht. Jackson zog mich schnell zurück, war dann mit zwei, drei Schritten bei Josie und versuchte, sie zu beruhigen, sie zu bändigen, sie an sich zu ziehen: Sie wehrte seine Hände ab, schlug nach ihnen, wollte unter seinen Armen wegtauchen, während ich mit langsamen Schritten zur Tür zurückwich und darum betete, dass Manzini diese Szene nicht schon reichen würde, um uns von der Station zu schmeißen. Feige bist du, sagte ich mir selber, als ich die Tür in meinem Rücken spürte und stehen blieb, feige, feige, feige! Was bringt es Shane, wenn du jetzt gehst? Was bringt es Josie, wenn du sie jetzt noch einmal im Stich lässt? Ich straffte mich, trat wieder ein paar Schritte vor und zwang mich, Josie ins Gesicht zu sehen, ihrer gerechten Empörung ins Gesicht zu sehen - und ich erkannte zu meiner Verwunderung, dass nicht Hass, sondern eine Art ... Hoffnung, eine Art Freude in ihren Augen strahlte: Sie hatte nicht auf mich losgehen wollen, erkannte ich, sie war aus Erleichterung auf mich zugestürmt.

"Shara!", schrie Josie gerade wieder, während Jackson sie noch weiter zurückdrängte, weg von mir.

Ich lief zu ihr hinüber, schob Jackson weg und zog sie an mich, während meine eben noch so schmerzhafte Angst einer großen Erleichterung wich.

"Es tut mir so Leid", flüsterte ich auf Josies bebenden Körper hinunter, sie schluchzte und klammerte sich an mich, als wäre ich nicht der Verursacher ihres Leides, sondern ihr rettender Engel. Süßer Erdbeerduft stieg aus ihren weichen Haaren in meine Nase und ließ mich an Sommer denken, an unbeschwerte Zeiten voller Wärme und Fröhlichkeit.

"Bitte hilf ihm, Shara", flüsterte sie erstickt, "bitte mach, dass er bei mir bleibt."

Ihre dünnen Arme pressten uns zusammen, ihre Tränen flossen mir an Hals und Brust hinunter. Ich brachte kein Wort hervor, Angst und Mitleid verschlossen mir den Hals - also nickte ich nur zu ihren leisen Worten und drückte sie, bis Jackson zu uns trat und Josie sanft zurückzog.

"Peter und Lucia sind draußen, Ffion und Gerard kommen nach, Ciaran und Magnus auch. Dottore Manzini bringt dich jetzt zu ihnen", sagte er, Josies große Augen suchten die seinen und sie nickte - ein wenig widerstrebend, als habe Jackson ja ohnehin immer Recht, auch wenn sie gerade anderer Meinung war.

"Und wenn du Shane das nächste Mal siehst, wird er wach sein. Das verspreche ich dir", fügte ich hinzu, was mir einen strafenden Blick von Manzini einbrachte, der das wohl nicht für eine realistische Einschätzung des Gesundheitszustandes seines Patienten hielt.

Josie blinzelte aus tränennassen Augen zu mir hoch, küsste mich leise schluchzend auf die Wange und ließ sich dann von dem Arzt nach draußen führen - ihr verzweifelter Abschiedsblick auf das Bett tat mir entsetzlich weh und ließ mich nun ohne Zögern ans Werk gehen: Es war schon genug Zeit verloren, und jede Minute war kostbar. Es gab keine Stühle in diesem Krankenzimmer, war es doch nicht für Besucher mit Blumen und Genesungswünschen eingerichtet, sondern für Ärzte mit Geräten und Diagnosen. Ich ging daher jetzt langsam zum Bett und hockte mich vorsichtig auf die Kante: Was wir tun mussten, konnte man nicht im Stehen tun.

Jackson setzte sich neben mich ans Fußende und nahm meine Hand.

"Warte", sagte ich und entzog sie ihm wieder.

Das Weiterleiten von Energie durch mich hindurch klappte zuverlässig: Der Sog des Kranken ging mit einem seltsamen Kitzeln in meinen Nervenbahnen durch mich durch und direkt auf denjenigen über, der meine bloße Haut berührte. Allerdings hatte Jackson bislang nur bei harmlosen Verletzungen seine Kraft direkt an den Patienten weiter gegeben: Er wusste nicht, welche Wucht dahinter stecken konnte, hatte keine Übung, keine Erfahrung, wie man diesem Sog begegnen musste, wenn man nicht darin untergehen wollte - und auch ich musste erst testen, wie stark Shanes Bedarf war, um dann entscheiden zu können, wie ich Jackson und die anderen am Besten einsetzte. Ciaran hatte mir am Telefon zu kurzen Berührungen von maximal fünf Minuten geraten, als er mich nach dem Ende der Operation angerufen hatte: So war am wahrscheinlichsten, dass ich und mein jeweiliger Begleiter nicht zusammenklappten und aus dem Zimmer entfernt wurden, auch bliebe Shane so genug Zeit, um sich langsam, dafür aber gründlich zu erholen. so weit Ciarans Theorie - in der Praxis musste ich jedoch allein entscheiden, und das machte mir fast noch mehr Angst, als der Anblick des regungslosen Shane es tat.

Jackson zog meinen Kopf zu sich herum und küsste mich auf die trockenen, in den letzten Stunden ängstlich aufgebissenen Lippen.

"Mach es so, wie du denkst", sagte er, ich tankte Mut aus seinem liebevollen, grünen Blick und legte meine Fingerspitzen dann vorsichtig auf Shanes Arm.

Ein Blitz knallte wie ein Peitschenhieb durch meinen Körper, ähnlich wie bei der alten Frau mit dem Herzinfarkt: nicht ganz so explosionsartig und vor allem nicht so unerwartet, dafür aber gleich bleibend stark, andauernd brutal. Kein gewohnter oder altbekannter Sog, sondern ein wahrer Strudel aus Schmerzen und Qual, der Shane geradezu in den Tod führte, und den wir jetzt aufhalten mussten. Ich hob die Fingerspitzen wieder ab, versuchte mit kühlem Kopf den Mahlstrom einzuschätzen, den Shane in mir entfacht hatte: Eine Viertelstunde, dachte ich, dann wirst du unweigerlich bewusstlos - fünf Minuten könnte ich das allerdings in aufrechter Haltung aushalten, vielleicht sogar zehn.

"Stopp mir sieben Minuten", bat ich Jackson, und ging damit auf Nummer sicher. "Dann lädst du mich die gleiche Zeit auf. Er zieht zu stark, das kann ich nicht einfach weiterleiten, du würdest ohnmächtig werden."

Jackson widersprach nicht und schlang mir von hinten die Arme um die Taille. Ich lehnte mich leicht an ihn - auch ohne Hautkontakt war das eine wunderbare, wohltuende Nähe, die mir Sicherheit und Mut gab. Beides brauchte ich nicht zu knapp, denn was nun kam, hatte ich zwar prinzipiell schon viele Male getan, aber noch nie für jemanden, den ich kannte und den ich zu meinen Freunden zählte: Ich konnte jeden Beistand brauchen, den Jackson mir geben konnte - um wach zu bleiben, um stark zu bleiben. Nach ein paar tiefen, vorbereitenden Atemzügen legte ich Finger für Finger die ganze Hand auf Shanes seltsam klamme Haut. Der Blitz kam wieder, zuckte durch meinen Körper und ließ jede einzelne Nervenfaser wie elektrisiert leuchten - ich schloss die Augen und konzentrierte mich wie gewohnt aufs Atmen. Ich hörte kaum ein Geräusch aus dem Zimmer oder der Station hinter der zugeschobenen Tür: Blut pochte in meinen Ohren, ließ meinen Kopf rauschen, machte mich benommen - ich war mir nach ein, zwei Minuten noch nicht mal mehr sicher, ob dieser unregelmäßige Herzschlag in meinem Körper mir oder Shane gehörte. Als erwachsener Mann zog er viel heftiger an mir als ein Kind, vielleicht erinnerte er mich deshalb so stark an die alte, sterbende Frau. Übelkeit legte sich wie eine muffige Decke über mich, und ich hielt sie mit flachen Atemzügen durch die Nase in Schach, damit ich nicht ohnmächtig wurde, damit sie mich nicht erstickte. Die Taubheit in meinen Gliedern breitete sich aus: Nicht so lähmend wie zu Anfang der Sitzungen mit den Kindern, dafür großflächiger und zähflüssig wie Sirup, sie schlich von Zelle zu Zelle und hinterließ in jeder eine bleierne Erschöpfung. Ich lehnte mich noch mehr gegen Jackson, war dankbar für seine stützenden Arme - und hörte ihn schockiert nach Luft schnappen, als er dummerweise mit seinen Lippen die Haut in meinem Nacken streifte und die Blitze von mir auf ihn hinüber zischten.

Ich lachte leise. "Jetzt weißt du's", flüsterte ich und spürte sein schwaches Nicken in meinen Haaren.

Seine Arme waren im Schock erschlafft, nun atmete er tief ein und fasste mich wieder fester.

"Die sieben Minuten sind vorbei", sagte er nach gar nicht allzu langer Zeit, ich hob langsam erst die Handfläche, dann die Finger von Shanes Haut.

Der Strudel fiel in sich zusammen und erstarb, ich atmete ein paar Mal tief ein und aus, tauschte die muffige Decke gegen die warme, antiseptische Luft des Zimmers: Keine wirkliche Verbesserung, aber manchmal geht es einfach nur ums Prinzip. Jackson bewegte sich nicht und ließ mir Zeit - nach einer konzentrierten, stillen Minute drehte ich mich langsam zu ihm um.

"Wie geht es dir?", fragte er, worüber ich fast lächeln konnte.

"Wie geht es Shane?", fragte ich zurück, Jackson nickte zum Monitor hinüber.

"Sein Herzschlag ist kräftiger", sagte er.

Tatsächlich: Die grüne Linie zackte jetzt ein ganzes Stück deutlicher nach oben.

"Besorgst du mir bitte eine Cola?", fragte ich und rieb mir mit der Hand über die Augen, Jackson lächelte ein wenig schief, aber hübsch eckzahnig - wahrscheinlich fragt er sich gerade, ob er aus alter Gewohnheit auch einen Eimer zum Übergeben holen soll, dachte ich, aber da hätte ich Entwarnung geben können: Ich war schrecklich erschöpft, aber übel war mir nicht, Gott sei Dank.

"Natürlich. Aber willst du vorher nicht noch was anderes haben?"

Ich nickte und legte meine Stirn an seine - warum mit profanem Händchenhalten vorlieb nehmen, wenn ich mich bei ihm doch so viel angenehmer aufladen konnte? Jackson schob mir seine Arme unter den Kittel und legte sie mir auf den Rücken, ich atmete puren Zimt (das war mal eine klare Verbesserung der Luftqualität!) und spürte der Schwäche in meinem Körper wie auch den Nebeln in meinem Kopf nach, während sie langsam auf Jackson übergingen. Fast war mir, als käme außer seiner Kraft noch etwas anderes bei mir an, als könne ich seine Sorge und seine Liebe spüren, als legte ich meine Hand nicht nur auf seine glatte Haut, sondern in ihn hinein, direkt in sein Herz. Als könnte ich seine Liebe fühlen, dachte ich, als wäre sie irgendwie gegenständlich, greifbar - so echt und real wie die Wärme seiner Haut, die Weichheit seiner Haare, der feste Druck seines schönen Köpers. Ein herrliches Gefühl von großer Nähe und Vertrautheit breitete sich in mir aus, ließ mich wünschen, er würde bei mir bleiben können, einfach hier bleiben, für immer, für die oft erwähnte Ewigkeit - doch nach etwa zehn Minuten erhob er sich mit matten Augen und einem schwachen Lächeln, um mir Peter an seiner statt zu schicken. Er gab mir seine Uhr und ich ließ sie erneut sieben Minuten abzählen, umklammerte sie, als sei sie ein Rettungsring, der mich über Wasser hielt - das Metall war warm von Jacksons Körper, und ich hatte fast das Gefühl, ein wenig Linderung dort zu spüren, wo es meine von Blitzen elektrisierte und zugleich völlig erschöpfte Haut berührte. Ich habe kein Recht auf ein glückliches Leben mit meinem Kreuzritter, wenn Josie den ihren hier und heute verliert, dachte ich mit tränenenger Brust: Also senkte ich entschlossen die Hand auf Shanes Haut und ließ ihn sich nehmen, was er zum Überleben brauchte.

Magnus

Ciaran und ich waren etwa zwei Stunden nach Shara, Jackson und den anderen in Rom angekommen. Ich war gefahren, so schnell ich konnte - aber weder war mein Mustang für andauernde Geschwindigkeiten über zweihundert gemacht noch ich heute als Fahrer desselben: Ich konnte mich nicht konzentrieren, dachte an Shane, an Jo, an Josie und an Shara. Ciaran hing die meiste Zeit am Telefon, hielt Kontakt zu Shara

und Andreas, sprach mit dem Arzt im Krankenhaus, mit Nikita
oder Michael. Einerseits war ich dankbar, dass er abgelenkt war,
da er bei allem, was über Schrittgeschwindigkeit lag, äußerst
nervös bis ziemlich anstrengend wurde, andererseits musste ich
ein paar scharfe, drängende Fragen dazwischen schießen, um
halbwegs auf dem Laufenden zu bleiben. Als wir noch etwas
über zweihundert Kilometer vor uns hatten und unser Doc
angesichts des zunehmend dichter werdenden Verkehrs mit
blassem Gesicht und mildem Aufstöhnen die Augen schloss,
während ich mich von Spur zu Spur mogelte, erreichte ihn eine
SMS von Peter: Es war geschafft - sie waren im Krankenhaus
und Shara bei Shane. Ich spürte eine Erleichterung, die Shara
wahrscheinlich 'wunderbar' oder 'himmlisch' genannt hätte, und
drückte das Gaspedal noch ein wenig weiter durch.

Auf dem Parkplatz vor dem Krankenhaus standen Sharas
nagelneuer Aston Martin mit insektenbesprenkelter Motorhaube
und einem Außenspiegel zu wenig sowie auch der Maserati
schief auf dem Gehsteig, in einiger Entfernung sah ich den
Ferrari, der gerade von zwei jungen Kadetten der Schweizer
Garde mit Kennerblick umrundet wurde.

Unsere Brüder und Schwestern fanden wir in einem kleinen
Wartezimmer im vierten Stock: Ffion und Josie saßen auf der
Erde und hielten einander in den Armen, Josie blinzelte aus
geröteten und verquollenen Augen zu mir hoch, dann vergrub
sie den Kopf wieder in Ffions Haaren. Jack hockte auf einem
Stuhl ganz in der Ecke - er war blass, sah jedoch damit immer
noch besser aus als Gerard, der den Kopf in die zitternden
Hände gestützt hatte und betont kontrolliert ein und aus atmete,
Schweißperlen auf der Stirn: Seine erste Begegnung mit Sharas
Heilkraft lag scheinbar gerade hinter ihm. Ich fand es nicht
schön, dafür aber beruhigend zu sehen, dass ihr Sog nicht nur
mich und Jack erschöpfen konnte, befahl mir jedoch gleich
darauf Buße für diesen hier nun wirklich völlig fehlplatzierten
Gedanken: Ja, ich mochte Gerard nicht besonders, aber wer hier
saß und mithalf, Shane zu retten, dem gebührte mindestens
Respekt. Lucia fehlte, sie war wahrscheinlich bei Shara und
Shane, Peter lehnte an dem schmalen Fenster und starrte über
die Dächer der umliegenden Gebäude auf den bewölkten
Himmel über der Stadt, seine Gesichtsfarbe war noch fahler als
die von Jack, aber nicht ganz so käsig wie die von Gerard. Man
kann daran ablesen, in welcher Reihenfolge sie drinnen gewesen

sind, dachte ich, was mir zwar nichts nützte, aber trotzdem interessant war: Die Magnus-Skala der Käsigkeit - danke, den Nobelpreis für diese bahnbrechende Neuentdeckung nehme ich gerne. Ganze Batterien von Cola Light-Dosen standen auf dem Tisch, die Hälfte schon geleert - Sharas Geheimrezept gegen die Übelkeit schien neue Fans gefunden zu haben.

Ciaran hatte meinen Brüdern und Schwestern kurz zugenickt und war dann gleich zu Josie geeilt: Er strich ihr über die verzausten Haare und flüsterte ihr Worte zu, die ich nicht verstehen konnte, deren Inhalt aber nicht schwer zu erraten war: Trost.

"Ich gehe rein", sagte er dann zu uns, mit Josies Zustand und Reaktionen scheinbar halbwegs zufrieden. "Ich muss mit dem Arzt sprechen und nach Shane und Shara sehen, dann bringen wir Josie nach Hause."

Ich setzte mich neben Jack und nahm mir schon mal eine Dose aus dem nächsten Sixpack: Ich würde als nächster meinen Einsatz als Akku haben, und vielleicht halfen ja ein paar Schlucke Cola davor gegen die bittere Übelkeit danach?

Shara

Als Lucia das Zimmer verlassen hatte, stand ich langsam vom Bett auf und ging die zwei, drei Schritte zur Wand hinüber. Ich musste mich dringend richtig hinsetzen, mich mal anlehnen, den benebelten Kopf abstützen. Ich war erledigt, und das nicht nur von dem Auf und Ab, vom Kraft nehmen und geben: Es war komisch gewesen, die Ordensbrüder und -schwestern heute zu berühren, irgendwie ... intensiver, intimer. Als würde ich nicht nur die Haut berühren, als würde ich nicht nur die Kraft nehmen, sondern meine Hände tiefer legen, in den Geist, vielleicht sogar die Seele der Kreuzritter. Konnte das sein? Nein, konnte es nicht. Du bist verwirrt, diagnostizierte ich selbst, atmete tief durch und rutschte dann an der Wand langsam nach unten: Du bist erschöpft, du denkst wirres Zeug.

Eine Schwester huschte in den Raum, als ich mich auf den Boden hatte sinken lassen - sie nickte mir kurz zu, überprüfte die Geräte und Beutel. Einen tauschte sie aus, er schien Blut und Wundflüssigkeit aus der Brust aufzunehmen und war gut gefüllt. Die Schwester lächelte, als sie auf dem Weg zur Tür über meine unhöflich ausgestreckten Beine stieg, aber ich war zu erschöpft, um sie anzuziehen.

"Sind Sie seine Freundin?"

Ich schüttelte den Kopf. "Nein, ich bin ... seine Schwester", antwortete ich in meinem holprigen Italienisch und in Gedenken an Magnus, der von den Mitgliedern des Ordens gern als seinen Brüdern und Schwestern sprach.

Ich sah zwar Shane nicht wirklich ähnlich, aber die junge Frau schien das zu schlucken.

"Dann werden Sie noch länger Freude an Ihrem Bruder haben", sagte sie, "er hat sich stark stabilisiert. Ganz außergewöhnlich."

Ich schloss die Augen. "Danke", sagte ich zu niemand Bestimmtem, während die leisen Schritte der Schwester den Flur hinunter verklangen.

Eine Minute hatte ich Ruhe, nur unterbrochen vom leisen, elektronischen Schnarren eines der Geräte an Shanes Bett und meinem dumpf wummernden Kopf, dann schlappten neue, schnellere Schritte heran, kurz darauf spürte ich eine leichte Berührung auf meiner Schulter.

"Shara?"

Ich öffnete die Augen: Es war Ciaran. Er ging neben mir in die Hocke und legte prüfend eine sich irgendwie sehr besorgt anfühlende, kühl-lavendelige Hand auf meine, ich lächelte zu ihm hoch - seltsam berührt von der Tatsache, dass ihm mein Gesundheitszustand wichtiger war als der Shanes.

"Die Schwester hat gesagt, Shane wäre stabiler", sagte ich, Ciaran stand sofort wieder auf, ging zum Bett hinüber und studierte die Anzeigen auf den Monitoren.

"Sieht ganz so aus", sagte er erfreut, während er Shane eine Hand auf die blasse Wange legte - eine fürsorgliche Geste, in deren Genuss ich nach meinem Ohnmachtsanfall im Schwimmbad ebenfalls schon gekommen war, und die mich jetzt sehr anrührte.

Ich lehnte mich angesichts von Ciarans Bestätigung von Shanes Fortschritten mit geschlossenen Augen zurück. Stabil war noch nicht 'über den Berg', war noch nicht 'wach' oder gar 'gesund' - aber es war mehr, als ich gehofft hatte. Noch ein paar Runden, dann würde er die Augen öffnen, und ich hätte ein klein wenig von meiner Schuld zurückgezahlt.

"Immer noch so zurückhaltend mit positiven Diagnosen?",

sagte eine dunkle, leicht spöttische Stimme an der Tür, ich öffnete die Augen: Dottore Manzini.

Er stand in der Tür und blickte freundlich, aber auch leicht fragend auf Ciarans sehr aufrechten Rücken. Ich hörte, wie Ciaran tief einatmete, dann drehte er sich langsam um - Manzini erstarrte, schnappte erschrocken nach Luft, wich einen Schritt zurück und suchte mit einer Hand Halt an der Wand.

"Hallo, Guido", sagte Ciaran mit seiner weichen Stimme, und Manzini schüttelte langsam den Kopf, als wolle er verneinen, was er da sah.

"Ciaran ...?"

Eine einfache Frage, doch unmöglich zu beantworten. Manzinis Augen schossen von Ciarans jungem Gesicht hinauf zu dessen schimmernden, vollen rotbraunen Haaren und hinunter zu dem fitten, straffen Körper. Manzini mochte etwa sechzig sein - seine Haare waren ergraut und dünn, seine Haut erschlafft, sein Körper beugte sich schon leicht, der weiße Kittel konnte den dezenten Bauchansatz nicht mehr verbergen. Wenn Ciaran Manzini an der Uni oder in einem Krankenhaus unterrichtet hatte, hatte er sich dort als mindestens zehn, wenn nicht gar zwanzig Jahre älter als Manzini ausgeben müssen: Also müsste Ciaran für seinen ehemaligen Schüler heute mindestens siebzig, wenn nicht gar achtzig sein. Tatsächlich sah Ciaran aber eher aus wie etwas über dreißig - und wahrscheinlich bis auf die letzte Sommersprosse genau so, wie Manzini ihn das letzte Mal gesehen hatte. So etwas brachte auch der beste Schönheitschirurg nicht zustande, nicht mit dieser Natürlichkeit: Manzinis Schock über Ciarans jugendliches Äußeres war also mehr als nur verständlich und stand ihm deutlich ins Gesicht geschrieben - aufgerissene Augen, hochgezogene Brauen, sprachlos geöffneter Mund.

"Ja, Guido, ich bin es", sagte Ciaran leise.

"Wie ...?"

Was Manzini meinte, war klar: Wie ist das möglich? Und vielleicht auch: Wie zum Teufel hast du das gemacht?

Ciaran zuckte mit den Achseln, als wäre das nun wirklich kein sehr wichtiges Thema.

"Eine lange Geschichte", antwortete er, "und ich weiß nicht, ob du sie wirklich hören willst. Aber ich danke dir dafür, dass du den jungen Mann hier aufgenommen hast - und wenn er bis Morgen bleiben darf, werden wir dich nicht weiter belästigen."

Bei Ciarans 'wir' blickte Manzini zu mir, forschte in meinem Gesicht nach verräterischen Zeichen, als würde auch ich Jahrhunderte unter meiner Twen-Haut verstecken. Aber da konnte ich absolut ehrlich unschuldig zurückschauen: Ich war genau so alt, wie ich aussah - nein: wahrscheinlich war ich einige Jahre jünger, als ich aussah, geschuldet der Energie, die ich an Shane abgegeben hatte.

"Wer ist sie?", fragte Manzini mit einer Geste zu mir, wies dann auf das Bett. "Und wer ist er?"

Ciaran blickte erst zu Shane. "Ein junger Mann, für den ich die Verantwortung habe. Und er wurde verletzt, weil er sie" - er nickte zu mir - "beschützen wollte."

Manzinis Gesichtsausdruck blieb zweifelnd, dann nickte er langsam.

"Gut, akzeptiert. Aber warum ist sie hier an seinem Bett, während seine Freundin dort draußen wartet? Wer sind diese ganzen Leute? Warum lösen sie sich regelmäßig ab und halten ihre Hand?"

Ein guter Beobachter, der Dottore. Ciaran sah zu mir, ich zu ihm. Ich hätte gern warnend den Kopf geschüttelt, aber das hätte Manzini gesehen, also versuchte ich es mit den Augen: Nein, Ciaran, wollte ich ihm bedeuten, verrate es ihm nicht. Manzini ist Arzt - diese Heilkraft wird ihn ähnlich faszinieren dich, er würde sie nicht für sich behalten können, und dann sind wir verraten und verkauft. Entweder hatte Ciaran meinen Blick tatsächlich verstanden, oder er wollte Manzini ebenfalls so weit wie möglich im Dunklen lassen, denn er antwortete seinem einstigen Schüler ebenso höflich wie abweisend.

"Das möchte ich dir nicht sagen müssen, Guido. Wir tun nichts Böses, vertrau mir. Ich bitte dich nur darum, uns bis morgen hier zu dulden. Wir werden niemanden stören und wir werden gehen, sobald der Zustand dieses jungen Herrn zulässt, dass er entlassen werden kann. Vielleicht schon gegen Mittag."

Manzini zog die Schiebetür zum Flur hinter sich zu, wo zwei Schwestern in leisem Gespräch vorübergingen.

"Der geht morgen nirgendwo hin", sagte er mit einem Nicken zum Bett, verschränkte die Arme auf der Brust. "Ich bin froh, dass ich ihn lebend aus dem OP rausbekommen habe - es wird Wochen dauern, bis er wieder auf seinen eigenen zwei Beinen stehen wird."

Alle drei blickten wir zu Shane - und ich hätte beinahe

gelacht, als eine schwache Bewegung durch seinen eben noch so reglosen Körper zuckte: Eine bebende Welle von den Füßen bis zur Brust, als schaudere oder fröstele es ihn. Manzini war mit zwei Schritten am Bett und zog Shane die Augenlider hoch, kontrollierte mir unverständliche Anzeigen, drückte ein paar Knöpfe an einem der Monitore.

"Er wird bald wach, und morgen wird er aufstehen können", sagte Ciaran, wofür er einen Blick von Manzini erntete, der nun eher überrascht denn zweifelnd war.

Ich rappelte mich hoch und hockte mich auf das Bett, beugte mich an dem alten Arzt vorbei über Shane: Ich glaubte, einen zarten Schimmer rötlichen Lebens auf seinen eben noch so totenblassen Wangen zu sehen, und ich konnte es kaum erwarten, ihm wieder die Finger auf die Haut zu drücken und ihn aus diesem schaurigen Schlaf zu wecken.

"Lass uns allein, Guido", bat Ciaran sanft, Manzini sah von ihm zu mir, dann zu Shane.

"Nun gut", sagte er schließlich, und ich war mir nicht ganz sicher, ob ich da wirklich eine dumpfe Angst in seinem flackernden Blick gelesen hatte.

Ich hoffte nicht: Angst könnte ihm ein böser Ratgeber sein, könnte ihn zum Reden verleiten - über Shane, Ciaran, mich, über Schusswunden und Heilkräfte. "Wenn es ihm schlechter geht, müsst ihr gehen. Und ich brauche noch ein paar Angaben über diesen ... Patienten, ich kann ihn nicht ganz aus unseren Unterlagen raus halten."

"Du wirst bekommen, was du brauchst", versprach Ciaran, und Manzini ging - endlich.

Ich drückte sofort meine Hand auf Shanes Haut, Ciaran legte mir einen kühlen Finger auf den Arm, um den Sog zu spüren.

"Er ist stark. Er wird es schaffen, Shara", sagte er, als der unausweichliche Schwindel ihn Halt am Bettgestell suchen ließ - ich glaubte ihm und schöpfte Hoffnung.

Magnus

Ich war als letzter bei Shara und Shane. Als ich langsam in den Warteraum zurück wankte, brannte die Berührung mit Sharas Haut noch in meinem ganzen Körper: Ich hatte fast erwartet, dass sie sich anders anfühlen würde, dass sie anders riechen, anders kribbeln würde - jetzt, wo sie Jack gehörte, doch es war alles wie gehabt: Sie war müde und blass und zu dünn, lächelte und duftete nach Honig, hatte sich von mir in den Arm nehmen lassen und ihren immer noch erstaunlich schweren Kopf an meine Schulter gelehnt. Sie hatte so stark an mir gezogen wie nie zuvor - ich hatte sofort gefühlt, wie die Übelkeit in mir hoch gestiegen war und die warmen Nebel der Erschöpfung sich über mich gelegt hatten. Mein Gehirn war nach ein paar Minuten wieder zu der freundlichen, gummiartigen Masse geworden, mit der ich mich schon mal so gut verstanden hatte, und diese hatte mich heute ganz ernsthaft und ehrlich interessiert gefragt, wie Shara das nur aushalten konnte: Sie sog mehr aus mir heraus, als ich hatte - wie aber hatte sie so viel geben können, und war noch bei Bewusstsein? Sie ist stärker als du, hatte die Masse schließlich ihre Frage mit einiger Genugtuung selbst beantwortet, als ich geschwiegen und eine von Sharas weichen Haarsträhnen mich federleicht am Hals gekitzelt hatte, sie ist viel stärker als du, sie ist stärker als ihr alle zusammen. Soll mir Recht sein, hatte ich zurückgegeben und zufrieden das auch benebelt tolle Gefühl genossen, die Prinzessin im Arm zu halten - was die Masse beleidigt hatte schweigen lassen, als wäre sie eifersüchtig.

Shane hatte sich zu Beginn meiner Schicht schon schwach unter seiner Decke geregt, seine Lider hatten geflattert und er hatte ein paar leise, unverständliche Worte gemurmelt - es machte mich indes mehr als stolz, als ich bei meiner Rückkehr ins Wartezimmer Josie sagen konnte, dass sie zu Shara kommen solle und den anderen mit einem gereckten Daumen eine klare Verbesserung signalisieren durfte. Ich ließ mich neben Jack nieder und trank eine ganze Dose Cola viel zu schnell und viel zu gierig, was meinen Magen schmerzend schäumen ließ - eine überflüssige Eile, dauerte es doch fast noch eine halbe Stunde, bis Shara und Josie Arm in Arm aus der Station kamen: beide völlig fertig und sehr, sehr glücklich.

"Er war wach und er hat mich erkannt", sagte Josie mit ungläubiger, aber fast schon klarer Stimme, wir alle sprangen auf und umarmten die beiden voller Freude und Erleichterung, als wären sie gerade von einer langen und abenteuerlichen Reise zurückgekehrt.

Peter schickte ein Stoßgebet in Richtung der Neonröhren bewehrten Decke, Lucia drückte Shara die Hand, während eine einsame Träne sich einen Weg über ihre Wange bahnte, Gerard gab Shara einen Kuss auf die Schläfe, und obwohl sie sich schnell und genervt wegdrehte, erwischte er noch genug Haut, um sich anschließend die tauben Lippen befühlen zu müssen. Ich machte es besser und steckte meine Lippen lieber in ihr Goldhaar, bevor Jack sie mit Beschlag belegen konnte. Ciaran erschien, während wir jubelten, und bestätigte Josies Worte mit zwei oder drei unverständlichen medizinischen Fachbegriffen, gab Andreas die gute Nachricht durch und schickte uns dann alle ins graue Haus. Morgen sehr früh noch eine Runde, sagte er, dann geht Shane am Mittag hier raus, als wäre nichts geschehen. Ciaran selber wollte im Krankenhaus bleiben und bei Shane Wache halten, uns anderen trug er auf zu Essen, zu Schlafen und um sechs Uhr morgens mit Shara und mindestens vier Akkus wieder hier zu sein. Ich nickte und lachte erleichtert auf, biss mir dann jedoch von mir selbst peinlich berührt auf die Zunge - ich hatte Jo vergessen, hatte in meiner Freude über Shanes Rettung vergessen, dass wir Jo verloren hatten, dass wir einen nicht hatten retten können. Jo würde nicht aufstehen und gehen, essen und schlafen: Jo war tot. Sein kalter Körper wartete in diesem trüben, grauen Haus - auf uns und darauf, dass wir ihm unsere Ehre erwiesen.

Shara

Ich hatte noch vor ein paar Tagen gehofft, dass meine Rückkehr nach Rom unter guten Vorzeichen stattfinden würde: Mit Jackson an meiner Seite und natürlich mit Davide, nach einem langen Sommer in der Burg, in eine hübsche Wohnung und mit Lust auf ein paar Monate in der quirligen Stadt, bevor wir dann im November zu unserer verschobenen Hochzeitsreise ans andere Ende der Welt aufbrechen würden. Stattdessen kamen wir schon im Sommer, mit einem Konvoi voller müder, geschockter Menschen in ein unverändert abschreckendes, kaltes Haus, dessen Tür uns Andreas mit umschattenden Augen öffnete, als wir im Hof aus den Autos kletterten.

Jackson nahm mich an der Hand, als wir inmitten der anderen Kreuzritter langsam und zögernd auf den Eingang zugingen.

"Wo ist Joseph?", fragte er, Andreas wies auf das mir nur zu gut bekannte Krankenzimmer.

Jackson drehte sich zu mir um, ich nickte als Antwort auf seine unausgesprochene Frage: Ich musste Joseph sehen, wie alle mussten ihn sehen. Andreas ging voraus, die anderen folgten uns wie eine Trauergemeinde.

Das Zimmer war dunkel und still: Die Jalousien hatte jemand dicht geschlossen, nur das matte Nachtlicht neben dem Bett brannte und spannte einen kleinen Schirm aus Licht um das Kopfende des Bettes. Maggie stand neben der Tür wie eine stumme Wache: Blass, die Augen klein und geschwollen vom Weinen. Joseph lag auf dem Bett, er trug seine Kleider und Schuhe - aus der Ferne besehen sah er aus, als habe er sich nur für eine kurze Pause ausgestreckt. Seine Augen waren geschlossen, die Hände hatte man ihm über der Brust gekreuzt. Ich ging an Jacksons Hand näher heran, langsam und zögerlich. Getrocknetes Blut bedeckte Josephs helles Hemd, aber gar nicht sehr viel: Ein dunkler Fleck, nicht größer als zwei oder drei Handflächen. Auf Höhe seiner Kreuznarbe sah ich zwei ausgefranste Löcher im Stoff: So klein und doch so tödlich - die Kugeln schienen ihn direkt ins Herz getroffen zu haben. Sein Gesicht war nicht verzerrt oder gar entstellt, ein eher überraschter Ausdruck lag in seinem leicht geöffneten Mund. Seine Haut war auch im Tode so dunkel, dass ich keine tödliche Blässe erkennen konnte - abgesehen von seiner totalen Reglosigkeit wirkte Joseph wie ein Schlafender. Seine schönen, langen Zöpfe lagen ordentlich auf dem weißen Kissen, die roten Perlen glänzten im Licht der Lampe.

Ich hatte bislang nur einen einzigen Toten gesehen: Meinen Großvater mütterlicherseits, damals war ich neun oder zehn Jahre alt gewesen. Ich konnte mich noch gut an sein eingefallenes, unendlich faltiges Gesicht mit den farblosen Lippen erinnern, an seine knotigen Hände und an die blauen Äderchen, die unter der sichtbar gepuderten, wachsweißen Haut verliefen: Er hatte tatsächlich wie ein Toter ausgesehen, wie ein sehr alter Mann, der einen langen und anstrengenden Weg bis zu seinem natürlichen Ende gegangen war. Joseph war anders - obwohl so viele Jahrzehnte (nein: Jahrhunderte!) älter, war er doch viel zu früh gegangen. Das Schlimmste jedoch war, dass genau das meine Schuld war: Joseph war nur gestorben, weil ich unbedingt nach Rom hatte fahren müssen, weil ich unbedingt diese Kirche hatte besichtigen müssen, weil ich mich hatte überreden lassen, meine Hände auf dieses verfluchte Schwert zu legen. Kurz und gut: Gäbe es mich nicht, gäbe es Joseph noch. Meine Kehle schnürte sich zu, ich unterdrückte nur mit Mühe ein Schluchzen und wäre am liebsten davon gelaufen, geflüchtet vor dem Anblick meiner Schuld. Ich spürte, wie mir Tränen aus den Augen auf die Wangen fielen - Jackson legte mir den Arm um die Schultern und ich sah, dass auch er lautlos weinte. Ich zog ihn an mich und vergrub meinen Kopf in seinen weichen Haaren, weil ich mich so schrecklich schämte, weil ich mich so schrecklich schuldig fühlte. Was wäre, wenn es Jackson gewesen wäre, den Drake erschossen hätte? Wenn er jetzt dort liegen würde - tot hier oder verwundet im Krankenhaus? Ich hob den Kopf, küsste ihn auf die leicht bebenden Lippen und schmeckte das Salz seiner Tränen darauf. Er sah mich an, traurig und wunderschön zugleich, mit Augen, die vor Schmerz und Trauer so dunkel waren, dass sie fast Schwarz wirkten. Ich strich ihm die unbändigen, dunklen Locken aus dem Gesicht: Joseph ist der Erste und der Letzte, der hier stirbt, schwor ich mir, das wird nie wieder passieren. Sie sind so lebendig, so schön und so gütig - sie sind da, um ewig zu leben ... und vielleicht ist es ja gar nicht ihre Aufgabe, mich zu beschützen, sondern vielmehr die meine, dafür zu sorgen, dass sie auf alle Zeit da sind? Ja: Vielleicht ging es gar nicht um mich, vielleicht ging es um sie - vielleicht war ich der Garant für ihr ewiges Überleben? Wenn das so war, hatte ich versagt, hatte ich eine Schuld auf mich geladen, die ich auch in mehreren Leben nicht würde abtragen können. Ob dieser Gedanke Sinn machte, war mir nicht ganz klar, aber er gab mir ein wenig neue Kraft: Du musst für sie da sein, sagte ich mir, du musst sie beschützen - du hast einmal versagt, noch mal wird dir das nicht passieren.

"Wir werden Joseph begraben", sagte Andreas leise hinter uns. "Im Hof der Burg, bis seine Knochen gereinigt sind. Dann wird er seine Ruhe in der Schwertkirche finden, so wie es sein soll."

Um mich herum bewegten sich die anderen langsam wieder, die Stille am Totenbett füllte sich mit verhaltenem Atmen und raschelndem Stoff, jemand schluchzte leise, ein anderer putzte sich die Nase. Ich wischte Jackson mit der Hand über die nasse Wange, er lächelte schwach und küsste mich auf die Stirn.

"Geht Essen und schlaft", fuhr Andreas fort, fester und bestimmender. "Morgen ist Shane wieder bei uns, und wir werden Joseph auf die Burg bringen. Und wenn wir ihn begraben, wird Drake dem Tode geweiht sein - das sind wir unserem Bruder schuldig."

Ich hörte zustimmendes Gemurmel um mich herum und stimmte ein. Ja, ohne Zweifel: Den Angriff auf mich konnte ich Drake zur Not noch verzeihen - ich hatte überlebt, hatte meine Angst vor ihm in den Griff gekriegt, halbwegs. Doch Josephs Tod, Shanes Schmerzen und Josies Leid waren etwas anderes: Hier gab es keine Ausrede von einer höheren Bestimmung, die Drake den Kopf retten konnte, hier war niemand getötet worden, um danach weiter zu leben, um danach ewig zu leben. War es vorher schon kalt und rachsüchtig gewesen, schrie mein Herz jetzt geradezu nach Genugtuung: Ein bitterer Hass breitete sich in meiner Brust aus, verlange mehr denn je nach Drakes Tod. Ich wollte nun genau das mit ihm tun, was er Joseph und Shane angetan hatte, und was auch die Erinnerung an kalten Stahl in meiner Lunge mir als einzig wahre Strafe erscheinen ließ: Ihm eine Kugel in seine kaltherzige Brust jagen.

Bis auf Jackson und Magnus hatten die anderen keine praktische Erfahrung mit meiner Heilkraft und der Energie, die ich ihnen dafür abzog - und so sorgte an diesem Abend nicht nur die Trauer um Joseph für Stille, sondern auch tiefe Erschöpfung. Wir kochten irgendwelche Nudeln und taten irgendeine Soße darauf, es schmeckte nach nichts, aber das war egal: Den meisten war ohnehin so übel, dass sie nur ein paar Gabeln zu sich nehmen konnten, also war ich diesmal diejenige, die die anderen zum Essen nötigte: Ich brauchte sie morgen frisch und stark, Shane brauchte sie morgen frisch und stark. Nikita und Michael saßen bei uns, es fehlten nur Ciaran und Shane, die im Krankenhaus waren, außerdem Sven und Pablo, die in der Burg die Stellung hielten.

Josie weigerte sich, auf ihr Zimmer zu gehen und sich hinzulegen, wie Andreas es ihr geraten hatte, und ich konnte verstehen, dass sie jetzt nicht allein sein wollte: Freunde hielten trübe Gedanken auf Abstand, hielten die Angst in Schach. Davide hatte während des Nachmittags zwei Nachrichten auf meiner Mailbox hinterlassen und gleich vier bei Jackson - mein Kreuzritter rief den Jungen zurück, während wir den Tisch deckten und Josie gedankenverloren genug Brot für ein ganzes Kreuzritter-Heer schnitt. Davide war einsam und verwirrt, Jackson redete fünf Minuten beschwichtigend auf ihn ein, und auch ich versicherte dem Jungen dann noch persönlich, dass es mir gut ging - er fragte nicht nach den anderen, was uns eine Lüge oder ihm einen Schock ersparte.

Andreas beschäftigte uns beim Essen, indem er konkrete Pläne für den kommenden Tag machte, dankbar ließen die meisten sich auf dieses Thema ein, schützte das Gespräch doch vor den eigenen, traurigen Gedanken. Eine Gruppe musste morgen früh ins Krankenhaus - dass ich dazugehören würde, stand außer Frage. Eine zweite Gruppe musste die Arbeit weiter führen, die Nikita und Michael heute begonnen hatten, nachdem sie vor Drakes Haus alle Spuren beseitigt hatten: Sie hatten zum zweiten Mal Drakes Haus durchsucht und die von ihm bislang verwendeten Namen durch den Computer gejagt - mit Letzterem würde Maggie sofort nach dem Essen weiter machen. Niemand schien zu glauben, dass man Drake damit tatsächlich auf die Spur kommen würde, aber besser, man ging allen vorhandenen Fährten nach.

"Was können wir noch tun?", fragte Andreas in unsere bleichen Gesichter, und erntete nur Schweigen.

Ich zerrupfte ein Stück Brot, Jackson wuschelte in seinen Haaren, Peter goss sich Wasser ein, Maggie zupfte ein Haar von ihrer schwarzen Bluse. Schwarz ...

"Ist eigentlich dieser Giuseppe noch hier? Der Priester aus dem Pantheon?"

Andreas blickte auf. "Ja. Willst du ihn noch mal befragen?"

Ich zuckte mit den Schultern: Der Priester war immerhin eine Art direkter Draht zu Drake, mehr war mir gar nicht durch den Kopf gegeistert.

"Lass ihn laufen. Schau, wohin er rennt", sagte Jackson neben mir. "Er weiß ja nicht, was passiert ist, und er hat bestimmt eine Methode, um Drake im Notfall zu kontaktieren."

Andreas nickte langsam, seine Miene hellte sich auf.

"Ausgezeichnet - der erste gute Gedanke, den ich gehört habe."

"Aber selbst wenn er Kontakt zu Drake aufnimmt ..." - Ffions Stimme war zögernd, tastend, als fände sie die Gedanken erst in dem Moment, wo die Worte ihre Lippen verließen. "Drake kann sich ja denken, dass wir den Priester jetzt nicht einfach so laufen lassen, dass wir ihm vielleicht sogar folgen. Er wird ihm bestimmt nicht verraten, wo er ist."

"Dann müssen wir uns eben etwas ausdenken, dass Giuseppe so richtig unter Druck setzt", sagte Jackson.

Ffion nickte. "Genau. Giuseppe muss Drake für uns suchen. Er muss Drake unbedingt sehen wollen, als stünde sein Leben auf dem Spiel."

Sein Leben? Vielleicht sogar sein ewiges Leben? Ffions Worte erinnerten mich an etwas, dass Andreas mir an unserem ersten oder zweiten Tag hier in Rom erzählt hatte ...

"Giuseppe hält seine Narbe nach wie vor für echt, oder? Wir zerstören sie ihm morgen, schön pompös und hochoffiziell, dann setzen wir ihn auf die Straße. Ich wette mit euch, dass er alles daran setzen wird, Drake zu finden - er wird sich erwarten, dass sein Ordensmeister ihm hilft und ihn vor der Sterblichkeit rettet."

Andreas nickte, langsam stimmten die müden Köpfe der anderen am Tisch ein.

"Das könnte klappen, aber wir brauchen Zeit zur Vorbereitung", sagte Andreas. "Erst muss Shane gesund sein und Joseph auf der Burg, außerdem brauchen wir den Dolch hier in Rom, wenn wir Giuseppe damit zeichnen wollen. Morgen wird zu knapp - übermorgen also."

"Jede Stunde, wie wir verlieren, gibt Drake Vorsprung", wandte Magnus ein, doch bevor ich etwas entgegnen konnte, vernahm ich Maggies Stimme.

"Nein, das glaube ich nicht. Wo sollte er denn groß hin? Er wird sich an Shara orientieren, und die ist hier. Wir geben ihm vielleicht mehr Zeit, um seine Spuren zu verwischen und sich noch mehr zu verkriechen - aber er bleibt in der Nähe, da bin ich mir sicher."

Magnus schaute weiterhin skeptisch, sagte aber nichts mehr, Andreas indes stimmte Maggies Worten zu, und damit war es beschlossen.

Ich war zufrieden, denn ich hatte erreicht, was ich wollte: Ich hatte verhindert, dass die anderen ohne Plan und vor allem ohne mich losrannten, um Drake aufzustöbern.

Ich musste bei ihnen sein, ich musste sie schützen, denn das war der Sinn meines neuartigen Daseins - zumindest so lange, wie Drake durch seine reine Existenz ihr Leben bedrohte.

Magnus

War ich so auf Shara fixiert, dass ich bei allem nur an sie dachte?

Dass sogar der Tod eines Freundes meine Gedanken zu ihr abschweifen ließ, dass ich nach einem kurzen, schmerzhaften Erinnern an Jo sofort an eine Szene mit ihr dachte? Oder war das nur ein Schutz - vor der Trauer, vor der Frage nach dem Sinn des Ganzen? Vielleicht sollte ich mich mal bei jemandem auf die Psychocouch legen und mit meine Shara-Manie schriftlich geben lassen? Es fällt mir schwer, das hier jetzt niederzuschreiben, das hier jetzt zuzugeben, aber als ich Jos lange Zöpfe auf dem Kopfkissen gesehen hatte, war mir eine ganz bestimmte, noch nicht lang zurückliegende Szene eingefallen - und ich hatte in diesem Moment doch tatsächlich nur daran gedacht, wie blind ich für all die kleinen Anzeichen gewesen war, die die Hochzeit von Shara und Jack angekündigt hatten.

Vielleicht zwei oder drei Tage vor Jacks Geburtstag war ich in der Waschküche gewesen und hatte meine Sachen abgeholt. Während ich mir meine frisch gebügelten Hemden möglichst knitterfrei über den Arm legte, hatte ich eine dumpfe, entfernte Vibration gespürt - Donner, hatte ich zuerst gedacht, doch dafür war sie bei genauerem Hinhören zu rhythmisch gewesen. Ich war durch die Küche in die Halle gegangen, der grummelnde Lärm hatte sich dort als Musik entpuppt: Sie war von oben gekommen und hatte die ganze Burg in Schwingungen versetzt. Hiphop, hatte ich vermutet - aber den hörte bei uns nur Jo und das auch nur auf Kopfhörer, seitdem Andreas ihm mit einem Jahr Verbannung gedroht hatte, als ein nur aus Schimpfwörtern bestehender, eher gebrüllter denn gesungener Text aus seinem Zimmer geschallt war und einer wie angewachsen im Flur stehenden Lucia die Schamesröte ins Gesicht getrieben hatte. Ich war dem erneuten Gewummer die Treppe hoch gefolgt - Sharas Zimmer, keine Frage. Jack war heraus gekommen, und als er mit dem Handy in der Hand und einem seltsamen Lächeln an mir vorbei gegangen war, hatte ich angesichts der dröhnenden Bässe nur mit Mühe verstehen können, was er gesagt hatte: 'Drum prüfe, wer sich ewig bindet' war es gewesen. Ich hatte über seine Worte gelacht, aber nicht nachgedacht - eigene Blödheit, Teil Eins. Jack war die Treppe hinunter gelaufen, um unten in Ruhe telefonieren zu können, ich hatte an Sharas Tür geklopft. Der Bass hatte weiter gewummert, ich noch mal geklopft - und nach dem dritten Versuch war ich einfach rein gegangen, Hausregeln hin oder her. Ich war in eine sehr surrealistische Szene gekommen: Eine sehr wütende Stimme schrie einen äußerst bösartigen Text aus dem Lautsprecher, dazu hatte Jo mit Shara mitten im Wohnzimmer eine Art Walzer getanzt - schneller als die Paare beim Opernball, aber nicht weniger elegant. Anders als beim Laufen hatte Shara dabei keinen Knoten in ihren Spargelbeinen gehabt, sondern war Jos Schritten mit großer Grazie gefolgt. Seine Hand hatte sehr tief auf ihrem Rücken gelegen, ihr weites Sommerkleid und Jos lange Zöpfe waren hinter ihnen her gewirbelt, beide waren barfuß und hatten gelacht, als nähmen sie ihre kleine Einlage selber nicht ganz ernst. Wäre Jack nicht mit einem Lächeln gegangen und hätte nicht Josie auf dem Sofa gesessen und die beiden mit begeistert glänzenden Augen verfolgt, hätte ich Jo von Shara weg gerissen: Er hatte sie an sich gedrückt, als ... als ... als würden sie eben einen blöden Walzer tanzen, hatte ich ebenso resigniert wie realistisch erkannt und mich auf einen Barhocker gesetzt, um ihnen zuzusehen. Das Lied war mit ein paar sehr heftigen Bässen und einer kleinen Klavier-Klimperei verklungen, Jo hatte Shara in zwei, drei Pirouetten ausdrehen lassen, ich hatte geklatscht, Josie gejohlt, Shara und Jo sich wie ein Profi-Tänzerpaar verbeugt.

"Sehr schön", hatte Josie gesagt und war mit einer Mappe im Arm wieder aufgestanden, "allerdings sollten wir an der Musik noch mal was ändern, das ist dem Anlass wenig angemessen."

Jo hatte mich fragend angesehen, ich mit den Schultern gezuckt und Shara hatte gesagt, sie werde gar nicht tanzen, dazu habe sie nie 'Ja' gesagt - eigene Blödheit, Teil Zwei

Als ich jetzt an Jacks Zimmer vorbei zu meiner Tür ging, war mir so schwer ums Herz wie lange nicht mehr. Ich lauschte auf einen Laut aus dem Raum nebenan, hörte jedoch nur gedämpfte Schritte und leises Murmeln. Konnte man in einem Haus voller Menschen, voller Freunde einsam sein? Ja, antwortete ich mir, konnte man - und wo ich mich nach Gesellschaft sehnte, wünschten sich Shara und Jack wahrscheinlich weit weg, an einen Ort, der einsamer nicht sein konnte. Ich suchte auf meinem MP3-Player das Lied, zu dem Jo mit Shara getanzt hatte: Shara hatte mir als kleine Rache für meine Sticheleien über ihren miesen Musikgeschmack alle ihre Lieder überspielt und ich hatte geschimpft, weil ich sie durchweg scheußlich fand - jetzt war ich ihr verspätet dankbar dafür und legte mich mit dem seltsamen Hiphop-Walzer in den Ohren auf mein Bett.

Shara

Es war erst neun Uhr, als ich in Jacksons Zimmer im grauen Haus die Vorhänge schloss, und er aus den von Maggie hektisch gepackten Sachen eine Schlafanzughose für sich und das passende Hemd für mich heraus suchte. Morgen mussten wir um halb fünf wieder raus: Ich sollte um sechs Uhr an Shanes Bett sitzen, damit der so schnell wie möglich aus dem Krankenhaus kam - und damit auch weg aus Manzinis Einflussbereich, weg von Manzinis Fragen. Es war keine besonders schlaue Entscheidung von Ciaran gewesen, ins Krankenhaus zu fahren und sich Manzini zu stellen, fand ich, aber jetzt war es nicht mehr zu ändern, jetzt mussten wir versuchen, den Ball flach zu halten, und die Fragen leise.

Ich duschte und putzte mir die Zähne, dann hockte ich mich auf Jacksons Bett. Ich rechnete nicht damit, schnell einschlafen zu können, was angesichts der unchristlichen Weckzeit morgen mehr als nötig gewesen wäre: Der Tag war viel zu hektisch, viel zu schockierend gewesen, um nun einfach so die Augen schließen zu können.

"Mir ist heute im Krankenhaus etwas Komisches aufgefallen, als ich mit so vielen Händchen halten musste", sagte ich, während Jackson weitere Kleidungsstücke aus der Tasche holte und in den Schrank legte.

Er war der Ordentlichere von uns beiden, daher ich überließ ihm das Auspacken nur zu gern: Seitdem er mit in mein Zimmer in der Burg wohnte, fand ich sogar in den unzähligen Schubladen und Türen des Ankleidezimmers auf Anhieb, was ich suchte.

"Ich habe ein paar Mal das Gefühl gehabt, dass ich spüren kann, was die Person, die ich berühre, empfindet", fuhr ich fort. "Allerdings nur, wenn sie bei Bewusstsein ist, bei Shane hat das nicht funktioniert."

Jackson schwieg weiterhin und begann nun, meine Tasche auszupacken, aber ich wollte eine Reaktion.

"Bitte sag was. Klingt das nicht total bescheuert?"

Er hängte den Ledermantel in den Schrank - das verdammte Ding hatte mich getreulich von Rom zur Burg und zurückbegleitet, dabei hatte ich ihn noch nicht einmal getragen. Erst hatte Magnus ihn mir wieder in den Schrank getan, jetzt hatte Maggie ihn eingepackt - morgen ziehst du ihn endlich an, sagte ich mir, kühl genug ist es ja.

"Nein, nicht aus deinem Mund", antwortete Jackson schlicht auf meine Frage. "Was genau hast du gespürt?"

Ich rutschte zurück und lehnte mich an die Wand, zog die Beine an und wickelte mir die Decke um die Füße: Warum war es in Rom eigentlich immer kalt und regnerisch, wenn ich da war?

"Unterschiedlich - aber es hatte immer mit mir zu tun. Es war nie deutlich, nur so ein unterschwelliges Gefühl. Ein ... eine Ahnung, nichts wirklich Greifbares."

Jackson ließ die Tasche stehen und setzte sich neben mich, ergriff meine Hand. "Spürst du jetzt was?"

Ich lauschte in ihn hinein. "Ja, ein bisschen - und bei dir ist es noch am stärksten und klarsten. Du liebst mich, du verehrst mich, du begehrst mich, du hast Angst um mich. Alles zusammen und noch mehr, aber alles durcheinander. Fühlt sich an wie ... Wassertropfen - viele, viele Wassertropfen. Wie im Regen oder unter einer Dusche. Ich kann ein paar ganz kurz einzeln sehen, aber es sind zu viele, um sie zu zählen oder klar zu erkennen, und jeder ist ein Gefühl."

"Und bei anderen?"

Ich erinnerte mich an die Abfolge der Hände heute im Krankenhaus. "Magnus ... hat mich sehr gern, aber anders als du. Milder. Freundschaftlich. Bei ihm war es aber auch eine richtige Dusche. Ciaran hab ich zu kurz berührt - ich hab nur einen Hauch Sorge erwischt, väterliche Fürsorge." Ich zögerte. "Bei Gerard war es völlig anders. Ein Begehren - sexuell. Sehr unangenehm und gierig, als wäre ... die Duschbrause auf einen einzigen, scharfen Strahl eingestellt, der sich auf der Haut schneidend anfühlt. Bei ihm gab es auch nur dieses eine Gefühl, nichts anderes." Ich zuckte hilflos mit den Achseln, fühlte die Unzulänglichkeit meiner Worte: Irgendwie war es unmöglich, etwas auszusprechen, was man nicht dachte, sondern nur empfand. Nein, es war noch komplizierter: Ich hatte gefühlt, was andere empfanden oder empfunden, was andere gefühlt hatten. "Bei Maggie und Peter Freundschaft, vielleicht so etwas wie ... Respekt, bei Lucia und Ffion war gar nichts zu merken, auch nichts Negatives - vielleicht müssen die Gefühle des anderen besonders stark sein, damit was bei mir ankommt. Ich hoffe, dass das wieder weggeht - oder dass ich mir das nur einbilde", fügte ich hinzu und sah nachdenklich auf meine Hand, durch die Jacksons schöne Gefühle in mein sonst so blasses Seelenleben tröpfelten.

"Das wird stärker, Shara", prognostizierte mein schöner Kreuzritter mit einer Gewissheit, die mich frustriert aufstöhnen ließ: Es genügte schon, dass ich per Händedruck den Gesundheitszustand eines Menschen diagnostizieren konnte, da musste ich nicht auch noch wissen, was die betreffende Person über mich dachte!

Wir richteten uns für die Nacht in Jacksons Bett ein - es war in etwa so schmal wie sein Einzelbett in der Burg, und so hatte ich es hier auch am bequemsten, wenn ich mich halb auf seine Brust legte.

"Es wird das sein, was du immer vermisst hast: Das Mittel, um entscheiden zu können, ob du jemandem helfen solltest oder nicht", sagte Jackson, während ich meinen Kopf auf seiner Schulter bettete.

Ich dachte darüber nach. "Nein, das wäre nicht sinnvoll. Ich kann jemandem nicht die Hilfe verweigern, nur weil er mich nicht leiden kann. Dann wäre die Welt bald sehr, sehr leer."

Jackson lachte, küsste mich auf die Stirn und vergrub eine Hand in meinen Haaren. Ich merkte an seinem flachen Atmen, dass er über irgendetwas nachdachte, und unterdrückte ein unerwartetes Gähnen: Jacksons Brust war warm, draußen rauschte leise entfernter Verkehr - einlullende Bedingungen, die mir vielleicht doch ein paar Stunden Schlaf bescheren würden. Leise Schritte kamen auf dem Flur vorbei, eine Tür in der Nähe wurde geöffnet und geschlossen. Nicht viel Privatleben in diesem Haus - trotz der dicken Wände konnte Magnus nebenan wahrscheinlich jede unserer sehr beherrschten Bewegungen auf dem dezent quietschenden Bett hören. Moment ... Magnus? War es das, was Jackson gerade beschäftigte? Ich rutschte ein Stück nach oben und stützte den Kopf auf meinen Arm, so dass ich auf ihn hinter schauen konnte. Er knöpfte mir oben noch einen Kopf meines Hemdes zu und sah dabei ein wenig traurig aus, ich küsste ihn als Entschädigung und wurde mit einer Umarmung belohnt, die diese verdammten Bettfedern begeistert quietschend kommentierten.

"Was grübelst du?", fragte ich ein wenig atemlos, als Jackson mich nach ein paar Minuten wieder frei gab. "Wegen dem, was ich über Magnus gesagt habe?"

Es war noch nicht ganz dunkel draußen, was mich in seinen vor Erstaunen weit geöffneten Augen fast noch ein wenig abendliches Dunkelgrün erahnen ließ.

"Magnus?", wiederholte er fragend, ich nickte.

"Ja, Magnus. Du weißt schon: der große Blonde. Behauptet, über zweihundert Jahre alt zu sein, wohnt nebenan und war Trauzeuge bei deiner Hochzeit."

Jackson lachte. "Nein. Magnus verehrt dich und den Boden, auf dem du gehst."

Das war meiner Meinung nach ein bisschen übertrieben, aber ich widersprach nicht. "Was ist es dann?"

Jackson zögerte, ich zog mit dem Finger die feinen, absolut geraden Linien der Narbe auf seiner Brust nach. Wenn ich diese Kennzeichnung bei Davide machen musste, würde der arme Junge wahrscheinlich auch mit so einem windschiefen X rumlaufen wie der Priester aus dem Pantheon - Ciaran fragen, wie ich das üben kann, notierte ich mir in Gedanken.

"Gerard macht mir Sorgen", antwortete Jackson schließlich. "Ich wusste, dass er ... auf dich steht, wenn du mir diesen neumodischen Ausdruck gestattest, aber was du eben gesagt hast, klang nach mehr. Nach zu viel."

"Es hat sich auch nach mehr angefühlt", gab ich zu, widerwillig noch einmal an diese unangenehmen Minuten an Shanes Bett zurückdenkend, in denen ich mit Schwindel und Ekel gekämpft hatte - Schwindel von Shanes Sog, Ekel von Gerards Gefühlen. "Sehr ... verlangend."

"Ist dir das vorher schon mal aufgefallen?"

Ich zuckte mit den Schultern. "Ein bisschen, aber ich hab nicht auf ihn geachtet. Ich wollte dich."

Jackson lachte nicht wie erhofft. "Woran hast du das gemerkt?"

"Na ja - er war schon immer ein bisschen schnell mit Küsschen hier und Küsschen da, Hand auf dem Rücken oder auf dem Arm. Nie so, dass es wirklich fies wurde - aber mehr als die anderen, und auch anders als die anderen. Schmieriger. Und die Geschenke fand ich auch überflüssig."

Nun starrte Jackson mich wirklich an, Nachtsmaragde in blütenweißer Fassung. "Geschenke? Gerard hat dir Geschenke gemacht?"

"Ja, aber nichts ... Besonderes", antwortete ich und wünschte mir, ich hätte das Ganze gar nicht erst erwähnt.

Jackson stemmte sich hoch, drehte mich herum und wir wechselten die Positionen: Jetzt wurde ich von oben befragt, bekam allerdings keinen Kuss als Vorbereitung auf das folgende Verhör.

"Was für Geschenke?"

Ich seufzte. "Pralinen."

Jackson wartete, und als ich schwieg, wurde der Druck seiner Arme etwas fester. "Shara, erzähl es mir. Was, wann, wie."

Ich kapitulierte. "Die Pralinen steckten mit einer Karte bei meinen Einkäufen. Die erste Schachtel habe ich mitgenommen, da fand ich das noch nett von ihm. Die anderen hab ich dann in der Küche liegen lassen oder sie Josie und Ciaran gegeben."

"Gut, Pralinen. Und was noch?"

"Blumen - immer drei Dutzend rote Rosen, ziemlich einfallslos. Ich dachte erst, die Hausdamen würden die frisch in mein Zimmer stellen, aber dann hab ich irgendwann gesehen, dass da auch eine Karte dabei war. Ich habe eine der Frauen gefragt - die dunkelhaarige, schlanke ..."

"Elisabeth."

"Genau. Sie sagte, Gerard habe sie angerufen und ihr eine ziemliche Stange Geld gegeben, damit sie die Rosen täglich frisch besorgt und die Schokolade zu meinen Sachen legt. Ich hab ihr gesagt, sie soll das Geld behalten und das mit den Rosen und den Pralinen lassen."

Erneute Schritte auf dem Flur, ich drehte den Kopf zur Tür. Jackson legte mir sanft, aber bestimmt die Hand auf die Wange und zog mein Gesicht wieder zu sich herum.

"Was stand in den Karten?"

"Nur 'Von Gerard'."

"War das alles? Pralinen und Blumen? Oder gab es noch mehr Geschenke?"

Eine Kette hatte ich bekommen, einen Armreif und einen Seidenschal, das Zeug lag irgendwo in einer Schublade. Unerwünscht, nie getragen, schnell vergessen. Mir waren diese Päckchen, die einfach vor meiner Tür gelegen hatten, unangenehm gewesen, ich hatte sie mit rein genommen, wie man lästige Postwurfsendungen von seiner Fußmatte einsammelt - und es war mir nun noch unangenehmer, Jackson davon zu erzählen.

"Shara, bitte. Was noch?"

Ich seufzte. "Eine Halskette, einen Armreif und ein Halstuch. Hab ich in einen Schrank gestopft - ich wollte es nicht, gefallen hat's mir auch nicht. Kitschiges Zeug in Gold. Ich hab nie danke gesagt, und irgendwann war damit auch Schluss, noch vor der Hochzeit."

Jacksons Augen glitzerten, er war nun hellwach.

"Wenn damit wirklich Schluss gewesen wäre, hättest du heute nicht diese Gefühle bei Gerard spüren können."

Ich schob eine Hand unter Jacksons Schulter durch und legte sie auf seinen festen, warmen Rücken - mein Arm würde unter Jacksons Gewicht in ein paar Minuten eingeschlafen sein, aber das war es mir wert.

"Was er empfindet, ist doch seine Sache. Hauptsache, er lässt mich in Ruhe."

Jackson öffnete den Knopf an meinem Hemd wieder, strich mit dem Zeigefinger über einen Bogen meiner Goldnarbe und betrachtete seine Fingerkuppe im schwindenden Restlicht.

"Das sehe ich anders. Er darf dich nicht so wollen, er darf nicht so an dich denken."

"Weil wir verheiratet sind?", fragte ich, jetzt lachte Jackson auf.

"Nein, nicht nur. Vor allem, weil du ... eben du bist. Selbst ich denke nicht so an dich, darf nicht so an dich denken."

Ich schüttelte den Kopf und sah dabei hoffentlich ein wenig betrübt aus, bekam meinen erwarteten Kuss als Wiedergutmachung und wurde erst freigelassen, als mein Arm schon komplett taub war - dann legte Jackson sich wieder hin, und ich richtete mich erneut an seiner Brust zum Schlafen ein.

"Ich rede mit Gerard", sagte er leise, was mich den Kopf schütteln ließ.

"Mach das nicht, das ist ... peinlich. Er tut doch nichts."

Jackson seufzte. "Shara, nimm das nicht auf die leichte Schulter. Schau: Du sagst, dass Magnus dich auch gern hat - aber hat er dir schon mal Schmuck gekauft?"

Ich schüttelte den Kopf. "Nein. Nur eine XXL-Dose Protein-Shake mit Erdbeergeschmack, damit ich Gewicht ansetze."

"Und Davide - der ist nun wirklich in dich verliebt. Hat er dir schon mal ein Halstuch mitgebracht?"

"Nein. Aber Äpfel von einem Baum, der zu seiner Geburt gepflanzt wurde."

Jackson lächelte, ein mildes Blitzen im Halbdunkel, und schlang seine Arme um mich. "Das ist hübsch, aber ganz etwas anderes. Ich rede mit Gerard."

Ich widersprach nicht mehr und entspannte mich: Jacksons Zimt-Geruch mischte sich mit dem Duft der frischen Bettwäsche, draußen rauschte mal wieder der altbekannte römische Regen hinunter - ich schloss die Augen.

"Mir wäre wohler, wenn du in den nächsten Tagen im Haus bleiben würdest", sagte Jackson nach ein paar Minuten leise. "Wenn wir Giuseppe laufen lassen, kann wer weiß was passieren ... Wir können nie ganz voraussehen, was geschehen wird, und du darfst nicht in Gefahr geraten."

Ich öffnete die Augen und starrte in die Dunkelheit, frustriert und dieser 'Shara muss drinnen bleiben'-Diskussion entsetzlich müde. Das Thema würde wohl unser ständiger Begleiter bleiben - und als es das letzte Mal auf dem Tisch gelegen hatte, waren wir im Streit auseinandergegangen. Das wollte ich nicht schon wieder, wusste ich doch auch, dass Jackson dies aus Sorge und Liebe sagte, aber trotzdem: Nicht rausgehen war dasselbe wie im goldenen Käfig hocken und gelangweilt auf der Stange schaukeln.

"Ich muss aber morgen zu Shane", sagte ich - ein praktischer Einwand, gegen den Jackson nichts sagen konnte, aber ich wollte ihn auch an meiner Erkenntnis über meine neue Selbstdefinition teilhaben lassen. "Wenn ich bei Joseph gewesen wäre, würde er vielleicht noch leben", fügte ich daher hinzu. "Ich werde vorsichtig sein, das verspreche ich - aber ich werde nicht zulassen, dass noch jemand von euch stirbt oder verletzt wird. Ich muss sein, wo ihr seid."

Nach ein paar zögernden Sekunden spürte ich Jacksons Nicken, damit war das Thema beendet - für heute, mehr Hoffnungen machte ich mir da nicht.

Jackson spielte mit meinen Haaren, bis ich einschlief. Ich träumte in dieser Nacht von Joseph: von seinen langen Zöpfen mit den roten Perlen, von seinen blendend weißen Zähnen, strahlend in seiner schönen, braunen Haut. Von seinem skeptischen Gesichtsausdruck bei unserer ersten Begegnung in der Krypta der Schwertkirche, von seinem Lachen und seinen frechen Sprüchen, als er feststellte, dass mir die Musik gefiel, die er hörte - und natürlich an einen seltsamen Walzer, zu dem er mich aufgefordert hatte, als Josie hatte überprüfen wollen, ob ich für den Hochzeitstanz noch Nachhilfe brauchte. Ich wurde wach, als mir im Schlaf von meinen erträumten Pirouetten schwindelig wurde, und zu meiner Erleichterung stellte ich fest, dass Jackson mit offenen Augen neben mir lag: Zu zweit war Trauer leichter zu ertragen, auch wenn man gar nicht redete, sondern nur miteinander auf den Morgen wartete.

– 2 –

Magnus

Shara brachte Shane am nächsten Tag gegen ein Uhr mittags nach Hause. Seine Körperhaltung erinnerte mich an unsere Prinzessin selbst, am Tag nach Drakes Angriff: Sehr aufrecht, mit langsamen, den Schmerz beherrschenden Bewegungen und einem zögernden, ein wenig unfreiwilligen Lächeln, dass unverfälschte Verwunderung angesichts der über Gebühr verlängerten Existenz auf dieser schönen Erde ausdrückte.

Shane war schon bei Jo gewesen, als er mit Josie zu Jack, Nikita und mir in die Küche kam, wir umarmten ihn und wiesen seinen leisen Dank zurück. Jack fragte die beiden, wo Shara sei: Mit Ciaran bei Andreas oben, sagte Josie, wegen des Arztes. Ich sah, dass Jack schon den Mund zur nächsten, nahe liegenden Frage öffnete, doch dann ließ er Shane und Josie gehen - die beiden brauchten Zeit für sich, außerdem konnte Shara Jacks Frage doch so viel besser beantworten.

"Ich bin oben", sagte er, aber ich folgte ihm, als er die Treppe zur Bibliothek hinauf lief: Ehemann hin oder her, wenn es um Ordensdinge ging, hatte er nicht mehr oder weniger Rechte als ich, zumindest war mir von einer Beförderung Jacks zum Kronprinzen nichts bekannt.

Scheinbar dachte Nikita das Gleiche, denn er folgte mir auf dem Fuße. In der Halle stand die Haustür auf: Peter, Ffion, Michael und Lucia waren an diesem Morgen mit Shara im Krankenhaus gewesen - sie saßen nun auf der Schwelle und rauchten, jeweils eine Dose Cola Light in der Hand. Ich hätte beinahe gelacht: Shara hatte ein paar kleine Laster in unser Leben gebracht, und wir übernahmen sie willig, vorgeblich zu medizinischen Zwecken.

Shara hockte seitlich auf der Platte des Arbeitstisches in der Bibliothek, Ciaran stand neben ihr, Andreas lehnte an einem der Regale. Sie trug zum ersten Mal diesen für mich sehr symbolischen Ledermantel und sah erstaunlich gut aus: Kaum erschöpft, nur ein bisschen blass. Jack war hineingegangen und küsste sie gerade auf ihren Ring - eine sehr besitzergreifende Geste, die ich aber trotzdem schätzte, da sie mir den Anblick vom Zusammentreffen seiner Lippen mit ihren und damit ein schmerzhaftes Ziehen der Eifersucht in der Brust ersparte, zumindest fast. Andreas sah von Jack zu mir, hinter mir schob sich Nikita über die Schwelle. Keine Begeisterung über unsere Anwesenheit, aber Andreas nickte uns schließlich zu.

"Okay, dann gleich alle. Wo sind Peter, Michael, Lucia und Ffion?"

"Lecken ihre Wunden", antwortete ich - und auf Andreas' hochgezogene Augenbraue präzisierte ich das bereitwillig. "Sitzen in der Tür unten, rauchen und trinken Cola gegen ihre Übelkeit."

Shara lachte und zog den Mantel aus: Das durfte sie, wenn es nach mir ging, das Ding hatte seine Pflicht und Schuldigkeit getan.

"Hol sie hoch", sagte Andreas zu Michael, "sie können hier die Luft verpesten. Wenn's hilft" fügte er mit Blick auf Shara hinzu, die nickte solidarisch.

Ich sagte auch noch Maggie und Gerard Bescheid, die vor dem Computer gesessen hatten, kurze Zeit später hatten wir uns alle um den langen Tisch in der Bibliothek verteilt. Die aus dem Krankenhaus tranken ihre Cola, Shara nahm sich unter Jacks Stirnrunzeln eine Zigarette - mir gefiel, dass sie solche dezenten Hinweise einfach übersah, ganz gleich, von wem sie auch kamen. Es ist nicht alles süß im Eheleben, Jack, dachte ich und schob Shara eine leere Dose als Aschenbecher hin: Er hatte sich einen Dickkopf ausgesucht, damit sollte man umgehen können. Nicht, dass ich das besser gekonnt hätte, aber ein Gramm Häme am Tag war mir doch hoffentlich als Entschädigung für meinen noblen Verzicht auf die Prinzessin vergönnt.

"Manzini hat mich berührt", sagte Shara, als sie ihre Zigarette nach ein paar kurzen Zügen in die Dose fallen ließ. "Als ich Shanes Hand gehalten habe. Ich habe ihn nicht gehört, er stand plötzlich hinter mir."

"Zufällig?", fragte Andreas, Ciaran und Shara schüttelten im Gleichtakt den Kopf.

"Nein, er hat gezielt meine bloße Haut angefasst", sagte die Prinzessin. "Ich hab eine langärmelige Bluse an, und ich saß mit dem Rücken zu ihm - er sich angeschlichen und mich hinten am Hals berührt, mit der ganzen flachen Hand." Sie deutete auf den Haaransatz unter ihrem schwingenden Pferdeschwanz.

Ich sah ein paar goldblonde Haare mit sanftem Kringel und schaute gleich wieder weg - in Jacks sehr, sehr ernstes Gesicht.

"So was macht kein Mensch aus Zufall, und mir ist auch aus keiner Kultur ein solcher Begrüßungsritus bekannt", fügte Shara hinzu, ein bisschen genervt von Andreas' ihrer Meinung nach wohl überflüssigen Frage. "Er hat aufgestöhnt und ist zurück getaumelt. Seine Beine sind weggeknickt, er ist auf dem Boden gelandet und war kurz bewusstlos. Shane schlief noch, es war recht früh, etwa gegen sieben: Er zog noch ziemlich stark, der Dottore hat ganz schön was abgekriegt. Er ist ja nicht mehr der Jüngste - selbst Ciaran ist gestern kurz in die Knie gegangen, als er den Sog testen wollte. Und Ffion ..."

"Warum warst du allein?", unterbrach Andreas mit scharfer Stimme, Peter, Lucia und Ffion zogen die Köpfe ein, aber Shara blieb entspannt.

"Dazu wollte ich gerade kommen. Ffion war bei mir gewesen, aber sie ..."

"... musste leider kotzen, weil sie unbedingt auch mal wissen wollte, wie stark das ist, wenn Shara nur durchleitet", ergänzte diese selber. "Kann ich übrigens nicht empfehlen. Ich bin auch fast ohnmächtig geworden, also hat Shara mich raus geschickt, Peter hat mich zur Toilette gebracht und Lucia ist rein. Shara war keine zwei Minuten allein, Manzini muss auf die Gelegenheit gewartet haben."

Lucia nickte bestätigend. "Ich bin sofort hineingegangen, als Ffion raus kam, aber da saß der alte Arzt schon auf dem Boden und starrte Shara an, als wäre sie ein Geist. Shane war wach und fragte, was zum Teufel das für ein Lärm in einem Krankenzimmer wäre - darauf hin ist der Arzt fast noch mal ohnmächtig geworden." Sie kicherte. "Wir haben dann Ciaran im Wartezimmer geweckt."

"Das ist nicht lustig, Lucia", sagte Ciaran in ungewohnt scharfem Ton. "Manzini kennt jetzt unser Geheimnis - oder Sharas Geheimnis, wenn sie so will."

"Was habt ihr dann gemacht?", fragte Jack.

"Ich hab ihn gebeten, den Mund zu halten", sagte Ciaran schlicht.

Ich schnaubte und erntete einen zurechtweisenden Blick von Andreas, Shara knibbelte mit ihren zarten Prinzesschen-Fingern am Verschluss einer Cola-Dose herum, bis Jack sie ihr aus der Hand nahm und geöffnet zurück reichte.

"Danke. Wenn du Ciaran gehört hättest, würdest du nicht zweifeln", sagte sie mit einem milden Lächeln im Mundwinkel zu mir. "Sein Tonfall war alles andere als bittend, und Manzini war sehr eingeschüchtert." Sie warf Ciaran einen wohlwollenden Blick zu - wahrscheinlich eine Würdigung unter scharfzüngigen Kollegen.

"Und du glaubst, dass er das Ganze damit tatsächlich vergessen wird?", fragte Lucia für uns andere, die wir immer noch skeptisch waren, denn weder war Andreas' Miene optimistischer geworden noch wollte ich glauben, dass ein simples 'Halt die Klappe' einen Arzt zum Schweigen bringen würde, der gerade das Heilmittel für alle Krankheiten dieser verseuchten Welt gefunden hatte.

Ciaran zuckte mit den Schultern, schien aber überzeugt von der Wirkung seiner Worte.

"Vergessen sicher nicht, das Denken kann ich ihm nicht verbieten. Aber was weiß er schon? Wichtiger ist, dass er nichts tut und auch nichts erzählt."

"Ihr sagt immer, dass ihr die aufnehmt, die euer Geheimnis kennen - wäre Manzini damit nicht der nächste Kandidat?", wandte sich Shara jetzt an Ciaran.

Gar nicht so falsch, dachte ich, aber unser Doc schüttelte entschieden den Kopf.

"Nein, ausgeschlossen. Grundsätzlich hast du natürlich Recht: Die Entdeckung deiner Heilkraft wäre unter normalen Bedingungen durchaus ein Grund, den Mitwisser zu einem der unseren zu machen. Aber Manzini - nein. Zum einen ist er viel zu alt, zum anderen hat er eine nicht ganz unproblematische Vergangenheit. Wegen genau der habe ich ihm ja Shane unterschieben können, aber wegen genau der ist er auch als Ordensbruder nicht geeignet."

"Ihr misstraut ihm - und trotzdem vertraut ihr ihm Shanes Leben an?" Ein berechtigter Einwand, fand ich - Ciaran wohl auch, denn er antwortete der Prinzessin rasch.

"Shara, das eine hat mit dem anderen nichts zu tun. Guido ist ein ausgezeichneter Arzt, der in einem früheren Leben einen sehr großen Fehler gemacht hat, aber als Bruder können wir ihn in diesem Alter nicht mehr aufnehmen."

"Was war das für ein Fehler?"

Ciaran schüttelte den Kopf. "Das erzähle ich dir gerne, aber auch nur dir. Nicht in dieser großen Runde, damit müsste ich ein sehr altes Versprechen brechen."

Shara sah ihn an, eine Minute, zwei - aber Ciaran schwieg. Schließlich nickte sie, akzeptierte das. Warum auch nicht? Ihr würde Ciaran alles erzählen, nur das gemeine Volk würde mal wieder dumm bleiben - sein Schicksal seit Jahrhunderten, mein Schicksal seit Jahrhunderten.

"Ich habe ebenfalls Zweifel daran, dass es genügt, wenn du ihn mit Worten zum Schweigen bringst, so scharf diese auch gewesen sein mögen", sagte Andreas, was Ciaran einen auffordernden Blick zu Maggie werfen ließ, die lächelte leise.

"Manzini wird schon bald nichts mehr in der Hand haben, um seine eventuellen Behauptungen stützen zu können. Er wird sagen, dass ein Patient mit schweren Schussverletzungen viel zu schnell genesen ist, weil Shara ihn durch Handauflegen geheilt habe - das klingt schon mal alles andere als glaubwürdig, selbst in einem Krankenhaus des Vatikan. Nun, die Schusswunden werden wir natürlich lassen, aber schwer waren die nicht mehr: Nur noch Fleischwunden. Wir manipulieren nach und nach alles, was geht, alles, was er als Beweis für seine Behauptung heranziehen könnte: Röntgenbilder, Krankendaten, Abrechnungen. Shane wird länger da gewesen sein und weniger schwer verletzt."

"Bis Guido sich entschlossen hat, ob er etwas sagt und zu wem, wird sich niemand von der Station mehr genau an Shane erinnern können: Ob er an einem Montag oder Dienstag gegangen ist, ob die Kugel in der Lunge steckte oder harmloser in einem Muskel - was in der Akte steht, ist glaubhaft, alles andere sind Wahnvorstellungen eines alternden Arztes mit einer schwierigen Vorgeschichte, der schon bald in den Ruhestand geht."

Zweifel in vielen Gesichtern nach Ciarans Worten, nicht nur bei Andreas - aber da Shara das Thema erst mal ruhen ließ, bohrte auch von uns niemand nach.

"Hast du noch kurz Zeit?"

Jack reichte mir die letzten Teller vom Abendessen, ich räumte sie in die Spülmaschine. Die anderen waren schon gegangen - erschöpft vom heutigen Tag und nervös vor dem morgigen, an dem Giuseppe seine Begegnung mit dem Dolch haben würde. Shara verschwand gerade mit Shane und Josie in der Halle, ich zuckte als Antwort auf Jacks Frage mit den Schultern: Es war alles besprochen und alles geplant, bis morgen früh um sieben hatte ich Zeit - zu viel Zeit, wenn ich an meine letzte, einsame und schlaflose Nacht dachte, denn mir graute vor einer Wiederholung derselben.

"Sicher", antwortete ich: Was auch immer Jack wollte, es würde das Warten verkürzen.

"Ich muss mit Gerard reden, und ich hätte dich gern dabei. Du musst nichts sagen, nur zuhören."

Gerard? Was wollte Jack von Gerard - und brauchte dafür einen Zeugen? Ich stellte die Spülmaschine an, und wir gingen nach oben: Gerards Zimmer war ein Stockwerk über unseren, auf Jacks Klopfen ertönte ein fragendes 'Herein'. Gerard saß in einem Sessel, ein dickes Buch in der Hand, den Titel konnte ich nicht lesen.

Jack nickte grüßend mit dem Kopf und deutete auf die anderen beiden Sessel.

"Dürfen wir uns setzen?"

"Bitte."

Jack nahm ihm direkt gegenüber Platz, ich zog meinen Sessel ein wenig beiseite, womit ich deutlich machen wollte, dass ich mich nicht am Gespräch beteiligen würde - ich wusste ja noch nicht mal, worum es hier ging.

Gerard deutete das richtig und sah erst mich, dann Jack an.

"Was wird das?", fragte er und legte das Buch beiseite, ich tat wie mir geheißen und überließ Jack das Wort.

"Ich möchte nur kurz mit dir sprechen", sagte der. "Magnus ist dabei, weil Shara ihm vertraut und weil er wissen muss, was los ist."

Gerard sah mich an, als sähe er mich zum ersten Mal. Hatte er immer schon so hochnäsig drein geschaut und mir war das bislang nie aufgefallen?

"Was ist mit Shara?", fragte er misstrauisch, aber auch alarmiert, Jack hob beschwichtigend eine Hand.

"Shara geht es gut. Und es geht hier nicht um sie, sondern um dich. Du machst ihr Geschenke und versuchst bei jeder sich bietenden Gelegenheit, Körperkontakt aufzunehmen. Sie möchte das nicht, es ist ihr unangenehm. Ich bin hier, um dich zu bitten, das in Zukunft zu unterlassen."

Gerard wurde blass, sein Gesicht verzog sich zu einer unschönen Grimasse aus hochmütigem Stolz und beleidigter Würde. Ich dachte an den Kuss, den er Shara gestern im Krankenhaus hatte geben wollen, und von dem sie sich weggedreht hatte - genervt, hatte ich gedacht, angeekelt, stellte ich nun richtig.

"Hat sie das gesagt? Dass ihr meine Geschenke unangenehm sind?", fragte Gerard ungläubig.

Jack nickte. "Ja. Die Geschenke - und dass du dauernd versuchst, sie zu berühren."

"Und jetzt schickt sie dich, um mir zu bestellen, dass ich damit aufhören soll?"

Jack schüttelte den Kopf. "Nein, sie schickt mich nicht. Sie hat mir gesagt, dass ihr das unangenehm ist, was mir genug sein muss."

Seine Stimme war durchaus freundlich - wenn Gerard jetzt nickte und 'Okay, sorry!' sagte, konnten wir in einer Minute und als Freunde auseinandergehen. Ich wartete, mein Blick wanderte von Jack zu Gerard: Jack war ruhig und beherrscht, er würde ein paar entschuldigende Worte akzeptieren, doch Gerards Blässe bekam ein paar hässliche rote Flecken und eine sehr alte Freundschaft einen deutlichen Knacks.

Gerard wies mit dem Daumen auf mich. "Magnus grabbelt mit seinen Riesenpfoten dauernd an ihr rum, da beschwert sie sich nicht?"

Jack lächelte, allerdings nicht mehr länger freundlich: Seine Stimme war nun kalt und sehr bestimmt.

"Ich sage es noch mal: Es geht hier nur um dich. Du wirst Shara nichts mehr schenken, du wirst sie nicht mehr anfassen. Du darfst ihr die Hand geben, wenn andere das auch tun, damit niemandem etwas auffällt - aber alles andere unterlässt du. Und: Magnus würde ich Shara jederzeit und in jeder Situation anvertrauen, dir nicht für eine Sekunde."

Jack stand auf, Gerard tat es ihm nach - die Hände zu Fäusten geballt, eine flammende Röte im ganzen Gesicht.

"Ja - stell du dich nur gut mit Magnus", höhnte er, "du brauchst ihn ja schließlich, oder? Ich könnte mir vorstellen, dass sie dich bei jeder Gelegenheit aussaugt, diese kranke Hexe - liegt er bei euch im Bett, damit er dich ablösen kann?"

"Vorstellen kannst du dir, was du willst", antwortete Jack ungerührt. "Am eigenen Leib erfahren wirst du das allerdings nie."

Gerard trat noch einen Schritt näher. Ich stand jetzt auch auf, bereit, mich zwischen die beiden zu stellen: In eine Schlägerei durfte das hier nicht ausarten, denn das würde mehr Aufsehen erregen, als wir wollen konnten.

"Was glaubst du eigentlich, wer du bist?", zischte Gerard Jack ins Gesicht, der schob in aller Ruhe seinen Sessel zurück an den Tisch.

"Ihr Ehemann."

Keine zehn Sekunden später standen wir auf dem Gang, während auf der anderen Seite das schwere Buch mit einem lauten Knall gegen die Tür geschleudert wurde.

"Der letzte Satz war schön fies", sagte ich anerkennend - allerdings zu Jacks Rücken, denn der lief zielstrebig und wortlos die Treppe zum Aufenthaltsraum hinunter und ließ mich damit nicht ganz zufrieden zurück.

Er mochte erreicht haben, was er wollte, ich hatte indes immer noch ein paar dicke Fragezeichen im Kopf: Ich fasste ihn am Arm, bevor er unten die Tür öffnen konnte. Hinter dem dicken Holz hörte ich ein begeistertes Quietschen, das nach einer altbekannt lebhaften Josie klang, aber was ich Jack fragen wollte, war nur für dessen Ohren bestimmt.

"Warte. Warum sollte ich mit? Warum sollte ich mir das anhören?"

"Du musst wissen, wem du vertrauen kannst. Wem du Shara anvertrauen kannst und wem nicht."

Ich sah auf ihn hinunter und verstand, was er meinte: Wenn er selber nicht mehr für sie da sein konnte - aus welchen Gründen auch immer.

"Wissen Andreas und Ciaran davon? Dass Gerard Shara ...

nachgestellt hat?"

"Nein."

"Du musst es Andreas erzählen", forderte ich, Jack dachte kurz darüber nach und verzog dann den Mund.

"Shara würde das nicht wollen."

"Aber sie wollte bestimmt auch nicht, dass du mit Gerard sprichst, oder? Jack, er hat sie eine kranke Hexe genannt - es geht nicht mehr nur um ein paar Geschenke oder ein zu Küsschen zuviel. Ich mache das, wenn du willst."

Jack nickte zögerlich, und ich nahm mir vor, das gleich morgen früh zu erledigen. 'Nie petzten' war zwei eine meiner ganz persönlichen Kreuzritter-Regeln, aber wenn jemand meine Prinzessin belästigte, machte ich da doch gern mal eine Ausnahme - fürs Erste folgte ich Jack jedoch in den Aufenthaltsraum. Auf dem Sofa saßen Shane und Josie Arm in Arm, Shara hielt von jedem der beiden eine Hand. Shane sah erstaunt drein, Josie sehr beglückt - Sharas Gesicht konnte ich nicht sehen, da sie mit dem Rücken zu uns auf dem Boden hockte.

"Was machst du da?", fragte ich sie von sehr weit oben, während Jack sich neben ihr auf den Boden setzte.

Sie legte den Kopf in den Nacken und verbog ihren Schwanenhals, um zu mir hochsehen zu können - das letzte Mal hatte ich das bei ihr unter dem Vordach des Pantheons gesehen, und es war nach wie vor sehr viel Hals, der sich da bog.

"Paartherapie", sagte sie, "das Neuste vom Neuen. Für mich sehr angenehm, da mich das nicht schwächt: Ich leite von Josie auf Shane, bis es ihm genau so gut geht wie ihr. Es kribbelt immer noch bei Josie, aber nicht viel - es wird gleich umschalten."

Ich setzte mich auf Sharas andere Seite, nicht viel weiter von ihr entfernt als Jack. Gerard hat Recht gehabt, dachte ich, als zwei oder drei Honigteilchen mich in der Nase kitzelten: Ich suchte ebenso wie er die Nähe der Prinzessin. Sollte ich mich wundern, dass sie sich über Gerard beschwerte, über mich dagegen nicht? Nein, dachte ich: Shara hat bislang keine Scheu gehabt, mir zu sagen, was ich tun oder lassen soll - sie wird sich schon melden, wenn ihr was nicht passt. Josie sagte jetzt, dass das Kribbeln bei ihr schwächer werde, kurz darauf atmete Shane überrascht ein, Josie lachte ein paar Takte nach oben, und Shara stimmte mit ihrer helleren Stimme ein. Zum Glück waren Shane und Josie so fasziniert von Sharas Weichenstellung, dass wir noch einige Zeit hier unten verbrachten, Zeit, die ich nicht allein verbringen musste. Als ich schließlich mit Shara und Jack nach oben ging, konnte ich ein herzhaftes Gähnen nicht unterdrücken - die Prinzessin gab mir ein Gute-Nacht-Küsschen auf die Wange, und ich schlief daraufhin wie ein großes, glückliches Baby.

– 3 –

Shara

Der Priester sah okay aus, er war gut behandelt worden. Ein bisschen blass, aber weder abgemagert noch kränklich: Er saß in einem fensterlosen, aber recht gemütlich eingerichteten Zimmer auf einem Sofa, las in einem Buch und hatte ein Glas Saft oder so etwas neben sich stehen. Er wirkte auch nicht verängstigt oder nervös, eher ein wenig resigniert in seiner abwartenden Ruhe. Ich blickte mit Hilfe einer in seinem Zimmer installierten Kamera auf ihn - an einem Schreibtisch in Andreas' Arbeitszimmer im grauen Haus, der dem Beobachtungsposten in der Krypta der Kirche zum Verwechseln ähnlich sah, nur dass die Monitore hier verschiedene Ansichten des grauen Hauses zeigten.

Andreas stand neben mir und beobachtete eher mich denn den Priester.

"Bisschen früh zum Lesen, oder?", sagte ich mit einem Nicken zu Giuseppe und richtete mich wieder auf, Andreas zuckte mit den Schultern.

"Er schläft wenig - wovon sollte er auch müde sein? Er liest fast die ganze Zeit, einen Fernscher und ein Radio hat er auch."

"Seit wann ist Ciaran zurück?"

Andreas schaute auf seine Armbanduhr. Es war kurz nach

sechs Uhr morgens - schon wieder eine kurze Nacht, aber es gab noch einiges zu tun.

"Seit etwa zwei Uhr heute Nacht. Die Übergabe hat geklappt wie geplant."

Die grausige Übergabe, ergänzte ich ihn in Gedanken: Ciaran und Peter waren mit Josephs Leiche aus Rom nach Norden gefahren, Sven und Pablo von der Burg mit dem Dolch nach Süden. Sie hatten sich auf einem einsamen Feldweg neben der Autobahn getroffen, wo der Sarg gegen den Dolch ausgetauscht worden war. Ich war erleichtert, dass Joseph nun in der Burg war und dort in der kühlen Kapelle auf seine Beerdigung warten konnte - in diesem vor Schritten und Stimmen summenden Haus in Rom war für seine totale, seine tödliche Ruhe kein würdiger Platz. Ciaran hatte am Abend aufbrechen wollen, um die Strecke von Rom bis zur Burg und zurück in einer Nacht schaffen zu können, ich hatte vorgeschlagen, dass Sven und Pablo ihm entgegen kamen, was die ganze Aktion auf fünf Stunden statt zehn oder mehr verkürzt hatte. Wir brauchten den Dolch heute für Giuseppe - und mir graute schon jetzt davor, dieses Ding in der düsteren Schwertkirche in die Hand nehmen zu müssen.

Magnus

Um Viertel nach acht am Morgen betraten Jack und ich das Zimmer des Priesters und baten ihn betont höflich, uns zu folgen. Wir führten ihn durch das leere Haus hinaus in den Hof, ich setzte mich mit ihm auf die Rückbank des Autos und Jack fuhr los.

Wir sprachen kein Wort, die zwei, drei drängenden Fragen des Priesters nach dem Wohin und Warum ließen wir unbeachtet. Er kniff die Augen zusammen, als er nach mehreren Wochen das erste Mal wieder ans Tageslicht kam, sein Gesichtsausdruck schwankte zwischen Hoffnung und Angst: Hoffnung auf Freiheit, vermutete ich, Angst vor namenlosen Dingen, die ich mir nicht vorstellen konnte, er aber sicher um so farbenfroher. Wir brauchten etwa zwanzig Minuten bis zur Kirche, und als ich auf dem kleinen Hof dahinter ausstieg und Giuseppe am Arm aus dem Auto zog, wurde mir bewusst, dass ich dieses Bauwerk das letzte Mal betreten hatte, als Shara unerwartet in unser beschauliches Leben gestolpert war. Heute kaum noch vorstellbar, diese ewig lange Shara-lose Zeit, dachte ich - ein Gedanke, dem Jack wahrscheinlich aus ganzem Herzen zugestimmt hätte, der aber angesichts unserer Gesellschaft nicht laut ausgesprochen gehörte. Der Priester wehrte sich ein bisschen, aber seine schmale Gestalt stellte für mich nicht wirklich eine Herausforderung da: Ich drehte ihm eher sanft den Arm auf den Rücken und schob ihn vor mir her, hinein in die kleine Sakristei. Jack verriegelte die Tür zum Hof hinter uns und ging dann in die Kirche voraus, um unsere Ankunft zu melden. Ich ließ den Priester auf einem einzelnen Stuhl Platz nehmen und postierte mich an der Tür zum Hauptschiff der Kirche, behielt ihn im Auge. Bleich war er schon gewesen, als wir sein Zimmer betreten hatten, aber nur wegen der Wochen ohne Sonnenlicht - jetzt war Angst für seine fleckige Haut und die weit aufgerissenen Augen verantwortlich. Ich tat oder sagte nichts, um ihn zu beruhigen oder auch zu beunruhigen: Er sollte aufgeregt sein, aber nicht panisch, das käme dann hoffentlich später. Ich musste nur ein paar Minuten mit Giuseppe in dem kahlen, dämmerigen Raum ausharren, dann erklang das verabredete Rufsignal leise in meinem Ohrhörer. Ich machte eine auffordernde Geste mit der Hand, der Priester stand zögerlich auf. Auf einem wackeligen Tisch lagen Kutten für uns bereit: Ich reichte ihm eine und ließ ihn sein Hemd gegen sie tauschen, zog mir selbst die meine über den Kopf, und öffnete dann die Tür zur Kirche, der Priester ging nach einer weiteren deutlichen Geste leicht schwankend vor mir her. Draußen strahlte die Sonne vom Himmel, doch wie immer wurden ihre warmen Strahlen durch die alten Fenster der Kirche zu einem milchig-staubigen Licht, seltsam zeitlos: Morgen oder Abend, Sonne oder Regen, erstes, zweites oder drittes Jahrtausend - hier waren alle Tage gleich.

Shara

Der Dolch brannte heiß und giftig in meiner Hand, dabei wusste ich doch ganz genau, dass sein goldener Griff eigentlich kühl und angenehm glatt war. Unter dem langen, schwarzen Umhang mit dem blutroten Kreuz vorn wurde mir langsam warm - hoffentlich würde mir kein Schweiß auf die Stirn treten, wäre er doch zu sehr auch verräterisches Zeichen meiner Nervosität, und die musste ich in den kommenden Minuten im Griff haben.

Jackson hatte mir flüchtig, aber zärtlich die Hand gedrückt, als er an mir vorbei auf seinen Platz gegangen war - sein rascher Kontrollblick und ein kurzes Zögern sagten deutlich, dass ich unter seiner Haut kribbelte und damit geradezu nach Beistand schrie. Er brauchte keine zehn Sekunden, um sich seine Kutte überzuziehen und mit beiden Händen die Haare glatt zu streichen: Wie immer eine ebenso liebenswerte wie zwecklose Geste, die mich innerlich lächeln ließ und meine umherirrenden Gedanken wieder auf das Ziel dieser seltsamen Versammlung fixierte: Du machst das hier, weil du das noch unendlich oft sehen willst, sagte ich mir, während ich im trüben Licht der Kirche nach Jacksons vertrauten, smaragdenen Augen suchte. Du machst das für Joseph, der in der Burg auf seine Freunde wartet, du machst das für Shane, dessen Brust vor zwei Tagen von Kugeln zerfetzt wurde, du machst das für dich selbst, damit das Grauen im Pantheon endlich eine ferne, dumpfe Erinnerung werden kann.

"Er kommt", flüsterte Andreas hinter mir, ich wandte mich vom tröstlichen Anblick Jacksons ab und richtete den Blick in die leere Kirche.

Ich stand in etwa an der Stelle, an der in einem normalen Gotteshaus eigentlich der Altar gestanden hätte: auf einem kleinen Plateau am Kreuzungspunkt von Haupt- und Querschiff, in etwa über dem Stein, der noch vor nicht allzu langer Zeit das Schwert enthalten hatte. Mein Blick richtete sich durch die einschüchternde Allee der hohen, dicken Pfeiler bis auf das enorme Hauptportal der Kirche, das dunstige, trübe Licht in der graustеinernen Halle ließ es fern, fast unerreichbar erscheinen. Ich hörte die leisen Bewegungen der anderen - Andreas rechts und Ciaran links hinter mir, dann mit ein klein wenig mehr Abstand Shane, Josie und Jackson: Wie ein Dreieck verbreiterte sich unsere Phalanx vor dem Priester, den Magnus nun zu uns geleitete. Giuseppes weiße Kutte war ihm zu lang - absichtlich, seine Schritte sollten unsicher und tastend sein. Magnus musste ihn gar nicht groß lenken, der Priester blieb von selbst am Fuß der kleinen Treppe stehen, die zu uns hinauf führte, mir genau gegenüber. Ich blickte in seine Augen: Sie lagen dunkel und fiebrig glänzend in seinem blassen Gesicht, irrten von mir zu Andreas und Ciaran.

"Ich grüße dich, Giuseppe", sagte ich, um einen sanften

Tonfall bemüht, trotzdem füllte meine Stimme das leere Kirchenschiff hallend aus.

Der Priester fixierte mich, Magnus hinter ihm verschränkte die Arme vor der breiten Brust und zwinkerte mir zu: Du schaffst das, sollte das wohl heißen. Ich war dem blonden Riesen dankbar für seine stumme Unterstützung, fuhr an Giuseppe gerichtet fort.

"Ich werde zu dir sprechen, du wirst mich nicht unterbrechen. Wenn du antworten sollst, werde ich dich dazu auffordern. Hast du das verstanden und wirst du dich an meine Anweisungen halten? Dann antworte mit Ja."

Giuseppes Augen zuckten wieder von mir zu Andreas und Ciaran, dann nickte er kurz.

"Ja."

"Seitdem wir uns das letzte Mal gesehen haben, ist viel Zeit vergangen: ein ganzer Monat. Betrachte deine Gefangenschaft als Strafe dafür, dass du Drake bei seinem Plan, mich im Pantheon zu überfallen, so tatkräftig unterstützt hast."

Giuseppe öffnete den Mund, als ich eine kurze Pause machte.

"Du wurdest nicht zum Sprechen aufgefordert, also schweig", sagte ich.

Die Pause war ein Test gewesen: Ich musste wissen, wie stark er sich lenken ließ. Giuseppe schloss gehorsam den Mund, und ich fuhr in meinem halb auswendig gelernten Text fort, bislang sehr zufrieden mit seiner Kooperation.

"Die gute Nachricht für dich lautet, dass deine Gefangenschaft mit dem heutigen Tag beendet ist. Ob du dich freier fühlen wirst, wenn du diese Kirche verlässt, ist jedoch eine andere Frage."

Jetzt hingen die Augen des Priesters an meinem Mund, war seine Aufmerksamkeit so stark, wie ich sie brauchte.

"Du hast uns mit dem Kreuz auf deiner Brust einiges zum Nachdenken gegeben, und damit du mein Urteil verstehst, werde ich dir unsere Gedanken darlegen. Hör gut zu, denn ich werde mich nicht wiederholen und du wirst keine Fragen stellen dürfen. Fakt ist: Dein Kreuz ist anders als die meiner Brüder und Schwestern, davon hast du dich mit eigenen Augen überzeugen können. Angesichts deines Kreuzes gibt es nun zwei plausible Möglichkeiten. Die erste Möglichkeit: Dein Kreuz ist eine bedeutungslose Narbe. Sie hat keinerlei Veränderung an dir bewirkt, und wird das auch nicht mehr tun, Drake hat sie dir nur beigebracht, um dich zu seinem willigen Werkzeug zu machen. Du wärst damit kein Mitglied dieses Ordens, wärst für uns ohne jede Bedeutung. Die zweite Möglichkeit: Dein Kreuz ist eine uns bislang unbekannte Variante des klassischen Ordenskreuzes. Damit wärst du ein Mitglied dieses Ordens, ein neuer Bruder für uns alle, auch für mich."

Ich machte eine Pause - wieder geplant, wir wollten Giuseppe Reaktion sehen. Und die war in seinem Gesicht so deutlich ablesbar, als hätten wir ein Kind ohne jedwede mimische Beherrschung vor uns: Aufkeimende Hoffnung und sogar schon zaghafte Freude darüber, vielleicht doch noch Aufnahme in diesen Orden zu finden.

"Ich sehe, dass du dir das wünschst", sagte ich, und der Priester nickte, was den aufgestellten Regeln nicht widersprach und was ich daher ungerügt ließ.

"Es gibt da nur ein Problem, Giuseppe", fuhr ich fort, dabei um ein trauriges Lächeln bemüht, dass das leichte Mitleid begleiten und noch verdeutlichen sollte, das ich jetzt in meine Stimme legte. "Für diese zweite Möglichkeit haben wir keinen einzigen Beweis. Es gibt in den alten Aufzeichnungen keinen Hinweis auf diese Kreuz-Variante. Es gibt an dir keine körperliche Veränderung wie gesteigerte Selbstheilungskräfte, die meine Brüder und Schwestern schon mit dem ersten Balken aufgewiesen haben - und es gibt auch keinen Beweis dafür, dass dein Kreuz tatsächlich mit diesem Dolch gezogen wurde."

Ich hielt die Waffe hoch, sie schimmerte kalt im grauen Licht der Kirche - ich hatte sie bislang im überlangen Ärmel meines Umhangs verborgen wie ein Ass, das noch einmal erhöhte Aufmerksamkeit bringen sollte. Das funktionierte: Giuseppe folgte der Klinge mit den Augen, als hätte ich ihn von einer Sekunde zur anderen hypnotisiert, als hielte ich das Ziel all seines Strebens in der Hand. Ich ließ den Arm mit dem Dolch langsam wieder sinken, Giuseppes Augen wanderten mit ihr nach unten, bis er mit gesenktem Blick vor mir stand, hoffentlich bereit für die folgenden Worte.

"So viele Gründe sprechen dagegen, keiner dafür. Mein Urteil war daher einfach zu treffen: Du gehörst nicht zu uns, du bist kein Mitglied dieses Ordens."

Giuseppe riss den Blick wieder nach oben - fassungslos, richtiggehend entrüstet.

"Ich sehe, dass du nach wie vor anderer Meinung bist, dass du nach wie vor an Drakes Worte und deine Narbe glaubst. Das bestärkt mich darin, mein Urteil durch eine Handlung zu verdeutlichen, die dich sterblich machen wird - unabhängig davon, in welchem Zustand du dich gerade befindest: Ich werde dir die Markierung beibringen, die aus einem Mitglied des Ordens vom Heiligen Schwert einen Sterblichen macht. Der Gedanke dahinter ist folgender: Habe ich Recht und bist du jetzt sterblich, wird diese kleine Wunde dir nicht weiter schaden. Irre ich mich und bist du unsterblich, wird diese Wunde dich sterblich machen - und das wäre die gerechte Strafe dafür, dass du Drake geholfen hast mich zu überfallen und mich gegen meinen Willen mit einem Kreuz zu zeichnen. Es tut mir Leid, dass dieses Ritual für dich mit Schmerz verbunden sein wird, aber Ciaran ist Arzt und wird die Wunde sofort versorgen, so dass du nicht leiden musst. Hast du das verstanden? Antworte mir mit Ja oder Nein."

Giuseppes Augen irrten hin und her, sein Mund öffnete sich, doch er sprach nicht.

"Antworte mir, Giuseppe. Hast du verstanden, was ich tun werde und warum ich es tun werde?"

Noch immer kein klar artikulierter Laut, nur ein unterdrücktes, schwaches Stöhnen und ein leichtes Schwanken in dem schmalen Körper. Magnus legte dem Priester eine Hand in den Nacken und schüttelte ihn kurz - eine deutliche, wenn auch nicht wirklich schmerzhafte Aufforderung, meinem Befehl Folge zu leisten.

"Ja", stieß Giuseppe schließlich gepresst hervor, ich nickte und brachte ein wenig Freundlichkeit, ein wenig Wärme in meine Stimme, als ich weiter sprach: Er musste jetzt mitspielen, er musste mir gehorchen und tun, was ich von ihm verlangte, auch wenn er Angst davor hatte.

"Zieh deine Kutte aus und leg sie vor dir auf den Boden."

Der Priester rührte sich nicht, war nach dem kurzen Erwachen wieder in seine Schockstarre gefallen.

"Giuseppe - tu, was ich dir sage."

Als auch darauf keine Reaktion außer einem schneller werdenden Atem kam, packte Magnus den Saum der weißen Kutte des Priesters und zog ihm das weite Gewand mit einer groben Geste über den Kopf. Er riss Giuseppe zurück und warf die Kutte vor ihm auf den Boden, dann schubste er den Priester nach vorn, so dass der auf dem Stoff zu stehen kam.

"Glatt streichen und drauflegen. Auf den Rücken", knurrte Magnus, Giuseppe sah fassungslos zu mir hoch.

Bitte tu es, beschwor ich ihn stumm, bitte tu es und hör auf, mich so anzuschauen. Leg dich hin, mach die Augen zu und lass es geschehen - es wird nichts ändern, wir nehmen dir nichts, du hast völlig unnötig Angst. Das stumme Betteln nützte nichts: Er stand noch immer da und starrte mich an, also griff ich zum finalen Hilfsmittel.

"Du hast mir zu gehorchen, Giuseppe", sagte ich mit aller Arroganz, die ich aufbringen konnte, so dass meine kalte, drohende Stimme ihn zurückschrecken ließ. "Du hast mir zu gehorchen, weil ich das goldene Kreuz trage. Tu, was ich dir sage und wage es nicht, meinen Zorn zu erregen."

Ich löste die Schließe, die meinen Umhang vorn zusammenhielt, der weiche Stoff rutschte an meinen Schultern nach unten. Das schwarze, bodenlange Kleid, das Josie mir besorgt hatte, bedeckte mit Hilfe von Hollywood-Klebeband halbwegs meine Brust, während es so viel wie möglich von meiner Narbe enthüllte: Ich wusste, dass das goldene, verschnörkelte Kreuz auch in der trüben, nur vom Licht der staubigen Fenster erhellten Kirche glänzte und leuchtete, daher war Giuseppes erschrockenes Aufkeuchen nur zu verständlich. So albern meine Worte und dieses Herumgefuchtel mit dem Dolch auch gewesen waren, sie zeigten Wirkung: Der Priester sank endlich in die Knie, legte sich vor mir auf den Boden und verblüffte mich damit doch ein wenig über die Macht, die ein simples Symbol haben konnte.

Magnus

Wie unsicher war Shara gewesen, wie viel Angst hatte sie gehabt - und wie souverän hatte sie diese Szene, dieses sinnlose Ritual jetzt gemeistert! Unsere Prinzessin hatte entweder ein echtes Talent zum Schauspielern oder aber eben doch die natürliche Begabung zum Regieren - ich tippte ja auf Letzteres, auch wenn sie sich über Ersteres als Kompliment wahrscheinlich mehr freuen und mir für Letzteres ein niedlich-skeptisches Gesicht mit gekrauster Nase und geschürzten Lippen schenken würde.

Er wird mich einfach auslachen, hatte sie heute Morgen

gesagt, als sie in dieser schwarzen Abendrobe am Frühstückstisch saß, was tatsächlich ein bisschen lustig ausgesehen hatte - wie eine Prinzessin zu Gast beim gemeinen Volk, sehr bemüht, nichts vom allgegenwärtigen Schmutz auf die kostbare Kleidung gelangen zu lassen. Ich hatte sie als Antwort auf diese Bemerkung tatsächlich ein wenig ausgelacht: Wenn sie Andreas schon erfolgreich in die Knie gezwungen hatte, wäre der kleine, verängstigte Priester nur eine Fingerübung für unsere Prinzessin.

Als wir uns im Kreis um den endlich auf seiner Kutte liegenden Priester aufstellten, lächelte ich ihr zu, bekam aber keine Reaktion zurück: Shara war angespannt, konzentriert und ernst. Der Priester folgte jeder ihrer Bewegung mit weit aufgerissenen, ängstlichen Augen, wie abgesprochen packte ich seinen Kopf mit beiden Händen. Andreas und Jack nahmen Aufstellung rechts und links von seinen Beinen: Sollte er sich wehren, würden sie ihn festhalten - fürs Erste beließen sie es jedoch bei einem milden Druck auf seine Schienbeine, der ihm bedeutete, stillzuhalten. Ich drückte seinen Kopf indes bestimmter, wenn auch nicht wirklich fest zu Boden, damit er nicht an sich hinuntersehen konnte, und seine Haut war unter meinen Händen leicht feucht von kaltem Angstschweiß. Durften wir das, was nun kommen sollte, wirklich tun? War das gerecht?, fragte ich mich, als sich die Augen des Priesters in meine bohrten und ich die Fassungslosigkeit, die Angst darin sah. Diese Fragen hatte Shara gestern mehrfach gestellt, und weitere dazu. Durften wir ihn tatsächlich verletzen, um ihm damit zu bedeuten, dass er nicht zu uns gehörte, dass er nie zu uns gehört hatte? In lebendiges Fleisch schneiden, nur um eine so simple Aussage zu machen? Nein, hatte Shara gesagt, ja, hatte Andreas gesagt.

Shara

Ich mache das nicht, hatte ich gesagt: Auf keinen Fall, nie im Leben - das ist etwas anderes als bei Davide oder bei Maggie, denen wird die Verletzung mit dem Dolch Gutes bringen, bei ihnen wird der Schmerz hinter dem Zweck der Verletzung zurücktreten. Aber bei Giuseppe? Nein, das hier ein völlig sinnloser Schmerz, den ich niemandem zufügen wollte. Zu meinem Erstaunen hatte Andreas genickt: Das wirst du auch nicht müssen, hatte er geantwortet, und schon gar nicht mit diesem Dolch. Was auch immer eine Berührung von mir, vom Dolch oder von beidem zusammen bewirken konnte: Andreas wollte nicht das Risiko eingehen, den Priester dafür als Versuchskaninchen zu gebrauchen. Das nahm mir meine Angst, nicht aber meine Bedenken: Die sinnlose Verletzung blieb, nur meine unmittelbare Verantwortung dafür verschwand - Gedanken für die Kategorie 'Haarspalterei', Subrubrik 'sinnlos'.

Jetzt sank ich neben dem Priester in die Knie, den Dolch in der Hand. Giuseppes Augen folgten mir, doch ich wusste, dass er nicht sehen konnte, was auf seiner Brust passierte - nicht, wenn Magnus seinen Kopf gut festhielt, so weit konnte niemand die Augen senken. Josie kniete rechts von mir, Ciaran hatte ich links: Für Giuseppe so gut wie unsichtbar und für mich so wichtig. Der junge Priester wartete mit aufgerissenen Augen zitternd auf die kalte Berührung von Stahl mit seiner Haut. Die kam auch - aber nicht durch meine Hände, sondern durch die Ciarans, aber nicht durch den Dolch, sondern durch ein Skalpell. Eine minimale Verletzung, hatte Ciaran gesagt: Nur die oberste Hautschicht, das heilt innerhalb von zwei, drei Tagen völlig ab und schmerzt kaum. Trotzdem war und blieb es ein Schnitt in lebendiges Fleisch, dachte ich, als Ciaran jetzt die Klinge geschickt über die Haut zog und winzige Blutstropfen heraus traten, Giuseppe sich versteifte und erschrocken aufkeuchte. Niemand sagte ein Wort, zu hören war nur der keuchende Atem des Priesters und ein gelegentliches Rascheln von Stoff, entfernt noch der Verkehrslärm draußen auf der Straße. Das Anbringen der Narbe dauerte keine Minute, dann schob Ciaran sich wieder zurück und ließ das Skalpell mit einer schnellen Bewegung im Ärmel seiner Kutte verschwinden. Ich stand auf, die anderen folgten nur Sekunden später - mit Ausnahme von Magnus, der nach wie vor Giuseppes Kopf fixierte.

"Es ist geschafft", sagte ich mit bemüht ruhiger Stimme und blickte dem Priester von oben ins Gesicht. "Du warst sehr tapfer. Wir werden die Wunde verbinden, dann kannst du gehen."

Magnus hob seine Hände von Giuseppes Kopf, der sprang den Bruchteil einer Sekunde später auf und fuhr zu mir herum, sein Gesicht eine verzerrte Maske aus Entsetzen und Zorn. Er machte einen Schritt auf mich zu - mit zuckenden Händen, als wolle er mich schlagen. Ich funkelte ihn an, so furchtlos wie möglich, holte mir den dafür notwendigen Mut aus der Gewissheit, dass um mich herum Menschen standen, die verhindern würden, dass sich Giuseppe wirklich auf mich stürzen konnte - denn auch, wenn er nicht besonders kräftig war, wäre ich ihm wohl unterlegen, so realistisch musste ich einfach sein. Der Priester starrte mich an, ließ den vor Wut kochenden Blick dann über Jackson und Magnus schweifen, die dicht bei mir standen wie treue Leibwachen. Schließlich wich er zurück, ein oder zwei kleine Schritte nur, und seine Augen zuckten zum Kirchenschiff, um Ausgang. Jackson machte einen Schritt zur Seite, öffnete unseren Kreis in Richtung der leeren Kirche, in Richtung der nur schwach erkennbaren Tür im riesigen Eingangsportal - und keine Sekunde später rannte Giuseppe die Pfeiler-Allee hinab, hinaus auf die belebte Straße. Lauf, Giuseppe, dachte ich - lauf, und erzähl Drake, was die böse Shara dir Schlimmes angetan hat.

Magnus

Große Erleichterung bei uns allen, als die schwere Tür hinter dem Priester ins Schloss fiel: Josie lachte nervös, Shane stieß erleichtert einen Stoß Luft aus, Andreas klopfte Ciaran anerkennend auf die Schulter, Shara sackte in sich zusammen, Jack war mit zwei schnellen Schritten bei ihr und zog sie an sich. Sie legte die Stirn erschöpft gegen seine, er strich ihr über den vom königlichen Kleid kaum verhüllten Rücken, auf dem die kleinere goldene Narbe im Licht der Kerzen unübersehbar glitzerte.

"Du meine Güte", sagte Josie leicht fassungslos neben mir, als sie sich wieder gesammelt hatte, und zog sich die schwarze Kutte über den Kopf, Shane und Ciaran taten es ihr gleich - die Dinger waren elendig warm, als trüge man eine Bettdecke über den Klamotten. "Shara, ich hätte mich beinahe neben dem Typen auf den Boden geworfen, so viel Angst hatte ich vor dir. Versprich mir, dass du nie so mit mir redest, ja?"

Shara gab einen erstickten Laut von sich, den ich nicht einordnen konnte - ein Lachen, ein Schluchzen? Ersteres, dachte ich, als Jack lächelte und sie noch ein bisschen fester an sich drückte.

Andreas hatte unseren Leuten das vereinbarte Signal schon

gegeben, als Giuseppe die Kirche hinunter lief: Ob im Auto, auf dem Motorroller oder zu Fuß - der Priester würde einen ganzen Tross Kreuzritter hinter sich herziehen, und davon hoffentlich erst mal nichts bemerken.

"Er geht zu Fuß, in Richtung Circus Maximus", informierte uns Andreas jetzt, auf dessen Ohrhörer sich die Verfolger meldeten, dann hob er Sharas Umhang vom Boden auf und reichte ihn Jack. "Wir sollten los."

Jack küsste Shara auf die Stirn, sie löste sich von ihm. Ich forschte in ihrem Gesicht: Sie sah erleichtert aus, erwiderte mein Lächeln ohne Zögern und legte sich den Umhang über den Arm - alles gut bei der Prinzessin. Zu Fuß, hat Andreas gesagt, dachte ich, während auch ich mich meiner Kutte entledigte und mit den anderen aus der Kirche zu den Autos im Hinterhof ging: Ein paar Blasen an den Füßen wären des Priesters geringstes Problem, denn mit nacktem Oberkörper und einem blutenden Kreuz auf der Brust war er mehr als auffällig unterwegs. Er hatte etwa zwanzig Euro in der Tasche, kein Handy, keine Kreditkarten, keinen Ausweis oder Führerschein: Wir durften ebenso darauf gespannt sein, wie weit er kam wie darauf, wo hin er wollte. Wir verteilten uns auf die Autos und fuhren zurück zum grauen Haus, und als wir dort ankamen, meldete Maggie gerade, dass auch der Priester an seinem ersten Zwischenziel angekommen war: an Drakes verlassenem Unterschlupf in Trastevere.

Shara

Wir müssen zwei Teams bilden, hatte Andreas gestern Abend gesagt: Eines für das Pseudo-Ritual mit der angeblichen Sterblichkeitsmarkierung in der Kirche, das zweite wartet draußen auf Giuseppe und folgt ihm. Meine Rolle ('die mit dem Dolch') war leider nicht anderweitig zu vergeben, also stritt ich mich da gar nicht lange herum - das wäre nur peinlich gewesen und hätte zu nichts geführt. Wo Jackson sein würde, war dagegen alles andere als klar, und seine hellgrün funkelnden Augen sagten mir nur zu deutlich, dass er seine Position diesmal nicht unbedingt als treusorgender Ehemann an meiner Seite sah. Ich als vorgeblich kostbarstes Gut des Ordens sollte ja eh aus der Kirche direkt wieder ins Haus zurück, sicher verwahrt hinter den dicken, grauen Mauern - dann konnte er doch mit seinen Freunden auf die Jagd gehen? Nicht, dass Jackson ein Wort davon gesagt hätte, das war alles meine Interpretation seiner abenteuerlustigen Augen. Ich war kurz empört, doch ich rief mich zur Ordnung und stellte mir die zentrale Frage: Was würdest du am liebsten tun, wenn du Jackson wärst? Die Antwort war schnell gegeben, und so lehnte ich mich leicht an ihn.

"Ich weiß, was du willst", flüsterte ich, während um uns herum die Stimmen seiner Brüder und Schwestern für die Optionen 'Kirche' oder 'Verfolgung' votierten, als ginge es hier um die Bildung von Neigungsgruppen in der Schule.

Jackson sah mich erstaunt an.

"Du willst hinter ihm her und ich soll im Haus blieben."

Er nickte ehrlich, aber zögerlich, sichtlich mit Widerspruch rechnend.

"Dann geh", sagte ich mit so viel Wärme und Überzeugung, wie ich konnte, damit das nicht beleidigt oder schnippisch klang: Ich meinte es so, ausnahmsweise.

Jackson schüttelte den Kopf, eine Strähne seiner Locken kitzelte meine Schläfe. "Es geht hier nicht darum, was ich will. Ich muss ein bisschen auf dich aufpassen, das weißt du doch."

Das 'ein bisschen' sollte mich wohl zum Lächeln bringen - Jackson wusste dank unserer notorisch erfolglosen Trainingsstunden sehr wohl, dass ich auch mit blitzendem Dolch in der Hand in etwa so wehrhaft war wie eine Katze mit ausgefahrenen Krallen: Ich konnte kratzen und fauchen, aber mehr auch nicht.

"Andreas und Ciaran werden bei mir sein, mach dir keine Sorgen. Und ich werde nicht hier im Haus bleiben, wenn Giuseppe sich auf eine weitere Reise machen sollte: Ich werde in der Nähe bleiben, in deiner und in der der anderen. Ich bin für euch ebenso sehr Schutz wie ihr für mich."

Ich blickte aus wenigen Zentimetern in Jacksons Smaragd-Augen: Sie schienen mehrfach leicht die Farbe zu wechseln, während er nachdachte - dann spürte ich seine Hand auf meinem Rücken und ein kaum wahrnehmbares Nicken.

"Jackson geht mit dem Priester", sagte ich vernehmlich in die Runde, doch zu meinem und Jacksons Erstaunen schüttelte Andreas als Antwort den Kopf.

"Nein, tut er nicht. Jackson, Shane, Josephine, Albert, Ciaran, ich und natürlich Shara gehen in die Kirche - und wenn wir ihn verfolgen, sind wir maximal in zweiter Reihe dabei."

"Das kannst du ..." setzte Magnus mit schnell röter werdendem Gesicht an, doch Andreas hob sehr bestimmt eine Hand und brachte ihn damit zum Schweigen.

"Ich sage das nicht ohne Grund: Die von mir Genannten kennt der Priester: Wir waren bei seinem Verhör dabei. Außerdem kennt er Sven und Lucia, Nikita und Michael - sie haben ihm sein Essen gebracht, während er hier war. Die Gefahr, dass er sie erkennt und merkt, dass wir ihm folgen, ist viel zu groß."

Damit war der Abenteuerlust meines angetrauten Kreuzritters aus ganz vernünftigen Gründen Einhalt geboten, ohne dass ich dafür den ehelichen Frieden hatte riskieren müssen - welch wunderbare Fügung!

Magnus

Des einen Freud ist des anderen Leid - so sagt man doch, oder? Na ja, so richtig zutreffend ist dieses Sprichwort nicht für das, was ich sagen will. Kennt jemand eins, das ausdrückt, dass man sich erst über was freut, es im Nachhinein aber blöd findet, weil es was noch viel Besseres verhindert? Wenn ja, sagt mir bitte Bescheid: Magnus, Kreuzritter, Burg, Südtirol oder graues Haus, Rom. Und möglichst, bevor Shara das hier gelesen hat und mal wieder die Stirn runzelt, weil meine Sätze angeblich länger sind als der Nil, aber leider nicht auch so fruchtbar: O-Ton Prinzessin.

Okay, wenn ich kein knackiges Sprichwort habe, dann halt mit meinen eigenen Worten: Shara hat mir von Anfang an vertraut, und das ist toll - dadurch durfte ich mit auf die Burg und auch damals nach der Sache im Pantheon bei diesem Verhör des Priesters dabei sein. Genau deswegen stand ich aber jetzt auf einmal in der zweiten Reihe, und das war blöd. Dass ich mit in die Kirche sollte, war okay, sogar prima - das war interessanter, als in einem Mietwagen oder auf einem unbequemen Motorrad vor der Tür der Kirche auf Giuseppe zu warten. Aber danach? Wir sollten ihn doch eh so verfolgen, dass er uns nicht sah - war es dann nicht ganz egal, ob ich da neben Maggie im Auto saß oder Peter? Um Kunst und Können ging es bei der Verteilung der Aufgabe ja wohl nicht, denn für das, was uns erwartete, waren wir alle gleich qualifiziert - gleich schlecht, um genau zu sein: Wie Shara gestern ebenso schnippisch wie korrekt angemerkt hatte, war niemand von uns im Verfolgen oder Aufspüren von Leuten geschult. Aber bislang war alles wie erwartet verlaufen: Giuseppe war zu Drakes Haus gerannt und hatte die Zeit bis zum Abend darin verbracht, dann war er in zu großen Klamotten wieder raus gekommen und hatte sich vom nächstbesten Taxi zu einer Mietwagenstation bringen lassen. Er hatte eine Limousine gemietet und war dann im dichten Feierabendverkehr aus der Stadt gefahren: hektisch - mal zu schnell, dann wieder zu langsam, wie aus Angst vor der Polizei. All das bekam ich nur indirekt mit, während die anderen Andreas und Ciaran berichteten, während sie an ihm dran blieben und bei dieser ersten wirklich aufregenden Aktion seit zweihundert Jahren hautnah dabei waren. Und ich? Für mich und Jack blieb nur eine Nachtschicht vor Drakes jetzt sicherlich auf ewig verlassenem Haus, wobei Jackson anzusehen war, dass er diese Überwachung ebenso sinnlos fand wie ich. Immerhin bekam er einen Abschiedskuss von Shara und hatte somit ein paar süße Gedanken dabei - ich hatte nur eine Thermoskanne mit Josies Kaffee, der schon frisch ziemlich übel schmeckte.

Shara

An diesem Abend putzte ich mir gerade die Zähne, als ein leises Klopfen an der Zimmertür mich aus dem Bad holte. Fragen wer dort war konnte ich nicht - ich hatte den ganzen Mund voller Schaum mit Pfefferminzgeschmack. Es war Shane, dem ich mit der Zahnbürste in der Hand aufmachte, und sein Gesicht war sehr undurchschaubar.

"Shara, entschuldige, aber musst du dir was ansehen. Es ist nichts mit Jack", fügte er ungefragt hinzu, wodurch mir eine unnötige Schrecksekunde erspart blieb.

Ich lief zurück ins Bad und spülte mir rasch den Mund aus. Ich war barfuß und trug nur meinen BH und Jeans, Shane nahm eine Bluse vom Sofa, ich zog sie im Gehen über. Er führte mich in Andreas' Arbeitszimmer, wo er mit Ciaran vor dem Schreibtisch mit den Monitoren gesessen hatte - in einem hatte ich ja schon den Priester in seinem Zimmer beobachtet. Ich sah

Ciaran fragend an, er deutete auf den Bildschirm unten links. Ich brauchte ein paar Sekunden, bis ich den Bildausschnitt zuordnen konnte: Er zeigte eine halbe Fahrspur der Via della Conciliazione, dazu den Bürgersteig und das große Tor vor dem Hof des grauen Hauses, die Kamera schien auf der Mauer angebracht zu sein. Ein Paar schlenderte Arm in Arm vorbei, ein Fahrradfahrer schoss in rasantem Tempo von rechts nach links. Alle drei mussten einem Auto ausweichen, das schief auf dem Bürgersteig stand - einem kleinen, schwarzen Alfa Romeo mit zwei frechen, weißen Streifen über Dach und Motorhaube.

Ich konnte kaum glauben, was ich da sah, und musste mich mit einer völlig überflüssigen Frage bei Ciaran rückversichern.

"Davide?"

Ciaran nickte.

"Spinnt der?"

Ciaran nickte wieder und lächelte - nicht fröhlich, aber irgendwie auch widerwillig anerkennend.

"Er steht da seit etwa fünf Minuten, ist bislang nicht ausgestiegen."

Ich beugte mich wieder zum Monitor hinunter: Die Kamera war zu hoch angebracht, ich konnte nicht in den Innenraum des Autos hinein sehen.

"Hat er dich angerufen? Hat er gefragt, ob er herkommen darf?", fragte Ciaran, ich schüttelte den Kopf.

Seit Jackson und Magnus weg waren, hatte ich mein Handy immer bei mir gehabt, nun warf ich noch mal einen prüfenden Blick darauf: Nichts, weder Anruf noch SMS.

"Vielleicht bei Jackson, aber der hätte sich doch bei mir gemeldet."

Ich sah wieder auf das Auto, dachte an mein letztes Gespräch mit Davide, vorgestern am Telefon. Er hatte schlimm geklungen: Einsam und verängstigt, als hätten wir ihn entgegen allen Versprechungen und Beteuerungen doch schmählich verlassen.

"Lassen wir ihn rein?"

Ciaran lehnte sich neben mir an den Schreibtisch.

"Ja, natürlich. Aber er muss so schnell wie möglich wieder Hause, hier kann er nicht bleiben. Wenn du willst, schicke ich ihn sofort zurück."

"Er war bestimmt mehr als sechs Stunden unterwegs", bemerkte Shane neben mir, "den kannst du doch jetzt nicht die ganze Strecke zurückfahren lassen!"

Ich nickte zustimmend - zu beiden Aussagen. "Davide soll hier schlafen, morgen fährt er zurück. Ich schreibe Jackson eine SMS. Ist er noch mit Magnus unterwegs?"

"Ja, sie stehen vor Drakes Haus und langweilen sich zu Tode, Magnus letzten Meldungen zufolge."

Ich tippte schnell ein paar Worte an Jackson ein, während ich Shane und Ciaran die Treppe hinunter folgte. In der Eingangshalle bat mich Ciaran, dort zu warten, dann schlüpfte er mit Shane aus der Haustür. Ich hörte das schwere Tor zur Seite fahren, ein paar Minuten später wurde ein Auto gestartet und fuhr langsam auf den kleinen Hof. Shane ging voran, dann kamen Davide und Ciaran in die Halle - Davide blickte auf den Boden, Ciarans Stirn war gerunzelt, seine Augen funkelten vor mühsam unterdrückter Wut. Das Handy in meiner Hand klingelte, ich warf einen Blick auf das Display: Jackson. Die Melodie ließ Davide aufblicken, ich nahm ab und hielt das Gerät an mein Ohr. Er weint gleich, dachte ich mit Blick auf die feuchten Augen des Jungen, woraufhin er mir mal wieder schrecklich leidtat: Schmal und müde sah er aus - er hat vor dem Tor gestanden, weil ihn nach seiner Fahrt durch das halbe Land auf den letzten Metern der Mut verlassen hat, dachte ich, und nun ist der Empfang bei seiner neuen Familie wie befürchtet äußerst frostig ausgefallen.

"Das war ein Scherz, oder?", fragte Jackson am Telefon anstelle einer Begrüßung, doch seine Stimme sagte mir ganz eindeutig, dass er wusste, dass ich mit so was keine Witze machen würde.

"Nein, kein Scherz", antwortete ich, ebenso an ihn gerichtet wie an Davide. "Er ist wirklich hier. Mit dem Auto."

Jackson schwieg ein paar Sekunden, dann hörte ich, wie er leise etwas sagte, vermutlich zu Magnus.

"Kannst du mir Davide bitte geben?", sagte er dann wieder zu mir, ich streckte dem Jungen das Handy entgegen.

"Jackson möchte dich sprechen."

Davide wurde blass, rührte sich aber nicht.

"Nimm das Handy", sagte ich scharf, er trat vor und streckte eine leicht zitternde Hand aus.

Ciaran schloss die Tür ab und bedeutete Shane, er solle wieder nach oben gehen - der schenkte mir sein hübsches, leicht schiefes Jungenlächeln, das ich seit seiner Verwundung nicht mehr an ihm gesehen hatte, und sprang dann leichtfüßig die Treppe hinauf: ein Anblick, der mich unglaublich erfreute, und der mich zum ersten Mal aus tiefstem Herzen für meine befremdlichen Heilkräfte dankbar sein ließ.

Davide stand mit hängenden Schultern und gesenktem Blick in der Halle, sein Gespräch mit Jackson war eine sehr einseitige Sache: Der Junge sagte mit belegter Stimme dreimal 'Nein', einmal 'Ja' und einmal 'Es tut mir Leid', dann gab er mir mit blutleeren Lippen und noch stärker zitternder Hand das Gerät zurück. Ciaran fasste ihn am Arm und führte ihn in die Küche: Ich wusste, dass er ihn selber nicht mehr zurechtweisen würde - wenn Jackson das getan hatte, war es für Ciaran genug. Ungeschriebene Regel des Kreuzritter-Ordens: Man bekam für eine Untat von einer Person die Leviten gelesen, Punkt.

"Was hast du ihm gesagt?", fragte ich, als ich allein in der Halle zurückblieb und Jacksons Stimme in meinem Ohr so nah klang, dass ich fast nach seinem verführerischen Zimtduft geschnuppert hätte.

"Einiges", lachte er, "und das meiste war nicht besonders nett."

"Er fährt morgen zurück", sagte ich, "heute Abend können wir ihn nicht mehr wegschicken."

Ich wollte auf meine Uhr sehen, doch die lag oben in Jacksons Zimmer. Es musste elf oder halb zwölf sein - noch sieben Stunden, die ich allein verbringen muss, dachte ich, und bekam plötzlich große Sehnsucht nach meinem schönen Kreuzritter.

"Ich habe ihm eine dreifache Bewährungszeit angedroht, wenn er noch einmal versuchen sollte, selber zu denken", sagte Jackson, während ich mich auf die unterste Stufe der Treppe setzte und müde den Kopf in die Hand stützte.

"Du sollst doch nicht immer so streng mit unserem Jungen sein", rügte ich ihn, Jackson lachte am anderen Ende erneut auf.

"Was macht ihr?", fragte ich, was ihn wieder ernster werden ließ.

"Nicht Spannendes: Wir halten Wache vor Drakes Haus, obwohl hier garantiert nie wieder jemand vorbeikommen wird."

"Zum Glück", bemerkte ich, und dann fiel mir etwas ein, was erneut ein schmerzhaftes Loch in meinen Magen schlug. "Jackson ... weiß Davide eigentlich schon, dass Joseph tot ist und dass Shane verletzt wurde? Haben Sven und Pablo ihm das

623

gesagt?"

"Nein, Davide war seit unserer Abreise nicht mehr in der Burg."

Ich seufzte und rieb mir mit der Hand über die Augen, Jacksons Stimme drang leise in mein Ohr - selbst auf die Distanz so wunderbar warm und weich, dass mein Herz sich vor Sehnsucht schmerzhaft zusammenzog.

"Shara, das musst du nicht übernehmen. Gib ihn mir noch mal, oder lass das Andreas oder Ciaran machen."

Ich schüttelte langsam den Kopf, auch wenn Jackson das nicht sehen konnte.

"Nein, ich mach das. Aber Ciaran wird dabei sein, er ist ohnehin mit Davide in der Küche. Ich kann so was zwar nicht besonders gut, aber besser so als am Telefon."

Jackson schwieg einen Moment. "Gut."

"Wann kommst du wieder?", fragte ich ihn, obwohl ich die Antwort doch schon kannte: Ich hegte die dumpfe Hoffnung, dass meine Frage ihn zu einer früheren Heimkehr bewegen würde.

"In sieben endlosen Stunden", antwortete er leise, und im Hintergrund hörte ich eine gedämpfte Stimme, die Jacksons Tonfall wieder sorglos und neutral werden ließ.

"Magnus sagt, du könntest gern vorbei kommen, wenn du einen von uns beiden vermissen solltest, die Rückbank sei sehr gemütlich." Ich lachte auf. "Und du sollst Davide von ihm einmal mit der flachen Hand auf den Hinterkopf klatschen."

"Mach ich. Passt auf euch auf - und kommt so schnell wie möglich heil zurück. Beide."

Ich machte es natürlich nicht (das mit dem Klatscher auf Davides Hinterkopf!), stattdessen saß ich kurz darauf neben ihm auf der harten Bank in der Küche und hörte mir seine erst stockende, dann allmählich flüssiger werdende Geschichte über Angst, Zweifel, Einsamkeit und einen Entschluss an, der ihn über die rund sechshundert Kilometer von Südtirol nach Rom geführt hatte. Davide bat mich sehr höflich und förmlich um Verzeihung - ob aus eigenem Antrieb oder auf Befehl von Jackson, fragte ich ihn nicht: Er meinte es ehrlich, das war mir genug. Ciaran kochte Davide Nudeln: Unsere aufwändige und frische Kost aus der Burg war hier einer sehr stupiden Grundversorgung gewichen, sicher kannte ich bald alle italienischen Fertig-Nudelsaucen auswendig.

Ich folgte Ciaran zum Kühlschrank, als er die Nudeln aufgetragen hatte und noch Parmesan holte.

"Ich erzähle ihm von Joseph und Shane, wenn er aufgegessen hat", flüsterte ich Ciaran zu, er nickte nach ein paar zögernden Sekunden und nahm noch eine angebrochene Flasche Rotwein aus dem Schrank.

"Du hast eben gesagt, dass unser plötzlicher Aufbruch dich verunsichert war", begann ich, als Davide seinen geleerten Teller zur Spüle getragen und sich wieder neben mich auf die Bank gesetzt hatte: In Sachen Ordnungsliebe war unser Junge eher nach Jackson geraten denn nach mir, was nicht das Schlechteste war.

Ich legte prüfend meine Hand auf Davides Arm, weil ich wissen wollte, wie es ihm ging und was er fühlte: Er kribbelte, war erschöpft und gehörte ins Bett. Von seinem Innenleben bekam erahnte ich nur ein bisschen Unsicherheit - wahrscheinlich hatte Davides Gefühlslage wenig Konkretes mit mir zu tun, und deshalb bekam ich davon so wenig mit.

"Wir haben dir schon mehrfach versichert, dass unser Aufbruch nichts mit dir zu tun hatte, aber ich kann verstehen, dass dir diese Erklärung nicht reicht."

Davide setzte sich etwas aufrechter hin, das Prickeln unter meiner Hand ließ nach - er konzentrierte sich, wurde wieder wacher.

"Ich würde das gern schonend oder ... wenigstens angemessen sagen, aber ich wüsste nicht, wie. Ich mache es also kurz: Wir sind so schnell nach Rom gefahren, weil Drake Shane und Joseph überfallen hat. Joseph ist tot, Shane war sehr schwer verletzt. Jackson hat mich direkt hierher gefahren, damit ich so schnell wie möglich ins Krankenhaus kam. Du hast Shane eben gesehen", fügte ich hinzu, "es geht ihm wieder gut. Aber Joseph ist gestorben - er ist schon wieder auf der Burg, dort werden wir ihn bald begraben."

Davide war noch blasser geworden, seine großen Augen suchten erst in meinem Gesicht und dann in Ciarans nach einer Bestätigung dieser Worte.

"Wie ... überfallen?", stieß er schließlich hervor, die Stimme ungläubig und tonlos.

Ich erinnerte mich an die kurze, grausige Geschichte, die Shane mir und Ciaran noch im Krankenhaus erzählt hatte, sobald er die Augen geöffnet und ein paar Schlucke Wasser getrunken hatte.

"Joseph und Shane saßen im Auto. In einer Sackgasse gegenüber von dem Haus, in dem Drake in Rom lange gewohnt hat und in das er auch nach seinem ... Besuch in der Burg zurückgekehrt ist. Es war am helllichten Morgen, etwa um neun Uhr, die beiden hatten die ganze Nacht dort gestanden und waren müde. Shane sagt, Drake habe ganz plötzlich vor dem Wagen gestanden. Er hatte eine Waffe in der Hand - mit Schalldämpfer wahrscheinlich, denn Shane hat keinen Schuss gehört. Er sagte, die Scheibe wäre milchig geworden, Joseph hätte aufgestöhnt, er habe zu ihm hinüber geschaut und noch gesehen, wie die zweite Kugel ihn in die Brust traf. Dann hat Shane versucht, aus dem Auto zu kommen, bekam selbst zwei oder drei heftige Schläge ab und wurde im Krankenhaus wieder wach."

Davide nickte langsam, und seine Haut kribbelte wieder stärker, diesmal von einer fast körperlichen Angst.

"Und Joseph ...?"

"War sofort tot", sagte Ciaran, der Davide aufmerksam beobachtete. "Die erste Kugel ging direkt in sein Herz, die zweite war schon überflüssig. Shane hat sogar drei abbekommen, aber Shara hat ihn gerettet."

Das fand ich etwas übertrieben. "Ciaran hat ihn in ein Krankenhaus bringen lassen, wo sich jemand ohne großes Aufhebens um ihn gekümmert und ihn sofort operiert hat", gab ich das Lob zurück. "Er hätte sonst nicht lange genug durchgehalten, ich hätte überhaupt keine Chance gehabt, ihm zu helfen."

Davide nickte wieder, ich drückte seinen Arm. Die langen Haare fielen ihm in die Augen, eine Träne glitzerte in seinen dichten Wimpern - er schluckte hart, blinzelte das Weinen weg, und tat mir dabei unglaublich leid. Statt einer gesicherten Zukunft hatten wir dem Nachwuchs plötzlich eine Tragödie zu bieten: Einen Toten, im Vorbeigehen erschossen, achtlos und sinnlos. Ich rückte näher zu Davide und nahm ihn in den Arm, sein Körper blieb erst ablehnend und steif, doch dann schluchzte er unterdrückt und presste sich mit einer Kraft an mich, die ich in diesem schmalen Körper nicht vermutet hatte. Er roch schwach nach Pfefferminz: Frisch gepflückte, milde und süße Minze, ohne jede Schärfe. Der Duft war angenehm und ich erinnerte mich daran, dass ich das schon einmal gerochen hatte -

in seinem Zimmer, bei Ciarans und meinem ersten Krankenbesuch. Aus irgendeinem Grund dachte ich jetzt, dass Jackson und Davide eigentlich hätten tauschen müssen: Jacksons Zimtduft würde viel besser zu Davides Karamellaugen passen, während Davides grüne Minze gut mit Jacksons Smaragdaugen harmoniert hätte.

"Das reicht, Davide", sagte Ciaran nach ein oder zwei Minuten, in denen Davide langsam flacher atmete und ich ihn hoffentlich ein wenig hatte trösten können, "sonst kriegst du noch richtig Ärger mit Jackson."

Ciarans Stimme war leicht und unbeschwert gewesen, Davide löste sich trotzdem mit einem verlegenen Lächeln von mir, und ich rieb mir die gequetschten Rippen.

"Du schläfst heute Nacht im Gästezimmer, morgen fährst du zurück", fügte Ciaran hinzu, woraufhin Davide gehorsam nickte und sich mit der Hand ein, zwei Mal schnell über die verweinten Augen wischte.

Wir gingen zu dritt die Treppe hoch, und als ich ihm eine gute Nacht wünschte, fragte Davide mich, ob er Jackson morgen noch sehen würde. Ich nickte, er lächelte schwach: Wahrscheinlich würden wir beide in dieser Nacht oft an Jacksons Rückkehr denken - ich aus Sehnsucht, der Junge aus Furcht vor der drohenden Standpauke.

Ich war recht schnell eingeschlafen, wie ich erstaunt feststellte, als ich später in der Nacht durch ein leises, aber andauerndes Klopfen an der Tür geweckt wurde. Ich machte die Nachttischlampe an und warf einen Blick auf den Wecker: drei Uhr morgens. Für Jackson war es zu früh, ihn erwartete ich erst gegen halb sieben zurück. Aber auch er hätte klopfen müssen - mein Vertrauen in meine Kreuzritter mochte größer geworden sein, ging jedoch noch nicht so weit, dass ich mein Zimmer nachts unverriegelt ließ, wenn ich allein war. Davide vielleicht? Ich stand auf und ging zur Tür, an der wurde nun wieder geklopft.

"Wer ist da?"

"Gerard."

Gerard? Was wollte der denn? Ich drehte den Schlüssel im Schloss und öffnete die Tür ein Stück. Tatsächlich, Gerard: Vollständig angezogen, ordentlich gekämmt und mit einem Lächeln auf den Lippen.

"Ist was passiert?", fragte ich leicht beunruhigt - es musste etwas passiert sein, warum sollte er mich sonst zu dieser nachtschlafenden Zeit aus dem Bett holen?

"Nein, alles in Ordnung. Ich will nur mit dir reden."

"Reden? Gerard, es ist drei Uhr, ich will jetzt nicht reden."

Sein Blick glitt langsam und demonstrativ an mir herunter, und ich war mir meiner mangelhaften Bekleidung nur allzu bewusst: Ich trug wieder eins von Jacksons Schlafanzug-Oberteilen über einem Slip - ein kariertes Hemd, das mir zu weit und zu lang war. An sich nicht wenig Stoff, es zeigte auch nicht allzu viel Haut, doch im Vergleich zu Gerards schwarzer Hose zum frisch gebügelten Hemd war es so unzulänglich und formlos, dass ich mich verletzlich fühlte.

"Warte bis Morgen. Gute Nacht", sagte ich und wollte die Tür schließen, doch seine Hand schoss vor und stieß sie ein Stück weiter auf - mit Schwung, so dass ich einen schnellen Schritt zurückmachen musste, damit sie mich nicht am Kopf traf.

"Nicht so schnell. Ich sagte, ich will mit dir reden."

Er stand nun im Türrahmen, was mir bei seinem ... ja: gierigen Gesichtsausdruck schon ein ganzes Stück zu nah war.

"Und ich habe gesagt, dass ich nicht will", antwortete ich, jetzt wütend und endlich richtig wach.

Ich griff bestimmter nach der Tür, er machte noch einen Schritt auf mich zu - überschritt die Schwelle, und stand damit definitiv uneingeladen in meinem Zimmer.

"Warum willst du nicht? Lass mich raten: Du hast schon den hübschen, kleinen Bauernlümmel in deinem Bett untergebracht, wo doch Jack nicht da ist?", fragte Gerard mit einer Stimme, die mich frappierend an die Drakes im Pantheon erinnerte: Ein bisschen überlegen, ein bisschen geringschätzig - nicht die Mischung, die mich ruhig und gefügig werden ließ.

"Gerard, es reicht. Du weißt ja nicht, was du da sagst. Geh jetzt."

Er lachte hämisch. "Ich weiß nicht, was ich sage? Ich weiß, was ich sehe, und ich bin mir nicht so sicher, ob du deinem ach so geliebten Jack wirklich treu bist. Mit Magnus bist du ja auch ziemlich dicke, oder? Na kommt, lass mich rein."

Er machte noch einen Schritt nach vorn, streckte die Hand aus und wollte mir wohl irgendwie ins Gesicht fassen, ich machte noch einen Schritt zurück und ärgerte mich selber darüber.

"Red keinen Scheiß und verzieh dich!" schnappte ich, so scharf ich konnte, aber in meiner Stimme war zu viel unterdrückte Wut, um wirklich schneiden zu können.

Gerard schüttelte denn auch lächelnd den Kopf, ich seufzte innerlich: Nun blieben mir nicht wirklich viele Möglichkeiten, um ihn wieder hier raus zu kriegen. Andererseits ... wozu hatte ich mich stundenlang mit Jackson und Magnus bei diesen blöden Selbstverteidigungsübungen gequält, wenn ich das Gelernte nicht anwendete, wenn ich es gebrauchen konnte?

"Letzte Warnung, Gerard. Oder ..."

"Oder was?" Jetzt war seine Stimme nur noch höhnisch und böse.

"Oder das", antwortete ich und schlug ihm mit aller verfügbaren Kraft und einer großen Portion Wut die geballte Faust auf die Nase.

Ein traumhafter Treffer, Magnus hätte er sehr glücklich gemacht: Ich spürte einen stechenden Schmerz in den Knöcheln und hörte ein knirschendes Geräusch, als Gerards Nase brach. Blut spritzte, er taumelte zurück und prallte mit dem Rücken an die gegenüberliegende Wand des Flurs, die Hände vor das Gesicht gepresst. Das dort hängende Bild fiel herunter, das Porträt einer jungen Frau mit rubinroter Haube und prachtvoller Perlenkette in einem ovalen, goldenen Rahmen. Ich blieb in der Tür stehen - bereit, sie jederzeit zuzuwerfen, nicht aber bereit, mir den erfreulichen Anblick des blutenden Gerard entgehen zu lassen. Nur ein paar Sekunden, nachdem er gegen die Wand getaumelt war und auf seinem Hemd rote Flecken erblühten, öffnete sich die Tür neben dem Gemälde und Maggie schaute heraus: Sie trug einen knallgelben Snoopy-Schlafanzug und ich freute mich ehrlich, sie zu sehen.

"Was ist denn hier los?", fragte sie, starrte erst auf Gerard, dann auf mich und schließlich auf das Bild am Boden.

Ich massierte mir die schmerzenden Knöchel und sah nicht ohne Genugtuung, wie das Blut aus Gerards Nase auf den Boden tropfte. Er hatte außer einem erschrockenen Keuchen noch nichts gesagt, und funkelte mich nun aus schmalen, bösen Augen an: Zorn und verletzter Stolz, keine gute Kombination.

Maggie hob das Bild auf.

"Tut mir Leid", sagte ich, sie wandte sich zu mir um.

"Meinst du ihn?", fragte sie mit einer abschätzigen Geste in Richtung Gerard, ich schüttelte den Kopf.

"Nein, das Bild. Ich hoffe, es ist nicht kaputt."

"Sieht nicht so aus", sagte Maggie und inspizierte den Rahmen und die Leinwand. "War eh noch nie mein Fall", fügte sie hinzu, was nun mich zu einer Nachfrage zwang.

"Meinst du das Bild?"

Maggie lachte. "Nein, ihn", antwortete sie mit einem Kopfnicken zu Gerard, dann hakte sie sich bei mir ein und zog mich mit in ihr überraschend pinkfarbenes Zimmer.

Magnus

Ich fühlte mich in dieser Nacht an die langen und vor allem langweiligen Stunden erinnert, die ich beim Bewachen des Schwertes im Stein verbracht hatte, allerdings war es in der Kirche vergleichsweise doch ein bisschen bequemer gewesen: Nach etwa neun Stunden im Auto war mein vorher noch so weicher und breiter Sitz steinhart und eng, schrie mein ganzer Körper nach Bewegung oder einem Bett. Erst einmal um den Block laufen, dann heiß Duschen und Schlafen gehen, nahm ich mir für das Ende dieser sinnlosen Warterei vor dem verlassenen Haus vor: Das würde meine Anspannung lockern, vielleicht würde Shara ja sogar mitkommen - Laufen, nicht Duschen oder Schlafen. Um kurz nach halb vier fiepste ein Handy: Eine SMS von Maggie. Jack war mit Dösen dran gewesen, schreckte davon aber natürlich hoch - und noch mehr alarmierte ihn mein Seitenblick in seine Richtung, der nur checken sollte, ob er den Text auf dem unbedacht offen gehaltenen Gerät hatte lesen können.

"Shara?", fragte er, ich schüttelte den Kopf.

"Nein, Maggie."

Jack atmete erleichtert ein. War das gemein von mir gewesen? Ja, beschloss ich, außerdem war es ja sein Handy, das da Laut gegeben hatte.

"Von Maggie - aber wegen Shara. Ihr geht's gut, aber sie hat Gerard eins auf die Nase gegeben. Vor ein paar Minuten, er hat sie aus dem Bett geholt und ist dann frech geworden."

Jack streckte die Hand nach dem Telefon aus, aber ich schüttelte den Kopf.

"Ich ruf an, du regst dich nur auf. Fahr lieber los."

Ich wählte, und während die Verbindung aufgebaut wurde,

schossen wir schon unter Missachtung sämtlicher Vorfahrtsregeln auf die Straße hinaus. Niemand sagte im grauen Haus Bescheid, dass wir unseren Beobachtungsposten wegen einer dringenden Familienangelegenheit aufgeben mussten, aber wen kratzte das?

Shara

Als es das dritte Mal in dieser Nacht bei mir klopfte, war es etwa halb vier. Ich war wach und hatte mit offenen Augen an die Decke gestarrt, auf die die dichten Vorhänge im Licht der Straßenlampen leicht wabernde Muster malten, was hypnotisierend wirkte, aber leider nicht so stark, dass ich wieder eingeschlafen wäre. Ich rappelte mich unwillig hoch, kurz darauf klopfte es wieder, und eine vertraute Stimme erklang.

"Shara? Ich bin's, Magnus. Und so ein komischer Typ, der steif und fest behauptet, dein Ehemann zu sein."

Ich schloss auf: tatsächlich Magnus, einen Schritt hinter ihm Jackson. Magnus ließ seinen Blick einmal an mir herunter und wieder herauf wandern - und dass ich den so ganz anders empfand, als die Musterung durch Gerard bewies mir, dass ich mich in dessen Intention nicht geirrt hatte: Magnus Blick war ebenfalls prüfend, aber freundlich und besorgt prüfend - er suchte nach Blessuren, wollte sehen, ob alles in Ordnung war, und glotzte mich nicht an, als wäre ich ein mageres Stück Fleisch in der Kühltheke.

Als Magnus Inspektion zu seiner Zufriedenheit beendet war, trat er einen Schritt vor, fasste mich an den Schultern, drückte mir einen Kuss auf die Stirn und murmelte 'braves Mädchen' in meine Haare. Sein großer Körper war tröstlich angesichts meiner frösteligen Müdigkeit, und ich drückte ihn kurz an mich, dankbar für seine Sorge und Freundschaft.

"Ich mache dann mal die große Welle", sagte er, trat beiseite und gab mir wieder den Blick auf Jackson frei.

Der stand kerzengerade im Türrahmen, und seine Augen ruhten mit einer Konzentration auf mir, die ich selten zuvor so intensiv gesehen hatte. Ich streckte eine Hand nach ihm aus, fühlte kurz darauf seine Finger sich wohlig warm um meine legen. Magnus hatte nach seinen Worten schon auf dem Absatz kehrt gemacht und lief jetzt den Korridor hinunter zur Treppe.

Jackson schob mich zurück ins Zimmer, schloss die Tür und riss mich dann unerwartet heftig an sich: Er vergrub eine Hand in meinen Haaren, die andere presste mich gegen seine Brust. Ich japste erschrocken auf, doch seine Lippen verschlossen meinen Mund nur Millisekunden später - und als er mich schließlich wieder etwas lockerer hielt, war ich so außer Atem, dass ich meinen Kopf erschöpft an seinen lehnen und atemlos nach Luft schnappen musste.

"Entschuldige, aber ich konnte nicht anders", sagte er leise, ich brachte mit großer Anstrengung ein ersticktes Lachen zustande.

"Ich hab dich auch vermisst", antwortete ich, er strich mir ein paar von viel zu oft unterbrochenem Schlaf verwuschelte Haarsträhnen aus dem Gesicht und küsste mich noch einmal, als ich den Kopf hob, allerdings weitaus zärtlicher und vorsichtiger.

"Hat Gerard dich angefasst?", fragte er schließlich leise, ich schüttelte den Kopf.

"Nein. Aber ich fand ihn trotzdem ... bedrohlich."

Das klang sehr defensiv, aber Jacksons Frage hatte einen wunden Punkt getroffen: Ob ich überreagiert hatte mit meinem Schlag auf die Nase oder nicht, war die alles beherrschende Frage der letzten halben Stunde gewesen, und zu einem eindeutigen Ergebnis war ich bislang nicht gekommen. Angst konnte ich als Grund für meine überraschende Schlagfertigkeit nicht anführen - Gerard hatte mich eher zornig gemacht als ängstlich, und im Zorn zuzuschlagen war nun wirklich nicht eben ... Ladylike.

"Shara, er ist mitten in der Nacht in deinem Schlafzimmer aufgetaucht und nicht gegangen, als du ihn dazu aufgefordert hast: Das ist mehr Grund, als du brauchst."

Von Gerards Beleidigung mit Davide und dem Schubser gegen die Tür hatte ich Maggie nichts erzählt, nun gab ich Jackson zögernd die ganze Szene wieder, samt Wortlaut der Äußerungen von Gerard. Keine gute Idee, denn aus seiner stürmischen Wiedersehensfreude wurde erneut diese steinerne Anspannung: Jackson presste die Lippen aufeinander, bis sie jede Farbe verloren, seine Augen wurden starr und blickten an mir vorbei auf die Wand, während wer weiß welche Gedanken durch seinen Kopf jagten. Er hörte auf zu atmen und ich spürte an meiner Wange auf seiner, wie unter seiner Haut eine unbändige Wut hochkochte, die ihn stocksteif machte und alle anderen Gefühle in ihm verdrängte: Wäre da nicht seine altbekannte

Wärme und die vor Zorn, nicht vor Schwäche kribbelnde Haut gewesen, hätte ich mir ernsthaft Sorgen gemacht.

"Jackson?"

Er reagierte nicht. Ich versuchte, meine Hand unter seinen Armen nach oben zu bekommen - keine Chance, er umklammerte mich einfach zu fest.

"Jackson!"

Immer noch nichts. Ich küsste ihn auf den Mund und bekam schließlich ein Blinzeln.

"Jack", flüsterte ich ihm ins Ohr, "Jack, beruhig dich. Gerard ist nur ein Arschloch, und ich hab ihm schon eine verpasst. Mit der Faust, direkt auf die Nase. Du und Magnus - ihr habt mir gezeigt, wie das geht, weißt du noch?"

Er atmete ruckartig ein und die steinharte Umklammerung ließ nach, wich langsam der mir bekannten kräftigen, aber liebevollen Umarmung.

"Du nennst mich nie Jack", sagte er schließlich leise, als sein Atem wieder normal ging, seine schönen Augen mich wieder wahrnahmen und sein Lächeln mich die lang vermissten, aber zum Glück unverändert spitzen Eckzähne sehen ließ. "Nur wenn wir ..."

Ich wusste, dass er nicht weiter sprechen würde - und natürlich ebenso, was er meinte.

"In manchen Situationen ist Jackson viel zu lang", erwiderte ich leise lachend, wofür ich einen langen, entspannten Kuss als Belohnung bekam.

"Ich lasse dich nie wieder allein, das verspreche ich dir. Und jetzt sollten wir ein wenig Abstand wahren, sie werden gleich da sein", flüsterte er, während ich mich wieder etwas atemlos an seiner Wange ausruhte.

"Wer ist gleich da?"

Verwunderung in Jacksons Nachtsmaragd-Augen ob meiner Frage. "Andreas und Ciaran. Möchtest du dir vielleicht etwas anziehen?"

Ich hatte immer noch nur sein Hemd an, weil es mild nach Zimt duftete, und schüttelte nun trotzig den Kopf.

"Nein. Wer um diese Uhrzeit uneingeladen in mein Zimmer kommt, muss damit rechnen, dass ich ein Nachthemd anhabe."

Ich löste meine Arme von seinem Rücken, so schwer mir das auch fiel, dann überlegte ich es mir anders und zog ihn wieder an mich. "Aber ich brauche die beiden nicht. Können wir nicht einfach ... schlafen gehen, Jack?"

Er lächelte ein bisschen traurig. "Netter Versuch", flüsterte er aus nächster Nähe in mein Ohr, was mir eine prickelnde Gänsehaut über den Rücken jagte, dann schob er mich von sich. "Aber es muss sein - Magnus wird mindestens Ciaran holen, damit er dich anschaut."

Ich seufzte frustriert und hockte mich auf die Bettkante, Jackson zog seine Jacke aus und legte sie mir über die Beine - in seiner Welt zeigte eine Dame ihre nackten Extremitäten nicht, auch nicht, wenn sie mitten in der Nacht aus dem Bett geholt wurde.

"Ich verstehe Gerard nicht", sagte ich mit Blick auf meine nun züchtig verhüllten Beine: Spargelbeine, das hatte Magnus schon richtig erkannt.

Und der Rest von mir war auch nicht so gebaut, dass Männer mich begehrenswert fanden - 'schlank', hatten die freundlicheren Urteile gelautet, 'mager', 'dürr' oder 'knochig' die weniger wohlwollenden beziehungsweise ehrlichen.

"Was meinst du?"

Ich gestikulierte in Richtung Tür und Flur, in Richtung anderer Schlafzimmer, in den denen wirklich schöne Frauen schliefen.

"Hier sind Lucia, Ffion und Josie - auch Maggie sieht jeden Tag besser aus, seit dem sie Chips und Schokolade aufgegeben hat. Warum kommt Gerard ausgerechnet zu mir?"

Vielleicht wegen meiner Kreuze, gab ich mir selber eine mögliche, sogar eine naheliegende Antwort, vielleicht machte mich das ja in den Augen von manchen Mitgliedern dieses Ordens ... begehrenswert? Nicht wegen der Kreuze an sich, wegen profanem Goldstaub in blasser Haut, sondern wegen dem, was sie symbolisierten, wegen der Macht und dem Einfluss, den sie mir zusicherten? Halt, dachte ich alarmiert, nicht weiter denken: Nachher fragst du dich noch, warum Jackson hier bei dir ist, und dann wird's richtig schwierig.

"Du hältst die anderen für schöner als dich?"

Jackson ging neben mir in die Knie und sah mich an - ein bisschen überrascht, wenn ich seine fragenden Augen richtig interpretierte.

Ich war ehrlich erstaunt. "Selbstverständlich."

Er lachte auf: Es klang amüsiert, und ich fragte mich kurz, ob er nicht doch viel übernächtigter war, als er aussah oder ein viel besserer Schauspieler, als ich gedacht hatte.

"Shara, du bist unglaublich. Schaust du ab und zu mal in den Spiegel?"

Ich schüttelte gerade den Kopf, da erklang wieder das mittlerweile so vertraute Klopfen an der Tür. Jackson sah mich an: Ich wusste, dass er nicht öffnen würde, wenn ich das nicht wollte.

"Mach auf, heute ist Nacht der offenen Tür", scherzte ich ziemlich lahm, und bekam als unerwartete Belohnung noch einen zimtigen, wenn auch kurzen Kuss, der in seiner Sehnsucht nach Ungestörtheit meine bösen Gedanken über die Verbindung zwischen meinem Kreuz und meinem Ehemann Lügen strafte.

Shara

Ciaran saß mit Shane wie erwartet in Andreas' Arbeitszimmer und fiel natürlich nicht wie erhofft aus allen Wolken, als ich eintrat: Über die Monitore hatte er mich und Jack außerplanmäßig zurückkommen sehen, und empfing mich daher mit einem äußerst fragenden Gesichtsausdruck - was nett von ihm war, Andreas hätte uns nicht bis zu Sharas Zimmer kommen lassen. Ich zog mir einen Stuhl heran und begann meine nicht besonders gute Geschichte - nicht besonders gut war sie vor allen deshalb, weil ich weder ihm noch Andreas bislang von Gerards unangemessener Verehrung für Shara erzählt hatte und das jetzt reuig nachholen musste: Ich hatte das gestern wegen der Giuseppe-Aktion in der Kirche total verschwitzt, es hatte ja scheinbar nicht geeilt. Voll verschätzt, du Idiot, rügte ich mich selber, während Ciaran nach meinen holprigen Worten die Finger in die Nasenwurzel kniff, und Shane ihm ungefragt einen teuflisch schwarz aussehenden Kaffee aus der Maschine ließ, in den er löffelweise Zucker schaufelte. Ciaran kippte das scharf riechende und klebrig aussehende Gebräu schnell herunter, dann stand er auf und bedeutete mir, ihm zu folgen - auch er wandte sich als erstes Shara zu, und klopfte daher an Jacks Tür.

Sie saß auf dem Bett und sah genervt aus: Das konnte ich ihr nicht verdenken, aber leider auch nicht ersparen.

"Geht es dir gut?", fragte Ciaran Shara, die Prinzessin nickte.

"Ja, nichts passiert. Das war alles nicht so schlimm."

Ciaran lächelte schief, als sähe er das ein bisschen anders.

"Darf ich mir deine Hand ansehen?"

Shara musterte ihn verwundert. "Welche?", fragte sie, ich musste lachen.

"Die, mit der du Gerard getroffen hast."

Shara warf unserem Doc einen fragenden Blick zu, dann zuckte sie mit den Schultern und streckte ihre absolut unversehrt aussehende Rechte zu ihm hinauf. Ciaran nahm sie in beiden Hände, wackelte an den Fingern und drückte auf den Knöcheln herum, dann legte er sie ihr auf das Knie zurück.

"Es kann etwas absplittern, wenn du den falschen Winkel erwischst", erklärte er seine Untersuchung, Shara betrachtete ihre Hand.

"Danke. Kurz nach dem Schlag hat es weh getan, aber jetzt spüre ich nichts mehr. Aber wenn du jemanden verarzten willst, wäre Gerards Nase lohnender - die saß ziemlich schräg, als ich sie das letzte Mal gesehen habe."

Ich grinste, stolz auf meine Musterschülerin.

Ciaran nickte. "Den schaue ich mir gleich an. Magnus, weckst du dann bitte Andreas?"

"Moment", sagte Shara und stand auf, Jacks Jacke in der Hand und die bloßen Füße auf dem Holzfußboden - ein kräftiger roter Lack heute auf den Nägeln, auch sehr hübsch auf ihrer hellen Haut.

Ich war fast schon zur Tür hinaus gewesen, jetzt zögerte ich.

"Was auch immer ihr tun wollt, es hat Zeit bis zum Morgen. Ich möchte bitte endlich ins Bett."

Ins Bett, nicht 'schlafen' - war das das gleiche oder ganz was anderes, wenn Jack wieder da war? Hör auf damit, wies ich mich selber zurecht, das möchtest du dir gar nicht genauer vorstellen.

Ciaran schüttelte als Antwort auf Sharas Forderung den Kopf: Er war unserer Prinzessin einen doppelten Espresso voraus und hellwach.

"Nein, das klären wir gleich. Es wird auch nicht lange dauern, denn es gibt keine Alternativen: Gerard muss hier weg. Erst mal auf die Burg, würde ich sagen, und wir regeln seine Sache dann, wenn wir mit Drake durch sind."

Shara dachte kurz nach, dann nickte sie. "Klingt gut für mich - ich hab keine Lust, ihn in der nächsten Zeit noch mal zu sehen. Aber besprich du das doch mit Andreas: Dein Vorschlag ist vernünftig, Andreas wird wie ich deiner Meinung sein, und wir sparen uns diese sinnlose nächtliche Versammlung."

Ciaran lächelte, als wüsste er Sharas Taktik zu schätzen, und nickte schließlich.

"Einverstanden. Gerard kann gleich morgen früh mit Davide fahren, dann muss der Junge nicht die ganze Strecke allein im Auto sitzen."

Jack runzelte die Stirn. "Das möchte ich nicht."

Ciaran musterte ihn aufmerksam. "Warum nicht?"

Jack zuckte mit den Schultern, als hätte er keine rechten Worte für ein schlechtes Gefühl, doch Shara antwortete für ihn: Sie fand Worte für jedes Gefühl, auch wenn es in anderen schlummerte.

"Ich hab ihm erzählt, was ich Maggie nicht erzählt hab, und was Magnus daher nicht wissen kann: Gerard hat Davide vorhin als 'hübschen Bauernlümmel' bezeichnet, den ich bei mir im Bett verstecken würde, wenn Jackson nicht da sei. Und Jackson hat auch Bedenken, weil Gerard stocksauer sein wird, wenn du ihn wegschickst. Davide ist sowieso ein bisschen dünnhäutig, und jetzt, wo er gerade erst von Josephs Tod erfahren hat, wäre die Fahrt mit einem mies gelaunten Gerard für ihn nicht sonderlich angenehm."

Ich sah, wie Ciaran die Lippen zusammenpresste, und merkte erst anschließend, dass ich meine rechte Hand zur Faust geballt hatte. Was mochte Gerard gepackt haben, dass er so was sagte, dass er Shara so tief unterhalb der Gürtellinie beleidigte? Geschenke, gut und schön, aber das war wirklich was ganz anderes. Ich hatte plötzlich gut Lust, Gerard seine Nase noch mal zu brechen - und zwar kurz, nachdem Ciaran sie wieder gerichtet hatte.

"Okay, ich verstehe", sagte Ciaran. "Aber es wird trotzdem die beste Lösung sein - ich werde mit Gerard reden, er wird sich benehmen. Er ist bislang nur bei dir so ..."

"... ausfällig geworden?", bot Jack Ciaran an, als der nach angemessenen Worten suchte, "... zum Arschloch mutiert?", ließ ich mich vernehmen.

Shara lächelte mir schwach zu, dann wurde sie wieder ernst.

"Nicht meine Entscheidung", sagte sie, "aber ich stimme Jackson zu: Ich würde die beiden nicht zusammenfahren lassen. Und nun - gute Nacht, meine Herren, ich gehe endgültig schlafen. Und wenn vor neun Uhr am Morgen noch mal jemand bei mir klopft, werde ich sehr, sehr böse und suche mir einen Kreuzritterorden, der die Nachtruhe noch zu würdigen weiß."

– 4 –

Shara

Jackson hatte den Wecker gnädigerweise auf halb Neun gestellt, doch als der mit seinem nervigen, elektronischen Fiepsen loslegte, hatten wir beide nicht eine Minute richtig geschlafen. Zunächst hatte mich Jacksons Wiedersehensfreude äußerst angenehm wach gehalten, dann hatten wir im Flüsterton schlecht über Gerard, besser über Davide und ausführlich über meine neu entdeckte Phobie vor Spiegeln geredet.

Jacksons nächtliche Bemerkung hatte mich selbst darauf gebracht, trotzdem brauchte ich ein paar reflektierende Minuten im Bad vor dem fraglichen Objekt, bis ich das tatsächlich und ehrlich realisierte: Seitdem ich diese goldenen Narben hatte, machte ich um mein eigenes Spiegelbild ein ziemlich großen Bogen. Das war gar nicht besonders schwer, war mir aufgefallen, als ich zum ersten Mal seit Wochen mein gesamtes Gesicht minutiös in Augenschein nahm: Geschminkt hatte ich mich schon immer mit einem kleinen Handspiegel, der nicht viel mehr als ein Auge zeigte, und im Bad musste ich den Blick ja nur in Richtung Waschbecken senken, um mich selbst dort beim Zähneputzen oder Händewaschen nicht zu bewusst sehen zu müssen. Frisieren tat ich mich angesichts meiner unmotivierbaren Haare ohnehin nicht besonders sorgfältig, so dass auch dabei die Notwendigkeit genauerer Musterungen meines gespiegelten Selbst nicht gegeben war: Waschen, kämmen, föhnen und dann entweder offen hängen lassen oder (wenig einfallsreich!) einen Pferdeschwanz machen, das waren die überschaubaren Alternativen. Auf der Burg hatte ich einen wandhohen Spiegel im Ankleidezimmer, aber auch da musste ich ja nicht genauer hinschauen, wenn ich mich anzog oder auf dem Weg zum Badezimmer daran vorbei kam - wahrscheinlich war meine intensivste Begegnung mit einem Spiegel in den letzten Wochen immer noch die mit dem Rückspiegel meines neuen Autos gewesen, hatte ich von mir selbst belustigt zu Jackson gesagt, doch er hatte nicht mit dem erhofften Lächeln reagiert: Ich hatte einen äußerst besorgten, dunkelgrünen Blick geerntet und ihm versprochen, morgen sehr tapfer ganze fünf Minuten lang mein Gesicht im Spiegel zu betrachten, und dann im nächsten Schritt dieser Therapie einen täglichen Blick auf meine Narbe zu werfen.

"Deine Narben sind wunderschön", hatte Jackson mir ins Ohr geflüstert, "du bist wunderschön."

Ich war anderer Meinung, aber zu erschöpft für eine längere Diskussion gewesen - die mir zudem rein gar nichts gebracht hätte, denn warum sollte ich meinen Ehemann davon überzeugen wollen, dass ich eine farblose, dürre, ungelenkige Bohnenstange war und auch immer sein würde? Alle körperlichen Verbesserungen nach Kreuzritter-Art würden daran nichts Wesentliches ändern, aber wenn das für Jackson so in Ordnung war, war das für mich mehr als okay. Ich hatte ihn als Dank für seine lieben Worte geküsst, dann hatten wir vor uns hingedämmert, bis die ersten Sonnenstrahlen eines ausnahmsweise sonnigen römischen Tages ins Zimmer gefallen waren und uns - nun, nicht gerade geweckt, sondern eher aus Pflichtgefühl aus dem Bett getrieben hatten.

Jackson bewegte sich nach dem Aufstehen so, wie ich mich fühlte: Benommen und langsam, unkonzentriert und fahrig. Eine heiße Dusche half ein wenig, jede Menge Kaffee und viel kalter Orangensaft noch etwas mehr, doch wach konnte man uns beide auch danach nicht wirklich nennen. Ciaran warf mir beim Frühstück dementsprechend kritische Blicke zu und ordnete mit bester Arztstimme an, dass Jackson und ich nach Davides Verabschiedung noch ein paar Stunden schlafen sollten - in getrennten Betten, wie er mahnend hinzufügte. Dieser Zusatz führte zu einem Paar sehr roter Ohren bei Magnus, der neben mir saß - und der arme Kerl verschluckte sich dann anschließend beinahe an seinem Brötchen, als ich Ciaran nicht leise genug antwortete, dass mein Liebesleben ihn nun wirklich gar nichts anginge. Als der Arzt meines Vertrauens daraufhin ebenfalls sehr verlegen drein sah und sich seine Sommersprossen mit einer dezenten Röte unterlegten, war eine Entschuldigung meinerseits zu zwei Seiten fällig, auch wenn ich nicht diejenige gewesen war, die mit diesem Thema angefangen hatte. Ciaran war indes noch erschöpfter als Magnus, Jackson und ich: Er und Shane hatten die Aufsicht über die Verfolgung des Priesters vor einer halben Stunde für die Tagesschicht an Andreas und Josie übergeben und würden sich nun auch hinlegen können. Während er mit müder Miene seinen völlig überzuckerten Tee trank, brachte Ciaran uns noch auf den aktuellen Stand: Giuseppe sei langsam nach Norden gefahren, bis etwa in die Toskana, dort habe er sich ein kleines Hotel neben der Autobahn gesucht und sei schlafen gegangen, Ffion habe als letztes gemeldet, dass er aufgestanden sei und im Frühstücksraum bedächtig seinen Kaffee trinken würde. Diese langsame Reise des Priesters nach Norden und sein demonstrativ entspannter Aufenthalt im Hotel erinnerten mich frappant an selbigen von Drake in dem Hotel nahe der Burg - wahrscheinlich hatte dieser Giuseppe genau instruiert und war wenig kreativ, wenn es um Verhalten unter erwarteter oder bemerkter Beobachtung ging. Ich fragte Ciaran nach Gerard, als Davide nach einem leisen, zögernden Klopfen in die Küche kam: Gerard sei auf seinem Zimmer, flüsterte Ciaran mir zu, und würde dort auch bleiben, bis er mit Davide aufbrechen müsse. Ich nickte: Ich würde hinauf gehen, bevor er herunter kam - mir war nicht nach einer weiteren Begegnung, vielen Dank.

Jackson ging mit Davide nach dem Frühstück hinaus auf den Hof, um von Angesicht zu Angesicht wegen seines Ausflugs nach Rom mit ihm zu sprechen, ich folgte den beiden und lehnte mich für eine Zigarette gegen Davides Auto. Der Junge sah auch nicht wirklich ausgeschlafen aus, wirkte aber gefasster als gestern Abend - nein: er war tatsächlich gefasster als gestern Abend, wenn ich denn seinen körperlichen Zustand als Gradmesser nehmen konnte: Er hatte überrascht die Augen hochgezogen und seine wahrscheinlich leicht tauben Lippen betastet, als er mich eben in der Küche zur Begrüßung auf die Wange geküsst und dabei zum ersten Mal mein erschöpftes Prickeln gespürt hatte.

"Ich bin total fertig", hatte ich zur Erklärung gesagt - eine Aussage, die mein Äußeres wohl stützte, denn jetzt schoss sein besorgter Blick immer wieder zu mir hinüber. Ich sah nicht besonders gut aus heute Morgen, das wusste ich dank eines ebenso kritischen wie ausführlichen Blicks in den Spiegel: Blaue Schatten unter farblosen Augen, fahle Haut und definitiv ein Bad-Hair-Day. Aber auch unabhängig von der schlaflosen Nacht war ich bei Lichte besehen körperlich in keiner guten Verfassung: Meine Rippen zeichneten sich deutlich unter der Haut ab, die durchs Laufen und Schwimmen mühsam aufgebauten Muskeln waren verschwunden, aufgebraucht bei den Sitzungen mit Shane und den Kindern in den Krankenhäusern. Ich konnte nun immerhin verstehen, warum alle ständig versuchten, mich zu füttern: Den Anblick meiner spitzen Rippen und der abgemagerten Oberschenkel fand ich selber unerträglich, das war nicht mehr schlank, das war ... krank. Was hatte Maggie gesagt, als wir im Schwimmbad der Burg Frieden geschlossen hatten? 'Wenn einen der eigene Anblick im Spiegel ankotzt, sollte man wohl mal was tun' - absolut richtig. Ich hatte also heute Morgen zwei Vollkorn-Brötchen gegessen, dick mit Butter und Marmelade bestrichen - jetzt war mir zwar übel, aber ich fühlte mich auf dem richtigen Weg.

"Halt ihre Hand, wenn du helfen willst", sagte Jackson gerade, Davide kam brav zu mir hinüber - also lehnte ich an einem warmen Morgen in Rom an einem schwarzen Alfa mit frechen, weißen Streifen, hatte in der einen Hand die eigentlich verbotene Zigarette und in der anderen die fest zupackenden Finger meines fast erwachsenen Adoptivsohnes, während Jackson uns mit vor der Brust verschränkten Armen gegenüberstand und Davide eine Rede über Verantwortung und Pflicht hielt, die sich gewaschen hatte.

Ich verstärkte den Druck auf Davides Hand, während er neben mir zu einem Häufchen aus Scham und Reue zusammenschrumpfte, doch wahrscheinlich half ihm mein Trost wenig, zog doch meine Müdigkeit ihm schon mehr Energie ab, als er in seinem schmalen Körper nach zwei schwierigen und einsamen Tagen übrig hatte.

"Du schuldest uns vor allem Gehorsam, vergiss das bitte

niemals", brachte Jackson seine Standpauke zu Ende. "Wir werden dir nichts auftragen, dass du nicht mit gutem und reinem Gewissen tun kannst, wenn du im Zweifel bist, kannst du jederzeit einen von uns fragen. Ich kann verstehen, dass du besorgt warst, als wir auf einmal alle weg waren - aber deine Reaktion war einfach unverantwortlich und unglaublich dumm, denn wenn du dich in Gefahr bringst, gefährdest du den ganzen Orden. Du wirst dieses Mal nicht bestraft werden, aber du wirst so etwas nie wieder tun. Hast du mich verstanden?"

Davide ließ den Kopf hängen. "Ja, ich habe verstanden", sagte er leise, woraufhin Jackson ihm eine Hand hinstreckte, die der Junge zögerlich schüttelte - damit war das Thema erledigt.

Ich sah Davides Erleichterung nach der anfänglichen Angst vor Verstoßung und Strafe, seine Augen wurden ein wenig wacher, seine heruntergesackten Schultern strafften sich. Ich wollte ihn vor der langen Fahrt heute nicht zu sehr schwächen, daher ließ ich seine Hand nach einem kurzen, hoffentlich aufmunternd wirkenden Druck los, als Josie den Kopf zur Tür raus streckte und für Andreas fragte, wann Davide fahren solle.

"Um Zehn", antwortete ihr Jackson. "Du fährst mit Gerard, der löst Sven auf der Burg ab", sagte er dann zu Davide, der nickte gehorsam.

Der Junge hatte von den Geschehnissen der letzten Nacht nichts mitbekommen, wie sich durch zwei, drei tastende Fragen nach seiner Nachtruhe herausgestellt hatte: Sein Gästezimmer lag einen Stock höher als Jacksons Zimmer und auf dem Gang zur anderen Seite. Also war er über den wahren Grund für Gerards Abreise erst einmal im Dunkeln gelassen worden - in der Hoffnung, dass Gerard sich ihm gegenüber benehmen würde - was ihm Ciaran in der Nacht und Andreas am Morgen mit scharfen Worten nahegelegt hatten. Ich war weniger optimistisch, hätte den Jungen am liebsten noch beiseite genommen und ihn gewarnt: Davide könnte so mit Fiesheiten rechnen, müsste sich nicht von Gerard überraschen lassen, wie ich letzte Nacht. Als ich jedoch die immer noch mild in seinem Blick flackernde Unsicherheit sah, verzichtete ich und schluckte meine warnenden Worte hinunter: Ich wollte ihn nicht noch mehr verunsichern, wollte alles nicht noch schlimmer machen.

Jetzt sah Davide erst Jackson und dann mich an. "Und wann kommt ihr zurück auf die Burg?"

Ich seufzte. "Das weiß ich leider nicht. In ein paar Tagen -

kommt darauf an, wo dieser Priester hinfährt. Lieber früher als später", fügte ich hinzu und lehnte mich gegen Jackson: Viel zu müde und nach wie vor viel zu verliebt, um alleine stehen zu können oder zu wollen.

Magnus

Andreas geleitete Gerard pünktlich um zehn Uhr stumm zum Auto. Ciaran und Josie hatten sich von Davide verabschiedet, bevor Gerard herunter kam, denn dem wollte keiner begegnen: Nur ich und Jack standen noch neben diesem Winzling von einem Auto, als Andreas und Gerard aus dem Haus kamen. Gerards Nase saß wieder gerade, abgesehen von einer leichten Schwellung und ein paar roten Tupfen in der Haut gab es keine Spuren mehr von Sharas wirklich mustergültigem, geradezu prächtigem Treffer mehr zu sehen - schade eigentlich, ein paar Tage Probleme beim Atmen wären dem Arschloch als Zugabe auch nicht schlecht bekommen.

"Mach's gut", sagte ich zu dem Kleinen und schüttelte ihm die Hand, Jack umarmte ihn kurz.

Davide versprach, sich zu melden, wenn er angekommen sei, und zog die Tür des Autos hinter sich zu, Jack und ich gingen ohne einen weiteren Blick auf Gerard ins Haus. Jack bewegte sich so steif, als müsste er all seine Konzentration einsetzen, um einfach so an Gerard vorbeigehen zu können - ich hatte gestern Nacht ja schon ein paar höhnische Sprüche, böse Blicke und ernst gemeinte Drohungen auf Gerard und seine blutige Nase abschießen können, als ich Ciaran auf sein Zimmer begleitet hatte, doch ich konnte mir vorstellen, dass Jack durchaus der Sinn nach ernsthafter Körperverletzung stand. Ciaran hatte mich verbal wüten lassen, während er in aller Seelenruhe Blut weggetupft, die Nase dann unter grausigem Knirschen gerade gerückt und Gerard das Auflegen einer kalten Kompresse empfohlen hatte - und dass er mich hatte gewähren lassen, hatte mir nur zu deutlich gesagt, welche Schande Gerard auf sich geladen hatte, wie empört und wütend Ciaran unter seinem so unberührten Äußeren war: Gerards Status rangierte jetzt ungefähr knapp unterhalb der Ratte, die seit gut zwei Jahren in unserem Hinterhof logierte, sich an den wohlschmeckenden Abfällen von Ciarans Kochkünsten fett gefressen hatte und auf den Spitznamen 'Michelin' hörte - geschuldet sowohl ihrem exquisiten Geschmack als auch ihrem reifenrunden Bauch.

Kurz darauf wurde das Auto gestartet und das Tor fuhr unter dem altbekannten Rumpeln hinter Davide und Gerard zu, Jack verschwand sofort die Treppe nach oben. Ich folgte ihm langsamer: Aus meinem morgendlichen Lauf zur Lockerung war wegen des abrupten Endes unserer Nachtschicht vor Drakes Haus nichts geworden, und obwohl ich niemanden hatte, der mich während der paar Stunden Nachtruhe hätte wachhalten können, war auch mein Schlaf alles andere als erholsam gewesen. Ich hielt Laufen immer noch für eine gute Idee und drehte mein geplantes Programm daher um: Ich streckte mich für ein paar Stunden auf meinem Bett aus, dann zog ich mich um und rannte in der flirrenden und heute ziemlich drückenden römischen Nachmittagshitze hinunter zum Fluss. Der Bürgersteig oben war immer von Touristen verstopft, den alten Pfad unten kannten jedoch nur die Einheimischen, und so konnte man dort ungestört kilometerweit laufen - meine heutige Strecke betrug etwa zwölf Kilometer, wovon ich fast zwei Drittel geschafft hatte, als mein Handy klingelte. Es war Jack: Ob ich vielleicht Kuchen mitbringen könne - Shara wollte welchen? Wenn nicht, würde er ... Ich würgte ihn ab und versprach die Lieferung in einer halben Stunde: Wenn Shara einmal im Jahr Bereitschaft zur Nahrungsaufnahme signalisierte, musste man das unterstützen.

"Mit Schokolade bitte, Erdbeeren mag sie auch sehr gern", fügte Jack hinzu, was ich mir geistig notierte, während an seinem Ende der Leitung leise Sharas Handy klingelte - ein schriller Popsong, über den ich mich schon des Öfteren lustig gemacht hatte.

Jack schien Shara beim Telefonieren zuzuhören, ich hörte Jack beim Zuhören zu, während ich zwei schwatzende Mütter mit Kinderwagen umlief - dann atmete er scharf ein.

"Was ist?", fragte ich, er antwortete nicht, es gab nur Rauschen in der Leitung.

Ich lief langsamer und sah auf das Display: Die Verbindung stand nach wie vor. "Jack? Bist du noch da?"

"Komm sofort zurück", zischte Jack, ich zog die Augenbrauen hoch.

"Und der Kuchen?"

"Vergiss den Scheißkuchen. Komm zurück, so schnell du kannst."

Er legte auf, ich lief schneller. Knapp zehn Minuten, schätzte ich: Schneller konnte ich bei dieser Hitze nicht - auch nicht, wenn Jacksons Schimpfwort in hundertdreißig Jahren mir die außergewöhnliche Dringlichkeit der Situation mehr als verdeutlicht hatte.

Shara

Als ich mit Jackson am frühen Abend nach unten kam, fühlte ich mich viel besser: Ein paar Stunden Schlaf waren herrlich nach so einer chaotischen Nacht, auch wenn mich Nickerchen tagsüber immer ziemlich benommen machten - jetzt hatte ich Hunger und freute mich über Andreas' Auskunft, Ciaran sei auch auf den Beinen und in der Küche, um nach ein paar Tagen mit Nudeln und Fertigsoße was Anständiges zu kochen. Jacksons Handy fiepste, als wir in die Küche kamen, kurz darauf meldete sich meines: Wir hatten die Telefone für einen ungestörten Schlaf ausgeschaltet, und bekamen nun beide die gleiche SMS von Davide, der pflichtschuldig meldete, er und Gerard hätten fast eine Stunde im Stau verloren, seien jetzt aber wieder unterwegs. Jackson tippte eine Antwort, während ich mir von Ciaran Schürze ('Kiss The Cook') und Messer reichen ließ, und mich dann dem Berg Gemüse zuwandte, den er neben der Spüle aufgehäuft hatte - die Zutaten sahen nach Ratatouille aus, und ich hoffte, dass Ciaran mein mittlerweile halbwegs verlässliches, italienisches Küchenvokabular nicht mit französischen Begriffen durcheinanderwirbeln würde.

Shane war auch eben erst aufgestanden, saß am Küchentisch und aß ein dick mit Käse und Tomaten bepacktes Sandwich, von dem er mich nach einem scheinbar sehr gierigen Blick bereitwillig abbeißen ließ, Magnus war Laufen. Der Priester hatte schon wieder einen Zwischenstopp eingelegt und sich in einem anderen Hotel nahe der Autobahn ein Zimmer genommen - das klang nach Hinhaltetaktik, sagte ich, die anderen stimmten mir zu. Die eigentliche Frage lautete also: Wer verwirrte da wen? Drake uns oder Drake Giuseppe? Giuseppe uns oder Giuseppe Drake? Das konnten wir zwischen Zucchini, Paprika und Thymian-Büscheln in der Küche jedoch nicht klären, auch wenn mir ungeduldigem Gemüt das gar nicht passte.

Ob Kuchen im Haus sei, fragte ich Ciaran, ich hatte Lust auf etwas mit süßem Teig, Sahne, Schokolade und vielen, vielen Kalorien. Nein, antwortete er, aber Magnus könne ja welchen mitbringen. Jackson rief Magnus an, ich widmete mich meinem Gemüseberg, Ciaran schnitt ein Rinderfilet in dicke Scheiben und Shane machte sich unter Ciarans ärztlich erfreuten Augen noch ein Brot. Nach der dritten Zucchini klingelte mein Handy, ich fischte es mit spitzen Fingern aus der Hosentasche, um nicht zu viel Gemüsesaft daran zu schmieren: Davides Nummer. Wahrscheinlich war er auf der Burg angekommen - es war schon fast sechs, auch mit Stau war die Strecke in dieser Zeit zu schaffen.

"Ciao, Davide", sagte ich, während ich mir das Gerät zwischen Schulter und Ohr einklemmte, und als nach ein paar Sekunden Stille im Lautsprecher ein entsetzlich bekanntes, höhnisches Lachen an mein Ohr drang, glitt mir das Messer aus der plötzlich kraftlosen Hand und fiel scheppernd auf den Steinfußboden.

Jackson drehte sich um, und als ich seinen Blick auffing, wurde mir nur allzu klar, dass mein Gesicht eine Maske aus Entsetzen und Schock sein musste, denn seine Miene verwandelte sich in Sekundenbruchteilen von fragend zu erschrocken. Er beendete das Telefonat mit Magnus und war mit zwei Schritten bei mir, verfolgt von den überraschten Augen Shanes und Ciarans.

"Drake", sagte ich tonlos und mehr für die anderen im Raum als zur Begrüßung, am anderen Ende erklang erneut dieses scheußliche Lachen.

"Gut erkannt, schöne Shara", sagte er mit seiner leicht überheblichen Stimme. "Davide lässt grüßen, er darf aber leider nicht persönlich ans Telefon. Das verstehst du sicher."

"Was willst du von ihm?", fragte ich, doch die Antwort kam mir in dem Moment selbst in den Sinn, wo ich den Satz beendete. "Lass mich raten: Nichts."

Wieder das Lachen aus dem Hörer. "Korrekt. Der Junge interessiert mich überhaupt nicht - aber weil das bei dir anders ist, ist er mir im Moment doch ... äußerst wertvoll."

"Du willst ihn austauschen."

Gegen wen brauchte ich nicht zu fragen. Jackson legte mir eine Hand auf den Rücken, doch seine warme Berührung lenkte mich kaum von dem eiskalten Zorn ab, der in mir hochstieg.

"Ja, sehr gern", antwortete Drake leichthin, als hätte ich ihn gefragt, ob er nicht zum Essen kommen wolle.

Seine Worte, seine Stimme, der bloße Gedanke an seine Gegenwart nahe bei Davide - ich hätte das Handy am liebsten an die Wand geschmettert, und musste nun ein paar Mal tief durchatmen, um mein pochendes Herz zu besänftigen und mich konzentrieren zu können.

"Beweis mir erst, dass du ihn wirklich hast und nicht nur sein Telefon", sagte ich schließlich, "dann reden wir weiter. Mach ein Foto von ihm - die klassische Kidnapper-Variante, mit dir und der Tageszeitung von heute. Schick es mir auf mein Handy."

"Wie die Dame wünscht", antwortete Drake amüsiert, was mich natürlich noch mehr reizte.

"Wenn du ihn tatsächlich hast, können wir über einen Austausch reden. Unter zwei Bedingungen: Erstens - ich werde Davide für mindestens eine Minute auf bloßer Haut berühren und ungestört mit ihm sprechen, bevor er geht und ich zu dir komme. Wenn du den Jungen in irgendeiner Weise körperlich oder seelisch misshandelt hast, werde ich das unweigerlich merken und der Deal ist geplatzt."

Drake lachte erneut, scheinbar fand er diese Bedingung nicht besonders schlimm.

"Und was willst du dann machen? Dann habe ich den Jungen immer noch, und das Leid ist ihm schon geschehen."

Das Leid ... du Arschloch, dachte ich, du mieses, arrogantes Arschloch. Ich drehte mich mit dem Handy von Jackson weg und fuhr um einiges leiser fort - die folgenden Worte waren nicht für die zarten 19. Jahrhundert-Ohren meines Ehemannes bestimmt.

"Das ist zu dem Zeitpunkt weder für mich noch für dich mehr wichtig, denn dann kommt Bedingung Zwei ins Spiel: Ich komme bewaffnet. Wenn du Davide auch nur ein Haar gekrümmt hast, werde ich dich umbringen, sobald ich dein hässliches Gesicht sehe - oder noch besser: Ich jage mir selbst eine Kugel in den Kopf. Dann kannst du alle Jungen dieser Welt entführen, und es wäre mir scheißegal. Hast du das verstanden, du alter Wichser?"

Eine Minute lang drang nur ein Rauschen aus dem Lautsprecher an meinem Ohr - wahrscheinlich lachte Drake lauthals angesichts meiner Drohung und hielt mit der Hand pietätvoll das Mikro zu, damit ich das nicht hören konnte. Oder hatte ich ihm tatsächlich etwas angedroht, dass ihn ängstigen konnte? Was mochte ihn erschreckt haben: der eigene Tod - oder meiner? Letzteres, dachte ich: Wenn ich tot war, war auch er am Ende, und hätte eine Ewigkeit Zeit, um sich darüber zu ärgern.

"Einverstanden", sagte Drake schließlich. "Aber auch ich habe zwei Bedingungen: Du bringst außer deinem hübschen, kleinen Damenrevolver keine andere Begleitung mit - und du kommst zu einem Ort, den ich bestimmen werde."

Nein, sagte ich mir selbst, stimm nicht zu: Stimm zu nichts zu, was dieser Mensch sagt.

"Erst das Beweisfoto", forderte ich, "dann reden wir weiter."

Ich legte auf und feuerte das Handy wütend in das Spülbecken, griff dann nach dem Stapel Dessertteller, der danebenstand, und donnerte sie einzeln dahinter her. Sie zerspritzten mit klirrendem Kreischen in tausende feiner Scherben, und jede schnitt ein kleines Stück meines Zorns aus mir heraus. Jackson ließ mich gewähren - er griff erst nach meiner Hand, als ich sie mangels weiterer Wurfgeschosse sinken ließ und mich leicht desorientiert und suchend nach ihm umsah. Er zog mich sanft, aber bestimmt an sich und drückte meinen Kopf an seinen, ich ließ mich gegen ihn sinken und wünscht mir für eine schwache Sekunde, ich könnte ihm einfach die Lösung dieses kleinen Problems überlassen und mich weiter der ach so verantwortungsvollen Aufgabe des Gemüseschneidens zu widmen. Ich wusste mehr als ich tatsächlich mitbekam, dass Ciaran Shane nach oben schickte, um Andreas zu holen - ich atmete süßen Zimt und wartete darauf, dass mein vor Angst um Davide krampfendes Herz meinen schwindelnden Kopf wieder denken ließ.

Magnus

Ich rannte zum Haus zurück, so schnell ich konnte. Eine schicksalsschwere Begegnung mit einem dieser monströsen und allgegenwärtigen Reisebusse hätte meine verbleibende Erdenzeit beinahe auf ein paar grauenhaft schmerzensreiche Sekunden begrenzt, wäre ich nicht mit einem schnellen Schritt zur Seite gesprungen, um mich vor seiner auf mich zuschießenden Front in Sicherheit zu bringen. Ich brüllte ein paar wilde Flüche, die ungehört an der riesigen Windschutzscheibe des

Touristentransporters abprallten, dann rannte ich weiter. Als ich mich in der Halle des grauen Hauses kurz fragte, wohin ich mich wenden sollte, drangen aus der Küche laute Stimmen zu mir heraus - da ich die Sharas darunter erkannte, stieß ich die Tür auf und trat schweißgebadet ein. Shane, Andreas und Ciaran saßen am Tisch und wirkten geschockt, aber ruhig - sichtliche und vor allem lautstarke Erregung ging von der anderen Seite des Raumes aus, wo Jack am Herd lehnte und Shara vor ihm auf und ab tigerte, wie ein fauchendes Raubtier im Käfig.

"Ich habe gesagt, dass ich mich gegen Davide austauschen lasse, also werde ich das auch tun! Davide muss da raus, alles andere ist zweitrangig", zischte Shara, als ich eintrat, und Andreas antwortete ihr bestimmt, dass genau dies nicht die Prioritäten sein, nach denen der Orden handeln werde.

"Dein beschissener Drecksorden kann mich mal kreuzweise", schoss Shara wenig konstruktiv, dafür aber mit viel Feuer zurück.

Ich ließ mich tropfend und schwer atmend auf einen Stuhl sinken, außer Reichweite von Sharas scharfen Worten.

"Shara, bitte", versuchte nun Ciaran sein Glück im verbalen Bändigen unserer Prinzessin. "Wir holen Davide da raus, das ist keine Frage. Aber bitte lass uns eine andere Methode finden - eine, die dich nicht in Gefahr bringt."

"Und woher wollt ihr diese Methode nehmen? Ihr habt mit solchen Sachen null Erfahrung - woher auch? Ihr habt Jahrhunderte damit verbracht, ein blödes Schwert anzuglotzen, das in einem Stein festgeklebt war - also tut jetzt nicht so, als wärt ihr ein Sondereinsatzkommando!"

Autsch, das hatte gesessen - und war zudem auch noch allzu wahr. Als es um Giuseppes Verfolgung gegangen war, hatte Shara das schon mal angemerkt: Nicht so ätzend, nicht so verletzend, aber nicht weniger korrekt, wenn ich mich recht erinnerte. Als sie erneut den Mund öffnete und schon Luft für weitere zutreffende Bösartigkeiten geholt hatte, zog Jack mit einem entschuldigenden Gesichtsausdruck die nach vorn drängende, Funken sprühende Shara zu sich heran, drehte sie zu sich herum und drückte ihr unvermittelt die Lippen auf den Übergang von Hals zu Schultern: Sie zuckte zusammen, als habe sie einen elektrischen Schlag erhalten, erschlaffte dann von einer Sekunde zur anderen und sank so erschöpft und kraftlos zurück, als habe Jack auf einen versteckten 'Aus'-Knopf gedrückt. Er fing sie auf, schlang die Arme um sie und flüsterte ihr ein paar

Worte ins Ohr, sie schloss die Augen und atmete tief durch - nicht in der Lage, zu antworten oder auch nur allein zu stehen. Ich mochte nicht hinsehen, aber ausnahmsweise war es mal nicht die Vertrautheit der beiden, die mich beschämte: Shara tat mir mit ihrer Sorge um Davide unglaublich leid und ich hätte meine letzten beiden Jahrhunderte darum gegeben, ihren Schmerz lindern zu können.

Shara

Als ich wieder klar denken konnte, war ich ganz kurz verdammt sauer auf Jackson. Meine Wut mochte zu nichts führen, ein vernünftiges Gespräch mochte uns weiter bringen als mein bissiges Gefauche - trotzdem wollte ich mir meine Wut noch ein bisschen bewahren, und mit ihrer Hilfe diese viel zu ruhigen Männer vor mir aufscheuchen. Ich konnte nicht dasitzen, rational sein und vernünftig reden: Ich wollte losrennen und was tun. Jacksons zarter Druck auf die magische Stelle an meinem Hals hatte mich zu einer willenlosen Puppe gemacht, und als ich wieder zu mir kam, saß ich auf der Bank in der Küche, hatte ein Glas Wasser in der Hand und mein Handy signalisierte mit sanftem Vibrieren im mit Scherben gefüllten Spülbecken den Empfang einer Nachricht.

Ich streckte einfach die Hand aus, Shane sprang bereitwillig auf und kurze Zeit später blickte ich auf das verlangte Beweisfoto: Davide, schmal, jung und ängstlich neben Drake, groß, dunkel und triumphierend - Drakes Arm mit einem Revolver in der Hand um die Schultern des Jungen, eine italienische Tageszeitung in Davides Hand. Ich reichte das Telefon an Jackson weiter, der starrte ein paar lange Sekunden darauf und gab es dann Andreas. So machte es seine Runde um den Tisch, Abscheu und Wut in unterschiedlichen Gewichtungen zeichneten sich auf den Gesichtern der Kreuzritter ab. Shane schickte das Bild weiter an Josie, die in Andreas' Arbeitszimmer den Kontakt zu den anderen draußen hielt - und ich zählte endlich eins und eins zusammen.

"Ratet mal, wer das Foto gemacht hat", sagte ich, die anderen sahen mich verständnislos an. "Ratet mal, wer heute Nacht eine kleine Scharade in meinem Zimmer gespielt hat, als er von Davides Ankunft erfuhr, damit ihr ihn heute Morgen mit dem

Jungen zur Burg schickt. Und schließlich: Ratet mal, wer damals Drake so schnell von der Lösung des Schwertes erzählt hat, wer den Dolch aus dem Tresor geholt und ihn Drake gegeben hat, damit der mich damit im Pantheon erwischen kann."

Stille herrschte nach meinen Worten. Andreas starrte mich mit seinen dunklen Augen an, Ciaran lehnte den Kopf zurück und atmete tief durch, Magnus war seit seiner Rückkehr ohnehin mit einem entsetzten Ausdruck im Gesicht eingefroren, Shane schüttelte ungläubig den Kopf. Als Jackson der Erste war, der verstehend nickte, verzieh ich ihm seinen schnöden Verrat an meiner Wut - vorerst.

"Meinst du, auch diese Gefühle die du ... ", fragte er - ich ahnte, was er hatte aussprechen wollen und schüttelte den Kopf.

"Nein, das war echt. Ich habe das mehrfach deutlich gespürt, so etwas kann man nicht spielen. Aber gestern Nacht ...? Da hab ich ihn nur berührt, als meine Knöchel auf seiner Nase gelandet sind - ich weiß also nicht, ob das noch immer so ist, oder ob er da nur geschauspielert hat."

Jackson nickte zu meinen Worten, ich lehnte mich an ihn, er schlang beide Arme von hinten um meine Schultern und küsste mich auf den Scheitel. Seine Nähe und Güte besänftigten mich, machte mich endlich bereit für ein paar vernünftige Worte.

"Entschuldigt, aber wovon habt ihr da gerade gesprochen?"

Ciaran blickt von mir zu Jackson, der steckte seine Nase in meine Haare und überließ damit mir die Entscheidung: Sollte ich den anderen hier am Tisch von meiner Fähigkeit zum Gefühlelesen erzählen oder nicht? Ich entschloss mich, Vertrauen zu beweisen.

"Ich kann manchmal ganz leicht spüren, was jemand für mich empfindet. Ich muss denjenigen dazu aber sehr lange berühren und seine Gefühle müssen sehr stark sein. Als Gerard mit mir bei Shane saß, hab ich gemerkt, dass er ... mich begehrt - ziemlich stark, fast schon gierig."

"Das tut mir Leid", sagte Shane unvermittelt, ich sah ihn erstaunt an: Das war keine Bemerkung, mit der ich gerechnet hatte.

"Du musstest nicht nur mich heilen, sondern auch noch so etwas Ekeliges ertragen", erläuterte er seine Worte und verzog sein hübsches Jungengesicht zu einer betrübten Miene.

Ich winkte ab (Gerards Gefühle waren nun wirklich nichts, wofür Shane sich entschuldigen musste) und ließ meine Augen über die am Tisch Versammelten schweifen, auf der Suche nach weiteren Reaktionen. Magnus sah nicht besonders beeindruckt aus, Andreas höchst interessiert, Ciaran hatte die veilchenfarbenen Augen erstaunt aufgerissen, als wäre ich ein Patient mit einem aufsehenerregenden Symptom, und streckte mir schließlich seine Hand über den Tisch entgegen.

"Ach bitte", wehrte ich ab, doch er schob sie herausfordernd noch ein Stück weiter, machte mit seinen sommersprossigen Fingern eine 'komm schon, trau dich'-Geste. Nachdem ich das Lächeln in seinen Augen sah und Jacksons bestätigenden Druck um meine Schultern spürte, seufzte ich und verschränkte meine Finger in denen meines Leibarztes.

"Drake erwartet, dass ich ihn anrufe", sagte ich, während ich auf die ersten Tropfen von Ciarans Gefühlen lauschte. "Und das werde ich erst dann tun, wenn ihr mir glaubhaft versichert habt, dass ihr mir ohne Wenn und Aber dabei helfen werdet, Davide da raus zu holen."

Jackson neben mir seufzte, Andreas schüttelte frustriert den Kopf, Magnus ebenfalls, aber eindeutig ablehnend, Shane starrte mich nur an - und der erste Tropfen, der mich von Ciarans Gefühlen erreichte, war ein wenig widerstrebende Bewunderung.

Magnus

Ich hätte auf Andreas getippt, auf Ciaran, auf Jack und natürlich auf Shara - das waren unsere Überflieger, die mit der Extraportion Gehirn im Kopf. Einer von ihnen würde die Idee haben, was wir tun mussten, wie wir Drake finden konnten, wie wir Davide da raus kriegten, ohne dass Shara sich tatsächlich opfern musste - vielleicht sollte ich eher sagen 'in Gefahr begeben' musste, denn wir wollen ja nicht frühzeitig unnötig theatralisch werden. Doch es war schließlich Josie, die uns auf die entscheidende Spur führte: Sie kam ein paar Minuten nach dem Empfang der Beweisfoto-SMS herunter und quetschte sich zu Shara und Jack auf die Bank, ein paar großformatige Ausdrucke des von Drake gesendeten Fotos warf sie auf den Tisch. Shara erstarrte, als sie Davides ängstliche Augen in dieser Größe vor sich sah, Jack sammelte die Ausdrucke mit vorwurfsvollem Blick auf Josie ein und drehte sie um, als würde das irgendwas an den Tatsachen ändern können.

"Wann fahren wir?", fragte Josie, wir sahen sie erstaunt an.

"Wohin?", fragte Shane, Josie gestikulierte in Richtung der Bilder.

"Zur Burg, wohin denn sonst?"

Shara verstand als Erste: Sie zog die Fotos wieder zu sich heran und drehte sie um.

"Das wurde in der Burg aufgenommen?"

Josie sah erstaunt von ihr zu Shane, dann einmal im Kreis.

"Na ja - fast. Habt ihr den Raum nicht erkannt?"

Ich nahm mir eine der Kopien und studierte das Zimmer hinter den beiden Gestalten: Eine alte, unverputzte Mauer aus grauem Stein, ein Stück Holzboden - alt, staubig und zerkratzt. Kein Wandschmuck, kein Fenster mit Aussicht, kein Möbelstück, nur ein altertümlicher Eisenhaken in der Wand, wie man ihn früher zur Stabilisierung von Mauern eingesetzt hatte.

"Das ist das alte Gerätehaus in der Burg", sagte Josie jetzt. "Das erste Stockwerk, steht absolut leer."

Ich hörte, wie Andreas neben mir scharf einatmete, und reichte ihm ungefragt meinen Ausdruck hinüber.

"Ich war neulich erst länger drin, auch oben", fuhr Josie fort. "Jack hatte die Idee, dass man eins der Häuser umbauen könnte, weil Shara vielleicht darin lieber wohnen würde als in der Burg, von wegen eigene vier Wände und so. Ich habe mir die Häuser deswegen genauer angeschaut - und das ist das Gerätehaus, da bin ich mir sicher: Ich fand es am besten für einen Umbau geeignet und war deswegen da am längsten drin. Es riecht nicht nach Pferd wie der alte Stall, und aus dem anderen Gebäude bekämen wir die großen Öfen oder die alten Waschzuber auch nicht ohne weiteres raus", fügte sie überflüssigerweise hinzu, als würde einen von uns gerade ein solcher architektonischer Exkurs interessieren.

Shara nickte langsam. "Dort oben war ich noch nie", sagte sie. "Aber es macht Sinn: Gerard wurde in der Burg erwartet und konnte Drake problemlos dort einschmuggeln - und Drake findet es bestimmt besonders schön, einen von euch auf eurem eigenen Grund und Boden festzuhalten."

"Dazu kommt: Weder Sven noch Pablo haben irgendeinen Grund, in eines dieser leeren Gebäude zu gehen", ergänzte Ciaran, der immer noch auf Sharas Hand starrte, die mitten auf dem Tisch in seiner lag.

"Aber Drake muss doch damit rechnen, dass wir Sven und

Pablo von Gerards Verrat erzählen", wandte Shane ein, und jetzt riss sich auch Andreas von der Betrachtung des Fotos los.

"Dazu müssten wir aber erst mal rauskriegen, dass Gerard mit der ganzen Geschichte etwas zu tun hat - das wissen wir nur, weil Shara eine ganz besondere Fähigkeit hat, die sie auf diese Möglichkeit gebracht hat. Bewiesen ist das im Übrigen noch nicht, es ist nur eine Vermutung, wenn auch eine logisch hergeleitete. Und: Gerard wird sicherlich mit einer plausiblen Geschichte in der Burg aufgetaucht sein, Pablo und Sven werden sich bald bei uns melden, um uns Gerards knappes wie auch heroisches Entkommen vor Drake zu melden."

Ich nickte langsam für mich selber: Das klang alles stimmig. Gerard wäre dann so gut wie rehabilitiert, weil selber nur knapp der Gefahr entronnen, sein nächtliches Auftauchen in Sharas Zimmer könnte in Vergessenheit geraten und er wäre wieder dabei, Drakes Spion in unseren Reihen.

"Aber warum hilft er Drake denn?", fragte Josie fassungslos - die Antwort darauf konnte ich ihr geben, so widerwärtig sie in meinem Mund auch schmeckte.

"Er will Shara haben, und Drake wird ihm ... einen entsprechenden Lohn versprochen haben."

Von Jack kam ein unterdrücktes Knurren und auch Ciaran neben mir setzte sich aufrechter hin. Sharas Gesichtsausdruck blieb neutral: Für sie war das nichts Neues gewesen.

"Gerard und Drake gegen Sven und Pablo - vielleicht versuchen die beiden ja, die Burg zu übernehmen? Oder haben sie schon übernommen?", mutmaßte Shane, doch Andreas schüttelte den Kopf.

"Das glaube ich nicht - dann müsste Drake nicht in diesem leeren Nebengebäude sitzen, sondern hätte uns ein Foto aus dem Haupthaus geschickt. Außerdem baut er sicher darauf, dass wir Gerard seine Geschichte abkaufen und unsere Brüder in der Burg mit Informationen über unsere Pläne auf dem Laufenden halten: Dann wäre er uns immer einen entscheidenden Schritt voraus, und das dürfte ihm mehr wert sein."

Seine Worte überzeugten mich, ich nickte bedächtig. Als wäre das eine würdige Schlussgeste gewesen, ließ Shara Ciarans Hand los, um Josie kurz und dankbar an sich zu drücken.

"Danke für deinen Scharfblick, Josie, du bist die Beste. Und die Antwort auf deine Frage von eben lautet: Ich muss nur noch kurz telefonieren, dann fahren wir los."

Shara

Abfahrt in einer Stunde, hatten wir vereinbart, doch Jackson und ich waren die beiden einzigen, die diese Zeit auch tatsächlich brauchten und als letzte ihre Taschen in den Kofferraum warfen: Wahrscheinlich hatten die anderen auch keine existentiellen Fragen zu klären gehabt, die eine noch nicht besonders lang andauernde Beziehung empfindlich stören konnten, dachte ich mir und gab daher nicht viel auf Magnus demonstrativen Blick zur Uhr.

In Jacksons Zimmer hatten wir unsere Sachen innerhalb von ein paar Minuten zurück in die Taschen gestopft, doch dann hatte Jackson wissen wollen, ob ich ihm für seine unübliche Beruhigungsmaßnahme in der Küche noch böse sei. War ich gewesen, wenn auch in erträglichem Maße: Mir war das Ganze ziemlich peinlich gewesen, und ich hatte als Wiedergutmachung das Versprechen eingefordert, dass er sich darauf konzentrieren würde, Davide zu retten - was er mir verweigert hatte, wenn auch mit warmen Worten und einer innigen Umarmung, die mich fast schon entschädigt und die die erste halbe Stunde unserer Frist vollauf ausgefüllt hatte.

"Shara, du bist für mich das Wichtigste auf der Welt. Und wenn ich mich zwischen dir und Davide entscheiden muss, dann nehme ich dich."

Das war nicht das, was ich hatte hören wollen, wie meine gerunzelte Stirn nur allzu deutlich signalisiert hatte.

"Wen würdest du denn retten, wenn du die Wahl zwischen mir und Davide hättest?", hatte Jackson gefragt und ich mich ob dieser Frage ein paar Sekunden in seinen Armen gewunden, dann widerstrebend genickt. "Dich. Gemein, oder?"

Jackson hatte den Kopf geschüttelt, seine weichen Locken mich an der Wange gekitzelt.

"Nein. Und du darfst das auch Andreas und Ciaran nicht zum Vorwurf machen, wenn sie sich weigern, dich für Davide einzutauschen. Wir sind auf dich geprägt, bis in alle Ewigkeit. Trotzdem werden wir alles tun, um Davide heil zurück zu bekommen. Auch wenn er noch nicht initiiert ist, gehört er nun zu uns."

Ich hatte geseufzt und mich fürs Erste damit zufrieden gegeben. Mein Handy hatte sich in Jacksons wiedergutmachender Umarmung hart gegen meinen

Hüftknochen gedrückt, und ich hatte an den Anruf denken müssen, den ich wie versprochen bei Drake gemacht hatte: Ich hatte ihm höflich für das Beweisfoto gedankt, er hatte den Dank ebenso formvollendet zurückgewiesen, als betrieben wir eine freundliche, unverbindliche Konversation und keine Verhandlungen in einer Geiselnahme. Ob ich mir vorstellen könnte, morgen nach Bozen zu kommen, hatte Drake gefragt - gegen Abend, dann müsste ich mich nicht so beeilen? Natürlich, hatte ich geantwortet, und in der Zwischenzeit würde ich mich sehr über zwei weitere Foto von Davide freuen: Vielleicht eines heute Abend und eines morgen früh, jeweils um zehn Uhr? Im Übrigen müsse der Junge seinen Eltern Bescheid sagen, dass es ihm gut ginge und dass er erst übermorgen wieder zuhause sein würde - wenn Drake ihm diesen Anruf ermöglichen würde? Damit könnte man ja auch vermeiden, dass die Eltern sich Sorgen machten und eventuell die Polizei riefen?

Dafür hatte Drake dann doch Bedenkzeit gebraucht, und während er diese weidlich ausgenutzt und Schweigen in der Leitung geherrscht hatte, dachte ich: Na klar, Südtirol. Dann würden wir auf der Burg übernachten, und er kann unsere Pläne brandheiß von Gerard übermittelt bekommen. Der Anruf sei kein Problem, hatte sich Drake schließlich wieder vernehmen lassen, Davide sei ja hoffentlich erwachsen und vernünftig genug, um nicht mehr als nötig zu sagen. Er hatte das Gespräch mit dieser halben Drohung beendet, bevor ich das hatte tun können - selbstverständlich hatte mich das äußerst unzufrieden zurückgelassen, denn in dem allseits beliebten Spiel 'Das letzte Wort haben' war ich normalerweise die unumstrittene Königin.

Ich fand es unglaublich dreist, fast schon lebensmüde, dass Drake sich in der Burg verkroch. Sicher würde er dieses Versteck jetzt so schnell wie möglich aufgeben - und hatte es ohnehin nur gewählt, um uns zu seinem ganz persönlichen Amüsement ärgern zu können: Wenn wir dort angekommen waren, würde Gerard sich nicht mehr frei bewegen und ihn und Davide mit dem Auto raus schaffen können - mit Andreas und Ciaran auf der Burg wäre Gerard über jeden seiner Schritte Rechenschaft schuldig, mit mehr Leuten in der Burg würde es unweigerlich auffallen, wenn er bei den verlassenen Nebengebäuden herum schlich. Auch wären wir nach unserer Ankunft Drake rein zahlenmäßig überlegen, und den Kampf gegen eine ganze Gruppe Kreuzritter konnte er nicht riskieren: Würden wir ihn entdecken, wäre er unweigerlich geliefert. Er würde dort also bald wieder verschwinden - er hatte das Nest seiner alten Freunde beschmutzt, damit war sein Ziel erreicht. Andreas und Ciaran hatten meine Gedanken über den anstehenden Umzug von Gerard und Davide plausibel gefunden und sofort reagiert, als ich vor der Abfahrt in Rom gesagt hatte, was sich da gerade durch mein Gehirn geschlängelt hatte: Ffion und Peter sowie Nikita und Michael wurden von der Bewachung des Priesters abgezogen und zur Burg umdirigiert. Sie würden sich außerhalb der Reichweite ihrer eigenen Kameras halten und jede Aktivität überwachen - in der Hoffnung, dass Drake und Davide dort erst nach ihrer Ankunft herauskommen würden, was aber unwahrscheinlich war: Zwei Stunden würde es dauern, bis sie an der Burg wären, Zeit genug für Drake, sich einen neuen Unterschlupf zu suchen. Meine Bitte um je ein neues Foto vom Abend und vom Morgen erwies sich im Nachhinein als doppelt wichtig: Uns interessierte neben Davide vor allem das Zimmer, in dem er sich dann befinden würde - und ich bezweifelte, dass Drake schon zur Technik der digitalen Bildbearbeitung fortgeschritten war, mit der ich ihm Davide innerhalb von ein paar Minuten in einen Strand auf Hawaii oder eine Zelle von Sing Sing hätte reinmontieren können. Maggie und Lucia würden an Giuseppe dran bleiben - welche Rolle Drake ihn spielen ließ, war uns nicht ganz klar, aber gerade deshalb sollten wir wissen, wo er war und was er trieb. Uneinigkeit herrschte indes in der Frage, ob Pablo und Sven informiert werden sollten oder nicht - und mehr noch: Sollten sie vielleicht jetzt das Waschhaus stürmen und Davide befreien? Diese Idee hatte Jackson vorgebracht, während er mit dem Funkgerät auf dem Beifahrersitz neben mir saß und ich mich an der Spitze unserer kleinen Kolonne durch Rom schlängelte. Ich war trotz Drakes Revolver dafür, die anderen absolut dagegen - die Funkgeräte knirschten, als alle auf mich und meinen Kreuzritter einzureden begannen, eine statisch knisternde Flut an Ablehnung. Alles Argumentieren meinerseits wurden Minuten später hinfällig, als Pablo Andreas anrief und ihm nicht nur von der aufregenden Rückkehr Gerards (ohne Davide, der war ihm doch tatsächlich an einer Raststätte von Drake entführt worden!), sondern auch von Svens Unpässlichkeit berichtete: Der arme Kerl hatte gestern was Verdorbenes gegessen und verbrachte seine Zeit im Bett, mit einem Eimer in Reichweite - scheinbar schützte auch eine optimierte Konstitution nicht vor solcherlei Unannehmlichkeiten. Ich dachte mit Ekel an meine ersten und letzten Muscheln, ließ dem Wikinger gute Besserung ausrichten. Andreas kündigte Pablo unsere Ankunft für diese Nacht an, ließ unseren Verdacht gegen Gerard jedoch unerwähnt. Von Svens Magen in meinen tollkühnen Plänen ausgebremst, versuchte ich es noch mit dem Vorschlag, Pablo könne doch Gerard festsetzen und sich dann Drake und Davide an die Fersen heften, wenn sie die Burg verließen, doch auch das wurde als zu gefährlich abgelehnt. An diesem Punkt merkte ich dann endlich auch, dass ich mit dem Wohl und Wehe der anderen viel zu leichtsinnig umging: Wie konnte ich Pablo in Gefahr bringen, um Davide zu retten? Weil ich den Jungen lieber mochte? Nein, das wäre schrecklich falsch. Also gab ich Ruhe und konzentrierte mich auf den dichten Verkehr, während wir erneut die sechshundert Kilometer bis zur Burg in Angriff nahmen: Bis elf Uhr konnten wir die Strecke schaffen, wenn wir ein Gas gaben.

Magnus

Auf dem Beifahrersitz vollführte Ciarans rechter Fuß imaginäre Bremsbewegungen, als Shara das Gaspedal durchdrückte und ihre graue Flunder auf der Autobahn mit einem sonoren Dröhnen vor uns davon zischte: Die Prinzessin hatte es verständlicherweise eilig, war doch ihr treuer Knappe in Gefahr. Ich grinste verhalten, als ich Ciaran ins Leere bremsen sah: Ich hatte mir das nie erklären können, aber aus irgendeinem Grund hatte unser Doc zu Autos nie wirklich Vertrauen gefasst. Fuhr er selber, bevorzugte er eine - freundlich ausgedrückt - bedächtige Fahrweise, die so manchen Rentner zur Weißglut getrieben hätte: Hatte er die Wahl, überließ er immer anderen das Steuer, diesmal war wie schon auf der Hinfahrt ich der Glückliche. Es kam uns heute trotz der ganzen Aufregung nicht auf eine Stunde mehr oder weniger an, also tat ich Ciaran den Gefallen und folgte den anderen in einem nicht unbedingt langsamen Tempo, dafür aber ohne waghalsige Überholmanöver und extreme Beschleunigungen, denn auf die reagierte unser Doc besonders empfindlich. Hatte man ihn einmal in Fahrt gebracht, war er erträglich - eine leere, breite Straße und ein bei sechzig, maximal siebzig abgeregeltes Auto mit Tempomat war wohl seine

Idealvorstellung von moderner Fortbewegung. Shara und Jack führten unseren Tross aus drei Autos an, und die Prinzessin fuhr wirklich gut: Ich hatte trotz einiger Jahrzehnte mehr Fahrpraxis durchaus Mühe, an ihr dran zu bleiben. Sie schnippelte geschickt über alle Fahrspuren und quetschte sich in dermaßen enge Lücken, dass auch einem mutigeren Autofahrer als Ciaran ein wenig anders geworden wäre - ich bemühte mich um einen undramatischeren Stil und fiel so Kilometer um Kilometer hinter ihr zurück.

Mitternacht hatte Andreas prognostiziert, Mitternacht wurde es auch - zwei Mietwagen mit Ffion, Peter, Nikita und Michael schlossen sich uns am Fuße des Felsens an, als wir die Serpentinen erklommen, kurz darauf hielten wir gemeinsam auf dem kleinen Platz vor dem Haupteingang der Burg. Die Anlage sah aus wie immer, dennoch hatte sich etwas verändert: Wir alle warfen prüfende, aber hoffentlich unauffällige Blicke zum alten Gerätehaus hinüber, doch dessen Fenster starrten in der mondhellen Dunkelheit unverändert stumpf und leer auf den Innenhof. Wie geplant, lieferte Shara nach unserer Ankunft eine hochdramatische Szene ab: Sie weigerte sich in lautstarkem Streit mit Andreas und Ciaran, die Burg zu betreten, bis Andreas den scheinbar verdutzten Gerard aus dem Haus befördert und mit der Anweisung aus der Burg geschickt hatte, sich bis auf weiteres im Gasthof im Ort einzuquartieren. Damit war Drakes Spion erst mal kaltgestellt, und wir konnten den völlig verwirrten Pablo und den ein bisschen grüngesichtigen Sven in unsere kleineren und größeren Geheimnisse einweihen. Sharas Kräfte schienen auch gegen Kotzerei zu helfen, Sven konnte seinen Eimer also nach ein paar Minuten Händchenhalten mit der Prinzessin in die Waschküche zurückbringen und uns bei einem späten Abendessen Gesellschaft leisten, auch wenn die Geschichte über Davide und Gerard, die Andreas ihm und Pablo dabei erzählte, ihm dann den wieder gesundeten Appetit gründlich verdarb.

Shara

Ciaran öffnete mir die Autotür, ich warf einen Blick auf das vom Mondlicht schwach beleuchtete Hauptgebäude der Burg. Im Erdgeschoss waren zwei, drei Fenster erhellt, ebenso im vierten Stock - dort sah ich kurz eine Gestalt am Fenster und war mir sicher, dass es Gerard gewesen war, dieser kantige Schädel war unverwechselbar. Ich blickte zu Jackson, der auf dem Fahrersitz in aller Seelenruhe den Sicherheitsgurt löste und den Zündschlüssel abzog: Wir hatten nach einer Tankpause die Plätze getauscht, und er hatte meinen mühsam herausgefahrenen Vorsprung bedächtig schrumpfen lassen, bis wir gemeinsam mit den beiden anderen Autos vor der Mautstelle an der Autobahnausfahrt gestanden hatten.

"Ist Gerard noch hier?", fragte ich ihn, er zuckte mit den Schultern.

"Wahrscheinlich."

"Ist Gerard hier?", wandte ich mich an den noch immer mit der Tür in der Hand wartenden Ciaran, der nickte zu mir hinunter, verständnisloser Gesichtsausdruck inklusive.

Hallo?, dachte ich, plötzlich empört, bin ich die Einzige hier, die sich noch daran erinnern kann, was letzte Nacht los gewesen ist? Scheinbar ja, also musste ich meinen Kreuzrittern ein wenig auf die Sprünge helfen.

"Dann gehe ich da nicht rein", sagte ich und verschränkte die Arme vor der Brust. "Ich habe in Rom gesagt, dass ich mit diesem Typen keine Nacht mehr unter einem Dach verbringe, und dabei bleibe ich."

Andreas trat hinzu, blickte fragend von Ciaran zu mir. "Was ist los?"

"Ich gehe nicht rein, wenn Gerard da ist", wiederholte ich - lauter und mit leicht überschnappender Stimme.

Jackson legte mir die Hand auf den Arm, beruhigend und ein wenig gönnerhaft, ich schüttelte ihn unwillig und grob ab. Die Haustür ging auf, Pablo trat heraus und sein Lächeln sagte mir, dass er sich über mehr Gesellschaft durchaus freute. Josie, Shane, Nikita, Michael, Peter und Ffion strömten mit ihrem Gepäck und freundlichen Worten an ihm vorbei in die helle, einladende Halle, Magnus zweigte jedoch kurz vor den Stufen ab und kam zu uns hinüber.

"Was willst du denn?", fuhr ich ihn an, als er neben mir stand und von sehr weit oben auf mich herunterschaute, er zuckte gelassen mit den Schultern.

"Keine Ahnung. Dich tragen, weil du nicht laufen kannst? Warum steigst du nicht aus?"

Großer Gott. "Weil - Gerard - da - drin – ist!", brüllte ich, womit dann auch der Rest des Tales über meine Beweggründe informiert war.

"Shara, bitte, sei nicht kindisch", sagte Andreas und zog meine Tür ganz auf - die Tür meines Autos, um mir zu sagen, was ich zu tun hätte.

"Halt die Klappe, wenn du nichts Sinnvolles zu sagen hast", gab ich aggressiv zurück, "schaff mir lieber dieses Arschloch aus dem Haus. Du hast mir versprochen, dass ich ihn nicht mehr sehen muss, aber schon am gleichen Abend pennt er wieder ein paar Türen weiter?"

Du meine Güte - richtig, echte, gemeine Schimpfworte, das tat mal richtig gut!

"Shara, ich passe schon auf ...", mischte sich Jackson neben mir ein, ich wirbelte erbost zu ihm herum.

"Na klar, wie letzte Nacht", erwiderte ich ebenso ätzend wie laut. "Da konnte ich auch selber sehen, wo ich bleibe. Vielen Dank, aber das reicht mir nicht."

Jackson stieg ohne ein weiteres Wort aus und ging zum Kofferraum, ich starrte schmollend durch die Windschutzscheibe. Durch die sah ich nicht nur Pablo, der mit fragendem Gesicht in der Tür stand, sondern auch erneut den Kopf am Fenster im vierten Stock. Das Fenster stand auf, wahrscheinlich konnte der Mistkerl jedes Wort hören, das wir hier unten sprachen (besser: brüllten, wenn ich denn die Lautstärke meiner letzten Äußerungen als Gradmesser nahm).

"Shara, komm ..."

Wieder Magnus, wieder Gönnerhaft-Beruhigendes für die zickige Shara - so brachte das nichts. Ich stieg aus, donnerte die Beifahrertür zu, ging zu Jackson und riss ihm den Autoschlüssel aus der Hand, bevor ich mich damit auf dem Fahrersitz niederließ.

"Stell meine Tasche gleich wieder rein, bist du so gut? Ich fahre", warf ich Jackson arrogant hin, als er mir nachkam, dann zog ich die Tür zu und startete den Motor.

Losfahren konnte ich allerdings nicht: Vor der Kühlerhaube stand Ciaran, Magnus knapp daneben. Ich tippte kurz aufs Gas, der Motor brüllte auf, und Magnus stolperte einen überraschten Schritt nach hinten. Ciaran fasste Andreas am Arm und redete schnell auf ihn ein, Magnus zeigte mir durch die Scheibe einen Vogel, Jackson schüttelte frustriert den Kopf. Ich beobachtete den Dialog zwischen den beiden Ordensmeistern, versuchte mich erfolglos im Lippenlesen, schließlich nickte Andreas, und

Ciaran machte mit beiden Händen eine besänftigende Geste in meine Richtung.

Ich zögerte ein paar Sekunden, dann stellte ich den Motor ab und ließ die Scheibe herunter.

"Wir werden Gerard im Ort unterbringen. Geh bitte so lange in die Küche, in einer Viertelstunde ist er weg."

Ich nickte - das klang gut, hatte Shara also wieder mal gewonnen.

Magnus

Das zweite Bild von Davide war mit fünf Minuten Verspätung angekommen - und die Tatsache, dass der Junge diesmal vor einem ausgesprochen hässlichen, ekstatisch geblümten Vorhang saß, bestätigte Josies Theorie, das erste Bild sei in der Burg aufgenommen worden: Es war gefährlich, mit seiner Geisel das Versteck zu wechseln, und ganz sicher hatte Drake das nur getan, weil es absolut notwendig gewesen war. Die Waffe hatte er sich diesmal gespart, ebenso die Tageszeitung. Shara hatte das Foto kurz nach Erhalt an uns alle weiter geleitet: Wahrscheinlich hatten in den jeweiligen Autos alle auf diese schauderhaften Vorhänge gestarrt, versucht, irgendwas Gewichtiges daraus abzulesen und dabei Davides noch immer sehr verstörte Miene zu ignorieren.

Ich konnte das Bild erst genauer studieren, als ich mit Shara und Jack nach der Szene im Hof in der Küche der Burg saß und auf Gerards Auszug wartete - und dort musste ich auch erst mal mit dem draußen unterdrückten Lachanfall fertig werden und Shara zu ihrer schauspielerischen Glanzleistung gratulieren, bevor ich mich dem Schnappschuss angemessen widmen konnte. Shara entschuldige sich tatsächlich bei Jack für ihre rüden Worte, der schüttelte lachend den Kopf und drückte sie für mein empfindsames Gemüt ein wenig zu innig an sich. Das dritte Bild am nächsten Morgen kam pünktlich und zeigte den Kleinen vor den grauenhaften Vorhängen und mit der heutigen Ausgabe der gleichen Zeitung, die Drake ihm auch gestern in die Hand gedrückt hatte. Der Kleine lebte und es schien ihm den Umständen entsprechend gut zu gehen: Er hatte sich zu einem Lächeln durchgerungen, als hoffe er, uns damit Mut zuzusprechen, den er selber sicherlich nicht verspürte.

5. Buch

– 1 –

Shara

Zehn Uhr abends hatte Drake verlangt, und als ich ein paar Minuten vor der verabredeten Zeit an der genannten Adresse aus dem Auto stieg, war mir ziemlich flau im Magen.

Magnus hatte mich auf die Wange geküsst, Ciaran mir die Hand gedrückt - jetzt war ich allein, zögerte kurz, warf mir dann entschlossen (nicht mutig!) meine Tasche über die Schulter und ging die knapp fünfzig Meter zu dem Haus hinüber. Vertrocknete Blätter vom letzten Herbst bedeckten den Boden der schmalen, von Schlaglöchern durchzogenen Straße und zerbröselten knirschend unter meinen Stiefeln, ein Auto stand auf dem bröckelnden Gehsteig vor der Tür. Die windschiefen Fensterläden des Hauses waren geschlossen, im matten Licht des Mondes sah ich, dass ihre Farbe abblätterte und dass die Hauswand mit ihren dunklen Flecken und zahlreichen Rissen auch nicht gerade dafür sprach, dass dieses Haus in den letzten Jahren bewohnt gewesen war. Müll hatte sich neben der kleinen Treppe zum Eingang gesammelt: Zerdrückte Getränkedosen, ausgewaschenes Zeitungspapier, zerfetzte Plastiktüten, ein toter Spatz und noch mehr verrottendes Laub. Ein Einfamilienhaus mit zwei Stockwerken und einem flachen, schindelgedeckten

Dach in einer einsamen Sackgasse weit oben am Berg, mit einem Ausblick auf schroffe Felsen hinten und einem steilen Hang mit verkümmerten Bäumen vorn - hier sagten sich nicht einmal Fuchs und Hase gute Nacht, und ich konnte gut verstehen, dass die Bewohner dieses trostlosen Kastens weggezogen waren. Das Haus war unbeleuchtet, auch zwischen den Fensterläden drang kein Lichtschimmer heraus. Ich lauschte in die Nacht, aber außer dem leisen Rauschen der Bäume und einem entfernten und sich noch weiter entfernenden Auto war nichts zu hören. Ich drehte mich zu dem Wagen um, in dem Ciaran und Magnus saßen und auf Davide warten würden - ich sah eine helle Bewegung hinter der vorderen Scheibe, wahrscheinlich winkte Magnus mir zu.

Ich hob kurz die Hand, fasste dann meine Tasche fester und stieg die zwei, drei Stufen zum Eingang hoch: Ich sah keine Klingel und klopfte daher einfach ein paar Mal kräftig mit den Knöcheln gegen die hölzerne Tür, der spröde, abplatzende Lack stach in meine Haut. Die Tür wurde mir nach kurzer Zeit geöffnet, und ich blickte wieder einmal in Drakes schwarze Augen: Er sagte nichts, warf nur einen raschen Blick rechts und links an mir vorbei, dann zog er die Tür weiter auf. Ich wollte nicht, musste aber, also trat ich ein - in eine kleine Eingangshalle. Meine Stiefel wirbelten Staubflöckchen auf dem schmutzigen Boden umher, es roch abgestanden und leicht sauer, aus altmodischen Wandlampen mit trüben Schirmen sickerte dämmriges Licht in die milchige Luft. Keine Möbel, zwei geschlossene Türen links, eine rechts - vor der Treppe, die in das Obergeschoss führte.

"Wo ist Davide?", fragte ich, nachdem Drake mich in aller Ruhe den Raum hatte mustern lassen.

"Oben. Wo hast du deine Waffe?"

Ich zog meine Jacke leicht zur Seite, so dass er einen Blick auf mein Schulterholster werfen konnte: Es war zugeknöpft, die Waffe gesichert.

"Was ist in der Tasche?"

Ich nahm sie von der Schulter, zog den Reißverschluss auf und ließ ihn wortlos einen Blick hineinwerfen: Nichts besonderes, hätte die korrekte Antwort gelautet - Telefon, ein Mp3-Player, Kosmetiktasche, ein Krimi, dessen blutig-reißerischen Anfang ich längst vergessen hatte und anderer nutzloser, durchweg harmloser Kram. Drake bedeutete mir mit einem Nicken, dass er genug gesehen hatte, und wies auf die

Treppe.

"Geh voraus, es ist die Tür gleich rechts neben der Treppe."

Die Treppe war steil, ihre Stufen knarrten wenig vertrauenserweckend unter meinen Schritten. Oben endete sie in einem schmalen Flur, beleuchtet von den gleichen altertümlichen Lampen wie die Eingangshalle, den Boden bedeckte ein fadenscheiniger, staubfarbener Teppich. Hier oben gab es drei Türen links, eine rechts - Letztere öffnete ich und trat in eine Art Wohnzimmer. Als Erstes knallten mir die unglaublich hässlichen, in wilden Farben geblümten Vorhänge ins Auge, die ich schon von den letzten beiden Beweisfotos kannte, auch die Tapeten an den schiefen Wänden waren von nicht weniger scheußlicher Machart: Braune und orange Kringel, ein grafischer Alptraum aus den Sechzigern oder Siebzigern - wahrscheinlich sind die Bewohner nach dieser überaus mutigen Renovierung ausgezogen, weil diese Muster sie wahnsinnig gemacht hatten, dachte ich schaudernd. Der Raum war nicht groß und sparsam möbliert: Ein großer Holztisch geradeaus unter einem Fenster, darum herum nicht zusammenpassende Holzstühle, an der Wand rechts ein weiteres Fenster, darunter eine Art Anrichte mit Schnitzereien. An der Wand links einige Bilder - ich erkannte eine tanzende Zigeunerin sowie einen röhrenden Hirsch und konzentrierte mich dann auf das jetzt einzig Wichtige: Davide.

Der Junge saß am Tisch auf einem Stuhl. Er hatte den Kopf gesenkt, die mit einem Kabelbinder gefesselten Hände hielt er ruhig, aber ineinander verkrampft im Schoß, die Füße standen ordentlich nebeneinander und waren ebenfalls mit einem dieser Plastikriemen fixiert. Das karierte Hemd war ihm ein bisschen aus der Hose gerutscht, seine Haare fielen ihm wirr in die Stirn, und außer blassen Wangen sowie den langen, dunklen Wimpern konnte ich von seinem Gesicht nicht viel sehen.

"Binde ihm die Hände los", forderte ich Drake auf, und als der Junge meine Stimme hörte, hob er langsam den Kopf, als würde er gerade aus einem tiefen Schlaf erwachen - ich brauchte nicht erst in seine müden Augen zu sehen, um zu wissen, dass dieser Schlaf weder erholsam noch mit angenehmen Träumen erfüllt gewesen war.

Drake ging zu dem Jungen hinüber und zog ein Taschenmesser aus der Hosentasche. Davide zuckte beim Anblick der Klinge nicht zusammen und ich schlussfolgerte erleichtert (und hoffentlich richtig!), dass er nur minimal bedroht worden war - er wirkte erschöpft, aber nicht geschockt, so weit ich das beurteilen konnte. Äußere Verletzungen gab es so weit auch keine, und als er sich nun zögernd mit befreiten Händen und Füßen erhob, waren seine Bewegungen langsam, aber gefasst.

"Komm bitte zu mir herüber, Davide", bat ich ihn, und stellte meine Tasche auf dem Boden ab. "Du kannst jetzt nach Hause gehen, ich will nur eben kontrollieren, ob es dir auch gut geht."

Davide warf einen kurzen Blick zu Drake - nicht lang genug, um wirklich eine Frage zu sein, aber doch lang genug, um mir weh zu tun: Davide muss Drake nicht um Erlaubnis bitten, dachte ich erbost, Drake hat Davide nichts zu befehlen. Drake reagierte indes nicht auf den fragenden Blick, auch wenn er ihn ganz klar bemerkt hatte: Er faltete das Taschenmesser wieder zusammen, wandte sich dann leicht zu mir um.

"Du kannst dir so viel Zeit nehmen, wie du brauchst, aber komm weiter von der Tür weg."

Ich zuckte mit den Schultern und ging ein paar Schritte in den Raum hinein, auf Davide zu - das schien den Jungen aufzurütteln, er stand nach ein paar raschen Schritten vor mir und umarmte mich. Ich spürte seinen erleichterten Seufzer mehr, als dass ich ihn hörte, und während ich meine Arme um ihn schlang und seinen milden, süßen Minzduft einatmete, tat er mir unsäglich leid. Ich hatte ihn in diese ganze Geschichte mit hineingezogen, wegen mir hatte er gerade den längsten und schlimmsten Tag seines Lebens hinter sich - und es würde dauern, bis er das verwunden hatte. Konnte dieser Junge morgen nach Hause gehen und seinen Eltern eine Lüge über seinen Verbleib auftischen, die sie ihm auch noch abkaufen würden? Konnte er sich in zwei Wochen in ein Klassenzimmer setzen und eine Abiturklausur schreiben? Ich bezweifelte das und fühlte mich angesichts dieser Schuld unsäglich einsam und schwach.

"Nicht so fest", flüsterte ich Davide ins Ohr, der ließ etwas lockerer - und als ich die Bewegungsfreiheit hatte, die ich brauchte, schob ich ungefragt eine Hand unter sein Hemd und legte sie ihm auf den Rücken, hob die andere an seine Wange: Ich wollte mich nicht nur auf den Augenschein verlassen, um den Zustand des Jungen einzuschätzen.

Mit meinen Absätzen war ich größer als er mit seinen Turnschuhen, somit konnte ich in seinen nahen, großen und karamellbraunen Augen lesen wie in einem Buch: Zusammen mit den ersten, kleinen Gefühlsteilchen erzählten sie mir von seiner Erleichterung, nein: sogar von seiner aufrichtigen Freude, mich zu sehen. Die Berührung meiner Hand auf seinem Rücken beschämte ihn ein wenig, erspürte ich, erstaunt über den ungewohnten Detailreichtum seiner bei mir ankommenden Gefühle, gefiel ihm aber gleichzeitig auch - dazu kam die Furcht, ich könne bemerken, wie sehr er meine Nähe genoss. Ich lächelte und suchte unter seinen schönen, mich ein wenig tröstenden Gefühlen gezielt nach Entsetzen und Schlimmerem: Angst ja, erkannte ich, aber nun stark abnehmend, dazu ein bisschen verblasste Panik und ein Rest nagender Ungewissheit. Seine Gefühle strömten nach dem anfänglichen und bekannten Tröpfeln jetzt wie ein fein zerstäubter, gischtiger Monsun auf mich hinab: stärker, als ich sie jemals zuvor gespürt hatte, stärker gar als bei Jackson, dessen umfassende Liebe mir bislang immer den heftigsten Gefühlsregen verschafft hatten. Lag das an Davide? Nein, dachte ich, während seine Augen über mein Gesicht fuhren und eine dezente Röte seine Wangen überzog - seine Gefühle für mich waren stark, aber so stark nun auch wieder nicht. Egal: Hier ging es nicht um mich, sondern um ihn, und meine Verwunderung über seine Klarheit ging unter in meiner Freude über seine innere Lebhaftigkeit.

"Du bist unglaublich tapfer", flüsterte ich ihm zu, er sah mich fragend an.

"Ich hab gedacht, du wärst ein Häufchen Elend", gestand ich ihm leise, während durch meine Hände ein wenig zögernder Stolz auf mich herniederprasselte. "Ich dachte, wir müssten dich retten - dabei bist du einfach total ... cool."

Nun lächelte er - ein wenig verhalten, als müsse er das erst wieder üben, aber sichtlich glücklich. Ich drückte ihn noch mal an mich und zog dann meinen Arm unter seinem Hemd hervor: Ich wollte Drakes Geduld nicht überstrapazieren, zumindest zu diesem frühen Zeitpunkt noch nicht.

"Du gehst jetzt hier raus", flüsterte ich Davide zu. "Drake wird dich gehen lassen, er hat es mir versprochen."

Ich spürte das Nicken von Davides Wange an meiner. Er hatte sich seit einem Tag nicht rasiert und piekte - der leichte Bartschatten stand ihm gut, machte ihn erwachsener und noch ein bisschen attraktiver.

"Du kommst aber mit, oder?", wisperte er zurück, ich

schüttelte leicht den Kopf.

"Später", antwortete ich so leise wie möglich.

"Ich werde nicht gehen, wenn du bleibst", sagte der kleine Held, ich lachte verhalten.

"Du willst vielleicht nicht, aber du wirst. Verlass dieses Haus und geh nach links die Straße hinunter - Ciaran und Magnus warten dort auf dich. Erzähl ihnen ganz genau, was passiert ist, sei ehrlich und verschweig nichts."

Jetzt wurde Davides Blick leicht trotzig, ich seufzte. Ich musste ihn hier raus kriegen: Er hatte genug mitgemacht, und das hier Folgende wollte ich ihm um alles in der Welt ersparen - wenn es nach Plan verlief, würde es eine hässliche Sache, wenn es nicht nach Plan verlief, eine Katastrophe.

"Wir sehen uns heute Nacht noch wieder, das verspreche ich dir", sagte ich - beschwörend, und hoffentlich wahrheitsgemäß. "Tu, was ich dir sage - und zwar sofort."

Ich küsste ihn leicht auf die Wange, spürte erfreut, wie sein Herz daraufhin einen kleinen Hüpfer tat, und schob ihn dann bestimmt von mir weg.

Drake stand noch immer an derselben Stelle: Die Arme vor der Brust verschränkt, schien er unser Wiedersehen mit leicht amüsiertem Gesichtsausdruck verfolgt zu haben.

"Davide geht jetzt", sagte ich zu ihm. "Ich bin mit seinem Zustand zufrieden, du hast dein Versprechen gehalten."

Drake nickte und wies mit einer einladenden Geste auf die Tür, und nach einem langen, traurigen Blick zu mir ging Davide hinaus.

"Kann ich mich setzen?", fragte ich, nachdem die Tür hinter dem Jungen ins Schloss gefallen war, Drake zog mir einen Stuhl heraus.

"Bitte den dort", sagte ich und wies auf einen anderen Stuhl mit Blick zur Tür, auch der wurde mir von Drake wortlos zurechtgerückt.

Ich setzte mich, lockerte mein zu eng sitzendes Schulterholster und fischte die in letzter Sekunde von Magnus geschnorrten, zerknautschten Zigaretten samt Feuerzeug aus der hinteren Jeanstasche. Drake setzte sich leicht schräg neben mich, ebenfalls mit dem Rücken zur Wand - ein wenig zu weit weg für meine Zwecke, aber daran konnten wir ja noch arbeiten. Ich zündete mir eine Zigarette an und musterte ihn durch den aufsteigenden, kratzigen Rauch. Drake trug einen Anzug, dem ganz ähnlich, den er bei unserem letzten Treffen in der Burg angehabt hatte: teuer, elegant, pechschwarz. Die Haare waren etwas kürzer, die Haut wieder etwas heller. Er wirkte konzentriert, musterte mich nicht weniger intensiv und interessiert als ich ihn. Ich hätte nicht sagen können, ob ihm gefiel, was er da vor sich sah - sein Gesicht war unbewegt, geradezu starr. Ich hatte Triumph erwartet oder wieder diese kühle Überlegenheit, die mich schon im Pantheon so gereizt hatte: Entweder hatte er das bemerkt und verhielt sich absichtlich anders, um mich nicht zu provozieren, oder aber er fühlte sich noch nicht wirklich als Sieger. Letzteres, dachte ich, mal wieder laienhaft vor mich hin psychologisierend: Er weiß, dass die anderen dort draußen sind und er muss mich erst von hier wegbringen, bevor er wirklich gewonnen hat.

"Was nun?", fragte ich nach ein paar Zügen und warf die halb aufgerauchte Zigarette auf den Boden, wo ich sie mit dem Absatz meines Stiefels austrat und die Tabakkrümel dabei achtlos auf dem alten Holzboden verteilte.

Drakes Blick folgte meinen Bewegungen und ich glaubte kurz, einen gewissen Widerwillen auf seinem Gesicht gesehen zu haben - wahrscheinlich fragt er sich gerade, was er sich da ins Haus geholt hat, dachte ich hämisch.

"Wir können uns noch ein wenig unterhalten", antwortete er mir. "Ich würde gern warten, bis deine Freunde den Jungen eingesammelt und versorgt haben, dann werden wir ebenfalls aufbrechen."

"Wer ist 'wir'?"

"Nun - 'wir' sind wir beide."

Ich schlug ein Bein über das andere, zupfte meine Bluse zurecht: Ihre Ärmel saßen recht eng, aber ich hatte sie unbedingt tragen wollen, weil Josie mir gestern ein Paar Manschettenknöpfe geschenkt hatte, als Dank für meine Hilfe bei Shane - und diese Bluse war nun mal die Einzige in meinem gesamten Ankleidezimmer, die Manschetten hatte (noch, Josie würde da schon Abhilfe schaffen). Die Knöpfe zeigten ein aus kleinen Rubin-Splittern gebildetes Schwingenkreuz auf Silber, waren wirklich wunderhübsch - und ich hatte Josie erfreut versichert, das ich diese Kreuze nur zu gern tragen würde.

"Nur wir beide? Und was ist mit Giuseppe?", fragte ich Drake, als die Ärmel zu meiner Zufriedenheit saßen. "Der arme Kerl irrt von Hotel zu Hotel, als hätte er kein Zuhause."

Drake lächelte. "Tut er dir leid?"

Ich schüttelte den Kopf. "Nein, ganz bestimmt nicht. Aber er glaubt nach wie vor daran, dass du ihn mit einer echten Narbe gezeichnet hast. Er war wirklich verzweifelt, nachdem ich ihn mit der angeblichen Sterblichkeitsmarkierung verziert habe, er hätte ein bisschen Beistand von seinem sogenannten Ordensmeister sehr gut gebrauchen können." Ich sah Drake neugierig an. "Nur Interesse halber: Warum hast du das getan? Warum hast du ihm vorgegaukelt, er sei unsterblich?"

Drake lehnte sich etwas zurück, entspannt und überlegen. "Warum nicht? Er war so überaus eifrig und hilfswillig."

Ich lachte trocken auf. "Sicher - aber er hätte doch in ein paar Jahren unweigerlich bemerkt, dass er altert. Er wäre dir fünf, vielleicht sogar zehn Jahre treu gewesen, dann wäre die Täuschung aufgefallen. Warum hast du ihn nicht einfach gekauft? Warum hast du ihn so brutal getäuscht und belogen? Ich habe seine Augen gesehen - Giuseppe hat wirklich aus tiefstem Herzen geglaubt, dass er unsterblich gewesen ist."

Drake zuckte mit den Schultern. "Ich habe im Lauf der Jahrhunderte viele Leute gekauft, sie haben mich am Ende alle betrogen. Die Methode mit der Narbe ist viel besser - versprich jemandem das ewige Leben, und er folgt dir wie ein Hund. Schau dir an, wie sich deine neuen Freunde um Andreas und Ciaran scharen - da hast du den Beweis, wenn du mir nicht glaubst."

"Dann war Giuseppe also nicht der Erste, den du auf diese Art und Weise belogen hast?"

Drakes dunkle Augen musterten mich abschätzend, dann nickte er - sah ich so aus, als könnte ich die Wahrheit vertragen, oder wollte er mich gern mal fassungslos oder entrüstet sehen?

"Nein, er war nicht der Erste."

"Und was hast du mit den anderen gemacht, wenn sie den Schwindel bemerkt haben?"

Er schwieg, also antwortete ich mir selber - jetzt tatsächlich fassungslos und entrüstet, hatte ich doch ein wenig gehofft, dass Drake so bösartig dann doch nicht war.

"Du hast sie umgebracht."

Keine Reaktion, trotzdem so beredend.

"Vielleicht sollte ich Giuseppe warnen?", fragte ich leichthin, Drake schüttelte den Kopf.

"Nicht nötig, er ist unwichtig. Er wird uns nie finden, und seine abstruse Geschichte wird ihm ohnehin niemand glauben.

Traurig, sein Schicksal - aber er wird sicher in seinem Seminar wieder gnädig aufgenommen werden. Ein paar Beichten, ein paar Bußen, und in ein paar Jahren hat er das Ganze vergessen."

"Genau", sagte ich ätzend. "Es sei denn, er schaut in den Spiegel und sieht zufällig diese hässliche Narbe auf seiner Brust, die ihn unweigerlich wieder daran erinnert, dass er mal glaubte, den Tod nicht mehr fürchten zu müssen."

Drake legte den Kopf schief und schenkte mir ein freudloses Haifischlächeln. "Du magst deine Narbe auch nicht, oder? Ich habe dich zweimal gesehen, seit dem du sie hast, und sie war immer versteckt. Hat das mit mir zu tun - oder mit dir? Du solltest stolz auf die Narbe sein, sie ist eine Auszeichnung."

Ich nickte. "Ja, mir gefällt meine Narbe nicht besonders. Bei mir liegen die Dinge anders als bei Giuseppe: Ich wollte weder diese Narbe noch die Unsterblichkeit. Giuseppe hat beides mit Freuden angenommen, dabei war es nur Lug und Betrug. Versicherst du mir dagegen glaubhaft, dass dieses Ding auf meiner Brust nichts ist als ein außergewöhnliches Tattoo, machst du mich zum glücklichsten Menschen auf Erden."

Drake zog die Augenbrauen hoch, was sein ohnehin schon langes Gesicht noch schmaler machte. "Das meinst du nicht ernst."

Ich lachte bitter auf. "Oh doch, todernst. Ich würde wer weiß was dafür geben, diese Male wieder los zu sein - und alles, was dazugehört. Neulich hast du gesagt, du hättest mir die Ewigkeit geschenkt - keine Gabe, über die ich sonderlich erfreut bin, das möchte ich mal deutlich sagen."

Das ließ ihn mich erneut mustern, mit unverhohlener Neugierde senkten sich seine Augen auf meine Brust: Er hatte meine goldenen Kreuze bis heute noch nicht gesehen, aber ich hatte auch jetzt nicht vor, sie ihm zu zeigen.

"Deine Narbe kannst du verleugnen, deine Kräfte jedoch nicht", sagte er schließlich, doch auch da musste ich ihn enttäuschen.

"Ich bin nicht gezwungen, sie zu benutzen", erwiderte ich lächelnd, und nahm mir noch eine Zigarette aus der Packung. "Ich werde einfach die seltsame Angewohnheit entwickeln, dauernd Handschuhe zu tragen - wegen eines unschönen Hautausschlags vielleicht? Dann merkt niemand, was los ist."

Drake dachte darüber nach, und ich sah die Frage in seinem Gesicht, bevor er sie stellte.

"Das wusstest du noch nicht? Ja, andere können was merken: Ich ziehe Energie ab, wenn ich erschöpft oder geschwächt bin, und dann kribbelt's, wenn mir jemand die Hand gibt."

"Bist du gerade erschöpft?", fragte Drake interessiert, ich wiegte meinen Kopf hin und her, als sei ich mir nicht ganz sicher.

"Vielleicht ein bisschen", sagte ich, "die letzte Nacht war eher kurz."

Drakes Blick richtete sich auf meine Hände - ich hatte mit der unangezündeten Zigarette herumgespielt, jetzt warf ich sie auf den alten Holztisch und legte meine rechte Hand mit der Handfläche nach oben neben mir auf den Tisch: Wenn Drake sie ergreifen wollte, musste er näher rücken. Er tat es - mit gespannter Erwartung, kurz darauf spürte ich seine Hand auf meiner und unterdrückte ein Schaudern: Seine Haut war normal warm und trocken, trotzdem schreckte ich vor der Berührung zurück, als wäre es totes, kaltes Fleisch, das ich da anfasste. Drakes Gesicht war konzentriert, als lausche er einer entfernten Melodie - und ich versuchte, meine Miene absolut neutral zu halten, während ich mit zunehmenden Entsetzten seine Gefühle las. 'Lesen' war vielleicht der falsche Ausdruck, um das hier zu beschreiben, denn von einem sanften, angenehmen oder auch nur erträglichen Tröpfeln wie gerade noch bei Davide konnte nicht mehr länger die Rede sein. Hatte sich meine Fähigkeit in den letzten Minuten so gravierend verändert - oder lag es schlicht und einfach an Drake, dass sich das hier so anders, so schrecklich anders anfühlte? Ich wollte die Augen schließen, widerstand jedoch der Versuchung: Nur keine Schwäche zeigen, nur Drake nicht offenbaren, dass etwas ganz und gar nichts stimmte, dass aus dem warmen Regen plötzlich ein eiskalter Mahlstrom geworden war. Was genau war anders? Schwer in Worte zu fassen ... als müsse man das Gefühl des Ertrinkens beschreiben - in genau dem Moment, in dem einen die letzte Luft in der Lunge brannte und die Kehle, der gesamte Körper nach frischem Sauerstoff gierte. Also: Davides Empfindungen waren schnell und ungefiltert rüber gekommen, ich war froh über ihre Intensität gewesen, hatte ich doch so unerwartet rasch und klar sehen können, dass es dem Jungen gut ging. Das hier mit Drake war viel schneller, unglaublich intensiv, absolut ungefiltert und brutal direkt: Der Holzhammer im Vergleich zum Wattebausch, der Beton im Vergleich zum Federkissen. Doch

nicht nur die Qualität der Verbindung erschrak mich, auch
Drakes Gefühle selbst raubten mir den Atem - eine solche
Bösartigkeit und Abgründigkeit, einen solchen Hass und eine
solche Gier hatte ich noch nie aus dieser Nähe gesehen, und ich
hätte mir ganz sicher die Existenz derartiger Gefühle in meinen
schwärzesten Alpträumen nicht ausmalen können: Dieser Mann
war ein Teufel, dieser Mann war mein persönlicher Teufel.

"Interessant", sagte Drake nach ein paar endlos langen
Minuten, in denen ich mich mit aller Gewalt um Haltung bemüht
hatte, während in meinem Inneren alles danach schrie, meine
Hand unter seiner hervorzureißen, aus diesem Raum zu fliehen,
mich vor diesem Menschen in Sicherheit zu bringen: Halt aus,
sagte ich mir immer und immer wieder, halt aus, halt aus - er darf
nichts merken, denn das würde dich für dieses kranke Gehirn
nur noch viel interessanter machen.

"Es schaltet irgendwann um", erläuterte ich hilfsbereit und
mit hoffentlich gelangweilter Stimme, dabei zog ich meine Hand
langsam, aber bestimmt unter seiner hervor. "So lange, bis wir
beide gleich stark oder gleich schwach sind."

Drake betrachtete interessiert seine Handfläche, als wäre
mein Kribbeln dort sichtbar, ich atmete ein paar Mal tief durch,
um mich wieder auf Kurs zu bringen - auch wenn das kaum
nötig war, denn eines stand jetzt unwiderruflich fest: Drakes
Gefühle hatten mir nichts offenbart, was mich von meinem Plan
abbringen konnte, ganz im Gegenteil. Hier war nichts neu zu
überdenken, nichts neu zu kalkulieren - wenn ich leben wollte,
wenn meine Freunde leben wollten, dann musste Drake sterben.

Magnus

Ich ließ die Scheinwerfer aufblinken, als ich Davide die Straße
herunter kommen sah. Er stockte kurz, kam dann aber mit
schnellen Schritten näher, Ciaran auf der Rückbank stieß die Tür
auf, und Davide stieg ein.

"Hallo, Kleiner", sagte ich, als er sich hinten auf den Sitz
fallen ließ, und sein wie gewohnt leicht empörter Blick über diese
respektlose Begrüßung freute mich ein bisschen: Wenn ihm so
was jetzt wichtig war, war er ganz der Alte geblieben.

Ciaran schaltete die Innenbeleuchtung hinten an und drehte
Davide an den Schultern so zu sich herum, das er ihm aus

677

nächster Nähe ins Gesicht schauen konnte.

"Geht es dir gut?"

Davide nickte - ein bisschen zögerlich, aber er nickte.

"Ja, so weit ... gut. Ja."

"Das freut mich. Hör zu, wir bringen dich gleich hier weg. Ich möchte dich aber vorher bitten, uns alles zu erzählen, was wichtig sein könnte. Shara ist allein dort drin, und wir wollen ihr natürlich helfen - aber dazu müssen wir ein paar Dinge wissen. Über das Haus, über Drake und Gerard. Und nur du kannst sie uns sagen."

Davide nickte wieder und setzte sich aufrechter hin, Ciarans Wunsch schien ihm zu schmeicheln: Verständlich - ich würde in so einer Situation auch lieber als wichtige Informationsquelle begrüßt denn als armes Entführungsopfer betüdelt und bemitleidet werden.

"Gut", fuhr Ciaran fort. "Erzähl uns erst mal, was du in dem Haus da gesehen hast. Ich halte dir das Funkgerät hin, damit die anderen mithören können. In welchem Raum ist Shara gerade?"

Davide sah kurz auf das Funkgerät, dann zu mir, zögerte.

"Red einfach drauflos, alles ist wichtig", ermutigte ich ihn.

"Okay, also ... Shara ist oben, im ersten Stock. Ein Wohnzimmer oder so was, mit ganz alten Möbeln."

"Wie kommt man in diesen Raum? Beschreibe uns den Weg dahin und das Haus von innen so genau wie möglich."

"Es gibt eine kleine ... Eingangshalle unten. Da sind ein paar Türen, aber ich war in keinem der Zimmer. Und in der Halle geht auch eine Treppe nach oben, bis zu einem kleinen Flur."

"Auf welcher Seite der Halle?"

"Rechts an der Wand", antwortete Davide Ciaran. "Sie ist ziemlich steil."

"Und wenn man oben ist? Wie kommt man dann zu diesem Wohnzimmer?"

"Die Tür rechts, gleich am Treppenabsatz."

"Hat der Raum noch andere Eingänge?"

Der Junge schüttelte den Kopf. "Nein."

"Was ist in den anderen Zimmern oben?"

"Gleich gegenüber von der Treppe ist ein Schlafzimmer, da war ich in der Nacht, daneben ein Bad. Wenn man von der Treppe links geht, sind noch zwei Türen - oder drei? Nein, zwei. In den Zimmern war ich aber nicht."

"Gut. Dreh dich bitte zu dem Haus um: welche Fenster

gehören zu dem Zimmer, in dem Shara jetzt ist?"

Davide tat, wie ihm geheißen und musterte das Haus in der Dunkelheit. Die Fensterläden waren überall geschlossen, es fiel kein Licht heraus.

"Das ganz rechts hier auf der Seite, glaube ich, dann noch eins auf der Rückseite. Das Zimmer hat zwei Fenster, über Eck."

"Du machst das sehr gut", lobte Ciaran. "Hast du Waffen gesehen?"

"Eine ... Pistole oder so was, eine schwarze. Die hat Drake mir hier reingedrückt, als er mich an der Raststätte in sein Auto geschoben hat", sagte Davide und deutete auf seine Rippen. "Und er hat ein Taschenmesser, aber kein sehr großes."

"Okay. Erzähl uns, wie das an der Raststätte gelaufen ist."

Davide blickte auf seine Hände hinunter: Ich sah ein schmales, rotes Band, das um die Gelenke herum lief - Spuren seiner Fesseln, nach dem Kontakt mit Shara jetzt schon verblassend. Er rieb daran herum, und ich wurde ganz kurz ziemlich wütend: Es war feige, so einen Welpen zu kidnappen, einfach nur feige.

"Wir haben getankt, obwohl ich noch für locker hundert Kilometer Benzin hatte. Gerard wollte dann einen Kaffee trinken, deswegen sind wir von der Tankstelle ein Stück weiter gefahren, zu der Raststätte. Da war viel los und er hat gesagt, er parkt lieber weiter hinten, wegen meines neuen Autos, damit da keiner eine Tür rein haut oder so. Auf dem hinteren Parkplatz stand auch nur noch ein anderes Auto. Ich bin ausgestiegen, dann ... hat mich einer von hinten gepackt, so richtig am Kragen. Er hat mir was in die Rippen gedrückt und gesagt: 'Wenn du schreist, bist du tot'. Ich hab die Stimme gleich erkannt und gewusst, dass das Drake ist. Ich hab zu Gerard gesehen, damit der mir hilft, aber der hat nur gesagt 'gehorch ihm'. Drake hat mich herumgezogen, so dass ich neben dem anderen Auto stand, hat mir gesagt, dass ich die Tür hinten aufmachen und einsteigen soll. Das hab ich getan. Dann ist Drake vorne eingestiegen und Gerard hat sich neben mich gesetzt. Er hat meine Hände und Füße mit diesen Plastikdingern zusammengebunden, dann ist er wieder raus und Drake ist losgefahren. Ich hab versucht, die Tür aufzumachen, aber da war wohl eine Kindersicherung oder so was drin. Drake hat gesagt, wenn ich das noch mal mache, entsorgt er mich im nächsten Mülleimer, also bin ich ... sitzen geblieben."

Ciaran tätschelte dem Kleinen die Hand, was wohl so viel heißen sollte wie 'das hast du schon ganz richtig gemacht'.

"Wo seid ihr hingefahren?"

"Weiter auf der Autobahn, Gerard war mit meinem Auto hinter uns. In Trento sind wir abgefahren und dann aus der Stadt raus, in einen Feldweg. Da musste ich umsteigen, in den Kofferraum von meinem Auto. Aussteigen durfte ich erst wieder, als wir schon in der Burg waren. Vorher haben wir noch mal angehalten, aber nur ganz kurz, und ich hab gehört, wie Drake und Gerard was besprochen haben, dann sind sie beide in mein Auto eingestiegen. Einer muss auf der Rückbank gesessen haben, ich hab gemerkt, wie sich das Rückenteil bewegt hat."

Wahrscheinlich Drake, dachte ich: In den Fußraum des Rücksitzes gekauert konnte ihn niemand sehen - und mit dem im Kofferraum versteckten Davide war es dann für Pablo nur Gerard allein, der da in der Burg ankam, selbstverständlich völlig aufgelöst wegen Davides Entführung.

"Wo bist du in der Burg ausgestiegen? In der Garage?"

Davide schüttelte den Kopf. "Nein. Das Auto stand vor dem Haupthaus. Drake hat die Klappe aufgemacht und mich rausgezogen, dann ist er mit mir zu diesem anderen Haus rüber."

"Und wo war Gerard?"

"Das weiß ich nicht."

Pablo ablenken natürlich - Sven lag ja eh krank im Bett, da bestand keine Gefahr, dass der was mitkriegte. Und mit der packenden Entführungsgeschichte in den Ohren würde auch Pablo an alles Mögliche denken, aber niemals daran, Davides Auto oder die Nebengebäude zu durchsuchen.

"Wie lange wart ihr in der Burg?"

"Nicht lange, bis zum frühen Abend. Es war noch hell, als wir wieder gefahren sind. Zwischendurch ist Gerard mit einer Zeitung rüber gekommen und hat ein Foto von mir und Drake gemacht. Etwas später hat Drake hat eine SMS gekriegt, ich hab was Fiepen gehört. Dann hat er mir die Füße wieder losgemacht, und wir sind zu Fuß zum Tor. Das ging ein Stück auf, wir sind raus und dann ewig lang durch den Wald und die Plantagen bis zu Drakes Auto gelaufen. Das stand hinter einem Schuppen, in einem Feldweg."

Klar - wenn es dunkel wurde, gingen in der Burg automatisch die Bewegungsmelder an, also musste Drake mit dem Kleinen vorher verschwinden. Auch waren wir ja im Anmarsch gewesen

... Pures Glück, dass Gerard und Drake unseren Aufpassern entgangen waren, aber da es durch den Wald und die Apfelbäume zahllose Trampelpfade gab, war das andererseits auch wieder gar nicht so unwahrscheinlich.

Ciaran erkundigte sich, ob einer unserer Zuhörer Fragen hätte.

"Was hat Shara eben gesagt? Zu dir und zu Drake?", ließ sich Jack ein bisschen rauschig vernehmen, Ciaran hielt dem Jungen das Funkgerät wieder hin.

"Dass sie checken will, ob es mir gut geht, dass sie ... mich sehr tapfer findet und dass sie gedacht hat, es würde mir schlechter gehen. Und zu Drake hat sie gesagt, dass er mich losbinden soll, dass es mir gut ginge und dass er damit sein Versprechen gehalten habe. Und sie hat mir gesagt, dass wir uns noch heute Nacht wieder sehen, dass sie aber nicht gleich mit mir mitgehen könnte."

Er machte eine Pause und sah erst Ciaran, dann mich an, ein flehendes Fragen in den Augen.

"Ihr holt sie doch da raus, oder?"

Ciaran ließ den Sendeknopf weder los und ich klopfte dem Kleinen einmal, zweimal besänftigend aufs Knie.

"Natürlich, deswegen brauchen wir ja auch diese ganzen Informationen. Verstehst du?"

Er nickte, Ciaran aktivierte wieder die Sendefunktion, damit alle seine nächste Frage hören konnten.

"Hast du außer Drake und Gerard noch jemand anderen gesehen - hier oder in der Burg?"

Davide schüttelte den Kopf. "Nein, aber ich habe Drake mit jemandem sprechen gehört, als wir schon in dem Haus da waren. Ich dachte erst, er sei am Telefon, weil lange nur er geredet hat, aber dann habe ich doch noch eine andere Stimme gehört."

"Hast du sie erkannt?"

Wieder ein Kopfschütteln. "Nein."

"Wieder Gerard?", fragte ich, Ciaran nickte.

"Sehr wahrscheinlich."

Ich fluchte und schlug wütend mit der Hand aufs Lenkrad.

"Magnus", sagte Ciaran warnend und ich hob beschwichtigend die Hände.

Wir hatten uns natürlich gedacht, dass Gerard sich zu Drake schleichen würde, aber mir wäre es dann doch lieber gewesen, wenn der im Gasthof im Dorf unten hocken und beleidigt schmollen würde, weil wir ihn zu Unrecht verdächtigt hatten. Nicht, weil ich Gerard so gerne mochte, sondern weil es so da drinnen in diesem Gruselhaus nicht Shara gegen Drake und Gerard, sondern nur Shara gegen Drake geheißen hätte - auch scheiße, aber eben ein bisschen weniger. Also: Wenn dieses Arschloch auch noch in diesem Haus war, mussten wir unsere Prinzessin so schnell wie möglich da raus holen.

"Hast du verstanden, was bei diesem Gespräch gesagt wurde?", wandte unser Doc sich wieder an Davide, der zuckte bedauernd mit den Schultern.

"Nein, gar nichts. Nur Gemurmel."

"Und wann war das?"

"In der Nacht, so ... kurz nach eins?"

Das passt, dachte ich: Gerard war gegen halb eins von Andreas aus der Burg entfernt worden, und mit etwas mehr als einer halben Stunde Fahrzeit von dort bis in diese Einöde könnte er passend angekommen sein, um einiges mit Drake zu besprechen zu haben, um Drake einiges erklären zu müssen - zum Beispiel, warum er aus der Burg geschmissen worden war.

"Kannst du uns noch erzählen, was Drake zu dir gesagt hat, während du bei ihm warst?"

Davide blickte wieder auf das Funkgerät. "Ja ... aber er hat nicht viel gesagt. Am Anfang war er fies, wie das mit dem Mülleimer. Dann wurde er ... freundlicher. Dass ich still sein soll, dass er mir nichts tun will. Was ich machen soll: In den Kofferraum klettern, wieder aussteigen, wo reingehen, mich hinsetzen und so. Ob ich ins Bad will. Ob ich Hunger habe. Dass ich meinen Eltern eine SMS schreiben soll und ihnen sagen, dass ich erst morgen wieder nach Hause komme. Dass ich einen guten Grund dafür finden muss, damit sie keinen Verdacht schöpfen. Dann hat er mir gestern Nacht gesagt, dass ich heute Abend gehen kann, weil Shara kommt."

Ciaran runzelte die Stirn, unzufrieden mit der eher spärlichen Ausbeute bei diesem Thema. Was hat er sich denn erwartet, dachte ich? Dass Drake Davide den üblichen 'böser Bube erklärt seine Motive'-Vortrag gehalten hat, den der Held eines jeden Actionfilmes unausweichlich in der Situation zu hören bekommt, in der der vermeintlich überlegene Gegenspieler die einzige Waffe in der Hand hält und dem Guten vor dessen bevorstehendem Tod die Welt aus der Sicht Satans erklären will?

"Sonst nichts? Über seine Pläne?" Ciaran blieb hartnäckig,

aber Davide auch: Er schüttelte den Kopf.

"Nein. In der Burg hat er fast gar nicht mit mir geredet, und in dem Haus hier war ich meistens allein in dem Schlafzimmer. Er hat mir eine Zeitschrift gegeben und Cola, hat mir was zu Essen gebracht, aber geredet hat er so gut wie gar nicht."

"Gut. Hast du mal gehört, wie sein Telefon geläutet hat?"

Jetzt nickte Davide sehr bestimmt. "Ja. In der Burg einmal, da hat er mir nachher gesagt, dass das Shara war und dass sie kommt. Hier im Haus hat sein Telefon dann öfters geklingelt, aber ich hab nie gehört, wie er dran gegangen ist. Es hat auch immer lange geklingelt."

Giuseppe, schlussfolgerte ich - auf der Suche nach seinem Herrn und Meister, der aber nichts mehr von ihm wissen wollte. Ciaran fragte wieder über Funk, ob die anderen Fragen an Davide hatten, diesmal meldete sich Sven, der mit Michael ein Stück weiter die Straße rauf wartete.

"Lag etwas herum, was wichtig sein könnte? Eine Straßenkarte, Zettel, irgendwas?"

Ich sah, wie Davide sein Gedächtnis durchforschte, doch er schüttelte schließlich den Kopf.

"Nein. Nur Sachen, die zu dem Haus gehören. Alte Sachen."

"Drake ist alt", sagte Ciaran, doch Davide schüttelte noch mal den Kopf, diesmal bestimmter.

"Nein, da war nichts. Ich war ja auch nur in dem Schlafzimmer und in dem Wohnzimmer, zweimal im Bad."

"Gut. Dann schicke ich Davide jetzt zur Burg?"

"Ja. Danke, Junge", antwortete Andreas auf Ciarans Frage, kurz darauf hielt ein weiteres Auto mit Josie am Steuer neben uns.

Ciaran drückte Davide kurz die Schulter. "Josie bringt dich zur Burg und kümmert sich um dich, du kannst dort auf uns warten. Es dauert nicht lang."

"Was habt ihr vor?", fragte der Junge, und als Ciaran ihm nicht antwortete, sah er zu mir. "Was habt ihr für einen Plan, wie wollt ihr Shara helfen?"

Ich hätte fast gelacht, doch ich verbot es mir. Nicht wir haben einen Plan, wäre die ehrliche Antwort gewesen, sondern Shara: Wir sind hier nur die Statisten.

Shara

"Kann ich etwas zu trinken bekommen?", fragte ich Drake, nachdem er die sinnlose Inspektion seiner Hand nach der Berührung mit mir abgeschlossen hatte, er nickte sofort, ganz der zuvorkommende Gastgeber.

"Gerard!", rief er, was mich unwillentlich zusammenzucken ließ - allerdings mehr vor Drakes überraschend lauter Stimme als vor dem genannten Namen: Ich hatte mir gedacht, dass Gerard hier sein würde, hatte sogar so kalkuliert, dass er hier sein musste, wenn alles nach Plan verlaufen sollte.

Nach ein paar Sekunden öffnete sich die Tür und der Gerufene trat ein, sein Gesichtsausdruck eine Mischung aus triumphierender Überlegenheit (für mich bestimmt?) und vorauseilendem Gehorsam (ganz sicher für Drake gedacht).

"Hol Shara etwas zu trinken." Drake wandte sich an mich. "Was möchtest du?"

"Cola Light", sagte ich, und Drake nickte Gerard knapp zu.

Der blieb in der Tür stehen und starrte zu mir herüber, was ich möglichst hasserfüllt erwiderte.

"Gerard", sagte Drake nach ein paar stillen Sekunden recht scharf, "hast du nicht gehört? Bring ihr, was sie möchte."

Gerard machte auf dem Absatz kehrt, ich hörte seine schnellen Schritte auf der Treppe.

"Du hast eben gesagt, dass nur wir beide hier verschwinden. Was ist mit ihm?" Ich nickte zur Tür und zündete mir nun die Zigarette an, die ich eben auf den Tisch geworfen hatte.

"Was soll mit ihm sein?"

Ich zuckte mit den Schultern. "Das frage ich dich! Was hast du ihm als Belohnung versprochen, dass er dir den Dolch besorgt, dir vom Pantheon erzählt, Davide zu dir lotst und was weiß ich noch alles?"

Drake lächelte, ich schauderte ungewollt vor diesen messerscharfen Zähnen zurück.

"Das mit Gerard hast du herausgefunden, oder?"

Ich nickte.

"Ja, das dachte ich mir. Andreas und Ciaran sind für so was viel zu naiv, zu weltfremd und zu vertrauensselig. Du bist da anders."

"Findest du?" Ich schnippte die Asche auf den Boden, was Drake zu einem irritierten Blick verleitete. "Kann sein, sie glauben halt grundsätzlich an das Gute im Menschen."

Wieder Schritte auf der Treppe, kurz darauf stellte Gerard eine Flasche Cola vor mir auf den Tisch und ein leicht trübes Glas daneben.

"Danke", sagte Drake, öffnete die Flasche und schenkte mir ein.

Es war keine Cola Light, sondern die echte mit mehr Zucker als Wasser - aber egal, sie sah kalt aus, und ein bisschen Energie zum Koffein konnte nicht schaden.

"Ich sagte 'danke'", wiederholte Drake schärfer, als Gerard sich nicht rührte, kurz darauf donnerte der die Tür hinter sich ins Schloss.

Ich warf die Kippe auf den Boden und zerrieb sie mit dem Absatz, Drakes Gesichtsausdruck wirkte bei der wiederholten Unverschämtheit nun deutlich verschnupft.

"Du hast mir noch nicht geantwortet: Was hast du Gerard als Belohnung versprochen, dass er dir hilft?"

Drake sah mich an und lächelte kalt.

"Nun, er hat sehr großes Interesse an dir", antwortete er, und aus seinem Mund klang das noch zehnmal ekelhafter als in meinen Gedanken. "Allerdings habe ich nicht vor, ihm hier irgendwas zu erlauben, wenn dich das beruhigt."

Ich lachte laut auf: einmal, weil das danach klang, als könne er mir befehlen, von wem ich mich begrapschen lassen sollte, zum anderen, weil ich dank der Berührung seiner Haut den Grund für diese Verweigerung gegenüber Gerard genauer kannte, als ich jemals gewollt hätte.

Mein Lachen gefiel Drake nicht, und er runzelte die Stirn, sagte aber nichts.

"Weiß Gerard das schon?", fragte ich, "weiß er schon, dass er bald sehr, sehr einsam sein wird? Dass er nicht nur mich nicht bekommt, sondern auch, dass du ihn zurücklassen willst? Oder wirst du ihn einfach umbringen - wie Joseph? Eine Waffe ziehen und ihm eine Kugel in den Kopf jagen?"

Der plötzliche Themenwechsel verwirrte Drake nicht besonders, weder Josephs Name noch der Mordvorwurf riefen irgendeine Regung hervor: Er sah mich schweigend an, als hätte ich ihm gar keine Frage gestellt, ich trank einen Schluck von der viel zu süßen Limonade.

"Er weiß es also nicht", antwortete ich mir selbst - und weil das Selbstgespräch doch so viel angenehmer war, fuhr ich damit fort. "Vielleicht sollte ich ihm das sagen? Mich würde interessieren, wie er reagieren würde ... Was würde wohl überwiegen: seine Angst vor dir oder seine Gier nach mir?"

"Keine gute Idee", sagte Drake jetzt mit der schneidenden Stimme, die er eben schon so erfolgreich bei Gerard eingesetzt hatte, mir entlockte sie jedoch nur ein spöttisches Lachen.

"Vergiss diesen Tonfall bei mir aber mal ganz schnell wieder", antwortete ich nicht minder scharf, "darauf bin ich allergisch. Wir wahren hier schön alle Regeln der Etikette - ich beschimpfe dich ja auch nicht als feigen Mörder, oder?"

Drake erstarrte, und ich trank in aller Ruhe mein Glas aus, gab ihm Zeit, um auf diese Zurechtweisung zu reagieren. Er schluckte sie runter, registrierte ich ein wenig irritiert - es war gar nicht so einfach, ihn aus der Reserve zu locken.

"Vielleicht kannst du mir ja bei ein paar Überlegungen helfen, die ich schon recht erfolglos mit Andreas und Ciaran diskutiert habe", sagte ich leichthin und das Thema wechselnd, als Drakes Gesicht sich wieder entspannt hatte, er nickte zögernd.

"Also: Der Dolch verlängert Leben, scheinbar unendlich, zumindest aber für eine sehr lange Zeitspanne. Ich dagegen kann Kranke heilen - und das ist im Vergleich viel weniger, findest du nicht auch?"

"Worauf willst du hinaus?"

"Nun: Niemand braucht mich, wenn er den Dolch hat, oder? Einmal gesund werden gegen ewiges Leben - da gewinnt das ewige Leben."

Drake beugte sich vor und stützte die Ellbogen auf die Knie, betrachtete seine langen, schmalen Finger.

"Nein", sagte er nach einer schweigenden Minute, "das kann so nicht richtig sein."

Ich goss mir noch Cola ein und ließ den Deckel achtlos neben der Flasche liegen, Drake hob ihn auf und schraubte ihn wieder fest: Ordnung muss sein.

"Das denke ich auch, aber mir ist der Grund nicht ganz klar. Die naheliegende Erklärung ist für mich folgende: Wenn ich jemanden mit dem Dolch unsterblich mache, bin ich nach dieser Tat überflüssig - er lebt ewig, und zwar unabhängig von mir. Wenn ich jedoch jemanden von einer Krankheit heile, kann ich das anschließend noch mehrfach tun: Die Person braucht mich also weiterhin, ich habe sie in der Hand, kann wieder und wieder einen Preis, eine Gegenleistung dafür verlangen."

Drake nickte weise, als habe ich als brave Schülerin die richtige Antwort gegeben, die er allerdings schon ein paar Jahre vor mir gefunden hatte. Das sah gönnerhaft aus und nervte mich natürlich, also ärgerte ich ihn ein bisschen, indem ich noch eine Zigarette aus der Schachtel schüttelte, und dabei absichtlich trockene Tabakkrümel auf dem Tisch verteilte. Drake wischte sie prompt penibel auf den Boden, ich sah ihm amüsiert zu: Als würde der Teufel die Hölle fegen.

Magnus

Shara war jetzt seit einer halben Stunde dort drin bei Drake, und meine Gedanken schweiften bei der stupiden Warterei langsam ab.

Ich kam allerdings nicht weit, hatte ich doch heute schon einmal Angst um unsere Prinzessin gehabt - als einziger, denn weder Jack noch Ciaran hatten eine großartige Szene gemacht, als sie gegen Mittag auf dem Weg vom Tisch zum Kühlschrank in der Küche weggesackt war, und mehr Leute waren nicht zugegen gewesen: Essen taten meine Brüder und Schwestern gerne, was Ciaran zauberte, freiwillig kochen mochte unter Anleitung dieses Präzisionschirurgen allerdings kaum jemand. Mich hatte Sharas unvermitteltes Zusammensinken auf dem Steinfußboden ein wenig an Shanes plötzliche und überaus spaßige Ohnmachtsanfälle erinnert, aber erst später, als ich mich wieder abgeregt hatte: Ich war zuerst besorgt zu ihr hingestürmt, hatte panisch mit beiden Händen in ihr lebloses Gesicht gepatscht und ihren Namen gerufen.

"Lass mich mal", hatte Ciaran gesagt und mich bestimmt zur Seite geschoben.

Er hatte Shara auf dem Boden ausgestreckt, Jackson ihre Beine hochhalten lassen und ihr ein wenig Wasser ins Gesicht gespritzt: Nach ein oder zwei Minuten hatten ihre Augen geflattert, und sie hatte erstaunt zu uns hochgesehen.

"Guten Morgen", hatte Ciaran lächelnd gesagt. "Alles in Ordnung?"

Shara hatte genickt und ihr erstaunter Gesichtsausdruck hatte sich in Verstehen mit ein wenig Scham gewandelt.

"Bin ich umgekippt?"

"Ja, sogar sehr graziös. War das das zweite Mal, nach dem Schwimmbad?"

"Das Dritte", hatte Jack auf Ciarans Frage geantwortet, Sharas Beine auf dem Schoß. "Am Tag vor ... Josephs Tod war das zweite Mal. Da ist sie am Morgen ohnmächtig geworden, im Badezimmer."

Shara hatte einen gequälten Laut von sich gegeben, Jack dagegen leise gelacht. Ciaran hatte ihr geholfen, sich mit dem Rücken an den nächsten Küchenschrank zu lehnen und ihr dann was zu trinken gebracht.

"Wie lange hast du heute Nacht geschlafen?"

Shara hatte unseren Doc über den Rand ihres Glases angesehen, dann war ihr Blick zu Jack rüber gezuckt. Ach Gott, hatte ich gedacht, und mich ein wenig in den rückwärtigen Teil der Küche zurück gezogen, damit niemand mein peinlich berührtes Gesicht bemerkte - musste Ciaran schon wieder ausgerechnet dieses Thema ansprechen, an dem er sich doch schon einmal die Finger verbrannt hatte?

"Nicht viel", hatte Shara mit leicht entflammten Wangen schließlich geantwortet, während Jack mit unbewegter Miene neben ihr gehockt und mit einem feuchten Tuch auf ihrer Stirn herumgetupft hatte.

"Das ist aber gerade jetzt sehr unvernünftig", hatte Ciaran geantwortet, doch als er nach ihrer Hand greifen wollte, hatte Shara sie weggezogen: Eine kleine Rache für seine indiskrete Frage? Hoffentlich, denn damit musste Ciaran dringend aufhören.

"Was du wieder denkst", hatte sie gereizt geantwortet. "Wir haben nur ... geredet. Glaubst du etwa, ich bin heute Morgen mit einem fertigen Plan für Drake aus dem Bett gefallen?"

Ciaran lachte, wurde dann wieder arztmäßig ernst.

"Gut, verstanden. Du isst am besten was und dann legst du dich noch ein bisschen hin."

"Ich will aber noch mal trainieren, ich zittere beim Zielen immer so", hatte Shara gesagt, doch da hatte sich Jack eingeschaltet.

"Er hat Recht, Shara. Schlaf bitte ein paar Stunden - die kommende Nacht wird ohnehin lang. Du bist wirklich gut genug."

Shara hatte das Glas auf den Boden geknallt und Jack angesehen, als habe er sie gerade verraten und verkauft: Er hatte fast eine Viertelstunde gebraucht, um mit einem Arm um ihre Schultern den häuslichen Frieden mit seinem angetrauten Dickkopf wieder herzustellen, während Ciaran mit unbewegter Miene um die beiden herum gewirtschaftet hatte, ich mehr schlecht als recht Sharas Gemüse fertig geschnippelt und dabei ein paar seltsame Gedanken hin und her gedreht hatte. Drei Ohnmachtsanfälle, hatte ich gedacht: Okay, Shane hatte es auf mindestens doppelt so viele gebracht, er war in seinen ersten Monaten mit Narbe ein ständiger Garant für gute Lacher gewesen - allerdings hatte er nicht nach jedem Wegsacken neue, komische Kräfte entwickelt wie Shara. Moment: Stimmte das, oder war mir das gerade nur so durch den Kopf geschossen? Ich hatte auf die Zucchini hinunter gestarrt - ja, es stimmte. Ich wusste, dass sie im Schwimmbad zusammengeklappt war, einen Tag vor ihrem ersten Besuch bei Davide. Den Anfall vor Jos Tod hatte ich ebenfalls mitbekommen: Sie hatte einen gelben Fleck am Ellbogen gehabt, und auf meine unschuldige Frage nach dem Stand ihrer jungen Ehe hatte sie mir nicht nur besagter Körperteil durchaus schmerzhaft in die Rippen gehauen, sondern mir auch erklärt, dass sie nach der Dusche zusammengeklappt war - und kurz darauf hatte sie uns allen erzählt, dass sie Gefühle erahnen konnte. Jetzt wieder so ein Ohnmachtsanfall hatte ich gedacht - was erwartet uns diesmal? Darauf hatte es in der Küche keine Antwort gegeben, noch nicht. Stattdessen hatte es die Frage gegeben, ob ich meine weisen Gedanken jemandem anvertrauen sollte ... Lass es, hatte ich mir selbst geraten, ist eh alles Blödsinn, von dir will keiner solche weisen Analysen hören. Also hatte ich mich kurz darauf fast dankbar von Ciaran weg schicken lassen, nachdem er mit Blick auf meine windschiefen Zucchini-Würfel leicht entnervt gefragt hatte, was ich denn bitte unter 'Scheiben' verstehen würde.

Shara

"Das war also meine Antwort", sagte ich, als Drake den letzten Tabakkrümel vom Tisch gefegt hatte. "Und wie lautet deine?"

"Nun, ich sehe das ganz ähnlich wie du. Du hast die Macht, Menschen von Schmerzen zu befreien und von Krankheit zu heilen. Beides sind Grundängste des Menschen, und die

Dankbarkeit für deine Hilfe wird unermesslich sein. Wähle diese Personen aus und du wirst unvorstellbar reich werden, wähle andere Personen aus und du wirst ungeheuer mächtig werden. Der Dolch ist nur für den inneren Kreis - für die Menschen, die deine Macht mit dir teilen sollen."

"Und diesen inneren Kreis würdest du selbstverständlich so klein wie möglich halten?"

Drake lächelte leise.

"Ich werde diesen Dolch zerstören, sobald ich ihn in die Finger bekomme. Es gibt so schon genug Leute, die von dir wissen - je mehr, desto gefährlicher für dich."

Ich musste unwillkürlich lachen. "Stimmt, dafür bist du selber ja der beste Beweis."

Diese Bemerkung passte ihm scheinbar nicht, denn er verzog den schmalen Mund.

"Was hast du?", fragte ich scheinheilig. "Du bist doch der erste gewesen, der gedacht hat, er müsse mich haben, also kannst du das anderen ja kaum zum Vorwurf machen. Glaubst denn allen Ernstes, dass Andreas und die anderen mich einfach so aufgeben werden?"

Er schüttelte den Kopf. "Nein, darum muss ich mich noch kümmern. Vielleicht werde ich den Dolch sogar so lange behalten, bis sie alle sterblich sind. Sie alle umzubringen, wäre dann doch etwas zu auffällig, auch wenn es natürlich Mittel und Wege gibt ... die Burg ist ein altes Gemäuer, und eine Gasexplosion kann verheerende Folgen haben. Aber ich könnte mir auch vorstellen, dass ein paar deiner Freunde gern weiterhin bei dir bleiben würden, wenn man ihnen die Chance dazugibt. Jackson und Magnus ganz sicher, wenn denn stimmt, was Gerard mir so alles berichtet hat."

"Klar", sagte ich ätzend, "die sterben vor Freude über diese noble Geste, wenn sie deine Einladung bekommen. Schick gleich noch Josie und Shane eine mit, die können es sicher auch kaum erwarten, dich wiederzusehen."

Sein Blick wurde dunkler: Ich schien ihn langsam richtig zu reizen - das machte Spaß, und ich holte noch mal aus.

"Gerard und Giuseppe reichen dir also nicht? Taugen nicht viel, die beiden, oder? Ach, apropos Gerard - es wäre für ihn sicherlich eine äußerst wertvolle Information, dass du gern Jackson in deiner kleinen Bande hättest ... wo du mich doch ihm schon versprochen hast." Drake zog eine Augenbraue hoch, ich lachte. "Wenn du Gerard keine Hoffnung gemacht hättest, wäre er nicht hier, oder? Du hast sonst nichts zu bieten, was der Orden nicht auch hat - eher weniger, wenn ich mir dein kleines Wochenendhaus hier so anschaue. Also hast du eben gelogen, als du behauptet hast, du würdest ihm nicht erlauben, mich anzufassen, also weiß Gerard nicht, dass du mir anbieten wolltest, Jackson mitzubringen. Weißt du was? Das erzählen wir Gerard einfach mal: Ich liebe es, andere zu überraschen, und ich bin wahnsinnig gespannt, wie er reagieren wird. Gerard? Gerard!"

Kaum hatte ich gerufen, hörte ich Schritte auf der Treppe - und keinen Meter von mir entfernt zog Drake seine Waffe aus dem Hosenbund.

Magnus

"Was war das für ein Geräusch?", fragte ich Ciaran, der zuckte ziemlich ratlos mit den Schultern: erst ein Schaben, dann ein metallisches Klacken, kurz, nachdem Shara nach Gerard gerufen hatte.

Ich drückte meinen Ohrstöpsel tiefer in den Gehörgang, als würde dass das Geräusch nachträglich erklären können, wurde dadurch aber natürlich nicht schlauer.

"Eine Waffe wurde entsichert", sagte Jack über Funk, die Stimme kühl und ruhig - was ich definitiv nicht fertiggebracht hätte, wenn Shara meine Frau wäre und in einem verschimmelnden Haus von einem bewaffneten Irren bedroht würde, "und es war nicht Sharas. Ein größeres Kaliber."

"Bist du sicher?" Andreas diesmal, auch Ciaran zog fragend die Augenbrauen hoch.

"Absolut."

Gegen diese Gewissheit konnten wir nicht viel sagen, ich konzentrierte mich wieder auf die Stimmen aus dem Haus hinter uns. Das Mini-Mikro steckte gut verborgen im geflochtenen Lederhenkel von Sharas Tasche, die Stimmen klangen ein bisschen entfernt, aber klar und deutlich in meinem Ohr: Selbst Gerards Schritte auf der Treppe oder das Gluckern der Cola im Glas hatten wir gehört. Bis jetzt war das Gespräch theoretisierendes Blabla gewesen - jetzt war eine Waffe im Spiel und ich wieder hellwach.

Shara

Drakes Pistole war keinen halben Meter von meiner Brust entfernt und schimmerte satt im Licht der alten Lampen. Jackson hätte mir sicher das Modell nennen können, aber für mich sah sie einfach nur ziemlich groß und ziemlich schwarz aus - und passte damit ziemlich gut zu Drake.

"Schick", sagte ich spontan, "steht dir ausgezeichnet. Hast du dich beraten lassen? Ich wollte ja auch eine Schwarze, aber Jackson meinte, diese wäre besser für mich."

Ich öffnete das Schulterholster und zog meine Waffe ebenfalls heraus: Verfolgt von Drakes wachsamen, pechschwarzen Augen und Gerards fragendem Gesicht im Türrahmen richtete ich sie auf Drakes Brust. Sie war kleiner als seine und silbern, aber wie Jackson gesagt hatte: genau so tödlich.

"Leg die Waffe sofort auf den Tisch", forderte Drake scharf, ich schüttelte den Kopf.

"Warum? Leg du doch deine weg, ich hab meine nicht zuerst rausgeholt." Ich drehte mich leicht zu Gerard im Türrahmen um. "Komm her, setz dich. Wir haben uns gerade über unsere gemeinsame Zukunft unterhalten, und wir fanden, dass dich das auch etwas angeht."

Ich klopfte mit der Hand auf den Stuhl neben mir und lächelte ihn zutraulich an, er schoss einen fragenden Blick zu Drake. Der schüttelte den Kopf, doch Gerard gehorchte nach einem Zögern und mit trotzigem Gesicht nicht ihm, sondern mir: Sehr schön. Er trägt ein kurzärmeliges Hemd, registrierte ich, während Gerard sich mir gegenübersetzte - auch sehr schön, sogar geradezu perfekt.

"Shara, ich warne dich", zischte Drake. "Du trägst die Konsequenzen für das, was hier passiert."

Ich lachte amüsiert auf. "Ach ja? Willst du ihn gleich hier erschießen und mir dann die Schuld dafür geben?"

Drake erstarrte, Gerards Kopf ruckte zu mir herum.

"Ich erklär es dir", sagte ich zu Gerard. "Also: Drake meint, der Kreis der Leute um mich herum sollte möglichst klein sein. Und weil er Magnus und natürlich Jackson gern dabei hätte, passt du nicht mehr so ganz mit ins Konzept, da du ja auch Ansprüche auf mich angemeldet hast. Oder sehe ich das falsch? Vielleicht wäre es ja total okay für dich, wenn Jackson hier wäre?"

Gerard starrte mich an, sichtlich überfragt und verwirrt.

"Hör nicht auf sie", sagte Drake. "Sie will dich nur provozieren."

Ich drehte mich zu ihm, mit erstauntem Gesicht. "Entschuldige, aber hast du nicht eben selber gesagt, dass du Jackson und auch Magnus die Chance geben möchtest, bei mir zu bleiben? Willst du jetzt leugnen, dass du das gesagt hast?"

Drake antwortete nicht, seine Augen bohrten sich in meine, befahlen mir, zurückzustecken, zu schweigen. 'Wer zwinkert zuerst' spielte ich aus Prinzip nicht, dazu fehlte mir die Geduld - also ließ ich mich darauf gar nicht ein und schüttelte lieber den Kopf, um so meine Frustration kundzutun.

"Tut mir Leid, Gerard - dann habe ich da wohl was missverstanden. Du kannst wieder gehen."

Er rührte sich nicht, ich beachtete ihn jedoch nicht weiter, sondern wandte mich erneut an Drake: Es war schon nach elf und damit Zeit, die Zügel strammer zu ziehen: Ich wollte endlich wieder nach Hause.

"Weißt du, seit dem du mich im Pantheon abgestochen hast, seit diesem Tag ... will ich mich an dir rächen. Ich will dir wehtun, dich tot sehen, dich erschießen. Jackson hat mir eine Waffe besorgt, gleich am Tag nach der Sache im Pantheon - nicht diese hier, ich hatte erst eine andere. Und er hat mir auch das Schießen beigebracht. Ich bin nicht unbedingt Weltklasse, aber ich treffe meist halbwegs das, was ich anvisiere."

Ich entsicherte die Waffe in meiner Hand, Drake spannte sich sichtbar an. Er hatte die Hand mit seiner Waffe leicht sinken lassen, als ich meine kleine Vorstellung mit Gerard gegeben hatte, nun hob er sie wieder. Wir waren etwas mehr als einen Meter auseinander, beide Waffen auf die Brust des anderen ausgerichtet - Gerard saß kerzengerade neben mir und schien aufgehört haben zu atmen.

"Im Orden waren die Meinungen dazu geteilt. Ein paar haben gesagt: Klar, mach es, erschieß ihn. Das ist deine gerechte Rache und macht die Welt zudem ein bisschen besser, ein bisschen sauberer - eine rundherum gute Tat. Andere haben gesagt: Mach das nicht. Du musst dann auf ewig mit der Schuld leben, einen Menschen getötet zu haben - und das ist auch Drakes Tod nicht wert."

Ich hatte meine Waffe noch nie aus dieser Nähe ernsthaft auf einen Menschen gerichtet, und ich spürte langsam die Angst vor dem, was ich hier vorhatte. Jacksons Ratschläge kamen mir wieder in den Sinn: Ich atmete ein paar Mal flach durch, um meine Hände ruhiger zu machen, drückte die Oberarme nah an den Körper, damit meine Arme nicht ermüdeten und zitternd meine Panik verraten konnten. Drakes Hände zitterten definitiv nicht: Er hat die Übung, die dir fehlt, erinnerte ich mich, er hat erst vor wenigen Tagen kaltblütig einen Menschen erschossen - einen Freund, korrigierte ich mich, einen Freund hat er erschossen, mit dem du getanzt hast, mit dem du gelacht hast.

"Und was sagst du?", fragte Drake kalt, ich lächelte über meine Angst hinweg.

"Ich sage Folgendes: Sie alle gehen von falschen Annahmen aus, denn sie haben etwas ganz Entscheidendes übersehen. Ich kann, was niemand anderer kann, und das haben sie in ihrer Antwort unberücksichtigt gelassen."

Drakes hochgezogene Augenbrauen signalisierten, dass er mir nicht sogleich folgen konnte, doch damit hatte ich auch nicht gerechnet: Ich hatte fast die ganze letzte Nacht gebraucht, um diesen Gedanken in Jacksons Armen vollständig zu durchdenken und von allen Seiten auf Logik zu überprüfen, da konnte ich dem alten Mann jetzt durchaus ein paar gedankenschwangere Minuten zugestehen.

"Schau, es ist so", fügte ich hinzu, als Drake langsam den Kopf schüttelte als Zeichen dafür, dass er nicht verstand, was ich ihm hatte bedeuten wollen. "Ich kann meine Rache bekommen und dich erschießen, muss aber nicht mit der Schuld des Mordens leben. Ich jage dir eine Kugel durchs Herz und werde dich trotzdem nicht töten."

Ich sah Drake weiter beim Denken zu, und als sich seine schwarzen Augen verstehend weiteten, drückte ich ab.

Magnus

Der Schuss peitschte überlaut durch den Ohrhörer in meinen Kopf. Obwohl ich ihn befürchtet, sogar erwartet hatte, erschrak ich zutiefst - auch Ciaran auf der Rückbank zuckte zusammen. Nur Bruchteile von Sekunden nach dem Knall im Kopf vernahm ich das viel schwächere Echo des Schusses draußen, aus dem Haus. Andreas' Signal für uns kam kurz darauf, und während ich aus dem Auto sprang und vor Ciaran zum Haus rannte, versuchte ich zu verstehen, was an weiteren Geräuschen aus dem Raum oben auf unsere Ohrhörer übertragen wurde: Ein erschreckter Schrei - dumpf und gequält, unmöglich zu sagen, wer ihn ausgestoßen hatte. Es rumpelte, als stieße jemand gegen Möbel, irgendwas oder jemand ächzte, dann schien etwas auf dem Boden, zumindest aber auf Holz zu landen.

Jack und Andreas waren auf der Rückseite des Hauses gewesen und kamen gleichzeitig mit uns an der Haustür an, sie war von innen verriegelt, aber nicht besonders stabil: Ich trat ein paar Mal mit dem Fuß gegen das alte Schloss, doch noch bevor die Tür nachgab, erklang eine altbekannte, helle und melodische Stimme in meinem Ohr: Shara.

"Kommt hoch, es ist vorbei."

Shara

Die Kugel aus meiner Waffe hatte Drakes Brust links oberhalb des Herzens getroffen und ihn mit Wucht in seinem Stuhl ein Stück nach hinten katapultiert.

Ich nahm mir nicht die Zeit, seine schreckensgeweiteten Augen und deren Blick auf seine durchlöcherte Brust zu genießen: Nachdem ich abgedrückt hatte, ließ ich die Waffe fallen und griff sofort mit der einen Hand nach Drake, mit der anderen nach dem bloßen Arm des vor Entsetzen völlig gelähmten Gerard. Drakes sterbender Körper gierte nach Energie, während er den Schock der Schusswunde registrierte - und meine gleichzeitige Verbindung zu Gerard ließ Drake diese Energie von letzterem abziehen. Stärker als die alte Frau im Krankenhaus, gieriger als Shane - Drake war der bislang schlimmste Sog, den ich jemals erlebt hatte, und ich war mehr als heilfroh, dass er nur für Sekunden durch mich durchgetobt war und dass ich diese Zeit ohne Ohnmacht überstanden hatte. Gerard hatte dieses Glück nicht, ihm blieb angesichts dieses Sogs gerade mal genug Zeit, um erschrocken und mit einem Keuchen nach Luft zu schnappen, dann sank er abrupt leblos in sich zusammen und knallte mit dem Kopf auf den Tisch. Ich hielt die durch mich hindurch kribbelnde Verbindung aufrecht, und so nährte der bewusstlose Gerard den um sein Leben kämpfenden Drake, während meine Freunde unten begannen, gegen die

Eingangstür zu treten. Als Jackson, Magnus, Ciaran und Andreas in den Raum stürmten, spürte ich ganz deutlich, wie Drakes doch eigentlich zum Sterben verurteiltes Herz brav weiter vor sich hin zuckte: Ich hatte ihn erschossen und war trotzdem keine Mörderin, ich hatte ihn getötet und er würde dennoch leben. Nicht ewig natürlich - in der Burg wartete der Dolch auf ihn, den er so unbedingt hatte zerstören wollen: Bald würden wir sterblich machen, und damit wäre meine Rache endlich erfüllt.

Magnus

Was für eine seltsame Szene bot sich unseren nach der Prinzessin suchenden Augen: Ein altmodisches Zimmer mit Gardinen und Tapeten aus einem fernen Jahrzehnt und Möbeln aus einem noch ferneren Jahrhundert, in der rechten Ecke ein großer Tisch mit Stühlen - und an diesem Shara, Hand in Hand mit einem Mörder und einem Verräter. Der Verräter lag mit dem Oberkörper auf dem Tisch, bewusstlos - der Mörder hing nach hinten zurückgeworfen in einem Stuhl, sterbend. Und Shara? Shara hielt beider Hände und sah erstaunlich gefasst aus, was mich und Jackson synchron erleichtert einatmen ließ.

Ciaran übernahm die Leitung und untersuchte als erstes Drake, dann Gerard - klugerweise mit Handschuhen, sonst hätte die Prinzessin ihn auch angezapft. Andreas, Jack und ich warteten neben der Tür, bis der Doc fertig war und uns herbei winkte.

"Wir können Drake transportieren, er ist stabil. Die Wunde hat quasi angefangen zu verheilen, als sie entstanden ist: Daher kaum Blutverlust und ein ziemlich gerader Kugelkanal einmal durch die Lunge, eventuell eine Absplitterung an einer Rippe. Jack, Magnus - bringt ihn mir in die Praxis: Josie erwartet euch schon, sie kümmert sich um ihn, bis ich da bin. Andreas, würdest du Gerard rüber bringen, dann fahre ich Shara?"

Shara ließ erst Drake los, dann Gerard. Sie stand auf, versenkte sofort die Hände in den Taschen - und als Jack sie umarmte, drehte sie den Kopf weg, als wolle sie ihn vor ihrem Kribbeln schützen. Sie sah erleichtert und zufrieden aus - ein bisschen blass um die Nase vielleicht, aber ansonsten okay. Sie legte ihre Stirn für eine Sekunde in Jacks Haare, dann packten Jack und ich Drake unter den Achseln und schleppten ihn die

Treppe herunter zum Auto. Wir gingen nicht eben vorsichtig mit ihm um, als wir ihn auf den Rücksitz warfen und dann über die einsame Straße zurück ins Tal fuhren, aber auch nicht zu rau: Wegsterben sollte er uns schließlich nicht, wir brauchten ihn noch - er musste am Leben bleiben, damit wir ihn zum Tode verurteilen konnten.

Shara

Was für ein Abend, was für eine Nacht. In den frühen Morgenstunden schleppte ich mich die endlosen Treppen hinauf in den dritten Stock - erschöpft genug, um gleich auf den Stufen zusammensinken zu wollen, und gleichzeitig noch aufgedreht genug, um garantiert nicht schlafen zu können. Zu viel war passiert, zu viel spukte in meinem Kopf umher - trotzdem war ich fast ein wenig dankbar, dass Drake nicht die Hauptperson in meinen verwirrten und wirren Gedanken war, dass mein Schuss auf ihn nicht das war, was mich jetzt so sehr beschäftigte.

Ich vermutete Jackson in unserem Doppelbett, fand es jedoch leer vor, als ich die Tür leise öffnete und barfuß in das dunkle, stille Zimmer tapste: Ordentlich gemacht und kalt lagen die Decken da, keine Spur von meinem schönen Kreuzritter. Mein Magen krampfte sich zusammen, denn ich wusste, was das bedeutete: Er war in sein altes Einzelzimmer zurückgegangen, so sehr hatte ich ihn also mit meiner unpersönlichen Nachricht verletzt. Dabei hatte ich ihm gar nicht wehtun wollen, dabei hatte ich doch nur ... ja, hatte ich ihn doch nur schützen wollen. Schützen vor mir, vor der kranken Hexe, die ich nun mal war - seit dieser Nacht noch mehr als davor: Nachdem wir von dem verlassenen Haus in den Bergen in die Burg zurückgekehrt waren, hatte ich Josie und Ciaran geholfen, den noch immer bewusstlosen Drake zu versorgen, dann hatte ich Jackson eine kurze SMS eingetippt mit der Botschaft, ich käme erst später herauf, er solle nicht auf mich warten, sondern schlafen gehen - und er war schlafen gegangen, allein.

Ich klopfte jetzt leise an die Tür zu Jacksons altem Zimmer, er öffnete mir sofort. Er war blass, seine Haare noch verwuschelter als sonst, als habe er sich die halbe Nacht schlaflos im Bett herumgewälzt. Er sagte nichts, blickte mich nur an, seine Augen waren fragend und auch ein wenig traurig - ich hatte ihm wehgetan, aber ganz ohne böse Absicht.

"Darf ich bitte reinkommen?", fragte ich. "Es tut mir leid, dass ich dich ... so allein gelassen habe, und ich würde dir gern erklären, wieso."

Er zog die Tür weiter auf und ließ mich ohne ein weiteres Wort hinein. Es war gegen vier Uhr und noch dunkel draußen, die Vorhänge waren zugezogen, nur neben seinem schmalen Bett brannte die Nachttischlampe.

"Du siehst müde aus", sagte er sanft nach einem tiefen Blick in meine Augen, der zusammen mit der Fürsorge in seiner Stimme meine Schuld noch viel größer und schmerzhafter machte.

"Darf ich mich setzen?", fragte ich und deutete auf das Bett in dem fast gänzlich leer geräumten Zimmer, er antwortete mit einer einladenden, aber stummen Geste.

Ich rutschte bis an die Wand und hockte mich im Schneidersitz hin. Das Bett war noch warm von seinem Körper, ich steckte dankbar meine eiskalten Füße unter die Decke. Jackson setzte sich mir gegenüber, wahrte jedoch deutlichen Abstand, was mich noch mehr leiden ließ. Ich sah ihn an, aber das Licht der Lampe fiel ihm in den Rücken und ließ mich seine geliebten Augen mehr erahnen denn erkennen.

"Ich war heute Nacht die ganze Zeit bei Ciaran. Ich habe ... gestern Abend, als ich Drake ... nein, schon davor, bei Davide ..."

Stopp, so wurde das nichts: Ich rieb mir über das Gesicht, ich musste mich konzentrieren, durfte den Faden nicht verlieren. Jackson griff nach meiner Hand, ich riss sie weg. Er schrak zurück und ein bitterer Schmerz zuckte durch mein Herz, also hob ich die Hand, entschuldigend.

"Bitte, versteh mich nicht falsch, aber genau darum geht es: Um Berührung, um Körperkontakt."

Er schwieg, dann nickte er.

"Gut, ich halte Abstand. Was ist los?"

Ich versuchte, meine wirren Gedanken und die Erlebnisse der letzten, müden Stunden zu sortieren, um sie Jackson halbwegs verständlich darbieten zu können.

"Als ich Drake angefasst habe, da habe ich gespürt, was er fühlt. Du weißt, dass ich das schon vorher ein bisschen konnte, wenn auch nicht bei jedem - aber das gestern Abend war plötzlich ganz, ganz anders. Schon als ich Davide berührt habe, war er so klar für mich ... so intensiv, wie ich das vorher noch nie erlebt habe, auch bei dir nicht. Ich habe mich darüber gewundert, aber vor allem erst mal gefreut: Ich konnte so unglaublich klar sehen, wie es ihm ging, und ich wusste schnell, dass Drake ihn halbwegs gut behandelt hatte."

Ich sah Jackson an: Er verzog keine Miene, wartete auf weitere erklärende Worte.

"Später dann ... als Drake meine Hand angefasst hat, da habe ich auch nicht nur ganz dunkel geahnt, was er fühlte, ich habe es gesehen - irgendwie wirklich gesehen. So klar und deutlich, wie ich dich jetzt vor mir sehe." Ich schloss die Augen, um mich trotz Widerstrebens an diesen unglaublich intensiven Eindruck zu erinnern, und ein leises Rascheln von Stoff verriet mir, das Jackson nun reagierte. "Es war ... sehr heftig", fuhr ich fort, ohne die Augen zu öffnen. "Ich hatte Angst, dass er mir anmerkt, was ich da gerade tue, was ich da mitkriege. Und ich habe nicht nur gesehen, wie er zu mir steht - zum ersten Mal konnte ich auch erkennen, wie er tickt, was für ein Mensch er ist: Er ist vom Hass auf Andreas und Ciaran zerfressen, er will sie töten, am liebsten euch alle. Was mich anging ... dagegen ist Gerard harmlos. Das war pure Gier - er wollte mich haben und ich kann dir nicht sagen, in welcher Art und Weise er mich besitzen wollte. Es war ekelhaft, total krank. Sein Denken war total auf mich konzentriert, ich konnte kaum etwas anderes darin finden, außer dem Hass auf euch. Er ist besessen, absolut wahnsinnig. Ich habe ihn angeschaut, während ich das alles gesehen habe: Er war so ruhig ... innen drin kochte er, und außen war er absolut kalt." Ich öffnete die Augen und sah einen unsäglichen Schmerz in Jacksons umschatteten Gesicht. "Du weißt, dass ich noch gestern sehr mit mir gerungen habe, ob ich tatsächlich auf Drake schießen kann. Es waren seine Gefühle selbst, die mich schließlich davon überzeugt haben, dass er niemals Ruhe gibt, dass er mich bis ans Ende der Welt jagen wird. Und deswegen habe ich es getan, habe ich es tun können." Ich schwieg einen Moment: Das war als Einleitung okay gewesen, war aber nicht das, was Jackson wirklich hören wollte und hören musste. "Als es vorbei war, wusste ich, dass du in unserem Zimmer auf mich warten würdest." Ich versuchte nochmals vergeblich, seine Augen in der Dunkelheit zu finden - hielt Ausschau nach den grünen Leuchtfeuern, die mir den Weg weisen sollten, den Weg zurück in sein Herz. "Aber ich hatte Angst, einfach so ... zu dir zu kommen und dich zu berühren, ich wollte nicht, dass du ungefragt dein ganzes Seelenleben vor mir ausbreiten musst. Was ich bislang an Gefühlen in dir erahnt habe, war wunderbar - aber ich hatte plötzlich Angst davor, so tief in deine Seele zu schauen. Das wusste ich schon in diesem Haus, schon da wollte ich nicht, dass du mich ... unvorbereitet anfasst. Ich wusste nicht, was ich tun sollte, also habe das Ganze Ciaran erzählt. Ich war bis eben bei ihm."

Ich wartete auf eine Reaktion, doch ich bekam nur ein reserviertes Nicken. Er versteht es nicht, dachte ich - wie soll ich es ihm nur erklären?

"Ich habe Ciaran erzählt, was passiert ist, dann hat er mir noch einmal seine Hand angeboten. Ich habe sie gehalten, dann die von Josie, Shane, Andreas und Magnus. Ciaran hat sie aus dem Bett geholt, und sie waren tatsächlich alle einverstanden damit, dass ich ... sie anfasse."

"Und ich bin der Letzte?"

Die Frage klang bitter, sie zog meine Brust zu einem winzigen, schwarzen, hohlen Punkt aus Schmerz und Schuld zusammen.

"Jackson, du bist alles, was mir wirklich wichtig ist. Ich liebe dich, und ich wünsche mir nichts mehr, als dich ganz und gar ... zu kennen, zu wissen, was du fühlst und wie du bist. Aber ich war nicht bereit, mich mit diesen ... unerprobten Fähigkeiten auf dich zu stürzten. Also: Ja, du bist der Letzte. Weil du der Wichtigste bist."

Jetzt schloss er die Augen, ich wartete. Er brauchte eine sich für mich unendlich dehnende Minute, dann nickte er.

"Ich verstehe, was du meinst. Aber ich glaube, deine Angst war unbegründet. Meine Seele gehört dir schon längst und du kannst in ihr lesen, so oft, so lange und so tief du willst. Willst du überhaupt?", fügte er zögernd hinzu, ich lachte leise, erleichtert.

"Natürlich, auch wenn es nicht fair ist. Es ist so einseitig."

"Das wird sich zeigen", sagte er und streckte sich neben mir aus. "Leg dich hin, du musst ja todmüde sein."

Er hatte eine Schlafanzughose und das dazu passende langärmelige Hemd an, das ich normalerweise trug - es bestand keine Gefahr, seine Haut zu berühren, also kuschelte ich mich an ihn und legte den Kopf auf seine Schulter. Es fühlte sich herrlich an, wohlig und warm, und als Jackson mir über das Haar strich, war ich sicher, dass er mir meine Kälte vom Abend verziehen hatte.

"Muss ich etwas ... beachten, oder gebe ich dir einfach die Hand?"

Ich lachte wieder. "Keine Ahnung, Ciaran hat meine Gebrauchsanweisung noch nicht aktualisiert. Aber ich glaube, je intensiver die Gefühle von jemandem für mich sind, desto ... heftiger wird das Erlebnis."

"Wie meinst du das?"

"Na ja - Magnus hat mich viel mehr oder ganz anders gern als zum Beispiel Josie. Bei ihr dreht sich alles um Shane, also war sie für mich viel ... blasser als Magnus. Magnus war sehr kräftig. Und Davides verschämte Schwärmerei war auch ganz anders als Drakes kranke Gier." Ich schwieg einen Moment und suchte nach den richtigen Worten. "Ich hab ein bisschen Angst, zu viel bloße Haut von dir zu berühren, wenn du mich wirklich liebst. Bei Josie war es ein stetiger Fluss, bei Magnus war eine Hand wie ein warmer Sommerregen und beide Hände wie ein ... Wolkenbruch. Ich hab mich richtig erschrocken, als das auf mich zugekommen ist, ich musste seine Hände erst mal wieder loslassen."

Ich spürte den weichen, milden Druck von Jacksons Fingern in meinen Haaren, das ruhig klopfende Herz in seiner Brust: Ich mochte Angst haben, er hatte keine.

"Und nun befürchtest du, dass ich auch nur ein paar Tropfen Regen bin, während du dir einen Wolkenbruch erhofft hast?"

Ich schüttelte den Kopf. "Nein, ich erwarte einen Monsun - und ich habe Angst, in deinem Monsun zu ertrinken." Ich dachte kurz nach, schüttelte für mich selbst den Kopf. "Es ist komisch, aber als ich versucht habe, diese ... Gefühle der anderen zu beschreiben, fiel mir als naheliegendstes Bild immer Wasser ein. Die Gefühle und Gedanken flossen aus den Händen auf mich zu, aber immer wieder anders."

"Erzähl es mir" bat er, ich rief mir die verschiedenen Hände wieder ins Bewusstsein.

"Ciaran ist wie ... ein Fluss. Kein gerader Kanal, sondern ein breiter, flacher, klarer, kühler und eisblauer Gebirgsfluss. Mit Kiesbänken und Treibholz, mit wilden Strudeln und kleinen, gestauten Becken. Ich war auf einer dieser Kiesbänke, sie war warm und trocken in der hellen Sonne, der Fluss strömte um mich herum. Andreas ist auch ein Fluss, aber trotzdem ganz anders. Breit und tief, eher dunkelgrün - wie ein großer Strom, der Rhein oder die Donau. Er fließt langsamer als Ciaran ... es gibt ein paar Untiefen in ihm, aber im Großen und Ganzen ist er eine einzige, alles bestimmende und von nichts abgelenkte Bewegung. Ich war nicht inmitten des Flusses wie bei Ciaran, sondern oberhalb davon auf einem Felsen - wie die Loreley am Rhein. Der Fluss zog an mir vorbei, trotzdem waren wir ... unauflöslich miteinander verbunden, als wäre das eine ohne das andere nicht denkbar." Ich schwieg, spürte die Unzulänglichkeit meiner Worte. "Ist das verständlich? Ich weiß nicht, wie ich das erklären soll."

Jackson küsste mich auf die Haare, weiterhin sehr darauf bedacht, meine bloße Haut nicht zu berühren.

"Ja, absolut. Mach weiter, wenn du möchtest."

Ich widerstand der plötzlich unglaublich großen Versuchung, meinen schönen Kreuzritter zu küssen und konzentrierte mich erneut - Gott, wie schwer diese Enthaltsamkeit sein konnte, wenn er so nah war!

"Magnus ist ein großer See: Tief und trüb, so dass ich nicht bis auf den Grund sehen kann. Er hat steinige, wild bewachsene Ufer und ein paar zugewucherte Inseln, auf einer stand ich. Seine Wasseroberfläche ist nicht glatt, sondern unruhig bewegt und ich hatte das Gefühl, dass ich nasse Füße von einer plötzlichen Welle bekommen würde, wenn ich zu nah heranginge."

Jackson lachte, seine Brust bewegte sich leicht unter mir. "Das ist Magnus", sagte er, "besser hättest du ihn nicht beschreiben können."

"Josie ist ein schmaler Bach, und zwar ein richtig wilder. Wie ein Gebirgsbach - sie stürzt über Felsen, fällt in Abgründe, bildet kleine, sprudelnde Becken und plätschert munter zwischen riesigen Steinen hindurch, am Ende stürzt sie als Wasserfall in ein Tal. Bei ihr ist mir richtig schwindelig geworden", gestand ich beim Gedanken an diese rasante Fahrt in ihren Gefühlen. "Bei ihr stand ich auf der Klippe, über die sie in das Tal fällt."

"Und Shane?"

Ich seufzte. "Shane war kompliziert. Ich dachte erst, er sei auch ein See: mit hohen, kahlen Steilufern und ganz glatter Wasseroberfläche. Keine Inseln wie bei Magnus, dafür aber sehr tief und mit ganz klarem Wasser. Dann habe ich einen Damm gefunden, der den See aufstaut - also müsste Shane logischerweise eigentlich auch ein Fluss sein, der in diesem Stausee mündet, aber den Fluss habe ich nicht finden können."

"Wo warst du bei Shane?"

"Ich stand auf dem Damm, als hätte ich ihn gezähmt. Er war mit am unheimlichsten" fügte ich ein wenig betreten hinzu, aber es stimmte: Ich hatte mich bei Shane irgendwie schuldig gefühlt, was umso schlimmer war, da er mir vorher nie auch nur einen Hinweis darauf gegeben hatte, dass er mich als ... einengend empfand.

"Ich glaube, das siehst du falsch", sagte Jackson, ich hob den Kopf.

"Wie meinst du das?"

"Der Orden ist der Damm, nicht du. Du stehst auf dem Damm, weil du nicht in unserer Masse untergehst, weil du herausragst, weil du etwas Besonderes bist. Shane hat dich sehr gern, und du bist ihm wichtig. Er verdankt dir sein Leben - anderes darfst du nicht denken."

Ich nickte, war aber nicht ganz überzeugt. Vor allem aber eines war falsch: Shane verdankte mir nicht sein Leben, sondern ich war schuld daran, dass er so schwer verletzt worden war.

"Und Drake?"

Ich wollte mich nicht noch einmal daran erinnern, hatte aber das Gefühl, Jackson das schuldig zu sein.

"Ich konnte es dort noch nicht so richtig erfassen, so richtig klar erkennen", sagte ich, "ich war vor allem geschockt - von der Stärke der Gefühle, von seiner Gier. Aber ich musste aufpassen, dass er nichts merkt von dem, was ich da mitkriege, deswegen konnte ich mich nicht richtig konzentrieren. Aber im Nachhinein würde ich sagen, dass er so etwas war wie ein riesiger Strudel, der mich in die Tiefe eines Meeres reißen wollte. Das Wasser schäumt und kochte, ich hatte nirgendwo Halt. Ich hing kopfüber und völlig hilflos in diesem Wirbel, mir war schlecht und schwindelig, das Wasser war eiskalt und pechschwarz."

Jackson strich mir über den Rücken, und ich fühlte mich ein bisschen getröstet.

"Magst du mir jetzt sagen, was für ein ... Gewässer ich bin?", fragte er, ich nickte zögernd.

"Ja."

"Was soll ich machen?"

"Nichts", bat ich, "das ist sicherer."

Er nickte. "Gut, fürs Erste."

"Ich lege dir einfach die Hand auf den Bauch, okay? Aber lass mir ein bisschen Zeit: Es dauert etwas, bis ich das in Worte fassen kann."

Jackson nickte, ich zog sein Hemd hoch und legte meine Hand vorsichtig auf die glatte, warme Haut. Sein flacher Bauch hob und senkte sich im gleichmäßigen Rhythmus seines Atems - und der ging für mich dann blitzschnell in das Heben und Senken von zahllosen Wellen über, die unvermittelt auf mich zuströmten.

Ich erschrak und riss die Hand hoch.

"Entschuldige", sagte ich mit verlegenem Lachen, da ich Jackson nicht schon wieder kränken wollte, "Sturmflut im Anmarsch."

Ich legte die Hand wieder ab, wappnete mich innerlich für das Wasser. Jackson ließ mir Zeit, und ich spürte keine Anspannung in ihm: Er war sich seiner selbst absolut sicher - also legte ich den Kopf wieder auf seiner Schulter ab, entspannte mich, und lauschte so intensiv wie möglich in ihn hinein.

"Du bist ein Ozean", sagte ich schließlich leise, "du bist ... überall. Ich stehe auf einer Art Insel mit einem reinen, leeren, weißen Sandstrand. Der Strand verläuft unendlich weit links und rechts neben mir, ich kann sein Ende nicht sehen. Ich stehe mit den Füßen im Wasser, es ist ganz klar, ganz blau. Du hast viele kleine Wellen auf der Oberfläche, und das Wasser steigt langsam höher, als wäre Flut. Die Wellen ziehen mir allmählich den Sand unter den Füßen weg, so dass ich immer ein bisschen weiter einsinke."

"Hast du Angst?", flüsterte er, ich schüttelte den Kopf.

"Nein, es ist nicht bedrohlich. Das Wasser ist nicht kalt, sondern ganz warm. Es fühlt sich an, als gehöre es zu meinem Körper. Es fühlt sich gut an."

Ich drückte die Hand fester auf seine Haut und konzentrierte mich ein wenig auf das Auf und Ab seiner Wellen, ein angenehmer Schwindel erfasste meinen Kopf.

"Du machst mich seekrank", sagte ich, Jackson lachte leise.

"Würdest du an ein paar Sachen denken, um die ich dich bitte?" Ich spürte, wie er nickte. "Als ich dich gestern Abend gebeten habe, alleine schlafen zu gehen - könntest du dich daran erinnern, wie du dich da gefühlt hast?"

Er musste nicht noch einmal nicken, ich sah es sofort: Ein spitzes, scharfkantiges und rötliches Riff wuchs etwa hundert Meter vor dem Strand aus dem Meeresboden empor und trennte Ozean und Insel auf ganzer Länge. Die Wellen, die mir gerade noch so warm um die Füße gespielt hatten, wurden leblos und fielen zurück, das Wasser lag wie tot am Strand und versickerte dann rasch im weißen Sand - mir tat jeder einzelne der verschwindenden Tropfen unendlich in der Seele weh.

"Und als ich dir eben erklärt habe, warum ich das getan habe?"

Das Riff stürzte ein, Felsblöcke krachten in den Meeresboden und zerfielen zu Staub, der Zusammenbruch schickte große Wellen zum Strand, die mir bis ans Knie schlugen. Dann sank die Flut auf normale Höhe zurück und meine Füße wurden wieder sanft von den Wellen liebkost.

"Danke", sagte ich, "das musste ich einfach wissen. Es tut mir so leid."

Jackson küsste mich wieder auf die Haare. "Was möchtest du noch ... sehen?"

Ich zögerte, doch er drückte mir auffordernd den Arm.

"Was hast du gedacht, als du mich zum ersten Mal gesehen hast?"

Es dauert diesmal ein wenig länger, bis das Bild klar wurde, doch dann veränderte es sich abrupt: Ich war nicht mehr auf der Insel - es gab gar keine Insel, es gab nur das dunkle Blau des Ozeans. Ich schwebte in kalter Luft über der sich unendlich ausdehnenden, kaum bewegten Wasseroberfläche und blickte hinunter. Ich hatte Angst abstürzen, fühlte mich wegen der großen Höhe nun eher unangenehm schwindelig, und wollte aus Angst vor der aufkeimenden Übelkeit meine Hand schon von Jacksons Haut wegziehen, als ich einen Fleck im Wasser sah, direkt unter mir. Das Wasser brodelte und wurde heller, der Fleck wurde größer, durchbrach die Oberfläche und dehnte sich rasend schnell aus, wurde zu der weißen Insel. Ich sank langsam hinunter, wurde vorsichtig auf ihrer sonnengewärmten und weichen Ebene abgesetzt, und die Wellen bildeten einen Schutzwall um die Insel: Von allen Seiten auf sie zuströmend, auf sie ausgerichtet, von ihr bestimmt.

"Ich muss gleich heulen", flüsterte ich mit belegter Stimme, was Jacksons Stimme fragend und zögernd machte.

"So schlimm?"

"Nein, so schön."

Er bewegte sich unter mir, ich nahm meine Hand von seinem Bauch. Jackson drehte sich unter mir weg, setzte sich auf und drückte mich in die Kissen, so dass er mir von oben ins Gesicht sehen konnte.

"Jetzt bin ich dran", sagte er.

"Wie meinst du das?"

Ich sah ihn lächeln, dann näherte sein Gesicht sich dem meinen und küsste mich vorsichtig auf den Mund. Ich schnappte nach Luft, denn mit der Berührung seiner Lippen war das Wasser plötzlich wieder da: Es schlug mir um die Waden, ich drohte auf dem weichen Sand das Gleichgewicht zu verlieren und in die Wellen zu stürzen.

Jackson löste seine Lippen von meinen und sah mich erwartungsvoll an.

"Das ist gefährlich", sagte ich atemlos, er lächelte nur wissend und fuhr mit den Lippen von meinem Mund über die Wange zum Ohr.

Blitze zuckten über das Wasser, kleine Schaumkronen thronten auf den Wellen. Meine Knie waren in dem brodelnden Wasser verschwunden, und ich grub in Gedanken die Zehen in den Sand, um das Gleichgewicht nicht zu verlieren, um nicht zu fallen. Jacksons Lippen erreichten meinen Hals, und ich schrie erschrocken auf, als die nächste Welle überraschend meinen Bauch traf.

"Soll ich aufhören?", flüsterte Jackson in mein Ohr, ich schüttelte den Kopf und wusste selber nicht, ob ich gerade wirklich oder nur in Gedanken geschrien hatte.

Jackson küsste weiter meinen Hals, fand die empfindliche Stelle, drückte seine Lippen darauf - und ich ging unter. Mir wurden die Füße weggerissen, ich stürzte kopfüber in die aufgewühlten, brodelnden Wellen, verlor jede Orientierung, schnappte nach Luft: Nur das dumpfe Wissen, dass mich Jackson auf seinem Bett in seinen Armen hielt, hinderte mich daran, wirklich um mich zu schlagen, so real war das Gefühl des tosenden Wassers um mich herum.

Jackson löste seine Lippen von meinem Hals und sah mir forschend ins Gesicht. "Wie war das?"

Ich antwortete nicht, weil ich schlicht nicht sprechen konnte, und starrte mit aufgerissenen Augen in sein Gesicht, während er über meine benommene Sprachlosigkeit lächelte.

"Bist du ertrunken?"

Ich schüttelte den Kopf - um wieder klar zu werden, wie auch als Antwort auf Jacksons Frage. "Nein, aber du hast mich ganz schön untergedrückt."

"Gut oder nicht gut?"

Ich legte die Hand auf seine Wange. "Sehr gut", sagte ich und spürte wieder kleine Blitze über die Wasseroberfläche zucken, seine erfreute Reaktion auf meine Worte. "Und dir gefällt das auch, wenn ich richtig sehe."

Er nickte, dann setzte er sich auf und zog sein Hemd aus. Ich atmete erschrocken ein, er sah nur auf mich herunter und wartete. Ich spürte einen kleinen, eisigen Stich der Angst im Magen, doch ich rügte mich selbst für mein feiges Zögern: Nur weil es sich so real anfühlte, war es noch lange nicht echt. Das Wasser war doch nur mein Symbol für Jacksons Gefühle, mein Versuch, Jackson und seine Liebe darzustellen, sie zu verbildlichen - es konnte doch nichts passieren!

Ich nickte schließlich und zog mich aus, bis ich nur noch BH und Slip trug, dann legte ich mich zögernd wieder hin. Jackson beugte sich über mich, seine Haut schimmerte matt im milden Licht der einsetzenden Morgendämmerung. Er strich mir mit dem Finger über die Lippen und küsste mich langsam wieder in die blaue Welt aus Wasser und Blitzen, fuhr mit dem Finger vom meinem Kinn über den Hals bis zum Bauch, legte eine Hand unter mich und zog mich leicht hoch. Kurz darauf senkten sich seine Nachtsmaragdaugen und sein Körper auf mich hinab - und ich ging unter. Der Ozean brauste und strudelte, als würde er kochen, mein Kopf geriet sofort unter Wasser. Die rettende Oberfläche entfernte sich von mir, ich wurde unaufhaltsam nach unten gezogen, bis ich in einer Mitte zwischen der brodelnden Wasseroberfläche über mir und der nachtschwarzen Tiefe unter mir hing und mit verzweifelten Bewegungen von Armen und Beinen um den Weg zurück nach oben kämpfte. Alles an mir schrie - mein Mund nach Hilfe, meine Lungen nach Luft. Diese Atemnot erinnerte mich an das Pantheon in Rom, an meine Lunge voller klebrigem Blut, und ich geriet in Panik: Ich musste raus aus dem Wasser, musste an die Oberfläche, musste atmen, doch keine meiner Bewegungen brachte mich auch nur einen Zentimeter weiter nach oben. Ich wollte mich drehen, doch das Wasser gestatte mir keinen Blick nach unten in die Tiefe, so sehr ich es auch versuchte: Es zwang mich, nach oben zu schauen, wo die Oberfläche sich jetzt langsam beruhigte. Waren es etwa meine eigenen Bewegungen gewesen, die das Wasser so aufgepeitscht hatten? Ich hielt Arme und Beine still, aus den kochenden Wellen über mir wurde allmählich ein vollkommen glatter Spiegel. Die Strahlen der Sonne traten durch die

Wasseroberfläche und berührten meine Haut, wärmten mich, und ließen ein tiefes Gefühl der Geborgenheit auf mir glitzern. Ich hatte nur noch wenig Luft, meine Lunge musste atmen, doch ich wollte noch nicht sterben - dafür war das Wasser zu warm, waren die Sonnenstrahlen zu lebendig. Ich hielt noch eine Minute durch, in der ich mit offenen Augen zum Himmel starrte und einen Frieden genoss, wie ich ihn noch nie zuvor erahnt, geschweige denn gespürt hatte - totale Erfüllung, vollkommenes Glück. Dann zerriss ein plötzlicher und doch so vorhersehbarer Atemzug meine Brust: Mein Instinkt hatte meinen Kopf besiegt, mein Instinkt machte meinem Frieden ein Ende. Ich verabschiedete mich vom Glück, wartete auf das Wasser in meinen Lungen - und es kam blitzschnell. Das Wasser durchflutete meinen ganzen Körper, Arme, Beine, Hände, Füße, Kopf, es füllte jede Zelle - jedoch ohne Schmerz, dafür mit Wärme und Licht, wie ich in gelindem Erstaunen feststellte. Es umhüllte mich ebenso sanft von innen, wie es mich von außen hielt, es füllte mich aus und es richtete mich aus, es brachte mich zum Schweben und es erhielt mich am Leben. Ich öffnete die Augen, genoss wieder den schon verloren geglaubten Anblick der Sonne: Ich war im Wasser und eins mit dem Wasser, ich hatte aufgegeben und war gerettet worden - und wenn ich eine Wahl hätte, würde ich in diesem Zustand die Ewigkeit verbringen wollen.

– 2 –

Shara

Am Morgen nach meinem ebenso ungewöhnlichen wie wunderbaren Bad in Jacksons Ozean wurde ich krank - plötzlich, aus heiterem Himmel.

Jackson war schon gegen acht Uhr aufgestanden, weil er mit Davide sprechen wollte, bevor der nach Hause zurückkehrte, und als sein Körper in dem schmalen Bett neben mir fehlte, begann ich unvermittelt zu frieren. Ich wunderte mich ein wenig darüber, schob das aber auf die überwältigende Erfahrung der letzten Nacht: Hatte ich mich vielleicht in der kurzen Zeit so sehr an Jacksons wärmende, liebende und belebende Gefühle gewöhnt, dass ich ohne ihn erbärmlich zitterte? Ich hoffte, dass eine heiße Dusche helfen würde, und ging langsam und unsicher in mein Zimmer. Die Dusche war ziemlich anstrengend - ich hatte in der letzten Zeit schon mehrere viel zu kurze Nächte gehabt, mich aber seit meinem Zusammenbruch nach der Woche mit Testheilungen im Krankenhaus nicht mehr so miserabel gefühlt.

Als ich mich abtrocknete, war die Kälte weg und das Zittern vorbei - dafür traten mir nun Schweißperlen auf die Stirn und meine Beine versagten zitternd ihren Dienst. Ich schaffte es gerade so ins Ankleidezimmer und kletterte dort in den Sessel, wo ich ein paar verwirrte und erhitzte Minuten verbrachte, dann schleppte ich mich weiter ins Schlafzimmer, wo ich mich auf das Bett legte und hoffte, dass es mir gleich besser gehen würde. Wahrscheinlich war wieder so ein peinlicher Ohnmachtsanfall im Anmarsch, nur verlief er diesmal nicht so schlimm, kam ohne die Bewusstlosigkeit aus. Unter meiner nassgeschwitzten Haut wurde mir jetzt erneut kalt, also zog ich die plötzlich tonnenschwere Bettdecke über mich und rollte mich wie ein Fötus zusammen, um mich an mir selbst zu wärmen. Ich starrte mit offenen Augen ins Nichts und wartete auf Besserung, doch die kam nicht. Stattdessen kam irgendwann Jackson und mit ihm ein sehr fragender Gesichtsausdruck: Ich mache ihm schon wieder Sorgen, dachte ich, und war trotzdem unfähig, mich zu rühren und ihn zu beruhigen.

"Shara? Was ist los?"

Ich weiß nicht, wollte ich sagen, doch meine Zähne klapperten unter dem nächsten Kälteschauer und ließen meine Worte nicht raus. Jacksons Hand fühlte sich auf meiner nassen Stirn eiskalt an, kälter noch als der Rest meines Körpers.

"Du kribbelst nicht und du bist total heiß." Jackson hockte sich neben mich und strich mir die verklebten Haare aus dem Gesicht. "Shara, was hast du?"

"Kalt", stieß ich hervor, mehr ging nicht.

"Du bist nass geschwitzt und dir ist kalt?"

"Ja ... total ... kalt."

Großer Gott, dachte ich, während ich die zitternden Arme noch enger um meine Beine schlang, mehr kriegst du nicht hin? Scheinbar hatte mein Gestammel aber gereicht, um Jackson von meinem eher schlechten Zustand zu überzeugen, denn er zog die zweite Bettdecke auch noch über mich, drückte sie fest und küsste mich ohne Berührungsängste auf die schweißnasse Stirn.

"Ich hole Ciaran."

Ich protestierte nicht, was Jackson wahrscheinlich deutlich genug sagte, wie mies es mir wirklich ging. Ciaran war nach wenigen Minuten da und sah sehr besorgt zu mir hinunter, er sprach mich an, doch ich konnte nicht antworten: Mein ganzer Körper bebte, meine Zähne mahlten knirschend aufeinander und ich bekam von meiner starren Klammerhaltung allmählich leichte Krämpfe in Waden und Füßen. Ciaran schlug die Decken zurück und löste dann mit sanfter Gewalt meine steifen, kälteharten Arme und Beine - ich wehrte mich nicht willentlich dagegen, konnte sie nur nicht locker lassen, als wäre ich in meiner Fötushaltung eingefroren. Ciaran drehte mich auf den Rücken, streckte meine Beine aus, legte mir die Arme neben den Körper. Seine Hand strich mir zärtlich über die Glieder, damit ich mich entspannte: Auf meiner Haut fühlten sich seine Finger an wie klimpernde Eiswürfel. Ich keuchte erschrocken auf, als das Eis meine Oberschenkel erreichten, was seinen fragenden Gesichtsausdruck in echte Besorgnis verwandelte.

"Hol Josie", trug Ciaran Jack auf, "sie soll meine Tasche mitbringen."

Ich hörte Jacksons Schritte nicht, meine klappernden Zähne ließen meinen Kopf vibrieren, überdeckten jedes Geräusch und gaben den Takt an, in dem ich vor mich hin zitterte. Ciaran legte beide Decken wieder über mich und setzte sich neben mich auf das Bett.

"Shara? Shara!"

Er patschte mir leicht ins Gesicht, wie bei meinem letzten Blackout in der Küche. Leider wurde ich diesmal nicht einfach so wieder wach und fit, aber immerhin bewirkten seine Patscher mit sauberem Lavendelduft, dass ich mich ein wenig besser konzentrieren konnte.

"Shara, antworte mir. Bist du erkältet? Hast du geniest oder gehustet? Hast du Halsschmerzen?"

Ich schüttelte verneinend den Kopf - langsam, aber er verstand.

"Hast du Schmerzen?"

Ich verneinte erneut - mein ganzer Körper wand sich im innerlichen Frost, aber ich war mir sicher, dass Ciaran etwas anderes meinte, etwas Konkreteres, Lokalisierbares. Er legte seine Finger an mein Handgelenk, um meinen Puls zu fühlen: Ich hab keinen, wollte ich ihm sagen, mein Herz schlägt nicht mehr, es zittert nur noch.

"Hast du ein Medikament genommen? Irgendwelche Tabletten? Pillen, Tropfen oder Ähnliches?"

Nein.

"Oder etwas anderes? Drogen?"

Nein, hatte ich nicht - noch nie, aber das brachte mein Kopfschütteln leider nicht mit zum Ausdruck.

"Hast du heute schon was gegessen?"

Nein.

"Getrunken?"

Ich nickte - das ging weniger gut, als den Kopf zu schütteln, es widersprach irgendwie dem Zittern.

"Was?"

"Wasser ... Hahn."

"Wasser aus dem Wasserhahn?"

Ich nickte wieder und schloss erschöpft die Augen.

"Und gestern Abend, bei Drake?"

Ich konzentrierte mich und brachte das benötigte Wort heraus - in zwei Teilen zwar, aber immerhin. "Co ... la."

"Cola? Hast nur du davon getrunken?"

Ich nickte, auch zweigeteilt - mit einem Zittern ging mein Kopf runter, mit dem nächsten wieder hoch.

"Aus einer Flasche?"

Ja.

"War die schon geöffnet?"

Nein, sie hatte gezischt: Die Cola war zuckersüß und voller Kohlensäure gewesen. Ich zitterte einmal nach links und einmal nach rechts, Ciaran verstand.

"Und daran war nichts komisch? Sie hat normal geschmeckt? Dir ist nicht schlecht geworden, du hattest keine Bauchschmerzen?"

Nein. Und das weiß er doch selber, empörte sich mein tiefgekühltes Gehirn, ich habe doch die halbe Nacht neben ihm gesessen und außer dieser erschreckenden Fähigkeit zum Gefühlelesen keine anderen erwähnenswerten Probleme gehabt - vor allem kein Krankheitskribbeln. Im Vergleich zu jetzt war es mir bei Drake blendend gegangen: Mittlerweile glaubte ich, mein ganzer Körper würde auch sichtbar beben, so sehr schüttelten mich die Kältekrämpfe durch. Das Zittern war seltsam anstrengend, ermüdete meine Muskeln, erschöpfte meinen Kopf - und scheinbar war ich nach dieser Fragerunde kurz bewusstlos gewesen, denn als ich die Augen erneut öffnete, beugte sich Josie von der anderen Seite über mich, während Ciaran mir ein Fieberthermometer in den Mund schob. Meine Zähne schlugen hart gegen das Glas und ich hatte Angst, ich würde es zerbeißen.

"Sie kribbelt nicht", sagte Ciaran und ich bemerkte Josies erschrockenen Blick.

Ihre schmale Hand legte sich schmerzhaft kalt auf meine Stirn, nach ein paar Sekunden schüttelte sie den Kopf.

"Bei mir auch nicht."

"Jack? Hast du was gemerkt?"

"Nein, gar nichts. Sie hat nicht gekribbelt und bis vor einer Stunde hat sie fest geschlafen."

Ich konnte Jackson nicht sehen, aber seine Stimme war die wärmende Decke, nach der ich mich so sehr sehnte. Ich wollte die Hand nach ihm ausstrecken, doch Josie drückte die Decken jetzt fürsorglich um mich fest, so dass ich mich kaum noch bewegen konnte. Ciaran klopfte mir leicht auf die Wange und ich merkte, dass ich mich auf dem Fieberthermometer festgebissen hatte - ich löste mit ganzem Willen und aller Kraft meinen Kiefer, er zog es heraus.

"Vierzig Komma Vier", las er ab und ich hörte an seiner angespannten Stimme, dass ihm das nicht gefiel.

Er zog mir die Augenlider hoch und leuchtete mit etwas Grellem hinein, kniff mich in diverse Körperteile - und obwohl sie vor Kälte wie abgestorben waren, spürte ich jedes Zwicken wie das Pieken von Eiszapfen. Dann senkte sich die Matratze leicht, Ciaran saß erneut neben mir und hatte weitere Fragen, auf die ich nur wortlos antworten konnte.

"Hast du heute Nacht Alpträume gehabt? Von Drake? Von Davide oder Gerard? Von dem Schuss? Von Joseph?"

Nein - ich schüttelte den Kopf. Jacksons Ozean hatte mich beschäftigt und der war wohl das Gegenteil von Alpträumen, nämlich flüssiges Glück.

"Hattest du Probleme einzuschlafen? Hattest du Herzrasen oder Konzentrationsprobleme?"

Nein.

"Hast du in der Nacht schon geschwitzt oder gefroren?"

Nein.

"Regel", sagte ich schließlich, als Ciaran die Fragen ausgingen, er strich mir die Haare aus dem Gesicht und seine Veilchenaugen weiteten sich fragend.

"Du hast deine Tage? Aber dann ist dir normalerweise nicht so zumute, oder?"

Nein, war mir nicht, zum Glück. Ich schauderte, als er seine Hand auf meiner Stirn liegen ließ: Kälteimpulse schossen daraus hervor, direkt in mein Hirn - als würde jemand nadelspitze Eiszapfen in meine Gedanken stechen.

"Ich nehme dir ein bisschen Blut ab", sagte Ciaran. "Josie: Besorg kaltes Wasser und mach ihr Wadenwickel."

Die Worte 'kaltes Wasser' ließen mich innerlich auflachen:

Was wollte dieser Kurpfuscher denn mit kaltem Wasser? Mir war doch schon so schrecklich kalt - bring heißes Wasser, bring mir mehr Decken oder am besten gleich eine Heizdecke, wollte ich Josie sagen, doch Ciarans nächste Worte lenkten mich von meinem Protest ab.

"Jack, du gehst raus und wartest unten auf mich. Sag Andreas Bescheid, aber er soll nicht reinkommen."

Nicht gehen, dachte ich zitternd, nicht fortschicken: Jackson ist meine Decke, ohne ihn erfriere ich.

Magnus

Als ich gegen neun Uhr vom Laufen zurückkam, war Davides Auto weg und Jack saß allein und mit gesenktem Kopf auf der großen Treppe im Flur, als hätte er kein Zuhause.

"Schon wieder Ärger mit deiner Angetrauten?", fragte ich ihn leichthin und natürlich wieder ein bisschen hämisch, während ich mir mit einem alten Handtuch den Schweiß aus dem Gesicht wischte. Wenn Shara nicht mit mir lief, konnte ich querfeldein durch den Wald rennen und brauchte nicht mit dem Auto runter ins Tal zu fahren - das war aber auch der einzige Vorteil daran, in ihrer Begleitung machte es trotzdem viel mehr Spaß: Bäume konnten nicht schnippisch antworten, Bäume konnten nicht mit mir und über mich lachen.

"Sie ist krank", antwortete Jack tonlos, ich hielt in der Bewegung inne.

"Shara? Wie - krank?"

"Fieber. Über vierzig Grad. Sie zittert ... und schwitzt. Sie hat richtigen Schüttelfrost."

Er sah zu mir auf, völlig verstört, und das war nur angemessen: So was wie Svens verdorbener Magen, ein verstauchter Fuß, eine eingeschlagene Nase oder eine angeknackste Rippe kam vor, aber ansonsten wurden wir nicht krank. Und Shara, unsere unsterbliche Lazarus-Prinzessin, die doch schon gar nicht! Ich ließ mich neben Jackson auf die Treppe fallen und rubbelte mir mit dem Handtuch über den Nacken.

"Warum bist du dann nicht oben?" 'Und hältst ihre Hand?', meinte ich, aber er verstand auch so.

"Sie kribbelt nicht. Sie zittert nur."

Ach du Scheiße. Ich warf mir das Handtuch über die Schulter und starrte Jack an.

"Was sagt Ciaran?"

"Er nimmt ihr Blut ab, Josie soll ihr kalte Wickel machen. Er hat ihr Fragen gestellt: was sie gegessen und getrunken hat, ob sie etwas genommen hat, Tabletten oder Drogen. Aber sie sagt Nein."

Ich schwieg und sah auf meine völlig verdreckten Turnschuhe hinunter.

"Scheiße."

Jack erwiderte nichts, und als Ciaran kurz darauf mit einer kleinen Ampulle dunkelrotem Prinzessinnen-Blut die Treppe hinunter kam, saßen wir immer noch starr und schweigend da. Er lief an uns vorbei in seine Praxis, bedeutete uns aber mit der Hand, wir möchten ihm folgen. Vielleicht hatte er auch nur Jack gemeint, aber da mich niemand zurück hielt, ließ ich mich einfach auf der Liege nieder, während Ciaran ein wenig Blut in ein Reagenzglas gab und Jackson sich an den Schreibtisch lehnte.

"Was hat sie?", fragte er, Ciaran stellte das Reagenzglas in irgendeinem Apparat, bevor er antwortete.

"Ich weiß es nicht. Das ist keine Grippe, dafür fehlen die klassischen Symptome wie ein entzündeter Hals, Husten oder Schnupfen. Auf eine Entzündung geht das Fieber aber auch nicht zurück - dafür ist es viel zu schnell gestiegen und es gibt auch keine Schmerzen, keine Verletzung - ob innen oder außen, alt oder neu. Sie hat zwar ihre Tage, aber das hat damit nichts zu tun."

Für mich zartbesaitete Seele war das schon wieder zu viel Information der intimen Art, also schlug ich die Augen nieder und hoffte, dass mein vom Laufen glühendes Gesicht die jetzt vor Scham geröteten Wangen überdeckte.

"Es könnte auch eine Vergiftung sein - mit was, weiß ich aber auch nicht. Sie hat heute noch nichts gegessen, das letzte gestern am frühen Abend, mit uns allen zusammen - und die meisten Gifte wirken weitaus schneller. Getrunken hat sie heute nur Wasser aus dem Hahn, das habe ich probiert und es ist okay, zumindest auf den ersten Blick. Ich hab natürlich an Drake gedacht: Er scheint ihr eine Cola gegeben zu haben, aber warum sollte er sie vergiften wollen? Allerdings ist ihr nicht schlecht oder sonst wie unwohl, ihre Pupillen sind normal, ihre motorischen Fähigkeiten und sonstigen Reaktionen auch. Ihr

Blutdruck ist stark erhöht, aber das ist bei Fieber fast immer so. so weit ich sehe, ist sie körperlich unversehrt: Es gibt nur dieses Fieber."

"Sie ist total verkrampft", bemerkte Jack fast vorwurfsvoll, Ciaran schüttelte den Kopf.

"Das kommt vom Schüttelfrost. Der Körper zieht sich zusammen und versucht, sich ganz klein zu machen, damit so wenig Wärme wie möglich verloren geht."

Er gab noch ein bisschen Blut in ein anderes Reagenzglas, fügte eine klare Flüssigkeit hinzu, verkorkte es und gab es in eine zweite Maschine, dann strich er einen kleinen Tropfen von Sharas Lebenssaft auf einen Objektträger und schob ihn nach einer Zwischenbehandlung mit einer anderen Chemikalie unter ein Mikroskop.

"Hübsch", sagte er nach einer Weile, in der er schweigend auf die zartrote Flüssigkeit gestarrt hatte, "und alles im grünen Bereich. Die genaue Analyse dauert natürlich", sagte er mit einem Nicken zu den beiden Geräten hinüber, die wer weiß was mit Sharas Blut machten, "aber ich bezweifle, dass ich da was finden werde."

Er löste das Auge vom Mikroskop und blickte nachdenklich auf die Tischplatte, Jack hielt das erneute nachdenkliche Schweigen keine ganze Minute aus.

"Hast du ihr schon was gegeben? Gegen das Fieber?"

Ciaran schüttelte den Kopf. "Nein - das ist schwierig, wenn man nicht weiß, woher es kommt. Ich werde ihr aber gleich ein wenig Paracetamol auflösen, das dürfte okay sein."

Er drehte sich auf seinem Hocker zu Jack um, und an einem schnellen Seitenblick zu mir sah ich, dass er das Folgende ungern in meiner Gegenwart sagte. Schick mich weg, wenn ich störe, dachte ich - damit hat doch in den zweihundert Jahren vor Shara auch nie jemand ein Problem gehabt.

"Jack, ich denke, sie hat einen Schock", sagte Ciaran dann trotz meiner sturen Anwesenheit. "Das Ganze ist psychisch und nicht physisch - das ist die einzige Erklärung und sie ist angesichts der letzten Tage auch plausibel."

"Ein Schock?" Jacks Gesicht war verständnislos. "Aber woher denn auf einmal? Sie war heute Nacht ganz ruhig und ... " - sein Blick schoss zu mir - "glücklich. Sie hat vielleicht nicht viel geschlafen, aber sie hat geschlafen - und als ich aufgestanden bin, haben wir noch miteinander geredet. Es ging ihr gut!"

Ich hörte die Angst in seiner Stimme, aber ich musste Ciaran stillschweigend Recht geben: Josephs Tod, Shanes Verletzung, Josies Schmerz, unsere Trauer, die Szene mit Gerard in der Nacht und dann natürlich Davides Entführung und der nächtliche Schuss auf Drake, nebenbei mehr als tausend Kilometer quer durch Italien - war das nicht genug, um einfach mal zusammenzuklappen? Neben mir nickte Jack langsam, als hätte er in Gedanken die gleiche Überlegung angestellt wie ich, doch als ich Ciarans besorgtes Gesicht sah, wurde mir klar, dass dem Doc eine andere Ursache, eine körperliche Ursache weitaus lieber gewesen wäre: Gegen diese Art der Krankheit gab es kein Breitbandantibiotikum, da half nur hoffen.

Shara

Ich lag in meinem Bett und ich hasste Josie, denn jedes Auftauchen ihres Gesichts vor meinen halb geschlossenen Augen brachte mir unweigerlich frische Kälteschauer auf der Stirn und an den Beinen.

Ich verfluchte ihre eiskalten Lappen, ich beschimpfte ihre zarten, geschickten Hände: Nicht laut, zum Glück und um unserer Freundschaft willen - nur innen drin, in dem kleinen Teil meines Ichs, das noch nicht gänzlich eingefroren war. Während ich da lag und stumm böse Worte dachte, wie ich sie gegenüber diesem zarten, schönen und gütigen Geschöpf niemals über die Lippen bringen würde, kam Ciaran zurück und gab mir eine bittere, kratzige Flüssigkeit zu trinken, dann tastete er mit seinen Eisfingern wieder an meinem Handgelenk herum. Er flüsterte mit Josie, ich verstand kein Wort und schloss die Augen, erschöpft vom Schimpfen des Kopfes und Zittern des Körpers. Als ich die Augen wieder öffnete, waren die Vorhänge zugezogen und aus den zwei Decken waren drei geworden - schwer und fest fühlten sie sich an, sie pressten mich in die Matratze und lähmten mich wie eine Zwangsjacke. Josie hob meinen Kopf hoch und gab mir zu trinken - diesmal reines Wasser, wenn mich meine Zunge nicht täuschte. Ich würgte ein paar Schlucke herunter, meine Zähne klapperten gefährlich an dem Glas.

Als ich nach einer weiteren Phase der Bewusstlosigkeit erwachte, war aus dem Glas ein Plastikbecher geworden, doch diesmal konnte ich gar nichts hinunter bringen. Ich hätte gern getrunken, hatte ich doch brennenden Durst - und ich wäre auch gern wach geblieben, denn in meinen Träumen spukten nun Waffen und schwarze Männer umher, wie in einem schlechten Spionage-Film aus den Sechziger Jahren: Schwarz-Weiß und schrecklich vorhersehbar. Ich schämte mich fast ein wenig für meine unoriginellen Alpträume, fand sie dann aber doch nicht so lächerlich, dass ich mit Freude wieder die Augen geschlossen hätte. JETZT habe ich Alpträume, wollte ich Ciaran sagen, als verspätete Antwort auf seine Frage nach meiner Nachtruhe, doch meine Lippen versagten mir komplett den Dienst, ließen sich noch nicht mal durch seine besorgt-traurigen Veilchenaugen zum Sprechen bewegen.

Als ich Ciaran das dritte Mal sah, schleppte er mich gerade mit Josie ins Badezimmer. Ich muss aber gar nicht, wollte ich sagen, doch dann steuerten sie nicht die Toilette, sondern die mit Wasser gefüllte Badewanne an. Ich zuckte mit Armen und Beinen, hielt das für eine ernsthaft abwehrende Bewegung, doch es half nichts: Sie hoben mich samt Unterwäsche in das Eiswasser und ich schrie in meinem kristallknisternden Kopf so lange, bis irgendwann tatsächlich ein schriller Laut des Entsetzens über meine Lippen kam.

Magnus

Wir hatten so viel zu tun, doch wir taten nichts - nichts außer warten. Josephs Beerdigung, Drakes Verabredung mit dem Dolch, Gerards Strafe, Giuseppe, der in einem Gästezimmer auf dem Bett lag und mit offenen Augen an die Decke starrte: Sie alle mussten sich gedulden, denn unsere Sonne lag im Bett und verbrannte an ihrer eigenen Hitze.

Jack und ich saßen auf dem weichen Sofa in Sharas Wohnzimmer und starten auf den flauschigen Teppich. Ciaran ließ Jack alle zwei Stunden für etwa eine Viertelstunde zu ihr, mein Verwandtschaftsgrad mit der Prinzessin war leider zu entfernt, um mir Zutritt zu verschaffen. Jack sah nach den Krankenbesuchen nicht besser aus als vorher, denn Sharas Zustand verschlechterte sich zusehends - als das Thermometer bei einundvierzig Grad angekommen war, spritzte Ciaran ihr ein fiebersenkendes Mittel. Das half nichts und nach einer halben

Stunde bei über einundvierzig Grad warf Ciaran sie mit Josies Hilfe in die mit Eiswasser gefüllte Badewanne. Ich hörte Sharas erstickten Schrei aus dem Badezimmer und drückte Jack tröstend den Arm, als er angesichts dieses Klagelautes den Kopf in den Händen vergrub. Zum Glück schien die Schocktherapie zu helfen, denn danach pendelte sie sich bei knapp über vierzig Grad ein: Die Temperatur stieg nicht mehr an, unsere Prinzessin blieb aber gleichsam glühend.

Am frühen Nachmittag gesellte sich Davide zu uns. Er trat nach einem schnellen Klopfen mit einem fröhlichen Gesicht und einem großen Strauß Feldblumen ein, gedacht als Dankeschön für Shara - und saß kurze Zeit später mit verkrampfen Händen und Jacks Arm um die schmalen Schultern zwischen uns, das Lächeln zu Eis erfroren und die Blumen auf dem Tisch vergessen. Andreas, Maggie, Sven, Nikita, Shane und Peter schauten herein und langsam drückte eine lähmende Stille auf die Burg, als läge Shara im Sterben. Ich bestrafte mich sogleich für diesen Gedanken, indem ich aufstand und hinausging, indem ich mich von ihr entfernte - so was durfte ich nicht denken, so was konnte ich gar nicht denken, denn das war unmöglich. Hatte Shara das nicht auch schon mal gesagt oder in der Chronik geschrieben: Kreuzritter sterben nicht, sie leben ewig - für mich gehörte Shara schon lange zu unserem Club und war damit auch unsterblich, ewig.

Am späten Nachmittag wollte Ciaran Davide und mich aus dem Wohnzimmer vertreiben, damit Shara Ruhe hätte, doch ich weigerte mich, zu gehen: Ich wollte sie sehen, ich wollte selber testen, ob sie nicht doch auf meine Haut ansprach, ob ich nicht doch was hatte, was ihr helfen konnte.

"Sie ist bewusstlos", sagte Ciaran leise und legte mir tröstend die Hand auf die Schulter. "Sie würde gar nicht merken, dass du da bist."

"Dann stört es sie doch auch nicht", erwiderte ich ungewohnt logisch und stand auf.

Ciaran war fast einen Kopf kleiner als ich und sah mit matten Augen zu mir auf. Neben mir erhob sich auch Davide, ich spürte seine Schulter an meinem Rücken, als suche er bei mir Beistand für seine eigenen Wünsche - die ich ihm indes nicht erfüllen konnte, war ich doch ebenso ein unwichtiger Bittsteller wie er.

"Ich will sie auch sehen", sagte der Kleine, Ciaran lachte leise.

"Natürlich."

Er sah zu Jack, der sitzen geblieben war und mit seinem Ehering spielte - er drehte ihn unaufhörlich hin und her, schon seit Stunden. Ich hatte ihm ein oder zweimal die Hände auseinandergezogen, weil er mich damit nervös machte, weil er mich damit wahnsinnig machte, hatte es jedoch irgendwann aufgegeben: Immerhin hatte er was, an das er sich klammern konnte, so kalt und leblos es auch war.

"Jack?", fragt Ciaran. "Ist es okay für dich, wenn die beiden kurz rein gehen?"

Er nickte, ohne aufzusehen, also marschierte ich einfach an Ciaran vorbei.

"Warte", hörte ich ihn hinter mir sagen, aber ich blieb nicht stehen - und seine Bitte hatte auch nicht mir gegolten, sondern Davide. "Nicht beide auf einmal", fügte Ciaran hinzu. "Lass Magnus zuerst, du kannst später rein."

Der Kleine maulte, dann hörte ich Jacks leise Stimme und der Protest erstarb.

Ich öffnete vorsichtig die Tür zum Schlafzimmer ein Stück und zwängte mich hindurch, als dürfte ich Shara nicht wecken - blödsinnig, aber irgendwie ist man drauf getrimmt, oder? Man flüstert in Anwesenheit von Krankheit und Tod, man schleicht in Anwesenheit von Machtlosigkeit und Endgültigkeit. Dabei hätten sich wahrscheinlich alle gefreut, wenn Shara wach geworden wäre und sich über mein ungelenkes Gepolter beschwert hätte, aber ich war trotzdem so leise wie möglich. Der Raum war warm und ziemlich stickig, bemerkte ich, draußen war es warm, die Sonne brannte auf die dunklen Vorhänge.

Josie kam mit einer flachen Schüssel aus dem Badezimmer, als ich die Tür hinter mir schloss, und warf mir einen fragenden Blick zu.

"Genehmigter Kribbeltest", sagte ich, sie nickte, stellte die Schüssel mit Wasser auf den Nachttisch, gab ein paar Eiswürfel hinein und ging dann wieder ins Bad.

Sie schloss die Tür hinter sich und gönnte mir ein paar Minuten allein, ich schickte ihr meinen stummen Dank hinterher und wandte mich zum Bett. Von Shara sah ich erst mal gar nichts, sie war in mehrere Schichten dicker Daunendecken gewickelt. Nur ihr Kopf war frei, auf ihrer Stirn lag ein feucht aussehendes Tuch. Ich nahm es herunter, tauchte es in das Eiswasser, drückte es aus und platzierte es wieder auf ihrem Kopf, dann legte ich meine plötzlich erstaunlich groß aussehende

Hand auf ihre Wange und wartete, musterte dabei die blauen Schatten unter ihren Augen, die fahlen Lippen, die rötlichen Flecken auf ihrer ansonsten kalkweißen Haut. Es kam nichts, absolut gar nichts: Nicht das bekannte Kribbeln, kein Prickeln und noch nicht mal ein leichtes Kitzeln, totale Stille. Was auch immer Shara hatte, es war keine Krankheit ihres Körpers und sie würde das hier wohl oder übel mit sich selbst ausmachen müssen, wenn sie das denn wollte.

Meine Anwesenheit war überflüssig, aber ich ging nicht, setzte mich vorsichtig auf den Rand ihres Bettes und ließ meine Hand, wo sie war - vielleicht konnte eine Berührung ja auch ohne Austausch von Kraft was bewirken oder zumindest was besagen. Werd wieder gesund, komm wieder zurück, lass uns nicht allein: Vielleicht konnte sie meine Besorgnis spüren, auch wenn sie bewusstlos war? Sie fühlte sich heiß an, ein wenig klebrig und fieberklamm auch. Ich nahm den Lappen und wischte ihr das Gesicht ab, befeuchtete ihn dann erneut und legte ihn zurück auf die Stirn. Hinter ihren geschlossenen Lidern zuckte es leicht und ich erwartete fast, dass sie die Augen aufschlagen und mir für meine Hilfe danken würde: Natürlich geschah das nicht, aber trotzdem starrte ich noch ein paar Minuten erwartungsvoll hinunter auf ihr seltsam abwesendes Gesicht.

Aus dem Badezimmer drang ein Geräusch: Gleich käme Josie wieder zurück. Ich beugte mich zu Shara hinunter, atmete ihren unverändert süßen, jetzt ein bisschen erhitzten Honigduft ein und küsste sie vorsichtig auf die leicht geöffneten Lippen. Mein Herz tat einen ungebührlichen Hüpfer - und einen Zweiten, als ich noch einmal ihren viel zu heißen Mund berührte.

"Cool bleiben, Prinzessin", flüsterte ich ihr ins Ohr, dann stand ich schweren Herzens auf und ging hinaus.

Shara

Der alte Schwarz-Weiß-Film meiner Alpträume bekam nach einigen Stunden plötzlich Farbe - ein schauderhaftes Blutrot.

Das Rot bedeckte Wände und Böden eines mir unbekannten Hauses und meine zögernden Schritte hinterließen weiße Flecken in seiner schmierig-schmatzenden Oberfläche. Meine Hände färbten sich Rot, als ich eine feucht schimmernde Tür aufdrückte, von meinen Schuhen und Hosenbeinen zog sich das Blut langsam nach oben, bis es meinen ganzen Körper bedeckte. Ich schmeckte es metallisch auf der Zunge, roch es widerlich kupferig unter meiner Nase, spürte es brennend in meinen Augen und hörte es in meinen Ohren rauschen. Es machte mich eins mit dem Haus, mit seinen Wänden und Böden - und ich wusste, dass ich so schnell wie möglich raus musste, wenn ich nicht hier drin zerfließen, in der roten Masse aufgehen wollte.

Ich ging von Raum zu Raum, durchquerte endlose Korridore und öffnete immer gleiche Türen - doch niemals sah ich Fußspuren, die ich selbst hinterlassen hatte, niemals kam ich an eine Stelle, an der ich schon gewesen war. Keiner der Räume hatte Fenster, keiner der Räume hatte auch nur ein Möbelstück. Es waren unendliche, leere Zimmerfluchten und ich ging zunehmend schneller, lief, bis ich fast rannte. Meine panischen Füße fanden irgendwann keinen Halt mehr auf dem feuchten Boden, ich rutschte aus, fiel auf die Knie und glitschte mit den Händen durch das Blut, schob es vor mir her, bis es kleine Wellen schlug und hell schäumte.

Als ich mich wieder aufgerichtet hatte, hörte ich ein Geräusch: Ein Tropfen, leise, aber nah. Kurz darauf spürte ich etwas auf meinem Kopf, doch eine wischende Bewegung über meine blutbedeckten Haare förderte nichts zutage - außer Blut und nochmals Blut. Ich blickte nach oben, ein dicker Tropfen landete mit einem harten, fast schon schmerzhaften Klopfer auf meiner Stirn. Er war von der Decke gekommen: Durch die Spalten im Holz sickerte das Blut von oben herunter, um mich herum schlugen jetzt mehr und mehr Tropfen mit leichtem Platschen ein. Ich senkte den Kopf und fühlte sie auf meinem Schultern und meinen Haaren, als würden die Finger der Menschen, in deren Adern all dieses Blut einstmals geflossen war, mich antippen: Wahrhaftig, es regnete Blut.

Aber noch ein Geräusch kam von oben - Schritte, leise Schritte von mehreren Personen. Ich erkannte schnelle, kurze Trippelschritte wie von Kindern, die langsamen, schlurfenden Schritte eines alten oder kranken Menschen und die kraftvollen, lebendigen Schritte einer jungen Frau oder eines jungen Mannes. Ich wollte hoch zu ihnen, rappelte mich hoch, lief aus dem Raum und suchte hinter Türen und in Korridoren nach einer Treppe, die mich nach oben bringen würde: Vergeblich. Doch wohin ich auch ging, wohin ich auch irrte - die Schritte blieben über mir, als würden die Menschen mich begleiten. Blieb ich stehen, verstummte nach kurzer Zeit auch ihr Schritt, lief ich weiter, folgten sie mir, ob nach links oder nach rechts. Ich rief schließlich, so laut ich konnte, was die Menschen in Aufruhr versetzte: Sie liefen über mir hin und her - schweigend, denn außer ihren Schritten und dem schnellen Tropfen des Blutes vernahm ich keinen Laut. Schwieg ich, blieben die Menschen stehen, rief ich, liefen sie aufgeregt durcheinander. Ich versuchte es mit Fragen, wollte wissen, wer sie seien, wie ich zu ihnen kommen könnte, woher all das Blut käme, erntete jedoch nur Schweigen. Ich versuchte es mit Hilferufen, mit Bitten und Betteln, doch auf nichts kam eine Antwort. Das Rennen und Rufen hatte mich erschöpft, und als die Menschen dort oben nach dem Verhallen meines letzten Hilferufes wieder inne hielten, fiel ich ermattet in die Knie, ließ den Kopf hängen, schloss die Augen und schluchzte unterdrückt: Es war aussichtslos, ich war gefangen in einem Haus voller Blut - ohne Ausgang, ohne Hoffnung.

Als ich die Augen nach ein paar verzweifelten Sekunden wieder öffnete, fiel mein Blick auf etwas Erstaunliches, dass mich überrascht innehalten ließ: Ein Stück Silber, einen hellen Schimmer in all dem leuchtenden Rot. Es war der Ring, den ich trug - und obwohl meine Haut über und über mit Blut bedeckt war, schien er absolut sauber zu sein, selbst die liegenden Achten darin strahlten hell, als fiele pures, reines Sonnenlicht auf sie. Ich berührte mit einem Finger vorsichtig das kühle Metall - ich hinterließ keinen blutigen Abdruck darauf, der Ring schien gegen das allgegenwärtige Rot immun zu sein. Die Menschen oben gerieten in helle Aufregung, als ich den Ring berührte, doch an ihren Schritten war nichts Panisches mehr: Es klang nun eher wie ein Tanz, eine rhythmische Bewegung, fröhlich und harmonisch. Ich lauschte ihren Schritten und malte mit dem Finger eine Acht in das Blut auf den Boden, dann noch eine weitere daneben - und die dritte erschien dann einfach so, ohne das mein Finger den Boden berührt hätte. Eine vierte kam dazu, eine fünfte schloss sich an - die zwölfte erreichte die Tür und ich folgte dem zweiten und dritten Dutzend den Korridor hinunter. Die Achten führten mich durch die Räume, sie bogen gezielt ab, ließen mich Türen öffnen und Gänge kreuzen - und sie endeten vor einer schmalen Treppe, wie ich erleichtert und mit blutig-beißenden Tränen in den Augen feststellte.

Ich stieg hastig hinauf, der Handlauf war feucht und glitschig, doch ich ekelte mich jetzt nicht mehr vor der allgegenwärtigen roten Masse: Blut war schon immer in mir gewesen, also sollte es mir auch von außen nicht fremd sein. Am Ende der Treppe war eine niedrige Tür, die Achten überquerten ihre Schwelle rasch und zielstrebig, verschwanden einfach unter der Tür hindurch. Ich drückte vorsichtig die Klinke herunter und sah in einen gleißend hellen, völlig weißen Raum. Ich zögerte, ihn zu betreten - ich wollte diese Reinheit nicht mit meinem blutbesudelten Körper verdrecken. Von links sagte mir eine freundliche Stimme, ich solle bitte herein kommen, und als ich den Kopf wandte, sah ich die Menschen, die ich von unten gehört hatte: Eine Gruppe Kinder, hinter ihnen eine alte Frau und zwei junge Männer, einer schwarz, einer weiß - sie winkten mir zu, ich trat langsam ein. Beim ersten Schritt auf den weißen Boden verschwand das Blut von meinem Körper, als wäre es nie da gewesen, ich sah erstaunt an mir herunter, dann zu der Gruppe hinüber. Einer der jungen Männer lächelte und zeigte mit einem langen, kräftigen Arm auf eine hohe Flügeltür mir gegenüber: Ein Ausgang. Die Achten kringelten sich nun in glänzendem Silber über den Fußboden bis zu dieser Tür, ich folgte ihnen langsam, behielt dabei die Menschen im Blick. Ihre Gesichter waren freundlich, wenn auch ein wenig traurig - als sähen sie nur ungern, dass ich ging.

Ich zögerte, als die Klinke des Ausgangs in meiner Hand lag, und es war erneut eine auffordernde Geste des jungen Mannes, die mich sie hinunterdrücken und ein Stückchen öffnen ließ: Als habe er damit seine Aufgabe erfüllt, strich er sich mit einer schwungvollen Bewegung die langen, perlenbesetzten Zöpfe zurück, warf mir zum Abschied eine Kusshand zu, löste sich von der Gruppe und lief durch die Tür hinaus, durch die ich gerade gekommen war. Ich wollte zurück, wollte ihn aus diesem grausigen Keller voller Blut wieder hoch holen, doch die Achten bildeten einen Kreis um mich und bedeuteten mir in ihrem unendlichem Reigen, ich solle oben bleiben - oder besser noch durch die weiße Tür hinausgehen, jetzt sofort. Die Gruppe Menschen winkte mir zum Abschied, die Tür öffnete sich mit einem leichten Quietschen und ich trat hinaus - nicht erneut in ein helles, gleißendes Licht, sondern in eine dämmerige, stickige Abendluft.

Magnus

"Sie war wach", sagte Ciaran gegen acht Uhr abends, als er nach einer längeren Zeit als sonst aus Sharas Zimmer kam.

Ich lächelte ob dieser guten Nachricht, aber nur so lange, bis Jack ihm ein paar Minuten später folgte und sein entsetzter Gesichtsausdruck mir sagte, dass doch nicht alles eitel Sonnenschein war. Er hockte sich wieder neben mich auf das Sofa, Ciaran ging nach unten - wahrscheinlich, um Andreas die frohe Nachricht kundzutun, auch Davide starrte in der Bibliothek sicherlich eher an die Wand als auf das Biologiebuch, aus dem er lernen sollte, und wäre für gute Neuigkeiten mehr als dankbar.

"Sie halluziniert", sagte Jack leise zu mir, als Ciaran draußen war. "Von den Kindern aus dem Krankenhaus, von der alten Frau, von Joseph und Shane. Sie sieht überall Tod und sie hat mich gebeten, ich solle Joseph aus einem Keller voller Blut holen." Er sah auf die Tür, die Ciaran gerade hinter sich geschlossen hatte. "Er hat Recht: Sie hat einen Schock. Nicht nur von gestern - von den ganzen verflixten letzten Wochen. Vom Pantheon, von den Krankenhäusern, von Joseph und Shane."

Er blickte auf seinen Ehering hinunter, dann zu mir. "Sie muss hier weg, Magnus, wir bringen sie sonst um. Nicht absichtlich, nicht bösartig - aber wir verlangen Dinge von ihr, die ihr viel schwerer zu schaffen machen, als sie es zugegeben hat."

Ich öffnete den Mund, doch was Sinnvolles kam mir nicht in den Kopf. Jackson drehte seinen Ring wieder im Kreis und ich schwieg: Erneut lag das Thema von Sharas Abschied auf dem Tisch - und ich fragte mich zum ersten Mal, ob ich nicht ein selbstsüchtiges Arschloch war, wenn ich mich so sehr dagegen sträubte, dass die Prinzessin uns verließ, dass die Prinzessin mich verließ.

Shara

"Joseph!", sagte ich - erstaunt, ich in den dämmerigen Umrissen des neuen Raumes mein eigenes Schlafzimmer in der Burg zu erkennen.

"Shara?"

Das war nicht Joseph, das war Jackson. Ich drehte den Kopf in Richtung der Stimme und kurz darauf spürte ich, wie sich meine Matratze unter dem Gewicht eines zweiten Körpers senkte. Eine Hand berührte meine Stirn und meine Wange - sie fühlte sich ein bisschen kühl an, aber nicht mehr so eisig wie noch vor ein paar Stunden. Die Hand war weit und tief, der klarblaue Ozean in ihr erinnerte mich an die bislang glücklichste Nacht meines Lebens.

"Shara."

Ich drehte mich noch etwas weiter zu der Stimme hin, meine Augen konnten die Gestalt vor mir nicht richtig erfassen, stellten sich nicht richtig scharf. Ich sah dunkle Locken, erstaunlich grüne Augen und einen Mund, nach dem ich mich plötzlich sehr sehnte, ganz tief auf meinem Herzen heraus, doch dann musste ich die Augen wieder schließen, da sie von der ungewohnten Anstrengung brannten.

"Jackson", flüsterte ich sehnsüchtig und mit trockenem Mund, kurz darauf fühlte ich die Berührung des Plastikbechers an meinen Lippen.

"Trink etwas", sagte die geliebte Stimme, ich ließ mir bereitwillig ein wenig Wasser in den Mund träufeln.

Auf das erfrischende Nass folgte dann erneut das Fieberthermometer und eine weitere Hand griff unter der Decke nach meinem Puls: Ich erkannte den kalten, klaren Gebirgsbach Ciarans und wunderte mich ein wenig über seine Kraftlosigkeit. Als wäre es ein trockener Sommer gewesen, dachte ich, als sei sein Wasserstand zu niedrig - zu viele Steine und zu wenig Wasser, um lebhaft zu sprudeln.

"Der Puls ist etwas regelmäßiger und langsamer", sagte Ciaran, "die Temperatur ist runter auf neununddreißig Komma eins."

"Hast du gehört, Shara?", fragte die andere Stimme und ich erinnerte mich plötzlich an den fernen Tag, an dem ich sie zum ersten Mal gehört hatte.

Auch damals war sie auch aus der Dunkelheit an mein Ohr gedrungen, auch damals hatte ich im schwachen Licht nicht die Gestalt erkennen können, die zu dieser schönen Stimme gehörte. Ich erinnerte mich: Als Erstes hatte ich Jackson getroffen - er war jetzt mein Mann. Dann Magnus - er war jetzt mein Freund. Dann Joseph - er war jetzt tot und auf dem Weg hinunter in einen Keller mit Wänden, Böden und Decken aus Blut.

"Joseph ist in einem Haus aus Blut", flüsterte ich, Jacksons Hand auf meiner Wange erstarrte.

"Shara ..."

"Doch", beharrte ich und meine Stimme klang kratzig, als hätte ich sie zu lange nicht benutzt. "Ich war auch da, aber er hat mir einen Ausgang gezeigt, dann ist er selber dort hinuntergelaufen. Er hat dabei gelacht."

Ich hörte, dass Ciaran etwas flüsterte, konnte seine Worte aber nicht verstehen.

"Shara, du hast nur einen Alptraum gehabt", sagte Jackson besänftigend, dann küsste er mich auf die Stirn, ein Blitz zuckte durch meinen Kopf und ließ die glatte Oberfläche seines Ozeans hübsch funkeln.

"Aber es war Joseph", wiederholte ich. "Und die Kinder aus dem Krankenhaus waren auch da, Shane und diese alte Frau. Sie waren oben, wo kein Blut war."

Ich spürte Jacksons Wange an meiner, er drückte mich an sich und ich fragte mich benommen, warum ich plötzlich nasse Füße hatte und es im Zimmer nach frischem Gebäck roch.

"Ist es gut, dass er gelacht hat?", fragte Jackson leise in mein Ohr, ich nickte zögernd.

"Ja, er war glücklich. Aber er muss trotzdem aus diesem Keller raus, denn ich kann nicht ... ich kann nicht dort sein, wo es hell und sauber ist, wenn er dort unten ist, gefangen in all dem Blut. Kannst du ihn aus dem Keller holen? Bitte? Ich durfte nicht, die Achten haben es mir verboten."

Jackson schwieg und ich hatte Angst, dass er Nein sagen würde, denn dann wäre Joseph verloren, auf immer und ewig. Doch Jackson nickte schließlich und küsste mich wieder, diesmal auf die Schläfe.

"Wenn du heute Nacht schläfst und es dir morgen gut geht, holen wir ihn aus dem Keller. Wir alle zusammen, dann finden wir ihn garantiert. Joseph hat einen besonderen Platz verdient: auf dem Rasen vor der Burg, unter der großen Eiche. Dort kann er schlafen, dort hat er Frieden. Findest du, dass das der richtige Platz für ihn ist?"

Ich brauchte ein paar weitere Blitze von Jacksons Lippen auf meiner Haut, bis ich mich an die große, alte Eiche auf dem weiten Rasen vor der Burg erinnerte. Ihre knorrigen, dicken Äste spannten sich weit und spendeten einen dichten Schatten, sie war scheinbar immer von Vögeln bevölkert und kleine, dunkelbraune

Eichhörnchen flitzten geschäftig an ihr hinauf und hinunter.

"Ja, das ist gut", antwortete ich, Jackson atmete erleichtert ein. "Morgen?"

Er küsste mich auf den Hals, was mich ein bisschen schwindelig machte und mir Wellen warmen Wassers um die Knie wirbeln ließen. "Ja, morgen. Jetzt musst du schlafen. Kannst du das?"

Ich nickte, auch wenn mir Joseph unendlich dafür leidtat, dass er eine ganze Nacht in diesem Keller verbringen musste.

"Ich liebe dich", sagte Jackson leise und ein wenig traurig, ich lächelte mit geschlossenen Augen und spürte leicht enttäuscht, wie mit seiner Berührung auch das warme Wasser an meinen Beinen verschwand.

Magnus

Davide kam gegen zehn Uhr wieder hoch in Sharas Wohnung. Weil Ciaran nicht da war, fragte er Jack, ob er unsere Prinzessin nun besuchen dürfe, er müsse ja dann gleich nach Hause fahren? Jack nickte und der Kleine nahm seine schon leicht schlapp aussehenden Blumen vom Tisch, suchte in der Küche nach einer Vase, stellte den Strauß schließlich in einen Sektkühler und verschwand damit in ihrem Schlafzimmer. Kurz darauf kam Josie heraus und holte sich ein Glas Saft aus dem Kühlschrank, dann setzte sie sich zu uns auf das Sofa.

"Sie schläft", sagte sie und trank in kleinen Schlucken das unnatürlich Gelb aussehende Zeug. "Nicht mehr bewusstlos, richtiger Schlaf, aber noch unruhig. Das Fieber ist runter auf neununddreißig Komma vier Grad und fällt weiter."

"Hat sie noch was gesagt?", fragte Jack. "Von Joseph oder Blut?"

Josie schüttelte den Kopf, Jack sah ein bisschen erleichterter aus. Ich wartete mit den beiden, bis Davide nach etwa zehn Minuten ohne seine Blumen und mit einem traurigen Gesichtsausdruck wieder hinauskam, dann begleitete ich ihn hinunter zu seinem Auto, eher auf der Suche nach frischer Luft denn nach einem Gespräch.

"Sie wird doch gesund, oder?", fragte der Kleine und ich konnte angesichts seines treuen Hundeblicks nicht anders, als bestätigend zu nicken.

"Ja, sicher. Sie war völlig fertig, morgen geht es ihr bestimmt schon viel besser."

Davide zögerte, den Autoschlüssel in der einen Hand, ein paar Bücher in der anderen. Ich sah über den dunklen Rasen hinüber zu der großen Eiche: Ein kleiner Erdhaufen erhob sich neben ihrem mächtigen Stamm, und wenn meine leichtfertige Prognose über Sharas Zustand richtig war, würden wir dort morgen Jo begraben.

Davides Blick war dem meinen gefolgt.

"Werden alle ... Verstorbenen hier auf der Burg begraben?", fragte er, ich schüttelte den Kopf.

"Ja, aber nur vorübergehend. Sie liegen hier nur so lange, bis ihre ... Knochen sauber sind. Danach kommen sie in die Schwertkirche." Die der Kleine in seinem ganzen Leben noch nicht gesehen hatte, dachte ich, also wurde ich bereitwillig ausführlicher. "In der Krypta dort gibt es Fächer in den Wänden, ähnlich wie auf euren Friedhöfen hier, mit Grabplatten und Inschriften. Es kommt ein Relief auf die Platte, mit einer Figur oder einem Symbol, dass zu dem Bruder oder der Schwester passt und das Schwert desjenigen wird davor angebracht. Die Gräber liegen in einem Raum neben der Schwertkammer, sie bilden eine Art Spalier und sollen zeigen, dass wir im Leben wie im Tod dem Schwert die Treue halten." Davide runzelte die Stirn, aber ich konnte das Ganze nicht besser beschreiben, hatte nur Andreas' Worte zu bieten, keine eigenen. "Unsere Toten sind verunglückt, Jo wurde erschossen - auf einen Friedhof kommst du nur mit Totenschein und so, und für die brauchst du wiederum eine Geburtsurkunde - möglichst nicht aus dem 15. Jahrhundert."

Ich sah wieder zu der Eiche hinüber und spürte plötzlich Davides Hand auf meinem Arm.

"Vermisst du Joseph?"

Mir fehlten kurz die Worte ob dieser sehr erwachsenen Geste von diesem ... Kind.

"Ja, er war mein Freund", antwortete ich schließlich, und der Kleine nickte ernst.

"Ich hatte Angst, dass Drake mich auch einfach so erschießt", sagte er leise, woraufhin ich ihm mangels passender Worte die magere Schulter tätschelte.

Er richtete sich etwas auf, als wolle er mir bedeuten, dass er keines Trosts bedurfte, dann öffnete er die Tür dieses winzigen

Autos.

"Ciaran hat gesagt, ich soll morgen erst am Abend kommen. Kann ich vorher anrufen und fragen, wie es Shara geht?"

"Sicher", sagte ich, "mich oder Jackson."

Er nickte und stieg ein, kurz darauf verschloss ich die Eingangstür hinter mir, fuhr die Zugbrücke hoch und ging hinauf zu meinem Zimmer. Der Kleine ist schwer in Ordnung, sagte ich mir: Er sieht zwar aus, als würde er beim kleinsten Windstoß umfallen, aber er war in den letzten Tagen wirklich tapfer gewesen.

Shara

Zu viele Decken, dachte ich, als ich mit Schweiß auf der Stirn wach wurde - warmer Schweiß, weil ich unter der dicken Schicht aus Wolle und Daunen schwitzte. Josie kam zu mir, als ich mich regte, fragte mich, wie es mir ginge, und hob mehrere Schichten Decken von mir herunter, als ich sie darum bat - ich fühle mich gleich leichter und unbeschwerter, als wäre eine tonnenschwere Last von mir genommen worden.

"Immer musst du mich pflegen", flüsterte ich, als sie mir mit einem kühlen Tuch über das Gesicht, die Brust und die Arme fuhr, und ihr leises, fröhliches Lachen tat mir gut.

"Immer wieder gern", antwortete Josie, dann half sie mir, mich aufzurichten und reichte mir den Becher mit Wasser. "Du hast mir Shane zurückgeholt, dafür mache ich gern ein paar Nächte durch."

Ich trank dankbar und wusste, dass ich das Gesagte nicht so stehen lassen konnte, denn es war schlicht nicht richtig.

"Er ist wegen mir beinahe gestorben", antwortete ich nach ein paar Schlucken. "Ich stehe bei ihm und bei dir in der Schuld, nicht anders herum."

Josie riss mir den leeren Becher aus der Hand. "Red keinen Scheiß", sagte sie ungewohnt scharf, dann wurde ihre Stimme milder. "Ich verstehe, dass du das so siehst, aber das ist nicht wahr."

Ihre Finger streiften meine Hand, als sie mir den nachgefüllten Becher reichte und ich spürte ohne Vorwarnung, wie ihr fröhlich rauschender Gebirgsbach gegen eine steile, hohe Canyonwand prallte. Es fühlte sich an, als führe man mit dem

Auto gegen eine Mauer oder rannte mit dem Kopf gegen die Wand - erschreckend, hart, schmerzhaft. Woher kam die Wand? Bislang hatte nichts den fröhlichen Fluss von Josies Gebirgsbach gestört, war sie unbeschwert von Stein zu Stein gehüpft und hatte sich munter in größere und kleinere Abgründe gestürzt. Die Wand ist Drake, reimte ich mir in meinem noch ein wenig fieberverwirrten Gehirn zusammen und griff ohne zu fragen nach ihrer Hand, um diese Szene genauer sehen zu können. Ja, wirklich eine Wand - grau und starr und dick: Sie stoppte Josies Bach, ihr Wasser brandete mit aller Kraft dagegen, war aber zu schwach, um sie einreißen oder mit purer Masse überwinden zu können.

"Drake ... belastet dich sehr, oder? Er macht dir Angst?", fragte ich Josie. Die war unter meiner Berührung erstarrt und sah mich jetzt erstaunt an. "Du willst, dass er stirbt?", fragte ich weiter, sie nickte zögernd und blickte hinunter auf unsere verschränkten Hände.

"Ja. Ich hasse ihn und ich will, dass er stirbt."

"Dass er sterblich wird?", versuchte ich, ihre Aussage zu präzisieren wie auch zu relativieren, doch Josie schüttelte bestimmt den Kopf.

"Nein. Dass er stirbt. Sofort."

Ich verstand den Unterschied und ein leichter Schauer kitzelte mich am Rückgrat.

"Du kribbelst wieder", sagte Josie erstaunt, dann legte sich ein Lächeln auf ihr müdes Gesicht. "Ich hole dir Jackson, ja? Er schläft draußen auf dem Sofa und er wird sich so freuen, dass es dir besser geht."

Ja, das wäre schön, dachte ich, doch ich gab ihre Hand noch nicht frei.

"Ich konnte ihn dort nicht sterben lassen", sagte ich. "Schon auf ihn zu schießen war schlimm ... ich hätte nie gedacht, dass das wirklich so schwer ist - und ich wusste ja sogar schon, dass er das überleben würde. Du ... jagst ein Stück glühendes Metall in lebendiges menschliches Fleisch, zerfetzt es ... allein das Geräusch, dieses dumpfe, massive, feuchte Geräusch ist schrecklich."

Josie nickte langsam, aber ich sah, dass sie damit nicht zufrieden war.

"Hast du mit Shane darüber gesprochen?", fragte ich, sie schüttelte zögernd den Kopf.

"Nein. Aber er sieht das anders, das weiß ich. Er kann verzeihen, er ist ... ein viel besserer Mensch als ich. Ich wünschte mir, du hättest Drake verrecken lassen, einfach verrecken. Dann wären wir ihn endlich los."

Sie erhob sich und machte damit klar, dass dieses Gespräch hier zu Ende war. Ich ließ ihre Hand fahren, betrachtete meine Finger - und das brachte mich auf ein neues Problem.

"Sag mal: Kannst du mir Handschuhe besorgen?"

Josie befeuchtete das Tuch neu: Es fühlte sich erfrischend an, als es wieder auf meiner Stirn lag, schickte keine eisigen Nadelstiche mehr in meinen Kopf und ich wusste, dass ich wieder mal etwas überstanden hatte - was auch immer es gewesen war, dass mich einen Tag und eine halbe Nacht mit angsterfüllten Träumen und zitternden Gliedern ans Bett gefesselt hatte.

"Handschuhe?"

"Ja. Dünne, aus Baumwolle oder Leder. Damit ich nicht dauernd ... allen Leuten ungefragt in den Kopf schaue und dann dumme Fragen stelle. Wie dir eben."

Josie lachte besänftigt und nickte, akzeptierte meine indirekte Entschuldigung.

"Ja, gerne. Welche Farben willst du?"

Ich ließ mich erschöpft nach unten rutschen, das aufrechte Sitzen war dann doch noch ein wenig zu anstrengend.

"Alle. Ich will alle Farben."

– 3 –

Shara

Josie hatte wie versprochen noch in der Nacht Jackson zu mir geschickt und ich hatte seine Erleichterung darüber, dass ich wieder wach und vor allem wieder klar im Kopf war, in zahllosen Blitzen auf der strahlend blauen Oberfläche seines Ozeans gespürt: Er zog mich an sich und umklammerte mich, als habe er Angst, ich würde ihm sonst wieder in ferne Fiebersphären entschweben, in die er mir nicht folgen konnte, und stellte mir zögernd vorsichtige Fragen über meine Erinnerungen an den blutigen Alptraum des gestrigen Tages.

Ich erinnerte mich an alles, stellte sich schnell heraus, aber der Traum weckte keine Angst mehr in mir. Er war nicht so kryptisch gewesen, dass ich Hilfe bei seiner Entschlüsselung brauchte, auch konnte ich problemlos zugeben, dass mir der Gedanke an Josephs Leiche in der düsteren Kapelle der Burg unangenehm war, dass ich mich für seinen Tod verantwortlich fühlte, dass ich mir sogar sicher war, an seinem Tod schuld zu sein. Da konnte Andreas sagen, was er wollte: Wäre ich nicht in die Schwertkirche gegangen, wäre ich nicht nach Rom gefahren, wäre ich ... egal was - hätte ich nur eine Kleinigkeit, eine Winzigkeit anders gemacht, Joseph würde noch leben. Kein

Mensch darf akzeptieren, dass ein anderer für ihn sein Leben lässt, dachte ich, als Jackson mir meine unausweichlichen Tränen aus dem Gesicht küsste: Niemand ist das Leben eines anderen wert, niemals darf das eine Leben wertvoller sein als das andere. Ich erzählte Jackson den ganzen Traum mit allen Details, sprach von meiner Verantwortung, meiner Schuld - seine Hände auf meinem Rücken waren tröstend und warm, auch wenn er meine Sichtweise nicht teilte. Das ist unsere Aufgabe, sagte er ruhig und ohne einen Funken Zweifel in der Stimme, wir sind hier, um dein Leben zu schützen - mit unserem eigenen, wenn es sein muss. Dass Joseph nicht in einem heroischen Kampf gefallen, sondern feige auf offener Straße erschossen worden war, betrachtete Jackson ebenfalls nicht als Grund, die Sinnfrage zu stellen: Das mache Drakes Tat zu einem besonders verachtenswerten Verbrechen, nicht aber die Bestimmung der Ordensritter hinfällig, flüsterte er, während ich mit meiner zugeschnürten Kehle kämpfte. Ich gab es auf, mit ihm Streiten zu wollen - einerseits, weil ich nicht wirklich konnte und inmitten meiner geflüsterten Sätze immer wieder wegdämmerte, zum anderen, weil ich merkte, dass ich nur in begrenztem Maß über Joseph, Tod und Schmerz reden konnte, ohne wieder unvermittelt loszuzittern. Jacksons Prävention vor weiteren Zusammenbrüchen meinerseits schien ein baldiger Aufbruch zu sein - weit weg von Schwert, Dolch und Tod. Doch ich bremste ihn schweren Herzens, während ich mich an seiner Schulter für ein paar Stunden erholsamen Schlafes einrichtete: Erst Davide, flüsterte ich schlaftrunken - diese Schuld müssen wir einlösen, sonst haben wir versagt.

Jackson wurde gegen fünf Uhr morgens in seiner Funktion als Akku von Andreas abgelöst und verbrachte den Rest der Nacht auf der Chaiselongue. Andreas saß sehr aufrecht neben meinem Bett auf einem Stuhl, doch ich bekam von seiner Anwesenheit kaum etwas mit, da ich tief und traumlos schlief, bis er meine Hand losließ und mit leichtem Scharren des Stuhls auf dem Boden für den nächsten Freiwilligen Platz machte. Der hockte sich auf die Kante meines Bettes, ich hatte die Augen geschlossen, dämmerte gerade wieder weg, und als ein kräftiger Wasserfall mich in Gedanken in eine kühle, frische Gischt hüllte, dachte ich, Josie sei wieder da - die alte Josie, ohne die Drake-Mauer.

"Übertreib bloß nicht wieder so", flüsterte ich schlaftrunken im Bezug auf die Handschuh-Bestellung, "zwei oder drei Paar reichen."

"Was meinst du?", fragte eine männliche Stimme leise zurück, ich riss die Augen auf und erkannte eine schmale Silhouette mit etwas zu langen Ponyfransen.

"Shane?"

"Ja. Hab ich dich geweckt? Das tut mir Leid."

Er stand langsam auf, als böte er mir an, wieder zu gehen. Ich rappelte mich ein wenig auf, schüttelte den Kopf - verwirrt darüber, dass ich ihn und Josie hatte verwechseln können, wo doch jeder so ganz anders, so ganz eigen war.

"Nein, ich hab eh nicht mehr richtig geschlafen."

Ich sah auf seine Hand, dann auf sein hübsches Gesicht in der blassen Morgendämmerung.

"Ich dachte nur, es sei Josie. Deine Hand ..."

Er hob den fraglichen Körperteil und warf mir einen fragenden Blick zu.

"Was war da?"

"Setz dich noch mal und gib sie mir, das war zu kurz", bat ich. "Wenn du willst."

Er ließ sich zögernd auf der Matratze nieder und legte seine Hand mit der Handfläche nach oben auf meine Bettdecke, als würde ich seine Lebenslinie studieren wollen. Hinter ihm drehte Jackson sich mit einem unverständlichen Murmeln auf dem Sofa im Schlaf auf die andere Seite, und während Shane zu ihm hinüber sah, begriff ich erstaunt, was ich da in seiner Hand fühlte. In der Nacht, in der ich Shanes Hand das erste Mal gehalten hatte, hatte ich zuerst gedacht, er sei ein See. Dann hatte ich den Damm entdeckt und ihn für einen gestauten Fluss gehalten - jetzt wurde mir klar, dass auch das nicht stimmte, denn in das riesige Becken mit seinem hohen Staudamm und seinem stillen Wasser plätscherte ein Wasserfall. Es gab nur diesen einen Zufluss, der Wasserfall füllte das Becken - langsam, aber stetig, und genau diesen Wasserfall hatte ich schon mal gesehen ... Shane ist das Becken, erkannte ich, Josie ist der Wasserfall. Der eine füllt das andere, das eine bietet dem anderen Raum - ein Geben und ein Nehmen, eine beneidenswerte Symbiose.

"Du liebst sie sehr, nicht wahr?", flüsterte ich und Shane wusste, wen ich meinte.

"Ja. Mehr als alles andere auf der Welt. Sie ist mein Leben."

Ich nickte. "Das ist wahr, ich kann es sehen. Und du siehst sie genau so, wie ich sie sehe, wenn ich sie berühre: Du hast erkannt, wie sie wirklich ist. Aber du musst auf sie aufpassen, du musst mit ihr reden: Drake macht ihr zu schaffen, sie hat wahnsinnige Angst vor ihm."

Shane sah auf unsere Hände hinunter, dann musterte er mich fragend.

"Wie sieht das für dich aus?"

Ich hielt seine Hand fest und beschrieb ihm so detailreich wie möglich das tiefe Becken sowie den plätschernden Wasserfall, außerdem die graue Mauer, die ich in Josie gefunden hatte und die sie nun daran hinderte, ihren Weg in Shanes See fortzusetzen. Und während Shane schweigend über meine Worte nachdachte und mir bereitwillig von seiner Energie abgab, schlief ich wieder ein.

Magnus

Ich sollte um sieben bei der kranken Prinzessin erscheinen, um ihr ein bisschen was von meiner Kraft zu spenden - Ciaran hatte einen Stundenplan ausgearbeitet und mit bedeutsamem Blick auf die Uhr um halb sieben an meine Tür gepocht, um sicherzustellen, dass ich auch pünktlich und vorzeigbar am Krankenbett erscheinen würde.

Allerdings schien Shara schon wieder auf dem Damm zu sein, als ich frisch geduscht und unendlich froh über ihre Bereitwilligkeit zur Energieaufnahme an ihre Tür klopfte: Sie hatte ein bisschen Farbe im Gesicht, lächelte müde und winkte Shane nach, der mit einem seltsam weltentrückten Gesichtsausdruck an mir vorbei aus dem Schlafzimmer schlüpfte. Ich verschmähte den Stuhl neben dem Bett und ließ mich ohne große Umstände neben ihr nieder, klopfte mir eines der unzähligen Kissen zurecht und streckte mich aus. Sie wickelte sich in ihre Decke und lehnte sich so keusch gepolstert an mich - ein wenig schläfrig noch, aber spürbar normal temperiert.

"Vorsicht", flüsterte sie, als ich meinen Arm um ihre bloßen Schultern legte.

Ich musste lachen - meinte sie ihr Gefühllesezeug? "Dein Risiko, nicht meins", gab ich zurück, erntete dafür einen erstaunten Blick.

"So kann man das auch sehen", sagte Shara nach einer Weile und ich verstand, dass sie nur daran gedacht hatte, dass sie andere mit ihrer neuesten Gabe verletzten konnte - dass sie damit auch ungefragt einen ziemlichen Batzen ungefilterten Seelenmist erfuhr, hatte sie natürlich total verdrängt: Nobel, aber naiv, wie Prinzessinnen nun mal so waren.

"Du kribbelst kaum noch", diagnostizierte ich, während sie ihren Kopf auf meine Schulter legte.

"Ich weiß. Du kannst gern gehen, wenn du willst."

So hatte ich das nicht gemeint und schüttelte bestimmt den Kopf.

"Nein, die Gelegenheit muss ich ausnutzen. Wann darf ich schon mal in deinem Bett liegen und Jack kann nichts dagegen sagen?"

Shara kicherte, ich drückte sie ein bisschen fester an mich. Ein leichtes Prickeln im Magen erinnerte mich an den Kuss, den ich auf ihre leblosen Lippen gehaucht hatte und ich war kurz versucht, ihr das zu beichten, besann mich dann aber eines Besseren: Ich hätte nicht sagen können, ob Jack da auf dem Sofa wirklich schlief - konnte er mein Geständnis hören, würde er mich im Nullkommanichts rauswerfen, und das wäre doch zu schade.

"Wann ist Josephs Beerdigung?", flüsterte Shara jetzt, was mich abrupt von meiner verträumten Erinnerung an ihren fiebrigen Honigmund ablenkte.

"Um sechs Uhr, heute Abend."

"Und wie ... läuft das ab?"

"Wir tragen den Sarg aus der Kapelle zum Grab. Andreas und Ciaran sagen was - wir können auch sprechen, wenn wir wollen. Das Grab wird wieder zugeschaufelt, wir stellen ein Kreuz auf und legen Blumen drauf. Anschließend gibt es im Saal ein Essen."

Das war eine sehr knappe und kalte Zusammenfassung, aber Shara schien es zu reichen. Sie schwieg ein paar Minuten, ihr Rücken hob und senkte sich leicht bebend unter meinem Arm.

"Ich glaube, ich kann da nichts sagen", flüsterte sie schließlich und ich hörte, dass ihre Stimme belegt und ein wenig kratzig klang.

Ich küsste sie auf die Goldhaare, sie schlang einen Arm um meinen Hals - ich war mir nicht sicher, ob sie weinte, aber zu fragen traute ich mich auch nicht.

"Das musst du nicht."

Sie nickte, hielt dann etwas erstaunt inne.

"Weißt du ... dass deine Wellen sprudeln, wenn du ... etwas Intensives fühlst, wie deine Trauer um Joseph? Es sieht aus, als würde der See vom Grund her kochen - je ... glücklicher du bist, desto glatter ist seine Oberfläche, glaube ich."

Klang nicht gut, fand ich, aber wenn ein kochender See der Trauer für Shara kein Grund war, mich wegzuschicken, dann war ich halt ein solcher.

Ich drückte ihr als Antwort nur die Schulter und nach ein paar stillen Minuten wurde ihr Atem flacher: Sie schlief wieder ein. Ihr Arm blieb, wo er war und auch ich blieb, wo ich war - bis mich um kurz nach neun Jack mit einem sehr vorwurfsvollen Gesichtsausdruck wachrüttelte und aus dem Bett seiner Ehefrau warf.

Shara

"Bottega Veneta", verkündete Josie stolz, als ich mich am späten Vormittag ganz besonders über ein Paar weiche, schwarze Lederhandschuhe freute, welches sich wie eine zweite Haut an meine Hände schmiegte.

Jackson verfolgte meine Anprobe mit gerunzelter Stirn, sagte aber kein Wort, bis Josie mit ein paar wenigen aussortierten Modellen wieder verschwand und ich meine neuen Schutzhüllen in einer bislang leeren Schublade im Ankleidezimmer verstaute. Garantiert nichts gefühlsecht, witzelte ich in Erinnerung an einen Werbespruch für Kondome - das sprach ich allerdings nicht laut aus, Jackson hätte diesen Scherz bestimmt nicht verstanden.

"Du willst die Handschuhe aber nicht ständig tragen, oder?", fragte er, als ich das schwarze Paar für die Beerdigung am Abend auf den Esstisch im Wohnzimmer legte.

"Doch", sagte ich, er legte den Kopf zur Seite und ich sah an seinen bedenklich dunklen Augen, dass ihm nicht gefiel.

"Was ist? Ich will nicht wissen, was irgendwelche wildfremden Leute fühlen. Jetzt hast du eben eine Frau mit einem echt fiesen Hautausschlag", fügte ich leichthin hinzu, woraufhin wahre Furchen Jacksons Stirn durchzogen.

Ich küsste ihn auf die Wange, weil ich mit meinen bloßen

Füßen nicht so ohne weiteres an seine Stirn herankam, wenn er nicht wollte (und Schuhe trug). Er legte mir die Hände auf die Hüften, zog mich an sich: Seine Augen waren jetzt sehr nah, sehr eindringlich und mal wieder sehr besorgt.

"Und wenn ich hoch und heilig verspreche, auf deine Hände aufzupassen?"

"Was ist, wenn ich jemandem die Hand schütteln muss? Mal sehen - ich könnte meinen fiesen Hautausschlag ja nur an der rechten Hand haben, dann kannst du meine bloße Linke immer festhalten."

Jackson lachte kurz auf, dann wurde er erneut ernst.

"Und hier im Haus? Auch Handschuhe?"

Ich überlegte, blickte auf das bereitliegende schwarze Paar und schüttelte schließlich den Kopf.

"Nein. Die anderen müssen ihre Finger eben bei sich behalten." Ich blickte hoch, fragend. "Oder ist das gemein? Schiebe ich da nicht ... die Verantwortung ab?"

Jackson küsste mich sanft auf den Mund, die Stirn wieder glatt.

"Nein - aber du kannst sie ja selber fragen, wir müssen jetzt hinunter. Fühlst du dich wirklich gut genug?"

Ich nickte nachdrücklich. Nach Magnus hatte Ffion bei mir gesessen, nach ihr war Nikita gekommen: Ihre Wache hatte ich unhöflich komplett verschlafen, ihn hatte ich dann schon wieder wegschicken können, da er kein Kribbeln verspürte und ich somit genesen war - wer so fit war wie Nikita, war definitiv gesund, da war die folgende 'Shara hat's überstanden'-Diagnose von Ciaran nur noch eine bloße Formalität.

Kurz darauf wussten alle in der Burg versammelten Mitglieder des Ordens, dass bei Berührungen von ihrer bloßen Haut mit der meinen höchste Vorsicht geboten war, wenn sie nicht unfreiwillig ihr Seelenleben vor mir ausbreiten wollten. Andreas hatte uns alle für zwölf Uhr in die Bibliothek bestellt, und als ich als letzte mit Jackson an der (linken!) Hand hinein kam, konnten Andreas' scharfe Worte nur mit Mühe Maggie zurück halten, die mich hatte umarmen wollen. Ich beobachtete ihr erstauntes Gesicht, während Andreas mit kurzen, knappen Worten sagte, was Sache war - und ich lachte erleichtert, als sie daraufhin nur mit den Schultern zuckte und ungerührt ihren Weg zu mir mitsamt Umarmung und innigen Küsschen auf beide

Wangen fortsetzte. Nicht alle reagierten so unbeschwert wie sie: Lucia, Michael, Pablo und Sven hielten deutlichen Abstand, ich fühlte mich angesichts ihrer skeptisch-musternden Blicke, als hätte ich eine Krankheit, vor deren Ansteckung sie sich schützen wollten. Ffion fragte mich (zum Glück ohne Vorwurf in der Stimme!) ob ich sie nicht schon so kennen würde, hatte ich doch heute Morgen schon ihre Hand gehalten - ja, aber schlafend, lautete die richtige Antwort darauf, und in diesem Zustand bekam ich wohl rein gar nichts mit. Nikita zog daraufhin eine Augenbraue über schmalen Augen nach oben, ich senkte entschuldigend den Blick: Ja, sein Gewässer hatte ich kurz gesehen, als er seinen Kribbeltest gemacht hatte - ein breit gefächertes Delta, in dem sich das bräunliche Wasser der Flüsse mit dem klarblauen eines Meeres mischte. Ich hatte schlicht vergessen, ihn zu warnen, hatte vergessen, dass er keiner der Testkandidaten gewesen war, mit denen Ciaran mich in der Nacht nach Drake konfrontiert hatte - doch Nikita zuckte dann nur mit den Schultern und hob damit eine Tonne Schuld von den meinen, ich dankte ihm mit einem erleichterten Nicken. Peter fragte mich, ob ich ihn überhaupt berühren wolle und auch Ffion wollte wissen, ob ich mich denn trauen würde, in wachem Zustand in die Abgründe ihrer Seele zu schauen, was ich ebenso überraschend wie nett fand - Magnus Sicht der Welt scheint doch nicht so schräg zu sein, dachte ich, als ich wie eine Wahrsagerin beider Hände inklusive erwartungsvollem Gesichtsausdruck gereicht bekam.

Wie viele verschiedene Gewässer es doch gab: Maggies klarer, einsamer und unglaublich tiefer Bergsee nahm sich neben Ffions exotischer, türkisblauer Lagune bodenständig und geheimnisvoll aus, Peter dagegen entpuppte sich als ein begrenztes Stück Ozean mit einem riesigen, kunterbunten Korallenriff. Ich bot bereitwillig an, demnächst stets Handschuhe zu tragen, wenn ich mein Zimmer verließ, doch davon wollte selbst von den Verweigerern niemand etwas wissen: 'Berühren auf eigene Gefahr', hieß von nun an das Motto im Umgang mit mir, der amtierenden Hexe der Burg. Mit Ausnahme von Jackson und Magnus stimmten alle in den Chor ein, der mir versprach, mich nicht mit unangekündigten Berührungen zu erschrecken - Jackson drückte mir nur die Hand, Magnus zwinkerte mir frech zu, was ich mit einem pseudo-entrüsteten Kopfschütteln beantwortete. Meine sich

anschließende Schilderung von Drakes und Gerards Gefühlen
mir gegenüber wurde mit Schweigen aufgenommen, doch ein
paar Reaktionen schnappte ich trotz schamhaft gesenkter Augen
auf: Maggie verzog angeekelt das Gesicht und drückte mir
tröstend den Arm, Magnus ballte die großen Hände zu Fäusten
und Josie erschauderte mehrfach, als habe sie etwas wahrhaft
Bösem ins Auge geschaut.

"Das ist also der Preis", sagte Andreas leise, als alle
schwiegen, seine Worte hingen bedeutungsschwanger im Raum
und ließen ein paar Leute die Stirn runzeln.

Ich wusste indes, was er meinte: Wer geheilt werden wollte,
musste mir seine Seele offenbaren. Wenn es so war, war das ein
hoher Preis - mir erschien er teuflisch, wie ein
mephistophelischer Pakt.

"Nein", hörte ich Ciaran bestimmt sagen und sah auf. "Nein,
Andreas, das ist nicht der Preis. Das ist das Mittel, um die
Würdigen von den Unwürdigen zu unterscheiden. Nicht Worte
und Bitten, Geld oder Macht sollen die Bedingung für Sharas
Hilfe sein, sondern eine reine Seele."

Andreas nickte zögernd, dann sah er nachdenklich zu mir
herüber.

"Wen aus unserer Gruppe hast du noch nicht berührt, seit
dem du so ... in Menschen hinein sehen kannst?"

"Davide", antwortete ich, "den hatte ich nur ganz kurz in
Drakes Haus und da hab ich mehr nach Anzeichen von Schock
oder Schmerzen gesucht. Ansonsten ... Lucia, Sven, Michael und
Pablo."

Andreas nickte den Vieren zu, die eben Abstand zu mir
gehalten hatten: Er musste nicht sagen, was er von ihnen wollte
und kurz darauf reichten sie mir bereitwillig, wenn auch nicht
freiwillig ihre Hände. Ich erfuhr neue Varianten von Wasser,
fand aber nichts Schlechtes in ihnen - Lucia piekte ein wenig die
Eifersucht, scheinbar hatte sie Jackson recht gern gehabt und
sich Hoffnungen gemacht, aber sonst waren sie alle gute
Menschen und treue Freunde, daran gab es keinen Zweifel. Ich
nickte Andreas nur zu, als ich die letzte Hand los ließ: Meine
neueste Fähigkeit musste nicht nur vertraulich behandelt werden,
sondern legte auch mir Vertraulichkeit auf: Niemals durfte ich
laut aussprechen, was ich in den anderen las. Beichtgeheimnis,
dachte ich, das fällt alles unter das Beichtgeheimnis - und was
würde ein Priester wohl um diese Gabe geben, Gut und Böse

wahrlich unterscheiden zu können! Dass ich Shane von Josie erzählt hatte, verbuchte ich nur Sekunden nach dieser weisen Erkenntnis unter 'einzige Ausnahme von der Regel': Die beiden waren als Eins zu denken.

Als sich Erleichterung und ein wenig Genugtuung angesichts meines positiven Urteils in Andreas' Zügen spiegelte, fragte ich ihn nach Drake: Er und Gerard seien in zwei Gästezimmern festgesetzt worden, antwortete er mir, beiden ginge es den Umständen entsprechend gut. Drakes Wunde sei verheilt und seit seinem Erwachen habe er noch keinen Ton gesagt - Gerard rede dafür umso mehr.

"Er bettelt darum, mit dir sprechen zu dürfen. Wir haben das schlichtweg abgelehnt und ich würde dir auch nicht raten, zu ihm zu gehen."

Ich nickte und lehnte mich leicht an Jackson, er schlang mir von hinten die Arme um die Taille und drückte seine Nase in meine Haare - das ist wie ein Löffel Honig, hatte er geantwortet, als ich ihn auf diese mittlerweile so wunderbar gewohnte Geste angesprochen hatte, was ich natürlich schrecklich entzückend gefunden hatte. Und Gerard? Ich hatte nicht die Absicht, mit ihm zu reden - er war nicht nur ein Verräter, er war auch noch völlig uninteressant: Ein unbewegter, brackiger Tümpel ohne Leben - um das zu erkennen, hatte die Sekunde, in der ich gestern Abend die Haut des zusammenbrechenden Gerard berührt hatte, völlig ausgereicht.

"Giuseppe möchte auch mit dir sprechen und ich habe ihm gesagt, dass ich dich fragen werde. Er ist sehr erschüttert, er möchte dich um Verzeihung bitten."

Das klang schon interessanter. "Überlege ich mir, aber heute nicht mehr. Warum ist er überhaupt hier?"

Maggie neben mir lachte. "Der war ein totales Nervenbündel, als er gehört hat, was Drake über ihn gesagt hat. Kalkweiß, zitternde Hände, kalter Schweiß - er ist dem Tod gerade so entkommen, und das weiß er. Wir konnten ihn so nicht allein da sitzen lassen, also haben wir ihn mitgenommen." Sie deutete mit dem Finger an die Decke. "Er ist oben und denkt über sein Leben nach."

"Und die Beerdigung von Joseph ... ist um sechs Uhr?"

Ciaran nickte. "Ja. Ich möchte Jackson, Magnus, Peter, Sven, Shane und Pablo bitten, um Viertel vor sechs in der Kirche zu sein, alle anderen versammeln sich zur gleichen Zeit am Grab.

Ein Hinweis auf Bitten von Josie: Wir legen auf dem Rasen Teppich aus, die Damen können also gefahrlos hohe Absätze tragen. Wer Joseph etwas auf diese letzte Reise mitgeben möchte, gibt das bitte mir - bis spätestens halb sechs. Wer am Grab ein paar Worte sagen möchte, muss das nicht anmelden, wir haben so viel Zeit, wie wir wollen. Anschließend essen wir im Saal oben, um vier Uhr kommen die Damen aus dem Dorf und übernehmen die Küche."

"Wann kommt Davide?"

"Ich hab ihm sechs Uhr gesagt", ließ sich Magnus vernehmen, "aber das ist wohl zu spät. Ich ruf ihn noch mal an."

"Ja, bitte. Ich muss vorher mit ihm reden", sagte ich und hielt meine bloße rechte Hand hoch. "Darüber. Vielleicht kann er auch so um Vier hier sein?"

Magnus nickte, er würde es ausrichten.

"Gehst du mit ihm?", fragte Jackson mich und ich verstand erst nicht, was er meinte.

Ans Grab, dachte ich schließlich, er meint die Beerdigung, er ist ja in der Kapelle und kann mich auf diesem ganz sicher schweren Gang nicht begleiten, mir nicht zur Seite stehen. Ich nickte, dankbar für seine Umsicht - allerdings war mir angesichts von Jacksons ebenfalls dankbarem Blick dann nicht ganz klar, wer da seiner Meinung nach wem ein Halt sein sollte: Ich Davide oder Davide mir?

Magnus

"Du hast gestern Abend das ganze Gespräch zwischen Shara und Drake mit angehört?", hatte Andreas Giuseppe am Morgen gefragt, während er sich in einem der beiden Sessel in dessen Gästezimmer niedergelassen hatte.

Ich hatte mich neben der Tür postiert: Nicht, um Giuseppe vom Davonlaufen abzuhalten - wenn er gehen wollte, konnte er das jederzeit tun, er war nicht mehr länger unserer Gefangener, sondern eine Art Gast. Ich hatte nur aufpassen wollen, dass er Andreas nicht zu nahe kam, denn ich hielt ihn immer noch für ein bisschen durchgeknallt, oder nun vielleicht eher für labil - danke, Shara, genau das Wort hab ich gesucht ... vielleicht machen wir das in Zukunft immer so: Ich lasse überall da eine Lücke, wo ich gern ein schickes Fremdwort hätte, und du setzt es mir dann ein? Andererseits: Wer wäre nicht durch den Wind, wenn er erfahren muss, dass der Mann, von dem man sich Hilfe und Rettung versprochen hatte, einen nicht nur stets belogen und betrogen hatte, sondern den eigenen Tod schon fest einkalkuliert hatte? Fast hätte ich Mitleid mit Giuseppe gehabt, aber eben nur fast - er hatte Drake zu eifrig zugearbeitet, war ein zu williges Instrument gewesen, um mich wirklich milde stimmen zu können.

Giuseppe hatte sich auf dem Bett aufgesetzt, als wir eingetreten waren, mit hängenden Schultern und trübem Blick, als Antwort auf Andreas' Frage hatte er genickt.

"Ja."

"Und du hast Drakes Stimme erkannt? Du hast verstanden, was er gesagt hat?"

"Ja."

Angesichts seiner unübersehbaren Niedergeschlagenheit war Andreas' Frage eigentlich überflüssig gewesen: Jeder konnte sehen, dass für diesen Menschen vor kurzem eine ganze Welt zusammengebrochen war - und wir hatten ganz kräftig mit an deren Stützpfeilern gerüttelt.

"Du hast Glück gehabt", hatte Andreas gesagt. "Hättest du Drake gefunden, hätte er dich getötet."

Giuseppe hatte auf seine schmalen Hände mit angeknabberten Fingernägeln gestarrt. "Wo ist er jetzt?"

"Warum?"

"Nur so. Ich würde ihm nur gern ... sagen, was ich von ihm halte."

Ach Gott, wie bescheiden, hatte ich gedacht - wenn mir jemand so was angetan hätte, würde ich ganz sicher was anders von ihm wollen, als ihm mit Worten mein Missfallen auszudrücken!

"Tu dir das nicht an", hatte Andreas Giuseppe väterlich geraten und ich hatte mich ein wenig über den sanften Ton gewundert, den er diesem Helfershelfer eines Mörders angedeihen ließ. "Es würde ihn nicht interessieren, seine Gleichgültigkeit würde dich nur noch mehr verletzten. Aber ich kann dir anbieten, dass du dabei bist, wenn wir seine Narbe zerstören. Du wirst nichts sagen und nichts tun, du wirst dich im Hintergrund halten - aber du kannst dabei sein."

Giuseppe hatte hochgesehen und schließlich langsam genickt. "Das will ich."

"Gut. Wir machen das morgen, heute werden wir einen unserer Brüder begraben und da ist für nichts anderes Platz. Du kannst so lange hier bleiben oder Magnus fährt dich runter ins Dorf, in einen Gasthof. Wenn du hier bleibst, dann in diesem Zimmer. Wir geben dir ein Telefon, und wenn du etwas brauchst, kannst du uns rufen."

Giuseppe wollte bleiben und hatte Andreas gefragt, ob er vielleicht mit Shara reden dürfe.

"Nicht heute", hatte Andreas nach kurzem Nachdenken gesagt. "Aber ich werde sie fragen. Was willst du ihr sagen?"

"Ich möchte sie um Verzeihung bitten."

Ich hatte unwillig geschnaubt, natürlich gab es dafür einen strafenden Blick von Andreas. Giuseppe dagegen hatte zu meinem rudimentären Einwand genickt.

"Ja, es ist lächerlich, aber ich muss es trotzdem tun. Sie hätte gestern nicht auf mich zu sprechen kommen müssen, dass sie das getan hat, war sehr ... edel. Ich möchte mich nur bedanken."

Ich hatte die Reue in seinen Augen gesehen und ihm zugenickt, ganz ohne Spott: Man sollte niemanden davon abbringen, der Prinzessin zu huldigen, hatte ich gedacht - und ob seine Reue echt war, würde eine kurze Berührung von Shara ebenso unbarmherzig wie unzweifelhaft enthüllen.

Shara

Ich war noch nicht für die Beerdigung umgezogen, als Davide um kurz nach vier bei mir anklopfte. Jackson ließ uns allein, um Ciaran bei den Vorbereitungen zu helfen: Ich gab ihm meinen Mp3-Player mit, auf den ich all die Lieder gespielt hatte, die ich mir mit Joseph an einem scheinbar Jahre entfernten Nachmittag hier in meinem Wohnzimmer angehört hatte. Ich hatte Joseph nicht lange genug gekannt, um etwas anderes, etwas Persönlicheres oder Bedeutenderes für ihn zu haben, also hatte ich mich einfach für etwas entschieden, von dem ich wusste, dass es ihm gefallen hätte.

"Ich bin um Viertel nach fünf wieder da", flüsterte Jackson mir ins Ohr, als er meine Wange mit seinen Lippen streifte, ich drückte ihm die Hand.

Die Gesprächseröffnung mit Davide kurz darauf erinnerte mich ein wenig an Jackson gestern morgen und Maggie heute

Mittag: Er wollte mich umarmen, erfreut über meine Genesung, doch ich wies ihn zurück. Er nahm irritiert neben mir auf dem Sofa Platz, als ich ihn darum bat und ich sah ein paar Sekunden lang in seine karamellbraunen und fragenden Augen, bis ich die richtigen Worte gefunden hatte.

"Davide, ich muss dir etwas sagen. Es hat mit mir zu tun - aber mach dir keine Sorgen, es ist nichts ... wirklich Schlimmes."

Das 'wirklich' war mir ungewollt rausgerutscht, wodurch mein Satz dann doch dramatischer als beabsichtigt klang und Davides Augen um einiges größer wurden. Kurz und knapp, nahm ich mir vor, den Jungen nicht unnötig zappeln lassen.

"Ich kann schon seit längerer Zeit erahnen, was Leute im Bezug auf mich fühlen. Das habe ich dir bislang nicht erzählt, hier wussten auch nicht alle davon. Diese Fähigkeit war nicht besonders stark: Ich musste jemanden schon sehr lange berühren, um etwas zu spüren - und ich habe auch nur dann etwas gemerkt, wenn derjenige besonders intensive Gefühle für mich hatte. Ich habe gespürt, dass Jackson mich liebt - und ich habe auch gespürt, dass Gerard mich ... begehrt, dass er bereit war, so ziemlich alles dafür zu tun, um mich haben zu können."

Davides Wangen färbten sich zart rot und so musste ich wenigstens nicht fragen, ob er mich verstanden hatte.

"Seit vorgestern ist das anders, ist das stärker geworden. Es funktioniert nun bei jedem Menschen und ich kann sofort in ihm ... lesen, sobald seine Haut meine berührt."

Jetzt stand sein Mund leicht auf, war sein Gesicht ein einziges Fragezeichen.

"Verstehst du, was das heißt?", erkundigte ich mich. "Wenn du mich eben umarmt und vielleicht auf die Wange geküsst hättest, dann hätte ich sofort gewusst, was in dir los ist: wie du dich fühlst, wie du mich siehst, was du für einen ... Charakter hast. Und du hättest davon rein gar nichts bemerkt."

Davide nickte langsam, verarbeitend und verstehend.

"Darf ich dazu was fragen?"

"Sicher."

"Kannst du ... weißt du genau, was ich denke? An ... eine Blume oder an einen Baum?"

Ich schüttelte den Kopf. "Nein, so etwas nicht. Ich erkenne, was für ein Mensch du bist und wie es dir geht. Bist du gut oder böse, offen oder verschlossen, traurig oder glücklich? Und ich sehe immer auch, wie du zu mir stehst: ob du mich magst oder nicht, wie du mich magst."

Ich beugte mich vor, stützte die Ellbogen auf die Knie und kam ihm so ein ganzes Stück näher: Er wich nicht zurück. Tapferer kleiner Held, dachte ich und war erneut erstaunt von seiner scheinbar unendlichen Toleranz gegenüber meinen befremdlichen Fähigkeiten: Wenn ich morgen fliegen könnte, wäre er der Erste, der ein Ticket kaufen würde.

"Die anderen hier wissen, was mit mir los ist und sie werden versuchen, den Kontakt von Haut auf Haut bei mir zu vermeiden. Wenn ich die Burg verlasse, werde ich Handschuhe tragen, damit ich nicht ungefragt anderen Leuten in die Seele schaue, wenn ich ihnen die Hand gebe - und ehrlich gesagt auch, um mich selber davor zu schützen. Es kann schön, aber auch fies sein", fügte ich in Gedanken an Gerard und Drake hinzu.

"Aber auch nützlich, oder?"

Ich nickte, Davide dachte schnell. "Ja. Du kennst doch die Geschichte aus dem Pantheon, wo Giuseppe, dieser Priester dabei war? Er ist jetzt hier und auf seine Hand bin ich wirklich gespannt."

"Auf meine auch?"

Ich lachte - wie hatte mir der Junge mit seinen großäugigen wie auch direkten Fragen während meiner Fieberpause gefehlt!

"Ja, natürlich. Wenn du möchtest, erzähle ich dir alles, was ich sehe. Du solltest aber wissen, dass ich schon einmal ein wenig in dir gelesen habe: als ich dich in diesem Haus bei Drake umarmt habe. Du warst der Erste, bei dem ich es so ... heftig gemerkt habe, als wäre diese Fähigkeit entstanden, als ich den Raum betreten habe. Ich habe nur Minuten davor Magnus und Ciaran berührt und nichts Besonderes gespürt."

Davide sah ein bisschen stolz drein und ich musste lächeln: Erst die Heilung, dann dieses Gefühlelesen - Davide war jeweils der Erste gewesen, irgendwie war er wichtig.

"Du musst jetzt nicht Ja sagen, du musst überhaupt nie Ja sagen: Es ist deine freie Entscheidung. Ich könnte verstehen, wenn du nicht willst - ich würde auch niemals jemandem erlauben, so in mich hinein zu sehen. Aber bedenke: Wenn du nicht willst, werde ich dich nie wieder berühren können, ich werde dir noch nicht einmal die Hand geben können."

Davide schlug die Augen nieder, ich stand auf.

"Ich hole etwas zu trinken und du denkst darüber nach."

Ich ließ ihm Zeit: Ich füllte Eiswürfel in zwei Gläser, goss

Cola darüber, stellte noch eine frische Flasche in den Kühlschrank, suchte vergeblich nach Zitronensaft und kehrte dann zum Sofa zurück.

"Und?"

Ich schob ihm ein Glas hinüber, er nickte bestimmt und streckte mir seine Rechte entgegen. Ich rückte etwas näher und nahm sie in beide Hände, insgeheim erleichtert über seine Entscheidung: Andreas wollte, dass ich Davide prüfte, bevor er initiiert wurde und die Zustimmung des Jungen ersparte mir, ihn mit dieser Bedingung unter Druck setzen zu müssen. Davides Hand war warm und ein wenig feucht, als hätte er Angst: Als ich ihn bei Drake umarmt hatte, war nichts dergleichen zu spüren gewesen - interessant. Seine Augen fuhren nervös von unseren verschränkten Fingern zu meinem Gesicht und wieder zurück - ich wusste, dass er nichts spürte, dass sich in seinem Kopf nichts ungewöhnliches tat. In meinem war dafür umso mehr los: Davide war auch in seinem Gefühlsleben unglaublich direkt und ich erschrak fast ein bisschen, als sein Wesen in Form von Millionen kleiner Tröpfchen auf mich zustürmte. Er war ein Wasserfall, erkannte ich nach ein paar forschenden Sekunden, aber nicht wie Josie - die war eigentlich ein wilder Bach, die dann zu einem Wasserfall wurde. Davide dagegen war nur ein Wasserfall: Breit und schnell stürzte er einen Felsvorsprung hinunter, sein Wasser kam aus dem Nichts und verschwand im Nichts. Sein Wasser war hell und klar, es bildete einen glatten, leicht durchsichtigen Vorhang vor einer kleinen Höhle, in der ich stand: wie in einem Abenteuerfilm, wo der Eingang zur Schatzhöhle sich stets hinter dem dichten Schleier aus prasselndem Wasser befindet. Die Höhle war klein und aus einem mir dumpf bekannt vorkommenden grauen Stein, außer mir war nur noch ein dunkler, aber friedlich-freundlicher Schatten einer anderen menschlichen Gestalt darin zu sehen. Ich konnte in der engen Höhle dem aus dem Wasserfall stäubenden Wasser nicht ausweichen und spürte, wie es sich fein und leicht auf mich legte - eher kühl, nicht so warm und wohlig wie Jacksons Ozean, aber auch nicht so kalt wie Ciarans Gebirgsfluss.

Ich erzählte Davide, was ich sah, er runzelte die Stirn.

"Wieso verschwinde ich im Nichts? Heißt das, dass ... ich sterben werde?", fragte er, als ich geendet hatte, sich alarmiert aufrichtend.

Ich schüttelte nachdrücklich den Kopf, entsetzt von seiner Schlussfolgerung. Interpretationen waren seine Stärke nicht, dachte ich in Erinnerung an unsere quälenden Literatur-Stunden, aber ich musste mit meiner Auslegung vorsichtig sein: Ich konnte nur subjektiv sprechen, vielleicht sogar nur subjektiv in ihm lesen - beides barg Gefahren.

"Nein, das heißt es natürlich nicht. Das hier ist keine Wahrsagerei - ich kann nichts sehen, was mit deiner Zukunft zu tun hat. Ich sehe nur, wie du bist - wie du genau jetzt bist, was du genau jetzt fühlst. Und momentan bist du eben sehr ... schwebend: Du hast die Verbindung zu deiner Familie weitestgehend gekappt und weißt noch nicht genau, wo dein Weg dich hinführt. Ich bin mir sicher, dass du für mich in ein paar Monaten anders aussehen wirst, und in ein paar Jahren dann wieder anders."

Davide schien tatsächlich ein wenig beruhigt zu sein.

"Und warum bist nur du in der Höhle? Warum ist da kein anderer, außer diesem Schatten?"

Ich zuckte mit den Schultern, ließ seine Hand los und trank einen Schluck von meiner Cola.

"Das ist immer so - ich sehe dich und ich sehe mich. Wenn du willst, kannst du an ein paar andere Menschen denken und ich sage dir, wie du zu ihnen stehst. Oder du denkst daran, wie es war, als du noch ... nicht hier beim Orden warst. Was du willst. Aber denk daran: Ich sehe nur, was du in diesem einen Moment fühlst und wie du dich fühlst, nicht aber, was du denkst oder was mal sein wird."

Er sah auf seine Hand, dann streckte er sie erneut aus.

"Dann vor meiner Begegnung mit euch, bitte."

Pure Neugier sprach aus seinen Augen, also verschränkte ich meine Finger bereitwillig in seinen und bat ihn, sich so genau wie möglich an sein Leben vor dem Sturz mit dem Motorrad zu erinnern - an seine Gefühle, seine Empfindungen. Zunächst blieb der Wasserfall, wie er war, dann veränderte er sich ein wenig, zuckte zurück, veränderte sich wieder leicht. Er kann sich nicht konzentrieren, dachte ich und drückte ihm sanft die Hand.

"Entspann dich. Greif dir irgendwas heraus, an das du dich gut erinnerst. Als du mit deinen Eltern über ein Studium gesprochen hast oder dergleichen."

Der Wasserfall wurde schmaler, es kamen kaum noch Gischtwolken zu mir herein. Dann verschwand die Höhle - ich schwebte über einer grünen Landschaft mit Hügeln und einem kleinen, sich sanft schlängelnden Bach. Der Bach kam aus dem Horizont der einen Seite und verschwand im Horizont der anderen Seite, ohne jemals breiter, schneller oder tiefer zu werden. Nur seine Windungen waren mal enger, mal weiter: Er folgte dem natürlichen Pfad, den die Täler zwischen den Hügeln ihm vorgaben, eine perfekte Harmonie.

Ich erzählte Davide, was ich sah.

"Das war ich ganz früher", flüsterte er, während meine schwebende Position über den grasbedeckten Hügeln mich ein wenig schwindelig machte: Ich hing hier zwar nicht ganz so hoch wie über Jacksons endlosem Ozean, aber der Boden sah vergleichsweise hart aus.

Und während ich mit den Augen und mit warnend kribbelndem Magen dem endlosen Verlauf des Baches folgte, öffnete sich scheinbar unvermittelt ein Spalt in der Erde: erst zitternd und schmal, dann zunehmend breiter werdend. Der Boden vibrierte, der Spalt wurde zu einer Kluft, diese zu einem Tal - und schließlich brach die eine Seite ganz weg, fiel in einer riesigen Staubwolke in sich zusammen. Ich sah, wie der Bach brav weiter seinem Bett folgte, bis er auf die scharfkantige Klippe traf und dort unvermittelt ins Leere stürzte: Ein dramatischer Eindruck, und Davide nickte leise, als ich ihm das schilderte.

"Ich war total fertig an diesem Tag. Ich habe mit meiner Mutter gestritten wie noch nie zuvor, ich wollte davonlaufen, sie nie mehr wiedersehen. Sie hat mir gesagt, dass ich niemals studieren werde, dass ich nur zum Bauer tauge, wie mein Vater."

Ich drückte seine Hand, seine Augen waren feucht. So tapfer und doch so empfindlich, dachte ich, und seine Gefühle kamen mir ganz dumpf sehr bekannt vor: der uralte Kampf der Kinder gegen ihre Eltern, der unweigerlich Narben auf beiden Seiten hinterließ.

Ich wollte meine Finger von seinen lösen, doch Davide hielt sie fest.

"Noch mehr?", fragte ich ein wenig erstaunt, er nickte.

"Bitte."

"Okay - überrasch mich", sagte ich, sah ihn grinsen, schloss die Augen, wartete auf seine Gedanken und hoffte, dass er nicht eine Erinnerung an einen Kindheitsalptraum mit Monstern unter dem Bett auspacken würde.

Das Bild mit dem Bruch in der grünen Landschaft und dem über die Klippe stürzenden Bach blieb gleich, doch meine Perspektive änderte sich leicht. Ich wurde näher zur Klippe gedrückt und spürte, wie meine Hände nun angesichts der noch größeren Höhe tatsächlich ein wenig feucht wurden: Der Wasserfall trudelte mehrere hundert Meter den Abgrund hinab, bevor er auf einen kargen, erdigen Boden traf - ein wenig Gischt stieg auf, doch das Wasser versickerte nach kürzester Zeit in dem trockenen Boden. Ein trostloser Anblick, pure Verschwendung und sinnlose Vergeudung - ich erahnte, dass dies die Zeit nach dem Streit und vor unserer Begegnung gewesen war: eine Zukunft in diesem Tal voller Apfelbäumen, die in Stein gemeißelt schien und der der Junge nichts abgewinnen konnte, ein aus seiner Sicht leeres, freudloses Leben. Während ich noch dem versickernden Wasser hinterher sah, wurde das Rauschen des Wasserfalls hinter mir stärker. Ich wandte mich um: Aus dem schmalen Rinnsal wurde ein kräftigerer Schwall, ein starker Sog erfasste meinen Körper. Ich wurde in den Schwall gezogen, kühles Wasser prasselte meinen Körper hinab - ich fühlte mich geprüft und abgetastet, hing mehrere Minuten unter dieser fragenden Dusche. Als hätte ich die Prüfung bestanden, zog der Sog mich dann durch den Wasserfall hindurch und setzte mich in der schon bekannten Höhle ab - und während ich hinein schwebte, bemerkte ich, dass es über und unter mir ganz ähnliche Höhlen gab: Ich sah schattenhafte Gestalten darin, konnte aber niemanden wirklich erkennen. Die Gestalten winkten mir zu, der schwarze Schatten war auch wieder da, hielt sich neben mir. Ich ging bis an den Rand meiner Höhle und sah hinunter: Der trockene, erdige Boden war nicht mehr zu sehen, der Wasserfall verschwand erneut im Nichts, löste sich in purer Gischt auf.

Ich hatte versucht, Davide meine Eindrücke halbwegs simultan zu erzählen, der schien so weit mit sich selbst ganz zufrieden zu sein und dankte mir sehr förmlich. Ich warf einen Blick auf die Uhr: Eine halbe Stunde, dann käme Jackson zurück und wir müssten uns für die Beerdigung umziehen. Josie hatte einheitliche Kostüme für die Frauen und Anzüge für die Männer besorgt, Davides hing mit meinem und Jacksons im Ankleidezimmer.

"Kannst du mir noch was sagen?"

Ich nickte.

"Kannst du mir sagen ... wie ich dich mag?"

"Äh ... was?"

Ich verstand nicht sofort, was er meinte und Davide schlug ein bisschen verschämt die Augen nieder.

"Du hast eben gesagt, dass Jackson dich liebt, während Gerard ... dich ... na ja. Und ich würde gern wissen, wie ich dich ... mag."

Ich fuhr mir mit der Hand über die Stirn - jetzt tapste der tapfere Davide aber auf ein sehr dünnes Eis.

"Und was versprichst du dir davon?"

Er wand sich, zuckte dann unbestimmt mit den Achseln. Ich sah prüfend auf unsere Hände hinunter nickte schließlich.

"Okay, leg los - aber wenn auch nur ein schmuddeliger Gedanke darunter ist, schicke ich dir Jackson vorbei, klar?"

Davide lachte, ich griff fester nach seiner Hand und die Gischt in meiner Höhle wurde dichter.

Davide zog sich in seinem Zimmer um und wartete dann in unserem Wohnzimmer, bis Jackson und ich fertig waren. Ein knielanger Rock, eine Bluse mit gebauschten Ärmeln, langen Manschetten und Rüschenkragen, darüber ein schmales Jackett: Josie hatte schlicht gewählt, aber der weiche, seidige Stoff sagte deutlich genug, dass dieses Kostüm nicht von der Stange kam. Es passte perfekt, ich hatte nichts anderes erwartet. Während ich meine Strumpfhose glatt strich und in ein paar schwarze Pumps stieg, schnürte Jackson seine Schuhe zu und legte Manschettenknöpfe an: Josie hatte nun allen ein Paar der schönen Knöpfe mit dem Schwingenkreuz darauf besorgt und sich auch meine noch einmal geschnappt, um sie gravieren zu lassen. Während die der anderen Josephs Namen und seinen Todestag trugen, nannten meine außerdem noch Shanes Namen und den Tag, an dem er aus dem Krankenhaus entlassen worden war - eine Geste, die mich hart schlucken und Josie mit feuchten Augen hatte umarmen lassen.

Jackson und ich sprachen nicht, während wir uns umzogen, doch als ich mir die Haare hochgesteckt hatte und im Badezimmer nach einem dunklen Lippenstift suchte, spürte ich seine Hand an meinem Rücken. Ich blickte ihm über den Spiegel in die Augen: Sie waren unglaublich dunkel und ich kannte ihn mittlerweile gut genug, um den Kummer darin zu sehen. Ich drehte mich zu ihm um und lehnte meine gepuderte Stirn vorsichtig an seine, um nur ja kein Make-up auf seinen schönen Anzug zu bringen, Jackson legte mir die Hand in den Nacken und ich spürte seinen Ozean an meinen Füßen: Seine Oberfläche lag unbewegt dar, und als ich ihn auf die Wange küsste, schlugen die Blitze nur in unmittelbarer Nähe des Strandes ein, weiter draußen war das Meer wie tot, lag dunkel unter einer untergehenden Sonne.

"Tut mir Leid", sagte er, als wüsste er um seine mangelnde Begeisterung angesichts meiner Zärtlichkeit, doch ich schüttelte den Kopf.

"Das darf es nicht, das wäre gegenüber Joseph nicht gerecht. Du fühlst, was du fühlst. Jetzt ist er wichtig, er allein."

Jackson nickte und ich merkte an seinen zunehmend höher gehenden Wellen und dem heller werdenden Sonnenlicht, dass ihn meine Nähe tröstete. Nach ein paar Minuten in seinem Arm strich ich ihm erfolglos die widerspenstigen Locken zurück, richtete ihm überflüssigerweise die perfekt gebundene Krawatte und ging dann Hand in Hand mit ihm ins Wohnzimmer, wo Davide in einem identischen Anzug auf dem Sofa saß und sich sichtlich unwohl fühlte. Jackson gab dem Jungen ein paar geflüsterte Anweisungen, dann verabschiedete er sich mit einem Kuss von mir. Ich nutzte die verbleibenden fünf Minuten für eine verbotene Zigarette auf dem Balkon: Ich war nervös und aufgeregt, traurig und schuldig - doch natürlich half die Zigarette dagegen überhaupt nicht. Davide leistete mir Gesellschaft, stumm und mit ausweichendem Blick: Meine letzte Lese-Runde in seinen Gefühlen war nicht zu seiner Zufriedenheit verlaufen, und darauf schien er noch immer herumzukauen.

"Du bist ein bisschen in mich verknallt", hatte ich ihm gesagt und seine großen Augen hatten mehr nur als Erstaunen gezeigt. Unglauben? Entsetzen?

"Nein", hatte er bestimmt erwidert, ich hatte lachend seine Hand los lassen - wobei mir nicht ganz klar war, ob er sich ein Mehr oder ein Weniger an Gefühlen erwartet hatte.

"Doch. Ich weiß, dass das peinlich ist, aber du wolltest ja eine ehrliche Antwort."

Er hatte seine Hände in die Taschen seiner Jeans geschoben, als wolle er sie vor mir und meinen unverschämten Behauptungen in Sicherheit bringen.

"Schau, Davide", hatte ich mit der milden Stimme einer schlechten Schulpsychologin im Gespräch mit dem

Klassenrabauken gesagt, "es gibt ganz verschiedene Arten von Liebe. Jackson liebt mich, und Magnus liebt mich. Aber Magnus liebt mich nicht wie Jackson das tut, wie ... eine Geliebte, sondern wie eine Freundin oder meinetwegen wie eine Schwester. Er liebt mich, ich liebe ihn - aber außer einem Küsschen hier und da ist nichts. Er weiß das, ich weiß das und wir verstehen uns prima. Okay?"

Davide nickte nach einer zögernden Sekunde, schob die Hände noch tiefer in die Hosentaschen. Sein Gesichtsausdruck war trotzig, was ihn nun tatsächlich wie den uneinsichtigen Klassenrabauken erscheinen ließ.

"Gut. Die Art von Liebe, die du für mich empfindest, ist eher wie die von Magnus als wie die von Jackson, auch wenn sie dir gerade ganz anders erscheint. Ich kann dir auch sagen, wie ich darauf komme: Du stellst mich innerlich neben Jackson. Nein, mehr noch: Jackson und ich sind für dich eins, unzertrennlich - du kannst uns beide nicht allein denken. Schon eben, als du mir gezeigt hast, wie du dich fühlst, war immer ein schwarzer Schatten direkt neben mir - das war Jackson. Und ich konnte auch keine Eifersucht oder Neid in dir entdecken: Du akzeptierst, dass ich zu Jackson gehöre und du weißt, dass wir beide, also du und ich nicht ... so zusammen sein können wie Jackson und ich zusammen sind. Was du für mich empfindest, ist nur oberflächlich, das wird bald vorbei sein. Und ich würde mich sehr freuen, wenn nach dieser ... Verliebtheit eine andere Liebe bleiben würde, die uns zu Freunden macht."

Davide hatte den Mund geöffnet und dann sprachlos wieder geschlossen. Ich hatte ihn schweigend angesehen und gewusst, dass das Angebot in meinem letzten Satz ihm wie ein leerer Hohn erscheinen musste. Andererseits: Er hatte Klarheit gewollt, die hatte er bekommen.

"Denk darüber nach", hatte ich ihm gesagt, kurz bevor ich Jacksons Schritte im Gang hörte. "Du empfindest für mich und Jackson das gleiche, denn für dich sind wir eins. Und wenn das so ist, dann ist deine Liebe zu mir nicht so, wie du dir selbst das einredest."

Ich drückte meine Zigarette in dem Glas aus, das ich für solche Nikotin-Notfälle unter dem Sofa versteckt hatte, und wischte mir einen Aschekrümel vom Rock. Davide zupfte an seiner Krawatte herum und ich widerstand der Versuchung, sie ihm gerade zu rücken, auch wenn sie es im Gegensatz zu Jacksons nötig gehabt hätte - solche mütterlichen Gesten waren bei seiner jetzigen Stimmung eher nicht gefragt.

"Gehen wir?", fragte ich ihn, er stand immerhin zögerlich auf, folgte mir jedoch nicht hinein.

Der Wind auf dem Balkon zerzauste ihm die Haare und er sah wieder mal sehr, sehr jung aus. Gut, dachte ich - es ist Zeit, und wenn er nicht mit mir gehen will, dann muss er eben allein nachkommen.

"Wir treffen uns in der Halle, folg einfach der Gruppe."

Ich ging durch das Wohnzimmer und den Korridor zur Treppe hinüber, langsamer als gewöhnlich und lauschend. Tatsächlich: Nach einem Stockwerk hörte ich Davides schnelle, leichte Schritte hinter mir, verlangsamte das Tempo noch mehr und er schloss auf.

"Ich möchte nicht alleine gehen", sagte er leise, als er etwas atemlos vor mir stand. "Und ich wäre wirklich gern dein Freund, wenn ich darf."

Ich lächelte, griff jetzt doch korrigierend zu seiner Krawatte und küsste ihn auf die Wange. Er zögerte, dann hauchte er mir ein nur wenig festeres Küsschen auf den Mundwinkel und bot mir sehr erwachsen seinen Arm: Ich hakte mich bei ihm ein, gemeinsam und besänftigt stiegen wir die restlichen Treppen zur Eingangshalle hinunter.

Shara

Als ich um zwanzig vor Sechs in die Kapelle kam, waren die anderen schon da. Jos Sarg stand auf dem großen, grauen Steinquader, der den Altar bildete, ein schwarzes Samttuch mit einem goldenen Schwingenkreuz war darüber gebreitet und fiel in dicken, schimmernden Falten hinunter auf den Boden. In zwei großen Kandelabern brannten Kerzen, ihr mildes Licht ließ das Kreuz auf dem Tuch leuchten und hüllte meine wartenden Freunde mit ihren schwarzen Anzügen in tiefe Schatten. In der Kapelle herrschte absolute Stille, die dicken Wände hielten alles draußen, was Andacht und Trauer gestört hätte.

Ich gesellte mich zu Jack und Shane, während Andreas und Ciaran sich leise besprachen, dann nickte Andreas und verließ ohne ein weiteres Wort oder einen Blick zu uns die Kapelle. Ich vermied eine zu intensive Musterung des Sargs und betrachtete stattdessen die blassen Gesichter meiner Freunde: Jacks war absolut ausdruckslos. Er hielt den Blick gesenkt, drehte wieder an seinem Ehering herum und zum zweiten Mal beneidete ich ihn darum, dass er ihn hatte - dass er jemanden hatte, dass er Shara hatte. Shane neben ihm blickte auf den Sarg und blinzelte häufig, als müsse er Tränen zurückdrängen, Peter und Shane starrten auf die kahlen Wände der Kapelle, Pablo hockte kraftlos in einer der Bänke und stützte sich schwer auf die Lehne, Sven nestelte verlegen an seiner Uhr herum. Ciaran trat jetzt zum Sarg, nahm das schwarze Tuch ab, faltete es ordentlich zusammen und legte es sich über den Arm, dann dirigierte er uns sechs mit leisen Worten so um den Sarg herum, dass es von der Körpergröße her passte: Ich stand hinten, hatte Jackson und dann Pablo vor mir, auf der anderen Seite spiegelte mich Sven mit Shane und Peter vor ihm. Der Sarg hatte goldene Griffe, das kühle Metall lag schwer in meiner Hand, als wir ihn anhoben und uns auf die Schultern setzten. So leicht und wendig Jo im Leben gewesen war, so schwer war nun seine sterbliche Hülle in ihrem schützenden Holz: Ich ging angesichts des Gewichts und meiner Trauer ein wenig in die Knie, bis ich mich mit den anderen zusammenriss, mich straffte und innerlich für den Weg hinaus zum Grab bereit machte.

Shara

Die Frage, wer hier wen stützen sollte, war noch immer nicht geklärt, als ich an Davides Arm über den sonnengewärmten Vorplatz und den nach frisch gemähtem Gras duftenden Rasen hinüber zu der großen Eiche ging.

Sie stand etwa in der Mitte des Innenhofs und Ciaran hatte mir erzählt, sie sei gepflanzt worden, nachdem der Orden die Burg übernommen hatte: Das machte sie vierhundert Jahre alt und damit etwa hundert Jahre älter als Joseph - die ungewohnten Zeitdimensionen ließen mich kurz schwindeln, Davide verstärkte besorgt den Druck seines Armes, ich beruhigte ihn mit einem milden Gegendruck.

Ein schwarzer Teppich wies uns den Weg und ich war dankbar dafür, wenn auch nicht aus Sorge um meine hohen Absätze: Als Davide und ich in der Halle auf die anderen

getroffen waren, schienen alle wie selbstverständlich davon
auszugehen, dass ich ihnen vorangehen würde - niemand
forderte das, ich merkte es an der Art, wie sie sich sich an mir
ausrichteten, sich hinter mir aufstellten. Also hatte ich Davide
meinen Arm gelassen, mit ihm die kleine Gruppe aus dem Haus
geführt und draußen in dem Pfad aus Stoff einen unfehlbaren
Wegweiser gehabt. Vor dem Baum teilte sich der Teppich, so
dass wir rechts und links neben der Grube würden stehen
können, an ihrem Kopfende war ein schlichtes Kreuz aus dem
allgegenwärtigen grau-weißen Stein errichtet worden, daneben
erwartete uns Andreas. Er streckte leicht seinen rechten Arm
aus, als ich für eine halbe Sekunde zwischen den beiden Seiten
des Grabes zögerte, kurz darauf stand ich neben ihm und spürte
für einen Moment seine kräftige Hand in beruhigender Geste auf
meinem Rücken.

Ich löste meinen Arm aus Davides Umklammerung, griff
dann aber doch nach seiner Hand, als ich die Blässe seines
Gesichtes und seine hin und her irrenden Augen sah: Die Gischt
seines Wasserfalls war noch kühler geworden, das Wasser
dunkler, es ließ mich frösteln - ich senkte die Augen und wich
innerlich bis an die Rückwand der Höhle zurück, um nicht auch
noch seine Trauer in ihrer ganzen Wucht mittragen zu müssen.

Die anderen verteilten sich zu beiden Seiten des Grabes, mit
zögernden Schritten und gesenktem Blick. Ein Gerüst aus
stabilen Holzbohlen war über die Grube gelegt worden, starke
Stoffriemen lagen bereit, um den Sarg hinab zu lassen. Die Erde
im Grab war dunkel, fast schwarz, sie schimmerte feucht und sah
beängstigend organisch aus - ich spürte, wie mein Herz sich in
Schmerz verkrampfte, als mir beim Anblick dieser Erde die
Endgültigkeit des Abschieds von Joseph bewusst wurde. Sein
Körper würde nicht in dieser Erde ruhen, wie es immer so
beschönigend hieß: Er würde in ihr zerfallen, sich auflösen und
eins werden mit dieser Schwärze, bis sie seine blanken Knochen
aus der reinigenden Erde holen und in der Schwertkirche
bestatten würden - hinter einer steinernen Grabplatte, in der
Nähe des jetzt leeren Monolithen, dem Joseph sein Leben
gewidmet hatte. Unsterblichkeit hin oder her: Die
Wahrscheinlichkeit, dass auch ich eines Tages in solcher Erde
liegen und mein Körper darin verrotten würde, dass mein
Bewusstsein verlöschen und kein Gedanke, keine Empfindung
mehr meinen Kopf oder mein Herz durchzucken würde, war

keinesfalls geringer geworden - alterslos oder unsterblich zu sein bedeutete nicht, dass man untötbar war. Ich hatte vielleicht eine längere Frist bekommen, aber auch ich würde unweigerlich eines nahen oder fernen Tages so enden - in schwarzer, feuchter Erde, bewusstlos und gefühllos, kalt und tot.

Ich begegnete an Josephs Grab für eine Sekunde der eiskalten Todesangst wieder, die ich schon im Pantheon kennen gelernt hatte - und obwohl hier die Trauer anstelle der stählernen Klinge meine Brust entzwei schnitt, war sie nicht weniger beängstigend: Sie lähmte mich und tauchte mein Herz in bodenlosen und eisigen Schrecken, während mein Kopf außerstande war, die stumme, kalte Ewigkeit des Todes in ihrer ganzen Tragweite zu erfassen und sich weigerte zu denken, dass er einstmals nicht mehr würde denken können.

Wir standen kaum eine Minute schweigend unter dem im Abendwind rauschenden Baum, als ich neue Schritte auf dem Vorplatz vernahm und den Blick hob: Jackson, Magnus und die anderen kamen mit dem Sarg aus der Kapelle, Ciaran ging ihnen voran. Davides Hand umfasste die meine fester - ich hätte ihm gern tröstend oder beschwichtigend die Hand gedrückt, vermochte aber meine Finger in seinem jetzt stahlharten Griff nicht zu bewegen.

Der Sarg kam langsam näher: Er glänzte satt Schwarz in der warmen Abendsonne, goldene Reflexe funkelten auf seiner Oberfläche und blendeten mich, zwangen mich zum Zwinkern mit tränenfeuchten Augen. Ganz vorn gingen Pablo und Peter, von Jackson sah ich nur die dunklen Locken vor Magnus Blondschopf. Wir anderen wichen leicht von der Grube zurück, damit die Jungs genug Platz hatten, um den Sarg von ihren Schultern zu heben und vorsichtig auf die leicht knarrenden Holzbohlen sinken zu lassen, dann stand Jackson endlich neben mir und legte mir einen Arm um die Taille. Ich lehnte mich leicht an ihn und fühlte mich mit ihm auf der einen und Davide auf der anderen Seite wieder halbwegs lebendig und geborgen - umgeben von einer Familie, ein fremdes, und trotzdem willkommenes Gefühl.

Die kalten Gedanken an meinen eigenen, unausweichlichen Tod wurden blasser, ich konzentrierte mich auf den Sarg und auf Joseph, ging es doch hier um seine letzte Gegenwart und nicht um meine Zukunft. Ciaran trat vor und breitete in einer fließenden Bewegung ein Tuch über den Sarg, das er über dem

Arm getragen hatte - und als das goldene Schwingenkreuz darauf in der Abendsonne aufleuchtete, wurde mir Schwarz vor Augen.

Magnus

Oh scheiße - warum war mir das nicht schon in der Kapelle aufgefallen? Da hätte ich noch was sagen können, da hätte ich Ciaran und Andreas warnen können: Jetzt war es zu spät, jetzt hatte sie es gesehen. Und ich konnte verstehen, warum sie schwankte und Jackson sie mit besorgtem Blick stützte, warum Davide sich mit fragendem Gesicht zu ihr umwandte und Josie neben mir einen leisen, klagenden Laut des Mitleids von sich gab: Das Kreuz auf dem Tuch sah genau so aus wie das auf Sharas Brust und Rücken - und ihr blutleeres Gesicht sagt mehr als deutlich, dass sie diese Ähnlichkeit noch vor uns allen erkannt hatte. Wäre es Rot auf Silber gewesen wie auf unseren Ringen oder Rot auf Schwarz wie auf diesen unmöglichen Touristen-Kutten - Shara hätte wahrscheinlich nicht mit der Wimper gezuckt. In Gold jedoch ... was hatten Andreas und Ciaran sich dabei nur gedacht? Nichts Böses, antwortete ich mir selbst, als ich den erschrockenen Blick sah, den die beiden tauschten: Sie hatten durch das Gold Joseph würdigen wollen, nun war darauf unvermittelt eine Schuldzuweisung für Shara geworden - hier liegt der, der wegen Shara gestorben ist, schrie das Kreuz, hier liegt der, den Shara getötet hat.

Shara

Davides Wasserfall übte einen unwiderstehlichen Sog auf mich aus und zog mich aus der gischtgefüllten Höhle hinein in den Schwall aus prasselndem, trauer-schwarzem Wasser. Er versucht zu erraten, was mich so plötzlich hatte schwanken lassen, vermutete ich in meinem mit schwindeliger Schwärze ausgefüllten Kopf angesichts des tastenden Wassers.

Jackson hatte indes sofort verstanden, warum ich weggesackt war, natürlich: Er verstärkte den Griff um meine Taille und fasste mit der anderen Hand nach meiner Linken - Sekunden später war der Wasserfall verschwunden, verdrängt vom übermächtigen Ozean, und ich stand bis zu den Hüften in seinem warmen, klaren Wasser. Es stieg langsam höher, hob sanft meine Füße vom Boden, richtete mich liegend auf der stillen Wasseroberfläche aus und ließ mich in der hellen Sonne blinzeln - in sicherer Nähe der Insel, trotzdem herrlich leicht und losgelöst. So vor mich hin schwebend konnte ich mich von meinem Schreck erholen und wieder halbwegs auf Haltung und Würde konzentrieren: Ich straffte den Körper, hob das Kinn, stand sicherer auf meinen Füßen und ließ das Tuch sein, was es war - ein schönes, schwarzes Tuch mit einem goldenem Kreuz, das den Sarg von Joseph schmückte. Um ihn ging es hier, nicht um mich - selbst die Tragweite meiner Schuld verblasste vor der Bedeutung von Josephs Tod: Das Gold war seiner würdig, es war die einzig mögliche Wahl gewesen. Meine Augen begegneten denen von Andreas, als ich den Blick vom Sarg hob, ich nickte leicht als Antwort auf die darin liegende Frage, auf die darin liegende Bitte um Verzeihung für den vermeidlichen Fauxpas: Es war gut, wie es war, Joseph hatte das goldene Kreuz verdient, im Gegensatz zu mir.

Andreas antwortete mir mit einem kaum sichtbaren Senken seines Kopfes, dann räusperte er sich und kurz darauf klang seine kräftige, dunkle Stimme über den abendlichen Rasen.

"Wie soll ich von einem Menschen Abschied nehmen, von dem ich dachte, er würde ewig leben? Wie soll ich einen Freund betrauern, von dem ich dachte, er würde in alle Ewigkeit an meiner Seite stehen? Wie soll ich erfassen, was es bedeutet, dass Joseph nicht mehr ist, dass sein Licht erloschen und seine Seele in eine unbekannte Welt hinüber gegangen ist? Ich weiß, dass ich nichts davon kann: Nicht angemessen Abschied nehmen, nicht angemessen trauern und vor allem nicht verstehen. Meine Trauer lähmt mir Seele und Kopf gleichermaßen: Ich bin stumm angesichts meines Schmerzes, meine Trauer findet keine Worte. Sie füllt mich aus, mit einer schwarzen, kalten und bitter schmeckenden Leere, und ich zerreiße mich selbst an einem Widerspruch: Wir sterben nicht, trotzdem ist Joseph tot. Wie leben ewig, trotzdem ist nun eine Lücke in unserem Kreis." Er schwieg, eine einsame Träne glitzerte sich aus seinem Auge die Wange hinab. "Wir wollen die Lücke, die Josephs Tod schlägt, als Erinnerung an sein Leben ehren und nicht danach trachten, unsere Reihen zu schließen - denn wo etwas fehlt, war etwas, wo jemand vermisst wird, da war ein Freund. Wir wollen unser Leben zum Andenken an Joseph nutzen: Leben wir, lebt auch der Gedanke an ihn, erst wenn wir ihn vergessen, ist er wahrlich tot. Wir alle wissen, dass es das ewige Leben nicht wirklich gibt - zu groß und zu zahlreich sind die Gefahren, die in der Welt dort draußen auf uns und die unseren lauern. Und verspricht man ihm ein ewiges Leben, realisiert der Mensch auch nicht, dass damit auch ewiger Schmerz, ewige Trauer und ewige Einsamkeit verbunden ist - ebenso wie ewiges Erinnern: Je länger wir leben, desto länger können wir trauern, je länger wir leben, desto länger können wir aber auch bewahren, was sonst vergessen wäre." Andreas machte eine kleine Pause, der tröstende Druck von Jacksons Arm um meine Taille verstärkte sich, Davide neben mir gab ein schnüffelndes Geräusch von sich. "Ich weiß nicht, was nach dem Tode auf uns wartet", fuhr Andreas fort, mit leiserer, plötzlich brüchiger Stimme. "Auch achthundert Jahre Existenz haben mir keine Antwort über die Frage des Lebens nach dem Tode gebracht. Erlischt unser Bewusstsein einfach? Oder lebt unser Geist auf die eine oder andere Art fort? Was von beidem es auch immer sein mag, ich bin mir gewiss, dass Joseph glücklich dort ist, wo auch immer er ist. Er starb in dem Wissen, dass er Freunde hat, deren Treue unendlich ist - und lebt sein Bewusstsein fort, dann mit dem Wissen, dass wir ihn niemals vergessen werden, dass er immer ein Teil unserer Gemeinschaft sein wird. Es mag kommen, was will: Joseph hat auf ewig seinen Platz in unserem Kreis."

Magnus

Shara hat sich den Text von Andreas' Rede merken können - Respekt der Prinzessin, mein Gedächtnis reicht für so was nicht. Ich kann also leider nicht ergänzen, was genau Ciaran gesagt hat oder was Jackson, Peter, Ffion und Sven gesagt haben, auch wenn mich ihre leisen Worte am Grab sehr berührten.

Jackson sprach über Josephs Wesen, über seine Fröhlichkeit und seine Offenheit, Peter erinnerte uns daran, wie Joseph in den Orden gekommen war, Ffion erzählte zwei lustige Geschichten, die wir zusammen erlebt hatten, Sven und Ciaran hatten beide von ihren Gefühlen angesichts von Josephs Tod gesprochen.

Ich hatte die hemmungslos schluchzende Maggie im Arm und behielt Shara im Blick, die sich jedoch nach dem anfänglichen Straucheln recht gut hielt. Natürlich versuchte ich schließlich selber verzweifelt, meine Tränen zurückzuhalten - als wir nacheinander ein wenig Erde auf den Sarg warfen und wir Männer dann das Grab zuschaufelten, war ich nicht der Einzige, der sich verstohlen über die Augen wischte.

Ffion hatte Blumensträuße besorgt, die die Frauen auf den kleinen Grabhügel legten, als wir Jos Körper endgültig der Erde anvertraut hatten. Damit war die Zeremonie vorbei, doch wir standen bestimmt noch fünf Minuten oder länger stumm unter der alten Eiche, bevor Andreas Ciaran etwas zuflüsterte und die beiden unsere kleine Prozession hinein in den Ballsaal anführten: Keine hellen Blumengestecke, keine weit geöffneten Fenster heute - mit dem schlicht gedeckten Tisch und den wenigen Kerzen wirkte der Saal schrecklich düster, und ich wusste angesichts meines traurig verkrampften Magens, dass ich jetzt wirklich einen Bissen herunter bekommen würde.

Shara

Wir hoben die Tafel gegen elf Uhr auf und ich ging mit Jackson, Magnus und Davide langsam die Treppen nach oben.

Davide würde heute in der Burg übernachten, wirkte aber viel zu aufgedreht und unruhig, um gleich schlafen zu gehen, Magnus dagegen sah mit müden, aber einsamen Augen auf den Korridor, der zu seinem Zimmer führte. Jackson drückte mir auffordernd die Hand, als ich ihn fragend ansah, also lud ich die beiden ein, noch mit uns auf dem Balkon etwas zu trinken. Wir tauschten unsere förmliche, schwarze Kleidung gegen Jeans und Pullover, Jackson vertröstete mich mit einem Kuss über die verschobene Zweisamkeit hinweg, dann holte er eine Flasche Rotwein aus dem Regal, von der ich mir aus Ciarans Vortrag gemerkt hatte, dass sie für besondere Gelegenheiten aufzubewahren sei. Ich nahm Gläser mit hinaus, kurz darauf quetschten wir uns zu viert auf das Sofa auf meinem Balkon: Für zwei Personen war es üppig bemessen, für drei bequem, für vier schon ein wenig knapp - wenn eine Person dann noch die Ausmaße von Magnus hatte, wurde es sehr ... kuschelig.

Die Nacht war mild und windstill, unter uns rauschte entfernt und leise das Wasser. Jackson rückte ganz in eine Ecke des Sofas, ich lehnte mich mit dem Rücken an seine Brust und ließ mich warm und fest von ihm umfangen. Magnus besetzte die andere Hälfte des breiten Polsters, während Davide im Schneidersitz zwischen uns hockte, die Karamellaugen wohlwollend auf mich und Jackson gerichtet. Magnus schenkte kleine Schlucke Rotwein ein, ich nahm ein paar Züge von einer Zigarette und erntete dafür einen Blick von Davide, über den ich lachen musste: Er glich so sehr Jacksons missbilligendem, grünen Blick, dass ich fast annahm, der Junge habe ihn dort abgeschaut und vor dem Spiegel geübt.

Ich gab die Zigarette an Magnus weiter, der sie nach ein paar Zügen über die Brüstung in den Abgrund schnippte, was ihm einen eigenen, strafenden Blick von Davide einbrachte. In der Luft lag eine Mischung aus süßem Zimt, frischer Minze und kräftigen Beeren - natürlich und harmonisch, sie erfreute meine Nase und besänftigte mein noch immer aufgewühltes Inneres.

"Da läutet ein Handy", sagte Jackson plötzlich in unser langsam entspannter werdendes Schweigen, kurz darauf kam Davide mit einem winselnden Telefon aus dem Wohnzimmer zurück: Es war mein altes Handy, nicht das neue Satelliten-Ding mit den Kontakten der Kreuzritter, die Nummer auf dem Display hatte eine deutsche Vorwahl und kam mir dumpf bekannt vor, war aber nicht abgespeichert.

"Mein Bruder", sagte ich schließlich ein bisschen überrascht, als ich in den tiefsten Tiefen meines Gedächtnisses fündig geworden war. "Ich glaube, das ist die Nummer von meinem Bruder."

"Möchtest du nicht rangehen?", fragte Jackson und ich schüttelte langsam den Kopf, während das Telefon weiter vor sich hin schrillte.

Wann hatte mein Bruder mich zuletzt angerufen? Vor etwa einem Jahr, als er einen Bürgen für seinen Wohnungskredit gesucht hatte. Und davor? Als er die Anzahlung für ein neues Auto nicht zusammengebracht hatte - ein Auto, das unbedingt zweihundert PS haben musste und Ledersitze, natürlich. Ich hatte ihm zweitausend geliehen und davon bislang entgegen allen hochheiligen Versprechungen keinen Cent wieder gesehen, beim Wohnungskredit hatte ich daher kurz und bündig Nein gesagt. Beide Bettel-Anrufe waren (wie jetzt!) viel zu spät am Abend erfolgt, ganz nüchtern war er bei beiden nicht gewesen - als müsse er sich Mut antrinken, bevor er seine kleine Schwester anpumpte. Ich wartete darauf, dass die Mailbox den Anruf übernahm, doch das Klingeln ging weiter - entnervt reichte ich das Telefon schließlich Magnus herüber und wusste mich dabei von Jacksons nächtlich dunkelgrünen und Davides immer karamellbraunen Augen aufmerksam beobachtet.

"Ab damit", sagte ich, und nach einem fragenden Blick, den ich mit einem nachdrücklichen Nicken bestätigte, schnippte Magnus das Gerät wie zuvor die Zigarettenkippe über die Brüstung in die schwarze Kluft.

Das Klingeln wurde schnell leiser, das Zerplatzen von Plastik auf Stein kurz darauf war kaum hörbar und trotzdem wohltuend. Jackson schüttelte hinter mir amüsiert den Kopf und drückte mich kurz - ich hatte gerade eine der wenigen Verbindung zu meinem alten Leben gekappt und fühlte mich gut dabei. Ja, tatsächlich: Ich vermisste weder meine 'richtige' Familie noch meine Arbeit, nicht meine Wohnung oder die paar lockeren Freundschaften, die ich nie gepflegt hatte - ich hatte jetzt eine neue Familie, eine andere Arbeit, eine viel schönere Wohnung und echte Freunde, die ich mochte oder sogar von Herzen liebte. Okay: Den Schlüssel zu meiner Wohnung in München hatte ich nach wie vor, er steckte wie ein Talisman in meiner Geldbörse - eine Zuflucht für Notfälle, von der ich mir momentan sehr sicher war, dass ich sie nie brauchen würde und die ich trotzdem nicht aufgeben wollte. Ich rückte ein bisschen näher an Jackson und wurde mit einem luftigen, nur gehauchten Kuss auf meine empfindliche Stelle am Hals belohnt, was mich für ein paar wunderbare Minuten in seinen Ozean zog: Türkisblaue Wellen, strahlender Sonnenschein, warmes Wasser - fünf Minuten Urlaub, gespendet aus einer einzigen Berührung seiner Lippen auf meiner Haut.

"Ich will's auf jeden Fall versuchen", sagte Davide gerade, als ich benommen aus meinem Bad wieder auftauchte und ich konzentrierte mich endlich auf das leise Gespräch, von dem ich bislang keine drei Worte mitbekommen hatte: Er sprach von seinen Abiturprüfungen, verstand ich nach seinem nächsten Satz.

"Ciaran hat mir ein Attest geschrieben, dass ich wegen eines Todesfalls nicht lernen konnte und ich darf die erste Klausur an dem Termin nachschreiben, an dem die Nachprüfung stattfindet - dadurch hab ich eine Woche mehr zum Lernen, weil ich erst die zweite Arbeit normal mitschreibe. Ich muss dann zwar ein paar Tage länger als die anderen auf meine Note warten, aber das ist echt voll okay."

"Wenn du nicht bestehst, wird dir das jeder nachsehen. Du hast alle Zeit der Welt - du kannst auch hier oder in Rom noch ein Jahr in die Schule gehen, bevor du studierst" sagte Jackson, während er sein leeres Weinglas auf dem Tisch abstellte.

Das schien Davide ein bisschen zu erleichtern, doch scheinbar hatte er noch etwas auf dem Herzen, denn sein Lächeln erreichte kaum die Mundwinkel und seine Augen waren nun ein wenig getrübt.

"Sag schon", forderte ich ihn auf, er sah von mir zu Jackson, dann herüber zu Magnus auf der anderen Seite.

"Kommt ihr denn überhaupt noch mit nach Rom? Oder gehe ich allein ...?"

Die Frage aller Fragen, und nicht nur Davide wartete auf Antwort: Auch Magnus Augen wanderten höchst interessiert von mir zu Jackson und zurück. Jackson steckte seine Nase in meine Haare und drückte mich: Er überließ mir die Antwort und damit auch die Entscheidung, was das Ganze nicht gerade einfacher machte - ich konnte schon eher schlecht als recht für mich allein entscheiden, und für den schönsten aller Kreuzritter mitdenken zu müssen, war schrecklich verantwortungsvoll. Andererseits hatten wir das Thema schon abgehandelt: nach unserem ersten Streit an dem Tag, an dem ich hier in der Burg mit Drake gesprochen hatte.

"Wir kommen mit", sagte ich und spürte, wie Jackson hinter mir bestätigend nickte. "Jackson und ich - Magnus musst du selber fragen. Für wie lange, kann ich jetzt noch nicht sagen – aber für ein paar Monate ganz sicher."

"Ich komme gerne mit", sagte Magnus ohne Zögern und ich sah an seinen blitzenden Augen, dass er irgendwie erleichtert war - nicht weniger als ich, denn der Riese würde mir schmerzlich fehlen, wenn sich unsere Wege trennen müssten.

Und damit war es abgemacht: ein Sommer auf der Burg, ein Herbst in Rom und der November auf der anderen Erdhalbkugel. Die ersten beiden Stationen mit guten Freunden, die Dritte allein mit Jackson: Es gab schlechtere Zukunftsaussichten, dachte ich und klinkte mich für ein kleines Bad in meiner eigenen Zufriedenheit und Jacksons warmer Umarmung wieder aus dem Gespräch aus. Die Jungs redeten über Rom, die Uni und Autos - ich lauschte nur glücklich ihren mittlerweile so vertrauten, angenehmen Stimmen. Unterschiedlicher konnten die Drei nicht sein, dachte ich: Der schöne Jackson - ruhig und zärtlich, der große Magnus - freundlich und frech, der schmale Davide - aufgeweckt und neugierig. Jeder Einzelne war wertvoll, nein: war einzigartig und unersetzlich - zusammen waren sie alles, was mir wichtig war.

Ich trank noch einen Schluck von meinem Wein und streckte die eingeschlafenen Beine aus, mangels Platz bettete ich sie mit einem entschuldigenden Lächeln auf Magnus Schoß. Als er seine große Hand vorsichtig auf die bloße Haut meiner Füße legte, wurde Jacksons himmelblauer Ozean unerwartet dunkler, sorgte die üppige Vegetation von Magnus bewachsenen Ufern für hübsche, grüne und kunterbunt blühende Flecken im weißen Sand meiner Insel. Aus reiner Freude über diese gelungene Mischung griff ich nach Davides Hand und kurz darauf erwuchs auf meiner Insel ein kleiner Berg, aus dem ein rauschender Wasserfall mit schillernder Regenbogengischt in den Sand plätscherte und von dort geruhsam ins Meer floss. Jackson richtete mich auf der Oberfläche seines Ozeans aus, umfing mich sicher und ließ mich auf Berg und Blumen schauen, ich schüttelte lachend und überrascht den Kopf angesichts dieses friedlichen, exotischen Paradieses: Das war eine Welt, in der ich leben konnte, in der ich wirklich und wahrhaftig leben wollte.

Epilog

Shara

Ich habe diese Eintragungen in die Chronik nicht immer unmittelbar nach den jeweiligen Geschehnissen gemacht und bitte daher zu entschuldigen, wenn ich ein paar Dialoge oder Fakten etwas durcheinander gewürfelt oder nicht hundertprozentig korrekt wiedergegeben habe.

Es ging mir in diesen ersten Wochen bei meinen Kreuzrittern nicht immer gut, auch habe ich natürlich nicht schon an jenem schicksalsschweren Sonntag, an dem ich das Schwert aus dem Stein gezogen habe, mit diesen Eintragungen begonnen: Zu viel vergangene Zeit und häufig auch Erschöpfung forderten ihren Tribut an der Genauigkeit und so sind einige Details sicherlich verloren gegangen. Magnus als mein (wenig begeisterter, aber von Andreas bestimmter) Co-Autor fand indes bislang nichts an meinen Worten auszusetzen, die grobe Linie dürfte also stimmen.

Allerdings bin ich mir nicht sicher, wie genau der größte der Kreuzritter meine Einträge gelesen hat - als er über den ersten Satz stolperte, in dem ich über Jacksons grüne Augen ins Schwärmen geriet, wurde er rot und blätterte so schnell um, dass alle Einträge, die sich mit etwas privateren Sachen beschäftigen, als unüberprüft gelten müssen. Ohnehin könnte Magnus nur das bestätigen, wo er selbst dabei gewesen war - und Gleiches gilt natürlich umgekehrt für mich im Bezug auf seine Einträge. Andreas und Ciaran lesen indes ebenfalls, was Magnus und ich hier schreiben, bislang gab es keinerlei Anmerkungen oder Korrekturen ihrerseits.

Eine Lüge muss und möchte ich indes bei dieser Gelegenheit eingestehen, auch wenn ich nicht in dem gelogen habe, was ich hier niederschrieb - alle Geschehnisse haben so stattgefunden, wie ich sie nach bestem Wissen und Gewissen geschildert habe. Gelogen habe ich vielmehr in der Szene selbst, zweimal, um genau zu sein, aber bezüglich der gleichen Sache - das erste Mal, als ich Jackson und das zweite Mal, als ich Davide von Magnus Gefühlen für mich erzählte. Ich habe immer von 'Freundschaft' gesprochen, doch das ist es nicht: Magnus liebt mich nicht weniger und nicht anders, als Jackson mich liebt. Er weiß, dass ich das weiß und er weiß auch, dass ich sowohl Jackson als auch Davide diesbezüglich angelogen habe - wenn er denn gelesen hat, was ich in der Chronik dazu geschrieben habe. Falls jemand das Warum für meine Lüge wissen möchte: Ich habe gelogen, weil ich nicht will, dass Jackson versucht, Magnus von mir fernzuhalten. Ich liebe Jackson mehr als mein Leben, aber ich habe auch Magnus sehr gern: Der große Kreuzritter ist der treueste Freund, den ich jemals hatte und ich sehe daher keinen Grund, irgendjemandem von diesem kleinen Geheimnis zu erzählen. Gut: Diese Worte, niedergeschrieben auf die Zeiten überdauerndem Pergament, werden gelesen werden - vielleicht wird Jackson irgendwie an die Kombination meines Safes kommen und so erfahren, was in Magnus los ist. Aber ich kann dich beruhigen, Jackson, wenn du davon bislang wirklich noch nicht geahnt haben solltest (und ich weiß, dass dem nicht so ist): Magnus Liebe ist aufrecht und rein, nicht von der Art, wie ich sie bei Gerard oder Drake gespürt habe - da von Liebe zu sprechen, war an sich schon eine Schmähung dieses schönen Wortes und dessen, wofür es steht. Und Magnus ist bereit, mit seinem Schmerz aus viel Sehnsucht und ein wenig Eifersucht zu leben, damit ich glücklich sein kann - und das ist mehr, als ich von ihm erhoffen darf. Ich verspüre kein anderes Verlangen nach ihm als das nach seiner freundschaftlichen Gesellschaft und so können wir hoffentlich lange mit seiner Liebe zu mir leben, bis sie erlischt und das hinterlässt, was ich mir von Davide gewünscht habe: aufrichtige und tiefe Freundschaft.

Auch die vorerst letzte Eintragung über Josephs Beerdigung

sowie die Stunden davor und danach habe ich gerade erst, rund vier Wochen später gemacht. Daher erlaube ich mir jetzt, ein paar Fakten kurz nachzutragen, die gesagt werden müssen, die ich aber an dieser Stelle nicht wirklich ausführlich schildern möchte und kann - zum einen, weil ich diese ganze Drake-Geschichte endlich abgeschlossen wissen will, zum anderen, weil ich in einer Stunde im Krankenhaus in Bozen sein muss, wo ich seit etwas mehr als drei Wochen auf der Kinderstation von montags bis freitags für drei Stunden am Tag beim Betreuungsteam arbeite. Die ehrenamtlichen Damen dort hatten mich bei unserer Vorstellung durch Ciaran zwar etwas seltsam angeschaut, da ich vom Alter her höchstens die Hälfte ihrer Jahre zählte - weil ich aber für eine monatliche Spende garantiere, fit genug für ein paar aktive Spiele mit den Kindern bin und außerdem meist einen attraktiven männlichen Begleiter oder den von den Damen sehr verehrten, gutaussehenden 'Dottore' mitbringe, bin ich ihnen mehr als willkommen.

Erstaunlicherweise mögen mich die Kinder, auch wenn ich mich in ihrer Gegenwart oft unsicher und befangen fühle: Es sind eben Kinder, kranke noch zu - mit ihnen spielt man in etwa so natürlich wie mit der Porzellanpuppen-Sammlung einer überempfindlichen, ältlichen Tante. Ich hoffe, dass das besser wird, dass ich den Umgang mit den Kindern irgendwann wie selbstverständlich beherrschen werde - als ich Ciaran gestern von meiner Befangenheit erzählte, hatte er nur gelacht und bemerkt, dass das doch gut wäre: Wenn ich mir Gedanken darüber machen würde, was ich sagte, wie ich es sagte, was ich tat und wie ich es tat, dann wäre mein kleines Schwindel- und Übelkeitsproblem ja nebensächlich geworden.

Das war es indes wirklich: Nach zwei sehr anstrengenden Tagen am Anfang, an denen mein blasses Gesicht die ehrenamtlichen Damen ein wenig verstört und hinter perfekt manikürten Händen hatte tuscheln lassen, absorbierte ich den Energiesog der Kinder mittlerweile so problemlos, dass ich mich nicht mehr übergeben musste und zudem bald selbst nur noch leicht kribbelte, wenn ich das Krankenhaus verließ. Richtig gut war es seit etwa zehn Tagen: Ich konnte nun nach meinem Einsatz selber nach Hause fahren, als wäre nichts gewesen - was Ciaran ebenso freute wie mich, konnte er doch so auf dem Beifahrersitz Platz nehmen, wenn er mich begleitete, denn scheinbar zog er selbst meinen Fahrstil dem Selbstfahren vor.

Ich schweife ab - hier also die Fakten über die vergangenen Wochen: Gerards Strafe für seinen Verrat besteht in einhundert Jahren Verbannung, und Andreas sagte, dies sei die höchste Strafe, mit der jemals ein Mitglied des Ordens belegt worden sei. Das stimmt natürlich nur vor dem Hintergrund, dass Drake nicht mehr als Mitglied des Ordens gilt, wollte ich einwenden - aber das wäre Haarspalterei gewesen und hätte nur zu einem demonstrativ-genervten Augenrollen bei Magnus und einem nachsichtigen, wenn auch unzweifelhaft entzückendem Lächeln bei Jackson geführt. Was genau denn eigentlich 'Verbannung' heiße, hatte ich stattdessen gefragt, die Antwort war ebenso einfach wie naheliegend gewesen: Der Verbannte darf sich in der angesetzten Zeitspanne in keinem der Häuser oder Wohnungen des Ordens aufhalten und mit keinem der Brüder und Schwestern Kontakt aufnehmen. Er hat ein stilles, unauffälliges Leben zu führen, er hat sich wöchentlich beim jeweiligen Ordensmeister zu melden sowie Rechenschaft über seinen Aufenthaltsort und sein Tun abzulegen.

Was bisher denn die längste Verbannungsstrafe gewesen sei, hatte meine nächste Frage gelautet, und als Magnus daraufhin den Kopf einzog, wusste ich, dass ich unvermutet in ein besonders glitschiges Fettnäpfchen getreten war. Zwanzig Jahre, hatte Andreas geantwortet, ohne auf Magnus gesenktes Haupt einzugehen. Wie oft denn so verbannt wurde, war meine dritte Frage gewesen - nicht sehr häufig, hatte Andreas' Antwort gelautet, und die Strafen seien normalerweise auch kürzer: Ethan, der einzige sich zurzeit in Verbannung befindende Kreuzritter, habe fünf Jahre abzusitzen und würde in wenigen Monaten zurück erwartet.

Natürlich hätte ich gern gewusst, für was Magnus so hart bestraft worden war - ich habe mich allerdings bislang nicht getraut, ihn zu fragen, also muss ich wohl in der Chronik nachlesen, was er mir von sich aus niemals erzählen wird. Ach ja: Nein, mein Latein ist immer noch nicht flüssiger, allerdings habe ich beschlossen, mit dieser toten Sprache weiterzumachen, wenn Ciaran mit meinem Italienisch so weit zufrieden ist - so in einhundert bis zweihundert Jahren, wenn wir den bisherigen Lernfortschritt zugrunde legen. Ich habe Gerard im Übrigen nicht noch einmal wieder gesehen: Er musste am Morgen nach Josephs Beerdigung seine Sachen packen und die Burg verlassen, und ist damit noch mehr als gut weggekommen.

'Er muss sterblich gemacht werden', hatte Andreas zu mir

gesagt, aber ich hatte ihn (für mich überraschend) mit einem schlichten, dafür aber klaren 'Nein' abgewürgt. Nein, ich wollte nicht, dass Gerard starb - was er getan hatte, war schlimm genug, aber er hatte dann doch nur zugearbeitet, war dann doch nur ein selbstsüchtiges Arschloch gewesen - und ich glaubte ihm, dass er von dem Mord an Joseph mehr als entsetzt gewesen war, dass er Drakes Bösartigkeit unterschätzt hatte. Ich weiß trotz Magnus Scham und Andreas' Erklärungen allerdings bislang immer noch nicht genau, wie ich Gerards Strafe für mich selber einschätzen soll, was laut Jackson an meinen viel zu normalen Zeitmaßstäben liegt: Einhundert Jahre klingt für mich wahnsinnig lang - und einhundert Jahre, in denen man seine Familie und Freunde nicht sehen darf, sind noch weitaus schlimmer. 'Er hat Geld und kann ein ganzes Jahrhundert machen, was er will. Ein wahrlich schweres Schicksal', gab Josie bissig zurück, als ich meine Bedenken laut äußerte, womit sie natürlich nicht ganz Unrecht hat. Ich blieb unentschlossen, was aber nicht für schlaflose Nächte sorgte - jede Nacht, in der Gerard nicht ungebeten vor meiner Tür stehen kann, ist eine gute Nacht.

Drakes Strafe hingegen konnte nicht ohne mein Zutun vollstreckt werden: Ich hatte mich daher an einem sonnigen Nachmittag in Ciarans Behandlungszimmer wieder gefunden, mit dem Dolch in der Hand über Drakes entblößte, hagere und achthundert Jahre alte Brust gebeugt. Sein Urteil lautete auf Sterblichkeit, herbeizuführen durch das Zerstören der Narbe. Grundsätzlich war ich dafür, ihn der gnädigen, alles entsorgenden Zeit zu überlassen, aber weil ich der Zeit mit Hilfe eines messerscharfen Dolches zuarbeiten sollte, war ich kurz versucht gewesen, gegen dieses Urteil von Andreas in Berufung zu gehen. Mein Hauptargument - 'wenn Drake nicht mehr zu eurem Orden gehört, könnt ihr nicht über ihn zu Gericht sitzen' - hätte allerdings wieder zur Kategorie Haarspalterei gehört, und da ich auch keine Lust hatte, mich ein potentiell sehr, sehr langes Leben lang vor ihm schützen zu müssen, unterließ ich den geplanten Protest und nahm den Dolch zur Hand.

'Die Narbe zerstören' bedeutete laut den uralten Unterlagen in der Chronik, dass das aus einer senkrechten und einer waagrechten Linie bestehende Kreuz auf der Brust des Kreuzritters mit Hilfe von einer weiteren waagrechten Linie unten in eine Art ungedrehtes F mit Mittelstrich verwandelt wurde: Nicht hässlich, aber garantiert tödlich. Ich war natürlich skeptisch, wie ich auch nach wie vor dem Versprechen des ewigen Lebens skeptisch gegenüber stand, welches die einfache Narbe versprach - aber wie die Chronik mir verraten hatte, würde ich das Ergebnis der Zerstörung von Drakes Narbe vielleicht in nicht allzu ferner Zeit schon sehen können: Nachdem ich die alten Aufzeichnungen bislang nur grob durchgeblättert hatte, hatte ich sie mit Ciarans Hilfe jetzt noch nicht gänzlich, aber immerhin ausführlicher gelesen und war damit einerseits ein bisschen schlauer und andererseits ein bisschen verwirrter: Laut den Schriften würde Drake in üblichem menschlichen Tempo weiter altern, wenn seine Narbe von Hand eines normalen Menschen zerstört würde - da die Chronik sich jedoch von meiner klingeführenden Hand eine besondere Wirkung versprach (beim Schaffen wie auch beim Zerstören einer Kreuznarbe), lag nun Ciarans Theorie auf dem Tisch, dass Drake um ein sechsfaches beschleunigt altern würde, sobald ich seine Narbe zerstört hatte. Wenn es um Zahlenmystik ging, tendierten meine Kreuzritter wohl üblicherweise zur Sechs: Was sechsfach nach Narbe eins verlangsamt wurde (nämlich das Altern), musste nach Narbe drei dann auch sechsfach beschleunigt werden, Punkt. War Drake körperlich jetzt etwa dreißig Jahre alt, wäre er somit in drei Jahren knapp fünfzig und in zehn Jahren knapp neunzig: Zeitspannen, die für meine Kreuzritter nur ein Wimperschlag waren, aber auch für mich durchaus abwartbar.

Nur wenige Worte zur Zerstörung von Drakes Narbe: Das Ganze war keine feierliche Zeremonie, sondern eine recht pragmatische Angelegenheit im Behandlungszimmer der Burg. Ciaran sorgte mit einer örtlichen Betäubung dafür, dass Drake keine Schmerzen empfand, dann zeigte mir Andreas mit ruhiger Hand und bedächtigen Worten, wie ich den Dolch zu halten und über die Haut zu führen hatte: Nimm es als Übung für Davide und Maggie, sagte ich mir, während meine Hände zitterten, mein Magen sich empört gegen den unausweichlichen Anblick des hervorquellenden Blutes auflehnte und Drakes schwarze Augen mich hasserfüllt anstarrten, nimm es als deine eigene Befreiung, als die Kirsche auf dem Sahnehäubchen deiner Rache. Wie Andreas es ihm versprochen hatte, durfte Giuseppe dabei sein. Er stand hinter mir, starr wie eine Statue, sprach kein Wort, sah nur zu, und der Schmerz in seinen Augen ließ mich tröstend nach seiner Hand greifen, als wir nachher gemeinsam aus dem Krankenzimmer gingen: Giuseppe ist ein Fluss, über die Ufer getreten, verirrt in den engen Gassen einer alten Stadt, langsam strömend und nach seinem angestammten Bett suchend. Ich habe in der Woche, die er bei uns auf der Burg wohnte, meinen Frieden mit ihm gemacht, denn er ist im Grunde ein ebenso freundlicher wie kluger und guter Mensch. Er verspürt wahre Reue und zudem einen gesunden Hass auf Drake, der uns in Zukunft von Nutzen sein soll - denn wenn auch zum Sterben verurteilt, ist der ehemalige Ordensmeister noch immer eine Gefahr: für meine Freunde, für mich selbst, für Giuseppe und auch für jeden anderen Menschen dort draußen, den das falsche Versprechen eines ewigen Lebens verlocken könnte. Lebenslanger Hausarrest heißt die Lösung für Andreas und Ciaran, in Drakes eigenen Haus in Rom - und für den Preis eines einzigen, dafür aber echten Kreuzbalkens war Giuseppe mehr als bereit, die Aufsicht über seinen Beinahe-Mörder zu übernehmen. Ihm bleibt nach Drakes nicht allzu fernen Tod noch mehr als genug Zeit, um ein eigenes, äußerst langes Leben zu leben und er betrachtete seine Wächterfunktion als gerechte Strafe für seine Taten. Ich habe also erneut zum Dolch gegriffen, um ihm die einzelne Narbe auf der Brust beizubringen, und wir sind wenn nicht als Freunde, so doch in Frieden und Freundlichkeit auseinandergegangen. Zwei Brüder oder Schwestern stehen Giuseppe in Rom zu Seite, bewachen den Bewacher - eine Aufgabe, für die Shane sich nur zu gern gemeldet hat, hat er doch von allen anderen Kreuzrittern das größte Interesse daran, dass Drake nicht mehr sein Unwesen treiben kann. Und wo Shane ist, ist Josie nicht weit: Seit einer Woche ist auch sie in Rom, wo sie mit Hochdruck an Jacksons und meine Wohnung im grauen Haus arbeitet - mindestens drei Anrufe und unzählige SMS pro Tag bei mir wie bei meinem angetrauten Kreuzritter zeugen von ihrem Eifer und lassen in Sachen Ankleidezimmer Schreckliches erahnen.

Damit genug zu Tod und Strafe, weiter mit erfreulichen Dingen: Davide hat sein Abitur mit eins minus bestanden ist gestern Abend mit Jackson nach Rom geflogen, weil er sich heute und morgen für sein Stipendium dieser Kommission vorstellen soll, über die Ciaran ihn an der Uni unterbringen will. Ich werde den beiden am Mittwoch folgen, begleitet von denjenigen Kreuzrittern, die noch in der Burg sind: Davides Zeremonie rückt immer näher, ab Samstag wird er dann eine waagrechte, hoffentlich schnurgerade Narbe auf der Brust tragen und als jüngster Bruder im Orden meiner Kreuzritter aufgenommen sein. Dass ich jemanden in einen Orden aufnehme, ohne selbst dort erklärtes Mitglied zu sein - Haarspalterei, vergessen wir's. Ich weiß schon jetzt, dass wir beide gleichermaßen nervös sein werden: Ich, weil ich Angst habe, Davide mit diesem verdammten Dolch ernsthaft zu verletzten und er, weil er nicht weiß, wie man angemessen feierlich schauen soll, wenn jemand mit einer blanken Klinge auf einen losgeht. Ich werde Jackson also erst übermorgen wiedersehen und schon jetzt vermisse ich ihn ganz schrecklich - fast drei ganze Tage, so lange waren wir noch nie getrennt. Magnus hat mich für heute Abend ins Kino eingeladen, Maggie, Ffion und Lucia wollen morgen Abend mit mir in einen Club in Bozen fahren, in dem normale Sterbliche ganz normalen Spaß haben - ich freue mich auf beides, noch mehr aber auf den Moment, in dem Jacksons kühne, grüne Augen mir sagen, dass auch er mich vermisst hat und dass es sehr lange dauernd wird, bis wir uns wieder trennen müssen.

Ein letzter Hinweis, bevor ich mich für dieses Kapitel meines Lebens verabschiede: Ganz gleich, wann du das hier liest, ob gleich morgen oder in erst in Hunderten von Jahren - vielleicht begegnest du ja irgendwann einmal in den engen Gassen von Rom, inmitten der sattgrünen Apfelbäume Südtirols oder anderswo auf der Welt einer etwas zu großen, etwas zu dünnen und etwas zu blassen Blondine, die an der rechten Hand einen Handschuh hat und an der linken einen erstaunlich schönen, grünäugigen Kreuzritter mit frechen Eckzähnen und verwuschelten, dunklen Locken. Wenn du mich erkennst, zögere nicht, mich unauffällig anzusprechen: Für einen kleinen, schmerzlosen Blick in die Tiefen deiner Seele kann ich dich von allem körperlichen Leid befreien - entscheide selbst, ob dir das diesen Preis wert ist.

Magnus

Wo werde ich sein, wenn du Shara und ihrem 'grünäugigen Kreuzritter' - Gott, da wird ja meinem Füller übel! - begegnest?
Nun, da gibt es mehrere Alternativen, aber die kann man zusammenfassen in 'sehr nah' oder 'sehr fern'. Noch ist Shara bei uns, beim Orden und damit auch bei mir - und wenn sie endlich mal in die Gänge kommt und sich offiziell mit uns verbandelt, dann werde ich in der Nähe, sogar in allernächster Nähe sein, wenn Shara in deine Seele schaut. Wenn Shara allerdings ihre

Koffer packt und sich mit Jack absetzt, dann werde ich wohl sehr, sehr weit entfernt sein - wenn es in ihrem Leben keinen Platz für den Orden gibt, dann gibt es auch keinen Platz darin für mich. Ich bin aber nicht der einzige, dem der jetzige Schwebezustand Bauchschmerzen macht: Andreas hofft fast täglich auf ein klares Wort von Shara, traut sich aber nicht, sie einfach zu fragen, könnte sie dann doch auf dem Absatz kehrt machen und auf Nimmerwiedersehen verschwinden. Wir fragen Shara also nicht, ob sie für immer bei uns bleiben möchte, weil wir Angst davor haben, dass sie wegen dieser Frage geht. Ist das logisch? Shara, du liest das hier doch - ist es nicht, oder? Okay, wir sind nur ein Kreuzritter-Orden und nicht der Mensa-Club, deswegen mag man uns unsere Denkfehler nachsehen, trotzdem steht uns dieses Herumschleichen um den heißen Brei nicht gut zu Gesicht: Wir haben gefunden, nach was wir seit tausend Jahren gesucht haben - warum schnappen wir uns unseren Erlöser nicht und fangen endlich noch mal an, die Welt zu verbessern, was ja schließlich der Sinn und Zweck der ganzen Geschichte sein soll? Nötig hätte sie's auf jeden Fall - hatte sie's schon immer, wenn ich mal die letzten zweihundert Jahre betrachtete: In denen war ein Jahrzehnt schlimmer als das andere, und ich rede hier nicht nur von Klamotten und Frisuren. Gut, das muss reichen, ich quatsche mich schon wieder um Kopf und Kragen.

Also - wenn du irgendwann einmal der blonden Prinzessin begegnest und ihre ausgestreckte Hand ergreifst, dann schau dich gut um: Vielleicht steht ja hinter ihr und ihrem 'grünäugigen Kreuzritter' ein großer, blonder Typ, der ein bisschen böse dreinschaut: Das bin ich. Hab also deine Gefühle im Griff, wenn du Shara berührst - ich mag es gar nicht, wenn jemand meine Prinzessin ärgert.

DAS BUCH

„Erst ein Schwert in einem Stein, dann ein Dolch in meiner Brust - der Kreis schloss sich, ich überließ mich der Dunkelheit."

Sie nennen sich "Die Ewigen", und seit fast 1.000 Jahren kennt ihr Leben nur einen Zweck: Die Bewachung eines uralten Schwertes, das unbewegt in einem Monolithen einer römischen Kirche ruht. Zahllose Menschen haben im Laufe der Jahrhunderte ihre Hand auf den Griff dieser Waffe gelegt, sämtlich erfolglos - nur der Hand der schönen Shara ergibt sich das römische Excalibur ...

DIE AUTORIN

Tina Sabalat, geboren 1973 in Nordrhein-Westfalen, studierte Germanistik und Philosophie und lebt in München.

AUSSERDEM ERSCHIENEN:

Tödliches Orakel, ISBN-10: 3-8476-9458-8
Die Schlucht, ISBN-10: 3-8476-7939-2
Sophies Spiegel, ISBN-10: 3-8476-9459-6